MARLON JAMES

SCHWARZER LEOPARD, ROTER WOLF

Roman

DARK STAR TEIL 1

Aus dem Englischen von Stephan Kleiner

WILHELM HEYNE VERLAG
MÜNCHEN

Titel der englischen Originalausgabe
BLACK LEOPARD, RED WOLF
erschien 2018 bei Riverhead Books, New York

Sollte diese Publikation Links auf Webseiten Dritter enthalten,
so übernehmen wir für deren Inhalte keine Haftung, da wir uns
diese nicht zu eigen machen, sondern lediglich auf deren Stand
zum Zeitpunkt der Erstveröffentlichung verweisen.

Verlagsgruppe Random House FSC® N001967

Copyright © 2018 by Marlon James
Copyright © 2019 der deutschsprachigen Ausgabe
by Wilhelm Heyne Verlag,
in der Verlagsgruppe Random House GmbH,
Neumarkter Straße 28, 81673 München
Printed in Germany
Lektorat: Oskar Rauch/Herstellung: Udo Brenner
Redaktion: Kristof Kurz
Umschlaggestaltung: Margit Memminger / Nele Schütz Design,
nach dem Originaldesign von Helen Yentus
Umschlagillustration: © Pablo Gerardo Camacho
Satz: Satzwerk Huber, Germering
Druck und Bindung: GGP Media GmbH, Pößneck
ISBN 978-3-453-27222-4
www.heyne-hardcore.de

Für Jeff –
wegen Viertelmond und
einer Million anderer Dinge

INHALT

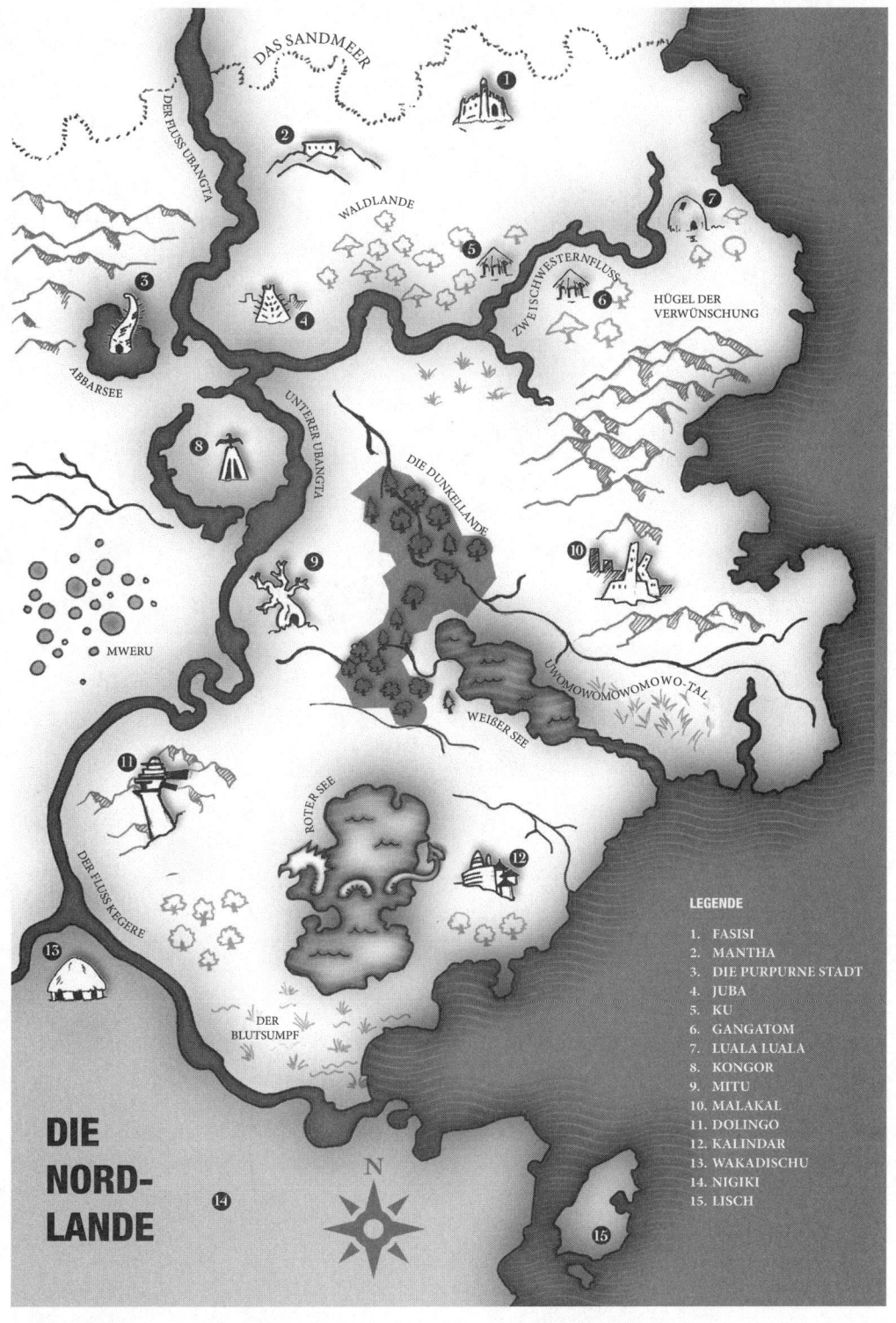

DAS SANDMEER

DER FLUSS UBANGTA

WALDLANDE

ZWEISCHWESTERNFLUSS

HÜGEL DER
VERWÜNSCHUNG

DIE PURPURNE STADT

ABBARSEE

UNTERER UBANGTA

DIE DUNKELLANDE

MWERU

ÜWOMOWOMOWOMOWO-TAL

WEIßER SEE

ROTER SEE

DER FLUSS KEGERE

DER
BLUTSUMPF

DIE
NORD-
LANDE

N

LEGENDE

1. FASISI
2. MANTHA
3. DIE PURPURNE STADT
4. JUBA
5. KU
6. GANGATOM
7. LUALA LUALA
8. KONGOR
9. MITU
10. MALAKAL
11. DOLINGO
12. KALINDAR
13. WAKADISCHU
14. NIGIKI
15. LISCH

FIGUREN DER ERZÄHLUNG

IN DJUBA, KU, GANGATOM

KWASH DARA, Sohn des Kwash Netu, König des nördlichen Königreichs, auch der Spinnenkönig genannt

SUCHER, Jäger, den man unter keinem anderen Namen kennt

SEIN VATER

SEINE MUTTER

GELIEBTER ONKEL, ein großer Häuptling der Ku

KU, ein Flussstamm und -gebiet

GANGATOM, ein Flussstamm und -gebiet, Feinde der Ku

LUALA LUALA, ein Flussstamm und -gebiet nördlich der Ku

ABOYAMI, ein Vater

AYODELE, sein Sohn

HEXER, Geisterbeschwörer der Ku

ITAKI, eine Flusshexe

KAWA/ASANI, Junge vom Stamm der Ku

LEOPARD, gestaltwandelnder Jäger, unter einigen weiteren Namen bekannt

YUMBOS, Buschfeen und Wächter der Kinder

DIE SANGOMA, eine Antihexe

DIE MINGI, als da wären:

    Der Giraffenjunge

    Das Rauchmädchen

    Der Albino

Der Kugeljunge
Die aneinandergewachsenen Zwillinge
ASANBOSAM, monströser Menschenfresser
DER HÄUPTLING DER GANGATOM

IN MALAKAL

DER AESI, Kwash Daras Kanzler
BUNSHI/POPELE, Flussjengu, Meerjungfrau, Gestaltwandlerin
SOGOLON, die Mondhexe
SADOGO, ein Ogo, große, mächtige Männer, die keine Riesen sind
AMADU KASAWURA, ein Sklavenhändler
BIBI, sein Diener
NSAKA NE VAMPI, eine Söldnerin
NYKA, ein Söldner
FUMELI, der Bogenschütze des Leoparden
BELEKUN DER GROSSE, ein dicker Ältester
ADAGAGI DER WEISE, ein weiser Ältester
AMAKI DER SCHLÜPFRIGE, ein Ältester, den niemand kennt
NUYA, eine vom Blitzvogel besessene Frau
DIE BULTUNGI, Rächer
ZOGBANU, Trolle aus dem Blutsumpf
VENIN, ein Mädchen, das zum Futter für die Zogbanu herangezogen
    wurde
CHIPFALAMBULA, ein großer Fisch
GOMMIDEN, zuweilen freundliche Waldwesen
EWELE, ein bösartiger Gommid
EGBERE, sein Vetter, bösartig, wenn er Hunger hat
DER IRRE AFFE, ein geistesgestörter Primat

IN KONGOR

BASU FUMANGURU, Ältester des nordischen Königreichs, ermordet
SEINE FRAU, ermordet
SEINE SÖHNE, ermordet
DIE SIEBEN SCHWINGEN, Söldner
KAFUTA, Herr eines Hauses
FRAU WADADA, Besitzerin eines Freudenhauses
EKOIYE, eine männliche Dirne, die Zibetmoschus liebt
DER BÜFFEL, ein sehr kluger Büffel
ARMEE DES HÄUPTLINGS DER KONGORI, örtliche Schutzmänner
MOSSI VON AZAR, dritter Präfekt der Armee des Häuptlings der
    Kongori
MAZAMBEZI, ein Präfekt
ROTER OGO, ein weiterer Ogo
BLAUER OGO, ein weiterer Ogo
DER MEISTER DER ZERSTREUUNGEN, der Herr über die Ogo-Kämpfe
LALA, seine Sklavin
DIE MAWANA-HEXEN, Erdmeerjungfrauen, auch als Schlammjengu
    bekannt
TOKOLOSHE, ein kleiner Kobold, der sich unsichtbar machen kann

IN DOLINGO UND DEM MWERU

ALTER MANN, Herr über eine Hütte und Griot aus dem Süden
DIE KÖNIGIN VON DOLINGO, dem Titel gemäß
IHR KANZLER
DOLINGONISCHER SKLAVENJUNGE
DIE WEISSEN WISSENSCHAFTLER, die finstersten der Geisterbeschwörer
    und Alchemisten
DER BÖSE IBEJI, ein missgebildeter Zwilling

JAKWU, weißer Wächter König Batutas
IPUNDULU, vampirischer Blitzvogel
SASABONSAM, geflügelter Bruder Asanbosams
ADZE, Vampir und Insektenschwarm
ELOKO, Grastroll und Kannibale
LISSISOLO VON AKUM, Schwester Kwash Daras, Nonne der göttlichen
    Schwesternschaft
SCHATTENSCHWINGEN, Nachtdämonen, die dem Aesi dienen

IN MITU

IKEDE, ein Griot aus dem Süden
KAMANGU, ein Sohn
NIGULI, ein Sohn
KOSU, ein Sohn
LOEMBE, ein Sohn
NKANGA, ein Sohn
KHAMSEEN, eine Tochter

IN DER MALANGIKA UND DEM SÜDLICHEN KÖNIGREICH

EINE JUNGE HEXE
EIN HÄNDLER
SEINE FRAU
SEIN SOHN
KAMIKWAYO, ein zum Monstrum gewordener weißer Wissenschaftler

1

EIN HUND, EINE KATZE, EIN WOLF UND EIN FUCHS

Bi oju ri enu a pamo.

EINS

Das Kind ist tot. Weiter gibt es nichts zu wissen. Ich höre, im Süden gebe es eine Königin, die denjenigen tötet, der ihr schlechte Kunde bringt. Besiegle ich also mein eigenes Todesurteil, wenn ich ihr den Tod des Jungen melde? Die Wahrheit frisst die Lüge, wie das Krokodil den Mond frisst, und doch ist mein Zeugnis heute dasselbe, das es morgen sein wird. Nein, ich habe ihn nicht getötet. Auch wenn ich seinen Tod herbeigewünscht haben mag. Danach gelechzt habe wie ein Vielfraß nach Ziegenfleisch. Ach, den Bogen anzulegen und ihm durch das schwarze Herz zu schießen und zuzusehen, wie schwarzes Blut daraus hervorspritzt, ihm in die Augen zu schauen, bis sie aufhören zu blinzeln, bis sie blicken, ohne zu sehen, auf das Brechen seiner Stimme zu lauschen und zu hören, wie seine Brust sich im Todesröcheln hebt und sagt: Seht, mein elendiger Geist verlässt diesen elendigsten aller Leiber, und diese Botschaft zu belächeln und diesen Verlust zu betanzen. Ja, ich schwelge in der Vorstellung. Aber nein, ich habe ihn nicht getötet.

Bi oju ri enu a pamo.

Nicht alles, was das Auge sieht, sollte der Mund aussprechen.

Diese Zelle ist größer als die vorherige. Ich rieche das getrocknete Blut Hingerichteter; ich höre ihre Geister noch schreien. In deinem Brot sind Rüsselkäfer, und in deinem Wasser ist die Pisse von zehn und zwei Wächtern und der Ziege, die sie zum Zeitvertreib ficken. Soll ich dir eine Geschichte erzählen?

Ich bin nur ein Mann, den manche einen Wolf genannt haben. Das Kind ist tot. Ich weiß, die Alte erzählt dir etwas anderes. Nenn ihn einen Mörder, sagt sie. Auch wenn ich nichts weiter bereue, als sie nicht getötet zu haben. Der Rothaarige sagte, der Kopf des Kindes sei voller Teufel gewesen. Wenn du an Teufel glaubst. Ich glaube an schlechtes Blut. Du siehst aus wie ein Mann, der nie Blut vergossen hat. Und doch klebt Blut zwischen deinen Fingern. Ein Junge, den du beschnitten hast, ein Mädchen, das zu klein war für deinen dicken … Sieh, wie dich das in Erregung versetzt. Sieh dich an.

Ich werde dir eine Geschichte erzählen.

Sie beginnt mit einem Leoparden.

Und einer Hexe.

Großinquisitor.

Fetischpriester.

Nein, du wirst nicht nach den Wächtern rufen.

Mein Mund könnte zu viel sagen, ehe sie ihn mit dem Knüppel schließen.

Betrachte dich. Ein Mann mit zweihundert Kühen, der sich am Hautfetzen eines Jungen ergötzt und an der Koo eines Mädchens, das niemandes Frau sein sollte. Denn das ist es, wonach du suchst, oder nicht? Ein dunkles kleines Ding, das nicht in dreißig Säcken Gold oder zweihundert Kühen oder zweihundert Ehefrauen zu finden ist. Etwas, was du verloren hast – nein, es wurde dir genommen. Dieses Licht, du siehst es, und du willst es – kein Licht von der Sonne oder dem Donnergott im Nachthimmel, sondern ein Licht ohne Makel, Licht in einem Jungen, der noch nie eine Frau hatte, einem Mädchen, das du für die Ehe gekauft hast, nicht weil du eine Frau gebraucht hättest, denn du hast zweihundert Kühe, aber den Leib einer Frau kannst du aufreißen, denn du suchst in Löchern danach, in schwarzen Löchern, nassen Löchern, noch nicht ausgewachsenen Löchern suchst du nach diesem Licht, nach dem Vampire auf der Suche sind, und du wirst es bekommen, du wirst dich für die Zeremonie kleiden, Beschneidung für den Jungen, Vollzug für das Mädchen, und wenn sie Blut vergießen und Spucke und Sperma und

Pisse, dann lässt du es alles auf deiner Haut und gehst damit zum Iroko-Baum und gebrauchst jedes Loch, das du finden kannst.

Das Kind ist tot, und alle anderen sind es auch.

Ich lief tagelang, durch Fliegenschwärme im Blutsumpf, durch die Salzebenen, wo die Felsen in die Haut schneiden, Tage und Nächte lang. Ich ging nach Süden bis nach Omororo, ohne es zu merken oder mich daran zu stören. Sie nahmen mich als Bettler fest, hielten mich für einen Dieb, folterten mich als einen Verräter, und als die Kunde von dem toten Kind dein Königreich erreichte, sperrten sie mich als Mörder ein. Wusstest du, dass fünf Männer in meiner Zelle waren? Vor vier Nächten. Das Tuch um meinen Hals gehört dem einzigen Mann, der den Kerker aufrecht gehend verließ. Eines Tages wird er vielleicht sogar wieder auf dem rechten Auge sehen.

Die anderen vier. Merke dir, was ich sage.

Alte Männer sagen, die Nacht sei eine Närrin. Sie verurteilt nicht, aber was immer geschehen mag, sie warnt dich auch nicht. Der Erste kam an mein Bett. Ich erwachte von meinem eigenen Todesröcheln, und es war ein Mann, der mir die Kehle zudrückte. Kleiner als ein Ogo, aber größer als ein Pferd. Er roch, als hätte er eine Ziege geschlachtet. Packte mich am Hals und hob mich in die Luft, ohne dass die anderen einen Laut von sich gegeben hätten. Ich wollte seine Finger öffnen, doch ein Teufel steckte in seinem Griff. Gegen seine Brust zu treten hieß, einen Stein zu treten. Er hielt mich hoch, als betrachtete er ein wertvolles Juwel. Ich stieß ihm das Knie so fest gegen den Kiefer, dass seine Zähne die Zunge durchtrennten. Er ließ mich fallen, und ich ging wie ein Bulle auf seine Eier los. Er stürzte, ich griff mir sein Messer, scharf wie eine Rasierklinge, und schnitt ihm die Kehle durch. Der Zweite versuchte meine Arme zu packen, aber ich war nackt und schlüpfrig. Das Messer – mein Messer –, ich rammte es ihm zwischen die Rippen und hörte sein Herz platzen. Der dritte Mann tanzte mit den Füßen und Fäusten wie eine Nachtmotte, pfiff wie ein Moskito. Eine Faust ballte ich und streckte dann zwei Finger aus, wie Hasenohren. Bohrte sie ihm rasch ins linke Auge und zog es in einem Stück heraus. Er schrie. Ich sah zu, wie er heulend den Boden nach seinem Auge absuchte, und vergaß darüber die anderen beiden. Der Dicke hinter mir holte aus, ich duckte mich, er stolperte, er fiel, ich sprang, ich griff mir den Stein, der mein Kissen war, und schlug auf seinen Kopf ein, bis sein Gesicht nach Fleisch roch.

Der letzte Mann war ein Junge. Er weinte. Er war zu erschüttert, als dass er um sein Leben hätte flehen können. Ich sagte ihm, in seinem nächsten Leben solle er ein Mann werden, denn in diesem sei er weniger als ein Wurm, und rammte ihm das Messer in den Hals. Sein Blut berührte den Boden, ehe seine Knie es taten. Ich ließ den halb blinden Mann am Leben, denn wir brauchen Geschichten zum Leben, nicht wahr, Priester? Inquisitor. Ich weiß nicht, wie ich dich nennen soll.

Aber das waren nicht deine Männer. Gut. Dann musst du ihren Witwen kein Totenlied singen.

Du bist wegen einer Geschichte gekommen, und ich bin in der Stimmung zu erzählen, also sind die Götter uns beiden wohlgesinnt.

In der Purpurnen Stadt gab es einen Händler, der sagte, er habe seine Frau verloren. Sie war mit fünf goldenen Ringen, zehn und zwei Ohrringpaaren, zwanzig und zwei Armreifen und zehn und neun Fußspangen verschwunden. *Man sagt, du hättest eine Nase, mit der du finden kannst, was lieber verloren bliebe,* sagte er. Ich zählte beinahe zwanzig Jahre und war vor Langem aus dem Hause meines Vaters verbannt worden. Der Mann hielt mich für eine Art Spürhund, aber ich sagte: Ja, es heißt, ich hätte eine Nase. Er warf mir das Unterkleid seiner Frau zu. Die Spur war so schwach, dass sie beinahe verflogen war. Vielleicht hatte sie gewusst, dass man sie eines Tages jagen würde, denn sie hatte in drei Dörfern eine Hütte, und niemand wusste, in welcher sie lebte. In jedem Haus war ein Mädchen, das genau wie sie aussah und sogar auf ihren Namen hörte. Das

Mädchen im dritten Haus bat mich herein und wies mich an, mich auf einen Schemel zu setzen. Sie fragte, ob ich durstig sei, und griff nach einem Krug Masukubier, ehe ich antworten konnte. Ich will dich daran erinnern, dass meine Augen nicht außergewöhnlich sind, aber man sagt, ich hätte eine Nase. Als sie mir den Krug Bier brachte, hatte ich daher das Gift bereits gerochen, das sie hineingetan hatte, ein Kobraspucke genanntes Gift, das seinen Geschmack verliert, wenn man es mit Wasser vermengt. Sie reichte mir den Krug, und ich nahm ihn, packte ihre Hand und drehte ihr den Arm auf den Rücken. Ich hob den Krug an ihre Lippen, zwang ihn zwischen ihre Zähne. Die Tränen liefen an ihr herunter, und ich nahm den Krug fort.

Sie brachte mich zu ihrer Herrin, die in einer Hütte am Fluss lebte. Mein Mann hat mich so sehr geschlagen, dass mein Kind herausgefallen ist, sagte die Herrin. Ich habe fünf Goldringe, zehn und zwei Paar Ohrringe, zwanzig und zwei Armreifen und zehn und neun Fußspangen, die ich dir geben will, und dazu eine Nacht in meinem Bett. Ich nahm vier Fußspangen, und ich brachte sie zurück zu ihrem Mann, weil ich lieber sein Geld wollte als ihren Schmuck. Dann sagte ich ihr, sie solle die Frau aus der dritten Hütte Masukubier für ihn machen lassen.

Die zweite Geschichte.

Als mein Vater eines Abends nach Hause kam, roch er nach einer Fischerin. Er hatte ihren Geruch an sich und das Holz eines Bao-Bretts. Und das Blut eines Mannes, der nicht mein Vater war. Er hatte eine Partie gegen einen Binga, einen Bao-Meister, gespielt und verloren. Der Binga hatte seinen Preis eingefordert, und mein Vater hatte das Bao-Brett genommen und es dem Meister gegen die Stirn geschlagen. Er sagte, er sei in einem weit entfernten Wirtshaus gewesen, um zu zechen, Frauen zu kraulen und Bao zu spielen. Mein Vater schlug auf den Mann ein, bis dieser sich nicht mehr bewegte, und verließ dann die Schänke. Aber er hatte keinen Schweißgeruch an sich, nicht viel Staub, kein Bier in seinem Atem, nichts. Er war nicht in einer Schänke gewesen, sondern in der Höhle eines Opium-Mönchs.

Vater kam also herein und rief mich aus dem Kornschuppen herbei, in dem ich lebte, denn zu dieser Zeit hatte er mich schon aus dem Haus verbannt.

»Komm, mein Sohn. Setz dich, und spiele Bao mit mir«, sagte er.

Das Brett lag auf dem Boden, viele Kugeln fehlten. Zu viele, um richtig spielen zu können. Doch mein Vater wollte gewinnen, nicht spielen.

Gewiss kennst du Bao, Priester; wenn nicht, muss ich es dir erklären. Vier Reihen mit acht Löchern auf dem Brett, jeder Spieler bekommt zwei Reihen. Dreißig und zwei Samenkapseln für jeden Spieler, aber wir hatten weniger, ich weiß nicht mehr, wie viele. Jeder Spieler legt sechs Samen in das Nyumba genannte Loch, aber mein Vater legte acht hinein. Vater, hätte ich sagen können, spielst du das Spiel nach südlicher Art, mit acht statt sechsen?, aber mein Vater spricht nicht, wenn er schlagen kann, und er hat mich schon für weniger geschlagen. Immer wenn ich einen Samen legte, sagte er: Erobere meine Samen, und nimm sie dir. Aber er hungerte nach einem Getränk und verlangte nach Palmwein. Meine Mutter brachte ihm Wasser, und er zog sie an den Haaren, schlug ihr zweimal ins Gesicht und sagte: Bis Sonnenuntergang wird deine Haut die Male vergessen haben. Meine Mutter tat ihm nicht den Gefallen zu weinen, sondern ging und kehrte mit Wein zurück. Ich schnupperte nach Gift, und ich wäre nicht eingeschritten. Aber während er meine Mutter schlug, weil sie durch Hexerei entweder machte, dass sie langsamer älter wurde oder er schneller, versäumte er das Spiel. Ich säte meine Samen, zwei in ein Loch ganz am Ende des Brettes, und eroberte seine Samen. Das gefiel meinem Vater nicht.

»Du hast die Mtaji-Runde eingeleitet«, sagte er.

»Nein, wir fangen doch gerade erst an«, sagte ich.

»Du wagst es, so respektlos mit mir zu sprechen? Nenn mich Vater, wenn du mit mir sprichst«, sagte er.

Ich sagte nichts und blockierte ihn mit dem nächsten Spielzug.

Er hatte keine Samen mehr in der inneren Reihe und konnte nicht setzen.

»Du hast betrogen«, sagte er. »Du hast mehr als dreißig und zwei Samen auf dem Brett.«

Ich sagte: »Entweder der Wein hat dich blind gemacht, oder du kannst nicht zählen. Du hast Samen gesät, und ich habe sie erobert. Ich habe entlang meiner ganzen Reihe gesät und eine Mauer gebaut, die du ohne Samen nicht durchbrechen kannst.«

Er schlug mir auf den Mund, ehe ich noch ein Wort sagen konnte. Ich fiel von dem Schemel, und er packte das Bao-Brett, um mich damit zu schlagen, wie er den Binga geschlagen hatte. Doch mein Vater war betrunken und langsam, und ich hatte zugesehen, wie sich die Ngulu-Meister am Fluss in ihrer Kampfkunst übten. Er schwang das Brett, und Samen flogen in die Luft. Ich machte drei rückwärtige Überschläge, wie ich es bei ihnen beobachtet hatte, und duckte mich wie ein lauernder Gepard. Er blickte sich suchend um, als wäre ich verschwunden.

»Komm raus, du Feigling. Feige wie deine Mutter«, sagte er. »Darum macht es mir so viel Spaß, sie zu schänden. Erst werde ich dich schlagen, dann werde ich sie dafür schlagen, dass sie dich aufgezogen hat, und dann werde ich ein Mal hinterlassen, damit ihr beide daran denkt, dass sie einen Jungen aufgezogen hat, der Männern als Mätresse dient«, sagte er.

Die Wut ist eine Wolke, die meinen Geist leer und mein Herz schwarz zurücklässt. Ich sprang und trat dabei in die Luft, mit jedem Mal höher.

»Jetzt hüpft er herum wie ein Tier«, sagte er.

Er stürzte sich auf mich, aber ich war kein Junge mehr. In dem kleinen Haus machte ich einen Satz auf ihn zu, warf mich auf den Boden und stützte mich mit den Händen ab, machte sie zu Füßen und bäumte mich auf, ließ meinen ganzen Körper kreisen wie ein

Rad, die Beine in der Luft, wirbelte auf ihn zu, umklammerte seinen Hals mit beiden Füßen und warf ihn zu Boden. Sein Kopf schlug so laut auf dem Boden auf, dass meine Mutter es draußen krachen hörte. Sie kam hereingelaufen und schrie.

»Geh weg von ihm, Kind. Du hast uns beide ruiniert.«

Ich sah sie an und spie aus. Dann ging ich.

Diese Geschichte hat zwei Enden. Bei dem ersten umklammerten meine Beine sein Genick und brachen es, als ich ihn zu Boden warf. Er starb auf der Stelle, und meine Mutter gab mir fünf Kaurischnecken und in Palmblätter gewickeltes Sorghum und schickte mich fort. Ich sagte ihr, ich würde nichts mitnehmen, was ihm gehört hatte, nicht einmal Kleider.

Beim zweiten Ende breche ich ihm nicht das Genick, aber er landet trotzdem auf dem Kopf, der birst und blutet. Er wacht als Schwachsinniger auf. Meine Mutter gibt mir fünf Kauris und ein Bananenblatt voller Sorghum und sagt: Geh fort von hier, deine Onkel sind alle noch schlimmer als er.

Mein Name gehörte meinem Vater, also ließ ich ihn an seinem Tor zurück. Er pflegte hübsche Gewänder zu tragen, Seide aus Ländern, die er nie gesehen hatte, Sandalen von Männern, die ihm Geld schuldeten, alles, was ihn vergessen machte, dass er bei einem Stamm im Flusstal aufgewachsen war. Ich verließ das Haus meines Vaters und wollte nichts, was mich an ihn erinnerte. Die alten Bräuche riefen nach mir, ehe ich überhaupt aufgebrochen war, und ich wollte jedes einzelne Kleidungsstück ablegen. Wie ein Mann riechen, übel, stinkend, nicht nach dem Duft von Stadtfrauen und Eunuchen. Die Menschen würden mich mit jener Verachtung ansehen, die sie für die Sumpfleute übrighatten. Ich würde die Stadt oder die Schlafkammer mit dem Kopf voran betreten wie ein wertvolles, gejagtes Tier. Der Löwe braucht kein Gewand und die Kobra auch nicht. Ich würde nach Ku gehen, woher mein Vater stammte, auch wenn ich den Weg nicht wusste.

Ich heiße Sucher. Ich hatte einst einen Namen, aber ich habe ihn längst vergessen.

Die dritte Geschichte.

Die Königin eines Königreichs im Westen sagte, sie würde mich großzügig entlohnen, wenn ich ihren König fand. Ihr Hof glaubte, sie habe den Verstand verloren, denn der König war tot, vor nunmehr fünf Jahren ertrunken, aber es machte mir nichts aus, nach den Toten zu suchen. Ich nahm ihre Anzahlung und ging dorthin, wo die Ertrunkenen leben.

Ich lief, bis ich zu einer alten Frau kam, die mit einem langen Stock am Flussufer saß. Die Haare weiß an den Schläfen, die Oberseite des Kopfes kahl. Furchen zogen sich durch ihr Gesicht wie Pfade durch den Wald, und ihre gelben Zähne verrieten, dass ihr Atem faul war. In den Geschichten heißt es, sie würde jeden Morgen jung und schön erwachen, bis zum Mittag zu voller Blüte und Anmut reifen, bis Sonnenuntergang zum alten Weib werden und um Mitternacht sterben, um innerhalb der nächsten Stunde aufs Neue geboren zu werden. Der Buckel auf ihrem Rücken überragte ihren Kopf, doch ihre Augen blitzten, also war ihr Verstand scharf. Fische schwammen bis an die Spitze ihres Stockes heran, aber nicht darüber hinaus.

»Weshalb bist du hierhergekommen?«, fragte sie.

»Dieser Weg führt nach Monono«, sagte ich.

»Weshalb bist du hierhergekommen? Ein Lebender?«

»Das Leben ist Liebe, und ich habe keine Liebe mehr übrig. Die Liebe ist aus mir gesickert und in einen Fluss wie diesen geflossen.«

»Du hast nicht Liebe verloren, sondern Blut. Ich werde dich passieren lassen. Aber wenn ich das Lager mit einem Mann teile, lebe ich siebzig Monde, ohne zu sterben.«

Also fickte ich das alte Weib. Sie legte sich am Ufer auf den Rücken, die Füße im Fluss. Sie war nichts als Leder und Knochen, aber sie hatte mich hart gemacht, und ich war von Kraft erfüllt. Zwischen meinen Beinen schwamm etwas, was sich wie Fische anfühlte. Ihre Hand berührte meine Brust, und die weißen Lehmstreifen darauf wurden um mein Herz herum zu Wellen. Verdrossen über ihr Schweigen, stieß ich wieder und wieder in sie hinein. In der Dunkelheit spürte ich, wie sie jünger wurde, obwohl sie älter wurde. Flammen breiteten sich in mir aus, schossen in die Spitzen meiner Finger und in meine Spitze in ihr. Luft sammelte sich um Wasser, Wasser sammelte sich um Luft, und ich schrie und zog mich aus ihr zurück und ließ es auf ihren Bauch, ihre Arme und ihre Brüste regnen. Ein fünffacher Schauder durchlief mich. Sie war noch immer ein altes Weib, aber ich war nicht wütend. Sie sammelte meinen Regen von ihrer Brust und schleuderte ihn in den Fluss. Sogleich sprangen Fische aus dem Wasser, tauchten wieder ein, sprangen wieder heraus. Es war eine Nacht, in der die Dunkelheit den Mond fraß, aber die Fische trugen ein Licht in sich. Die Fische hatten den Kopf, die Arme und Brüste von Frauen.

»Folge ihnen«, sagte sie.

Ich folgte ihnen durch Tag und Nacht und wieder Tag. Mal reichte mir der Fluss nur bis zu den Knöcheln. Mal reichte mir der Fluss bis zum Hals. Das Wasser wusch alles Weiß von meinem Körper, ließ nur mein Gesicht unberührt. Die Fischfrauen, die Frauenfische führten mich Tag für Tag für Tag den Fluss hinunter, bis wir an einen Ort kamen, den ich nicht beschreiben kann. Es war entweder eine Wand aus einem Fluss, der aufrecht stand, obwohl ich meine Hand hindurchstecken konnte, oder der Fluss hatte sich aufwärtsgebeugt, und ich konnte weiterlaufen, die Füße auf dem Boden, der Körper aufrecht, ohne umzufallen.

Manchmal muss man durch etwas hindurch, um vorwärtszukommen. Also ging ich hindurch. Ich hatte keine Angst.

Ich kann dir nicht sagen, ob ich aufhörte zu atmen oder ob ich unter Wasser atmete. Aber ich lief weiter. Flussfische umgaben mich, als wollten sie mich fragen, was ich hier zu suchen hatte. Ich lief

weiter. Das Wasser um mich herum ließ meine Haare wehen, spülte
unter meinen Armen hindurch. Dann erreichte ich etwas, was ich
noch in keinem der Königreiche je gesehen hatte. Eine Burg aus
Stein auf einer freien Grasfläche, zwei, drei, vier, fünf, sechs Stockwerke hoch. An jeder Ecke ein Turm mit einem Kuppeldach, ebenfalls aus Stein. In jedem Stockwerk waren Fenster in den Stein gehauen und unter den Fenstern je ein Stück Boden mit goldenen
Geländern, Terrasse genannt. Und aus dem Gebäude ragte ein Korridor, der es mit einem anderen Gebäude verband, und ein weiterer
Korridor, der es mit einem weiteren Gebäude verband, sodass dort
vier miteinander verbundene Burgen in einem Viereck standen.

Keine der Burgen war so groß wie die erste, und die letzte war eine
Ruine. Ich weiß nicht, wann das Wasser verschwand und Stein, Gras
und Himmel zurückließ. Bäume standen in einer geraden Reihe, so
weit ich sehen konnte, rechteckige Gärten und kreisrunde Blumen-
beete. Nicht einmal die Götter hatten einen Garten wie diesen. Es
war nach der Mittagsstunde, und das Königreich war verlassen. Am
Abend, der rasch kam, hob und senkte sich die Brise, und Winde
zogen rau an mir vorbei wie dicke Männer in Hast. Bei Sonnenuntergang zeigten sich Männer, Frauen und Tiere, erschienen in den
Schatten, verschwanden in den letzten Sonnenstrahlen, erschienen
aufs Neue. Ich setzte mich auf die Stufen der größten Burg und sah
zu, wie die Sonne das Dunkel floh. Männer, die neben Frauen gingen, Kinder, die wie Männer aussahen, und Frauen, die wie Kinder
aussahen. Und Männer, die blau waren, und Frauen, die grün waren,
und Kinder, die gelb waren, mit roten Augen und Kiemen am Hals.
Und Wesen mit Grashaaren und Pferde mit sechs Beinen und Hor-
den von Adabas mit den Beinen eines Zebras, dem Rücken eines
Esels und dem Horn eines Nashorns auf der Stirn, die neben weiteren Kindern einherrannten.

Ein gelbes Kind kam zu mir und sagte: »Wie bist du hierhergekommen?«

»Ich kam durch den Fluss.«

»Und die Itaki hat dich hindurchgelassen?«

»Ich weiß nichts von einer Itaki, nur von einer alten Frau, die nach Moos roch.«

Das gelbe Kind wurde rot, und seine Augen wurden weiß. Seine Eltern kamen es holen. Ich stand auf und stieg die Stufen sechs Meter hoch zur Burg hinauf, wo weitere Männer, Frauen, Kinder und Tiere lachten, redeten, plauderten und schwatzten. Am Ende des Korridors hingen Bronzetafeln an der Wand, auf denen Kriege und Krieger dargestellt waren. Auf einem der Bilder erkannte ich die Schlacht des Binnenlands, in der viertausend Mann gefallen waren, auf einem anderen die Schlacht des halb blinden Prinzen, der seine gesamte Armee über eine Klippe geführt hatte, die er für einen Berg hielt. Am Fuße der Wand stand ein bronzener Thron, der den darauf sitzenden Mann klein wie einen Säugling erscheinen ließ.

»Das sind nicht die Augen eines gottesfürchtigen Mannes«, sagte er. Ich wusste, es war der König, denn wer hätte es sonst sein sollen?

»Ich bin gekommen, um Euch zu den Lebenden zurückzuholen«, sagte ich.

»Selbst das Land der Toten hat von dir gehört, Sucher. Aber du hast deine Zeit vergeudet und dein Leben vergebens riskiert. Ich wüsste keinen Grund zurückzukehren, weder für mich noch für dich.«

»Ich habe für nichts einen Grund. Ich finde, was die Menschen verloren haben, und die Königin hat Euch verloren.«

Der König lachte.

»Da bist du die einzige lebendige Seele hier in Monono, und doch ist keiner an diesem Hofe so tot wie du«, sagte er.

Inquisitor, ich wünschte, die Menschen würden begreifen, dass ich keine Zeit für solche Auseinandersetzungen habe. Ich kämpfe für nichts und werde nie für etwas kämpfen, also vergeude meine Zeit nicht mit Worten. Erhebe die Faust, und ich breche sie. Erhebe die Zunge, und ich schneide sie dir aus dem Mund.

Der König hatte keine Wachen im Thronsaal, also ging ich auf ihn zu und beobachtete, wie die Menge mich beobachtete. Er war weder aufgeregt noch ängstlich, sondern hatte diese Leere im Gesicht, die sagte: Dies ist, was dir geschehen muss. Vier Stufen führten zu der Plattform hinauf, auf der sein Thron stand. Zwei Löwen zu seinen Füßen, so reglos, dass ich nicht wusste, ob sie Fleisch oder Geist oder Stein waren. Er hatte ein rundes Gesicht mit einem unter dem Kinn hervorlugenden Kinn, großen schwarzen Augen, einer platten Nase mit zwei Ringen darin und einem schmalen Mund, als hätte er östliches Blut in sich. Er trug eine goldene Krone über einem weißen Tuch, das sein Haar bedeckte, einen weißen Mantel mit silbernen Vögeln darauf und einen purpurnen, ebenfalls mit Gold besetzten Latz über dem Mantel. Ich hätte ihn mit einem Finger hochheben können.

Ich trat bis an seinen Thron heran. Die Löwen rührten sich nicht. Ich berührte die zu einer erhobenen Löwenpfote geformte Messinglehne, und Donner grollte über mir, schwer, langsam, ein schwarzer Klang, der den Wind faulig riechen machte. Oben an der Decke: nichts. Ich schaute noch nach oben, als der König einen Dolch so fest in meine Hand stieß, dass er sich in die Armlehne bohrte und stecken blieb.

Ich schrie; er lachte und lehnte sich in seinen Thron zurück.

»Hast du geglaubt, dass die Unterwelt ihr Versprechen einlöst, das Land ohne Schmerz und Leid zu sein? Dieses Versprechen gilt nur den Toten«, sagte er.

Niemand stimmte in sein Lachen ein, doch alle sahen zu.

Er betrachtete mich mit einem argwöhnischen Blick und strich sich über das Kinn, als ich den Dolch griff und herauszog, was mich zum Schreien brachte. Der König sprang auf, als ich nach ihm griff, aber ich bekam einen Zipfel seines Mantels zu fassen und riss ihn ab. Er lachte, als ich meine Hand damit umwickelte. Ich schlug ihm mitten ins Gesicht, und da erst wurde die Menge unruhig. Ich hörte todbringende Schritte auf mich zukommen und wandte mich um.

Die Menge hielt inne. Nein, etwas hielt sie zurück. Nichts lag auf ihren Gesichtern, weder Wut noch Angst. Und dann machte die Menge einen Satz zurück wie ein einziger Mann und blickte an mir vorbei auf den König, der mit der blutigen Löwenpfote in der Hand dastand. Der König warf die Pfote in die Luft, zur Decke hinauf, und die Menge schrie verwundert auf. Die Pfote kam nicht wieder herunter. In den hinteren Reihen liefen einige davon. Manche in der Menge riefen etwas, manche schrien. Mann überrannte Frau überrannte Kind. Der König lachte immer weiter. Dann ein Knarzen, dann ein Reißen, dann ein Brechen, als rissen die Götter des Himmels das Dach auf. Omoluzu, sagte irgendwer.

Omoluzu. Dachläufer, nächtliche Dämonen aus einer Zeit vor dieser Zeit.

»Sie haben dein Blut geschmeckt, Sucher. Omoluzu werden dir auf ewig folgen.«

Ich packte seine Hand und schnitt hinein. Er heulte wie ein Flussmädchen, während die Decke in Bewegung geriet und es klang, als würde sie bersten und brechen und zischen, doch sie blieb an ihrem Platz. Ich hielt seine Hand über meine eigene und fing sein Blut auf, während er um sich schlug und drosch wie ein kleiner Junge und sich loszureißen versuchte. Die erste Gestalt löste sich von der Decke, als ich das Blut des Königs in die Luft warf.

»Jetzt sind unsere Schicksale verbunden«, sagte ich.

Sein Lächeln verschwand, seine Kinnlade fiel hinunter, und seine Augen traten aus den Höhlen. Ich zerrte ihn die Stufen hinab, während die Decke grollte und krachte. Männer mit schwarzem Körper, schwarzem Gesicht, Schwärze, wo die Augen hätten sein sollen, stemmten sich aus der Decke, als würden sie aus Löchern klettern. Und als sie sich erhoben, standen sie auf der Decke wie wir auf dem Boden. Klingen aus Licht gingen von den Omoluzu aus, scharf wie Schwerter und rauchend wie brennende Kohlen. Der König lief schreiend davon und ließ sein Schwert liegen.

Sie griffen an. Im Weglaufen hörte ich sie von der Decke springen. Einer hüpfte hoch, landete aber nicht auf dem Boden, sondern wieder an der Decke, so als wäre ich derjenige, der auf dem Kopf stünde. Ich flüchtete in Richtung des Vorhofs, aber zwei von ihnen waren schneller als ich. Sie hüpften herunter und schwangen Schwerter. Mein Speer parierte beide Schläge, doch die Wucht dahinter warf mich um. Einer griff mich mit Schwertkunst an. Ich duckte mich nach links weg, wich seiner Klinge aus und stieß ihm meinen Speer in die Brust. Der Speer drang langsam ein, als bohrte er sich in Teer. Er sprang zur Seite und nahm meinen Speer mit sich. Ich griff nach dem Schwert des Königs. Von hinten umklammerten zwei meine Knöchel und rissen mich an die Decke, wo Schwärze strudelte wie das nächtliche Meer. Ich zog das Schwert durch das Schwarz, schnitt ihre Glieder ab und landete auf dem Boden wie eine Katze. Ein weiterer versuchte, meine Hand zu greifen, aber ich packte ihn und zog ihn auf den Boden, wo er sich auflöste wie Rauch. Einer griff mich von der Seite an, und ich duckte mich, aber seine Klinge traf mein Ohr, und es brannte. Ich wandte mich um und hieb mit meinem Schwert auf das seine ein, und Funken stoben im Dunkel auf. Er wankte. Meine Hände und Füße bewegten sich wie die eines Ngolo-Meisters. Ich kugelte und überschlug mich, von den Händen auf die Füße auf die Hände, bis ich meinen Speer bei den äußeren Kammern fand. Viele Fackeln brannten dort. Ich lief zu der ersten und tauchte meinen Speer in das Öl und die Flamme. Zwei Omoluzu waren direkt über mir. Ich hörte sie ihre Klingen zücken, um mich entzweizuschlagen. Aber ich sprang mit dem brennenden Speer vorwärts und lief mitten durch sie hindurch. Beide gingen in Flammen auf, die auf die Decke übergriffen. Die Omoluzu stoben auseinander.

Ich lief durch die äußere Kammer, den Gang hinunter und aus der Tür. Draußen schien der Mond bleich, wie Licht, das durch milchiges Glas fällt. Der dicke kleine König versuchte nicht davonzulaufen.

»Die Omoluzu erscheinen, wo es ein Dach gibt. Am offenen Himmel finden sie keinen Halt«, sagte er.

»Eure Frau wird diese Geschichte lieben.«

»Was weißt du schon von Liebe, die irgendwer für irgendwen empfindet?«

»Wir gehen.«

Ich zog ihn hinter mir her, aber wir kamen an einen weiteren Gang, der etwa fünfzig Schritte lang war. Nach fünf Schritten begann die Decke aufzureißen. Nach zehn Schritten liefen sie so schnell über die Decke, wie wir auf dem Boden liefen, und der dicke kleine König fiel allmählich zurück. Zehn und fünf Schritte, und ich duckte mich unter einem Schwerthieb weg, der meinen Kopf verfehlte und die Krone des Königs streifte. Nach zehn und fünf zählte ich nicht weiter. Auf halbem Wege durch den Gang griff ich mir eine Fackel und warf sie an die Decke. Einer der Omoluzu ging in Flammen auf und fiel herab, löste sich aber in Rauch auf, ehe er den Boden erreichte. Wir rannten wieder ins Freie. In der Ferne lag das Tor, mit einer steinernen Wölbung, die zu schmal war, als dass Omoluzu darauf hätten erscheinen können. Doch als wir darunter hindurchliefen, kamen zwei aus der Decke gesprungen, und einer schlitzte mir den Rücken auf. Nachdem wir zum Fluss gerannt waren und die Wand aus Wasser durchschritten hatten, waren beide Wunden verschwunden, ebenso wie die Erinnerung daran, wo sie gewesen waren. Ich suchte danach, doch meine Haut trug keine Spuren.

Wisse: Die Reise zu seinem Königreich war viel länger als die Reise zu seinem Totenland. Tage vergingen, ehe wir die Itaki am Flussufer erreichten, doch sie war keine alte Frau, bloß ein kleines Mädchen, das durch das Wasser hüpfte und mich durchtrieben ansah wie eine viermal so alte Frau. Als die Königin mit ihrem König zusammentraf, zankte und fluchte sie und schlug so fest auf ihn ein, dass ich wusste, es würde nur wenige Tage dauern, bis er sich wieder ertränkte.

Ich weiß, was dir gerade durch den Kopf gegangen ist. Und alle Geschichten sind wahr.

Über uns ist ein Dach.

ZWEI

Als ich das Haus meines Vaters verließ, sagte mir eine Stimme, vielleicht ein Teufel, ich solle laufen. Vorbei an Häusern und Gasthöfen und Herbergen für müde Reisende, hinter drei Mann hohen Mauern aus Lehm und Stein hindurch. Straßen wurden zu Gassen, und Gassen führten zu Musik, Trunk und Kampf, was zu Kampf, Trunk und Musik führte. Händlerinnen schlossen ihre Läden und packten ihre Buden zusammen. Männer gingen mit den Waffen von Männern vorbei, Frauen mit Körben auf den Köpfen, alte Leute saßen vor den Hauseingängen, wie sie es auch tagsüber taten. Ich stieß mit einem anderen Mann zusammen, und er fluchte nicht, sondern lächelte breit mit einem Mund voller Goldzähne. Du bist hübsch wie ein Mädchen, sagte er. Ich floh am Aquädukt entlang, versuchte, das Osttor zu finden, den Weg in den Wald.

Tagesreiter mit Speeren, in wallenden roten Gewändern, schwarzen Rüstungen und goldenen, federgeschmückten Kronen, die Reitpferde in das gleiche Rot gehüllt. Sieben Reiter näherten sich dem Tor, und der Wind war ein Wolf. Die Händel des Tages waren beendet, und ihre Pferde galoppierten in einer Staubwolke an mir vorbei. Dann begannen die Wachen, das Tor zu schließen, und ich rannte hinaus, über die Brücke mit dem Namen, den nicht einmal die Ältesten kennen. Niemand bemerkte es.

Ich lief durch freies Land, das sich wie das Sandmeer dahinstreckte. In jener Nacht kam ich an einer toten Stadt mit zerfallenden Mauern vorbei. Die verlassene Halle, in der ich schlief, hatte keine Türen und ein Fenster. Dahinter lag ein Schutthügel aus den Überresten vieler Häuser. Es gab kein Essen, und das Wasser in den Krügen schmeckte schal. Der Schlaf kroch über den Boden auf mich zu, begleitet vom Geräusch der überall in der Stadt zerfallenden Lehmwände.

Und mein Auge? Was damit ist?

Ach, welche Dinge es dir erzählen könnte, wäre es ein Mund, Inquisitor. Deine Lippen teilten sich, als du es zum ersten Mal blinzeln sahst. Schreib auf, was du siehst; sei es Hexenwerk, sei es weiße Wissenschaft, mein Auge ist, wofür du es hältst. Ich habe keine Verkleidung. Ich habe keine Erscheinung. Mein Gesicht ist eine breite, runde Stirn, so wie der Rest meines Kopfes. Brauen, die so tief in meine Augen hängen, dass sie ihnen Schatten spenden. Eine Nase, so steil wie ein Berg. Lippen, die sich so dick wie mein Finger anfühlen, wenn ich mir roten oder gelben Staub darauf reibe. Ein Auge, das mir gehört, und eines, das nicht mir gehört. Ich habe meine Ohren selbst durchstoßen und daran gedacht, dass mein Vater einen Turban trägt, um die seinen zu verbergen. Aber ich habe keine Erscheinung. Das ist es, was die Leute sehen.

Zehn Tage nachdem ich das Haus meines Vaters verlassen hatte, erreichte ich ein Tal, noch nass vom Regen, der einen Mond zuvor gefallen war. Bäume mit Blättern dunkler als meine Haut. Erdboden, der dich zehn Schritte trug, um dich beim elften zu verschlingen. Die Behausungen der Kriechenden, der Kobra und Viper. Ich war ein Narr. Ich glaubte, man lernte die alten Bräuche, indem man die neuen vergaß. Während ich durch den Busch lief, sagte ich mir, dass die Geräusche, die ich hörte, zwar allesamt neu, aber nicht beängstigend waren. Dass der Baum nicht verriet, wo ich mich zu verstecken suchte. Dass die Hitze unter meinem Hals kein Fieber war. Dass die Lianen nicht versuchten, mir an die Kehle zu springen und mich zu Tode zu würgen. Und Hunger und was mir als Hunger erschien. Der Schmerz, der von innen gegen meinen Bauch schlug, bis er des Schlagens müde wurde. Ich suchte nach Beeren, suchte nach junger Baumrinde, suchte nach Affen, suchte nach dem, was Affen fressen.

Mehr Wahnsinn. Ich versuchte, Erde zu essen. Ich versuchte, Schlangen zu folgen, die Ratten durch den Busch folgten. Ich spürte, dass mir etwas Großes folgte. Ich kletterte über einen Felsen, und nasse Blätter schlugen mir ins Gesicht.

Ich erwachte in einer Hütte, die kühl war wie der Fluss. Ein Feuer loderte, doch die Hitze war in meinem Inneren.

»Im Wasser ist das Flusspferd unsichtbar«, sagte eine Stimme.

Entweder war es in der Hütte finster, oder ich war blind; ich wusste es nicht.

»*Ye waren wupsi yeng ve.* Warum hast du die Warnung nicht beherzigt?«, sagte er.

Die Hütte lag noch immer im Dunkeln, doch meine Augen sahen nun etwas mehr.

»Die Viper hat mit niemandem Streit, nicht einmal mit närrischen Knaben. Oba Olushere, die gelassene und freundliche Schlange, ist die gefährlichste.«

Meine Nase hatte mich in den Wald geführt. Ich hatte keine Schlange gesehen. Zwei Nächte zuvor, als er mich zitternd unter dem weinenden Baum gefunden hatte, war er sich meines Todes so gewiss gewesen, dass er ein Loch gegraben hatte. Doch dann hatte ich die ganze Nacht hindurch grüne Säfte gespien. Und so lag ich nun auf einer Matte in einer Hütte, die nach Veilchen, toten Büschen und brennender Scheiße roch.

»Antworte mit dem Herzen. Was treibst du im tiefen Busch?«

Ich wollte ihm sagen, dass mich die Suche nach mir selbst hergeführt hatte, doch das waren die Worte eines Narren. Oder etwas, was mein Vater gesagt hätte, doch damals glaubte ich noch, es gebe ein Ich, das man verlieren könne, und wusste nicht, dass man das Ich nie besitzt. Aber das habe ich schon gesagt. Also sagte ich nichts und hoffte, meine Augen würden sprechen. Selbst im Dunkeln spürte ich, dass er mich anstarrte. Mich und meine wilden Vorstellungen vom Busch, wo Männer mit den Löwen zogen und vom Lande aßen und neben den Baum schissen und keine Kunst kannten. Er kam aus der dunklen Ecke und schlug mir ins Gesicht.

»Der einzige Weg in deinen Kopf ist, dass ich ihn aufschneide und hineinschaue – oder du sprichst aus, was darin ist.«

»Ich dachte …«

»Du denkst, dass die Männer aus dem Busch und vom Fluss knurren und bellen wie Hunde. Dass wir uns nach dem Scheißen nicht den Arsch abwischen. Vielleicht reiben wir uns damit ein. Ich rede mit dir als Mann.«

Du, Inquisitor, bist ein Mann, der Worte sammelt. Du sammelst meine. Du hast Verse für einen kühlen Morgen, Verse für die Mittagsstunde der Toten, Verse für den Krieg. Doch die Abendsonne braucht deine Verse nicht und der rennende Gepard ebenso wenig.

Dieser weise Mann lebte nicht im Dorf, sondern am Fluss. Sein Haar war weiß von Asche und Milchrahm. Ich sah nur ein Mal, wie mein Vater sich auszog, und da sah ich punktförmige Narben wie einen Kreis aus Sternen auf seinem Rücken. Dieser Mann hatte einen Kreis aus Sternen auf seiner Brust. Er lebte allein in der Hütte, die er mit wilden Ästen als Wänden und mit Büschen als Dach gebaut hatte. Er hatte die Wände mit schwarzem Steinstaub eingerieben, bis sie glänzten, und dann Muster und Bilder darauf gemalt, eines von einer weißen Kreatur mit Armen und Beinen so lang wie Bäume. Ich hatte dergleichen noch nie gesehen.

»Und das ist gut so, denn du wärst nicht mehr am Leben, um mir davon zu erzählen«, sagte er.

Ich schlief ein, erwachte, schlief ein, erwachte und sah einen großen weißen Python sich um einen Stamm winden, erwachte und sah die Schlange vor der Wand verblassen. Sonnenlicht fiel herein, erhellte die Wände, und ich sah, dass wir in einer Höhle waren. Die Wände hatten die Form von schmelzendem Kerzenwachs, das auf

Kerzenwachs tropft. In der Düsternis sahen Teile davon aus wie ein schreiendes Gesicht oder die Beine eines Elefanten oder der Schlitz eines jungen Mädchens.

Als ich mit der Hand darüberfuhr, fühlte sich die Wand an wie die Haut der Yamswurzel. An der Öffnung war sie weich, und Sträucher ragten daraus hervor wie lose Haare. Ich stand auf, und diesmal fiel ich nicht. Zwar torkelte ich wie ein mit Palmwein vollgesogener Mann, aber ich trat nach draußen. Ich wankte und presste mich an den Fels, um das Gleichgewicht nicht zu verlieren, doch das war kein Fels. Kein Stein. Baumrinde. Aber zu breit, zu groß. Ich blickte so weit hinauf, wie ich konnte, und lief so weit, wie ich konnte. Aber nicht nur, dass die Sonne noch hinter den Ästen und Blättern war, dieser Stamm hatte auch kein Ende. Als ich ihn umrundet hatte, wusste ich nicht mehr, wo sein Anfang war. Nur ganz oben hatte er Äste, die stummelig wie die Finger eines Säuglings waren und in ein Netz aus Zweigen und Blättern übergingen. Kleine Blätter, dick wie Haut, und Früchte so groß wie dein Kopf. Ich hörte kleine Füße auf und ab klettern, eine Pavianmutter mit ihrem Jungen.

»Der Affenbrotbaum war der schönste der Savanne«, sagte der Hexer hinter mir. »Das war vor der zweiten Götterdämmerung. Aber siehe da – der Affenbrotbaum wusste um seine Schönheit. Er verlangte, dass alle, die Lieder machen können, sie besangen. Er und sein Bruder waren hübscher als die Götter, selbst hübscher als Biki-li-Lilis, deren Haar zu den einhundert Winden wurde. Dies ist, was geschah. Die Götter gebaren Zorn. Sie stiegen auf die Erde herab, rissen jeden einzelnen Affenbrotbaum aus der Erde, drehten ihn um und stießen ihn wieder hinein. Die Wurzeln brauchten fünfhundert Jahre, um Blätter zu bilden, und fünfhundert weitere, um Blüten und Früchte zu tragen.«

Innerhalb eines Mondes kam jeder Einwohner des Dorfes zu dem Baum. Ich sah, wie sie sich hinter Ästen und Blättern versteckten und ihn anschauten. Einmal kamen drei starke Männer aus dem Dorf. Sie waren alle groß, breitschultrig, geriffelt dort, wo dicke Männer Bäuche hatten, mit Beinen so stark wie die des Stieres. Der erste Mann war von Kopf bis Fuß in Asche gehüllt, weiß wie der Mond. Der zweite hatte seinen Körper mit weißen Streifen bemalt wie ein Zebra. Der dritte hatte keine andere Farbe als seine dunkle und prächtige Haut. Sie trugen Halsketten und Ketten um die Taille, die weiter keinen Schmuck brauchte. Ich wusste nicht, was sie von mir wollten, aber ich wusste, ihnen würde ich es geben.

»Wir haben dich oft im Busch beobachtet«, sagte der Gestreifte. »Du kletterst auf Bäume und jagst. Ohne Fertigkeit, ohne Können, aber vielleicht helfen dir die Götter. Wie alt bist du in Monden?«

»Mein Vater hat die Monde nie gezählt.«

»Dieser Baum hat sechs Jungfrauen verzehrt. Hat sie am Stück verschlungen. Nachts kann man sie schreien hören, aber es dringt nicht mehr als ein Flüstern heraus. Man glaubt, es sei der Wind.«

Er sah mich einen Augenblick lang starr an, dann lachten sie alle drei.

»Du wirst mit uns zum Zareba-Mannbarkeitsritus kommen«, sagte der Gestreifte.

Er deutete auf den Mondhellen.

»Eine Schlange hat gerade vor der Regenzeit seinen Gefährten getötet. Du wirst mit ihm gehen.«

Ich sagte nicht, dass ich einen Schlangenbiss überlebt hatte.

»Wir treffen uns unter der nächsten Sonne. Du solltest den Weg des Kriegers kennen, nicht den des weibischen Mannes«, sagte der Mondhelle.

Ich nickte. Er sah mich länger an als die anderen. Jemand hatte einen Stern in seine Brust geritzt. Die Ohren mit den Ringen darin hatte er, das wusste ich, selbst durchstoßen. Er war wenigstens einen Kopf größer als die anderen, was mir jedoch erst jetzt auffiel. In Juba hätten diese Jungen als Männer gegolten.

»Du wirst mit mir gehen«, hörte ich ihn sagen, auch wenn ich es ihn nicht sagen hörte.

Bei den Zarebas, den Mannbarkeitsritualen, gibt es keine Frauen. Dennoch muss man um ihren Nutzen für den Mann wissen. Das Zareba ist in deinem Verstand; das Zareba ist draußen im Busch, eine Reise von Sonnenaufgang bis zur Mittagsstunde entfernt. Du erreichst die Halle der Helden mit ihren Lehmwänden und dem Strohdach. Und Stöcken und Raum zum Kämpfen. Die Jungen treten hier ein, um von den stärksten Kämpfern sämtlicher Dörfer und Berge zu lernen. Du bedeckst dich mit Asche, sodass du in der Nacht aussiehst, als wärst du vom Mond heruntergekommen. Du isst Sorghum-Brei. Du tötest den Jungen, der du bist, um der Mann zu werden, der du bist, aber alles muss gelernt werden. Ich fragte den Mondscheinjungen, wie man alles über die Frauen lernt, wenn es keine Frauen gibt, von denen man lernen kann.

Willst du mehr hören, Inquisitor?

Eines Morgens witterte ich den Geruch der Sippe, der mir zum Fluss folgte. Ein Junge, der mich für den Sohn seines Onkels hielt. Ich jagte nach Fischen. Er kam ans Ufer und grüßte mich, als würde er mich kennen, bis er sah, dass er mich nicht kannte. Ich sagte nichts. Seine Mutter musste ihm vom Abarra erzählt haben, dem Dämon, der zu dir kommt wie jemand, den du kennst und von dem er alles außer der Zunge hat. Er rannte nicht fort, sondern ging langsam vom Ufer davon und setzte sich auf einen Felsen. Beobachtete mich. Er zählte nicht mehr als acht oder neun Jahre, mit einem weißen Lehmstrich von einem Ohr zum anderen und über seine Nase hinweg und weißen Flecken wie die eines Leoparden überall auf der Brust. Ich war ein Stadtjunge und hatte kein Glück beim Fischfang. Ich tauchte die Hände ins Wasser und wartete. Fische schwammen geradewegs in meine Hände hinein, entschlüpften aber, wenn ich einen zu packen versuchte. Ich wartete, er beobachtete mich. Ich bekam einen großen zu fassen, doch er wand sich und erschreckte mich, und ich stolperte und fiel in den Fluss. Der Junge lachte. Ich sah ihn an und lachte auch, doch dann drang ein Geruch in den Wald, kam näher und näher. Ich roch es – Erdfarbe, Sheabutter, Achselgestank, Muttermilch –, und er roch es auch. Wir wussten beide, dass der Wind jemanden mit sich brachte, aber er wusste auch, wer es war.

Sie kam zwischen den Bäumen hervor, als wäre sie von den Bäumen gesprungen. Eine größere Frau, eine ältere Frau, das Gesicht schon scharf und barsch, die rechte Brust noch nicht schlaff. Die linke hatte sie in ein über die Schulter geschlungenes Tuch gehüllt. Um den Kopf ein Band, rot, grün und gelb. Halsketten in allen Farben außer Blau türmten sich wie ein Berg bis zu ihrem Ohrläppchen. Ein Rock aus Ziegenhaut mit Kaurischnecken über einem geschwollenen Bauch, in dem sie ein Kind trug. Dann sah sie mich an und deutete in dieselbe Richtung.

An einem Morgen mit träger Sonne weckte mich der Hexer mit einem Schlag ins Gesicht und ging dann ohne ein Wort aus der Hütte. Neben mich hatte er Speer, Sandalen und Stoff gelegt, um meine Hüften zu umwickeln. Ich stand rasch auf und folgte ihm. Flussabwärts öffnete sich das Dorf mit den über ein Feld verteilten Hütten. Zuerst kamen wir an trockenen Grashaufen mit Spitzen wie Brustwarzen vorbei. Dann an runden Hütten aus Lehm und Erde, rot und braun mit Dächern aus Stroh und Buschwerk. Zur Mitte hin wurden die Hütten größer. Sie waren rund und in einem Verbund von fünfen oder sechsen errichtet, sodass sie wie Burgen aussahen, mit Wänden, die sie verbanden und uns bedeuteten: All das ist für einen Mann. Je größer die Hütten, desto glänzender die Wände, da die Besitzer es sich leisten konnten, sie mit schwarzem Stein abzureiben. Doch die meisten der Hütten waren nicht groß. Nur ein Mann mit vielen Kühen konnte eine Hütte für das Korn haben und eine zweite, um es zu kochen.

Der Mann mit den größten Hütten hatte sechs Frauen und zwanzig Kinder, von denen keines ein Junge war. Er suchte nach einer siebten Frau, die ihm endlich einen Sohn gab. Er war einer der wenigen, die aus ihren Hütten kamen, um mich zu begrüßen. Zwei Jungen und ein Mädchen, nackt und ohne Bemalung, folgten dem Hexer und mir, bis eine Frau in barscher Zunge etwas rief und sie zu einer Hütte hinter uns rannten. Wir waren jetzt in der Dorfmitte, vor den Hütten dieses Mannes. Zwei Frauen verteilten eine frische Lage Lehm auf der Außenwand eines Kornspeichers. Drei Jungen, etwa in meinem Alter, kehrten mit einem toten Buschbock von der Jagd zurück. Den Mondhellen sah ich nicht.

Die Rückkehr der Jäger ließ das Dorf erwachen. Mann und Frau, Mädchen und Junge, alle kamen sie heraus, um die Früchte der Jagd zu betrachten, hielten jedoch inne, als sie mich sahen. Der Hexer nannte einen Namen, den ich nicht kannte. Der Mann mit den sechs Frauen kam heraus und ging geradewegs auf mich zu. Ein groß gewachsener Mann mit einem großen Bauch. An seinem Hinterkopf ein mit Lehm geformter Haarknoten in Grau und Gelb, aus dem fünf Straußenfedern ragten. Der Knoten, weil er ein Mann war, und jede Feder für eine bedeutsame Tötung. Gelber Lehm säumte die Wangenknochen, und Siegesnarben bedeckten Brust und Schultern. Dieser Mann hatte viele Männer und Löwen und einen Elefanten getötet. Vielleicht gar ein Flusspferd. Zwei seiner Frauen kamen heraus, eine von ihnen war die Frau vom Fluss.

Der Hexer sagte zu ihm: »Vater, der mit dem Krokodil spricht, auf dass es uns während der Regenzeit nicht frisst, höre mich an.« Dann sagte er etwas zu dem Mann, was ich nicht verstand.

Der Mann musterte mich von Kopf bis Fuß und von Fuß bis Kopf. Er kam näher heran und sagte: »Sohn von Aboyami, Bruder von Ayodele, dieser Weg ist dein Weg, diese Bäume sind deine Bäume, dies Haus ist dein Haus, und ich bin dein geliebter Onkel.«

Ich kannte diese Namen nicht. Oder vielleicht waren es einfach nur Namen von Menschen, die nichts mit mir zu tun hatten. Sippe war im Busch nicht immer gleich Sippe, und Freund war nicht immer gleich Freund. Selbst Frau war nicht immer gleich Frau.

Er führte mich durch den Eingang und in den Innenhof, wo Kinder Hühnern nachjagten. Sie rochen nach Lehm und Blütenstaub und Hühnerdreck an den Fußsohlen. Das Haus hatte sechs Zimmer. Durch das Fenster sah ich zwei Frauen Mehl mahlen. Neben dem Kornspeicher entwich aus der Küche die Süße von Hirsebrei; neben der Küche wusch sich eine Frau in einem Wasserstrahl, der aus einem Loch in der Wand kam. Daneben eine Mauer, lang und dunkel, mit Brustwarzen aus Lehm gesprenkelt. Dann unter einem Strohdach ein offener Bereich mit Schemeln und Teppichen und dahinter die längste Mauer. Der Schlafraum meines Onkels, mit einem riesigen Schmetterling über den Schlafteppichen. Er folgte meinem Blick und sagte, die Kreise in der Mitte seien kleine Wellen in einem Wasserbecken, die für die Erneuerung stünden, welche mit jeder Regenzeit komme oder wann immer er in die Nässe der Wiwi seiner neuen Frau eintauche. Neben seinem Zimmer war der Lagerraum, in dem auch die Kinder schliefen.

»Dies Haus ist dein Haus, diese Teppiche sind deine Teppiche. Aber diese Frauen gehören nur mir«, sagte er und gluckste. Ich lächelte.

Wir saßen in dem offenen Bereich, ich auf einem Teppich, er so weit auf einem Stuhl zurückgelehnt, dass er lag, anstatt zu sitzen. Der Stuhl hatte eine Wölbung für seine Hinterbacken und eine gerade Rückenlehne aus drei Brettern, so geschnitzt, dass sie wie drei Reihen von Hühnereiern aussahen. Ich höre noch das Seufzen meines Vaters, als er seinen eigenen Rücken an einem solchen Stuhl rieb. Eine Kopfstütze, geschwungen wie ein riesiger Kopfschmuck aus Hörnern. Die hohe Lehne und die Stummelbeine verliehen ihm das Aussehen eines Buschbüffels. Mein darin liegender Onkel war in ein mächtiges Tier verwandelt.

»Dein Stuhl. So einen habe ich schon einmal gesehen, geliebter Onkel.«

Er richtete sich auf. Es schien ihn zu verstören, dass es zwei von dieser Art gab.

»Haben ihn deine Leute gemacht?«, fragte ich.

»Die Lobi, die Holzmeister in der Stadt, behaupteten, sie hätten nur einen gemacht. Aber Stadtmenschen lügen, das liegt in ihrer Natur.«

»Du kennst die Straßen der Stadt?«

»Ich bin viele von ihnen entlanggegangen.«

»Warum bist du zurückgekehrt?«

»Woher weißt du, dass ich das Dorf für die Stadt verlassen habe und nicht die Stadt für das Dorf?«

Ich hatte keine Antwort.

»Wo hast du diesen Stuhl gesehen?«

»In meinem Haus.«

Er nickte und lachte. »Blut bleibt Blut, auch wenn es durch den Sand getrennt ist«, sagte er und schlug mir auf die Schulter.

»Bringt meinem Blut Palmwein und Tabak«, rief er einer seiner Frauen zu.

Das Volk nannte sich selbst und sein Dorf Ku. Einst hatte es über beide Seiten des Flusses geherrscht. Dann wurden seine Feinde, die Gangatom, größer und stärker, und viele mehr schlossen sich ihnen an und trieben die Ku auf die Seite der Abendsonne. Ku-Männer waren geschickt im Umgang mit Pfeil und Bogen, im Führen der Rinder auf frische Weiden, im Milchtrinken und im Schlafen. Die Frauen waren geschickt im Rupfen von Gras für die Dächer, im Verkleiden der Wände mit Lehm oder Kuhdung, im Bauen von Zäunen für die Ziegen und die Kinder, die den Ziegen nachjagen, im Wasserholen, im Waschen der Milchschläuche, im Melken der Kühe, im Füttern der Kinder, im Suppekochen, im Waschen der Kürbisflaschen und im Butterstampfen. Die Männer gingen hinaus auf die nahen Felder, um das Getreide zu säen und zu ernten. Sie gruben nach Wasser. Beinahe wäre ich in ein Loch gefallen, das so tief war, dass man die alten Teufel, groß wie Bäume, sich unten im Schlaf wälzen hörte. Der mondhelle Junge sagte mir, bald komme die Zeit, das Sorghum zu ernten, die Zeit, in der die Frauen mit Körben auf die Felder gingen, um das Getreide einzuholen.

Eines Tages sah ich neun Männer, die ins Dorf zurückkehrten, groß und glänzend, manche frisch bemalt, andere mit roter Erdfarbe und Sheabutter eingerieben, Männer, die wie geborene Krieger aussahen. Nachts sangen sie und tanzten und kämpften und sangen wieder und setzten Hemba-Masken auf, die dem Schimpansen glichen, doch Kava sagte, es sei das Ebenbild all der verstorbenen Ahnen, damit sie in den Geisterbäumen mit ihnen sprechen konnten. Sie sangen in den Hemba-Masken, um den Fluch vieler Monde der schlechten Jagd zu brechen. Der Trommelschlag ein *kekeke*; *bamm-bammbamm, lakalakalakalaka* im Wind.

Das Dorf erwachte inmitten eines neuen Geruchs, und er war überall. Neue Männer und neue Frauen reif bis zum Platzen. Ich beobachtete sie vom Haus des Mannes aus, der mein Onkel sein wollte, während er seine Frauen betrachtete und sich dabei am Bauch kratzte.

»Ein Junge hat mir gesagt, er werde mich zu den Mannbarkeitsritualen mitnehmen«, sagte ich.

»Ein Junge hat dir das Zareba versprochen? Auf wessen Befehl hin?«

»Er handelte eigenmächtig«, sagte ich.

»Das hat er dir gesagt?«, fragte er.

»Ja. Dass ich sein Gefährte sein solle, weil der alte an einem Schlangenbiss gestorben sei. Ich beherrsche jetzt eure Zunge. Ich kenne eure Bräuche, geliebter Onkel. Ich bin euer Blut. Ich bin bereit.«

»Welcher Junge war das?«, fragte mein Onkel.

Doch ich wusste nicht, wo dieser Junge lebte. Mein Onkel rieb sein Kinn und sah mich an. »Du wurdest geboren, als du gefunden wurdest, und das war vor nicht einmal einem Mond. Übereile es nicht mit dem Sterben.«

Ich sagte ihm nicht, dass ich bereits ein Mann war.

»Du hast sie doch gesehen. Die Jungen, die hier herumlaufen, kleiner als die Männer, die ins Dorf zurückgekehrt sind.«

»Welche Jungen?«

»Jungen mit roten Spitzen, die Weiblichkeit von der Männlichkeit abgetrennt.«

Ich wusste nicht, wovon er sprach, also nahm er mich mit nach draußen, um es mir zu zeigen. Der Himmel war grau und vom lauernden Regen angeschwollen. Zwei Jungen rannten vorbei, und er rief den größeren zu sich, dessen Gesicht rot, weiß und gelb war, das Gelb eine Linie in der Mitte des Kopfes bis ganz nach unten. Bedenke, mein Onkel ist ein sehr bedeutender Mann, der mehr Kühe hat als der Häuptling und sogar etwas Gold. Der Junge kam herüber, glänzend vor Schweiß.

»Ich habe einen Fuchs gejagt«, sagte er zu meinem Onkel. Mein Onkel winkte ihn heran. Er lachte und sagte: Der Junge weiß, dass er das Mal der endenden Jugend trägt, und das Dorf soll es auch wissen. Der Junge zuckte zusammen, als mein Onkel seine Eier und seinen Schwanz packte, wie um beides zu wiegen. Schau, sagte er. Die Farbe verbarg beinahe, dass die Haut fehlte, abgeschnitten war, und die vorwitzige Blütenspitze freilag. Im Anfang sind wir alle als zwei geboren, sagte er. Du bist Mann, und du bist Frau, so wie das Mädchen Frau ist und Mann ist. Nun, da der Fetischpriester die Frau weggeschnitten hat, wird dieser Junge ein Mann sein, sagte er.

So steif war der Junge, doch er versuchte, stolz dazustehen. Mein Onkel sprach weiter. »Und das Mädchen muss den tief in ihr steckenden Mann aus ihrer Neha schneiden lassen, um eine Frau sein zu können. So wie die ersten Wesen zwei waren.« Er strich dem Jungen über den Kopf, schickte ihn davon und ging wieder ins Haus.

Auf einem Felsen versammelten sich Männer. Groß, stark, schwarz und blitzend vor Speeren. Ich sah zu, wie sie reglos dastanden, bis die Dämmerung sie zu Schatten machte. Mein Onkel wandte sich zu mir um und flüsterte geradezu, so als teilte er mir mitten unter Fremden eine schreckliche Nachricht mit.

»Immer, wenn die Erde zum sechzigsten Mal um die Sonne geflogen ist, feiern wir den Tod und die Auferstehung. Die Erstgeborenen waren Zwillinge, doch erst, als der männliche Gott seinen Samen in die Erde entließ, gab es Leben. Darum sind der Mann, der auch Frau ist, und die Frau, die auch Mann ist, gefährlich. Es ist zu spät. Du bist schon zu alt und wirst Mann und Frau zugleich sein.«

Er sah mich an, bis seine Worte zu meinem Geist sprachen.

»Ich werde niemals ein Mann sein?«

»Du wirst ein Mann sein. Doch dieses andere ist in dir und wird dich zu einem anderen machen. Wie die Männer, die durch die Lande ziehen und unsere Frauen Geheimnisse lehren. Du wirst wissen, was sie wissen. Bei den Göttern, du könntest dich betten, wie sie sich betten.«

»Geliebter Onkel, du bereitest mir große Traurigkeit.«

Ich sagte ihm nicht, dass die Frau bereits in mir wütete und ich ihre Begierden spürte, mich darüber hinaus aber nicht wie eine Frau fühlte, denn ich wollte Wild jagen und laufen und mich im Wettstreit messen.

»Ich wünsche, jetzt beschnitten zu werden.«

»Dein Vater hätte dich beschneiden sollen. Jetzt ist es zu spät. Zu spät. Du wirst für immer auf der Grenze zwischen beiden bleiben. Du wirst immer zwei Straßen auf einmal entlanggehen. Du wirst immer die Stärke der einen Seite und den Schmerz der anderen fühlen.«

In jener Nacht zeigte sich der Mond nicht, doch der Junge leuchtete trotzdem, als er vor der Hütte erschien.

»Komm und schau, was frische Männer und Frauen tun«, sagte er.

»Du musst mir deinen Namen sagen«, sagte ich.

Er sagte nichts.

Wir gingen durch den Busch dorthin, wo Trommler den Göttern des Himmels und den Ahnen in der Erde Botschaften sandten. Der mondhelle Junge ging rasch und wartete nicht. Ich fürchtete noch immer, auf eine Viper zu treten. Er verschwand durch eine Wand aus dichtem Blattwerk, und ich blieb stehen, weil ich nicht wusste, wohin, bis eine weiße Hand durch die dicken Blätter schoss, meine eigene Hand packte und mich hineinzog.

Wir kamen zu einer Lichtung, wo die Trommler trommelten, während andere Stöcke aneinanderschlugen und wieder andere pfiffen. Zwei Männer kamen, um die Zeremonie zu eröffnen, und wir versteckten uns in den Büschen.

»Das ist der Bumbangi, der Amtsträger und Nahrungsbeschaffer. Ein Dieb ist er auch. Sieh ihn dir an, in seiner Mwelu-Maske mit den sprießenden Federn und dem riesigen Nashornvogelschnabel. Sieh den Makala neben ihm, den Meister der Zauber und Bannsprüche«, sagte Kava.

Die neuen Männer reihten sich Schulter an Schulter aneinander. Sie trugen Röcke aus feinen Stoffen, wie ich sie nur an meinem Onkel gesehen hatte, und dazu hatten sie jetzt alle Lehmknoten mit Straußenfedern und Blumen im Haar. Dann sprangen sie auf und ab, höher und höher, so hoch, dass sie in der Luft blieben, ehe sie auf dem Boden aufstampften, so fest auf dem Boden aufstampften, dass die Erde bebte. Und sie sprangen immer weiter zum *bodomm, bodomm, bodomm, bodomm.* Es waren keine Kinder dort. Vielleicht versteckten sie sich in den Büschen wie der Mondscheinjunge und ich. Dann traten die neuen Frauen auf die Lichtung. Zwei Frauen gingen gleich zu den Männern und sprangen mit ihnen, *bodomm, bodomm, bodomm.* Männer und Frauen sprangen immer dichter beieinander, bewegten sich aufeinander zu, bis Haut Haut berührte, Brust Brust berührte, Nase Nase berührte. Der Mondscheinjunge hielt noch immer meine Hand. Ich ließ es geschehen. Die anderen gesellten sich dazu, und die Lichtung war eine Wolke aus Staub vom Springen und Stampfen, und ältere Frauen tanzten nun in die Menge hinein und wieder aus ihr heraus, besessen von göttlichem Rauch.

Der Bumbangi sang immer wieder:

Männer mit einem Penis
Frauen mit einer Vagina
Ihr kennt einander nicht
Also baut noch kein Haus

Der Junge zog mich in ein dichteres, kälteres Gestrüpp hinein. Ich roch die beiden, sobald er sie hörte. Schweißgeruch stieg auf und verteilte sich im Wind. Die Frau hockte sich auf den Mann, dann auf, dann ab, auf und ab. Ich blinzelte, bis ich Nachtaugen hatte. Ihre Brüste wackelten. Beide machten Geräusche. Im Zimmer meines Vaters machte nur er Geräusche. Ich sah zehn Dinge, die diese Frau tat, für das eine, was der Mann tat. Die Frau hüpfte auf und ab, wackelte, flüsterte, keuchte, heulte, ächzte, drückte ihre eigenen Brüste, öffnete und schloss sich. Der Mondscheinjunge hatte seine Hand zwischen meine Beine gesteckt, schob meine Haut im Takt ihres Auf und Ab vor und zurück. Der Geist fuhr in mich, machte mich spritzen und machte mich schreien. Die Frau kreischte, und der Mann sprang auf und stieß sie von sich. Wir rannten davon.

Mein Vater sagte, er habe seinen Geburtsort verlassen, weil ein weiser Mann ihm gezeigt habe, dass er unter rückständigen Menschen lebe, die nie etwas schufen, nicht wussten, wie man Wörter zu

Papier brachte, und nur fickten, um sich zu vermehren. Aber mein geliebter Onkel erzählte mir etwas anderes. Lausche dem Baum, in dem du nun lebst, denn dein Blut ist dort. Ich lauschte auf einen Ast nach dem anderen, ein Blatt nach dem anderen, und hörte nichts von den Vorvätern. In der Nacht darauf hörte ich draußen die Stimme meines Großvaters, der mich für seinen Sohn hielt. Ich ging hinaus und schaute zu den Ästen hinauf und sah nichts als Finsternis.

»Wann wirst du dich am Mörder deines Vaters rächen? Ruheloser Schlaf beherrscht mich, harrt auf Gerechtigkeit«, sagte er. Er sagte auch: »Nach dem Mord an Ayodele bist du der älteste Sohn und Bruder. Das schändet den Plan der Götter und muss gerächt werden. Meine Hitze ist nicht abgekühlt, mein schwacher Sohn.«

»Ich bin nicht dein Sohn«, sagte ich.

»Dein Bruder Ayodele, der Erstgeborene, ist hier bei mir und auch von schlechtem Schlaf geplagt. Wir harren auf den süßen Geruch von Feindesblut«, sagte Großvater, der mich noch immer für einen anderen hielt.

»Ich bin kein Sohn von dir.«

Sah ich meinem Vater so ähnlich? Seine Haare waren ergraut, ehe ich welche gehabt hatte, und ich habe mich nie in ihm gesehen. Bis auf die Sturheit.

»Der Zwist ist von Neuem entfacht.«

»Ich habe keinen Zwist mit dem Krokodil, keinen Zwist mit dem Flusspferd, keinen Zwist mit dem Menschen.«

»Der Mann, der deinen Bruder getötet hat, hat auch seine Ziegen getötet«, sagte mein Großvater.

»Mein Vater ist fortgegangen, weil das Töten die Sitte der Vergangenheit war, die Sitte kleiner Menschen mit kleinen Göttern.«

»Der Mann, der deinen Bruder getötet hat, lebt noch«, sagte mein Großvater. »O welche Schmach, als der Mann eures Hauses das Dorf verließ. Ich werde seinen Namen nicht nennen. O welche Schmach, schwächer als der Vogel, feiger als das Erdmännchen. Es waren die Kühe, von denen ich es zuerst vernahm. An dem Tag, als er sah, dass ich nicht ruhen würde, ehe er Rache geübt hatte, ließ er die Kühe im Busch zurück und floh. Die Kühe kehrten allein zur Hütte zurück. Er hat seinen Namen vergessen, er hat sein Leben vergessen, seine Leute, die mit Pfeil und Bogen jagen, die Sorghum-Felder gegen Vögel verteidigen, sich um die Herde kümmern, sich von dem Schlamm fernhalten, den die Flut zurücklässt, denn dort schläft das Krokodil, um sich abzukühlen. Und du, sollst du der einzige Knabe in hundert Monden sein, den das Krokodil hasst?«

»Ich bin nicht dein Sohn«, sagte ich.

»Wann wirst du deinen Bruder rächen?«, fragte er.

Ich ging um die Hütte herum und sah meinen Onkel, der Tabak von einem Antilopenhorn schnupfte wie die reichen Männer in der Stadt. Ich wollte wissen, weshalb er in die Stadt gegangen war wie mein Vater und weshalb er anders als mein Vater zurückgekehrt war. Er kam von einer Begegnung mit einem Fetischpriester, der kurz vorher an der Flussmündung die Zukunft gelesen hatte. Ich konnte an seinem Gesicht nicht ablesen, ob der Priester ihm mehr Kühe, eine neue Frau oder Hunger und Krankheit prophezeit hatte, die ein engherziger Gott über ihn brächte. Ich roch das Dagga, das er für das zweite Gesicht kaute, weil er der Botschaft des Priesters nicht traute und sich selbst von ihrer Wahrheit überzeugen wollte. Das sah meinem Onkel ganz ähnlich. Mein Vater war ein intelligenter Mann, aber er war nie so schlau wie Onkel gewesen. Er deutete auf die weiße Linie auf seiner Stirn.

»Pulver aus dem Herzen des Löwen. Der Priester mischt es mit weiblichem Mondblut und Mahagonirinde und kaut es dann, um die Zukunft vorherzusagen.«

»Und du trägst es am Leib?«

»Was würdest du lieber tun, das Herz des Löwen essen oder es tragen?«

Ich antwortete nicht.

»Großvaters Geist ist ein böser Geist«, sagte ich. »Er fragt immer wieder, wann ich den Mörder meines Bruders morden werde. Ich habe keinen Bruder. Er hält mich auch für meinen Vater.«

Onkel lachte. »Dein Vater ist nicht dein Vater«, sagte er.

»Was?«

»Du bist der Sohn eines tapferen Mannes, aber der Enkelsohn eines Feiglings.«

»Mein Vater war alt und gebrechlich wie die Ältesten.«

»Dein Vater ist dein Großvater.«

Er sah nicht einmal, wie mich das erschütterte. Die Stille schwoll so sehr an, dass ich den Wind die Blätter schütteln hörte.

»Als du erst wenige Jahre alt warst, auch wenn wir nicht in Jahren zählen, tötete der Stamm der Gangatom auf der anderen Seite des Flusses deinen Bruder. Das war gerade, nachdem er vom Zareba-Ritual zurückgekommen war. Auf der Jagd im Freiland, das keinem Stamm gehörte, begegnete er einer Gruppe von Gangatom. Es hatten sich alle darauf geeinigt, dass im Freiland nicht getötet werden solle, doch sie schlugen ihn mit scharfem Beil und Axt in Stücke. Dein wahrer Vater, mein Bruder, war der geschickteste Bogenschütze im Dorf. Ein Mann muss den Namen des Mannes kennen, an dem er sich rächt, sonst läuft er Gefahr, einen Gott anzugreifen. Dein Vater hörte auf niemanden, nicht einmal auf seinen Vater. Er sagte, das Blut, das in ihm fließe, das Blut eines Löwen, müsse von seiner Mutter stammen, die immer nach Vergeltung geschrien habe. Ihr Ruf nach Vergeltung trieb sie aus dem Haus ihres Mannes. Sie hörte auf, ihr Gesicht anzumalen, und kämmte sich nie mehr die Haare. Manche halten es für töricht, den Tod eines Sohnes mit dem Mord an einem anderen Sohn zu rächen, aber es war die Zeit der Torheit. Er rächte den Tod, doch sie brachten auch ihn um. Dein Vater nahm seinen Bogen und sechs Pfeile. Er zielte auf die andere Seite des Flusses und schwor, die ersten sechs lebenden Seelen zu töten, die er sah. Vor der Mittagsstunde hatte er zwei Frauen, drei Männer und ein Kind getötet, alle aus verschiedenen Sippen. Nun hatten wir sechs Sippen gegen uns. Sechs Sippen wollten nun unseren Tod. Sie töteten deinen Vater im Freiland. Ein dort lebender Mann behauptete, die Lederschläuche, die er von ihm gekauft habe, seien nach zwei Monden auseinandergefallen. Dein Vater suchte ihn auf, um der Beschwerde nachzugehen und seinen guten Namen zu verteidigen. Doch der Mann hatte ihn zwei Monate zuvor an drei Gangatom-Krieger verraten. Ein Junge legte mit seinem Bogen an und schoss ihm in den Rücken und mitten durchs Herz. Die Geschichte von den schlechten Schläuchen kam von den Gangatom, denn dieser Mann hatte nicht die Fertigkeit, sich eine schlaue Täuschung auszudenken. Das sagte er mir, ehe ich ihm die Kehle durchschnitt.«

Mein Onkel sagte mir auch dies: Mein Großvater war des Tötens überdrüssig gewesen und hatte mit meiner Mutter und mir das Dorf verlassen. Er war derjenige gewesen, der die Kühe zurückgelassen hatte. Darum war mein Vater alt, als ich jung war, so alt wie die Ältesten hier mit ihren buckeligen Rücken. Das Davonlaufen machte ihn dünn, nur Haut und Knochen. Er wirkte stets wie zur Flucht bereit. Ich wollte von meinem Onkel zu meinem Vater flüchten. Meinem Großvater. Der Boden war jetzt nicht mehr der Boden, und der Himmel war nicht mehr der Himmel, und Lüge war Wahrheit, und Wahrheit war etwas, was sich im Fluss befand, sich wandelte. Die Wahrheit machte mich krank.

Ich wusste, mein Onkel hatte noch mehr Worte für mich; Worte, die meinem Kopf Verstand einhauchen würden, denn ich war der Torheit anheimgefallen, und ich konnte meinen eigenen Ahnen nicht glauben. Oder vielleicht glaube ich alles. Ich glaube einem alten Mann, der nicht mein Vater war, und einer jüngeren Frau, die meine Mutter war. Vielleicht war sie nicht meine Mutter. Sie schliefen im selben Zimmer, im selben Bett, und er bestieg sie, wie Ehemänner es tun; ich hatte sie dabei gesehen. Vielleicht war mein Haus nicht mein Haus, und vielleicht war meine Welt nicht die Welt.

Der Geist in den oberen Ästen dieses Baumes war mein Vater, der zu mir sprach. Der mir sagte, ich solle für meinen eigenen Bruder töten. Und das Dorf wusste es. Sie kamen zum Haus meines Onkels, um sich danach zu erkundigen. Die alten Frauen schickten die Kinder mit der Frage: Wann wirst du deinen Bruder rächen? Die anderen Jungen fragten mich, während sie mir beibrachten, wie man Fische fängt: Wann wirst du deinen Bruder rächen? Immer, wenn jemand die Frage stellte, erhielt die Frage neues Leben. Nachdem ich jahrelang nicht wie mein Vater hatte sein wollen, wollte ich nun wie er sein. Nur dass er mein Großvater war; ich wollte wie mein Großvater sein. Meine Großmutter war über ihrem Rachedurst wahnsinnig geworden.

»Wo lebt sie?«, fragte ich meinen Onkel.

»In einem Haus, das einst von großen Vögeln gebaut und dann verlassen wurde«, sagte er. »Einen halben Tagesmarsch von diesem Dorf entfernt, wenn du immer dem Flussufer folgst.«

Ich setzte mich hinter den Kornspeicher.
Ich blieb tagelang dort.
Ich sprach mit niemandem.

Mein Onkel wusste, dass es besser war, mich in Ruhe zu lassen. Ich dachte an meinen Großvater und meinen Onkel und versuchte, mich zu erinnern, wie mein Vater ausgesehen hatte. Doch immer erstarb das Bild, und stattdessen sah ich meinen Großvater und meine Mutter, die beide nackt waren, ohne sich jedoch zu berühren. Was macht der Träger mit der Last, die ihm zu schwer wird? Sie wegwerfen? Sich von ihr zerquetschen lassen? In ihren Augen war ich ein Narr. Ich war ein Tier, das den Ersten töten würde, der von Vätern und Großvätern sprach. Ich hasste meinen Vater nun noch mehr. Meinen Großvater. So viele Monde hatte ich mir eingeredet, meinen Vater nicht zu brauchen. Oft waren wir aneinandergeraten, mein

Vater und ich. Und nun, da ich keinen habe, will ich ihn. Nun, da ich wusste, dass er auch eine Schwester zur Tante gemacht hätte, wollte ich ihn töten. Ihn und meine Mutter. Wut, vielleicht würde Wut mir Kraft verleihen, mich aufstehen lassen, mich loslaufen lassen, doch da war ich und saß noch immer hinter dem Kornspeicher. Noch immer reglos. Tränen kamen und gingen, ohne dass ich es merkte, und als ich es merkte, weigerte ich mich, es zu glauben.

»Fick die Götter, jetzt kommt es mir vor, als könnte ich über Luft laufen«, sagte ich laut. Blut war eine Grenze, Sippe ein Seil. Ich war frei, sagte ich mir. Und das redete ich mir Tag und Nacht ein, drei ganze Tage lang.

Ich ging meine Großmutter nie suchen. Was hätte sie schon tun sollen, außer mir noch mehr Dinge zu sagen, die ich nicht hören wollte? Dinge, die mich die Vergangenheit begreifen ließen, mir aber noch mehr Tränen und Trauer bescheren würden. Und Trauer machte mich krank. Ich ging zu dem, der vor seiner Hütte ein Feuer machte. Weshalb seine Hütte, sein Kornspeicher, seine Feuer alle ohne die Gesellschaft von Frauen auskommen mussten, fragte ich nicht. Als ein Junge, der noch kein Mann war, war er auf sich allein gestellt.

»Ich werde dich zum Zareba bringen, und du wirst die Männlichkeit erhalten. Doch du musst den Feind vor dem nächsten Mond töten, oder ich töte dich«, sagte er.

»In Gedanken nenne ich dich Mondscheinjunge«, sagte ich.

»Warum?«

»Weil deine Haut von dunklem Weiß war wie der Mond, als ich dich zum ersten Mal gesehen habe.«

»Meine Mutter nennt mich Kava.«

»Wo ist sie? Wo ist dein Vater, wo sind deine Brüder und Schwestern?«

»Sie sind alle an der Nachtkrankheit gestorben. Meine Schwester war die letzte.«

»Wann?«

»Die Sonne hat seither viermal diese Welt umkreist.«

»Ich bin das Gerede über Väter leid. Und Mütter. Und Großväter. Über alles Blut.«

»Kühle deinen Zorn wie ich.«

»Ich wünschte, Blut könnte brennen.«

»Kühle deinen Zorn.«

»Ich habe sie, und ich habe sie verloren, und was ich habe, ist eine Lüge, doch die Wahrheit ist schlimmer. Sie sind schuld, dass mein Kopf in Flammen steht.«

»Du wirst mit mir zum Zareba gehen.«

»Mein Onkel sagt, ich tauge nicht zum Zareba.«

»Dann hörst du doch noch auf dein Blut.«

»Mein Onkel sagt, dass ich kein Mann bin. Dass die Frau an der Spitze von dem hier nicht weggeschnitten wurde.«

»Dann zieh die Haut zurück.«

Die Rückseite seiner Hütte war nicht weit vom Fluss entfernt. Wir gingen zum Ufer hinunter. Er hatte eine Kürbisflasche in der Hand. Er schöpfte Wasser in seine Hand, goss es in die Flasche und winkte mich heran. Ich stand reglos da, und er nahm etwas von dem nassen weißen Lehm und bestrich mein Gesicht damit. Er bemalte meinen Hals, meine Brust, meine Beine, meine Waden und meine Hinterbacken. Dann tauchte er die Hand ins Wasser und zog auf meiner Haut Linien wie von einer Schlange. Es kitzelte. Ich lachte, aber er war wie Stein. Er zog Linien über meinen Rücken und an meinen Beinen hinab. Er packte die Vorhaut meines Schwanzes und zog fest daran und sagte: Was soll man mit diesem schrumpeligen Zipfel machen? Oben in den Bäumen wurde gesprochen, doch ich achtete nicht darauf. Kava sagte: »Ich wünschte, ich hätte einen Feind, der den Tod meiner Mutter und meines Vaters sühnen könnte. Doch welcher Mann hätte je Luft getötet?«

DREI

Diese Dinge habe ich gesehen.

Drei Tage und vier Nächte in Kavas Haus. Mein Onkel machte kein Aufhebens darum. Er war bei Sonne und bei Mond der Mann dieses Hauses und glaubte, ich sähe seine Frauen mit offenem Mund und heraushängender Zunge an, so wie sie mich. Wahrlich, das Haus meines Onkels war so groß, wir hätten einen Viertelmond lang darin einhergehen und uns nie begegnen können. Doch ich erschnupperte, was er vor seinen Frauen verbarg – teure Teppiche aus der Stadt unter den billigen, wertvolle Häute von großen Katzen unter billigen Zebrahäuten, Goldmünzen und Fetische in Beuteln, die nach dem Tier stanken, aus dessen Haut sie geschnitten waren. Durch seine Gier zwang er sich selbst dazu, alles zu verstecken, was ihn seinem großen Bauch zum Trotz klein machte.

Doch Kavas Hütte.

Er hatte Stoffe und Häute auf dem Boden liegen, und als ich sie aufhob, waren es Kleider. Schwarzer Staub in einer Kürbisflasche, um den Wänden frischen Glanz zu verleihen. Gefäße für Wasser, Gefäße zum Butterstampfen, eine Kürbisflasche und ein Messer, um Kühe zur Ader zu lassen. Dies war ein Heim, das noch von einer Mutter geführt wurde. Ich fragte nie, ob seine Eltern unter ihm begraben lagen oder ob sein Vater ihn vielleicht bei seiner Mutter gelassen hatte, damit er die Arbeit der Frauen lernte, denn er ging nie auf die Jagd.

Ich wollte nicht zu meinem Onkel zurück, und ich redete nicht mit den Stimmen in den Bäumen, die mir nie etwas gaben, nun aber etwas von mir verlangten. Also blieb ich in Kavas Hütte.

»Wie kommt es, dass du alleine lebst?«

»Frag mich, was du fragen willst, Junge.«

»Fick die Götter, dann sag mir, was ich wissen will.«

»Du willst wissen, wie ich ohne Mutter und Vater so gut leben kann. Warum die Götter auf meine Hütte herablächeln.«

»Nein.«

»Derselbe Atem, der dir Kunde von deinem Vater bringt, sagt dir, dass er tot ist. Ich kann nicht …«

»Dann tu es nicht«, sagte ich.

»Und dein Großvater ist ein Vater der Lüge.«

»Und?«

»Wie alle Väter«, sagte er und lachte. Er sagte auch dies: »Die Ältesten, sie sagen es und singen mit stinkenden Mündern, dass ein Mann nichts weiter ist als sein Blut. Die Ältesten sind tumb, und ihr Glaube ist alt. Versuch's mit einem anderen Glauben. Ich mache das jeden Tag.«

»Was meinst du damit?«

»Bleibe bei deiner Sippe, und das Blut wird dich betrügen. Kein Gangatom sucht nach mir. Aber ich beneide dich.«

»Fick die Götter, was gibt es da zu beneiden?«

»Die Sippe erst kennenzulernen, wenn sie fort ist, ist besser, als sie fortgehen zu sehen.«

Er wandte sich zu der dunklen Ecke seiner Hütte.

»Woher kennst du die Gebräuche von Mann und Frau?«, fragte ich.

Er lachte.

»Ich habe die neuen Männer und Frauen im Busch beobachtet. Bei den Luala Luala, dem Stamm jenseits der Gangatom, gibt es Männer, die mit einem Mann leben wie mit einer Frau, und Frauen, die mit einer Frau leben wie mit einem Mann, und Männer und Frauen ohne Mann oder Frau, die so leben, wie sie es wünschen, und an alldem ist nichts absonderlich«, sagte er.

Woher er das wusste, wo er doch noch kein Mann war, fragte ich nicht. Morgens gingen wir zu den Felsen am Fluss und malten wieder auf, was der Schweiß in der Nacht abgewaschen hatte. In der Nacht erkannte ich ihn, wie er mich erkannte, wenn er schlafen wollte und sein Bauch beim Atmen meinen Rücken berührte. Oder Gesicht an Gesicht, seine Hand zwischen meinen Beinen, um meine Eier geschlossen. Wir rangen und rollten und packten und wichsten einander, bis der Blitz in uns beide einfuhr.

Du bist ein Mann, dem Freuden nicht fremd sind, Inquisitor, auch wenn du mit deinen zu geizen scheinst. Weißt du, wie es sich anfühlt, nicht im Leib, sondern im Herzen, wenn du machst, dass der Blitz in einen Mann fährt? Oder in eine Frau, denn ich habe das mit vielen getan. Ein Mädchen, dessen innerer Junge nicht aus den Falten ihres Fleisches geschnitten wurde, ist zweifach gesegnet von den Göttern der Freude und Fülle.

Hier ist mein Glaube. Der erste Mann war neidisch auf die erste Frau. Ihr Blitz war zu mächtig, ihre Schreie und ihr Stöhnen waren laut genug, um die Toten zu wecken. Dieser Mann konnte sich niemals damit abfinden, dass die Götter die schwächere Frau mit solchem Reichtum beschenkten, und darum raubt ihn der Mann, schneidet ihn ab und wirft ihn in den Busch, ehe das Mädchen zur Frau wird. Doch die Götter haben ihn dorthin getan, ihn tief versteckt, wo kein Mann ihn finden sollte. Der Mann wird dafür bezahlen.

Ich habe mehr als diese Dinge gesehen.

Der Tag war angebrochen, doch die Sonne verbarg sich. Kava sagte, wir würden in den Busch gehen und nicht vor einem Mond zurückkehren. Mir war es recht, denn alles in mir wurde krank beim Gedanken an die Sippe. An die Ku. Ich fürchtete, wenn ich viel länger dortbliebe, würde ich selbst zum Gangatom und finge an zu töten, bis ein Loch im Dorf war so groß wie das Loch, das ich sehe, wenn ich die Augen schließe. Etwas Totes kann nie lügen, betrügen oder Verrat begehen, und was war die Sippe anderes als ein Ort, wo

diese drei Dinge wie Moos sprießen. »So lange, bis mein Onkel an-
fängt, mich zu vermissen«, sagte ich.

Ich hoffte auf eine Jagd. Ich wollte töten. Aber ich fürchtete mich
noch immer vor der Viper, und Kava schritt durch gebeugte Bäume
und kniende Pflanzen und tanzende Blumen, als wüsste er, wohin er
zu gehen hatte. Zweimal verirrte ich mich, zweimal schob er seine
weiße Hand durch dichtes Blattwerk und packte mich.

»Lauf weiter, und wirf deine Last ab«, sagte Kava.

»Was?«

»Deine Last. Lass dich von nichts aufhalten, und du wirst sie wie
eine Schlangenhaut abstreifen.«

»Am Tag, als ich hörte, dass ich einen Bruder habe, verlor ich einen Bruder. Am Tag, als ich erfuhr, dass ich einen Vater hatte, verlor
ich einen Vater. Am Tag, als ich hörte, dass ich einen Großvater hatte, hörte ich, dass er ein Feigling war, der meine Mutter fickt. Und
von ihr höre ich nichts. Wie soll ich eine solche Haut abstreifen?«

»Lauf weiter«, sagte er.

Wir gingen durch Busch und Sumpf und Wald und durch eine
riesige Salzebene mit heißer, aufgeplatzter weißer Erde, bis das Sonnenlicht uns entfloh. Jeder Augenblick im Busch ließ mich zusammenfahren, und die ganze Nacht über schlief ich ein und schreckte
wieder hoch. Am nächsten Tag, nachdem wir viel gelaufen waren
und ich mich über das viele Laufen beklagt hatte, hörte ich Schritte
in den Bäumen über mir und blickte auf. Kava sagte, er sei uns gefolgt, seit wir den Weg nach Süden eingeschlagen hatten. Ich wusste
nicht, dass wir in Richtung Süden gingen. In dem Baum über uns
war ein schwarzer Leopard. Wir liefen, und er lief. Wir machten halt,
und er machte halt. Ich umklammerte meinen Speer, aber Kava
blickte nach oben und pfiff. Der Leopard sprang vor uns herunter,
starrte uns lange unverwandt an, knurrte und rannte davon. Ich sagte nichts, denn was sollte man zu jemandem sagen, der gerade mit
einem Leoparden gesprochen hatte? Wir gingen weiter nach Süden.

Die Sonne bewegte sich in die Mitte des grauen Himmels, doch der Dschungel war voller dichter Sträucher und Blattwerk und kalt. Und voller Vögel mit ihrem *Wakakakaka* und *Krahkrahkrahkrah*. Wir kamen an einen Fluss, der grau wie der Himmel war und träge dahinfloss. Neue Pflanzen lugten aus einem umgestürzten Baum hervor, der das eine Flussufer mit dem anderen verband. Als wir halb darüber hinweg waren, tauchten zwei Ohren, Augen, Nüstern aus dem Wasser auf und ein Kopf so breit wie ein Boot. Das Flusspferd folgte uns mit seinen Augen. Seine Kiefer klappten weit auf, als zerfiele sein Kopf in zwei Teile, und es brüllte. Kava wandte sich um und zischte es an. Es versank wieder im Fluss. Hin und wieder holten wir den Leoparden ein, und er lief davon, tiefer in den Wald hinein. Fielen wir zu weit zurück, wartete er auf uns. Obgleich der Busch kälter wurde, schwitzte ich stärker.

»Wir gehen bergauf«, sagte ich.

»Wir gingen schon bergauf, ehe die Sonne nach Westen zog«, sagte er. Wir sind auf einem Berg.

Um aus unten etwas anderes zu machen, braucht es nur einen, der dir sagt, dass unten oben ist. Ich ging nicht nach Süden, ich ging aufwärts. Der Nebel kam auf den Boden herab und schwebte durch die Luft. Zweimal dachte ich, es seien Geister. Wasser tropfte von Blättern, und der Boden fühlte sich feucht an.

»Es ist nicht mehr weit«, sagte er, als ich gerade fragen wollte.

Ich glaubte, wir suchten nach einer Lichtung, aber wir gingen tiefer in den Busch hinein. Äste schwangen hin und her und schlugen mir ins Gesicht, Lianen schlangen sich um meine Beine, um mich zu Fall zu bringen, Bäume beugten sich über mich, um mich anzuschauen, und jede Furche in ihrer Rinde war ein Stirnrunzeln. Und Kava begann, mit den Blättern zu sprechen. Und zu fluchen. Der Mondscheinjunge hatte den Verstand verloren. Doch er sprach nicht mit den Blättern, sondern mit Menschen, die sich darunter versteckten. Ein Mann und eine Frau mit Haut wie Kavas Asche, Haaren wie silberne Erde, aber nicht größer als die Länge vom Ellbogen bis zum Mittelfinger. Das waren natürlich Yumbos, die guten Feen der Blätter, doch das wusste ich damals noch nicht. Sie liefen auf den Ästen, bis Kava einen Ast packte und sie an seinen Armen bis zu seinen Schultern heraufliefen. Sie hatten beide behaarte Rücken und glühende Augen. Der männliche Yumbo setzte sich auf Kavas rechte Schulter, der weibliche auf die linke. Der Mann griff in einen Sack und zog eine Pfeife hervor. Ich wartete, bis mein Kiefer wieder zu meinem Mund heraufwanderte, und beobachtete den großen Kava und die zwei Halblinge, von denen einer eine dicke Rauchfahne hinter sich herzog.

»Ein Junge?«

»Ja«, sagte der Mann.

»Ist er hungrig?«

»Wir geben ihm Beeren und Warzenschweinmilch. Ein bisschen Blut«, sagte die Frau. Sie klangen beide wie Kinder.

Lange sah ich beim Gehen nur Kavas Rücken. Ich roch das getrocknete Erbrochene des Säuglings, ehe er ihn erreichte. Er saß aufrecht auf einem toten Ameisenhügel, eine Blüte im Mund, Lippen und Wange rot gefärbt. Kava kniete sich vor ihn hin, und der kleine Mann und die kleine Frau sprangen von seinen Schultern. Kava nahm den Säugling in die Arme und fragte nach Wasser. Wasser, sagte er noch einmal und sah mich an. Mir fiel ein, dass ich seine Wasserschläuche trug. Er goss etwas in seine Hand und gab dem Kind zu trinken. Der kleine Mann und die kleine Frau trugen zusammen eine Kürbisflasche mit einem Rest Wildschweinmilch herbei. Ich blickte Kava über die Schulter, als der Säugling lächelte, die oberen beiden Zähne wie die einer Maus, sonst nur Zahnfleisch.

»Mingi«, sagte er.

»Was heißt das?«

Mit dem Säugling auf dem Arm ging er los, ohne zu antworten. Dann blieb er stehen.

»Die Götter haben nicht über ihn gewacht«, sagte der kleine Mann. »Wir konnten ihn nicht ...« Er sprach nicht zu Ende.

Ich sah es erst, als wir an seinem süßlichen Gestank vorbeikamen. Zwei kleine Füße lugten aus dem Busch, die Sohlen blau. Fliegen spielten eine garstige Musik. Meine letzte Mahlzeit drohte, wieder durch meinen Mund herauszukommen. Der süßliche Gestank folgte uns noch, als wir schon weit entfernt waren. Ein schlimmer Geruch kann dich wie ein guter bis in den nächsten Tag hinein verfolgen. Dann regnete es ein wenig, und die Bäume sandten den Duft von Früchten zu uns herab.

Kava bedeckte das Gesicht des Säuglings mit der Hand. Er sprach, ehe ich fragte.

»Siehst du seinen Mund nicht?«

»Sein Mund ist der Mund eines Säuglings, wie jeder andere Mund eines Säuglings.«

»Du bist zu alt, um so töricht zu sein«, sagte Kava.

»Du weißt weder mein Alter noch ...«

»Still. Der Junge ist ein Mingi und das tote Mädchen auch. In seinem Mund hast du zwei Zähne gesehen. Doch sie waren oben und nicht unten; das macht ihn zu einem Mingi. Ein Kind, dessen obere Zähne vor den unteren kommen, ist verflucht und muss vernichtet werden. Sonst geht dieser Fluch auf die Mutter, den Vater, die Sippe über und bringt Dürre, Hunger und Seuche über das Dorf. So haben es unsere Ältesten verkündet.«

»Die andere. Waren ihre Zähne auch ...«

»Es gibt viele Mingi.«

»Das ist das Gerede von alten Weibern. Nicht das, was man in den Städten hört.«

»Was ist eine Stadt?«

»Was sind die anderen Mingi?«

»Wir gehen jetzt. Wir gehen weiter.«

»Wohin?«

Der Leopard sprang aus dem Busch, und die kleinen Leute versteckten sich hinter Kava. Er knurrte, blickte hinter ihn und brüllte. Ich glaubte, er wollte, dass Kava ihm den Säugling gab.

Der Leopard kauerte sich nieder, drehte sich dann auf den Rücken und schüttelte sich, als wäre er krank. Er knurrte wieder wie ein Hund, der von einem Stein getroffen wurde. Seine Vorderläufe wurden lang, doch die Hinterläufe wurden länger. Sein Rücken wuchs in die Breite und verschlang seinen Schwanz. Das Fell verschwand, aber er war noch immer haarig. Er rollte auf dem Boden umher, bis wir das Gesicht eines Mannes sahen, doch seine Augen waren noch immer gelb und klar wie Sand, der vom Blitz getroffen wurde. Die Haare auf seinem Kopf fielen ihm schwarz und wild über Stirn und Wangen. Kava betrachtete ihn, als sähe man auf der Welt unentwegt derlei Dinge.

»Das geschieht, wenn wir zu spät aufbrechen«, sagte der schwarze Leopard.

»Der Säugling wäre auch gestorben, wenn wir gerannt wären«, sagte Kava.

»Ich meinte, um Tage zu spät; wir kommen zwei Tage zu spät. Diesen Tod haben wir uns zuzuschreiben.«

»Umso mehr müssen wir dieses Kind hier retten. Lasst uns gehen. Die grünen Schlangen haben schon seine Witterung aufgenommen. Und die Hyänen haben den anderen gewittert.«

»Schlangen. Hyänen.« Der schwarze Leopard lachte. »Ich werde das Mädchen begraben. Erst dann folge ich euch.«

»Womit willst du sie begraben?«, fragte Kava.

»Ich werde etwas finden.«

»Dann warten wir«, sagte Kava.

»Wartet nicht um meinetwillen.«

»Ich warte nicht wegen dir.«

»Fünf Tage, Asani.«

»Ich komme, wenn ich komme, Katze.«

»Fünf Tage habe ich gewartet.«

»Du hättest noch länger warten sollen.«

Der schwarze Leopard knurrte so laut, dass ich glaubte, er würde sich zurückverwandeln.

»Geh und begrab das Mädchen«, sagte Kava.

Der schwarze Leopard sah mich an. Ich glaube, erst jetzt bemerkte er mich überhaupt. Er schnüffelte, wandte den Kopf ab und verschwand wieder im Busch.

Kava antwortete auf eine Frage, ehe ich sie stellte.

»Er ist ganz wie alle anderen im Busch. Die Götter haben ihn gemacht, doch sie vergessen, wen die Götter zuerst gemacht haben.«

Doch diese Frage hatte ich nicht stellen wollen.

»Wann seid ihr euch begegnet?«

Kava sah noch immer dorthin, wo der Leopard im Busch verschwunden war.

»Vor dem Zareba. Ich musste beweisen, dass der Junge ohne Mutter es wert ist, zum Mann zu werden, oder ich musste als dieser Junge sterben. *Er muss den Busch durchqueren, an den Gangatom-Kriegern vorbei ins offene Feld entschlüpfen. Er darf nicht ohne das Fell einer großen Katze zurückkehren.* Höre, was sich zugetragen hat. Ich war im gelben Busch. Ich hörte einen Ast brechen und einen Säugling weinen, und ich sah den Leoparden einen Säugling beim Nacken halten. Mit seinen Zähnen hält er ihn. Ich ziehe meinen Speer, und er knurrt und lässt den Säugling fallen. Ich denke, dass ich den Säugling rette, aber der Säugling fängt an zu weinen und hört erst wieder auf, als der Leopard ihn wieder mit den Zähnen aufnimmt. Ich schleudere meinen Speer, ich verfehle ihn, er ist über mir, und als ich blinzle, sehe ich plötzlich einen Mann, der drauf und dran ist, mich zu schlagen. Er sagt: Du bist bloß ein Junge. Du wirst den Säugling tragen. Und so trug ich ihn. Er tat das Fell eines toten Löwen für mich auf, und ich brachte es zum Häuptling.«

»Die Bestie sagt, du sollst das Mingi-Kind tragen, und du trägst es einfach?«, fragte ich.

»Was war ein Mingi? Ich wusste es erst, als wir zu ihr kamen«, sagte Kava.

»Das ist nicht … Wer ist sie?«

»Sie ist die, die wir hier treffen wollen.«

»Und seither stiehlst du dich gegen Ende jedes Mondes davon und bringst dieser ›sie‹ Mingi-Kinder? Deine Antwort zieht nur neue Fragen nach sich.«

»Dann frag, was du wissen willst.«

Ich schwieg.

Wir warteten, bis der Leopard zurückkehrte, in Gestalt eines Mannes, dessen Stirn sich geglättet hatte. Jetzt ging er hinter uns, mal in so großer Entfernung, dass ich glaubte, er habe sich von uns getrennt, dann wieder so nah, dass ich spürte, wie er mich beschnupperte. Ich roch an ihm die Blätter, durch die er gelaufen war, und die frische Nässe des Taus, den toten Duft des Mädchens und den frischen Moschus der Graberde unter seinen Nägeln. Die Sonne schickte sich schon an unterzugehen.

Kava ist wie die meisten Männer; er hat zwei Gerüche. Einen, wenn der Schweiß an seinem Rücken hinunterläuft und trocknet, der Schweiß harter Arbeit. Und einen, der sich unter den Armen verbirgt, zwischen den Beinen, zwischen den Hinterbacken, und den riechst du, wenn du nah genug bist, um ihn mit den Lippen berühren zu können. Der schwarze Leopard hatte nur den zweiten Geruch. Ich hatte so etwas noch nie gesehen, einen Mann, dessen Haar schwarze Baumwolle war, an seinem Rücken und seinen Beinen, als er an mir vorbeiging, um Kava den Säugling abzunehmen. Die Brust zwei kleine Berge, die Hinterbacken groß, die Beine dick. Er sah aus, als würde er das Kind in seinen Armen erdrücken, leckte aber bloß Staub von der Stirn des Säuglings. Nur Vögel sprachen. Da waren wir, ein Mann weiß wie der Mond, ein Leopard, der ein Mann war, ein Mann und eine Frau so groß wie ein Strauch und ein Säugling, der größer war als sie beide. Finsternis breitete sich aus. Die kleine

Frau hüpfte von Kava zu dem Leoparden und setzte sich auf seinen Arm, lachte mit dem Säugling.

Eine Stimme in mir sagte, sie seien irgendwie blutsverwandt und ich sei der Fremde. Kava sagte niemandem, wer ich war.

Wir kamen an einen kleinen, wilden Bach. Große Felsen und Steine säumten die Ufer; Moos bedeckte sie wie ein Teppich. Der Bach plapperte und sprühte Nebel in die Äste, Farne und Bambusstängel hinauf. Der Leopard legte den Säugling auf einen Stein, kauerte sich direkt ans Ufer und schlabberte Wasser. Kava füllte seine Wasserschläuche. Der kleine Mann spielte mit dem Säugling. Ich war überrascht, dass er wach war. Ich stellte mich neben den Leoparden, doch er schenkte mir noch immer keine Beachtung. Kava stand etwas abseits und hielt nach Fischen Ausschau.

»Wohin gehen wir?«, fragte ich.

»Ich habe es dir gesagt.«

»Dies ist nicht der Berg. Wir haben ihn schon vor einiger Zeit umrundet und sind dann bergab gegangen.«

»Wir werden in zwei Tagen ankommen.«

»Wo?«

Er ging in die Hocke, schöpfte mit den Händen etwas Wasser und trank es.

»Ich will zurück«, sagte ich.

»Es gibt kein Zurück mehr«, sagte er.

»Ich will zurück.«

»Dann geh.«

»Was hast du mit dem Leoparden zu schaffen?«

Kava sah mich an und lachte. Ein Lachen, das sagte: Ich bin noch nicht einmal ein Mann, aber du bereitest mir Männerprobleme. Vielleicht erhob sich die Frau in mir. Vielleicht hätte ich meine eigene Schwanzhaut packen und mit einem Felsbrocken abschlagen sollen. Das hätte ich sagen sollen. Ich mochte den Leopardenmann nicht. Ich kannte ihn nicht gut genug, um ihn nicht zu mögen, und mochte ihn dennoch nicht. Er roch wie die Arschritze eines alten Mannes. Das hätte ich sagen sollen. Redet ihr, ohne zu sprechen? Kennt ihr einander wie Brüder? Schläfst du mit der Hand zwischen seinen Beinen? Soll ich wach bleiben, bis der Mond dick ist und selbst die Bestien der Nacht schlafen, um zu sehen, ob er zu dir kommt – oder wirst du zum Leoparden gehen und dich auf ihn legen oder er sich auf dich, oder ist er vielleicht wie einer von denen, die mein Vater in der Stadt mochte, von denen, die Männer in den Mund nehmen?

Der Säugling hatte sich aufgesetzt und lachte über den kleinen Mann und die kleine Frau, die Fratzen schnitten und wie Affen auf und ab sprangen.

»Gib ihm einen Namen.«

Ich drehte mich um. Der Leopard.

»Er braucht einen Namen«, sagte er.

»Ich kenne nicht einmal deinen Namen.«

»Ich brauche keinen. Wie hat dein Vater dich genannt?«

»Ich kenne meinen Vater nicht.«

»Selbst ich kenne meinen Vater. Er kämpfte gegen ein Krokodil und eine Schlange und eine Hyäne, nur um sich selbst rasend zu machen vor Männerneid. Doch er jagte schneller hinter der Antilope her als ein Gepard. Hast du das schon einmal getan? Mit deinen spitzesten Zähnen fest zugebissen, sodass das warme Blut in deinen Mund strömt und das Fleisch noch vor Leben pulsiert?«

»Nein.«

»Dann bist du wie Asani.«

»Mein Onkel und alle im Dorf nennen ihn Kava.«

»Ihr verbrennt die Nahrung, bevor ihr sie esst. Ihr esst Asche.«

»Wirst du heute Nacht fortgehen?«

»Ich gehe, wenn mir danach ist. Wir schlafen heute Nacht hier. Am Morgen bringen wir den Säugling in neue Länder. Ich werde Nahrung finden, doch es wird nicht viel sein, nachdem all die Tiere uns kommen hörten.«

Ich wusste, ich würde in jener Nacht wach bleiben. Ich sah Kava und den Leoparden fortgehen; die Flammen loderten auf und raubten mir die Sicht. Ich nahm mir vor, wach zu bleiben und sie zu beobachten. Und das tat ich. Ich ging so dicht an die Flammen heran, dass ich mir beinahe die Brauen versengte. Ich ging zum Fluss, der nun kalt genug war, um Knochen klappern zu lassen, und schüttete mir Wasser ins Gesicht. Ich starrte durch die Finsternis, verfolgte die weißen Punkte auf Kavas Haut. Ich ballte die Finger so fest zur Faust, dass sich meine Nägel in die Handfläche gruben. Was auch immer die beiden taten, ich würde es sehen und schreien oder zischen oder fluchen. Als der Leopard mich wach rüttelte, sprang ich auf, fassungslos darüber, dass ich eingeschlafen war. Als ich mich erhob, schüttete Kava Wasser auf das Feuer.

»Wir gehen«, sagte der Leopard.

»Warum?«

»Wir gehen«, sagte er und wandte sich von mir ab.

Er wurde zur Katze. Kava hüllte den Säugling in Tücher und band ihn dem Leoparden auf den Rücken. Er wartete nicht. Ich rieb meine Augen und öffnete sie wieder. Der kleine Mann und die kleine Frau waren wieder auf Kavas Schulter.

»Eine Eule hat zu mir gesprochen«, sagte die kleine Frau. »Eines Tages hinter dem Busch. Du riechst den Wind, heißt es? Ist es nicht so? Sie sagte, du hättest eine Nase.«

»Ich verstehe nicht.«

»Jemand folgt uns«, sagte sie.

»Wer?«

»Asani sagte, du hättest eine Nase.«

»Wer?«

»Asani.«

»Nein, wer folgt uns?«

»Sie gehen bei Nacht und nicht bei Tag«, sagte Kava.

»Er sagte, ich hätte eine Nase?«

»Er sagte, du wärst ein Fährtensucher.«

Kava hatte sich schon in Bewegung gesetzt, als er sagte: Wir gehen. Tiefer im Dunkel sprang Leopard mit dem Säugling auf dem Rücken von Baum zu Baum. Kava rief mich zu sich.

»Wir müssen weiter«, sagte er.

Um uns war alles dunkel, nachtblau, grün und grau; selbst am Himmel standen kaum Sterne. Doch mit der Zeit bekam der Busch Sinn. Bäume waren Hände, die aus der Erde drangen und krumme Finger ausstreckten. Die zusammengerollte Schlange war ein Pfad. Die flatternden Nachtschwingen gehörten Eulen, nicht Teufeln.

»Folg dem Leoparden«, sagte Kava.

»Ich weiß nicht, wohin er gegangen ist«, sagte ich.

»Doch, das weißt du.«

Er strich mit der rechten Hand über meine Nase. Der Leopard erwachte mitten in meinem Gesicht zum Leben. Ich nahm ihn und seine Spur so deutlich im Busch wahr wie seine übel riechende Haut. Ich deutete darauf.

Leopard war nach rechts und dann fünfzig Schritte abwärts gegangen, hatte den Bach überquert, indem er von einem Baum zum anderen gesprungen war, und sich dann nach Süden gewandt. Er war stehen geblieben und hatte an vier Bäume gepisst, um die Verfolger zu verwirren. Ich wusste, dass ich die Nase hatte, wie Kava sagte, aber ich hatte nicht gewusst, dass ich einem Geruch folgen konnte. Selbst wenn der Leopard weit entfernt war, hatte ich ihn noch immer unmittelbar vor der Nase. Und Kava und seine Gerüche und die kleine Frau und die Rose, die sie in die Falten ihres Fleisches rieb, und den Mann und den Nektar, den er trank, und die Käfer, die er aß, zu viel Bitteres, wo er doch die Süße brauchte, und die Wasserschläuche und das Wasser darin, das noch nach Büffel roch, und den Bach. Und mehr, mehr noch als das, und immer mehr, genug, um mich in eine Art Irrsinn zu treiben.

»Atme alles aus«, sagte Kava.

»Atme alles aus.«

»Atme alles aus.«

Ich atmete lange und langsam aus.

»Jetzt atme den Leoparden ein.«

Er berührte meine Brust und rieb um mein Herz herum. Ich wünschte, ich hätte im Dunkel seine Augen sehen können.

»Atme den Leoparden ein.«

Und dann sah ich ihn wieder mit meiner Nase. Ich wusste, wohin er ging. Und wer auch immer dem Leoparden Angst machte, machte auch mir Angst. Ich deutete nach rechts.

»Wir gehen hier entlang«, sagte ich.

Wir rannten die ganze Nacht hindurch. Über den Bach und die sich darüber beugenden Äste, wir rannten zwischen Bäumen mit mächtigen Wurzeln hindurch, Wurzeln, die sich über die Erde erhoben und in wirren Knäueln und Kringeln durch die Lande schlängelten. Kurz vor der Morgendämmerung hielt ich eine für einen schlafenden Python. Die Bäume waren größer als fünfzig einander auf den Schultern stehende Männer, und sobald sich der Himmel veränderte, wurden die Blätter zu Vögeln und flogen davon. Wir kamen das Grasland hinauf, mit Gebüschen und Sträuchern, die uns über die Knie reichten, aber ohne Bäume. In einem tiefen Tal betraten wir Salzland mit weißer Erde, die uns blendete und unter unseren Füßen knirschte, und ohne Tiere, so weit man sehen konnte, was hieß, dass unsere Verfolger uns sehen konnten. Ich sagte nichts. Das Grasland erstreckte sich vom Ende der Nacht bis zum Anbruch des Tages, wenn alles grau war. Der Leopardengeruch vor uns war wie eine Linie oder eine Straße. Zweimal kamen wir ihm nah genug, um ihn zu sehen, auf allen vieren, den Säugling auf den Rücken gebunden. Einmal rannten drei Leoparden neben ihm her und behelligten uns nicht. Wir kamen an Elefanten und Löwen vorbei und erschreckten einige Zebras. Wir kamen durch ein Dickicht aus Bäumen mit wenigen Blättern, wie Baumskelette, und ihr Flüstern war lauter. Und noch immer rannten wir.

Der Morgen lugte hervor, als wollte er seine Meinung ändern. Es war der vierte Tag, seit Kava und ich aufgebrochen waren. Die kleine Frau sagte, wer auch immer uns folge, schlafe bei Tage und jage in der Nacht. Also liefen wir weiter. Nach einem Wald aus getöteten Bäumen wurde die Luft wieder nass und schwoll an, während sie durch die Nase in die Brust strömte. Die Bäume hatten wieder Blätter, und die Blätter wurden dunkler, größer. Wir kamen an ein Feld mit Bäumen größer als alles, was ich je auf der Welt gesehen hatte. Mir wären die Männer zum Zählen ausgegangen. Es waren nicht einmal Bäume, sondern die gekrümmten Finger begrabener Riesen, die aus der Erde ragten und mit Gras, Ästen und grünem Moos bedeckt waren. Riesenhafte Halme brachen aus der Erde hervor und streckten sich zum Himmel, riesenhafte Halme kringelten sich auf der Erde wie geöffnete Fäuste. Ich ging an einem vorbei und war neben ihm so klein wie eine Maus. Der Boden bestand aus Buckeln und kleinen Erdhügeln; nirgends war es eben. Überall sah es aus, als würde gleich ein weiterer Riesenfinger durch die Erde stoßen, gefolgt von einer Hand und einem Arm und einem grünen Mann höher als fünfhundert Häuser. Grün und Grünbraun und Dunkelgrün und ein Grün, das blau war, und ein Grün, das gelb war. Ein ganzer Wald davon.

»Die Bäume sind wahnsinnig geworden«, sagte ich.

»Es ist nicht mehr weit«, sagte Kava.

Der Nebel spaltete das Licht in Blau, Grün, Gelb, Orange, Rot und Purpur, wenngleich ich diese Farbe noch nicht kannte. Einhundert Schritte oder einhundert und einen Schritt weiter unten neigten sich die Bäume alle in eine Richtung, verflochten sich beinahe ineinander. Stämme wuchsen nach Nord und Süd, nach Ost-West, schossen hinauf, streckten sich herab, schraubten sich in- und auseinander und dann wieder zu Boden, wie ein natürlicher Käfig, der etwas ein- oder aussperren soll. Kava sprang auf einen der Stämme, der sich so weit herunterbeugte, dass er beinahe flach auf dem Boden lag. Der Ast war breit wie ein Pfad und schlüpfrig von Tau auf dem Moos. Wir gingen einen Stamm bis zum Ende entlang und sprangen auf einen anderen hinunter, der sich darunter neigte, gingen wieder hinauf und sprangen von Stamm zu Stamm, hoch hinauf, dann tief hinunter, dann so oft im Kreis herum, dass ich erst beim dritten Mal bemerkte, dass wir kopfüber gingen, ohne zu fallen.

»Also ist es ein verwunschener Wald«, sagte ich.

»Wenn du nicht den Mund hältst, ist es ein jähzorniger Wald«, sagte er.

Wir kamen an drei auf einem Ast stehenden Eulen vorbei, die der kleinen Frau zunickten. Meine Beine brannten, als wir endlich zum Himmel hindurchstießen. Die Wolken waren dünn wie kalter Atem, die Sonne gelb und hungrig. Vor uns trieb es auf dem Nebel. Wahrlich, es stand auf Ästen, doch die Wände schlossen an den Stamm an, und die gleichen Blumen und Moose wuchsen darauf. Ein im Baum errichtetes Haus in den Farben der Berge. Ich vermochte nicht zu sagen, ob sie es um die Äste herumgebaut hatten oder ob die Äste darum herumgewachsen waren, um es zu schützen. Wahrlich, da waren drei Häuser, alle aus Holz und Lehm und mit Stroh gedeckt. Das erste war klein wie eine Hütte, nicht größer als ein sechs Köpfe großer Mann. Kinder rannten um es herum und krochen in das kleine Loch auf der Vorderseite. Stufen wanden sich um das Haus und führten zu dem darüberliegenden. Nein, keine Stufen. Gerade Äste, die scheinbar bereitwillig Stufen bildeten.

»Es ist ein verwunschener Wald«, sagte ich.

Die Aststufen führten zu einem zweiten, größeren Haus, mit einer riesigen Öffnung anstelle einer Tür und einem Strohdach. Stufen kamen aus dem Dach und führten zu einem kleineren Haus ohne Öffnungen, ohne Türen. Kinder gingen in dem zweiten Haus ein und aus, lachten, schrien, weinten, machten Oh und Ah. Sie waren nackt und schmutzig, mit Lehm bedeckt oder in zu große Gewänder gehüllt. Aus der Öffnung des zweiten Hauses schaute der Leopard.

Ein nackter kleiner Junge packte ihn am Schwanz, und er fuhr herum und fauchte und fuhr dem Jungen dann mit der Zunge über den Kopf. Weitere Kinder kamen herausgerannt, um Kava zu begrüßen. Sie fielen alle auf einmal über ihn her, packten ein Bein oder einen Arm, eines kletterte sogar an seinem glitschigen Rücken hinauf. Er lachte und kauerte sich auf den Boden, damit sie alle auf ihm herumlaufen konnten. Ein Säugling krabbelte über sein Gesicht und verschmierte den weißen Lehm darauf. Ich glaube, das war das erste Mal, dass ich sein Gesicht sah.

»An einen Ort wie diesen hat der König des Nordens diejenigen seiner Frauen gebracht, die keine Jungen gebären konnten«, sagte er. »All diese Kinder sind Mingi.«

»Das wärst du auch, wenn deine Mutter an die alten Bräuche geglaubt hätte«, sagte sie, ehe ich sie sah. Ihre Stimme war laut und rau, als hätte sie Sand in der Kehle. Einige Kinder rannten mit dem Leoparden davon. Als Nächstes sah ich ihre Gewänder, Gewänder, wie ich sie seit der Stadt nicht gesehen hatte, gelb und mit einem Muster aus grünen Schlangen und wallend, sodass die Schlangen lebendig aussahen. Sie kam die Stufen herunter und betrat den Raum, der eigentlich eine Halle war, ein offener Bereich mit je einer Wand vorne und hinten, während die Seiten den Ästen, den Blättern und dem Himmelsnebel offen standen. Die Gewänder reichten gerade bis zu den prallen Brüsten, und ein Kleinkind, ein Junge, sog an der linken. Durch das rot-gelbe Kopftuch sah ihr Kopf aus, als stünde er in Flammen. Sie wirkte älter, doch als sie näher kam, bot sich mir ein Anblick, der mir noch mehr als einmal begegnen sollte, der Anblick einer Frau, die nicht alt, sondern verhärmt war. Der Junge sog kräftig mit geschlossenen Augen. Sie packte mein Kinn und blickte mir ins Gesicht, hob den Kopf und stierte mir in die Augen. Ich versuchte, ihrem Blick standzuhalten, wich ihm aber schließlich aus. Sie lachte und ließ mich los, starrte mich jedoch weiter an. Perlen über Perlen, ein Tal aus Halsketten bis zu den Brustwarzen hinab. Ein von einer durchstochenen Unterlippe herabbaumelnder Ring. Ein zweireihiges Muster aus Punktnarben wand sich von ihrer linken Wange über die Stirn und die rechte Wange hinab. Ich kannte das Zeichen.

»Du bist eine Gangatom«, sagte ich.

»Und du weißt nicht, wer du bist«, sagte sie. Sie musterte mich von den Füßen bis hinauf zu den Haaren, die allmählich wild wurden, doch nicht so wild wie die des Leoparden. Sie sah mich an, als könnte ich Fragen beantworten, ohne den Mund zu öffnen.

»Aber was sollst du schon wissen, wenn du mit diesen beiden Jungen herumläufst?«

Sie lächelte. Die beiden spielten noch immer mit den Kindern. Der Leopard hatte einen Säugling auf dem Rücken, und Kava gab lustige Geräusche von sich, schnitt Fratzen und schielte ein Mädchen an, das weißer war als Flussschlamm.

»Du hast so jemanden noch nie gesehen«, sagte sie.

»Einen Albino? Noch nie.«

»Aber du kennst das Wort. Stadtwissen«, schnaubte sie.

»Habe ich den Gestank der Stadt an mir?«

»Wo du herkommst, ist ein ohne Farbe geborenes Kind ein Fluch der Götter. Krankheit kommt über die Sippe und Unfruchtbarkeit über die Frauen. Wirf es besser der Hyäne zum Fraß vor und bete um ein neues Kind.«

»Ich komme von nirgendwoher. Krokodile auf der Jagd haben noblere Herzen als ihr Buschbewohner.«

»Und wo leben noble Herzen, Junge, in der Stadt?«

»Junge nennt mich mein Vater.«

»Mutter der Götter, wir haben einen Mann unter uns.«

»Niemand überlässt ein Kind der Hyäne oder dem Geier. Man ruft den Kindersammler.«

»Und was tun eure Sammler in deiner geliebten Stadt mit ihnen? Was fangen sie mit einem solchen Mädchen an?«, sagte sie und deutete auf das Mädchen, das zu kichern anfing. »Erst senden sie Botschaften, durch Vögel am Himmel und Trommeln auf der Erde, vielleicht sogar mit Schriftzeichen auf Baumblättern oder Papier für die, die lesen können. Seht, sagen sie, wir haben ein Albino-Kind gefangen. Wer sind diese Leute? Sprich, kleiner Junge. Kennst du diese Leute?«

Ich nickte.

»Zauberer und Händler, die an Zauberer verkaufen. Für ein ganzes Kind kann euer Sammler einen guten Preis erzielen. Aber für wahren Reichtum versteigert er jeden Teil einzeln an den Meistbietenden. Den Kopf an die Sumpfhexe. Das rechte Bein an die unfruchtbare Frau. Die Knochen, zu Staub gemahlen, damit der Schwanz deines Großvaters für mehrere Frauen hart bleibt. Die Finger für Amulette, die Haare für das, was auch immer dir ein Hexenmeister sagt. Eine gute Kindersammlerin kann mit den einzelnen Körperteilen fünfzig Mal mehr verdienen, als wenn sie einfach das ganze Kind verkauft. Und mit dem Albino das Zweifache. Dein Sammler schneidet den Säugling sogar selbst in Stücke. Die Hexen zahlen mehr, wenn sie wissen, dass der Säugling dabei noch eine Zeit lang gelebt hat. Angstblut würzt ihre Tränke. Auf dass die edlen Frauen in eurer Stadt ihre edlen Männer nicht an andere verlieren und eure Mätressen nie die Kinder ihrer Herren empfangen. Das machen sie in der Stadt, aus der du kommst, mit kleinen Mädchen wie ihr.«

»Woher weißt du, dass ich aus der Stadt komme?«

»Dein Geruch. Mit den Ku zu leben ist nicht genug, um ihn zu verdecken.«

Sie lachte nicht, obwohl ich es erwartet hatte. Es war nicht an mir, diese Stadt zu verteidigen. Diese Straßen und Hallen verursachten mir nichts als Übelkeit. Doch es gefiel mir nicht, dass sie sprach, als hätte sie jahrelang auf einen Mann gewartet, den sie verspotten könnte. Ich war es leid, dass Männer und Frauen mir nur einmal ins Gesicht sahen und schon zu wissen meinten, aus welchem Holz ich geschnitzt sei und dass es über dieses Holz nicht viel zu wissen gebe.

»Warum hat Kava mich hierhergebracht?«

»Glaubst du, ich hätte ihm gesagt, er solle dich herbringen?«

»Diese Spielchen sind für kleine Jungen.«

»Dann geh, kleiner Junge.«

»Nur dass du ihm gesagt hast, er solle mich herbringen. Was willst du, Hexe?«

»Du nennst mich Hexe?«

»Hexe, Kräuterweib, narbenübersäte Gangatom-Hündin, such dir aus, was dir gefällt.«

Sie lächelte rasch, um ihren finsteren Blick zu verbergen, doch ich sah ihn.

»Du sorgst dich um nichts.«

»Und ein altes Kräuterweib, an dessen milchloser Titte ein Junge saugt, wird daran nichts ändern.«

Das Lächeln verschwand aus ihrem Gesicht. Ihr verdrossener Blick machte mich verwegener; ich verschränkte die Arme. Gemocht zu werden mag ich. Nicht gemocht zu werden liebe ich. Ekel spüre ich. Abscheu kann ich mit der Hand umschließen und zerquetschen. Und Hass, in Hass kann ich tagelang leben. Doch wenn ich das überhebliche Lächeln der Gleichgültigkeit auf einem Gesicht sehe, will ich es herausschneiden. Kava und der Leopard hörten beide auf zu spielen und sahen uns an. Ich glaubte, sie würde den Säugling fallen lassen, mir vielleicht sogar ins Gesicht schlagen. Aber sie hielt ihn weiter an sich gedrückt, während seine Augen noch immer geschlossen waren und seine Lippen noch immer an ihrer Brustwarze sogen. Sie lächelte und wandte sich ab, aber erst, als meine Augen sagten: Auf diese Weise ist es besser, mit Einvernehmen zwischen uns. Du kennst mich, aber ich kenne dich auch. Ich konnte alles riechen, was es über dich zu wissen gibt, ehe du diese Stufen herunterkamst.

»Vielleicht hast du mich hergebracht, um mich zu töten. Vielleicht hast du nach mir geschickt, weil ich Ku bin und du Gangatom.«

»Du bist nichts«, sagte sie und ging zurück nach oben.

Der Leopard lief an die Bodenkante und sprang in den Baum. Kava saß mit übergeschlagenen Beinen auf dem Boden.

Sieben Tage hielt ich mich von der Frau fern, und sie hielt sich von mir fern. Aber Kinder sind eben Kinder und werden nie etwas anderes sein. Ich fand weite Stoffe, die für Kinder gemacht waren, und umhüllte meine Taille damit. Wahrlich, es kam mir vor, als wäre die Stadt wieder in mir und es wäre mir nicht gelungen, ein Buschbewohner zu werden. Dann wieder verfluchte ich mich selbst und fragte mich, ob sich je ein Mann oder ein Junge so viele Gedanken über seine Kleider gemacht hatte. In der fünften Nacht sagte ich mir, es gehe nicht darum, ob ich angezogen sei oder nicht, sondern darum, was ich tun oder nicht tun wolle. In der siebten Nacht erzählte mir Kava von den Mingi. Er deutete auf ein Kind nach dem anderen und erzählte mir, warum ihre Eltern beschlossen hatten, sie zu töten oder auszusetzen und dem Tod zu überlassen. Diese hier hatten Glück gehabt, dass man sie nur ausgesetzt und später gefunden hatte. Manchmal verlangten die Ältesten von den Eltern, sich zu vergewissern, dass das Kind tot sei, und dann ertränkten sie es im Fluss. Das erzählte er, auf dem Boden des mittleren Hauses sitzend, während die Kinder auf Matten und Fellen einschliefen. Er deutete auf das weißhäutige Mädchen.

»Sie trägt die Farbe der Dämonen. Mingi.«

Ein Junge mit einem großen Kopf versuchte, ein Glühwürmchen zu fassen zu bekommen.

»Seine oberen Zähne wuchsen vor den unteren. Mingi.«

Ein anderer Junge schlief bereits, streckte dabei aber immer wieder die rechte Hand aus und griff in die Luft.

»Sein Zwilling verhungerte, ehe wir sie beide retten konnten. Mingi.«

Ein lahmes Mädchen hüpfte zu ihrem Platz auf dem Boden; ihr linker Fuß stand in einem absonderlichen Winkel ab.

»Mingi.«

Kava machte eine ausladende Handbewegung, ohne auf ein bestimmtes Kind zu zeigen.

»Und manche wurden unverheirateten Frauen geboren. Nimm das Mingi fort, und du nimmst die Schande fort. Und kannst immer noch einen Mann mit sieben Kühen heiraten.«

Ich betrachtete die Kinder, die zum größten Teil schliefen. Der Wind ließ nach, und die Blätter schaukelten sanft. Ich wusste nicht, wie viel Mond die Finsternis verschlungen hatte, aber sein Licht schien hell genug, um Kavas Augen sehen zu können.

»Was wird aus den Flüchen?«

»Was?«

»Diese Kinder sind alle verflucht. Wenn ihr sie hierbehaltet, behaltet ihr Flüche über Flüche. Ist die Frau eine Hexe? Versteht sie sich darauf, Flüche aufzuheben, Flüche, die aus dem Mutterleib kommen? Oder versammelt sie sie bloß hier?«

Ich kann den Ausdruck auf seinem Gesicht nicht beschreiben. Aber so hatte mich mein Großvater die ganze Zeit angesehen, und den ganzen Tag, an dem Tag, als ich fortging.

»Ein Narr zu sein ist auch ein Fluch«, sagte er.

VIER

Kava und Leopard retteten seit zehn und neun Monden
Mingi-Kinder.

Der Leopard schlief nicht auf dem Boden des Hauses,
nicht einmal als Mann. Jeden Abend kletterte er den Baum
ein Stück höher hinauf und schlief zwischen zwei Ästen ein. Im
Schlaf wurde er irgendwann zum Mann – ich habe es gesehen –,
ohne herunterzufallen. Doch es gab Nächte, da ging er auf Nah-
rungssuche weit fort. Eines Nachts war Vollmond – achtundzwanzig
Tage nachdem ich die Ku verlassen hatte. Ich wartete, bis der Leopard lange fort war, und folgte seinem Geruch. Ich kroch über Äste,
die sich in Richtung Norden wanden, rollte Äste hinunter, die sich in
Richtung Süden wanden, und rannte über Äste, die sich flach wie
eine Straße von Osten nach Westen erstreckten.

Als ich ihn fand, hatte er sie gerade mit den Zähnen zwischen den
Ästen heraufgezogen, und sein Kopf hatte noch nie so kraftvoll ausgesehen. Die Antilope, die er erlegt hatte und noch immer gepackt
hielt. Die Luft war schwer von frischer Beute. Er biss in die Wurzel
des linken Beins und riss es ab, um an das weichere Bauchfleisch
heranzukommen. Blut spritzte auf seine Nase. Der Leopard biss
noch mehr Fleisch ab, kaute und verschlang es rasch, wie ein Krokodil. Beinahe entglitt der Kadaver seinem Griff, als er mich sah, und
wir starrten einander so lange an, dass ich schon glaubte, es sei vielleicht ein anderer Leopard. Seine Zähne rissen rotes Fleisch ab, doch
seine Augen blieben auf mich geheftet.

Die Hexe ging nachts in die obere Hütte, das Haus ohne Türen.
Ich war mir sicher, dass sie durch eine Dachluke hineingelangte, und

wollte es mir selbst ansehen. Die Dämmerung zog auf. Kava lag irgendwo unter einem Haufen schlafender Kinder, selbst schlafend. Der Leopard machte sich auf, um zu verspeisen, was von der Antilope übrig war. Der Nebel wurde dichter, und ich sah die Stufen unter meinen Füßen nicht.

»Das wird mit dir passieren«, sagte eine Stimme, die ich noch nie gehört hatte. Ein kleines Mädchen.

Ich sprang auf, doch es stand niemand vor oder hinter mir.

»Du kannst ruhig heraufkommen«, sagte eine andere Stimme. Die Frau.

»Du hast keine Tür«, sagte ich.

»Du hast keine Augen«, sagte sie.

Ich schloss die Augen und öffnete sie wieder, doch die Wand war noch immer die Wand.

»Geh«, sagte sie.

»Aber da ist keine …«

»Geh.«

Ich wusste, dass ich gegen die Wand prallen würde, und ich würde sie verfluchen und den Säugling, der wahrscheinlich noch immer an ihrer Brust hing, denn vielleicht war er gar kein Säugling, sondern ein blutsaugender Obayifo, aus dessen Achselhöhlen und Arschloch Licht strömte. Mit geschlossenen Augen ging ich voran. Zwei Schritte, drei Schritte, vier, und meine Stirn stieß gegen keine Wand. Als ich die Augen öffnete, befanden sich meine Füße schon in dem Raum. Er war viel größer, als ich gedacht hatte, doch kleiner als die Hütte darunter. In den hölzernen Boden waren überall Zeichen, Beschwörungsformeln, Bannsprüche, Flüche eingeritzt; nun wusste ich es.

»Eine Hexe«, sagte ich.

»Ich bin Sangoma.«

»Das klingt nach einer Hexe.«

»Kennst du viele Hexen?«, fragte sie.

»Ich weiß, dass du wie eine Hexe riechst.«

»Kuyi re nize sasayi.«

»Ich bin kein Waisenkind.«

»Aber du lebst das schwere Leben eines Jungen, den niemand haben will. Wie man hört, ist dein Vater gestorben, und deine Mutter ist für dich gestorben. Wozu macht dich das? Und was deinen Großvater angeht …«

»Ich schwöre bei Gott.«

»Bei welchem?«

»Ich bin das Wortgefecht leid.«

»Du führst es wie ein Junge. Du bist seit mehr als einem Mond hier. Was hast du in dieser Zeit gelernt?«

Ich ließ Stille einkehren. Sie hatte sich noch nicht gezeigt. Sie war in meinem Kopf, das wusste ich. Die ganze Zeit über war die Hexe weit fort und warf ihre Stimme auf mich. Vielleicht hatte sich der Leopard endlich zum Herzen der Antilope hindurchgefressen und es ihr versprochen. Vielleicht auch die Leber.

Etwas stieß sanft gegen meinen Kopf, und jemand kicherte. Ein kleines Kügelchen flog gegen meine Hand und prallte ab, aber ich hörte es nicht auf dem Boden aufkommen. Ein zweites traf meinen Arm, prallte ebenfalls ab und flog geräuschlos hoch in die Luft. Zu hoch. Ich sah nichts auf dem Boden liegen. Ich fing das dritte, als es gerade meinen rechten Arm traf. Das Kind kicherte wieder. Ich öffnete die Hand, und ein kleiner Klumpen Ziegenmist hüpfte heraus, sprang in die Luft und kam nicht wieder herunter. Ich schaute nach oben.

Die Lehmdecke glänzte vor Grafit. Die Frau hing von der Decke. Nein, sie stand darauf. Nein, sie war daran befestigt und blickte auf mich herab. Doch ihr Gewand bewegte sich trotz des sanften Windes nicht. Das Kleid bedeckte ihre Brüste. Wahrlich, sie stand so auf der Decke, wie ich dort auf dem Boden stand. Und die Kinder, all die Kinder lagen auf der Decke. Standen auf der Decke. Jagten einander auf und ab, hin und her, zischten und schrien, sprangen und landeten doch wieder auf der Decke.

Und was für Kinder waren das? Zwei Jungen, Zwillinge, jeder mit einem eigenen Kopf, einer eigenen Hand und einem eigenen Bein, doch an den Flanken verbunden und mit einem gemeinsamen Bauch. Ein kleines Mädchen aus blauem Rauch wurde von einem Jungen gejagt, der einen Leib hatte so groß und rund wie eine Kugel, aber keine Beine. Ein weiterer Junge mit einem kleinen glänzenden Kopf und Haaren, die sich zu kleinen Punkten kringelten, und einem kleinen Körper, doch Beinen so lang wie eine Giraffe. Und noch ein Junge, weiß wie das Mädchen vom Tag zuvor, doch mit Augen so groß und blau wie Beeren. Und ein Mädchen mit dem Gesicht eines Jungen hinter dem linken Ohr. Und drei oder vier Kinder, die wie die Kinder einer jeden Mutter aussahen, aber kopfüber auf der Decke standen und mich ansahen.

Die Hexe kam auf mich zu. Ich hätte die Oberseite ihres Kopfes berühren können.

»Vielleicht stehen wir auf dem Boden und du auf der Decke«, sagte sie.

Sobald sie es gesagt hatte, löste ich mich vom Boden und streckte rasch die Hände aus, ehe mein Kopf auf der Decke aufschlug. Mich schwindelte. Das Rauchkind erschien vor mir, war jedoch nicht ängstlich oder überrascht. Es blieb keine Zeit für diesen Gedanken, und doch dachte ich, dass ein Geisterkind zuallererst ein Kind war. Meine Hand ging durch das Mädchen hindurch und wirbelte etwas von seinem Rauch durcheinander. Es verzog das Gesicht und lief durch die Luft davon. Die miteinander verbundenen Zwillinge erhoben sich vom Boden und kamen zu mir herübergelaufen. Spiel mit uns, sagten sie, doch ich sagte nichts. Sie standen da und sahen mich an, beide mit einem einzigen gestreiften Lendenschurz bedeckt. Das rechte Kind trug eine blaue Halskette, das linke eine grüne. Der Junge mit den langen Beinen beugte sich über mich, ohne die Beine zu strecken, die in weiten, wallenden Hosen steckten, wie mein Vater sie getragen hatte, von jener Farbe, die ich nicht kannte. Wie Rot in tiefer Nacht. Purpur, sagte sie. Der langbeinige Junge sprach mit den Zwillingen in einer Zunge, die ich nicht kannte. Alle drei lachten, bis die Hexe sie fortscheuchte. Ich wusste, wer diese Kinder waren, und das sagte ich ihr auch. Sie waren Mingi in voller Blüte ihres Fluches.

»Warst du schon einmal im Palast der Weisheit?«, sagte sie, einen Arm an ihrer Seite, den anderen um ein Kind gelegt, das kein Verlangen nach ihrer Brustwarze hatte. Ich kam jeden Tag an diesem Palast vorbei und war mehr als einmal hineingegangen. Seine Tore standen stets offen, um zu zeigen, dass die Weisheit für alle da war, aber für seine Lehren war ich noch zu jung. Doch ich sagte: »Wo ist dieser Palast?«

»Wo der Palast ist? In der Stadt, aus der du fortgerannt bist, Junge. Die Schüler sinnen über die wahre Natur der Welt nach, nicht über die Torheit alter Männer. Der Palast, wo sie Leitern bauen, um die Sterne zu erreichen, und Künste schaffen, die nichts mit Tugend oder Sünde zu tun haben.«

»Einen solchen Palast gibt es nicht.«

»Selbst Frauen gehen dorthin, um die Weisheit der Meister zu studieren.«

»Dann gibt es, so wahr es die Götter gibt, keinen solchen Ort.«

»Ein Jammer. Ein einziger Tag der Weisheit würde euch lehren, dass ein Kind keinen Fluch auf sich trägt, nicht einmal eines, dessen Geist geboren ist, um zu sterben und wiedergeboren zu werden. Der Fluch kommt aus dem Mund der Hexe.«

»Bist du eine Hexe?«

»Fürchtest du dich vor Hexen?«

»Nein.«

»Vor deinen üblen Lügen solltest du dich fürchten. Welche Frau willst du mit einem so schlüpfrigen Mundwerk entkleiden?«

Sie betrachtete mich sehr lange.

»Warum habe ich es nicht schon eher bemerkt? Der Anblick der Shoga-Jungen macht meine Augen blind.«

»Meine Ohren sind die Worte von Hexen leid.«

»Sie sollten deine Narrheit leid sein.«

Ich machte einen Schritt auf sie zu, und die Kinder hielten inne und starren mich böse an. Keines lächelte mehr.

»Die Kinder können nichts dafür, wie sie geboren werden, sie haben keine Wahl. Wer sich aber entscheidet, ein Narr zu sein ...«

Die Kinder wurden wieder zu Kindern, doch ich hörte die Frau über ihr lärmendes Spiel hinweg.

»Wäre ich eine Hexe, wäre ich als ein hübscher Knabe zu dir gekommen, denn das ist der Weg in dein Inneres, nicht wahr? Wäre ich eine Hexe, würde ich einen Tokoloshe beschwören, ihn glauben machen, du seist ein Mädchen, und ihn dich Nacht für Nacht in unsichtbarer Gestalt schänden lassen. Wäre ich eine Hexe, wäre jedes einzelne dieser Kinder schon lange tot, in Stücke geschnitten und auf dem Malangika-Hexenmarkt verkauft. Ich bin keine Hexe, du Narr. Ich töte Hexen.«

Drei Nächte nach dem ersten Mond wurde ich von einem Sturm in der Hütte geweckt. Doch es fiel kein Regen, und der Wind fegte von einer Seite des Zimmers zur anderen, warf Krüge und Wasserschüsseln um, rüttelte an Regalen, peitschte durch Sorghum-Mehl und riss einige der Kinder aus dem Schlaf. Auf dem Teppich wurde das Rauchmädchen aus seiner eigenen Gestalt geschüttelt. Es stöhnte; sein Gesicht war fest wie Haut, dann löste es sich in Rauch auf, drohte zu verschwinden. Aus dem Gesicht sprang ein anderes Gesicht hervor, das ganz Rauch war, mit schreckerfüllten Augen und einem schreienden Mund; es schüttelte und verzog sich, als wollte sich das Mädchen aus sich selbst herauszwingen.

»Teufel plagen ihren Schlaf«, sagte Sangoma und lief zu dem Rauchmädchen.

Zweimal packte die Sangoma ihre Wangen, doch beide Male wurde die Haut zu Rauch. Wieder schrie sie, doch diesmal hörten wir es. Weitere Kinder erwachten. Sangoma versuchte noch immer, ihre Wange zu packen, und schrie, sie solle aufwachen. Sie fing an, das Mädchen zu ohrfeigen, in der Hoffnung, es werde lange genug von Rauch zu Haut werden. Ihre Hand schlug auf die linke Wange der Kleinen, die erwachte und zu schreien begann. Sie rannte sogleich zu mir und sprang auf meine Brust und hätte mich umgeworfen, wäre sie nur einen Hauch schwerer als Luft gewesen. Ich tätschelte ihren Rücken, und meine Hand ging geradewegs durch sie hindurch, also tätschelte ich sie nochmals, sanfter diesmal. Manchmal war sie fest genug, um die Berührung zu spüren. Manchmal fühlte ich ihre kleinen Hände meinen Hals umschlingen.

Die Sangoma nickte dem Giraffenjungen zu, der ebenfalls wach war, und er stieg über die schlafenden Kinder hinweg, um zur Wand zu gelangen, wo sie etwas mit einem weißen Tuch verhüllt hatte. Er nahm es, sie drückte mir eine Fackel in die Hand, und wir gingen alle nach draußen. Das Mädchen schlief, die Arme nach wie vor um meinen Hals gelegt. Draußen war es noch stockfinster. Der Giraffenjunge stellte die Figur auf den Boden und zog das Tuch fort.

Er stand da und sah uns an wie ein Kind. Aus dem härtesten Holz geschnitzt und in bronzefarbenen Stoff gehüllt. Er hatte eine Kaurischnecke in seinem dritten Auge, aus dem Rücken ragten Federn, und in Hals, Schultern und Brust waren zehn mal zehn Nägel geschlagen.

»Ein Nkisi?«, fragte ich.

»Wo hast du schon einen gesehen«, sagte die Sangoma, nicht im Ton einer Frage.

»Im Baum des Hexers. Er hat mir gesagt, was das ist.«

»Dies ist der Nkisi Nkondi. Er spürt das Böse auf und bestraft es. Die Mächte des Jenseits werden von ihm statt von mir angezogen; anderenfalls würde ich den Verstand verlieren und mich wie eine Hexe mit Teufeln verbünden. In seinem Kopf und Bauch ist Medizin.«

»Das Mädchen? Es hatte bloß einen Albtraum«, sagte ich.

»Ja. Und ich habe eine Botschaft für den Alb.«

Sie nickte dem Giraffenjungen zu, und er zog einen Nagel heraus, der in die Erde getrieben worden war. Er nahm einen Hammer und schlug ihn dem Nkisi in die Brust.

»Mimi naomba nguvu. Mimi naomba nguvu. Mimi naomba nguvu. Mimi naomba nguvu. Kurudi zawadi mara kumi.«

»Was hast du getan?«, fragte ich.

Der Giraffenjunge bedeckte den Nkisi, doch wir ließen ihn draußen stehen. Ich umfasste das Mädchen, um es abzusetzen, und es fühlte sich ganz fest an. Die Sangoma sah mich an.

»Weißt du, warum niemand diesen Ort angreift? Weil niemand ihn sehen kann. Er ist wie giftiger Dampf. Die Schüler des Bösen wissen, dass es einen Ort der Mingi gibt. Aber sie wissen nicht, wo er sich befindet. Das heißt jedoch nicht, dass sie keine Magie durch die Luft schicken können.«

»Was hast du getan?«

»Ich habe dem Schenkenden sein Geschenk zurückgegeben. Zehnfach.«

Von da an erwachte ich in blauem Rauch, die Kleine auf meinem Bauch ausgestreckt, an meinen Knien zu meinen Zehen hinabrutschend, auf meinem Kopf sitzend. Sie liebte es, auf meinem Kopf zu sitzen, während ich zu gehen versuchte.

»Du verdeckst mir die Sicht«, sagte ich dann.

Doch sie kicherte nur, und es klang wie eine Brise zwischen den Blättern. Anfangs war ich verärgert, dann nicht mehr, und dann fand ich mich schlicht damit ab, dass beinahe unentwegt eine blaue Rauchwolke auf meinem Kopf oder meinen Schultern saß.

Einmal gingen das Rauchmädchen und ich mit dem Giraffenjungen in den Wald hinaus. Wir gingen so lange, dass ich nicht merkte, dass wir nicht mehr im Baum waren. In Wahrheit folgte ich dem Jungen.

»Wohin gehst du?«, fragte ich.

»Ich suche nach der Blume«, sagte er.

»Hier sind überall Blumen.«

»Ich suche nach der Blume«, sagte er und begann zu hüpfen.

»Ein Hüpfer von dir ist für uns ein Sprung. Zügle dich, Kind.«

Der Junge schlurfte voran, doch ich musste noch immer zügig gehen.

»Wie lange lebst du schon bei der Sangoma?«, fragte ich.

»Nicht lange, glaube ich. Früher habe ich die Tage gezählt, aber es sind so viele«, sagte er.

»Gewiss. Die meisten Mingi werden nur wenige Tage nach ihrer Geburt getötet oder sofort, nachdem ihnen der erste Zahn wächst.«

»Sie sagte, du würdest das wissen wollen.«

»Wer, Sangoma?«

»Sie sagte: Er wird wissen wollen, wie du ein Mingi und dabei so alt sein kannst.«

»Und was ist deine Antwort?«

Er setzte sich ins Gras. Ich ging in die Hocke, und das Rauchmädchen trippelte von meinem Kopf herunter wie eine Ratte.

»Dort ist sie. Dort ist meine Blume.«

Er hob ein kleines gelbes Ding auf, das in etwa die Größe eines Auges hatte.

»Sangoma hat mich vor einer Hexe gerettet.«

»Einer Hexe? Warum hat die Hexe dich nicht als Säugling getötet?«

»Sangoma sagt, viele wollen meine Beine für ihre dunklen Künste kaufen. Und das Bein eines Jungen ist größer als das eines Säuglings.«

»Gewiss.«

»Hat dein Vater dich verkauft?«, fragte er.

»Verkauft? Was? Nein. Er hat mich nicht verkauft. Er ist tot.«

Ich sah ihn an. Ich verspürte das Bedürfnis, ihn anzulächeln, doch es kam mir auch falsch vor.

»Alle Väter sollten sterben, sobald wir geboren sind«, sagte ich.

Er betrachtete mich mit einem sonderbaren Blick, mit den Augen von Kindern, die Worte gehört haben, welche die Eltern nicht hätten aussprechen sollen.

»Lass uns einen Stein nach ihm benennen, ihn verfluchen und vergraben«, sagte ich. Der Giraffenjunge lächelte.

Eines lässt sich über Kinder sagen. Sie werden stets einen Nutzen in dir finden. Auch das lässt sich sagen: Sie können sich keine Welt vorstellen, in der du sie nicht liebst, denn wie könnte man anders, als sie zu lieben? Der Kugeljunge fand heraus, dass ich eine Nase hatte. Er rollte immer wieder gegen mich, warf mich beinahe um, rief: Such mich!, und kugelte davon.

»Lass die Augen ...«, rief er und rollte über seinen Mund, ehe er *zu* sagen konnte.

Ich machte keinen Gebrauch von meiner Nase. Er hinterließ eine Staubwolke auf dem ausgetrockneten Schlammweg und niedergedrücktes Gras im Busch. Auch versteckte er sich hinter einem Baum, der zu schmal war für seinen breiten Kugelkörper. Als ich hinter den Baum sprang und sagte: Ich sehe dich, blickte er in meine offenen Augen und brach in Tränen aus, in Gebrüll und Geschrei. Und Geheule, wahrhaftiges Geheule. Ich glaubte, die Sangoma werde mit einem Bannspruch herbeirennen, und auch der Leopard werde herbeirennen, um mich zu zerreißen. Ich berührte sein Gesicht, strich ihm über die Stirn.

»Nein, nein, nein ... Ich ... Versteck dich noch einmal ... Du bekommst eine Frucht von mir, nein, einen Vogel ... Hör auf zu weinen ... Hör auf zu weinen ... sonst ...«

Er hörte es in meiner Stimme, etwas wie eine Drohung, und weinte noch lauter. So laut, dass er mich mehr ängstigte als Dämonen. Ich erwog, ihm die Schreie aus dem Mund zu schlagen, doch dann wäre ich mein Großvater gewesen.

»Bitte«, sagte ich. »Bitte. Du bekommst meinen ganzen Brei.«

Er hörte unversehens auf zu weinen.

»Den ganzen?«

»Ich stecke nicht einmal den Finger hinein.«

»Den ganzen?«, fragte er noch einmal.

»Versteck dich noch einmal. Ich schwöre, diesmal gebrauche ich nur meine Nase.«

Er begann so rasch zu lachen, wie er zuvor geweint hatte. Er rieb seine Stirn an meinem Bauch und rollte dann davon, schnell wie eine Eidechse auf heißem Lehm. Ich schloss die Augen und roch ihn, ging jedoch fünfmal schnurstracks an ihm vorbei und rief: Wo ist der Junge?, und er kicherte, als ich rief: Ich kann dich riechen.

In sieben Tagen würden wir seit zwei Monden bei der Sangoma sein. Ich fragte Kava: Wird uns niemand von den Ku suchen kommen? Er sah mich an, als wäre sein Blick eine Antwort.

Nun höre, Priester. Drei Geschichten über den Leoparden. Eins. Eine hitzegeschwängerte Nacht. Manchmal wachte ich auf, wenn der Geruch von Männern aus einem Ort, an dem ich gewesen war, stärker wurde und ich wusste, dass sie sich näherten, auf Pferden, zu Fuß oder als Schakalrudel. Manchmal wachte ich auf, weil ein Geruch schwächer wurde und ich wusste, dass sie fortgingen, flohen, davonliefen oder sich ein Versteck suchten. Kavas Geruch wurde schwächer und der des Leoparden ebenso. Kein Mond in der Nacht, doch einige der Kräuter ließen im Dunkel einen Weg aufleuchten. Ich rannte die Bäume hinab, und mein Fuß stieß gegen einen Ast. Ich stieß mir den Hintern, stieß mir den Kopf, überschlug mich wie ein ins Rollen geratener Felsbrocken. Da waren sie, zwanzig Schritte in den Busch hinein, unter einem jungen Iroko-Baum.

Der Leopard, bäuchlings im Gras ausgestreckt. Er war kein Mann; seine Haut war schwarz wie Fell, und sein Schwanz peitschte durch die Luft. Er war kein Leopard; seine Hände hielten einen Ast umklammert, und seine prallen Hinterbacken klatschten gegen Kava, der ihn wie rasend fickte.

Ich hasste Kava so sehr, und es war mir gleich, ob es das Loch der Frau an der Spitze meiner Männlichkeit war, das mich ihn hassen machte, hatte ich doch den Ast eines Baumes zwischen den Beinen, nein, mein Hass hatte nichts mit der Frau zu tun, an meiner Spitze war gar keine Frau, denn das war alte Weisheit, und die war töricht, das sagte selbst der Hexer.

Ich wollte dem Leoparden wehtun und der Leopard sein. Wie ich das Tier roch und wie dieser Geruch zunahm und wie sehr sich der Geruch von einem verändert, der hasst und fickt und schwitzt und vor Angst davonläuft, und wie ich es rieche, selbst wenn sie es zu verbergen suchen.

Welche Hexerei betreibst du heute, Inquisitor? Was weißt du?

Shoga? Gewiss hatte ich es gewusst. Weiß ein solcher Mann es nicht immer? Dies ist das dritte Mal, dass ich das Wort gesagt habe, und du kennst es noch immer nicht? Wir Shoga-Männer haben in unserem Inneren noch eine weitere Frau gefunden, die sich nicht herausschneiden lässt. Nein, keine Frau, etwas, was die Götter geschaffen und dann vergessen haben, oder vielleicht haben sie nur vergessen, den Männern davon zu erzählen, was vielleicht zum Besten wäre. Höre, Inquisitor, jedes Mal, wenn er ihn berührt, ihn fest oder sanft reibt oder ihn wichst, während er in mir ist, werde ich hierbleiben und Samen an diese Wand dort spritzen. Bis an die Decke. Bis zu den Wipfeln der Bäume, über den Fluss auf die andere Seite, um einen Gangatom ins Auge zu treffen.

Du lachst also, Inquisitor.

Du hörst nicht zum ersten Mal von den Shoga-Männern. Gib ihnen die Namen des Dichters, wie wir es im Norden tun: Männer mit der ersten Begierde. Wie die Uzundu-Krieger, die so grimmig sind, weil sie nur Augen füreinander haben. Oder gib ihnen vulgäre Namen, wie ihr es im Süden tut, wie die Mugawe-Männer, die Frauengewänder tragen, damit man nicht sieht, was für ein Loch man fickt. Du siehst aus wie ein Basha, einer, der Knaben kauft. Und warum nicht? Knaben sind hübsche Kreaturen; die Götter haben uns Brustwarzen und Löcher gegeben, und es kommt nicht auf den Schwanz oder die Koo an, sondern auf das Gold im Beutel.

Shoga kämpfen für euch, Shoga bewachen vor der Hochzeit eure Braut. Wir lehren sie die Kunst, ein Weib zu sein und das Haus zu führen und sich herauszuputzen und einem Mann Vergnügen zu bereiten. Wir lehren sogar den Mann, seiner Frau Vergnügen zu bereiten, auf dass sie ihm Kinder gebiert oder er Nacht für Nacht seine Milch auf sie herabregnen lässt. Oder sie ihm den Rücken zerkratzt und ihre Zehen krümmt. Manchmal spielen wir Tarabu-Musik auf Kora, Djembe und Buschtrommel, und einer von uns legt sich als Frau hin und ein anderer als Mann, und wir zeigen ihm die 109 Stellungen, um einander Vergnügen zu bereiten. Ihr habt keine solche Tradition? Vielleicht mögt ihr eure Frauen darum so jung, damit sie nicht wissen, dass ihr jämmerliche Liebhaber seid? Kava und ich gebrauchten nur unsere Hände. Ich fand es nicht sonderbar, vielleicht weil ich noch immer die Frau an meiner Spitze trug. Einmal bat ich den Hexer, sie abzuschneiden, nachdem es mein Onkel verboten hatte. Er sah mich an, und all seine Weisheit war verschwunden und nichts als Verwunderung zurückgeblieben, eine Falte zwischen seinen Brauen, die Lider zusammengepresst wie ein Mann, der das Augenlicht verliert. Er sagte: »Willst du auch nur ein Auge haben oder vielleicht nur ein Bein?«

»Das ist etwas anderes«, sagte ich.

»Wollte der Gott Oma, der den Menschen geschaffen hat, dass man dich schneidet und solches Fleisch zum Vorschein bringt, dann hätte er es selbst getan«, sagte er. »Vielleicht solltest du eher die

närrische Weisheit von Männern wegschneiden, die noch immer
Wände aus Kuhmist bauen.«

Zwei. Am nächsten Tag trat mir der Leopard ins Gesicht und weckte mich. Ich öffnete die Augen und blickte in sein Gesicht, sein
wildes Haargestrüpp und die Augen, weiß mit einem winzig kleinen
schwarzen Punkt in der Mitte. Ich fürchtete den Mann mehr als den
Leoparden. Sein großer Kopf und die breiten Schultern erinnerten
mich daran, dass er noch immer ein dreimal so schweres Tier einen
Baum hinaufzerren konnte. Er setzte mir einen Fuß auf die Brust; er
hatte einen Bogen über die rechte Schulter geschlungen und einen
Köcher mit Pfeilen in der linken Hand.

»Wach auf. Heute wirst du lernen, wie man einen Bogen gebraucht«, sagte er.

Er brachte mich vom Haus über die gewundenen Stämme hinunter zu einem anderen Feld, das mir weit entfernt erschien. Wir kamen an dem kleinen Iroko-Baum vorbei, wo er sich von Kava hatte
ficken lassen. Wir ließen ihn ebenso hinter uns wie den Klang des
kleinen Flusses und gingen weiter zu einem weiteren Hain mit Bäumen so groß, dass sie am Himmel kratzten, mit Ästen wie ineinander
verschlungene Spinnenbeine. Hinter ihm fiel sein Haupthaar über
seinen Nacken auf den Rücken hinab, wo es sich verjüngte und über
seinen Hinterbacken auslief. Auf seinem Oberschenkel sprossen
wieder Haare und zogen sich bis zu den Zehen hinunter.

»Kava sagte, als er dich zum ersten Mal sah, versuchte er, dich mit
einem Speer zu töten.«

»Was für ein Geschichtenerzähler er ist«, sagte der Leopard und
lief weiter.

Wir blieben auf einer Lichtung stehen, etwa fünfzig Schritte von
einem Baum entfernt. Der Leopard nahm den Bogen von der Schulter.

»Bist du sein und er dein?«, fragte ich.

»Es stimmt, was Sangoma über dich sagt«, sagte er.

»Von mir aus kann das Weib einen Aussätzigen zwischen den Arschbacken lecken.«

Er lachte.

»Als Nächstes wirst du von Liebe anfangen«, sagte er.

»Empfindest du denn Liebe für ihn, und liebt er dich?«

Er sah mir geradewegs ins Gesicht. Entweder waren ihm soeben Schnurrhaare gewachsen, oder ich hatte sie bis jetzt nicht bemerkt.

»Niemand liebt niemanden«, sagte er.

Er wandte sich ab und nickte dem Baum zu. Der Baum breitete die Arme aus, um ihn willkommen zu heißen, und legte ein Loch frei, wo das Herz gewesen wäre, ein Loch, durch das ich geradewegs hindurchschauen konnte. Der Leopard hielt bereits den Bogen in der linken Hand, die Sehne in der rechten, einen Pfeil zwischen den Fingern. Ehe ich sah, wie er den Bogen hob, die Sehne spannte und den Pfeil losließ, der geräuschlos durch das Loch in dem Baum flog, hatte er schon einen zweiten aus dem Köcher gezogen und abgeschossen. Er zog einen weiteren heraus und schoss ihn ab, dann reichte er mir den Bogen. Ich hatte geglaubt, er wäre leicht, doch er war etwa so schwer wie der Säugling im Wald.

»Folge meiner Hand«, sagte er und hielt sie mir unter die Nase.

Er trat nach links, und meine Augen folgten ihm. Sein Arm bewegte sich zu weit, und ich drehte den Kopf, um zu sehen, ob er mich schlagen wollte oder sonst etwas Übles vorhatte. Dann bewegte er die Hand nach rechts, und ich folgte ihr mit den Augen, bis ich sie nicht mehr sehen konnte.

»Halte ihn mit der linken Hand«, sagte er.

»Dein Pfeil«, sagte ich.

»Was ist damit?«

»Er glänzt wie Eisen.«

»Er ist aus Eisen.«

»Die Pfeile der Ku sind aus Knochen und Quarz.«

»Die Ku töten auch noch immer Kinder, denen die oberen Zähne zuerst wachsen.«

So lehrte mich der Leopard, mit Pfeil und Bogen zu töten: Halte den Bogen neben das Auge, das du seltener gebrauchst. Spanne den Bogen auf der Seite des Auges, das du häufiger gebrauchst. Spreize die Beine schulterbreit. Nimm drei Finger, um den Pfeil auf der Sehne zu halten. Hebe den Bogen, lege ihn an, und ziehe die Sehne bis zu deinem Kinn, alles in einer Bewegung. Visiere das Ziel an, und lasse den Pfeil fliegen. Der erste Pfeil flog in den Himmel und hätte beinahe eine Eule getroffen. Der zweite traf einen Ast über dem Loch. Ich weiß nicht, was der dritte traf, doch irgendetwas quiekte. Der vierte traf den Stamm knapp über der Wurzel.

»Er verliert die Geduld mit dir«, sagte er und zeigte auf den Baum. Er wollte, dass ich die Pfeile holen ging. Ich zog den ersten aus dem Ast, und das kleine Loch schloss sich. Ich war zu ängstlich, um den zweiten herauszuziehen, aber der Leopard knurrte, und ich riss ihn rasch heraus. Ich wandte mich um und wollte fortlaufen, doch ein Ast schlug mir mitten ins Gesicht. Der Ast war zuvor nicht da gewesen. Jetzt lachte der Leopard.

»Ich kann nicht zielen«, sagte ich.

»Du kannst nicht sehen«, sagte er.

Ich konnte nicht sehen, ohne zu blinzeln, konnte nicht zielen, ohne das Gewicht auf das falsche Bein zu verlagern. Ich konnte den Pfeil loslassen, doch nie in dem Moment, wenn er es sagte, und die Pfeile trafen nie, worauf ich zielte. Ich wollte schon auf den Himmel zielen, um den Boden zu treffen. Ich schwöre, ich hatte nicht gewusst, dass der Leopard so herzlich lachen konnte. Doch er wollte die Übung nicht abbrechen, ehe ich einen Pfeil durch das Loch in dem Baum geschossen hatte, und immer, wenn ich den Baum traf, schlug dieser mich mit einem Ast, der entweder schon immer oder noch nie dort gewesen war. Der Nachthimmel hing schwer über uns,

als ich einen Pfeil durch das Ziel schoss. Er nahm die Pfeile und ging
los – seine Art zu sagen, dass wir fertig waren. Wir gingen einen Weg
entlang, den ich nicht erkannte, mit Fels und Sand und von nassem
Moos bedecktem Stein.

»Das war einmal ein Fluss«, sagte er.

»Was ist mit ihm geschehen?«

»Er hasst den Geruch von Menschen und fließt unter die Erde,
sobald wir uns nähern.«

»Wirklich?«

»Nein. Die Regenzeit ist zu Ende.«

Ich wollte ihm sagen, er habe zu lange bei der Sangoma gelebt,
doch ich tat es nicht. Stattdessen sagte ich: »Bist du ein Leopard, der
sich in einen Mann verwandelt, oder ein Mann, der sich in einen
Leoparden verwandelt?«

Er ging fort, lief durch den Schlamm, kletterte über die Felsen, wo
einmal ein Fluss gewesen war. Äste und Blätter verhüllten die Sterne.

»Manchmal vergesse ich, mich zurückzuverwandeln.«

»In einen Mann.«

»In einen Leoparden.«

»Was geschieht, wenn du es vergisst?«

Er wandte sich um und sah mich an, dann presste er die Lippen
aufeinander und seufzte.

»Deine Gestalt hat keine Zukunft. Kleiner. Langsamer, schwächer.«

Ich wusste nicht, was ich darauf erwidern sollte als: »Auf mich
wirkst du schneller, stärker und weiser.«

»Verglichen mit wem? Weißt du, was ein echter Leopard getan
hätte? Er hätte dich längst gefressen. Er hätte jeden gefressen.«

Er machte mir keine Angst, und das war auch nicht seine Absicht.
Alles, was sich regte, lag unterhalb meiner Taille.

»Die Hexe macht bessere Scherze«, sagte ich.

»Hat sie dir gesagt, dass sie eine Hexe ist?«

»Nein.«

»Kennst du die Bräuche der Hexen?«

»Nein.«

»Dann sprichst du entweder aus dem Arsch oder furzt aus dem Mund. Sei unbesorgt, Junge. Du hättest ein widerliches Mahl abgegeben. Mein Vater hat sich verwandelt und vergessen, wie man sich zurückverwandelt. Er musste den Rest seines Lebens in dieser elenden Gestalt verbringen.«

»Wo ist er jetzt?«

»Sie sperrten ihn in eine Zelle für Wahnsinnige, als ein Jäger ihn dabei ertappte, wie er als Mann einen Gepard fickte. Er floh, ging an Bord eines Schiffes und segelte nach Osten. So hat man es mir jedenfalls erzählt.«

»Man hat es dir erzählt?«

»Leoparden sind zu hinterlistig, Junge. Wir können nur allein leben, sonst würden wir uns gegenseitig die Beute stehlen. Ich habe meine Mutter nicht gesehen, seit ich selbst eine Antilope töten konnte.«

»Und du hast die Kinder nicht getötet. Das ist eine Überraschung.«

»Dann wäre ich einer von euch. Ich weiß, wo sich meine Mutter aufhält. Ich habe meine Brüder gesehen, aber wohin sie laufen, ist ihre Sache, und wohin ich laufe, ist meine.«

»Ich hatte keine Brüder. Dann kam ich ins Dorf und hörte, dass ich einen hatte, doch die Gangatom haben ihn getötet.«

»Und dein Vater wurde zu deinem Großvater, hat Asani mir erzählt. Und deine Mutter?«

»Meine Mutter kochte Sorghum und hielt die Beine gespreizt.«

»Wenn eine Sippe aus einem Einzelnen bestünde, würde sie sich doch entzweien.«

»Ich hasse sie nicht. Ich habe keine Gefühle für sie. Wenn sie stirbt, werde ich nicht trauern, aber auch nicht lachen.«

»Meine Mutter hat mich drei Monde lang gesäugt und mir dann Fleisch zu fressen gegeben. Das war genug. Aber ich bin ja auch ein Tier.«

»Mein Großvater war ein Feigling.«

»Dein Großvater ist der Grund, dass du am Leben bist.«

»Er hätte mir stattdessen etwas geben sollen, worauf ich stolz sein könnte.«

»Als wärst du nicht schon stolz genug. Was würden die Götter sagen?«

Er kam so dicht an mich heran, dass ich seinen Atem auf meinem Gesicht spürte.

»Du machst eine düstere Miene«, sagte er.

Er starrte tief in mich hinein, als versuchte er, die noch nicht verfinsterte Miene wiederzufinden.

»Du bist fortgegangen, weil dein Großvater ein Feigling ist.«

»Ich bin aus anderen Gründen fortgegangen«, sagte ich.

Er wandte sich ab und breitete die Arme beim Gehen weit aus, als spräche er zu den Bäumen und nicht zu mir.

»Gewiss. Du bist gegangen, um deine Bestimmung zu finden. Denn aufwachen, essen, scheißen und ficken sind lauter schöne Dinge, doch nichts davon ist deine Bestimmung. Also hast du danach gesucht, und deine Bestimmung hat dich zu den Ku geführt. Doch deine Ku-Bestimmung war es, Menschen zu töten, die du nicht einmal kennst. Ich bleibe bei dem, was ich gesagt habe. Deine Gestalt hat keine Zukunft. Und hier sind wir. Hier bist du, und die Gangatom-Frauen waschen ihre Kinder gleich auf der anderen Seite des Flusses. Du könntest hinübergehen und ein paar von ihnen töten. Ein Unrecht begleichen und darüber hinaus die Götter und ihren schandhaften Gerechtigkeitssinn befriedigen«, sagte der Leopard.

»Schmähst du die Götter?«

»Die Götter zu schmähen hieße zu glauben.«

»Du glaubst nicht an die Götter?«

»Ich glaube nicht an den Glauben. Nein, das ist nicht wahr. Ich glaube daran, dass es im Wald Antilopen gibt und Fische im Wasser und dass Männer immer ficken werden wollen, was die einzige ihrer Bestimmungen ist, die mir gefällt. Aber wir sprachen von deiner. Deine Bestimmung ist es, Gangatom zu töten. Stattdessen läufst du zum Haus einer Gangatom-Frau und spielst mit Mingi-Kindern. Asani habe ich nach einem Tag durchschaut, aber du? Du bist mir ein Rätsel.«

»Was hast du in Asani gesehen?«

»Du kannst es hinter dir lassen.«

»Ich habe es hinter mir gelassen.«

»Aber es ist noch immer in deinem Herzen. Fremde Männer haben deinen Vater und deinen Bruder getötet, und doch ist es deine eigene Sippe, die dich zornig macht.«

»Ich bin es so leid, dass man in mir zu lesen versucht.«

»Dann breite dich nicht aus wie eine Schriftrolle.«

»Ich bin allein.«

»Den Göttern sei Dank, denn sonst wäre dein Bruder dein Onkel.«

»Das meine ich nicht.«

»Ich weiß, was du meinst. Du bist allein. Aber es macht dir das Herz schwer, allein zu sein. Das unterscheidet uns. Du musst lernen, auf niemanden angewiesen zu sein.«

Ich konnte die Hütten über uns riechen.

»Fickst du lieber als Mensch oder als Tier?«, fragte ich. Er lächelte.

»Die Frage ist gepfeffert!«

Ich nickte.

»Ich mag seine Brust an meiner Brust, seine Lippen an meinem Hals, mag es, ihn anzusehen, während er mich genießt. Er mag es, wenn ihm mein Schweif ins Gesicht peitscht.«

»Ist es das, was du in ihm siehst?«

»Ich sehe Füße, die ihn so weit getragen haben, wie er gehen kann.«

»Empfindet er Liebe für dich und du für ihn?«

»Liebe? Ich kenne Hunger, Angst und Hitze. Ich kenne das Gefühl von heißem Blut, das dir ins Maul spritzt, wenn du ins Fleisch der frischen Beute beißt. Asani war bloß ein Mann, der mein Revier betreten hat und den ich ebenso gut hätte töten können. Aber er ist mir in einer Nacht mit rotem Mond begegnet.«

»Ich verstehe nicht.«

»Nein, das tust du nicht. Und was das Revier angeht …« Er ging von einem Baum zum nächsten und zum nächsten und markierte die Erde mit Pisse. Er ging zu dem Baum, der uns nach oben brachte, und nässte die Wurzel.

»Hyänen«, sagte er.

Ich fuhr zusammen. »Sind Hyänen im Anmarsch?«

»Sie sind schon hier. Sie beobachten uns aus der Ferne. Müsstest du sie nicht … Nein, du kennst ihren Geruch nicht. Sie wissen, wer auf diesem Baum lebt. Ist es so bei dir? Wenn du einen Geruch einmal kennst, kannst du ihm überallhin folgen?«

»Ja.«

»Auch mir?«

»Ja.«

»Wie weit?«

»Ich könnte auf der Stelle mit geschlossenen Augen meinen Großvater aufspüren, selbst wenn er sieben oder acht Tage entfernt wäre. Und jede seiner drei Mätressen, auch die, die in eine andere Stadt gezogen ist. Manchmal sind es zu viele, und mein Geist springt und verdunkelt sich und kehrt mit allem zugleich zurück, als wäre ich mitten auf einem Marktplatz aufgewacht und alle schrien in einer mir unbekannten Sprache auf mich ein. Als ich jung war, musste ich meine Nase bedecken und hätte mich beinahe umgebracht, wenn es zu laut wurde. Manchmal verliere ich noch immer den Verstand darüber.«

Er starrte mich lange an. Ich wandte den Kopf ab, blickte auf die im Dunkeln leuchtenden Kräuter und versuchte, Umrisse auszumachen. Als ich mich ihm wieder zuwandte, sah er mich noch immer an.

»Und die Gerüche, die du nicht kennst?«

»Ein Furz könnte ebenso gut eine Blume sein.«

D ritte Geschichte.
Erst in der Nacht erfuhr ich, dass wir seit zwei Monden bei der Sangoma waren.

»Zehn und sieben Jahre habe ich die Ithwasa studiert, die Einführung in das Amt der Sangoma«, sagte sie.

An diesem und an jedem weiteren Morgen ging ich in die obere Hütte, wenn ich spürte, dass sie nach mir rief. Das Rauchmädchen rannte meine Beine und meine Brust hinauf und setzte sich auf meinen Kopf. Der Kugeljunge hüpfte um mich herum. Sangoma befühlte die Perlen einer Halskette, die sie drei Nächte zuvor vergraben hatte, und flüsterte eine Beschwörungsformel. Der Junge, den sie gesäugt hatte, lief immer wieder gegen die Wand, trat zurück und lief wieder gegen die Wand, immer und immer wieder, ohne dass sie ihn daran gehindert hätte. Am vorherigen Tag hatte sie dem Leoparden befohlen, er solle mit mir hinausgehen und mich das Bogenschießen lehren. Doch ich hatte bloß gelernt, dass ich mich in etwas anderem versuchen sollte. Jetzt werfe ich das Beil. Sogar zwei zugleich.

»Zehn und sieben Jahre der Reinheit, in denen ich mich vor den Ahnen erniedrigte, das Wahrsagen lernte und die Fähigkeiten der Meisterin, die ich Iyanga nannte. Ich lernte, die Augen zu schließen und verborgene Dinge aufzuspüren, Medizin zum Brechen von Hexenzaubern zu machen. Dies ist eine heilige Hütte. Die Vorfahren leben hier, Vorfahren und Kinder, und manche von ihnen sind wiedergeborene Vorfahren. Andere nur Kinder mit besonderen Gaben. So wie du ein Kind mit besonderen Gaben bist.«

»Ich bin nicht …«

»Bescheiden, das stimmt. So viel ist offensichtlich, Junge. Aber du bist auch nicht geduldig, weise oder auch nur besonders stark.«

»Und doch hast du diesen gewöhnlichen Jungen von Kava und dem Leoparden hierherbringen lassen. Soll ich wieder gehen?« Ich schickte mich an, genau das zu tun.

»Nein!«

Es klang lauter als beabsichtigt, wie wir beide sehr wohl wussten.

»Tu, was du willst. Geh zurück zu deinem Großvater, der sich als dein Vater ausgibt«, sagte sie.

»Was willst du, Hex… Sangoma?«

Sie nickte dem Jungen mit den langen Beinen zu. Er ging zur gegenüberliegenden Seite des Raums und kam mit einem Tablett aus geflochtenem Bambus zurück.

»Während meiner Ithwasa hat mir meine Meisterin gesagt, ich würde weit sehen. Zu weit«, sagte die Sangoma.

»Dann schließ die Augen.«

»Du musst die Älteren respektieren.«

»Das werde ich, wenn ich Ältere treffe, die ich respektieren kann.«

Sie lachte. »Bei all dem, was aus deinem Vorderloch herauskommt, ist es kein Wunder, dass du dich danach sehnst, dass hinten etwas hineinkommt.«

Ich würde nicht zulassen, dass sie mich gekränkt sah. Oder hörte oder roch. Oder dem Mondscheinjungen oder dem Leoparden davon erzählte. Nicht einen Wimpernschlag lang.

»Was willst du?«

»Sieh dir die Knochen an. Seit einem Mond und zwanzig Nächten werfe ich sie Nacht für Nacht, und sie fallen immer auf dieselbe Weise. Der Hyänenknochen landet zuerst, was bedeutet, dass ich einen Jäger zu erwarten habe. Und einen Dieb. Gleich nach der ersten Nacht bist du gekommen.«

»Das wusste ich nicht.«

»Warum bist du mit Augen gesegnet? Ich kenne zwei, die sie besser gebrauchen könnten als du.«

»Weib ...«

»Ich war noch nicht zu Ende. Gebrauche die Nase, die die Götter dir gegeben haben, oder du wirst die Viper beim nächsten Mal nicht bemerken.«

»Du willst meine Nase?«

»Ich will einen Jungen. Sieben Nächte ist er jetzt fort. Die Knochen sagten es mir, aber ich glaubte, kein Junge würde sich allzu weit von guter Speise entfernen.«

»Ich würde sie nicht als gut ...«

»Mach mich nicht wütend, Junge. Er hatte aufgehört zu glauben wie ein Kind, zu glauben, was ich ihm all diese Monde lang gesagt hatte. Kinderdiebin nannte er mich! Doch so ist es eben – welches Kind will schon wissen, dass seine eigene Mutter es den wilden Hunden zum Fraß vorgeworfen hat? Kinderdiebin nannte er mich und zog dann los, um seine Mutter zu finden. Er schlug sogar nach mir, als ich ihm nicht aus dem Weg ging. Wären meine Kinder nicht so entsetzt gewesen, sie hätten ihn gewiss umgebracht. Er sprang vom Baum und rannte nach Süden.«

Ich blickte mich um. Ich wusste, einige dieser Kinder hätten mich im Handumdrehen töten können.

»Du wirst den Jungen zurückbekommen.«

»Der Junge kann meinethalben in die verschrumpelte Koo seiner Mutter kriechen und sich die Nabelschnur an den Bauch nähen. Aber er hat etwas gestohlen, was mir teuer ist.«

»Ein Juwel? Den Beweis, dass du eine Frau bist?«

»Verflucht wird der Tag sein, da dein Verstand dein Mundwerk einholt. Die Gallenblase der Ziege, die bei meiner Einweihungszeremonie geopfert wurde. Seither trug ich sie in meinem Haar. Er ging morgens fort, hatte sie aber in der Nacht zuvor gestohlen, während ich schlief.«

»Von deinem Kopf herunter.«

»Ich schlief, sagte ich.«

»Ich dachte, Zauberwesen hätten einen leichten Schlaf.«

»Was weißt du von Zauberwesen?«

»Dass sie beim kleinsten Geräusch erwachen.«

»Das muss der Grund sein, weshalb du nachts auf Wanderschaft gehst.«

»Ich gehe doch nicht …«

»Ich hoffe, du findest, was du suchst. Genug davon. Ich will die Blase zurückhaben. Du sprichst immer wieder von Hexen. Ohne die Blase werden die Hexen von diesem Ort erfahren. Die Kinder mögen dir gleichgültig sein, doch Goldmünzen sicherlich nicht.«

»Im Dorf braucht man kein Gol…«

»Du wirst niemals in dieses Dorf zurückkehren.«

Sie sah mich an; das Narbenmuster ließ ihre Augen wild und grimmig erscheinen.

»Nimm die Münzen, und finde den Jungen«, sagte sie.

»Warum sollte ich nicht einfach die Mün…«

Sie schlug mir mit einem Lendenschurz ins Gesicht. Der Gestank strömte in meine Nase, ehe ich atmen konnte.

»Weil ich weiß, wie diese Nase arbeitet, Junge. Du wirst nicht aufhören, nach demjenigen zu suchen, der diesen Geruch hinterlassen hat, sonst bringt es dich um den Verstand.«

Sie hatte recht. Ich hätte sie nicht stärker hassen können.

»Nimm die Münzen, und finde den Jungen.«

Sie schickte den Leoparden und mich los. Er hat auch eine Nase, sagte sie. Ich hatte erwartet, sie werde Kava und mich schicken. Der Leopard wirkte weder erfreut noch verärgert. Doch gerade als wir gehen wollten, sah ich sie auf dem Dach der dritten Hütte. Kava fuchtelte mit den Händen durch die Luft wie ein Irrer; der Leopard blickte drein wie immer. Kava warf einen Holzstock, und der Leopard stürzte sich schnell wie der Blitz auf ihn und schloss die Hand um seinen Hals. Der Leopard gab Kava frei und ging davon. Kava lachte.

»Pass auf, wo dich die verdammte Katze hinbringt«, sagte Kava zu mir, als ich ihm nicht lange darauf begegnete.

Ich füllte am Fluss Weinschläuche mit Wasser. Dies geschah: Nachdem ich sie gefüllt hatte, sah ich mich nach rotem Schlamm und weißem Lehm um. Als ich Lehm gefunden hatte, zog ich eine weiße Linie und teilte damit mein Gesicht. Dann zog ich eine weitere mitten über die Stirn. Dann rote Linien über meine Wangen und an meinen Rippen entlang, die ich inzwischen stärker sah, was mich jedoch weniger grämte, als es meine Mutter gegrämt hätte.

»Er bringt mich nirgendwohin. Ich gehe den Jungen suchen«, sagte ich.

»Pass auf, wo dich die verdammte Katze hinbringt«, sagte er noch einmal.

Ich sagte nichts. Ich versuchte, meine Kniekehlen zu bemalen. Kava stellte sich hinter mich und hob weißen Lehm auf. Er rieb ihn auf meine Hinterbacken, bis hinunter zu den Knien und weiter zu den Waden.

»Leoparden sind hinterlistig. Kennst du ihre Bräuche? Weißt du, warum sie alleine laufen? Weil sie selbst ihresgleichen hintergehen und alles für eine Beute, die nicht einmal die Hyänen anrühren würden.«

»Hat er dich hintergangen?«

Kava blickte auf, sagte jedoch nichts. Er bemalte meine Schenkel. Ich wollte, dass er aufhörte.

»Sobald ihr das Kind gefunden habt, wird er in südliche Gefilde weiterziehen. Das Grasland trocknet aus, und die Beute taugt nicht mehr viel.«

»Wenn er will.«

»Er ist zu lange ein Mann gewesen. Jäger werden ihn innerhalb von zwei Monden töten. Die Tiere dort sind wilder; Bestien, die ihn entzweireißen werden. Die Jäger haben dort draußen Giftpfeile, und sie töten Kinder. Es gibt dort Bestien größer als dieser Baum, Grashalme, die Blut begehren, Bestien, die ihn ent…«

»Entzweireißen werden. Was sollte er denn stattdessen tun?«

Kava wusch sich den Lehm von den Händen und begann mir ein Muster auf die Beine zu malen.

»Er wird mit mir fortgehen und dieses Weib und ihre verfluchten Kinder vergessen. Es war sein Einfall, sie zu retten und hierherzubringen, nicht meiner. Ob sie lebten oder starben, war Sache der Götter. Wer lebt ganz oben?«, fragte er.

»Ich weiß es ni…«

»Sie bringt jeden Tag Essen dort hinauf. Und jetzt bringt sie dich hinauf.«

»Eifersüchtig.«

»Auf dich? Mein Blut ist das Blut von Häuptlingen.«

»Das war keine Frage.«

Er lachte. »Wenn du mit ihren dunklen Künsten spielen willst, nur zu. Aber der Leopard kommt mit mir. Wir gehen ins Dorf zurück. Gemeinsam töten wir diejenigen, die den Tod meiner Mutter zu verantworten haben.«

»Du sagtest, der Wind habe deine Sippe getötet. Du sagtest …«

»Ich weiß, was ich gesagt habe, ich war dabei, als ich es gesagt habe. Der Leopard hat gesagt, er wird fortgehen, wenn ihr den Jungen gefunden habt. Sag ihm, dass du nicht mitgehen wirst.«

»Und dann?«

»Ich werde ihn die Wahrheit erkennen lassen«, sagte Kava.

»Deine Gestalt hat keine Zukunft.«

»Was?«

»Das hat vor einigen Tagen jemand zu mir gesagt«, sagte ich.

»Wer? Hier kommt niemand vorbei. Du wirst so verrückt wie dieses Weibsstück. Ich habe dich auf dem Dach dieser Hütte gesehen, wie du Luft in den Armen hältst und damit spielst wie ein Kind. Sie verunreinigt diesen Ort. Was hast du über den Jungen erfahren? Dass er aus Undankbarkeit fortgerannt ist? Hat sie ihn einen Dieb genannt? Einen Mörder vielleicht?«

Er stand auf und sah mich an.

»Dachte ich es mir doch. Denkst du wie ein Mann, oder beherrscht sie bereits alle deine Gedanken? Der Junge hat die Freiheit errungen«, sagte er.

»Dies ist kein Kerker.«

»Warum ist er dann geflohen?«

»Er glaubt, dass seine Mutter nachts um ihn weint. Dass er kein Mingi ist.«

»Und wer sagt, dass er lügt? Sangoma? Keines der Kinder hier weiß mehr. Sangoma lebt seit vielen Jahren in den Bäumen – wo sind die Kinder, die hier aufgewachsen sind? Du und das Tier, ihr jagt ihn, um ihn zurückzuholen. Was werdet ihr tun, wenn er sagt: Nein, ich komme nicht mit euch?«

»Jetzt verstehe ich dich. Du glaubst, auch der Leopard sei ihr verfallen.«

»Leopard ist kein Narr. Ihm ist alles gleich. Sie sagt, geh nach Osten, und er geht nach Osten, solange es dort Fische gibt und die Warzenschweine fett sind. In diesem Herzen ist nichts.«

»Was lodert in deinem?«

»Ihr beiden habt im Wald gefickt«, sagte er.

Ich sah ihn an.

»Er sagte, er habe dich das Bogenschießen gelehrt. Das verdammte Biest hat mir Lügen zu fressen gegeben.«

Ich erwog, ihn im Ungewissen zu lassen oder ihm zu seiner Erleichterung zu sagen, wir hätten es nicht getan und würden es auch niemals tun, doch ich dachte auch: Fick die Götter und sein Bedürfnis nach Erleichterung.

»Er wird dich nie lieben«, sagte Kava.

»Niemand liebt niemanden«, sagte ich.

Er schlug mir ins Gesicht – mitten auf die Wange –, und ich fiel in den Schlamm. Er stürzte sich auf mich, ehe ich mich erheben konnte. Er drückte seine Knie auf meine Arme und schlug mir noch einmal ins Gesicht. Ich stieß ihm das Knie in die Rippen. Er schrie und glitt von mir herunter. Aber ich hustete, ächzte, weinte wie ein Junge, und er ging wieder auf mich los. Wir rollten über den Boden, und ich stieß mit dem Kopf gegen einen Stein, und der Himmel wurde grau und schwarz, und ich sank in den Schlamm ein, und seine Spucke traf mich ins Auge, doch ich konnte ihn nicht hören, sondern sah nur seinen Rachen. Wir rollten in den Fluss, und seine Hände packten meinen Hals, drückten mich unter Wasser, zogen mich heraus, drückten mich hinunter. Wasser schoss mir in die Nase. Der Leopard sprang ihm auf den Rücken und biss ihm in den Nacken, und sie stürzten beide in den Fluss. Ich zog mich hoch und sah, dass der Leopard noch immer in Kavas Hals verbissen war und ihn wie eine Puppe in die Luft schleudern wollte. Ich schrie. Der Leopard ließ ihn fallen, knurrte jedoch. Kava stolperte rückwärts in den Fluss und berührte seinen Hals. Als er die Hand fortnahm, war Blut daran. Er sah erst mich und dann den Leoparden an, der noch immer im Kreis durch den Fluss marschierte und ihm das Durchkommen verwehrte. Kava machte kehrt, rannte die Böschung hinauf und in den Busch hinein. Der Lärm hatte die Sangoma hervorgelockt, die mit dem Giraffenjungen und dem Rauchmädchen herunterkam, das vor meinen Augen erschien und wieder verschwand. Der Leopard war wieder ein Mann und ging an der Sangoma vorbei zurück zur Hütte.

»Vergiss nicht, warum ich nach dir geschickt habe«, sagte sie zu mir.

Sie warf mir ein dickes Tuch zu, als ich aus dem Fluss stieg. Ich dachte, ich solle mich damit abtrocknen, doch es roch über und über nach dem Jungen.

»Diesen Jungen könnte ich noch mondelang in der Nase haben.«

»Dann spute dich besser, und finde ihn.«

W ir nahmen einen Bogen, viele Pfeile, zwei Dolche, zwei Beile und
eine Kürbisflasche mit einem Stück des Stoffes darin, die ich mir
an den Gürtel band, und machten uns vor dem ersten Tageslicht auf
den Weg.

»Wollen wir den Jungen aufspüren oder ihn töten?«, fragte ich
den Leoparden.

»Er ist uns sieben Tage voraus. Die Waffen sind für den Fall, dass
ihn jemand vor uns findet«, sagte er hinter mir. Er vertraute auf meine Nase, obgleich ich es selbst nicht tat. Der Geruch des Jungen war
hier zu stark und dort zu schwach, auch wenn sich sein Weg unmittelbar vor mir abzeichnete. Zwei Nächte darauf lag seine Spur noch
immer vor uns.

»Warum ist er nicht nach Norden gegangen, zurück ins Dorf?
Weshalb sollte er nach Westen gehen?«, fragte ich.

Ich blieb stehen; der Leopard ging an mir vorbei, wandte sich
nach Süden und blieb nach zehn Schritten stehen. Er beugte sich
zum Gras hinunter, um daran zu schnuppern.

»Wer sagt, dass er aus deinem Dorf ist?«, fragte er.

»Falls du den Jungen zu riechen versuchst – er ist nicht nach Süden gegangen.«

»Er ist dein Auftrag, nicht meiner. Ich habe nach dem Abendessen
geschnuppert.«

Ehe ich weitersprechen konnte, hatte er sich auf die Pfoten nie-
dergelassen und war im Dickicht verschwunden. Es war ein trocke-
nes Gebiet, mit halmdünnen Bäumen, so als dürsteten sie nach Regen. Der Boden war aus verkrustetem Schlamm, rot und fest. Die
meisten Bäume hatten keine Blätter, und aus Ästen sprossen Äste,
aus denen Äste sprossen, so dünn, dass ich sie für Dornen hielt. Es
sah aus, als hätte sich das Wasser diese Gegend zum Feind gemacht,
doch in nicht allzu großer Entfernung witterte ich ein Wasserloch.
Nah genug, um das Platschen, das Fauchen und die hundert davon-
galoppierenden Hufe zu hören.

Leopard erreichte mich, ehe ich den Fluss erreichte, noch immer auf vier Pfoten, eine tote Antilope im Maul. Abends sah er voller Ekel zu, wie ich mir meine Ration briet. Er war wieder auf zwei Beinen, aß das Antilopenbein jedoch roh, riss die Haut mit den Zähnen ab, schlug sie ins Fleisch und leckte sich das Blut von den Lippen. Ich wollte Fleisch so genießen können, wie er es genoss. Mein verbranntes und schwarzes Bein erfüllte auch mich mit Ekel. Er warf mir einen Blick zu, der mir bedeutete, er werde nie begreifen, warum irgendein Tier in diesem Land die Beute vor dem Fressen verbrannte. Er hatte keine Nase für Kräuter, und ich hatte keine Gewürze, um das Fleisch damit zu bestreuen. Ein Stück der Antilope war noch roh, und ich aß es, kaute es langsam und fragte mich, ob es das war, was er aß, wenn er Fleisch aß, warm und leicht zu zerpflücken, und ob ich das Gefühl mochte, wenn einem Eisen in den Mund floss. Mir würde es nie schmecken. Sein Gesicht war in dem Bein vergraben.

»Die Bäume sind anders«, sagte ich.

»Es ist ein anderer Wald. Die Bäume hier sind selbstsüchtig. Unter der Erde teilen sie nichts; ihre Wurzeln senden nichts an die anderen Wurzeln, keine Nahrung, keine Botschaften. Sie wollen nicht zusammenleben, also werden sie zusammen sterben, wenn kein Regen kommt. Der Junge?«

»Sein Geruch führt nach Norden. Er wird weder schwächer noch stärker.«

»Er bewegt sich nicht. Schläft er?«

»Mag sein. Aber wenn er dortbleibt, werden wir ihn morgen erreichen.«

»Eher, als ich dachte. Dies könnte dein Leben sein, wenn du es wolltest.«

»Du willst so weitermachen, wenn wir ihn gefunden haben?«

Er warf den Knochen fort und sah mich an. »Was hat Asani noch zu dir gesagt, ehe er dich ertränken wollte?«, fragte er.

»Dass du mich mit dem Jungen zurückschicken wirst, ohne selbst zurückzukehren.«

»Ich sagte nicht, ich würde nicht zurückkehren, sondern ich würde *vielleicht* nicht zurückkehren.«

»Wie wirst du dich entscheiden?«

»Das kommt darauf an, was ich finde. Oder was mich findet. Kümmert es dich?«

»Nein, gar nicht.«

Er grinste, stand auf und kam zu mir. Das Feuer warf harte Linien auf sein Gesicht und ließ seine Augen aufleuchten. »Warum gehst du zurück?«

»Sie will ihre Ziegenblase.«

»Nicht zu der verfluchten Sangoma, ins Dorf. Warum gehst du zurück ins Dorf?«

»Meine Sippe ist dort.«

»Du hast dort niemanden. Dich erwartet dort nur die Blutrache, hat Asani mir gesagt.«

»Das ist doch besser als gar nichts, oder?«

»Nein.«

Er schaute ins Feuer. Ihm wird übel, wenn man vor seinen Augen etwas brät, doch er hatte das Feuer gemacht. Ich zog den Stofffetzen mit dem Geruch des Jungen aus der Kürbisflasche. Dies waren keine Bäume, auf denen er hätte schlafen können, obgleich er lieber nicht auf dem Boden geschlafen hätte.

»Komm mit mir«, sagte er.

»Wohin?«

»Nein. Ich meine, komm mit mir, wenn das hier vorbei ist. Nachdem wir den Jungen gefunden haben. Sie interessiert sich nicht für ihn; sie will sich bloß ihre garstige Blase in ihr garstiges Haar stecken. Wir finden ihn, machen ihm Angst, schicken ihn zurück. Wir gehen nach Westen.«

»Kava will ...«

»Herrscht Asani hier über irgendjemanden?«

»Zwischen euch ist etwas vorgefallen.«

»Nichts ist vorgefallen. Das ist ja das Schlimme. Er ist dir an Jahren voraus, doch in jeder anderen Weise ist er der Jüngere. Er spielt mit Leben und tötet aus Freude. Die widerwärtigen Eigenschaften eurer Art.«

»Dann hör auf, unsere Gestalt anzunehmen. Du klagst nicht über die widerwärtigen Handlungen, die dir gefallen.«

»Nenn mir welche. Du glaubst, im Licht dieses Mondes könntest du über mich urteilen, kleiner Junge? Es gibt Länder, da schneidet man Männern, die Männer lieben, den Schwanz ab und lässt sie verbluten. Zudem tue ich, was Götter tun. Von all den fürchterlichen Eigenschaften eurer Art ist Scham die schlimmste.«

Ich wusste, dass er mich ansah. Ich starrte in die Flammen, spürte aber, wie er den Kopf drehte. Der Nachtwind trug einen mir unbekannten Duft heran. Überreife Früchte vielleicht, doch in diesem Busch wuchsen keine Früchte. Dabei fiel mir etwas ein, und ich war überrascht, dass es mir nicht früher eingefallen war.

»Was ist aus denen geworden, die uns gefolgt sind?«

»Aus wem?«

»In der Nacht, als wir zur Sangoma kamen. Das kleine Weib sagte, jemand würde uns folgen.«

»Sie fürchtet immer, dass ihr irgendetwas oder irgendjemand folgt.«

»Du hast es auch geglaubt.«

»Ich glaube nicht an Angst, aber ich glaube an ihren Glauben. Zudem gibt es wenigstens zehn und sechs Zauber, um Jäger und Streuner abzuschütteln.«

»Wie Vipern?«

»Nein, die sind immer echt«, sagte er mit einem boshaften Lächeln.

Er streckte den Arm aus und umfasste meine Schulter.

»Angenehme Träume. Morgen finden wir den Jungen.«

ch fuhr aus dem Schlaf hoch, sprang auf die Füße, gierig nach Luft.
Nein, nicht nach Luft. Ich schoss nach links und rechts, als hätte
ich etwas verloren, als wäre mir etwas gestohlen worden. Der Leopard erwachte. Ich ging nach links, nach rechts, nach Norden und
nach Süden, bedeckte meine Nase und atmete tief ein, doch da war
noch immer nichts. Um ein Haar wäre ich in das verglühende Feuer
gelaufen, ehe der Leopard meine Hand ergriff.

»Ich bin nasenblind«, sagte ich.

»Was?«

»Sein Geruch. Ich habe ihn verloren.«

»Du meinst, er ...«

»Ja.«

Er setzte sich auf die Erde.

»Wir sollten ihr trotzdem ihre Blase holen«, sagte er. »Gehen wir
weiter nach Norden.«

Wir brauchten bis zur Abenddämmerung, um aus diesem Wald
herauszukommen. Das Dickicht, das unseren frischen Gestank witterte, wollte uns nicht ziehen lassen, schlug und peitschte uns über
Brust und Füße, streckte kleine Äste aus, um unsere Haare zu packen, verstreute Dornen auf der Erde, um unsere Füße zu stechen,
und bedeutete den Geiern über uns, tief herabzustoßen. Doch für
uns, zwei Tiere, frisches Fleisch, interessierten sie sich nicht. Wir
durchquerten die Savanne, und weder die Antilopen noch die Rei-
her noch die Warzenschweine nahmen Notiz von uns. Doch wir
kamen zu einem anderen Gebüsch, das leer wirkte. Niemand kam
herein, nicht einmal zwei Löwen, die den Leoparden ansahen und
nickten.

In dem neuen Dickicht war es bereits dunkel. Hohe, aber dünne
Bäume mit emporgestreckten Ästen, die unter dem Gewicht des
Leoparden abgebrochen wären. Stämme verloren ihre Haut, offen-
barten ihr Alter. Wir traten auf Knochen, die den Boden übersäten.
Ich fuhr zusammen, als mich der Geruch traf.

»Er ist hier«, sagte der Leopard.

»Ich kenne seinen Totengeruch nicht.«

»Es gibt auch andere Spuren«, sagte er und deutete auf den Boden.

Fußspuren. Einige von ihnen klein wie die eines jungen Mannes. Andere groß, aber wie in Gras und Schlamm hinterlassene Handabdrücke. Aber manche von ihnen wild, als wäre jemand gelaufen, dann gerannt, dann wie von Sinnen gerannt. Er ging an mir vorbei und machte nach einigen Schritten halt. Ich glaubte, er werde sich verwandeln, doch stattdessen öffnete er den Sack und warf mir die Beile hin. Dann nahm er einen Pfeil und spannte seinen Bogen.

»All das für eine stinkende Gallenblase?«

Der Leopard lachte. Er war wahrhaft umgänglicher als Kava.

»Ich glaube allmählich, dass Kava die Wahrheit über dich gesagt hat«, sagte ich.

»Wer behauptet, er habe die Unwahrheit gesagt?«

Ich schwöre, ich schloss den Mund, starrte ihn bloß an und hoffte, er werde es zurücknehmen.

»Der Junge wurde entführt. Sangoma hat ihn selbst geholt. Sie hat ihn ihrer eigenen Schwester gestohlen. Ja, das ist eine ganz andere Geschichte, kleiner Junge. Weißt du, warum sie so boshaft über Hexen spricht? Ihre Schwester war eine. Ist eine. Ich weiß es nicht. Ihre Schwester erzählt, Sangoma sei eine Kinderdiebin, die den Müttern die Säuglinge wegnehme und sie in den dunklen Künsten unterrichte. Sangoma erzählt, ihre Schwester sei eine Erdhexe und er sei gar nicht ihr Sohn, weil alle Erdhexen unfruchtbar würden von den Tränken, die ihnen ihre Kräfte verliehen. Sie habe das Kind gestohlen und habe seine Körperteile auf dem Malangika, dem geheimen Hexenmarkt, verkaufen wollen. Viele Zauberinnen würden reichlich Münze zahlen für das am selben Tag herausgeschnittene Herz eines Säuglings.«

»Welche Geschichte glaubst du?«

»Diejenige, in der keine meiner Entscheidungen zum Tod eines Kindes führt. Sei's drum. Ich werde ihn umkreisen. Er kommt nicht davon.«

Er lief fort, ehe ich ihm sagen konnte, dass mir sein Plan zuwider war. Ich habe eine Nase, wie man sagt. Doch sie war nutzlos, wenn ich nicht wusste, was ich roch.

Ich stieg über ein dichtes Gestrüpp hinweg und schlug mich ins Dickicht. Nach einigen Schritten wurde der Boden trockener, wie Sand, und die Erde klebte an meinen Füßen. Ich kletterte über ein riesiges Skelett, dessen Stoßzähne mir verrieten, dass es ein junger Elefant gewesen war; vier seiner Rippen waren zerquetscht. Kehr um, und lass ihn den Jungen aufschrecken, sagte mir mein Verstand, doch ich ging weiter. Ich kam an einem Knochenhaufen vorbei, aufgeschichtet zu einer Art Altar, einem Stufenhügel, und bog zwei kleine Bäume auseinander, um zwischen ihnen hindurchzugehen. Nichts rührte sich über mir, kein Federvieh, keine Schlange, kein Affe. Stille ist das Gegenteil von Klang, nicht seine Abwesenheit. Dies war Abwesenheit.

Ich sah mich um und konnte mich nicht mehr entsinnen, woher ich gekommen war. Ich ging um den Baum herum, trat auf Gestrüpp und wilden Busch, als hinter mir etwas knackte. Nichts als Gerüche, stechend und faulig. Eine Fäule, die von etwas stammte, das verweste. Von jemandem, der verweste. Aber es war nichts vor mir und nichts hinter mir. Und doch spürte ich, dass der Junge dort war. Ich wollte seinen Namen rufen.

Wieder ein Knacken, und ich wandte mich um, ohne jedoch stehen zu bleiben. Etwas Nasses berührte mich an Schläfe und Wange. Ein Geruch, dieser Geruch – Verwesung. Ich berührte meine Wange, und etwas blieb an meiner Hand haften, Blut und Schleim, vielleicht Geifer. Eingeweideschläuche hingen wie Seile herab, unter den Rippen wand sich noch einer, der nach menschlicher Verwesung und Scheiße roch. Die Haut war in Fetzen gerissen, als wäre alles

darunter mit einem schartigen Messer abgeschnitten worden. An seiner Flanke hatte sich die Haut abgeschält, und seine Rippen ragten
hervor. Lianen unter seinen Armen und um seinen Hals hielten ihn
aufrecht. Die Sangoma hatte gesagt, wir sollten nach einem Ring
kleiner Narben um seine rechte Brustwarze suchen. Es war der Junge. Oben in dem Baum waren noch andere Männer und auch Frauen
und Kinder, allesamt tot, den meisten fehlte der halbe Leib, einigen
der Kopf, einigen die Hände, die Finger; ihre Eingeweide hingen
heraus.

»Sasabonsam, Bruder von derselben Mutter, er lieben das Blut.
Asanbosam, das bin ich, ich liebt das Fleisch. Ja, das Fleisch.«

Ich fuhr zusammen. Eine Stimme, die wie ein Gestank klang. Ich
trat zurück. Dies war der Unterschlupf eines der alten und vergessenen Götter aus der Zeit, da Götter noch bestialisch und unrein waren. Oder ein Dämon. Doch überall um mich herum waren tote
Menschen. Mein Herz, die Trommel in meinem Inneren, schlug so
laut, dass ich sie hören konnte. Mein Trommelschlag drang aus meiner Brust, und mein Körper bebte. Die übel riechende Stimme sagte:
»Einen dicken Brocken haben uns die Götter geschickt, o ja, das ist
er. Einen dicken Brocken haben sie uns geschickt.«

Ich liebt das Fleisch
Und Knochen
Sasa lieben Blut
Und Samen. Er schickt wir dich.
Ukwa tsu nambu ka takumi ba

Ich wirbelte herum. Niemand. Ich blickte vor mich. Der Junge. Die
Augen des Jungen waren geöffnet, was ich zuvor nicht bemerkt hatte. Weit aufgerissen. Er schrie ins Nichts, schrie uns an, weil wir zu
spät kamen. *Ukwa tsu nambu ka takumi ba.* Ich verstand diese Zunge. *Etwas Totem mangelt es nicht an einem, der es frisst.* Wind erhob

sich hinter mir. Ich wirbelte herum. Er hing kopfüber. Eine riesige graue Hand packte meinen Hals, und Klauen gruben sich in die Haut. Er presste den Atem aus mir heraus und zog mich in den Baum hinauf.

Ich weiß nicht, wie lange mein Geist schwarz war. Eine Liane schlängelte sich um meine Brust und um den Stamm herum, um meine Beine und meine Stirn; den Hals ließ sie unangetastet und den Bauch frei. Der Junge hing mir unmittelbar gegenüber und blickte mich an, die Augen weit aufgerissen, fragend. Der Mund noch geöffnet. Ich glaubte, es sei seine Todespose, der letzte Schrei, der nicht mehr herausgedrungen war, bis ich etwas in seinem Mund sah, schwarz, aber auch grün. Die Gallenblase.

»Ein Zahn sein wir abgebrochen, dabei wir wollen nur ein wenig kosten. Ein klein wenig kosten.«

Ich kannte seinen Geruch, und ich wusste, er war über mir, doch der Geruch blieb nicht. Ich hob den Kopf und sah ihn fallen, die Hände an die Seiten gelegt, so als wollte er rasch auf den Boden hinabstoßen. Grau und purpurn und schwarz und stinkend und riesig. Er tauchte an einem Ast vorbei, blieb aber mit den Füßen daran hängen, und der Ast schnellte zurück. Seine Füße, lang, mit Schuppen an den Knöcheln, einer Klaue, die aus der Ferse ragte, und einer, die anstelle von Zehen hervorsprang, bogen sich wie ein Haken um den Ast. Er ließ los, stieß hinab und packte einen anderen Ast, so weit unten, dass ich sein Gesicht vor mir sah. Sein purpurnes Haar bildete einen Streifen in der Mitte seines Kopfes. Hals und Schultern waren von Muskeln über Muskeln überzogen, wie bei einem Büffel. Die Brust war wie der Unterleib des Krokodils. Und sein Gesicht – Schuppen über den Augen, die Nase platt, aber mit weiten Nüstern, aus denen purpurne Haare ragten. Die Wangenknochen hoch, als wäre er immer hungrig, die Haut grau und warzig, zwei spitze, glänzende Zähne ragten aus den Mundwinkeln, selbst wenn er nicht sprach, wie bei einem Keiler.

»Wir hören in Ländern ohne Regen, Mutter sprechen von wir und machen Kindern Angst. Du hören es? Du wir sagen die Wahrheit, köstlich, köstlich.«

Und dies, sein Atem, stinkender als verwesende Kadaver, stinkender als die Scheiße der Kranken. Meine Augen folgten seiner Brust und den Knochenbögen, die sich unter der Haut abzeichneten, drei links, drei rechts. Seine Oberschenkel waren dick vor Muskeln, Baumstämme über knochigen Knien. Er hatte mich fest angebunden. Ich hörte meinen Großvater sagen, wie er den Tod begrüßen würde, wenn er wüsste, dass er käme, doch in diesem Augenblick wusste ich, dass er ein Narr war. Das war das Gerede von einem, der erwartete, dass der Tod ihm im Schlaf begegnen würde. Und ich wollte schreien, wie falsch dies war, wie ungerecht, den Tod kommen zu sehen, und wie ich es in ewiger Trauer beweinen würde, dass er beschlossen hatte, mich langsam zu töten, mich zu durchbohren und mir dabei immer wieder zu sagen, wie sehr er es genoss. Meine Haut abzufressen und meine Finger abzuhacken, und jeder Riss im Fleisch wird ein neuer Riss sein, und jeder Schmerz wird ein neuer Schmerz sein, und jeder Schrecken wird ein neuer Schrecken sein, und ich werde mit ansehen, wie er es genießt. Und ich werde rasch sterben wollen, weil ich so leide, aber ich will nicht sterben. Ich will nicht sterben. Ich will nicht sterben.

»Du nicht sterben wollen? Junger Knabe, du nie von wir gehört? Bald bald bald bald bald du flehen darum«, sagte er.

Er nahm seine Hand, warzenübersät, Haare auf den Knöcheln, Klauen an den Fingerspitzen, und packte mein Kinn. Er riss meine Kiefer auseinander und sagte: »Hübsche Zähne. Hübscher Mund, Knabe.«

Aus einem Leichnam über mir tropfte etwas auf mich herab. Das war das erste Mal, dass ich an den Leoparden dachte. Den Leoparden, der gesagt hatte, er wolle den Busch umrunden, doch niemand wusste, dass der Busch sieben Monde weit war. Der gestaltwandelnde

Sohn einer heulenden, räudigen Katze wird mich hier zurücklassen. Asanbosam schwang sich nach oben und hoppelte davon.

»Er werden wütend auf uns sein, das werden er. Wütend, wütend, so wütend. Nicht das Fleisch anrühren, ehe ich mein Blut haben, er werden sagen. Ich der Älteste, er werden sagen. Und uns schrecklich auspeitschen. Schrecklich. Schrecklich. Aber er fort und ich hungrig. Und du wissen, was noch schlimmer? Was schlimmer und schlimmer? Er essen auch das beste Fleisch, wie den Kopf. Ist gerecht? Ist gerecht?, ich fragen.«

Als er sich wieder zu mir herunterschwang, war eine Hand mit schwarzer, sich vor Verwesung grün färbender Haut in seinem Maul. Er biss die Finger ab. Er streckte seine Linke nach mir aus, eine Klaue grub sich in meine Stirn, und Blut rann heraus.

»Tage kein frisches Fleisch«, sagte er. Seine schwarzen Augen weiteten sich beinahe flehentlich.

»Viele, viele Tage.«

Er steckte sich den Arm ins Maul, biss Stück für Stück ab, bis Ellbogenfleisch an seinen Lippen hing.

»Brauchen sein Blut, ja, das tun er, so sagen er und tun er. Sie lassen am Leben, sagen er.«

Er sah mich an, die Augen wieder weit aufgerissen.

»Aber er nicht sagen, du sollen ganz bleiben.«

Er sog das kleine Stück toten Fleisches ein.

»Ein Stück abschnei…«

Der erste Pfeil bohrte sich durch sein rechtes Auge. Der zweite schoss mitten in seinen Schrei hinein und durchlöcherte seinen Rachen. Der dritte prallte von seiner Brust ab. Der vierte stieß geradewegs durch sein linkes Auge. Der fünfte flog durch seine Hand, als er nach seinem Auge fasste. Der sechste durchstieß die weiche Haut an seiner Flanke.

Seine Klauenfüße rutschten von dem Ast. Ich hörte ihn auf dem Boden aufschlagen. Der Leopard sprang von Ast zu Ast nach oben, hüpfte von einem schwachen, ehe er abbrach, und landete auf einem stärkeren. Er setzte sich dort, wo sich der Stamm in Äste aufspaltete, und starrte die Leichen an, den Schwanz um ein Büschel welker Blätter gelegt. Er wurde zum Mann, ehe ich ihn dafür anschreien konnte, dass er so lange gebraucht hatte. Stattdessen heulte ich. Ich hasste es, dass ich ein Junge war, dass mir meine eigene Stimme sagte: Ein Kind, das bist du. Er schwang sich nach unten und zog ein Beil aus dem Sack. Ich fiel in seine Arme und verharrte dort weinend. Er tätschelte meinen Rücken und strich mir über den Kopf.

»Wir sollten gehen. Die von seiner Art kommen immer zu zweit.«

»Sein Bruder?«

»Sie leben auf Bäumen und greifen von oben an, aber ich habe noch nie gehört, dass sich einer so weit von der Küste entfernt hat. Er ist Asanbosam, der Fleischfresser. Sein Bruder Sasabonsam ist der Blutsauger. Er ist auch der Kluge von den beiden. Wir sollten jetzt verschwinden.«

»Die Gallenblase.«

»Ich habe sie.«

»Wo ist sie?«

»Wir sollten gehen.«

»Ich habe nicht gesehen, wie …«

Er versetzte mir einen Stoß.

»Sasabonsam wird bald zurückkehren. Er hat Flügel.«

FÜNF

D er Leopard schlug Asanbosam den Kopf ab, wickelte ihn in Sukusuku-Blätter und steckte ihn in den Sack. Wir nahmen den Weg, den ich gekommen war, mit gezückten Waffen, bereit für alle Bestien, welche sich in jener Nacht auch immer zeigen würden.

»Was hast du mit dem Kopf vor?«, fragte ich.

»Ihn an eine Wand hängen, damit ich mich am Arsch kratzen kann, wenn es mich juckt.«

»Was?«

Er sagte nichts mehr. Vier Nächte lang gingen wir zu Fuß um Wälder herum, die wir rascher hätten durchqueren können, machten einen Bogen um verräterische Tiere, die das Fleisch des Asanbosam hätten riechen und seinen Bruder verständigen können. Als wir nur mehr einen Morgenmarsch von Sangomas Hütte entfernt waren, roch ich etwas, und auch der Leopard roch es. Rauch, Asche, Fett, Haut. Er knurrte, und ich rief: Lauf. Ich packte den Bogen, die Waffen und den Sack und rannte. Als ich den Bach erreichte, trieb ein kleiner Junge bäuchlings darin. Der Leopard sprang ins Wasser und fischte ihn heraus, doch ein Pfeil hatte sein Herz durchbohrt. Wir kannten den Jungen. Er gehörte nicht zu jenen aus der oberen Hütte, war aber dennoch ein Mingi. Es blieb keine Zeit, ihn zu begraben, also legte der Leopard ihn wieder mit dem Gesicht nach oben in den Fluss, schloss seine Augen und ließ ihn los.

Wieder auf dem Pfad, versperrten uns zwei Leichname den Weg, ein Junge und das Albino-Mädchen, beide mit einem Speer im Rücken. Alles war rot vom Blut der Kinder, und die Hütten standen in

Flammen. Die untere Hütte war zu einem großen Haufen aus Asche und Rauch zusammengefallen, und die mittlere brach in der Mitte auseinander, da die Stützbalken verbrannten. Eine Hälfte fiel in die Überreste der unteren Hütte. Der Baum schwankte, schwarz und nackt, die Blätter verbrannt. In der oberen Hütte tobte das Feuer. Das Dach stand zur Hälfte in Flammen, die Wand war zur Hälfte schwarz und qualmte. Ich sprang auf die erste Stufe, und sie barst unter mir. Ich fiel, taumelte und rollte noch immer, als der Leopard festere Stufen hinaufsprang und geradewegs in die Hütte rannte. Er hatte ein Loch in die Rückwand getreten, von der die Flammen noch nicht Besitz ergriffen hatten, und trat immer weiter, bis es groß genug war. Er kam als Katze heraus und hielt einen Jungen am Kragen, doch der Junge bewegte sich nicht. Leopard wies mit dem Kopf auf die Hütte, bedeutete mir, dass noch mehr Kinder darin seien.

Drinnen schrien die Flammen, lachten, sprangen von Blatt zu Blatt, von Holz auf Holz, von Stoff auf Stoff. Auf dem Boden klammerte sich der Junge ohne Beine an den Jungen mit den Giraffenbeinen und schrie, er solle sich bewegen. Ich deutete auf die Öffnung und hob den Giraffenjungen auf. Der Junge ohne Beine rollte durch die Öffnung, und ich blickte mich um, ob ich irgendjemanden übersehen hatte.

Die Sangoma war oben an der Decke, reglos, die Augen weit aufgerissen, der Mund zu einem stummen Schrei verzerrt. Ein Speer ging mitten durch ihre Brust, doch etwas hielt sie flach an die Decke gepresst, als wäre es der Boden, und es war nicht der Speer. Hexenzauber. Mir kam nur ein Mensch in den Sinn, der Hexenzauber beherrschte. Jemand hatte ihre Schutzzauber durchbrochen und es bis hinauf zu ihr geschafft. Das Feuer sprang auf ihr Kleid über, und sie ging in Flammen auf.

Ich rannte mit dem Jungen nach draußen.

Die Zwillinge kamen aus den Büschen, Augen und Münder weit aufgerissen. Ich wusste, dass sie diesen Blick nicht mehr ablegen würden, wie viele Monde auch vergehen mochten. Der Leopard zerrte einen toten Jungen zur Seite, unter dem ein lebendiger Junge, ein Albino, zum Vorschein kam. Er schrie und wollte davonrennen, stolperte jedoch, und der Leopard packte ihn. Gerade bettete ich den Giraffenjungen ins Gras, da erschien das Rauchmädchen, das so stark zitterte, dass es in zwei, drei, vier Mädchen zerfiel. Dann rannte es fort, verschwand, erschien am Waldrand wieder. Es verschwand und tauchte vor mir wieder auf, leise Schreie ausstoßend. Es rannte wieder fort, hielt inne, rannte, verschwand, erschien, hielt inne und sah mich an, bis ich begriff, dass ich ihm folgen sollte.

Ich hörte sie, ehe ich sie sah. Hyänen.

Hinter einem umgestürzten Baum stritten drei von ihnen um ein Stück Fleisch, finster blickend, reißend, nach einander schnappend, ganze Klumpen unzerkaut hinunterschlingend. Ich unterdrückte jeden Gedanken daran, was sie da fressen mochten. Vier weitere hatten einen kleinen Jungen auf einen Baum gejagt; sie fauchten und lachten, verhöhnten ihn, ehe sie ihn töteten. Das Rauchmädchen erschien unmittelbar vor dem Jungen und jagte dem Rudel Angst ein. Die Hyänen wichen zurück, doch nicht so weit, dass der Junge hätte fliehen können. Ich stieg auf einen fünfzig Schritte entfernten Baum und sprang von Ast zu Ast und von Baum zu Baum, wie ich es bei dem Leoparden gesehen hatte. Von einem hohen Ast sprang ich auf einen niedrigen und schwang mich wieder auf einen hohen. Ich kletterte an einem Ast hinunter und hüpfte auf einen anderen, rutschte den Stamm hinab, der sich wie eine Steinschleuder gabelte, durch Blätter hindurch, die mir ins Gesicht peitschten, sprang und packte einen anderen Ast, der sich unter meinem Gewicht neigte und mich dann in die Luft schleuderte.

Die Hyänen gackerten, brachten sich in Stellung, verhandelten darüber, wer ihn töten sollte. Und dieser Baum war hoch, mit dünnen Ästen, und hielt Abstand von den anderen Bäumen. Ich sprang von einem Ast nahe der Krone herunter, griff nach einem weiteren, schwang mich daran hinab und landete mitten im Baum, wobei ich alle Äste um mich herum abbrach, mir die Beine und die linke Wange zerkratzte und Blätter schluckte. Die vier Hyänen kamen näher, und das Rauchmädchen versuchte den Jungen festzuhalten. Große Hyänen, die größten des Rudels. Weibchen. Ich warf einen Dolch und verfehlte eine Pfote. Eine sprang zurück, mitten in meinen zweiten Dolch hinein, der sie am Kopf traf. Eine rannte davon, zwei blieben und fauchten und gackerten.

Mit einem Beil in jeder Hand und einem Messer im Mund sprang ich von weit oben hinunter, gerade vor eine der verbliebenen beiden Hyänen, hieb ihr rasch von beiden Seiten ins Gesicht, zog die Beile heraus, schlug zu, zog sie heraus und schlug erneut zu, bis mir Blut und Fleisch ins Gesicht spritzten und mich blendeten. Sie stieß mich zu Boden und biss mir in die linke Hand, riss daran, zermalmte sie, dass ich die Zähne aufeinanderbiss, und machte dem Jungen Angst. Die zweite Hyäne schnappte nach meinen Füßen. Ich stieß der ersten das Messer in den Hals. Zog es heraus und stach wieder zu. Stach wieder zu. Stach wieder zu. Sie fiel. Die Hyäne, die nach meinen Füßen schnappte, kam näher und biss zu. Ich schwang die unversehrte Hand, und das Messer glitt durch ihr Gesicht, schlitzte ein Auge auf. Sie kreischte auf und rannte davon. Zwei weitere Hyänen packten das wenige Fleisch, das die anderen übrig gelassen hatten, mit den Zähnen und flohen.

Meine blutige linke Hand, von der das Fleisch in Fetzen herunterhing, wurde taub. Der Junge war so verängstigt, dass er vor mir zurückwich. Das Rauchmädchen lief zu mir und bedeutete ihm, ihr zu folgen. Er war gerade losgelaufen, da stürzte sich eine Hyäne auf ihn. Sie landete tot auf dem Jungen, den Hals von zwei Pfeilen durchbohrt. Der Junge schrie, als ich ihn unter ihr hervorzerrte. Der Leopard schoss noch zwei weitere Pfeile ab, und die übrigen Hyänen rannten davon.

Der kleine Junge, den der Leopard aus der Hütte gezogen hatte, wachte nicht mehr auf. Wir begruben sechs, dann hörten wir auf, weil es so viele waren und uns jeder Tod umbrachte. Die vier, die wir noch fanden, hüllten wir in irgendwelche Stoffe oder Häute und legten sie aufs Wasser, damit der Fluss sie in die Unterwelt trug. Es war, als folgten sie schwebend dem Ruf der Göttin. Nachdem wir Beeren gefunden und den Kindern Fleisch gebraten hatten und sie lange genug schliefen, um nicht länger im Schlaf zu weinen und zu schreien, führte mich der Leopard in den Wald.

»Finde einen Schuldigen«, sagte er.

»Warum? Du weißt, wer das getan hat.«

»Kannst du ihn riechen?«

»Ich kann sie alle riechen.«

»Es werden noch weitere kommen.«

»Ich weiß.«

Das Rauchmädchen wollte mich nicht gehen lassen. Sie folgte mir bis zum Rand der Lichtung, über den Teil hinaus, der zuvor durch die Beschwörungsformeln geschützt gewesen war, bis ich rief, sie solle zurückgehen. Der Leopard kümmerte sich um die Überlebenden – den Jungen, den wir vor den Hyänen gerettet hatten, den Albino-Jungen, den Kugeljungen, die Zwillinge, den Giraffenjungen und sie. Es waren zu viele Leichen, um sie zu begraben, und die meisten wurden verbrannt. Das Dach der oberen Hütte stürzte ein, als ich mich zum Gehen wandte, und der Albino-Junge begann zu weinen. Der Leopard wusste nicht, was er tun sollte. Er stupste ihm mit der Tatze ins Gesicht, bis der Junge hinaufkletterte und den Kopf auf seine Schulter bettete.

»Ich sollte gehen«, sagte er.

»Du kannst sie nicht wittern.«

»Du kannst sie nicht töten.«

»Ich nehme das Beil und das Messer mit. Und einen Speer.«

»Ich kann ihnen jetzt folgen.«

»Sie sind durch den Fluss gegangen, um ihre Spur zu verschleiern. Du wirst sie nicht finden.«

»Du hast nur einen Arm.«

»Ich brauche nur einen.«

Er umwickelte meine Hand mit einem Stück Aso-Oke-Stoff, das ich als Sangomas Kopftuch erkannte. Die Gerüche der Männer waren anfangs schwächer geworden, hatten seit Anbruch der Dämmerung jedoch nicht weiter nachgelassen. Wir ließen uns für die Nacht nieder. Schritt für Schritt waren sie auf demselben Pfad wie wir zu der Hütte gelangt. Ich hätte sie selbst ohne meine Nase aufspüren können. Der ganze Weg war mit Tand übersät, den sie fortgeworfen hatten, als sie merkten, dass die Amulette und die übrigen Zaubermittel der Sangoma nichts wert waren. Ehe die Nacht am tiefsten war, fand ich meinen Onkel und seine Männer, die Fleisch an einem Spieß brieten. Der Rauch des verbrennenden Fleisches hatte alle Katzen verscheucht. Der Halbmond warf fahles Licht. Onkel musste gekommen sein, um zu beweisen, dass er noch immer ein Messer zu gebrauchen verstand. Gegen Kinder. Sie saßen zwischen zwei Marula-Bäumen, scherzten und spotteten; einer von ihnen breitete die Arme aus, riss die Augen auf, streckte die Zunge heraus und sagte in der Zunge des Dorfes etwas über eine Hexe. Ein anderer aß Früchte vom Boden, wankte betrunken umher und nannte sich ein Nashorn. Wieder ein anderer sagte, die Hexe habe seinen Bauch verwunschen und er müsse scheißen gehen. Ich folgte ihm zwischen den Bäumen hindurch bis dorthin, wo ihm das Elefantengras bis zum Hals reichte. So weit, dass er sie lachen hörte, sie aber sein Ächzen nicht hören konnten. Der Mann hob seinen Lendenschurz und hockte sich hin. Ich trat auf einen verdorrten Ast, damit er aufblickte. Mein Speer stieß ihm mitten durchs Herz, und seine Augen wurden weiß, die Beine zuckten, und er fiel ohne einen Laut in den Busch. Ich zog den Speer heraus und stieß eine laute Verwünschung aus, sodass die übrigen Männer durcheinanderliefen.

Ich stieg auf einen anderen Baum und ließ meine Stimme abermals erklingen. Einer der Männer kam nah heran, tastete sich am

Stamm entlang, konnte im fahlen Licht jedoch nichts sehen. Seinen Geruch kannte ich. Ich schlang die Beine um einen Ast und ließ mich mit der Axt in der Hand genau über ihm hinabhängen, während er nach einem namens Anikuyo rief. Ich schwang den Arm in einer schnellen Bewegung und hieb ihm die Axt in die Schläfe. Seinen Geruch kannte ich, doch sein Name wollte mir nicht einfallen, und ich dachte zu lange darüber nach.

Ein Knüppel traf mich an der Brust, und ich fiel herunter. Er umfasste meinen Hals und drückte zu. Er war drauf und dran, mir das Leben auszutreiben, um hinterher damit zu prahlen, dass er es eigenhändig getan hatte.

Kava.

Ich erkannte seinen Geruch, und er erkannte mich. Das Halblicht des Mondes fiel auf sein Lächeln. Er sagte nichts, quetschte aber meinen linken Arm und lachte, als ich mir einen Schrei verbiss. Jemand rief nach ihm und fragte, ob er mich gefunden habe, und meine rechte Hand glitt von seinem Knie herunter, ohne dass er es merkte. Er drückte meinen Hals fester zusammen; mein Kopf war erst schwer, dann leicht, und ich sah nichts als Rot. Mir wurde nicht einmal bewusst, dass ich das Messer auf dem Boden gefunden hatte, ehe ich den Griff packte, ihn lachend sagen hörte: Hast du den Leoparden gefickt?, und es ihm geradewegs in den Hals rammte, dass das Blut hervorspritzte wie heißes Wasser aus der Erde. Seine Augen weiteten sich. Er fiel nicht, sondern sank sanft auf meine Brust nieder, und sein warmes Blut lief mir über die Haut.

Das wollte ich dem Hexer sagen:

Dass der Grund dafür, aus dem er mich im Dunkel nicht sah, nicht hörte, wie ich mich durch den Busch bewegte, nicht roch, dass ich ihm auf den Fersen war, dass ich hinter ihm herlief, als er davonlief, weil er wusste, etwas war wie ein Wirbelsturm über seine Männer gekommen, der Grund, aus dem er stolperte und stürzte, aus dem mich weder die Steine trafen, die er auf mich schleuderte, noch der

Schakalmist, den er für Steine hielt, der Grund, aus dem mich der Hexenzauber der Sangoma auch noch schützte, nachdem er sie mit einem Spruch gebannt und an der Decke getötet hatte, dass der Grund für all das war, dass es sich gar nicht um einen Hexenzauber handelte. All das wollte ich sagen. Stattdessen rammte ich ihm das Messer in den Westen seines Halses und schlitzte ihm die Kehle bis zum Osten auf.

Mein Onkel schrie, sie sollten nicht fortlaufen, die beiden, die noch in seiner Nähe waren. Er würde ihre Kauris verzweifachen, verdreifachen, sodass sie andere dafür bezahlen könnten, ihre Blut-fehden auszutragen, oder sich eine neue Frau aus einem hübscheren Dorf nehmen könnten. Er hockte sich auf die Erde und glaubte, sie behielten den Busch im Auge, doch sie behielten nur das Fleisch im Auge. Der Rechte fiel zuerst; mein Beil schlitzte seine Nase in der Mitte auf und spaltete ihm den Schädel. Der Zweite rannte gerade-wegs in meinen Speer. Er fiel und rappelte sich nicht wieder auf. Ich bohrte ihm meinen Speer durch den Bauch und ging ihm an die Gurgel. Zeit genug für meinen Onkel, Hoffnung zu schöpfen. Da-vonzurennen.

Mein Messer traf ihn in die Rückseite des rechten Oberschenkels. Er stürzte heftig, schrie und rief die Götter an.

»Welches der Kinder hast du zuerst getötet, Onkel?«, fragte ich, als ich über ihm stand. Er flehte um Gnade, doch er flehte nicht mich an.

»Blinder Gott der Nacht, höre meine Gebete.«

»Welches? Hast du das Messer selbst geführt oder jemanden da-für entlohnt?«

»Götter der Erde und des Himmels, ich habe euch stets Tribut gezollt.«

»Haben sie geschrien?«

»Gott der Erde und ...«

»Welche von ihnen haben geschrien?«

Er hörte auf davonzukriechen und setzte sich wieder auf die Erde.

»Sie haben alle geschrien. Als wir sie in die Hütte eingesperrt und sie angezündet haben. Danach schrie keines mehr.«

Er sagte das, um mich zu erschüttern, und das gelang ihm auch. Ich wollte kein Mann werden, den dergleichen nicht erschütterte.

»Und du. Ich wusste, dass du ein Fluch warst, aber ich hätte nicht geglaubt, dass du Mingi versteckst.«

»Nenn sie nicht ...«

»Mingi! Hast du jemals Regen gesehen, Junge? Ihn auf deiner Haut gespürt? Zugesehen, wie Blüten in nur einer Nacht aufbrechen, weil die Erde vor Wasser geschwollen ist? Was, wenn du so etwas nie wieder sehen würdest? Kühe und Katzen so abgemagert, dass sich ihre Rippen durch die Haut drücken? Das hättest du gesehen. Mondelang wirst du dich fragen, warum die Götter dieses Land vergessen haben. Warum sie die Flüsse ausgetrocknet haben und die Frauen tote Kinder gebären lassen. Das wolltest du über uns bringen? Ein einziges Mingi-Kind genügt, um ein Haus zu verfluchen. Aber zehn und vier? Hast du nicht gehört, wie wir sagten, die Jagdausbeute sei schlecht und werde immer schlechter? Bumbangi können törichte Masken tragen und zu einem törichten Gott tanzen; im Beisein von Mingi wird ihnen niemand zuhören. Noch zwei Monde, und wir wären verhungert. Kein Wunder, dass der Elefant und das Nashorn geflohen sind und nur die Viper geblieben ist. Und du, der Narr ...«

»Es war Kava, der sie beschützt hat, nicht ich.«

»Hört, wie er lügt! Kava hat gesagt, dass du das tun würdest. Er ist dir gefolgt, dir und irgendeinem Leoparden, mit dem du das Lager geteilt hast. Wie viel Schändlichkeit kann in einem Jungen stecken?«

»Ich würde ja sagen, Kava soll beweisen, dass er die Wahrheit spricht, aber er hat keine Kehle mehr.«

Er schluckte. Ich trat auf ihn zu. Er humpelte davon.

»Ich bin dein geliebter Onkel. Ich bin dein einziges Zuhause.«

»Dann werde ich auf Bäumen leben und an Flussufern scheißen.«

»Du glaubst, die Trommeln werden es nicht hören? Die Menschen werden all dieses Blut riechen und dir die Schuld geben. Wer ist der, der ohne Sippe ist? Wer ist der, der ohne Kind ist? Wer war derjenige, den Kava in das Dorf zurückgebracht und über den er geredet hat, von dem er gesagt hat, er spreche Flüche über sein eigenes Volk? All diese Männer, die du getötet hast, was werden ihre Frauen singen? Du, der sich für gottlose Kinder entschieden und das Land verflucht hat, du hast nun ihre Väter, Söhne und Brüder genommen. Du bist ein toter Mann; du könntest ebenso gut dieses Messer nehmen und dir selbst die Kehle durchschneiden.«

Ich gähnte. »War das alles? Oder kommst du jetzt zu deinem Angebot?«

»Der Fetischpriester ...«

»Jetzt schenkst du dem Wort von Fetischpriestern Glauben?«

»Der Fetischpriester hat mir gesagt, etwas werde wie ein Sturm über uns kommen.«

»Und du hast an ein Gewitter gedacht. Wenn du überhaupt etwas gedacht hast.«

»Du bist kein Gewitter. Du bist eine Seuche. Sieh mich jetzt an, wie du in der Nacht zu uns kommst wie ein böser Wind und Flüche über uns sprichst. Du hättest die Gangatom töten sollen. Stattdessen hast du ihr Werk getan. Und selbst sie wenden sich nie gegen ihresgleichen. Niemand gehört dir, und du gehörst zu niemandem.«

»Bist du jetzt ein Wahrsager? Siehst du das Morgen vor dir? Geliebter Onkel, ich habe eine Frage an dich.«

Er funkelte mich wütend an.

»Gangatom kamen, um meinen Vater und meinen Bruder zu töten, und schlugen meinen Großvater in die Flucht. Wie kommt es, geliebter Onkel, dass sie nie hinter dir her waren?«

»Ich bin dein geliebter Onkel.«

»Und als ich fragte, woher ich dich kenne und die Bräuche der Stadt, da sagtest du, du seist mit deinem Bruder, meinem Vater gekommen ...«

»Ich bin dein geliebter Onkel.«

»Doch mein Vater war tot. Du bist mit meinem Großvater in die Stadt geflohen, nicht wahr? Ihr habt euch Stühle gekauft wie weibische Männer. In meinem Haus lebten zwei Feiglinge, nicht einer.«

»Ich bin dein geliebter Onkel.«

»Von wem geliebt?«

Ich duckte mich weg, ehe er mein eigenes Messer auf mich schleuderte. Es traf den Baum hinter mir und fiel zu Boden. Er sprang auf und schrie, ging auf mich los wie ein Büffel. Der erste Pfeil durchschlug die linke und die rechte Wange. Der zweite schoss in seinen Hals. Der dritte in die Rippen. Er starrte mich an, als seine Beine den Dienst versagten und er in die Knie ging. Der vierte flog auch durch seinen Hals. Der geliebte Onkel landete flach auf dem Gesicht. Hinter ihm standen der Albino, der Kugeljunge, die Zwillinge, der Giraffenjunge und das Rauchmädchen.

»Das war nicht für ihre Augen bestimmt«, sagte ich.

»Doch, das war es«, sagte er.

Bei Sonnenaufgang brachten wir die Kinder zu den einzigen Menschen, die sie aufnahmen, Menschen, für die kein Kind je hätte ein Fluch sein können. Die Einwohner des Gangatom-Dorfes hoben die Speere, als sie uns kommen sahen, ließen uns jedoch passieren, als der Leopard rief, wir brächten Geschenke für den Häuptling. Dieser Mann, groß, dünn, mehr Kämpfer als Herrscher, kam aus seiner Hütte und beäugte uns hinter einer Mauer aus Kriegern hervor. Er wandte den Kopf dem Leoparden zu, doch seine tief im Schatten der Stirn liegenden Augen blieben auf mich geheftet. Er trug in jedem Ohr einen Ring und zwei Perlenketten um den Hals. Seine Brust war eine Wand aus Narben von zehn über zehn Kämpfen auf Leben und

Tod. Der Leopard öffnete den Sack und warf Asanbosams Kopf auf den Boden. Selbst die Krieger sprangen zurück.

Der Häuptling starrte den Kopf so lange an, dass sich in der Zwischenzeit ein Fliegenschwarm hätte versammeln können. Er trat an den Kriegern vorbei, hob ihn auf und lachte.

»Als der Fleischfresser und sein Blutsaugerbruder meine Schwester holten, saugten sie ihr gerade genug Blut ab, dass sie noch am Leben blieb, fütterten sie aber mit so viel Unrat, dass sie ihre Blutsklavin wurde. Sie lebte unter ihrem Baum und aß die Überreste toter Männer. Sie folgte ihnen quer durch das Land, bis selbst sie ihrer überdrüssig wurden. Sie folgte ihnen durch Flüsse, über Mauern, in ein Nest von Feuerameisen hinein. Eines Tages packte Sasabonsam seinen Bruder und flog von einer Klippe, weil er wusste, sie würde ihnen folgen.«

Er hielt den Kopf in die Luft und lachte wieder. Die Leute jubelten. Dann sah er mich an und hörte auf zu lachen.

»Bist du nun kühn oder töricht, Leopard? Du bringst einen Ku hierher?«

»Auch er bringt Geschenke«, sagte der Leopard.

Ich zog an dem Ziegenhautumhang meines Onkels, und sein Kopf fiel heraus. Die Krieger des Häuptlings traten näher. Er sagte nichts.

»Aber bist du nicht sein Blut?«

»Ich bin niemandes Blut.«

»Ich sehe es in dir, ich rieche es, ob du es leugnest oder nicht. Wir haben viele Männer und einige Frauen getötet, die meisten von eurem Stamm. Aber unsereins töten wir nicht. Was glaubst du, welche Ehre dir das eintragen soll?«

»Gerade sagtest du, ihr hättet einige Frauen getötet, und nun willst du von Ehre sprechen?«

Der Häuptling starrte mich wieder an. »Ich würde dir ja sagen, dass du nicht hierbleiben kannst, doch du willst gar nicht hierbleiben.«

Er blickte hinter uns.

»Noch mehr Geschenke?«

Wir ließen die Kinder bei ihm. Zwei Frauen packten den Giraffenjungen, eine von ihnen bei der Hinterbacke, und brachten ihn zu ihrer Hütte. Ein junger Mann sagte, sein Vater sei blind und einsam und würde sich nicht daran stören, wenn die Zwillinge miteinander verwachsen seien. So müsse er sich nicht sorgen, einen von ihnen zu verlieren. Ein Mann mit edlen Federn an seiner Kopfbedeckung nahm den Kugeljungen noch am selben Tag mit auf die Jagd. Mehrere Jungen und Mädchen umringten den Albino und fassten und stupsten ihn an, ehe ihm einer von ihnen eine Schale Wasser gab.

Der Leopard und ich verließen das Dorf vor Sonnenuntergang. Wir gingen am Fluss entlang, weil ich noch einen Blick auf einen Ku erhaschen wollte, auf jemanden, den ich niemals wiedersehen würde. Aber kein Ku wäre an den Fluss gekommen, um dort dem Speer eines Gangatom zu begegnen. Leopard wandte sich um und wollte gerade in den Wald gehen, als hinter mir Blätter raschelten. Meist bewegt es sich wie ein Geist, doch ist es ängstlich oder glücklich oder wütend genug, raschelt es mit Blättern oder wirft Schalen um. Das Rauchmädchen.

»Sag ihr, sie darf uns nicht folgen«, sagte ich zu dem Leoparden.

»Ich bin nicht derjenige, dem sie folgt«, sagte er.

»Geh zurück«, sagte ich und drehte mich um. »Geh und werde die Tochter einer Mutter oder die Schwester eines Bruders.«

Ihr Gesicht erschien im Rauch, die Stirn krausgezogen, als verstünde sie mich nicht. Ich deutete auf das Dorf, doch sie rührte sich nicht. Ich scheuchte sie mit den Händen davon und wandte mich um, doch sie folgte mir. Ich glaubte, wenn ich sie nicht beachtete und nicht darauf achtete, was das mit meinem Herzschlag machte, würde sie fortgehen, doch das Rauchmädchen folgte mir bis zum Rand des Dorfes und darüber hinaus.

»Geh zurück!«, sagte ich. »Geh zurück, ich will dich nicht.«

Ich ging los, und sie erschien wieder vor mir. Ich wollte sie anschreien, doch sie weinte. Ich wandte mich ab, und sie erschien wieder. Der Leopard begann sich zu verwandeln und knurrte, und sie schreckte zusammen.

»Geh zurück, ehe ich dich verfluche!«, schrie ich.

Wir waren am Rand des Gangatom-Gebietes, das im Norden in freies Land und dann in Luala Luala überging. Ich wusste, dass sie hinter mir war. Ich hob zwei Steine auf und warf einen nach ihr. Der Stein flog geradewegs durch sie hindurch, aber ich wusste, mein Handeln würde sie entsetzen.

»Geh zurück, du verdammter Geist!«, schrie ich und warf den zweiten Stein. Sie verschwand, und ich sah sie nicht wieder. Der Leopard war schon weit fort, ehe ich begriff, dass ich noch immer an ein und demselben Fleck stand und mich nicht bewegte. Das tat ich erst, als er knurrte.

Ich ging mit dem Leoparden nach Fasisi, der Hauptstadt des Nordens, und fand viele Männer und Frauen, die etwas verloren hatten, und Menschen, die meine Nase gebrauchen konnten. Der Leopard wurde der Mauern überdrüssig und ging nach zwei Monden fort, und lange Monde war ich allein.

Als ich den Leoparden wiedersah, waren Jahre vergangen, und ich war ein Mann. Zu viele verbitterte Männer kannten mich in Fasisi, also ging ich nach Malakal. Er war schon vier Nächte dort, als er mir von meiner Wirtin ausrichten ließ, er wolle mich treffen, was ich für offenkundig hielt, denn er hätte sonst keinen Grund gehabt, diese Stadt zu besuchen. Der Leopard hatte noch immer einen starken Kiefer und ein hübsches Gesicht und erschien in menschlicher Gestalt, in Waffenrock und Umhang, denn ein Tier hätten die Männer in der Stadt getötet. Seine Beine waren dicker, das Haar, das sein Gesicht umrahmte, wilder. Er trug Schnurrhaare, aber dies war eine

Stadt, in der Männer Männer liebten, Priester Sklaven ehelichten und Traurigkeit mit Palmwein und Masukubier hinweggespült wurde. Ich roch seine Ankunft an dem Abend, an dem er die Stadt erreichte. Ein Abend, an dem nicht einmal der Regen, der alte Düfte weckte, seinen stechenden Geruch mindern konnte. Er roch noch immer wie ein Mann, der sich nur wusch, wenn er zufällig einen Fluss durchquerte. Wir trafen uns im Wirtshaus Kulikulo, wo ich Geschäfte machte, wo der dicke Wirt Suppe und Wein auftafelte und es niemanden scherte, wer oder was durch die Türe kam. Er hielt einen Krug Bier in der Hand und bot mir Palmwein an, den er selbst nicht trank.

»Du siehst so gut aus, so anders, wie ein Mann«, sagte er.

»Du siehst unverändert aus«, sagte ich.

»Was macht deine Nase?«

»Diese Nase wird für diesen Wein bezahlen, denn ich sehe keinen Beutel an dir.«

Er lachte und sagte, er sei gekommen, um mir ein Angebot zu unterbreiten.

»Du musst mir helfen, eine Fliege zu finden«, sagte er.

2

MALAKIN

Gaba kura baya siyaki

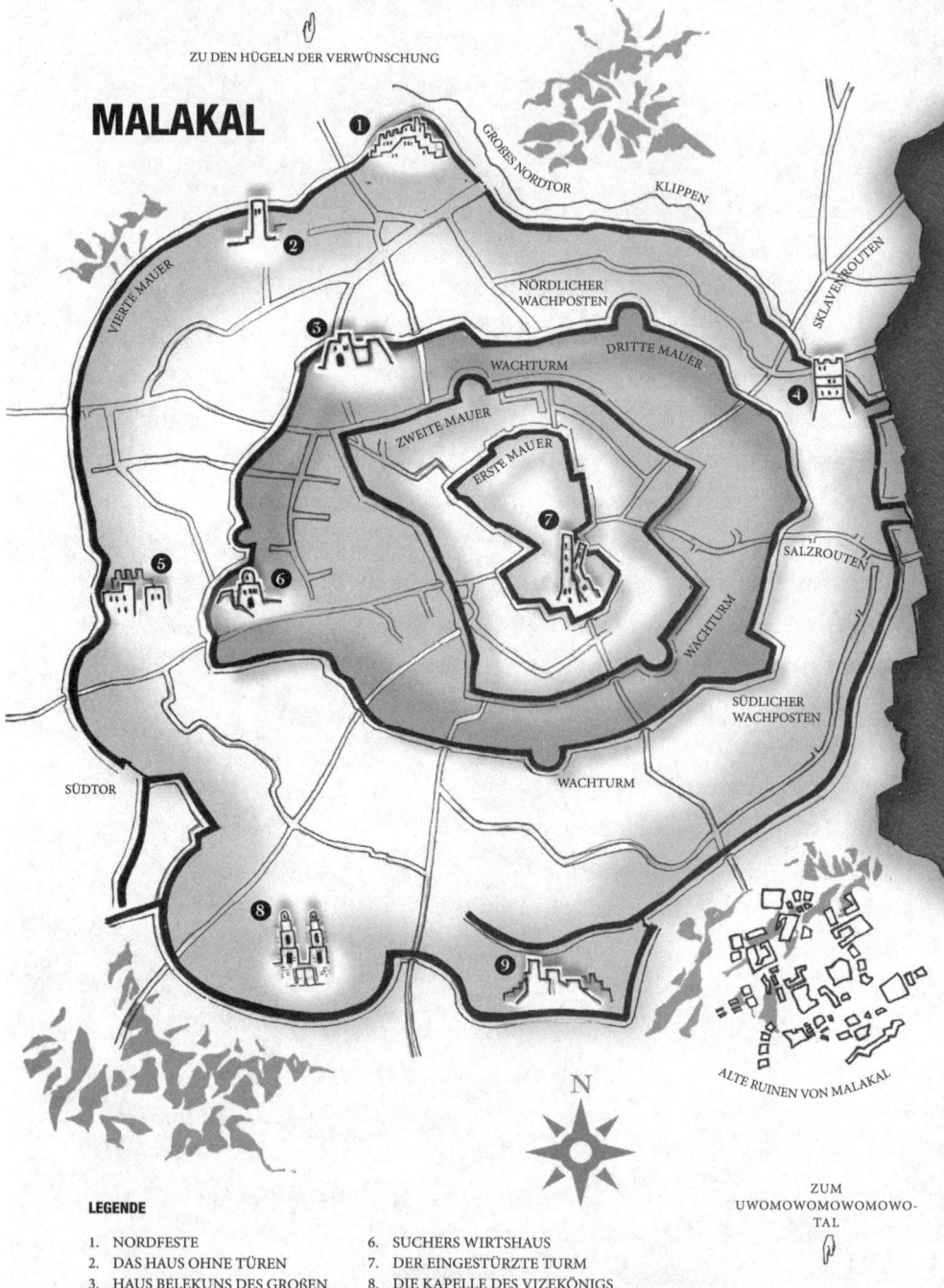

ZU DEN HÜGELN DER VERWÜNSCHUNG

MALAKAL

GROSSES NORDTOR

KLIPPEN

SKLAVENROUTEN

VIERTE MAUER

NÖRDLICHER
WACHPOSTEN

WACHTURM

DRITTE MAUER

ZWEITE MAUER

ERSTE MAUER

SALZROUTEN

WACHTURM

SÜDLICHER
WACHPOSTEN

SÜDTOR

WACHTURM

ALTE RUINEN VON MALAKAL

N

ZUM
UWOMOWOMOWOMOWO-
TAL

LEGENDE

1. NORDFESTE
2. DAS HAUS OHNE TÜREN
3. HAUS BELEKUNS DES GROßEN
4. OSTBARACKEN
5. WESTFESTE

6. SUCHERS WIRTSHAUS
7. DER EINGESTÜRZTE TURM
8. DIE KAPELLE DES VIZEKÖNIGS
9. SÜDFESTE

SECHS

Dies.

Du wünschst, dass ich dies lese.

Sieh dir den Bericht selbst an, sagst du. Dass ich anmerken solle, wo er von dem Geschehen abweicht. Ich muss ihn nicht lesen – du schreibst, wie Ashé es wünscht. Ashé ist alles, Leben und Tod, Morgen und Abend, Glück und schlechte Kunde. Was ihr im Süden für einen Gott haltet, was jedoch eigentlich der Ursprung der Götter ist.

Aber glaube ich daran?

Eine kluge Frage. Gut, ich will ihn lesen.

Aussage des Suchers an diesem dem neunten Tage. Tausend Verneigungen den Ältesten zum Gefallen. Diese Aussage ist ein niedergeschriebenes Zeugnis, abgelegt den Göttern des Himmels gegenüber, die mit Blitz und Viperngift richten werden. Und wie es den Ältesten gefällt, berichtet der Sucher in die Länge und in die Breite, denn sehr viele Jahre und Monde sind vergangen vom Verschwinden des Kindes bis zum Tode desselben. Dies ist die mittlere der vielen Erzählungen des Suchers, und welche wahr sind und welche erfunden, überlasse ich dem Urteil der Ältesten, die allein den Ratschluss der Götter kennen. Der Bericht des Suchers verblüfft weiterhin selbst jene von ungewöhnlichem Geist. Er reist tief in fremde Länder, als erzählte er Kindern nächtens Geschichten oder schilderte dem Fetischpriester Albträume für die Ifa-Prophezeiung. Doch gefällt es den Älteren, dass ein Mann frei spricht, und ein Mann soll sprechen, bis die Ohren der Götter von Wahrheit erfüllt sind.

Er schildert den Anblick, den Geruch und Geschmack einer Erinnerung, erinnert sich genau an den Geruch in der Ritze zwischen den

*Hinterbacken eines alten Mannes oder den Duft der Jungfrauen in ih-
ren Schlafgemächern, der in Malakal aus den Fenstern drang, unter
denen er einherging, oder den Anblick des prachtvollen Sonnenlichts,
das den allmählichen Wechsel der Jahreszeiten anzeigt. Doch von den
Abständen zwischen den Monden – ein Jahr, drei Jahre – sagt er nichts.*

*Dies wissen wir: Der Sucher machte sich mit neun anderen, unter
ihnen eine, die ebenfalls noch lebt, und einer, der noch nicht gefunden
wurde, auf die Suche nach einem – wie er behauptet – entführten Knaben. Zu der Zeit hieß es, der Knabe sei der Sohn oder Pflegesohn eines
Sklavenhändlers aus Malakal.*

*Dies wissen wir: Sie brachen zu Beginn der Trockenzeit von Malakal
auf. Die Suche nach dem Knaben währte sieben Monde. Sie endete er-
folgreich; sie fanden das Kind und brachten es zurück, doch vier Jahre
später war es abermals verschwunden, und die zweite Suche mit einer
kleineren Gruppe währte ein Jahr und endete mit dem Tod des Jungen.*

*Gemäß dem Wunsch der Ältesten hat der Sucher ausführlich über
seine Herkunft gesprochen und in deutlichen Worten und mit offenem
Herzen einige Angaben zu der ersten Suche gemacht. Doch will er nur
über das Ende der zweiten Suche sprechen und weigert sich, Zeugnis
von den vier Jahren dazwischen abzulegen, in denen er, wie man weiß,
im Lande Mitu gelebt hat.*

*Also habe ich, Euer Inquisitor, einen anderen Köder ausgelegt. Er
war an jenem neunten Morgen gekommen, um über das Jahr zu sprechen, in dem er wieder mit dem Söldner namens Leopard zusammentraf. Tatsächlich hatte er schon vorher berichtet, dass es der Leopard
war, der mit dem Angebot zu ihm kam, nach dem Kind zu suchen.
Doch eine Lüge ist ein sorgsam auf morschen Stelzen errichtetes Haus.
Oft vergisst ein Lügner den Anfang seiner Geschichte, ehe er an ihrem
Ende angelangt ist, und so kommt man ihm auf die Schliche. Eine
Lüge ist eine Geschichte, die sorgsam erzählt wird, wenn man zulässt,
dass sie erzählt wird, und ich wollte versuchen, seine Unwahrheit aufzudecken, indem ich ihn einen anderen Teil der Geschichte erzählen*

ließ. Also fragte ich ihn nicht nach der ersten oder der zweiten Suche, sondern nach den vier Jahren dazwischen.

UNTERSUCHUNGSBEAMTER: *Berichte mir von dem Jahr, in dem unser König starb.*

SUCHER: *Euer wahnsinniger König.*

UNTERSUCHUNGSBEAMTER: *Unser König.*

SUCHER: *Der wahnsinnig war. Verzeih, aber das sind sie alle.*

UNTERSUCHUNGSBEAMTER: *Berichte mir von dem Jahr, in dem unser König starb.*

SUCHER: *Er ist euer König. Erzähl du es mir.*

UNTERSUCHUNGSBEAMTER: *Berichte mir ...*

SUCHER: *Es war ein Jahr wie jedes andere. Es gab Tage, es gab Nächte, und die Nächte waren das Ende des Tages. Monde, Jahreszeiten, Stürme, Dürre. Bist du nicht ein Fetischpriester, der solche Kunde bringt, Inquisitor? Deine Fragen werden mit jedem Tag sonderbarer, das kann ich sagen.*

UNTERSUCHUNGSBEAMTER: *Weißt du, welches Jahr es war?*

SUCHER: *Die Ku benennen die Jahre nicht.*

UNTERSUCHUNGSBEAMTER: *Weißt du, welches Jahr es war?*

SUCHER: *Es war das Jahr, in dem euer durchlauchtigster König sein durchlauchtigstes Leben in der durchlauchtigsten aller Jauchegruben ausgeschissen hat.*

UNTERSUCHUNGSBEAMTER: *Verunglimpfung des Königs steht im Königreich des Südens unter Strafe.*

SUCHER: *Er ist ein Kadaver und kein König.*

UNTERSUCHUNGSBEAMTER: *Genug. Berichte mir von deinem Jahr.*

SUCHER: *Das Jahr? Mein Jahr. Ich habe es ganz und gar gelebt und ganz und gar hinter mir gelassen. Was gibt es weiter zu wissen?*

UNTERSUCHUNGSBEAMTER: *Mehr hast du nicht zu sagen?*

SUCHER: *Ich fürchte, unter den Toten fändest du bessere Geschichten, Inquisitor. Ich habe über jene Jahre nichts zu berichten als Stetigkeit,*

Langeweile und die endlosen Forderungen zorniger Frauen, ihre un-
befriedigten Männer aufzuspüren ...

UNTERSUCHUNGSBEAMTER: *Hattest du in jenen Jahren nicht die Arbeit nie-*
dergelegt?

SUCHER: *Ich glaube, an meine Jahre kann ich mich selbst am besten er-*
innern.

UNTERSUCHUNGSBEAMTER: *Berichte mir von den vier Jahren, die du in*
Mitu verbracht hast.

SUCHER: *Ich habe in Mitu keine vier Jahre verbracht.*

UNTERSUCHUNGSBEAMTER: *In deiner Aussage vom vierten Tage heißt es, du*
seist nach der ersten Suche in das Dorf Gangatom und von dort nach
Mitu aufgebrochen. Deine Aussage am fünften Tage begann mit den
Worten: Als er mich in Mitu fand, war ich zum Aufbruch bereit. Da-
zwischen liegen vier Jahre. Hast du sie nicht in Mitu verlebt?
[Bemerkung: Die Sanduhr war noch zu einem Drittel gefüllt, als ich
ihm diese Frage stellte. Er sah mich an, wie ein Mann es tut, der
einen Zornesausbruch unterdrückt. Eine Wölbung in den Brauen,
ein mürrischer Ausdruck auf dem Gesicht, dann Leere, ein sich sen-
kender Mundwinkel und die Augen feucht, als wäre etwas anderes
an die Stelle des Ärgers über meine Frage getreten, während er über
die Antwort nachdachte. Der Sand war durch die Uhr gelaufen, als
er wieder sprach.]

SUCHER: *Ich kenne keinen Ort mit Namen Mitu.*

UNTERSUCHUNGSBEAMTER: *Du? Der Sucher, der so viele Königreiche be-*
reist haben will, den Palast der fliegenden Bestien, das Land der
sprechenden Affen und Länder, die nicht auf den Karten der Men-
schen verzeichnet sind – du kennst einen ganzen Landstrich nicht?

SUCHER: *Nimm den Finger aus der Wunde.*

UNTERSUCHUNGSBEAMTER: *Du vergisst, wer von uns beiden die Befehle gibt.*

SUCHER: *Ich habe nie einen Fuß in das Land Mitu gesetzt.*

UNTERSUCHUNGSBEAMTER: *Das ist eine andere Antwort als: Ich kenne kei-*
nen Ort mit Namen Mitu.

SUCHER: *Sag mir, wie ich die Geschichte erzählen soll. Von ihrer Abend-*
dämmerung bis zu ihrem Morgengrauen? Oder vielleicht als eine
Lektion oder ein Loblied. Oder soll sich meine Geschichte wie eine
Krabbe von einer Seite zur anderen bewegen?
UNTERSUCHUNGSBEAMTER: *Berichte den Ältesten, die diese Niederschrift*
als deine eigene Rede lesen werden. Was ist während deiner vier
Jahre in Mitu geschehen?

Ich will sein Gesicht unvoreingenommen beschreiben. Er hob die
Brauen höher als zuvor und öffnete den Mund, sprach jedoch nicht.
Mein Eindruck ist, dass er in einer der nordländischen Flusszungen
etwas brummte oder fluchte. Dann sprang er von seinem Stuhl auf,
warf ihn um und schob ihn beiseite. Er stürzte sich schreiend auf mich.
Kaum konnte ich nach der Wache rufen, ehe seine Hände meinen Hals
umschlossen. Es ist wahrlich meine Überzeugung, dass er mich zu Tode
gewürgt hätte. Immer fester und fester drückte er zu, drängte sich ge-
gen mich auf meinen Stuhl, bis wir beide zu Boden fielen. Ich wage zu
sagen, dass sein Atem stank. Ich stieß ihm den Schreibstock in die
Hand und von oben in die Schulter, doch kann ich aussagen, dass ich
in der Tat die Welt verließ, und das zügig. Zwei Wachen kamen von
hinten und schlugen ihm mit Knüppeln auf den Hinterkopf, bis er auf
mich fiel, und selbst dann lockerte sich sein Griff nicht, ehe sie ihn ein
drittes Mal schlugen.

Ich muss sagen, es war ein wahrheitsgetreuer Bericht, auch wenn ich
mich erinnere, von euren Männern mehrere Tritte in die Rippen
bekommen zu haben, selbst nachdem sie mich gefesselt hatten. Mein
Rücken wurde mit einem Sack voll Yams geschlagen. Auch dies:
Meine Füße erhielten so viele Peitschenhiebe, dass es mich selbst
überraschte, es zu Fuß in diesen Raum geschafft zu haben. Meine

Erinnerung trügt – sie haben mich hergeschleift. Und das war nicht einmal das Schlimmste, denn das Schlimmste war, dass sie mich auf dein Geheiß in Gewänder hüllten, die für Sklaven gedacht waren – durch welchen Frevel habe ich das verdient?

Nun sieh uns an. Ich selbst bei Tageslicht im Dunkeln, du dort drüben auf einem Schemel, wo du Papier und Schreibstock auf dem Schoß wiegst und versuchst, das Tintenfass zu deinen Füßen nicht umzustoßen. Und diese Eisenstäbe zwischen uns. Der Mann neben mir ruft Nacht für Nacht die Liebesgöttin an, und ich habe solche Klänge nicht gehört, seit ich in einem Hurenhaus nach meinem Vater, meinem Großvater suchte. Unter uns, ich wünschte, sie würde antworten, denn seine Schreie werden mit jeder Nacht lauter.

Also. Mein Vater und mein Bruder waren gemordet und mein Onkel von meiner eigenen Hand gefällt. Hätte ich zu meinem Großvater zurückgehen sollen? Um ihm welche Kunde zu bringen? Sei gegrüßt, mein Vater, den ich nun als meinen Großvater kenne, wenngleich du mit meiner Mutter das Lager teilst. Ich habe deinen anderen Sohn getötet. Es lag keine Ehre darin, doch du bist bereits ein Mann ohne Ehre. Du bist wahrhaft durchtrieben. Durchtrieben, Inquisitor, mich so zu erzürnen, dass ich mit ihnen spreche statt mit dir. Was für eine Aussage ist dies?

Du hast dich gewaschen seit unserem letzten Treffen. Quellwasser mit teuren Salzen, Gewürzen und duftenden Blüten. So viele Gewürze, dass man meinen könnte, dein zehnjähriges Weib hätte dich zu kochen versucht. Aber Priester, ich rieche doch die Brandblase auf der rechten Seite deines Rückens, genau dort, wo sie dich mit kochendem Wasser überschüttet und verbrüht hat. Bei allen Göttern, sie hat dich zu kochen versucht. Natürlich hast du sie geschlagen, fest auf den Mund. Du hast nicht zum ersten Mal ihr Blut an dir.

Wo steht, was dann geschah? Nachdem mir deine Wachen mit Knüppeln auf den Hinterkopf geschlagen, aber ehe sie mich hier heruntergebracht haben. Der Teil, in dem ich dich beinahe zu Tode gewürgt habe. Der Teil, in dem dir die Wachen ins Gesicht schlagen mussten wie einem von Opium berauschten Narren in der Spelunke eines Branntweinhändlers. Frag nicht noch einmal nach Mitu.

Eines noch. Wann habt ihr mich nach Nigiki gebracht? Ich frage, weil dies Nigiki-Sklavenkleider sind. Außerdem rieche ich die Salzminen in jeder Richtung, in die ich mich wende. Habt ihr mich in der Nacht fortgebracht? Welche absonderlichen Tränke haben mich schlafen lassen? Es heißt, eine Zelle in Nigiki sei fürstlicher als ein Palast in Kongor, doch wer das sagt, der war noch nicht in dieser Zelle. Habt ihr auch das Weib hierhergebracht oder nur euren teuren, mühevollen Sucher?

Als ich zuletzt in der Stadt war, trug ich ebenfalls Ketten.

Ich will dir die Geschichte erzählen.

Ich ließ mich an einen Edlen in Nigiki verkaufen, weil ein Sklave noch vier Mahlzeiten bekam, ohne selbst dafür bezahlen zu müssen, und in einem Palast lebte. Warum also kein Sklave sein? Wenn mich nach Freiheit verlangte, konnte ich einfach meinen Meister töten. Doch dieser Edelmann fand bei eurem wahnsinnigen König Gehör. Das wusste ich, weil er es jedem erzählte, der ihm zuhörte. Und weil dieses Spiel – die vollständige Unterwerfung unter einen anderen – für mich neu war, war ich derjenige, dem es geschildert werden musste. Sklaven dürfen im Königreich des Südens nicht weiterverkauft werden, vor allem nicht in Nigiki, doch er tat es, und auf diese Weise machte er sein Vermögen. Einige der Sklaven waren in Freiheit geboren und geraubt worden.

Der Meister war ein Feigling und ein Dieb. Nachts peitschte er seine Frau, und tagsüber schlug er sie mit der Faust, auf dass die Sklaven sahen, dass kein Mann und keine Frau über ihm waren. Als er einmal fort war, sagte ich zu ihr: Wenn es der Herrin gefällt – ich habe fünf Gliedmaßen, zehn Finger, eine Zunge und zwei Löcher, über die sie frei verfügen kann. Sie sagte: Du riechst wie ein Keiler, aber du bist womöglich der einzige Mann in Nigiki, der nicht nach

Salz riecht. Sie sagte: Ich höre gewisse Dinge über euch Männer aus dem Norden – was eure Lippen und Zungen mit den Frauen anstellen. Ich durchwühlte ihre fünf Gewänder, fand ihre Koo, teilte ihre Lippen nach West und Ost und ließ meine Zunge über die kleine Seele tief in der Frau zucken, die die Ku für einen verborgenen Jungen halten, der herausgeschnitten werden muss, obgleich sie in Wahrheit jenseits von Junge und Mädchen ist. Sie stöhnte lauter als unter der Peitsche, aber da ich unter ihren Gewändern versteckt war, hielten es die Sklaven für die Erinnerung an die Peitsche oder für den Gott der Ernte, der sie verzückte.

Sie ließ mich nie etwas anderes als meine Zunge in sie hineinstecken, denn so ist es bei Herrinnen noch immer Brauch.

»Wie kann man mit einem Keiler das Lager teilen?«, sagte sie immer wieder.

Du willst wissen, wie es ausgeht. Du willst wissen, ob ich je das Meer ihrer Gewänder teilte und sie nahm, ohne dass sie darum gebeten hätte, denn das ist es, was ihr Herren aus dem Süden tut. Oder du wartest auf den Moment, wenn ich ihren Mann töte, denn haben nicht all meine Erzählungen ein blutiges Ende?

Bald sagte ich zu dem Edelmann: Es ist noch kein Mond vergangen, und schon bin ich es leid, dein Sklave zu sein. Nicht einmal deine Grausamkeit ist interessant. Ich sagte Lebwohl, machte mit Lippen und Zunge eine anzügliche Geste zur Herrin hin und wandte mich zum Gehen.

Ja, so ging ich.

Gut, wenn du es wissen musst: Ich schlug dem Edelmann mit der flachen Seite eines Langschwerts auf den Hinterkopf, ließ ihm von einem Sklaven in den Mund scheißen und band ihm ein Seil um den Kopf, das seinen Kiefer geschlossen hielt. Dann ging ich.

Welchen Unterschied macht es?

Ich versuchte, die Kinder zu besuchen. Mehr als ein oder zwei Male. Einen Viertelmond nachdem wir sie bei den Gangatom gelassen hatten, schlich ich am Zweischwesternfluss entlang. Im Dorf musste man zu dieser Zeit schon die Leichen von Kava, dem Hexer und meinem geliebten Onkel im Wind gerochen haben. Und wenn ich auf der Gangatom-Seite des Flusses heraufkäme, könnte in jedem Augenblick ein Speer meine Brust treffen, und es wäre keine Lüge gewesen, hätte mein Mörder gesagt: Hier habe ich einen Ku getötet. Ich huschte von Baum zu Baum, von Gebüsch zu Gebüsch, wohl wissend, dass ich nicht hätte weggehen sollen. Es war nur ein Viertelmond vergangen. Aber womöglich begegnete der Albino einem Jungen, der ihn mit dem Messer stach, um zu sehen, ob sein Blut weiß war, und womöglich ängstigten sich die Frauen im Dorf vor den Albträumen des Rauchmädchens, und man musste ihnen sagen, dass sie sich nicht vor ihm fürchten brauchten, denn woher hätten sie es sonst wissen sollen? Und dass sie es auf ihren Köpfen sitzen lassen sollten, wenn es sich daraufsetzen wollte, und vielleicht rollte der Junge, der sich für einen Ball hält, gegen einen Mann, weil das seine Art ist zu sagen: Hier bin ich, spiel mit mir, ich bin bereits ein Spielzeug. Und dass man den Giraffenjungen nie eine Giraffe nennen darf. Niemals. Und die Zwillinge mit ihren klugen Köpfen und freudigen Herzen, der eine ruft von hinten: Wo ist Osten?, und während du über die Schulter schaust, nascht der andere von deinem Brei.

Und da war kein Leopard, der für mich hätte bürgen können; er hatte in Fasisi Arbeit und Vergnügen gefunden. Doch der Fluss strömt durch beide Länder, und die Bäume standen weit voneinander entfernt. Ich machte an einem Baum halt und wollte zum nächsten springen, der zehn und sieben Schritte voraus war, als Pfeile an mir vorbeischossen. Ich machte einen Satz zurück, und der Baum fing die drei Pfeile ab. Dann die Stimmen der Ku-Männer am anderen Flussufer, die glaubten, mich getötet zu haben. Ich ließ mich auf den Bauch fallen und huschte wie eine Eidechse davon.

Zwei Jahre später besuchte ich meine Mingi-Kinder. Ich kam aus Malakal, über einen anderen Weg als den, welchen die Ku nahmen.

Der Giraffenjunge war jetzt so groß wie eine richtige Giraffe, seine Beine reichten mir bis zum Hals; sein Gesicht war etwas älter, aber noch immer jung. Er sah mich als Erster, als ich die Siedlung der Gangatom betrat. Ich hatte nicht gewusst, dass der Albino der Älteste unter ihnen war, bis ich sah, dass er am meisten gewachsen war; er hatte dicke Muskeln, war etwas größer als zuvor und sehr hübsch anzusehen. Ich wusste nicht genau, ob er so rasch gewachsen war oder ob ich es erst jetzt bemerkte. Die Augen der Frauen folgten ihm, als er auf mich zulief. Die Zwillinge waren im Busch auf der Jagd. Der Junge ohne Beine war noch dicker und runder geworden und bewegte sich rollend überallhin. Du wirst im Krieg nützlich sein, sagte ich zu ihm. Seid ihr jetzt alle Krieger? Der Albino nickte, während der Junge ohne Beine kicherte, gegen mich kullerte und mich umwarf. Das Rauchmädchen sah ich nicht.

Als ich nach einem Mond einmal mit dem Giraffenjungen unterwegs war, fragte ich ihn: Hasst mich das Rauchmädchen noch immer? Er wusste nicht, was er darauf sagen sollte, denn er kannte keinen Hass. Jeder Mann, der in ihr Leben tritt, verschwindet wieder daraus, sagte er, als wir zu seinem Heim zurückgingen. An der Tür sagte die Frau, die ihn großzog: Der Häuptling stirbt, und der, der unser nächster Häuptling wird, ist den Ku nicht wohlgesinnt, auch nicht einem, der mit anderen Menschen in Häusern aus Stein lebt.

Du musst ihre Namen nicht kennen.

Was den Leoparden betrifft, so vergingen fünf Jahre, ehe ich ihn im Wirtshaus Kulikulo traf. Er saß an einem Tisch und wartete auf mich.

»Du musst mir helfen, eine Fliege zu finden«, sagte er.

»Dann frag die Spinne um Rat«, sagte ich.

Er lachte. Die Jahre hatten ihn verändert, auch wenn er noch genauso aussah. Sein Kiefer war noch immer stark, die Augen Pfützen aus Licht, in denen man sich selbst sah. Durch die Schnurrhaare und das wilde Haupthaar glich er eher einem Löwen als einem Panther.

Ich fragte mich, ob er noch immer so schnell war. Schon seit Langem hatte ich mich gefragt, ob er wie ein Leopard oder wie ein Mann alterte. Malakal war ein Ort der geordneten Metzelei und keine Stadt für Werleute. Doch im Kulikulo wurden Männer nie nach ihrer Gestalt oder ihrer Kleidung beurteilt, selbst wenn sie nichts als Staub oder mit Kuhfett vermischte rote Erdfarbe trugen, solange ihre Münze stark war und strömte wie ein Fluss. Dennoch zog er Häute aus einem Sack, wickelte sich etwas Grobes, Haariges um die Lenden und zog sich schimmerndes Leder über den Rücken. Das Tier hatte die menschliche Scham gelernt, derselbe Mann, der einst gesagt hatte, der Leopard wäre in Röcken auf die Welt gekommen, wäre es ihm bestimmt, welche zu tragen. Er bestellte Wein und etwas Starkes, das eine Bestie getötet hätte.

»Keine Umarmung für den Mann, der dir häufiger das Leben gerettet hat, als eine Fliege blinzelt?«

»Blinzelt die Fliege denn?«

Er lachte wieder und sprang von seinem Schemel auf. Ich nahm seine Hände, doch er entwand sie meinem Griff, packte mich und zog mich dicht an sich heran. Ich wollte schon sagen, wir benähmen uns wie Knabenliebhaber aus dem Osten, da spürte ich, wie ich in seinen Armen weich wurde, schwach, so schwach, dass ich die Umarmung kaum erwiderte. Ich wollte weinen, weinen wie ein Junge, und ich vertrieb das Gefühl mit einem Kopfnicken. Ich zog mich als Erster zurück.

»Du hast dich verändert, Leopard«, sagte ich.

»Seit ich mich gesetzt habe?«

»Seit ich dich zuletzt gesehen habe.«

»Ach, Sucher, dunkle Zeiten haben ihre Spuren hinterlassen. Sind deine Tage nicht dunkel?«

»Meine Tage machen dick.«

Er lachte. »Aber sieh dich an! Und du erzählst mir etwas von Veränderung.« Sein Mund zuckte, als wollte er noch etwas sagen.

»Was?«, fragte ich.

Er deutete. »Dein Auge, du Narr. Was für ein Zauber ist das? Willst du nicht darüber sprechen?«

»Ich habe es vergessen«, sagte ich.

»Du hast vergessen, dass du das Auge eines Schakals im Gesicht trägst.«

»Eines Wolfs.«

Er rückte näher, und ich roch Bier. Ich blickte ihm jetzt so tief ins Auge wie er mir.

»Ich kann den Tag nicht erwarten, an dem du mir davon erzählst – wahrlich, ich sehne ihn herbei. Oder fürchte ihn.«

Ich hatte sein Lachen vermisst.

»Nun, Sucher. Ich habe in eurer Stadt keine Knaben zum Zeitvertreib gefunden. Was tust du gegen deinen nächtlichen Hunger?«

»Ich stille stattdessen meinen Durst«, sagte ich, und er lachte.

Es stimmte, dass ich in jenen Jahren wie ein Mönch lebte. Es sei denn, dass mich meine Reisen in die Ferne führten und es dort ansehnliche Knaben gab oder weniger ansehnliche Eunuchen, die vielleicht nicht hübsch, aber geübter im Liebesspiel waren. Zuweilen gab ich mich sogar mit Frauen zufrieden.

»Was hast du die letzten Jahre getrieben, Sucher?«

»Zu viel und zu wenig«, sagte ich.

»Erzähl mir davon.«

Dies sind die Geschichten, die ich dem Leoparden erzählte, während ich im Wirtshaus Kulikulo Wein trank und er Masukubier.

Ein Jahr lang lebte ich in Malakal, ehe ich nach Kalindar zog, dem umkämpften Königreich an der Grenze zum Süden. Heimat der großen Pferdeherren. In Wahrheit war es eher eine Ansammlung von Ställen mit Unterkünften, in denen Männer ficken, schlafen und sich verschwören konnten. Von welcher Seite man auch kam, die

Stadt ließ sich nur auf dem beschwerlichen Landweg erreichen. Kriegslüsterne Menschen, bitter und rachsüchtig im Hass, leidenschaftlich und eifrig in der Liebe, die die Götter verachteten und sie häufig herausforderten. Natürlich ließ ich mich dort nieder.

In Kalindar gab es einen Prinzen ohne Prinzenreich, der sagte, seine Tochter sei von Banditen auf dem Weg nach Norden entführt worden. Das wollten sie als Lösegeld: Silber im Gegengewicht von zehn und sieben Pferden. Höre, der Priester sandte seinen Diener aus, um mich zu holen, was dieser mit den schlechten Manieren des Prinzen zu tun versuchte. Ich sandte ihn mit zwei Fingern weniger zurück.

Der zweite Diener des Prinzen verneigte sich und bat mich, den Prinzen mit meiner Gegenwart zu erfreuen. Also ging ich zu seinem Palast, der aus nur fünf Räumen bestand, die sich in einem von Hühnern übervölkerten Hof aufeinandertürmten. Doch er hatte Gold. Er trug es auf den Zähnen und zog es durch seine Augenbrauen, und als der Abortjunge vorbeiging, trug er einen Kacktopf aus purem Gold.

»Du, der du meiner Wache die Finger genommen hast, ich habe Verwendung für dich«, sagte er.

»Ich kann kein Königreich finden, das Ihr gar nicht verloren habt«, sagte ich. Doch die Kalindar haben keine doppelte Zunge, und die Bemerkung fiel auf taube Ohren.

»Königreich? Du sollst kein Königreich für mich finden. Banditen haben vor fünf Tagen meine Tochter, eure Prinzessin, entführt. Sie haben ein Lösegeld gefordert, Silber im Gegengewicht von zehn und sieben Pferden.

»Werdet Ihr es bezahlen?«

Der Prinz rieb sich die Unterlippe, den Blick unablässig in einen Spiegel gerichtet.

»Zuerst brauche ich die verlässliche Bestätigung, dass die Prinzessin noch am Leben ist. Man sagt, du hättest eine Nase.«

»Das stimmt. Soll ich sie aufspüren und zurückbringen?«

»Hört, wie er mit einem Prinzen spricht! Nein. Du sollst sie lediglich aufspüren und mir Bericht erstatten. Dann werde ich entscheiden.«

Er nickte einer alten Frau zu, die mir eine Puppe zuwarf. Ich hob sie auf und roch daran.

»Der Preis ist sieben mal zehn Goldstücke«, sagte ich.

»Der Preis ist, dass ich dir für deine Unverschämtheit nicht das Leben nehme«, sagte er.

Dieser Prinz ohne Prinzenreich war Furcht einflößend wie ein Säugling, der heult, weil er sich in die Windel geschissen hat, doch ich machte mich auf die Suche nach der Prinzessin, denn manchmal ist die Arbeit ihr eigener Lohn. Zumal mich ihr Geruch nicht auf die Straßen im Norden oder in die Städte der Banditen oder auch nur zu einem flachen Grab in der Erde führte, sondern keinen Morgenspaziergang vom kleinen Palast ihres Vaters fort. Zu einer Hütte nahe einem Ort, der einmal ein geschäftiger Obst- und Fleischmarkt gewesen war, heute aber wilder Busch ist. Ich fand sie in der Nacht. Sie und ihre Entführer; einer von ihnen taumelte noch von einer Ohrfeige.

»Zehn und sieben Pferde? Das bin ich euch wert, zehn und sieben? Seid ihr von so niederer Geburt, dass ihr meint, mehr sei ich nicht wert?«

Sie fluchte und fauchte so lange, dass es mich zu langweilen begann, und dann fluchte sie noch weiter. Ich merkte, wie dem Frauenräuber der Gedanke kam, er solle vielleicht den Prinzen bezahlen, damit er sie zurücknahm. Ich roch die Gabe des Gestaltwandlers an ihm – er war eine Katze wie der Leopard. Ein Löwe vielleicht, und die anderen Männer, die herumlagen, waren sein Rudel, und die Frau am Feuer, die beide verdrossen ansah, war bis zu der Prinzessin sein Weibchen gewesen. Sie waren alle in einen Raum gezwängt, und die Prinzessin schnatterte wie ein Kakadu. Das war der Plan: dass der

Löwe und sein Rudel die Prinzessin entführten und Lösegeld forderten, das ihr Vater gern zahlen würde, da seine Tochter mehr wert ist als Silber und Gold. Mit diesem Betrag würde die Prinzessin Söldner bezahlen, um diesen Prinzen zu stürzen, der kein Prinzenreich hatte, das man hätte stürzen können. Zuerst dachte ich, sie sei wie jene zu jung entführten Jungen und Mädchen, die während der Gefangenschaft Anhänglichkeit oder gar Liebe ihren Entführern gegenüber entwickeln. Doch dann sagte sie: »Ich hätte Leoparden nehmen sollen, die sind wenigstens listig.« Der ranghöchste Löwenmann brüllte so laut, dass die Menschen auf der Straße Angst bekamen.

»Ich glaube, ich weiß, wie diese Geschichte endet«, sagte der Leopard. »Oder vielleicht kenne ich dich einfach. Du hast dem Prinzen vom Plan seiner Tochter berichtet und dich so leise davongestohlen, wie du gekommen warst.«

»Werter Leopard, wo bliebe da der Spaß? Außerdem waren meine Tage lang und wenig arbeitsreich.«

»Du hast dich gelangweilt.«

»Wie ein Gott, der darauf wartet, vom Menschen überrascht zu werden.«

Er grinste.

»Ich ging zum Prinzen zurück und erstattete ihm Bericht. Ich sagte: Werter Prinz, ich habe die Banditen noch nicht gefunden, aber auf dem Weg kam ich an einem Haus am alten Markt vorbei, in dem sich mehrere Männer verschworen, Euch die Krone zu rauben.«

»Was? Bist du dir sicher? Was waren das für Männer?«, fragte er.

»Ich habe nicht nachgesehen. Stattdessen bin ich zu Euch zurückgeeilt. Jetzt will ich gehen und Eure Tochter finden«, sagte ich.

»Was soll ich mit diesen Männern tun?«

»Lasst Männer zu dem Haus schleichen wie Diebe in der Nacht und es niederbrennen.«

Der Leopard starrte mich an, als wollte er mir die Geschichte aus dem Mund zerren.

»Hat er es getan?«

»Wer weiß? Aber einen Mond später sah ich die Tochter an ihrem Fenster, ihr Kopf ein schwarzer Stumpf. Da verfluchte ich Kalindar und ging zurück nach Malakal.«

»Das ist deine Geschichte? Erzähl mir noch eine.«

»Nein. Erzähl du mir von deinen Reisen. Was macht ein Leopard in neuen Gefilden, wenn er nicht jagen kann?«

»Ein Leopard findet Fleisch, wo immer er es finden kann. Und dann gibt es auch das Fleisch, das er frisst! Doch du kennst mich. Tiere wie wir sind nicht für einen Ort gemacht. Doch niemand ist so weit gereist wie ich. Ich ging voller Erwartung an Bord eines Schiffes. Ich fuhr aufs Meer hinaus, dann bestieg ich ein anderes Schiff, und es fuhr weiter aufs Meer hinaus, Mond um Mond um Mond.«

Er erklomm seinen Stuhl und kauerte sich auf die Sitzfläche. Darauf hatte ich nur gewartet.

»Ich sah große Meeresungeheuer, darunter eines, das wie ein Fisch aussah, aber ein ganzes Schiff verschlingen konnte. Ich fand meinen Vater.«

»Leopard! Du glaubtest doch, er sei tot.«

»Das glaubte er auch! Der Mann lebte als Schmied auf einer Insel mitten in einem Meer. Den Namen habe ich vergessen.«

»Nein, hast du nicht.«

»Fick die Götter, vielleicht will ich mich nicht daran erinnern. Er war kein Schmied mehr, bloß ein alter Mann, der auf den Tod wartete. Ich blieb dort bei ihm. Sah zu, wie er sich zu erinnern vergaß und wie er dann vergaß, dass er vergaß. Höre, er hatte keinen Leoparden mehr in sich – er hatte alles vergessen, weil er mit seiner jungen Frau und Sippe unter einem Dach lebte, was nicht der Natur des Leoparden entspricht. Ihr sollt verflucht sein, du und deine Schnurrhaare, sagte er oft zu mir. Doch an manchen Tagen sah er mich an und knurrte, und du hättest sehen sollen, wie erstaunt er war, wie er sich fragte, woher das Knurren kam. Einmal änderte ich vor ihm die

Gestalt, und er schrie, wie ein alter Mann schreit, ohne ein Geräusch zu machen. Keiner glaubte ihm, als er rief: Seht, eine Wildkatze, sie wird mich fressen!«

»Das ist eine sehr traurige Geschichte.«

»Sie wird noch trauriger. Seine Kinder in jenem Haus, meine Brüder und Schwestern, trugen alle etwas von der Katze in sich. Der Rücken des Jüngsten war mit Flecken übersät. Und keines von ihnen trug gern Kleider, obgleich auf dieser Insel im Fluss Männer wie Frauen den gesamten Körper bis auf die Augen bedeckten. Als er starb, wechselte er auf seiner Matte vom Menschen zum Leoparden zum Menschen. Es ängstigte die Kinder und grämte die Mutter. Zuletzt waren nur noch ich, mein jüngster Bruder und er im Raum, da alle außer dem Jüngsten glaubten, es handle sich um Hexerei. Der Jüngste sah seinen Vater an und erkannte sich endlich selbst. Wir wurden beide zu Leoparden, und ich schleckte meinem Vater über das Gesicht, um ihn zu beruhigen. Ich ließ ihn in ewigem Schlaf zurück.«

»Das ist eine traurige Geschichte. Und doch liegt Schönheit darin.«

»Schätzt du jetzt plötzlich die Schönheit?«

»Hättest du gesehen, wer heute Morgen mein Bett verlassen hat, würdest du diese Frage nicht stellen.«

Ich hatte sein Lachen vermisst. Das gesamte Wirtshaus hörte es, wenn der Leopard lachte.

»Ich bin zum Streuner geworden, Sucher. Wie ich von Land zu Land gezogen bin, von Königreich zu Königreich. Königreiche, in denen die Haut der Menschen blasser als Sand war, und alle sieben Tage aßen sie ihren eigenen Gott. Ich war ein Bauer, ein Meuchelmörder, ich nahm sogar einen Namen an: Kwesi.«

»Was bedeutet er?«

»Die Götter sollen gefickt sein, wenn ich es weiß. Ich unterhielt die Menschen sogar mit unzüchtigen Künsten.«

»Was?«

»Genug, Mann. Der Grund, warum ich zu dir gekommen bin ...«

»Mit deinem Grund kannst du die Götter ficken, ich will mehr über diese unzüchtigen Künste hören.«

»Wir haben nicht viel Zeit, Sucher.«

»Dann erzähl es in aller Kürze. Aber lass keine Einzelheit aus.«

»Sucher.«

»Oder ich gehe und lasse dich mit der Rechnung sitzen, Kwesi.«

Er zuckte beinahe zusammen, als ich es sagte.

»Gut. Genug. Ich war also Soldat.«

»Das beginnt nicht wie eine unzüchtige Geschichte.«

»Fick die Götter, Sucher. Vielleicht beginnt die Geschichte damit, dass ein Mann einer Armee begegnete ...«

»Im Norden oder im Süden?«

»Beides sei gefickt. Ich sage, dieser Mann traf auf eine Armee, die jemanden mit überragenden Fertigkeiten im Bogenschießen brauchte. Dieser Mann fand sich in Ländern ohne Nahrung und ohne Zerstreuung wieder. Dieser Mann mag sehr gut im Töten von Feinden gewesen sein, doch er war weniger gut darin, Frieden mit seinen Kameraden zu halten. Wenngleich einer oder zwei ganz ansehnlich waren und ihren Zweck erfüllten.«

»Einmal Leopard, immer Leopard.«

»So passierte es. Wir griffen ein Dorf an, das keine Waffen besaß außer Steinen, um Fleisch zu schneiden, und brannten die Hütten nieder, in denen noch die Frauen und Kinder waren. So geschah es. Ich sagte: Ich töte keine Frauen und Kinder, nicht einmal wenn ich hungrig bin. Der kleine Schoßhund des Befehlshabers sagt: Dann töte sie mit deinem Bogen. Ich sage: Das sind keine Krieger, und er sagt: Du hast einen Befehl. Ich gehe, weil ich kein Soldat bin und dieser Streit keine Münze wert ist.

Auch das geschah. Der kleine Hund rief: Verräter, und schon fielen seine Mannen über mich her; unterdessen zündeten die Soldaten noch immer in Hütten gefangene Kinder an. Vier Soldaten stürzten sich auf mich, und ich schoss vier Pfeile zwischen vier Augenpaare. Das kleine Hündchen versuchte wieder zu schreien, doch mein fünfter Pfeil flog geradewegs durch seinen Hals. Sucher, ich muss dir nicht eigens erklären, dass ich im Schutz des Rauchs verschwinden musste. Doch dann wanderte ich tagelang, bis ich merkte, dass ich im Sandmeer war, wo nichts lebt. Nach vier Tagen ohne Wasser oder Nahrung begann ich, eine dicke Frau zu sehen, die auf Wolken ging, und Löwen, die auf Beinen gingen, und einen Planwagen, der den Sand nicht berührte. Männer aus dem Wagen lasen mich auf und warfen mich hinten hinein.

Ich erwachte, als mir eine Mutter von ihrem Sohn Wasser ins Gesicht schütten ließ. Der Wagen hatte mich auf irgendeiner Türschwelle in Wakadischu ausgekippt.«

»Vom Sandmeer bis nach Wakadischu braucht man Monde, Leopard.«

»Es war ein schneller Wagen.«

»Dann bist du nun also ein Söldner«, sagte ich.

»Seht euch den Aussätzigen an, der einen anderen Aussätzigen der Krankheit bezichtigt.«

»Aber ich finde Menschen und töte sie nicht.«

»Gewiss. Es ist Rinderblut, das du unablässig von deinem Helm wischst. Warum streiten wir über Worte? Bist du glücklich, Sucher?«

»Ich bin mit vielem zufrieden. Die Welt schenkt mir nie etwas, und doch habe ich alles, was ich will.«

»Narr, danach habe ich nicht gefragt.«

»Suchen Tiere nun schon nach dem Glück? Sei weniger Mann und mehr Leopard, wenn das der Mann ist, zu dem du wirst.«

»Fick die Götter, Sucher, es ist eine einfache Frage. Selbst die längste Antwort besteht aus einem einzigen Wort.«

»Hängt dein Angebot davon ab?«

»Nein.«

»Dann hast du deine Antwort. Ich bin viel beschäftigt, und viel beschäftigt zu sein ist besser, als sich zu langweilen, oder nicht?«

»Ich warte darauf …«

»Worauf?«

»Darauf, dass du sagst, dass Traurigkeit nicht die Abwesenheit des Glücks ist, sondern sein Gegenteil.«

»Habe ich das je gesagt?«

»Du hast etwas Ähnliches gesagt. Und wem gehört dein Herz?«

»Du hast mir einmal gesagt, dass niemand niemanden liebt.«

»Ich war wohl jung und in meinen eigenen Schwanz verliebt.«

»Jakrari mada kairiwoni yoloba mada.«

»Was soll eine Katze mit dieser Zunge anfangen?«

»Dein Schwanz ist dir wie ein Kamel.«

Ich erzählte ihm Verschiedenes, nur um sein katzenhaftes Lachen zu hören.

»Ich traue Menschen nicht, die eine Reise ohne Wiederkehr antreten; sie haben nichts zu verlieren. Ich wurde, sagen wir, enttäuscht von Menschen, die nichts zu verlieren haben«, sagte er.

»Bist *du* glücklich?«, fragte ich.

»Du antwortest auf eine Frage mit einer Gegenfrage?«

»Denn hier sitzen wir und greinen wie die Hauptfrauen von Männern, die uns nicht mehr wollen. Aber dann wiederum bin ich ein Junge, der von niemandem aufgezogen wurde, und du gibst vor, ein Mann zu sein, wenn es dir gefällt, aber es gibt viele verwunschene Tiere, die sprechen können. Was auch immer dein Angebot ist, es gefällt mir immer weniger.«

»Mein Angebot ist mir noch nicht über die Lippen gekommen, Sucher.«

»Nein, aber du scheinst mich irgendeiner Art von Prüfung zu unterziehen.«

»Verzeih mir, Sucher, aber ich habe dich seit Monden über Monden nicht gesehen.«

»Und du bist es, der zu mir gekommen ist, Katze. Und nun verschwendest du meine Zeit. Hier hast du die Münzen für den rohen Keiler. Und noch etwas für das ganze Blut, das sie für dich darin gelassen haben.«

»Es tut gut, dich zu sehen.«

»Ich wollte das Gleiche sagen, ehe du anfingst, dir Gedanken über mein Herz zu machen.«

»Ach, Bruder, ich mache mir immer Gedanken über dein Herz. Sorgen auch.«

»Das gehört ebenfalls dazu.«

»Wozu?«

»Zu deiner verdammten Prüfung.«

»Sucher, wir sind frei geboren. Ich trinke und esse mit einem anderen Mann. Bleib wenigstens bei mir sitzen, wenn du schon nicht essen willst.«

Ich stand auf und ging. Ich war schon einige Schritte von ihm entfernt, als ich sagte: »Lass es mich wissen, wenn ich deine Prüfung bestanden habe.«

»Glaubst du, du hast sie bestanden?«

»Ich hatte sie schon bestanden, als ich durch die Türe kam. Sonst hättest du nicht vier Tage gewartet, ehe du nach mir schicken ließest. Hast du schon einmal einen Mann gesehen, der nicht wusste, dass er unglücklich ist, Leopard? Suche in den Narben im Gesicht seiner Frau danach. Oder in seinen hervorragenden Schreiner- und Schmiedearbeiten oder den Masken, die er für sich selbst anfertigt, um der Welt keinen Blick auf sein Gesicht zu gewähren. Ich bin nicht glücklich, Leopard. Aber ich bin nicht unglücklich darüber, es zu wissen.«

»Ich habe Nachricht von den Kindern erhalten.«

Er wusste, damit konnte er mich aufhalten.

»Was? Wie?«

»Ich treibe noch immer Handel mit den Gangatom, Sucher.«

»Erzähl es mir. Auf der Stelle.«

»Noch nicht. Vertrau mir, dem Rauchmädchen geht es gut, auch wenn es nach wie vor schnauft und keucht und zu blauem Rauch wird, wenn es die Beherrschung verliert, und das kommt häufig vor. Hast du die Kinder je besucht?«

»Nein, nie.«

»Ach.«

»Was bedeutet dieses Ach?«

»Eine sonderbare Miene auf deinem Gesicht.«

»Da ist keine sonderbare Miene.«

»Sucher, du machst ausschließlich sonderbare Mienen. In deinem Gesicht bleibt nie etwas verborgen, sosehr du es auch zu verhehlen suchst. Du bist der schlechteste Lügner der Welt und das einzige Gesicht, dem ich traue.«

»Ich will von den Kindern hören.«

»Gewiss. Sie …«

»Hat keines von ihnen gesagt, dass ich dort war? Nicht eines?«

»Du sagtest doch gerade, du seist nicht bei ihnen gewesen. Niemals, sagtest du.«

»Es könnte ebenso gut nie gewesen sein, wenn sie sagen, sie hätten mein Gesicht nicht gesehen.«

»Es wird immer sonderbarer, Sucher. Die Kinder sind feist und frohgemut. Der Albino wird bald ihr bester Krieger sein.«

»Und das Mädchen?«

»Ich habe dir gerade von dem Mädchen erzählt.«

»Iss.«

»Wir haben noch weitere Dinge zu besprechen, Sucher. Einstweilen ist es genug mit der Nostalgie.«

Er steckte das letzte Stück Fleisch in den Mund und kaute. Auf dem Teller war Blut. Er sah es an, ich sah es an, dann sah er mich an.

»Ach, so sei doch ein verdammtes Tier, Leopard. Dein Streben nach menschlicher Bestätigung beunruhigt mich.«

Er lächelte sein breites Lächeln, hob den Teller an sein Gesicht und leckte ihn sauber.

»Diese Beute ist nicht frisch«, sagte ich.

»Aber besser als nichts. Nun also zu dem Grund, warum ich hier bin.«

»Irgendetwas mit einer Fliege?«

»Ich wollte bloß witzig sein.«

»Warum hast du gefragt, ob ich glücklich bin?«

»Dieser Weg, den du mit mir beschreiten sollst. Ach, Sucher, die Dinge, die er dir nehmen wird. Besser, du hast schon zu Anfang nichts.«

»Du hast gerade gesagt, es wäre besser, ich hätte etwas zu verlieren.«

»Ich sagte, ich sei von Menschen enttäuscht worden, die nichts haben. Von manchen. Aber der Sucher, den ich kenne, hat nichts und hegt nichts. Hat sich das geändert?«

»Und wenn?«

»Dann würde ich andere Fragen stellen.«

»Woher weißt du, dass ich …«

Der Leopard fuhr herum, um zu schauen, was mich hatte verstummen lassen.

»Nichts«, sagte ich. »Ich dachte, ich hätte … dachte, es wäre verschwunden und wieder erschienen … Es …«

»Was?«

»Nichts. Ein streunender Gedanke. Nichts. Nun komm, Katze, ich verliere die Geduld.«

Der Leopard erhob sich von seinem Stuhl und streckte die Beine. Er hockte sich wieder hin und sah mich an.

»Er nennt ihn ›kleine Fliege‹. Ich finde es sonderbar, vor allem mit seiner Stimme, die eher nach einem alten Weib als nach einem Mann klingt, aber ich glaube, die Fliege ist ihm teuer.«

»Noch einmal. Und diesmal so, dass es Sinn ergibt.«

»Ich kann dir nur sagen, was der alte Mann mir gesagt hat. Er drückte sich sehr deutlich aus – ich gebe die Anweisungen, sagte er. Fick die Götter, ihr Menschen, die ihr nicht geradeheraus seid. Fick auch dich – ich habe deinen Blick gesehen. Freund, dies weiß ich: Ein Junge ist verschwunden. Die Stadtrichter sagten, er sei wohl von einem Fluss davongespült worden, oder vielleicht haben ihn die Krokodile erwischt oder die Flussleute, denn wenn ihr hungrig seid, fresst ihr alles.«

»Eintausend Ficks für deine Mutter.«

»Eintausend und einer, wenn es um meine Mutter geht«, sagte er und lachte. »Dies weiß ich: Die Stadtrichter glauben, dieser Junge sei entweder ertrunken oder von einem Tier getötet und gefressen worden. Doch dieser Mann, er nennt sich Amadu Kasawura, ist ein Mann von Vermögen und von Geschmack. Er glaubt fest daran, dass sein Kind, seine kleine Fliege, am Leben und womöglich in Richtung Westen unterwegs ist. Er hat überzeugende Gegenstände in seinem Haus, Sucher, Dinge, die seine Geschichte belegen. Überdies ist er ein reicher Mann, ein sehr reicher Mann, wenn man bedenkt, dass wir alle nicht wohlfeil sind.«

»Wir alle?«

»Er hat neun beauftragt, Sucher. Fünf Männer, drei Frauen und hoffentlich dich.«

»Dann muss sein Geldbeutel das dickste an ihm sein. Und das Kind – ist es sein eigenes?«

»Dazu sagt er nichts. Er ist ein Sklavenhändler, der schwarze und rote Sklaven auf die Schiffe verkauft, die von dort kommen, wo die Menschen dem östlichen Licht folgen.«

»Sklavenhändler haben nichts als Feinde. Vielleicht hat jemand das Kind getötet.«

»Mag sein, aber er wird nicht von seinem Wunsch ablassen, Sucher. Er weiß, dass wir womöglich Knochen finden. Aber dann wüsste er es immerhin, und etwas genau zu wissen ist besser, als sich jahrelang zu quälen. Doch ich springe zu viel hin und her und lasse diese Sendung…«

»Eine Sendung, ja? Sind wir nun etwa Priester?«

»Ich bin eine Katze, Sucher. Was glaubst du, wie viele verdammte Worte ich kenne?«

Diesmal lachte ich.

»Ich habe dir gesagt, was ich weiß. Ein Sklavenhändler bezahlt neun Köpfe, um entweder das lebende Kind oder einen Beweis für seinen Tod zu finden, und es schert ihn nicht, was wir tun, um es zu finden. Der Junge könnte zwei Dörfer entfernt sein, er könnte im Königreich des Südens sein, seine Knochen könnten im Mweru vergraben sein. Du hast eine Nase, Sucher. Du könntest ihn innerhalb weniger Tage aufspüren.«

»Wenn es um eine so kurze Suche geht, wofür braucht er dann neun?«

»Kluger Sucher, ist es dir nicht klar? Der Junge ist nicht aus freien Stücken gegangen. Er wurde geraubt.«

»Von wem?«

»Besser, du hörst es von ihm. Wenn ich es dir erkläre, kommst du womöglich nicht mit.«

Ich starrte ihn an.

»Ich kenne diesen Blick«, sagte er.

»Welchen Blick?«

»Diesen Blick. Du bist mehr als interessiert. Du weidest dich an der bloßen Vorstellung.«

»Du liest zu viel in mein Gesicht hinein.«

»Es ist nicht allein dein Gesicht. Komm wenigstens mit, weil dich etwas neugierig macht, und es wird nicht die Münze sein. Wo wir gerade von Wünschen reden …«

Ich betrachtete den Mann, der einen Wirt nicht lange vor Sonnenuntergang überredet hatte, ihm rohes Fleisch im eigenen Blut zum Abendessen aufzutischen. Dann roch ich etwas, dasselbe wie zuvor, an dem Leoparden und doch nicht an ihm. Als wir aus dem Wirtshaus traten, war der Geruch stärker, doch dann wurde er schwächer. Dann wieder stark und stärker, dann schwächer. Immer wenn sich der Leopard umwandte, wurde der Geruch schwächer.

»Wer ist der Junge, der uns folgt?«, fragte ich.

Ich sprach so laut, dass der Junge es hören konnte. Er huschte von Dunkel zu Dunkel, von den schwarzen Schatten, welche die Pfähle warfen, zu dem roten Licht einer Fackel. Keine zwanzig Schritte von uns entfernt schlüpfte er in den Eingang eines verschlossenen Hauses.

»Leopard, ich frage mich, ob du mich ein Beil werfen und seinen Kopf spalten ließest, ehe du mir sagst, dass er zu dir gehört?«

»Er gehört nicht zu mir, und bei den Göttern, ich gehöre nicht ihm.«

»Und doch habe ich ihn im Wirtshaus unentwegt gerochen.«

»Er ist eine Plage«, sagte der Leopard und sah zu, wie der Junge aus dem Eingang huschte, zu scheu, um zu uns herüberzublicken. Er war nicht groß, aber dünn genug, um so zu wirken. Die Haut war dunkel wie Schatten, er hatte ein rotes Gewand um den Hals geknüpft, das ihm bis auf die Schenkel reichte, rote Bänder über den Ellbogen, goldene Reifen um die Handgelenke, ein gestreifter Rock um die Taille. Er trug den Bogen und die Pfeile des Leoparden.

»Ich habe ihn auf der dritten oder vierten Reise vor Piraten gerettet. Jetzt will er mich nicht mehr in Frieden lassen. Wahrlich, es ist der Wind, der ihn immer wieder in meine Richtung bläst.«

»Wahrhaftig, Leopard, als ich sagte, ich hätte ihn immer wieder gerochen, da meinte ich: an dir.«

Der Leopard lachte, aber es war ein ganz kleines Lachen, wie von einem Kind, das ertappt wird, als es gerade etwas anstellen will.

»Er trägt meinen Bogen, wenn ich ohne Arme bin, und findet mich, wohin ich auch gehe. Wer weiß es, außer den Göttern? Womöglich wird er große Geschichten über mich erzählen, wenn ich nicht mehr bin. Ich habe auf ihn gepisst, um ihn als mein Eigentum zu kennzeichnen.«

»Was?«

»Ein Scherz, Sucher.«

»Ein Scherz muss nicht die Unwahrheit sein.«

»Ich bin kein Tier.«

»Seit wann das?«

Ich verbiss es mir, ihn zu fragen: Ist dies nicht der fünfte oder sechste Junge, den du in die Irre führst, der vergebens auf etwas wartet, was du ihm niemals geben wirst, denn das ist es, was du gibst, nicht wahr, deine Augen in seinen Augen, deine Ohren offen für alles, was er sagt, deine Lippen für seine Lippen, alles, was du mühelos geben und nehmen kannst, und nichts, was er will. Oder ist er dein zehnter? Stattdessen sagte ich: »Wo steckt dieser Sklavenhändler?«

Der Sklavenhändler kam aus dem Norden, wo er verbotenen Handel mit Nigiki betrieb, doch er hatte mit seinen Planwagen voller frischer Sklaven im Uwomowomowomowo-Tal sein Lager aufgeschlagen, keinen Vierteltagesritt von Malakal entfernt und sogar weniger, wenn man einfach den Berg hinunterging. Ich fragte den Leoparden, ob sich der Mann nicht vor Banditen fürchte.

»Einmal hat eine Diebeshorde versucht, ihn nahe den Dunkellanden zu überfallen. Sie hielten ihm ein Messer an die Kehle und lachten darüber, dass er nur drei Wachen hatte, die sie mit Leichtigkeit töteten, und wie konnte es bei einer so wertvollen Fracht sein, dass er selbst keine Waffe trug? Die Diebe flohen zu Pferd, doch der Sklavenhändler benachrichtigte den Ort, zu dem sie unterwegs waren, über Buschtrommeln, ehe sie die Stadttore erreichten. Als der Sklavenhändler an das Tor kam, waren die drei Räuber daran festgenagelt, die Bäuche aufgeschlitzt, auf dass alle die heraushängenden Eingeweide sehen konnten. Jetzt reist er nur noch mit vier Männern, die den Sklaven auf der Reise an die Küste zu essen geben.«

»Er gefällt mir schon jetzt«, sagte ich.

Als wir in meiner Unterkunft ankamen, schlich ich auf Zehenspitzen an der Wirtin vorbei, die mir zwei Tage zuvor gesagt hatte, ich schulde ihr die Miete für einen Mond, und dann, ihre riesigen Brüste in den Händen wiegend, hinzugefügt hatte, es gebe doch auch andere Möglichkeiten zu bezahlen. In meinem Zimmer steckte ich einen Umhang aus Ziegenhaut, zwei Wasserschläuche, einen Beutel mit Nüssen und zwei Messer ein und verließ es durch das Fenster.

Der Leopard und ich gingen zu Fuß. Von meinem Rasthof aus passierten wir die dritte Stadtmauer und gingen, vor den Blicken der Wache verborgen, zur vierten und äußeren Mauer, die den gesamten Berg umschloss und so dick wie ein flach daliegender Mann war. Dann vom südlichen Stadttor aus in die felsigen Hügel und geradewegs ins Tal hinunter. Der Leopard wäre niemals auf dem Rücken eines anderen Tieres geritten, und ich habe nie ein Pferd besessen, auch wenn ich ein paar gestohlen habe. Am Tor bemerkte ich den Jungen, der uns noch immer folgte und zwischen den Baumschatten und den verfallenen Stümpfen der alten Türme, die schon gestanden hatten, lange bevor Malakal zu Malakal wurde, hin und her sprang. Ich hatte einmal dort geschlafen. Die Geister waren gastfreundlich gewesen, oder vielleicht hatte es sie schlicht nicht gekümmert. Die Ruinen stammten von Menschen, die das Geheimnis des Metalls entdeckt hatten und schwarzen Stein schneiden konnten. Mauern ohne Mörtel, nur Stein auf Stein, gelegentlich zu einer Kuppel geformt. Ein Mann aus dem Sandmeer, der in Zeitaltern rechnet, hätte gesagt, das alte Malakal gebe es seit sechs Zeitaltern, vielleicht länger. Gewiss seit einer Zeit, in der Mauern ebenso sehr gebraucht wurden, um etwas einzuschließen, wie um etwas auszuschließen. Verteidigung, Reichtum, Macht. In dieser einen Nacht konnte ich die alte Stadt lesen; Eingangstüren aus morschem Holz, Stufen, Gassen, Durchgänge, Schächte für schmutziges und frisches Wasser, alles inmitten siebzig Schritte hoher und zwanzig Schritte dicker Mauern.

Und dann verschwanden eines Tages alle Einwohner des alten Malakal. Ob sie starben oder flüchteten, wissen die Griots nicht oder haben es vergessen. Steinblöcke zerfielen zu Trümmern, die hier und dort die Richtung änderten, wendeten und sich an einer verfallenen Gasse entlangreihten, in einer Sackgasse haltmachten, wo der einzige Weg zurück führte, doch zurück wohin? Ein Labyrinth. Der Junge folgte uns mit so großem Abstand, dass er darin verloren ging.

»Wahrlich, du kannst einem Mann mit einem Biss den Kopf abreißen, und doch fürchtet sich der Knabe mehr vor mir als vor dir. Wie ist sein Name?«

Der Leopard ging wie immer voraus. »Ich habe ihn nie danach gefragt«, sagte er und lachte.

»Die Götter sollen gefickt sein, wenn du nicht die übelste aller Katzen bist«, sagte ich.

Ich ließ mich einige Schritte zurückfallen, bis auch ich mich im Schatten verlor. Ich sah, wie der Junge von Stumpf zu Stumpf, von Ruine zu Ruine, von einer einstürzenden Mauer zur nächsten zu huschen versuchte. Wahrlich, ich hätte ihm zusehen können, so lange die Dunkelheit anhielt. Er verstrickte sich tief in die Ruinen, die so tief gar nicht waren, und versuchte, wieder herauszukommen. Als er schnell zu laufen begann, veränderte sich sein Geruch – wie immer, wenn Angst oder Erregung die Oberhand gewinnt. Er stolperte über meinen Fuß und fiel auf die Erde. Vielleicht hatte mein Fuß auf ihn gewartet.

»Wie heißt du?«, fragte ich.

»Was geht's dich an?«, sagte er und stand auf. Er reckte die Brust heraus und blickte an mir vorbei. Er wirkte älter als zuvor, er war einer von jenen, die zehn und fünf Jahre alt sein mochten, im Geiste jedoch noch immer zehn waren. Ich betrachtete ihn und fragte mich, was wohl von ihm übrig bleiben würde, wenn der Leopard keine Verwendung mehr für ihn hätte.

»Wenn ich dich in diesen Ruinen zurücklasse, bist du bis zum Anbruch des Tages verloren. Was glaubst du, wo wird dein teurer Leopard dann sein?«

»Hier gibt's bloß Stein und Scheiße, die keiner will.«

»Nimm dich in Acht. Die Ahnen werden dich hören, und dann wirst du diesen Ort niemals wieder verlassen.«

»Sind seine Freunde alle solche Narren?«

Ich hob das Erste auf, was ich sah, und warf es nach ihm. Er fing es im Handumdrehen auf. Gut. Aber er ließ es fallen, sobald er sah, dass es sich um einen Schädel handelte.

»Er braucht dich nicht.«

Ich wandte mich ab und ging in die Richtung, in der ich das Tor wusste.

»Wo gehst du hin?«

»Zurück dorthin, wo es gute Suppe von einer schlechten Frau zu essen gibt. Richte deinem, wie auch immer du ihn nennst, aus, du habest gesagt, er brauche mich nicht, also sei ich gegangen. Das heißt, wenn du einen Weg aus den Ruinen findest.«

»Warte!«

Ich wandte mich um.

»Wie komme ich hier raus?«

Ich ging an ihm vorbei, ohne darauf zu warten, dass er mir folgte. Ich trat in kalte Asche, das Feuer war lange erloschen. Aus dem Dreck ragten Stücke von weißem Tuch, Kerzenwachs, verdorbenes Obst und grüne Perlen, die einmal zu einer Halskette gehört haben mochten. Jemand hatte vor mehr als einem Mond versucht, einen Ahnen oder die Götter anzurufen. Wir schafften es aus den Ruinen und den letzten Bäumen hervor an den Rand des Tals. Eine weitere mondlose Nacht.

»Wie wirst du genannt?«, fragte ich.

»Fumeli«, sagte er, zum Boden gewandt.

»Wappne dein Herz, Fumeli.«

»Was soll das heißen?«

Ich setzte mich auf den Fels. Es wäre töricht gewesen, in dieser Finsternis ins Tal hinuntersteigen zu wollen, obgleich ich roch, dass der Leopard schon auf halbem Wege nach unten war.

»Wir schlafen bis zum Morgengrauen.«

»Aber er …«

»Wird dort unten fest schlafen, bis wir ihn morgen wecken.«

Zwei Gedanken kamen mir, als ich in dieser Nacht schlief.

Der Leopard sagt zu viele Dinge, die von ihm abgleiten wie Wasser von Öl, aber er klebt an mir wie ein Fleck. Wahrlich, es gibt Momente, da möchte ich ihn am liebsten von mir abwaschen. Ich bin stets froh, ihn zu sehen, aber niemals traurig, wenn er fort ist. Er hatte mich gefragt, ob ich glücklich sei, und noch immer verstand ich weder die Frage noch was ihn die Antwort lehren sollte. Niemand lächelt mehr als der Leopard, aber seine Rede ist in Frohsinn und Traurigkeit dieselbe. Ich glaube, beides sind Mienen, die er Angelegenheiten gegenüber aufsetzt, welche tief und zuerst ins Herz treffen. Glück? Wer braucht Glück, wenn es Masukubier gibt? Und würziges Fleisch, gute Münze und warme Leiber, mit denen man das Lager teilen kann? Zudem muss, wer in meiner Sippe ein Mann sein will, das Glück fahren lassen, das an zu viele Dinge geknüpft ist, auf die niemand Einfluss hat.

Wer ist der bessere Krieger – der, der etwas hat, wofür es sich zu kämpfen lohnt, oder der, der nichts zu verlieren hat? Ich weiß keine Antwort darauf.

Ich dachte häufiger als erwartet an die Kinder. Bald war es etwas, was ich wie einen leichten Schlag gegen den Kopf oder eine Beschleunigung meines Herzschlags fühlte, und auch wenn ich mir sagte, es sei vorbei, es gebe keinen Grund zur Sorge und ich hätte das Beste für diese Kinder getan, spürte ich, dass dies nicht stimmte. Ein finsterer Abend wird finsterer. Ich fragte mich, ob das eines der Dinge war, die die Sangoma wie einen Fleck auf mir hinterlassen hatte, oder vielleicht eine milde Form des Wahnsinns.

Als ich erwachte, stand der Junge über mich gebeugt.

»Dein anderes Auge blitzt im Dunkeln wie das von einem Hund«, sagte er. Ich hätte ihn geohrfeigt, doch ein frischer Schnitt über seinem rechten Auge glänzte blutig.

»Wie schlüpfrig die Felsen am Morgen sind. Vor allem, wenn man den Weg nicht kennt.«

Der Junge zischte. Er hob Bogen und Köcher des Leoparden auf. Ich fragte mich, ob mich jemals irgendwer so hatte erbeben lassen wie der Leopard diesen Jungen.

»Und ich schnarche nicht«, sagte ich, doch er lief schon ins Tal hinunter, ehe er unvermittelt stehen blieb.

Er ging weiter, er setzte sich auf einen Felsen und überlegte, er wartete, bis ich nur wenige Schritte hinter ihm war, und ging dann weiter. Doch nicht sehr weit, denn er wusste nicht, wohin.

»Du musst ihm den Bauch kraulen«, sagte ich. »Das gefällt ihm. Es bereitet ihm großen Genuss.«

»Woher weißt du das? Du kraulst wohl alle möglichen Männer.«

»Er ist eine Katze. Katzen lieben es, wenn man ihnen den Bauch krault. Genau wie Hunde. Hast du denn gar nichts im Kopf?«

Der Boden wurde rot und feucht, und grüne Büsche ragten daraus hervor wie Höcker. Je tiefer wir hinabstiegen, desto größer wirkte das Tal. Es reichte bis zum Ende des Himmels und darüber hinaus. Die Weisen sagten, das Tal sei einst nicht mehr als ein kleiner Fluss gewesen, ein Gott, der vergessen hatte, dass er ein Gott war. Dieser kleine Fluss schlängelte sich durch das Tal, spülte Boden fort, Erde über Erde, Stein über Stein, tiefer und tiefer, bis in unserem Zeitalter so tiefe Täler entstanden waren, dass der Mensch das Gegenteil zu sehen begann, dass es nicht das Land war, das sich so tief herabbückte, sondern der Berg, der sich so hoch streckte. Beim Abstieg blickten wir nach oben und sahen jenseits des Himmels und des Nebels Berg an Berg, ein jeder größer als eine Stadt. So hoch, dass sie die Farbe des Himmels statt des Busches annahmen und wir den Blick zum Himmel und nicht auf den Boden richteten. Die sich rötende Erde, die Gebüsche, die Bäumen wichen, der Fluss klar wie Glas und darin dicke Nymphen mit breiten Köpfen und breiten Mündern, die sich nicht vor dem Tageslicht versteckten und wussten, sie waren nicht die Beute, nach der diese Karawane jagt.

Der Junge, dessen Namen ich bereits vergessen hatte, lief dem Leoparden hinterher, sobald wir von dem Berg heruntergestiegen waren. Wahrlich, ich wusste, es war nicht sein Leopard, und ich wusste, der Junge würde die Katze sehr wütend machen. Er packte den Leoparden am Schwanz, und der fuhr herum und brüllte, duckte sich zum Sprung und stürzte sich auf den Jungen. Vom ersten Wagen her ertönte ein weiteres Brüllen, und der Leopard, der den Jungen zu Boden gedrückt hatte, trottete davon. Der Junge sprang auf, klopfte sich den Staub von den Kleidern, ehe es jemand bemerkte, und lief zu seinem Leoparden, der als Mann im Gras saß und auf den Fluss hinausblickte. Er wandte sich mir zu und lächelte, sagte aber nichts zu dem Jungen.

»Ich bringe dir deinen Bogen und deinen Köcher«, sagte der Junge.

Der Leopard nickte, sah mich an und sagte: »Wollen wir den Sklavenhändler aufsuchen?«

Der Sklavenhändler hatte ein Zelt an der Spitze seiner Karawane. Und die Karawane war so lang wie eine Straße in Malakal. Vier Wagen, wie ich sie nur an der Grenze zu den Königreichen nördlich des Sandmeers gesehen hatte, bei denen, die umherziehen, ohne jemals Wurzeln zu schlagen. Pferde zogen die vorderen, Ochsen die hinteren beiden. Purpur und rosa und grün und blau, als hätte die kindlichste Göttin sie bemalt. Hinter den Wagen offene, aus Holzlatten gezimmerte Karren. Auf den Karren Frauen von dick bis dünn, manche rot von Erdfarbe, manche glänzend vor Sheabutter und Fett. Einige trugen nur Amulette, einige Halsketten und gelbe und rote Ziegenhäute, einige vollständige Gewänder, die meisten aber waren nackt. Alle geraubt und verkauft oder aus den

Flusslanden entführt. Niemand mit den Narben der Ku oder der Gangatom. Oder den gefeilten Zähnen. Die Männer aus dem Osten fanden keine Schönheit in diesen Dingen. Hinter diesen Karren Männer und Jungen, groß und dünn wie Kuriere, kein Fett unter dem Kinn, nur Haut und Muskeln, lange Arme, lange Beine, viele von ihnen schön und dunkler als die Mittagsstunde der Toten. Sie hatten die Körper von Kriegern, denn die meisten waren Krieger gewesen, die kleinere Kriege verloren hatten und nun taten, was Soldaten tun, die einen Krieg verloren haben. Alle trugen sie Eisen um den Hals und die Füße, jeder an seinen Vordermann und seinen Hintermann gekettet. Ich sah weniger Bewaffnete als erwartet. Sieben, vielleicht acht Männer mit Schwertern und Messern, nur zwei Bogenschützen und vier Frauen mit Buschmessern und Äxten.

»Beizeiten. Er hält Hof und urteilt über die Sünder«, sagte der Leopard mit einem Lächeln, das mich glauben ließ, er habe einen Scherz gemacht.

Doch am Ende der Karawane und vor einem großen weißen Zelt aus wallendem Stoff mit einem Kuppeldach saß der Sklavenhändler. Zu seiner Rechten kniete ein Mann auf dem Boden, in dessen Schoß eine schlanke Tabakpfeife auf einem gefalteten Tuch lag. Rechts von ihm ein weiterer Mann, sein Oberkörper bloß wie der des Knienden, mit einer goldenen Schüssel und einem Lappen, als wäre er im Begriff, das Gesicht des Sklavenhändlers zu waschen. Gleich hinter ihm stand noch ein Mann, schwarz im Schatten des Schirms, den er hielt, um seinen Meister vor der Sonne zu schützen. Ein weiterer stand mit einer Schale Datteln bereit, um ihn zu füttern. Der Sklavenhändler sah nicht zu uns herüber. Doch ich sah ihn an, während er dort saß wie der Prinz, der er vermutlich war. Kalindar war berühmt dafür, doch Prinzen ohne Reich, so hieß es, verpesteten Malakal auch, weil der Kwash Dara mit Gefälligkeiten geizte. Seine Männer hatten ihm ein langes Gewand über die linke Schulter gelegt und die rechte unbedeckt gelassen, wie es bei Prinzen Brauch ist. Ein weißes Gewand, das innere, das die durchlauchtigsten Weichteile verbarg, schaute darunter hervor. Goldreifen lagen um seine Arme wie zwei Schlangen in tödlicher Umschlingung. Ledersandalen an schmutzigen Füßen, eine geflochtene Kopfbedeckung mit seidenen Zungen, die die Ohren über dem breiten Gesicht bedeckten und Wangen so feist, dass seine Augen dahinter verschwanden, wenn er lachte. Er sah uns nicht an.

Vor ihm knieten ein Mann und eine Frau, beide von den zwei Wächterinnen hinter ihnen in die Knie gezwungen. Der Mann weinte, die Frau war stumm wie ein Stein. Eine rote Sklavin und nicht schwarz wie die Männer hinter ihm, eine Sklavin mit makellos weißen Zähnen und Augen. Eine Schönheit. Sie würde die Konkubine eines anderen Meisters werden, womöglich eines Meisters im Osten, wo eine Konkubine ihren eigenen Palast besitzen konnte. Eine aus Luala Luala oder noch nördlicheren Landen geraubte Frau mit gerader Nase und schmalen Lippen. Der Mann war dunkler und glänzte vor Schweiß und nicht von den Körperölen, mit denen die Sklavenhaut eingerieben wurde, um einen höheren Preis zu erzielen. Der Mann war nackt, die Frau trug ein Gewand.

»Sprecht wahr, sprecht geschwind, sprecht jetzt zu mir«, sagte der Sklavenhändler. Seine Stimme war höher als erwartet. Wie die eines Kindes oder einer zerlumpten Hexe. »Männer leben, um zu plündern, Gäste greifen den Gastgeber an, doch du warst ein Mann in Ketten. Ein Mann *ira wewe*. Mit schweren Eisen, die den Beinknochen brechen, an einen und zwanzig Männer gekettet. Du kannst nur gehen, wenn sie gehen, nur kommen, wenn sie kommen, nur sitzen, wenn sie sitzen, wie also bist du in die Pupu dieser künftigen Prinzessin gelangt?«

Der Mann sagte nichts. Ich glaube, er verstand die Zungen des Binnenlands nicht. Er sah aus wie die Männer, die am Zweischwesternfluss lebten, ohne König und stark, aber stark vom Bestellen des

Bodens, nicht von der Jagd oder vom Kampf zwischen Armeen und Kriegern.

Die Wächterin hinter der Frau sagte, es sei die Frau gewesen, die zu ihm gekommen sei; so jedenfalls werde es hinter dem Rücken der beiden erzählt. Dass sie mit ihm das Lager geteilt habe, während die anderen Männer in der Hoffnung schwiegen, sie werde auch mit ihnen das Lager teilen. Und das habe sie auch mit einem oder zweien von ihnen getan, meist aber mit diesem Mann.

Die Frau lachte.

»Sprecht wahr, sprecht geschwind, sprecht jetzt zu mir. Was soll ich mit einer roten Sklavin anfangen, die das Kind eines schwarzen Sklaven unter dem Herzen trägt? Kein Händler wird dich haben wollen, keiner wird dich eines Tages zu seinem Weib und zur Königin machen. Du bist weniger wert als die Gewänder, die du trägst. Zieh sie aus.«

Die Wächterinnen packten sie von hinten und rissen ihr die Gewänder vom Leib. Die rote Sklavin sah den Sklavenhändler an, spie aus und lachte.

»Die Gewänder kann ich waschen und einer anderen anziehen. Du aber …«

Der Mann, der ihn mit Datteln fütterte, beugte sich zu seinem Ohr hinunter und flüsterte ihm etwas zu. »Du bist weniger wert als mein kränkster Ochse. Mach deinen Frieden mit der Flusskönigin, denn bald wirst du bei ihr sein.«

»Schlag mir lieber den Kopf ab, oder verbrenne mich im Feuer.«

»Du willst über die Art deines Todes entscheiden?«

»Ich entscheide mich, nicht deine Sklavin zu sein.«

Ich erkannte die Wahrheit in ihr, ehe der Sklavenhändler es tat. Sie hatte mit dem schwarzen Sklaven ein Kind gezeugt, weil sie es gewollt hatte. Das Lächeln in ihrem Gesicht sagte alles. Sie wusste, er würde sie töten. Lieber bei den Ahnen sein als leben und an jemanden gefesselt sein, der freundlich sein mag oder grausam, der dich womöglich selbst zur Herrin über viele Sklaven macht und dennoch dein Herr bleibt.

»Die Männer, die dem Licht des Ostens folgen, wären gut zu dir gewesen. Hast du nie von der roten Sklavin gehört, die Kaiserin wurde?«

»Nein, aber ich habe von dem fetten Sklavenhändler gehört, der nach Ochsenscheiße stank und eines Tages an seinem eigenen Atem ersticken wird. Beim Gott der Gerechtigkeit und der Vergeltung, ich verfluche dich.«

Der Sklavenhändler geriet aus der Fassung. »Tötet diese Hündin«, sagte er. »Sofort.«

Sie lachte, während die Wachen sie fortbrachten. Ich hörte sie noch von Weitem. Der Sklavenhändler blickte den Mann an und sagte: »Ich spreche wahr, ich spreche geschwind, ich spreche jetzt zu dir. Es gibt nur eines, was den Meistern im Norden besser gefällt als eine makellose Frau. Ein makelloser Eunuch. Bringt ihn fort, und macht es so.«

Zwei Wachen packten den Mann. Er war schwach und heulte, also nahm jeder von ihnen eine Kette und zog ihn davon.

Der Sklavenhändler sah mich an, als wäre ich die erste Angelegenheit des Tages. Er starrte mein Auge an, wie es jedermann tat, und ich sprach schon lange nicht mehr darüber.

»Du musst der mit der Nase sein«, sagte er.

SIEBEN

Sie brachten die Frau fort, um sie zu ertränken, und den Mann, um ihm seine Männlichkeit abzuschneiden.

»Du hast mich hergebracht, um das mit anzusehen?«, sagte ich zu dem Leoparden.

»Die Welt ist nicht immer Nacht und Tag, Sucher, hast du das noch nicht gelernt?«

»Ich weiß alles, was ich über Sklavenhändler wissen muss. Habe ich dir je erzählt, wie ich einen Sklavenhändler dazu brachte, sich selbst als Sklave zu verkaufen? Drei Jahre hat er gebraucht, um seinen Herrn davon zu überzeugen, dass er selbst ein Herr war, weil der Herr ihm die Zunge herausgeschnitten hatte.«

»Du sprichst zu laut.«

»Gerade laut genug.«

Der Mann hatte so viele Teppiche auf die Erde werfen lassen – Teppiche auf Teppichen, offensichtlich aus dem Osten stammende Teppiche und andere in Farben, für die es keinen Namen gab –, man hätte ihn für einen Teppichhändler anstelle eines Menschenhändlers halten können. Er ließ Wände aus Teppichen entstehen, schwarzen Teppichen mit roten Blumen und Wörtern in fremden Zungen. Es war so dunkel, dass stets zwei Lampen brannten. Der Sklavenhändler hockte sich auf einen Schemel, während ihm ein Mann die Sandalen auszog und der andere ihm eine Schale mit Datteln brachte. Er mochte ein Prinz oder jedenfalls ein sehr reicher Mann sein, doch seine Füße stanken. Der Mann, der die Schirme hielt, wollte ihm die Kopfbedeckung abnehmen, doch der Sklavenhändler ohrfeigte ihn, nicht fest, eher spielerisch, zu spielerisch. Ich hatte vor vielen

Monden beschlossen, nicht mehr so viel in die kleinen Handlungen der Menschen hineinzulesen. Der Mann mit dem Schirm wandte sich uns zu und sagte: »Seine Durchlaucht Amadu Kasawura, Löwe des unteren Berges und Herr über viele Menschen, wird euch vor Sonnenuntergang empfangen.«

Der Leopard wandte sich zum Gehen, ich aber sagte: »Er wird uns jetzt empfangen.«

Dem Schirmträger fiel die Kinnlade herunter. Der Dattelträger wandte sich um, als wollte er sagen: Nun fliegen die Worte. Ich glaube, er lächelte. Das war das erste Mal, dass der Sklavenhändler uns ansah.

»Ich glaube, du verstehst unsere Sprache nicht.«

»Ich glaube, ich verstehe sie sehr gut.«

»Seine durchlauchtigste …«

»Seine Durchlaucht scheint vergessen zu haben, wie man mit Menschen spricht, die in Freiheit geboren sind.«

»Sucher.«

»Nein, Leopard.«

Der Leopard verdrehte die Augen. Kasawura begann zu lachen.

»Ihr findet mich im Kulikulo.«

»Niemand geht ohne Erlaubnis«, sagte der Sklavenhändler.

Ich wandte mich zum Gehen und schaffte es beinahe bis zum Eingang, als drei Wachen erschienen, die Hände an ihren Waffen, ohne sie zu zücken.

»Die Wachen werden dich für einen entflohenen Sklaven halten. Sie werden sich zuerst um dich kümmern und danach Fragen stellen«, sagte Kasawura. Die Wächter umklammerten die Griffe ihrer Waffen, und ich zog die beiden Beile aus meinem Rückenholster.

»Wer will der Erste sein?«, fragte ich.

Kasawura lachte lauter. »Das ist der Mann, von dem du sagtest, die Zeit habe seine Hitze abgekühlt?«

Der Leopard seufzte laut. Ich wusste, dass es eine Prüfung war, doch ich ließ mich nicht gern prüfen.

»Mein Name spricht für sich, also entscheide dich rasch und verschwende nicht meine Zeit.«

Außerdem hasse ich Sklavenhändler.

»Bringt ihm zu essen und zu trinken. Eine rohe Ziegenkeule für Kwesi. Seht zu, dass sie frisch geschlachtet ist. Oder willst du eine lebendige, um sie selbst zu töten? Setzt euch, meine Herren«, sagte er.

Der Schirmträger zog jetzt die Brauen hoch und presste die Lippen aufeinander. Er reichte dem Sklavenhändler einen goldenen Kelch, den dieser an mich weiterreichte.

»Das ist …«

»Masukubier«, sagte ich.

»Man sagte mir, du habest eine Nase.«

Ich nahm einen Schluck. Es war das beste Bier, das ich je getrunken hatte.

»Ihr seid ein Mann von Vermögen und Geschmack«, sagte ich.

Der Sklavenhändler machte eine wegwerfende Handbewegung. Er stand auf, bedeutete uns jedoch, sitzen zu bleiben. Selbst ihn störten die Diener, die um jede Bewegung einen Wirbel machten. Er klatschte zweimal in die Hände, und sie zogen sich zurück.

»Du verschwendest keine Zeit, also will ich das auch nicht tun. Drei Jahre ist es her, da haben sie mir ein Kind geraubt. Einen Jungen. Er fing gerade an zu laufen und konnte Nana sagen. Eines Nachts hat ihn jemand geraubt. Es wurde keine Nachricht hinterlassen und nie Lösegeld gefordert, nicht schriftlich, nicht über Trommeln, nicht einmal durch Hexenwerk. Ich kenne die Gedanken, die du jetzt denkst. Vielleicht haben sie ihn auf dem Malangika verkauft, ein kleines Kind würde den Hexen viel Geld einbringen. Aber meine Karawane wird von einer Sangoma geschützt, so wie dich eine selbst nach ihrem Tod noch schützt. Doch das wusstest du schon, nicht wahr, Sucher? Der Leopard glaubt, die eisernen Pfeile prallen von dir ab, weil sie sich fürchten.«

»Es gibt noch einiges zu besprechen«, sagte ich zum Leoparden gewandt.

»Dieses Kind hatten wir in die Obhut einer Haushälterin in Kongor gegeben. Dann schneidet eines Nachts jemand allen im Haus die Kehle durch, raubt jedoch das Kind. Elf Menschen waren in dem Haus, alle ermordet.«

»Vor drei Jahren? In diesem Spiel sind sie uns nicht nur voraus, sie haben es vielleicht schon gewonnen.«

»Es ist kein Spiel«, sagte er.

»Nicht für die Maus, aber für die Katze. Ihr seid mit Eurer Geschichte noch nicht am Ende, und sie klingt bereits unglaubwürdig. Aber erzählt zu Ende.«

»Ich danke dir. Wir erfuhren, dass mehrere Männer, vielleicht auch eine Frau und ein Kind, in einem Wirtshaus nahe den Hügeln der Verwünschung eingekehrt waren. Sie teilten sich alle ein Zimmer, darum erinnerte sich einer der Gäste an sie. Wir hörten davon, weil der Wirt am Tage nach ihrer Abreise gefunden wurde. Hör mir zu – tot wie Stein und so ausgeblutet, dass er ganz bleich war.«

»Sie haben ihn umgebracht.«

»Wer weiß? Aber zehn Tage darauf hörten wir von zwei weiteren. Zwei Häuser unten in Lisch, dort wurden sie zum nächsten Mal gesehen, vier Männer und das Kind. Und alle tot, nachdem sie fort waren.«

»Aber von diesen Hügeln bis zum Blut braucht man wenigstens zwei Monde, zu Fuß womöglich zwei und einen halben.«

»Sag mir etwas, worüber wir uns noch nicht den Kopf zerbrochen haben. Doch wieder waren alle tot wie Stein. Beinahe einen Monat später flohen die Leute in Luala Luala aus ihren Hütten und wollten nicht wieder hinein; sie redeten von Nachtdämonen.«

»Er ist mit einer Mörderbande unterwegs, doch sie haben ihn nicht ermordet? Was macht ihn so besonders? Ist er der in Freiheit geborene Sohn eines Sklavenhändlers? Ist er Euer eigenes Kind?«

»Er ist mir teuer.«

»Das ist keine Antwort.« Ich stand auf. »Im Augenblick hat Eure Geschichte Fleisch, wo Ihr nicht reden wollt, und Knochen, wo Ihr es tut. Weshalb ist er Euch teuer?«, fragte ich.

»Musst du das wissen, um für mich zu arbeiten? Sprich die Wahrheit.«

»Nein, muss er nicht«, sagte der Leopard.

»Nein, muss ich nicht. Doch Ihr sucht einen Jungen, der seit drei Jahren vermisst wird. Soweit wir wissen, könnte er irgendwo jenseits des Sandmeers sein oder schon vor Langem im Blutsumpf von einem Krokodil ausgeschissen worden oder im Mweru verloren gegangen sein. Selbst wenn er noch am Leben ist, wird er nicht mehr das Kind sein, das verschwunden ist. Er könnte in einem anderen Haus leben, könnte einen andcren Mann Vater nennen. Oder vier Männer.«

»Ich bin nicht sein Vater.«

»Das sagt Ihr. Vielleicht ist er jetzt ein Sklave.«

Er ließ sich vor mir nieder. »Du willst es aussprechen. Sag die Wahrheit. Du willst Worte auf mich schleudern.«

»Mit welchem Inhalt?«

»Jeder dieser Männer ist im Krieg gescheitert. Jede dieser Frauen wird in ein besseres Leben verkauft werden. Hätten sie ein so gutes Leben gehabt, wären sie nicht auf dem Sklavenkarren gelandet.«

»Er hat nichts gesagt, durchlauchtigster Amadu, er ist einfach so«, sagte der Leopard.

»Sprich nicht für ihn, Leopard.«

»Ja, Leopard, sprich nicht für mich.«

»Du warst ein Sklave, oder?«, sagte der durchlauchtigste Amadu.

»Ich muss meine Nase nicht in Scheiße hineinstecken, um zu wissen, dass sie stinkt.«

»Meinethalben. Doch wer bist du, dass ich mein Leben vor dir verteidigen soll? Vor dir, der du eine Frau suchen und finden und zurückbringen würdest, der von ihrem Mann die Augen heraus-

gebrannt wurden. Jeder in diesem Raum hat seinen Preis, werter Sucher. Und deiner könnte sogar recht niedrig sein.«

»Was besitzt Ihr von ihm?«

»Nein, nicht so rasch. Ich muss nur wissen, dass dich das Angebot
reizt. Wir haben uns getroffen, wir haben Bier getrunken, wir werden zu Entscheidungen kommen. Dies solltest du wissen: Ich habe
dieses Angebot auch anderen gemacht. Acht, vielleicht neun an der
Zahl. Manche von ihnen werden mit euch arbeiten, manche nicht.
Manche werden versuchen, ihn zuerst zu finden. Du hast noch nicht
gefragt, wie viel Münze ich zahle.«

»Das muss ich nicht, wo er Euch doch so teuer ist.«

Der Leopard wurde unruhig. Er hatte nicht gewusst, dass manche
von ihnen auf eigene Faust nach dem Jungen suchen würden. Es war
an mir, ihn zur Ruhe zu bringen.

»Sucher, verübelst du ihm das nicht?«

»Verübeln? Es überrascht mich nicht einmal.«

»Unser guter Freund, der Leopard, weiß noch immer nicht, dass
es kein Schwarz im Menschen gibt, nur viele, viele Grautöne. Meine
Mutter war keine nette Frau, und sie war keine gute Frau. Doch sie
sagte mir: Amadu, bete zu den Göttern, aber verriegle stets deine
Tür. Das Kind ist seit drei Jahren verschwunden.«

»Denk nach, Leopard. Wenn wir ihn finden, teilen wir die Münze
durch zwei, nicht durch neun.«

Der Sklavenhändler klatschte in die Hände, und die drei Männer
eilten wieder herein und taten genau dasselbe wie zuvor, rieben ihm
die Füße, fütterten ihn mit Datteln und sahen mich an, als könnte
auch ich mich jeden Augenblick in einen Leoparden verwandeln.

»Ich gebe euch vier Nächte, um euch zu entscheiden. Dies wird
keine einfache Reise. Es sind Mächte im Spiel, Sucher. Es sind Mächte im Spiel, Leopard. Sie kommen morgens mit dem Wind oder
manchmal auch in der höchsten Sonne, der Stunde des blendenden
Lichts der Hexen. So wie ich wünsche, dass er gefunden wird, gibt

es gewiss solche, die wollen, dass er verborgen bleibt. Niemand hat je ein Lösegeld gefordert, und doch weiß ich, dass er lebt, wusste es, ehe der Fetischpriester die älteren Götter angerufen hat, die es ihm bestätigt haben. Doch es sind Mächte im Spiel, ihr beiden. Böse Winde, die in der heißen Zeit durch die Städte fegen und nehmen, was ihnen nicht gehört. Räuber bei Tag, Diebe in der Nacht, wer weiß, was euch erwartet. Doch wir reden zu viel. Ich gebe euch vier Nächte. Wenn eure Antwort ›Ja‹ lautet, dann kommt zu dem eingestürzten Turm am Ende der Straße der Banditen. Kennt ihr ihn?«

»Ja.«

»Kommt ihr nach Sonnenuntergang dorthin, dann bedeutet das ›Ja‹.«

Er wandte uns den Rücken zu. Für den Augenblick waren unsere Angelegenheiten erledigt. Da fielen sie mir wieder ein, die Frau, die er getötet, und der Mann, den er zum Eunuchen gemacht hatte.

»Närrischer Sucher, du weißt doch wohl, wie man Eunuchen macht? Der Mann wird gewiss sterben«, sagte der Leopard.

Ich bat die Wirtin, den Leoparden in einem Zimmer wohnen zu lassen, von dem ich wusste, dass es leer stand. Ich trug keine Kleidung, als ich sie fragte, also sagte sie: Ja, gewiss, doch dann kostet es die zweifache Miete, sonst kehrt ihr von einer eurer Reisen zurück, und das Zimmer ist leer geräumt. Aber ich habe doch nichts, sagte ich. Der Leopard nahm das Zimmer, nachdem ich ihm gesagt hatte, wenn er sich einen Baum suche, um als Tier darin zu schlafen, sei er das perfekte Ziel für einen Bogenschützen, der ihm einen Pfeil mitten durch die Rippen jagen würde. Und die Beutetiere in der Stadt gehörten alle irgendjemandem, sodass man nicht umhergehen und Jagd auf sie machen könne. Und selbst wenn du jemandes Ziege oder Huhn tötest, bring sie nicht aufs Zimmer. Und wenn doch, dann vergieß nicht einen Tropfen Blut.

Das ärgerte den Leoparden, doch er sah, dass Wahrheit darin lag. Ich wusste, er würde im Zimmer auf und ab gehen, wissend, dass er nicht knurren durfte. Würde im Fenster zu schlafen versuchen, aber wissen, dass es nicht möglich war, und riechen, wie das Blut unter dem Fleisch der Beutetiere unten in den Pferchen schneller zu kreisen begann. Also brachte er den Jungen auf sein Zimmer. Am dritten Tag kam er in mein Zimmer herauf, grinste und rieb sich den Bauch.

»Du siehst aus, als hättest du heimlich eine Antilope in dein Zimmer gebracht.«

»Behalte es für dich. Ich bin in letzter Zeit ein rechter Nimmersatt.«

»Das ganze Wirtshaus weiß von deinen Gelüsten.«

»Du musst die einzige Nonne im Hurenhaus sein. Fantastische Tiere, fantastische Bedürfnisse, Sucher. Wohin gehst du heute? Ich will etwas von deiner Stadt sehen.«

»Du hast die Stadt bereits gesehen.«

»Ich will sie mit deinen Augen sehen oder besser: mit deiner Nase. Ich weiß, dass in dieser Stadt etwas auf uns wartet.«

Ich sah ihm ins Gesicht. »Spar dir die Hurerei für deine Freizeit auf, Katze.«

»Sucher, wer sagt, dass wir nicht beides tun können?«

»Wie du willst. Geh dich waschen.«

Er streckte die Zunge heraus, die lang wie eine junge Schlange war, und leckte sich die Arme sauber.

»Erledigt«, sagte er und grinste. »Zu wem gehen wir? Zu einem Mann, der dir Münze schuldet und dem wir die Beine brechen werden? Jeder ein Bein!«

Es heißt, Malakal sei von Dieben erbaut worden. Malakal liegt in den Bergen, und die Berge sind Malakal. Die einzige Stadt, die nie eingenommen wurde, weil niemand sich an sie heranwagte. Schon der Weg die Berge hinauf hätte Menschen und Pferde erschöpft. So gut wie jeder Mann hier wird zum Krieger geboren und die meisten Frauen auch. Dies war das letzte Bollwerk des Königs gegen eure Massykin-Leute aus dem Süden, und von hier aus wendeten wir den Krieg und drängten euch Südländer zurück wie die Weiber, die ihr seid. Der Waffenstillstand war eure Idee, nicht unsere. Beinahe jede Stadt dehnt sich in die Breite aus, doch Malakal reckt sich stattdessen in den Himmel, Haus auf Haus, Turm auf Turm, manche Türme so dünn und hoch, dass sie die Stufen vergessen haben und man an einem Seil hinaufklettern muss. Die Türme selbst stehen so dicht beieinander, dass sie gegeneinander gekippt zu sein scheinen, und südlich der ersten Mauer war einer, der tatsächlich umgekippt, aber weiter in Gebrauch war. Vier Mauern umschlossen die Stadt, eine innerhalb der nächsten errichtet, vier Ringe um die Berge, die sich einer aus dem anderen erhoben. Die erste Mauer wurde vor mehr als vierhundert Jahren gebaut, nach dem Verfall des alten Malakal. Die vierte und letzte Mauer befand sich noch im Bau. Näherte man sich Malakal von vorn, sah es aus wie vier Festungen, die sich übereinander erhoben, und Türme über Türmen. Doch blickte man von oben darauf wie ein Vogel, sah man große Mauern wie Spiralen und dazwischen Straßen, die wie Spinnenbeine von Berggipfeln ins Flachland ragten, mit Beobachtungsposten für Krieger und Schießscharten für Bogenschützen und Wohnhäusern und Wirtshäusern und Arbeitshäusern und Handelshäusern und Armenhäusern und dunklen Gassen für Geisterbeschwörer, Diebe und Männer, die das Vergnügen suchten, und Knaben und Frauen, die es spendeten. Von unserem Fenster aus konnte man die Hügel der Verwünschung sehen, wo viele Sangomas leben, doch sie waren zu weit entfernt. Die Einwohner hatten rasch gelernt, wie man den Raum für Gehege nutzte, in denen die Hühner fett wurden, und die Hunde und Bergtiere mit Zäunen fernhielt. Der schnellste Weg zu den Sklavenrouten im Tal und den Gold- und Salzrouten an die Küste führt die Berge hinunter. Malakal produziert nichts als Gold, handelt mit allem, was versklavt werden kann, und fordert Tribut von allen, die hindurchwollen, denn vom Norden aus führt kein anderer Weg zum Meer.

So war es jedenfalls vor neun Jahren. Heute ist Malakal völlig anders.

»Ich kann dir nicht sagen, ob es eine gute oder schlechte Zeit ist, in der Stadt zu sein, weil der König kommt«, sagte ich zu dem Leoparden, als wir losgingen.

Seine Karawane war zwei Tagesreisen entfernt gesichtet worden, und ganz Malakal sollte seinen zehnten Jahrestag als Kwash Dara feiern, König des Nordens, Sohn des Kwash Netu, großer Eroberer von Wakadischu und Kalindar. Natürlich beging er ihn in der Stadt, die ihm vor allen anderen den königlichen Allerwertesten gerettet hatte, auf dass seine Diener auch weiterhin die königliche Scheiße abputzen konnten. Doch die Griots sangen bereits: Lobet den König, der die Stadt der Berge gerettet hat. Die Männer aus Malakal waren nicht einmal Teil seiner Armee; sie waren Söldner, die auch für die Massykin gekämpft hätten, wären sie mit guter Münze zu ihnen gekommen. Doch die Götter sollten gefickt sein, wenn die Stadt nicht prächtige Tücher aufhängen und feiern würde. Kwash Daras schwarz-goldene Fahne prangte auf allem. Selbst Kinder bemalten sich die Gesichter in Gold und Schwarz. Die Frauen malten die linke Brust golden und die rechte schwarz an, beides im Zeichen des Nashorns. Die Weberinnen machten Stoffe, und die Männer trugen Gewänder, und die Frauen banden sich große Blumengestecke auf die Köpfe, alles in Schwarz und Gold.

»Eure Stadt putzt sich heraus«, sagte er.

»Einer der Ältesten hat mir gesagt, der Friede sei bloß ein Gerücht und in weniger als einem Jahr würden wir wieder mit dem Süden im Krieg liegen.«

»Ob Krieg oder Frieden, die Frauen werden immer wissen wollen, wer ihre Männer fickt.«

»Das war eine deiner weiseren Bemerkungen, Leopard.«

Ich lebte inmitten einer Stadt, was für mich ungewohnt war. Ich war stets ein Mann der Ränder gewesen, stets an der Küste, stets an der Grenze. So weiß niemand, ob ich gerade ankomme oder aufbreche. Ich behielt nur so viel, wie ich in weniger als der Drehung einer Sanduhr in einen Sack packen und mitnehmen konnte. Doch an einem solchen Ort, wo Menschen unentwegt ein- und ausgehen, konnte man in der Mitte bleiben, die sich nie bewegt, und dennoch verschwinden. Was günstig ist für einen Mann, den die Menschen hassen. Mein Wirtshaus lag ganz im Westen, am Rande der dritten Mauer. Die Menschen innerhalb der dritten Mauer wurden von den übrigen für reich gehalten, doch das stimmte nicht. Die meisten Reichen lebten innerhalb der zweiten Mauer. Krieger, Soldaten und Händler, die lediglich über Nacht blieben, wohnten innerhalb der vierten Mauer, in Befestigungen an den vier Ecken, um den Feind abzuhalten. Ich erzähle dir das, Inquisitor, weil du niemals dort gewesen bist und ein Mann wie du auch nie dorthin gelangen wird.

Ich führte den Leoparden durch Straßen, die anstiegen und abfielen, sich drehten und wanden und zu dem letzten Turm auf der Spitze des Gebirgszuges emporschraubten. Ich blickte mich um, und als ich wieder zu ihm schaute, sah er mich an.

»Er folgt uns nicht«, sagte er.

»Wer, dein kleiner Liebhaber?«

»Nenn ihn bloß nicht so.«

»Er würde dir in den Rachen eines Krokodils folgen.«

»Erst wenn die Schwellung abgeklungen ist«, sagte er.

»Schwellung?«

»Gestern Nacht hat er versucht, mir den Bauch zu kraulen. Fick die Götter, ich kann es nicht glauben. Wer kommt auf den Gedanken, einer Katze den Bauch zu kraulen?«

»Er hat dich wohl für einen Hund gehalten.«

»Belle ich etwa? Schnuppere ich Männern an den Eiern?«

»Nun ja …«

»Schweig.«

Ich konnte das Lachen nicht länger unterdrücken.

Der Leopard blickte finster drein, dann lachte er. Wir gingen bergab. Es waren nicht viele Menschen auf der Straße, und wer herauskam, stürmte gleich wieder ins Haus, sobald er uns sah. Ich hätte sie für ängstlich gehalten, doch in Malakal hat niemand Angst. Sie wussten, dass etwas im Gange war, und wollten nichts damit zu schaffen haben.

»Die Finsternis senkt sich rasch über diese Straße«, sagte Leopard.

Wir gingen zur Türe eines Mannes, der mir Geld schuldete, aber mit Geschichten zahlen wollte. Er ließ uns herein, bot uns Pflaumensaft und Palmwein an, doch ich sagte Nein, der Leopard sagte Ja, und ich sagte: Er meint Nein, und achtete nicht auf seinen zornigen Blick. Der Mann erzählte wieder die Geschichte, dass das Geld auf dem Weg von einer Stadt nahe den Dunkellanden hierher sei, und wer könne wissen, was passiert sei, doch es könnten Banditen gewesen sein, wobei sein eigener Bruder das Geld trage und süßes Gebäck von seiner Mutter, von dem er mir geben werde, so viel ich essen könne. Das süße Gebäck von seiner Mutter war das einzig Neue an der Geschichte.

»Kommt es mir nur so vor, oder sind die Handelsrouten heute weniger sicher als während des Krieges?«, sagte er zu mir.

Ich überlegte, welchen Finger ich ihm brechen sollte. Ich hatte ihm beim letzten Mal damit gedroht, und es jetzt nicht zu tun hätte mich wie einen Mann aussehen lassen, der sein Wort nicht hält, und derlei durfte sich nicht in den Städten herumsprechen. Doch da sah er mich an, und seine Augen traten so weit aus den Höhlen, dass ich glaubte, ich hätte all das laut gesagt. Der Mann rannte in sein Zimmer und kehrte mit einem Beutel zurück, der schwer von Silber war. Ich ziehe Gold vor, sage ich zu meinen Kunden, bevor ich mich überhaupt auf die Suche mache, doch dieser Beutel war zweimal so schwer wie das, was er mir schuldete.

»Nimm alles«, sagte er.

»Das ist gewiss zu viel.«

»Nimm alles.«

»Ist dein Bruder gerade zur Türe hereingekommen?«

»Mein Haus braucht dich nicht zu kümmern. Nimm es, und geh.«

»Wenn es nicht genug ist, dann ...«

»Es ist mehr als genug. Geht, auf dass meine Frau nicht merkt, dass zwei schmutzige Männer in ihrem Haus waren.«

Verwundert steckte ich sein Geld ein und ging. Der Leopard konnte unterdessen nicht aufhören zu lachen.

»Ein Scherz zwischen dir und den Göttern, oder hast du vor, ihn mit mir zu teilen?«

»Dein Schuldner. Dein Mann dort. Er hat sich in dem anderen Zimmer in die Hose geschissen.«

»Es ist sonderbar. Ich wollte ihm einen Finger brechen wie angekündigt. Aber er sah mich an, als sähe er den Rachegott selbst.«

»Er hat nicht dich angesehen.«

Gerade wollte ich die Frage stellen, da wurde mir die Antwort bewusst.

»Du ...«

»Ich habe gleich hinter dir die Gestalt geändert. Er hatte so große Angst, er hat seine Hose mit Pisse befeuchtet. Hast du es gerochen?«

»Vielleicht wollte er sein Revier markieren.«

»Hast du keinen Dank übrig für den Mann, der dir soeben den Beutel schwer gemacht hat?«

»Danke.«

»Sag es freundlicher.«

»Du stellst meine Geduld auf die Probe, Katze.«

Er begleitete mich zu einer Frau, die ihrer Tochter in der Unterwelt eine Botschaft senden wollte. Ich sagte zu ihr, ich fände nur die Verschwunden, und sie sei nicht verschwunden. Eine anderer wollte, dass ich die Stelle fände, wo sein Freund, der ihn jedoch bestohlen hatte, gestorben war, denn wo der Leichnam lag, würde beutelweise Gold darunter liegen. Er sagte: Sucher, ich will dir zehn Goldstücke aus dem ersten Beutel geben. Ich sagte: Gib mir die ersten beiden Beutel, und ich lasse dich den Rest behalten, denn dein Freund ist am Leben. Was aber, wenn es nur drei Beutel sind?, sagte er. Ich sagte: Das hättest du sagen sollen, ehe du mich den Schweiß, die Pisse und die Wichse auf seinem Laken hast riechen lassen. Der Leopard lachte und sagte: Ihr seid unterhaltsamer als zwei Kampara-Schauspieler, die so tun, als fickten sie sich mit Holzschwänzen. Ich hatte nicht bemerkt, dass die Sonne untergegangen war, ehe er einige Schritte voraussprang und in der Dunkelheit verschwand. Seine Augen blitzten wie grüne Lichter in der Schwärze.

»Gibt es in eurer Stadt keine Vergnügungen?«, sagte er.

»Du hast lange gebraucht, um das zu merken. Sei gewarnt, die Freudenweiber in dieser Stadt haben es lange aufgegeben, Knaben zu sein. Da sind nur noch die Narben der Eunuchen.«

»Bah, Eunuchen. Lieber eine Abuka ohne Löcher, ohne Augen, ohne Mund als einen Eunuchen. Ich dachte, man wird Eunuch, um dem Ficken abzuschwören, aber die Götter seien verflucht, da sind sie und verpesten jedes Hurenhaus, lassen das Blut jedes Mannes brodeln, der bloß der Abwechslung halber einmal auf dem Rücken liegen will. Ich wünschte, wir würden das Kind auf der Stelle finden.«

»Ich weiß, wen wir auf der Stelle finden könnten.«

»Was, wen?«

»Den Sklavenhändler.«

»Er ist zur Küste, um seine neuen Sklaven zu verkaufen.«

»Er ist keine vierhundert Schritte von hier, und nur einer seiner Männer ist bei ihm.«

»Fick die Götter. Nun, es heißt, du hättest …«

»Sag es nicht.«

Wir betraten eine Gasse und nahmen zwei kleine Fackeln.

Er folgte mir, vorbei an einem Turm mit sieben Stockwerken und einem Strohdach, einem mit drei Stockwerken und einem weiteren mit vier Stockwerken, vorbei an einer kleinen Hütte, in der eine Hexe lebte – denn niemand wollte über oder unter einer Hexe leben –, an drei im Gittermuster der Reichen angestrichenen Häusern und einem weiteren Gebäude mit unbekanntem Zweck. Wir hatten die Straßen verlassen und waren nach Nordwesten gegangen, bis an den Rand der vierten Mauer, nicht weit von der Nordbefestigung entfernt. Ich war ein Savannenhund, der zu viel Fleisch roch, lebendiges und totes und vom Blitz verbranntes.

»Hier.«

Wir blieben vor einem vierstöckigen Haus stehen; die höheren Gebäude daneben warfen einen Mondschatten darauf. Es hatte keine Vordertür, und das niedrigste Fenster war hoch wie drei Männer vom Fuß bis zur Schulter. Ein Fenster war unter dem Dach und eines in der Mitte, dunkel bis auf ein flackerndes Licht. Ich deutete auf das Haus und dann auf das Fenster.

»Er ist hier.«

»Sucher, das wird nicht einfach«, sagte er und wies nach oben. »Oder bist du jetzt eine Krähe wie ich ein Leopard?«

»So viele Vögel gibt es in den zehn und drei Königreichen, und du nennst mich eine Krähe?«

»Gut, dann eben eine Taube, ein Falke – wie wäre es mit einer Eule? Aber flieg lieber rasch los, denn dieses Haus hat keine Tür.«

»Es hat eine Tür.«

Der Leopard sah mich eindringlich an und ging dann um das Haus herum, so weit er konnte.

»Nein, es hat keine Tür.«

»Nein, du hast keine Augen.«

»Ha, ›du hast keine Augen‹. Ich höre dir zu, und ich höre sie in deinen Worten.«

»Wen?«

»Die Sangoma. Deine Worte klingen genau wie ihre. Du denkst auch wie sie, hältst dich für klug. Ihre Hexenzauber schützen dich noch immer.«

»Wäre es ein Hexenzauber, würde er mich nicht schützen. Sie hat etwas über mich gesprochen, was Zauber bindet; das hat mir ein Hexer gesagt, der mich mit Metall töten wollte. Es ist nicht so, als spürte man es auf der Haut oder in den Knochen. Es besteht selbst nach ihrem Tod noch fort, also ist es kein Zauber, denn die Sprüche einer Hexe sterben mit ihr.«

Ich trat dicht an die Mauer heran, wie um sie zu küssen, und flüsterte eine Beschwörungsformel, so leise, dass nicht einmal seine Leopardenohren sie hörten.

»Wenn es nur ein Hexenzauber wäre«, sagte ich.

Ich erschauderte und trat einen Schritt zurück. Dies gab mir stets das Gefühl, als hätte ich den Saft der Kaffeebohne getrunken – als würden Dornen von innen durch meine Haut stechen und fremde Mächte wären in der Nacht hinter mir her. Ich flüsterte der Mauer zu: Dieses Haus hat eine Tür, und ich mit dem Wolfsauge werde sie öffnen. Ich trat zurück, und die Mauer fing ohne meine Fackel Feuer. Weiße Flammen rasten zu vier Ecken in Gestalt einer Tür, verzehrten die Form, prasselten und loderten, um dann von selbst zu verlöschen und eine blanke, vom Feuer unversehrte Holztür zu hinterlassen.

»Wer auch immer hier ist, bedient sich der Wissenschaft«, sagte ich.

Über Stufen aus Mörtel und Lehm stiegen wir in das erste Stockwerk hinauf. Ein Raum ohne Menschengeruch mit einem Bogengang, der sich im Dunkel abzeichnete. Blaues Mondlicht fiel durch die Fenster. Verstohlenheit war mir nicht fremd, doch die Katze war so leise, dass ich mich zweimal umwandte.

Irgendwo über uns wurde laut gesprochen. Im nächsten Stock war ein Zimmer mit einer verschlossenen Tür, doch ich roch niemanden dahinter. Wir waren die Treppe halb hinaufgestiegen, da kam der Geruch zu uns herab: verbranntes Fleisch, getrockneter Urin, Scheiße, die stinkenden Kadaver von Tieren und Vögeln. Vom oberen Ende der Treppe drangen Geräusche zu uns herunter – Flüstern, Knurren, ein Mann, eine Frau, zwei Frauen, zwei Männer, ein Tier –, und ich wünschte, meine Ohren wären so gut wie meine Nase gewesen. Blaues Licht flackerte in dem Raum auf und verlosch zuckend. Wir hätten die letzten Stufen nicht ungesehen oder ungehört bewältigen können, also blieben wir mitten auf der Treppe stehen. Wir konnten auch so in das Zimmer blicken. Und wir sahen, woher das flackernde blaue Licht kam.

Eine Frau mit einem eisernen Reifen an einer Eisenkette um den Hals und fast weißen Haaren, die im durch den Raum zuckenden Licht, blau schimmerten. Sie schrie, zerrte an der Kette um ihren Hals, und blaues Licht brach aus ihr hervor und lief an dem Baum unter ihrer Haut entlang, den man sieht, wenn man jemanden aufschneidet. Anstelle von Blut floss blaues Licht durch sie hindurch. Dann wurde sie wieder dunkel. Nur im Licht konnten wir den Sklavenhändler in seinem dunklen Gewand ausmachen, den Mann, der ihn mit Datteln gefüttert hatte, und noch jemanden, dessen Geruch ich erkannte, doch niemand Bestimmtem zuordnen konnte.

Dann berührte jemand anderes einen Stock, und er flammte auf wie eine Fackel. Die angekettete Frau schreckte zurück und presste sich an die Wand.

Die Frau, die die Fackel hielt, hatte ich noch nie gesehen, dessen war ich mir selbst in der Dunkelheit sicher, doch sie roch vertraut, so vertraut. Größer als alle anderen im Raum, mit hoch aufgetürmtem, wildem Haar wie bei manchen Frauen jenseits des Sandmeers. Sie richtete die Fackel auf den Boden, wo der stinkende halbe Kadaver eines Hundes lag.

»Sag mir die Wahrheit«, sagte der Sklavenhändler. »Wie hast du einen Hund hier heraufgebracht?«

Die angekettete Frau zischte. Sie war nackt und so schmutzig, dass sie weiß aussah.

»Komm näher, und ich sage dir die Wahrheit«, sagte sie.

Der Sklavenhändler kam näher, und sie spreizte die Beine, ihre Finger spreizten ihre Kehkeh, und ein Pissestrahl schoss heraus, der die Sandalen des Sklavenhändlers nässte, ehe dieser zurückweichen konnte. Sie begann zu lachen, aber er ballte die Fäuste und schlug ihr das Gackern aus dem Mund. Der Leopard sprang auf, und ich fasste ihn am Arm. Es klang, als lachte sie, bis die Fackel der großen Frau wieder auf sie fiel und Tränen in ihren Augen schimmerten. Sie sagte: »Ihr ihr ihr ihr ihr müsst alle fort. Alle müsst ihr hier fort. Geht jetzt, lauft lauft lauft lauft lauft, weil Vater kommt, er kommt auf dem Wind hört ihr nicht das Pferd geht geht geht ihr er wird euch unsaubere Jungen nicht auf den Kopf küssen, geht euch waschen waschen waschen waschen waschen waschen waschen waschen …«

Der Sklaventreiber nickte, und die große Frau hielt ihr die Fackel geradewegs vor das Gesicht. Sie schreckte wieder zurück und fauchte.

»Niemand kommt! Niemand kommt! Niemand kommt! Wer seid ihr?«, sagte die Frau.

Der Sklavenhändler trat auf sie zu, um sie zu schlagen. Die angekettete Frau fuhr zusammen, verbarg ihr Gesicht und flehte ihn an, sie nicht mehr zu schlagen. Zu viele Männer schlügen sie, und sie schlügen sie unentwegt, und sie wolle doch bloß ihre Jungen im Arm halten, den ersten und den dritten und den vierten, nicht aber den zweiten, denn er lässt sich nicht gern halten, nicht einmal von seiner Mutter. Ich fasste den Leoparden noch immer am Arm und spürte, wie sich seine Muskeln unter meinen Fingern rührten und seine Haare sprossen.

»Genug damit«, sagte die große Frau.

»So bekommt man sie zum Reden«, sagte der Sklavenhändler.

»Ihr haltet sie wohl für eine Eurer Frauen«, sagte sie.

Der Arm des Leoparden hörte auf zu zucken. Sie trug ein schwarzes Gewand aus den Ländern im Norden, das den Boden berührte, aber eng geschnitten war und ihre Schlankheit offenbarte. Sie beugte sich zu der Frau in Ketten hinunter, die noch immer ihr Gesicht verbarg. Ich konnte es nicht sehen, wusste aber, dass die angekettete Frau zitterte, weil ihre Ketten klirrten.

»Dies sind die Tage, die Euch nie hätten widerfahren sollen. Erzählt mir von ihr«, sagte die große Frau.

Der Sklavenhändler nickte seinem Dattelknecht zu, und der Dattelknecht räusperte sich und begann zu sprechen.

»Diese Frau, ihre Geschichte, sehr sonderbar und traurig. Ich bin es, der spricht, und ich …«

»Keine Vorführung, Esel. Bloß die Geschichte.«

Ich wünschte, ich hätte seinen missmutigen Blick sehen können, doch sein Gesicht lag im Dunkel.

»Wir kennen ihren Namen nicht, und ihre Nachbarn hat sie alle vertrieben.«

»Nein, das hat sie nicht. Dein Herr hier hat sie bezahlt, dass sie fortgehen. Hör auf, meine Zeit zu verschwenden.«

»Als gäbe ich zwei Wackler eines Rattenarsches auf deine Zeit.«

Sie verstummte. Ich merkte, dass niemand mit einer solchen Bemerkung von ihm gerechnet hatte.

»Ist er immer so?«, fragte sie den Sklavenhändler. »Vielleicht erzählt Ihr mir die Geschichte, Sklavenhändler, und vielleicht schneide ich ihm die Zunge heraus.«

Der Dattelknecht zog sein Messer aus dem Ärmel und hielt ihr den Griff hin.

»Wie wäre es damit: Ich gebe dir das Messer, und du versuchst es?«

Sie nahm es nicht. Die Frau in Ketten verbarg noch immer ihr Gesicht in der Ecke. Der Leopard blieb ruhig. Die große Frau sah den Dattelknecht mit einem sonderbaren Lächeln an.

»Er hat Witz. Also gut, heraus mit deiner Geschichte. Ich will sie hören.«

»Ihre Nachbarin, die Waschfrau, sagt, sie heiße Nuya. Und niemand kennt sie oder bekennt sich zu ihr, also soll ihr Name Nuya sein, aber sie hört nicht darauf. Sie hört nur auf ihn. Niemand außer ihr ist mehr am Leben, um die Geschichte zu erzählen, und sie erzählt sie nicht. Das aber wissen wir: Sie lebt mit ihrem Mann und fünf Kindern in Nigiki. Saduk, Makhang, Fula ...«

»Die kürzere Fassung, Dattelknecht.«

Die große Frau deutete auf ihn. Sie ließ die Frau in Ketten nicht aus den Augen.

»Als die Sonne eines Tages den Mittag überschritten hatte und im Sinken war, klopfte ein Kind an ihre Tür. Ein Junge, der aussah, als wäre er fünf und vier Jahre alt.«

»Wir im Norden haben ein Wort dafür: neun«, sagte die große Frau.

Sie lächelte; der Dattelknecht machte ein verdrossenes Gesicht und sagte: »Ein Junge, der tacktacktacktack an die Tür klopft, als wollte er sie einschlagen. Sie sind hinter mir her, sie kommen, um mich zu holen, rette dieses Kind!, sagt er. Rette dieses Kind, rette es, sagte er. Rette mich!«

Die angekettete Frau warf einen Blick zu ihnen herüber. »Rette dasssssssssssssss Kkkkkkkkkkkkkkk«, sagte sie.

»Der kleine Junge schreit und schreit, was hätte eine Mutter tun sollen? Eine Mutter, die selbst vier Söhne hatte. Sie öffnet die Tür, und der Junge rennt herein. Er läuft geradewegs gegen eine Wand, fällt hin und hält nicht still, bis sie die Tür zumacht. Wer ist hinter dir her?, fragt Nuya. Ist es dein Vater, vor dem du flüchtest? Deine Mutter? Ja, Mütter können streng sein, und Väter können bösartig sein, aber der Blick in seinen Augen, die Angst in seinen Augen kommt nicht von harten Worten oder der Gerte. Sie streckt die Hand aus, um ihn anzufassen, und er schreckt so schnell zurück, dass sein Kopf gegen die Kante eines Schranks schlägt und er hinfällt.

Der Junge nickt nicht, der Junge spricht nicht, er weint bloß und isst und lässt die Türe nicht aus den Augen. Ihre vier Söhne, darunter Makhang und Saduk, sagen: Wer ist der sonderbare Junge, Mutter, und wo hast du ihn gefunden? Der Junge spielt nicht mit ihnen, also lassen sie ihn in Ruhe. Er tut nichts außer weinen und essen. Nuyas Mann arbeitete in den Salzgruben und würde erst am Morgen zurückkommen. Endlich bekommt sie ihn dazu, mit dem Weinen aufzuhören, indem sie ihm verspricht, ihm am Morgen einen Hirsebrei mit viel Honig zu kochen. Nachts schlief Makhang, schlief Saduk, schliefen die anderen beiden Jungen, selbst Nuya schlief, und sie schläft nie, ehe alle ihre Jungen unter einem Dach sind. Nun hört dies: Einer von ihnen schlief nicht. Einer von ihnen stand von der Matte auf und ging zur Tür, obwohl niemand geklopft hatte. Der Junge. Der Junge geht zu der Tür, an die niemand klopfte. Der Junge öffnet die Tür, und er kommt herein. Ein gut aussehender Mann war er, langer Hals, die Haare schwarz und weiß. Die Nacht verbirgt seine Augen. Dicke Lippen, ein kantiger Kiefer, die Haut weiß wie Porzellanerde. Zu groß für den Raum. Er ist in einen weißen und schwarzen Umhang gehüllt. Der Junge zeigt auf tief im Haus gelegene Zimmer. Der gut aussehende Mann geht zuerst zum Zimmer der Jungen und tötet den ersten bis dritten Sohn, und der Boden war nass von ihrem Blut. Der kleine Junge schaut zu. Der gut aussehende Mann weckt die Mutter, indem er ihr die Kehle zudrückt. Er hebt sie über seinen Kopf. Der Junge schaut zu. Er wirft sie auf den Boden, und der Schmerz lähmt sie, und sie wimmert und schreit und hustet, und niemand hört sie. Sie schaut zu, wie er ihren vierten Sohn hervorholt, den kleinsten Jungen, die kleine Schlafmaus, und seinen schlafenden Kopf anhebt. Die Mutter will schreien: Nein, nein, nein, nein, nein, aber der gut aussehende Mann lacht und schneidet ihm die Kehle durch. Sie schreit und schreit, und er lässt den vierten Sohn fallen und kommt auf sie zu. Der Junge schaut zu.

Der Vater kehrt heim, als die Sonne hoch am Himmel steht. Er kommt müde und hungrig heim und weiß, er muss wieder hinaus, bevor die Sonne untergeht. Er stellt seine Hacke ab, stellt seinen Speer ab, zieht sein Gewand aus, aber nicht den Lendenschurz. Wo ist mein Essen, Weib?, sagt er. Das Abendessen sollte fertig sein und das Frühstück auch. Die Mutter kommt aus ihrem Zimmer. Die Mutter ist nackt. Ihr Haar wirr. Die Luft im Zimmer fühlt sich feucht an, und der Vater sagt, es riecht, als würde es bald regnen. Er hört sie kommen und fragt, wo das Frühstück ist und wo die Kinder sind. Sie steht gleich hinter ihm. Es wird dunkel im Raum, und Licht blitzt auf, und er sagt: Zieht ein Sturm auf? Gerade schien die Sonne noch so hell. Er dreht sich um, und es ist seine Frau, durch die die Blitze zucken, so wie hier gerade. Er schaut nach unten und sieht den vierten Sohn tot auf dem Boden liegen. Der Mann schreckt zurück und schaut auf, und sie packt seinen Kopf mit beiden Händen und bricht ihm das Genick. Als die Blitze in ihr verlöschen, kehrt ihr Verstand zurück, und sie schaut sich im Haus um und sieht, dass alle tot sind, die vier Söhne und ihr Mann, und sie vergisst den Jungen und den gutaussehenden Mann, weil sie beide fort sind. Nur noch sie und die Toten, und sie glaubt, sie hat sie umgebracht, und nichts kann sie vom Gegenteil überzeugen, und der Blitz flackert in ihrem Kopf auf, und sie verliert den Verstand. Sie tötet zwei Männer und bricht einem die Beine, bevor man sie gefangen nimmt. Und für sieben Morde in den Kerker wirft. Obwohl keiner glaubt, dass sie einem großen Mann, der allein auf dem Feld arbeitet, den Hals brechen könnte. In ihrer Zelle versucht sie sich, wann immer ihr einfällt, was wirklich passiert ist, das Leben zu nehmen, weil sie lieber daran glauben will, dass sie ihre Sippe selbst umgebracht hat, als dass es der kleine Junge war, den sie hereingelassen hat. Aber die meiste Zeit erinnert sie sich an nichts und knurrt nur wie ein gefangener Gepard.«

»Das war eine lange Geschichte«, sagte die große Frau. »Wer war der Mann?«

»Wer?«

»Der große weiße Mann. Wer war er?«

»Kein Griot weiß mehr seinen Namen.«

»Was für eine Magie hat er in ihr zurückgelassen, dass so etwas geschehen ist?«

In der Frau begann wieder Licht zu erstrahlen. Immer wenn es geschah, schüttelte sie sich wie unter Krämpfen.

»Das weiß niemand«, sagte der Dattelknecht.

»Irgendjemand weiß es, nur du nicht.«

Sie sah den Sklaventreiber an.

»Wie habt Ihr sie aus dem Kerker befreien können?«, fragte sie.

»Das war nicht schwer«, sagte der Sklaventreiber. »Sie warteten schon lange darauf, sie loszuwerden. Sie jagte selbst den Männern Angst ein. Jeden Tag sagte sie gleich nach dem Aufwachen, der Meister sei nach Osten oder Westen oder Süden gegangen, und rannte in dieselbe Richtung, direkt gegen die Mauer oder das eiserne Tor – zweimal brach sie sich einen Zahn heraus. Dann kommt ihr ihre Sippe in den Sinn, und sie verliert wieder den Verstand. Sie haben sie mir für nur eine Münze verkauft, als ich sagte, ich wolle sie an eine Herrin verkaufen. Ich lasse sie hier, bis sie mir nützlich wird.«

»Nützlich? Ihr habt mitten in ihrer Scheiße gestanden und in den Maden des toten Hundes, den sie verspeist hat.«

»Du begreifst nicht. Der weiße Mann. Er hat sie nicht getötet, und was er hier tut, tut er auch anderen an. Viele Frauen wie sie laufen in diesen Gefilden frei herum und auch viele Männer. Sogar einige Kinder und auch ein Eunuch, wie ich höre. Den Frauen hat er alles genommen, sodass sie nichts haben, aber nichts ist zu viel für eine Frau, also sucht sie und rennt und hält Ausschau. Schau sie dir an. Selbst jetzt will sie noch bei ihm sein, sie will in seiner Nähe sein und nichts sonst, sie wird sich von ihm verspeisen lassen, sie will ihn niemals gehen lassen. Sie wird niemals aufhören, ihm zu folgen. Er ist ihr Opium. Schau sie dir an.«

»Ich schaue.«

»Wendet er sich nach Süden, rennt sie nach Süden zu diesem Fenster. Dreht er sich nach Westen, macht sie kehrt und läuft, bis die Kette sie am Hals zurückzerrt.«

»Wer, er?«

»Er.«

»Eure Geschichte beginnt mich zu ermüden. Und der Junge?«

»Was soll mit dem Jungen sein?«

»Ihr wisst, was ich frage, Durchlaucht.«

Der Sklavenhändler sagte nichts. Die große Frau blickte wieder die angekettete Frau an, die den Kopf von ihren schmutzigen Armen hob. Es sah aus, als lächelte die große Frau sie an. Die Angekettete spie ihr auf die Wange. Die große Frau schlug ihr so fest und so rasch ins Gesicht, dass der Kopf der Angeketteten gegen die Wand stieß. Die Kettenglieder rasselten und klirrten, als sie sich spannten und wieder lockerten.

»Hätte diese Geschichte Flügel, sie wäre schon nach Osten geflogen«, sagte sie. »Ihr wollt einem verschwundenen Jungen auf die Spur kommen? Fangt mit den Ältesten in Fasisi an, diesen Kinderschändern.«

»Ich will, dass du diesem Jungen folgst, dem Jungen, den diese Frau in Gesellschaft eines weißen Mannes gesehen hat. Das ist er.«

»Eine alte Mär, mit der Mütter ihre Kinder ängstigen«, sagte die große Frau.

»Sprich die Wahrheit – warum zweifelst du? Hast du nie Frauen wie sie gesehen?«

»Einige habe ich sogar getötet.«

»Von Nigiki bis zur Purpurnen Stadt erzählt man sich, dass ein Mann gesehen wurde, weiß wie Lehm, und ein Junge. Und auch andere. Es gibt viele Berichte darüber, wie sie durch die Stadttore kommen, aber keiner hat sie jemals abreisen sehen«, sagte der Dattelknecht. »Wir haben ...«

»Nichts. Außer einer Verrückten, die ihre Schlafmaus vermisst. Es ist spät«, sagte die große Frau.

Ich nahm die noch immer behaarte, sich noch immer wandelnde Hand des Leoparden und deutete mit dem Kopf auf das Stockwerk unter uns. Wir schlichen hinab, verbargen uns in dem leeren Raum und spähten ins Dunkel. Wir spähten, als die große Frau die Stufen herunterkam. Auf halbem Wege blieb sie stehen und sah zu uns herüber, doch die Finsternis war so dicht, dass man sie auf der Haut spürte.

»Morgen lassen wir Euch unsere Entscheidung wissen«, sagte sie zu den anderen.

Die Tür schloss sich hinter ihr. Der Sklavenhändler und sein Dattelknecht folgten ihr bald darauf.

W ir sollten verschwinden«, sagte ich.
Der Leopard machte Anstalten, nach oben zu gehen.

»Katze!«

Ich fasste nach seiner Hand.

»Ich werde diese arme Frau befreien.«

»Die Frau, durch die der Blitz fährt? Die Frau, die von dem Hundekadaver frisst?«

»Sie ist kein Tier.«

»Fick die Götter, Katze, willst du dich jetzt mit mir streiten? Schlag es dir aus dem Kopf. Frag den Sklavenhändler bei unserem Treffen nach der Frau. Zudem schienst du dich noch gestern nur wenig an einer Frau in Ketten zu stören.«

»Das ist etwas anderes. Das waren Sklaven. Dies ist eine Gefangene.«

»Alle Sklaven sind Gefangene. Wir gehen.«

»Ich werde sie befreien, und du wirst mich nicht daran hindern.«

»Ich hindere dich nicht.«

»Wer ist da?«, sagte sie.

Die Frau hatte uns gehört.

»Können das meine Jungen sein? Die lieblichen Stimmen meiner Jungen? So lange wart ihr fort, und trotzdem habe ich noch keinen Hirsebrei gemacht.«

Der Leopard wich einen Schritt zurück, und ich griff wieder nach seiner Hand. Er stieß mich fort. Sie sah ihn und lief in ihre Ecke zurück.

»Friede. Friede sei mit dir. Friede«, sagte der Leopard immer wieder.

Sie schoss auf ihn zu, dann auf mich, dann wieder auf ihn; die Kette schnürte ihr die Luft ab. Ich blieb zurück, denn sie sollte nicht denken, dass wir ihr zu Leibe rücken wollten. Sie verbarg ihr Gesicht und begann wieder zu weinen.

Der Leopard wandte sich um und sah mich an. Sein Gesicht verschwand nahezu im Dunkel, doch ich sah seine flehentlich hochgezogenen Augenbrauen. Er hatte zu viel Mitgefühl. Das hatte er immer. Doch alles an ihm war Empfindung. Rascher Herzschlag, lustvolle Schwellung, den Nacken hinabrinnender Schweiß. Wir stiegen über einige Steine hinweg und erklommen die letzten Stufen.

»Leopard, sie kann nicht auf eigenen Beinen stehen. La…«

»Sie wollen meine Jungen. Alle haben sie mir meine Jungen genommen«, sagte sie.

Leopard ging wieder nach unten und kehrte mit einem losen Mauerstein zurück. Er wandte sich von der Frau ab, stellte sich an die Wand und schlug damit auf das Ende der Kette ein, die im Mörtel eingemauert war. Zuerst wollte sie fortlaufen, doch er beruhigte sie mit einem *Schhh*. Sie wandte den Kopf ab, während der Leopard auf die Kette einschlug. Die Kette klirrte und klirrte, sie barst nicht, aber die Mauer, sie brach und brach, bis er den Pflock herauszog.

Die Kette fiel zu Boden. Im Dunkel sah ich, wie sich die Frau erhob, und hörte das Schlurfen ihrer Füße. Der Leopard war unmittelbar vor ihr, als sie aufhörte zu zittern und den Blick hob. Das schwache Licht, das in den Raum fiel, berührte ihre feuchten Augen. Der Leopard berührte die Fessel um ihren Hals, und sie schreckte zurück, doch er zeigte auf den Riss in der Mauer und nickte. Sie nickte nicht, sondern hielt den Kopf gesenkt. Ich sah die Augen des Leoparden, obgleich es in dem Raum noch kurz zuvor zu dunkel gewesen war, um sie zu sehen. Das Licht, das in seinen Augen flackerte, kam von ihr.

Ein Blitz fuhr von ihrem Kopf in ihre Glieder hinab. Der Leopard sprang zurück, doch sie packte ihn am Hals, hob ihn in die Luft und schleuderte ihn gegen die Wand. Ihre Augen waren weiß, ihre Augen waren blau, ihre Augen knisterten wie ein Blitz. Ich rannte auf sie zu, ein angreifender Büffel. Sie trat mir mitten gegen die Brust, und ich taumelte zurück und stieß mir den Kopf; neben mir rollte der Leopard über den Boden. Sie packte ihn unter der Achsel und ließ ihn gegen die gegenüberliegende Wand fliegen. Sie war ein Blitz, der die Luft verbrannte. Sie packte sein linkes Bein und riss ihn daran zurück, quetschte seinen Knöchel zusammen, sodass er aufheulte. Er wollte sich verwandeln, doch es gelang ihm nicht. Der Blitz fuhr durch ihren Leib und drang aus ihren Löchern, ließ sie schreien und gackern. Wieder und wieder und wieder trat sie auf ihn ein, und ich sprang auf, und sie sah mich an. Dann blickte sie rasch fort, als hätte jemand ihren Namen gerufen. Dann wieder zu mir und wieder fort. Der Leopard, ich kannte ihn, ich wusste, er würde wütend werden, er stürzte sich auf sie, sprang sie von hinten an und warf sich gegen sie, doch sie wirbelte herum und schüttelte ihn mit einem Fußtritt ab. Die Frau machte einen Satz zurück; in ihrem Inneren flackerte das blaue Licht wie ein Gewitter. Sie wollte auf mich zurennen, doch Leopard packte die Kette und riss so fest daran, dass sie wieder zu Boden fiel. Aber sie rollte sich ab, sprang wieder auf und stürzte sich auf den Leoparden. Die Frau schrie wieder und hob die Hände, doch dann schoss ein Pfeil mitten durch ihre Schulter. Ich dachte, sie würde nun noch lauter schreien, aber sie blieb stumm. Fumeli, der Junge des Leoparden, war hinter mir. Er schoss noch einmal auf sie, der zweite Pfeil schlug auf gleicher Höhe mit dem ersten ein, und sie heulte auf. Der Blitz durchlief sie, und der ganze Raum glühte blau. Sie knurrte ihn an, doch der Junge zog einen neuen Pfeil aus dem Köcher und blickte sie am Schaft entlang an. Er hätte auf ihr Herz zielen und es treffen können. Sie trat einen Schritt zurück, als wüsste sie es. Die Blitzfrau machte einen Satz nach dem Fenster, verfehlte es, hielt sich am Sims fest, grub ihre Nägel in die Mauer, zog sich hoch, schlug die Fenstersprossen durch und sprang.

Der Leopard hastete an Fumeli und mir vorbei und die Stufen hinunter.

»Hat er dir gezeigt, wie man …«

»Nein«, sagte er und lief ihm hinterher.

Draußen waren mir der Leopard und Fumeli schon viele Schritte voraus; sie liefen eine enge Gasse entlang, in der kein Laternenlicht aus den Fenstern drang. Sie hatten ihren Schritt bereits verlangsamt, als ich sie einholte.

»Hast du sie? In deiner Nase? Hast du sie?«, sagte der Leopard.

»Nicht hier entlang«, sagte ich und bog in eine Gasse ein, die nach Süden führte. Sie war voll von Bettlern; so viele lagen auf der Straße, dass wir auf einige von ihnen traten, die schrien und ächzten. Sie rannte wie von Sinnen, das roch ich an ihrer Spur. Wir wandten uns nach rechts, in eine weitere Gasse, die mit kleinen Gruben voll stinkendem Wasser übersät war und in der eine Wache auf dem Boden lag, zuckend und mit Schaum vor dem Mund. Wir wussten, das war ihr Werk, daher sprach es keiner von uns aus. Wir folgten ihrem Geruch. Sie rannte vor uns her, stieß Karren um und Maultiere, die zu schlafen versuchten.

»Hier entlang«, sagte ich.

Wir holten sie an einer Gabelung ein; die Straße zur Rechten führte wieder in die Stadt hinein, die linke durch das Nordtor. Keiner der

Wachposten am Tor hatte einen Knüppel oder einen Speer, der ihr hätte Einhalt gebieten können. Nie habe ich eine Seele so schnell rennen sehen, die nicht von Teufeln angetrieben wurde. Zwei Wachmänner mit Schilden und Speeren sahen sie und traten vor, erhoben die Speere über ihre Köpfe. Ehe einer der beiden seinen Speer schleudern konnte, sprang sie hoch, als liefe sie auf Stufen aus Luft, und prallte mit voller Wucht gegen die Stadtmauer. Ehe sie fiel, grub sie die Nägel in den Mörtel, erklomm die Mauer und sprang hinunter, bevor die übrigen Wachen sie erreichten. Als die Wachposten uns sahen, richteten sie ihre Speere auf uns.

»Ihr guten Männer, wir sind keine Feinde Malakals«, sagte ich.

»Freunde seid ihr auch nicht. Wer sonst sollte uns kurz vor der Mittagsstunde der Toten stören?«, sagte der erste Wächter, ein großer, dicker, dessen eiserne Rüstung nicht mehr glänzte.

»Ihr habt sie auch gesehen, gebt es zu«, sagte der Leopard.

»Wir haben nichts gesehen. Nichts als drei Hexer, die sich der Nachtzauberei bedienen.«

»Ihr müsst uns passieren lassen«, sagte ich.

»Einen Scheiß müssen wir. Geht, bevor wir euch wohin schicken, wo es euch nicht gefällt«, sagte der andere Wächter – kleiner, dünner.

»Wir sind keine Hexer«, sagte ich.

»Die Beute schläft jetzt. Also verhungert. Oder geht die Zerstreuung suchen, die einen Mann wach hält.«

»Ihr streitet ab, es gesehen zu haben?«

»Ich habe nichts gesehen.«

»Du hast nichts gesehen. Fick die …«

Ich schnitt dem Leoparden das Wort ab. »Schon gut, Wächter. Ihr habt nichts gesehen.«

Ich zog ein Armband von meinem Handgelenk und warf es ihm zu. Es waren drei Schlangen, die sich gegenseitig in den Schwanz bissen, das Zeichen des Häuptlings von Malakal und der Lohn dafür, etwas gefunden zu haben, von dem ihm selbst die Götter gesagt hatten, es sei für immer verloren.

»Und ich diene eurem Häuptling, doch das ist nichts. Und ich habe zwei Beile, und er hat Pfeil und Bogen, doch das ist nichts. Und dieses Nichts rannte an zwei Männern vorbei und sprang über eine Stadtmauer wie über einen Stein im Flussbett. Öffnet die Schlösser, und lasst uns drei passieren, und wir sorgen dafür, dass das Nichts, das ihr nicht gesehen habt, nicht zurückkehrt.«

Dies war die Nordmauer. Draußen war alles Fels, und es waren etwa zweihundert Schritte bis zur Klippe, wo es am steilsten hinunterging. Sie stand etwa hundert Schritte entfernt, huschte nach links, dann nach rechts, dann wieder nach links. Es sah aus, als schnüffelte sie. Dann ließ sie sich auf den Boden fallen und schnupperte an den Felsen.

»Nuya!«, sagte der Leopard.

Sie drehte sich um wie jemand, der ein fremdartiges Geräusch gehört hat, und rannte wieder los. Im Laufen fuhr der Blitz erneut in sie, und sie schrie auf. Fumeli legte noch im Laufen Pfeil und Bogen an, doch der Leopard knurrte. Wir liefen an der Klippe entlang zu ihrer Spitze. Wir holten auf, denn obgleich sie schneller lief als wir, folgte sie keiner geraden Linie. Sie lief geradewegs zum Rand des Abhangs und sprang hinunter, ohne stehen zu bleiben.

ACHT

Vor drei Jahren war der Junge zu Luft geworden. Auf dem Weg zu dem eingestürzten Turm fragte ich mich, wie sehr man sich in drei Jahren verändern konnte. Ein Junge ist mit zehn und sechs Jahren so anders als mit zehn und dreien, sie könnten verschiedene Menschen sein. Ich habe es oft gesehen. Eine Mutter, die nie aufgehört hat zu weinen oder zu suchen und mir Münze gibt, um ein geraubtes Kind zu finden. Das ist keine Schwierigkcit; ein geraubtes Kind zu finden ist das Einfachste auf der Welt. Die Schwierigkeit liegt darin, dass das Kind nie so ist wie zu der Zeit, als es geraubt wurde. Denn für den Räuber empfindet es oft eine große Liebe. Für die Mutter nicht einmal Neugierde. Die Mutter erhält das Kind zurück, doch sein Bett wird leer bleiben. Der Entführer verliert das Kind, lebt jedoch im Verlangen des Kindes weiter. Ein wahres Wort von einem verlorenen und wiedergefundenen Kind: Niemand kann die Liebe zu der Mutter unterdrücken, die mich gewählt hat, und niemand kann mir Liebe zu der Frau eingeben, aus deren Kehkeh ich herausgefallen bin. Die Welt ist sonderbar, und die Menschen machen sie immer sonderbarer.

Weder ich noch der Leopard sprachen über die Frau. Alles, was ich in jener Nacht sagte, war: »Zeig dem Jungen gegenüber ein wenig Dankbarkeit.«

»Was?«

»Du sollst dem Jungen danken. Dafür, dass er dir das Leben gerettet hat.«

Ich ging zum Tor zurück. Weil ich wusste, dass er es nicht täte, bedankte ich mich im Vorübergehen bei dem Jungen.

»Ich hab's nicht für dich gemacht«, sagte er.

Nun denn.

Wir gingen jetzt in Richtung des eingestürzten Turms. Gemeinsam, doch ohne zu sprechen. Der Leopard ging voraus, ich hinterdrein und der Junge mit Bogen und Köcher zwischen uns. Da wir nicht miteinander geredet hatten, hatten wir auch keine Einigung erzielt, und ich erwog noch immer, Nein zu sagen. Denn der Leopard hatte die Wahrheit gesprochen: Es ist das eine, im Krieg zu scheitern, von niederer Abkunft zu sein oder als Sklave geboren zu werden, doch eine Frau in Ketten zu legen ist etwas anderes, selbst wenn sie offenkundig von einer Art Blitzteufel besessen ist. Aber wir sprachen nicht über die Frau; wir sprachen über gar nichts. Und ich wollte den Jungen dafür ohrfeigen, dass er vor mir ging.

Der eingestürzte Turm stand südlich der ersten Mauer. Niemand auf diesen Straßen oder Wegen oder Gassen sah aus, als wüsste er, dass der König kam. In all meinen Jahren in Malakal war ich diese Straße nie entlanggegangen. Ich hatte nie einen Grund gehabt, zu den alten Türmen zu gehen, am Gipfel vorbei und dort hinunter, wo die Sonne selten hinfiel. Oder hinauf, denn der Aufstieg war so steil, dass die Lehmstraße zuerst zu einer schmalen Gasse und dann zu Stufen wurde. Auch abwärts ging es steil, und wir kamen an den Fenstern längst verlassener Häuser vorbei. Abermals zwei zu beiden Seiten der Gasse, welche aussah, als wäre sie der Schauplatz niederträchtiger Taten, denn sie war bedeckt mit Schriftzeichen und Bildern aller Arten von Unzucht mit Tieren aller Art. Selbst auf dem Weg nach unten waren wir noch so hoch oben, dass wir die gesamte Stadt und das flache Land dahinter überblickten. Ich hatte einmal gehört, als diese Stadt noch keine Stadt war und sie selbst noch keine wahren Männer, hätten die Erbauer der Stadt nur Türme bauen wollen, die hoch genug waren, um ins Königreich des Himmels zurückzugelangen und im Land der Götter einen Krieg anzuzetteln.

»Wir sind da«, sagte der Leopard.

Der eingestürzte Turm.

Schon der Name ist irreführend. Der Turm ist nicht eingestürzt, doch er stürzt seit vierhundert Jahren ein. Das sagen die Alten: Die Menschen hätten damals zwei Türme außerhalb von Malakal gebaut. Der erste Fehler der Baumeister war, an einer Straße zu bauen, die von den Bergen herunterkam, statt in die Berge hinaufzuführen. Zwei Türme, einer dick und einer dünn, gebaut, um Sklaven zu beherbergen, bis die Schiffe aus dem Osten kamen, um sie fortzuholen. Und der dünne Turm war der höchste im ganzen Land, hoch genug, sagen manche, um den südlichen Horizont zu sehen. Beide hatten acht Stockwerke, aber der höhere ragte noch höher auf, wie ein Leuchtturm für Riesen. Manche sagen, der Meisterbauer habe eine Vision gehabt, andere sagen, er sei irre gewesen, hätte Hühner gefickt und ihnen dann den Kopf abgeschlagen.

Doch was alle sahen, war dies: Der Tag, an dem der letzte Stein gesetzt wurde – nachdem vier Jahre lang Sklaven durch Unfälle, Eisen und Feuer ums Leben gekommen waren –, war ein Tag der Feier. Der Kriegsherr der Festung – denn Malakal war nichts weiter als eine Festung – kam mit seinen Frauen. Auch Prinz Moki, der älteste Sohn von König Kwash Liongo, war dort. Der hühnerfickende Meisterbauer wollte gerade Hühnerblut am Fuße des Turmes verspritzen und den Segen der Götter erbitten, als der höhere, dünnere Turm unversehens anfing zu wackeln und zu bersten, Staubwolken zu versprühen und zu schwanken. Er wankte hin und her, nach Westen und nach Osten, und schwang dabei so weit aus, dass zwei Sklaven vom unbefestigten Dach stürzten. Der dünne Turm neigte sich, kippte und bog sich sogar ein wenig herab, bis er mit dem dicken Turm zusammenstieß wie zwei Liebende, die sich in einen innigen Kuss hineinwarfen. Dieser Kuss rumpelte und dröhnte wie Donner. Der Turm sah aus, als würde er einstürzen, doch er tat es nicht. Die beiden Türme waren nun zu einem zusammengepresst, doch keiner gab nach, keiner fiel. Und als nach zehn Jahren offensichtlich war, dass keiner der beiden Türme nachgeben würde, begannen sogar Menschen dort einzuziehen. Dann war es ein Wirtshaus für müde Reisende, dann eine Feste für Sklavenhändler und ihre Sklaven und dann, als im dünnen Turm drei Stockwerke zusammenstürzten, nichts mehr. All das erklärte nicht, warum sich dieser Sklavenhändler dort mit uns treffen wollte. In den oberen drei Stockwerken waren viele Stufen abgebröckelt. Der Junge ging nicht mit hinein. Einige Stockwerke weiter unten rumpelte etwas, als drohte das Fundament nachzugeben.

»Dieser Turm wird endlich einstürzen, sobald wir alle darin sind«, sagte ich.

Wir schritten über einen Boden, wie ich noch nie einen gesehen habe; er war gemustert wie Kente-Stoff, aber mit schwarzen und weißen Kreisen und Pfeilspitzen, und drehte sich, obgleich alles stillstand. Vor uns lag eine Türöffnung ohne Tür.

»Drei Augen, seht, wie sie im Dunkel leuchten. Der Leopard und der Halbwolf. Hast du deine Nase auf diese Weise erhalten? Gelüstet dir nach Blut wie der Katze?«, sagte der Sklavenhändler.

»Nein.«

»Kommt herein, und lasst uns reden«, sagte der Sklavenhändler.

Ich wollte etwas zu dem Leoparden sagen, doch er änderte die Gestalt und trottete auf allen vieren hinein. Drinnen warfen Fackeln Licht an eine weiße Decke und dunkelblaue Wände. Es sah aus wie der Fluss bei Nacht. Auf dem Boden lagen Kissen, doch niemand saß darauf. Stattdessen hockte eine alte Frau mit überkreuzten Beinen auf dem Boden; ihr braunes Lederkleid roch nach dem Kalb, von dem es stammte. Sie hatte sich den Kopf rundum geschoren, an der Oberseite jedoch lange weiße Zöpfe. Runde Silberohrringe groß wie Teller hingen von ihren Ohren herab und ruhten auf den Schultern. Um den Hals trug sie mehrere Ketten aus roten, gelben, weißen und schwarzen Perlen. Ihr Mund bewegte sich, doch sie sagte nichts; sie blickte weder mich noch die Katze an, die durch den Raum trottete, als suchte sie nach Beute.

»Meine gefleckte Bestie«, sagte der Sklavenhändler. »In den inneren Raum.«

Der Leopard lief davon.

Ich erkannte den Dattelknecht. Gleich neben seinem Herrn und bereit, ihm den Mund mit Datteln zu stopfen. Ein weiterer Mann, so groß, dass ich ihn für eine nach menschlichem Abbild behauene Stützsäule hielt, ehe er seinen Stand auf den linken Fuß verlagerte. Er sah aus, als könnte er aufstampfen und den Turm endlich zum Einsturz bringen. Seine Haut war dunkel, doch nicht so dunkel wie meine, mehr wie noch nicht getrockneter Schlamm. Und sie schimmerte selbst im fahlen Licht. Ich konnte die schönen Narbenpunkte auf seiner Stirn sehen, eine Linie, die sich an seiner Nase entlang und seitlich zu den Wangen hinabringelte. Er trug keinen Waffenrock und kein Gewand, aber zahlreiche Halsketten auf der bloßen Haut, einen purpurn wirkenden Rock um die Taille und zwei Wildschweinhauer an den Ohren. Keine Sandalen oder Schuhe oder Stiefel, aber es hätte auch niemand derlei für einen Mann mit solchen Füßen gemacht.

»Ich habe noch nie einen Ogo so weit im Westen gesehen«, sagte ich. Er nickte, sodass ich immerhin mit Bestimmtheit wusste, dass er ein Ogo war, ein Riese aus den Berglanden. Aber er sagte nichts.

»Wir nennen ihn Sadogo«, sagte der Sklavenhändler.

Der Ogo schwieg. Er interessierte sich mehr für die Motten, die in die Lampe in der Mitte des Raumes flogen. Der Boden bebte mit jedem seiner Schritte.

Auf einem Schemel an einem geschlossenen Fenster in der Ecke saß die große, dünne Frau aus jener Nacht. Die Haare standen ihr noch immer wild vom Kopf ab, als hätte ihr keine Mutter oder kein Mann aufgetragen, sie zu bändigen. Ihr Gewand war wieder schwarz, diesmal jedoch mit einem weißen Ring um den Hals und einer weißen Linie, die zwischen ihren Brüsten hindurch nach unten verlief. In der Hand hielt sie eine Schale mit Pflaumen. Sie sah aus, als

müsste sie gähnen. Sie blickte mich an und sagte zu dem Sklavenhändler: »Ihr habt mir nicht gesagt, dass er ein Flussmensch ist.«

»Ich bin in der Stadt Juba aufgewachsen, nicht an irgendeinem
Fluss«, sagte ich.

»Du pflegst die Bräuche der Ku.«

»Ich komme aus Juba.«

»Du kleidest dich wie ein Ku.«

»Diese Stoffe habe ich hier gefunden.«

»Du stiehlst wie ein Ku. Selbst ihr Geruch haftet dir an. Es kommt
mir vor, als wäre ich im Sumpf.«

»So gut, wie du über uns Bescheid weißt, ist der Sumpf vielleicht
in dir gewesen.«

Jetzt lachte der Sklavenhändler. Sie biss in eine Pflaume.

»Bist du ein Ku, oder willst du dich als Ku ausgeben? Sag uns eine
weise Flussredensart, etwas wie: Wer der Spur des Elefanten folgt,
wird nie vom Tau benetzt. Auf dass wir sagen können: Dieser Fluss-
junge scheißt sogar Weisheit.«

»Unsere Weisheit ist den Törichten Torheit.«

»In der Tat. An deiner Stelle wäre ich weniger freigiebig damit«,
sagte sie und biss in eine weitere Pflaume.

»Mit meinem Scharfsinn?«, fragte ich.

»Mit deinem Geruch.«

Sie erhob sich und kam zu mir herüber.

Sie war groß, größer als die meisten Männer, größer sogar als die
Löwenfell-Vagabunden aus der Savanne, die zum Himmel hochspringen. Ihr Kleid reichte bis auf den Boden und breitete sich so
aus, dass es den Anschein hatte, als schwebte sie herbei. Und sie war
schön. Dunkle, makellose Haut, die nach Sheabutter roch. Dunklere
Lippen, als hätte sie als Kind Tabak zu essen bekommen, Augen so
tief, dass sie schwarz waren, ein starkes Gesicht wie aus Stein gehauen, aber glatt wie von Meisterhand. Und die Haare, wild und
in alle Richtungen abstehend, als flüchteten sie vor ihrem Kopf.

Sheabutter, wie ich schon sagte, aber noch etwas anderes, etwas, was ich aus jener Nacht kannte, etwas, was sich vor mir verbarg. Etwas, was ich kenne. Ich fragte mich, wohin der Leopard gegangen war.

Der Dattelknecht reichte dem Sklavenhändler einen Stab. Er stieß ihn auf den Boden, und wir blickten auf. Das heißt, der Ogo nicht; für ihn gab es kein Oben, zu dem er hätte aufblicken können. Der Leopard kam wieder herein. Er roch nach Ziegenfleisch.

Der Sklavenhändler sagte: Ich spreche wahr und weise. Vor drei Jahren wurde ein Kind geraubt, ein Junge. Er begann gerade zu laufen und konnte gerade einmal Nana sagen. Mitten in der Nacht wurde er aus seinem Heim geraubt. Niemand hinterließ eine Botschaft, niemand forderte Lösegeld, nicht auf Papier, nicht über Buschtrommeln, nicht einmal durch Hexerei. Vielleicht wurde er an den geheimen Hexenmarkt verkauft; ein kleines Kind würde Hexen viel Geld einbringen. Dieses Kind lebte bei seiner Tante in der Stadt Kongor. Eines Nachts wurde das Kind dann geraubt und dem Mann der Tante die Kehle durchgeschnitten. Ihre Sippe von elf Kindern ermordet. Bei Tagesbeginn können wir zu dem Haus aufbrechen. Für die Reiter stehen Pferde bereit, aber ihr müsst um den Weißen See und die Dunkellande herum und durch Mitu hindurch. Und wenn ihr in Kongor angelangt seid …«

»Welche Bedeutung hat dieses Haus für Euch?«, fragte der Leopard.

Ich hatte nicht gesehen, wie er sich verwandelt und neben die Alte auf den Boden gesetzt hatte, die noch immer nicht sprach, wenngleich sie die Augen geöffnet, nach links und rechts geschaut und sie wieder geschlossen hatte. Sie bewegte die Hände durch die Luft wie die alten Ngolo-Meister unten am Fluss.

»Es ist das Haus, in dem der Junge zuletzt gesehen wurde. Wollt ihr die Reise nicht mit dem ersten Schritt beginnen?«, fragte der Sklavenhändler.

»Dann müssten wir mit dem Haus beginnen, das den Jungen eingangs weggegeben hat«, sagte ich.

»Wer hat den Jungen zuletzt gesehen? Ihr lebt davon, verlorene Jungen zu versklaven und nicht aufzuspüren«, sagte der Leopard. Kurios, wie bereitwillig er unseren Auftraggeber befragte, wenn sein Magen gefüllt war.

Der Sklavenhändler lachte. Ich starrte ihn an und hoffte, mein Blick würde ihm sagen: Was spielst du für ein Spiel mit uns?

»Wer ist er, und was bedeutet er Euch?«, fragte der Leopard.

»Der Junge? Er ist der Sohn eines toten Freundes«, sagte der Sklavenhändler.

»Und tot ist der Junge gewiss auch. Warum wollt Ihr ihn finden?«

»Meine Gründe gehen nur mich etwas an, Leopard. Ich bezahle euch dafür, ihn zu finden, nicht dafür, mich zu verhören.«

Der Leopard erhob sich. Ich kannte die Miene auf seinem Gesicht.

»Wer ist diese Tante? Warum war das Kind bei ihr und nicht bei seiner Mutter?«

»Das wollte ich euch gerade erzählen. Seine Mutter und sein Vater starben an der Flusskrankheit. Die Alten sagten, der Vater habe im falschen Fluss gefischt, habe Fische genommen, die für die Herren des Wassers bestimmt gewesen seien, und die Bisimbi-Nymphen, die unter Wasser schwammen und Wache hielten, hätten ihn mit Krankheit geschlagen, die er an die Mutter des Jungen weitergab. Der Vater war ein alter Freund, mit dem ich dieses Gewerbe betrieb. Sein Vermögen ist das des Jungen.«

»Ein Sklavenhändler so reich wie Ihr, der seine eigenen Fische fing?«, fragte ich.

Der Sklavenhändler verstummte. Ich sagte: »Wisst Ihr, wie man eine gute Lügengeschichte erzählt, Meister Amadu? Ich sage Euch, wie man eine schlechte erzählt. Wenn einer die Unwahrheit spricht, sind seine Worte trüb, wo sie klar sein sollten, und klar, wo sie trüb sein sollten. Es klingt, als könnte es wahr sein. Aber es ist immer das Falsche. Alles, was Ihr gerade erzählt habt, habt Ihr zuvor anders erzählt.«

»Die Wahrheit wandelt sich nicht«, sagte er.

»Die Wahrheit hat sich gewandelt, als ein Mann dieselbe Sache zweimal erzählte. Ich glaube, dass es einen Jungen gibt. Und ich glaube, dass ein Junge vermisst wird und dass er, wenn er seit vielen Jahren vermisst wird, tot ist. Doch vor vier Tagen lebte der Junge bei einer Haushälterin. Heute heißt es, er lebte bei einer Tante. Wenn wir in Kongor angelangt sind, wird es ein Eunuchen-Affe sein.«

»Sucher«, sagte der Leopard.

»Nein.«

»Lass ihn aussprechen.«

»Gut, gut, wunderbar, schön«, sagte der Sklavenhändler und hob die Hand.

»Aber hört auf zu lügen«, sagte der Leopard. »Er kann es riechen.«

»Vor drei Jahren wurde ein Kind geraubt. Ein Junge, er begann gerade zu laufen und konnte vielleicht Papa sagen.«

»Spät für ein Kind, selbst für einen Jungen«, sagte ich.

»Ich spreche wahr und weise. Mitten in der Nacht aus seinem Heim. Niemand hinterließ eine Nachricht, und niemand forderte Lösegeld. Vielleicht …«

Ich zog die zwei Beile aus meinem Rückenholster. Die Augen des Leoparden wurden weiß, und seine Schnurrhaare sprossen. Die große Frau erhob sich und stellte sich an die Seite des Sklavenhändlers.

»Hast du ihn gehört?«, sagte ich zu dem Leoparden.

»Ja. Die gleiche Geschichte, beinahe bis aufs Wort. Beinahe. Aber er vergisst. Fick die Götter, Sklavenhändler, Ihr habt es eingeübt, und trotzdem seid Ihr nachlässig. Ihr müsst der schlechteste Lügner sein oder der Abglanz eines schlechten. Wenn dies ein Hinterhalt ist, reiße ich Euch die Gurgel heraus, ehe er Euch den Kopf spaltet«, sagte der Leopard.

Leopard und ich standen Seite an Seite. Der Ogo sah mich und den Leoparden auf der einen Seite des Raumes und den Sklavenhändler und die große Frau auf der anderen an und verharrte reglos, die Augen unter dem wilden Dickicht seiner Brauen verborgen. Die alte Frau schlug die Augen auf.

»Ein Raum ist zu klein für so viele Narren«, sagte sie. Doch sie blieb auf der Matte sitzen.

Sie musste eine Hexe sein. Sie hatte die Anmutung und den Geruch einer Hexe – Zitronengras und Fisch, Blut aus der Koo eines Mädchens und den Gestank ungewaschener Achseln und Füße.

»Ein Bote ist er, bloß ein Bote«, sagte sie.

»Beim ersten Mal war seine Botschaft ein Schwein. Jetzt ist es ein Schaf«, sagte ich.

»Sangoma«, sagte die Alte.

»Was?«

»Du sprichst in Rätseln, wie eine Sangoma. Hast du bei einer gelebt? Wer hat dich unterrichtet?«

»Ich kenne ihren Namen nicht, und sie hat mich nichts gelehrt. Die Sangoma von den Hügeln der Verwünschung. Diejenige, die die Mingi-Kinder gerettet hat.«

»Auch die, die dir dieses Auge gegeben hat«, sagte sie.

»Mein Auge geht dich nichts an. Ist das hier eine Verschwörung gegen uns?«, fragte ich.

»Aber ihr seid nichts. Warum sollte sich jemand gegen euch verschwören?«, sagte die Alte. »Wollt ihr das Kind finden oder nicht? Beantwortet doch einfach diese Frage. Aber vielleicht …«

»Was, vielleicht?«

»Vielleicht ist die Frau noch immer Teil des Mannes. Keiner hat dich beschnitten. Kein Wunder, dass du so flatterhaft bist.«

»Sollte ich lieber sein wie du, eine Zierde deines Geschlechts?«

Sie lächelte. Sie genoss es. Und da war wieder ein Geruch, stärker diesmal, stärker vielleicht durch den Unfrieden innerhalb, aber auch außerhalb des Raumes. Ich hätte ihn nicht beschreiben können, doch ich kannte ihn. Nein, der Geruch kannte mich.

»Was weißt du von den Männern, die den Jungen geraubt haben?«, fragte ich.

»Warum glaubst du, dass es Männer waren?«, fragte die große Frau.

»Wie ist dein Name?«

»Nsaka Ne Vampi.«

»Nsaka«, sagte ich.

»Nsaka Ne Vampi.«

»Wie du wünschst.«

»Ich sage euch die Wahrheit, wir wissen nichts«, sagte sie. »Sie kamen in der Nacht. Wenige, vielleicht vier, vielleicht fünf, aber es waren Männer von fremdartigem und fürchterlichem Aussehen. Ich kann euch vorlesen, was …«

»Lesen kann ich selbst.«

»Dann geh nach Kongor in die Große Halle der Aufzeichnungen und suche selbst danach. Niemand sah sie kommen. Niemand sah sie gehen.«

»Hat denn niemand geschrien?«, fragte der Leopard. »Hatten sie keine Fenster oder Türen?«

»Die Nachbarn haben nichts gesehen. Die Frau verkaufte ihren Hirsebrei und ihr Fladenbrot zu teuer, warum also hätten sie auf den Lärm lauschen sollen, der aus ihrem Haus drang?«

»Warum von allen Jungen in Kongor ausgerechnet dieser?«, fragte ich. »Kongor bringt so unablässig neue Krieger hervor, dass es schwieriger wäre, ein Mädchen zu finden. Ein Junge ist in Kongor gleich dem anderen. Warum er?«

»Mehr sagen wir nicht, bis wir in Kongor sind«, sagte der Sklavenhändler.

»Das ist nicht genug. Bei Weitem nicht genug.«

»Der Sklavenhändler hat gesagt, was er zu sagen hatte«, sagte Nsaka Ne Vampi. »Ihr habt die Wahl, ja oder nein, also entscheidet euch rasch. Wir reiten am Morgen los. Selbst mit schnellen Pferden werden wir zehn und zwei Tage bis Kongor brauchen.«

»Sucher, wir gehen«, sagte der Leopard.

Er wandte sich zum Gehen. Ich sah, wie der Ogo ihn anblickte, als er an ihm vorbeiging.

»Warte«, sagte ich.

»Warum?«

»Bist du fertig mit deinen Zeichen?«

»Was? Sprich deutlich, Sucher.«

»Nicht du. Sie.«

Ich deutete auf die Alte, die noch immer auf dem Boden hockte. Sie blickte mich mit ausdrucksloser Miene an.

»Du hast Runen gezeichnet, seit wir den Raum betreten haben. Du hast sie in die Luft geschrieben, damit es niemand merkt. Aber sie sind dort. Überall um dich herum.«

Die Alte lächelte.

»Sucher?«, flüsterte der Leopard. Ich wusste, wie er war, wenn er nichts begriff. Er würde sich verwandeln, bereit zum Kampf.

»Das alte Weib ist eine Hexe«, sagte ich, und die Haare des Leoparden sträubten sich wild auf seinem Rücken. Ich berührte ihn hinter dem Nacken, und er blieb, wo er war.

»Du schreibst Runen, um jemanden hereinzulassen oder jemanden draußen zu halten«, sagte ich.

Ich trat vor und sah mich im Raum um.

»Zeig dich«, sagte ich. »Dein Gestank war von dem Augenblick an in diesem Raum, als ich ihn betrat.«

In der Türöffnung sammelte sich durch die Wände strömende Flüssigkeit auf dem Boden. Sie war dunkel und glänzend wie Öl und breitete sich langsam aus wie Blut. Ihr schwefelartiger Geruch erfüllte den Raum. »Schau«, sagte ich zu dem Leoparden und nahm einen Dolch von meiner Taille. Ich stieß die Klinge in die Pfütze, und die Pfütze verschlang sie mit einem saugenden Geräusch. Im

Handumdrehen schoss das Messer wieder aus der Pfütze. Der Leopard fing es, ehe es mein linkes Auge traf.

»Teufelswerk«, sagte er.

»Diesen Teufel habe ich schon einmal gesehen«, sagte ich.

Der Leopard betrachtete die sich kräuselnde Pfütze. Ich wollte sehen, wie die anderen reagierten. Der Ogo beugte sich herunter, war jedoch noch immer größer als alle anderen. Er beugte sich noch tiefer herunter. Er hatte dergleichen noch nie gesehen. Die Alte hörte auf, Runen in die Luft zu schreiben. Sie hatte mit so etwas gerechnet. Nsaka Ne Vampi richtete sich rasch auf, ging dann jedoch rückwärts, ein langsamer Schritt, dann noch einer. Dann blieb sie stehen, doch etwas anderes ließ sie noch weiter zurückweichen. Sie war deswegen hier, doch vielleicht war es nicht dies, worauf sie gewartet hatte. Manche Kreaturen können durch Türen gehen. Manche müssen aus dem Boden heraufbeschworen und manche wie Geister aus dem Himmel herabgerufen werden. Der Sklavenhändler wandte den Kopf ab.

Und diese Pfütze. Sie hörte auf, sich auszubreiten, zog sich stattdessen zusammen und begann sich zu erheben wie von unsichtbaren Händen gekneteter Teig. Der schwarze, schimmernde Teig erhob und wand sich und wurde zusammengedrückt und dehnte sich aus, während er immer größer und breiter wurde. Er wand sich um sich selbst, wurde in der Mitte so dünn, dass er entzweizureißen drohte. Und noch immer wuchs er. Kleine Stücke stoben davon wie Tröpfchen, flogen zurück und verschmolzen wieder mit der Masse. Der Leopard fauchte, rührte sich aber nicht. Der Sklavenhändler sah noch immer nicht hin. Die schwarze Masse wisperte etwas, was ich nicht verstand; sie flüsterte es nicht mir zu, sondern in die Luft hinein. Aus dem oberen Ende schob sich ein Gesicht und wurde wieder eingesaugt. Das Gesicht schob sich aus der Mitte heraus und verschwand wieder. Zwei Äste sprossen aus dem oberen Ende der Masse und wurden zu Gliedmaßen. Das untere Ende spaltete sich auf

und wand und drehte sich zu Beinen und Zehen. Die Masse formte
sich, gestaltete sich, sie rundete sich zu breiten Hüften, prallen Brüsten, den Beinen einer Läuferin und den Schultern einer Werferin
und einem haarlosen Kopf mit leuchtend weißen Augen und strahlend weißen Zähnen, als sie lächelte. Sie schien etwas zu zischeln. Als
sie sich in Bewegung setzte, hinterließ sie schwarze Tröpfchen, doch
die Tröpfchen folgten ihr. Einige lösten sich von ihrem Kopf, folgten
ihr jedoch ebenfalls. Wahrhaftig, sie bewegte sich wie unter Wasser,
als wäre unsere Luft Wasser, als wäre alle Bewegung Tanz. Sie griff
sich einen Umhang, der in der Nähe des Sklavenhändlers lag, und
bekleidete sich. Der Sklavenhändler sah sie noch immer nicht an.

»Leopard, die Fackel«, sagte ich. »Die Fackel dort.«

Ich deutete auf die Wand. Die schwarze Frau erblickte den Leoparden und lächelte.

»Ich bin nicht die, für die ihr mich haltet«, sagte sie. Ihre Stimme
war deutlich, verschwand jedoch in der Luft. Sie würde nicht lauter
sprechen, um sich Gehör zu verschaffen.

»Ich glaube, du bist genau die, für die ich dich halte«, sagte ich.
Ich nahm dem Leoparden die Fackel aus der Hand. »Und ich nehme
an, die Flamme ist dir ebenso verhasst wie ihnen.«

»Wer ist sie, Sucher?«, sagte der Leopard.

»Wer bin ich, Wolfsauge? Sag es ihm.«

Sie wandte sich mir zu, sagte aber zum Leoparden: »Der Wolf
fürchtet, sie heraufzubeschwören, wenn er es ausspricht. Sag, dass
ich lüge, wenn ich lüge, Sucher.«

»Wen?«, sagte der Leopard.

»Ich fürchte gar nichts, Omoluzu«, sagte ich.

»Ich erhob mich vom Boden, sie aber fallen von der Decke herab.
Ich spreche, sie aber bleiben stumm. Und doch nennst du mich
Omoluzu?«

»Jede Bestie hat auch noch eine ansehnlichere Gestalt.«

»Im Norden bin ich Bunshi. Im Westen nennt man mich Popele.«

»Du musst einer der niederen Götter sein. Ein Gottling. Ein Buschgeist. Vielleicht gar ein Kobold«, sagte ich.

»Von deiner Nase habe ich gehört, aber von deinem Mund hat mir niemand erzählt.«

»Und dass er ihn ziemlich weit aufreißt?«, sagte Nsaka Ne Vampi.

»Du kennst mich?«

»Alle kennen dich. Du bist ein großer Freund betrogener Frauen und ein Feind betrügerischer Männer. Wie lautstark deine Mutter von dir prahlen muss«, sagte Bunshi.

»Und was bist du? Götterpisse? Götterspucke oder vielleicht Göttersamen?«

Um mich herum wurde die Luft dicker und dicker. Jedes Tier weiß, dass in der Luft auch dann Wasser ist, wenn es nicht regnet. Aber etwas gerann um meine Nase herum, und das Atmen fiel mir schwer. Die Luft wurde dicker und nasser und umgab meinen Kopf. Ich dachte, es sei der Raum, doch es war nur mein Kopf, um den sich eine Kugel aus Wasser bildete, die sich meine Nasenlöcher hinaufzwängen wollte, auch wenn ich nicht atmete. Die mich ertränkte. Ich fiel zu Boden. Der Leopard änderte die Gestalt und ging auf die Frau los. Sie fiel als Pfütze zu Boden und erhob sich auf der anderen Seite des Raumes, geradewegs in die Hand des Ogos hinein, der ihr die Kehle zusammendrückte. Sie wollte entschlüpfen, konnte sich aber nicht verwandeln. Es war etwas an seinem Griff. Er nickte mir zu, hielt sie wie eine Puppe empor, und das Wasser zerstob zu Luft. Ich hustete. Der Ogo ließ die Frau fallen.

»Bleib, wenn du willst, Leopard. Ich gehe«, sagte ich.

Die alte Frau sprach.

»Sucher. Ich bin Sogolon, Tochter der Kiluya aus dem dritten Schwesternreich von Nigiki, und ja, du sprichst wahr. Es ist noch mehr an dieser Geschichte. Willst du es hören?«, sagte sie.

»Sucher?«, sagte der Leopard.

»Gut, warum nicht«, sagte ich zu ihr und verharrte, wo ich war.

»Dann erzähle, Göttin«, sagte Sogolon zu Bunshi.

Bunshi wandte sich dem Sklavenhändler zu und sagte: »Lass uns allein.«

»Wenn deine Geschichte die gleiche ist wie seine oder noch langweiliger, dann setze ich mich mit diesem Messer hin und ritze unanständige Bilder in den Boden«, sagte ich.

»Was wisst ihr über euren König?«, fragte sie.

»Ich weiß, dass er nicht mein König ist«, sagte der Leopard.

»Und meiner ebenso wenig«, sagte ich. »Aber von jeder Münze, die ich verdiene, will der Häuptling von Malakal die Hälfte, auf dass er dem König ein Viertel abgeben kann, also muss er wohl doch mein König sein.«

Bunshi saß auf dem Stuhl des Sklavenhändlers, wie Männer es tun, auf eine Seite gelehnt, das linke Bein über die Armlehne geworfen. Nsaka stand an der Türöffnung und sah nach draußen. Der Ogo stand still, und das alte Weib Sogolon hörte auf, Runen in die Luft zu schreiben. Es kam mir vor, als wäre ich von lauter Kindern umgeben, die darauf warteten, dass der Großvater ihnen eine Geschichte von dem alten Nan-si erzählte, dem Spinnendämon, der einst ein Mann gewesen war. Ich ermahnte mich, die Erzählung irgendeines Gottes oder Geistes oder magischen Wesens nie für bare Münze zu nehmen. Wenn die Götter alles geschaffen hatten, war die Wahrheit dann nicht bloß eine weitere Schöpfung?

»Lange ist es her, dass Kwash Dara, als er noch ein Prinz war, viele Freunde hatte, mit denen er wettstreiten, huren, zechen und kämpfen konnte wie jeder Junge in seinem Alter. Vor allem ein Freund war ihm im Wettstreit, bei der Hurerei, beim Zechen und im Kampf überlegen, und trotz allem waren sie wie Brüder. Freunde selbst dann noch, als der alte König krank wurde und zu den Ahnen auffuhr.

Basu Fumanguru wurde bekannt als der Mann, der dem Prinzen ins Ohr flüstert. Zu jener Zeit gab es auch im Rat der Ältesten einen

Todesfall. Kwash Dara hasste den Rat von Kindesbeinen an. Warum nehmen sie immer junge Mädchen?, fragte er seine Amme. Und ich habe gehört, sie ficken ihre Hände und bringen den Samen zu den Flussinseln hinüber, um ihn irgendeinem Gott darzubringen, sagte er. Als er noch ein Prinz gewesen war, hatte der König im Palast der Weisheit studiert und alles Wissen in sich aufgesaugt und alle Wissenschaft und alles, was gewogen und gemessen und nicht bloß geglaubt wurde. So tat es auch Basu Fumanguru. Kwash Dara wusste, dass Basu ihm in allen Belangen ähnlich war, und liebte ihn dafür. Er sagte: Basu, du bist mir in allen Belangen ähnlich. Und so wie ich meinen Platz auf dem Thron einnehme, wünsche ich, dass du deinen Platz unter den Ältesten einnimmst. Basu sagte, er wolle diesen Platz nicht, denn die Ältesten säßen in Malakal, fünf oder sechs Tagesritte von Fasisi entfernt, wo er zur Welt gekommen war und wo alles lebte, was er kannte. Auch sei er noch jung, und ein Ältester zu sein heiße vielen Dingen zu entsagen. Der Prinz wurde König und sagte: Du bist zu alt für Mätressen, und wir sind zu alt für den Wettstreit. Es ist Zeit, all das beiseitezulegen und dem Königreich zu dienen. Basu widersprach so lange, bis der König seinen königlichen Stab hinwarf und sagte: Bei den Göttern, ich bin Kwash Dara, und dies ist mein Wille. Also nahm Basu Fumanguru seinen Platz unter den Ältesten in Malakal ein, um zum Ohr des Königs zu werden und ihm von dort zu berichten.

Doch dann kam es zu einer ganz sonderbaren Wendung. Basu fand Gefallen an seiner Stellung. Er wurde demütig und fromm und nahm sich eine hübsche und reine Frau. Sie bekamen viele Kinder. Der König hatte ihn dorthin entsandt, um sicherzustellen, dass die Weisheit der Ältesten im Einklang mit den Wünschen des Königshauses stand. Basu verlangte stattdessen, dass die Wünsche des Königshauses im Einklang mit der Weisheit der Ältesten standen. Es war ein einziger Kampf. Er forderte den König mit durch die Trommeln übermittelten Einwänden heraus, er forderte ihn mit Briefen und allerlei Schriftstücken heraus, übermittelt von Männern zu Fuß und zu Pferd. Er forderte ihn bei Besuchen am Hofe und selbst in der Abgeschiedenheit der königlichen Gemächer heraus. Wenn der König sagte: Es sei so, weil ich König bin, dann trug Basu Fumanguru seine Forderungen auf die Straßen von Malakal hinaus, von wo aus sie sich schneller als eine Seuche in den Gassen von Juba, auf den Wegen von Luala Luala und den breiten Straßen von Fasisi selbst ausbreiteten. Basu sagte: Du bist König, aber du bist nicht göttlich, ehe du dich nicht zu den Ahnen gesellst wie dein Vater.

Eines Tages also verlangte Kwash Dara Kornsteuer von den Ländern der Ältesten, was nie zuvor ein König getan hatte. Die Ältesten weigerten sich zu bezahlen. Der König ordnete an, sie alle in den Kerker zu sperren, bis die Steuer bezahlt sei. Doch zwei Nächte nachdem sie eingesperrt worden waren, ging über dem gesamten Königreich des Nordens Regen nieder und ließ nicht nach, ehe alle Flüsse über die Ufer traten und viele töteten, nicht nur die Ku und die Gangatom, die am großen Wasser lebten. Mancherorts stieg das Wasser so hoch, dass ganze Städte verschwanden, und überall trieben aufgeblähte Kadaver. Der Regen hörte erst auf, als der König Basu Fumanguru freiließ. Und selbst dann wurde es noch schlimmer.

Wisset dies. In den frühen Jahren, als die Ältesten mit dem König aneinandergerieten, war der Wille des Volkes mit den Ältesten, denn der König war überheblich. Es schwächte den König nicht, denn er eroberte viele Länder. Doch in seinem eigenen Land begannen die Menschen zu fragen: Haben wir einen oder zwei Könige? Ich spreche wahr: Manche fürchteten Fumanguru mehr als den König, und er war furchterregend in all seinen Taten. Und ebenso gerecht. Doch alles ändert sich. Die Ältesten, die ohnehin schon fett waren, wurden noch fetter. So sehr waren sie daran gewöhnt, ihren Willen zu bekommen, dass sie die Sache nicht den Beamten des Königs überließen, sondern das Recht selbst in die Hand nahmen, wenn jemand aufsässig oder mit der Miete im Verzug war oder ihnen nicht genügend Tribut zollte. Sie fingen Wegelagerer und hackten ihnen die Hände ab. Sie hängten alle, die ihre Ländereien betraten und von ihren Früchten aßen. Sie hörten auf, die Götter anzurufen, und trafen sich stattdessen mit Hexen, um Bannsprüche und Flüche zu sprechen. Sie wurden fett von den Steuern, die den König nie erreichten.

Höret nun. Manche hassten den König, doch bald hassten alle die Ältesten, mit Ausnahme von Basu. So sagte einer: Die Ältesten haben mein Vieh als Steuer für den König genommen, doch der Steuereintreiber war schon vor sieben Tagen hier. Der Alte sagte: Gib mir jetzt, was du mit deinem Getreide verdienst, und wenn die Erntezeit kommt, sorgen wir dafür, dass die Götter deinen Ertrag verdoppeln. Doch vor der Ernte verdarb Mehltau das Getreide. Ein anderer sagte: Wann werden sie aufhören, unsere Töchter zu holen? Sie holen immer jüngere, und kein Mann will sie dann zur Frau nehmen. In Malakal und allen Ländern unterhalb von Fasisi waren sie das Gesetz, und trafen sie sich nicht im Rat, dann breiteten sie sich auf die Städte aus und verseuchten sie mit ihrer Verderbtheit. Doch der König selbst wollte, dass nur die Götter über die Ältesten richten können und nicht die Menschen.

Basu konnte dazu nicht schweigen. Er war nicht das Oberhaupt des Ältestenrates – der König hatte sein Versprechen nie wahr gemacht –, doch sie achteten ihn, weil er einstmals ein Krieger gewesen war, und er stellte sich seinen eigenen Brüdern entgegen, die bestechlich geworden waren. Die Menschen sagen: Geh zu Basu, wenn dieser Älteste dein Getreide genommen hat; geh zu Basu, wenn eine Hexe einen Fluch gesprochen hat; geh zu Basu, denn er ist der Vernünftige. Das sagen die Menschen. Einmal hatte ein Ältester ein Mädchen innerhalb der vierten Mauer gesehen und beschlossen, es sich zu nehmen. Das Mädchen war zehn und ein Jahr alt. Er sprach zum Vater des Mädchens: Sende deine Tochter aus, um der Wassergöttin als Magd zu dienen, oder kein Wind und keine Sonne werden deine Sorghum-Felder vor dem Mehltau schützen. Du und deine Frau und eure zahlreichen Söhne, ihr werdet alle verhungern. Der Älteste wartete nicht darauf, dass das Mädchen zu ihm gesandt wurde. Er kam und holte es selbst. Das ist es, was geschah. Basu suchte gerade alles zusammen, was er für die Einkehr an einem heiligen Ort im Busch brauchte, wo er den Rat der Götter einholen wollte, da hörte er die Schreie des Mädchens, auf dem der Älteste lag. Zorn schoss ihm in den Kopf, und Basu war nicht länger Basu. Er packte eine goldene Ifa-Schale, mit der sich der Wille der Geister deuten lässt, und schlug sie dem Ältesten auf den Kopf. Er schlug und schlug und schlug ihn, bis er tot war. Danach war für Basu alles anders. Seine Brüder hassten ihn, und er wurde vom König und allen am Hof gehasst. Er hätte wissen müssen, dass seine Tage nun gezählt waren. Fumanguru und seine Sippe flohen nach Kongor.

Eines Nachts kamen sie dann. Sucher, du weißt, von wem ich spreche. Es war die Nacht der Schädel, ein mächtiges Omen.«

»Deine Brüder?«

»Wir sind nicht vom selben Blut.«

»Du hast kein Blut.«

Sie wandte den Kopf von mir ab. Der Leopard lauschte mit weit aufgerissenen Augen wie ein Kind, das sich in einen Busch voller Geister verirrt hat. Sie sprach weiter: »Es gibt viele Weisen, sie zu beschwören. Wenn du jemandes Blut hast, sprich einen Fluch und schleudere es an die Decke. Zunächst aber musst du unter dem Schutzzauber einer Hexe stehen, sonst erscheinen sie und töten dich. Du kannst auch eine Hexe rufen, auf dass sie es für dich erledigt. Sie erscheinen an der Decke, man nennt sie auch die Dachläufer, und ob eine Hexe sie beschwört oder sie von deinem Blut angelockt werden – der Hunger in ihnen wird so groß, dass sie dich jagen wie verhungernde Hunde. Und der Zauber wird dich niemals verlassen. Keiner kann ihnen entkommen, und tust du es doch, dann erscheinen sie, wann immer du dich unter einem Dach befindest, und sei es nur einen Augenblick lang. Viele Männer, viele Frauen, viele Jungen und Mädchen schlafen unter den Sternen, weil sie die Omoluzu niemals loswerden können.

Du hast dich gefragt, Sucher, warum sie dir nicht hierher gefolgt sind? Wie lange hast du gewartet, ehe du wieder unter einem Dach geschlafen hast?«

»Beinahe ein Jahr«, sagte ich.

»Die Omoluzu können dir nicht aus der Unterwelt heraus folgen, sind sie dir dort begegnet. Und sind sie dir hier begegnet, können sie dir nicht dorthin folgen. Aber wenn ich du wäre, würde ich kein Blut schleudern.«

»Was haben die Omoluzu getan?«, fragte der Leopard.

Bunshi stand auf. Ihre Gewänder bauschten sich, obgleich kein Wind ging. Draußen ein krachendes Geräusch, Rufe und Schreie. Menschen waren trunken vor Trunk und Ausgelassenheit, trunken vor Aufregung, weil der König kam. Kwash Dara, ebender König aus ihrer Erzählung.

»Wie ich schon sagte. Sie kamen in der Nacht der Schädel. Fumangurus sieben Söhne schliefen längst, und es ging auf die tiefste Nacht zu, die Mittagsstunde der Toten. Alle schliefen sie, selbst der jüngste, der auch Basu hieß. Es schliefen die Hof-und-Garten-Sklaven, aber es wachten die Köche, die das Korn mahlten, Basus jüngste und seine älteste Frau und Basu selbst, der in seinem Studierzimmer in Büchern aus dem Palast der Weisheit las. Dies geschah: Ein Ältester mit Freunden am Hofe sandte eine Hexe aus, um einen dunklen Zauber über das Haus zu sprechen, und bezahlte dann eine Sklavin, um das Monatsblut der jüngsten Frau zu sammeln. Der Hunger der Omoluzu ist ungeheuerlich – der Geruch des Blutes ist es, der sie anlockt, nicht der Geschmack. Diese Sklavin fand die Blutlappen ihrer Herrin, und als die übrigen Sklaven schliefen, schnürte sie die Lappen zusammen und warf sie im Dunkel an die Decke. Die Hexe hatte ihr nicht gesagt, dass sie danach fliehen müsse, also legte sie sich schlafen. In der Finsternis muss das Grollen an der Decke wie ferner Donner geklungen haben. Donner, der nicht einmal den schlechtesten Schläfer weckt.

Der Sucher kann euch sagen, wer sie sind. Sie fallen von der Decke, so wie ich mich vom Boden erhebe. Sie laufen an der Decke entlang, als wären sie an den Himmel gefesselt. Springen sie hoch, berühren sie beinahe den Boden, schlagen jedoch so fest wieder auf der Decke auf, dass man sich fragt, ob nicht sie am Boden sind und man selbst in der Luft. Und sie haben Klingen, die aus nichts von dieser Welt gefertigt sind. Sie erhoben und nahmen Gestalt an und hackten alle Sklaven bis auf die eine in Stücke. Sie rannte hinaus und schrie: Die Finsternis ist gekommen, um uns zu töten. Der Sucher hat recht, ich bin wie die Omoluzu. Doch ich bin nicht sie. Und doch spürte ich sie, ich fühlte sie kommen und wusste, sie waren nah, aber nicht in welchem Haus, bis ich Basu selbst rufen hörte. Die Omoluzu jagten der Sklavin nach, die zu Basus Frau lief. Die Frau, die sich an die großen Sagen erinnerte, in denen das Licht die Finsternis besiegt, griff sich eine Fackel, doch sie umringten sie beide und schlugen ihnen die Köpfe ab.

Omoluzu erschienen im Kornspeicher und töteten die Kochsklaven. Sie erschienen im Zimmer der Kinder und schlitzten sie auf, ehe auch nur eines von ihnen erwachte. Sie verschonten niemanden. Als ich in das Haus stieg, war es zu spät, und noch immer dauerte das Töten an. Ich betrat einen Gang, der mit Blut überströmt war. Ein Mann lief mit einem Säugling auf dem Arm auf mich zu. Basu, der den kleinen Basu hielt. Er sah aus wie ein Mann, der wusste, der Tod ist hinter ihm her. Ich hörte den Tod an der Decke grollen wie Donner, wie berstender Mörtel. Schwärze raste über die Decke wie Finsternis und jagte ihm hinterher. Ich sage: Gib mir dein Kind, wenn du willst, dass es lebt. Ich bin sein Vater, sagt er. Ich sage: Ich kann nicht euch beide retten und sie bekämpfen, und er sagt: Du bist genau wie sie. Aber wir teilen weder Mutter noch Vater, sage ich. Ich hatte keine Zeit, ihn zu überzeugen, dass ich gut oder dass ich böse war. Ich sah, wie sich die Finsternis hinter ihm zu drei, dann vier, dann sechs Omoluzu formte. Gib mir den Jungen, sagte ich. Er starrte sein Kind lange an und gab es mir schließlich. Der Säugling war gerade ein Jahr alt, das sah ich. Wir hielten ihn beide, und er konnte ihn nicht loslassen.

›Sie kommen‹, sagte er.

›Sie sind hier‹, sagte ich.

Er sah mich an und sagte: Das ist das Werk des Königs. Kwash Dara. Es ist das Werk seines Hofes, es ist das Werk der Ältesten, und mein Sohn ist Zeuge davon.

Dein Sohn wird es vergessen, sagte ich.

Der König wird es nicht vergessen, sagte er.

Ich streckte den Zeigefinger aus, und er wurde zur Klinge. Ich bohrte sie gleich hier unter meiner Rippe in die Haut und schnitt sie auf. Der Vater fürchtete sich, aber ich sagte ihm, er brauche keine Angst zu haben, ich wolle dem Jungen eine Leibeshöhle machen. Ich schnitt meinen Leib auf, wie es Hebammen zuweilen tun, wenn das Kind noch nicht geboren und die Mutter bereits tot ist. Ich schob das Kind hinein, und meine Haut schloss sich über ihm. Der Vater war entsetzt, doch es beruhigte ihn ein wenig, meinen Bauch zu sehen, der prall war wie der einer Schwangeren. Wird er in dir sterben?, fragte er, und ich verneinte. Hast du Kinder geboren?, fragte mich Basu, doch ich antwortete nicht. Ich sage euch die Wahrheit, etwas lastete auf mir. Ich habe nie ein Kind ausgetragen. Aber vielleicht ist jede Frau eine Mutter.«

»Du bist keine Frau«, sagte ich.

»Still«, sagte der Leopard.

»Die Sangoma hat von deinem Mundwerk erzählt«, sagte sie.

Ich fragte sie nicht, woher sie es wusste.

»Die Omoluzu hatten Klingen. Auch ich hatte Klingen.«

»Gewiss hattest du welche.«

»Das reicht, Sucher«, sagte der Leopard.

»Einer kam auf mich zu und schwang seine Klinge, doch ich hatte zwei.«

»Das ist eine Geschichte für die Griots. Eine Frau, die aussieht wie schwanger, kämpft mit zwei Klingen gegen Schattenteufel.«

»In der Tat«, sagte der Leopard. Allmählich machte ich mir Sorgen um ihn. Er verschlang ihre Geschichte wie ein Verhungernder oder auch wie ein Vielfraß, da war ich mir nicht sicher.

»Er hieb nach mir, und ich duckte mich. Ich sprang an die Decke, den Boden der Omoluzu, und schlug ihm mit meinen beiden Klingen den Kopf ab. Doch ich konnte sie nicht alle bekämpfen. Basu Fumanguru war tapfer. Er zückte ein Messer, doch von hinten kam eine Klinge und durchbohrte seinen Bauch. Aber ihr Blutdurst war noch nicht gestillt. Obgleich er in mir war, konnten sie das Blut der Sippe an dem Jungen riechen. Einer holte aus und schnitt mir in die Schulter, aber ich fuhr herum und schnitt ihm die Brust auf. Ich rannte los und sprang durch dasselbe Fenster, durch das ich hereingekommen war.«

»Noch nie habe ich eine solche Geschichte gehört. Vom Falken nicht und nicht einmal vom Nashorn«, sagte der Leopard.

»Es ist eine sehr gute Geschichte. Selbst Ungeheuer kommen darin vor. Doch sie weckt in mir nicht den Wunsch, dir zu helfen«, sagte ich.

Sie lachte. »Wäre ich auf der Suche nach edlen Männern mit dem Mut, ein Kind zu retten, hätte ich mich nie an dich gewandt. Mich schert wahrhaftig nicht, was du willst. Es ist ein Auftrag, für den man dir viermal mehr zahlen wird, als du je bekommen hast. In Gold. Was du magst oder willst, was auch immer in deinem Kopf vor sich geht, ist mir völlig gleichgültig.«

»Ich …« Ich hatte nichts zu sagen.

»Was geschah mit dem Jungen – danach, meine ich?«, fragte der Leopard.

»Ich brachte ihn nicht zu seiner Tante. Omoluzu riechen Blut auf Blut, und hätte derjenige, der sie befehligte, es so gewollt, dann hätten sie allen Angehörigen nachgestellt. Ich brachte ihn zu einer blinden Frau in Mitu, von der ich geglaubt hatte, sie sei den alten Göttern stets ergeben. Sie wusste nicht, wer der Junge war, und würde auch nicht versuchen, es herauszufinden. Da sie schwanger war, konnte sie ihn auch säugen und ihn ein Jahr lang behalten.«

»Du hattest geglaubt, sie sei den Göttern ergeben?«

»Sie verkaufte ihn auf dem Sklavenmarkt in der Purpurnen Stadt, nahe dem Abbarsee. Ein Säugling, zumal ein männlicher, bringt jenseits von Kongor reichlich Münze ein. Das erzählte sie mir, während ich ihre Kehle mit diesem Finger aufzuschlitzen begann.«

»Wie weise du deine Leute auswählst.«

Ich wusste, dass Nsaka Ne Vampi auf der anderen Seite des Raumes die Augen verdrehte. Ich sah nicht hin, doch ich wusste es.

»Ich folgte der Spur des Kindes zu einem, der mit Duftwasser und Silber handelte und es mit nach Osten nehmen wollte. Das dauerte einen Mond, und ich kam zu spät. Seine Silberlieferung kam zu spät, und die Händler in Mitu sandten Söldner aus, um ihn zu finden. Wisst ihr, wo sie ihn fanden? An der Grenze zu Mitu. Sie fanden Fliegen, aber keinen Aasgeruch. Jemand hatte die Karawane geplündert und alle getötet. Niemand hatte den Zibet, das Silber oder die Myrrhe angerührt. Den Jungen sah ich nicht; sie hatten ihn geraubt.«

»Der König?«, fragte ich.

»Der König hätte ihn umbringen lassen.«

»Er ist also fort? Warum kann er nicht fortbleiben?«

»Du würdest ein Kind bei Mördern lassen?«, sagte die Alte.

»In Gesellschaft von Hexen wäre es gewiss viel besser aufgehoben«, sagte ich. »Welchen Nutzen hat der Junge den Mördern?«

»Sie haben einen Nutzen für ihn gefunden«, sagte Bunshi.

Mir kam in den Sinn, was der Dattelknecht im Turm der Blitzfrau dem Sklavenhändler erzählt hatte. Wie der kleine Junge an die Tür der Frau gehämmert und geschrien hatte, er sei vor Ungeheuern auf der Flucht, nur um sie dann eigenhändig hereinzulassen, sobald ihre Sippe eingeschlafen war. Ich nickte dem Leoparden zu und hoffte, er verstand, was sie verschwiegen.

Ich konnte mich nicht entscheiden, ob ich sitzen, stehen oder gehen sollte.

»Ein kleiner Junge überlebt die Dachläufer, nur um in die Sklaverei verkauft zu werden, aus der er von wem entführt wurde, von Hexern? Teufeln? Einem Kreis knabenliebender Geister, die sich das Kind schon früh gefügig machen wollen? Was geschieht wohl als Nächstes? Vielleicht riecht der Sumpfdrache Ninki Nanka sie, wenn sie durch den Busch laufen, und frisst sie alle auf?«

»Du glaubst nicht an solche Wesen?«, sagte Bunshi. »Trotz allem, was du schon gesehen und gehört und bekämpft hast? Trotz des Tiers an deiner Seite?«

»Man muss nicht an böse Wesen glauben, wenn Männer ihre eigenen Frauen schinden«, sagte ich. Ich wandte mich um und sah den Leoparden an, der ihrer Erzählung noch immer gebannt lauschte.

»Aber du glaubst, es sei weise, klug daherzureden. Gut. Ich zahle nicht für deinen Glauben. Ich zahle für deine Nase. Bring mir den Jungen zurück.«

»Oder einen Beweis, dass er tot ist?«

»Er lebt.«

»Und wenn wir ihn finden, was dann? Du willst, dass wir uns gegen den König auflehnen?«

»Ich bezahle euch, um den König bloßzustellen.«

»Um zu beweisen, dass der König hinter einem Mord steckt.«

»Mit dem König hat es mehr auf sich, als du ahnst. Und wenn du es ahntest, könntest du es nicht ertragen.«

»Gewiss.«

»Sie bezahlt dich nicht dafür, Fragen zu stellen oder nachzudenken. Sie bezahlt dich fürs Riechen«, sagte Nsaka Ne Vampi.

»Woher wollt ihr wissen, dass sie das Kind nicht getötet haben?«
»Wir wissen es«, sagte Bunshi.

Beinahe hätte ich gesagt: Ich weiß es auch, doch ich sah den Leoparden an. Er warf mir einen Seitenblick zu und nickte.

Eine Tür öffnete und schloss sich. Ich glaubte, es sei Fumeli, aber es war nicht sein Geruch. Nsaka Ne Vampi ging zu der Türöffnung und blickte hinaus. »In zwei Tagen reiten wir nach Kongor«, sagte sie. »Kommt mit oder nicht, mir ist es gleich. Sie ist es, die euch dabeihaben will.«

Sie deutete auf Bunshi, doch ich blickte weiterhin an ihr vorbei. Ich hörte nicht einmal ihre nächsten Worte, und das lag an dem Geruch, der die Treppe heraufwallte. Der Geruch, der mir zuvor schon aufgefallen war und den ich anfangs für den Bunshis gehalten hatte, doch ich war ihr nie zuvor begegnet, und sie hatte recht, sie roch nicht nach Omoluzu. Dieser Geruch kam näher, jemand trug ihn an sich, und ich wusste, ich hasste diesen Geruch, hasste ihn mehr, als ich seit Jahren irgendetwas gehasst hatte, mehr, als ich Männer gehasst hatte, die ich gut gekannt und dennoch getötet hatte. Derjenige kam die Treppe herauf, kam näher, ich hörte den Takt seiner Schritte, und mit jedem Schritt flammte mein Zorn auf.

»Du kommst spät«, stieß Nsaka Ne Vampi hervor. »Wir sind …«

Ich schnitt ihr das Wort mit dem Beil ab, das ich geradewegs an ihrem Gesicht vorbei in Richtung der Tür warf, wo es stecken blieb.

»Gefickte Götter! Um ein Haar hättest du mich getroffen, mein Freund«, sagte er und trat in die Türöffnung.

»Das war auch meine Absicht«, sagte ich und schleuderte ihm das zweite Beil geradewegs ins Gesicht. Er wich aus, aber es streifte sein Ohr.

»Sucher, was zum …«

Ich rannte los und warf mich auf ihn; wir stürzten auf die Treppe und rollten die Stufen hinunter. Ich legte die Hände um seinen Hals und drückte zu, bis entweder der Hals brach oder er aufhörte zu atmen. Wir rollten die Stufen hinunter, Glieder wurden geprellt, Blut floss, seines, meines, die Stufen, der bröckelnde Mörtel. Ich verlor den Boden unter den Füßen, er verlor seine Stimme, wir rollten und rollten und landeten im darunterliegenden Stockwerk, ein Aufprall und dann der Tritt, den er mir gegen die Brust versetzte. Ich fiel hintenüber, und er war auf mir. Ich stieß ihn mit den Füßen von mir und zog ein Messer, doch er schlug es mir aus der Hand und rammte mir die Faust in den Bauch, dann ins Gesicht, dann auf die Wange, dann gegen die Brust, doch ich kam seiner Hand zuvor, schob die Knöchel von mir, versetzte ihm einen Schlag unter das Kinn und einen auf das linke Auge. Der Leopard kam als Leopard heruntergelaufen und verwandelte sich vielleicht, ich sah es nicht, mein Blick war auf ihn geheftet. Er ging auf mich los, sprang und trat zu, ich duckte mich, stieß meinen Ellbogen nach oben und traf ihn mitten ins Gesicht, er fiel und landete mit dem Kopf voran auf dem Boden. Ich stürzte mich auf ihn und schlug ihm auf die linke Wange, dann auf die rechte und dann wieder auf die linke, und er schlug mir zweimal in die Rippen, und ich kippte von ihm herunter, wälzte mich aber zur Seite, sodass sein Messer mich verfehlte und den Boden traf. Ich parierte seinen Tritt mit einem Tritt und dann noch einmal und stand schwankend auf, während er schwankend aufstand, und der Leopard versuchte erst gar nicht, mich zurückzuhalten, und während ich den Leoparden anblickte, sah ich ihn nicht von hinten kommen und ausholen und auf meinen Hinterkopf zielen und ihn treffen, und mein Kopf wurde nass, und ich fiel auf die Knie, und er holte aus, um mich noch einmal zu schlagen, und ich trat gegen seine Beine, und er stürzte. Dann war ich wieder auf ihm und holte aus, um ihn abermals zu schlagen, sein blutüberströmtes Gesicht wie eine aufgeplatzte dunkle, saftige Frucht, da drückte eine Klinge gegen meinen Hals.

»Ich schneide dir den Kopf ab und werfe ihn den Krähen zum Fraß vor«, sagte Nsaka Ne Vampi.

»Ich rieche ihn an dir«, sagte ich.

»Nimm die Hände von seinem Hals. Sofort«, sagte sie.

»Nein ...«

Der Pfeil schoss ihr mitten durch das Haar. Der Junge des Leoparden war ein Stockwerk unter uns, den Bogen mit einem weiteren Pfeil im Anschlag, die Sehne gespannt und schussbereit. Nsaka Ne Vampi hob die Hände. Ein heftiger blauer Windstoß traf den Boden und fegte uns auseinander. Der Leopard und ich prallten fest gegen die Mauer, und Nsaka Ne Vampi kugelte davon.

Nykas Lachen übertönte den Wind, während er sich aufzurichten versuchte. Er spie in den Wind, der lauter heulte und mich an die Wand presste. Die Stimme des alten Weibs übertönte den Wind. Sie sprach einen Bann. Der Wind erstarb so rasch, wie er aufgekommen war, und wir waren im ganzen Raum verstreut. Bunshi kam die Stufen herunter, doch das alte Weib blieb oben.

»Du glaubst, dass sie den Jungen finden?«, fragte Sogolon.

»Ihr kennt euch«, sagte Bunshi.

»Schwarze Herrin, hast du es nicht gehört? Wir sind alte Freunde. Besser als Geliebte, denn er teilte sechs Monde lang sein Lager mit mir. Und doch passierte nichts, wie, Sucher? Du weißt gar nicht, wie enttäuscht ich war.«

»Wer ist dieser Mann?«, fragte mich der Leopard.

»Er hat mir so viel von dir erzählt, Leopard. Hat er mich denn nie erwähnt?«

»Dieser Sohn einer aussätzigen Schakalin ist ein Nichts, doch manche nennen ihn Nyka. Ich habe allen gefickten Göttern, die mir zuhörten, geschworen, dass ich dich umbringen würde, wenn ich dich das nächste Mal zu Gesicht bekäme, sollte dieser Tag je kommen«, sagte ich.

»Dieser Tag ist nicht heute«, sagte Nsaka Ne Vampi. Sie hielt zwei Dolche in den Händen.

»Ich hoffe für dich, dass du ihn herausziehen lässt, wenn er dich fickt. Selbst sein Samen ist giftig«, sagte ich.

»Diese Wiedervereinigung scheint mir unter keinem guten Stern zu stehen. Du hast Donner unter der Stirn«, sagte Nyka.

»Sucher, lass uns …«

»Lass uns was, Katze?«

»Was immer du auch suchst, heute ist nicht der Tag, um es zu finden«, sagte er. Ich war so wütend, dass ich nichts als Hitze spürte und nichts als Rot sah.

»Du hast es nicht einmal für Gold getan. Nicht einmal für Silber«, sagte ich.

»Noch immer ein solcher Narr. Mancher Auftrag ist sein eigener Lohn. Nichts bedeutet nichts, und niemand liebt niemanden, sagst du das nicht immer? Und doch bist du derjenige mit all den Gefühlen, und du vertraust ihnen mehr als allem anderen, deine Nase eingeschlossen. Toll vor Liebe, toll vor Hass. Du glaubst noch immer, ich hätte es des Geldes wegen getan?«

»Geh, auf der Stelle, oder ich schwöre, es ist mir gleich, wen ich umbringen muss, um dich in die Finger zu bekommenen«, sagte ich.

»Geh du stattdessen«, sagte die Alte. »Du kannst bleiben, Leopard.«

»Wohin er geht, da gehe auch ich hin«, sagte der Leopard.

»Dann geht beide«, sagte die Alte.

Nsaka Ne Vampi brachte Nyka nach oben, ohne mich dabei aus den Augen zu lassen.

»Hinaus«, sagte Bunshi.

»Ich war nie drinnen«, sagte ich.

Tief in der Nacht erwachte ich in meinem noch dunklen Zimmer. Ich glaubte, ich hätte schlecht geträumt, doch sie hatte sich in meine Träume geschlichen, um mich zu wecken.

»Du wusstest, du würdest mir folgen«, sagte sie.

Ihre Gestalt rann zäh am Fensterbrett herunter. Sie warf sich zu einem Hügel auf, erhob sich bis zur Decke und formte sich wieder zu einer Frau. Bunshi lehnte im Fensterrahmen.

»Du bist also ein Gott«, sagte ich.

»Sag mir, dass du ihn tot zu sehen wünschst.«

»Wirst du mir den Wunsch gewähren?«

Sie starrte mich an.

»Ich will nicht, dass er tot ist«, sagte ich.

»Ach?«

»Ich will ihn töten.«

»Ich höre mir die Geschichte gern an.«

»Wie freundlich von dir. Nun gut. Dies geschah zwischen Nyka und mir.«

Nyka war wie ein Mann, der bereits hinter sich gebracht hatte, was mich noch erwartete. Es war zwei Jahre her, dass ich den Leoparden zuletzt gesehen hatte, und ich lebte in Fasisi, nahm jede Arbeit an, die ich bekommen konnte, suchte sogar Hunde für tumbe Kinder, die glaubten, sie könnten sich um einen Hund kümmern, und wenn ich den soeben erst vergrabenen Kadaver dem Vater zurückbrachte, der das Tier getötet hatte, dann weinten sie. Nur um ein Dach über dem Kopf zu haben, teilte ich das Lager mit Frauen, da sie mich eher über Nacht bleiben ließen als Männer, vor allem wenn ich ihre Ehemänner suchte.

Eine edle Frau, die nur für den Tag lebte, an dem sie endlich an den Hof berufen würde, in der Zwischenzeit aber für jede siebte Frau, die sie im Atem ihres Mannes roch, mit einem anderen Mann fickte, sagte zu mir, als ich mich ihr im Ehebett von hinten näherte und an weichhäutige Jungen aus dem Uwomowomowomowo-Tal dachte: Man sagt, du hättest eine Nase. Der Mann und die Frau schütteten beide Duftwasser auf die Teppiche, um den Geruch der anderen zu verdecken, die sie in ihr Bett nahmen. Später sah sie mich an und sagte: Es macht nichts, ich werde mir selbst Genuss bereiten.

Was soll meine Nase für dich tun?, fragte ich. Mein Mann hat sieben Mätressen. Ich klage nicht darüber, denn er ist ein grober, ein fürchterlicher Liebhaber. Doch in letzter Zeit ist er sonderbarer geworden, und er war immer schon sonderbar. Ich habe das Gefühl, er hat eine achte Mätresse, und diese Mätresse ist entweder ein Mann oder ein Tier. Zweimal kam er heim und hatte einen Geruch an sich, den ich nicht erkannte. Einen üppigen Geruch, wie von einer brennenden Blume.

Ich fragte nicht, wie sie von mir erfahren habe oder was ich mit ihm tun solle, wenn ich ihn fände, sondern nur, wie viel sie zahlen würde.

›Das Gewicht eines Jungen in Silber‹, sagte sie.

Das klingt nach einem guten Angebot, sagte ich. Was wusste ich von guten oder schlechten Angeboten? Ich war jung. Gib mir etwas von ihm, denn ich habe deinen Mann nie gesehen, sagte ich. Sie nahm etwas, was wie ein weißer Teppich aussah, und sagte: Das trägt er unter seiner Kleidung. Bist du mit einem Mann verheiratet oder mit einem Berg?, fragte ich. Das Tuch war zweimal so breit wie meine Elle lang und hatte noch den Geruch seines Schweißes, seiner Scheiße und seiner Pisse an sich. Ich sagte ihr nicht, dass zwei Arten von Scheiße an dem Tuch waren – seine eigene und die von jemandem, dessen Arsch er verwöhnt hatte. Sobald ich ihn roch, wusste ich, wo er war. Doch ich hatte schon gewusst, wo er war, als sie brennende Blume gesagt hatte.

›Sieh dich vor. Viele halten ihn für einen Ogo‹, sagte sie.

Es gab nur eines, was nach brennender Blume roch. Nur eines, was roch wie etwas Üppiges, das verbrannte.

Opium.

Es kam von den Händlern aus dem Osten. Inzwischen gab es in jeder Stadt geheime Opiumhöhlen. Keiner, der es nahm, kannte ein Morgen. Oder ein Gestern. Nur ein Jetzt, in einer Höhle voller Rauch, und ich fragte mich, ob dieser Mann das Opium verkaufte

oder sein Sklave war oder unter der Wirkung des Opiums stehende
Männer ausraubte.

Der Geruch des Mannes und des Opiums führten mich zu der
Straße der Künstler und Handwerksmeister. Die Straßen von Fasisi
folgten keinem Plan. Eine breite Straße wand sich in eine schmale
Gasse, erbrach sich in einen Fluss, über den lediglich eine Seilbrü-
cke führte, um dann zu einer weiteren Gasse zu werden. Die meisten
der Häuser hatten Strohdächer und Mauern aus Lehm. Auf dem
höchsten Berg des Flussdeltas stand hinter dicken, von Wachposten
geschützten Mauern das königliche Anwesen. Ich sage dir, es war ein
Rätsel, warum ausgerechnet diese, die am wenigsten prächtige der
Städte des Nordens, die Hauptstadt des Reiches war. Nyka sagte, es
sei die Stadt, die den König daran erinnerte, woher er kam und wohin er niemals zurückkehren wollte, doch noch taucht er nicht in
dieser Geschichte auf. Fasisi-Schmiede sind Meister des Eisens, aber
nicht des gepflegten Umgangs. Und das Eisen ist es, wodurch diese
rückständige Stadt vor zweihundert Jahren den Norden erobern
konnte.

Ich machte an einem Wirtshaus halt, dessen Name in meiner Sprache »Licht von den Hinterbacken einer Frau« bedeutete. Sie ver-
rammelten die Fenster, ließen die Tür jedoch geöffnet. Drinnen lagen, wo immer es Boden gab, viele Männer auf dem Rücken, die
Augen geöffnet, aber weit abgeschweift; Speichel rann ihnen aus den
Mündern, und es war ihnen gleich, ob die Glutreste aus den Pfeifen-
köpfen rutschten und auf ihren Gewändern verglommen. In der
Ecke beugte sich eine Frau über einen großen Kessel, aus dem es
nach einer Suppe roch, der es an Pfeffer und Gewürzen fehlte.
Wahrlich, es roch eher nach dem heißen Wasser, das man hernimmt,
um Tiere zu häuten. Einige der Männer stöhnten, doch die meisten
waren so stumm, als schliefen sie.

Ich ging an einem Mann vorbei, der unter einer Fackel Tabak
rauchte. Er saß auf einem Schemel und lehnte mit dem Rücken an

der Wand. Hageres Gesicht, zwei große Ohrringe, starkes Kinn, doch das Licht täuschte womöglich. Die Haare hatte er auf der Vorderseite seines Kopfes rasiert und auf der Rückseite lang wachsen lassen. Ein Umhang aus Ziegenhaut. Er sah mich nicht an. Aus einem anderen Raum drang Musik, was seltsam war, denn niemand hier würde Notiz davon nehmen. Ich stieg über Männer hinweg, die sich nicht regten, Männer, die mich sahen, aber nur für die Pfeife Augen hatten. Der Opiumgeruch nach brennenden Blumen war so stark, dass ich den Atem anhielt. Man konnte nie wissen. Im Obergeschoss schrie ein Junge, und ein Mann fluchte. Ich rannte hinauf.

Der Mann mochte vielleicht kein Ogo sein, doch er war so groß wie einer. Er stand da, größer als die Türöffnung, höher als das größte Kavalleriepferd. Er war nackt und im Begriff, einen Jungen zu schänden. Ich konnte nur die leblos herabhängenden Beine des Jungen sehen, doch er heulte. Die riesenhaften Hände des Mannes packten die Hinterbacken des Jungen, während er sich in ihn zwang. Die Frau wollte ihn lebendig, dachte ich, aber sie hatte nicht gesagt, dass sie ihn in einem Stück wollte.

Ich zückte zwei kleine Wurfdolche und schleuderte sie auf seinen Rücken. Einer schnitt ihm in die Schulter. Der Mann schrie, ließ den Jungen fallen und drehte sich um. Der Junge landete auf dem Rücken und blieb reglos liegen. Ich beobachtete ihn zu lange. Der Mann war über mir, ganz Muskeln und Haut, die Schultern breit wie die eines Affen; seine Hand hielt meinen ganzen Kopf umklammert. Er hob mich wie eine Puppe auf und schleuderte mich durch den Raum. Dabei grunzte er, wie er es beim Schänden des Jungen getan hatte. Der Junge wälzte sich zur Seite und krallte sich in einen Teppich auf dem Boden. Der Mann stürmte wie ein Büffel auf mich zu. Ich wich aus, und er rannte geradewegs gegen die Wand, die Risse bekam und beinahe zusammengefallen wäre. Ich packte ein Beil, um in seine Ferse zu hacken, doch er versetzte mir einen Tritt, der mich bis an die gegenüberliegende Wand fliegen ließ. Es presste mir den Atem aus dem Mund, und ich stürzte. Der Junge rappelte sich hoch und trat mir beim Hinausrennen auf die Beine. Der Mann zog den Kopf aus der Mauer. Seine Haut war schwarz, nass von Schweiß und behaart wie die eines Tieres. Mit einer Armbewegung wischte er eine Reihe an der Wand lehnender Speere fort. Ich kannte gewiss Männer, die groß waren, und auch Männer, die schnell waren, doch keinen, der beides zugleich war. Ich zog mich hoch und versuchte wegzulaufen, doch seine Hand war wieder an meinem Hals. Er schnürte mir die Luft ab, und das war erst der Anfang. Er würde mir die Knochen zermalmen. Ich kam nicht an ein Messer oder Beil heran. Ich schlug, ich hämmerte auf seine Arme ein, zerkratzte sie, doch er lachte, als wäre ich der Knabe, den er geschändet hatte. Er funkelte mich an, und ich sah seine schwarzen Augen. Meine Sicht verfinsterte sich, und mein Speichel rann an seiner Hand hinunter. Er hatte mich vom Boden aufgehoben. Das Blut wollte mir schon aus den Augen schießen, und ich sah kaum, wie der Tabakraucher von unten einen Tonkrug auf dem Rücken des Hünen zerschmetterte. Dieser fuhr herum, und der andere schleuderte ihm etwas Gelbes und Übelriechendes in die Augen. Der Nicht-Ogo ließ mich fallen und sank auf die Knie, schrie und rieb sich die Augen, als wollte er sie auskratzen. Luft strömte in mich und ließ mich auch auf die Knie sinken. Der Mann fasste mich am Arm.

»Ist er blind?«, fragte ich.

»Vielleicht für die nächsten Augenblicke, vielleicht einen Viertelmond lang, vielleicht für immer, bei Fledermauspisse weiß man das nie.«

»Fledermauspisse? Sagtest du …«

»Ein Riese ist blind nicht weniger gefährlich, Junge.«

»Ich bin kein Junge, ich bin ein Mann.«

»Dann stirb als Mann«, sagte er und lief hinaus. Ich rannte hinterher. Er lachte, bis wir zur Tür hinaus waren.

Er sagte, sein Name sei Nyka. Kein Sippenname, kein Haus der Herkunft, kein Ort, den er Zuhause nannte, und kein Zuhause, vor dem er fortlief. Einfach nur Nyka.

Wir jagten ein Jahr lang zusammen. Ich konnte alles finden außer Aufträgen. Er fand dafür alles andere. Ich hätte es wissen müssen, aber er hatte recht, ich war ein Junge. Er ließ mich Gewänder tragen, was mir nicht gefiel, denn sie erschwerten das Kämpfen, aber in manchen Städten hielt man mich für seinen Sklaven, wenn ich nur einen Lendenschurz trug. In den meisten Städten, die wir besuchten, kannte niemand diesen Nyka. Doch kamen wir irgendwohin, wo die Menschen ihn kannten, dann wollten sie ihn töten. In einer Schänke im Uwomowowomowowomowo-Tal sah ich, wie eine Frau geradewegs zu ihm ging und ihn zweimal ohrfeigte. Sie hätte es ein drittes Mal getan, doch er packte ihre Hand. Sie zückte mit der anderen ein Messer und ritzte damit seine Brust. Später in der Nacht war meine Hand zwischen meinen Beinen, als ich sie auf der anderen Seite des Raumes ficken hörte.

Einmal suchten wir nach einem toten Mädchen, das nicht tot war. Ihr Entführer hielt sie in einem großen Tongefäß im Boden hinter seinem Haus gefangen und holte sie heraus, wenn ihm nach Zerstreuung war. Er knebelte sie und fesselte sie an Händen und Füßen. Als wir ihn fanden, hatte er gerade seine Kinder zu Bett gebracht und seine Frau im Haus zurückgelassen, um Dinge mit diesem Mädchen anzustellen. Er schob lose Pflanzen zur Seite, schaufelte Erde fort und nahm das Rohr heraus, das er oben in das Tongefäß steckte, damit sie atmen konnte. Doch in jener Nacht war nicht sie darin, sondern Nyka. Er stach dem Mann das Messer in die Seite, und dieser taumelte schreiend zurück. Ich trat ihm in den Rücken, und er fiel. Ich nahm einen Knüppel und schlug ihn bewusstlos. Als er aufwachte, war er an einen Baum gefesselt, nahe der Stelle, wo er das Mädchen vergraben hatte. Sie war schwach und konnte nicht stehen. Ich legte ihr die Hand auf den Mund, sagte, sie solle keinen Laut von sich geben, und gab ihr ein Messer. Wir stützten ihre Hand, als sie das Messer immer wieder in seinen Bauch, in seine Brust und wieder in seinen Bauch rammte. Er schrie in seinen Knebel, bis er nicht länger schrie. Ich wollte, dass das Mädchen Genugtuung erfuhr. Das Messer fiel ihr aus der Hand, und sie lag weinend neben dem toten Mann. Danach veränderte sich etwas in Nyka. Wir waren Lügner und Diebe, doch wir waren keine Mörder.

All das erzähle ich dir, weil du ihn so sehen sollst, wie ich ihn sah. Vorher.

In Fasisi nahmen die Aufträge ab. Ich wurde des Ortes überdrüssig und der Frauen, die alle sieben Tage ihre Männer vermissten. Wir saßen in demselben Wirtshaus, das wir stets aufsuchten, um unseren Gewinn zu teilen. Und um Palmwein oder Masukubier oder bernsteinfarbenen Schnaps zu trinken, der ein Feuer in der Brust entfachte und den Boden glitschig werden ließ. Die dicke Wirtin mit der tiefen Stirnfalte unmittelbar über der Warze oberhalb der Augenbrauen kam herüber.

»Schenk uns vom flüssigen Feuer ein«, sagte Nyka.

Sie holte zwei Krüge und füllte sie je zur Hälfte. Sie sagte nichts, nicht einmal, als Nyka ihr auf dem Rückweg zum Tresen auf die Hinterbacken klatschte.

»In der Stadt Malakal oder im Uwomowomowomowo-Tal erwartet uns das Glück«, sagte ich.

»Das Glück, meinst du? Und was, wenn mich nach Abenteuern hungert?«

»Der Norden?«

»Ich glaube, ich werde meine Mutter besuchen«, sagte er.

»Du hast doch gesagt, das Zweitbeste, was ihr einander je gegeben hättet, sei der Abstand zwischen euch gewesen. Du hast auch gesagt, du hättest keine Mutter.«

Er lachte. »Das ist noch immer die Wahrheit.«

»Was von beidem?«

»Wie viel flüssiges Feuer hast du getrunken?«

»Welcher Krug ist deiner?«

»Hast du daraus getrunken?«, fragte er. »Gut. Als wir zuletzt über unsere Väter sprachen, sagtest du, du hättest gegen deinen gekämpft. Eines Tages kommt mein Vater nach Hause. Er hat den ganzen Tag nicht gearbeitet, bloß nutzlose Pläne geschmiedet. Er schlug uns zum Vergnügen. Eines Tages schlug er meinem Bruder mit dem Gehstock auf den Hinterkopf, und fortan war mein Bruder einfältig. Meine Mutter machte Sorghum-Brot. Er schlug auch sie. Einmal prügelte er sie mit dem Gehstock, und sie humpelte zwei Monde lang auf einem Fuß und hinkte fortan. Gut, sagen wir also, dies war so ein Abend, an dem er vom Zechen heimkommt und die Krücke schwingt und mir auf den Hinterkopf schlägt. Dann tritt und schlägt er mich auf dem Boden weiter, schlägt mir noch einen Zahn aus, schreit, ich solle aufstehen und mir weitere Prügel abholen. Eines Tages werden wir nur über unsere Väter sprechen, Sucher. Gut, sagen wir also, er schwingt den Stock gegen meinen Kopf, doch er ist zu langsam, und ich bin zu schnell, und ich fange ihn ab. Dann entwinde ich ihm den Stock und schlage ihm damit auf den Kopf. Er geht zu Boden, einfach so. Ich nehme den Stock und schlage und schlage auf ihn ein, und er hebt die Hand, und ich breche ihm alle Finger, und er hebt die Arme, und ich breche ihm die Arme, und er hebt den Kopf, und ich breche ihm den Schädel, bis ich es knacken, knacken, knacken höre, und ich schlage immer weiter drauflos, und dann höre ich es knirschen und dann gluckern, gluckern, und meine Mutter schreit: Du hast meinen Mann umgebracht, du hast den Vater deines Bruders umgebracht. Wovon sollen wir leben? Ich habe ihn hinter unserer Hütte verbrannt. Niemand fragte nach ihm, weil niemand ihn mochte, und alle frohlockten beim Geruch seines brennenden Fleisches.«

»Und deine Mutter?«

»Ich kenne meine Mutter. Sie ist genau dort, wo ich sie zurückgelassen habe. Und doch werde ich zu ihr gehen, Sucher. In zwei

Tagen ziehe ich los. Danach können wir uns auf jedes Abenteuer begeben, das dir gefällt.«

»Du bist derjenige, der stets das Abenteuer sucht. Wir treffen uns in Malakal.«

»Wir treffen uns, wo du meinen Geruch witterst. Es ist ein träger Abend, und wir haben das gesamte Viertel leer gefickt. Trink noch etwas.«

Ich trank, und er trank auch, bis wir das Feuer in der Brust gebändigt hatten, und dann tranken wir noch weiter. Und er sagte: Vergessen wir das Gerede von unseren Vätern. Dann küsste er mich auf den Mund. Das bedeutete nichts; Nyka küsste alles und jeden, zur Begrüßung wie zum Abschied.

»In zehn Tagen komme ich zu dir«, sagte ich.

»Acht ist die bessere Zahl«, sagte er. »Wenn ich mehr als sieben Tage mit meiner Mutter zusammen bin, muss ich mich wirklich zusammenreißen, um sie nicht umzubringen. Trink noch etwas.«

Etwas Warmes auf meiner Stirn, das den Hals hinunterrann. Ich öffnete die Augen, und die Pisse traf mein Gesicht und blendete mich. Ohne irgendetwas zu denken, rieb ich mir die Augen, und meine rechte Hand zog die linke mit sich. Eine Fessel an meiner Rechten, eine Kette, eine Fessel an meiner Linken. Vor mir ein gehobenes Bein und Pisse, die auf mich spritzte. Im Dunkel lautes Gelächter. Ich wollte zuschlagen, doch die Kette hinderte mich daran. Ich versuchte aufzustehen, ich versuchte zu schreien, die Frauen im Dunkel lachten lauter. Das Tier, das Biest, der Hund pisste mich an, als wäre ich ein Baumstamm. Zuerst dachte ich, Nyka habe mich betrunken in einer Gasse liegen lassen, wo mich die Hunde anpissten. Oder irgendjemand, ein Wahnsinniger oder ein Sklavenhändler – sie suchten diese Gassen heim – oder ein Ehemann, der nicht von mir gefunden werden wollte, habe nun mich gefunden. Meine

Gedanken gingen wild durcheinander, ich dachte, drei Männer oder vier oder fünf hätten mich in der Gasse gefunden und gesagt: Da ist der Mann, der unserem Leben die Bequemlichkeit genommen hat. Aber Männer lachten nicht wie Frauen. Das Vieh senkte das Bein und trottete davon. Der Boden war Erde, und ich konnte Wände erkennen. Wieder gingen meine Gedanken wild durcheinander. Ich wollte fragen: Wer seid ihr, die ich bald töten werde?, aber etwas war in meinem Mund.

Als Erstes erschienen zwei rote Augen im Dunkel. Dann Zähne, lang und weiß und zum Zubeißen bereit. Licht war über mir, als ich aufblickte, Licht lugte durch Äste, die das Loch verdeckten, diese Falle, in die ich gestürzt war. Eine längst vergessene Falle, sodass nicht einmal der Fallensteller wusste, dass ich hier sterben würde. Doch wer hatte mir einen Knebel in den Mund gesteckt? War es geschehen, damit ich nicht schreien konnte, wenn es die Zähne in mich schlug und Stücke herausriss? Doch noch ehe ich das Gesicht sah, als es noch allein aus Augen und Zähnen bestand, verriet mir die Pisse alles. Die Hyäne zog sich in die Finsternis zurück und schoss dann geradewegs auf mich zu. Eine weitere kam von der Seite aus dem Dunkel gesprungen und ihr direkt in die Rippen, und sie wälzten sich in die Dunkelheit, bösartig, knurrend, bellend. Dann hielten sie inne und begannen wieder zu lachen.

»Die Menschen im Westen nennen uns die Bultungi. Wir haben noch eine Rechnung mit dir zu begleichen«, sagte sie im Dunkel.

Ich wollte sagen, dass ich mit gefleckten Teufeln keine Rechnungen offen hätte oder dass es wenig ruhmreich war, Aasfresser zu täuschen, doch ich hatte einen Knebel im Mund. Und soweit ich wusste, verschmähten Hyänen auch lebendiges Fleisch nicht.

Drei kamen aus dem Dunkel: ein Mädchen; eine ältere Frau, vielleicht die Mutter; eine noch ältere Frau, dünn, mit aufrechtem Rücken. Das Mädchen und die alte Frau waren nicht bekleidet. Die Brüste des Mädchens waren wie große Pflaumen, die Hüften breit;

ihre Nana ein schwarz sprießender Busch. Das Gesicht der Alten bestand hauptsächlich aus Wangenknochen, Arme und Rumpf waren schmal und die Brüste schlaff. Die mittlere Frau hatte die Haare zu Zöpfen geflochten und trug ein rotes Boubou-Kleid mit Rissen und Flecken. Wein oder Erde oder Blut oder Scheiße, ich wusste es nicht; ich roch alles davon. Auch dies: Ich suchte das Dunkel nach dem Männchen ab, das mich angepisst hatte, doch es kam kein Mann zum Vorschein. Aber im schwachen Licht sah ich es an den beiden Frauen. Lange Schwänze oder etwas Dickes, Schwanzähnliches, das rasch zwischen ihren Beinen hin und her pendelte.

»Seht nur, es schaut uns an«, sagte die Mittlere.

»Sieh dir das Hyänen-Weibsvolk an, länger und härter als du«, sagte die Junge.

»Wollen wir es jetzt fressen? Ihn uns einverleiben? Glied für Glied?«, sagte die Alte.

»Wirst du viel Gewese machen, Mann? Lebendig oder tot, uns ist es ganz gleich«, sagte die Mittlere.

»Komm, komm, kein Gewese, das Fleisch zerfetzen, das Blut herausquetschen, es fressen, wir«, sagte die Alte.

»Ich sage, wir fressen ihn jetzt«, sagte die Junge.

»Nein, nein, langsam fressen, zuerst die Füße, kostbares Fleisch«, sagte die Alte.

»Jetzt.«

»Später.«

»Jetzt!«

»Später!«

»Still!«, rief die Mittlere, holte mit beiden Armen aus und schlug beide zugleich.

Die Junge änderte als Erste die Gestalt, von einem Augenblick auf den anderen. Nase, Mund und Kinn schossen aus ihrem Gesicht hervor, und die Augen wurden weiß. Die Schultermuskeln schwollen an und traten hervor, und die in ihren Armen hoben sich vom Ellbogen bis zur Fingerspitze, als glitten Schlangen unter der rauen Haut entlang. Die Brust der alten Frau tat sich auf, als würde sich neues Fleisch aus dem alten herauslösen. Mit ihrem Gesicht geschah das Gleiche. Ihre Finger waren jetzt schwarze Klauen mit Spitzen wie von Eisen. All das geschah weit schneller, als ich es erzähle. Die alte Frau knurrte böse, und die junge stieß das He-he-he-Lachen aus, das kein Lachen war. Die Alte stürzte sich auf die Mittlere, doch sie wischte sie beiseite wie eine Fliege. Die Alte scharrte in der Erde und überlegte, erneut anzugreifen.

»Beim letzten Mal hat es fünf Monate gedauert, bis deine Rippen verheilt waren«, sagte die Mittlere.

»Nimm ihm den Knebel ab, und wir hetzen ihn«, sagte die Alte. Die Junge wurde wieder zum Mädchen. Sie kam zu mir, und ihr Geruch war wahrhaft faulig. Was auch immer sie zuletzt gegessen hatte, hatte sie vor Tagen gegessen, und Stücke davon verrotteten irgendwo an ihrem Körper. Sie fuhr mit den Händen an meinem Hinterkopf entlang, und ich erwog, meinen Kopf gegen die Wand zu schlagen, irgendetwas zu tun, nur um etwas Gegenwehr zu leisten. Sie lachte, und ihr fauliger Atem strich an meiner Nase entlang. Sie zog den Knebel heraus, und ich würgte und erbrach mich. Alle lachten. Sie kam dicht an mein Gesicht heran, als wollte sie das Erbrochene ablecken oder mich küssen.

»Dieser ist ein ansehnliches Stück«, sagte sie.

»Er wird nicht der schlechteste Mann sein, der in meinem Magen landet«, sagte die Mittlere.

»Lange Beine, kaum Muskeln, wenig Fett – er wird kein üppiges Mahl abgeben«, sagte die Alte.

»Salz ihn mit seinem Hirn, und misch sein Fleisch mit etwas Wildschweinfett«, sagte die Junge.

»Eines muss ich ihm lassen«, sagte die Mittlere. »In der einzigen Hinsicht, auf die es bei einem Mann ankommt, beeindruckt er mich. Kannst du überhaupt rennen, wenn er so tief hinunterhängt?«

Ich hustete, bis meine Kehle wund war.

»Vielleicht will er etwas Wasser«, sagte die Alte.

»Ich habe starkes Wasser in mir«, sagte die Junge und lachte. Sie hob das linke Bein, packte ihren baumelnden Schwanz und lachte dann, statt zu pissen. Die Alte lachte auch.

Die Mittlere trat vor. Sie sagte: »Wir sind die Bultungi, und wir haben noch eine Rechnung mit dir zu begleichen.«

»Eine Rechnung, die ich mit meinem Beil begleichen werde«, stieß ich hustend hervor. Sie lachten alle.

»Du kannst ihn abhacken und in einen anderen Raum legen, und zack!, der Mann tut immer noch so, als hätte er etwas zum Schwingen«, sagte die Alte.

Die Mittlere stellte sich unmittelbar vor mich hin. »Erinnerst du dich nicht an uns?«, fragte sie.

»Die Hyäne war nie ein besonders unvergessliches Tier.«

»Lasst mich ihm etwas geben, woran er sich erinnern wird«, sagte die Junge.

»Wer erinnert sich schon an eine Hyäne? Ihr seht aus wie der Kopf eines Hundes, der sich aus dem Arschloch einer rückwärts laufenden Katze schiebt.«

Die Alte und die Mittlere lachten, aber die Junge wurde wütend. Sie verwandelte sich. Noch immer auf zwei Beinen, stürzte sie sich auf mich. Die Mittlere streckte ein Bein aus und brachte sie zu Fall. Die Junge schlug hart auf dem Kinn auf und rutschte noch ein Stück über den Boden. Sie duckte sich zum Sprung und knurrte die Mittlere an, dann begann sie sie zu umkreisen, als stritten sie sich um eine frische Beute. Sie knurrte wieder, aber die Mittlere, noch immer in Frauengestalt, stieß ein Fauchen aus, das lauter als ein Brüllen war. Vielleicht bebte der Raum, vielleicht war es auch die Junge, aber ich spürte eine Bewegung. Sie winselte ein paar leise He-he-hes.

»Wann hast du unsere Schwestern zuletzt gesehen?«

Ich hustete wieder.

»Ich halte mich von halb toten Wildschweinen und verrottenden Antilopen fern, also kann ich euren Schwestern nicht begegnet sein.«

Erst jetzt, als sie mir so nah war, bemerkte ich, dass auch ihre Augen ganz weiß waren. Die Alte verschwand im Dunkel, doch ihre Augen stachen aus der Schwärze hervor.

»Und was sind das für Schwestern? Was seid ihr, ihr Manntiere, die sich in Frauen verwandeln?«

Sie lachten alle.

»Gewiss kennst du uns. Wir sind die Tiere, bei denen die Frauen die Aufgaben erteilen und die Männer sie erledigen. Und weil die Männer es so eingerichtet haben, dass der größte Schwanz über Erde und Himmel herrscht, leuchtet es da nicht ein, dass die Frau den größten Schwanz hat?«, sagte die Mittlere.

»In dieser Welt herrschen die Männer.«

»Und welchen Nutzen hat uns eure Herrschaft gebracht?«, sagte die Alte.

»Wir haben Wild, wir haben den Busch, wir haben Flüsse ohne Gift, und kein Kind muss mehr aufgrund der Gefräßigkeit seines Vaters verhungern, seit wir die Männer in die Schranken verwiesen haben. Die Götter wollten es so«, sagte die Mittlere.

»Er erinnert sich nicht an sie. Vielleicht müssen wir weinen. Vielleicht bringen wir ihn zum Weinen«, sagte die Junge.

»Ich würde dir sagen, wie viele Monde vergangen sind, doch wir fürchten kein Grau im Haar und keinen krummen Rücken, daher zählen wir die Monde nicht. Erinnerst du dich nicht an die Hügel der Verwünschung? Ein Knabe mit zwei Äxten ging auf ein Rudel von uns los, tötete drei und verstümmelte eine, die nicht länger jagen konnte und zur Beute wurde.«

Die anderen beiden stöhnten auf.

»Frauen tun, was sie tun. Beschützen ihre Jungen. Ernähren sie. Sorgen für …«

»Geben ihnen die kleinen Kinder zu fressen, die sie selbst nicht mehr heruntergebracht haben.«

»Das ist das Gesetz des Busches.«

»Und würdet ihr mir begegnen, und ich hätte ein halbes Junges von euch im Mund, würdet ihr euch dann auch sagen, das sei das Gesetz des Busches? Fick die Götter, wenn ihr von allen Kreaturen nicht die verschlagensten seid. Wenn ihr im Busch und aus dem Busch seid, warum rieche ich dann euren verdammten Gestank in der Stadt? Ihr zieht durch die Straßen und buckelt wie räudige Hündinnen vor den Frauen, deren Kinder ihr in der Nacht holt.«

»Du hast keine Ehre.«

»Ihr Hündinnen habt mich in ein Loch voller Menschenknochen und dem Geruch der von euch ermordeten Kinder gelockt. In Lajani hat ein Rudel von euch in zwanzig Nächten zehn und sechs Frauen und Säuglinge getötet, ehe es selbst von Jägern getötet wurde. Bis ich vorbeikam und fragte, warum es überall nach Hyänenpisse stinke, dachten sie, sie jagten Wildhunde. Ich weiß, was ihr tut. Ihr wandelt eure Form, um euch unerkannt zwischen den Kindern zu bewegen, ist es nicht so? Dann zerrt ihr sie davon, um sie zu töten. Nicht einmal der niederste Gestaltwandler kann so tief sinken. Ehre. Ein Wurm hat mehr Ehre.«

»Er nennt uns immer wieder Hunde«, sagte die Junge.

»Wir sind dir ein Jahr lang gefolgt«, sagte die Mittlere.

»Warum habt ihr jetzt zugeschlagen?«

»Ich habe dir gesagt, Zeit bedeutet uns nichts, und Hast tut es ebenso wenig. Es war dein Freund, der ein Jahr brauchte.«

»Oha! Schwester, sieh dir sein Gesicht an. Schau, wie es ihm entgleist, wenn du von dem Freund sprichst. Hat dir dein inneres Auge nicht gezeigt, dass er dich betrügt?«

»Nyka. Das ist sein Name. War die Liebe stark zwischen euch? Du hast geglaubt, er würde dich nie gegen Silber oder Gold verkaufen, aber woher kennen wir seinen Namen?«

»Er ist mein Freund.«

»Niemand wird von seinem Feind verraten.«

»Nichts sagt er. Nun sagt er nichts. Schaut sein Gesicht an. Es wird immer länger. Ist kein Stachel wie der Stachel des Verrats. Schaut euch sein Gesicht an«, sagte die Junge.

»Es wird … es wird … verdrossen? Wird es verdrossen, Schwestern?«, fragte die Alte.

»Komm aus dem Dunkel heraus, dann kannst du es besser sehen.«

»Ich glaube, der Junge wird weinen.«

»Tröste dich, Junge. Er hat dich vor einem Jahr an uns verkauft. Schon möglich, dass er dich in der Zwischenzeit zu schätzen gelernt hat.«

»Nur dass er das Gold eben noch mehr schätzte.«

»Sollen wir ihn für dich töten?«, fragte die Mittlere und hockte sich vor mich hin.

Ich sprang, so hoch es die Ketten erlaubten, doch sie zuckte nicht einmal zurück.

»Ich kann das für dich tun. Ein letzter Wunsch«, sagte sie.

»Ich habe einen Wunsch«, sagte ich.

»Schwestern, der Mann hat einen Wunsch. Sollen wir alle ihn hören oder nur eine von uns?«

»Alle drei.«

»Sag uns deinen Wunsch, wir hören«, sagte die Alte.

Ich sah sie an. Die Mittlere lächelte, als wäre sie die Heilerin, die käme, um meine Stirn zu berühren, die Alte legte die Hand hinter das Ohr, während sie mich ansah, die Junge spie aus und wandte den Kopf ab.

»Ich wünschte, ihr würdet in Hyänengestalt bleiben, denn auch wenn ihr abgrundhässliche Tiere seid und euer Atem stets nach verwesenden Kadavern stinkt, müsste ich euch wenigstens nicht in einer Gestalt ertragen, die jeder Frau spottet. Als Frauen, bei denen ich mich frage, welche Frau stinkt, als würde sie aus dem Mund scheißen.«

Die Alte und die Junge heulten auf und wechselten wieder die Gestalt, doch ich wusste, die Mittlere würde nicht zulassen, dass sie über mich herfielen. Noch nicht.

»Ich wünschte, es von der Warte der Götter aus sehen zu können, wenn ich euch eine nach der anderen töte.«

Die Mittlere warf sich mir an den Hals, als wollte sie mich küssen. Und tatsächlich, sie packte meinen Kopf wie zum Kuss und öffnete die Lippen. Schwestern, sagte sie, und sie kamen als Frauen auf mich zugerannt und packten meine Arme. Starke, starke Frauen, sie hielten mich fest, sosehr ich mich auch wehrte. Sie näherte sich, um mich auf den Mund zu küssen, doch ihre Lippen wanderten aufwärts, berührten meine Nase, streiften meine Wange und verharrten auf meinem linken Auge. Ich schloss es, ehe sie darüberleckte. Sie drückte es mit ihren Fingern auf. Sie bedeckte es mit ihrem Mund und leckte über den Augapfel. Ich schrie und wehrte mich, warf den Oberkörper hin und her und versuchte, den Kopf ihrem Griff zu entwinden. Ich schrie, ehe ich begriff, was sie tat. Dann hörte sie auf zu lecken. Und begann zu saugen. Sie presste die Lippen fest um das Auge und saugte und saugte, und ich fühlte, wie ich aus meinem eigenen Kopf gezerrt und in ihren Mund gesogen wurde. Ich schrie und schrie, doch das ließ die anderen beiden nur in Gelächter ausbrechen. Sie saugte und saugte, und um mein Auge herum war es dunkel und heiß. Es verließ mich. Es verließ mich. Es vergaß, wohin es gehörte, und trat den Weg in ihren Mund an. Mein Auge, sie saugte daran, bis es vollständig aus meinen Lidern und in ihren Mund schlüpfte. Sie zog es langsam heraus. Ein Mal, zwei Mal, drei Mal ließ sie die Zunge darum kreisen, und ich glaube, ich sagte: Nein. Bitte. Nein. Dann biss sie es ab.

Ich erwachte in völliger Dunkelheit. Sie hatten meine Arme über den Kopf erhoben, und mein Gesicht ruhte auf der rechten Seite. Ich erreichte es nicht mit den Händen, aber gewiss war doch alles nur ein Traum gewesen? Ich brachte es nicht über mich. Da ich das linke Auge nicht berühren konnte, schloss ich das rechte. Alles wurde schwarz. Ich öffnete es wieder und sah das Licht auf dem Boden. Ich schloss es wieder, und alles war schwarz. Die Tränen rannen mir die Wangen hinab, ehe ich auch nur daran dachte zu weinen. Ich versuchte die Knie anzuziehen, und mein Fuß trat darauf, glitschig und weich. Sie hatten es dort gelassen, damit ich es sah. Die Göttin, die des Menschen Schrei hört und ihn erwidert, verspottete mich.

Ich wachte auf, fühlte Stoff auf meinem Gesicht, um mein Auge gewickelt.

»Wirst du jetzt noch einmal sagen, dass du uns tötest, uns, die wir der Frau spotten?«, sagte die Mittlere. »Gern würde ich von deiner Wut hören oder dein wildes Gerede. Es unterhält mich.«

Ich hatte nichts zu sagen. Ich wollte nichts sagen. Nicht um ihr zu trotzen, denn auch das wollte ich nicht. Ich wollte gar nichts. Dies war der erste Tag.

Am zweiten Tag weckte mich die Alte mit einer Ohrfeige.

»Sieh, wie wenig wir dir zu essen geben, und dennoch pisst und scheißt du dich voll«, sagte sie.

Sie warf mir ein Stück Fleisch hin, an dem noch das Fell hing. Sei froh, dass es frisch ist, sagte sie. Aber ich konnte dennoch kein rohes Fleisch essen. Iss es, und denke dabei an ihn, sagte sie und verschwand wieder in der Finsternis. Sie verwandelte sich langsam, und es klang nach berstenden Knochen und knackenden Gelenken. Sie warf mir noch ein weiteres Stück hin. Der halbe Kopf eines Warzenschweins.

Am dritten Tag kam die Junge angerannt, als wäre jemand hinter ihr her. Von allen dreien mochte sie es am wenigsten, sich zur Frau zu wandeln. Sie kam schnurstracks auf mich zu und leckte mir über die Schulter, und ich zuckte zurück. Ich wusste, dass das *He-he-he* kein Lachen war, doch es fühlte sich wie Spott an. Sie gab ein Geräusch von sich, wie ich es noch nie gehört hatte, eine Art Wimmern, als würde ein Kind IIIIIEH machen. Sie öffnete das Maul, legte die

Ohren an und neigte den Kopf zur Seite. Sie fletschte die Zähne. Aus dem Dunkel kam eine weitere Hyäne, kleiner, mit größeren Flecken auf dem Fell. Sie machte wieder IIIIIEH, und die andere kam näher. Die Hyäne beschnupperte meine Zehen und trottete davon. Die Junge wurde zur Frau und rief ins Dunkel hinein. Ich lachte, doch es klang wie das Lachen eines kranken Mannes. Sie versetzte mir einen schnellen Schlag auf die linke Wange und dann noch einen und noch einen, bis es in meinem Kopf wieder finster wurde.

Am vierten Tag zankten sich zwei von ihnen in der Dunkelheit. Führ ihn dem Clan vor, sagte die Alte, denn inzwischen kannte ich ihre Stimme. Führ ihn dem Clan vor, und sie sollen entscheiden. Jede Frau im Clan hat einen Bissen von seinem Fleisch verdient. Nicht jede Frau ist meine Schwester, sagte die Mittlere. Nicht jede Frau hat ihre Jungen wie meine aufgezogen, sagte sie. Vergeltung ist wahrhaftig, nur für dich nicht, sagte die alte Frau. Aber sie wird mein sein, sagte die Mittlere. Keine andere Frau hat diesen Tag herbeigesehnt, keine andere. Darauf sagte die Alte: Warum töten wir ihn dann nicht, warum töten wir ihn nicht auf der Stelle? Du solltest ihn dem Clan übergeben, ich sage es noch einmal.

In der Nacht, als es im Loch ganz finster war, konnte ich die Mittlere riechen.

»Vermisst du dein Auge?«, sagte sie.

Ich sagte nichts.

»Vermisst du dein Zuhause?«

Ich sagte nichts.

»Ich vermisse meine Schwester. Wir waren Streuner. Meine Schwester war mein ganzes Zuhause. Mein einziges Zuhause. Wusstest du, dass sie ihre Gestalt wandeln konnte, aber vorzog, es nicht zu tun? Nur zweimal tat sie es, beim ersten Mal waren wir noch Welpen. Töchter unseres Clanoberhaupts. Die anderen Frauen, die nur eine Gestalt kannten, hassten uns und bekämpften uns ständig, obwohl wir stärker und geschickter waren. Doch meine Schwester wollte nicht klüger oder scharfsinniger sein, sie wollte einfach nur ein Tier sein, das von Osten nach Westen zieht. Sie wollte im Rudel aufgehen. Sie wäre für immer und ewig auf vier Pfoten gelaufen, hätte sie die Wahl gehabt. Ist das sonderbar, Sucher? Wir Clanfrauen sind besonders geboren, und doch wollte sie nur wie alle anderen sein. Nicht höher, nicht niedriger. Gibt es sie auch in deiner Art, Menschen, die sich anstrengen, nichts zu sein und in einer Gruppe von ihresgleichen aufzugehen? Die von einem Blut hassten uns, hassten sie, doch sie wollte von ihnen geliebt werden. Ich wollte ihre Liebe nie, aber ich weiß noch, dass ich mir wünschte, sie zu wollen. Und sie wollte, dass man ihr über das Fell leckte, dass man ihr sagte, welches Männchen sie anknurren sollte, und dass man sie Schwester nannte. Und doch wollte sie keinen Namen, nicht einmal Schwester. Ich rief sie bei einem Namen, auf den sie nicht hörte, also nannte ich sie immer und immer wieder so, bis sie sich verwandelte, nur um zu sagen: Hör auf, mich so zu nennen, oder wir werden keine Schwestern mehr sein. Sie wurde nie wieder zur Frau. Den Namen habe ich vergessen.

Sie starb, wie sie es sich gewünscht hätte, im Kampf inmitten des Rudels. Im Kampf für das Rudel. Nicht im Kampf gegen mich. Du hast sie mir genommen.«

Am fünften Tag warfen sie mir rohes Fleisch hin. Ich packte es mit beiden Händen und aß es. Danach schrie ich die ganze Nacht lang. Ich hatte meinen Geburtsnamen nie gebraucht, doch bis zu diesem Augenblick hatte ich mich noch an ihn erinnert.

Am sechsten Tag weckten sie mich wieder mit Pisse. Die junge und die alte Frau, beide waren sie nackt, beide pissten sie wieder auf mich. Ich glaubte, sie täten es, um zu sehen, ob sie mich zum Brüllen oder zum Schreien oder zum Fluchen bringen könnten, denn tatsächlich hatte ich die Junge in der Nacht sagen hören: Er spricht nicht länger, und das ärgert mich mehr, als wenn er plappert und plappert. Sie pissten auf mich, aber nicht auf mein Gesicht. Sie pissten auf meinen Bauch und meine Beine, und es war mir gleich. Selbst ein vorzeitiger Tod war mir gleich. Was sie von diesem Tag auf den nächsten und den darauf mit mir trieben, war mir gleich. Doch die Hyäne von vor drei Tagen kam aus dem Dunkel. Dann wich sie langsam wieder zurück.

»Mach schnell, du kleiner Narr. Du bist bloß der Erste«, sagte die Junge.

»Vielleicht sollten wir ihm helfen«, sagte die Alte und grinste.

Die Junge gackerte. Sie packte meinen linken Fuß und die Alte meinen rechten, und sie zogen sie weit auseinander. Ich war so schwach. Ich schrie und schrie wieder, doch sie heulten jedes Mal, um mich zu übertönen. Die Hyäne kam aus dem Dunkel. Ein Männchen. Es kam schnurstracks auf mich zu und beschnüffelte ihre Pisse. Dann sprang es zwischen meine Beine und versuchte in mich einzudringen. Sie lachten, und die Alte sagte: Mach dich geschmeidig, dann machen sie schnell. Das Männchen bewegte sich auf mir, bis sein nasser, stinkender Körper in mir war. Der Junge, den der Nicht-Ogo geschändet hatte, hatte mir erzählt, das Schlimmste ist, wenn dir die Götter die Augen wieder öffnen und du dich selbst siehst und dir sagst: Das ist es, was mit dir geschieht. Die Hyäne bewegte sich auf mir, stieß zu, zwang sich durch meine Schreie, genoss alles, was aus meinem Mund drang, stieß tiefer in mich hinein. Dann sprang sie von mir hinunter. Die Junge lachte, und die Alte sagte: Mach dich geschmeidig, dann machen sie schnell. Als die erste fertig war, kam eine weitere. Und dann noch eine. Und noch eine.

Am siebten Tag begriff ich, dass ich noch immer ein kleiner Junge war. Es gab stärkere Männer und auch Frauen. Es gab weisere Männer und auch Frauen. Es gab schnellere Männer und auch Frauen. Es gab immer einen oder zwei oder drei, die mich wie einen Stock packen und zerbrechen, mich wie einen nassen Lappen packen und auswringen würden, bis nichts mehr übrig war. So war nun einmal die Welt. So war jedermanns Welt. Ich, der ich auf meine Beile und meine Gerissenheit vertraute, werde eines Tages gepackt und in die Scheiße geworfen und geschlagen und zerstört werden. Ich bin derjenige, der dann gerettet werden muss, und es geht nicht darum, dass jemand kommt, um mich zu retten, oder dass niemand kommt, um mich zu retten, sondern darum, dass ich gerettet werden muss und dass es nichts bedeutete, wenn ich in der Gestalt und der Gangart eines Mannes weiter durch die Welt zog. Wegen des starken Geruchs der weiblichen Pisse hielten mich alle für ein Weibchen. Der Geruch verflog, als der Letzte noch in mir war. Er ging mir an die Gurgel, doch sie stießen ihn mit den Füßen von mir herunter.

Jemand war in dem Loch. Kam in der Dunkelheit auf mich zu. Ich sah mich, wie mich die Götter sehen, auf dem Boden kauernd und unwillkürlich zitternd. Jemand schleifte etwas über den Boden. Es war noch immer Tag, und von oben fiel etwas Licht herein. Die Mittlere trat ins Licht, das Hinterbein einer toten Kreatur hinter sich herziehend. Die nasse Haut schimmerte im Licht. Sie war noch halb Tier, links ein Hinterbein, rechts der Fuß einer Frau. Ein mit geflecktem Fell überzogener Bauch, die toten Hände gespreizt, die rechte noch immer eine Pfote, an der linken Klauen statt Fingernägeln. Schnauze und Maul ragten noch aus dem Mund der Jungen. Die Mittlere zerrte sie am Hinterbein wieder ins Dunkel.

Tag acht oder neun oder zehn, ich wusste nicht mehr, wie viele Tage vergangen waren und wie ich sie zählen konnte. Sie entließen mich in die offene Savanne. Ich wusste nicht, wann sie mich freigelassen hatten, nur, dass ich in der Savanne war. Das Steppengras war hoch, hatte aber bereits das Braun der Trockenzeit angenommen. Dann sah ich die Alte und die Mittlere, weit entfernt, doch ich wusste, dass sie es waren. Ich hörte die Übrigen durch den Busch galoppieren und dann angreifen. Der gesamte Clan. Ich rannte. Bei jedem Schritt sagte mein Verstand: Bleib stehen. Dies ist das Ende. Jedes

Ende ist ein gutes Ende. Selbst dieses. Erwürgten sie nicht ihre Beute, ehe sie sie zerrissen? Erregte es sie nicht, Stücke aus dem noch lebendigen Tier zu reißen? Ich wusste nicht, was davon stimmte; vielleicht rannte ich deswegen. Das Donnern ihrer Schritte kam näher und näher, während ich brannte und an meinen Beinen hinabblutete und meine Beine vergaßen, wie man rannte. Drei von ihnen, drei Männchen, kamen aus dem Busch gesprungen und warfen mich um. Ihr Knurren war in meinen Ohren, ihre Spucke brannte mir in den Augen, ihre Bisse schnitten in meine Beine. Viele weitere sprangen ihnen bei, verdunkelten den Himmel, und dann erwachte ich.

Ich erwachte im Sand. Die Sonne war bereits halb über den Himmel gewandert, und alles war weiß. Kein Loch, kein Busch, keine Knochen weit und breit und kein Geruch nach Hyänen in der Luft. Überall nur Sand. Ich wusste nicht, was ich tun sollte, also begann ich vor der Sonne davonzulaufen. Wie war ich hierhergekommen, und warum hatten sie mich gehen lassen? Ich habe es nie herausgefunden. Ich glaubte zu träumen oder dass vielleicht die ganzen letzten Tage ein Traum gewesen waren, bis ich mein linkes Auge berührte und Stoff fühlte. Dann dachte ich, sie hätten mich gar nicht töten, nur verwunden wollen, denn ein Mord war auf gewisse Weise ehrenvoll, und es war eine Schande, nicht einmal so viel wert zu sein. Die Sonne brannte auf meinen Rücken. Ärgerte es sie, dass ich ihr den Rücken zukehrte? Dann töte mich doch endlich. Ich war es alles leid, Männer und Tiere, die mir mit dem Tode drohten, mir den Lebenswillen aussaugten, ohne mich tatsächlich zu töten. Ich lief, bis es außer laufen nichts weiter zu tun gab. Ich lief bei Tag und bei Nacht. Kälte fegte über den Sand, und ich schlief ein. Ich erwachte auf einem Karren voller Schweine und Hühner. Es geht nach Fasisi, sagte ein alter Mann und gab seinen beiden Eseln die Peitsche. Vielleicht war der Mann gütig, vielleicht wollte er mich als Sklaven verkaufen. Was auch immer der Grund für seine Wohltätigkeit war, ich sprang von seinem Karren, während wir über eine holprige, unebene Straße rollten, und sah, wie er weiterfuhr, ohne zu ahnen, dass ich nicht mehr da war.

Ich wusste, dass Nyka sich nicht in Fasisi aufhielt. Sein Geruch hatte die Stadt verlassen, war schon viele Tagesreisen entfernt, vielleicht bereits in Malakal. Doch sein Zimmer hatte er unverändert zurückgelassen, was mich überraschte. Nicht einmal das Geld hatte er genommen. Ich nahm, was ich brauchte, und ließ alles Übrige unangetastet.

Je näher ich Malakal kam, desto stärker wurde sein Geruch, obgleich ich mir sagte, dass ich nicht nach ihm suchte und ihn auch nicht töten würde, wenn ich ihn fände. Ich würde viel Schlimmeres tun. Ich würde nach seiner Mutter suchen, die er angeblich hasste, von der er jedoch unentwegt sprach, und sie töten und ihren Kopf gegen den einer Antilope austauschen und den Kopf der einen am Leib der anderen festnähen. Oder ich würde etwas so Böses und Rachsüchtiges tun, dass ich es mir nicht einmal ausmalen konnte. Oder ich würde ihn in Frieden lassen und für Jahre verschwinden und ihn fett werden lassen im Glauben, ich sei längst tot, um dann unvermittelt zuzuschlagen. Doch sobald ich durch die Straßen ging, durch die er gegangen war, und haltmachte, wo er haltgemacht hatte, wusste ich, er war in Malakal. Nach einem Tag wusste ich die Straße. Ehe die Sonne versank, wusste ich das Haus. Ehe die Nacht anbrach, das Zimmer.

Ich wartete, bis ich ein wenig zu Kräften gekommen war. Das Übrige besorgte der Hass. Er bezahlte seinen Wirt dafür, ihn zu verleugnen, und hatte ihn die Giftmischerei gelehrt. Als ich die Küche des Wirtes betrat, versuchte dieser daher seine Erschrockenheit zu überspielen. Ich fragte nicht nach Nyka. Ich sagte zu ihm: Ich werde hinaufgehen und ihn töten. Und ich werde dich töten, ehe du nach dem Gift im Schrank greifen kannst. Er lachte und sagte: Tu, was du willst, er ist mir gleich. Doch er zog einen Wurfpfeil aus seinem Haar und schleuderte ihn auf mich. Ich duckte mich; der Pfeil traf die Wand hinter mir und begann zu rauchen. Der Wirt wollte fliehen, doch ich riss ihn an ebendiesen Haaren zurück. Ich zeige dir, warum du nicht danach greifen kannst, sagte ich und legte seine rechte Hand auf den Küchentresen und hackte sie ab. Der Wirt schrie und rannte davon. Er schaffte es bis zur Tür, konnte sie sogar zur Hälfte öffnen, ehe mein Beil seinen Hinterkopf traf. Ich ließ ihn im Türstock liegen und ging nach oben. Sein Geruch war überall, doch er selbst wollte sich nicht zeigen. Nyka mochte ein Dieb, ein Lügner und Betrüger sein, aber ein Feigling war er nicht. Am stärksten war der Geruch im Schrank, und es war kein toter Geruch. Ich öffnete den Schrank, und darin hing Nyka an einem Haken. Seine Haut. Nur seine Haut, das, was davon übrig war. Nyka hatte seine Haut abgestreift. Ich habe Männer, Frauen und Tiere mit sonderbaren Gaben gesehen, doch nie einen, der sich häuten konnte wie eine Schlange. Und mit der Haut hatte er auch seinen Geruch abgelegt. Irgendwie war er ein neuer Mensch geworden.«

»Woher wusstest du dann, dass er es war, der die Stufen heraufkam?«, fragte Bunshi.

»Er kaute unentwegt Kath. Es halte ihn am Leben, sagte er stets. Du könntest fragen, ob ich mich je gefragt habe, warum mich die Hyänen gehen ließen. Das habe ich nicht. Denn mich das zu fragen hieße, an sie zu denken, und ich habe nicht an sie gedacht, bis du durch mein Fenster gekommen bist. Er hat nicht einmal mein Auge bemerkt. Mein Auge, er hat es nicht einmal bemerkt.«

»Geradeheraus ist die Hyäne, verstohlen der Fuchs«, sagte Bunshi.

»Die Hyäne ist der bessere Freund.«

»Und doch war er derjenige, der gesagt hat: Nur Sucher kann diesen Jungen finden. Um den Jungen zu finden, müsst ihr den Sucher finden. Ich werde dich nicht beleidigen, indem ich dir weitere Münze vor die Füße werfe. Aber du musst diesen Jungen finden; Gesandte des Königs haben sich schon auf die Jagd gemacht, weil ihm jemand gesagt hat, der Junge könnte noch am Leben sein. Und ihnen genügt der Beweis für seinen Tod.«

»Drei Jahre sind eine zu lange Zeit. Wer auch immer ihn geraubt hat, dem ist er nun hörig.«

»Nenn deinen Preis. Ich weiß, er lässt sich nicht in Münze bemessen.«

»Oh, er lässt sich sehr wohl in Münze bemessen. Das Vierfache des Vierfachen, das ihr zahlen wolltet.«

»Dein Ton bringt mich dazu zu fragen: Was noch?«

»Seinen Kopf. Abgeschlagen und so fest auf einen Pfahl gespießt, dass die Spitze oben herauskommt.«

Sie sah mich im Dunkel an und nickte einmal.

NEUN

Alle wissen von eurem wahnsinnigen König, Inquisitor. Ich sage, besser ein wahnsinniger König als ein schwacher und besser ein schwacher König als ein schlechter. Wer ist denn wirklich böse – eine traurige Seele, von Teufeln befallen, die ihr den Willen rauben, oder ein Mann, der denkt, von allen Kindern seiner Mutter liebe er sich selbst am meisten? Du willst wissen, wie ich zu zwei Augen komme, wo ich doch gerade erzählt habe, dass ich eines verlor. Und ich glaubte, du würdest die Ohren spitzen, wenn unser ruhmreicher Kwash Dara in der Geschichte auftauchte.

Kennst du Bunshi? Sie lügt nie, doch ihre Wahrheit ist so glitschig wie ihre Haut, und sie dreht und wendet sie, formt sie und streckt sie schnurgerade neben dir aus wie eine Schlange neben der Beute. Um die Wahrheit zu sagen, glaubte ich nicht daran, dass der König die Sippe eines Ältesten ermorden ließ. Ich wollte zurück in meine Unterkunft gehen und die Wirtin fragen, ob sie je von der Nacht der Schädel gehört habe und was mit Basu Fumanguru geschehen sei, doch ich war ihr noch immer die Miete schuldig, und wie gesagt, malte sie sich viel zu viele Möglichkeiten aus, wie ich sie auf andere Arten als mit Münze begleichen könnte.

Und dennoch stimmte das, was Bunshi über den König gesagt hatte, mit dem wenigen überein, was ich von ihm wusste und gehört hatte. Dass er die Steuern auf eigene und fremde Güter erhöht hatte, auf Sorghum, Hirse und die Beförderung von Gold, dass er die Steuer auf Elfenbein, aber auch auf die Einfuhr von Baumwolle, Seide, Glas sowie wissenschaftliche und mathematische Instrumente verdreifacht hatte. Selbst den Pferdeherren besteuerte er jedes sechste

Pferd, und auch für Heu mussten sie bezahlen. Aber es war die Aieyori, die Grundsteuer, die machte, dass die Männer das Gesicht verzogen und die Frauen sich grämten. Nicht weil sie so hoch war, denn das war sie immer gewesen. Sondern weil diese Könige des Nordens die Dinge auf die immer gleiche Weise tun und jede Entscheidung dem aufmerksamen Beobachter die darauffolgende verrät. Ein König bediente sich der Aieyori aus einem einzigen Grund: um einen Krieg bezahlen zu können. Was wie Wasser und Öl aussah, war in Wahrheit eine Mischung aus beidem. Der König erhob eine Kriegssteuer, in Wahrheit eine Steuer, von der Söldner bezahlt werden sollten, und sein größter Widersacher, vielleicht gar Feind, derjenige, der den Willen des Volkes gegen ihn hätte wenden können, war nun tot. Vor drei Jahren getötet und vielleicht auf ewig aus den Büchern der Menschheit getilgt. Gewiss hat kein Griot die Nacht der Schädel besungen.

Du siehst mich an, als wüsstest du bereits die Antwort auf die Frage, die du noch stellen musst. Warum sollte unser König den Krieg wollen, zumal es doch der eure war, der Scheißefresser aus dem Süden, der den letzten angezettelt hat? Ein klügerer Mann könnte diese Frage beantworten. Hör mir nun zu.

An jenem Morgen machte ich mich, als Bunshi fort war, allein auf den Weg in das Gebiet nordwestlich der dritten Mauer. Ich sagte dem Leoparden nichts davon. Als ich fortging, erhob sich gerade die Sonne, und ich sah Fumeli im Fenster sitzen. Ich wusste nicht, ob er mich sah, und es war mir auch gleich. Im Nordwesten wohnten viele der Ältesten, und ich suchte nach einem, den ich kannte. Belekun der Große. Diese Ältesten gaben sich Beinamen, als begriffen sie den Scherz darin nicht. Wie Adagagi der Weise, der von tiefer Tumbheit war, und Amaki der Schlüpfrige, doch wer wusste schon, was das hieß? Belekun der Große war so groß, dass er den Kopf senkte, ehe er durch eine Tür schritt, obgleich die Türen in Wahrheit hoch genug waren. Sein Haar war weiß marmoriert und steif wie ein

Kopfputz, und er schmückte es gern mit kleinen Blumen. Er war vor drei Jahren zu mir gekommen und hatte gesagt: Sucher, du musst ein Mädchen für mich finden. Sie hat viel Münze aus der Schatzkammer der Ältesten gestohlen, nachdem wir so gütig waren, sie in einer verregneten Nacht aufzunehmen. Ich wusste, er log, und das nicht nur, weil es in Malakal seit nahezu einem Jahr nicht geregnet hatte. Ich wusste, was die Ältesten mit jungen Mädchen anstellten, noch ehe Bunshi es mir sagte. Ich fand das Mädchen in einer Hütte in der Nähe des Roten Sees und sagte ihm, es solle in eine der Städte im Binnenland gehen, die weder dem Norden noch dem Süden Gefolgschaft leisten, Mitu vielleicht oder Dolingo, wo die Ältesten keine Späher auf den Straßen hatten. Dann ging ich zu Belekun dem Großen zurück und sagte ihm, Hyänen hätten sich über das Mädchen hergemacht und Geier hätten nur diesen Knochen zurückgelassen, den Beinknochen eines Affen, den ich ihm entgegenschleuderte. Er sprang zur Seite wie ein Tanzmädchen.

Also. Ich erinnerte mich daran, wo er lebte. Als er mich sah, suchte er seinen Ärger zu verhehlen, doch ich sah die Veränderung in seinem Gesicht, kurz wie ein Wimpernschlag, ehe er lächelte.

»Der Tag hat noch nicht entschieden, was für ein Tag er sein will, und doch hat der Sucher beschlossen, in mein Haus zu kommen. Wie es ist, wie es sein sollte, wie es …«

»Hebt Euch den Gruß für einen bedeutenderen Gast auf, Belekun.«

»Wir werden die Form wahren, kleiner Weichling. Ich habe noch nicht entschieden, ob ich dich diese Schwelle übertreten lasse.«

»Gut, dass ich nicht vorhabe, die Entscheidung abzuwarten«, sagte ich und ging an ihm vorbei.

»Deine Nase führt dich an diesem Morgen in mein Haus, wie erstaunlich. Wieder etwas, was dich einem Hund ähnlicher macht als einem Mann. Lass deinen übel riechenden Leib nicht auf meinen guten Teppichen nieder und reib deine stinkende Haut daran, und – da saug einer an der Brust eines Gottes, welch Unheil ist dort in deinem Auge?«

»Ihr redet zu viel, Belekun der Große.«

Belekun der Große war tatsächlich umfangreich, mit einer gewaltigen Taille und schwabbeligen Oberschenkeln, aber sehr dünnen Waden. Auch das wusste man von ihm: Gewalt, die bloße Andeutung, die Rede davon, selbst das kleinste Aufblitzen von Groll, beschleunigte seinen Herzschlag. Beinahe hätte er sich geweigert, mich zu bezahlen, als ich ohne ein lebendiges Mädchen zurückkehrte – erst als ich seine kleinen Eier durch sein Gewand hindurch packte und meine Klinge dagegendrückte, versprach er mir den dreifachen Lohn. Es machte ihn zum Meister der Doppelzüngigkeit; ich nahm an, es erlaube ihm, sich selbst der Verantwortung für die üblen Machenschaften zu entheben, für die er die Menschen bezahlte. Der König, hieß es, habe kein Auge für Reichtümer, die Ältesten dafür umso mehr. In seinem Empfangszimmer hatte Belekun drei Lehnstühle, die wie Throne aussahen, Kissen mit allen erdenklichen Mustern und Streifen darauf und Teppiche in allen Farben der Regenschlange; die grünen Wände waren bis hinauf zu der von Säulen gestützten Decke mit Mustern und Zeichen bedeckt. Belekun kleidete sich wie seine Wände, in einem dunkelgrünen und glänzenden Boubou-Obergewand mit einem weißen Muster auf der Brust, das einem Löwen glich. Darunter trug er nichts, denn ich konnte seinen Arschschweiß am Gesäß des Gewandes riechen. An den Füßen hatte er perlenbesetzte Sandalen. Belekun ließ sich auf einige Kissen und Teppiche fallen, und rosiger Staub wirbelte auf. Er lud mich noch immer nicht ein, mich zu setzen. Auf einem Teller neben ihm lagen neben einem Messingkelch Ziegenkäse und Wunderbeeren.

»Jetzt bist du wahrhaftig ein Hund.«

Er gluckste, dann lachte er, dann mündete sein Lachen in einen wüsten Hustenanfall.

»Hast du schon einmal Wunderbeere vor Limonenwein gegessen? Es macht ihn so süß, als hätte dir eine Blumenjungfer in den Mund gespritzt«, sagte Belekun.

»Erzählt mir von Eurem Messingkelch. Ist er nicht aus Malakal?«

Er fuhr sich mit der Zunge über die Lippen. Belekun der Große war ein Darstellungskünstler, und diese Aufführung fand nur für mich statt.

»Gewiss nicht, kleiner Sucher. Malakal ist von Stein geradewegs zu Eisen übergegangen. Da war keine Zeit für Schmuckwaren aus Messing. Die Stühle stammen aus Ländern über dem Sandmeer. Und diese Vorhänge sind ausschließlich aus teurer Seide von Händlern, die dem östlichen Licht folgen. Ich bin dir keine Rechenschaft schuldig, doch sie haben mich so viel gekostet wie zwei hübsche Sklavenjungen.«

»Eure hübschen Jungen wussten nicht einmal, dass sie Sklaven waren, ehe Ihr sie verkauft habt.«

Er verzog das Gesicht. Jemand hatte mich einmal davor gewarnt, die tief hängenden Früchte zu pflücken. Er wischte sich die Hand an seinem Gewand ab. Es glänzte, aber es war nicht aus Seide, denn wäre es aus Seide gewesen, hätte er es mich wissen lassen.

»Ich bin auf Auskünfte über einen von Euch aus: Basu Fumanguru«, sagte ich.

»Auskünfte über die Ältesten sind allein für die Götter bestimmt. Was verbindet dich mit ihnen, dass du sie hören dürftest? Fumanguru ist …«

»Fumanguru *ist*? Ich hörte, er *war*.«

»Auskünfte über die Ältesten sind allein für die Götter bestimmt.«

»Dann müsst ihr den Göttern sagen, dass er tot ist, denn die Nachricht der Trommel hat den Himmel nicht erreicht. Ihr dagegen, Belekun …«

»Wer fragt nach Fumanguru? Nicht du, du bist mir als bloßer Bote in Erinnerung.«

»Ich glaube, Ihr erinnert Euch an mehr als das, Belekun der Gro-ße«, sagte ich und streifte über die Ausbeulung in meiner Hose, als ich die Hand auf meinen Armreif legte.

»Wer hat nach Fumanguru gefragt?«

»Verwandte außerhalb der Stadt. Er scheint einige zu haben. Sie wollen wissen, was aus ihm geworden ist.«

»Ach? Seine Sippe? Bauersleute?«

»Ja, es sind Leute.«

Er blickte zu mir auf, die linke Braue zu weit hochgezogen, Zie-genkäse im Mundwinkel.

»Wo ist seine Sippe?«

»Sie ist, wo sie hingehört. Wo sie immer gewesen ist.«

»Und wo wäre das?«

»Das weißt du doch gewiss, Belekun.«

»Das Ackerland liegt im Westen, Uwomowomowomowo ist es nicht, dort gibt es zu viele Banditen. Bestellen sie die Hänge?«

»Was kümmert Euch ihr Auskommen, Ältester?«

»Ich frage nur, damit wir ihnen Tribut senden können.«

»Also ist er tot.«

»Ich sagte nicht, dass er lebt. Ich sagte, er ist. Im Entwurf der Götter sind wir alle, Sucher. Der Tod ist weder ein Ende noch ein Anfang, noch ist er auch nur der erste Tod. Ich habe vergessen, an welche Götter du glaubst.«

»Weil ich an gar keine glaube, Ältester. Doch ich werde ihnen Eure besten Wünsche übermitteln. Einstweilen verlangen sie nach Antworten. Begraben? Verbrannt? Wo sind er und seine Nächsten?«

»Bei den Ahnen. Wir alle sollten ihr gutes Schicksal teilen. Es ist nicht das, was du hören willst. Aber ja, sie sind alle tot. Ja, das sind sie.«

Er biss wieder in ein Stück Käse und in die Wunderfrucht.

»Dieser Käse mit der Wunderfrucht, Sucher. Es ist, als saugte man an der Zitze einer Ziege, und es kämen süße Kräuter heraus.«

»Sie sind alle tot? Wie ist das passiert, und warum weiß niemand davon?«

»Die Blutseuche, aber das ist durchaus bekannt. Schließlich war es Fumanguru, der die Bisimbi auf irgendeine Weise gegen sich aufgebracht hat – das muss er getan haben, ja, das hat er, gewiss hat er das –, und sie haben ihn mit einer ansteckenden Krankheit gestraft. Oh, wir haben den Überträger gefunden, und er war bereits tot, aber niemand geht in die Nähe des Hauses, aus Angst vor den Geistern der Krankheit – sie laufen über Luft, weißt du. Ja, das tun sie, gewiss tun sie das. Wie hätten wir der Stadt sagen können, ihr geliebter Ältester oder irgendjemand sonst sei an der Blutseuche gestorben? Angst und Schrecken in den Straßen! Frauen, die ihre eigenen Säuglinge über den Haufen rennen und tottrampeln, um aus der Stadt zu kommen. Nein, nein, es war die Weisheit der Götter. Zudem hatte sich niemand sonst die Seuche zugezogen.«

»Oder den Tod, wie es scheint.«

»So scheint es. Aber was soll das hier überhaupt? Die Ältesten sind nicht verpflichtet, über das Schicksal anderer Ältester Auskunft zu geben. Nicht einmal deren Sippe, nicht einmal dem König. Aus reiner Gefälligkeit berichten wir über Todesfälle. Die Sippe sollte einen Ältesten als tot ansehen, sobald er der ruhmreichen Bruderschaft beitritt.«

»Das mag auf Euch zutreffen, Belekun, aber er hatte eine Frau und Kinder. Sie kamen alle mit ihm nach Kongor. Flohen, wie ich hörte.«

»So einfach ist keine Geschichte, Sucher.«

»Doch, eine jede Geschichte ist es. Keine Geschichte kann sich wehren, wenn ich sie auf einen Satz oder gar ein Wort zusammenstreiche.«

»Ich bin verwirrt. Worüber sprechen wir gerade?«

»Basu Fumanguru. Er war einmal Günstling des Königs.«

»Davon weiß ich nichts.«

»Bis er den König verärgerte.«

»Davon weiß ich nichts. Aber es ist töricht, den König zu verärgern.«

»Ich dachte, genau das täten die Ältesten. Den König verärgern – ich meine, die Menschen verteidigen. Auf der Straße sind goldene Zeichen, Pfeile, die anzeigen, wo der König haltmachen wird. Einer ist vor Eurer Tür.«

»Der Wind kann einen Fluss aus seiner Bahn blasen.«

»Der Wind bläst Scheiße geradewegs zu ihrem Ursprung zurück. Ihr und der König, ihr seid nun Freunde.«

»Jeder ist ein Freund des Königs. Keiner ist ein Freund des Königs. Man könnte ebenso gut behaupten, mit einem Gott befreundet zu sein.«

»Gut, Ihr pflegt einen freundschaftlichen Umgang mit dem König.«

»Warum sollte irgendwer den König zum Feind haben wollen?«

»Habe ich Euch je von meinem Fluch erzählt, Großer Belekun?«

»Dich und mich verbindet keine Freundschaft. Wir waren nie …«

»Blut ist der Ursprung. Das ist es bei so vielen Dingen, und wir sprechen hier von Sippschaft.«

»Mein Abendmahl ruft nach mir.«

»Ja, das tut es. Gewiss tut es das. Esst etwas Käse.«

»Meine Diener …«

»Blut. Mein Blut. Fragt mich nicht, wie es dazu kommen könnte, aber sollte ich meine Hand nehmen« – ich zückte meinen Dolch – »und mein Handgelenk hier aufschneiden, nicht genug, um das Leben entrinnen zu lassen, doch genug, um meine Hand zu füllen, und …«

Er blickte zur Decke auf, ehe ich in diese Richtung deuten konnte.

»Und eure Decke ist sehr hoch. Doch es ist mein Fluch. Das bedeutet, wenn ich mein eigenes Blut an die Decke schleudere, gebiert sie Schwärze.«

»Was heißt das, sie gebiert Schwärze?«

»Männer aus der finstersten Finsternis – jedenfalls sehen sie wie Männer aus. Die Decke wird unbändig und bringt sie hervor. Sie stehen auf der Decke, als wäre sie der Boden. Man weiß, es ist so weit, wenn es klingt, als würde das Dach bersten.«

»Dach…«

»Was?«

»Nichts. Ich sagte nichts.«

Belekun verschluckte sich an einer Beere. Er kippte Limonenwein hinterher und räusperte sich.

»Diese ganze Omoluzu-Geschichte klingt wie ein Märchen, das dir deine Mutter erzählt hat. Manchmal brechen die Ungeheuer in deinem Geist nachts durch deine Kopfhaut. Aber sie sind trotzdem nur in deinem Geist. Ja.«

»Dann habt Ihr nie einen gesehen?«

»Es gibt keine Omoluzu zu sehen.«

»Seltsam. Seltsam, Belekun der Große. Es ist alles sehr seltsam.«

Ich ging zu ihm hinüber; das Messer steckte ich zurück in die Scheide. Er versuchte, sich auf einen Stuhl hinaufzuwälzen, rutschte jedoch ab und schlug mit dem Ellbogen auf dem Boden auf. Er verzog das Gesicht zu einer Grimasse, die er zu einem Lächeln zu machen versuchte.

»Ihr habt hinaufgeblickt, ehe ich Decke sagte. Ich habe nicht Omoluzu gesagt, Ihr schon.«

»Über einem fesselnden Gespräch vergesse ich immer meinen Hunger. Eben fällt mir auf, dass ich hungrig bin.« Belekun streckte seine fleischige Hand nach einem Kissen mit einem Messingglöckchen aus und klingelte dreimal.

»Bisimbi, sagt Ihr?«

»Ja, diese kleinen Teufelinnen des fließenden Wassers. Vielleicht ist er in der falschen Nacht für eine Prophezeiung hinunter zum Fluss gegangen und hat eine oder zwei oder drei von ihnen verärgert.

Sie müssen ihm nach Hause gefolgt sein. Und das Übrige ist, wie man sagt, das Übrige.«

»Bisimbi. Seid Ihr sicher?«

»So sicher, wie ich bin, dass du mir die Nerven raubst wie eine Kratzwunde an der Innenwand meines Arschlochs.«

»Bisimbi sind nämlich Seegeister. Sie hassen Flüsse. Das fließende Wasser verwirrt sie, es treibt sie zu weit fort, wenn sie einschlafen. Und weder in Malakal noch in Kongor gibt es einen See. Mehr noch: Die Omoluzu haben sein Haus angegriffen. Sein jüngster Sohn ...«

»Ja, der arme Junge. Er war in dem Alter, den Bullensprung zum Mann zu machen.«

»Für den Bullensprung war er etwas jung, oder nicht?«

»Ein Kind von zehn und fünf Jahren ist alt genug.«

»Das Kind war neugeboren.«

»Fumanguru hatte kein neugeborenes Kind. Sein jüngstes kam vor zehn und fünf Jahren zur Welt.«

»Wie viele Tote wurden gefunden?«

»Zehn und einer ...«

»Wie viele aus seiner Sippe?«

»Es wurden so viele tot gefunden, wie in dem Haus sein sollten.«

»Wie könnt Ihr da so sicher sein?«

»Weil ich sie gezählt habe.«

»Neun vom selben Blut?«

»Acht.«

»Gewiss. Acht. Und die Diener waren alle vollzählig?«

»Wir würden ungern eine Leiche weiter entlohnen.«

Er läutete die Glocke kräftig. Fünf Mal.

»Ihr wirkt so unruhig, Belekun der Große. Lasst mich Euch ...«

Als ich mich vorbeugte, um ihn am Arm zu packen, pfiff zweimal Luft an meinem Nacken vorbei. Ich ließ mich zu Boden fallen und blickte nach oben. Der dritte Speer schoss so schnell wie die anderen beiden vorbei und bohrte sich neben ihnen in die Wand. Belekun wollte davonkrabbeln, doch seine Füße rutschten ab, und ich bekam den rechten zu fassen. Er trat mir ins Gesicht und kroch über den Boden. Ich sprang in die Hocke, als der erste Wachposten aus einem Raum im Inneren des Hauses auf mich zurannte. Das zu drei Zöpfen geflochtene Haar war so rot wie sein Rock. Er griff mit einem Dolch an. Ich zog mein Beil, ehe er zwanzig Schritte getan hatte, und schleuderte es ihm mitten zwischen die Augen. Zwei Wurfdolche flogen über ihn hinweg, und ich warf mich wieder auf den Boden, als eine weitere Wache auf mich zukam. Belekun versuchte zur Tür zu kriechen, doch Gewalt ließ selbst seine Finger steif werden, und er konnte sich kaum regen, wie ein Fisch, der zu lange an der Luft ist. Den Blick auf Belekun gerichtet, ließ ich die andere Wache dicht herankommen, und als er mit einer großen Axt ausholte, rollte ich mich auf die Seite, ehe sie auf dem Boden aufschlug und kleine Funken emporstoben. Er schwang sie über den Kopf, ließ sie wieder herunterkrachen und schlug mir beinahe den Fuß ab. Der Mann war wie ein Teufel. Ich stützte mich auf die Ellbogen und zuckte zurück, als er mit der Axt nach meinem Gesicht hieb. Wieder schwang er sie unmittelbar über mich hinweg, doch ich zückte mein zweites Beil, duckte mich unter seinem Schlag hindurch und hackte ihm ins linke Schienbein. Er schrie und ließ die Axt fallen. Er schlug hart auf dem Boden auf. Ich griff mir seine Axt und hieb ihm in die Schläfe. Mein Lid stoppte das Blut, ehe es mir ins Auge spritzte.

Belekun der Große richtete sich auf. Irgendwo hatte er ein Schwert gefunden. Allein es zu halten machte ihn zittern.

»Ich gewähre dir dies, Belekun, denn ich bin allen Ältesten gegenüber barmherzig. Du darfst den ersten Streich führen. Die erste Parade. Stich zu. Schlag zu, wenn dir die Götter dazu raten«, sagte ich. Er winselte etwas. Ich roch Pisse.

Belekun zitterte so sehr, dass all seine Halsketten und Armreife klirrten.

»Heb dein Schwert«, sagte ich. Schweiß rann ihm von der Stirn auf das Doppelkinn. Er hob das Schwert und richtete es gegen mich. Es neigte sich immer weiter nach unten, und ich hielt es mit meinem Fuß auf und hob es an, bis es wieder auf mich zeigte.

»Ich will dir einen weiteren Gefallen tun, Belekun der Große. Ich stürze mich in die Klinge.«

Ich warf mich auf das Schwert. Belekun schrie. Dann sah er mich an, wie ich in der Luft hing, das Schwert unter mir, ebenso in der Schwebe wie ich, als wären wir die Kehrseiten zweier Magneten.

»Ein Schwert kann dich nicht töten?«, sagte er.

»Ein Schwert kann mich nicht berühren«, sagte ich. Das Schwert flog ihm aus der Hand und fiel zu Boden. Belekun wälzte sich auf die Füße, rannte auf die Tür zu und schrie dabei: »Aesi, Herr der Heerscharen! Aesi, Herr der Heerscharen!«

Ich riss einen Speer aus der Wand, machte drei Schritte und warf ihn. Die eiserne Spitze durchbrach seinen Nacken, schoss aus seinem Mund hervor und bohrte sich in die Tür.

Sechs Tag nachdem ich Leopard im Wirtshaus Kulikulo getroffen hatte, erreichten wir das Uwomowomowowomowo-Tal. Bunshi war nicht dort, aber der Sklavenhändler versuchte Fumeli das Reiten beizubringen. Der Junge hielt die Zügel zu fest und gab der Stute widersprüchliche Anweisungen, und natürlich richtete sie sich auf die Hinterbeine auf und warf ihn ab. Bei einem Baum grasten drei weitere Pferde. Sie trugen die Satteldecken aus mit Blumenmustern verzierter Baumwolle der Pferdeherren des Nordens. Etwas weiter entfernt warteten zwei vor einen goldgeschmückten roten Wagen gespannte Pferde und wedelten mit dem Schweif Fliegen beiseite. Ich hatte keinen Pferdewagen mehr gesehen, seit ich einer Herde gestohlener Pferde bis weit nördlich des Sandmeeres gefolgt war. Die Stute warf Fumeli erneut ab. Ich lachte laut auf und hoffte, er würde es hören. Der Leopard sah mich und änderte die Gestalt; als ich ihm zuwinkte, trottete er davon. Ich glaubte, ich würde nichts empfinden, als ich Nyka aus dem Busch kommen sah, Nsaka Ne Vampi an seiner Seite, beide in langen blauen Djellabas, dunkel wie schwarze Haut in der Nacht. Sein Haar war zu einem festen Zopf geflochten, der auf seinem Rücken wie ein Horn zur Seite und aufwärts ragte. Um ihres hatte sie ein Tuch geschlungen. Seine Unterlippe war rot und geschwollen, die Stirn mit einem fleckigen weißen Leinenstreifen umwickelt. Der Sklavenhändler hatte einen Planwagen, den schönsten seiner Karawane, zurückbehalten, und aus diesem stieg Sogolon die Hexe. Das Sonnenlicht, das ihr in die Augen fiel, schien sie zu ärgern, doch vielleicht sah ihr Gesicht auch immer so aus.

»Wolfsauge, bei Tageslicht wirkst du jünger«, sagte Nyka. Er lächelte, dann verzog er das Gesicht und fasste sich an die Unterlippe.

Ich sagte nichts. Nsaka Ne Vampi blickte mich an. Ich glaubte, sie würde nicken, doch sie schaute einfach nur.

»Wo ist der Ogo?«, sagte ich zu dem Sklavenhändler.

»Am Fluss.«

»Ach. Ogos sind nicht dafür bekannt, gern zu baden.«

»Wer sagt, dass er badet?«

Der Sklavenhändler lief zu Fumeli, der wieder auf das Pferd zu springen versuchte.

»Hör auf, du junger Narr. Ein Tritt von dem Pferd, und du gehst zu Boden und bleibst dort. Ich spreche die Wahrheit«, sagte er.

Der Sklavenhändler winkte uns heran. Der Mann, der ihn mit Datteln speiste, kam aus dem Wagen, einen Sack über die Schulter geworfen und in der Hand ein Silbertablett mit mehreren Lederbeuteln darauf. Der Sklavenhändler nahm sie einen nach dem anderen und warf sie uns zu. Ich ertastete Silbermünzen, hörte sie klimpern.

»Dies ist nicht euer Lohn. Es ist das, was euch meine Buchhalter für eure Ausgaben zumessen, jedem seinen Fähigkeiten gemäß, was bedeutet, dass ihr alle gleich viel bekommt. In Kongor ist nichts billig zu haben, vor allem keine Auskünfte.«

Sein Dattelknecht öffnete einen Sack, zog Schriftrollen daraus hervor und reichte sie uns. Nyka lehnte ab und Nsaka Ne Vampi ebenfalls. Ich fragte mich, ob sie es tat, weil er es tat. Bei unserer letzten Begegnung vor einigen Nächten hatte sie viel geredet, jetzt aber blieb sie stumm. Fumeli steckte eine für den Leoparden ein, der noch Leopard war, aber aufmerksam zuhörte.

»Das ist eine Karte der Stadt, so gut als möglich aus dem Gedächtnis angefertigt, denn ich bin seit Jahren nicht dort gewesen. Nehmt euch vor Kongor in Acht. Die Straßen scheinen gerade zu sein, und die Gassen versprechen euch ans Ziel zu führen, doch sie winden und schlängeln sich und krümmen sich an Orte, an die ihr nicht wollt, Orte, von denen es keine Rückkehr gibt. Hört mir gut zu, ich sage euch die Wahrheit. Zwei Wege führen nach Kongor. Sucher, du weißt, wovon ich spreche. Einige von euch werden es nicht wissen. Geht ihr nach Westen und erreicht den Weißen See, so könnt ihr ihn umrunden, was eure Reise um zwei Tage verlängert, oder durchqueren, was einen Tag dauert, denn der See ist schmal. Das ist eure Entscheidung, nicht meine. Dann könnt ihr entweder um die Dunkellande herumreiten, was eure Reise um drei Tage verlängert, oder hindurchreiten, doch es sind nun einmal die Dunkellande«, sagte der Sklavenhändler.

»Was sind die Dunkellande?«, fragte der junge Fumeli.

Der Sklavenhändler grinste, dann verschwand das Grinsen wieder. »Nichts, was du dir in deinem Kopf ausmalen kannst. Wer von euch hat die Dunkellande schon einmal durchquert?«

Nyka und ich nickten beide. Wir hatten sie vor vielen Jahren durchschritten, und keiner von uns würde hier darüber sprechen. Ich wusste bereits, dass ich sie umrunden würde, ganz gleich, was die anderen dachten. Dann nickte auch Sogolon.

»Nochmals: eure Entscheidung, nicht meine. Ein Dreitagesritt um die Dunkellande herum, doch ein Tag mitten hindurch. Und in jedem

Fall sind es dann noch drei Tage bis Kongor. Reitet ihr um die Dunkellande herum, werdet ihr durch namenlose Länder kommen, die
kein König beansprucht. Reitet ihr hindurch, werdet ihr auch durch
Mitu kommen, wo die Menschen die Waffen niedergelegt haben, um
über die großen Fragen von Erde und Himmel nachzusinnen. Ein
ermüdendes Land und ein ermüdendes Volk, ihr werdet es womöglich übler finden als alles, was euch in den Dunkellanden erwartet.
Ihr werdet einen Tagesritt brauchen, um herauszukommen. Doch
auch dies ist eure Entscheidung. Bibi hier wird mit euch kommen.«

»Er? Was soll er tun? Uns mit etwas füttern, wonach wir selbst
bloß die Hände ausstrecken müssen?«, sagte Nyka.

»Ich werde euch Schutz bieten«, sagte er.

Seine Stimme überraschte mich; sie klang gebieterisch wie die eines Kriegers und nicht wie die von einem, der wie ein Griot zu singen versucht. Es war das erste Mal, dass ich ihn wirklich ansah. Er
war dünn wie Fumeli und in eine weiße, bis über die Knie reichende
Dschellaba mit einem um die Taille gebundenen Gürtel gehüllt. Von
dem Gürtel hing ein Schwert herab, das bei unseren letzten beiden
Begegnungen nicht dort gewesen war. Er sah, wie ich es betrachtete,
und kam zu mir herüber.

»So fern des Ostens habe ich noch nie ein Takouba gesehen«, sagte ich.

»Dann hätte sein Besitzer nicht in den Westen kommen sollen«,
sagte er und lächelte. »Mein Name ist Bibi.«

»Ist das der Name, den er dir gegeben hat?«, fragte ich.

»Wenn ›er‹ mein Vater ist, dann ja.«

»Jedem Sklaven, den ich kenne, hat sein Herr einen neuen Namen
aufgezwungen.«

»Und wäre ich ein Sklave, hätte ich ebenfalls einen neuen Namen.
Du hältst mich für einen Sklaven, weil ich ihn mit Datteln speise? Er
lässt mich seine Täuschungen ausführen. Einem Mann, der weniger
als eine Wand ist, erzählen die Menschen viel.«

Ich wandte mich von ihm ab, doch das hieß, mich Nyka zuzuwenden. Er entfernte sich einige Schritte und erwartete, dass ich ihm folgte.

»Sucher, du und ich, wir beide haben etwas in den Dunkellanden zurückgelassen, wie?«, sagte er.

Ich starrte ihn an.

»Er hätte seine Frauenspitze zurücklassen sollen«, sagte Nsaka Ne Vampi, und mich ergriff Zorn bei dem Gedanken, dass er ihr etwas über mich erzählt hatte. Mich noch immer verriet. Sie gingen fort, obgleich der Sklavenhändler den Mund öffnete, um weiterzusprechen.

»Gewiss gibt es Gerüchte, um die Wahrheit zu sagen. Kongor war nicht einmal der letzte Ort, an dem er von Augen gesehen wurde, doch nicht nur Augen sehen. Ich habe es euch schon gesagt. Ihr könnt der Spur der Toten folgen, die tot aufgefunden und rasch begraben wurden, ausgesaugt wie der Saft aus einer Beere. Es wurde von einem Jungen und vier weiteren in Nigiki berichtet und von einem vor langer Zeit in Kongor. Aber findet ihn und bringt ihn zurück zu mir nach Malakal, wo …«

»Ihr wünscht nicht länger einen Beweis für seinen Tod?«, fragte ich.

»Ich werde beim eingestürzten Turm warten. Mehr habe ich nicht zu sagen. Sogolon, ich will dich allein sprechen«, sagte er.

Sogolon, die bis dahin kein Wort gesagt hatte, ging mit ihm zu dem Planwagen.

»Ich weiß, dass du keine Hilfe brauchst, um Kongor zu erreichen«, sagte Nyka.

Ich schaute bereits nach Westen, doch ich wandte mich um und blickte ihm ins Gesicht. Er war stets ein ansehnlicher Mann gewesen und war es auch jetzt noch, trotz der weißen Haare, die unter seinem Kinn hervorlugten und das obere Ende seines Zopfes färbten. Und trotz seiner geschwollenen Lippe.

»Hier ist eine Frage, die nur du beantworten kannst. Auch wenn du nie viele Worte darum gemacht hast, weshalb du mich brauchtest. Wenn ihr den Weg durch die Dunkellande wählt, wie viele von euch werden es dann wohl auf die andere Seite schaffen, hmmm? Der Leopard? Gerissen wie eine Katze, doch als Mann zu heißblütig, sein Gemüt macht ihn zum Narren. Wie eine jüngere Ausgabe von dir, oder? Das alte Weib, das mit dem Sklavenmeister spricht? Sie fällt tot um, ehe ihr auch nur den See erreicht habt. Und der kleine Junge dort, wer fickt ihn, du oder die Katze? Er kann nicht einmal ein Pferd besteigen, vom Reiten ganz zu schweigen. Damit bleibt dir noch der Sklave ...«

»Er ist kein Sklave.«

»Nein?«

»Das hat er gesagt.«

»Das habe ich nicht gehört.«

»Du hast nicht zugehört.«

»Dann also der Mann, der kein Sklave ist, und der Ogo, und du weißt, wie viel Vertrauen man in einen Ogo setzen kann.«

»Mehr, als man in dich setzen kann.«

»Hmmm.« Er lachte. Nsaka Ne Vampi hielt sich im Hintergrund. Sie merkte, dass ich es merkte. Ich merkte auch, dass er »ihr« statt »wir« sagte.

»Du hast andere Pläne«, sagte ich.

»Du kennst mich besser als ich mich selbst.«

»Es muss eine Art Fluch sein, dich zu kennen.«

»Kein Mann hat mich je besser gekannt.«

»Dann hat dich kein Mann je gekannt.«

»Du willst es also hier und jetzt ausfechten, hmmm? Wie wäre es? Gleich hier. Oder vielleicht unten am See. Oder muss ich damit rechnen, dass du in der Nacht zu mir kommst wie ein Liebhaber? Manchmal wünschte ich, du liebtest mich, Sucher. Wie kann ich dir Frieden verschaffen?«

»Ich erwarte nichts von dir. Nicht einmal Frieden.«

Er lachte wieder und ging fort. Dann blieb er stehen, lachte abermals und ging zu einem großen, schmutzigen Wandteppich, der irgendetwas verdeckte. Nsaka Ne Vampi stieg auf den Wagen und nahm die Zügel in die Hand. Nyka zog den Teppich zur Seite; dahinter kam ein Käfig zum Vorschein, in dem die Blitzfrau hockte. Auch der Leopard sah sie. Er trottete geradewegs zu dem Käfig und knurrte. Die Frau kroch auf die andere Seite, doch es gab für sie kein Entkommen. Sie sah nun aus wie eine Frau. Ihre Augen waren geweitet, als hätte sich die Furcht an ihr Gesicht geheftet, wie bei jenen Kindern, die im Krieg geboren werden. Nyka öffnete das Schloss. Die Frau kroch noch weiter zurück, und der Käfig wackelte unter ihren Bewegungen. Der Leopard trottete davon und legte sich auf die Erde, sah sie jedoch weiterhin an. Sie schnupperte in die Luft, blickte sich um und sprang dann aus dem Käfig. Sie drehte sich mal hierhin und mal dorthin, betrachtete den Planwagen, die Bäume, den Leoparden, den Mann und die Frau in den gleichen blauen Gewändern, dann ruckte ihr Kopf nach Norden, als hätte soeben jemand nach ihr gerufen. Mit einem Mal rannte sie los, dass ihre Füße kaum den Boden berührten, machte einen Satz über einen Erdhügel, sprang hoch wie ein Baum und war verschwunden. Nyka sprang auf den Pferdewagen, während Nsaka Ne Vampi schon die Zügel schnalzen ließ und die Pferde losgaloppierten. Nach Norden.

»Ist der See nicht im Westen?«, fragte Bibi der Dattelknecht.

Ich antwortete nicht.

Dieser Junge würde sein Pferd so verschrecken, dass es losgaloppierte und ihn abwarf und er sich das Genick brach. Ich würde ihm das Reiten nicht beibringen. Der Leopard war nutzlos, denn er blieb in Katzengestalt, sprach mit niemandem und lief so weit fort, dass er gerade noch in Hörweite war. Ich nahm an, Sogolon müsse man aufs Pferd helfen. Oder sie würde irgendeine Art Pritsche oder Karren daran befestigen, um sich selbst zu befördern und das, was Hexen mit sich führen, vielleicht das Bein eines Säuglings, Jungfrauenscheiße, die in Salz eingelegte Haut eines ganzen Büffels oder was sie sonst für ihre Beschwörungszauber brauchte. Aber sie schulterte lediglich eine Tasche aus Hirschleder, umfasste den Sattelknauf mit der linken Hand und schwang sich so hinauf, dass sie geradewegs im Sattel landete. Selbst der Ogo merkte auf. Er hätte zehn Pferde durch bloßes Daraufsetzen zermalmt, also lief er. Für einen Mann von solcher Größe und solchem Gewicht bewegte er sich erstaunlich lautlos und ohne den Boden erzittern zu lassen. Ich fragte mich, ob er bei einer Sangoma, einem Hexer, einer Hexe oder einem Teufel die Gabe der Heimlichkeit erstanden hatte. Es waren starke Pferde, die aber stets nur für einen Tagesritt taugten, und so würden wir bis zum Weißen See zwei Tage brauchen. Ich band das zweite Packpferd an meines. Sogolon war schon losgeritten, doch der Ogo wartete auf uns. Ich glaube, er fürchtete sich vor ihr. Bibi sprang von seinem Pferd, spannte ein Sisalseil von seinem Sattel zum Zaumzeug eines der Pferde, die die Vorräte trugen, und ließ Fumeli aufsitzen.

Wir waren unterwegs. Bunshi reiste nicht mit uns. Sogolon trug eine Phiole in der Farbe von Bunshis Haut um den Hals. Das fiel mir auf, als sie an mir vorbeiritt. Als wir so dicht beieinander waren, dass sich unsere Pferde beinahe berührten, beugte sie sich herüber und sagte: »Dieser Junge. Was ist sein Nutzen?«

»Frag den, der ihn benutzt«, sagte ich.

Sie lachte, galoppierte in die Savanne davon und hinterließ dabei eine Duftspur, die ich nicht einzuordnen wusste. Mir war es nicht eilig damit, Kongor zu erreichen, denn der vermisste Junge war ohne Zweifel tot und würde toter nicht werden. Und sie zerrten alle an meinem Gemüt – der Leopard mit seinem Schweigen; Fumeli mit seiner Launenhaftigkeit, die ich ihm aus dem mürrischen Gesicht prügeln wollte; dieser Dattelknecht Bibi, der mehr darstellen wollte als einen Mann, der Essen in den Mund eines anderen Mannes stopft; und Sogolon, die bereits zu dem Schluss gekommen war, dass kein Mann klüger war als sie. Die einzige andere Möglichkeit war, an Belekun den Großen zu denken, der mich hatte umbringen wollen, als ich mich nach dem Vater des vermissten Jungen erkundigte. Er hatte von den Omoluzu gewusst, und er hatte gewusst, dass Omoluzu den Vater des Jungen getötet hatten, wenn auch vielleicht nicht, dass man sie mit tiefem Unfrieden heraufbeschwören muss. Er hatte jemanden angerufen, den er Herr der Heerscharen nannte. Sie lernen nie dazu, die Männer, die an den Glauben glauben. Wir waren kaum losgezogen, und schon gab es Leute, die ich gern weniger häufig gesehen hätte.

Blieb noch der Ogo. Je größer die Kreatur, desto weniger Worte braucht oder kennt sie, sagt meine Erfahrung. Ich zügelte mein Pferd und ließ ihn zu mir aufschließen. Er roch wirklich so frisch, als hätte er zuvor im Fluss gebadet, sogar unter den Armen, wo manch anderer Riese eine Kuh umwerfen könnte.

»Ich glaube, wir schaffen es in zwei Tagen zum Weißen See«, sagte ich. Er lief weiter.

»Wir schaffen es in zwei Tagen«, rief ich. Er wandte sich um und grunzte. Ach, es würde die wunderbarste Reise werden.

Nicht, dass ich überhaupt viel auf Gesellschaft gegeben hätte. Und gewiss nicht auf die Gesellschaft dieser Leute. Doch ich verbringe die meisten meiner Tage allein und die Nächte mit Leuten, die ich am Morgen nicht sehen will. Ich gestehe, wenigstens meiner dunkelsten Seele gegenüber, dass es nichts Schlimmeres gab, als unter vielen Seelen zu sein, selbst Seelen, die man vielleicht kennt, und dennoch einsam zu sein. Ich habe zuvor schon darüber gesprochen. Männer und auch Frauen habe ich getroffen, die umgeben sind von dem, was sie für Liebe halten, und doch sind sie die einsamsten Menschen in allen zehn und drei Welten.

»Ogo. Du bist ein Ogo, oder nicht?«

Er verlangsamte seinen Schritt, und mein Pferd ging neben ihm einher. Er grunzte und nickte abermals.

»Ich habe gesehen, wie du nach deinem Bad vor einigen Steinen gekniet hast. Ein Schrein?«

»Ein Schrein für wen?«

»Die Götter, irgendeinen Gott.«

»Ich kenne keine Götter«, sagte er.

»Warum hast du dann einen Schrein gebaut?«

Er sah mich mit leerer Miene an, als hätte er keine Antwort darauf.

»Bist du wegen des Sklavenhändlers, wegen des Halbgotts oder wegen der Hexe hier?«

Er lief weiter, doch sah mich dabei an und sagte: »Sklavenhändler, Halbgöttin oder Hexe? Wer ist wer, frage ich dich, wer ist wer? Bist du sicher, dass die Schwarze eine Halbgöttin und keine Göttin ist? Ich habe andere von ihrer Art gesehen – einer war ein Mann, jedenfalls hatte er die Gestalt eines Mannes, war aber von den Göttern gemacht. Die Menschen im Süden sagen, ein Halbgott ist ein Mann, den die Götter verändert haben, aber nicht durch den Tod, und der Tod ist das Ding, das bange Ding. Ich mag die Toten nicht, ich mag die Mittagsstunde der Toten nicht, ich mag die Totenfresser nicht, und ich habe sie gesehen, alte Männer in schwarzen Mänteln, die über den Boden streichen, und mit weißem Fell um den Hals, als trügen sie die Haut des Geiers. Aber sie ist von einer sonderbaren Art, wie auch immer man das Tier nennt, das halb Elefant und halb Fisch ist oder halb Mensch und halb Pferd, zu dieser Art gehört sie, aber der Sklavenhändler ist es, wegen dem ich hier bin, er kam zu mir und sagte: Sadogo, ich habe Arbeit für dich, weil er wusste, ich hatte keine Arbeit, denn welche Arbeit gibt es für einen Ogo im Westen? Ja, ich war ohne Arbeit und in meinem Zuhause, das ich Tag und Nacht offen ließ, denn wer wäre so töricht, einen Ogo auszurauben, wussten sie nicht, dass wir fürchterliche Bestien waren? Aber in meinem Zuhause oder besser meiner Hütte war der Sklavenhändler, der sagte: Ich habe einen Auftrag für dich, großer Riese, und ich sagte: Ich bin kein Riese, Riesen sind zweimal so groß wie ich, haben nichts als Fleisch zwischen den Ohren und schänden Pferde, weil sie glauben, alle Tiere mit langem Haar müssten Weibsleute sein, und ein Tritt vom Pferd macht den Fick zur Herausforderung, er sagte also noch einmal: Ich habe Arbeit, du musst ein paar Männer finden, die böse zu mir sind, und ich sagte: Was soll ich mit diesen Männern machen, wenn ich sie finde, und er sagte: Töte sie alle bis auf einen, der kein Mann, sondern ein Junge ist, und ich soll ihm kein Haar krümmen, es sei denn, er ist kein Junge mehr. Er sagte zu mir: Ogo, in was er sich verwandelt haben könnte, wird kein Mann sein, sondern etwas anderes, etwas, was selbst die Götter als eine Abscheulichkeit ausspeien, und dann sagte er noch mehr, aber nach Abscheulichkeit verstand ich nichts mehr, und dann sagte ich: Wo ist dieser Junge, den ich für dich finden soll, und er sagte: Ich werde dir Männer zur Seite stellen und Frauen auch, denn es ist nicht so leicht getan wie gesagt, und ich sagte, dass es sich leicht genug anhört und dass ich zurück bin, bevor ich mein Haus vermisse und mein Getreide verdirbt, aber dann dachte ich an den letzten Mann, den ich getötet hatte, und wie seine Familie bald seine Grausamkeit vermissen und nach ihm suchen wird, und wenn sie mit einer Meute kommen, werde ich viele Frauen zu Witwen und viele Jungen zu Waisen machen, also dachte ich dann: Diese Reise soll so lange dauern, wie sie dauert, denn zu Hause wartet nichts auf mich, und er sagte: Dann hast du das mit den anderen gemeinsam, dass auf keinen von euch etwas wartet, aber ich weiß nicht, ob das stimmt, ich kenne keinen von euch, aber ich habe von Sogolon der Mondhexe gehört, kennst du sie? Woher wusstest du, dass sie Runen schreibt? Sie ist dreihundert, zehn und fünf Jahre alt, das hat sie mir gesagt und noch anderes mehr, denn die Leute glauben immer, die Ogos sind einfältig, also kann man ihnen alles sagen, und das tat sie auch; dies sagte sie: Man nennt mich Sogolon, und ich habe nie auf einen anderen Namen gehört. Man nannte mich Sogolon die Hässliche, bis alle, die mich so nannten, auf die gleiche Weise erstickten.

Sogolon die Mondhexe, die ihre Kunst stets im Dunkel übte, sagen andere. Sie sagte, sie kommt aus dem Westen, aber ich komme aus dem Westen, und für mich riecht sie nach denen aus dem Südwesten, die sauer riechen, aber das gute Sauer, das sich mit Süße mischt und vor Leben sprüht, was du auch kennst, denn ich habe gehört, du hast eine Nase. Schreibt sie immer Runen? Ihre Hände sind niemals ruhig, niemals still. Eine so alte Frau wie sie versteht sich aufs Bewahren von Geheimnissen, also dachte ich mir, sie hätte irgendeinen anderen Grund, den sie nicht verraten wollte, denn Münze konnte ihr nicht viel bedeuten. Dann sprach sie in Rätseln und Reimen, aber nicht wie die Dichter. Bei alldem war kein Zorn in ihr, aber auch keine Heiterkeit oder Freundlichkeit. Ich dachte mir, dass sie verschwindet und wiederkehrt, wie es ihre Art ist. Und mehr weiß ich nicht. Du musst Ogo vergeben. Es sprechen so wenige mit ihm, dass er immer zu viel zu sagen hat, wenn es doch einmal einer tut. Und …«

Und so redete Sadogo der Ogo die ganze Nacht hindurch. Er redete, während wir anhielten und die Pferde an einen Baum banden. Er redete, während wir ein Feuer machten und Hirsebrei kochten und den Stern aus den Augen verloren, der uns den Weg nach Westen wies, während wir einzuschlafen versuchten, nicht einschlafen konnten, nach Löwen lauschten, die sich durch die Nacht bewegten, darauf warteten, dass das Feuer niederbrannte und schließlich in einen Schlaf fielen, in dem er im Traum zu uns sprach. Ich wusste nicht, ob ich von der Sonne oder von seiner Stimme geweckt worden war. Fumeli schlief. Bibi lag wach neben mir, die Stirn krausgezogen. Die Stimme des Ogo senkte sich, seine Sätze verklangen zu ihrem Ende hin in Stille.

»Von jetzt an will ich ruhig sein«, sagte er.

Ich starrte ihn lange an. Bibi lachte und ging zum Pissen in den Busch. Ich setzte mich auf und gähnte.

»Nein, bitte sprich weiter, Ogo. Sadogo. Du verkürzt uns die lange Reise. Kennst du Nyka?«

Sein Zornesblick war es wert. »Ich traf ihn einen Mond, bevor ich dich traf«, sagte er.

»Und schon versorgt er dich mit Gerede über andere Leute.«

»Als der Sklavenhändler zu mir kam, waren Nyka und Nsaka Ne Vampi bei ihm.«

»Das sind tatsächlich Neuigkeiten. Was sagte er über mich?«

»Der Sklavenhändler?«

»Nein, Nyka.«

»Dass man dem Sucher sein Leben anvertrauen kann, wenn man in seinen Augen Ehre besitzt.«

»Das hat er gesagt?«

»Stimmt es nicht?«

»Es steht mir nicht zu, das zu beantworten.«

»Warum sollte er lügen? Ich habe nie gelogen, aber ich begreife, dass es Gründe geben kann zu lügen.«

»Und Verrat? Hat Verrat einen anderen Grund als den Verrat?«

»Ich weiß nicht, was du meinst.«

»Sei's drum. Der Gedanke ist tot.«

»Dieser war auch auf dem Karren«, sagte er und zeigte auf Bibi, der gerade zurückkam.

Wir sattelten die Pferde und ritten los. Ich wandte mich an Bibi. »Sag mir eines. Dein Herr hat uns nicht die Wahrheit über den Jungen gesagt. Er bedeutet ihm in Wahrheit nichts. Aber Bunshi zu gefallen bedeutet ihm viel.«

»Das Schweigen der Götter besorgt ihn«, sagte Bibi. »Er glaubt, ihr Missfallen erregt zu haben, obgleich sich ihr Schweigen über jedes Haus gesenkt hat.«

»Er sollte sich eher um das Schweigen all der Sklaven sorgen, die sich gegen ihn verschwören«, sagte ich.

»Ha, Sucher, ich habe dein Gesicht gesehen. Vor einigen Tagen. Dein Abscheu hat mir viel Freude bereitet. Ich glaube, du gehst mit diesem ehrenwerten Handel zu streng ins Gericht.«

»Was?«

»Sucher, oder wie auch immer du heißt. Gäbe es keine Sklaven, ginge jeder Mann aus dem Osten jungfräulich in die Ehe. Einmal begegnete ich einem, dies ist ein wahres Wort, der glaubte, Frauen zeugen Kinder, indem sie einem Mann die Brüste in den Mund schieben. Gäbe es keine Sklaven, blieben dem schönen Malakal nur falsches Gold und billiges Salz. Ich rechtfertige den Sklavenhandel nicht. Doch ich weiß, warum es ihn gibt.«

»Dann billigst du das Tun deines Herrn«, sagte ich.

»Ich billige die Münze, die er mir gibt, um meine Kinder zu ernähren. Ich sehe dir an, dass du keine Kinder hast. Aber ja, ich stopfe Datteln in seinen Mund, weil er alle andere Arbeit den Sklaven gibt.«

»Willst du sein wie er? Wenn du ein Mann bist?«

»Und nicht mehr der verweichlichte Knabe, der ich jetzt bin? Ich sage dir noch mehr Wahrheit. Wäre mein Herr, wie du ihn nennst, noch ein wenig dümmer, müsste ich ihn dreimal in einem Viertelmond stutzen und wässern«, sagte Bibi und gluckste.

»Dann geh doch fort.«

»Fortgehen? Einfach so. Erzähl mir von diesem Leoparden. Welch ein Mann geht mit solcher Leichtigkeit fort, wie es ihm beliebt?«

»Einer, der niemandem gehört.«

»Oder niemand gehört zu dir.«

»Niemand liebt niemanden«, sagte ich.

»Der Sohn einer Hündin, der dich das gelehrt hat, hasst dich. Also, wie mein Herr sagen würde: Sprich wahr, sprich klar, sprich geschwind. Bist du es, der mit dem Jungen hinter mir verkehrt, oder ist es der Leopard?«

»Warum fragt mich jede missgestalte Seele nach diesem missgestalten Jungen?«

»Weil die Katze nicht spricht. Die anderen Diener des Königs – sie sind wohlgemerkt Sklaven – schlossen allesamt Wetten ab. Wer ist die Rute, wer ist der Stab, und wer bekommt ihn ins Scheißloch gerammt?«

Ich lachte. »Und worauf hast du gesetzt?«, fragte ich.

»Nun, da du derjenige bist, den sie beide hassen, glauben sie, du würdest von beiden gefickt.«

Ich lachte wieder. »Und du?«

»Du läufst nicht wie einer, der oft in den Arsch gefickt wird«, sagte er.

»Vielleicht kennst du mich nicht gut genug.«

»Ich sagte nicht, dass du nicht in den Arsch gefickt wirst. Ich sagte, du wirst nicht oft gefickt.«

Ich drehte mich um und starrte ihn an. Er starrte mich an. Ich lachte als Erster. Dann konnten wir nicht aufhören zu lachen. Dann hörten wir Fumeli sagen, er müsse es seinem Pferd mit der Rute geben, und wir fielen beinahe aus dem Sattel.

Sogolon ausgenommen, wirkte Bibi von uns allen am Ältesten. In jedem Fall hatte er bislang als Einziger von Kindern gesprochen. Ich musste an die Mingi-Kinder der Sangoma denken, die wir bei den Gangatom zurückgelassen hatten, damit sie sie aufzogen. Der Leopard hatte mir berichten wollen, was seither aus ihnen geworden war, es aber nicht getan.

»Woher hast du das Schwert?«, fragte ich.

»Das hier?« Bibi zog es heraus. »Ich sagte es dir: von einem Bergmenschen aus dem Osten, der den Fehler beging, nach Westen zu gehen.«

»Bergmenschen gehen nie nach Westen. Lass uns die Wahrheit sprechen, Dattelknecht.«

Er lachte. »Wie viel Jahre zählst du? Zwanzig, sieben und eines?«

»Zwanzig und fünf. Sehe ich so alt aus?«

»Ich hätte dich für noch älter gehalten, aber ich wollte zu einem neu gewonnenen Freund nicht unhöflich sein.« Er lächelte. »Ich wurde zweimal zwanzig. Und noch fünf Jahre.«

»Fick die Götter. Ich habe nie einen Mann getroffen, der so lang lebte, ohne reich oder mächtig oder bloß fett zu sein. Das heißt, du bist alt genug, den letzten Krieg gesehen zu haben.«

»Ich bin alt genug, um in ihm gekämpft zu haben.«

Er blickte an mir vorbei auf das Savannengras, das kürzer war als zuvor, und zum Himmel, der bewölkter war als zuvor, auch wenn wir die Sonne spürten. Es war auch kühler geworden. Längst hatten wir das Tal hinter uns gelassen und Länder betreten, in deinen kein Mensch je zu leben versucht hat.

»Ich kenne keinen, der den Krieg erlebt hat und darüber sprechen will«, sagte Bibi.

»Warst du Soldat?«

Er lachte kurz auf. »Soldaten sind Narren, die für Narren zu schlecht bezahlt werden. Ich war Söldner.«

»Erzähl mir vom Krieg.«

»Von den gesamten hundert Jahren? Welchen Krieg meinst du?«

»In welchem hast du gekämpft?«

»Im Krieg von Areri Dulla. Wer weiß, wie ihn diese Büffelficker im Süden nennen, wobei ich hörte, sie würden ihn den Krieg der Streitlust des Nordens nennen, was zu köstlich ist, bedenkt man, dass sie die Speere als Erste geschleudert haben. Du wurdest drei Jahre nach der letzten Waffenruhe geboren. Das war der Krieg, der dazu führte. Eine eigentümliche Sippe. Bei all der Inzucht, die lauter wahnsinnige Könige hervorbrachte, sollte man meinen, eines Tages würde ein König sagen: Lasst uns frisches Blut suchen, um das Geschlecht zu retten, doch nein. Also folgte ein Krieg auf den anderen. Das ist die Wahrheit. Ich weiß nicht, ob Kwash Netu ausnahmsweise ein guter König war oder ob der neue und wahnsinnige König der Massykin nur noch wahnsinniger als der vorherige war, aber auf die Kriegsführung verstand er sich fulminant. Er erhob sie zur Kunst, wie andere das Töpfern oder das Dichten zur Kunst erheben.«

Bibi brachte sein Pferd zum Stehen und ich meines. Ich sah Fumeli erbost nach oben schauen. Die Luft war feucht vor Regen, der nicht fallen wollte.

»Wir müssen weiter«, sagte Fumeli.

»Nur ruhig, Kind. Der Leopard wird noch ebenso hart sein, wenn du dich endlich auf ihn hocken kannst«, sagte Bibi.

Dafür wandte ich mich gern zu ihm um. Fumelis Miene war so entsetzt, wie ich es erwartet hatte. Ich wandte mich wieder Bibi zu.

»Mein Vater sprach nie vom Krieg. Er hat in keinem gekämpft.«

»Zu alt?«

»Vielleicht. Er war auch mein Großvater. Doch du wolltest vom Krieg erzählen.«

»Was? Du … Ja, der Krieg. Ich war zehn und sieben Jahre alt und lebte mit meiner Mutter und meinem Vater in Luala Luala. Der wahnsinnige König der Massykin fiel in Kalindar ein, das einen Mond und einen halben von Malakal entfernt ist, aber noch immer zu nah. Zu nah für Kwash Netu. Meine Mutter sagte: Eines Tages werden Männer in unser Haus kommen und sagen: Wir haben dich für den Krieg ausgewählt. Ich sagte: Wenn ich im Krieg kämpfe, hole ich vielleicht den Ruhm in unser Haus zurück, den Vater mit Wein und Frauen verschleudert hat. Womit willst du uns Ruhm verschaffen, wo du doch keine Ehre hast?, sagte sie. Natürlich hatte sie recht. Ich hatte seit Längerem niemanden getötet, denn die Menschen haben weniger Verlangen nach persönlichen Fehden, wenn alle in den Krieg ziehen müssen. Und wie sie gesagt hatte, kamen große Krieger in unser Haus und sagten: Du, du bist jung und stark oder siehst immerhin so aus. Es ist Zeit, diesen hündischen Omororo-König mit eingezogenem Schwanz in sein Ödland zurückzuschicken. Und wofür sollte ich kämpfen?, fragte ich, und sie waren gekränkt. Du solltest für den ruhmreichen Kwash Netu und für das Königreich kämpfen. Ich spie aus und öffnete mein Gewand, um ihnen meine Halskette zu zeigen. Ich gehöre den Sieben Schwingen an, sagte ich. Krieger der Münze.«

»Wer sind die Sieben Schwingen?«

»Söldner, trunkenen Vätern geraubt, die ihre Schulden nicht begleichen konnten. Geschult im Umgang mit Waffen und Meister des Eisens. Wir reisen zügig und verschwinden wie ein flüchtiger Gedanke. Unsere Herren prüfen uns mit Skorpionen, sodass wir keine Angst kennen«, sagte Bibi.

»Wie das?«

»Sie stechen uns und warten ab, wer überlebt. Im Gefecht nehmen wir die Stierformation ein. Wir sind die Hörner, die Wildesten; wir greifen zuerst an. Und wir kosten mehr, als die meisten Könige zu zahlen vermögen. Aber unser Kwash Netu war recht geschult in der Kriegskunst. Dies hörte ich über den wahnsinnigen König: Ein Regent kann nicht an zwei Orten zugleich sein oder an dreien, denn er ist nur einer. Er sitzt in Fasisi, also lasst uns Mitu angreifen. Also griff der Massykin Mitu an, und Mitu war sein. Er glaubte, gesiegt zu haben, denn es ist kein törichter Gedanke, einen Ort anzugreifen, an dem der König nicht sein konnte, da er nicht an zwei Orten zugleich sein konnte. Doch das war sein Fehler, Sucher. Höre, es war keine Schwäche. Die Armeen des Südens spielten der Größe Kwash Netus in die Hände, der an vielen Orten zugleich sein konnte.«

»Hexerei?«

»Nicht alles kommt aus dem Schoß der Hexen, Sucher. Der Vater eures Königs verstand seine Armee schneller zu bewegen als irgendein König vor oder nach ihm. Entfernungen, die selbst die Kongori sieben Tage gekostet hätten, konnte seine Armee in zweien bewältigen. Er wählte die Kampfschauplätze weise, und wo ihm das nicht möglich war, kaufte er die Besten und besteuerte sein Volk auf das Heftigste, um dies tun zu können. Die Besten waren die Sieben Schwingen. Nimm auch dies als Wahrheit. Der wahnsinnige König war ein gedankenloser Narr, der beim Anblick von Blut schrie und die Namen seiner eigenen Generäle nicht kannte – während Kwash

Netu seine eigenen Männer hatte, die in den Herrschaftsgebieten regieren konnten, starke Männer, die eine Stadt führen konnten oder einen Staat, wenn er gerade andernorts Krieg führte. Hast du vom Krieg der Frauen gehört?«

»Nein. Erzähl mir davon.«

»Als seine Generäle zu dem wahnsinnigen König sagten: Göttlichster, wir müssen uns aus Kalindar zurückziehen, unsere vier Schwestern sind in Gefahr, da willigte er ein. Doch in jener Nacht hörte der König, der im Krieg unter seinen Mannen zu sein verlangte, im Lager zwei Katzen ficken und glaubte, es sei ein Nachtteufel, der ihn wegen des Rückzugs einen Feigling schalt. Und so befahl er, dass sie wieder nach Kalindar vorrückten, nur um von Frauen geschlagen und von Kindern aus ihren Lehmziegeltürmen heraus mit Steinen und Scheiße beworfen zu werden. Kwash Netu nahm unterdessen Wakadischu ein. Das letzte Gefecht in Malakal verdiente kaum, ein Gefecht genannt zu werden. Es waren die jämmerlichen Überreste einer Armee, die vor Steine schmeißenden Frauen davonrannten. Der Krieg war bereits gewonnen.«

»Hmmm. So wird es in Malakal nicht erzählt.«

»Ich habe die Lieder gehört und in Leder gebundene Bücher darüber gelesen, dass Malakal das letzte Gefecht zwischen dem Licht des Reiches von Kwash Netu und der Finsternis der Massykin war. Lieder von Narren. Nur wer nicht im Krieg gekämpft hat, begreift nicht, dass beide Seiten finster waren. Leider ist ein Söldner ohne Krieg ein Söldner ohne Arbeit.«

»Du weißt viel über Krieg, Generäle und den Königshof. Wie konntest du als einer enden, der sein Brot damit verdient, ein fettes Schwein mit Datteln vollzustopfen?«

»Arbeit ist Arbeit, Sucher.«

»Und Pferdemist ist Pferdemist.«

»Früher oder später befällt die Finsternis des Krieges jeden, der darin gekämpft hat. Ich habe einfache Bedürfnisse. Meine Kinder zu ernähren, während sie selbst zu Männern aufwachsen, zählt dazu. Stolz nicht.«

»Ich glaube dir nicht. Und nach allem, was du soeben erzählt hast, glaube ich dir sogar noch weniger. Du bist geschickt. Hast du vor, ihn zu töten? Ich weiß, ein Widersacher hat dich gedungen, um ihm näher zu kommen als ein Geliebter.«

»Wollte ich ihn töten, hätte ich es vor vier Jahren tun können. Er weiß, wozu ich fähig bin. Ich glaube, es gefällt ihm, dass mich die Leute für einen affigen Weichling halten, der gern das Maul aufreißt. Er glaubt, so könne ich seine Feinde besser einschätzen und aus dem Weg räumen.«

»Dann bist du sein Späher. Sollst du uns auskundschaften?«

»Du Narr, dafür hat er Sogolon. Ich bin hier, um mich mit allen Überraschungen zu befassen, welche die Götter für euch bereithalten.«

»Ich will mehr darüber hören, was diese großen Kriege aus dir gemacht haben.«

»Und ich will nicht mehr darüber sagen. Krieg ist Krieg. Stell dir das Schlimmste vor, was du je gesehen hast. Und dann stell dir vor, es einen Viertelmondmarsch lang alle drei Schritte zu sehen.«

Wir befanden uns jetzt tief im Grasland; es war grüner und feuchter als der braune Busch im Tal, und die Hufe der Pferde sanken tiefer in die Erde ein. Vor uns, vielleicht einen halben Tagesritt entfernt, erstreckten sich in alle Richtungen hohe Bäume. In der Ferne ragten Berge auf. Die Berge und Wälder, an denen wir von Malakal kommend auf dem Weg nach Westen vorbeizogen, wirkten blau. Aus dem Gras und der Nässe sprossen Bambusriesen, einer, zwei, dann ein Büschel, dann ein Wald, der die spätnachmittägliche Sonne verdeckte. Weitere Bäume ragten hoch in den Himmel auf, und Farne bedeckten die Erde. Ich roch einen frischen Bach, ehe ich ihn hörte oder sah. Farne und Knollen wuchsen aus umgestürzten Bäumen. Wir folgten etwas, was wie ein Pfad aussah, ehe ich roch, dass sowohl der Leopard als auch Sogolon dort entlanggegangen waren. Zu meiner Rechten, hinter den langen Blättern, rauschte ein Wasserfall den Felsen hinab.

»Wo sind sie hin?«, fragte Fumeli.

»Fick die Götter, Junge«, sagte ich. »Deine Katze ist nichts weiter als ein ...«

»Nicht er. Wo sind die Tiere hin? Kein Schuppentier, kein Mandrill, nicht einmal ein Schmetterling. Riecht deine Nase nur, was da ist, und nicht, was fort ist?«

Ich wollte nicht mit Fumeli sprechen. Am liebsten hätte ich ihm seine Unhöflichkeiten aus dem Gesicht geprügelt.

»Ich werde ihn fortan Roter Wolf nennen – das hat er zu mir gesagt«, sagte Bibi.

»Wer?«

»Nyka.«

»Er spottet über die rote Erdfarbe, die ich mir immer auf die Haut rieb; er sagte, nur Ku-Frauen trügen Rot«, sagte ich.

»Hast du ein Ohr für die Wahrheit? Ich habe nie einen Mann in dieser Farbe gesehen«, sagte Bibi.

Bibi hielt inne, die Stirn in Falten gelegt, und sah mich an, als versuchte er etwas zu entdecken, was ihm entgangen war, dann schüttelte er den Kopf.

»Und Wolf?«, fragte er.

»Hast du mein Auge nicht gesehen?«

Ich kannte seinen Blick. Er bedeutete: Du verschweigst mir einiges, doch es kümmert mich nicht genug, um dir auf den Zahn zu fühlen.

»Wonach riecht diese Hexe? Es will mir nicht einfallen«, sagte ich.

Er zuckte mit den Schultern.

»Erzähl mir noch etwas, Sadogo«, sagte ich zu dem Ogo.

Dies ist wahr: Der Ogo hörte nicht auf zu reden, bis uns der Abend überfiel. Und dann sprach er von der Nacht, die uns überfallen würde. Ich vergaß Fumeli, bis er zischelte, und schenkte ihm keine Beachtung, bis er zum dritten Mal zischelte. Wir kamen an eine Weggabelung, ein Pfad führte nach links, einer nach rechts.

»Wir gehen nach links«, sagte ich.

»Warum nach links? Ist das der Weg, den Kwesi genommen hat?«

»Das ist der Weg, den ich nehme«, sagte ich. »Geh deinen eigenen Weg, wenn du willst, nur mach dein Pferd vorher von Bibis los.« Ich hörte das dumpfe Getrampel von Hufen auf Matsch und knackende Äste.

Ich wartete nicht auf seine Antwort. Der Pfad war schmal, doch es war ein Pfad, und die Sonne war beinahe versunken.

»Keine Fledermaus, keine Eule, kein zwitscherndes Tier«, sagte Fumeli.

»Was für ein Ast steckt jetzt in deinem Arschloch?«

»Der Junge hat recht, Sucher. Nichts Lebendiges regt sich in diesem Wald«, sagte Bibi, eine Hand am Zaumzeug, die andere um den Griff seines Schwertes gelegt.

»Wo ist deine großartige Nase jetzt?«, sagte Fumeli.

Ich vermerkte es an Ort und Stelle in Gedanken. Niemals wieder würde der Junge bei irgendetwas im Recht sein. Doch sie hatten beide recht. Ich kannte viele der Tiergerüche im Gebirgsgrasland, und keiner von ihnen zog an meiner Nase vorbei. Und die Walddüfte, die ich roch – Gorilla, Eisvogel, Vipernhaut –, waren zu weit entfernt. Nichts Lebendiges außer Bäumen, die sich zu Kreisen zusammentaten, und Flusswasser, das die Felsen hinabrauschte. Der Ogo redete noch immer.

»Sadogo, still.«

»Hm?«

»Leise. Im Busch regt sich ...«

»Was?«

»Nichts. Das meinte ich ja: Es regt sich gar nichts im Busch.«

»Ich hab's zuerst gesagt«, sagte Fumeli.

War er es wert, dass ich mich umwandte, damit er meinen finsteren Blick sehen konnte? Nein.

»Viele sagen, du hättest eine Nase, nicht ich. Was riecht deine kostbare Nase jetzt?«

Einen so dünnen Hals wie seinen, dünn wie der eines Mädchens, hätte ich ohne Anstrengung durchbrechen können. Oder ich hätte ihn von dem Ogo in tausend Stücke reißen lassen können. Doch als ich tief Luft holte, kamen die Gerüche zu mir. Zwei, die mir vertraut waren, und einer, den ich seit vielen Jahren nicht gerochen hatte.

»Nimm deinen Bogen, und zieh einen Pfeil, Junge«, sagte Bibi.

»Warum?«

»Sofort«, flüsterte er und bemühte sich, schroff zu klingen. »Und steig ab.«

Wir ließen die Pferde an einem Bach zurück. Der Ogo griff in seinen Sack und zog zwei glänzende Handschuhe heraus, wie ich sie zuvor nur an den Rittern des Königs gesehen hatte. Seine Finger waren nun glänzende schwarze Schuppen und seine Knöchel fünf Stacheln. Bibi zog sein Schwert.

»Ich rieche ein offenes Feuer, Holz und Fett«, sagte ich. Bibi bedeckte seinen Mund und deutete erst auf uns und dann auf seinen Mund.

Ich sagte nichts mehr, nun da ich wusste, was wir finden würden, dem Geruch nach zu urteilen. Der saure Gestank von Haaren, das salzige Aroma von Fleisch. Bald sahen wir das Feuer und das durch den Wald schlüpfende Licht. Da war es, auf einen Spieß gesteckt, über dem Feuer bratend, während das Fett zischend in die Flammen tropfte. Das Bein eines Jungen. Etwas weiter entfernt hing der Junge an einem Baum und sah sein Bein an; der Stumpf war mit einem Seil abgebunden. Sie hatten ihm das rechte Bein bis hinauf zum Oberschenkel abgetrennt und das linke bis zum Knie. Sein linker Arm war an der Schulter abgeschnitten. Sie hatten ihn mit Seilen in den Baum gehängt. Auch ein Mädchen hatten sie aufgehängt, das noch alle vier Gliedmaßen zu besitzen schien. Drei von ihnen saßen ein gutes Stück vom Feuer weg, ein vierter hatte sich zum Scheißen in den Busch gehockt, wenn auch nicht allzu weit entfernt.

Wir stürmten auf sie zu, ehe wir sie sehen konnten, ehe sie uns sehen konnten. Mit den Beilen in der Hand zielte ich auf den Kopf des Ersten, doch das Beil prallte ab. Fumeli schoss vier Pfeile ab; drei prallten ab, einer traf die Wange des Zweiten. Dem Dritten versetzte der Ogo einen Schlag, dass er gegen den Baum flog. Dann schlug er ein Loch in seine Brust und in den Baum. Bibi schwang sein Schwert und traf den Zweiten am Hals, doch das Schwert blieb darin stecken. Er schob ihn mit dem Fuß von der Klinge hinunter und stieß sie ihm in den Bauch. Der Erste stürzte mit leeren Händen geradewegs auf mich zu. Ich wich aus, und etwas warf ihn um. Als er auf dem Boden lag, sprang ich ihn an und hieb mit dem Beil mitten in das weiche Fleisch des Gesichts. Die Nase. Ich schlug wieder und wieder zu, bis sein Fleisch auf mich spritzte. Das, was ihn umgeworfen hatte, knurrte, ehe es sich wieder in einen Mann verwandelte.

»Kwesi!«, rief Fumeli, rannte auf ihn zu und blieb bei ihm stehen. Fumeli berührte ihn an der Schulter. Ich wollte sagen: Geht hinter den Baum und fickt, wenn ihr wollt. Wir alle hatten den Letzten von ihnen vergessen, der in den Busch geschissen hatte, bis das im Baum hängende Mädchen aufschrie. Er kam mit den Armen wedelnd auf uns zu, und seine Klauen glänzten im Feuerschein. Er brüllte lauter als ein Löwe, doch etwas unterbrach das Gebrüll. Er war selbst überrascht, dass sich sein Mund schloss, bis er auf seine Brust hinabschaute und einen Speer daraus hervorstoßen sah. Er stieß sein letztes Gewimmer aus und fiel mit dem Gesicht voran zu Boden.

Sogolon stieg über seine Leiche hinweg und kam auf uns zu. Ich zündete einen trockenen Ast an und schwenkte ihn über dem Ungeheuer, das dem Feuer am nächsten war. Ein Knacken. Ogo hatte dem eingliedrigen Jungen das Genick gebrochen. Ein rascher Tod war das Beste für ihn, und niemand erhob Einspruch. Sobald wir das

Mädchen heruntergelassen hatten, begann es zu schreien und zu schreien, bis Sogolon es zweimal ohrfeigte. Es war mit weißen Streifen bedeckt, doch ich kannte sämtliche Zeichen der Flussstämme, und diese gehörten nicht dazu.

»Wir sind Opfergaben. Ihr hättet nicht kommen sollen«, sagte sie.

»Ihr seid was?«, fragte der Leopard.

Ich war sehr froh, ihn wieder als Mann zu sehen, ohne genau zu wissen, warum. Ich war noch immer zu wütend, um mit ihm zu reden.

»Wir sind die prachtvollen Opfergaben, die den Zogbanu dargebracht werden. Sie verschonen unsere Dörfer, die auf ihrem Land errichtet sind, und lassen uns Getreide pflanzen. Ich wurde nur dafür aufgezogen ...«

»Keine Frau wird aufgezogen, um von Männern benutzt zu werden«, sagte Sogolon.

Ich zog den Speer aus dem Letzten von ihnen und drehte ihn mit meinem Fuß auf den Rücken. Lange, geschwungene Hörner mit spitzem Ende wie bei einem Nashorn ragten überall aus Kopf und Nacken und kleinere aus den Schultern. Sie wiesen in alle Richtungen, diese Hörner, wie die dreckverkrusteten Locken eines Bettlers. Hörner so dick wie der Kopf eines Kindes und lang wie Stoßzähne, kurze und stummelige Hörner, Hörner wie Haare, grau-weiß wie seine Haut. Aus beiden Brauen wuchsen Hörner, und seine Augen hatten keine Pupillen. Die Nase war breit und flach, und Haare ragten wie Büsche aus den Nasenlöchern. Dicke Lippen so breit wie das Gesicht und Zähne wie die eines Hundes. Narben auf der gesamten Brust, vielleicht für alle, die er gemordet hatte. Ein Gürtel hielt einen Lendenschurz, an dem Kinderschädel baumelten.

»Was ist das für ein Teufel?«, fragte ich.

Bibi ging in die Hocke und drehte den Kopf der Kreatur hin und her. »Zogbanu. Trolle aus dem Blutsumpf. Im Krieg habe ich viele von ihnen gesehen. Euer letzter König hat sogar einige als Berserker eingesetzt. Einer schlimmer als der vorherige.«

»Wir sind hier nicht im Sumpf.«

»Sie ziehen umher. Das Mädchen ist auch nicht von hier. Mädchen, wohin waren sie unterwegs?«

»Ich bin die prachtvolle Opfergabe, die den Yeh...«

Sogolon ohrfeigte sie.

»Bingoyi yi kase nan«, sagte das Mädchen.

»Sie fressen Menschenfleisch«, sagte Sogolon.

Da sahen wir alle zu dem am Spieß bratenden Bein hinüber. Sadogo stieß es mit dem Fuß um.

»Sie reisen umher?«, fragte ich.

»Ja«, sagte Bibi.

»Aber sie sagte doch gerade, sie sei ein Opfer, auf dass die Zogbanu ihr Land teilen«, sagte ich.

»Keine Nomaden«, sagte der Leopard.

Er kam geradewegs auf mich zu, sah aber Bibi an. »Und sie reisen nicht, sie jagen. Jemand hat ihnen gesagt, eine Fülle an Fleisch käme durch diese Wälder. Wir.«

Das Mädchen schrie. Nein, es war kein Schrei, es lag keine Angst darin. Es war ein Ruf.

»Holt die Pferde!«, brüllte der Leopard uns an. »Und haltet diesem Mädchen den Mund zu!«

Selbst als wir rannten, konnten wir die Unruhe im Busch hören. Ein Rascheln, das aus allen Ecken und von allen Seiten immer weiter auf uns zukam. Ich gab Fumelis Stute einen Klaps, und sie lief los. Sogolon erschien auf ihrem Pferd und galoppierte davon. Ich stieß meinem Pferd die Knie fest in die Rippen und folgte ihr. Bibi, der an meiner Seite ritt, sagte gerade etwas oder lachte, als ein Zogbanu aus dem finsteren Busch sprang und ihn mit einem Knüppel vom Pferd schlug. Ich hielt nicht an, und sein Pferd tat es auch nicht. Als ich mich umdrehte, sah ich Zogbanu, viele von ihnen, die sich auf ihn warfen, bis sich ein Haufen bildete, der zum Hügel wurde. Er schrie so lange, bis sie ihn verstummen ließen. Ich schloss zu Sogolon auf, doch sie holten uns ein. Einer hechtete nach mir, verfehlte mich jedoch, und seine Hörner schlitzten meiner Stute das Hinterteil auf. Sie bäumte sich auf und warf mich beinahe ab. Zwei kamen aus dem Busch und begannen, mit den Pranken nach ihr zu schlagen. Pfeile bohrten sich in den Rücken des einen und in Brust und Gesicht des anderen. Der Leopard, der jetzt auf demselben Pferd wie Fumeli saß, rief, wir sollten ihm folgen. Hinter uns waren mehr Zogbanu, als die Augen zählen konnten; sie knurrten und fauchten, einige verhakten sich mit den Hörnern ineinander und stürzten. Sie liefen beinahe so schnell wie die Pferde durch das dichte Gestrüpp. Einer kam aus dem Gestrüpp, sein Gesicht rannte geradewegs in mein Beil. Ich wünschte, ich hätte ein Schwert gehabt. Sogolon hatte eines; sie ritt und hieb und schnitt, wie um wilde Büsche zurückzustutzen. Ohne einen Reiter, der ihn antrieb, fiel Bibis Hengst zurück. Die Zogbanu stürzten sich wie ein Einziger auf ihn, so wie ich es Löwen bei einem jungen Büffel hatte tun sehen. Ich stieß meinem armen Pferd die Knie noch fester in die Seite; noch immer setzten uns viele nach. Dann hörte ich das *Zisch-zisch-zisch-zisch* an uns vorbeischießen. Wurfdolche. Die Bestien hatten Waffen. Ein Dolch traf Sogolon in die Schulter. Sie stöhnte auf, hieb jedoch mit der rechten Hand weiter. Vor uns sah ich den Leoparden und vor ihm eine Lichtung und schimmerndes Wasser. Wir erreichten die Lichtung, als plötzlich ein Zogbanu von hinten auf mein Pferd sprang und mich hinunterwarf. Wir rollten durch das Gras. Er packte mich an der Kehle und grub die Klauen in meinen Hals. Sie hatten ihr Fleisch gern frisch, daher würde er mich nicht töten, sondern bewusstlos machen. Sein Atem stank faulig und bildete eine weiße Wolke in der Luft. Er hatte kleinere Hörner als die anderen – er war noch jung und wollte sich beweisen. Ich tastete nach den Dolchen und stieß ihm einen rechts in die Rippen und einen in die Rippen auf der linken Seite, wieder und wieder und wieder, bis er auf mir zusammensackte und ich nicht atmen konnte. Der Leopard zog ihn von mir herunter und rief, ich solle laufen. Er änderte die Gestalt und knurrte. Ich weiß nicht, ob ihnen das Angst machte. Doch als ich den See erreichte, hatten alle schon ein breites Floß bestiegen, auch das Mädchen und mein Pferd. Ich wankte darauf, und der Leopard sprang an mir vorbei. Zobgbanu schwärmten ans Ufer, vielleicht zehn und fünf, vielleicht zwanzig, so dicht gedrängt, dass sie wie eine einzige breite Bestie aus Hörnern und Dornen aussahen.

Das Floß legte ab, ohne dass jemand es vom Ufer stieß. Vorne saß Bunshi, als betete sie in ihrer stillen kleinen Kammer, ohne Notiz davon zu nehmen, dass um sie herum die ganze verdammte Welt in Flammen stand.

»Nachthündin, du wolltest uns prüfen«, sagte ich.

»Nichts dergleichen hat sie getan«, sagte Sogolon.

»Das war keine Frage!«

Bunshi sagte nichts, sondern saß nur da, als betete sie, obgleich ich wusste, dass sie es nicht tat.

»Wir müssen zurück und nach Bibi suchen.«

»Er ist tot«, sagte Bunshi.

»Ist er nicht. Sie nehmen ihre Opfer lebendig gefangen, um das Fleisch frisch verzehren zu können.«

Sie stand auf und wandte sich mir zu.

»Ich sage dir nichts, was du nicht schon wüsstest. Es schert dich bloß nicht«, sagte ich.

»Er ist ein Sklave. Er wurde geboren, um zu dien…«

»Und du könntest die Schwester deiner eigenen Mutter sein. Er war von edlerer Geburt als du.«

»Du erhebst das Wort gegen die Wasser…«

Bunshi machte eine Handbewegung, und Sogolon verstummte.

»Es gibt Bedeutenderes als …«

»Als was? Einen Sklaven? Einen Mann? Eine Frau? Alle auf diesem Floß denken: Immerhin bin ich besser dran als dieser Sklave. Es wird Tage dauern, bis er tot ist, das weißt du. Sie werden ihn in Stücke schneiden und jede einzelne Wunde ausbrennen, damit er nicht daran stirbt. Du weißt, wie es die Menschenfresser zu tun pflegen. Und doch gibt es Bedeutenderes.«

»Sucher.«

»Er ist kein Sklave.«

Ich tauchte ins Wasser.

A m nächsten Morgen erwachte ich in schütterem braunem Busch mit einer Hand auf der Brust. Das Mädchen vom Vorabend, dem ein Teil des Lehms von der Haut gespült worden war, umschloss und befühlte sie, als wöge es Eisen, da es bislang nur Messing gesehen hatte. Ich schob sie fort. Sie kroch zurück auf die andere Seite des Floßes und Sogolon vor die Füße, die wie ein Kapitän dastand, ihren Speer wie einen Stab in der Hand haltend. Die Sonne war offenbar schon vor einiger Zeit aufgegangen, denn meine Haut war heiß. Dann sprang ich auf.

»Wo ist Bibi?«

»Erinnerst du dich nicht?«, sagte Sogolon.

Und als sie es sagte, erinnerte ich mich. Ich war durch Wasser hindurch zurückgeschwommen, das sich wie schwarzer Schlick anfühlte; das Ufer schien immer weiter vor mir zurückzuweichen, doch mein Zorn half mir, es zu erreichen. Die Zogbanu waren wieder im Busch verschwunden. Ich hatte keine Beile mehr und nur noch ein Messer. Die Haut des Zogbanu hatte sich wie Baumrinde angefühlt, doch zu den Rippen hin war das Fleisch weicher geworden, und wie bei allen Tieren konnte man einen Speer geradewegs hindurchwerfen. Alte Finger umfassten meine Hand. Finger so schwarz wie die Nacht.

»Bunshi«, sagte ich.

»Dein Freund ist tot«, sagte sie.

»Er ist nicht tot, nur weil du es sagst.«

»Sucher, sie waren auf der Jagd nach Fleisch, und wir haben ihnen ihr letztes Mahl genommen. Den Jungen, dem wir den Hals gebrochen haben, werden sie nicht fressen.«

»Ich gehe trotzdem.«

»Auch wenn es deinen Tod bedeutet?«

»Was schert dich das?«

»Du bist uns noch immer von großem Nutzen. Diese Bestien werden dich gewiss töten, und welchen Nutzen hätten zwei Leichen?«

»Ich gehe.«

»Dann bleib wenigstens unentdeckt.«

»Kannst du einen Verhüllungszauber sprechen?«

»Bin ich eine Hexe?«

Ich sah mich um und glaubte, sie sei fortgegangen, als Nässe zwischen meine Zehen sickerte. Zuerst glaubte ich, der Mond zöge den See ans Ufer. Dann stieg das Wasser bis zu meinen Knöcheln, zog sich aber nicht wieder zum See zurück. Da war gar kein Seewasser, nur etwas Schwarzes, Kühles und Nasses, das an meinen Beinen heraufkroch. Angst befiel mich, aber nur einen Augenblick lang, und ich ließ mich von ihr bedecken. Bunshi zog ihre Haut über meine Waden bis zu meinen Knien, um sie herum und darüber, bedeckte meine Schenkel und meinen Bauch, legte sich auf jeden Flecken meiner eigenen Haut. Ich schwöre, mir gefiel das gar nicht. Sie war kalt, kälter als der See, und doch wollte ich, als ich an mir hinabschaute, zum See gehen, um zu sehen, wie ich in ihrer Gestalt aussah. Sie streckte sich zu meinem Hals hinauf und legte sich so fest darum, dass ich ihr einen Hieb versetzte.

»Willst du mich umbringen? Hör auf damit«, sagte ich.

Sie lockerte ihren Griff, bedeckte meine Lippen, mein Gesicht, dann meinen Kopf.

»Zogbanu sehen schlecht im Dunkeln. Aber sie riechen und hören und spüren deine Wärme.«

Ich glaubte, sie würde mich führen, doch sie blieb stumm. Wir kamen nicht sehr weit.

Das Feuer tobte bereits am Himmel. Einer der Zogbanu packte Bibis Kopf und zog ihn hoch. Er hielt Bibis obere Hälfte in die Luft. Seine Brust war schon aufgeschnitten, um die Eingeweide herauszuziehen, die Rippen gespreizt wie bei einer für ein Festgelage getöteten Kuh. Sie steckten ihn auf den Spieß, und das Feuer loderte zu ihm herauf.

Ich riss mich aus dem Traum und erbrach mich. Ich stand auf. Es war nicht der Traum, der mir Übelkeit bereitete, sondern das Floß. Und was für ein Floß war das? Ein riesiger Hügel aus Knochen, Erde und Gras, der aussah wie eine kleine Insel, nicht wie von Menschenhand gemacht. Der Leopard saß auf der anderen Seite und hatte die Beine hochgelegt. Er sah mich an und ich ihn. Keiner von uns nickte. Fumeli setzte sich neben ihn, ohne mich anzublicken. Nur eines der Packpferde hatte überlebt, was unseren Proviant halbierte. Das bemalte Mädchen kniete sich neben die stehende Sogolon. Unter dem Ogo senkte sich die Floßinsel leicht ab. Worauf fahren wir hier?, wollte ich ihn fragen, doch ich wusste, seine Antwort würde bis in die Nacht hinein dauern. Sogolon, die dastand, als sähe sie Länder, die wir nicht sehen konnten, steuerte uns zweifellos mit ihrer Magie. Das bemalte Mädchen sah mich an und hüllte sich in eine Lederhaut.

»Bist du ein Tier, so wie er?«, fragte sie und deutete auf den Leoparden.

»Du meinst das hier?«, sagte ich und deutete auf mein Auge. »Es stammt vom Hund, nicht von der Katze. Und ich bin kein Tier, ich bin ein Mann.«

»Was ist Mann, und was ist Frau?«, fragte das Mädchen.

»Bingoyi yi kase nan«, sagte ich.

»Das hat sie mir in der Nacht dreimal gesagt, selbst im Schlaf«, sagte sie und deutete auf Sogolon.

»Ein Mädchen ist ein gejagtes Tier«, sagte ich.

»Ich bin die prachtvolle Opfergabe der ...«

»Gewiss bist du das.«

Alle waren so still, dass ich das Wasser unter dem Floß gurgeln hörte. Der Ogo wandte sich um. Er sagte: »Was ist Mann, und was ist Frau? Nun, das ist eine einfache Frage mit einer einfachen Antwort, es sei denn ...«

»Sadogo, nicht jetzt«, sagte ich.

»Dein Name? Wie nennt man dich?«, fragte ich.

»Die Höheren nennen mich Venin. Sie nennen alle Auserwählten Venin. Er ist Venin, und sie ist Venin. Die großen Mütter und Väter haben mich vor meiner Geburt zur Opfergabe für die Zogbanu erwählt. Ich habe von Geburt an gebetet und bete immer noch.«

»Warum sind sie so hoch im Norden?«

»Ich bin auserwählt, um den gehörnten Göttern geopfert zu werden. So war es bei meiner Mutter und der Mutter meiner Mutter.«

»Deiner Mutter und der Mutter deiner Mutt... Warum gibt es dich dann? Warum haben wir sie mitgenommen, kann mir das jemand sagen?«, sagte ich.

»Vielleicht solltest du aufhören, Fragen zu stellen, deren Antworten du kennst«, sagte der Leopard.

»Ist das alles? Wo wäre ich nur ohne den weisen Leoparden? Und wie lautet diese Antwort, die ich bereits kenne?«

»Sie hätten den Jungen und das Mädchen bis auf die Knochen abgenagt haben müssen. Sie haben auf uns gewartet.«

»Dein Sklavenhändler hat ihnen gesagt, dass wir kommen«, sagte ich zu dem Leoparden.

»Er ist nicht mein Sklavenhändler«, sagte er.

»Ihr seid beide Narren. Warum sollte er uns einen Auftrag geben und uns dann an der Ausführung hindern?«, fragte Sogolon.

»Er hat seine Meinung geändert«, sagte ich.

Sie zog die Stirn kraus. Ich würde nicht sagen: Sogolon, du hast recht. Der Leopard nickte.

»Nichts deutet auf einen Verrat des Sklavenhändlers hin«, sagte sie.

»Gewiss. Die Zogbanu zogen schlicht mit dem Wind. Vielleicht war es jemand auf diesem Floß. Oder jemand, der nicht auf diesem Floß ist.«

Die Sonne stand geradewegs über uns, und das Blau des Sees war tiefer geworden. Bunshi war im Wasser, ich sah sie tief unten im Blau; ihre Haut, die in der Nacht schwarz aussah, war jetzt indigofarben. Sie schoss wie ein Fisch dahin, sprang aus dem Wasser und tauchte wieder unter, schwamm weit nach Osten hinaus, dann nach Westen, dann wieder zurück und neben dem Floß einher. Sie war wie die Wasserkreaturen, die ich in Flüssen gesehen habe. Sie hatte eine Flosse, die sich an Hinterkopf und Nacken entlangzog, Schultern, Brüste und Bauch einer Frau, doch von der Hüfte abwärts den langen, peitschenden Schwanz eines großen Fisches.

»Was tut sie?«, sagte ich zu Sogolon, die mich noch immer nicht ansah. Vor uns war nichts als die Linie, die Wasser und Himmel schied, doch sie heftete den Blick darauf.

»Hast du noch nie einen Fisch gesehen?«

»Sie ist kein Fisch.«

»Sie spricht mit Chipfalambula. Sie bittet sie um die Gnade der Überfahrt. Schließlich sind wir ohne ihre Erlaubnis hier.«

»Wo?«

»Du Narr«, sagte sie und blickte nach unten.

»Auf dem hier?«, sagte ich und wirbelte Erde mit den Füßen auf.

Es ärgerte mich, dass sie wie eine Anführerin dastand. Ich ging an ihr vorbei zur Spitze des Floßes und setzte mich. Der Hügel fiel hier zum Fluss hin ab. Ich konnte den Rest des Floßes unter dem Wasser sehen. Es war kein Floß, es war eine schwimmende Insel, angetrieben durch den Wind oder Magie. Zwei Fische, vielleicht so lang, wie ich groß war, schwammen davor her.

Was ich als Nächstes sah, konnte ich nicht wahrhaftig gesehen haben. Unmittelbar unter der Stelle, wo ich saß, öffnete sich unterhalb der Wasseroberfläche ein Schlitz in der Insel und verschlang den ersten Fisch. Der zweite ragte zur Hälfte heraus, doch die Öffnung verschluckte auch ihn. Unter meiner rechten Ferse sah ich Chipfalambulas Augen zu mir heraufblicken. Ich sprang auf. Ihre Kiemen öffneten und schlossen sich. Weiter unten paddelten ihre gigantischen Flossen, jede breiter als ein Boot, langsam im See, der Teil unter dem Wasser blau wie der Morgenhimmel, der Teil darüber wie Sand und Erde gefärbt.

»Popele bittet Chipfalambula, die Eintreiberin des Wegzolls, um Erlaubnis zur Überfahrt. Sie hat noch nicht geantwortet«, sagte Sogolon.

»Wir haben das Land längst verlassen. Ist das nicht ihre Antwort?«

Sogolon lachte. Bunshi sprang ganz aus dem Wasser und tauchte unmittelbar vor dem Ding wieder ein, was auch immer es war.

»Chipfalambula trägt dich nicht ins tiefe Wasser hinaus, um dich zur anderen Seite zu bringen. Sie trägt dich hinaus, um dich zu fressen.«

Sogolon war es ernst. Niemand spürte, wie das Ding sich bewegte, doch wir fühlten alle, wie es anhielt. Bunshi schwamm direkt vor seinen Mund, und ich glaubte, es werde sie verschlingen. Sie tauchte tiefer und neben der rechten Flosse wieder auf. Es schlug nach ihr, wie man nach einer Wespe schlägt, und sie flog in die Luft und landete weit entfernt im Wasser. Sie schwamm im Handumdrehen zurück und kletterte auf den Rücken des großen Fisches. Sie ging an uns vorbei und stellte sich neben Sogolon. Der Riesenfisch setzte sich wieder in Bewegung.

»Die fette Kuh wird im Alter streitsüchtig«, sagte sie.

Ich ging zu dem Leoparden hinüber. Er saß noch immer bei Fumeli, beide mit zur Brust hochgezogenen Knien.

»Ich will mit dir reden«, sagte ich.

Er stand auf und Fumeli ebenso. Beide trugen Lederröcke, doch der Leopard fühlte sich wohler darin als damals im Kulikulo.

»Mit dir allein«, sagte ich.

Fumeli wollte sich nicht setzen, bis sich der Leopard zu ihm umwandte und nickte.

»Wirst du als Nächstes Sandalen tragen?«

»Worum geht es?«, fragte der Leopard.

»Hast du noch etwas anderes vor? Irgendein wichtiges Treffen auf dem Rücken dieses Fisches?«

»Worum geht es?«

»Ich habe einen Ältesten aufgesucht, um mit ihm über Basu Fumanguru zu sprechen. Ich wollte nur wissen, ob sich diese Geschichten als wahr erwiesen. Er sagte mir, das Haus Fumanguru sei einer Krankheit anheimgefallen, die ein Flussdämon gebracht habe. Doch als ich drohte, meine Hand aufzuschneiden und Blut zu verspritzen, sah er zur Decke, ehe ich ausgesprochen hatte. Er wusste Bescheid. Und er log. Die Bisimbi sind keine Flussdämonen. Sie mögen keine Flüsse.«

»Dort warst du also.«

»Ja, dort war ich.«

»Wo ist dieser Älteste jetzt?«

»Bei seinen Ahnen. Er versuchte mich zu töten, als ich ihn der Lüge bezichtigte. Die Sache ist bloß die: Ich glaube nicht, dass er von dem Kind wusste.«

»Und?«

»Ein bedeutender Ältester, und er weiß nichts über seinesgleichen? Er sagte, der jüngste Sohn sei zehn und fünf.«

»Du sprichst noch immer in Rätseln«, sagte der Leopard.

»Ich sage dir dies: Der Junge war nicht Fumangurus Sohn, was auch immer Bunshi oder der Sklavenhändler oder sonst jemand behauptet. Ich bin mir sicher, der Älteste wusste, dass Fumanguru ermordet werden sollte, womöglich hat er es sogar selbst angeordnet. Aber er zählte acht Tote, und genau so viele hatte er erwartet.«

»Er wusste von dem Mord, aber nicht von dem Kind?«

»Weil der Junge nicht Fumangurus Sohn war. Oder sein Mündel oder Verwandter oder auch nur sein Gast. Der Älteste versuchte mich zu töten, weil er sah, dass ich wusste, dass er von dem Mord wusste. Doch er wusste nicht, dass es einen weiteren Jungen gab. Wer auch immer hinter dem Mord steckt, hat ihm nichts davon gesagt«, sagte ich.

»Der Junge ist nicht Fumangurus Sohn?«

»Warum sollte er einen geheimen Sohn haben?«

»Warum nennt Bunshi ihn seinen Sohn?«

»Ich weiß es nicht.«

»Vergiss Geld und Waren. Die Menschen in diesen Breiten handeln nur mit Lügen.« Er sah mir geradewegs ins Gesicht, als er das sagte.

»Oder sie sagen dir nur, was du nach ihrem Dafürhalten wissen sollst«, sagte ich.

Er blickte sich eine Zeit lang um, betrachtete jeden auf dem Fisch, sah eine ganze Weile den Ogo an, der wieder eingeschlafen war, und dann wieder mich.

»Ist das alles?«

»Genügt es nicht?«

»Wenn du meinst.«

»Fick die Götter, Katze. Etwas ist zwischen uns geraten.«

»Das glaubst du.«

»Das weiß ich. Und es ist unvermittelt geschehen. Aber ich glaube, es ist dein Fumeli. Noch vor wenigen Tagen war er bloß ein Scherz für dich. Jetzt zieht es euch immer enger zueinander, und ich bin dein Feind.«

»Dass ich ihn an mich ziehe, wie du es ausdrückst, macht dich zu meinem Feind.«

»Das habe ich nicht gesagt.«

»Du hast es gemeint.«

»Auch das nicht. Du klingst nicht wie du selbst.«

»Ich klinge wie …«

»Er.«

Er lachte, setzte sich wieder neben Fumeli und zog die Beine an die Brust, wie der Junge es tat.

Das Tageslicht stahl sich davon. Venin war bei Sogolon, betrachtete mal sie und mal den Fluss und zog gelegentlich die Füße zusammen, wenn sie sah, dass sie auf Haut statt auf Erde saß. Alle anderen schliefen, starrten in den Fluss, schauten in den Himmel oder kümmerten sich um ihre eigenen Angelegenheiten.

Wir erreichten das Ufer am Abend. Wie lange uns die Sonne noch blieb, wusste ich nicht. Der Ogo wachte auf. Sogolon verließ den Fisch zuerst, ihr Pferd an ihrer Seite. Das Mädchen folgte ihr auf dem Fuße. Sie hielt Sogolons Gewand fest umklammert aus Angst, sich auch nur eine Armlänge von ihr zu entfernen, vielleicht wegen der aufziehenden Dunkelheit. Der noch verschlafene Ogo taumelte an Land. Der Leopard sagte etwas, das Fumeli zum Lachen brachte. Er schwang den Kopf nach links und rechts und rieb dann mit der Stirn über die Wange des Jungen. Er nahm die Zügel der Stute des Jungen in die Hand und ging schnurstracks an mir vorbei. Fumeli folgte ihm und sagte: »Suchst du den Dattelknecht?«

Ich ballte die Hände zu Fäusten und ließ ihn vorbeigehen. Das Mädchen namens Venin ging neben Sogolon her und Bunshi ebenso, während die Flosse an ihrem Hinterkopf verschwand. Nur einige Hundert Schritte von uns entfernt erhoben sie sich aus einem Nebel, der so schwer war, dass er auf dem Boden ruhte, mit Bäumen so hoch wie Berge und langen Ästen, gespreizt wie gebrochene Finger. Sie kauerten zusammen, tauschten Geheimnisse aus. Ein Grün, so dunkel, dass es blau war.

Die Dunkellande.

Ich war schon einmal hier gewesen.

Wir standen da und betrachteten den Wald. Die Dunkellande waren etwas, wovon Mütter ihren Kindern erzählten; ein Busch der Geister und Ungeheuer, Lüge und Wahrheit zugleich. Ein Tag lag zwischen uns und Mitu. Die Dunkellande zu umrunden hätte drei oder vier Tage gedauert und eigene Gefahren mit sich gebracht. Der Wald hatte etwas an sich, was ich nicht beschreiben konnte – nicht denen, die im Begriff waren, ihn zu betreten. Spechte klopften einen Rhythmus, teilten anderen, weit entfernten Vögeln mit, dass wir kamen. Ein Baum schob sich an den anderen vorbei, wie um Sonnenstrahlen aufzufangen. Er wirkte umzingelt. Er hatte weniger Blätter als die anderen Bäume, die nackten Äste gespreizt wie ein Fächer, obgleich der Stamm dünn war. Die Dunkellande verseuchten mich bereits.

»Stinkholz«, sagte Sogolon. »Stinkholz, Gelbholz, Eisenholz, Holzbock, Stinkholz, Gelbholz, Eisenholz, Holzbock, Stinkholz, Gelbholz …«

Sogolon fiel hintenüber. Ihr Kopf zuckte nach links, als hätte sie jemand geohrfeigt, dann nach rechts. Ich hörte die Ohrfeige. Alle hörten die Ohrfeige. Sogolon fiel um und zuckte, dann hielt sie inne, dann zuckte sie, dann zuckte sie abermals, dann fasste sie sich an den Bauch und fauchte etwas in einer Sprache, die ich in den Dunkellanden schon einmal gehört hatte. Das Mädchen, das sich an ihrem Gewand festhielt, fiel mit ihr um. Es sah mich mit weit aufgerissenen Augen an, als wollte es gleich losschreien. Sogolon stand auf, doch ein Luftstoß drückte sie wieder zu Boden. Ich zückte meine Beile, der Ogo ballte die Hände zu Fäusten, der Leopard änderte die Gestalt, und Fumeli spannte seinen Bogen. Den Bogen des Leoparden. Der Zauber der Sangoma lag noch auf mir, und ich spürte es, wie man die scharfe Kälte in der Luft eines aufziehenden Sturmes spürt. Sogolon ging schwankend davon und stürzte zweimal beinahe. Bunshi folgte ihr.

»Der Wahnsinn hat sie befallen«, sagte der Leopard.

»Kann diese nicht bannen und jene nicht erfassen«, flüsterte Sogolon, doch wir hörten es.

»Sie ist alt. Der Wahnsinn hat sie befallen und fortgeholt«, sagte Fumeli.

»Wenn sie eine Wahnsinnige ist, dann bist du jung und beschränkt«, sagte ich.

Bunshi versuchte sie zu packen, aber sie stieß sie weg. Sogolon fiel auf die Knie. Sie nahm einen Stock und begann Runen in den Sand zu zeichnen. Während sie dem Anschein nach immer wieder geschlagen und geohrfeigt wurde, kratzte sie sie in die Erde. Dem Ogo wurde es zu bunt. Er streifte seine eisernen Handschuhe über und stapfte auf sie zu, doch Bunshi hielt ihn auf und sagte, seine Fäuste könnten uns dabei nicht helfen. Sogolon zeichnete und kratzte und scharrte und fegte mit den Fingern durch die Erde, zeichnete Runen auf den Boden, fiel wieder hin und fluchte, bis sie einen Kreis um sich gezogen hatte. Sie stand auf und ließ den Stock fallen. Etwas bewegte sich durch die Luft und prallte gegen sie. Wir sahen es nicht, hörten nur den Luftzug. Und den Klang des Aufpralls, als würden Säcke gegen eine Wand geworfen, erst einer, dann drei, dann zehn, dann regnete es Schläge, die gegen eine Wand aus Nichts um Sogolon herum trommelten. Dann nichts.

»Dunkellande«, sagte Sogolon. »Es sind die Dunkellande. Hier fühlen sie sich alle stärker. Nehmen sich Freiheiten heraus, als dürften sie die Unterwelt verlassen.«

»Wer?«, fragte ich.

Sogolon wollte etwas sagen, doch Bunshi hob die Hand.

»Tote Geister, denen der Tod nicht gefällt. Geister, die glauben, Sogolon könnte ihnen helfen. Sie umstellen sie mit Wünschen und werden wütend, wenn sie Nein sagt. Die Toten sollten tot bleiben.«

»Und sie haben uns alle am Eingang zu den Dunkellanden aufgelauert?«, fragte ich.

»Vieles lauert hier«, sagte Sogolon. Viele Menschen können ihrem Blick nicht standhalten, aber ich bin nicht viele Menschen.

»Du lügst«, sagte ich.

»Sie sind tot, das ist die Wahrheit.«

»Ich habe viele gesehen, die verzweifelt nach Hilfe rufen, Lebende und Tote. Sie können dich packen, dich festhalten und dich zwingen hinzusehen, dich vielleicht sogar hinunterziehen, dorthin, wo sie gestorben sind, aber sie ohrfeigen dich nicht wie ein Ehemann seine Frau.«

»Sie sind tot, und das ist die Wahrheit.«

»Aber die Hexe ist dafür verantwortlich, und das ist auch die Wahrheit.«

»Die Zogbanu jagen euch. Es sind noch mehr.«

»Aber diese Geister am Ufer jagen sie.«

»Du glaubst über mich Bescheid zu wissen. Du weißt gar nichts«, sagte Sogolon.

»Ich weiß, dass sie dich vom Pferd werfen oder in einen Abgrund stoßen, wenn du das nächste Mal vergisst, Runen in den Himmel oder die Erde zu schreiben. Ich weiß, dass du es jeden Abend tust. Ich frage mich, wie du schlafen kannst. *Tana kasa tano dabo.*«

Bunshi und Sogolon starrten mich beide an. Ich sah die anderen an und sagte: »Wo Boden ist, ist Magie.«

»Genug. Das bringt uns nicht voran. Ihr müsst nach Mitu und dann nach Kongor«, sagte Bunshi.

Sogolon packte das Zaumzeug ihres Pferdes, stieg auf und zog dann das Mädchen zu sich herauf. »Wir reiten um den Wald herum«, sagte sie.

»Das dauert drei Tage; vier, wenn der Wind gegen euch steht«, sagte der Leopard.

»Dennoch. Wir gehen.«

»Niemand hält euch auf«, sagte Fumeli.

Ich wollte nichts auf der Welt so sehr, wie diesen Jungen zu schlagen. Aber ich wollte auch nicht in die Dunkellande.

»Sie hat recht«, sagte ich. »Es gibt Dinge in den Dunkellanden, die uns finden werden, selbst wenn wir nicht nach ihnen suchen. Sie werden nach …«

»Es ist weniger als ein Tagesritt durch diesen närrischen Busch«, sagte der Leopard.

»Hier gibt es kein Weniger. Du warst noch nie hier.«

»Und wieder glaubst du, dass das, was auch immer dich besiegt hat, auch mich besiegen kann, Sucher«, sagte der Leopard.

»Wir reiten außen herum«, sagte ich und wandte mich meinem Pferd zu. Der Leopard murmelte irgendetwas.

»Was?«

»Ich sagte: Manche glauben, sie seien Herr über mich geworden.«

»Warum sollte ich Herr über dich sein wollen? Warum sollte das irgendjemand wollen, Katze?«

»Wir reiten durch den Wald. Es sind bloß Bäume und Gebüsch.«

»Woher mit einem Mal dieser Groll? Ich sagte, dass ich schon einmal in den Dunkellanden gewesen bin. Es ist ein Ort der bösen Verwünschungen. Irgendwann ist man nicht mehr man selbst. Man weiß nicht einmal mehr, was dieses Selbst ist.«

»Nur Menschen reden sich ein, ein Selbst zu haben. Ich bin bloß eine Katze.«

Ich verstand seine Grobheit nicht, und ich hatte ihn schon in den dreistesten Augenblicken erlebt. Sie kam zu plötzlich, wie etwas, was jahrelang vor sich hin gebrodelt hatte und nun ausbrach. Und das Brodeln öffnete ihm den Mund.

»Ein Tag durch die Dunkellande. Drei Tage drum herum. Jeder vernünftige Mann wüsste, wie er sich zu entscheiden hat«, sagte Fumeli.

»Nun gut, Mann und Junge, entscheidet euch, wie ihr wollt. Wir reiten außen herum«, sagte ich.

»Der einzige Weg nach vorn führt mitten hindurch, Sucher.«

Er nahm sein Pferd und lief los. Fumeli folgte ihm.

»Alle finden, was sie in den Dunkellanden suchen. Es sei denn, du bist es, den sie suchen«, sagte ich.

Doch sie wandten sich nicht um. Dann begann der Ogo, ihnen zu folgen.

»Sadogo, warum?«

»Vielleicht ist er deine aufgeblasenen Sprüche leid«, sagte Fumeli. *»Alle finden, was sie in den Dunkellanden suchen.* Du klingst wie diese alten Männer mit weißen Haaren und faltiger Haut, die sich für weise halten, obwohl sie bloß alt sind.«

Der Ogo wandte sich um und wollte mir antworten, doch ich schnitt ihm das Wort ab, dabei hätte ich es ihn tagelang ausführen lassen sollen, hätte ihn das doch immerhin davon abgehalten, ihnen zu folgen.

»Sei's drum. Tu, was du tun musst«, sagte ich.

»Es scheint, als hätte sich ein Nutzen für den Jungen gefunden«, sagte Sogolon und ritt dann mit dem Mädchen davon.

Ich bestieg mein Pferd und folgte ihr. Das bemalte Mädchen hielt sich an Sogolons Seite fest, die rechte Wange an ihren Rücken gelehnt. Der Abend verfolgte uns, und er schloss rasch zu uns auf. Sogolon hielt an.

»Ist irgendeiner von diesen Männern schon einmal durch die Dunkellande gereist?«

»Der Leopard sagt, es sei nichts als Busch.«

»Keiner von ihnen war schon einmal hier, nicht einmal der Riese?«

»Der Ogo. Ogos können es nicht leiden, Riesen genannt zu werden.«

»Sein kleines Gehirn ist das Einzige, was ihn rettet.«

»Drück dich klar aus, Weib.«

»Ich bin klar wie Flusswasser. Sie werden die andere Seite nicht erreichen.«

»Wenn sie auf dem Weg bleiben, dann schon.«

»Du vergisst bereits. Darauf hofft der Wald.«

»Sie werden uns auf der anderen Seite viel zu erzählen haben.«

»Sie werden die andere Seite nicht erreichen.«

»Was ist das für ein Busch?«, fragte das angemalte Mädchen.

»Hast du keinen Namen?«

»Ich heiße Venin, das habe ich dir gesagt.«

»Willst du zu deinen Freunden zurück?«, fragte Sogolon.

»Sie sind nicht meine Freunde.«

Ich sah Venin und sie und dann den Himmel an.

»Wo ist Bunshi?«

Sogolon lachte. »Wie lange wirst du wohl brauchen, um etwas Verschwundenes zu finden, wenn du so lange brauchst, um zu bemerken, dass etwas verschwunden ist?«

»Ich führe nicht Buch über das Kommen und Gehen von Hexen.«

»Willst du ihnen folgen?«

»Keiner von ihnen würde mir dafür Dank zollen.«

»Auf Dank bist du aus? Du verkaufst dich billig.«

Sie packte die Zügel.

»Willst du sie retten, dann rette sie. Oder lass es. Welch eine Schar von Gefährten aus uns geworden ist. Bunshi und ihre männlichen Gefährten – es musste scheitern, bevor es auch nur begonnen hatte. Ein lebendiger Mann ist ein lebendiges Hindernis. Vielleicht treffen wir uns in Mitu, wenn nicht in Kongor wieder.«

»Du sagst das, als ginge ich zurück.«

»Ich werde dich treffen oder auch nicht. Vertrau auf die Götter.«

Sogolon ritt im Galopp davon. Ich folgte ihr nicht.

ZEHN

Die Hexe hatte recht. Ich bog in den Busch ein, ehe ich den Pfad erreichte. Das Pferd blieb stehen. Ich tätschelte ihm den Hals. Dann ging es langsam weiter. Ich hatte kühlen Nebel erwartet, doch feuchte Hitze wehte mir entgegen und presste Schweiß aus meiner Haut. Weiße Blumen öffneten und schlossen sich. Bäume ragten hoch in den Himmel auf, fremdartige Pflanzen barsten durch die Stämme. Lianen hingen mal lose herab, mal hatten sie sich wieder in die Bäume hinaufgeschwungen, wo Blätter den größten Teil des Himmels verhüllten; was man vom Himmel sehen konnte, sah bereits nach Nacht aus. Nichts schwang oder schwankte, doch Geräusche wurden im Busch hin und her geworfen. Wasser tropfte auf mich, doch für Regen fühlte es sich zu warm an. In der Ferne trompeteten drei Elefanten, und das Pferd scheute. In den Dunkellanden konnte man sich nicht auf die Tiere verlassen.

Über mir klopfte ein Specht langsam, hämmerte seine Botschaft über und unter den Takt. *Menschen ziehen durch den Busch. Menschen, die durch den Busch ziehen. Menschen, sie ziehen durch den Busch.*

Über mir schwangen zehn und neun Affen, leise, nicht bedrohlich, neugierig vielleicht. Aber sie folgten uns. Die Elefanten trompeteten. Ich merkte nicht, dass wir uns auf dem Pfad befanden, ehe sie unmittelbar vor uns waren. Eine Armee. Sie trompeteten, sie schwangen die Rüssel, sie bäumten sich auf und stampften, dann stürmten sie auf uns zu. Ihr Stampfen war lauter als Donner, doch der Boden bebte nicht. Ich beugte mich über den Hals des Pferdes und bedeckte seine Augen. Es scheute wieder und tänzelte, doch die Elefanten hätten es noch schlimmer erschreckt. Sie rannten an uns vorbei und geradewegs zwischen uns hindurch. Die Geister von Elefanten – oder die Erinnerung an Elefanten oder ein Gott, der irgendwo von Elefanten träumte. In den Dunkellanden wusste man nie, was Fleisch war und was nicht. Über uns war tiefschwarze Nacht, doch durch die Blätter fiel Licht wie von kleinen Monden. Weiter zur Linken standen auf einer Fläche, die nur dem Anschein nach gerodet war, drei oder vier Affen in einer geschlossenen Reihe und schoben die großen Blätter zur Seite. Auf der Lichtung traf das Licht auf fünf von ihnen. Hinter ihnen standen noch weitere, einige sprangen von den Ästen herunter. Einer der Affen öffnete das Maul und zeigte seine langen, spitzen Reißzähne, zwei oben und zwei unten. Ich hatte die Zunge der Affen nie gelernt, doch ich wusste, wenn ich anhielt, würden sie sich uns nähern, dann fortrennen, dann wieder auf uns zustürzen, mit jedem Mal etwas näher kommen, bis sie mich und das Pferd packten und uns beide totschlugen. Das waren keine Geisteraffen oder Traumaffen, sondern wahrhaftige Affen, die gern unter den Toten lebten. Mein Kopf strich einige Blätter zur Seite, und dahinter kamen dicke blutrote Beeren zum Vorschein. Wenn ich eine davon aß, würde ich einen Viertelmond lang schlafen. Drei mehr, und ich würde nie mehr aufwachen. Dieser gottvergessene Wald, in dem selbst die lebenden Dinge mit Tod und Schlaf spielten. Über mir noch mehr Vögel, die krähten, gackerten, trällerten und schnatterten, nachäfften, kreischten und schrien. Zwei Giraffen klein wie Hauskatzen rannten an uns vorbei, auf der Flucht vor einem Warzenschwein groß wie ein Nashorn.

Ich hätte nicht herkommen sollen. *Nein, das hättest du nicht tun sollen,* sagte eine Stimme in meinem Kopf und außerhalb von ihm. Ich sah mich nicht um. *Was immer du in den Dunkellanden suchst, das wirst du finden.* Vor mir hingen dünne Seidenschnüre herab, hundertfach und zehnmal hundertfach bis auf den Boden.

Als ich ein wenig näher kam, sah ich, dass es keine Seide war. Über mir hingen, kopfüber schlafend wie Fledermäuse, Wesen, wie ich sie noch nie gesehen hatte, klein wie Gommiden und genauso schwarz, doch mit Klauen an den Füßen, die die Äste umklammerten. Die Seide kam aus ihren klaffenden Mäulern. Speichel. Die Fäden waren gerade fest genug, um sie mit dem Messer durchzuschneiden, während ich hindurchritt. Wahrlich, es waren ganze Schwärme, die an allen Bäumen hingen. Als ich an einem Wesen vorbeikam, das besonders tief hing, sprangen seine Augen auf. Weiß, dann gelb, dann rot, dann schwarz.

Es war ohnehin Zeit, den Pfad zu verlassen, und mein Pferd war durstig. *Geh jetzt, oder bleib für immer*, sagte eine leise Stimme in meinem Kopf. Während mein Pferd trank, wurde der Tümpel taghell. Als ich zum Himmel aufschaute, war es noch immer Nacht. Ich zog es vom Wasser fort. Das Blau darin spiegelte den Himmel nicht wider. Es zeigte etwas anderes, und auch kein Unterwasserreich, denn das hätte ich gespürt. Es war der Spiegel eines Traumes, eines Ortes, an dem ich der Traum war. Ich kauerte mich hin und beugte mich so weit vor, dass ich beinahe hineinfiel. Ein Fußboden mit einem Sternmuster aus glänzenden weißen, schwarzen und grünen Steinen, Säulen, die sich aus dem Boden erhoben, so hoch, dass sie aus dem Tümpel ragten. Eine große Halle, die Halle eines Mannes von großem Reichtum, größerem Reichtum als Häuptlinge oder Prinzen. Ich sah etwas funkeln wie Sterne. Goldverzierungen in den Fugen des Bodens, Gold, das sich um die Säulen wand, Goldblätter auf den im Wind schwingenden Vorhängen.

Ein Mann betrat den Raum, die Haare kurz und rot wie Beeren. Der Mann trug ein schwarzes Boubou-Gewand, das über den Boden strich, und einen Umhang, der den Wind wach rüttelte. Sie waren wieder fort, ehe ich sie recht gesehen hatte, schwarze Flügel, die auf seinem Rücken erschienen und wieder verschwunden waren. Er blickte auf, als sähe er etwas hinter mir. Er begann auf mich zuzugehen. Dann blickte er mir geradewegs ins Gesicht, Auge in Auge. Seine Gewänder breiteten sich aus wie zuvor die Flügel, und sein

Blick wurde zu einem Starren. Er rief etwas, was ich nicht hören konnte, ergriff den Speer einer Wache und trat zurück, bereit, ihn zu schleudern. Ich sprang von dem Tümpel zurück und fiel hintenüber. Und nun erklangen die Worte des Leoparden in meinem Kopf: *Der einzige Weg nach vorn führt mitten hindurch.* Doch es war nicht die Stimme des Leoparden. Ich stieg wieder auf und wandte mich nach Osten. Jedenfalls sagte mir mein Herz, dass dies Osten sei; wissen konnte ich es nicht. Im Osten wurde es finsterer, doch ich konnte noch sehen. Als ich zum letzten Mal in den Dunkellanden gewesen war, hatte sich dieser Geist deutlich erklärt, so wie der Mörder, der seinem gefesselten Opfer beschreibt, was er mit ihm tut, während er es tut. Der Wald war zu dicht, die Äste hingen zu tief herunter, als dass ich hätte im Sattel bleiben können, also sprang ich vom Pferd und führte es. Ich roch ihren verbrannten Gestank, ehe ich sie hörte, und ich wusste, dass sie mir folgten.

»Er passt nicht rein und das Große auch nicht, sagen wir.«

»Ein Stück vom Großen? Besser ein Stück als nichts.«

»Er flieht, sie fliehn, sie alle fliehn, sagen wir.«

»Nicht wenn wir sie jagen durch den toten Bach. Schlechte Luft reitet auf dem Nachtwind. Schlechte Duft mitten in die Nase.«

»He he he he. Aber was mit dem Rest? Wir essen uns satt und lassen sie liegen, und sie verderben und verfaulen, und Geier fressen, bis sie fett, und wenn Hunger kommt wieder, Fleisch fort.«

Die beiden hatten vergessen, dass ich ihnen schon einmal begegnet war. Ewele, rot und behaart, dessen schwarze Augen klein wie Samenkörner waren und überquollen vor Wut und Boshaftigkeit und der vielen Ränkespinnerei, die zu etwas hätte führen können, wäre er nicht klug wie eine benommene Ziege gewesen. Egbere, der Stille, gab nicht mehr als ein Wimmern von sich, beweinte all die armen Menschen, die er verspeist hatte, denn es tue ihm so leid, sagte er jedem Gott, der ihm zuhörte, so lange, bis er wieder hungrig war. Dann war er grausamer als sein Vetter. Egbere war blau, wenn das Licht auf ihn fiel, sonst jedoch schwarz. Haarlos und glänzend, wo sein Vetter behaart war. Beide klangen sie wie das Geheul von Schakalen bei einem stürmischen Fick. Und sie zankten und stritten so oft, dass ich mich, als ihnen wieder einfiel, dass sie mich fressen wollten, längst aus ihrer Falle befreit hatte, einem Netz aus den Spinnweben einer Riesenspinne.

Die Sangoma hatte mich den Bannspruch nie gelehrt, doch ich hatte ihr dabei zugesehen und mir jedes Wort gemerkt. Es war eine solche Zeitverschwendung, den Bann auf die beiden anzuwenden, aber noch viel länger dauerte es zu warten, bis sie einen Plan ausgeheckt hatten. Ich flüsterte ihre Beschwörungsformel zum Himmel. Die beiden kleinen Gommiden zankten sich noch immer, während sie über mir von Ast zu Ast hüpften. Und dann:

»Wohin er verschwunden? Wo er hin? Wohin?«

»Werwerwer?«

»Ererer! Schau schau schau!«

»Wo er hin?«

»Das sag ich, Narr.«

»Weg.«

»Und Scheiße stinken, und Pisse ist übel, und Narr ist Narr, so wie du.«

»Er fort, er fort. Aber Pferd. Er noch da.«

»Er eine sie.«

»Sie wer?«

»Das Pferd.«

»Das Pferd, das Pferd, wir nehmen wir Pferd.«

Sie hüpften von dem Baum herunter. Keiner von beiden trug eine Waffe, aber beide öffneten die Mäuler, breit wie ein Schlitz von einem Ohr zum anderen, mit langen, spitzen und zahlreichen Zähnen. Egbere wollte sich auf das Gesäß des Pferdes stürzen, rannte aber in meinen zutretenden Fuß hinein, und meine Ferse zertrümmerte ihm die Nase. Er fiel hintenüber und schrie.

»Warum du mich treten, Sohn einer herumhurenden Halbkatze?«

»Ich hinter dir, du Narr. Was, wenn ich dich tret in den ...«

Ich schwang das Beil, versenkte es tief in Egberes Stirn, zog es heraus und versenkte es in seinem Hals. Ich schwang es wieder und wieder, bis sein Kopf abfiel. Ewele schrie und schrie, der Wind töte seinen Bruder, der Wind töte seinen Bruder.

»Ich dachte, er sei dein Vetter«, sagte ich.

»Wer ist, wer ist Himmelsdämon, der meinen Bruder tot gemacht?«

Ich kenne die Gommiden. Sind sie einmal außer sich, gibt es kein Halten mehr. Er würde nie mehr aufhören zu schreien.

»Du töten meinen Bruder!«

»Verschließe dein Gesicht. In sieben Tagen wird sein Kopf nachgewachsen sein. Es sei denn, er entzündet sich, dann wächst ihm nur eine dicke Eiterbeule.«

»Zeig dich! Ich will dich totschlagen.«

»Du schlägst meine Zeit tot, Troll.«

Du hast keine Zeit, sagte jemand in meinem Kopf. Diesmal hörte ich ihn. Es war ein Er, und er sprach zu mir, als müsste ich ihn kennen, mit der Wärme eines alten Freundes, doch nur dem Klang nach, denn es fühlte sich kälter an als die niederen Regionen der Länder der Toten, die ich im Traum besucht hatte. Die Stimme nahm den Zauber von mir, und Ewele stürzte sich auf mich. Er schrie und riss das Maul weit auf, seine spitzen Zähne wurden länger, er wurde ganz Mund und Zähne wie die großen Fische, die ich im tiefen Meer gesehen habe. Und er wurde stärker, je wütender er wurde. Meine Hand stieß ihn von meinem Gesicht fort, doch seine Haare waren glitschig. Er schnappte und schnappte und schnappte um sich und flog in hohem Bogen in die Luft und verschwand. Mein Pferd hatte ihn getreten. Ich stieg auf und ritt davon.

Warum bist du zurückgekehrt?, sagte er.

»Ich bin nicht zurückgekehrt. Ich bin nur auf der Durchreise.«

Nur auf der Durchreise. Aber du bist mitten auf der Straße.

»Das Pferd kann nicht lange durch den Busch reiten.«

Ich wusste, du würdest zurückkehren.

»Fick die Götter und alles, was du weißt.«

Ich wusste, du würdest zurückkehren.

»Fick die Götter.«

Welche Geschichte würden die Griots über dich erzählen? Du bist keine Geschichte. Ein Mann, der keinem nützt. Ein Mann, den keiner braucht, dem keiner vertraut. Du treibst dahin wie Geister und Teufel, und selbst ihr Treiben hat einen Zweck.

»Ist das alles, was ein Mensch ist? Sein Zweck? Sein Nutzen?«

Du hast keine Aufgabe im Leben. Du bist ein Mann, den keiner liebt. Wer wird um dich trauern, wenn du stirbst? Dein Vater hat dich vergessen, ehe du geboren wurdest. Man hat dich in einem Haus auf-gezogen, in dem die Erinnerung getötet wurde. Was für ein Held bist du?

»Ist es das, was du willst? Einen Helden?«

Ich habe Kunde von deinem Vater und deinem Bruder.

Ich hielt das Pferd an.

»Sind sie wieder enttäuscht? Lassen sie in der Unterwelt wieder beschämt die Köpfe hängen?«

Ich habe Kunde von deiner Schwester.

»Ich habe keine Schwester.«

Viel ist geschehen, seit du aus dem Haus deiner Mutter fortgegangen bist.

»Ich habe keine Schwester.«

Und sie hat keinen Bruder. Aber sie hat einen Vater, der zugleich ihr Großvater ist. Und eine Mutter, die zugleich eine Schwester ist.

»Und du sagst, *ich* brächte dieser Familie Schande?«

Was willst du?

»Ich will, dass du mich entweder umbringst oder das Maul hältst.«

Was für ein Mann ist ohne Eigenschaften?

»Für einen Geist finde ich es erstaunlich, wie sehr es dich kümmert, was gemeine Menschen denken. Du sprichst über Lebensauf-
gaben, als würden die Götter sie aus ihrem göttlichen Arsch scheißen
und den Menschen geben, als wüssten die, was sie damit anzufangen
haben. Ich hatte eine Aufgabe, die ich von meinem Blut erhalten
habe, von meinem Vater und Großvater. Ich hatte eine Aufgabe, und
ich habe ihnen gesagt, sie könnten sich damit in den Arsch ficken. Du
benutzt das Wort Aufgabe, als wäre etwas Edles daran, etwas von den
besten Göttern. Eine Aufgabe bedeutet, dass dir die Götter sagen,
was Könige jenen Menschen sagen, über die sie herrschen wollen.
Tausend Schändungen für deine Aufgabe, sage ich. Du willst wissen,
was meine Aufgabe ist? Die Männer zu töten, die meinen Bruder und
meinen Vater getötet haben, sodass nur ein Großvater übrig blieb,
der meine eigene Mutter fickt. Um die Männer zu töten, die meinen
Bruder getötet haben, denn sie haben ihn getötet, weil er einen der
Ihren getötet hat. Der einen der Seinen getötet hat, der einen der
Ihren getötet hat und immer so weiter, so lange, bis selbst die Götter
sterben. Meine Aufgabe ist, mein Blut zu rächen, auf dass sie eines
Tages zu mir kommen und Vergeltung suchen können. Nein, ich will
keine Aufgabe, und ich will keine Kinder, die in Blut geboren sind.
Du willst wissen, was ich will? Ich will diese Ahnenreihe tilgen. Diese
Krankheit. Diesem Gift ein Ende setzen. Mein Name endet mit mir.«

Ich bin dein …

»Du bist ein Anjonu, und du langweilst mich.«

Etwas wie ein Schrei drang durch den Busch. Dieselben Blätter
strichen an meinen Armen entlang, derselbe Geruch glitt an mir vorbei. Ich kam an eine Lichtung, die ich gerade durchquert hatte. Die
Bäume waren trügerisch in diesen Breiten.

*Du verschließt deinen Geist, wie ein wütendes Kind die Hände zu
Fäusten schließt.*

Wir kamen an eine weitere Lichtung, auf der das Gras niedrig und
die Luft abendlich war. Oder frühmorgendlich. In den Dunkel-

landen war es stets dunkel, doch niemals Nacht. Nie tiefe Nacht, keine Mittagsstunde der Toten. Auf der Lichtung stand eine Hütte, um den Fuß eines Assegai-Baumes herumgebaut und mit Kuhdung verputzt. Trocken, aber einen frischen Gestank ausdünstend. Hinter der Hütte lag flach auf dem Rücken, die Beine weit von sich gestreckt, der Ogo.

»Sadogo?«

Er war tot.

»Sadogo?«

Er schlief.

»Sadogo.«

Er stöhnte, schlief jedoch weiter.

»Sadogo.«

Er stöhnte abermals.

»Der irre Affe, der irre Affe«, sagte er.

»Wach auf, Sadogo.«

»Nicht, nicht schlafend ... nicht ... ich schlafe nicht.«

Wahrlich, ich glaubte, es sei der Schlaf, der ihn wie einen Wahnsinnigen klingen ließ. Oder vielleicht der schlimmste Traum, in dem man nicht wusste, dass man schlief.

»Der irre Affe ...«

»Was hat er getan, der irre Affe?«

»Der ... irre ... der ... irre ... er blies Knochenstaub.«

Knochenstaub. Der Anjonu hatte einmal versucht, sich damit zu meinem Herrn zu machen, doch der Schutz der Sangoma hatte selbst an diesem Ort auf mir gelegen. Dann hatte er weitere Schlechtigkeiten gelernt und aufzudecken, was die Verzauberung der Sangoma nicht bedeckte. Er sagt, er spreche zu deinem Verstand, ja zu deinem Geist, doch er ist nur ein niederer Dämon, der seine Gestalt verabscheut und jeden Unglücklichen, der seinen Weg kreuzt, mit einem Ogudu-Zauber belegt. Er bläst in den Knochenstaub, und der Körper schläft ein, obgleich der Verstand wach und von Grauen erfüllt ist.

»Sadogo, kannst du dich aufsetzen?«

Er versuchte sich aufzurichten, kippte aber wieder um. Er hob erneut den Oberkörper und landete auf den Ellbogen. Er hielt inne, und sein Kopf sackte nach hinten wie der eines müden Kindes, was ihn wieder aus dem Schlaf riss.

»Dreh dich auf die Seite, und stemm dich hoch«, sagte ich.

Wenn Knochenstaub dies mit einem Ogo anstellte, ihn wie betrunken machte, dann mussten die anderen beiden tiefer schlafen als die Toten. Sadogo versuchte, sich aufzustützen.

»Langsam … langsam … großer Riese.«

»Ich bin kein Riese. Ich bin ein Ogo«, sagte er.

Ich hatte gewusst, dass ihn das aufbringen würde. Er setzte sich auf, doch sein Kopf begann zu schwanken.

»Einen Riesen nennt man dich. Riese!«

»Kein Riese«, wollte er schreien, doch mehr als ein Murmeln brachte er nicht heraus.

»Du bist ein Nichts, das auf den Boden sabbert.«

Er stand auf und kippte so tief herunter, dass er sich an dem Baum festhielt. Wir würden es nicht aus diesem Wald herausschaffen, wenn wir flüchten müssten. Er schüttelte den Kopf. Also würde er nun einmal den Trunkenbold geben müssen. Womöglich könnte er sich ja auf unsere Feinde fallen lassen, und das würde einigen Schaden anrichten.

»Der irre Affe … Knochenstaub … hinein … hat sie … hinei…«

»Die anderen sind drinnen.«

»Hm.«

»In der Hütte?«

»Das sagte ich.«

»Werd nicht unwirsch, Riese.«

»Kein Riese!«

Das brachte ihn dazu, sich aufzurichten. Dann sackte er wieder zusammen. Ich ging zu ihm und packte ihn am Arm. Er blickte an sich hinunter, schwenkte den Kopf, als wäre etwas ganz und gar Sonderbares auf seinem Arm gelandet.

»Knochenstaub ist die liebste List der Anjonu, aber in fünf Drehungen der Sanduhr wirst du wie neu sein. Du musst schon einige Zeit unter seinem bösen Einfluss stehen.«

»Knochenstaub, der irre Affe …«

»Das sagst du immer wieder, Sadogo. Der Anjonu ist ein böser, hässlicher Geist, aber ein Affe ist er nicht.«

Der Gedanke kam mir unversehens in den Kopf. Der Anjonu quält gern, doch er quält mit Blut, mit Sippe. Warum sollte er den Ogo, den Leoparden, selbst den Jungen verhexen? In den Dunkellanden sind die Toten, die nie Geborenen, die Geisterhaften und jene, die aus der Unterwelt entlassen wurden. Doch da ich nicht viele von ihnen gesehen hatte, hatte ich vergessen, dass die Dunkellande auch mit allen bösartigen, missgestalteten Kreaturen verseucht sind. Mit Schlimmeren als den schlafenden, sabbernden Fledermausmännnern.

»Passt du hinein?«

»Ja. Ich wollte fortgehen, aber ich fiel … fiel … fiel …«

»Es wird nicht mehr lange andauern, Ogo.«

In der Hütte roch es nicht nach Kuhdung, sondern nach gepökeltem Fleisch. Taghelles Licht fiel in die Hütte, aber aus dem Nichts, und erhellte einen roten Teppich in der Mitte und eine Wand voller Messer, Sägen, Pfeilspitzen und Buschmesser. Der Leopard lag bäuchlings da; sein Rücken war mit Flecken übersät, und Haare sträubten sich auf den Rückseiten seiner Arme. Er versuchte sich zu verwandeln, doch der Ogudu hielt ihn zu fest. Seine Zähne waren lang geworden und ragten aus seinen Lippen hervor. Fumeli lag rücklings auf dem Erdboden. Ich ging neben dem Leoparden in die Hocke und berührte seinen Hinterkopf.

»Katze, ich weiß, du hörst mich. Ich weiß, du willst dich bewegen, kannst es aber nicht.«

In Gedanken sah ich, wie er versuchte sich zu bewegen, das Kinn zu drehen, nur das Auge zu bewegen. Der noch immer wankende Ogo kam durch die Tür und stieß sich den Kopf an.

»Eine Dunghütte mit einer Tür?«, sagte er.

»Ich weiß.«

»Schaut, da ist noch ei… noch eine.«

Auf der anderen Seite der Hütte war eine weitere Tür auf Höhe der ersten. Der Ogo beugte sich zu weit vor und stolperte. Er stützte sich an der Wand ab.

»Wer hat diese Tür verschlossen? Wer hat sie … mit so vielen Schlössern verseucht?«

Die Tür sah aus, als wäre sie aus einer anderen Hütte geraubt. Auf einer Seite zogen sich Schlösser und Riegel bis zum Boden hinunter, vom oberen Ende der Tür bis in die Erde hinein.

Das ist …

»Das ist was?«

»Wa… was ist das?«

»Nicht du, Sadogo.«

»Waru… Mein Kopf wendet sich immer wieder zum Meer.«

Du kennst diese Tür.

»Hör auf, zu mir zu sprechen.«

»Ich rede nicht … mit dir …«

»Nicht du, Sadogo.«

Es gibt in allen Ländern nur zehn und neun dieser Türen und nur eine in dem Wald, den ihr die Dunkellande nennt.

»Sadogo, kannst du den Leoparden tragen?«

»Kann ich …«

»Sadogo!«

»Ja, ja, ja, ja, ja.«

»Ich trage den Jungen.«

Die zehn und neun Türen, gewiss hast du von ihnen gehört.

»Eine weitere List.«

»Mit wem sprichst du?«, sagte Sadogo.

»Mit einem niederen Dämon, der nicht still sein will.«

»Ich habe einmal für Sklavenhändler gearbeitet«, sagte Sadogo.

»Nicht jetzt, Sadogo.«

»Ich … weiß nicht, warum … sich mein Kopf immer wieder zum Meer dreht. Aber ich habe viele Tage für einen Sklavenhändler gearbeitet. Einmal habe ich ganz alleine einen Sklavenaufstand niedergekämpft, mit diesen Händen, die du hier siehst. Sie sagten, fünf könnte ich töten, ohne dass sie Verlust machten, also tötete ich fünf. Ich weiß nicht, warum ich es tat. Ich weiß, warum ich sie tötete, aber … mein Kopf wendet sich dem Meer zu, ich weiß nicht, warum ich bei einem Sklavenhändler in Lohn und Brot stand … Wusstest du, dass es keine weiblichen Ogos gibt … jedenfalls habe ich in all den Ländern, die ich gesehen habe, keine gefunden … Wisse, Sucher … warum will ich es dir erzählen, warum will ich es dir unbedingt erzählen? Ich bin nie … niemals … nie mit einer Frau zusammen gewesen, denn mit welcher Frau könnte sich der Ogo paaren, ohne sie umzubringen … und wenn sie das nicht umbringt …«

Er hob seinen Rock. Lang und dick wie mein ganzer Arm.

»Und wenn sie das nicht umbringt, dann sterben sie beim Versuch, einen Ogo zur Welt zu bringen. Ich kenne meine Mutter nicht, so wie sie auch kein anderer Ogo kennt. Der König des Südens versuchte Ogos zu züchten, die im letzten Krieg kämpfen sollten. Er entführte Mädchen … manche von ihnen sehr jung … manche noch nicht im gebärfähigen Alter … Bösartigkeit, Hexerei, Magie der Mittagsstunde. Nicht einen einzigen Ogo brachte er hervor, aber jetzt ziehen Ungeheuer durchs Land. Wir sind keine Rasse … wir sind ein Missgeschick.«

»Nimm den Leoparden, Sadogo«, sagte ich.

Der Ogo stand auf, noch immer schwankend, umfasste die Taille des Leoparden und warf ihn sich über die rechte Schulter. Ich warf mir Fumeli, der so leicht war, wie ich es erwartet hatte, über meine rechte Schulter und hob seinen Bogen auf. Der Ogo ging zur Tür und blieb stehen.

»Der irre Affe ...«

»Sadogo, es gibt keinen irren Affen. Der Anjonu wollte dich überlisten.

Kafin ka ga biri, biri ya ganka.

»Der irre Affe ...«

»Sadogo, hast du ...«

»Der irre Affe ... draußen.«

Ehe du den Affen siehst, hat der Affe dich gesehen.

Wieder der Schrei. Ein lang gezogenes IIIIIIIIIEH, das durch die Blätter kreischte. Ich ging zur Tür. Die Kreatur war vielleicht zweihundert Schritte entfernt und bewegte sich sehr rasch. Schneller als ein galoppierendes Pferd kam sie auf die Tür zu. Die Arme ruderten, die Beine machten lange Sprünge, die Knie schlugen beinahe gegen das Kinn. Zuweilen blieb sie stehen und streckte die Nase in die Luft, witterte einen Geruch im Wind, dann blickte sie in unsere Richtung und rannte wieder los, spuckend und mit den Zähnen knirschend. Der dicke Schwanz peitschte pfeifend umher. Die Haut eines Menschen, doch grün wie Fäule. Das Wesen rannte mit dem Kopf voran, zwei aufgerissene Augen, das rechte war klein, das linke größer und rauchte. Es schrie wieder, und die Geister von Vögeln stoben davon. Es war zu schnell. Stofffetzen umflatterten es.

»Die Tür, Sadogo, die Tür!«

Sadogo warf den Leoparden ab, schlug die Tür zu und schob die drei Riegel vor. Ein Knall traf die Tür wie ein Blitzschlag. Sadogo machte einen Satz nach hinten. Die Kreatur machte wieder IIIIIIIIIEH, als wollte sie jede Seele in ihrer Nähe ertauben lassen.

»Scheiße«, sagte ich.

Die Wände der Hütte bestanden aus laubbewachsenen Ästen und getrockneter Scheiße. Das Wesen würde einfach ein Loch hineinschlagen, sobald es merkte, dass es das konnte. Es hämmerte und hämmerte, und das alte Holz begann zu bersten. Wieder und wieder machte es IIIIIIIIIEH. Sadogo hob den Leoparden vom Boden auf.

»Die Tür«, sagte er.

Ich dachte, er deute auf die Vordertür, doch er nickte mit dem Kopf zur hinteren hinüber. Das Wesen schlug ein Loch in die Vordertür und schaute hindurch. Ein Gesicht wie die Kreuzung aus einem Menschen und einem Teufel. Aus dem linken Auge quoll wahrhaftig Rauch. Die Nase war platt gedrückt wie die eines Affen, die Zähne lang und faulig. Es fauchte und geiferte durch die Tür, dann zog es sich zurück. Ich hörte seine Füße, die immer schneller und lauter werdenden Schritte, die auf die Tür zukamen, dagegenrannten. Die Scharniere splitterten, brachen jedoch nicht heraus. Wieder schob sich sein Gesicht durch die Tür. IIIIIIIIIEH. Er rannte davon, um erneut anzugreifen.

Sadogo riss die Schlösser der Hintertür eines nach dem anderen ab. Der irre Affe rammte das Holz, und sein ganzer Kopf brach hindurch. Er versuchte, ihn wieder herauszuziehen, steckte aber fest. Jetzt schaute er zu uns auf und schrie und kreischte und fauchte, und ich hörte seinen Schwanz gegen die Hütte peitschen. Wir wandten uns der Hintertür zu, und die Schlösser, die Sadogo abgerissen hatte, erschienen wieder.

»Beim dritten Mal wird er durch die Tür brechen«, sagte ich.

»Was für ein Zauber ist das … was für ein Zauber?«, sagte Sadogo.

Ich stellte mich neben Sadogo und betrachtete die Tür. Es lag ein Zauber darauf, doch meine Nase half mir nicht beim Entschlüsseln seines Wirkens. Ich flüsterte eine Beschwörungsformel, von der ich nicht gewusst hatte, dass ich sie kannte. Nichts. Nicht wie bei dem Haus in Malakal. Es war etwas in der Zunge der Sangoma, nicht meiner eigenen. Ich flüsterte es noch einmal, so dicht am Holz, dass meine Lippen es berührten. Eine Flamme loderte in der oberen rechten Ecke auf und griff auf den gesamten Rahmen über. Als die Flammen verschwunden waren, waren es auch die Schlösser.

Sadogo ging an mir vorbei und stieß die Tür auf. Ein weißes Licht schoss hindurch. Der irre Affe machte IIIIIIIIIEH. Ich wollte bleiben und gegen ihn kämpfen, doch zwei von uns schliefen, und einer war kurz davor zusammenzubrechen.

»Sucher?«, sagte Sadogo.

Das Licht ließ den gesamten Raum weiß erstrahlen. Ich hob Fumeli auf. Der Ogo nahm den Leoparden und ging als Erster hindurch, dann humpelte ich hinterher. Ein Knall hinter uns ließ mich den Kopf drehen, und ich sah, wie die Vordertür aus den Angeln brach. Der irre Affe stürzte kreischend herein, doch als seine schartigen Reißzähne nach der Hintertür schnappten, schlug sie zu, und wir blieben in Finsternis und Stille zurück.

»Wo sind wir hier?«, fragte Sadogo.

»Im Wald. Wir sind im Wa…«

Ich ging zu der Tür hinter uns zurück. Es war gewiss ein Fehler, aber ich öffnete sie dennoch, ein kleines Stück nur, und sah hinein. Ein staubiger Raum mit Steinfliesen, und vom Boden bis zur Decke häuften sich Bücher, Schriftrollen, Papiere und Pergamente. Keine geborstene Tür. Kein irrer Affe. Am Ende dieses neuen Raumes eine weitere Tür, die Sadogo aufstieß.

Sonne. Kinder rannten und stibitzten, Marktfrauen riefen und verkauften. Händler hielten nach einem guten Geschäft Ausschau, Sklavenhalter drückten an rotem Sklavenfleisch herum, niedrige, dicke Gebäude, schlanke und hoch aufragende Gebäude und in weiter Ferne ein hoher Turm, den ich kannte.

»Sind wir in Mitu?«

»Nein, mein Freund. Wir sind in Kongor.«

3

EIN KIND MEHR ALS SECHS

Ngase ana garkusa ura a dan garkusa inshamu ni

KONGOR

TAROBE

NYEMBE

GRENZSTRAßE

GRENZSTRAßE

GRENZSTRAßE

GRENZSTRAßE

NIMBE

HAFENANLAGEN

ALT-TAROBE (ÜBERSCHWEMMT)

GALLUNKOBE/
MATYUBE

N

ELF

Überlass die Toten den Toten. Das habe ich ihm gesagt.«
»Bevor oder nachdem wir die Dunkellande betraten?«
»Vorher, nachher, tot ist tot. Die Götter sagten mir, ich solle
warten. Und siehe da – du bist lebendig und unversehrt. Auf
die Götter kannst du vertrauen.«

Sogolon sah mich an, ohne ein Lächeln oder Spott im Gesicht. Es
hätte ihr kaum gleichgültiger sein können.

»Die Götter mussten dir sagen, dass du warten sollst?«

Ich erwachte, als die Sonne in die Himmelsmitte segelte und
Schatten nach unten zwang. Fliegen summten durch den Raum.
Dreimal schlief ich ein und wachte wieder auf, ehe der Leopard einmal erwachte und der Ogo die Trägheit des Ogudu abstreifte. Die
Wände des spärlich erhellten, kargen Raumes hatten die braungrüne
Farbe frischen Hühnerdungs, und Säcke stapelten sich bis zur Decke daran hinauf. Hohe Statuen lehnten aneinander und flüsterten
sich Geheimnisse über mich zu. Der Boden roch nach Getreide,
Staub, im Dunkel verlorenen Duftwasserflaschen und Rattenscheiße. An den beiden gegenüberliegenden Wänden hingen Wandteppiche bis auf den Boden herab, blauer Ukuru-Stoff mit weißen Mustern, die Liebende und Bäume zeigten. Ich lag auf dem Boden, über
und unter mir Decken und Läufer in vielerlei Farben. Sogolon stand
in dem braunen Lederkleid, das sie stets trug, am Fenster und blickte hinaus.

»Mir scheint, du hast all deinen Verstand in dem Wald zurückgelassen.«

»Mein Verstand ist hier und nirgends sonst.«

»Dein Verstand ist noch nicht hier. Dreimal habe ich dir nun schon gesagt, die Reise um die Dunkellande herum dauert drei Tage, und wir haben vier gebraucht.«

»Wir haben nur eine einzige Nacht im Wald verbracht.«

Sogolons Lachen klang wie ein Keuchen.

»Dann waren wir eben drei Tage zu spät«, sagte ich.

»Du warst zwanzig und neun Tage in diesem Wald.«

»Was?«

»Ein ganzer Mond ist gekommen und gegangen, seit du in den Busch gingst.«

Und vielleicht war dies wie bei den letzten beiden Malen, als sie das gesagt hatte, der Augenblick, in dem ich mich benommen wieder auf die Teppiche fallen ließ. Alles, was nicht tot war, hatte zwanzig und neun Tage – einen ganzen Mond – lang Zeit zum Wachsen gehabt, auch Wahrheit und Lügen. Reisende waren längst heimgekehrt. Neugeborene Kreaturen waren unterdessen alt geworden, alte gestorben und tote zu Staub zerfallen. Ich habe von großen Tieren gehört, die während der kalten Jahreszeit schlafen, und von Menschen, die krank werden und sich nie wieder erheben, doch dies fühlte sich an, als hätte mir jemand nicht bloß meine Tage geraubt, sondern auch den, der ich währenddessen hätte sein sollen. Mein Leben, meinen Atem, meinen Gang; mir fiel wieder ein, weshalb ich Hexerei und jede Art von Magie hasse.

»Ich war schon einmal in den Dunkellanden. Damals war die Zeit nicht stehen geblieben.«

»Wer hat die Tage für dich gezählt?«

Ich wusste, welche Bedeutung sich hinter der doppelten Zunge der Hexe verbarg. Was sie sagte, ohne es auszusprechen, als Wort im Wort, war: Wen in aller Welt sollte mein Schicksal genug kümmern, um die Tage zu zählen, die ich fort war? Sie sah mich an, als wollte sie eine Antwort. Wenigstens eine tumbe Antwort, auf die sie mit klugem Spott antworten könnte. Aber ich starrte sie an, bis sie den Kopf abwandte.

»Ein ganzer Mond ist gekommen und gegangen, seit du in den Busch gingst«, sagte sie wieder, aber leise, als wäre es nicht an mich gerichtet. Sie sah aus dem Fenster. »Vertrauen in die Götter ist der einzige Grund, dass ich für einen Mond hier in Kongor bin. Stünde mein Wille über dem der Götter, würden dieser ganze Ort und alle darin brennen. In Kongor kann man niemandem vertrauen.«

»Man kann an keinem Ort jemandem vertrauen«, sagte ich. Sie zuckte zusammen, als sie merkte, dass ich sie gehört hatte.

»Ich danke dir, dass du in einer Stadt gewartet hast, die dir übelwill«, sagte ich.

»Ich habe es nicht für dich getan. Nicht einmal für die Göttin.«

»Sollte ich fragen, für wen?«

»Zu viele Kinder in Kongor haben eine Geschichte ohne ein Ende. Das fing schon vor mehr als zweihundert Jahren an, schon bevor ich ein Kind war. Also soll dieses Kind das eine sein, dessen Geschichte ein Ende hat, so düster es auch sein mag, und das nicht auch ohne Kopf am Ufer liegt, wenn sich die Flut zurückzieht.«

»Du hast ein Kind verloren? Oder warst du das Kind?«

»Ich hätte mich von dieser Stadt entfernen sollen. Vier Nächte nachdem du nicht kamst, hätte ich mich entfernen sollen. Als ich zum letzten Mal durch diese Straßen ging, bezahlte ein Mann von guter Herkunft fünf Männer, um mich zu rauben, auf dass er mir zeigen könne, wozu eine hässliche Frau gut ist. Hier in Tarobe. Seine Frau konnte er nicht schlagen, weil sie von königlichem Blut ist, also hat er mich dafür verpflichtet.«

»Kongori-Herren sind stets grausam gewesen.«

»Stumpfsinniger Esel, der Mann war nicht mein Herr, er war mein Entführer. Ein Mensch würde den Unterschied erkennen.«

»Du hättest zu einem Stadtrichter laufen können.«

»Ein Mann.«

»Einem Präfekten.«

»Ein Mann.«

»Einem Ältesten mit einem geneigten Ohr, einem Inquisitor, einem Seher.«

»Mann. Mann. Mann.«

»Deinem Entführer wäre Gerechtigkeit widerfahren.«

»Die Gerechtigkeit kam. Als ich einen Zauber lernte und die Frau während der Schwangerschaft von innen aufgefressen wurde. In den Mann fuhr etwas anderes ein.«

»Ein Zauber.«

»Mein Messer.«

»Wann hast du Kongor zuletzt durchquert?«

»Amadus Schuld bei mir hat sich allein dadurch verzweifacht, dass ich zurückgekommen bin.«

»Wann zuletzt, Sogolon?«

»Ich habe es dir schon gesagt.«

Lärm drang zum Fenster herauf, aber er klang geordnet, hatte einen gleichmäßigen Rhythmus, einen schlurfenden Takt, das Klappern von Sandalen und Stiefeln, das Trampeln von Hufen auf fester Erde und Menschen, die auf das Aaah anderer Menschen ein Oooh erwiderten. Ich stellte mich zu ihr ans Fenster und blickte hinaus.

»Sie kommen aus allen Winkeln des Nordens und manche von der südlichen Grenze. Die Grenzleute tragen ein rotes Tuch am linken Arm. Siehst du sie?«

Die Straße zog sich mehrere Stockwerke unter uns hinter dem Haus entlang. Wie die meisten Häuser in Kongor war es aus Lehm und Stein erbaut, Mörtel hinderte den Regen daran, die Wände abzutragen, obgleich die Seitenmauer aussah wie das Gesicht eines Mannes, der an den Blattern litt. Sechs Stockwerke hoch, zehn und zwei Fenster breit, manche mit hölzernen Fensterläden, manche offen, manche mit Podesten davor, die für Pflanzen, nicht aber für Menschen gedacht waren, obgleich auf vielen von ihnen Kinder standen oder saßen. In der Tat sah das ganze Haus wie eine große Honigwabe aus und war, wie alle Häuser in Kongor, von zahlreichen, aber unkundigen Händen errichtet, von Handflächen und Fingern geglättet, abgemessen gemäß der alten Wissenschaft, auf den Gott der Fertigkeit und Schöpfung zu vertrauen und ihn bestimmen zu lassen, was rechtes Gewicht und rechte Länge ausmacht. Einige der Fenster waren nicht auf derselben Höhe, sondern nach oben und unten verschoben, so als folgten sie einem Muster, und einige waren größer als die anderen und nicht makellos geformt, aber geglättet und entweder mit der Sorgfalt eines Meisters oder unter dem Knallen der Peitsche eines Herrn gefertigt.

»Dieses Haus gehört einem Mann aus dem Nyembe-Viertel. Er steht wegen vieler Dinge und vieler Leben in meiner Schuld.«

Ich folgte Sogolons Blick, als sie durch das Fenster hinabschaute. Männer näherten sich auf der Straße, die sich wie eine Schlange wand. In Gruppen zu dreien oder vieren bewegten sie sich so gleichförmig, dass es aussah, als marschierten sie im Gleichschritt. Sie kamen aus dem Osten, Männer auf schwarz-weiß gescheckten Pferden mit roten Zügeln, die nicht vom Kopf bis zum Schweif bedeckt waren wie die Hengste von Juba. Zwei Männer gingen Seite an Seite unter uns entlang. Derjenige, der näher an der Straße ging, trug einen Helm aus Löwenfell, einen schwarzen Mantel mit Goldborte, der an den Seiten geschlitzt war, und darunter ein weißes Gewand. An seinem Gürtel hing ein Langschwert. Der zweite Mann hatte sich den Schädel kahl rasiert. Auf seinen Schultern lag ein schwarzer Überwurf, der auf eine weite schwarze Tunika, eine weiße Hose und eine glänzend rote Scheide für einen Krummsäbel herabfiel. Drei Männer auf Pferden ritten die Schlangenstraße wieder hinauf, alle drei in schwarzen Kapuzenumhängen, die ihre Gesichter verbargen, Kettenhemden und schwarzen Gewändern über gepanzerten Beinen, in einer Hand eine Lanze, in der anderen die Zügel.

»Wessen Armee versammelt sich da?«

»Das ist keine Armee. Das sind nicht die Mannen des Königs.«

»Söldner?«

»Ja.«

»Welche? Ich bin selten in Kongor.«

»Das sind die Krieger der Sieben Schwingen. Außen schwarz gekleidet, innen weiß, wie ihr Symboltier, der Trauerhabicht.«

»Warum sammeln sie sich? Es gibt keinen Krieg, man munkelt nicht einmal von einem Krieg.«

Sie wandte den Kopf ab. »Nicht in den Dunkellanden«, sagte sie.

Den Blick noch immer auf die sich versammelnden Söldner gerichtet, sagte ich: »Wir haben den Wald hinter uns gelassen.«

»Der Wald führt nicht in die Stadt. Der Wald führt nicht einmal nach Mitu.«

»Es gibt solche Türen und solche, Hexe.«

»Das klingt nach Türen, die ich kenne.«

»Weise Frau, kennst du nicht alles? Welche Art von Tür schließt sich und verschwindet?«

»Eine der zehn und neun Türen. Du sprichst im Schlaf davon. Ich wusste nichts von einer Tür in den Dunkellanden. Hast du sie erschnüffelt?«

»Und jetzt machst du auch noch Scherze.«

»Woher wusstest du, dass in den Dunkellanden eine Tür ist?«

»Ich wusste es einfach.«

Sie flüsterte etwas.

»Was?«, sagte ich.

»Sangoma. Es muss das Werk der Sangoma sein, dass du sehen kannst, obwohl deine Augen blind sind. Niemand weiß, woher die zehn und neun Türen kommen. Wenngleich alte Griots sagen, die Götter hätten jede einzelne von ihnen gemacht. Und selbst der Älteste der Ältesten wird dich ansehen und sagen: Narr, in keiner der Welten über und unter dem Himmel gibt es dergleichen. Andere …«

»Du sprichst von Hexen?«

»Andere werden sagen, es sind die Straßen der Götter, wenn sie durch unsere Welt reisen. Tritt durch eine hindurch, und du bist in Malakal. Tritt durch eine in den Dunkellanden, und siehe da: Du bist in Kongor. Tritt durch eine weitere, und du bist sogar in einem Reich des Südens wie Omororo oder draußen auf dem Meer oder vielleicht in einem Reich, das nicht von dieser Welt ist. Manche brauchen, bis sie grau sind, um nur eine einzige Türe zu finden, und du erschnüffelst eine, als wäre nichts dabei.«

»Bibi gehörte zu den Sieben Schwingen«, sagte ich.

»Er war nur eine Eskorte. Du witterst ein Spiel, das niemand spielt.«

»Die Sieben Schwingen arbeiten für den, der sie bezahlt, aber niemand zahlt mehr als unser großer König. Und gerade versammeln sie sich vor diesem Wachturm.«

»Du suchst nach den kleinen Dingen, Sucher. Überlass die großen Dinge den Großen dieser Welt.«

»Wenn ich dafür aufgewacht bin, lege ich mich wieder schlafen. Wie geht es dem Leoparden und dem Ogo?«

»Die Götter haben sie mit Glück gesegnet, aber sie erholen sich langsam. Wer ist dieser irre Affe? Hat er sie geschändet?«

»Seltsam, dass mir nicht eingefallen ist, sie danach zu fragen. Vielleicht wollte er ihnen die Seelen aussaugen und an ihren Gefühlen lutschen.«

»Ba! Dein arges Mundwerk ermüdet mich. Der Ogo steht natürlich, denn er fällt nie.«

»Das ist mein Ogo. Ist das Mädchen noch bei dir?«

»Ja. Zwei Tage habe ich sie geohrfeigt, um ihr die törichte Idee auszutreiben, zu den Zogbanu zurückzurennen.«

»Sie ist nur eine Last. Lass sie in dieser Stadt zurück.«

»Welch ein Tag, an dem mir ein Mann sagt, was ich tun soll. Willst du nicht über das Kind sprechen?«

»Über wen?«

»Den Grund, dass wir in Kongor sind.«

»Ah. Was hast du in den zwanzig und neun Tagen über das Haus herausgefunden?«

»Wir waren nicht dort.«

Dieses »Wir« hob ich mir für einen anderen Tag auf. »Ich glaube dir nicht«, sagte ich.

»Welch ein Tag, an dem es mich schert, was ein Mann glaubt.«

»Welch ein Tag, wenn diese Tage nahen. Aber ich bin müde, und die Dunkellande haben mir die Streitlust genommen. Seid ihr zu dem Haus gegangen oder nicht?«

»Ich habe einem Mädchen den Frieden gebracht, das von Ungeheuern gezüchtet wurde, die ihr Fleisch zum Morgenmahl machen wollten. Dann habe ich darauf gewartet, dass du wieder nützlich wirst. Der Junge ist nicht mehr verschwunden als vorher.«

»Dann sollten wir gehen.«

»Bald.«

Ich wollte sagen, dass es offenbar niemandem ernsthaft darum zu tun war, unseren Auftrag zu erfüllen und den Jungen zu finden, wobei ich damit natürlich sie meinte, doch sie ging zur Türöffnung, und ich bemerkte, dass da keine Tür war, nur ein Vorhang.

»Wem gehört dieses Haus? Ist es ein Wirtshaus? Eine Schenke?«

»Ich sage es noch einmal. Einem Mann mit zu viel Geld und zu vielen Gefallen, die er mir schuldet. Er wird uns bald treffen. Jetzt rennt er herum wie ein kopfloses Huhn und versucht, noch ein Zimmer, einen Boden, ein Fenster oder einen Käfig zu bauen.«

Sie war schon durch den Vorhang hindurch, als sie sich noch einmal umdrehte.

»Dieser Tag ist schon verschenkt. Und Kongor ist bei Nacht eine andere Stadt. Schau nach deiner Katze und deinem Riesen«, sagte sie. Erst in diesem Augenblick fiel mir wieder ein, dass sie gesagt hatte, sie sei über dreihundert Jahre alt. Nichts wirkte so alt wie eine alte Frau, die sich für noch älter hielt, als sie war.

Der Ogo saß auf dem Boden und probierte seine eisernen Handschuhe; er hieb mit der rechten Faust so fest in die linke Handfläche, dass kleine Funken aufstoben. Sein Gesicht war völlig leer. Dann steigerte er sich über den Schlägen in eine Wut hinein, die ihn durch die Zähne schnauben ließ. Dann wurde sein Gesicht wieder leer. Als er dort saß und ich vor ihm stand, begegneten sich unsere Blicke zum ersten Mal auf Augenhöhe. Die Sonne floh vor dem Mittag, doch in seinem Zimmer ging sie schon auf den Abend zu. Auch in diesem Raum wurden Dinge aufbewahrt. Ich roch Kolanüsse, Zibetmoschus, Blei und zwei oder drei Stockwerke weiter unten getrockneten Fisch.

»Sadogo, du sitzt hier wie ein Soldat, der die Schlacht nicht erwarten kann.«

»Ich kann es nicht erwarten zu töten«, sagte er und schlug wieder in seine Handfläche.

»Das könnte schon bald passieren.«

»Wann gehen wir in die Dunkellande zurück?«

»Wann? Niemals, guter Ogo. Du hättest dem Leoparden nicht folgen sollen.«

»Wärst du nicht gewesen, würden wir immer noch dort schlafen.«

»Oder euer Fleisch hätte dem irren Affen als Nahrung gedient.«

Sadogo brüllte wie ein Löwe und stieß die Faust in den Boden. Der Raum erzitterte.

»Ich reiße ihm den Schwanz aus seinem mit Scheiße verschmierten Arsch und füttere ihn damit.«

Ich berührte ihn an der Schulter. Er zuckte kurz zurück und hielt dann still.

»Gewiss. Gewiss. Was du sagst, wird geschehen, Ogo. Wirst du trotzdem mit uns kommen? Zu dem Haus. Um den Jungen zu finden, koste es, was es wolle?«

»Ja, gewiss, warum sollte ich nicht?«

»Viele kommen verändert aus den Dunkellanden heraus.«

»Ich bin verändert. Siehst du das? Dort an der Wand.«

Er deutete auf eine lange, breite Klinge aus mit braunem Rost überzogenem Eisen. Der Griff lang genug für zwei Hände, eine breite Klinge, die bis zur Mitte gerade verlief und sich dann zu einer Sichel wie von einem angebissenen Mond bog.

»Kennst du es?«, sagte Sadogo.

»Ich habe dergleichen noch nie gesehen.«

»Ein Ngombe Ngulu. Zuerst packe ich den Sklaven. Der Herr züchtete rote Sklaven. Einer floh. Die Götter forderten ein Opfer. Er hat den Herrn geschlagen. Also bringe ich ihn zum Richtplatz. Drei Bambusstangen, die aus der Erde ragen. Ich drücke ihn hinunter, zwinge ihn, sich hinzusetzen, lehne ihn an die Stangen und binde ihm beide Hände nach hinten. Zwei kleine Stangen treibe ich zu seinen Füßen in den Boden und binde seine Knöchel fest. Zwei kleine Stangen treibe ich an seinen Knien in den Boden und binde die Knie daran fest. Er bewegt sich steif, er will tapfer wirken, aber er ist nicht tapfer. Ich nehme einen Ast von dem Baum, reiße die Blätter ab und biege ihn nach unten, bis er gespannt ist wie ein Bogen. Der Ast ist zornig, er will wieder gerade sein und nicht gebogen, aber ich binde ihn an, binde ihn mit einem Grasseil um den Kopf des Sklaven. Mein Ngulu ist scharf, so scharf, dass die Augen bluten, wenn man es anschaut. Meine Klinge fängt das Sonnenlicht ein und strahlt wie ein Blitz. Jetzt fängt der Sklave an zu schreien. Jetzt ruft er nach seinen Ahnen. Jetzt fleht er mich an. Sie flehen mich alle an, weißt du das? Alle reden davon, was für ein Freudentag es wird, wenn sie ihre Ahnen treffen, aber ist der Tag gekommen, freut sich keiner, es wird nur geheult und gepisst und geschissen. Ich hole mit dem Schwertarm aus, dann schreie ich und schlage den Kopf mitten am Hals ab, und der Ast reißt sich mit dem Kopf los und schleudert ihn fort. Und mein Herr ist froh. Ich tötete einhundert, siebzig und einen, darunter viele Häuptlinge und Herren. Und Frauen waren auch darunter.«

»Warum erzählst du mir das?«

»Ich weiß es nicht. Der Busch. Es hat mit dem Busch zu tun.«

Dann sah ich den Leoparden. Er lag in seinem Zimmer inmitten eines Teppichhaufens, als hätte er in Katzengestalt geschlafen. Fumeli war nicht da oder fort oder was auch immer. Ich hatte nicht an ihn gedacht, hatte nicht einmal Sogolon nach ihm gefragt, wie mir nun bewusst wurde. Der Leopard versuchte sich umzudrehen, reckte den Hals.

»Im Boden sind Löcher, aus gebranntem Lehm und hohl wie Bambus.«

»Leopard.«

»Deine Pisse und Scheiße werden darin fortgespült, wenn du hinterher Wasser aus dem Krug hineinschüttest.«

»Kongor verfährt mit Pisse und Scheiße anders als andere Städte. Und mit Leichen wie …«

»Wer hat uns hierhergebracht?«, sagte er und stützte sich auf die Ellbogen; seine Miene zeigte, dass es ihm nicht gefiel, angesehen zu werden.

»Frag Sogolon. Der Herr des Hauses scheint ihr viele Gefallen zu schulden.«

»Ich will fortgehen.«

»Wie du wünschst.«

»Heute Nacht.«

»Wir können heute Nacht nicht fortgehen.«

»Ich sagte nicht wir.«

»Fortgehen? Du kannst nicht einmal stehen. Ändere deine Gestalt, und ein halb blinder Bogenschütze könnte dich töten. Komm wieder zu Kräften, und dann geh, wohin du willst. Ich sage Sogolon …«

»Sprich nicht für mich, Sucher.«

»Dann lass Fumeli für dich sprechen. Was würde er nicht für dich tun?«

»Sprich weiter, und …«

»Und was, Leopard? Welches Gift hat dich befallen? Alle sehen dich und dieses kleine Knabenstück.«

Das machte ihn noch wütender. Er erhob sich von den Teppichen, geriet jedoch ins Stolpern.

»Was bringt dich so zum Lachen? Hier ist nichts komisch.«

»Niemand liebt niemanden. Erinnerst du dich? Das habe ich von dir gelernt. Ich habe von Kriegern, Mystikern, Eunuchen, Prinzen, Häuptlingen und ihren Söhnen gehört, die alle an ihrer vergeblichen Liebe zum Leoparden zugrunde gegangen sind. Doch wer schneidet dir schließlich die Eier ab? Dieser kleine Trampel, der es nicht wert wäre, gerettet zu werden, wäre er der Einzige auf dem Schiff. Hört her, alle in diesem Haus. Hört, wie diese räudige Hündin den großen Leoparden zu einer streunenden Katze macht.«

»Und doch hat die streunende Katze den Jungen ganz allein gefunden.«

»Wieder ein großartiger Plan. Wie ging der letzte auf? Und doch bin ich es, der Mann, dessen Liebe du vergessen hast, der herbeigeritten kam, um dich zu retten. Und die kleine Hündin. Und der dabei all unsere Pferde verloren hat. Vielleicht habe ich das falsche Tier gerettet.«

»Willst du Dank?«

»Ich habe Wahrheit. Geselle dich zu Nyka und seiner Frau, oder verschwinde mit deiner Hündin.«

»Nenn ihn noch ein einziges Mal so … Bei den Göttern, ich werde dich …«

»Komm wieder zu Kräften, und geh. Oder bleib. Dein Unfriede ist mir nicht länger ein Rätsel. Du wirst immer der Leopard sein. Aber vielleicht bleibst du dem Busch fern, den du nicht kennst. Beim nächsten Mal werde ich nicht da sein, um dich zu retten.«

Fumeli stand in der Tür. Er trug Bogen und Köcher und richtete sich auf, versuchte, sich in die Brust zu werfen. Ich konnte mich nicht entscheiden, ob ich ihn auslachen oder ohrfeigen sollte. Also ging ich dicht genug an ihm vorbei, um ihn aus dem Weg zu stoßen. Der Ogudu war noch in ihm, ein Hauch nur, doch er stolperte und fiel. Er schrie nach Kwesi, und der Leopard duckte sich zum Sprung und wankte.

»Weis ihn in die Schranken«, sagte Fumeli.

»Ja, weise mich in die Schranken, Leopard.«

Ich sah den Jungen finster an.

»Entweder er markiert den Raum gerade als sein Revier, oder er kann nicht einmal aufstehen, um andernorts zu pissen«, sagte ich.

Im Flur kam das Mädchen auf mich zu. Sie hatte weißen Lehm gefunden und ihren Körper unter einem rot-schwarzen Umhang mit Mustern bedeckt. Sie trug einen Kopfschmuck, von dem Kaurischnecken an kurzen Schnüren und eiserne Reifen mit zwei Elfenbeinhauern an den Schläfen herabhingen. Boshaftigkeit überkam mich, und beinahe hätte ich etwas über Menschenfresser und Männerfresserinnen gesagt, doch sie versuchte bloß, durch Kleider, Stoßzähne und Düfte zu sich selbst zu finden. Der Gedanke war ein wildes Tier.

Nacht in Kongor. Diese Stadt mit ihrer schamlosen Liebe zu Krieg und Blut, in der sich Menschen versammelten, um Mensch und Tier beim Zerfetzen von Fleisch zuzusehen, erschauderte noch immer, wenn jemand sein Fleisch offen zur Schau trug. Manche sagen, das sei der Einfluss des Ostens, doch Kongor lag tief im Westen, und die Menschen dort glaubten an gar nichts. Bis auf die Sittsamkeit, die etwas Neues war, und etwas, von dem ich hoffte, es würde die Binnenreiche oder wenigstens die Ku und Gangatom nie erreichen. Ich nahm einen langen Streifen des Ukuru-Stoffes, der in einem Bündel auf dem Boden meines Zimmers lag, wand ihn mir um die Taille und dann über die Schulter wie die Pagne einer Frau und band einen Gürtel darum. Meine Beile hatte ich in den Dunkellanden verloren, doch ich hatte noch meine Messer und band sie mir an beide Oberschenkel. Niemand sah mich fortgehen, und so wusste auch niemand, wohin ich ging.

Die Stadt, die von dem großen Fluss beinahe zur Gänze umgeben war, hatte nie eine Mauer gebraucht, nur Wachposten entlang des Ufers. Dazu Fischer, Handelsschiffe und Frachtboote, die von Norden und Süden kommend die Hafenanlagen des Reiches anfuhren.

Während der Regenzeit in der Jahresmitte steigen die Flüsse so hoch, dass Kongor vier Monde lang zur Insel wird. Die Stadt erhebt sich höher als der Fluss, doch einige Straßen im Süden waren so niedrig, dass man in der Trockenzeit zu Fuß und in der Regenzeit mit dem Boot reiste. Hier aß man das Krokodil, was die Ku hätte vor Angst schreien und die Gangatom angewidert ausspeien lassen.

Ich ging die Stufen hinunter und aus dem Gebäude hinaus und schaute auf das Haus dieses Herrn. Die Kinder waren fort, und an keinem der Fenster stand jemand. Niemand von den Sieben Schwingen war auf der Straße versammelt. Er lebte im Süden des Nyembe-Viertels. Die Matanti-Winde stoben auf und fegten durch die Straßen und überzogen die ganze Stadt mit einem dunstigen Schleier.

Ich nahm das Tuch von meiner Schulter und band es mir um den Kopf wie eine Haube.

Kongor teilte sich in vier Bereiche. Viertel von verschiedener Größe, die sich in Zünften, Erwerbsquellen und Reichtum unterschieden. Im Nordwesten lagen die breiten, leeren Straßen des noblen Tarobe-Viertels. Daneben, denn das eine diente dem anderen, befand sich das Nyembe-Viertel, wo Künstler und Handwerker allerlei schöne Dinge für die Häuser der Edelleute fertigten. Und Metallarbeiter und Lederarbeiter und Schmiede, die alles Nützliche herstellten. Im Südwesten war das Viertel Gallunkobe/Matyube, wo freie Menschen und Sklaven gleichermaßen für Herren arbeiteten. Im Südwesten das Nimbe-Viertel mit den Straßen der Verwalter, Schreiber und Buchhalter, in dessen Mitte die Große Halle der Aufzeichnungen hoch aufragte.

Ich ging eine breite Straße entlang. Zur Linken versuchte mich ein Schlachterbetrieb mit Kadavergeruch zu locken, Antilope, Ziege und

Lamm, doch alles tote Fleisch riecht gleich. Eine Frau ging in ihr Haus, als sie mich herannahen sah, und rief ihrem Sohn zu, wenn er nicht hereinkäme, würde sie ihn von seinem Vater holen lassen. Er starrte mich an, als ich vorbeiging, dann rannte er hinein. Ich hatte vergessen, dass selbst das armseligste Haus in Kongor zwei Stockwerke besaß. Obgleich sie so dicht aneinandergedrängt standen, ließen sie die Größe der Innenhöfe hinter ihren Mauern erahnen. Auch hatte jedes Haus seine eigene Eingangstür, gefertigt von den besten Handwerkern, für die der Beutel reichte, mit zwei hohen Säulen und einem Dach gegen die Sonne. Die beiden Säulen zogen sich über das Erdgeschoss hinaus und bis zum Dach hinauf, mit einem kleinen Fenster mitten über dem Vordach. Darüber ragte eine Reihe von fünf oder zehn waagerechten Streben aus der Mauer. Auf dem Dach kleine Erkertürme wie eine Reihe von Pfeilen. Es war noch nicht Nacht, nicht einmal später Abend, doch kaum jemand war auf der Straße. Und dennoch waren von allen Seiten Musik und Lärm zu hören.

»Wo sind die Menschen?«, fragte ich einen Jungen, der nicht stehen blieb.

»Bingingun.«

»Aha?«

»Zur Maskerade«, sagte er und schüttelte den Kopf darüber, mit einem so Schwachsinnigen zu sprechen. Der Fluch der Jugend. Ich fragte ihn nicht nach dem Ort, da er nach Süden ging, dann sprang und schließlich rannte.

Auch dies gilt für Kongor. Alles wird stets noch so sein, wie man es verlassen hat.

Der Tempel eines der höchsten Götter war noch immer da, wenngleich nun finster und leer, die Türen weit geöffnet wie in der Hoffnung, es möge doch noch jemand hereinkommen. Die Ornamente entlang des Daches, der Python, die weiße Schnecke, der

Specht – längst von Räubern gestohlen. Keine zehn Schritte vom Tempel entfernt befand sich ein anderer Ort.

»Komm, mein hübscher Junge Junge, willst du ihn so hochkriegen? Wie weiß ich denn, wer dir gefällt, wenn du dich verschleierst wie eine trauernde Großmutter?«, sagte sie, während Männer hinter ihr Wandfackeln anzündeten.

Noch immer groß wie der Türrahmen, noch immer fett von Krokodilfleisch und Ugali-Brei. Noch immer ein langes Wickeltuch um die Taille geschlungen, das ihre Brüste so zusammenquetschte, dass sie beinahe heraussprangen, die fleischigen Schultern und den Rücken aber unbedeckt ließ. Der Kopf noch immer kahl und unbedeckt, was von den Kongori nicht geschätzt wird. Noch immer nach teurem Weihrauch riechend, »weil wir Mädchen irgendwas haben müssen, was andere Mädchen nicht haben«, wie sie jedes Mal antwortete, wenn ich ihr sagte, sie rieche, als hätte sie soeben im Fluss einer Göttin gebadet.

»Ich kann Euch einfach sagen, wen ich will, Frau Wadada.«

»Oh. Nein, Junge Junge Junge. Mir ist es lieber, wenn dein großer Sucher einfach steif wird und auf den zeigt, der ihm gefällt. Ich weiß nicht, wieso du dich in diesen Vorhang wickelst. Es beschämt mich so sehr, wie es dich beschämen sollte.«

Frau Wadadas Haus der ergötzlichen Güter und Dienste war nicht für jene, die nicht sie selbst waren. Illusionen waren für die Opiumraucher. Einmal hatte sie einen Gestaltwandler eines ihrer Mädchen in Löwengestalt ficken lassen, bis er in höchster Erregung zugeschlagen und ihr das Genick gebrochen hatte. Ich ließ meinen Umhang zu Boden fallen und ging mit dem nach oben, von dem sie sagte, er komme aus dem Land des östlichen Lichts, was heißt, dass ein Abgesandter ein Mädchen geschändet und schwanger zurückgelassen hatte und zu seiner Frau und seinen Konkubinen zurückgekehrt war. Das Mädchen ließ das Kind, einen Jungen, bei Frau Wadada, die seine Haut pflegte und ihn jeden Viertelmond in Rahm und Schafsbutter badete. Sie verbot ihm jede Art von Arbeit, auf dass seine Muskeln dünn blieben, seine Wangen hoch und die Hüften viel breiter als die Taille. Frau Wadada machte ihn zum erlesensten aller Wesen, das die besten Geschichten über die schlechtesten Menschen kannte, doch es vorzog, dass man jede Geschichte einzeln aus ihm herausfickte und ihm einen zusätzlichen Lohn zu jenem von Frau Wadada zahlte, weil er im Aufspüren von Auskünften in ganz Kongor ungeschlagen war.

»Sieh an, das Wolfsauge«, sagte er. »Seit dir hat mich kein Mann mehr zur Frau gemacht.«

Sein Zimmer roch wie das Zimmer, das ich soeben verlassen hatte. Ich hatte nie gefragt, ob es eine Beleidigung war, »er« zu sagen, denn ich nannte ihn stets nur Ekoiye oder »du«.

»Ich weiß nicht, lebst du mit einer Zibetkatze zusammen, oder trägst du ihren Moschus überall auf der Haut.«

Ekoiye verdrehte die Augen und lachte. »Wir müssen hübsche Dinge haben, Mannwolf. Und welcher Mann will schon ein Zimmer betreten, das noch nach dem Mann riecht, der gerade gegangen ist?«

Er lachte wieder. Es gefiel mir, dass er sich selbst genügte, um über seine Witze zu lachen. Ich kannte das von Menschen, die andere Menschen erdulden mussten. Bei Ekoiye war es nicht von Bedeutung, ob man ein guter oder schlechter Liebhaber war, ob man viel oder wenig Spaß verstand. Er erfreute sich zuallererst an sich selbst. Ob man seine Freude teilte, war jedem selbst überlassen. Sein kleines Zimmer war mit Terrakotta-Statuen vollgestellt, sogar noch mehr als beim letzten Mal. Dazu ein Käfig mit einer schwarzen Taube, die ich für eine Krähe gehalten hatte.

»Ich mache jeden Mann zum Mann, bevor er diesen Raum verlässt«, sagte er und zog einen Kamm aus seinem Haar. Locken fielen herab wie kleine Schlangen.

»In der Tat. Deine Aufführungen verdienen Zuschauer. Oder wenigstens einen Griot.«

»Mannwolf, kennst du nicht die Gesänge über mich?«

Er deutete auf einen Stuhl mit einer Lehne wie ein Thron. Ein Gebärstuhl, erinnerte ich mich.

»Wo ist dein Freund? Welchen Namen hat man ihm gegeben? Nayko?«

»Nyka.«

»Er fehlt mir. Er war ein Mann von viel Licht und Lärm.«

»Lärm?«

»Er machte den herrlichsten Lärm, etwas wie das laute Schnurren einer Katze oder das Gurren einer Oliventaube, wenn ich ihn in den Mund nahm.«

Seine Hand griff nach meiner, als er das sagte.

»Du kleiner Lügner. Nyka hat sich nie etwas aus der Gesellschaft von Knaben gemacht.«

»Guter Wolf, du weißt, ich kann sein, was immer du willst, selbst das Mädchen, das du nie bekommen hast … mit ein wenig Wein und im rechten Licht.«

Seine Gewänder fielen um ihn herum zu Boden, und er trat aus dem Haufen heraus. Er kauerte sich über mich und zuckte zusammen, als er sich niederließ und ich in ihm hinaufstieß. Er spielte das Spiel stets auf die gleiche Weise. Ließ sich auf mich niedersinken, bis sein Arsch auf meinen Schenkeln ruhte, und drehte sich dann, ohne von mir hinabzusteigen, bis er mir den Rücken zuwandte. Ich hatte ihm einmal gesagt, nur Männer, die ihre Frauen betrögen, müssten sich von hinten ficken lassen; er tat es trotzdem so. Er fragte, was er immer fragte: Soll ich dich ficken? Und ich sagte, was ich immer sagte: Ja. Wenn ich ging, fragte mich Frau Wadada stets, ob er mich verletzt habe.

»Fick die Götter«, zischte ich und krümmte die Zehen so fest, dass sie knackten wie Fingerknöchel.

Ich drückte ihn zu Boden und sprang auf ihn. Hinterher, als ich nicht mehr in ihm war, er aber noch über mir hockte, sagte er: »Folgst du jetzt dem Licht des Ostens?«

»Nein.«

»Den wandelnden Geistern des Westens?«

»Ekoiye, was du für Fragen stellst.«

»Denn alle Männer unter der Sonne, Sucher, Männer, die glauben, sie seien anders als die anderen, vielleicht damit ihre Kriege nicht jeden Sinn verlieren, sind in Wahrheit gleich. Sie glauben, alles, was sie hier beschäftigt« – er deutete auf seinen Kopf –, »in mich hineinficken zu können. Das ist fremdes Denken, das ich von einem Mann aus diesen Landen nicht erwartet hätte. Vielleicht streunst du zu viel umher. Als Nächstes wirst du noch zu einem einzigen Gott beten.«

»In meinem Kopf ist nichts, was herausgefickt werden müsste.«

»Was will der Sucher dann?«

»Wer braucht nach dem hier noch etwas?«, sagte ich und klatschte ihm auf den Hintern. Die Geste wirkte hohl, und wir merkten es beide. Er lachte und lehnte sich dann zurück, bis sein Rücken auf meiner Brust lag. Ich schloss die Arme um ihn. Ich troff vor Schweiß. Ekoiye war wie immer trocken.

»Sucher, ich habe gelogen. Die Männer des östlichen Lichts ficken nichts heraus. Sie wollen es immer in den Arsch bekommen. Also noch einmal, was will der Sucher?«

»Ich suche nach alten Neuigkeiten.«

»Wie alt?«

»Drei Jahre und viele Monde.«

»Drei Jahre, drei Monde und drei Augenblicke sind für mich dasselbe.«

»Es geht um einen von Kwash Daras Ältesten. Er heißt Basu Fumanguru.«

Ekoiye wälzte sich von mir hinunter, stand auf und ging zu dem Gebärstuhl. Er starrte mich an.

»Jedermann weiß von Basu Fumanguru.«

»Was sagt jedermann über ihn?«

»Nichts. Ich sagte, dass jedermann von ihm weiß, und nicht, dass jedermann über ihn spricht. Das Haus hätte niedergebrannt werden sollen, um die Seuche zu töten, aber niemand will sich ihm nähern. Es ist ein …«

»Du glaubst, das Haus sei der Krankheit anheimgefallen.«

»Oder dem Fluch eines Flussdämons.«

»Ich verstehe. Wie mächtig ist er, der Mann, der dich dafür bezahlt, das zu sagen?«

Er lachte. »Du hast Frau Wadada fürs Ficken bezahlt.«

»Und ich zahle dir weit mehr als deinen Lohn fürs Reden. Du hast meinen Beutel gesehen, und du weißt, was darin ist. Nun rede.«

Da starrte er mich wieder an. Er blickte sich um, als wären wir nicht allein im Raum, und hüllte sich dann in ein Laken. »Komm mit.«

Er schob einige aufeinandergestapelte Kisten beiseite und öffnete eine Luke, die mir nicht höher als bis zu den Schenkeln reichte.

»Du wirst nicht in dieses Zimmer zurückkehren«, sagte er.

Er kroch als Erster hinein. Finster und heiß, krümelig vor Staub, dann hart wie Holz, dann härter vor Ton und Gips, doch immer zu schwarz, um etwas zu sehen. Hören konnte ich vieles. In jedem Zimmer waren Männer zu vernehmen, die auf die unterschiedlichsten Arten und Weisen schrien und fickten, aber Mädchen und Jungen, die alle gleich stöhnten und sagten: Fick mich mit deinem großen, deinem harten, deinem Ninki-Nanka-Rammbock und so weiter und so fort. Frau Wadada hatte sie darin geschult. Zweimal schoss mir der Gedanke in den Kopf, es könnte eine Falle sein – wenn Ekoiye zuerst herauskroch, wäre dies das Zeichen, den Mann umzubringen, der nach ihm kam. Ein Mann mit einem Ngulu-Schwert hätte auf meinen Hals warten können, doch Ekoiye zögerte nicht. Denn wir krochen immer weiter, so weit, dass ich mich fragte, wer diesen Gang gebaut hatte, wer so weit zu Ekoiyes Bett reiste. Vor ihm funkelten Sterne in der Finsternis.

»Wohin bringst du mich?«, fragte ich.

»Zu deinem Henker«, sagte er und lachte. Wir erreichten eine Treppenflucht, die auf das Dach eines mir unbekannten Hauses führte. Es roch nicht nach Zibetkatzen, nicht nach Frau Wadada, es roch und stank nicht nach dem Hurenhaus.

»Nein, es riecht hier nicht nach Frau Wadada«, sagte er.

»Hörst du meine unausgesprochenen Worte?«

»Wenn du sie so laut denkst, Sucher.«

»Kennst du darum die Geheimnisse all der Männer?«

»Was ich höre, ist kein Geheimnis. Die Mädchen können es auch alle hören.«

Ich lachte laut auf. Wer sonst sollte sich so gut aufs Lesen der Gedanken von Männern verstehen?

»Du stehst auf dem Haus eines Goldhändlers aus dem Nyembe-Viertel.«

»Ich rieche Frau Wadadas Duft südlich von uns.«

Ekoiye nickte. »Manche sagen, es war Mord, manche sagen, es waren Ungeheuer.«

»Wer? Wovon sprichst du nun wieder?«

»Von dem, was mit deinem Freund Basu Fumanguru passiert ist. Hast du die Männer gesehen, die sich jetzt in unserer Stadt versammeln?«

»Die Sieben Schwingen.«

»Ja, so nennt man sie. Männer in Schwarz. Die Frau, die neben Fumanguru wohnt, sagte, sie habe schwarz gekleidete Männer in Fumangurus Haus gesehen. Durchs Fenster hat sie sie gesehen.«

»Die Sieben Schwingen sind Söldner, keine Meuchelmörder. Es ist nicht ihre Art, nur einen Mann und seine Sippe zu töten. Nicht einmal im Krieg.«

»Ich habe sie nicht Sieben Schwingen genannt, sie hat es getan. Vielleicht waren es Dämonen.«

»Omoluzu.«

»Wer?«

»Omoluzu.«

»Den kenne ich nicht.«

Er ging zum Rand des Daches, und ich folgte ihm. Wir waren drei Stockwerke hoch. Ein Mann wälzte sich auf der Straße, seine Haut dünstete den Geruch von Palmwein aus. Sonst war niemand zu sehen.

»So zahlreich waren die Männer, die diesen Mann tot sehen wollten. Manche sagen, es waren die Sieben Schwingen, manche sagen, es waren Dämonen, manche sagen, es war die Armee des Häuptlings.«

»Weil sie eine Vorliebe für Schwarz teilen?«

»Du bist derjenige, der nach Antworten sucht, Wolf. So viel ist bekannt: Jemand kam ins Haus von Basu Fumanguru und brachte alle darin um. Niemand bekam die Leichen zu Gesicht, und niemand wurde begraben. Stell dir das vor: ein Ältester der Stadt Kongor tot ohne Ehrbekundungen, ohne Begräbnis, ohne eine Prozession der Edlen, angeführt von einem Mann von königlichem Geblüt. Nicht einmal irgendjemand, der ihn für tot erklärt. Unterdessen sprossen wilde Dornenbüsche über Nacht um das Haus herum.«

»Was sagen eure Ältesten?«

»Es war keiner bei mir. Weißt du, dass er in der Nacht der Schädel getötet wurde?«

»Ich glaube dir nicht.«

»Dass es in der Nacht der Schädel passiert ist?«

»Das keiner dieser schwatzhaften Kinderficker seither bei dir war.«

»Ich glaube, die Sieben Schwingen versammeln sich für den König.«

»Ich glaube, du tanzt vor der Frage davon.«

»Nicht so, wie du denkst.«

»Alle niederen Menschen scheinen dieser Tage die Gepflogenheiten von Königen zu kennen.«

Er grinste. »Aber so viel weiß ich: Mehrere Menschen besuchen das Haus, darunter auch einer oder zwei Älteste. Und vielleicht einer oder zwei von den Sieben Schwingen. Einer ist nicht von hier, sie nennen ihn Belekun den Großen, denn so scherzen die Männer in dieser Gegend. Er war einer, der keines seiner Löcher geschlossen halten konnte, den Mund am allerwenigsten. Er kam mit einem anderen Ältesten her.«

»Warum weißt du das nach drei Jahren noch?«

»Es war letztes Jahr. Als sie abwechselnd ein taubes Mädchen fickten, hörte Frau Wadada es auch. Sie sagten, sie müssten es finden. Sie müssten es auf der Stelle finden, sonst drohte ihnen das Henkerschwert.«

»Was finden?«

»Sie sagten, Basu Fumanguru hätte eine lange Schrift gegen den König verfasst.«

»Wo ist diese Schrift?«

»Immer wieder bricht irgendwer in sein Haus ein, ohne sie zu finden, also womöglich nicht dort?«

»Du glaubst, der König habe ihn wegen einer Schrift getötet?«

»Ich glaube gar nichts. Der König kommt her. Sein Kanzler ist in der Stadt.«

»Sein Kanzler besucht Frau Wadada?«

»Nein, tumber Sucher. Aber ich habe ihn gesehen. Königlich, aber nicht der König, schwärzere Haut als du, die Haare rot wie eine offene Wunde.«

»Vielleicht wird er kommen, um deine berühmten Dienste zu erproben.«

»Zu fromm. Die Heiligkeit in Person. Sobald ich ihn sah, vergaß ich, wann ich ihn zum ersten Mal gesehen hatte, und es war, als sähe ich ihn ständig. Klinge ich wie ein Narr?«

Ein dunkler Mann mit rotem Haar. *Ein dunkler Mann mit rotem Haar.*

»Sucher, wo bist du in Gedanken?«

»Ich bin hier.«

»Wie ich sagte, kann sich niemand an eine Zeit zurückerinnern, als er nicht Kanzler war, und niemand weiß mehr, wie er Kanzler wurde oder was er davor war.«

»Er war bis gestern nicht Kanzler, ist aber immer schon Kanzler. Haben sie alle in Fumangurus Haus getötet?«

»Vielleicht solltest du einen Präfekten fragen.«

»Vielleicht werde ich das tun.«

Er drehte den Kopf, sah die Straße entlang und band sich das Tuch um den Kopf.

»Noch etwas. Komm näher, einäugiger Wolf.«

Er deutete auf die Straße. Ich trat neben ihn, als seine Kleider von ihm abfielen. Er krümmte den Rücken, sein Leib sagte mir, ich könne ihn auf der Stelle erneut nehmen. Ich wandte den Kopf und sah ihn an, und er lächelte ein schwarzes Lächeln. Er blies alles in mein Gesicht, schwarzen Staub, Kajalstaub, eine dicke Wolke in meinen Augen, meiner Nase und meinem Mund. Kajalstaub vermischt mit Viperngift, das konnte ich riechen. Er blickte mir tief in die Augen, ohne Bosheit, nur mit großer Neugierde, als erführe er auf diese Weise, was als Nächstes geschehen würde. Ich schlug ihm ins Genick, dann packte ich ihn am Hals und drückte zu.

»Sie müssen dir Gegengift gegeben haben«, sagte ich, »sonst wärst du schon tot.«

Er hustete und stöhnte. Ich drückte zu, bis seine Augen aus den Höhlen traten.

»Wer hat dich beauftragt? Wer hat dir den Kajalstaub gegeben?«

Ich versetzte ihm einen festen Stoß. Er fiel schreiend über die Dachkante, und ich packte ihn am Knöchel. Er hörte nicht auf, mit den Armen zu rudern und zu schreien, und wäre mir beinahe entglitten.

»Bei den Göttern, Sucher! Bei den Göttern! Gnade!«

»Soll ich dich gnädigerweise loslassen?«

Ich lockerte meinen Griff, und er begann zu rutschen. Ekoiye schrie.

»Wer wusste, dass ich zu dir kommen würde?«

»Niemand!«

Ich ließ seinen Knöchel ein weiteres Stück hinunterrutschen.

»Ich weiß es nicht! Es ist ein Zauber, ich schwöre es. Es muss so sein.«

»Wer hat dich dafür bezahlt, mich zu töten?«

»Ich wollte dich nicht töten, ich schwöre es.«

»In dem Kajal ist Gift. Ein findiger Geist wie du muss sich mit Zaubern auskennen, drum wisse: Nichts aus Metall kann mich berühren.«

»Es war für jeden bestimmt, der Fragen stellte. Er sagte nicht, dass ich dich töten soll.«

»Wer?«

»Ich weiß es nicht! Er trug Schleier, mehr Schleier als eine Kongori-Nonne. Er kam im Obora Dikka-Mond, beim Basa-Stern. Ich schwöre es. Er sagte, ich solle jedem Kajalstaub ins Gesicht blasen, der nach Basu Fumanguru fragt.«

»Warum sollte irgendjemand nach Basu Fumanguru fragen?«

»Vor dir hat niemand nach ihm gefragt.«

»Erzähl mir mehr von diesem Mann. Welche Farbe hatten seine Gewänder?«

»Sch-schwarz. Nein, blau. Dunkelblau, mit blauen Fingern. Nein, blauen Fingernägeln, als würde er große Stoffe färben.«

»Bist du sicher, dass er kein Schwarz trug?«

»Es war Blau. Blau, bei den Göttern.«

»Und was geschah als Nächstes, Ekoiye?«

»Sie sagten, es würden Männer kommen.«

»Eben sagtest du, er.«

»Er!«

»Woher hätte er das wissen sollen?«

»Ich sollte in mein Zimmer gehen und die Taube aus dem Fenster fliegen lassen.«

»Dieser Geschichte wachsen mit jedem Augenblick mehr Beine und Flügel. Was weiter?«

»Nichts weiter. Bin ich ein Späher? Hör mich an, ich schwöre bei den …«

»Göttern, ich weiß. Aber ich glaube an keine Götter, Ekoiye.«

»Ich wollte dich nicht töten.«

»Hör zu, Ekoiye. Du magst vielleicht nicht lügen, aber du kennst die Wahrheit nicht. Aus deinem Mund kam genug Gift, um neun Büffel zu töten.«

»Gnade«, wimmerte er.

Schweiß machte meine Hand schlüpfrig.

»Der stets trockene Ekoiye beginnt zu schwitzen.«

»Gnade!«

»Ich bin verwirrt, Ekoiye. Ich will all das so zusammenfassen, dass es in meinen und vielleicht auch in deinen Ohren sinnvoll klingt. Obgleich Basu Fumanguru seit drei Jahren tot ist, kam vor etwas mehr als einem Mond ein Mann in blauen Gewändern zu dir, der sein Gesicht verbarg. Und er sagte: Sollte irgendwer von Basu Fumanguru sprechen, ein Mann, den du nicht kennst, dann nimm dieses Gegengift, blase ihm in Viperngift getränkten Kajalstaub ins Gesicht, töte ihn und sag mir Bescheid, und ich komme den Leichnam holen. Oder töte ihn nicht, schläfere ihn nur ein, und wir holen ihn, wie es die Müllsammler gegen eine Gebühr tun. Ist das alles?«

Er nickte heftig.

»Das ist zweierlei, Ekoiye. Entweder du solltest mich nicht töten, damit sie die Wahrheit selbst aus mir herauspressen können. Oder du solltest mich töten, aber vorher aushorchen.«

»Ich weiß es nicht. Ich weiß es nicht. Ich wei…«

»Du weißt es nicht. Du weißt gar nichts. Du weißt nicht einmal, ob das Gegengift, der Gifttöter, das Gift tötet. Und ich dachte, du seist ein kluger Junge, gefangen in einem unklugen Leben. Ein Gegengift tötet nie das Gift, Ekoiye, es verzögert nur dessen Wirkung. Du wirst bestenfalls noch acht, vielleicht zehn Jahre leben, mein Hübscher. Hat dir das denn niemand gesagt? Vielleicht ist nicht viel Gift in dir, und du lebst zehn und vier Jahre. Ich begreife noch immer nicht, warum sie zu dir gekommen sind.«

Jetzt lachte er. Laut und lange.

»Weil früher oder später alle zum Freudenhändler kommen, Sucher. Ihr könnt nicht anders. Ehemänner, Häuptlinge, Edelmänner, Steuereintreiber, selbst du. Wie eine hungrige Hundemeute. Früher oder später werdet ihr alle wieder zu dem, der ihr seid. So wie du, der mich auf den Boden drückt und den kleinen Dirnenjungen grob fickt, weil du schon ein Hund warst, bevor du dieses Auge hattest. Weißt du, was ich mir wünsche, Männerficker? Ich wünschte, ich hätte genug Gift, um die ganze Welt zu töten.«

Als ich ihn losließ, schrie er, bis er unten aufkam. Er würde nicht sterben – das Haus war nicht hoch genug. Aber er würde sich etwas brechen, vielleicht ein Bein, vielleicht einen Arm, vielleicht einen Hals. Ich nahm den Weg zurück, den wir gekommen waren, vorbei an den gleichen Geräuschen der Männer, die noch die letzte Münze in feuchte Teppiche hineinfickten, und verriegelte die Luke hinter mir. Ich nahm die Taube aus ihrem Bambuskäfig an dem kleinen Fenster und hielt sie sanft. Die um ihren linken Fuß gewickelte Botschaft entfernte ich. Am Fenster ließ ich sie fliegen.

Die Botschaft. Glyphen, wie ich sie schon einmal gesehen hatte, ohne mich daran zu erinnern.

Ich schob den Gebärstuhl in die dunkelste Ecke des Raumes und wartete. Das Fenster erschien mir groß genug. Die Tür bedeutete vermutlich, dass noch andere von der Abmachung wussten, auch Frau Wadada. Ich überlegte. Unter Frau Wadadas Dach konnte nichts ohne ihr Wissen geschehen. Doch das galt auch für die Kongori. Hätte ich Ekoiye heute Nacht getötet, dann hätte sie mich morgen noch immer mit einem *Zieh diese Gewänder aus, damit ich dich sehen kann, mein großer, steifer Prinz* begrüßt und mit ihrem neusten Mädchenjungen aufs Zimmer geschickt.

Selbst als die Nacht tiefer wurde, schlich die Hitze noch weiter umher und ließ meinen Rücken am Stuhl kleben. Ich löste mich vom Holz und überhörte beinahe das Geräusch gegen die Wand tretender Füße. Der Mann kletterte ohne Seil; vielleicht stand er unter einem Zauber, der alles zu Boden werden ließ, was seine Füße berührten. Zuerst Hände auf dem Fenstersims, aschfahle Knöchel. Die Hände zogen Ellbogen herauf, die einen Kopf heraufzogen. Schwarzes Tuch umhüllte Stirn und Mund. Die Augen, rot wie die eines Opiumrauchers, suchten den Raum ab, blickten in meine Augen, sahen mich aber nicht. Die Schultern von blauem Stoff bedeckt, ein Lederriemen über der linken. Ein Bein war drinnen, und an dem Ledergurt hingen zwei Scheiden für zwei Schwerter und ein baumelnder Dolch. Ich wartete, bis er ganz drinnen war und seine langen blauen Gewänder über den Boden strichen.

»Sei gegrüßt.«

Er sprang erschrocken zurück. Er griff nach einem Schwert. Mein erster Dolch schnitt ihm in den Hals, der zweite tauchte unter sein Kinn, tötete seinen Kopf, ehe die Beine wussten, dass er tot war. Er fiel, und sein Schädel schlug zu meinen Füßen auf dem Boden auf. Ich musste ihn weniger ausziehen als vielmehr auswickeln. Narben auf der Brust, ein Vogel, ein Blitz, ein Insekt mit vielen Beinen, Glyphen, die wie jene der Botschaft aussahen. Beiden Zeigefingern fehlte das letzte Glied. Er gehörte nicht zu den Sieben Schwingen. Und er hatte die knotige, gewaltsame Narbe eines Eunuchen im Schritt. Ich wusste, dass mir nicht viel Zeit blieb, denn wer auch immer ihn geschickt hatte, erwartete entweder seine Rückkehr oder war ihm hierhergefolgt. Er roch nach nichts als dem Schweiß des

Pferdes, auf dem er die Reise bestritten hatte, an deren Ende er
nun tot auf Frau Wadadas Boden lag. Ich drehte ihn um und präg-
te mir die Glyphen auf seinem Rücken ein. Zwei Dinge fielen mir
auf, eines zum zweiten und eines zum ersten Mal. Zum ersten Mal:
dass da kein Blut war, obgleich das Blut dort, wo ihn die Klinge getroffen hatte, sonst wie eine heiße Quelle sprudelte. Zum zweiten
Mal: dass der Mann wahrhaftig keinen Geruch hatte. Er roch nur
nach seinem Pferd und dem Lehm der Mauer, die er heraufgeklettert
war.

Ich drehte ihn wieder um. Zwei Glyphen auf seiner Brust glichen
denen auf der Botschaft. Ein Halbmond mit einer gewundenen
Schlange und dem Gerippe eines Blattes daneben und ein Stern.
Dann rumorte es in seiner Brust, doch es war kein Todesrasseln. Etwas stieß gegen jeden einzelnen Knochen seines Brustkorbs, blähte
Brust und Herz, ließ die Augen aufspringen. Dann seinen Mund,
aber nicht, als öffnete er ihn, sondern als zöge etwas seine Kiefer auseinander, weiter und weiter, bis die Mundwinkel zu reißen begannen. Das Beben erschütterte ihn bis zu den Beinen hinab, die auf den
Boden trommelten. Ich machte einen Satz zurück und erhob mich.
Von seinen Schenkeln breiteten sich wellenförmige Bewegungen
aus, die zum Bauch hinaufzogen, sich unter der Brust hindurchwälz-
ten und dann als eine schwarze Wolke durch den Mund entschlüpften, die nach Fleisch stank, das viel länger tot war als dieser Mann.
Sie wirbelte wie eine Windhose und schwoll dabei immer weiter an,
bis sie einige von Ekoiyes Statuen umwarf. Der Wirbel zog sich eng
zusammen und bewegte sich auf das Fenster zu, und in dieser Wolke
aus Staub bildeten sich die Knochen zweier schwarzer Flügel und
zerfielen wieder. Es mochte eine Täuschung des Lichts gewesen sein
oder das Zeichen einer Hexe. Die Wolke wirbelte aus dem Fenster
hinaus. Die Haut des Mannes auf dem Boden wurde grau und ver-
wittert wie ein Baumstamm. Ich kauerte mich neben ihn. Er hatte
noch immer keinen Geruch. Ich berührte seine Brust mit einem

Finger, und sie gab nach, dann zerfielen Bauch, Beine und Kopf zu Staub.

Dies ist die Wahrheit: In keiner Welt hatte ich je solche Zauberei oder Wissenschaft gesehen. Wer auch immer den Meuchler geschickt hatte, würde jetzt gewiss kommen. Der Mann oder Geist, die Kreatur oder der Gott hinter derlei Machenschaften würde sich von zwei Dolchen oder zwei Beilen nicht aufhalten lassen.

Da schoss mir Basu Fumangurus Name in den Kopf. Sie hatten ihn nicht nur getötet, sondern die, die ihn getötet hatten, wollten auch, dass er tot blieb. Ich hatte Fragen, und es war Bunshi, die sie beantworten konnte. Sie hatte das Kind bei einem Feind des Königs gelassen, doch viele Männer forderten den König in großen Hallen und in Botschaften und Schriften heraus und werden nicht getötet. Und wenn das Kind zum Tode bestimmt war, warum hatte man es dann nicht eher getötet? Mir war nichts bekannt, was irgendwen plötzlich dazu hätte bringen können, Basu Fumanguru zu töten. Vor allem keinen König. Er war nicht mehr als eine wund gescheuerte Stelle an der Innenseite des Beins. Dann regte sich der Gedanke, von dem du weißt, dass er dich nicht mehr verlassen wird, und den du trotzdem unterdrückst, da niemand mit einem solchen Gedanken leben will. Diese Bunshi hatte gesagt, die Omoluzu seien gekommen, um Fumanguru zu töten, und sie habe das Kind seinem letzten Wunsch gemäß gerettet. Doch es war nicht sein Kind. Jemand hatte Ekoiye aufgetragen, Meldung zu machen, sobald sich irgendwer nach Fumanguru erkundigte, denn er wusste, dass dieser Tag kommen würde. Jemand hatte die ganze Zeit über darauf gewartet, auf mich, auf jemanden wie mich. Sie waren nicht hinter Fumanguru her.

Sie waren hinter dem Kind her.

ZWÖLF

Vor meinem Fenster war die Flagge des Trauerhabichts ge-
hisst. Meine Rückkehr nach Kongor hatte niemanden aufge-
stört, mein Erwachen vor Sonnenaufgang blieb unbemerkt,
und so ging ich nach draußen. Zweihundert, vielleicht dreihundert Schritte entfernt flatterte die Fahne auf einem Turm in der
Mitte des Nyembe-Viertels so heftig, als wäre der Wind zornig auf
sie. Trauerhabicht. Sieben Schwingen. Die Sonne verbarg sich hinter
vom Regen geschwollenen Wolken. Bald würde die Regenzeit beginnen. Und so ging ich nach draußen.

Im Hof stand ein Büffel und rupfte die wenigen Grashalme aus
der Erde. Männlich, braunschwarz, länger als ein und ein halbes Mal
mein ausgestreckter Leib; die Hörner waren schon wie zu einer Krone verwachsen und nach unten gebogen, um sich wieder aufzu-
schwingen wie eine prachtvolle Frisur. Doch ich hatte einen Büffel
drei Jäger töten und einen Löwen entzweireißen sehen, also gab ich
diesem Büffel viel Raum, als ich zu dem Torbogen hinüberging. Er
blickte auf und stellte sich mir in den Weg. Mir fiel wieder ein, dass
ich neue Beile brauchte – nicht dass er sich von Beil oder Messer
hätte besiegen lassen. Ich roch keinen Urin; ich war offenbar nicht in
sein Revier eingedrungen. Der Büffel schnaubte nicht und scharrte
auch nicht mit den Hufen in der Erde, doch er starrte mich an, von
den Füßen bis hinauf zum Hals, dann wieder hinunter, dann hinauf,
dann hinunter, dann hinauf, und allmählich begann es mich zu ärgern. Büffel können nicht lachen, doch hätte ich bei den Göttern
geschworen, dass er es tat. Dann schüttelte er den Kopf; ein grober
Schwung nach links, dann nach rechts und wieder nach links. Ich

trat einen Schritt zur Seite und lief los, doch er stellte sich mir unmittelbar in den Weg. Ich ging auf die andere Seite, und er tat es mir gleich. Wieder blickte er an mir hinauf und hinunter und dann noch einmal, und wieder hätte ich bei den Göttern, Dämonen und Flussgeistern geschworen, dass er lachte. Er kam näher und machte einen Schritt zurück. Hätte er mich töten wollen, dann wäre ich bereits mit den Ahnen umhergezogen. Er kam näher, hakte sein Horn in den Umhang ein, den ich trug, und zog ihn fort; ich schwankte und fiel. Ich verfluchte den Büffel, versuchte jedoch nicht, ihm den Umhang zu entreißen. Zudem war es früh am Morgen – wer würde mich schon sehen? Und wäre ich gesehen worden, hätte ich behaupten können, ich sei beim Bad im Fluss von Banditen ausgeraubt worden. Zehn Schritte hinter dem Torbogen wandte ich mich um und sah, dass der Büffel mir folgte.

Die Wahrheit ist: Der Büffel war der beste Begleiter. In Kongor schliefen selbst die alten Weiber lange, und so waren die einzigen Seelen auf der Straße jene, die niemals schliefen. Palmweintrinker und Masukubiernarren, die öfter umfielen, als sie aufstanden. Immer wenn wir an einem vorbeikamen, sprang mein Blick zur Seite, und ich sah, wie sie einen Halbnackten anblickten, der neben einem Büffel einherging, nicht so, wie manche mit Hunden gingen, sondern so, wie Menschen mit Menschen gingen. Ein Mann, der rücklings auf der Straße lag, wandte sich um, sah uns, sprang auf und rannte geradewegs gegen eine Mauer.

Vier Nächte vor unserer Ankunft war der Fluss über die Ufer getreten, und Kongor würde vier Monde lang wieder eine Insel sein. Ich bestrich meine Brust und meine Beine mit Flussschlamm, und der Büffel, der auf dem Boden lag und graste, nickte dazu. Ich zog einen Kreis um mein linkes Auge, hinauf zu den Haaren und hinunter zum Wangenknochen.

»Woher kommst du, großer Büffel?«

Er wandte den Kopf nach Osten und hob und senkte die Hörner.

»Aus dem Westen? Vom Buki-Fluss?«

Er schüttelte den Kopf.

»Dahinter noch? Aus der Savanne? Gibt es dort gutes Wasser, Büffel?«

Er schüttelte den Kopf.

»Ziehst du deswegen umher? Oder gibt es einen anderen Grund?«

Er nickte.

»Hat dich diese verdammte Hexe herbeigerufen?«

Er schüttelte den Kopf.

»Hat Sogolon dich herbeigerufen?«

Er nickte.

»Als wir tot waren …«

Er blickte auf und schnaubte.

»Mit tot meine ich nicht tot, ich meine, als Sogolon uns für tot hielt. Sie muss sich andere gesucht haben. Bist du einer davon?«

Er nickte.

»Und schon hast du eine Meinung zu meinen Kleidern gefasst. Ich muss sagen, du bist ein besonderer Büffel.«

Er ging in den Busch davon; sein Schwanz schlug nach den Fliegen. Fünfzig Schritte entfernt hörte ich die schweren Schritte eines Mannes herannahen und setzte mich ans Ufer, die Füße im Fluss. Er kam näher; ich zog meinen Dolch, ohne mich jedoch umzuwenden. Das Holz eines Knüppels berührte mich an der Schulter.

»Unartiger Bursche, wie kommste dich hier zurecht?«, fragte er.

»Ich komm mich gut zurecht«, ahmte ich seine Zunge nach.

»Haste dich verirrt? Tust so aussehn.«

»So tu ich aussehn?«

»Ja, Freundchen, was irrste dich hier rum, kein Fetzen am Leib, als wärste verrückt oder 'n Knabenliebhaber oder Vaterficker oder was?«

»Ich wasche mir nur die Füße im Fluss.«

»Suchste also nach dem Viertel für die Knabenliebhaber.«

»Ich wasche mir nur die Füße im Fluss.«

»Das Viertel für die Knabenliebhaber, das is', wo isses noch gleich. Halt mal die Pferde still, hier gibt's gar kein Viertel für Knabenliebhaber.«

»Ach? Bist du dir ganz sicher? Denn neulich habe ich doch im Viertel der Knabenliebhaber deinen Vater und deinen Großvater gesehen.«

Er stieß mir seinen Knüppel gegen den Kopf. »Steh auf«, sagte er. Immerhin würde er mich nicht ohne einen Kampf erschlagen. Auf seinen Rücken waren zwei Äxte geschnallt.

Er war beinahe einen Kopf kleiner als ich, trug jedoch die weiße Hose und das schwarze Oberteil der Sieben Schwingen. Mein erster Gedanke war, über seinen Ärger hinwegzusehen und ihn zu fragen, warum sich die Sieben Schwingen versammelten, da es nicht einmal die weise Sogolon wisse. Dann sagte er wieder etwas zu mir, diesmal mit noch heiserer Stimme.

»Das machen wir mit Männer wie dich«, sagte die Schwinge.

»Was?«

»Wem soll ich dein Kopf schicken, Jungsficker?«

»Falsch.«

»Was falsch?«

»Dass ich der Jungsficker bin. Meist sind es die Jungs, die mich ficken. Wobei, da war dieser eine, der beste seit Monden, so eng, glaub mir, ich musste ihm das Loch mit einem Maiskolben weiten. Dann habe ich den Mais gegessen.«

»Ich schlag dich erst den Bolo ab und dann den Kopf, dann werf ich den Rest von dich in den Fluss. Wie gefällt dich das? Und wenn die Stücke von dich im Fluss schwimmen, sagen die Leute, guckt euch der Shoga-Jungsficker im Fluss, trinkt bloß nicht vom Fluss, sonst werdet ihr auch Jungsficker.«

»Willst du mich mit diesen Äxten erschlagen? Nach so gutem Eisen habe ich gesucht. Von einem Schmied aus Wakadischu gefertigt? Oder hast du sie der Frau eines Fleischers gestohlen?«

»Lass das Messer fallen.«

Ich betrachtete diesen Mann, der nicht viel größer als ein Junge war, stämmig mit muskulös verwechselte und mir in meinen stillen Morgen hineinschiss. Ich ließ das Messer in meiner Hand fallen und warf auch das an meinem Bein zu Boden.

»Ich würde diese Sonne gern begrüßen und verabschieden, ohne einen Mann zu töten«, sagte ich. »Es gibt Menschen jenseits des Sandmeers, die feiern jedes Jahr ein Fest und lassen dabei einen Platz für einen Geist frei, für einen Mann, der einmal lebendig war.«

Er lachte, deutete mit dem Knüppel in der linken Hand auf mich und zückte mit der rechten eine Axt. Dann ließ er den Knüppel fallen und zog auch die linke Axt.

»Vielleicht muss ich dich für dich verrückte Zunge töten und nicht für dich Verderbtheit.«

Er wedelte mit den Äxten vor mir herum, schwang sie und ließ sie rotieren, aber ich rührte mich nicht. Der Söldner trat gerade vor, als ihn irgendein Klumpen im Nacken traf.

»Tante von einem Esel!«

Er fuhr herum, als der Büffel gerade noch einmal schnaubte, und dem Krieger flog Nasensaft ins Gesicht. Er war Auge in Auge mit dem Büffel und schreckte zurück. Ehe er eine Axt schwingen konnte, nahm der Büffel den Krieger auf die Hörner und schleuderte ihn weit ins Gras hinein. Eine Axt landete auf dem Feld. Die andere flog geradewegs auf mich zu, prallte jedoch ab. Ich verfluchte den Büffel. Es dauerte ein wenig, ehe sich der Krieger im Gras aufrichtete, den Kopf schüttelte und aufstand. Als der Büffel wieder auf ihn zulief, wankte er davon.

»Du hast dir Zeit gelassen. Ich hätte unterdessen Brot backen können.«

Er trottete davon und schlug mich im Vorbeigehen mit dem Schwanz. Ich lachte und hob meine neuen Äxte auf.

Als ich zurückkam, war das Haus erwacht. Der Büffel kauerte sich ins Gras und legte den Kopf auf den Boden. Ich sagte ihm, er sei fauler als eine alte Großmutter, und er peitschte mit dem Schwanz nach mir. In einer Ecke nahe dem Haupteingang saßen Sogolon und ein Mann, der wohl der Hausherr war. Er dünstete Bisabol aus, teures Duftwasser aus den Ländern jenseits des Sandmeers. Ein weißes Tuch war um seinen Kopf und um sein Kinn geschlungen, gerade so dick, dass ich die Haut darunter sehen konnte. Er trug ein weißes Gewand mit einem Muster aus Hirsepflanzen und darüber einen Mantel so dunkel wie Kaffee.

»Wo ist das Mädchen?«, fragte ich.

»Sie ist irgendeine Straße hinuntergelaufen und raubt irgendeiner Frau die Geduld, weil Kleider sie noch immer fesseln. Wahrhaftig, alter Freund, sie hat dergleichen nie gesehen«, sagte Sogolon.

Erst als der Mann nickte, begriff ich, dass sie nicht mit mir sprach. Er zog an seiner Pfeife, dann reichte er sie ihr. Ich hätte den Rauch aus ihrem Mund für eine Wolke gehalten, so dick war er. Sie hatte mit einem Stock sechs Runen in die Erde gezeichnet und kratzte soeben an einer siebten herum.

»Und wie findet sich der Sucher in Kongor zurecht?«, fragte er, obgleich er mich noch immer nicht ansah. Ich dachte, er spreche mit Sogolon auf die rüde Weise, wie reiche und mächtige Männer von dir sprechen, während du danebensitzt. Es ist zu früh am Tag, um dich von Männern herausfordern zu lassen, sagte ich mir.

»Er hält nichts von dem Brauch der Kongori, seine Schlange zu bedecken«, sagte Sogolon.

»In der Tat. Sie haben eine Frau ausgepeitscht. Vor sieben Tagen? Nein, acht waren es. Sie wurde gesehen, als sie das Haus eines Mannes, der nicht ihr Mann war, ohne Oberkleid verließ.«

»Was haben sie mit dem Mann gemacht?«

»Was?«

»Der Mann, wurde er auch ausgepeitscht?«

Er sah mich an, als hätte ich in einer der Flusszungen gesprochen, die nicht einmal ich kenne.

»Wann gehen wir zu dem Haus?«, fragte ich Sogolon.

»Warst du nicht gestern Abend dort?«

»Nicht bei Fumangurus Haus.«

Sie wandte sich von mir ab, doch ich würde mich von diesen beiden nicht abweisen lassen.

»Dieser große Frieden ruht auf dem Rücken eines Krokodils, Sogolon. Es ist nicht nur Kongor, und es sind nicht nur die Sieben Schwingen. Männer, die seit der Geburt des Prinzen nicht gekämpft haben, sollen zu Rüstung und Waffen greifen und sich versammeln. Auch die Sieben Schwingen versammeln sich in Mitu und andere Krieger unter anderen Namen. Malakal, das du verlassen hast, und das Uwomowomowomowo-Tal glänzen nun beide vom Eisen und Gold der Rüstungen, Speere und Schwerter«, sagte der Mann.

»Und Botschafter ziehen durch alle Städte. Schwitzen nicht vor Hitze, sondern vor Sorge«, sagte sie.

»Dies weiß ich: Vor fünf Tagen kamen vier Männer aus Weme Witu zum Reden her, denn alle kommen nach Kongor, um ihren Zwist beizulegen. Seither hat sie niemand gesehen.«

»Was für einen Zwist hatten sie?«

»Was für einen Zwist? Es sieht dir nicht ähnlich, dem Treiben der Leute gegenüber taub zu sein.«

Sie lachte.

»Dies ist wahr: Jahre bevor die Mutter dieses dünnen Jungen ihre Koo gespreizt hat, um ihn auszupissen, gerade bevor sie den Frieden auf Papier und Eisen besiegelt haben, hat sich der Süden wieder in den Süden zurückgezogen.«

»Ja, ja, ja. Sie haben sich in den Süden zurückgezogen, aber nicht ganz nach Süden«, sagte Sogolon.

»Der alte Kwash Netu hat ihnen wieder einen Knochen hingeworfen: Wakadischu, nachdem er es erobert hat.«

»Ich war gerade in Kalindar und Wakadischu.«

»Aber Wakadischu hat dieses Abkommen nie gefallen. Gar nicht. Sie sagen, Kwash Netu hätte sie verraten, er hätte sie wieder in die Sklaverei unter dem König des Südens verkauft. Sie jammern seit Jahren und Jahren, und dieser neue König ...«

»Kwash Dara scheint es vernommen zu haben«, sagte sie.

»Und all das Hin und Her im Norden lässt den Süden beben. Sogolon, es heißt, der Kopf des wahnsinnigen Königs sei abermals von Teufeln verseucht.«

Es ärgerte mich immer mehr. Beide sagten sie Dinge, die der andere bereits wusste. Sie berieten sich nicht, erörterten nichts, stritten nicht, wiederholten nicht einmal etwas, sondern beendeten nur die Gedanken des jeweils anderen, als sprächen sie miteinander, aber noch immer nicht mit mir.

»Erde und Himmel haben schon genug gehört«, sagte Sogolon.

»Du sprichst von Königen und Kriegen und Kriegsgerüchten, als kümmerte das irgendwen. Du bist bloß eine Hexe, die hergekommen ist, um einen Jungen zu finden. So wie alle anderen bis auf ihn«, sagte ich und deutete auf den Hausherrn. »Weiß er überhaupt, warum wir unter seinem Dach sind? Seht ihr, auch ich kann über einen Mann reden, als wäre er nicht da.«

»Du sagtest, er habe eine Nase, keinen Mund«, sagte der Herr.

»Wir verschwenden nur Zeit mit dem Gerede über Politik«, sagte ich und ging an ihnen vorbei ins Haus.

»Niemand redet mit dir«, sagte Sogolon, doch ich wandte mich nicht um.

Ein Stockwerk weiter oben kam der Leopard auf mich zu. Ich konnte seine Miene nicht deuten, doch es war allerhöchste Zeit. Lass es uns austragen, mit Worten oder Fäusten oder Messern und Klauen, und der, der übrig bleibt, soll mit dem Jungen machen, was er will, du kannst ihn ficken, ich kann ihn mit einem Kackstock schlagen und ihn geradewegs zu dem Vieh zurückschicken, das ihn ausgeschissen hat. Ja, lass es uns austragen. Der Leopard lief los, warf um ein Haar zwei der Dutzend Statuen und Schnitzereien auf dem Gang um und schloss mich in die Arme.

»Guter Sucher, es kommt mir vor, als hätte ich dich seit Tagen nicht gesehen.«

»So ist es auch. Du konntest dich nicht aus dem Schlaf reißen.«

»Ein wahres Wort. Mir ist, als hätte ich jahrelang geschlafen. Und dann erwache ich in so trostlosen Räumen. Rede, wie kann man sich in dieser Stadt zerstreuen?«

»In Kongor? In einer frommen Stadt wie dieser träumen selbst die Mätressen von der Ehe.«

»Ich liebe sie schon jetzt. Aber gibt es noch einen weiteren Grund, warum wir hier sind? Wir jagen einem Jungen nach, oder nicht?«

»Du weißt es nicht mehr?«

»Ich weiß es und weiß es nicht.«

»Erinnerst du dich an die Dunkellande?«

»Wir haben die Dunkellande durchquert?«

»Du hast harsche Worte gesprochen.«

»Harsche Worte? Zu wem? Fumeli? Du weißt, er mag es, wenn wir uns necken. Hast du keinen Hunger? Ich sah draußen einen Büffel und wollte ihn schon töten oder ihm wenigstens den Schwanz abbeißen, aber es scheint ein raffinierter Büffel zu sein.«

»Das ist sehr seltsam, Leopard.«

»Lass uns bei Tisch reden. Was ist in den wenigen Tagen geschehen, seit wir das Tal verlassen haben?«

Ich sagte ihm, wir seien seit einem Mond unterwegs. Er sagte, das sei Irrsinn, und wollte nichts weiter davon hören.

»Ich höre die Lücke in meinem Bauch. Sie knurrt unanständig«, sagte er.

Der Tisch stand in einer großen Halle mit einer Fülle von Kupfertafeln, die alle Wände bedeckten. Ich kam bis zur zehnten Tafel, ehe ich bemerkte, dass auf all diesen Werken der großen Bronzemeister eine Fickszene dargestellt war.

»Es ist seltsam«, sagte ich wieder.

»Ich weiß. Ich schaue immer wieder, ob bei einem der Schwanz ins Mundloch oder ins Arschloch geht, aber ich finde keinen. Aber ich hörte, dies sei eine Stadt ohne Shoga. Wie kann das sei…«

»Nein. Es ist seltsam, dass du dich an nichts erinnerst. Der Ogo erinnert sich an alles.«

Der Leopard, der nun einmal ein Leopard war, ließ die Stühle links liegen und sprang ohne ein Geräusch auf den Tisch. Er schnappte sich die auf einem Silbertablett liegende Geflügelkeule, hockte sich auf die Fersen und biss hinein. Ich sah deutlich, dass es ihm nicht schmeckte. Leoparden fressen alles Mögliche, doch wenn beim Hineinbeißen kein warmes, üppiges Blut in seinen Mund und über seine Lippen rann, machte ihn das stets missmutig.

»Du bist es, der seltsam ist, Sucher, mit deinen Rätseln und Andeutungen. Setz dich, und iss Brei, während ich diesen – was ist das, Strauß? Ich habe noch nie Strauß gegessen, konnte nie einen erwischen. Du sagst, der Ogo erinnert sich?«

»Ja.«

»Woran erinnert er sich? Dass er im verwunschenen Busch war? Daran erinnere ich mich auch.«

»Woran noch?«

»An einen tiefen Schlummer. Daran, zu reisen, ohne sich zu bewegen. An einen lang gezogenen Schrei. Woran erinnert sich der Ogo?«

»Offenbar an alles. Sein ganzes Leben kam ihm wieder ins Gedächtnis. Weißt du noch, wie wir loszogen? Du hattest Streit mit mir.«

»Wir müssen ihn beigelegt haben, denn ich erinnere mich nicht daran.«

»Hättest du dich hören können, würdest du das nicht denken.«

»Du verwirrst mich, Sucher. Ich sitze hier und esse mit dir, und zwischen uns ist Liebe von der Art, die wir bislang nicht benennen mussten. Also hör auf, in einem Zank zu leben, der so klein ist, dass ich mich nicht einmal erinnere, selbst wenn du mich darauf aufmerksam machst. Wann gehen wir zum Haus des Jungen? Wollen wir jetzt gehen?«

»Gestern warst d...«

»Kwesi!«, schrie sein Pfeilbursche und ließ den Korb fallen, den er trug. Vielleicht hatte ich seinen Namen aus Trotz vergessen. Er trat an den Tisch, ohne mich anzusehen oder mir auch nur zuzunicken.

»Du bist noch nicht erholt genug, um merkwürdiges Zeug zu essen«, sagte er zu dem Leoparden.

»Hier ist Fleisch, und dort ist der Knochen. Da ist nichts Merkwürdiges dabei.«

»Geh wieder aufs Zimmer.«

»Es geht mir gut.«

»Tut es nicht.«

»Bist du taub?«, sagte ich. »Er sagt, es geht ihm gut.«

Fumeli versuchte mich wütend anzublitzen und zugleich den Leoparden sorgenvoll anzusehen, aber letztlich wirkte es, als würde er mich ein wenig sorgenvoll ansehen und den Leoparden ein wenig wütend anblitzen. Selbst wenn es nichts zu lachen gab, fand ich den Jungen lustig. Er stampfte davon und packte seinen Korb auf dem Weg nach draußen. Eines seiner kleinen Päckchen fiel heraus. Gepökeltes Schweinefleisch, ich konnte es riechen. Vorräte. Der Leopard setzte sich auf den Tisch und kreuzte die Beine.

»Ich sollte ihn bald loswerden.«

»Das hättest du schon vor Monden tun sollen«, murmelte ich.

»Was?«

»Nichts, Leopard. Ich habe dir einiges zu erzählen. Nicht hier. Ich traue diesen Wänden nicht. Hier geschehen wahrhaft seltsame Dinge.«

»Das sagst du nun schon zum vierten Mal. Warum ist dir alles seltsam, Freund?«

»Die schwarze Pfützenfrau.«

»Mich stören diese Statuen. Es kommt mir vor, als wollte mir eine ganze Armee nachts beim Ficken zusehen.«

Er packte eine der Statuen am Hals und setzte das breite Grinsen auf, von dem ich nicht wusste, wann ich es zuletzt gesehen hatte.

»Vor allem der hier«, sagte er.

»Iss deinen Vogel unterwegs«, sagte ich.

Wir wickelten uns Stoff um die Lenden und gingen nach Gallunkobe/Matyube im Süden. Das Viertel der Freien und der Sklaven, das ärmste auch, bis auf die abgeschmackten, sich in die Breite statt in die Höhe erstreckenden Häuser der Freien, die viel Münze, aber keine Vornehmheit besaßen. Die meisten Häuser waren nur einen Raum oder eine Halle groß und standen so dicht beieinander, dass sie sich ein Dach teilten. Nicht einmal eine Ratte hätte sich zwischen den Mauern hindurchquetschen können. Die Türme und Dächer des Nyembe-Viertels verliehen ihm das Aussehen einer riesigen Feste oder Burg, doch hier erhoben sich keine Türme. Freie und Sklaven mussten niemanden beobachten, doch alle mussten sie beobachten. Und obgleich die meisten Männer und Frauen der Stadt des Nachts dort schliefen, war es bei Tag das verlassenste Viertel, wenn Freie und Sklaven in den anderen dreien arbeiteten.

»Wann hat Bunshi dir diese Geschichte erzählt?«

»Wann? Gute Katze, du warst dabei.«

»War ich? Ich weiß es nicht … Doch, ich weiß es wieder … Die Erinnerung kommt zurück und stiehlt sich wieder davon.«

»Die Erinnerung muss wohl gehört haben, was du im Bett anstellst.«

Er lachte in sich hinein.

»Aber ich erinnere mich, als hätte mir jemand davon erzählt, Sucher, nicht als wäre ich dabei gewesen. Mir fällt kein Geruch dazu ein. Seltsam.«

»Ja, seltsam. Was auch immer dieser Fumeli dir zu rauchen gibt, hör auf damit.«

Es freute mich, mit dem Leoparden zu reden, wie es mich immer freut, und ich wollte nicht die Bitterkeit vergangener Tage heraufbeschwören – eine Bitterkeit, die einen Mond zurücklag, was ihn jedes Mal verblüffte, wenn ich es sagte. Ich glaube, ich kenne den Grund. Den Tieren ist die Zeit an sich bedeutungslos; sie messen sie in Essenszeit, Schlafenszeit oder Paarungszeit, und so erschien ihm versäumte Zeit wie ein Brett, in das ein großes Loch gestanzt war.

»Der Sklavenhändler sagte, der Junge sei der Sohn seines Teilhabers gewesen und nun eine Waise. Männer hätten den Jungen der Haushälterin entrissen und alle anderen im Haus getötet. Dann sagte er, es sei das Haus seiner Tante, nicht der Haushälterin gewesen. Dann sahen wir, wie er mit Nsaka Ne Vampi die Blitzfrau auszuhorchen versuchte, die wir freiließen, die jedoch von einer Klippe sprang und in Nykas Käfig landete.«

»Du erzählst mir Dinge, die ich schon weiß. Bis auf das mit der Blitzfrau im Käfig. Und ich weiß noch, wie ich dachte, dass dieser Sklavenhändler gewiss lügt, aber nicht, worüber.«

»Leopard, das war, als Bunshi an der Wand hinabrann und sagte, der Junge sei nicht jener Junge, sondern ein anderer, der der Sohn von Basu Fumanguru war, eines Ältesten, und in der Nacht der Schädel griffen die Omoluzu das Haus an und töteten alle außer dem Jungen, der damals ein Säugling war und den Bunshi in ihrem Schoß barg, um ihn zu retten, doch dann brachte sie ihn zu einer blinden Frau in Mitu, die sie für vertrauenswürdig hielt, doch die Blinde verkaufte ihn an einen Sklavenmarkt, wo ihn ein Händler kaufte, vielleicht für seine unfruchtbare Frau, doch dann wurden sie von Männern mit heimtückischen Mitteln angegriffen. Ein Jäger nahm den Jungen, und nun kann ihn niemand mehr finden.«

»Langsam, guter Freund. Ich erinnere mich an nichts davon.«

»Und das ist nicht alles, Leopard, denn ich habe noch einen weiteren Ältesten gefunden, der sich Belekun der Große nannte und der
sagte, die Sippe sei an der Flusskrankheit gestorben, was nicht
stimmte, und die Sippe sei achtköpfig, was stimmte, und darunter
seien sechs Söhne, und keiner davon sei erst vor Kurzem zur Welt
gekommen.«

»Was willst du mir sagen, Sucher?«

»Weißt du nicht mehr, wie ich dir das am See erzählt habe?«

Der Leopard schüttelte den Kopf.

»Belekun war immer ein Lügner gewesen, und ich musste ihn töten, zumal er mich zu töten versuchte. Doch in dieser Angelegenheit
hatte er keinen Grund zu lügen, also musste Bunshi gelogen haben.
Ja, Basu Fumangurus Sippe wurde von den Omoluzu umgebracht,
und ja, viele wissen das, sie eingeschlossen, doch der Junge, nach
dem wir suchen, war nicht sein Sohn, denn er hatte keinen kleinen
Sohn.«

Der Leopard macht noch immer einen verwirrten Eindruck. Doch
er hob die Brauen, als wäre plötzlich eine Wahrheit in ihn eingefahren.

»Aber, Leopard«, fuhr ich fort, »ich habe mich umgesehen und
nachgeforscht, und es gibt noch jemanden in dieser Stadt, der sich
nach Fumanguru erkundigt, das heißt, der wissen will, wenn irgendjemand nach ihm fragt, was bedeutet, dass der abgeschlossene Fall
des toten Ältesten gar nicht so abgeschlossen ist, denn eine Sache
bleibt offen, die Sache mit diesem vermissten Jungen, der nicht sein
Sohn ist, und obgleich er nicht sein Sohn ist, ist er der Grund dafür,
dass andere nach ihm suchen und dass wir nach ihm suchen, und
bedenkt man, dass Fumanguru dem König ein Ärgernis, aber kein
wirklicher Feind war, so ging es demjenigen, der Dachläufer in sein
Haus gesandt hat, nicht darum, die Sippe zu töten, sondern um den
Jungen, der unter Fumangurus Schutz gestanden haben muss. Und
auch er weiß, dass der Junge lebt.«

All das erzählte ich dem Leoparden, und ich schwöre, es verwirrte den Erzähler mehr als den Zuhörer. Erst als er alles Gesagte wiederholte, begriff ich es. Wir standen noch immer bis zu den Knöcheln im Wasser. »Du weißt, dass dieser Büffel gerade hinter uns steht«, sagte er.

»Ich weiß.«

»Können wir ihm vertrauen?«

»Er wirkt wie ein vertrauenswürdiges Tier.«

»Wenn er lügt, bringe ich ihn mit dem Kiefer zur Strecke und mache ein Abendmahl aus ihm.«

Der Büffel schnaubte und begann mit dem rechten Bein im Wasser zu scharren.

»Er hat gescherzt«, sagte ich zu dem Büffel.

»Ein wenig«, sagte der Leopard. »Auf zum Haus dieses Mannes. Diese Gewänder kratzen an den Eiern.«

Sadogo saß in seinem Zimmer auf dem Boden und schlug mit der Rechten in die Handfläche der Linken, dass Funken sprühten. Ich trat in die Tür und blieb auf der Schwelle stehen. Er sah mich.

»Da war er. Ich packte seinen Hals und drückte zu, bis sein Kopf absprang. Und sie, sie auch, ich holte mit dieser Hand aus, die ich soeben hochhalte, und ohrfeigte sie so heftig, dass es ihr den Hals brach. Bald stellten die Meister Stühle auf, und Männer und Frauen zahlten mit Kauris und Mais und Kühen, um zuzusehen, wie ich Frauen, Kinder und Männer mit bloßen Händen hinrichtete. Bald stellten sie einen Halbkreis aus Sitzen auf, verlangten Eintrittsgeld und nahmen Wetten an. Nicht darauf, wer mich besiegen würde, denn kein Mensch kann einen Ogo besiegen. Sondern darauf, wer am längsten durchhielt. Den Kindern brach ich rasch den Hals, damit sie nicht leiden mussten. Das machte sie wütend – die Zuschauer, denn sie brauchen es, verstehst du? Verstehst du, sie brauchen das Schauspiel. Verflucht die Götter, und fickt sie in die Ohren und in den Arsch, sie werden ihr Schauspiel bekommen, das sage ich dir.«

Ich wusste, was geschehen würde. Ich verließ den Ogo. Er würde die ganze Nacht lang weiterreden, ganz gleich, wie unglücklich es ihn machte. Ein Teil von mir wollte ihm Gehör schenken, denn er ließ tief blicken und offenbarte Dinge, die er begraben hatte, wo immer Ogos ihre Toten begraben. Der Leopard fasste sich schon in den Schritt, als er zu Fumeli ins Zimmer ging. Sogolon war fort und das Mädchen und der Herr des Hauses ebenso. Ich wollte zu Fumangurus Haus gehen, doch nicht allein.

Ich konnte nichts weiter tun, als auf den Leoparden zu warten. Am Fuß der Treppe kroch die Nacht heran, ohne dass ich es mitbekam. Im Glanz der Sonne gibt Kongor die rechtschaffene Stadt, doch bei Dunkelheit wird es, was alle rechtschaffenen Städte im Dunkel werden. In der Ferne erhellten die Feuer des Bingingun hier und da den Himmel. Mitunter sprangen Trommeln über Dächer, schwebten über der Straße und ließen unsere Fenster erzittern, während sich Lauten, Flöten und Hörner darunter entlangschlängelten. Im Bingingun sah ich den ganzen Tag lang keinen Menschen. Ich stieg aus dem Fenster, setzte mich auf den Sims und sah zu den wenigen von flackernden Lichtern erhellten und den vielen bereits dunklen Zimmern hinüber. Fumeli ging an mir vorbei, in eine Decke gehüllt, eine Lampe in der Hand. Bald darauf kehrte er zurück und ging mit einem Weinschlauch an mir vorbei. Ich folgte ihm mit etwa zehn und zwölf Schritten Abstand. Er ließ die Tür offen.

»Nimm deinen Bogen oder wenigstens ein gutes Schwert. Nein, Dolche, wir nehmen Dolche«, sagte ich.

Der Leopard drehte sich im Bett auf den Rücken und nahm Fumeli, der mich nicht ansah, den Weinschlauch aus der Hand.

»Du trinkst jetzt Palmwein?«

»Ich trinke Blut, wenn ich es wünsche«, sagte er.

»Leopard, wir haben keine Zeit zu verschenken. Kwesi.«

»Fumeli, sag mir dies: Ist es ein böser Wind, der unter diesem Fenster entlangweht, oder sprichst du in einem Ton mit mir, der mich vergällt?«

Fumeli lachte leise.

»Leopard, was soll das?«

»Ja, was soll das? Was soll das? Was soll das, Sucher? Was. Soll. Das?«

»Es geht um das Haus des Jungen. Das Haus, das wir aufsuchen werden. Das Haus, das uns womöglich verraten wird, wo er ist.«

»Wir wissen, wo er ist. Nyka und seine Hündin haben ihn schon gefunden.«

»Woher weißt du das? Haben die Trommeln es dir erzählt? Oder hat dir eine kleine Dirne vor Sonnenaufgang etwas zugeflüstert?«

Ein Knurren, aber von Fumeli, nicht von ihm.

»Ich gehe nur an einen einzigen Ort, Sucher. Ich gehe schlafen.«

»Hast du vor, ihn in deinen Träumen zu finden? Oder willst du deine kleine Magd hier losschicken?«

»Hinaus mit dir«, sagte Fumeli.

»Nein, nein, nein. Du sprichst nicht mit mir. Und ich spreche allein mit ihm.«

»Und wenn ich ›ihm‹ bin, dann sage ich, du sprichst weder mit ihm noch mit mir«, sagte der Leopard.

»Leopard, hast du den Verstand verloren, oder ist das alles ein Spiel für dich? Sind in diesem Raum zwei Kinder?«

»Ich bin kein Kin…«

»Halt den Mund, Junge, bei allen Göttern, oder ich werde …«

Der Leopard sprang auf. »Bei allen Göttern, du wirst … was?«

»Was ist das für ein Hin und Her? Erst bist du heiß, dann bist du kalt; du bist dies, dann bist du das. Hat dich die kleine Hündin verhext? Es ist mir gleich. Wir gehen jetzt und streiten später.«

»Wir gehen morgen fort.«

Der Leopard ging zum Fenster. Fumeli richtete sich im Bett auf und sah mich verstohlen an.

»Ah. Jetzt sind wir also wieder in diesen Gewässern«, sagte ich.

»Wie lustig du daherredest«, sagte Fumeli. Im Geiste hatte ich meine Hände um seinen Hals gelegt.

»Ja. In diesen Gewässern, wie du sagst. Wir gehen morgen unserer eigenen Wege, um den Jungen zu finden. Oder auch nicht. In jedem Fall gehen wir von hier fort«, sagte der Leopard.

»Ich habe dir von dem Jungen erzählt. Warum wir ihn finden müss...«

»Du erzählst viel, Sucher. Aber wenig Nützliches. Und jetzt geh bitte dorthin, woher du gekommen bist.«

»Nein. Ich will herausfinden, was hinter diesem Wahnsinn steckt.«

»Wahnsinn ist, dass du glaubst, ich würde jemals mit dir zusammenarbeiten, Sucher. Ich kann es nicht einmal ausstehen, mit dir zu trinken. Dein Neid stinkt, wusstest du, dass er stinkt? Er stinkt so sehr wie dein Hass.«

»Hass?«

»Anfangs hat es mich verwirrt.«

»Du bist es noch.«

»Aber dann ist mir aufgegangen, dass du von Kopf bis Fuß voller Unfriede steckst. Du bist machtlos dagegen. Du kämpfst dagegen an, zuweilen kannst du es sogar unterdrücken. Genug, um mich zu täuschen.«

»Fick die Götter, Katze, wir arbeiten zusammen.«

»Du arbeitest mit niemandem. Du hattest vor ...«

»Was? Das Geld zu nehmen?«

»Das hast du gesagt, nicht ich. Hast du es ihn sagen hören, Fumeli?«

»Ja.«

»Halt dein verdammtes Drecksmaul, Junge.«

»Lass uns allein«, sagte der Leopard.

»Was hast du mit ihm gemacht?«, sagte ich zu Fumeli. »Was hast du gemacht?«

»Außer mir die Augen zu öffnen? Ich glaube nicht, dass Fumeli auf Anerkennung aus ist. Er ist nicht du, Sucher.«

»Du klingst nicht einmal ...«

»Wie ich selbst?«

»Nein. Du klingst nicht einmal wie ein Mann. Du bist ein Junge, dem der Vater das Spielzeug weggenommen hat.«

»Es gibt hier keinen Spiegel.«

»Was?«

»Geh, Sucher.«

»Fick die Götter, und fick diesen kleinen Dreckskerl.«

Ich stürzte mich auf Fumeli. Sprang aufs Bett und packte ihn am Hals. Er haute mir mit der flachen Hand ins Gesicht, denn der kleine Weichling in ihm war zu schwach, um sonst irgendetwas zu tun, und ich drückte zu. »Ich weiß, dass du mit Hexen im Bund bist«, sagte ich. Ein großes schwarzes, haariges Etwas warf mich um, und ich prallte mit dem Kopf auf den Boden. Der Leopard, ganz schwarz und eins mit der Dunkelheit, zerkratzte mir das Gesicht mit der Pranke. Ich packte sein Nackenfell, und wir wälzten uns über den Boden. Ich schlug zu und verfehlte ihn. Er stieß auf meinen Kopf hinunter und schloss die Kiefer um meine Kehle. Ich konnte nicht atmen. Er hielt die Kiefer geschlossen und riss den Kopf herum, um mir den Hals zu brechen.

»Kwesi!«

Der Leopard ließ mich fallen. Ich schnappte nach Luft und würgte Speichel hervor.

Der Leopard knurrte mich an, dann brüllte er beinahe so laut wie ein Löwe. Es war ein Brüllen, das »Scher dich fort« zu sagen schien. Scher dich fort, und komm nicht zurück.

Ich lief zur Tür und rieb mir den feuchten Hals. Geifer und etwas Blut.

»Morgen will ich euch nicht mehr hier sehen«, sagte ich. »Keinen von euch beiden.«

»Du hast uns nichts zu befehlen«, sagte Fumeli. Der Leopard ging vor dem Fenster auf und ab, noch immer als Leopard.

»Morgen will ich euch nicht mehr sehen«, sagte ich nochmals.

Ich ging ins Zimmer des Ogo.

Bingingun. Dies habe ich über die Kongori erfahren und darüber, warum sie die Nacktheit hassen. Nichts als Haut zu tragen heißt, den Verstand eines Kindes zu haben, den Verstand der Irren oder gar den Verstand eines Mannes ohne einen Platz in der Gesellschaft, niedriger als Wucherer oder Tandverkäufer, denn selbst die haben noch ihren Nutzen. Bingingun ist der Ort, den die Menschen des Nordens für die Toten unter den Lebenden geschaffen haben. Bingingun ist die Maskerade, sind die Trommler und Tänzer und Sänger beim großen Oríkì. Sie tragen den Aso-Oke-Stoff unter ihren Gewändern, und dieser Stoff ist weiß mit indigoblauen Streifen und sieht aus wie der, in den wir die Toten hüllen. Sie tragen Netze auf Gesicht und Händen, denn sie werden nun Maskierte sein und keine Menschen mit Namen. Wenn sich der Bingingun dreht und einen Wirbelwind erzeugt, fahren die Ahnen in sie ein. Sie springen so hoch wie die Dächer.

Der die Kostüme macht, ist ein Amewa, ein Kenner der Schönheit, denn wer die Kongori kennt, der weiß, dass sie alles durch die Augen der Schönheit betrachten. Nichts darf hässlich sein, denn das hat keinen Wert, vor allem die Hässlichkeit der Wesensart nicht. Und nichts darf zu schön sein, denn das ist ein Skelett in Verkleidung. Bingingun ist aus den besten Stoffen gemacht, rot und rosa und golden und blau und silbern, alles mit Kauris und Münzen gesäumt, denn in der Schönheit liegt Macht. In Mustern, Zöpfen, Pailletten, Quasten und Amuletten mit Medizin. Bingingun beim Tanz,

Bingingun beim Marsch führen die Verwandlung in die Ahnen herbei. All das hatte ich auf meinen Reisen gelernt, denn auch in Juba kennt man Maskerade, doch sie sind nicht die Bingingun.

All das sagte ich zu dem Ogo, denn wir folgten einer Prozession auf dem Weg zu dem Haus, sodass sich ein so großer Mann wie er im Fackelschein nicht sonderbar ausnahm. Er nahm sich dennoch sonderbar aus. Fünf Trommler gingen voran und bestimmten den Tanz – drei schlugen auf Fasstrommeln ein, ein vierter auf eine zweifach bespannte Batá und der fünfte auf vier zusammengebundene kleine Batás, die einen hohen Ton wie den Schrei der Krähe hervorbrachten. Auf die Trommler folgten die Bingingun, unter ihnen der Ahnenkönig in königlichen Gewändern und einem Kaurischleier und der göttliche Schelm, dessen Gewänder sich zu einem anderen wenden ließen und wieder zu einem anderen, während die Bingingun alle zur Trommel wirbelten und stampften, *bumm-bumm-bakalak-bakalaka, bakalakalakalaka-bumm-bumm-bumm.* Zehn und fünf von diesem Stamm traten nach links und stampften auf, traten nach rechts und hüpften. All das erzählte ich dem Ogo, auf dass er nicht wieder davon anfing, wen er mit bloßen Händen getötet habe und dass es auf dieser oder der nächsten Welt keinen zweiten Klang wie das Knacken eines Schädels gebe. Ich konnte Sadogos Gesicht im Dunkel nicht erkennen, weil er die Fackeln überragte. Er warf mit den Bingingun die Hände in die Luft, marschierte, wenn sie marschierten, und blieb stehen, wenn sie stehen blieben.

Dies ist die Wahrheit. Ich wusste nicht, welches Fumangurus Haus war, nur dass es sich im Tarobe-Viertel befand, das im Norden an das Nimbe-Viertel angrenzte, und dass es beinahe vollständig von wild wuchernden Dornenbüschen verdeckt sein würde. Ich sagte: »Guter Ogo, lass es uns suchen. Gehen wir von Straße zu Straße und machen an dem Haus halt, in dem kein Licht brennt und das hinter Ranken verborgen ist, die uns stechen und in die Haut schneiden.«

Vor dem vierten Haus griff sich Sadogo eine Fackel von der Mauer. Am neunten Haus roch ich ihn, den Feuergestank von Schwefel, noch immer frisch nach so vielen Jahren. Die meisten Häuser in dieser Straße waren dicht aneinandergereiht, doch dieses stand vereinzelt und war zu einer Insel aus Dornbusch geworden. Im Dunkel wirkte es größer als die anderen Häuser, und das Gestrüpp überwucherte so hoch wie breit die Eingangstür.

Wir gingen um das Haus herum. Der Ogo blieb weiter stumm. Er trug seine Handschuhe und hörte nicht auf mich, als ich sagte, gegen die Toten seien sie nutzlos. Vor Ogudu haben sie dich schließlich auch nicht gerettet, dachte ich, sagte es jedoch nicht. Er riss Dornranken aus, bis wir ungehindert klettern konnten. Wir sprangen über die hintere Mauer und landeten auf einer dichten Grasdecke. Das wilde Gras war sich selbst überlassen und so hoch aufgeschossen, dass es mir stellenweise bis zur Taille reichte. Zweifellos waren Omoluzu hier gewesen. Es wuchsen nur noch Pflanzen, die sich von den Toten nährten.

Wir standen auf dem Hof, unmittelbar neben dem Kornspeicher, wo Hirse und Sorghum verdorben waren, durchnässt von zahlreichen Regenschauern, mit Rattenscheiße überzogen und vor Rattenjungen wimmelnd. Ein solches Haus, eine Ansammlung von Wohnstätten, fünfzackig wie ein Stern, hätte ich in Kongor nicht erwartet. Fumanguru war kein Kongori gewesen. Sadogo legte die Fackel auf die Erde und leuchtete den gesamten Hof aus.

»Fauliges Fleisch, frische Scheiße, toter Hund? Ich bin mir nicht sicher«, sagte der Ogo.

»Vielleicht alles zusammen«, sagte ich.

Ich deutete auf die erste Behausung zur Rechten. Sadogo nickte und folgte mir. Diese erste Wohnstätte verriet mir, wie ich die anderen vorfinden würde. Alles war noch so, wie es die Omoluzu zurückgelassen hatten. Gesplitterte Schemel, zerbrochene Krüge, heruntergerissene Wandteppiche, Läufer und Kleider zerfetzt und durcheinandergeworfen. Ich hob eine Decke auf. Verborgen im Geruch von Regen und Erde zwei Jungen, vielleicht die jüngsten, doch der Geruch reichte nur bis zur Wand und erstarb dann. Alle Toten riechen gleich, doch manchmal kann einen ihr lebendiger Geruch dorthin führen, wo sie gestorben sind.

»Sadogo, wie setzen die Kongori ihre Toten bei?«

»Nicht in der Erde. In Tongefäßen, zu groß für diesen Raum.«

»Wenn sie die Gelegenheit haben. Fumangurus Sippe könnte zum Entsetzen der Götter anders beseitigt worden sein. Vielleicht verbrannt?«

»Nicht die Kongori«, sagte er. »Sie glauben, wenn man einen Leichnam verbrennt, entfleucht das, was ihn getötet hat.«

»Woher weißt du das?«

»Ich habe einige getötet. Das ging so: Ich …«

»Nicht jetzt, Sadogo.«

Wir betraten das nächste Zimmer, das, dem Bett aus Mojave-Holz nach zu urteilen, Fumanguru gehört haben musste. Die Wand war mit Holzschnitten – hauptsächlich Jagdszenen – bedeckt. Auf dem Boden zerschlagene Statuen, Bücher und auch lose, wohl aus den Büchern herausgerissene Seiten. Die Omoluzu hätten sich nicht darum geschert, doch der dritte, vierte und fünfte, der diesen Raum danach betreten hatte, durchaus – darunter Sogolon, die ich roch, seit wir den Fuß in das Zimmer gesetzt hatten, was ich dem Ogo jedoch nicht verriet. Ich fragte mich, ob sie im Gegensatz zu den anderen, die hier gewesen waren, gefunden hatte, wonach sie suchte.

»Es heißt, Basu Fumanguru soll viele Schriften wider den König verfasst haben. Insgesamt zwanzig oder dreißig Schriftstücke, und in einigen bezeugen Untertanen, Edle und Prinzen, denen er übel mitgespielt hat, seine Untaten. Ich sprach mit einem Mann, der mir sagte, es werde nach den Schriften gesucht und Fumanguru sei deswegen umgebracht worden. Aber das wenige, was ich von Fumanguru

weiß, sagt mir, dass er kein Narr war. Und gewiss hätte er nicht gewollt, dass seine Worte mit ihm sterben.«

»Diese Schriften sind nicht hier?«

»Nein. Und nicht nur das, guter Ogo, ich glaube auch, dass hier
nach etwas ganz anderem gesucht wurde. Bunshi sagte doch, sie
habe den Jungen gerettet.«

Ein Schwert schimmerte auf dem Boden. Inzwischen hasste ich
Schwerter. Zu klobig, zu viel Widerstand gegen den Wind, wo sie
eigentlich mit ihm arbeiten sollten, aber ich hob es dennoch auf. Es
steckte halb in der Scheide. Ich würde bei Tageslicht wiederkommen
müssen, denn außer meiner Nase hatte ich keine weiteren Anhalts-
punkte. Der ganze Raum roch nach einem Mann, vielleicht nach
Fumanguru, und nach einer Frau, doch ihre Gerüche endeten auch
hier, was hieß, dass sie tot waren. Draußen wandte ich mich dem
Raum neben einer weiteren Behausung für die Diener und die jüngsten Kinder zu. Wer auch immer die Sippe begraben hatte, hatte entweder nicht gesehen oder sich nicht darum geschert, dass unter dem
gesplitterten Holz und den zerrissenen Teppichen eine Dienerin lag.
Es waren nur ihre Knochen übrig. Sie waren noch miteinander verbunden, doch alles Fleisch war davon abgenagt. Ich trat ein, und der
Ogo folgte mir. Sein Kopf schabte an der Decke entlang. Ich grinste,
stolperte über einen umgestürzten Kessel und fiel hin. Fick die Götter, sagte ich, obgleich ein Kleiderhaufen meinen Fall gebremst hatte. Gewänder. Selbst im Dunkel konnte ich erkennen, wie prunkvoll
sie waren. Goldborte, aber dünner Stoff, also gehörten sie der Frau.
Hier mussten die Diener nach dem Waschen die getrockneten Kleider aufbewahrt haben. Doch dem leichten Gewand haftete ein Geruch an, der sich nicht herauswaschen ließ. Weihrauch. Er beförderte mich aus diesem Raum in Fumangurus Zimmer und weiter bis zur
Mitte des Hofes und zurück in den großen Raum neben dem Kornspeicher.

»Sie sind dort drinnen, Sadogo.«

»Unter der Erde?«

»Nein. In den Krügen.«

In dem fensterlosen Raum war es am finstersten, doch den Göttern sei für die Stärke des Ogo gedankt. Er zog den Deckel von dem größten Gefäß, in dem ich Basu vermutet hatte, doch der Weihrauch sagte mir, dass es seine Frau war.

»Sadogo, deine Fackel.«

Er richtete sich auf und holte sie. In dem Gefäß lag sie, den Leib in die falsche Richtung gebogen, sodass ihr Rücken die Fußsohlen berührte. Ihr Schädel ruhte inmitten ihrer Haare, die Knochen lugten aus dem Stoff hervor.

»Sie haben ihr das Rückgrat gebrochen?«, fragte Sadogo.

»Nein, sie haben sie in zwei Stücke geschnitten.«

Das zweite Gefäß, kürzer, doch breiter als die anderen, beherbergte Fumanguru. Seine Knochen waren vollzählig, aber verstreut. Tiefblaue Gewänder wie ein König. Wer immer sie beigesetzt hatte, hatte nichts gestohlen, denn gewiss hätte man selbst einem Kranken ein so prunkvolles Gewand genommen. Seine Gesichtsknochen waren zertrümmert, was geschah, wenn Omoluzu ein Gesicht abrissen, um es sich selbst aufzusetzen. In einem weiteren großen Gefäß lagen zwei Kinder, in einem kleineren ein einzelnes Kind. Die Knochen des kleinen Kindes in dem kleinen Gefäß waren, abgesehen von Armen und Rippen, beinahe zu Staub zerfallen. Wie die anderen verströmte es den verblassenden Geruch eines lange zurückliegenden Todes. Nichts war unternommen worden, um die Leichen zu konservieren oder zu mumifizieren, was bedeutete, dass sich das Gerücht von der ansteckenden Krankheit verbreitet hatte. Mit einem Kopfnicken bedeutete ich Sadogo, das letzte Gefäß zu bedecken, als mir etwas ins Auge sprang.

»Noch einmal die Fackel, Sadogo.«

Als ich aufblickte, wischte sich der Ogo gerade eine Träne von der Wange. Er dachte an getötete Kinder, doch nicht an dieses.

»Was hat er da in der Hand?«, fragte ich.

»Pergament? Eine Tonscherbe?«

Ich nahm es. Stoff, so schlicht wie Aso Oke, was er jedoch nicht war. Ich zog daran, doch der Junge wollte nicht loslassen. Es war damit gestorben, das arme, tapfere Kind, es war sein letzter Widerstand gewesen. Ich gebot dem Gedanken Einhalt, ehe er weiterführen konnte. Ein weiterer Zug, und das Tuch kam frei. Ein Fetzen blauen Stoffes, von einem größeren Stück abgerissen. Der Junge war in Weiß gekleidet. Ich hielt den Stoff an die Nase und mit ihm ein Jahr an Sonne, Nacht, Donner und Regen, Hunderte durchwanderter Tage, Dutzende Hügel, Täler, Wüsten, Meere, Häuser, Städte, Ebenen. Ein Geruch, so stark, dass er zu einem Seufzen wurde und zu Geräusch und Berührung. Ich konnte die Hand ausstrecken und den Jungen anfassen, ihn in Gedanken packen und aus der Ferne zu mir heranziehen. Zu große Ferne, mein Kopf hastete und sprang und versank in einem Meer, dann flog er höher und höher und höher und witterte Luft, die frei von Rauch war. Der Geruch schob mich, zog mich, zerrte mich durch Urwälder, Tunnel, Vögel, zerfetztes Fleisch, fleischfressende Insekten, Scheiße, Pisse und Blut. Blut rauschte in mich hinein. So viel Blut, dass meine Augen erst rot und dann schwarz wurden.

» Du warst so weit fort, dass ich dachte, du kämst nie wieder«, sagte Sadogo.

Ich wälzte mich auf die Seite und stand auf.

»Wie lange?«

»Nicht lange, aber wie in tiefem Schlaf. Dein Auge war milchweiß. Ich dachte, Dämonen seien in deinem Kopf, aber aus deinem Mund drang kein Schaum.«

»Es geschieht nur, wenn ich es nicht erwarte. Ich rieche etwas, und jemandes Leben kommt auf einen Schlag über mich. Es ist

Wahnsinn, auch jetzt noch, da ich gelernt habe, es zu meistern. Aber, Ogo, da ist noch etwas.«

»Noch ein Leichnam?«

»Nein, der Junge.«

Er schaute in das Gefäß.

»Nein, der Junge, den wir suchen. Er lebt. Und ich weiß, wo er ist.«

DREIZEHN

n Wahrheit war es närrisch zu sagen, ich hätte den Jungen gefunden. Ich hatte herausgefunden, dass er weit fort war. Als der Ogo die Nachricht vernahm, packte er seine Fackel und lief nach links, dann nach rechts, dann ins Zimmer der Kinder und riss so viele Teppiche vom Boden, dass sich eine Staubwolke erhob, die selbst im Dunkel zu erkennen war.

»Der Junge ist beinahe drei Monde weit entfernt«, sagte ich.

»Was bedeutet das?«, sagte er. Er hob weiter Teppiche auf und schwenkte seine Fackel.

»Etwa so fern wie der Osten vom Westen.«

Er warf die Teppiche hin, und der Windstoß blies die Fackel aus.

»Wenigstens sind wir nicht vergebens hergekommen«, sagte er.

»Ich frage mich, ob Sogolon hier war«, murmelte ich.

»Was?«

Ich hatte vergessen, dass Ogos ein scharfes Gehör hatten. Sie war vor uns hier gewesen, und erst vor Kurzem, vielleicht sogar letzte Nacht. In Fumangurus Zimmer, zwischen den zu Boden gefallenen Büchern und zerrissenen Seiten, war ihr Geruch am stärksten. Ich trat einen Schritt in den Raum hinein und hielt inne. Der Geruch traf mich mit einem Mal und von allen Seiten. Mit Kohle gemischte Sheabutter, auf Gesicht und Haut aufgetragen, um eins mit der Finsternis zu werden.

»Wir gehen, Sadogo.«

Er wandte sich zur rückwärtigen Mauer.

»Nein, durch die Vordertür. Sie steht schon offen.«

Wir hackten uns durch das Gestrüpp und liefen geradewegs in eine Gruppe bewaffneter Männer hinein. Sadogo schreckte überrascht zurück, doch mich überraschte es nicht. Sie hatten sich die Haut gefärbt, um mit der Nachtschwärze zu verschmelzen. Ich hörte das Knirschen und Kratzen des Ogo, der seine eisernen Fäuste ballte. Zehn und fünf von ihnen standen in einer Halbmond-Formation, seeblaue Turbane auf den Köpfen, seeblaue Schleier, die lediglich Augen und Nase unbedeckt ließen. Eine Schärpe im gleichen Blauton über Brust und Rücken, darunter schwarze Waffenröcke und Kniehosen. Und bewaffnet mit Speer, Bogen, Speer, Bogen, Speer, Bogen und immer so fort bis zum Letzten, der links ein Schwert in der Scheide trug wie ich. Ich legte die Hand an den Knauf meines Schwertes, ohne es zu ziehen. Sadogo trat einen Schritt vor und fegte einen Bogenschützen aus dem Weg, der mitsamt seinem Pfeil zur Seite flog. Die Männer wandten sich blitzschnell zu ihm, spannten die Sehnen ihrer Bögen und machten sich bereit, die Speere zu schleudern. Der Mann mit dem Schwert war nicht wie sie gekleidet. Er trug einen roten Überwurf über der rechten und unter der linken Schulter, der im Wind flatterte und auf den Boden peitschte. Ein Waffenrock, der an der Brust offen stand, knapp über den Schenkeln endete und um die Taille mit einem Lederriemen gegürtet war, an welchem das Schwert hing. Er gebot den Männern Einhalt, ohne mich dabei aus den Augen zu lassen. Sadogo hatte sich bereits in Kampfstellung gebracht.

»Du scheinst dir sicher zu sein, dass wir dich nicht töten«, sagte der Schwertkämpfer.

»Mein Tod ist es nicht, der mich sorgt«, sagte ich.

Der Schwertkämpfer funkelte uns böse an. »Ich bin Mossi, dritter Präfekt der Armee des Häuptlings der Kongori.«

»Wir haben nichts gestohlen«, sagte ich.

»Ein solches Schwert kann unmöglich dir gehören. Nicht wenn ich es noch vor drei Nächten gesehen habe.«

»Wartet ihr auf jemanden? Oder nur auf uns?«

»Überlass mir einfach die Fragen, und du übernimmst das Antworten.«

Er trat näher, bis er unmittelbar vor mir stand. Er war groß, aber kleiner als ich, seine Augen reichten beinahe an meine heran, und sein Gesicht war unter schwarzer Farbe verborgen. Er trug einen Helm aus einem ausgehöhlten Flaschenkürbis mit einer eisernen Naht in der Mitte, obgleich es nach Sonnenuntergang und kühl war. Eine dünne silberne Halskette, die sich in üppiger Brustbehaarung verlor. Sein Kopf verjüngte sich nach oben hin wie eine Pfeilspitze, Habichtsnase, dicke Lippen, die sich aufwärts krümmten, als lächelte er, und Augen so klar, dass ich sie im Dunkeln sehen konnte. Ringe in beiden Ohren.

»Lass mich wissen, wenn du irgendetwas siehst, was dir gefällt«, sagte er.

»Das ist kein Kongori-Schwert«, sagte ich.

»Nein. Es gehörte einem Sklavenhändler aus dem Land des östlichen Lichts. Wir haben ihn dabei erwischt, als er freie Frauen entführte, um sie als Sklavinnen zu verkaufen. Er wollte sich nicht davon trennen, ohne sich von seiner Hand zu trennen, also …«

»Du bist der zweite Schwertdieb, den ich treffe.«

»Wenn du von einem Dieb stiehlst, lächeln die Götter. Wie heißt du?«

»Sucher.«

»Du warst wohl nicht der Liebling deiner Mutter.«

Er stand so dicht vor mir, dass ich seinen Atem spürte.

»Ein Teufel wohnt in deinem Auge«, sagte er.

Er streckte einen Finger danach aus, und ich zuckte zurück.

»Oder hat er dich eines Nachts geschlagen?« Er deutete auf Sadogo.

»Kein Teufel. Ein Wolf«, sagte ich.

»Und wenn sich der Mond entblößt, heulst du ihn dann an?«

Ich sagte nichts, behielt jedoch seine Männer im Blick. Er deutete auf Sadogo, der noch immer die Arme angespannt hatte, bereit zum Zuschlagen.

»Ist das ein Ogo?«

»Versuch ihn zu töten, dann weißt du es.«

»Nichtsdestoweniger wird diese Unterhaltung in der Feste weitergeführt. Hier entlang.« Er wies nach Osten.

»Ist das die Feste, die kein Gefangener verlässt? Was, wenn wir nicht mitkommen wollen?«

»Dann wird dieses liebliche und leichte Gespräch zwischen uns schwierig werden.«

»Wir töten wenigstens sieben deiner Männer.«

»Und meine Männer gehen sehr großzügig mit ihren Speeren um. Ich kann sieben entbehren. Kannst du einen entbehren? Dies ist keine Festnahme. Ich ziehe es vor zu reden, wo die Wände keine Ohren haben. Verstehen wir uns?«

Die Feste war im Nimbe-Viertel nahe dem Ostufer des Flusses mit Blick auf die Hafenanlagen. Wir gingen eine Treppe in einen aus Stein und Mörtel gebauten Raum hinab. Zwei Stühle und ein Tisch, Kerzen auf dem Tisch, was mich überraschte – Kerzen waren nirgends billig zu haben. Dort saß ich, bis mein linkes Bein von einem Krampf geschüttelt wurde. Als der Präfekt eintrat, erhob ich mich. Er hatte sich das Gesicht gewaschen. Schwarzes Haar, dünn wie das eines Pferdes. Etwas länger, und es wäre in Locken herabgefallen. Solches Haar hatte ich nicht gesehen, seit ich mich im Sandmeer verirrt hatte. Seine Haut war so hell wie getrockneter Lehm. So sahen Männer aus, die dem Licht des Ostens folgten, oder Männer, die Sklaven, Gold und Zibet, vor allem aber Sklaven kauften. Ich verstand nun, warum seine Augen so aussahen und auch seine Lippen, die nun dicker wirkten, aber noch immer dünner als die aller anderen hierzulande. Ich konnte mir vorstellen, wie der Anblick eines solchen Mannes Ku-Frauen und Gangatom-Frauen in Angst und Schrecken versetzen würde. Sie würden ihn fesseln und braten, bis seine Haut die richtige Farbe hatte. Beine wie die des Leoparden, mit dicken Muskeln, so als hätte er in einem Krieg gekämpft. Die Beine waren von der Sonne Kongoris dunkler gefärbt. Ich merkte es, als er sein Gewand so weit hinaufschob, dass man sah, wie hell seine Beine darunter waren und wie schwarz sein Lendenschurz. Er zog den Stoff aus seinem Gürtel, und diesmal fiel er ihm bis über die Knie.

»Wartest du darauf, dass dir ein Dschinn den Stuhl hinschiebt?« Er selbst setzte sich auf den Tisch.

»Hat dir eine Taube geflüstert, dass ich komme?«, fragte ich.

»Nein.«

»Hast du …«

»Ich bin der, der die Fragen stellt.«

»Dann bin ich wohl der, der wegen Raubes angeklagt ist.«

»Wieder dieses Mundwerk; es ist wie ein sich entleerender Darm. Soll ich dir einen Korken hineinstecken?«

Ich blitzte ihn stumm an. Er lächelte.

»Eine großartige Antwort«, sagte er.

»Ich habe nichts gesagt.«

»Bislang deine beste Antwort. Aber nein. Kein Raub, denn du wärst ein ziemlich tölpelhafter Dieb. Aber Mord wäre noch zu haben.«

»Kongori-Scherze. Noch immer die allerschlechtesten im ganzen Reich.«

»Da ich kein Kongori bin, solltest du lauter darüber lachen. Was diese Morde angeht …«

»Die Toten kann man nicht morden.«

»Dein Freund, der Ogo, hat bereits gestanden, zwanzig Menschen in ebenso vielen Ländern getötet zu haben, und macht keine Anstalten, zum Ende kommen zu wollen.«

Ich seufzte laut. »Er war Scharfrichter. Er weiß nicht, was er sagt«, sagte ich.

»Über das Töten jedenfalls weiß er sehr viel.«

Er sah älter aus als zuvor in der Dunkelheit. Oder vielleicht auch größer. Ich hätte wirklich gern sein Schwert gesehen.

»Warum seid ihr heute Nacht zu Fumangurus Haus gekommen?«, fragte ich.

»Vielleicht bin ich leichtsinnig. Wer Blut an den Händen hat, wäscht es meist dort ab, wo er es vergossen hat.«

»Etwas so Törichtes habe ich noch nie gehört.«

»Du führst dich töricht auf, indem du mit der Maskerade ziehst und über einen Dornbusch kletterst und glaubst, niemand würde es merken.«

»Ich suche nach denen, die verloren sind.«

»Wir haben sie alle gefunden.«

»Ihr habt keinen einzigen gefunden.«

»Fumanguru hatte eine Frau und sechs Söhne. Sie sind alle dort. Ich habe sie gezählt. Dann schickten wir nach einem Ältesten, der seither nach Malakal gezogen ist. Belekun war sein Name. Er hat bestätigt, dass alle acht vom selben Blut waren.«

»Wie viel Zeit verging, ehe er fortzog?«, fragte ich.

»Ein, zwei Monde.«

»Hat er die Schrift gefunden?«

»Die was?«

»Das, wonach er gesucht hat.«

»Woher weißt du, dass der Älteste nach etwas gesucht hat?«

»Du bist nicht der Einzige mit großen, dicken Freunden, Präfekt.«

»Juckt es dich, Sucher?«

»Was?«

»Ob es dich juckt. Du hast dich schon sieben Mal an der Brust gekratzt. Ich nehme an, du bist einer von diesen Flussleuten, die Kleider scheuen. Luala Luala oder Gangatom?«

»Ku.«

»Noch schlimmer. Und doch sprichst du von einer Schrift, als wüsstest du, was das bedeutet. Womöglich hast du sogar danach gesucht.«

Er setzte sich wieder auf den Schemel, sah mich an und lachte. Ich konnte mich an niemanden erinnern, Mann, Frau, Tier oder Geist, der mich je so wütend gemacht hätte. Nicht einmal der Junge des Leoparden.

»Basu Fumanguru. Wie viele Feinde hatte er in dieser Stadt?«, fragte ich.

»Du vergisst, dass ich es bin, der die Fragen stellt.«

»Aber keine klugen. Ich glaube, wir sollten die Nachtstunde abwarten, in der du mich folterst, um deine Antworten zu bekommen.«

»Setz dich. Sofort.«

»Ich könnte …«

»Du könntest, wenn du deine kleinen Waffen hättest. Ich bitte dich nicht noch einmal.«

Ich setzte mich wieder.

Er lief fünfmal um mich herum, ehe er stehen blieb, seinen Schemel zu mir heranzog und sich wieder daraufsetzte.

»Sprechen wir nicht von Mord. Weißt du überhaupt, in welchem Teil der Stadt ihr wart? Man hätte euch festgenommen, hättet ihr bloß jemanden schräg angesehen. Was hat euch zu dem Haus geführt? Ein drei Jahre zurückliegender Mord oder etwas, von dem du wusstest, es würde noch dort sein, unbeschädigt, ja unberührt? Ich sage dir, was ich über Basu Fumanguru weiß. Er wurde vom Volk geliebt. Jeder Mann weiß von seinen Auseinandersetzungen mit dem König. Jede Frau weiß von seinen Auseinandersetzungen mit den übrigen Ältesten. Sie haben ihn aus einem anderen Grund getötet.«

»Sie?«, fragte ich.

»Was mit diesen Leichen angestellt wurde, kann kein Mensch allein getan haben, soweit es überhaupt Menschen waren und nicht irgendein verhextes Tier.«

Er blickte mich so lange schweigend an, dass ich den Mund öffnete, nicht um tatsächlich zu sprechen, sondern nur, um den Anschein zu erwecken.

»Ich habe dir etwas zu zeigen«, sagte er.

Er verließ den Raum. Ich hörte Fliegen. Ich fragte mich, wie sie den Ogo verhört hatten oder ob er einfach von selbst heruntergebetet hatte, wie viele er in wie vielen Jahren getötet hatte. Und was war mit mir? War all dies das Werk des Ogudu, oder hatte der Wald selbst etwas in mir hinterlassen, was darauf wartete zuzuschlagen? Etwas anderes als die Erinnerung an meine Einsamkeit? Welch ein seltsamer Gedanke, wo mich gerade ein Präfekt in eine Anklage zu verstricken versuchte, die er sich seit Langem zurechtgelegt hatte.

Er kam wieder herein und warf mir so rasch etwas zu, dass ich es fing, ehe ich wusste, was es war. Schwarz, mit weichen Daunen ausgestopft und in den gleichen Aso-Oke-Stoff gehüllt, den ich in meinen Umhang gesteckt hatte. Diesmal war ich bereit, als es über mich kam, all das, was einen Geruch begleitete, den ich nun kannte.

»Eine Puppe«, sagte er.

»Ich weiß, was das ist.«

»Wir haben sie vor drei Jahren neben der Leiche des jüngsten Sohnes gefunden.«

»Auch Jungen können mit Puppen spielen.«

»Kein Kind in Kongor hätte eine bekommen. Die Kongori glauben, es würde die Kinder die Götzendienerei lehren – eine fürchterliche Sünde.«

»Und doch gibt es in jedem Haus Statuen.«

»Sie mögen eben Statuen. Aber diese Puppe gehörte niemandem in diesem Haus.«

»Fumanguru war kein Kongori.«

»Ein Ältester hätte ihre Traditionen gewahrt.«

»Vielleicht gehörte die Puppe dem Mörder.«

»Der Mörder ist ein Jahr alt?«

»Worauf willst du hinaus?«

»Ich will darauf hinaus, dass es in dem Haus noch ein weiteres Kind gab. Vielleicht kam derjenige, der die Sippe getötet hat, wegen des Kindes. Oder es war noch etwas anderes, viel Wüsteres«, sagte er.

»Das klingt wüst. War das Kind vielleicht ein Stiefkind?«

»Wir haben mit der gesamten Sippe gesprochen.«

»Das hat Belekun der Große auch getan. Vielleicht habt ihr beide Fragen gestellt?«

»Willst du damit sagen, dass die Ältesten ihre eigenen Nachforschungen anstellen?«

»Ich will sagen, dass du und ich nicht die Einzigen sind, die im Haus des toten Fumanguru herumgestöbert haben. Was auch immer sie suchten, ich glaube nicht, dass sie es gefunden haben. Dies kommt mir nicht mehr wie ein Verhör vor, Präfekt.«

»Es war schon keines mehr, als du diesen Raum betreten hast, Sucher. Und ich habe dir gesagt, dass ich Mossi heiße. Willst du mir nun erzählen, wie du mit einem Mal in dieser Stadt erscheinen konntest? Deine Einreise ist nirgends verzeichnet, und wenn es in Kongor eines gibt, dann Aufzeichnungen.«

»Ich kam durch eine Tür.«

Er starrte mich an, dann lachte er. »Ich werde daran denken, dich beim nächsten Mal zu fragen.«

»Es wird ein nächstes Mal geben?«

»Die Zeit ist nur ein kleines Mädchen, Herr Sucher. Du kannst jederzeit gehen.«

Ich ging zur Tür.

»Der Ogo auch. Wir haben keine Worte mehr, um seine Morde zu beschreiben.«

Er lächelte. Er hatte seinen Waffenrock über die Schenkel hinaufgerollt – besser zum Laufen und zum Kämpfen.

»Ich habe eine Frage«, sagte ich.

»Nur eine?«

Ich wünschte, er wäre nicht so versessen darauf gewesen, mir seine Schlagfertigkeit zu beweisen. Es gab nicht viel, was ich mehr hasste, als von jemandem mit einer neunmalklugen Bemerkung das Wort abgeschnitten zu bekommen. Wie gesagt, er hatte etwas an sich, was nicht unbedingt bösartig, aber doch lästig war wie ein Schnitt in der Fußsohle.

»Warum versammeln sich die Sieben Schwingen?«, fragte ich. »Hier. Jetzt.«

»Weil sie sich in Fasisi nicht zeigen dürfen?«

»Was?«

»Weil sie in Fasisi Argwohn erregen würden.«

»Das ist keine Antwort.«

»Nicht die Antwort, die du willst. Hier ist eine andere. Sie warten auf Befehle des Königs.«

»Warum?«

»Wo auch immer du herkommst, gibt es dort keinen, der Neuigkeiten verkündet?«

»Nicht von dem, was du mir jetzt erzählen wirst.«

»Du scheinst dir sehr sicher zu sein, dass ich es dir erzählen werde. Es gibt keine Neuigkeiten. Aber Gerüchte über einen bevorstehenden Krieg gibt es nun schon seit Monden. Nein, keinen Krieg, eine Besetzung. Hast du nicht davon gehört, Sucher? Der wahnsinnige König im Süden hat erneut den Verstand verloren. Nach zehn und fünf Jahren der Vernunft haben sich wieder Teufel seines Geistes bemächtigt. Im vergangenen Mond hat er viertausend Männer an die Grenzen von Kalindar und Wakadischu ausgesandt. Der Südkönig versammelt eine Armee, der Nordkönig versammelt Söldner. Wie wir in Kongor sagen: Wir können die Leiche nicht finden, aber wir wittern den Geruch. Doch ob Krieg oder nicht, gestohlen wird leider immer. Und gelogen. Und gemordet. Meine Arbeit ist nie getan. Geh, und hol deinen Ogo. Bis zum nächsten Mal. Dann kannst du mir die Geschichte erzählen, weshalb eines deiner Augen so trüb ist.«

Ich verließ diesen Mann, auf dass er einem anderen lästig werden konnte.

Ich wollte dem Leoparden nicht gegenübertreten. Ich wollte auch Sogolon nicht sehen, ehe ich ihr Geheimnis enträtselte. Ich sah den Ogo an und dachte an eine womöglich nicht allzu ferne Zeit, da ich jemanden brauchen würde, der mir zuhörte, während ich die Finsternis aus meinem eigenen Herzen hervorzerrte. Zudem wussten wir beide den Weg zurück zum Haus des Mannes nicht, und es gab zu viele Häuser in der Stadt, die wie das seine rochen. Der Mund des Ogo zuckte noch immer unter zu gestehenden Tötungen, auszusprechenden Worten, einem von der Haut zu waschenden Fluch. Unser Weg war von vielen Bäumen und lediglich zwei Häusern gesäumt, von denen eines von schwachem, flackerndem Licht erhellt war. Ich sah einen Felsen vor uns und setzte mich darauf, als wir ihn erreicht hatten.

»Ogo, erzähl mir von denen, die du getötet hast«, sagte ich.

Er sprach, er rief, er flüsterte, er brüllte, er schrie und lachte und weinte die ganze Nacht hindurch. Als es am nächsten Morgen hell genug war, um den Rückweg zu erkennen, waren der Leopard und Fumeli nicht mehr da.

VIERZEHN

Der Ogo erzählte mir von allen, die er getötet hatte; einhundert, siebzig und einer waren es.

Du musst wissen, dass keine Mutter die Geburt eines Ogo überlebt. Der Griot erzählt Geschichten von wahnsinniger Liebe, von Frauen, die ihr Herz an Riesen verlieren, doch das sind die Geschichten, die wir einander beim Masukubier erzählen. Eine Ogo-Geburt kommt unvermittelt wie Hagel. Niemand vermag zu sagen, wann oder wie, und keine Weissagung oder Wissenschaft kann es vorhersehen. Die meisten Ogos werden in dem einzigen Augenblick getötet, in dem man sie töten kann, gleich nach der Geburt, denn selbst ein junger Ogo kann der armen Frau, die ihn säugt, die Brust abreißen und den Finger zermalmen, nach dem er greift. Manche ziehen sie im Geheimen auf, geben ihnen Büffelmilch zu trinken, damit sie irgendwann die Arbeit von zehn Pflügen verrichten. Doch mit zehn und fünf Jahren verändert sich etwas im Kopf des Ogo, und er wird zu dem Monstrum, zu dem die Götter ihn bestimmt haben.

Aber nicht immer.

Als der Ogo also aus seiner Mutter hervorkam und sie dabei tötete, verfluchte der Vater den Sohn und sagte, er müsse aus einem Ehebruch hervorgegangen sein. Er verbannte den Leichnam der Mutter auf einen Hügel vor dem Dorf und überließ ihn dort dem Geier und der Krähe, und er hätte das Kind getötet oder in einem hohlen Upas-Baum ausgesetzt, hätte es sich nicht herumgesprochen, dass unter den Neugeborenen des Dorfes ein Ogo war. Zwei Tage darauf, als es in der Hütte des Manns noch nach Nachgeburt, Scheiße und Blut roch, kam ein Mann und kaufte den Säugling für sieben Goldstücke und zehn und fünf Ziegen. Er gab dem Ogo einen Namen, auf dass man ihn als Menschen und nicht als Tier betrachten würde, doch Sadogo hatte ihn vergessen. Als er zehn und zwei Jahre zählte, erlegte Sadogo einen Löwen, der eine Vorliebe für Menschenfleisch entwickelt hatte. Er tötete ihn mit einem Hieb mitten auf den Schädel, und das war noch bevor ihm ein Schmied Handschuhe aus Eisen fertigte.

Als Sadogo einen weiteren Löwen getötet hatte, der ein Gestaltwandler gewesen war, sagte der Mann zu ihm: »Du bist wahrlich ein Mörder, und ein Mörder musst du sein. Man kann nicht verhindern, das zu werden, wozu man von den Göttern gemacht wird, man kann nicht umformen, wozu man von den Göttern geformt wird. Du musst die Axt schwingen. Du musst den Bogen spannen, aber erwäge, wen du tötest.«

Der Mann hatte in jenen Jahren viele zu töten, und Sadogo wurde stark und Furcht einflößend; er ließ sein Haar wachsen – denn wer hätte ihm befehlen sollen, es zu schneiden? – und wusch sich nicht, denn wer hätte ihm befehlen sollen, sich zu waschen? Und der Mann, der ihm zu essen und Leder zur Kleidung gab und ihn die Wissenschaft des Tötens lehrte, deutete auf einen Mann, der sein Feld bestellte, und sagte: Sieh diesen Mann. Er hatte alle Gelegenheit, stark zu sein, und ist doch aus freien Stücken schwach. Auf diese Weise beschämt er die Götter. Die Zukunft seiner Ländereien und seiner Kühe liegt bei mir, also sende ihn zu seinen Ahnen. In dieser Weise zog er den Ogo auf. Jenseits von Gut und Böse, jenseits von Recht und Unrecht, nur den Begierden seines Herrn verpflichtet. Und er selbst zog sich in dieser Weise auf, dachte allein daran, was er wollte, was er begehrte und wer ihm dabei gekrümmt, zornig, wimmernd, greinend, um den Tod flehend im Wege stand.

Sadogo tötete alle, die sein Herr tot sehen wollte. Verwandte, zu Feinden gewordene Freunde, Nebenbuhler, Männer, die ihm kein Land verkaufen wollten, denn sein Herr betrachtete sich als

Häuptling. Er tötete und tötete und tötete wieder, und an dem Tag, als er in die Hütte eines halsstarrigen Mannes ging, der seine Hirse verkaufte, statt sie als Tribut zu entrichten, und seiner gesamten Sippe, darunter drei Kindern, das Genick brach, sah er in dem glänzenden Eisenschild an der Wand sich selbst und das letzte kleine Mädchen, das schlaff wie eine Puppe in seinen Händen hing. So groß war er, dass sein Kopf den Schild überragte und nur seine monströsen Arme und dieses kleine Mädchen zu sehen waren. Und er war kein Mensch, sondern ein Tier, das in die Haut eines Tieres gehüllt war und Dinge tat, die nicht einmal Tiere taten. Er war kein Mensch, der gehört hatte, wie die Griots der Frau seines Herrn Verse vortrugen, und sich wünschte, selbst singen zu können. Kein Mann, der Schmetterling und Motte in seinem Haar landen und dort sitzen ließ, auch wenn sie zuweilen starben, und dann blieben sie in seinem Haar wie leuchtend gelbe Juwelen. Er war niederer als ein Schmetterling, er war ein Kindsmörder.

Im Haus seines Herrn kam dessen Frau zu ihm und sagte: Er schlägt mich jede Nacht. Wenn du ihn tötest, bekommst du etwas von seiner Münze und sieben Ziegen. Und er sagte: Dieser Mann ist mein Herr. Und sie sagte: Es gibt keinen Herrn und keinen Sklaven, es gibt nur deine Wünsche, deine Begierden und das, was ihnen im Weg steht. Und als er zauderte, sagte sie: Schau, wie ansehnlich ich noch bin, und sie teilte nicht das Lager mit ihm, denn das wäre Irrsinn gewesen, denn nicht nur war er schon groß, er hatte auch zehnmal die Lebenskraft eines jungen Mannes, denn er war in jeder Hinsicht ein Riese, doch sie nahm ihn in die Hände, bis er schrie und sie mit Männermilch bespritzte, die sie ins Gesicht traf und vier Schritte zurückschleuderte. In jener Nacht betrat er ihre gemeinsame Kammer, als sein Herr auf der Frau lag, packte seinen Kopf und riss ihn ab, und die Frau schrie: Mörder! Frauenschänder! Helft mir! Und er sprang aus dem Fenster, denn sein Herr hatte viele Wachen.

Zweite Geschichte.

Jahre alterten, Jahre starben, und der Ogo war Henker des Königs von Weme Witu im reichsten der südlichen Königreiche, der in Wahrheit nur ein Häuptling war und dem König des gesamten Südens gehorchte, als dieser noch nicht dem Wahnsinn verfallen war. Man nannte ihn Scharfrichter. Es kam eine Zeit, da wurde der König seiner zehn und vierten Ehefrau überdrüssig und verbreitete viele Lügen darüber, dass sich ihre Lenden für viele öffneten, wie ein Fluss, der sich in zwei Richtungen gabelt, und dass sie das Lager mit vielen Adligen, vielen Häuptlingen, vielen Dienern und vielleicht auch Bettlern teile und er sie sogar auf der flinken Zunge eines Eunuchen sitzend ertappt habe. Auf diese Weise endete die Geschichte. Als viele gegen sie aussagten, darunter zwei Wassermägde, die eines Nachts – ohne sich an die genaue Nacht zu erinnern – gesehen haben wollten, wie sie in jedes Loch einen anderen Mann aufgenommen hatte, verurteilte sie das Gericht der Ältesten und Mystiker, die vom König sämtlich neue Pferde und Sänften und Wagen erhalten hatten, zum Tode. Zu einem schnellen Tod durch das Schwert des Scharfrichters, denn die Götter lächelten auf diejenigen herab, die Gnade walten ließen.

Der König, der nur ein Häuptling war, sagte: Bringt sie zum Marktplatz, auf dass ihr Tod alle lehre, dass das Weib den Mann niemals zum Narren halten soll. Ehe sich die Königin auf dem Richtstuhl niederließ, fasste sie Sadogo am Ellbogen, die zarteste Berührung, die sich anfühlte wie fettiger Rahm an seinen Lippen, und sagte: Ich hege keinen Groll gegen dich. Mein Hals ist schön, unbefleckt, unberührt. Sie nahm ihre goldene Halskette ab und legte sie um seine Hand mit dem Buschmesser, ein Buschmesser für einen Ogo, das an seiner breitesten Stelle breiter als die Brust eines Mannes war. Bei der Gnade der Götter, mach schnell, sagte sie.

Drei Bambusstangen ragten aus der Erde. Die Wächter drückten die Königin zu Boden, zwangen sie in eine sitzende Haltung und fesselten sie an die Stangen im Boden. Sie reckte das Kinn, doch

Tränen rannen ihr über die Wangen. Sadogo nahm einen von Blättern befreiten Ast und zog ihn herab, bis er gespannt war wie ein Bogen. Der Ast ist zornig, er will gerade sein und nicht gefesselt, doch er fesselte ihn, fesselte ihn mit einem Seil aus Gras und band es der Frau um den Kopf. Sie zuckte, versuchte gegen den Ast anzukämpfen, der an ihr zerrte. Der Ast drückte ihr die Kehle zusammen, und sie schrie vor Schmerz auf, und er konnte ihr nur in die Augen blicken und hoffen, dass sein Blick sagte: Ich werde schnell machen. Sein Ngulu war scharf, so scharf, dass es die Augen bluten machte, wenn man es nur ansah. Die Klinge fing das Licht ein und strahlte wie ein Blitz. Nun heulte die Frau. Nun klagte die Frau. Nun schrie die Frau. Nun rief sie die Ahnen an. Nun flehte sie. Sie flehen alle, wusstest du das? Jeden Tag erzählen sie, welch ein Freudentag es sein wird, wenn sie ihren Ahnen begegnen, aber niemand empfindet Freude, es wird nur geheult und gepisst und geschissen.

Er holte mit dem Schwertarm aus, dann schrie er und hieb ihr mitten in den Nacken, doch der Kopf trennte sich nicht vom Leib. Die Stadt und die Menschen, sie gehen zu einer Hinrichtung, um einen raschen Schnitt zu sehen, der sie lachen macht. Doch die Klinge steckte in ihrem Hals fest, und sie riss die Augen auf, und Blut spritzte aus ihrem Mund und sie gab ein Stöhnen von sich, ein Ohhhhhhhhhhhhhhhahhhhöck, und die Menschen schrien, die Menschen wandten sich ab, die Menschen empfanden Ekel vor Menschen, die sich eine Hinrichtung ansahen, und die Wachen schrien: Mach schnell. Doch ehe er die Klinge ein weiteres Mal schwingen konnte, riss der ungeduldige Ast den Kopf gänzlich vom Hals und schleuderte ihn fort.

Einige wahre Worte. Jede Straße, der ein Ogo folgt, bringt ihn nach Kalindar. Das Kalindar, das zwischen dem Roten See und dem Meer liegt und das der König des Nordens und der König des Südens beide für sich beanspruchen, ist nur die Hälfte des Gebietes. Das übrige Land schlängelt sich in vergessenen Anlagen außerhalb der Mauern der Zitadelle dahin, und dort schließen Männer Wetten auf dunkle Künste und blutige Wettkämpfe ab. Es kommt eine Zeit, da denkt der Ogo: Wenn das Töten alles ist, was ich tue, dann werde ich fortan nichts tun, als zu töten. Und warmer Wind und geheime Trommeln werden ihm sagen, wo es Wettstreit gibt für jene, die spielen wollen, und jene, die zusehen wollen in den Kellerräumen der Arena, wo die Wände mit Blut bespritzt sind und Innereien zusammengekehrt und an die Hunde verfüttert werden. Sie nannten es Zerstreuung.

Bald fand Sadogo sich in dieser Stadt wieder. Zwei Wachen, die vor Kalindars Toren saßen, sahen ihn und sagten: Geh einhundert Männerschritte, wende dich nach links, geh so viele Schritte, bis du an einem Blinden auf einem roten Schemel vorbeikommst, dann geh nach Süden bis zu einem Loch im Boden mit einer Treppe, die nach unten führt.

Du siehst aus, als wärst du zum Sterben bereit, sagte der Meister der Zerstreuungen, als er Sadogo sah. Der Mann ließ ihn in einen weitläufigen unterirdischen Hof und wies auf eine Zelle.

»In zwei Nächten kämpfst du. Und hier schläfst du. Du wirst nicht gut schlafen, umso besser, wenn du übellaunig erwachst«, sagte er.

Doch Sadogo war nicht übellaunig, sondern schwermütig. Während der Schulung hatte ihn der Meister der Zerstreuungen mit Stöcken geschlagen, doch die Stöcke waren alle zerbrochen und die Männer erschöpft, ehe Sadogo sich auch nur vom Boden erhob.

Über Ogos musst du dies wissen: Die meisten werden nie Freude oder Schwermut empfinden. Die Ogos haben keinen sehr wachen Geist, aber ein Gemüt, das im Handumdrehen von kalt zu hitzig umschlägt. Zwei Ogos, die sagen: Wenn du ihn tötest, tötest du meinen Bruder, können ebendiesem Bruder dennoch den Kopf geradewegs in den Rumpf hämmern. Niemand kann einem Ogo etwas beibringen. Niemand muss es tun. Man macht ihn bloß wütend oder hungrig. Und Sadogo ist mit keinem der anderen Ogos befreundet und sie nicht mit ihm, und einer ist größer als ein Baum und breiter als ein Elefant und einer klein, aber rund und dick wie ein Felsen, und einer hat einen muskulösen Rücken und Schultern, die über seinem Kopf aufragen, und dieser, heißt es, sei ein Affe. Und einer malt sich blau an, und einer isst rohes Fleisch.

Und der Meister sagt: »Schau, ich habe dich nicht in Ketten gelegt. Ich bin niemandes Herr. Du kommst, wenn du kommst, du gehst, wenn du gehst, und was ich auf dich setze, davon erhältst du die Hälfte, und was ich gegen dich setze, davon erhältst du ein Drittel, und wenn du gewinnst, werden dich die Zuschauer mit Kauris und Münze überhäufen, von denen ich nur ein Fünftel einbehalte. *Ko kare da ranar sa.* Was wünschst du dir von dem Geld, mein schwermütiger Ogo?«

»Genug Geld, um auf einer Dhau zu segeln, die mich trägt.«

»Wohin willst du segeln?«

»Es ist mir gleich. Ich segle von etwas fort, nicht auf etwas zu.«

In der Nacht des ersten Kampfes liefen sieben Ogos und Sadogo auf dem Kampfplatz auf. Es war nur ein tiefes Loch im Boden, die Überreste eines Brunnens, der vielleicht zweihundert Armlängen hinabreichte, vielleicht mehr. Mit aus zerklüfteter Erde ragenden Felsen und Simsen von unterschiedlicher Höhe rundherum, auf denen Männer, Edle und Häuptlinge und auch einige Frauen standen. Sie hatten ihre Wetten für alle Kämpfe, vier in jener Nacht, abgegeben. Am Grund des Brunnens erhob sich ein trockener Hügel aus dem Wasser.

Der Meister ließ Sadogo im zweiten Kampf antreten. Dieser hier ist neu, sagte er, er ist frisch, wir nennen ihn Trauermiene. Sadogo kam herunter, einen roten Sarong um die Taille geschlungen, und stellte sich vor den Meister hin. Mögen ihm die Götter des Donners und der Speise Kraft verleihen, denn seht, hier kommt noch einer, sagte der Meister und sprang rasch ins Wasser, um sich von dort auf

einen Sims hinaufzuziehen. Die Männer schrien, jubelten und zankten. Eine Frau wurde in einem Kübel herabgelassen, um die Wettgelder zu sammeln. Der Meister sagte: Oho, was nun, hier kommt er,
der Rückenbrecher, und die Männer auf dem niedrigsten Sims krochen weiter hinauf.

Rückenbrecher war der Garstigste, denn er aß das rohe Fleisch
von dem Tier, das er getötet hatte. Stoßzähne ragten aus seinem
Mund. Jemand hatte seinen ganzen Leib mit roter Erdfarbe bemalt.
Der Meister sagte: Schließt eure Wetten ab, ehrwürdige Herren.
Doch noch ehe er geendet hatte, holte Rückenbrecher aus und be-
förderte Sadogo mit einem Schlag ins Wasser. Die junge Frau schrie:
Zieht den Kübel hoch!, denn der rote Ogo hatte ihn schon beim
Hereinkommen ins Auge gefasst. Rückenbrecher wandte sich der
Zuschauerschar zu und grölte. Sadogo erhob sich aus dem Wasser,
schlug ihn zu Boden und griff sich einen Felsbrocken, um ihm den
Kopf einzuschlagen, doch seine nassen Hände rutschten ab, und
Rückenbrecher wälzte sich zur Seite und hieb ihm gegen das Kinn.
Sadogo spie Blut. Der rote Ogo packte seine mit Nägeln gespickte
Keule und schwang sie nach Sadogos Füßen. Sadogo wich aus und
sprang auf einen der niedrigeren Simse. Rückenbrecher holte mit
seiner Keule aus, aber Sadogo duckte sich und trat ihm in die Eier.
Der rote Ogo ging in die Knie und rammte sich die eigene Nagel-
keule ins linke Auge. Sadogo schlug mit der Keule gegen Rücken-
brechers Kopf, ließ sie ein ums andere Mal niederkrachen. Und dann
hob er den kopflosen Leib vom Boden auf und schleuderte ihn auf
die Männer auf dem niedrigsten Sims.

Sechs stellten sich ihm entgegen, sechs tötete er mit der Keule.

Und so verbreitete sich sein Ruf in ganz Kalindar, und so kamen immer mehr Männer, um zuzuschauen und zu wetten. Und
da der Brunnen klein war und nie genügend Raum für alle bot, legten sie Holzbalken über die Öffnung, damit mehr zuschauen konnten, und der Meister verlangte das dreifache, vierfache, fünffache

Eintrittsgeld und bat auch jene, die bereits bezahlt hatten, vor jedem einzelnen Kampf noch einmal zur Kasse, wenn sie den betrübten Ogo sehen und Wetten auf ihn abschließen wollten.

»Seht ihn euch an, seht, wie seine Miene unbewegt bleibt«, sagten sie.

Er trat allen entgegen, er tötete alle, und bald wurden die Ogos im Land immer weniger. Doch das Mädchen in dem Kübel, das die Wettgelder sammelte, war eine Sklavin, deren Augen ebenso traurig waren wie seine. Sie brachte Essen, obgleich viele Ogos sie zu schänden versuchten. Eines Nachts packte sie einer und sagte: Schau, wie groß er wird, und drückte sie zu Boden, und als er sich auf sie legen wollte, umfasste Sadogos Hand den Knöchel des Ogo, zerrte ihn aus seiner Zelle, schwang ihn wie eine Keule und hämmerte mit ihm auf den Boden ein, bis er keinen Ton mehr von sich gab. Während alldem hatte das Mädchen keinen Ton gesagt, doch der Meister sagte: »Die Götter sollen dich verfluchen, Trauriger, der Riese war gewiss mehr wert als das närrische kleine Mädchen.«

Sadogo wandte sich ihm zu. »Nenn uns nicht Riesen«, sagte er.

Von da an kam das Mädchen zu ihm und setzte sich vor seiner Zelle hin. Sie sang Verse, aber nicht für ihn. Der letzte ist aus den Ländern im Norden und Osten, sagte sie.

»Wir sollten dorthin gehen«, sagte sie.

Keiner ist an mich gebunden, und ich bin an keinen gebunden«, sagte der Meister, als Sadogo sagte, er werde bald fortgehen. »Das Töten hat dich reich gemacht. Aber wohin willst du gehen? Wo hat der Ogo eine Heimat? Und wenn es eine gibt, guter Ogo, meinst du nicht, die anderen hier wären längst dorthin gegangen?«

An jenem Abend kam sie zu ihm und sagte: Ich habe all meine Verse gesagt. Schenk mir neue Worte. Er ging zu dem Gitter, das nicht verriegelt war, und sagte:

Bring Worte zu Stimme und
Fleisch an diese Verse
Kohle und Asche
Züngle eine Flamme
Strahlend hell

Sie starrte ihn durch die Gitterstäbe an.

»Was ich dir sage, ist die Wahrheit, Ogo, du hast eine fürchterliche Stimme, und das ist ein fürchterlicher Vers. Die Griots erhalten ihre Gaben wahrlich von den Göttern.« Dann lachte sie. »Gib mir dieses Wort: Wie ruft man dich?«

»Man ruft mich gar nicht.«

»Wie ruft dich dein Vater?«

»Fluch der Dämonen, die meine Dirne von einer Frau gefickt und sie damit getötet haben.«

Sie lachte wieder.

»Ich lache, aber es macht mich sehr traurig«, sagte sie. »Ich komme zu dir, weil du nicht wie die anderen bist.«

»Ich bin schlimmer. Ich habe dreimal mehr getötet als der tapferste Kämpfer.«

»Ja, aber du siehst mich als Einziger nicht an, als wäre ich die Nächste.«

Er kam ans Gitter und drückte dagegen, und es öffnete sich ein wenig. Sie rutschte ein Stück zur Seite und gab sich alle Mühe, ihr Entsetzen zu verbergen.

»Wahrlich, ich töte alles und jeden. Schneid mir die Haut auf, und sieh dir mein Herz an, und es wird weiß sein. Weiß wie das Nichts.«

Sie sah ihn an. Er war beinahe dreimal so groß wie sie.

»Wärst du tatsächlich herzlos, dann wüsstest du es nicht. Ich heiße Lala.«

Als er dem Meister sagte, er wolle gehen, sagte er ihm nicht, dass er nach Norden und Osten gehen wolle, denn wer solche Verse spricht, wie sie das Mädchen aufsagt, dem würde es auch gleich sein, dass er die größten Männer überragte. Er bat nicht darum, Lala kaufen zu dürfen, hatte aber vor, sie mitzunehmen. Doch der Meister erfuhr, dass seine Wettgeldsammlerin hinter diesen Gedanken steckte. Gewiss sind sie keine Liebenden, denn selbst die riesigsten Frauen können keinen Ogo aufnehmen, und sie ist klein wie ein Kind und zerbrechlich wie ein Stöckchen. Dieser Ogo war ihrem Kopf nah, und er sprach wie sie.

Als Sadogo am Morgen darauf erwachte, sah er, wie sich der blaue Ogo aus ihrem Leib zurückzog und sie zermalmt, zerfetzt und zertrümmert in einem Vollmond aus ihrem eigenen Blut liegen ließ. Sadogo lief nicht zu ihr, er weinte nicht, er verließ seine Zelle nicht, er sprach nicht mit dem Meister darüber.

»Ich werde dich endlich gegen ihn antreten lassen, damit du sie rächen kannst«, sagte der.

Später in der Nacht kam ein anderes Sklavenmädchen zu seiner Zelle und sagte: Schau mich an, ich bin jetzt die Wettmagd. Sie werden mich im Kübel hinunterlassen.

»Sag den alten Männern, es wäre töricht, gegen mich zu wetten.«

»Sie haben schon gewettet.«

»Was?«

»Sie haben ihre Wetten schon gemacht; die meisten haben auf dich gesetzt, manche gegen dich.«

»Was soll das heißen?«

»Es heißt doch, du wärst der kluge Ogo.«

»Sprich einfach und wahr, Sklavin.«

»Der Meister der Zerstreuung hat vor sieben Tagen Sklaven, Boten und Tauben ausgesandt und angekündigt, du würdest in einem Kampf auf Leben und Tod gegen den Blauen antreten.«

Vor dem Kampf erhob sich in dem Brunnen lauter, dichter Lärm und hallte von Erde und Fels wider. Da es ein besonderer Abend der besonderen Zerstreuung war, hatten die Edelmänner in edlen

Gewändern und golddurchwirkten Pantoffeln mehrere Edelfrauen mitgebracht, deren mit Tüchern umwickelte Köpfe wie große, zum Himmel weisende Blumen aussahen. Sie waren ungeduldig, obgleich nach vielen Kämpfen Männer mit gebrochenen Gliedern, zermalmten Köpfen und abgerissenen Hälsen wie geköpfte Hühner zurückblieben. Manche Männer begannen zu fluchen und manche Frauen auch. Holt den mit der Trauermiene, sangen sie. Trauriger Ogo, trauriger Ogo, trauriger Ogo, riefen sie.

Der blaue Ogo warf seinen schwarzen Kapuzenmantel ab und sprang von einem hohen Sims auf den Hügel. Er reckte die Brust heraus. Die Frauen zischten und riefen nach Sadogo. Ich ramme ihm einen Iroko-Baum in den Arsch, dass er aus dem Maul wieder herauskommt, und brate ihn am Spieß, sagte der blaue Ogo.

Sadogo kam von Westen herein, durch einen Tunnel, der noch nie benutzt worden war. Er hatte sich die Knöchel mit Eisenstreifen ummantelt. Der Meister folgte ihm und begann zu schreien.

»Blitzschlag und Donnergrollen, selbst die Götter versuchen gerade, einen Blick hierauf zu erhaschen. Aufgemerkt, ihr werten Herren. Aufgemerkt, ihr guten Weiber und Jungfern. Diesen Tag wird keiner so schnell vergessen. Wer noch nicht gewettet hat, soll jetzt wetten! Wer schon gewettet hat, soll es noch einmal tun!«

Das neue Sklavenmädchen kam in dem Kübel herunter, und Männer warfen Beutel und Münzen und Kauris nach ihr. Einige landeten in dem Kübel, einige trafen ihr Gesicht.

Sadogo sah, wie das neue Sklavenmädchen zum niedrigsten der Simse herabgelassen und dann Stück für Stück wieder hinaufgezogen und dabei umhergeschwungen wurde, um die Wettgelder einzusammeln. Und da hörte er es – Gedichte, die das Mädchen in einer Sprache sang, die er nicht verstand. Eine Sprache, die vielleicht sagen mochte: Sieh uns an, wir reden von Schwermut, und Schwermut ist in jeder Zunge ein und dasselbe Wort. Die Faust des blauen Ogo traf ihn an der Wange, und er spie den Gedanken aus. Er fiel wieder ins Wasser, das ihm in die Nase schoss und ihm die Luft raubte.

Der blaue Ogo winkte der Menge zu, während einige jubelten und einige zischten, deutlich, wenn Sadogos Ohren aus dem Wasser auftauchten, und gedämpft, wenn er wieder umfiel. Der blaue Ogo stapfte um den Hügel herum, schob die Hüfte vor und fickte die Luft. Er schaute auf Sadogo herab und lachte so laut, dass er husten musste. Sadogo erwog, liegen zu bleiben; er hoffte, das Wasser würde ansteigen, vielleicht in einer Springflut, und ihn verschlingen. Der blaue Ogo trat zurück und senkte den Kopf wie ein Bulle. Er rannte drei Schritte und sprang hoch in die Luft. Er verschränkte die Hände, um sie auf Sadogos Kopf zu schmettern. Sadogo stieß den Ellbogen in den Schlamm und warf sein Gewicht in einen Schwinger mit seiner rechten Hand, die die Brust des blauen Ogo durchschlug und aus dem Rücken hervorbrach. Der blaue Ogo riss die Augen weit auf. Die Menge verstummte. Der blaue Ogo fiel um, rollte auf die Seite und zog Sadogo hoch. Die Augen des blauen Ogo waren noch immer aufgerissen. Sadogo brüllte die Wände an, zog die Hand zurück und riss das Herz des blauen Ogo heraus. Der blaue Ogo starrte ihn an, spie Blut und fiel tot um. Sadogo stand auf und warf das Herz auf den mittleren Sims, und die Männer duckten sich weg.

Der Meister der Zerstreuung kam herausgerannt und wandte sich an die Menge.

»Hat es jemals einen so, so schwermütigen Gewinner gegeben, meine Brüder? Wann wird ihn jemand besiegen? Wann wird ihm jemand Einhalt gebieten? Wer wird es sein? Und wessen Tod – ich sagte, wessen Tod – wird ihm ein Lächeln ent...«

Die Leute unmittelbar vor dem Meister sahen es. Eiserne Knöchel, die durch die Brust des Meisters brachen. Die Augen des Meisters rollten nach oben, bis nur noch das Weiße zu sehen war. Der Ogo zog die Hand ruckartig zurück und riss das Rückgrat mit heraus. Der Meister knitterte wie Papier und fiel in sich zusammen. Die

Sklavin schaute von ihrem Kübel herunter. Der ganze Brunnen wurde still, bis eine Frau zu schreien begann. Sadogo lief zu dem ersten Sims, fegte die hölzernen Stützpfeiler um, und schreiende Menschen glitten geradewegs in seine wirbelnde Faust. Einer, zwei, drei. Die vierte versuchte, durch das Wasser davonzulaufen, doch er packte sie am Bein und schwang sie gegen einen anderen Sims voller Männer, sodass sie alle hinunterfielen. Männer und Frauen riefen die Götter an und kletterten die Leitern hinauf. Doch Sadogo riss einen weiteren Pfeiler um, und zwei Simse stürzten hinunter, und mit jedem Hieb, jedem Schlag, jedem Riss, jedem Stoß häufte sich Leib auf Leib. Ein Mann, dem er einen Schlag versetzte, flog in den Schlamm und wurde von ihm verschluckt. Einen anderen stampfte er ins Wasser hinein, bis es sich rot färbte. Und so leerte er Leiter um Leiter und Sims um Sims. Er hüpfte auf einen der verbliebenen Sockel, schleuderte, stieß und drosch Männer herunter und sprang von einem Sims zum nächsten, bis er so weit oben war, dass er die Leute nur noch hinunterwerfen musste, um sie zu töten. Er sprang zur Öffnung des Brunnens, packte zwei, die fortlaufen wollten, und schlug sie mit den Köpfen aneinander. Ein Junge kletterte herauf und rannte gegen ihn. Ein Junge, der noch lange kein Mann war, ein Junge, der wie sein Vater in prächtige Gewänder gekleidet war, ein Junge, der ihn eher neugierig als ängstlich anblickte. Er berührte das Gesicht des Jungen mit beiden Händen, sanft, zart, wie Seide, dann packte er ihn und warf ihn in den Brunnen hinab. Dann schrie er wie ein Tier. Das Sklavenmädchen in dem Kübel hing noch über ihm. Es sagte nichts.

Sadogo hüpfte beinahe auf dem Weg zum Haus dieses Herrn. Dann ging er in sein Zimmer und fing im Handumdrehen an zu schnarchen. Der Büffel fraß im Hof Gras, das faulig schmecken musste, ihm jedoch zu munden schien. Er blickte auf, sah, dass ich den Umhang trug, und schnaubte. Ich zischte und zog daran, tat so, als könnte ich ihn nicht mehr ablegen. Wieder stieß er einen Laut aus, der wie ein Lachen klang, auch wenn keines dieser Horntiere lachen kann, doch wer wusste schon, welcher Gott durch ihn hindurch Unfug trieb.

»Guter Büffel, ist irgendjemand hier gewesen? Jemand in schwarzer oder blauer Kleidung?«

Er schüttelte den Kopf.

»Mit Kleidern in der Farbe von Blut?«

Er schnaubte. Ich wusste, dass er die Farbe von Blut nicht sehen konnte, doch etwas an diesem Bullen weckte in mir die Lust, Späße mit ihm zu treiben.

»Es könnte sein, dass wir beobachtet werden.«

Er wandte sich um, sah mich dann wieder an und gab ein gedehntes Grunzen von sich.

»Wenn ein Mann in Schwarz oder Blau oder mit einem schwarzen Umhang herkommt, dann gib Laut. Aber tu mit ihm, was du willst.«

Er nickte und grunzte.

»Büffel, ehe die Sonne untergeht, sind wir wieder am Flussufer, wo es besseres Gebüsch gibt.«

Er grunzte und peitschte mit dem Schwanz.

Im Zimmer des Leoparden lag nur eine leichte Duftspur in der Luft. Ich hätte tief in die Teppiche hineinriechen können, wenn ich gewollt hätte, durch die Scheiße, das Sperma und den Schweiß von ihm und dem Jungen hindurch, und wittern, wohin sie gegangen waren und noch gehen würden. Doch hier ist die Wahrheit: Es kümmerte mich nicht. In dem Zimmer waren nur noch die Dinge, die sie getan hatten, und keine mehr, die ihnen gehörten. Hier ist noch eine Wahrheit: Ein wenig kümmerte es mich doch noch – genug, um zu wissen, dass sie nach Südwesten gingen.

»Sie sind vor Sonnenaufgang aufgebrochen«, hörte ich den Herrn des Hauses hinter mir sagen. Er trug einen weißen Kaftan, der nicht

verbarg, dass er darunter nackt war. Ein alter Shoga? Das war eine
Frage, die ich nicht stellen wollte.

Er folgte mir, als ich in Sogolons Zimmer ging. Er unternahm keinen Versuch, mich aufzuhalten.

»Wie ist Euer Name, Herr?«, fragte ich.

»Was? Mein Name? Sogolon sagte, es würden keine Namen genannt … Kafuta. Kafuta ist mein Name.«

»Habt vielen Dank für das Obdach, das ihr uns gebt, und das
Essen, Herr Kafuta.«

»Ich bin kein Herr«, sagte er und blickte an mir vorbei.

»Ihr seid der Herr dieses prachtvollen Hauses«, sagte ich.

Er lächelte, aber das Lächeln verschwand rasch wieder aus seinem
Gesicht. Ich hätte gesagt: Führt mich in ihr Zimmer, denn schließlich ist es Euer Haus, hätte ich geglaubt, er wolle ihr Zimmer betreten. Er fürchtete sich nicht vor ihr; vielmehr wirkten sie wie Geschwister oder als teilten sie alte Geheimnisse.

»Ich gehe hinein«, sagte ich. Er blickte mich an, dann an mir vorbei, dann sah er mich wieder an, die Lippen aufeinandergepresst,
um unbekümmert zu wirken. Ich ging auf die Tür zu.

»Kommt Ihr mit?«, fragte ich, wandte mich um und sah, dass er
schon fort war.

Sogolon hatte ihre Tür nicht verschlossen. Nicht, dass die anderen
Türen Schlösser gehabt hätten, doch von ihrer hatte ich das angenommen. Vielleicht glaubt jeder Mann, dass einer alten Frau nur
noch ihre Geheimnisse bleiben, und es war das zweite Mal, dass ich
an Geheimnisse dachte, wenn ich an sie dachte.

Als Erstes trafen mich die Gerüche. Es waren einige darunter, die
ich kannte und die mich aus dem Raum beförderten, und andere,
die ich noch nie gerochen hatte. In der Mitte des Zimmers lagen
ein schwarz-roter Teppich mit den geschwungenen Mustern der
Stoffe aus den Königreichen des Ostens und eine hölzerne Kopfstütze. An die Wände aber waren Runen gemalt, gekrakelt, gekratzt

und geschrieben. Manche klein wie eine Fingerspitze. Manche größer als Sogolon selbst. Von ihnen gingen die Gerüche aus; manche
rochen nach Kohle, manche nach Holzfarbe, manche nach Scheiße und manche nach Blut. Ich sah den Teppich und die Kopfstütze und schenkte dem Boden keine Beachtung. Auch er war voller
Runen; die frischeste war mit Blut gemalt. Der Raum war so über
und über mit Zeichen übersät, dass ich zögerte, an die Decke zu blicken, denn ich wusste, was ich dort sehen würde. Runen, aber auch
eine Reihe von Kreisen, ein jeder größer als der vorherige. Wahrlich, hätte ich das dritte Auge gehabt, ich hätte Runen in der Luft
gesehen.

Ein Geruch, frischer als die anderen, regte sich im Wind und wurde stärker.

»Du ängstigst den Herrn des Hauses«, sagte ich.

»Mein Herr ist er nicht«, sagte Bunshi, als sie sich von der Decke
auf den Boden fließen ließ.

Ich stand reglos und ungerührt da; keinesfalls würde ich mich von
einer schwarzen Masse beunruhigen lassen, die von der Decke herunterkam.

»Ich glaube, ich will gar nicht wissen, wer deine Herren sind«,
sagte ich. »Vielleicht bist du selbst eine Herrin, die niemand mehr
verehrt.«

»Und mit dem Riesen gehst du so sanft um«, sagte sie.

»Nenn ihn Ogo, nicht Riese.«

»Es war sehr edel von dir, einem Mann zuzuhören, der sich die
ganze Welt von der Seele redet.«

»Hast du uns belauscht, Flusshexe?«

»Ist jede Frau für dich eine Hexe, Wolfsauge?«

»Und wenn?«, sagte ich.

»Alles, was du von Frauen weißt, ist, wie deine Mutter auf dem
Schwanz deines Großvaters auf und ab hüpft, aber du gibst allen
Frauen auf der Welt die Schuld dafür. Der Tag, an dem dein Vater

starb, war der erste Tag in Freiheit, den deine Mutter je erlebte, bis
dein Großvater sie wieder versklavte. Du hast nichts getan, als die
Frau leiden zu sehen und ihr die Schuld dafür zu geben.«

Ich ging zur Tür. Ich würde mir das nicht weiter anhören.

»Das sind Schutzrunen«, sagte ich.

»Woher weißt du das? Die Sangoma. Natürlich.«

»Sie hatte die Baumstämme damit überzogen, manche geschnitzt,
manche eingebrannt, manche in der Luft und an Wolken und auf
dem Boden hinterlassen. Aber sie war eine Sangoma. So zu leben
heißt zu wissen, dass sich böse Mächte Tag und Nacht erheben, um
dir nachzustellen. Oder Geister, denen unrecht getan wurde.«

»Wem hat die Sangoma unrecht getan?«

»Ich meinte Sogolon, nicht sie.«

»Welch eine Geschichte du um sie gestrickt hast.«

Ich trat ans Fenster und berührte die Zeichen, die den gesamten
Rahmen bedeckten. »Das sind keine Runen.«

»Es sind Glyphen«, sagte Bunshi.

Ich wusste, dass es Glyphen waren. Wie die Brandzeichen auf der
Haut des Angreifers, der durch das Fenster der Dirne geklettert war.
Wie jene auf der Botschaft am Bein der Taube. Aber es waren nicht
exakt die gleichen Symbole; ich war mir nicht ganz sicher.

»Hast du sie schon einmal gesehen?«, fragte sie.

»Nein. Sie schreibt Runen, um sich die Geister vom Leib zu halten. Wozu braucht sie Glyphen?«

»Du stellst zu viele Fragen.«

»Ich brauche keine Antwort. Aber ich ziehe noch heute los, vor
Sonnenuntergang.«

»Heute? Muss ich dir eigens sagen, dass das zu früh ist?«

»Zu früh? Wir sind seit einem Mond und mehreren Tagen unterwegs. Einen Mond haben wir schon in einem Wald verschwendet,
den niemand hätte betreten sollen. Der Ogo und ich, wir gehen heute Abend. Und jeder, der mitkommen will. Vielleicht der Büffel.«

»Nein, Wolfsauge. Es gibt hier noch mehr zu entdecken. Noch mehr zu …«

»Zu was? Ich bin hier, um ein Kind zu finden, mein Gold einzustreichen und dann den nächsten verloren gegangenen Ehemann zu suchen, der gar nicht verloren gegangen ist.«

»Es gibt Dinge, von denen weißt du nicht, dass du sie nicht weißt.«

»Ich weiß, wohin das Kind geht.«

»Dieses Geheimnis behältst du für dich?«

»Ich sage es dem, der es meiner Meinung nach wissen muss. Vielleicht hast du uns einen Auftrag erteilt, den wir gar nicht zu Ende bringen sollten. Gute … was immer du bist, denn ich weiß es wahrhaftig nicht … Wie steht es jetzt um deine Gefährten? Nyka und seine Frau …«

»Sie hat einen Namen.«

»Fick die Götter, wenn er mich kümmern sollte. Zudem sind sie als Erste aufgebrochen, ehe wir auch nur das Tal verlassen hatten. Der Leopard ist fort und Fumeli ebenso, nicht dass der Junge von großem Nutzen gewesen wäre, und nun ist auch deine Sogolon irgendwohin verschwunden. Dies ist die Wahrheit: Ich habe ohnehin nicht eingesehen, warum man eine ganze Gruppe braucht, um ein Kind zu finden. Keiner von uns hat es eingesehen. Weder Nyka noch die Katze und auch deine Hexe nicht.«

»Denk wie ein Mann und nicht wie ein Kind, Sucher; es ist keine Aufgabe für einen oder zwei.«

»Und doch hast du nicht mehr als zwei. Wenn Sogolon zurückkehrt und willens ist, werden wir zu dritt sein.«

»Einer, drei oder vier könnten ebenso gut keiner sein. Bräuchte ich nur jemanden, um das Kind zu finden, Sucher, dann hätte ich zweihundert Sucher und ihre Hunde anheuern können. Zwei Fragen; du kannst dir aussuchen, welche du zuerst beantwortest. Glaubst du, sein Entführer wird ihn dir aushändigen, nur weil du sagst: Hier bin ich, gib mir den Jungen?«

»Er wird …«

»Ist der Sucher ein solcher Narr, dass er glaubt, ich sei die Einzige, die nach diesem Kind sucht?«

»Wer sucht es noch?«

»Der, der dich im Traum besucht. Haut wie Teer, rotes Haar, wenn du ihn siehst, hörst du schwarze Flügel schlagen.«

»Ich kenne diesen Mann nicht.«

»Er kennt dich. Man nennt ihn den Aesi. Er steht im Dienste des Nordkönigs.«

»Warum sollte er mich in meinen Träumen besuchen?«

»Es sind deine Träume, nicht meine. Du hast etwas, was er will. Vielleicht weiß auch er, dass du das Kind gefunden hast.«

»Erzähl mir mehr von diesem Mann.«

»Geisterbeschwörer. Hexer. Er ist der Berater des Königs. Aus einer alten Ahnenreihe von Mönchen, die anfingen, Geheimwissenschaft zu betreiben und Teufel zu beschwören und aus dem Orden verbannt wurden. Der König holt zu allem seinen Rat ein, und sei es, in welche Richtung er spucken soll. Wusstest du, dass man Kwash Dara den Spinnenkönig nennt? Denn er bewegt sich stets mit vier Armen und vier Beinen vorwärts, nur dass je zwei dem Aesi gehören.«

»Warum will er den Jungen?«

»Wir haben darüber gesprochen. Der Junge ist Beweis für die Morde.«

»Sind die Leichen nicht Beweis genug? Oder glaubt man, die Frau habe sich selbst entzweigeschnitten? Wer ist der Junge?«

»Der Junge ist der letzte Sohn des letzten ehrlichen Mannes in den zehn und drei Königreichen. Ich werde ihn retten, und wenn es das Letzte ist, was ich auf dieser Welt oder irgendeiner anderen tue.«

»Ich frage kein drittes Mal.«

»Was wagst du es, mich überhaupt etwas zu fragen! Wer bist du, dass du von mir Erklärungen verlangst? Bist du jetzt mein Herr, ist es das, was du willst?«

Ihre Augen traten hervor, und die Flosse schoss aus ihrem Kopf.
»Nein. Ich will nichts als Ruhe. All das ermüdet mich.« Ich wandte mich um und verließ den Raum. »In zwei Tagen gehe ich.«

»Nicht heute?«

»Nicht heute. Offenbar gibt es hier noch mehr herauszufinden.«

»Wo ist das Kind? Wie viele Monde ist es entfernt?«

»Sprich nie wieder von meiner Mutter«, sagte ich.

Nachts war ich wieder in einem Traumdschungel. Ein neuer Traum, in dem ich mich fragte, warum ich ihn träumte und warum Bäume und Büsche und bittere Regentropfen darin vorkamen. In dem ich mich bewegte, ohne zu gehen, und wusste, etwas würde sich auf einer Lichtung zeigen oder im Spiegel einer Pfütze oder im einsamen Ruf eines einsamen Geistervogels. Würde enthüllen, was ich bereits wusste. Die Sangoma hatte mir einmal gesagt, im Traumdschungel finde man Dinge, die in der wachen Welt verborgen blieben. Und dieses Verborgene könne eine Begierde sein. Das Wissen steckt in Blättern, in Erde und in Nebel, in Hitze, die so dicht ist wie ein Geist, und es ist ein Dschungel, weil der Dschungel der einzige Ort ist, wo hinter einem großen Blatt alles lauern kann. Der Dschungel findet dich, du kannst nicht nach ihm suchen, und darum fragt sich jeder im Dschungel, was ihn dorthin verschlagen hat. Aber wenn du nach dem Sinn suchst, verlierst du den Verstand. Auch das hatte die Sangoma gesagt.

Also fragte ich nicht nach dem Sinn, als das Rauchmädchen als Erste auf mich zugerannt kam und dann an mir vorbeirannte, nicht aus Missachtung, sondern weil sie so an meine Anwesenheit gewöhnt war. Und im Dschungel war ein Mann, den ich nur anhand der Haare an seinen Händen und Beinen sah. Er berührte mich an der Schulter und an der Brust und am Bauch, berührte meine Stirn mit der seinen, dann griff er sich zwei Speere und ging fort. Und der Giraffenjunge stand mit weit gespreizten Beinen da, und der Junge ohne Beine rollte sich zu einer Kugel zusammen und kullerte zwischen

ihnen hindurch, und der Sandhaufen in der Mitte des Buschs blinzelte und lächelte, und der Albino erhob sich aus dem Sand, als
wüchse er daraus hervor und hätte sich nicht bloß darunter versteckt. Dann nahm er einen Speer und ging den Mann suchen, für
den ich keinen Namen hatte, obgleich es mir ein warmes Gefühl gab
zu wissen, dass ich seinen Namen kenne. Ich war stehen geblieben
und ging dennoch weiter, und das Rauchmädchen setzte sich auf
meinen Kopf und sagte: Erzähl mir eine Geschichte mit einer Ameise, einem Gepard und einem magischen Vogel, und ich hörte jedes
Wort, das sie sagte.

FÜNFZEHN

Ein Geist weiß, wen es zu erschrecken gilt. Wenn die Sonne auf den Mittag zugleitet, greifen sich Männer und Frauen ihre Kinder und rennen heim, schließen die Fenster und ziehen die Vorhänge vor, denn in Kongor ist der Mittag die Geisterstunde, die Stunde des Tieres, wenn die Erde von der Hitze aufplatzt und siebentausend Teufel entlässt. Ich fürchte mich nicht vor Teufeln. Ich ging nach Süden und dann an der Grenzstraße zum Nimbe-Viertel entlang nach Westen. Dann folgte ich einer krummen Straße in Richtung Süden und einer Gasse in Richtung Westen und schließlich wieder nach Süden, bis ich zur Großen Halle der Aufzeichnungen gelangte.

Kongor bewahrte alle Aufzeichnungen über den gesamten Norden und die meisten freien Länder auf, und die Halle der Aufzeichnungen stand jedem offen, der den Grund seines Besuchs nannte. Doch niemand kam in diese großen Räume, fünf hohe Stockwerke voller in Regalen gestapelter Schriftrollen, so hoch wie nur irgendein Palast in Kongor. Die Halle der Aufzeichnungen war wie der Palast der Wolken am Himmel – die Menschen waren zufrieden, dass es sie gab, ohne sie je zu betreten und dort ein Buch oder ein Schriftstück zu lesen oder sich ihr auch nur zu nähern. Ich hoffte, auf dem Weg dorthin einem Dämon zu begegnen oder einem Geist, der den Hunger meiner beiden Äxte stillen würde. Mir war wirklich nach einem Kampf.

Es war niemand da bis auf einen alten Mann mit einem Buckel auf dem Rücken.

»Ich suche die Aufzeichnungen der großen Ältesten. Auch die über die Steuern, die sie entrichtet haben«, sagte ich zu dem alten

Mann. Er blickte nicht von den großen Landkarten auf, über die er gebeugt war.

»Diese jungen Leute – zu heißer Nacken, zu dicke Eier. Und der große König, an dem das einzig Große das Echo seiner Stimme ist, was bedeutet, dass er gar nicht groß ist, erobert ein Land und sagt: Dieses Land gehört nun mir, ändert die Karten, und ihr jungen Männer zeichnet neue Karten mit Papyrus und Tinte und ersetzt die alten und vergesst ganze Länder, als hätten die Götter der Unterwelt ein Loch in die Erde gerissen und den ganzen Landstrich eingesaugt. Sieh, du Narr. Sieh!«

Der Meister der Bibliothek blies mir Staub ins Gesicht.

»Wahrlich, ich weiß nicht, was ich sehe.«

Er legte die Stirn in Falten. Ich wusste nicht, ob sein Haar vom Alter oder vom Staub weiß geworden war.

»Schau in die Mitte. Siehst du es nicht? Bist du blind?«

»Nicht, wenn ich dich sehen kann.«

»Keine Frechheiten in dieser großen Halle und Schande über das Weib, aus dem du kamst.«

Ich unterdrückte ein Lächeln. Auf dem Tisch standen fünf dicke Kerzen, eine so hoch, dass sie seinen Kopf überragte, eine andere so weit niedergebrannt, dass sie irgendetwas in Brand setzen würde, wenn man sie unbeaufsichtigt ließ. Hinter ihm Türme über Türme aus Papier, Papyrus, Schriftrollen und in Leder gebundenen Büchern, bis zur Decke aufgeschichtet. Ich war versucht zu fragen, was er täte, wenn er eines aus der Mitte benötigte. Zwischen den Türmen waren Schriftrollenbündel und flach aufeinandergelegte lose Seiten. Staub ballte sich unmittelbar über seinem Kopf zu einer Wolke, und Katzen, die sich an Ratten fett gefressen hatten, huschten davon.

»Ruft die Götter, nun ist er nicht nur blind, sondern auch noch taub«, sagte der Meister der Bibliothek. »Mitu! Dieser Meister der Kartenkünste, wie er sich zweifellos nennt, hat Mitu vergessen, die Stadt in der Mitte der Welt.«

Ich schaute wieder auf die Karte. »Diese Karte ist in einer Zunge verfasst, die ich nicht lesen kann.«

»Manche dieser Pergamente sind älter als die Kinder der Götter. Das Wort ist göttlicher Wille, heißt es. Das Wort ist allen außer den Göttern unsichtbar. Wenn Frau oder Mann Worte schreiben, wagen sie es daher, dem Göttlichen ins Auge zu blicken. Oh, welche Macht.«

»Die Steuer- und Haushaltsaufzeichnungen der großen Ältesten suche ich. Wo sind ...«

Er sah mich an wie ein Vater, der sich damit abgefunden hat, welche Enttäuschung der Sohn darstellt.

»Welchen der großen Ältesten suchst du?«

»Fumanguru.«

»Ach? Nennt man ihn nun schon groß?«

»Wer sagt, dass er es nicht sei, alter Mann?«

»Ich nicht. Mir sind die Ältesten und ihre angebliche Weisheit gleich. Die Weisheit ist hier.« Der Meister der Bibliothek deutete hinter sich, ohne sich umzuwenden.

»Das klingt nach Ketzerei.«

»Es *ist* Ketzerei, junger Narr. Aber wer soll es hören? Du bist mein erster Besucher seit sieben Monden.«

Dieser alte Lump schickte sich an, mein liebster Bewohner Kongors zu werden, Büffel ausgenommen. Vielleicht weil er zu den wenigen gehörte, die nicht auf mein Auge wiesen und sagten: Wie kommt das? Ein ledergebundenes Buch, das sein eigenes Podest hatte und groß wie ein halber Mann war, öffnete sich, und Lichter und Trommeln strömten daraus hervor. Nicht jetzt, schrie er, und das Buch schlug von selbst wieder zu.

»Die Aufzeichnungen der Ältesten sind dort hinten. Geh nach links und dann in Richtung Süden an dem Fass mit den Schriftrollen vorbei bis zum Ende. Fumanguru trägt den weißen Vogel der Ältesten und das grüne Zeichen seines Namens.«

Im Gang roch es nach Staub, Papierfäule und Katzen. Ich fand Fumangurus Steueraufzeichnungen. Dann setzte ich mich in der Halle auf einen Bücherstapel und stellte die Kerze auf den Boden.

Er hatte hohe Steuern gezahlt, und als ich die Aufzeichnungen anderer Leute angeschaut hatte, darunter die Belekuns des Großen, wurde mir klar, dass er mehr gezahlt hatte als notwendig. Sein letzter Wunsch, dass seine Kinder seine Ländereien bekommen sollten, war auf einem losen Papyrus niedergeschrieben. Und es waren viele in weiches Leder und haarige Kuhhaut gebundene kleine Bücher dort. Seine Geschäftsbücher, seine Aufzeichnungen oder seine Tagebücher oder alles zusammen. Ein Satz hier besagte, es sei sinnlos, Kühe zu halten, wo es Tsetsefliegen gebe. Ein Satz dort fragte: Was sollen wir mit unserem ruhmreichen König tun? Und dies:

Ich fürchte, ich werde nicht für meine Kinder da sein, und dies schon bald. Mein Geist weilt im Hause Olambulas, der Göttin, die alle Männer von edlem Gemüt beschützt. Doch bin ich edel?

Schon wünschte ich mir, einen Toten ohrfeigen zu können. Der Alte war verstummt. Fumanguru jedoch:

Tag des Abdula Dura
Der Älteste Ebekua nahm mich also beiseite und sagte: Fumanguru, ich habe Kunde aus den Landen des Himmels und den Kammern der Unterwelt erhalten, die mich schaudern lässt. Die Götter haben untereinander Frieden geschlossen und die Geister der Nahrung und des Überflusses mit den Teufeln, und in allen Himmeln herrscht Eintracht. Ich sagte: Das glaube ich nicht, denn es verlangte den Göttern mehr ab, als in ihrer Macht steht. Siehe, die Götter können sich selbst kein Ende setzen; selbst als sich der mächtige Sagon das Leben nehmen wollte, verwandelte er es nur. Für die Götter gibt es nichts zu entdecken, nichts Neues. Die Götter verfügen nicht über

die Gabe, sich selbst zu überraschen, wie sie selbst wir, die wir durch den Staub krauchen, im Übermaß besitzen. Was anderes sind unsere Kinder als Menschen, die uns stets aufs Neue überraschen und enttäuschen? Ebekua sagte zu mir: Basu, ich weiß nicht, auf welchem Wege dir derlei Gedanken gekommen sind, doch sage ihnen Lebewohl, und lass uns nie wieder von solchen Dingen sprechen.

Ein kleineres, in Alligatorhaut gebundenes Büchlein begann mit diesen Worten:

Tag des Basa Dura
Ach, ich sollte also Kwash Daras Willen kennen? Denkt er das? Hat er nicht gewusst, dass ich selbst in unserem Knabenalter bereits ein unabhängiger Mann war?

Fünf Seiten weiter:

Mond des Bufa

Dann nichts, bis schließlich ganz am Ende der Seite stand, so weit unten, dass die Wörter beinahe hinunterfielen:

Die Ältesten besteuern? Mit einer Steuer auf Getreide? Etwas, was so lebenswichtig ist wie Luft?
Mond des Obora Gudda
Tag des Maganatti Jarra bis Maganatti Britti
Heute hat er uns befreit. Der Regen wollte nicht aufhören. Werk der Götter.

Ich warf das Buch hin und nahm ein anderes zur Hand, das in haarige, schwarz-weiß gefleckte Kuhhaut statt in glänzendes Leder gebunden war. Die Seiten wurden von leuchtend roten Fäden zusammengehalten, was bedeutete, dass dies das neueste Buch war, obgleich es in der Mitte des Stapels lag. Sicherlich hatte er es mitten hineingesteckt. Er hatte die Reihenfolge der Bände durcheinandergebracht, damit niemand ohne Weiteres die Geschichte seines Lebens nachvollziehen könnte, dessen war ich mir gewiss. Eine Katze schoss an mir vorbei. Ein Flattern über meinem Kopf ließ mich aufblicken. Zwei Tauben flogen aus einem Fenster hoch über mir.

Was ist dies für ein Jahr, wenn nicht eines der wahnsinnigen Herren?
Mond des Sadassaa
Tag des Bita Kara
Es gibt Männer, für die ich keinerlei Liebe mehr empfinde, und es gibt die Worte, die ich in eine Botschaft schreibe, welche ich nie abschicken werde, oder in einer Zunge, die sie niemals lesen werden.

Tag des Lumasa
Was ist die Liebe zu den Kindern, wenn nicht ein Wahn? Ich betrachte den Zauber meines kleinsten Jungen und weine, und ich betrachte die Muskeln und die Kraft des ältesten und lächle und empfinde einen Stolz, von dem es heißt, er solle den Göttern vorbehalten bleiben. Und für diese beiden und die vier dazwischen empfinde ich eine Liebe, die mich ängstigt. Ich sehe sie an, und ich weiß es, ich weiß es, ich weiß es. Ich würde alle töten, die kämen und meinen Söhnen etwas antun wollten. Ich würde sie ohne Gnade und ohne Zögern töten. Ich würde nach ihrem Herzen wühlen und es herausreißen und ihnen in den Mund stopfen, und wenn es die Mutter meiner Söhne selbst wäre.

Sechs Söhne.
Sechs Söhne.

Mond des Guraandhala
Tag des Garda Duma
In derselben Nacht ließ mich Belekun in Frieden. Ich schrieb die
ganze Nacht hindurch. Dann hörte ich ein Wimmern, eine barsche
Erwiderung, einen Schrei, der von einer Ohrfeige abgeschnitten wur-
de, und eine weitere barsche Erwiderung. Vor meiner Tür, vier Türen
weiter. Ich stieß sie auf, und da war Amaki der Schlüpfrige. Sein
Rücken war schweißnass. Ich würde gern sagen, es sei der Gott des
Eisens gewesen, doch es war meine eigene Wut, die in meinem eige-
nen Kopf aufstieg. Seine Ifa-Schale stand zu seinen Füßen auf dem
Boden. Ich ließ sie auf seinen Kopf niederkrachen. Wieder und wie-
der. Er brach auf dem Mädchen zusammen, bedeckte es zur Gänze.
Bald werden sie kommen, um mich zu holen. Afuom und Duku sag-
ten mir: Sorge dich nicht, kleiner Bruder, wir haben Vorkehrungen
getroffen. Wir werden kommen, um deine Frau und deine Söhne zu
holen, und man wird glauben, sie seien verschwunden wie eine
flüchtige Erinnerung.

Er hatte sich in Kongor versteckt.
Sechs Söhne.
Zwischen diesem Buch und dem darunterliegenden steckte ein
Stück Papyrus. Ich merkte, dass ihm einmal ein starker Duft ange-
haftet hatte, wie eine Botschaft, die man einer Mätresse schickt. Sei-
ne eigene Handschrift, doch weniger grob und hastig als in seinem
Tagebuch. Da stand:

Ein Mann wird bereitwillig Elend durchleiden, um der Wahrheit auf
den Grund zu gehen, doch er wird keine Langeweile durchleiden.

Basu Fumanguru ist ein Mann, der nördlich des Sandmeeres gewesen war. Das vermute ich aufgrund der dortigen Liebe zu Rätseln,
Spielen und Doppeldeutigkeiten, zuweilen an der Grenze zu einer

bösen Stadt, wo man auf der Stelle getötet wurde, wenn man die falsche Antwort gab. Für wen war das bestimmt? Für ihn selbst oder den, der es las? Doch Fumanguru hatte gewusst, dass es eines Tages jemand lesen würde. Er wusste, dass gewisse Mächte hinter ihm her waren, und hatte all seine Bücher und Papiere hierherbringen lassen. Niemand nahm etwas aus der Halle der Aufzeichnungen, nicht einmal der König. Jemand würde sich auf die Suche machen, vielleicht nach den besagten Schriften, die niemand finden konnte und die es vielleicht gar nicht gab. All das Gerede von Schriften wider den König, als hätte niemand je einen Einspruch gegen ihn zu Papier gebracht. Und doch lagen unter diesen persönlichen Aufzeichnungen keine Schriften, nur seitenweise Listen für die Steuer, auf denen er vermerkte, wie viele Kühe er seit dem Vorjahr dazugewonnen hatte. Listen über die Getreideernte in Malakal. Und Berichte über die Ländereien seines Vaters und die Mitgift für die Tochter seines Vetters, zu der er beigetragen hatte.

Bis ich bei einer Seite aus altem Papyrus voller Linien und Kästchen und Namen angelangte. Das Kerzenlicht schien nun heller, was bedeutete, dass es draußen dunkler wurde. Vom Hüter der Bücher war nichts zu hören, und ich fragte mich, ob er noch da war.

Die Kerze brannte langsam herunter. Oben auf der Seite stand in großen Buchstaben *Kwash Moki*. Der Vater des Urgroßvaters des Königs. Moki hatte vier Söhne und zwei Töchter. Der älteste Sohn war der gefeierte König Kwash Liongo und unter seinem Namen vier Söhne und fünf Töchter. Unter Liongos Namen sein dritter Sohn, Kwash Aduware, der König wurde, und unter ihm Kwash Netu. Unter Netu zwei Söhne und eine Tochter. Der älteste Sohn ist Kwash Dara, unser heutiger König. Ich glaube nicht, dass ich den Namen der Schwester des Königs kannte, ehe ich ihn dort geschrieben sah. Lissisolo. Sie opferte sich auf, um einer Göttin zu dienen, welcher, weiß ich nicht, aber eine Dienerin der Göttin verliert ihren alten Namen im Tausch gegen einen neuen. Meine Wirtin hatte einmal gesagt, es heiße, sie sei keine Nonne, sondern eine Irre gewesen. Denn ihr Verstand habe es nicht ertragen, etwas Schreckliches getan zu haben. Worum es sich bei dieser schrecklichen Tat handelte, wusste sie nicht. Doch sie war schrecklich gewesen. Lissisolo wurde in eine Bergfeste ohne Eingang oder Ausgang verbannt, sodass auch die ihr dienenden Frauen auf ewig eingesperrt waren. Ich legte den Stammbaum beiseite, in Gedanken noch immer mit Fumangurus Rätsel beschäftigt.

Unter dem Stammbaum war seine Handschrift zu lesen. Weitere Listen und Aufzeichnungen und Listen anderer Leute und Aufzeichnungen anderer Leute und eine Auflistung der Nahrungsvorräte sämtlicher Ältesten und eine Liste seiner Besucher und weitere Tagebücher, die teils mehrere Jahre vor den obenauf liegenden einsetzten. Und sogar zwei kleine Bücher mit seinen Ratschlägen in Sachen Liebe, die er zu einer Zeit verfasst zu haben schien, da der König und er alles andere als Liebe gesucht hatten. Und Bücher ohne Wörter und Seiten, die dufteten, und Zeichnungen von Schiffen und Bauwerken und Türmen höher als alle in Malakal und ein Buch, das die Geschichte der verbotenen Reise in den Mweru erzählte und in dem ich, als ich es aufschlug, Glyphen sah, welche jedoch keinen glichen, die ich zuvor gesehen hatte.

Und auch dies: Buch um Buch und Seite um Seite über die Weisheit und die Weisungen der Ältesten. Sprichwörter, die er gehört oder selbst ersonnen hatte, ich wusste es nicht. Und Aufzeichnungen über die Zusammenkünfte der Ältesten, die nicht einmal alle aus seiner Feder stammten. Ich verfluchte ihn rundheraus und ausdauernd, bis die Weisheit über mich kam.

Ich durchlitt Langeweile.

Genau wie er es geschrieben hatte. Dann wurde mir die ganze Klugheit seines Tuns auf einen Schlag bewusst, so als hätte mir ein Windstoß unvermittelt eine Blume ins Gesicht geblasen. Langeweile durchleiden, um zur Wahrheit vorzudringen. Nein, Langeweile durchleiden, um der Wahrheit auf den Grund zu gehen. Um zu der Wahrheit auf dem Grund vorzudringen.

Ich griff mir zwei Stapel Bücher und Papiere, dir mir beide bis zum Kinn reichten, schob sie beiseite und sah ein Buch auf dem Boden liegen. Roter Ledereinband, mit einem Knoten zugebunden, was die Flammen meiner Neugierde höherschlagen ließ. Die Seiten waren leer. Ich fluchte wieder und war kurz davor, es durch den Raum zu schleudern, als die letzte Seite aufflatterte. *Wo Vögel hereinkommen*, stand dort. Ich schaute zum Fenster hinauf. Natürlich. Dort auf dem Fensterbrett waren zwei lose Holzplanken. Ich kletterte hinauf und schob sie zur Seite. Unter dem Holz war eine Tasche aus rotem Leder, darin große, lose Seiten. Ich blies den Staub von der ersten Seite, auf welcher stand:

Eine Schrift, dem König vorzulegen
Von seinem untertänigsten Diener Basu Fumanguru

Ich betrachtete das Ding, für das schon Leute umgebracht worden waren. Das Ding, das Männer dazu brachte, Ränke zu spinnen und Pläne zu schmieden; diese losen, schmutzigen und übel riechenden Seiten, die das Leben vieler Männer beeinflusst hatten. Auf manchen wurde das Ende der Folterstrafe und die Einführung von Geldstrafen für kleinere Vergehen gefordert. Auf einer wurde verlangt, dass der Besitz eines Toten auf seine erste Frau übergehen solle. Auf einer aber wurde dies erklärt:

Dass alle freien Männer im Lande, jene, die so geboren sind, und jene, denen die Freiheit geschenkt wurde, niemals versklavt oder wieder versklavt werden noch ihre Leben für den Krieg bestimmt werden sollen, ohne dass ihnen gezahlt werde, was sie wert sind. Und diese Freiheit soll auch ihren Kindern und Kindeskindern zuteilwerden.

Ich wusste nicht, ob der König ihn dafür hätte ermorden lassen, doch ich kenne viele, die es getan hätten. Und dann war da noch dies:

Jeden gerechten Mann, der eine Klage wider den König führen will, soll das Gesetz schützen, und kein Schaden soll über ihn oder seine Nächsten kommen. Und sollte die Klage wider den König abgewiesen werden, soll er keinen Schaden erleiden. Und sollte zugunsten des Mannes entschieden werden, soll er keinen Schaden erleiden.

Fumanguru war wahrlich der Weiseste der Weisen oder aber der närrischste aller Träumer. Oder er vertraute auf die Güte des Königs. Das Gewagteste und Närrischste kam zum Schluss:

Dass das Haus der Könige zu den Bräuchen zurückkehren soll, die die Götter verfügt haben, und von diesem Wege abkommt, der seit sechs Generationen die Bräuche der Könige verderbt. Dies fordern wir: dass der König der von den Göttern des Himmels und den Göttern unter der Erde bestimmten natürlichen Ordnung folgen solle. Dass er zur Reinheit der Ahnenreihe zurückkehren solle, wie sie in den Worten lange verstorbener Griots und vergessener Zungen festgelegt ist. Dass die Könige des Nordens, solange sie sich nicht auf den reinen Pfad begeben, wider den Willen all dessen handeln, was recht und gut ist, und dass nichts den Sturz dieses Hauses oder seine Eroberung durch ein anderes verhindern soll.

Er nannte das Königshaus verderbt. Und rief zu einer Rückkehr zur wahren Linie der Könige auf, die man vor sechs Generationen unterbrochen hatte, sonst würden die Götter den Sturz des Hauses Akum herbeiführen. Fumanguru hatte sein eigenes Todesurteil verfasst, Worte, die seine Hinrichtung garantierten, ehe sie auch nur den König erreichten, die er jedoch an geheimem Ort verborgen hatte. Damit sie von wem gefunden wurden?

Ich las also die meisten seiner Tagebücher und blätterte alle durch, auch dasjenige, das er bis zu seinem Tod geführt hatte. Dies wusste ich: Der letzte Eintrag war vom Tag vor seiner Ermordung, und doch lag das Buch hier in dieser Halle der Bücher. Doch nur er selbst konnte seinem Stapel etwas hinzugefügt haben; keinem anderen wäre das erlaubt gewesen. Wer bin ich, der Unvernunft mit Vernunft zu Leibe zu rücken? Es gab keine Abschiedsformeln, keine letzten Anweisungen, nicht einmal die Tunke der Bitterkeit von einem, der weiß, dass der Tod naht, sich aber nicht mit seinem Schicksal abfinden kann.

Doch etwas stimmte nicht. Er erwähnte den Jungen nicht. Kein einziges Mal. Der Junge musste etwas verströmt haben – den Duft von etwas Größerem, Tieferem, Wichtigerem, so offensichtlich wie der, den ich an der Puppe gerochen hatte, aber stärker –, wenn dieser Junge der Grund dafür war, dass er und seine Sippe von den Omoluzu gejagt und getötet wurden. Doch hier stand nichts über den Wert des Jungen, nichts über seine Verwandten, nicht einmal etwas über seinen Nutzen. Selbst vor seinen eigenen Aufzeichnungen hielt Fumanguru ihn verborgen, auf seine Weise sogar vor sich selbst. Und unter den Gerüchen, die von den Seiten ausgingen, war etwas Säuerliches. Etwas, was verschüttet worden und eingetrocknet war, was von einem Tier stammte, nicht aus der Erde oder von Palmen oder Lianen. Milch. Nicht mehr zu sehen, aber noch immer da. Ich erinnerte mich an eine Frau, an deren Brust ein Kind getrunken und die mir auf höchst sonderbare Weise eine Botschaft gesandt und mich gebeten hatte, sie vor ihrem Ehemann und Entführer zu retten. Ich griff nach der Kerze.

»Es sind schon größere Feuer aus kleineren Flammen entstanden«, sagte er.

Ich fuhr zusammen und griff nach meinen Äxten, doch sein Schwert war schon an meinem Hals. Ich hatte Myrrhe gerochen, aber geglaubt, der Meister der Bibliothek habe eine alte Flasche hinter sich stehen.

Der Präfekt.

»Bist du mir hierhergefolgt, oder hast du mich verfolgen lassen?«, fragte ich.

»Du willst wissen, ob du einen oder zwei Männer töten musst?«

»Das habe ich nicht …«

»Trägst du noch immer diesen Vorhang von vor zwei Tagen?«

»Bei den Göttern, wenn noch einmal jemand sagt, ich trüge einen Vorhang …«

»Solche Muster schmücken die Vorhänge reicher Männer. Bist du nicht vom Flussvolk? Warum trägst du nicht bloß Erdfarbe und Butter?«

»Weil ihr Kongori sonderbare Ansichten über Bekleidung und Nichtbekleidung habt.«

»Ich bin kein Kongori.«

»Dein Schwert ist an meinem Hals. Beantworte meine Frage.«

»Ich bin dir selbst gefolgt. Wurde es aber leid, als ich merkte, dass sich der Riese die ganze Nacht lang bei dir ausweinen würde. Seine Geschichten waren unterhaltsam, aber sein Geheule unerträglich. So wird bei uns im Osten nicht getrauert.«

»Du bist nicht im Osten.«

»Und du bist nicht bei den Ku. Warum wolltest du den Wisch verbrennen?«

»Nimm die Klinge von meinem Hals.«

»Warum sollte ich?«

»Weil ich eine Klinge zwischen den großen Zehen habe. Töte mich, und vielleicht falle ich und sterbe vor dir. Oder ich trete dich und mache dich zum Eunuchen.«

»Leg es aus der Hand.«

»Denkst du, ich bin so weit gekommen, nur um das zu verbrennen?«, sagte ich.

»Ich denke gar nichts.«

»Das ist für einen Präfekten nichts Neues.«

Er drückte die Klinge fester gegen meinen Hals.

»Das Papier. Leg es hin.«

Ich legte es aus der Hand und schaute zu ihm auf. »Sieh mich an«, sagte ich. »Ich werde dieses Blatt über die Flamme halten, denn ich glaube, dass es mir etwas enthüllen wird. Ich kenne dich nicht und weiß nicht, wie dumm du bist, aber einfacher kann ich es nicht ausdrücken.«

Er zog das Schwert zurück.

»Woher weiß ich, dass du nicht lügst?«, sagte er.

»Du wirst mir vertrauen müssen.«

»Dir vertrauen? Ich kann dich nicht einmal leiden.«

Wir starrten einander lange an. Ich nahm das Blatt in die Hand, das am säuerlichsten roch.

»Du und dein Vorhangkleid«, sagte er.

»Wirst du erst von meinen Kleidern aufhören, wenn ich sie abgelegt habe?«

Ich wartete auf eine geistesgegenwärtige Erwiderung, doch sie blieb aus. Ich hätte nachbohren können, um herauszufinden, warum sie nicht kam, oder ihn zu ertappen versuchen, solange ihn seine Miene verriet, doch ich tat es nicht.

»Was willst du …«

»Sei still, bitte. Oder halt wenigstens nach dem Hüter Ausschau.«

Er verstummte und schüttelte den Kopf. Fumanguru hatte diese Schriften in Tinte von einem leuchtenden, aber hellen Rotton verfasst. Ich zog die Kerze dichter heran und hielt das Blatt darüber.

»Mossi.«

»Was?«

»Mein Name. Der Name, den du vergessen hast. Mossi.«

Ich senkte das Blatt, bis ich das Flackern der Flamme durch das Papier hindurch sehen konnte und die Wärme an meinen Fingern spürte. Formen nahmen Gestalt an. Bildzeichen, Buchstaben, von links nach rechts oder von rechts nach links zu lesen, ich wusste es nicht. Mit Milch geschriebene Glyphen, die bis jetzt verborgen geblieben waren. Meine Nase führte mich zu weiteren nach Milch riechenden Seiten. Ich hielt sie über das Feuer, bis Glyphen erschienen, Satz für Satz, Zeile für Zeile. Ich lächelte und sah zu dem Präfekten auf.

»Was sind das für Zeichen?«, fragte er.

»Du sagtest, du seist aus dem Osten?«

»Nein, meine Haut ist beim Abwaschen der Farbe bleich geworden.«

Ich starrte ihn mit leerer Miene an, bis er weitersprach.

»Norden, dann Osten«, sagte er.

Ich gab ihm das erste Blatt.

»Das sind Zeichen von der Küste. Grausame Lettern werden sie genannt. Kannst du sie lesen?«

»Nein«, sagte ich.

»Ich kann einige entziffern.«

»Und … was … steht …«

»Ich bin kein Meister alter Zeichen. Glaubst du, Fumanguru hat sie geschrieben?«

»Ja, und …«

»Zu welchem Zweck?«

»Damit der Falsche, selbst wenn er so nah ans Wasser herankäme, nicht davon trinken könne.«

»Es macht mich sehr traurig, dass ich dich verstanden habe.«

»Glyphen sollen die Sprache der Götter sein.«

»Wenn die Götter zu alt und dumm sind, um die Worte und Zahlen der heutigen Menschen zu kennen.«

»Das klingt, als hättest du aufgehört, an die Götter zu glauben.«

»Ich bin nur belustigt über all die euren.«

Es missfiel mir, ihn anzublicken und zu sehen, wie er mich anblickte.

»Mein Glaube tut nichts zur Sache. Er glaubte, die Götter sprächen zu ihm. Weshalb beschäftigt dich Fumanguru so?«, sagte Mossi.

Und einen Augenblick lang dachte ich: Was für ein Gebäude soll ich jetzt errichten, und wie hoch werde ich es bauen müssen? Allein der Gedanke ermüdete mich. Ich sagte mir, ich sei es schlicht leid zu glauben, es gebe ein Geheimnis, das ich vor irgendeinem unbekannten Feind beschützen müsse, obgleich ich es in Wahrheit leid war, niemanden zu haben, dem ich es erzählen konnte. Die Wahrheit ist: Mittlerweile hätte ich es jedem erzählt. Wahrheit ist Wahrheit, und sie gehört mir nicht. Es hätte mir gleich sein können, wer sie hörte, da es sie nicht geändert hätte. Ich wünschte, der Leopard wäre bei mir gewesen.

»Ich könnte dich dasselbe fragen. Seine Sippe verstarb an einer Krankheit«, sagte ich.

»Keine Krankheit trennt eine Frau in zwei Hälften. Der Präfekt der Präfekten hat die Angelegenheit als abgeschlossen erklärt und dieses Vorgehen auch den Häuptlingen empfohlen, die es dem König empfohlen haben.«

»Und doch stehst du hier vor mir, weil du die Geschichte nicht geschluckt hast.«

Er lehnte sein Schwert gegen einen Bücherstapel und setzte sich auf den Boden. Sein Waffenrock rutschte über die Knie, und er trug kein Unterkleid. Ich bin Ku, und es ist nichts Besonderes daran, den Mann in einem Mann zu sehen, sagte ich mir dreimal. Ohne mich anzusehen, zog er den Zipfel seines Gewandes zwischen den Beinen hoch. Er beugte sich über die Seiten und las.

»Schau«, sagte er, und ich beugte mich vor.

»Entweder war sein Verstand ein wenig verwirrt, oder er wollte vorsätzlich verwirren. Schau hier, der Geier, das Küken und der Fuß zeigen alle nach rechts. Das ist eine Schrift aus dem Norden. Manche stellen einen Laut dar wie den Laut des Geiers, ein *mmmm*. Manche stellen ein ganzes Wort dar oder vermitteln eine Vorstellung. Aber sieh dir das hier unten an, den vierten Satz. Siehst du, wie er sich unterscheidet? Das stammt von der Küste. Geh an die Küste des

Südlichen Königreichs oder gar an diesen Ort, ich habe seinen Namen vergessen. Diese Insel im Osten, wie heißt sie noch ...?«

»Lisch.«

»In Lisch wird noch so geschrieben. Jedes Zeichen ist ein Laut, alle Laute zusammen bilden ...«

»Ich weiß, was ein Wort ist, Präfekt. Was steht dort?«

»Geduld, Sucher. ›Gott ... Götter des Himmels. Sie sprechen nicht länger zu Geistern der Erde. Die Stimme der Könige wird zur neuen Stimme der Götter. Brecht das Schweigen der Götter. Findet den Gottesschlächter, denn er findet den Königsmörder.‹ Klingt das in deinen Ohren weise? Denn in meinen klingt es töricht. ›Der schwarzgeflügelte Gottesschlächter.‹«

»Schwarzgeflügelt?«

»Das steht hier. Nichts davon bewegt sich auf und ab wie eine Welle. Ich glaube, er hat es wörtlich gemeint. Ein König wird durch eine Königin, nicht durch einen König zum König. Aber der Junge ...«

»Warte. Bleib hier, rühr dich nicht vom Fleck«, sagte ich.

Er schaute auf und nickte. Auf seinen Schenkeln, die heller als der übrige Körper waren, wuchsen die Haare zu gerade. Ich ging schnurstracks zum Tisch des Meisters der Bibliothek, doch er war noch fort. Ich nahm an, dass er hinter sich die Bücher und Aufzeichnungen von Königen und königlichen Bediensteten aufbewahrte. Ich stieg zwei Leitersprossen hinauf und sah mich um, bis ich das goldene Zeichen des Nashornkopfes sah. Ich schlug das Buch von hinten auf, und Staub stieg mir in die Nase und brachte mich zum Husten. Nach wenigen Seiten fand ich das Haus Kwash Liongo, beinahe auf die gleiche Weise aufgezeichnet wie auf Fumangurus Papier. Auf der Seite davor fanden sich ein Liongo, seine Brüder und Schwestern und der König vor ihm, Kwash Moki, der mit zwanzig König wurde und regiert hatte, bis er vierzig und fünf war.

»Irgendetwas über schwarze Flügel?«

Ich fuhr zusammen. Ich wusste, er hatte es gesehen.

»Nichts«, sagte ich.

Ich griff mir den Blätterstapel und legte die Seiten auf den Tisch. Die Kerzen warfen die Farben von schwachem Sonnenlicht darauf.

»Dies ist das Haus Akum«, sagte ich. »Es hat fünfhundert Jahre regiert, bis zu Kwash Dara. Sein Vater ist Netu, hier. Dort über ihm ist Aduware, der Gepardenkönig, der Dritte in der Ahnenreihe, als der Kronprinz starb und sein Bruder verbannt wurde. Über ihm ist der große Liongo, der beinahe siebzig Jahre an der Macht war. Wer kennt nicht den großen König Liongo? Auf dieser Seite dann wieder Liongo und über ihm sein Vater Moki, der Knabenkönig.«

»Schlag die Seite um.«

»Das habe ich schon. Davor steht nichts.«

»Du hast nicht …«

»Schau«, sagte ich und zeigte auf die leere Seite. »Da ist nichts.«

»Aber Moki ist nicht der erste Akum-König; dann wäre die Ahnenreihe um die zweihundert und fünfzig Jahre alt.«

»Zweihundert und siebzig.«

»Blättere weiter«, sagte Mossi.

»Wieder ein Stammbaum. Der Kwash Dara von Fasisi. Akum. Sein Herrschaftssitz, sein Lobname, sein Königsname und seine Sippe.«

Drei Seiten darauf ein weiterer Stammbaum, den jemand in einem dunkleren Blau gezeichnet hatte. Ganz oben auf der Seite stand Akum. Unten Kwash Kagar, Mokis Vater. Doch über ihm etwas Merkwürdiges und darüber etwas noch Merkwürdigeres.

»Ist das eine neue Ahnenreihe? Eine alte, meine ich«, sagte der Präfekt.

»Vom Haus Akum bis hinauf zu Mokis Vater. Was ist dir aufgefallen?«

»Über Kagar ist eine Linie, die zu Tiefulu führt? Das ist der Name einer Frau. Seiner Mutter.«

»Und daneben.«

»Kwash Kong.«

»Und jetzt schau über Kong.«

»Noch eine Frau, noch eine Schwester. Sucher, kein König ist der Sohn eines Königs.«

»Bis zu Moki.«

»Es gibt viele Königreiche, die der Blutlinie der Frau oder der Schwester folgen.«

»Nicht das Königreich des Nordens. Von Moki abwärts ist jeder König der älteste Sohn des Königs, nicht der Sohn seiner Schwester. Steck das ein.«

Ich ging zu den Glyphen zurück. Er folgte mir, sah dabei aber nicht mich, sondern die Karten an.

»Was hast du über Könige und Götter gesagt?«, fragte ich.

»Ich habe nichts über Könige und …«

»Ist alles an dir so ermüdend?«

Er ließ mir die Seiten vor die Füße fallen und nahm die Schriftstücke wieder zur Hand.

»Ein König wird durch eine Königin, nicht durch einen König zum König«, sagte er.

»Gib mir das. Sieh dir dieses Schriftstück an.«

Er beugte sich über mich. Es war nicht die rechte Zeit, an Myrrhe zu denken. Er las: »Dass das Haus der Könige zu den Bräuchen zurückkehren soll, die die Götter verfügt haben, und von diesem Wege abkommt, der seit sechs Generationen die Bräuche der Könige verderbt. Dies fordern wir: dass der König der von den Göttern des Himmels und den Göttern unter der Erde bestimmten natürlichen Ordnung folgen solle. Dass er zur Reinheit der Ahnenreihe zurückkehren solle, wie sie in den Worten lange verstorbener Griots und vergessener Zungen festgelegt ist.‹ Das hat er geschrieben.«

»Die Linie der Könige des Nordens ist also vor sechs Generationen vom Sohn der Schwester des Königs auf den Sohn des Königs übergegangen. Eine Tatsache, die jeder herausfinden kann, der danach sucht. Das ist kein Grund, einen Ältesten zu ermorden. Und diese Schriften, gewiss, es wird darin eine Rückkehr zur alten Ordnung gefordert, was manche für Irrsinn und manche für Verrat halten mögen, doch die meisten würden die Ahnenreihe der Könige nie so weit zurückverfolgen, um es nachzuprüfen«, sagte ich.

»Und was, glaubst du, würde passieren, wenn sie es täten?«

»Es würde vielleicht einen Aufruhr geben.«

Er lachte. Wie er mich reizte.

»Die Zeiten sind die Zeiten, und Menschen sind Menschen. Etwas, was so lange zurückliegt? Sie werden es abschütteln wie eine übel riechende Decke«, sagte er.

»Entweder wir haben etwas übersehen oder …«

»Was verschweigst du mir?«, fragte er. Seine Augen verengten sich zu einem boshaften Blick.

»Du hast gesehen, was ich gesehen habe. Ich habe dir gesagt, was ich weiß«, sagte ich.

»Was glaubst du?«

»Ich bin nicht verpflichtet, dir zu sagen, was ich glaube.«

»Sag es mir trotzdem.«

Er hockte sich neben mich und die Blätter. Diese Augen. Leuchtend hell im Halbdunkel.

»Ich glaube, es hängt mit dem Kind zusammen. Dem aus Fumangurus Haus.«

»Von dem du glaubst, die Mörder hätten es mitgenommen?«

»Sie waren nicht diejenigen, die das Kind mitgenommen haben. Ehe du fragst, woher ich das weiß: Ich weiß es einfach. Eine Frau, die ich kenne, will das Kind in jener Nacht gerettet haben. Wer auch immer Fumanguru die Meuchler auf den Hals gehetzt hat, weiß, dass das Kind gerettet wurde.«

»Sie wollen die Welt von ihm reinwaschen und ihre Spuren verwischen.«

»Das dachte ich auch. Aber es ist zu viel geschehen. Es gab keinen anderen Grund, Fumanguru zu töten, als dass sie von Anfang an hinter dem Kind her waren. Das würde auch erklären, warum sich so viele für einen so lange zurückliegenden Mord interessieren. Vor zwei Tagen habe ich einen, der es wissen müsste, gefragt, ob er irgendetwas über Fumanguru gehört habe. Er sagte mir, zwei Älteste, die ein taubes Mädchen fickten, hätten gesagt, sie müssten die Schriftstücke finden, sonst würde es jemanden das Leben kosten. Vielleicht sogar ihnen selbst. Einer von ihnen war Belekun der Große. Du musst wissen, ich habe ihn getötet«, sagte ich.

»Ach?«

»Erst als er mich zu töten versuchte. In Malakal. Er wollte mich auch von seinen Leuten umbringen lassen.«

»Ein dümmerer Mann wurde offenbar nicht geboren. Sprich weiter, Sucher.«

»Der andere war eine Dirne namens Ekoiye. Er sagte: Lass uns an einem anderen Ort reden, also gingen wir durch einen Tunnel auf ein Dach. Zuerst sagte er mir, dass noch immer viele Leute Fumangurus Haus aufsuchten. Darunter einige von euch.«

»Gewiss.«

»Und einige in eurer Uniform.«

»Ich war nur zweimal dort. Allein.«

»Es gab noch andere.«

»Nicht ohne meinen Befehl.«

»Er sagte …«

»Du schenkst dem Wort einer Dirne mehr Glauben als einem Mann des Gesetzes?«

»Du bist ein Mann der Ordnung, nicht des Gesetzes«, sagte ich.

»Erzähl weiter.«

»Es überrascht mich nicht, dass du die beiden nicht auseinanderhalten kannst.«

»Weiter, sage ich.«

»Er nannte mir alle, die Fumangurus Haus noch immer aufsuchten – was sie dort suchten, wusste er nicht. Dann versuchte er mich mit in Viperngift getrocknetem Kajalstaub zu verhexen«, sagte ich.

»Und du lebst? Ein Atemzug davon hätte ein Pferd töten oder dich zu einem Zombie machen können.«

»Ich weiß. Ich habe ihn vom Dach geworfen.«

»Bei den Göttern, Sucher. Ist er auch tot?«

»Nein. Aber du hast recht. Er wollte mich zum Zombie machen, um mich wieder in sein Zimmer zu schleifen. Dann hätte er eine Taube losgelassen, um jemandem mitzuteilen, dass er mich gefangen hat. Ich habe sie selbst freigelassen. Glaub mir, Präfekt, es dauerte nicht lange, da kam ein bewaffneter Mann in das Zimmer, aber ich glaube, er wollte mich mitnehmen, nicht umbringen.«

»Dich mitnehmen? Wohin? Zu wem?«

»Ich habe ihn getötet, ehe ich es herausfinden konnte. Er war wie ein Präfekt gekleidet.«

»Die Leichen, die deinen Weg pflastern, Sucher. Wegen dir stinkt bald die ganze Stadt.«

»Ich sagte, er war wie ein …«

»Ich habe dich gehört.«

»Es blieb keine Leiche zurück. Ich erzähle dir später mehr davon. Aber: Als er starb, sah ich etwas wie schwarze Flügel seinen Leib verlassen.«

»Gewiss. Was ist eine Geschichte ohne schöne schwarze Flügel? Was soll all das mit dem Jungen zu schaffen haben?«

»Ich suche nach dem Jungen. Darum bin ich hier. Ein Sklavenhändler hat mich und einige andere, die in deiner Stadt fremd sind, angeheuert, um den Jungen zu suchen. Anfangs gemeinsam, doch die meisten sind inzwischen ihrer eigenen Wege gegangen. Aber es suchen noch andere nach dem Jungen. Andere, die nicht von dem Sklavenhändler angeheuert wurden. Ich weiß nicht, ob sie uns folgen oder uns einen Schritt voraus sind. Sie haben schon einmal versucht, uns zu töten.«

»Du bist auch nicht faul, was das Töten anbelangt, Sucher.«

»Wir wurden aus einem Grund hergeschickt. Um zu sehen, von wo er geraubt wurde, ja. Aber vor allem, um zu sehen, wohin sie gegangen sind.«

»Ach. Es gibt noch einiges, was du mir verschweigst. Zum Beispiel, wer ›sie‹ sind. Kamen manche, um ihn zu töten, und andere, um ihn zu retten? Und sollten ihn jene, die kamen, um ihn zu retten, schließlich mitgenommen haben, was geht es dich an? Wäre er bei ihnen nicht sicherer als bei dir?«

»Jene, die ihn gerettet haben, haben ihn verloren.«

»Gewiss. Vielleicht haben sie ihn selbst an die Hexen verkauft.«

»Nein, aber sie haben den falschen Leuten vertraut. Doch es ist so: Ich glaube, ich weiß, wer er ist, dieser J…«

»Es ergibt noch immer keinen Sinn. Ich habe da eine andere Vorstellung.«

»Hast du.«

»Ja, habe ich.«

»Die Welt wartet.«

»Dein anständiger Fumanguru hatte an den verbotenen Künsten oder am verbotenen Handel teil. Das bleibt sich gleich; immer werden Unschuldige verkauft, geschändet oder getötet. Er hat sich selbst eine Grube gegraben, so tief und so groß, dass er hineinfiel. Es war ein sauberer Mord, ein umfassender Mord, alle bis auf den Jungen starben. Solange der Junge lebt, sind nicht alle Rechnungen beglichen. Das sind die Leute, die hinter deinem Jungen her sind.«

»Ein guter Vorschlag. Nur dass die wenigsten von dem Jungen wissen. Nicht einmal du, bis ich dir von ihm erzählt habe.«

»Was dann?«

»Er hat den Jungen beschützt. Ihn versteckt. Er kann damals kaum mehr als ein Säugling gewesen sein. Du musst wissen, dass ich weiß, wer dieser Junge ist. Ich habe keinen Beweis, doch wenn ich einen habe, wird er der sein, für den ich ihn halte. Unterdessen frage ich mich, was das hier ist.«

Ich gab ihm den Papierstreifen, den ich der Taube abgenommen hatte. Er hob ihn an die Nase, dann hielt er ihn weit von seinem Gesicht fort. »Es sind die gleichen Zeichen wie auf dem Schriftstück. Da steht: Kunde von dem Jungen, kommt rasch.«

»Dem Präfekten, der mich töten wollte, waren diese Zeichen in die Brust gebrannt.«

»Genau diese?«

»Das wohl kaum, aber andere in der gleichen Schrift.«

»Hast du sie …«

»Nein, ich weiß sie nicht mehr. Aber Fumanguru schreibt in dieser Zunge.«

»Ein solches Rätsel, Sucher. Je mehr du mir erzählst, desto weniger weiß ich.«

»War das alles? Alles, was Fumanguru geschrieben hat?«

Er sah die Seiten noch einmal durch. Zwei weitere rochen nach saurer Milch. Er fuhr mit den Fingern an den Zeichen entlang, während er sie las.

»Es sind Anweisungen«, sagte er. »›Bringt ihn nach Mitu, in die gelenkte Hand des Einäugigen, geht durch den Mweru, und lasst ihn eure Spuren tilgen.‹ Das steht dort.«

»Kein Mann kehrt aus dem Mweru zurück.«

»Ist das wahr? Oder erzählen das alte Weiber? Den Schluss kann ich nicht entziffern.«

»Warum sollte er ihn dort hinschicken? Er wird auch ein Mann werden«, sagte ich.

»Wer wird ein Mann werden?«

»Ich habe mit mir selbst gesprochen.«

»Haben dich keine Mütter gelehrt, dass das unhöflich ist? Du sagtest, du wüsstest, wer dieser Junge ist. Wer ist er?«

Ich sah ihn an.

»Dann sag mir, wer Jagd auf ihn macht und warum.«

»Dann würde ich dir verraten, wer er ist.«

»Sucher, so kann ich dir nicht helfen.«

»Wer hat dich um Hilfe gebeten?«

»Es muss die Götter gewiss zum Lächeln bringen, wie weit du ohne Hilfe gekommen bist.«

»Hör zu. Drei haben mich angeheuert, um dieses Kind zu finden. Ein Sklavenhändler, ein Flussgeist und eine Hexe. Zusammen haben sie mir bislang fünf verschiedene Geschichten darüber erzählt, wer das Kind ist.«

»Fünf Lügen, um ihn zu finden oder zu retten?«

»Beides. Keines von beidem.«

»Sie wollen, dass du ihn rettest, aber nicht, dass du weißt, wen du da rettest. Rechnen sie damit, dass du ihn verrätst?«

»Ich habe mich schon gefragt, was ein Präfekt wohl von käuflichen Männern hält.«

»Nein, ich habe mich gefragt, was ich wohl von dir halte.«

Er ging um die Stapel herum, verschwand hinter einer Wand aus Büchern. Ich hörte, wie er einen Fuß leicht nachzog, ein Hinken, das er gut zu verbergen verstand.

»Dies ist doch die Halle der Aufzeichnungen, oder nicht?«, sagte er.

»Es ist deine Stadt.«

»Wer zeichnet die Leben der Könige auf?«

Ich wandte mich um und deutete hinter den Schreibtisch des Hüters. Er würde heute Nacht nicht mehr zurückkehren, so viel war sicher. Auch dieses Buch bestand aus einzelnen, grob und ungleichmäßig beschnittenen Seiten, in Leder gebunden, staubiger als die anderen. Ein Bericht über Kwash Daras Leben bis zu diesem Tag. Sein Name stand in einer Reihe mit denen seiner beiden Brüder und einer Schwester. Ein Bruder hatte die Tochter der Königin von

Dolingo geheiratet, um eine Allianz zu bilden. Der andere hatte die Witwe eines Häuptlings in den Graslanden mit wenig Landbesitz, aber von großem Reichtum geheiratet. Die Schwester war unter den Frauen als erste aufgeführt, und zu ihr hieß es lediglich, sie habe ihr Leben Wapa gewidmet, der Göttin der Erde, der Fruchtbarkeit und der Frauen, nachdem ihr Mann, ein Prinz aus Juba, durch die eigene Hand gestorben war und auch die Kinder mit in den Tod genommen hatte. Nichts darüber, wohin sie gegangen war, nichts von einer Bergfeste.

»Was ist mit älteren Königen? Königen aus Zeiten vor der unseren?«, sagte Mossi.

»Die Griots. Dem geschriebenen Wort zum Trotz ist es die wahre Würde eines Königs, wenn Männer sich seine Geschichte einprägen und in Gestalt von Versen vortragen oder wenn sich die Menschen versammeln, um den Lobpreis großer Männer zu hören. Ich sage dir, was ich glaube: Schriftliche Berichte über die Könige gibt es erst seit der Zeit Kwash Netus. Die anderen leben allein in den Stimmen der Griots fort. Und das ist die Schwierigkeit. Die Männer, die von den Taten der Könige singen, stehen alle im Dienst des Königs.«

»Oh.«

»Es gibt noch andere. Griots, deren Erzählungen über die Könige der König nicht kennt. Männer, die geheime Verse verfasst haben, Lieder, die dazu führen würden, dass die Männer hingerichtet und die Lieder verboten werden.«

»Wem sollten sie sie vorsingen?«

»Sich selbst. Manche glauben, die Wahrheit müsse nur der Wahrheit dienen.«

»Dann dürften diese Männer inzwischen leider tot sein.«

»Das sind die meisten von ihnen auch. Doch es gibt zwei, vielleicht drei, deren Lieder tausend Jahre alt sind.«

»Behaupten sie auch, selbst tausend Jahre alt zu sein?«

»Warum hinkst du?«

»Was?«

»Nichts.«

»Ach, du Knabe von launischem Geschick. Weißt du, Sucher, du bist in dieser Angelegenheit weit gekommen, ohne gewisse Dinge auch nur ein einziges Mal anzusprechen.«

»Was für Dinge?«

»Dass du Ränke gegen den spinnst, der noch immer dein König ist. Oder dass ich als Präfekt sein Diener bin.«

Viel Zeit war vergangen, seit ich sein Schwert betrachtet hatte. Den Feind zuerst angreifen, das war seine Vorgehensweise. Doch er wandte mir den Rücken zu und betrachtete einen Bücherstapel.

»Fumanguru verfasst dieses – wie auch immer man es nennen will – gegen den König, und weil er ermordet wurde, hältst du ihn für unschuldig. Sieh mit den Augen eines Präfekten auf die Welt. Du wirst fragen wollen, was ich damit meine. Ich meine dies: Wenn eine üble Untat an die Tür eines Mannes kommt, dann meist, weil er sie eingeladen hat.«

»Also hat jedes Opfer seinen Tod auch verdient. Du bist wahrlich ein Präfekt.«

»Welch eine Ehefrau du eines Tages jemandem sein wirst.«

Ich blickte nicht einmal auf.

»Tu also, was deine Oberen tun, und erkläre den Fall für beendet. Höre dies. Dies hier ist ein öffentlicher Raum, den jeder betreten kann, und ich werde mit keinem Verbrechen in Verbindung gebracht, also sei ein gutes Mitglied der Armee des Kongori-Häuptlings und verschwinde.«

»Einen Augenbl...«

»Sind wir hier nicht fertig, Präfekt? Du hast ein Kind, das du für tot hältst, ein Schriftstück, das du für bedeutungslos hältst, über einen König, dem du dienst und den du für unschuldig und unbeteiligt an einer Reihe von Ereignissen hältst, die nie stattgefunden haben. Oder die, wenn sie denn stattgefunden haben, bedeutungslos waren. Und im Mittelpunkt steht ein Mann, dessen gesamte Sippe ermordet wurde, weil er eine Schlange mit nach Hause nahm, die er für ein Haustier hielt, bis sie ihn gebissen hat. Ist es ungefähr so, Präfekt? Es wundert mich, dass du noch da bist. Bring Abstand zwischen uns. Nur zu.«

»Ich lasse mich von dir nicht fortschicken.«

»Ach, fick die Götter! Dann bleib. Ich gehe.«

»Du vergisst, wer hier das Sagen hat«, sagte er und zog sein Schwert.

»Du hast das Sagen über deinesgleichen. Wo sind sie denn, deine schwarz-blauen Zombies?«

Er richtete das Schwert auf mich und kam näher. Das *Zapp* sauste genau zwischen uns hindurch, und wir sprangen zurück, als der Speer sich in den Boden bohrte. Schwarz mit blauen Zeichen.

»Einer von deinen Männern«, sagte ich.

»Halt den Mund!«

Ein Licht flackerte über uns auf, und erst als sich der Pfeil in einen Bücherturm bohrte, sahen wir, dass das Licht eine Flamme war. Ein Schatten im Fenster hatte einen brennenden Pfeil auf uns abgeschossen. Das Feuer erhob sich vom Boden und schlug mit dem Schwanz. Es schlängelte sich nach links und dann nach rechts und verschwand dann wie eine Echse, die zu viele Dinge sieht, die sie fressen könnte. Die Flamme stürzte sich auf einen Stapel, und Feuer stob aus allen Büchern, aus einem, dann aus dem nächsten, dann dem nächsten, immer höher hinauf. Drei weitere Pfeile flogen durchs Fenster herein. Das Feuer ließ mich innehalten und überlegen, wie es sein konnte, dass eine ganze Wand in Flammen stand. Eine Hand ergriff meine eigene und zog mich aus meiner Erstarrung.

»Sucher! Hier entlang.«

Rauch brannte mir in den Augen und brachte mich zum Husten. Ich wusste nicht mehr, ob mich die Sangoma vor Feuer schützte. Mossi zog mich hinter sich her und fluchte, weil ich mich nicht schneller bewegte. Wir rannten durch einen Bogen aus Flammen, ehe sie über uns einstürzten und mich brennendes Papier an der Ferse traf. Er sprang über einen Bücherstapel, lief durch eine Wand aus Rauch und verschwand. Ich schaute zurück, wurde beinahe wieder langsamer, als ich über die Geschwindigkeit des Feuers nachdachte, sprang durch den Rauch. Und wäre um ein Haar auf ihm gelandet.

»Bleib auf dem Boden. Weniger Rauch. Und sie sehen uns schlechter, wenn wir herauskommen.«

»Sie?«

»Glaubst du, das ist einer allein?«

In diesem Teil der Halle war nur Rauch, doch dem Feuer ging die Nahrung aus, und es war hungriger denn je. Es sprang von Stapel zu Stapel und fraß sich durch Papyrus und Leder. Ein Turm stürzte um, und Flammen schossen durch die Rauchwand auf uns zu. Wir krochen davon. Ich wusste nicht mehr, wo die Tür war. Er packte mein Gewand und zog mich wieder mit. Wir rannten nach rechts, zwischen zwei Bücherwänden hindurch, dann nach links, dann nach rechts und dann in Richtung Norden, wie mir schien, doch ich wusste es nicht genau. Mossis Hand hielt noch immer mein Gewand fest. Die Hitze war nah genug, um mir die Haare auf der Haut zu versengen. Wir erreichten die Tür. Mossi stieß sie auf und sprang zurück, ehe vier Pfeile in den Boden einschlugen.

»Wie weit kannst du die werfen?«

Ich griff nach der Axt. »Weit genug.«

»Gut. Dem Winkel der Pfeile nach zu schließen, sind sie auf dem Dach zur Rechten.«

Er rannte in den Rauch zurück und kam mit zwei brennenden Büchern wieder heraus. Er nickte zum Fenster hinüber und deutete dann auf die Tür: Lass ihnen keine Gelegenheit, neue Pfeile zu ziehen. Er warf die Bücher aus dem Fenster, und vier Pfeile durchschnitten den Wind, von denen zwei das Fenster trafen. Ich rannte, ließ mich zu Boden fallen und rollte mich durch die Tür, dann sprang ich auf, die Axt in der Hand, und schleuderte sie. Die kreiselnde Axt flog im Bogen auf die Bogenschützen zu, schnitt einem die Kehle durch und blieb in der Schläfe des anderen stecken. Ich sprang in die Finsternis und aus der Flugbahn zweier Pfeile. Weitere Pfeile kamen geflogen, manche brannten, manche waren vergiftet. Wie ein Regen, bis es mit einem Mal aufhörte.

Alle Mauern und alle Kammern der Halle brannten, und eine Menge begann sich auf der Straße zu versammeln. Auf dem Dach warteten keine weiteren Schützen. Ich löste mich aus der Menge und rannte um die Rückseite des Gebäudes herum. Oben auf dem Dach wischte Mossi sein Schwert am Rock eines Toten ab und steckte es in die Scheide. Wie er an mir vorbeigekommen war, wusste ich nicht. Und dies: Auf dem Dach lagen nicht zwei, sondern vier Leichen.

»Ich weiß, was du sagen willst. Sag es ni…«

»Diese Männer sind Präfekten.«

Er trat an die Dachkante und betrachtete die Feuersbrunst. »Zwei von ihnen sind tot«, sagte er.

»Sind sie nicht alle tot?«

»Ja, aber zwei waren schon tot, ehe wir sie getötet haben. Der Dicke ist Biza, der Große Thwoko. Beide wurden seit über zehn und drei Monden vermisst, aber niemand wusste, was mit ihnen geschehen war. Sie …«

Ich hörte sie in der Dunkelheit und wusste, was geschah. Die Münder der Toten rissen auf. Es gab ein Rumoren und Schütteln von den Zehen bis zum Kopf, so als käme der Tod in Schüben. Selbst in der Finsternis breiteten sich die wellenförmigen Bewegungen von den Oberschenkeln über den Bauch bis zur Brust aus und flogen dann als eine Wolke heraus, tintenschwarz wie die Nacht, eine kaum sichtbare Wolke, die sich wirbelnd in der Luft verlor. Inmitten all der Schatten war es nicht zu erkennen, doch ich wusste, dass sich in dem Wirbel aus Wolke und Staub Flügel bildeten, denn wir hörten beide das Flattern. Wir standen da und blickten einander an, und keiner von uns wollte als Erster sprechen, nicht darüber, was wir gerade gesehen hatten.

»Sie zerfallen zu Staub, wenn man sie berührt«, sagte ich.

»Dann sollte man sie besser nicht berühren«, sagte ein Mann, und ich fuhr zusammen. Mossi lächelte.

»Mazambezi, waren es die Flammen, die dich hergelockt haben, oder hast du meinen Duft vermisst?«

»In der Tat – wer mit Scheiße lebt, gewöhnt sich an den Geruch.«

Zwei weitere Präfekten erklommen das Dach; sie sagten nichts zu Mossi, sondern schauten zum Feuer hinüber und bedeckten die Münder gegen den Rauch, der auf uns zuzuwehen begann.

»Was machen wir, wenn wir unsere Geschichte brennen sehen?«, sagte Mazambezi.

»Aus deinen Worten spricht solch ein Verlust, Mazambezi. Wir werden eine neue Halle füllen«, sagte Mossi.

»Wisst ihr, wie das Feuer entstanden ist?«

»Weißt du es nicht? Eure Leute ...«

»Männer in Uniformen der Häuptlingsarmee«, fiel mir Mossi ins Wort. »Ich habe selbst gesehen, wie sie brennende Pfeile in die große Halle schossen. Vielleicht sind es Invasoren. Sie wollen uns dort wehtun, wo es am meisten schmerzt.«

»Auch darüber wird es Aufzeichnungen geben müssen. Aber wo sollen wir sie aufbewahren?« Mazambezi lachte.

»Du musst dir diese Männer ansehen, Mazambezi, ihre Leiber sind von den dunklen Künsten gezeichnet«, sagte Mossi und betrachtete wieder die Leichen. Etwas blitzte auf, spiegelte sich im Licht des Feuers, und ich schrie.

»Mossi!«

Er duckte sich weg, und Mazambezis Schwert durchschnitt die Luft über seinem Kopf. Er geriet ins Straucheln. Einer der Männer zückte einen kleinen Bogen und zielte auf mich. Ich ließ mich neben

den Toten fallen, dem meine Axt im Schädel steckte, und riss sie heraus, als ein Pfeil angeflogen kam und ihren Platz einnahm. Ich sprang
auf und warf meine Axt. Sie kreiselte so schnell, dass sie vor den Augen verschwamm, und traf ihn mitten in die Brust. Mazambezi und
ein Präfekt kämpften mit Schwertern gegen Mossi. Mazambezi stürzte
sich auf ihn, das Schwert wie einen Speer ausgestreckt. Mossi duckte
sich und stieß ihm die Knie gegen die Brust. Mazambezi rammte ihm
den Ellbogen in die Seite; Mossi ging zu Boden und wirbelte vor dem
Schwerthieb des anderen Präfekten davon, der Funken vom Boden
aufstieben ließ. Der Präfekt hob wieder sein Schwert, aber Mossi
schlug vom Boden aus zu und trennte ihm den Fuß ab. Der Präfekt
fiel schreiend zu Boden. Mossi sprang auf und trieb dem Präfekten
sein Schwert in die Brust. Er hielt schwer atmend inne, und Mazambezi schnitt ihm quer über den Rücken. Ich sprang zwischen die beiden und schwang meine Axt. Unsere Klingen trafen aufeinander, und
der Aufprall ließ ihn über den Boden rutschen. Erschüttert und verwirrt erhob er sich, und Mossi warf sich zwischen uns.

»Genug mit diesem Irrsinn, Mazambezi, du hast doch immer von
dir behauptet, unbestechlich zu sein.«

»Du behauptest, gut auszusehen, und ich weiß trotzdem nicht,
was die Frauen an dir finden.«

Mossi hielt sein Schwert hoch, Mazambezi tat es ihm gleich, und
sie umkreisten einander, als wollten sie gleich wieder aufeinander
losgehen. Ich trat dazwischen.

»Sucher! Er wird …«

Mazambezi schwang sein Schwert um Haaresbreite vor meinem
Gesicht vorbei, und ich packte die Klinge mit der Hand. Der Präfekt
war entsetzt. Er zog das Schwert zurück, um mir in die Finger zu
schneiden, doch es floss kein Blut. Mazambezi stand fassungslos da.
Zwei Klingen stießen geradewegs durch seinen Rücken und kamen
aus dem Bauch heraus. Mossi zog seine Schwerter heraus, und der
Präfekt ging zu Boden.

»Ich würde ja fragen, wie das sein kann, aber will ich es ...«

»Eine Sangoma. Ein Zauber. Mit einem Holzschwert hätte er mich getötet«, sagte ich.

Mossi nickte; er nahm mir die Antwort nicht ab, wollte aber nicht weiter in mich dringen.

»Es werden weitere kommen«, sagte ich.

»Mazambezi war nicht wie die anderen. Er hat mit uns gesprochen.«

»Er ergreift nur von manchen Besitz. Die Übrigen bezahlt er.«

Mossi wandte sich wieder der vom Feuerschein erhellten Menge zu. Er fluchte und rannte an mir vorbei. Ich folgte ihm die Hintertreppe hinunter, immer drei Stufen auf einmal überspringend wie er. Er lief in die Menge hinein. Ich setzte ihm nach, doch die Menge brandete vor und zog sich wieder zurück wie Wellen. Jemand rief, Kongor sei auf ewig verloren, denn wie könnten wir ohne unsere Vergangenheit eine Zukunft haben? Die Menge brachte mich durcheinander, machte mich taub und blind, bis ich bemerkte, dass ich nun den Meister der Bibliothek riechen konnte. Mossi ohrfeigte ihn im Dunkel, ohrfeigte ihn, bis ich seine Hand packte. Der Buchhüter kauerte auf dem Boden.

»Mossi.«

»Dieser Hurensohn will nicht reden.«

»Mossi.«

»Sie morden meine Bücher, sie morden meine Bücher«, sagte der Meister der Bibliothek.

»Lass mich an deiner Stelle reden. Ein Mann kam zu dir und sagte: Gib Laut, wenn irgendwer nach Aufzeichnungen von Fumanguru fragt. Ich komme herein, ich frage: Wo sind Fumangurus Aufzeichnungen, und du schickst eine Taube mit einer Nachricht los.«

Er nickte.

»Wer?«, schrie Mossi.

»Einer von euch«, sagte ich zu ihm.

»Steck dir deine Lügen ins Arschloch, Sucher.«

»Das Einzige, was dich anlügt, sind deine eigenen Augen.«

»Warum morden sie meine Bücher? Warum morden sie meine Bücher?«, heulte der Meister der Bibliothek.

»Wir werden sehen, was er weiß und was er nicht weiß.«

Ich stellte mich vor Mossi.

»Hör mir zu. Er ist nicht anders als Ekoiye. Er hat nur erfahren, was man ihm guten Gewissens anvertrauen konnte, also nichts. Er hat es von einem Boten erfahren, nicht von dem Mann, der die Botschaft ausgesandt hat. Vielleicht gehörte der zur Armee des Häuptlings, vielleicht auch nicht. Jemand ist uns sowohl einen Schritt voraus und wartet darauf, dass wir aufholen, als auch einen Schritt hinter uns und wartet darauf, dass wir uns bewegen, damit er uns folgen kann. Irgendwann im Verlauf der letzten Stunde wurden wir beobachtet, und derjenige hat genug gehört.«

»Sucher.«

»Hör mir zu.«

»Sucher.«

»Was?«

»Der Hüter.«

Ich fluchte. Der Hüter war fort.

»Dieser alte Mann kann nicht weit gekommen sein«, sagte Mossi, als plötzlich einige Frauen aufschrien und ein Mann rief: Nicht, Alter, nicht.

»Das hatte er auch nicht vor«, sagte ich.

In diesem Augenblick stürzte das Dach der Bibliothek ein und erstickte einen Teil der Flammen, doch der gesamte Vorplatz war heiß und hell erleuchtet.

»Wir brauchen jetzt Abstand zwischen uns und diesem Ort«, sagte ich.

Mossi nickte. Wir gingen eine leere Gasse voller Pfützen entlang, obgleich der Regen lange vorbei war. Wilde Hunde stöberten in dem, was die Menschen fortgeworfen hatten. Ein Hund, der beinahe wie eine Hyäne aussah, ließ mich erschaudern. Sogolon war weit und breit nicht zu sehen und das Mädchen ebenso wenig. Von Sogolons Geruch kannte ich nur Zitronengras und Fisch, und das hätten Hunderte von Frauen sein können. Ich hatte ihre Haut nie auf der des Mädchens gerochen, und der Ogo hatte keinen sehr starken Geruch. Ich hatte nicht daran gedacht, mir den Geruch des Hausherrn oder des Büffels einzuprägen.

»Wir sollten nach Osten gehen«, sagte ich.

»Gerade gehen wir nach Süden.«

»Dann übernimm du die Führung.«

Er bog in der nächsten, ebenfalls verlassenen Gasse nach links ab.

»Es muss uns Kongori an Zerstreuung fehlen, wenn uns ein kleines Feuer so fesseln kann.«

»Dieses Feuer hatte nichts Kleines an sich«, sagte ich.

Er wandte sich mir zu. »Und sie werden es zunächst für das Werk eines Fremden halten.«

»Nur dass es Angehörige eurer eigenen Truppen waren.«

Er tippte mir an die Brust. »Du musst dich von diesem Gedanken lösen.«

»Und du musst einsehen, dass sich um dich herum alles aufgelöst hat.«

»Das waren nicht meine Männer.«

»Diese Männer trugen eure Uniform.«

»Aber sie waren nicht meine Männer.«

»Du hast zwei von ihnen erkannt.«

»Hast du mich nicht gehört?«

»Oh, ich höre dich sehr gut.«

»Sieh mich nicht so an.«

»Du kannst meinen Blick gar nicht sehen.«

»Ich kenne diesen Blick.«

»Welchen Blick, dritter Präfekt der Armee des Kongori-Häuptlings?«

»Diesen Blick. Den Blick, der sagt: Er ist ein Narr, oder: Er ist be-
griffsstutzig, oder: Er will nicht wahrhaben, was er sieht.«

»Hör zu, wir können fortgehen, oder wir können hier Worte
wechseln, aber beides können wir nicht.«

»Da du so viel besser siehst als ich – schau hinter dich und sag mir,
ob er Freund oder Feind ist.«

Er ging langsam, als sei er mit seinen eigenen Dingen beschäftigt.
Wir blieben stehen. Er blieb auch stehen, vielleicht zweihundert
Schritte hinter uns, nicht in der Gasse, sondern dort, wo sie die breite Straße in Richtung Norden kreuzte. Das kann nicht das erste Mal
sein, dass ich die Dunkelheit bemerke, dachte ich. Mossi stand rasch
atmend neben mir.

Kurzes, rotes Haar. Holzscheiben schimmerten in beiden Ohrläppchen. Derselbe Mann, den ich in den Dunkellanden im Wasser
gesehen hatte. Der Mann, den Bunshi den Aesi genannt hatte. In einem schwarzen Umhang, der wie Flügel aufflatterte, mit dem Wind
spielte und den Staub aufpeitschte. Mossi zog sein Schwert, ich aber
nicht die Messer. Der Staub um ihn herum legte sich nicht, er hob
und senkte sich und wirbelte und formte sich zu echsenartigen Tieren, hoch wie die Wände, dann löste er sich wieder in Staub auf,
dann setzte er sich zu vier Gestalten von der Größe des Ogo zusammen, dann fiel er als Staub zu Boden, dann erhob er sich wieder und
flatterte wie Flügel. Der Präfekt packte mich an der Schulter.

»Sucher!«

Mossi rannte davon, und ich folgte ihm. Er rannte ans Ende der
Gasse und dann nach rechts. Wahrlich, er rannte schneller als der
Leopard. Ich blickte mich einmal um und sah den Aesi noch immer
dort stehen, von Wind und Staub umtost. Wir waren in eine Straße
gerannt, in der einige Leute unterwegs waren. Sie gingen alle in dieselbe Richtung, langsam, als kämen sie vom Feuer. Er würde uns

allein daran erkennen, dass wir schneller als alle anderen liefen. Mossi verlangsamte seine Schritte, als hätte er mich gehört. Doch sie – Frauen, einige Kinder, hauptsächlich Männer – bewegten sich zu langsam, in der Gewissheit, ihr Bett so vorzufinden, wie sie es verlassen hatten. Wir gingen an ihnen vorüber, blickten uns gelegentlich um, doch der Aesi folgte uns nicht. Eine Frau in einem weißen Gewand zog ihren Sohn hinter sich her, der sich umsah und sich von ihr loszureißen versuchte. Das Kind hob den Kopf und starrte mich an. Ich glaubte, seine Mutter würde ihn fortziehen, doch sie war ebenfalls stehen geblieben. Sie sah mich auf die gleiche Weise an wie der Junge, mit dem leeren, starren Blick einer Toten. Mossi drehte sich um und sah es auch. Alle Männer, Frauen und Kinder auf der Straße blickten uns an. Doch sie standen reglos da, wie aus Holz geschnitzt. Kein Glied rührte sich, nicht einmal ein Finger. Nur ihre Hälse bewegten sich, drehten sich, um uns anzusehen. Wir gingen langsam weiter, sie verharrten reglos, und ihre Augen blieben weiter auf uns geheftet. »Sucher«, sagte Mossi, doch so leise, dass ich es kaum hörte. Ihre Augen folgten uns weiter. Ein alter Mann, der in die andere Richtung ging, drehte sich so weit um, ohne die Füße vom Boden zu nehmen, dass ich glaubte, sein Rückgrat müsse brechen. Mossi hielt immer noch den Schwertgriff umklammert.

»Er hat von ihnen Besitz ergriffen«, sagte ich.

»Und warum nicht von uns?«

»Das weiß ich ni…«

Die Mutter ließ die Hand ihres Kindes los und stürzte sich schreiend auf mich. Ich sprang zur Seite und stellte ihr ein Bein. Ihr Sohn sprang mir auf den Rücken und schlug die Zähne hinein, bis Mossi ihn von mir herunterzog. Das Kind zischte, und das Zischen riss die anderen Leute aus ihrer Starre. Sie gingen alle auf uns los. Wir rannten, ich stieß einem alten Mann den Ellbogen ins Gesicht und warf ihn um, und Mossi schlug einen anderen mit der flachen Seite seines Schwerts.

»Töte sie nicht«, sagte ich.

»Ich weiß.«

Ich hörte ein Summen. Ein Mann schlug mir einen Stein auf den Rücken. Mossi stieß ihn fort. Ich trat zwei weitere um, sprang einem dritten auf die Schulter und machte einen Satz über die beiden hinweg. Mossi fegte zwei angreifende Kinder und ihre Mutter beiseite. Zwei Jungen sprangen mich an, und wir landeten im Matsch. Mossi packte einen der beiden am Kragen, zog ihn von mir herunter und schleuderte ihn gegen die Mauer. Gott, vergib mir oder strafe mich, sagte ich, ehe ich den anderen bewusstlos schlug. Und es kamen immer noch mehr. Einige der Männer hatten Schwerter, Speere und Dolche, die sie aber nicht einsetzten. Alle versuchten sie uns zu packen und zu Boden zu drücken. Wir hatten erst den halben Weg geschafft. Doch vom Ende der Straße kamen ein Grollen und die Schreie von Frauen und Männern, die in die Luft geschleudert wurden, links, rechts, dann links, dann rechts und immer so weiter. Viele rannten davon. Zu viele rannten geradewegs auf den Büffel zu, der durch sie hindurchpreschte und sie mit Kopf und Hörnern aus dem Weg stieß. Sogolon und das Mädchen folgten ihm auf Pferden. Der Büffel pflügte uns einen Pfad und schnaubte, als er mich sah.

»Er wird von allen Besitz ergreifen, die durch diese Gasse kommen«, sagte Sogolon, während sie auf uns zuritt.

»Ich weiß.«

»Wer sind diese Leute?«, fragte Mossi, zuckte aber zurück, als ihn der Büffel angrunzte.

»Keine Zeit für Erklärungen, wir müssen los. Sie werden nicht lange am Boden bleiben, Mossi.«

Er sah über die Schulter. Einige von ihnen begannen sich zu regen. Zwei fuhren herum und starrten uns an.

»Vor denen muss mich niemand retten.«

»Nein, aber mit diesem Schwert wird sie bald jemand vor dir retten müssen«, sagte Sogolon und bedeutete ihm, auf das Pferd des

Mädchens zu steigen. Dann sprang sie selbst von ihrem Ross. Viele der Männer und Frauen rappelten sich wieder auf, und die Kinder standen bereits alle.

»Sogolon, wir verschwinden«, sagte ich, bestieg ihr Pferd und nahm die Zügel in die Hand.

Sie sammelten sich, drängten sich zusammen, wurden in der Finsternis zu einem einzigen Schatten. Sie hockte sich hin und begann, Runen in die Erde zu zeichnen. Fick die Götter, dafür haben wir keine Zeit, dachte ich. Stattdessen sah ich Mossi an, der sich an dem Mädchen festhielt, das nichts sagte, das grimmig dreinblickte, gelassen dreinblickte, beides nur vortäuschte. Die Menge stürmte wie ein Mann auf uns zu. Sogolon zeichnete eine weitere Rune in die Erde, ohne den Blick zu heben. Die Menge war jetzt nah, vielleicht noch achtzig Schritte entfernt. Sie stand auf und sah uns an, die Menge war nun so dicht bei uns, dass wir ihre verlorenen Blicke und ihre teilnahmslosen, obgleich schreienden Gesichter sehen konnten. Sogolon stampfte mit dem Fuß auf; Wind erhob sich und wehte um, wen er nicht davonblies. Er warf Männer zu Boden und Frauen mit ihren Gewändern in die Luft und ließ Kinder davonrollen. Der Sturm fegte die Gasse von Anfang bis Ende leer.

Sogolon stieg wieder auf ihr Pferd, und wir galoppierten durch das Viertel, ritten, als jagten uns viele nach, obgleich es niemand tat. Sie hielt die Zügel, und ich hielt ihre Taille umfasst. Ich wusste, wo wir waren, als wir die Grenzstraße erreichten. Das Haus befand sich im Nordosten, aber wir ritten nicht zum Haus. Stattdessen blieben wir auf der Grenzstraße zwischen Nyembe und Gallunkobe/Matyube, bis sie uns an das überschwemmte Flussufer brachte. Sogolon hielt nicht an.

»Hexe, willst du uns ertränken?«

Sogolon lachte. »Das ist die seichteste Stelle des Flusses«, sagte sie. Der Büffel war an ihrer Seite, das Mädchen mit Mossi hinter ihr.

»Wir werden Sadogo nicht zurücklassen.«

»Er wartet schon auf uns.«

Ich fragte nicht, wo. Wir überquerten den Fluss; ich wusste, dass auf der anderen Seite Mitu lag. Mitu war fruchtbares Grasland, keine Stadt, sondern die Heimat von Bauern, Gutsherren und Viehbesitzern. Sogolon führte uns eine nur von Mondlicht erhellte, unbefestigte Straße entlang. Wir ritten unter Bäumen hindurch, immer hinter dem Büffel her. Der Präfekt schwieg; er überraschte mich.

An der ersten Kreuzung ließ Sogolon uns absitzen. Sadogo trat hinter einem Baum hervor, der kleiner als er selbst war, und richtete sich auf.

»Wie hat dich die Nacht behütet, Sadogo?«, fragte ich.

Er zuckte mit den Schultern und lächelte. Er öffnete den Mund, um etwas zu sagen, hielt jedoch inne. Er wusste selbst, wenn er einmal zu reden anfinge, würde er vor Morgengrauen nicht verstummen. Er blickte zu dem Mädchen hinüber und zog die Stirn kraus, als er Mossi vom Pferd steigen sah.

»Das ist Mossi. Ich erzähle es dir morgen früh. Sollen wir ein Feuer machen?«

»Wer sagt, dass wir hierbleiben? An einer Wegkreuzung?«, sagte Sogolon.

»Ich dachte, ihr Hexen hättet eine besondere Vorliebe für Wegkreuzungen«, sagte ich.

»Folgt mir«, sagte sie.

Wir standen genau dort, wo die Straßen aufeinandertrafen. Ich blickte zu Sadogo hinüber, der Venin vom Pferd half und darauf achtete, sich stets zwischen ihr und dem Präfekten zu halten.

»Ich weiß, ich muss dir nicht von den zehn und neun Türen erzählen«, sagte Sogolon.

»So sind wir nach Kongor gelangt.«

»Hier ist eine weitere.«

»Altes Weib, das glauben alle alten Weiber von solchen Wegkreuzungen. Und wenn es keine Tür ist, dann irgendeine andere Art von Nachtmagie.«

»Sieht dies nach einer Nacht für deine Torheiten aus?«

»Du hast Angst vor ihm. Ich glaube nicht, dass ich dich schon einmal ängstlich gesehen habe. Lass mich dein Gesicht anschauen. Ich sage dir die Wahrheit, Sogolon. Ich vermag nicht zu sagen, ob du übel gelaunt bist oder ob du immer so aussiehst. Ich weiß, wer er ist. Der Junge.«

»Aje o ma pa ity yi onyin auhe.«

»Die Henne weiß nicht einmal, wann sie im Kochtopf landet, also sollte sie vielleicht auf das Ei hören«, sagte ich und zwinkerte Sogolon zu, die finster dreinblickte.

»Also, wer ist er?«, fragte sie.

»Einer, den dieser Aesi mit aller Macht zu finden versucht, ehe du es tust. Vielleicht, um ihn zu töten, vielleicht, um ihn zu rauben, aber er will diesen Jungen ebenso dringend finden wie du. Und alle Spuren führen zum König.«

»Wenn ich dir das gesagt hätte, hättest du mir geglaubt?«

»Nein.«

»Der König will die Nacht der Schädel ungeschehen machen; dieser Junge ...«

»Dieser Junge ist, wer er immer war. Vielleicht sucht der Aesi auf sein Geheiß nach ihm, vielleicht handelt der rothaarige Teufel auch auf eigene Faust. Ich habe Fumangurus Schriften gelesen.«

»Es gibt keine Schriften.«

»Du bist zu alt für Spiele.«

»Niemand hat sie finden können.«

»Und doch habe ich sie gelesen. Bei den Spielen kleiner Mädchen fallen heimtückischere Worte.«

»Dies ist nicht der Ort dafür.«

»Aber es ist die Zeit. Bei all deinen Hexenkünsten hast du doch nie die Zeilen über den Zeilen gelesen.«

»Mach dich verständlich, Narr.«

»Er hat über seine Worte Bemerkungen in Milch geschrieben. Er schrieb, das Kind solle in den Mweru gebracht werden. Du starrst mich an. So still bist du. Geht durch den Mweru, und lasst ihn eure Spuren tilgen, das hat er geschrieben.«

»Ja. Ja. Kein Mensch und auch kein Gott hat den Mweru je kartiert. Das Kind wäre dort sicher.«

»Ebenso gut könnte man sagen, es wäre in der Hölle sicher.«

»Hier ist eine Tür, Sucher.«

»Darüber haben wir bereits gesprochen. Öffne sie.«

»Ich kann es nicht und habe es nie gekonnt. Nur wer mit der Sangoma im Bunde steht, besitzt die Worte, die die Türen öffnen. Du hast sie schon zweimal verwendet, lüge nicht.«

»Die erste war nur eine von Hexen verborgene Tür. Mit der Tür nach Kongor hatte sie nichts gemein. Wer ist der Junge?«

»Du sagtest, du wüsstest es. Du weißt es nicht. Doch du trägst eine Vermutung in dir. Öffne diese Tür, und ich sage dir, was du in dieser Bibliothek erfahren hast. Öffne die Tür.«

Ich trat von ihr zurück und sah, wie mich alle anblickten. Ich führte die Hände an meinen Mund, wie um Wasser zu trinken, und flüsterte das Wort, das mich die Sangoma gelehrt hatte. Ich blies, halb im Glauben, die mitleidlose Nacht würde mich wie einen Narren dastehen lassen, halb im Glauben, unmittelbar vor mir würden Flammen die Gestalt einer Tür annehmen. Über mir, so hoch wie die Baumkronen, entsprang ein Funke, als hieben zwei Schwerter gegeneinander. Von dort breitete sich die Flamme in beide Richtungen aus, beschrieb einen Kreis, bis beide Enden auf die Straße trafen. Dann erstarb die Flamme.

»Da hast du es, Hexe, die Flamme ist erloschen, und es ist keine Tür da. Weil wir auf einer Kreuzung stehen, wo es keine Türen gibt. Ich weiß, du bist von niederer Abstammung, doch in den letzten Tagen müsstest du eigentlich begriffen haben, was wir eine Tür nennen.«

»Wird er bald den Mund halten?«, fragte Mossi das Mädchen. Sie lachte. Das machte mich wütend. Wütender, als er mich hätte machen dürfen. Außer mir vor Wut, ohne es zeigen zu können, begann ich einfach loszulaufen. Zehn und fünf Schritte weiter sah ich, dass der Boden nicht von Erde, sondern von Stein war. Die Finsternis hellte sich auf wie Silber im Mondlicht, und die Luft fühlte sich kalt und dünn an. Die Bäume waren höher und weiter auseinander als in Mitu, und weit vor uns erhoben sich schwarze Berge über Wolken. Die anderen folgten mir. Ich konnte Mossis Gesicht nicht sehen, wusste jedoch, wie erschüttert er sein würde.

»Selbst ein Sangomin kann, wenn er nicht gerade winselt wie eine ungefütterte Hündin, große Dinge vollbringen. Oder doch immerhin so etwas«, sagte sie, während sie ihr Pferd bestieg und an mir vorbeiritt.

Der Büffel zog an mir vorbei, dann das Mädchen. Mossi starrte mich an, doch abgesehen von seinen Augen konnte ich sein Gesicht nicht deuten. Ich rannte los und holte Sogolon ein. Sie wartete, bis ich hinter ihr aufgestiegen war. Die Luft wurde kälter, je weiter wir kamen, so kalt, dass ich den Umhang so eng wie möglich um mich zog.

»Du darfst heute Nacht nicht einschlafen«, flüsterte sie.

»Aber der Schlaf kommt schon über mich.«

»Der Aesi wird in deine Träume springen und dich suchen.«

»Würde ich nie mehr aufwachen?«

»Du würdest aufwachen, aber er würde den Morgen durch deine Augen sehen.«

»Ich erkenne diese Luft nicht«, sagte ich.

»Du bist in Dolingo, vier Tagesritte von der Zitadelle entfernt«, sagte sie, und wir ritten weiter den Hügel hinauf.

»Die letzte Tür hat mich geradewegs in die Stadt gebracht.«

»Die Tür ist nicht da, um dir zu gehorchen.«

»Ich weiß, wer dein Junge ist«, flüsterte ich.

»Du glaubst, es zu wissen. Wer ist er also?«

SECHZEHN

L ass das Mädchen mit dir tauschen, oder wir reiten nicht weiter«, sagte Sogolon.

»Und ich dachte, du würdest dich freuen, einen jungen Mann so nah an deinem Hintern zu spüren.«

»Ist das jetzt die Art von Hintern, der du gern nah sein willst? Was versuchst du uns nun wieder vorzumachen, Wolfsauge?«

Sie ließ meinen Zorn so rasch aufflammen, dass ich absprang.

»Du. Die Hexe will, dass du mit ihr reitest«, sagte ich zu dem Mädchen, das vom Pferd sprang.

»Willst du reiten oder geritten werden?«, sagte Mossi zu mir.

»Heute scheißt alles außer dem Himmel auf mich herunter.«

Er reichte mir die Hand und zog mich hoch. Ich versuchte mich mit den Händen auf dem Hinterteil des Pferdes abzustützen, statt mich an ihm festzuhalten, rutschte aber immer wieder ab. Mossi griff hinter sich, nahm meine rechte Hand und legte sie an seine Seite. Dann griff er mit der anderen Hand nach hinten und tat das Gleiche mit der linken.

»Ist der Myrrheduft Teil des Präfektenamtes?«

»Der Myrrheduft ist Teil von allem, Sucher.«

»Der noble Herr Präfekt. Die Münze muss reichlich sein in Kongor.«

»Seht, ihr Götter, ein Mann, der sich in Vorhänge hüllt, schimpft mich einen noblen Herrn.«

Die Straße roch nach Sumpf. Mitunter hoben die Pferde die Hufe, als steckten sie fest. Ich wurde müde und spürte all die Schnitte und Kratzer von Kongor; einer an meinem Arm fühlte sich am tiefsten an. Ich öffnete die Augen und spürte zwei von Mossis Fingern an meiner Stirn, die mich von seiner Schulter schoben. Alles, was ich denken konnte, war: Fick die Götter, wenn ich auf ihn gegeifert habe.

»Er darf nicht schlafen, hat sie gesagt. Warum darfst du nicht schlafen?«, fragte Mossi.

»Die alte Hexe und ihre alten Hexengeschichten. Sie fürchtet, der Aesi könnte in meine Träume springen.«

»Ist das wieder etwas, was ich wissen sollte?«

»Nur, wenn du daran glaubst. Sie glaubt, er würde mich im Traum aufsuchen und mir den Verstand rauben.«

»Du glaubst es nicht?«

»Ich denke, wenn dir der Aesi den Verstand nehmen will, dann muss ein Teil von dir gewillt gewesen sein, ihn herzugeben.«

»Welch große Achtung ihr alle voreinander habt«, sagte er.

»Oh, wir sind einander, was die Schlange dem Falken ist. Aber sieh nur, was dir die Liebe zu deinen Präfekten eingetragen hat.«

Darauf erwiderte er nichts mehr. Ich glaubte ihn verletzt zu haben, was mich plagte. Alles was mein Vater gesagt hatte, plagte mich, aber nichts davon so sehr, dass ich mich zurückgelehnt und darüber nachgedacht hätte. Mein Großvater, meine ich.

Sobald sich der Boden trockener anfühlte, machten wir Rast. Eine von Savannenbäumen umgebene Lichtung. Sogolon nahm einen langen Zweig und zog einen Kreis aus Runen um uns, dann trug sie dem Präfekten und mir auf, Feuerholz zu suchen. Vom Baumdickicht aus sah ich, wie sie mit Sadogo sprach und zum Himmel wies. Mossi brach zwei Äste von einem Baum ab. Er wandte sich um, sah mich und kam heran, bis er dicht vor meinem Gesicht war.

»Die alte Frau, ist sie deine Mutter?«

»Fick die Götter, Präfekt. Ist es nicht offensichtlich, dass ich sie verabscheue?«

»Darum frage ich.«

Ich warf meine Äste auf seine und ging fort. Sie kratzte noch immer Runen in die Erde, als ich hinter sie trat. Sind die nur für dich bestimmt, dachte ich, sagte es aber nicht. Sadogo packte einen Baumstamm, riss ihn aus dem Boden und legte ihn der Länge nach hin, damit sich das Mädchen daraufsetzen konnte. Mossi versuchte den Büffel zu streicheln, doch er schnaubte ihn an, und der Präfekt schreckte zurück.

»Sogolon. Wir müssen reden, Hexe. Mit welcher Lüge willst du beginnen? Dass der Junge von Fumangurus Blut war? Oder dass die Omoluzu hinter Fumanguru her waren?«, sagte ich.

Sie warf den Stock weg, hockte sich in den Kreis und flüsterte leise etwas.

»Wir müssen reden, Sogolon.«

»Der Tag ist nicht näher gerückt, Sucher.«

»Der Tag?«

»Der Tag, an dem du mein Herr wirst.«

»Sogolon, du …«

Ein Windstoß traf meine Brust, ließ mich durch die Luft wirbeln und schleuderte mich über die Lichtung, ehe ich sie auch nur pusten sah. Der Ogo kam herbeigerannt und half mir auf. Er versuchte den Staub von mir zu klopfen, doch jeder Klopfer fühlte sich wie ein Schlag an. Ich sagte ihm, ich sei nun sauber, und setzte mich an das Feuer, das Mossi entzündet hatte. Das Mädchen betrachtete mich eine Zeit lang, ehe es den Mund öffnete.

»Wenn du sie noch mal ärgerst, vernichtet sie dich«, sagte sie.

»Und wie will sie dann den Jungen finden?«

»Sie ist Sogolon, Meisterin der zehn und neun Türen. Du hast es gesehen.«

»Und doch braucht sie mich, um hindurchzukommen.«

»Sie braucht dich nicht, das weiß ich.«

»Warum bin ich dann noch hier? Was weißt du schon? Noch vor wenigen Tagen wolltest du aus freien Stücken als Zogbanufleisch enden.«

Die Nacht blieb kalt. Sadogos Baumstamm war niedrig genug, um den Kopf daraufzulegen zu können. Das Feuer loderte in den Himmel und wärmte den Boden, doch es sah aus, als würde es schwächer werden, bis es schließlich schwarz wurde, auch wenn es weiter prasselte und knackte.

Die Ohrfeige versengte mir die Wange, und ich riss die Augen auf. Ich packte meine Axt, um sie zu schwingen, als ich das Mädchen über mir sah.

»Kein Schlaf, bis du bei der Zitadelle von Dolingo bist. Das hat sie gesagt.«

Ich schlug dem Büffel auf die Ohren, bis er mich mit dem Schwanz peitschte. Ich stellte dem Ogo jede erdenkliche Frage, die ihn bis zum Morgen reden lassen würde, doch er versuchte mich zu verscheuchen. Dann gähnte er und schlief ein. Und dann kletterte das Mädchen auf ihn und legte sich auf seine Brust. Wenn er sich umdrehte, würde nichts von ihr übrig bleiben, doch es sah so aus, als täte sie das nicht zum ersten Mal. Sogolon rollte sich in ihrem Runenkreis wie ein Säugling zusammen und schnarchte.

»Geh mit mir. Ich höre einen Fluss«, sagte Mossi.

»Und wenn ich nicht mit dir …«

»Musst du bei allem den mürrischen Ehemann spielen? Komm mit mir, oder bleib, wo du bist, ich gehe jedenfalls.«

Ich holte ihn in einem Waldstück voller dürrer Bäume ein, deren Äste wie Dornen kratzten. Er war noch vor mir, stieg über tote Stämme hinweg und schlug Äste und Gesträuch aus dem Weg.

»Du erspürst den Jungen also?«, sagte er, als hätten wir gerade darüber gesprochen.

»Auf gewisse Weise. Man sagt, ich hätte eine Nase.«

»Wer sagt das?«, fragte er.

»Ja, wer eigentlich? Wenn ich den Geruch eines Mannes, einer Frau oder eines Kindes aufnehme, folgt ihnen meine Nase, wohin sie auch gehen, und sei es noch so weit, bis sie sterben.«

»Selbst bis in andere Länder?«

»Zuweilen.«

»Ich glaube dir nicht.«

»Gibt es in deinem Land keine fantastischen Tiere?«

»Dann nennst du dich ein Tier?«

»Und jede Frage beantwortest du mit einer Frage.«

»Bei meinem Leben, es ist, als hättest du mich schon immer gekannt.« Mossi grinste. Er stolperte, und ich packte seinen Arm, ehe
er fiel. Er bedankte sich mit einem Kopfnicken und ging weiter. »Wo
ist er jetzt?«

»Im Süden. Vielleicht in Dolingo.«

»Wir sind schon in Dolingo.«

»Vielleicht in der Zitadelle. Ich weiß es nicht. Zuweilen ist sein
Geruch so stark, dass ich ihn so nah wähne, wie du es jetzt bist, und
wenige Tage darauf verschwindet er wieder, als wäre sein Geruch ein
Traum, aus dem ich erwache. Er wird nie stärker oder schwächer, er
ist nur einige Tage lang ganz da und dann wieder ganz verschwunden.«

»Wahrhaft ein fantastisches Tier.«

»Ich bin ein Mann.«

»Das kann ich sehen, Sucher.«

Er blieb stehen, und ich stieß mit der Brust gegen ihn. »Eine Viper«, sagte er.

»Sagt man von dir, du hättest ein Ohr?«

»Das war nicht sehr lustig.«

Die Nacht verbarg mein Lächeln, und ich war froh darum. Ich
machte einen Bogen um die Stelle, auf die er deutete. Ich hörte keinen Fluss und nahm auch keine Flussgerüche wahr.

»Wer ist dieser Omoluzu, der hinter Fumanguru her war?«

»Würdest du mir glauben, wenn ich es dir sagte?«

»Vor einem halben Tag saß ich in meiner Kammer und trank Tee
mit Bier darin. Jetzt bin ich in Dolingo. Ein Zehntagesritt, der keine

Nacht dauerte. Ich habe einen Mann von vielen Besitz ergreifen und etwas wie Staub aus toten Männern aufwirbeln sehen.«

»Ihr Kongori glaubt nicht an Magie und Geister.«

»Ich bin kein Kongori, aber du sprichst die Wahrheit, ich glaube nicht. Manche glauben, die Göttin spreche zu Blättern, auf dass sie wachsen, und flüstere einen Spruch, auf dass sich eine Blüte öffnet. Andere glauben, wenn sie ihnen nur Sonne und Wasser zuführten, wüchsen sie von alleine. Es gibt nur zweierlei, Sucher: das, was weise Männer erklären können, und das, was sie erklären wollen. Gewiss bist du anderer Meinung.«

»Du sprichst wie alle gelehrten Männer. Alles auf der Welt lässt sich einer von zwei Seiten zuschlagen. Entweder-oder, wenn-dann, ja-nein, Nacht-Tag, gut-schlecht. Ihr glaubt alle so fest an die Zwei, ich frage mich, ob einer von euch bis drei zählen kann.«

»Harte Worte. Aber auch du bist kein Glaubender.«

»Vielleicht habe ich einfach nichts für Seiten übrig.«

»Vielleicht hast du nichts für Verbindlichkeiten übrig.«

»Sprechen wir noch immer von den Omoluzu?«

Er lachte zu viel, fand ich. Über so gut wie alles. Wir verließen den Busch. Er streckte die Hand aus, um mich am Weitergehen zu hindern. Eine Klippe, auch wenn es nicht sehr tief hinunterging. Die Wolken waren dicht in diesem Teil des Himmels. Sie ließen mich an Himmelsgötter denken, die durch die neun Welten zogen und donnerten, doch ich konnte mich nicht entsinnen, wann ich zuletzt Donner aus dem Himmel vernommen hatte.

»Da hast du deinen Fluss«, sagte er.

»Wir betrachteten das Wasser unter uns, still und tief, obgleich man es flussaufwärts gegen Felsen branden hörte.

»Omoluzu sind Dachläufer. Beschworen von Hexen oder irgendjemandem, der mit Hexen im Bunde ist. Doch es reicht nicht, sie zu beschwören; man muss das Blut von Mann oder Frau an die Decke werfen. Nass oder trocken. Es erweckt sie, sie hungern danach, und sie werden den, der es hat, töten und von ihm trinken. Viele Hexen sind gestorben, weil sie dachten, dass die Omoluzu nur nach der Person suchen, deren Blut vergossen wird. Doch der Hunger der Omoluzu ist gewaltig – es ist der Geruch des Blutes, der sie anlockt, nicht der Geschmack. Und sind sie einmal heraufbeschworen, laufen sie an der Decke entlang wie wir auf der Straße und töten alles, was nicht Omoluzu heißt. Ich habe gegen sie gekämpft.«

»Was? Wo?«

»An einem weiteren Ort, von dem ihr weisen Leute behaupten würdet, es gebe ihn nicht. Haben sie einmal von deinem Blut gekostet, hören sie nicht auf, dich zu verfolgen, bis du in der nächsten Welt bist. Oder andersherum. Und du kannst nie mehr unter einem Dach leben oder in einem Verschlag und nicht einmal mehr unter einer Brücke hindurchgehen. Sie sind schwarz wie die Nacht und zäh wie Teer, und wenn sie an deiner Decke erscheinen, klingt es wie Donner und Meeresbrandung. Noch etwas zu ihnen: Sie brauchen kein Blut, wenn dein Hexenzauber stark ist, doch dazu müsstest du die Hexe der Hexen sein oder der größte Geisterbeschwörer oder wenigstens einer von ihnen. Eines noch: Sie berühren nie den Boden, nicht einmal, wenn sie hochspringen; die Decke zieht sie so sicher an sich, wie dieser Boden uns anzieht.«

»Und diese Omoluzu haben den Ältesten Fumanguru und seine Frau und all seine Söhne getötet? Selbst seine Diener?«, fragte er.

»Wer sonst könnte eine Frau mit einem einzigen Hieb spalten?«

»Nun komm, Sucher, wir scheinen beide eher Männer der Gelehrsamkeit als des Glaubens zu sein. Dann leg dich doch zur Ruhe, wenn du ihr nicht glaubst.«

»Wir haben beide diesen Aesi gesehen und was er zu tun vermag.«

»Böser Wind, mit Staub vermischt.«

Ich gähnte.

»Glaube oder Nichtglaube, Sucher, du verlierst diesen Kampf gegen die Nacht.«

Mossi zog an seinen beiden Gürteln, und die Scheide fiel zu Boden. Dann kauerte er sich hin, löste die Riemen beider Sandalen, löste die beiden Riemen seines Waffenrocks, packte dann den Waffenrock am Kragen, zog sich das ganze Ding über den Kopf und warf es fort, als wollte er es nie wieder anziehen. Er stand vor mir, die Brust zwei Fässer, der Bauch Wellen von Muskeln und darunter etwas, was im Schatten verschwand, ehe man weiter nach unten schauen konnte; er entfernte sich rasch von dem Abgrund, um Anlauf zu nehmen. Ehe ich sagen konnte, wie verrückt der Einfall war, rannte er an mir vorbei, sprang und schrie, bis er unten war und die nasse Landung ihn verstummen ließ.

»Fick all deine Götter, ist das kalt! Sucher! Warum bist du noch dort oben?«

»Weil der Mond mich nicht verrückt gemacht hat.«

»Der Mond, werte Schwester, hält dich für die Verrückte. Ein Himmel mit offenen Armen, und du willst nicht fliegen. Ein Fluss mit weit gespreizten Beinen, und du willst nicht hineintauchen.«

Ich konnte ihn in dem silbernen Wasser plätschern und tauchen sehen. Manchmal war er wie ein Schatten, doch wenn er sich auf der Oberfläche treiben ließ, war er hell wie der Mond. Wie zwei Monde, wenn er sich zum Tauchen umdrehte.

»Sucher. Lass mich hier nicht allein. Schau, ich werde von Flussdämonen angegriffen. Ich werde hier unten an der Flusskrankheit sterben. Oder wird es eine Wasserhexe sein, die mich ertränkt, damit ich ihr Mann werden kann? Sucher, ich höre nicht auf, deinen Namen zu rufen, bist du hereinkommst, Sucher, wolltest du nicht wach bleiben? Sucher! Sucher!«

Nun wollte ich springen, nur um auf seinem Kopf zu landen. Doch der Schlaf kam zu mir wie ein Liebhaber.

»Sucher. Denk nicht einmal daran, mit dem närrischen Vorhang am Leib in diesen Fluss zu springen. Du tust, als wären Kleider für die Ku eine Selbstverständlichkeit, obgleich wir alle die Wahrheit kennen.«

Du versuchst seit zwei Tagen, mich aus meinen Kleidern herauszubekommen, dachte ich, sagte es aber nicht. Der Aufprall war so laut, dass ich ihn für den eines anderen hielt, bis ich unter das Wasser sank. Die Kälte traf mich mit solcher Heftigkeit und Schärfe, dass ich Wasser einsog und hustend auftauchte. Der Präfekt lachte, bis auch er husten musste.

»Immerhin kannst du schwimmen. Bei Männern aus dem Norden weiß man nie.«

»Du glaubst, wir könnten nicht schwimmen.«

»Ich glaube, ihr denkt ständig an die Wassergeister, weshalb ihr nie in den Fluss geht.«

Er drehte sich um, tauchte, und seine Füße spritzten Wasser auf mich.

Er schwamm, tauchte, plätscherte und lachte weiter und rief, ich solle wieder hereinkommen, als ich mich ans Ufer setzte. Meine Kleider waren oben auf der Klippe, und ich musste sie holen, aber nicht, weil es kalt war. Er trat aus dem Wasser, schüttelte das Glitzern von seiner Haut und setzte sich neben mich.

»Zehn Jahre habe ich dort gelebt. In Kongor, meine ich.«

Ich schaute auf den Fluss hinaus.

»Zehn Jahre habe ich in dieser Stadt gelebt, zehn Jahre unter ihren Bewohnern. Es ist sonderbar, Sucher, zehn Jahre an ein und demselben Ort unter Menschen zu leben, die bei Weitem die offensten und dabei die unfreundlichsten Menschen sind, die ich kenne. Mein Nachbar lächelte nicht, wenn ich sagte: Einen guten Morgen, und mögest du vor Armut verschont bleiben, Bruder. Aber er sagte zu mir: Meine Mutter ist tot, und wie ich sie im Leben gehasst habe, werde ich sie nun im Tod hassen. Und er legte mir Früchte vor die Tür, wenn er zu viele hatte, klopfte aber nie an, auf dass ich ihn hätte grüßen und ihm danken oder ihn, noch schlimmer, hätte hereinbitten können. Es ist eine raue Art der Liebe.«

»Oder er ist schlicht kein Freund der Präfekten.«

Auch ohne hinzuschauen, wusste ich, dass er das Gesicht verzog.

»Worauf willst du hinaus?«, fragte ich.

»Ich glaube, du wolltest mich fragen, wie es mir damit gehe, mir nahestehende Männer getötet zu haben. Und auf gewisse Weise standen sie mir nah. Die Wahrheit ist, es reut mich, keine Reue zu empfinden. Ich sage mir: Wie kann ich um Menschen trauern, die mir ihre Liebe nie gezeigt haben? Aber das langweilt dich. Es langweilt mich. Willst du immer noch schlafen?«

»Wenn ich noch mehr von diesem Gerede hören muss, dann schon.«

Er nickte.

»Wir könnten die Nacht hindurchreden, oder ich könnte dir in den Sternen mächtige Jäger und wilde Tiere zeigen. Du könntest auch sagen: Fick die Hexe und ihren alten Glauben, ich bin ein Mann der Wissenschaft und Mathematik.«

»Spott ist wohlfeil.«

»Angst ist wohlfeil. Mut kostet.«

»Also bin ich nun ein Feigling, weil ich nicht schlafe. Was sagst du?«

»Es ist eine sonderbare Nacht. Ist der Mittag der Toten nah?«

»Ich glaube, er ist gekommen und gegangen.«

»Oh.«

Er schwieg eine Zeit lang.

»Ihr Männer des östlichen Lichts verehrt nur einen Gott«, sagte ich.

»Was soll ›östliches Licht‹ bedeuten? Das Licht, das auf jenen Ort fällt, fällt auch auf diesen. Es gibt nur einen einzigen Gott. Er ist rachsüchtig und auch gnädig«, sagte er.

»Woher weißt du, dass ihr den rechten Gott gewählt habt?«

»Ich weiß nicht, was du meinst.«

»Wenn ihr nur einen Gott haben dürft, wie habt ihr den richtigen ausgewählt?«

Er lachte. »Einen Gott zu wählen, das wäre, wie den Wind zu wählen. Er hat sich entschieden, uns zu erschaffen.«

»Alle Götter erschaffen. Das ist kein Grund, sie anzubeten. Meine Mutter und mein Vater haben mich geschaffen. Dafür bin ich ihnen keine Verehrung schuldig.«

»Dann hast du dich selbst großgezogen?«

»Ja.«

»Wahrhaftig.«

»Ja.«

»Es ist schwer für ein Kind, ohne Eltern aufzuwachsen, sei es im Osten oder im Westen.«

»Sie sind nicht tot.«

»Ach.«

»Woher wisst ihr überhaupt, dass euer Gott gut ist?«

»Weil er es ist. Er hat gesagt, dass er es ist«, sagte Mossi.

»Dann ist der einzige Beweis, dass er gut ist, also sein eigenes Wort. Habe ich es dir schon erzählt? Ich bin die Mutter von zwanzig und neun Kindern. Und ich bin sechzig Jahre alt.«

»Das ergibt keinen Sinn.«

»Es ergibt zu viel Sinn. Wenn er sagt: Ich bin gut, gibt es keinen Beweis dafür, nur dass er selbst es sagt.«

»Vielleicht solltest du schlafen.«

»Schlaf, wenn du willst«, sagte ich.

»Damit du mich im Schlaf betrachten kannst?«

Ich schüttelte den Kopf. »Wenn wir in Dolingo sind, bist du zehn Tagesritte von Kongor entfernt.«

»Es gibt für mich nicht den geringsten Grund, nach Kongor zurückzureiten.«

»Keine Frau, keine Kinder, keine Schwestern oder Brüder, mit denen du gereist bist? Kein Haus mit zwei Bäumen und einem eigenen kleinen Kornspeicher mit Hirse und Sorghum, in das du zurückkehren kannst?«

»Nein, nein, nein, nein, nein und nein. Vor manchen dieser Dinge bin ich geflohen. Und wohin kehre ich zurück? In ein Zimmer, für das ich die Miete schuldig bin. In eine Stadt, in der ich so oft am Haarschopf gepackt wurde, dass ich mir die Haare abgeschnitten habe. Zu den Brüdern aus der Armee des Häuptlings, die ich getötet habe. Brüdern, die nun mich töten wollen.«

»In Dolingo wartet auch nichts.«

»Dort gibt es Abenteuer. Es gibt den Jungen, nach dem ihr sucht. Es gibt noch Bedarf für meine Schwertkünste. Außerdem muss ich wohl auf dich aufpassen, da es ja sonst keiner tut.«

Ich lachte nicht lange.

»Als ich klein war, sagte meine Mutter, wir schlafen, weil der scheue Mond es nicht mag, wenn wir ihm beim Entkleiden zusehen«, sagte ich.

»Schließ nicht die Augen.«

»Sie sind nicht geschlossen. Deine sind es gerade.«

»Aber ich schlafe nie.«

»Nie?«

»Wenig, manchmal gar nicht. Die Zeit kommt und geht wie ein Blitz, und ich habe vielleicht zwei Drehungen der Sanduhr geschlafen. Da ich morgens nie müde bin, nehme ich an, ich schlafe ausreichend.«

»Was siehst du in der Nacht?«

»Sterne. In meinen Gefilden ist die Nacht die Zeit, in der Menschen den Feinden etwas antun, die sie tagsüber Freunde nennen. Es ist die Zeit, in der Sahirs und Dschinns ihr Unwesen treiben und die Leute Ränke und Pläne schmieden. Die Kinder lernen sie zu fürchten, weil sie glauben, dass dann Ungeheuer auf sie lauern. Sie spinnen eine ganze Erzählung darum, um die Nacht und das Dunkel und sogar die Farbe Schwarz, die hier nicht einmal eine Farbe ist. Hier nicht. Hier schreckt das Böse nicht davor zurück, zur Mittagsstunde zuzuschlagen. Aber die Nacht bleibt dadurch kühl und schön anzusehen.«

»Das war beinahe Dichtung.«

»Ich bin ein Dichter unter den Präfekten.«

Ich erwog, etwas über den Wind zu sagen, der den Fluss kräuselte.

»Dieser Junge, wie ist sein Name?«, flüsterte er.

»Ich weiß es nicht. Ich glaube, er hat nie einen erhalten. Er ist der Junge. Er ist vielen kostbar.«

»Und doch hat ihm niemand einen Namen gegeben? Auch seine Mutter nicht? Bei wem ist er jetzt?«

Ich erzählte ihm die Geschichte bis hin zu dem Duftwasser- und Silberhändler. Er stützte sich auf die Ellbogen.

»Nicht bei diesen Omoluzu?«

»Nein. Es war nicht das Blut des Jungen, dem sie folgten. Diese waren anders. Dem Händler, seinen beiden Frauen und den drei Söhnen wurde das Leben ausgesaugt. Genau wie bei Fumanguru. Du hast die Leichen gesehen. Wer auch immer sie sind, wenn sie dich am Leben lassen, bist du schlechter dran als tot. Ich habe es selbst nicht geglaubt, bis ich eine Frau wie einen Zombie sah, durch deren Blut Blitze schossen. Ich bin nach Kongor gekommen, um den Geruch des Jungen zu finden.«

»Ich begreife, warum du mich brauchst.«

Ich wusste, dass er schmunzelte, auch wenn ich es nicht sah.

»Du hast bloß eine Nase«, sagte er. »Ich habe einen ganzen Kopf. Du willst diesen Jungen finden. Ich werde ihn in einem Viertelmond finden, ehe der geflügelte Mann es tut.«

»In sieben Nächten? Du klingst wie ein Mann, den ich einmal kannte. Kümmert es dich, was wir tun, wenn wir ihn gefunden haben?«

»Ich bin für die Verfolgung zuständig, Sucher. Die Gefangennahme überlasse ich anderen.«

Er streckte sich im Gras aus, und ich betrachtete meine Zehen. Dann betrachtete ich den Mond. Dann betrachtete ich die Wolken, oben weiß und schimmernd, silbern in der Mitte und unten schwarz,

als wären sie regenschwanger. Ich dachte darüber nach, warum ich
nie über den Jungen nachdachte, nicht darüber, wie er aussah oder
wie seine Stimme klang, obgleich wir wegen ihm hier waren. Ich
meine, ich dachte an ihn, wenn ich mir ausmalte, was geschehen war,
aber es ging mir eher um Fumanguru und die Lügen von Belekun
dem Großen und die Spiele, die sowohl Sogolon als auch Bunshi mit
ihren Auskünften spielten; ich interessierte mich mehr für all jene,
die den Jungen suchten, als für den Jungen selbst. Ich stellte mir ein
Zimmer voller Frauen vor, die sich alle um einen öden Liebhaber
zankten. Selbst dieser Aesi, der hinter dem Jungen her war, regte
meine Gedanken stärker an als der Junge selbst. Obgleich ich mir
sicher war, dass der König selbst ihn tot sehen wollte. Dieser König
des Nordens, dieser Spinnenkönig mit vier Armen und vier Beinen.
Mein König. Mossi gab ein Geräusch von sich, etwas zwischen einem Seufzen und einem Stöhnen, und ich sah ihn an. Sein Gesicht
war mir zugewandt, doch die Augen waren geschlossen, und das
Mondlicht bewegte sich auf seinem Gesicht auf und ab.

Vor Tagesanbruch trug die Brise etwas heran, den Geruch weit ent-
fernter Tiere, und ich dachte an den Leoparden. Zorn flammte in
mir auf, verrauchte jedoch rasch wieder, und zurück blieben Traurigkeit und viele Worte, die ich hätte sagen können. Sein Lachen
wäre von den Klippen widergehallt. Ich wollte ihn nicht vermissen.
Ich hatte ihn jahrelang nicht gesehen, ehe wir uns in dem Wirtshaus
wiedergetroffen hatten, doch bis dahin hatte ich immer geglaubt, er
wäre die eine Seele, die unaufgefordert erscheinen würde, sollte ich
sie je brauchen. Der verabscheuungswürdige Fumeli bevölkerte meine Gedanken und machte, dass ich ausspeien wollte. Und doch fragte ich mich, wo er war. Sein Geruch war mir nicht unbekannt; ich
hätte von der Erinnerung daran Gebrauch machen können, um ihn
zu finden, doch ich tat es nicht.

Wir zogen vor Sonnenaufgang los. Der Büffel nickte immer wieder zu seinem Rücken hin, bis ich aufstieg, mich hinlegte und augenblicklich einschlief. Als ich aufwachte, rieb meine Wange am rauen
Brusthaar des Ogos.

»Der Büffel war es müde, dich zu tragen«, sagte Sadogo; seine ge-
waltige rechte Hand hielt meinen Rücken, die linke lag in meinen
Kniekehlen.

Wieder ritt Sogolon mit dem Mädchen und Mossi alleine. Die beinahe versunkene Sonne ließ einen gelben, orangen und grauen Himmel ohne Wolken zurück. Zu beiden Seiten ragten weit entfernte Berge auf, doch das Land war flach und grasbewachsen. Ich wollte nicht
wie ein Kind getragen werden, aber mit Mossi reiten wollte ich auch
nicht, und zu Fuß hätte ich die ganze Gruppe aufgehalten. Ich täuschte ein Gähnen vor und schloss die Augen. Doch dann schoss er an
meiner Nase vorbei, und ich schreckte hoch. Der Junge. Um Haaresbreite wäre ich aus Sadogos Hand gerutscht, doch er fing mich auf
und setzte mich ab. Er war im Süden, aber so sicher auf dem Weg
nach Norden, wie wir von Norden nach Süden unterwegs waren.

»Der Junge?«, fragte Mossi. Ich hatte weder gesehen, dass er ab-
gestiegen war, noch dass alle anderen angehalten hatten.

»Im Süden. Ich weiß nicht, wie weit entfernt, einen Tag, vielleicht
zwei. Er zieht nach Norden, Sogolon.«

»Und wir nach Süden. Wir werden uns in Dolingo begegnen.«

»Du scheinst dir sehr sicher zu sein«, sagte Mossi.

»Jetzt bin ich's. Bis vor zehn Tagen war ich noch nicht so sicher;
dann habe ich meine Arbeit gemacht, so wie der Sucher seine Arbeit
gemacht hat.«

»Ich will dir einen Handel vorschlagen. Du sagst mir, woher du
dein Wissen hast, und ich sage dir, woher ich meines habe«, sagte
ich.

»Ja, die Spur des Jungen ist heiß und dann kalt. Einen Tag heiß
und den anderen kalt, einfach so. Schwächer wird sie nie, oder?

Nicht wie bei einem Jungen, der zu weit weggelaufen ist; sein Geruch verschwindet einfach, so als wäre er in einen Fluss gesprungen, um wilde Hunde abzuschütteln. Es ist kein Rätsel, Sucher, gewiss kennst du den Grund.«

»Nein.«

»Vor uns liegt das Haus eines Mannes, der tief in meiner Schuld steht. Dort machen wir halt. Und … Haus eines Mannes …«

Wind warf sie vom Pferd, schleuderte sie in die Luft und ließ sie flach auf dem Rücken landen, dass es ihr den Atem aus dem Mund stieß. Das Mädchen sprang vom Pferd und rannte auf sie zu, doch ein in der Luft schwebendes Nichts ohrfeigte sie. Ich hörte die Ohrfeige, den Klang von nasser Haut auf Haut, doch es war nichts zu sehen; das Gesicht des Mädchens flog nach links, dann nach rechts. Sogolon hob eine Hand, um ihr Gesicht zu schützen, als griffe jemand sie mit einer Axt an. Mossi sprang von seinem Pferd und rannte zu ihr, wurde aber auch von einem Windstoß umgeblasen. Sogolon fiel auf die Knie und umklammerte ihren Bauch, dann schrie sie, dann brüllte sie, dann sagte sie etwas in einer Sprache, die ich nicht verstand. All das hatte ich schon einmal gesehen, unmittelbar vor den Dunkellanden. Sogolon stand auf, wurde aber erneut von Luft umgestoßen. Ich zückte meine Äxte, doch sie waren nutzlos. Mossi rannte wieder zu ihr, und der Wind warf ihn um. Mit der Brise kamen Stimmen, in einem Augenblick ein Schrei, im nächsten ein Lachen. Was immer es war, es störte den Zauber der Sangoma, und ich spürte, wie etwas an mir und in mir zu fliehen versuchte. Sogolon rief wieder etwas in derselben Sprache, als der Wind sie am Genick packte und abermals zu Boden drückte. Das Mädchen blickte sich nach einem Stock um, fand einen Stein und begann Runen in den Sand zu zeichnen. Sie zeichnete, ritzte und grub und fegte Sand mit den Fingern beiseite, kratzte Runen in die Erde, bis sie einen Kreis um Sogolon gezogen hatte. Die Luft heulte, bis sie nur noch Wind und schließlich nichts mehr war.

Sogolon erhob sich, noch immer nach Atem ringend. Mossi rannte zu ihr, um ihr aufzuhelfen, aber das Mädchen stellte sich zwischen sie und schlug seine Hand zur Seite.

»Kein Mann darf sie berühren«, sagte sie.

Das war mir neu. Doch das Mädchen selbst ließ sich von dem Ogo auf ihr Pferd heben.

»Waren das dieselben Geister wie vor den Dunkellanden?«, rief ich ihr zu.

»Es war der Mann mit den schwarzen Flügeln«, sagte Sogolon. »Es war dieser ...«

Ich hörte es auch, es kam den Weg entlang, zu beiden Seiten, ein Krachen, als bräche die Erde auf. Der Büffel hielt inne und fuhr dann herum. Das Mädchen, das bei Sogolon stand, packte seinen Stab und zog ihn auseinander, bis die Spitze einer Lanze zum Vorschein kam. Die Erde brach weiter auf, und das Mädchen packte Sogolon, um ihr aufs Pferd zu helfen. Der Büffel trabte los, und Sadogo schickte sich an, mich auf seine Schultern zu heben. Aus der aufbrechenden Erde drangen Hitze und Schwefel, der uns Husten machte. Und das Gackern alter Weiber, das immer weiter anschwoll, bis es zu einem Sirren wurde.

»Wir sollten verschwinden«, sagte Mossi.

»Ein weiser Rat«, sagte ich, und wir rannten beide zu unserem Pferd.

Sadogo streifte seine Eisenfäuste über. Das Bersten und das Gackern wurden lauter, bis mitten auf dem Weg etwas mit einem Schrei hervorbrach. Eine Säule, ein Turm, der sich neigte und barst, wobei Stücke absplitterten. Drei weitere durchbrachen auf der rechten Seite die Erde wie Obelisken. Sogolon war zu schwach, um das Pferd zu beherrschen, also stieß ihm das Mädchen die Knie in die Flanken. Das Pferd versuchte zu galoppieren, doch die wankende, berstende Säule entfaltete sich, nahm Gestalt an, und es war eine Frau, größer als ein Pferd, von der Taille abwärts dunkel und geschuppt, und sie schob sich immer weiter aus der Erde, als wäre ihr übriger Leib eine Schlange. Sie war so hoch wie zwei Bäume und machte Sogolons Pferd scheu, das sich auf die Hinterbeine stellte und sie beide abwarf. Ihre Haut sah aus wie der Mond, doch es war weißer Staub, der wie Wolken durch die Luft trieb. Vier weitere Kreaturen erhoben sich zu beiden Seiten des Weges; dünne Rippenknochen, die gegen die Haut drückten, pralle Brüste, Gesichter mit dunklen Augen und wilde Locken, die wie Flammen aufstiegen. Die Kreaturen zur Rechten waren mit Staub, die zur Linken mit Blut bedeckt. Zu alldem ertönte das Flattern von Flügeln, obgleich keine von ihnen Flügel besaß. Eine stieß herab und warf Mossi um. Sie hob die Hand, und ihre Klauen wurden länger. Sie würde ihn zerfetzen, ehe er sich umdrehte. Ich sprang vor ihn und schwang meine Axt gegen ihre Hand, die ich am Handgelenk abtrennte. Sie kreischte und wich zurück.

»Mawana-Hexen«, sagte Sogolon. »Mawana-Hexen, er ... beherrscht sie.«

Eine von ihnen packte Mossis Pferd. Sadogo rannte zu ihr und schlug die Hexe, doch sie ließ das Pferd nicht los, das zu groß war, als dass sie es hätte fressen können, aber klein genug, um es mit sich in das Loch im Boden zu ziehen. Sadogo rannte, sprang und landete auf ihren Schultern, die Beine um ihren Hals geschlungen. Sie warf den Kopf auf und nieder und hin und her, um ihn abzuschütteln, doch er hämmerte auf ihre Stirn ein, bis wir es knacken hörten und sie das Pferd fallen ließ. Die Manawa-Hexe packte Sadogo und schleuderte ihn von sich. Er rollte über den Boden, bis er auf den Füßen zum Stehen kam. Nun war er wütend. Eine blutige Hexe packte den Büffel bei den Hörnern, um ihn fortzuzerren, doch der Büffel ließ sich durch nichts in Bewegung versetzen. Er ging rückwärts und zog sie mit sich. Ich sprang auf seinen Rücken und schwang meine Axt nach ihr, doch sie wich aus und zog sich zurück, schien sich geradezu ängstlich wegzuducken. Sadogo sprang auf den

Rücken einer staubigen Hexe; sein ganzer Leib war in etwa so groß wie der Teil ihres Körpers über der Erde. Sie schwang die Arme und versuchte, nach ihm zu schlagen, doch er war auf ihrem Rücken. Sie schoss nach oben, zuckte nach unten, schüttelte sich wie ein nasser Hund, aber Sadogo hielt sich fest. Er legte die Arme um ihren Hals und drückte zu, bis sie keine Luft mehr bekam. Sie kriegte ihn nicht zu fassen, also bäumte sie sich auf, ließ sich fallen und schüttelte sich, bis seine Beine hin und her schwangen, und schlug ihm die Klauen in den rechten Oberschenkel. Doch er ließ nicht los. Er hielt ihren Hals umklammert, bis sie zu Boden ging. Zwei weitere erhoben sich und griffen Sogolon und das Mädchen an. Während ich zu ihnen rannte, mit einem Satz über Mossi sprang und dem Büffel zurief, er solle mir folgen, hob das Mädchen die Lanze, um sie geradewegs durch die zuschlagende Hand der Hexe zu bohren. Sie kreischte, und ich sprang auf die Hörner des Büffels, sodass er mich zu ihr hinaufschleudern konnte. Ich schwang beide Äxte nach ihrem Hals und trennte ihr den Kopf ab. Er blieb an einem Hautfetzen hängen und baumelte hin und her. Die andere Hexe wich zurück. Mossi sah mich an. Die Hexe näherte sich ihm von hinten. Ich warf ihm eine Axt zu, er fing sie auf, drehte sich um die eigene Achse, um seinem Hieb Schwung zu verleihen, und schlitzte ihr die Kehle auf. Schlitzte ihm die Kehle auf. Dieser hatte einen langen Bart. Die letzten beiden, eine staubig, eine blutig, erhoben sich so hoch in die Luft, dass es aussah, als würden sie sich selbst aus dem Boden reißen und davonfliegen. Doch beide stießen wieder herab. Ich rannte auf sie zu, und beide nahmen Reißaus und tauchten in die Erde ein wie Vögel ins Meer.

»Ich wusste nicht, dass Hexen sich gegenseitig angreifen«, sagte ich.

Sogolon, die noch immer auf dem Boden lag, sagte: »Dich haben sie nicht angegriffen.«

»Was? Ich habe sie alle bekämpft, Weib.«

»Sag nicht, du hättest nicht bemerkt, wie sie vor dir Reißaus genommen haben«, sagte sie.

»Weil ich noch immer unter dem Schutz der Sangoma stehe.«

»Sie sind aus Fleisch und Blut, nicht von Eisen oder Magie.«

»Vielleicht fürchten sie sich vor einem menschlichen Ku«, sagte ich.

»Hast du letzte Nacht geschlafen?«

»Was glaubst du, Hexe?«

»Scher dich nicht darum, was ich glaube. Hast du geschlafen?«

»Wie ich sagte: Was glaubst du?«

Das Mädchen ergriff seine Lanze und hob sie über die Schulter.

»Warst du die ganze Nacht wach?«

Ich sah dem Mädchen geradewegs ins Gesicht. »Weibskind, was machst du da? Sogolon hat dich zwei Dinge gelehrt, und nun glaubst du, du könntest eine Lanze auf mich richten? Lass uns sehen, ob deine Lanze meine Haut durchbohrt, ehe meine Axt dein Gesicht spaltet.«

»Er war die ganze Nacht wach, Sogolon. Ich war bei ihm«, sagte Mossi.

»Du musst nicht für mich bürgen.«

»Und du musst nicht boshaft gegen deine Begleiter sein«, sagte er.

Er ging kopfschüttelnd an mir vorbei. Das Mädchen half Sogolon auf. Sadogo kam zurück, die Hände ausgestreckt, als hätte er etwas verloren.

»Dein Pferd hat sich zwei Beine gebrochen«, sagte er. »Mir blieb nichts anderes übrig, als ...«

»Wenn der Aesi nicht in deine Träume gesprungen ist, dann hat er einen anderen Weg gefunden, uns zu folgen«, sagte Sogolon.

»Falls du nicht den Tagtraum meinst, in dem ich mich zwischen einem Omororo-Prinzen und seinem ansehnlicheren Vetter wiederfinde, würde ich sagen: Nein.«

»Was ist mit dem Präfekten?«

»Was ist mit mir?«, sagte Mossi.

»Er hat dich zuerst angegriffen, Sogolon«, sagte ich.

»Und dich gar nicht.«

»Vielleicht wirken meine Runen besser als deine.«

»Du bist derjenige, der den Jungen ausfindig machen kann. Du könntest ihm noch nützlich sein.«

Wir gingen durch dichten Buschwald, bis wir Sterne über der offenen Savanne tanzen sahen; nicht weit entfernt stand das Haus des Mannes, von dem Sogolon behauptete, er sei ihr etwas schuldig. Mossi ging neben mir, zuckte jedoch oft vor Schmerz zusammen. Er hatte sich beide Knie geprellt, so wie ich mir den Ellbogen.

»Ich weiß nicht, warum du es wissen solltest«, sagte Mossi zu mir.

»Was soll ich wissen?«

»Warum die Spur des Jungen heiß ist, dann von einem Augenblick auf den anderen kalt, dann wieder heiß.«

Hinter mir ging der Büffel und dahinter Sadogo.

»Sie benutzen die zehn und neun Türen«, sagte ich.

SIEBZEHN

an teile das Haus des Herrn aus Kongor durch sechs. Ein Haus, das aus nur einem Raum besteht, mit einem Türbogen und Wänden aus Lehm und Mörtel. Dann setze man auf diesen Raum einen weiteren und noch einen und noch einen und noch einen, dann noch einen weiteren und darauf noch einen mit einem Dach, das geschwungen ist wie der Mond, wenn er sich in der Mitte geteilt hat. Das war das Haus dieses Mannes, ein Haus, das aussah, als hätte man eine einzelne Säule abgetrennt und in die Bergstraßen von Dolingo gesandt. Dieser Herr wartete Kath kauend vor seiner Hütte und war nicht überrascht, als wir uns näherten. Es war drei Nächte her, dass wir Kongor verlassen hatten. Sogolon fiel beinahe vom Pferd, als sie abzusteigen versuchte. Der Mann deutete ins Haus, und das Mädchen half Sogolon hinein. Dann setzte er sich wieder auf seine Treppe und kaute weiter.

»Schaut zum Himmel, *woi lolo*. Seht ihr das? Seht ihr, was los ist?«

Mossi und ich blickten zum Himmel auf, er ebenso ratlos wie ich.

»Seht ihr nicht, wie das göttliche Krokodil den Mond frisst?«

Mossi fasste mich am Arm und sagte: »Kennst du irgendwen, der nicht verrückt ist?«

Ich antwortete nicht. Ich fragte mich, und er hätte auf meine Frage keine Antwort gewusst, ob mir als Einzigem auffiel, dass dieser Mann genauso wie der Hausherr in Kongor aussah. Der Leopard hätte es bemerkt. Er hätte etwas gesagt.

»Hast du einen Bruder im Norden?«, fragte ich.

»Bruder? Ha, meine Mutter würde dir sagen, dass ein Junge schon zu viel war. Und sie lebt noch, meine Mutter, wartet immer noch, ob

ich nicht zuerst sterbe. Aber er hat sie tüchtig geleckt, nicht? Er hat
sie tüchtig geleckt. Tüchtiger als ihre ganzen Blutgeister da.«

»Blutgeister?«

»Er hat sie abgeschleckt, das heißt, er ist nah, das heißt, er ist
gleich hinter euch. Weißt du, wen ich meine?«

»Wer sind die Blutgeister?«

»Nie hab ich seinen Namen gesagt, nicht in dieser Welt noch
irgendeiner anderen. Der mit den schwarzen Flügeln.« Dann lachte
er.

A m Morgen malte das Mädchen mit weißem Lehm Runen an Sogolons Tür.

»Hat sie dir das beigebracht, als ihr beide fort wart?«, fragte ich,
aber sie sagte nichts.

Ich wollte dem Mädchen sagen, seine Verachtung sei an mich vergeudet, schwieg aber. Sie sah mich auf die Tür zutreten und stellte
sich mir in den Weg. Sie hatte die Lippen fest aufeinandergepresst,
die starrenden Augen zu Schlitzen verengt, und sie sah aus wie ein
Kind, das auf seine jüngeren Geschwister aufpassen soll.

»Weibskind. Weder Kraft noch Magie wird mich daran hindern,
diesen Raum zu betreten.«

Sie packte ihr Messer, doch ich schlug es ihr aus der Hand. Sie
griff nach einem anderen, und ich sah sie an und sagte: »Versuch,
mich damit zu stechen.« Sie starrte mich lange an. Ich sah, wie ihre
Lippen zitterten und ihre Stirn sich in Falten legte. Plötzlich stach
sie auf mich ein, doch ihre Hand schoss an meiner Brust vorbei. Sie
stach wieder zu, und das Messer in ihrer Hand prallte zurück. Wieder und wieder stach sie zu, zielte auf meine Brust und meinen Hals,
doch ihr Messer wollte mich nicht berühren. Sie zielte auf mein
Auge, und das Messer schoss über meinen Kopf hinweg. Ich griff
danach. Sie versuchte mir das Knie in die Eier zu rammen, doch ich

hielt es fest und schob sie durch die Tür. Sie taumelte rückwärts und stürzte beinahe.

»Ihr beiden habt zu viel Zeit«, sagte Sogolon vom Fenster her.

Ich trat ein und sah, wie sie die Taube fliegen ließ. Sie griff in einen Käfig und holte eine weitere heraus. Etwas Rotes war um den Fuß der Taube geschlungen.

»Eine Botschaft an die Königin von Dolingo, dass wir kommen. Sie sind denen, die unangekündigt erscheinen, nicht wohlgesinnt.«

»Zwei Tauben?«

»Es gibt Habichte in diesen Himmeln.«

»Wie geht es dir heute?«

»Es geht mir gut. Danke für deine Anteilnahme.«

»Wärst du eine Sangoma und keine Hexe, müsstest du nicht allerorts Runen zeichnen und dich angreifen lassen, wenn du einmal eine vergisst. An wie viele Dinge du denken musst.«

»So viel Verstand haben alle Frauen. Ich hatte vergessen, wie groß dieses Dolingo ist. Von hier aus sieht man nur den Gebirgspass. Es wird noch einen Tag dauern, bis wir unter seinen Bäumen sind …«

»Dolingo soll hundertfach gefickt sein. Wir müssen reden, Weib.«

»Was willst du nun wieder reden?«

»Wir werden vieles bereden, aber wie wäre es, wenn wir mit dem Jungen anfingen? Wenn der Aesi hinter ihm her ist und der Aesi hinter dem König steht, dann ist der König es auch.«

»Darum nennen sie ihn den Spinnenkönig. Das habe ich dir vor mehr als einem Mond erzählt.«

»Du hast mir gar nichts erzählt. Das war Bunshi. Alles über den Jungen stand in der Schrift.«

»Über diesen Jungen steht in keiner Schrift etwas.«

»Was habe ich dann in der Bibliothek gefunden, ehe sie niedergebrannt wurde, Hexe?«

»Du und der hübsche Präfekt?«, sagte Sogolon.

»Wenn du ihn hübsch findest.«

»Und doch bist du entkommen. Entweder bist du zu schwer zu töten, oder er gibt sich keine große Mühe dabei.«

Sie sah mich an und ging dann wieder zum Fenster.

»Das bleibt unter uns«, sagte ich.

»Dafür ist es zu spät«, sagte Mossi und betrat den Raum.

Mossi. Sogolon kehrte uns den Rücken zu, doch ich sah, wie sich ihre Schultern anspannten. Sie versuchte zu lächeln.

»Ich weiß nicht, wie man dich außer Präfekt noch nennt.«

»Wer mich einen Freund nennt, nennt mich Mossi.«

»Präfekt, das ist nicht deine Angelegenheit. Am besten, du machst kehrt und gehst zurück …«

»Wie gesagt: Dafür ist es zu spät.«

»Wenn mir noch einmal ein Mann ins Wort fällt, bevor ich ausgesprochen habe. Wir sind nicht unterwegs, um einen betrunkenen Vater oder ein vermisstes Kind zu suchen und wieder heimzuschicken, Präfekt. Geh nach Hause.«

»Das ist mir dank euch nicht mehr möglich. Was hat der Präfekt für ein Zuhause? Die Armee des Häuptlings wird glauben, alle auf dem Dach seien durch meine Klinge gestorben. Ihr kennt sie nicht, wie ich sie kenne. Sie haben mein Haus schon niedergebrannt.«

»Niemand hat dich gebeten, dich einzumischen.«

Er trat näher, setzte sich mit weit gespreizten Beinen auf den Boden und zog seine Schwertscheide so zurecht, dass sie dazwischen zu liegen kam. Er hatte Schorf auf beiden Knien.

»Und doch ruht viel auf mir, ob ihr darum gebeten habt oder nicht. Wer von euch versteht sonst mit einem Schwert umzugehen? Ich habe getan, wofür ich bezahlt wurde. Dass ich diesen Beruf nicht mehr habe, ist eure Schuld. Aber ich hege keinen Groll. Und ich finde, ein Mann sollte nie einen guten Wettstreit oder ein großes Abenteuer ablehnen. Zudem braucht ihr mich mehr als ich euch. Ich bin nicht so unbeteiligt wie der Ogo oder so schlicht wie das Mädchen. Man kann nie wissen, altes Weib. Wenn mich euer Vorhaben zu begeistern weiß, verlange ich womöglich nicht einmal einen Lohn.«

Mossi zog ein Bündel klein zusammengefalteter Papyrusblätter aus seiner Umhängetasche. Ich erkannte sie an ihrem Geruch, ehe ich sah, worum es sich handelte.

»Du hast die Schriftstücke an dich genommen?«, fragte ich.

»Etwas an ihnen roch nach Bedeutsamkeit. Oder vielleicht auch nur nach saurer Milch.«

Er lächelte, aber weder Sogolon noch ich lachten.

»Euch Menschen von unterhalb der Wüste ist das Lachen fremd. Also, wer ist dieser Junge, den ihr sucht? Bei wem ist er jetzt? Und wie sollen wir ihn finden?«

Er breitete die Seiten aus, und Sogolon wandte sich um. Sie kam näher, doch nicht so nah, dass es den Anschein machte, als läse sie, was darauf stand.

»Sie sehen verbrannt aus«, sagte sie.

»Aber sie lassen sich falten und entfalten, als wären sie unversehrt«, sagte Mossi.

»Das sind keine Brandflecken, das sind Bildzeichen«, sagte ich. »Nordländische in den ersten beiden Sätzen, Küstenzeichen darunter. Er hat sie mit Schafsmilch geschrieben. Doch das wusstest du bereits.«

»Nein. Wusste ich nicht.«

»Dein Zimmer in Kongor war mit diesen Zeichen übersät.«

Sie warf mir einen kurzen, wütenden Blick zu, doch ihr Gesicht glättete sich. »Ich habe keine davon geschrieben. Du musst Bunshi danach fragen.«

»Wen?«, sagte Mossi.

»Später«, sagte ich, und er nickte.

»Ich kann weder nordländische noch Küstenzeichen lesen«, sagte Sogolon.

»Ja, fick die Götter, es gibt etwas, was du nicht kannst.« Ich deutete mit dem Kinn auf Mossi. »Er kann es.«

In dem Zimmer stand ein Bett, obgleich ich mir sicher war, dass Sogolon nie in einem schlief. Das Mädchen trat neben sie, sie tuschelten, dann ging sie wieder zur Tür.

»Das Schriftstück, das der Präfekt da hat, ist nur eines. Fumanguru hat fünf geschrieben, und eins hat seinen Weg in meine Behausung gefunden. Er schrieb, das Königtum müsste zurückgehen, um vorwärtszukommen; das hat mich neugierig gemacht. Habt ihr die ganze Schrift gelesen?«

»Nein.«

»Braucht ihr auch nicht. Langweilig, wenn er aufhört, vom König zu schreiben. Dann ist er bloß ein weiterer Mann, der den Frauen sagt, was sie zu tun haben. Aber wegen dem, was er über den König schreibt, habe ich ihn eines Nachts aufgesucht.«

»Warum solltest du dich um einen Ältesten und den König scheren?«, sagte ich.

»Es ging nicht um mich. Was glaubst du, warum mich kein Mann berühren darf, Sucher?«

»Ich …«

»Spar dir deine gewitzten Bemerkungen. Ich habe ihn nicht wegen mir aufgesucht, sondern wegen einer anderen.«

»Bunshi.«

Sie lachte. »Ich habe Fumanguru ausfindig gemacht, weil ich der Schwester des Königs diene. Was er schreibt, klingt nach einem verständigen Mann. Nach einem, der über seinen eigenen anschwellenden Bauch hinausschaut, um zu sehen, was nicht stimmt mit dem Imperium, dem Königreich, dass das Königreich des Nordens vom Bösen und von Unglück und Unfriede heimgesucht wird, seit ein Kind das Königreich kennt. Habt ihr den Teil überlesen, in dem er über die Geschichte der Könige schreibt? Die Ahnenreihe der Könige, die kenne ich. Dass sich die Thronfolge geändert hat, als Moki zum König wurde. Er hätte nicht König sein sollen. Jeder König vor ihm war der älteste Sohn der ältesten Schwester des Königs.

So stand es Hunderte von Jahren geschrieben. Und dann kam Kwash Moki.«

»Wie wurde er König?«, fragte Mossi.

»Er ermordete seine Schwester und alle unter ihrem Dach«, sagte ich.

»Und als die Zeit gekommen war, schickte Moki seine älteste Schwester zu der alten Schwesternschaft, in der keine Frau Mutter werden kann. So wurde Liongo, sein ältester Sohn, König. Und so ging es Jahr um Jahr, Zeitalter um Zeitalter, und als Kwash Aduware an der Reihe war, hatten alle vergessen, wie man König wird und wer König werden kann, und selbst die Griots von weither sangen, es sei immer so gewesen. Seitdem ist dieses Land verflucht«, sagte Sogolon.

»Aber die Griots singen alle von gewonnenen Kriegen und eroberten Ländern. Wann wurde dieser Fluch wirksam?«

»Schau hinter die Palastmauer. Die Aufzeichnungen zählen alle lebenden Kinder auf. Meinst du, sie zählen die Kinder auf, die tot sind? Zu viele tote Söhne bedeuten, dass das königliche Blut schwach ist. Berichten die Aufzeichnungen von den drei Frauen, die Kwash Netu hatte, bis er eine fand, die ihm einen Prinzen gebar? Kwash Dara verlor seinen ersten Bruder an eine Seuche. Und er hatte drei tumbe Schwestern, weil sein Vater Konkubinen begattete. Und einen Onkel, der wahnsinnig war wie ein südlicher König, und der Tod ereilte fast jede Frau, die ihm keinen Sohn gebar. In welchem Buch steht das alles? Fäulnis zieht sich durch die ganze Sippe. Hier ist eine Frage, und beantworte sie wahr. Wann hast du in Fasisi zuletzt Regen erlebt?«

»Und doch gibt es dort Bäume.«

»Eine Niederlage ist nicht das Problem. Der Sieg ist es.«

Selbst Mossi beugte sich vor, als er das hörte. Sogolon wandte sich endlich um und setzte sich auf das Fensterbrett. Beinahe rechnete ich damit, Bunshi würde an der Wand herabfließen.

»Ja, die großen Könige des Nordens führen Kriege und gewinnen viele, aber sie wollen immer mehr. Freie Länder, Länder im Zwist. Die Städte und Orte, die sich auf keine Seite schlagen. Sie können nicht anders, weil Männer von Männern aufgezogen werden, nicht von Frauen. Frauen sind nicht wie Männer, Maßlosigkeit ist ihnen fremd. Das Königreich wurde immer größer, die Könige wurden immer schlimmer. Die Könige des Südens werden wahnsinniger und wahnsinniger, weil sie untereinander Inzucht treiben. Die Könige des Nordens werden auf andere Weise wahnsinnig. In ihren Adern fließt das Böse, weil ihre ganze Linie der ärgsten Art des Bösen entstammt, denn welches Böse tötet das eigene Fleisch und Blut?«

»Meine Aufmerksamkeit gilt eher Fragen, deren Antwort der Junge ist«, sagte ich.

»Du sagtest, du kennst ihn? Erzähl mir, was du weißt«, sagte Sogolon.

Ich wandte mich Mossi zu, der zwischen uns hin und her blickte wie einer, der noch nicht entschieden hat, wem er glauben, wem er folgen soll. Er rieb sich den jungen Bart, länger und röter als in meiner Erinnerung, und blickte auf die Papiere, die er in der Hand hielt.

»Mossi, lies es vor.«

»*Götter des Himmels – nein, Herren des Himmels. Sie sprechen nicht länger zu Geistern der Erde. Die Stimme der Könige wird zur neuen Stimme der Götter. Brecht das Schweigen der Götter. Findet den Gottesschlächter, denn er findet den Königsmörder. Der schwarz geflügelte Gottesschlächter.* Den Rest auch?«

Bitte.

»*Bringt ihn nach Mitu, in die gelenkte Hand des Einäugigen, geht durch den Mweru, und lasst ihn eure Spuren tilgen. Rastet nicht, ehe ihr in Go seid.*«

Sogolon schüttelte den Kopf. Sie hatte das noch nie gelesen oder gehört und wusste, dass ich das wusste.

»Fumanguru sagte also: Bringt den Jungen zu dem Einäugigen in Mitu, geht durch den Mweru und dann nach Go, eine Stadt, die nur in Träumen lebt. Und der Aesi ist der Gottesschlächter? Vielleicht habe ich in Basu den Falschen ausgewählt«, sagte Sogolon.

»Du wagst es, das jetzt zu sagen? Es war deine Wahl, die zu seinem Tod geführt hat«, sagte ich.

»Hüte deine Zunge«, sagte das Mädchen.

»Habe ich ihm ein Messer an die Kehle gehalten und gesagt: Tu es, Fumanguru? Nein.«

»*Findet den Gottesschlächter, denn er findet den Königsmörder*«, sagte ich.

»Und?«

»Überlass es dem Mädchen, die Tumbe zu spielen, Sogolon. Der Gottesschlächter ist der Aesi. Der Königsmörder ist der Junge.«

Sogolons Lachen war erst sanft wie ein Lächeln, dann ein lautes Heulen.

»Es sind Weissagungen, nicht wahr? Über irgendein Kind …«

»Welche Weissagung lässt alle Hoffnung auf einem Kind ruhen? Welcher Prophet wäre so töricht? Die hündischen Hexen der Ku? Auf einem kleinen Ding, das keine zehn Jahre alt werden wird? Dein hübscher Präfekt kommt von einem Ort, wo die Leute nicht aufhören, von magischen Kindern zu reden. Kindern des Schicksals, auf denen alle Hoffnungen der Menschheit ruhen. Auf einem Ding, das sich den Finger in die Nase steckt und frisst, was es herauszieht.«

»Und doch ergibt diese Weissagung mehr Sinn als der Pferdemist, den du und der Fisch uns andrehen wollt«, sagte ich. »Ich habe mich mit euch auf diesen Weg begeben, weil ich glaubte, er würde irgendwohin führen. Dieser Junge beweist ebenso sehr, dass der König Fumanguru getötet hat, wie eine Schramme am Arsch eines Esels. Du birgst die Wahrheit noch immer in der Brust. Ich weiß, was du vor mir verheimlicht hast, Sogolon, auch dass du in Fumangurus Haus warst und es mit einem Zauber verbergen wolltest. Dass du nach

Wegen gesucht hast, den Jungen selbst zu finden, sodass du mich nicht brauchst. Du hattest sogar einen ganzen Mond lang Zeit dafür, und doch sind wir hier. Du hast recht, Bunshi ist nicht deine Herrin. Doch sie ist es nicht gewohnt, Männer anzulügen. Sie verlor beinahe den Verstand, als ich sie bei der Doppelzüngigkeit ertappte. Und was hat es überhaupt mit dem Mädchen auf sich? Du gehst mit ihr durch irgendeine geheime Tür und lässt sie mit Speeren und Messern spielen, und nun nennt sie sich eine Kriegerin? Ist das wieder jemand, der sterben wird, während du zusiehst? Ich sehe auch das, Hexe, und auch dafür kannst du der Sangoma danken. Tot ist sie mächtiger als lebendig.«

»Ich spreche nur die Wahrheit.«

»Dann bist du entweder eine Lügnerin oder wurdest angelogen. Ich habe dich auf jedem Schritt unseres Weges erschnuppert, Sogolon. In der Nacht, als Bunshi mir sagte, Fumanguru sei mit den anderen Ältesten aneinandergeraten, suchte ich einen Ältesten auf. Dann tötete ich ihn, als er mich zu töten versuchte. Er erkundigte sich auch nach den Schriften. Selbst von den Omoluzu wusste er. Dein Fisch hat mir gesagt, der Junge sei Fumangurus Sohn, doch er hatte sechs Söhne, und keiner von ihnen war der Junge. An dem Tag ehe wir uns begegneten, folgten der Leopard und ich dem Sklavenhändler zu einem Turm in Malakal, wo er eine Frau gefangen hielt, die die Blitzkrankheit in sich trug. Bibi war ebenfalls dort und auch Nsaka Ne Vampi. Entweder hast du also Nüsse gestreut, auf dass der Vogel ihnen wie einer Spur folgen und sie aufpicken kann, oder du tust nur so, als hättest du Gewalt über alles, wenn du in Wahrheit über gar nichts Gewalt hast.«

»Hüte deine Zunge. Glaubst du, ich bräuchte einen Mann? Du glaubst, ich bräuchte dich? Ich kenne die zehn und neun Türen.«

»Und dennoch konntest du ihn nicht finden.«

Mossi trat hinter mich. Sogolon starrte uns an, legte einen Augenblick lang die Stirn in Falten und lächelte dann.

»Wozu ist er nütze, sagtest du zu mir, als du den Jungen des Leoparden zu Gesicht bekamst. Eine Frau wie du behält das Getreide und verbrennt die Spreu«, sagte ich.

»Dann gib mir das Fleisch und nicht das Fett.«

»Du brauchst mich. Sonst wärst du mich schon vor einem Mond losgeworden. Du brauchst mich nicht nur, du hast einen ganzen Mond lang auf mich gewartet. Weil ich diesen Jungen finden kann; mit deiner Tür geht es bloß schneller.«

»Er gehört zu dir?«

»Mossi ist sein eigener Herr. Wir sind weit gekommen, Sogolon. Weiter, als uns Halbwahrheiten und Lügen hätten tragen sollen, aber etwas an dieser Geschichte … nein, das ist es nicht. Etwas an der Art, wie du und der Fisch die Geschichte geformt habt, euch so gemüht habt zu beeinflussen, wie wir sie deuten, wurde für mich schließlich der einzige Grund mitzukommen. Nun wird es der einzige Grund sein, aus dem ich euch verlasse.«

Ich schickte mich zum Gehen an. Mossi hielt kurz inne, sah Sogolon an und wandte sich dann um.

»Es steht da. Lies es. Es steht alles da. Und du wartest, bis ich es dir Stück für Stück auseinandergesetzt habe, als hießest du Kind.«

»Dann sei eine Mutter.«

»Hübscher Präfekt, lies diesen Satz noch einmal.«

Mossi zog die Seiten wieder aus der Tasche.

»*Herren des Himmels. Sie sprechen nicht länger zu …*«

»Überspring das.«

»Wie du wünschst. *Findet den Gottesschlächter, denn er findet den Königsmörder.*«

»Halt.«

Sogolon sah mich an, als läge nun alles auf der Hand. Beinahe hätte ich genickt, weil ich glaubte, ich müsse ein Narr sein, es noch immer nicht zu begreifen. Ich hätte es auch dabei belassen.

»Dein kleiner Junge ist ein prophezeiter Meuchelmörder, der den König töten wird?«, sagte Mossi, ehe ich es sagen konnte. »Du willst, dass wir den Jungen finden, der von irgendeinem Narren dazu bestimmt wurde, das schlimmste Verbrechen zu verüben, das es gibt. Schon dieses Gespräch ist Hochverrat.«

Er war selbst jetzt noch ein Mann der Uniform.

»Nein. Wenn das stimmte, brauchte es dazu noch wenigstens zehn Jahre. Eine schlechte Sklavin und fürchterliche Herrin? Was glaubt ihr, warum heißt es: Bringt ihn in den Mweru, aus dem kein Mann je lebendig zurückgekehrt ist? Und nach Go, das keiner je gesehen hat? Königsmörder heißt Mörder der verderbten, von den Göttern geächteten Linie, warum sonst sollte sich der Spinnenkönig so eng an den Gottesschlächter halten? Der Junge soll keinen König töten. Er ist der König.«

Mossi und ich schwiegen beide, der Präfekt verblüffter als ich. Ich sagte zu Sogolon: »Du hast diesen Prinzen einer Frau anvertraut, die ihn verkauft hat, sobald sich die Gelegenheit bot.«

Sogolon wandte sich wieder zum Fenster.

»Die Menschen sind arglistig ohnegleichen. Was kann man tun?«

»Erzähl uns von dem Jungen. Wir wollen alles hören.«

Dies erzählte uns Sogolon in dem Zimmer. Das Mädchen stand an der Tür, wie um sie zu bewachen. Und dann war der alte Mann im Zimmer, obgleich weder Mossi noch ich uns erinnern konnten, wann er an dem Mädchen vorbeigetreten war. Sogolon erzählte diese Geschichte:

Wenn der Ewe-Trommler gute oder schlechte Kunde übermitteln will, zieht er die Trommelschnüre fest an und stimmt die Trommel hoch oder tief. Der Schlag, die Tonhöhe, der Takt sind die Botschaft, die du nur dann hören kannst, wenn sie für dich bestimmt ist. Als Basu Fumanguru also die Schriften verfasst und beschlossen hat, die erste zum Marktplatz zu senden, die zweite zum Platz der Weisheit, die dritte zur Halle der großen Ältesten und die vierte zum König, hat er noch eine fünfte ausgefertigt, und für wen? Keiner weiß es. Aber keiner hat die Schriften überhaupt bekommen, und keiner weiß, was darinsteht. Wir wissen nur, dass wir, die Schwestern, die der Königsschwester dienen, zur westlichen Halle gingen, um ein Trankopfer für die Erdgötter auszugießen, denn wir lebten in der Erde, und die Götter des Himmels waren uns gegenüber taub. Und der Klang der Trommel drang zu uns herauf.

Mantha. Der Berg sieben Tage westlich von Fasisi und nördlich von Juba. Von ferne sieht Mantha für die Krieger und Reisenden und Landpiraten wie ein gewöhnlicher Berg aus, nichts weiter. Er ragt hoch auf wie ein Berg, hat Felsen wie ein Berg und wildes Gebüsch wie ein Berg. Klippen und Felsen und Busch und Stein und Erde, alles ohne Ordnung. Man muss hinter den Berg gehen, und um hinter den Berg zu kommen, dauert es wieder einen Tag, dann muss man noch einen halben Tag hinaufsteigen, um die achthundert und acht Stufen zu sehen, die aus dem Fels gehauen sind, als hätten Götter sie gemacht, damit Götter darüber gehen können. In einer früheren Zeit war Mantha die Festung, von der aus die Armee den Feind näher rücken sah, ohne dass der Feind wusste, dass er beobachtet wurde. So konnte niemand das Land unerwartet überfallen und niemand einmarschieren. Über neunhundert Jahre hinweg wurde Mantha von dem Ort, der zur Beobachtung des Feindes diente, zu dem Ort, an dem man einen Feind versteckte. Kwash Likud, aus dem alten Haus Nehu vor dem Haus unseres Königs, schickte seine alten Ehefrauen nach Mantha, sobald er eine neue geheiratet hatte oder wenn sie kein männliches Kind hervorbrachten oder wenn die Kinder hässlich waren. Unmittelbar vor der Akum-Dynastie verbannte der König nach seiner Krönung alle Brüder und Vettern dorthin, wo sie im königlichen Kerker starben oder zum neuen König wurden, wenn der König zuerst starb. Dann kamen die Könige der Akum-Dynastie und taten, was ihre Väter vor ihnen getan hatten. Und Kwash Dara war nicht anders als sein Urgroßvater, der es zum königlichen Erlass machte, dass sich die erstgeborene Schwester der göttlichen Schwesternschaft anschließen musste, um der Göttin der Sicherheit und des Überflusses zu dienen. Und heute ist es wieder so, dass die Könige Kwash Mokis Weg folgen und gegen die wahre Königslinie verstoßen und die Krone an den Sohn weiterreichen.

So kommt es, dass sich die Königsschwester, bevor er König wird und bevor sie zehn und sieben wird, selbst in die Hände der göttlichen Schwesternschaft begibt, aber diese Schwester wollte nicht gehen. Sollen doch die hässlichen Weiber, die kein Mann will, göttliche Schwestern werden, sagte sie. Warum sollte ich köstliches Fleisch und Suppen und Brote fortschieben, um bis an mein Lebensende mit bitteren, runzligen Hündinnen Hirse zu essen und Wasser zu trinken und nur noch Weiß zu tragen? Und siehe da, kein Mann antwortete ihr, auch ihr Vater nicht. Diese Prinzessin vergaß, dass sie eine Prinzessin war, und fing an zu gehen wie ein Prinz. Ein Kronprinz. Sie ritt auf einem Pferd und schlug und parierte mit dem Schwert und bespannte den Bogen mit einer Sehne und spielte die Laute und belustigte ihren Vater und ängstigte ihre Mutter, denn die hatte gesehen, was mit Frauen geschah, die einen eigenen Willen hatten. Selbst Prinzessinnen. Vater, schick mich zu den Kriegerfrauen in Wakadischu, oder schick mich als Geisel zu einem Königshof im Osten, und ich will deine Späherin sein, sagte sie. Ich sollte dich zu einem Prinzen schicken, der dir deinen Dickschädel weichklopft, sagte er zu ihr, und sie sagte: Aber, großer König, bist du bereit für den Krieg, der ausbrechen wird, wenn ich den Prinzen töte? Und er sagte: Ich wünsche nicht, dich nach Wakadischu oder in das östliche Land zu schicken, und sie sagte: Ich weiß, werter Vater, aber warum sollte dich das daran hindern? Sie war schlagfertig, eine Gabe, von der die Männer im Norden glauben, nur Männer besäßen sie, und der König sagte mehr als ein Mal zu ihr: Du bist mir mehr Sohn als dieser dort.

Denn dies ist die Wahrheit: Bevor er Kwash Dara wurde, war er launisch und rachsüchtig und hegte großen Groll wegen kleiner Dinge. Aber er war kein Narr. Es war Lissisolo, die sagte: Vater, denk darüber nach, Wakadischu dem südlichen König zurückzugeben, nachdem die Ältesten im öffentlichen Gericht gesagt hatten, es sei weise, dass ein König nach dem Krieg die ganze Beute behalte und dem Feind nichts überlasse, der ihn sonst für schwach halte. Es bringt uns nichts ein, sagte sie. Keine guten Früchte, kein reines Silber oder starke Sklaven kommen von dort, es ist fast nur Sumpfland. Zudem ist dort so viel Saat der Rebellion ausgesät, dass er es verlieren wird, ohne dass wir einen Finger rühren. Der König nickte zu so viel Weisheit und sagte: Du bist mir mehr Sohn als dieser dort. Inzwischen hatte Kwash Dara Tag und Nächte damit verbracht, die fünfzig Frauen zurückzuweisen, die Ja sagten, damit er das eine Mädchen schänden und töten konnte, das Nein sagte. Oder jeden Freund und jeden Prinzen auszupeitschen, der ihn im Pferderennen besiegte, und zu verlangen, dass das Pferd gekocht wurde. Oder bei Hof zu seinem Vater sagen: Die Götter flüstern es mir ins Ohr, aber sag mir die Wahrheit, Vater, wirst du bald sterben? Und er sagte diese Dinge, weil es viele gab, die ihm sagten, er sei der Schönste und Weiseste unter den Männern.

Dann änderte der König das Gesetz. Das war unerhört! Er ertrug es nicht, das Königreich ohne seine Tochter zu sehen, also sagte er: Du, meine geliebte Lissisolo, sollst niemals der göttlichen Schwesternschaft beitreten müssen. Aber du musst einen Mann finden. Einen Herrn, einen Prinzen, aber keinen Häuptling. Also suchte sie sich einen Prinzen, wie es sie in Kalindar zuhauf gab, einen Prinzen ohne Prinzenreich. Aber der Samen war stark in ihm, und sie machte vier Kinder in sieben Jahren und nahm dennoch ihren Platz an der Seite des Königs ein, während Kwash Dara den Kriegern drei Tage nach der Schlacht folgte und zischte, wegen der langsamen Pferde habe er wieder den Kampf verpasst.

Machen wir die Geschichte kurz. Der König war tot, erstickt an einem Hühnerknochen, wie es heißt. Kwash Dara nimmt noch im Kriegslager dem Vater die Krone vom Kopf und sagt: Ich bin König. Seht euren König und betet mich an. Und als der General des Königs sagt: Aber Ihr sollt erst nach Eurem Tod angebetet werden, wenn Ihr zum Gott werdet, Durchlaucht, da schreit Kwash Dara ihn an, tut aber vor den anderen Generälen nichts weiter. Binnen eines Mondes ist der General tot. Gift. Es verging kein Jahr, da fragten sich die Leute: Ist es der südliche König, der wahnsinnig ist, oder dieser neue König im Norden? Da diente ich ihr noch nicht, darum weiß ich nicht, wie es begann, erst das Gerücht, dann der Vorwurf. Aber das Gerücht flog umher und landete als ein Flüstern, einige Tage bevor der König sich während einer Zusammenkunft bei Hofe vom Thron erhob, zu seiner Schwester umwandte, auf sie deutete und sagte: Du, teuerste Lissisolo, an diesem meinem ersten Jahrestag ist deine Verschwörung entdeckt. Glaubtest du, du könntest sie vor einem König und Gott verheimlichen? Lissisolo spottete oft über ihren Bruder, und sie lachte auch jetzt, als er sprach, denn wie, bei allen Göttern, konnte das etwas anderes als ein Scherz sein?

Und als er zu ihr hinüberging und sagte: Der göttliche König hat überall Ohren, Schwester, da sagte sie: Von welchem König spricht Er, Lissisolo weiß es nicht, denn der göttliche König ist unser Vater, der jetzt bei den Ahnen ist. Und sie lachte ihm ins Gesicht und sagte: Du bist immer noch der kleine Junge im königlichen Bett, der sagt: Was mein ist, ist mein, und was dein ist, ist auch mein. Selbst die Edelmänner und Häuptlinge, die ihn hassten, wussten, dass dies Kwash Dara gegenüber eine Respektlosigkeit war. Der König ist der Thron, und der Thron ist der König. Verspotte einen, und du verspottest den anderen. Er schlug ihr ins Gesicht, und sie taumelte auf dem Thronpodest rückwärts und wäre um ein Haar heruntergestürzt.

»Und hier kommt dein Prinzgemahl, aus welchem Land auch immer«, sagte er zu dem Prinzen aus Kalindar, der einen Schritt vorgetreten war, darüber nachdachte, was ein weiterer Schritt bedeuten würde, und innehielt.

»Glaubst du, ich wüsste nicht, dass du Vaters Liebling warst? Glaubst du, ich wüsste nicht, dass er mir den Schwanz abgeschnitten und durch einen Zauber an dich gebunden hätte, um dich zu dem zu machen, was ich ihm sein sollte? Glaubst du, ich wüsste nicht, teuerste Schwester, wie du ihn verhext hast, um diesen größten und stärksten aller Könige dazu zu bringen, dass er dich nicht zur göttlichen Schwesternschaft schickt und so die heilige Tradition der Götter verletzt, denen wir alle dienen, selbst du? Wenn selbst ich, dein König, dein Kwash Dara, mich dem Willen der Könige beugen muss, warum nicht auch du?«, sagte er zu seiner Schwester.

»Ich diene dem, der es verdient«, sagte sie.

»Hört ihr das, vortreffliche Menschen bei Hofe, hört ihr das? Es scheint, als müssten sich alle Könige und Götter zuerst der Dienste der Prinzessin Lissisolo würdig erweisen.«

Lissisolo starrte ihren Bruder nur an. Der Junge war nie klug gewesen, aber jemand hatte ihn klug beraten.

»Nur die Götter kennen mein Herz.«

»So ist es. Denn ich kenne es gewiss, Schwester. Doch genug geredet, nun essen wir. Bringt süßen Wein und herzhaftes Fleisch und Honig und Milch mit etwas Rinderblut wie bei den Flussleuten und Bier.«

Dies sei geschehen, sagen die Leute, die sich im südlichen Exil befinden: An dem großen Tisch gleich vor dem Thron hätten Dienerinnen und Diener alle Arten von Fleisch und alle Arten von Salat und Obst und Getränken in Bechern von Gold und Silber, Glas und Leder serviert. Und an der königlichen wie an allen anderen Tischen in der großen Halle wurde ausgiebig gespeist und getrunken, und es herrschte viel Frohsinn. Kein Becher mit Honigwein oder Bier durfte zur Neige gehen, sonst wurde ein Sklave ausgepeitscht. Auf den Tischen stand Hammelfleisch, roh wie gekocht, ebenso Rindfleisch und Huhn und Geier und gefüllte Tauben. Brot, Butter und Honig. Der Duft von Knoblauch, Zwiebel, Senf und Pfeffer würzte die Luft.

Der König stieg vom Thron herab und setzte sich an den Kopf der Tafel zu seinen ältesten Kriegern und Ratgebern, Edelmännern und Edelfrauen. Lissisolo wollte sich drei Plätze weiter zu seiner Rechten niederlassen, wo sie immer saß, als er sagte: »Schwester. Setz dich an den Fuß der Tafel, denn wir sind ein Fleisch und Blut. Und wen sonst sollte ich sehen wollen, wenn ich von meinem Fleisch aufblicke?«

Alle Leute an allen Tischen warteten auf einen Wink des Königs, und dann machten sie sich über die Speisen her. Sie griffen sich Fleisch, griffen sich Früchte, griffen sich Brotlaibe, griffen sich Fladenbrote, riefen nach Honigwein und Darobier, während Griots auf Kora und Trommeln spielten und davon sangen, dass der große Kwash Dara nach einem Jahr der Herrschaft noch größer sei als zuvor. Der König griff sich ein Hühnerbein, aber er aß es nicht, er beobachtete seine Schwester. Dann klatschte er in die Hände, und zwei Männer mit massigen Armen und Beinen trugen zwei große, mit Stoff bedeckte Körbe um den Tisch herum. Dann wandte sich der König an die neben ihm Sitzenden und sprach leise, als teilte er einen Scherz mit ihnen, der nur für wenige Ohren bestimmt war.

»Hört zu. Ich habe zwei besondere Köstlichkeiten bringen lassen, beide aus den edlen Häusern im Süden.«

Er hob die Stimme und sagte: »Für dich, Schwester. Auf dass kein Groll zwischen uns herrsche und wir wieder ebenbürtig seien.«

Die beiden Männer zogen die Tücher zur Seite, stürzten die Körbe um, und zwei blutige Köpfe fielen heraus und landeten auf dem Tisch. Die Leute fuhren zusammen, viele Frauen schrien, Lissisolo erschrak, aber nicht so sehr, wie der König gehofft hatte, dann saß sie schlicht da und sah zwei Herren aus dem Königreich des Südens an, einer ein Ältester, der andere ein Häuptling und Ratgeber des Königs, zwei abgeschlagene Köpfe, die vor ihr über den Tisch rollten. Die Frauen schrien noch immer, und zwei Edelmänner hatten sich erhoben.

»Setzt euch, schöne Männer und Frauen. Setzt euch!«

In der Halle wurde es still. Kwash Dara stand auf und ging zu seiner Schwester hinüber. Er packte einen der Köpfe bei den Haaren und hob ihn an sein Gesicht. Die Augen waren noch geöffnet, die braune Haut fast blau, das Haar dicht und buschig und der Bart so ungleichmäßig, als hätte er ihn ausgekratzt.

»Dieser hier also, dieser Knabenliebhaber. Ist er einer? Er muss ein Knabenliebhaber sein, wenn er glaubt, meine Schwester, eine Prinzessin, könnte König werden. Wie müssen sie ihn verhext haben, dass er solche Ränke und Pläne schmiedet, und denke daran, ja, Schwester? Nimm den weisen Rat deines Bruders an. Wenn du einen Mann in eine Verschwörung hineinziehst, solltest du auch seine Frau mit hineinziehen, sonst wird sie glauben, die Verschwörung gelte ihr. Wenn dich das nächste Mal das Ränkefieber befällt, solltest du niemanden damit anstecken, Schwester. Spiel stattdessen eine Runde Bao.«

Er ließ den Kopf auf den Tisch fallen, und Lissisolo sprang auf.

»Entfernt sie von mir«, sagte er.

Dies ist wahr: Der König fürchtete noch immer, die Schwester zu töten, denn wenn in seinen Flüssen göttliches Blut floss, dann musste es auch in ihren fließen, und wer wollte eine Gottgeborene töten?

Er sperrte sie in ein Verlies mit Ratten so groß wie Katzen. Lissisolo schrie nicht und weinte nicht. Tagein, tagaus saß sie im Kerker, und man gab ihr Reste von der königlichen Tafel zu essen und zu trinken, sodass sie, auch wenn sie bloß den Knochen und die Neige bekam, wusste, woher der Knochen und die Neige kamen. Die Wachen begannen Schindluder mit ihr zu treiben, fassten sie aber nicht an. Eines Tages brachten sie ihr eine Schüssel Wasser und sagten, es sei mit einem besonderen, ganz vorzüglichen Gewürz versehen, und als sie die Schale vor sie hinstellten, da sah sie eine Ratte darin treiben. Sie wandte sich zu ihnen um und sagte: In meiner Schüssel ist auch ein besonderes Gewürz, und schleuderte ihre Pisse auf sie. Zwei Wachen kamen zum Gitter gerannt, und sie sagte: »Nur zu, seid diejenigen, die es wagen, göttliches Fleisch zu berühren.«

Lissisolo wusste es noch nicht, doch sie würde zehn und vier Tage im Kerker bleiben. Ihr Bruder kam zu ihr, mit roten Gewändern und einem weißen Turban bekleidet, auf den er eine Krone gesetzt hatte. In der Zelle war kein Stuhl, und der Wächter zögerte, als Kwash Dara ihm bedeutete, er solle sich auf alle viere niederlassen wie ein Esel, sodass der König auf seinem Rücken sitzen konnte.

»Du fehlst mir, Schwester«, sagte er.

»Ich fehle mir auch«, sagte sie. Immer zu klug, aber nicht klug genug, um zu wissen, wann es Zeit war, den Docht auszublasen, um in Gegenwart eines Mannes nicht zu hell zu leuchten, und sei der Mann ihr eigener Bruder.

Er sagte zu ihr: »Wir hatten unsere Auseinandersetzungen und werden sie immer haben, Schwester. So ist es nun einmal, wenn man von einem Blute ist, doch wenn es Schwierigkeiten gibt, wenn es Unglück gibt, wenn es auch nur schlechte Kunde gibt, muss ich gewisslich zu meinem Blute stehen. Selbst wenn sie mich betrogen hat, ist ihre Sorge meine Sorge.«

»Du hast keinen Beweis, dass ich dich betrogen habe.«

»Alle Wahrheit liegt bei den Göttern, und der König ist die Gottheit.«

»Wenn er stirbt, und wenn die Götter seine Gegenwart wünschen.«

»Schon jetzt, und die Götter sind ihrem eigenen Gesetz verpflichtet.«

»Welchen Feigling versteckst du heute in den Schatten?«

Er trat aus dem Schatten in den Fackelschein. Die Haut schwarz wie Tinte, Augen so weiß, dass sie leuchteten, und Haare so rot wie eine Scharlachlichtnelke. Sie kannte seinen Namen, ehe er ihn sagte.

»Du bist der Aesi«, sagte sie. Als sie ihn jetzt sah, erschien es ihr wie jeder Frau, jedem Mann, jedem Kind in diesen Landen, als stünde der Aesi immer hinter dem König, doch niemand konnte sich erinnern, wann er diesen Platz eingenommen hatte. Wie bei der Luft und den Göttern gab es keinen Anfang und kein Ende, nur Aesi.

»Wir bringen Kunde, Schwester. Und keine gute.«

Der König wiegte sich auf dem Rücken des Soldaten. Der Aesi trat ans Gitter.

»Dein Mann und deine Kinder sind alle der Luftkrankheit anheimgefallen, denn es ist die Jahreszeit dafür, und sie sind dorthin gegangen, wo es heimtückische Luft gibt. Sie werden morgen beigesetzt, natürlich in einer Zeremonie, die eines Prinzen würdig ist. Aber nicht nahe der königlichen Einfriedung, denn sie könnten die Krankheit noch an sich haben. Du wirst ...«

»Du sitzt da wie ein König und bist doch nur ein Scheißefleck auf dem Rücken eines Esels, den er mit dem Schwanz nicht abwischen kann. Warum bist du hier heruntergekommen? Wolltest du einen Schrei hören? Eine Fürbitte für meine Kinder? Wolltest du, dass ich zu Boden falle und du mich auslachen kannst? Komm ans Gitter, und leg dein Ohr daran, und du wirst deinen Schrei bekommen.«

»Ich werde dich deiner Trauer überlassen, Schwester. Dann werde ich wiederkommen.«

»Wofür? Was willst du? Hat deine Frau schon gehört, wie du meinen Namen schreist, während du sie fickst, oder lässt du ihn das erledigen?«

Der König sprang auf und schleuderte seinen Stab gegen die Zelle. Dann wandte er sich zum Gehen. Der Aesi wandte sich ihr zu und sagte: »Morgen wirst du dich der göttlichen Schwesternschaft anschließen, wie es dir von den Göttern bestimmt ist. Das gesamte

Reich wird um dich trauern und dir fortdauernden Frieden wünschen.«

»Wärt ihr eher gekommen, hätte ich euch den Frieden geben können, den ich in dem Eimer hinterlassen hatte.«

»Wir überlassen dich deiner Trauer, Schwester.«

»Trauer? Ich werde niemals trauern. Ich schmähe die Trauer. Ich ersetze sie durch Zorn. Mein Zorn auf dich trägt höher und weiter als alle Trauer.«

»Ich werde auch dich töten, meine Schwester.«

»Auch? Du bist wahrlich die Vorstellung eines Schwachkopfs von einem Schwachkopf. Die Sonne ist noch nicht über ihrem Tod niedergegangen, und schon hast du den Mord gestanden. Im Geheimen singen die Griots, du seist aus Mutter herausgerutscht und auf den Kopf gefallen. Sie irrten sich. Mutter muss dich mutwillig fallen lassen haben. Ja, geh nur, verschwinde, du Feigling, Männer hätten kommen sollen, um dich zu beschneiden, wie sie es im Flusstal mit den Mädchen machen. Merke es dir, Bruder. Von diesem Tag an werde ich dich und die Namen deiner Kinder täglich verfluchen.«

Ein Fluch seines eigenen Blutes ängstigte selbst Kwash Dara; er ging rasch, doch der Aesi blieb und sah sie an.

»Du kannst noch immer jemandes Frau werden«, sagte er.

»Du kannst noch immer etwas anderes als die Bettpfanne des Königs werden«, sagte sie.

Sobald die Wache die Tür geschlossen hatte, fiel Lissisolo zu Boden und schrie so heftig, dass ihr übel wurde. Als sie am Morgen zur Festung Mantha gesandt wurde, um sich der göttlichen Schwesternschaft anzuschließen, waren Wut und Trauer verflogen.

Machen wir es kurz. Die Wassergöttin sieht alles und weiß alles. Ich diene als Priesterin in einem Tempel in Wakadischu, als ich die Stufen zum Fluss hinuntersteige und Bunshi herausspringt. Ich habe keine Angst, obwohl ich sehe, dass sie einen pechschwarzen Fischschwanz hat. Sie schickt mich mit nichts als meinem Lederkleid,

einer Sandale und einem Wappen des Hauses in Wakadischu nach
Mantha. Die Prinzessin Lissisolo geht auf ihr Zimmer, spielt bei Sonnenuntergang die Kora und spricht mit niemandem. In der göttlichen Schwesternschaft hat niemand Macht oder Klasse oder Rang,
und ihr königliches Blut bedeutet nichts. Aber ihre Schwestern nehmen ihr Bedürfnis nach Einsamkeit wahr. Es heißt, sie ziehe nachts
im Mondlicht durchs Land und flüstere der Göttin der Gerechtigkeit und der jungen Mädchen zu, wie sehr sie sie hasst.

Als ich nach einem Jahr in die heilige Halle komme, um Trankopfer auszuschütten, deutet sie auf mich und sagt: »Was ist dein
Nutzen?«

»Euch eurer königlichen Bestimmung zuzuführen, Prinzessin.«

»Nichts an meiner Bestimmung ist königlich, und ich bin auch
keine Prinzessin«, sagt sie.

Zwei Monde, und sie holt mich an ihre Seite. Gleichauf, aber im
Bewusstsein, dass sie von königlichem Blut ist. Zwei Monde darauf
sage ich ihr, dass die Wassergöttin sie für einen höheren Zweck bestimmt hat. Noch drei Monde, und sie glaubt mir, nachdem ich Tau
beschworen habe, der mich vom Boden und über ihren Kopf gehoben hat. Nein, sie glaubt nicht mir, sie glaubt, dass sich ihr Leben
nicht darin erschöpfen kann, als Witwe ohne Kinder zu einer ihr
verhassten Göttin zu beten. Nein, es ist kein Glaube, denn sie sagt,
Glaube wird die Menschen um sie herum das Leben kosten. Ich sage
zu ihr: Nein, meine Herrin, das tut nur der Glaube an die Liebe.
Nimm sie an, erwidere sie, pflege sie, aber glaube nie, dass Liebe irgendetwas anderes als Liebe hervorbringen kann. Das Jahr war nicht
vorüber, als beinahe alle Frauen, alle einhundert, zwanzig und neun,
in der letzten warmen Nacht zum Wasserfall gingen, um mit den
Nymphen zu baden. Da erschien ihr Bunshi, um ihr die Wahrheit
über ihre Blutlinie zu erzählen und dass sie es sein wird, die sie wie-
derherstellt. Wir senden einen Mann, es ist schon alles vorbereitet,
sagt Bunshi.

»Seht mein Leben an. Alles dreht sich um ein Loch, besessen, befehligt und bereitet von Männern. Und nun muss ich mir das auch noch von Weibern bieten lassen? Ihr wisst nichts von Schwesternschaft, ihr seid bloß ein fahler Abglanz der Männer. Ein Bastard soll der wahre König sein? Ist dieser Wassergeist auch bei der Geburt auf den Kopf gefallen?«

»Nein, Euer Durchlaucht. Wir fanden einen Prinzen in …«

»Kalindar. Noch einen? Sie scheinen überall zu sein, diese königreichlosen Prinzen von Kalindar, wie Läuse.«

»Die Ehe mit einem Prinzen wird Euer Kind zum Thronerben machen. Und wenn sich die wahre Königslinie wieder einstellt, kann er vor allen Edelmännern den Thron beanspruchen.«

»Alle Edelmänner sollen gefickt sein. Auch diese Könige sind einmal aus dem Schoß einer Frau gekommen. Was sollte dieses Männerkind daran hindern zu tun, was alle anderen Männer getan haben? Tötet alle Männer.«

»Dann beherrscht sie, Prinzessin. Herrscht durch ihn über sie. Und verlasst diesen Ort.«

»Was, wenn mir dieser Ort gefällt? In Fasisi verschwören sich selbst die Winde gegen dich.«

»Wenn Ihr zu bleiben wünscht, dann bleibt, Herrin. Aber solange Euer Bruder König ist, werden Seuchen über der Erde und darunter selbst diesen Ort erreichen.«

»Bislang hat uns noch keine Seuche erreicht. Wann soll diese Pestilenz statthaben? Warum nicht jetzt?«

»Vielleicht geben Euch die Götter Zeit, sie zu verhindern, Euer Durchlaucht.«

»Deine Zunge ist zu geschmeidig, ich traue ihr nicht ganz. Lasst mich diesen Mann wenigstens sehen.«

»Er wird in der Verkleidung des Eunuchen zu Euch kommen. Wenn er Euch zusagt, werden wir einen Ältesten ausfindig machen, der etwas für unsere Sache übrighat.«

»Einen Ältesten? Dann sind wir dazu verdammt, verraten zu werden«, sagte sie.

»Nein, Meisterin«, sagte ich.

Ich holte den Prinzen aus Kalindar. Seit hundert Jahren hatte kein Mann einen Fuß in die Festung Mantha gesetzt, aber viele Eunuchen. Keine der Frauen würde den Eunuchen auffordern, seine Gewänder zu heben, denn die Narben zeugten von entsetzlicher Messerarbeit. Aber am großen Eingangstor stand die große Wächterin, die der Linie der größten Frauen von Fasisi entstammte. Sie griff den Männern in den Schritt und drückte zu. Folgendes musst du tun, sagte ich vorher zu dem Prinzen: Vergiss dein großes Unbehagen, und lass dir dein Unwohlsein nicht anmerken, oder sie werden dich am Tor töten, und es wird sie nicht kümmern, dass sie einen Prinzen getötet haben. Leg die Hand um deine Eier und ertaste sie, und dann schieb sie aus dem Sack in deinen Busch hinauf. Nimm deinen Kongkong und klemm ihn dir fest zwischen die Beine, bis er beinahe dein Hinterloch berührt. Die Wächterin wird die Haut deiner Eier fühlen, die zu beiden Seiten deines Kongkongs hängt, und dich für eine Frau halten. Sie wird dir nicht einmal ins Gesicht sehen. Der Prinz drang bis in Lissisolos Kammer vor, ehe er Schleier und Gewand ablegte. Groß, dunkel, dichtes Haar, braune Augen, volle, dunkle Lippen, Narbenmuster über den Brauen und an beiden Armen und viele Jahre jünger als sie. Er wusste nur, dies war eine Kronprinzessin, und er würde zu großen Ehren gelangen.

»Er wird genügen«, sagte Lissisolo.

Ich musste nicht nach dem Ältesten suchen. Sieben Monde, und der Älteste fand mich. Fumanguru stellte seine Schriften fertig, dann schickte er mit der Ewe-Trommel eine Botschaft, die nur gottesfürchtige Frauen hören konnten, denn er spielte sie wie ein Andachtslied und sagte, er habe Worte für die Prinzessin und Kunde, die gut oder schlecht sein könne, gewiss aber weise. Ich ritt sieben Tage, um ihn zu treffen, und sagte ihm, sein Wunsch, seine Weissagung sei wahr, aber ihr Sohn dürfe nicht als Bastard zur Welt kommen. Sieben Tage ritten wir wieder zurück, ich, der Älteste Basu Fumanguru und der Prinz aus Kalindar. Manche der Schwestern wussten es, manche nicht. Manche wussten, dass das, was sich dort ereignete, von großer Wichtigkeit war. Andere glaubten, neue Menschen kämen und durchstießen die heilige Jungfernhaut von Mantha, obgleich die Festung viele Jahre lang ein Ort für Männer gewesen war. Ich bat manche, nicht darüber zu reden, was geschah, und drohte anderen. Doch sobald der Junge zur Welt kam, wusste ich, er war nicht sicher. Der einzige Ort, an dem er sicher ist, ist der Mweru, sagte ich zu der Prinzessin, die nicht noch ein Kind verlieren wollte. Bleibt er hier, wirst du ihn ganz gewiss wieder verlieren, denn eine Schwester hat uns verraten, sagte ich zu ihr. Und tatsächlich kam es so. Diese Schwester, sie schleicht sich in der Nacht hinaus, nicht um die Reise von zehn und fünf Tagen zu Fuß anzutreten, aber weit genug, um eine Taube auszusenden. Sie lässt die Taube frei, bevor ich sie aufhalten kann, aber ich kriege aus ihr heraus, dass sie sie zu einem Meister in Fasisi geschickt hat. Dann schneide ich ihr die Kehle durch. Ich gehe zurück und sage zu der Prinzessin: Uns bleibt keine Zeit. Eine Botschaft ist schon unterwegs zum Hof. Noch in derselben Nacht bringen wir ihn zu Fumanguru, denn wir wissen, dass es sieben Tage dauern wird, und die Prinzessin lassen wir bei einer Gemeinschaft von Wahrsagerinnen zurück, die der Königin von Dolingo treu ergeben sind. Der Junge bleibt drei Monde bei Fumanguru und lebt bei ihm wie dessen eigener Sohn. Den Rest der Geschichte kennt ihr.

Wir saßen in dem morgendlichen Zimmer und spürten die Stille. Hinter mir wurde Mossis Atem langsamer. Ich fragte mich, wo der Ogo war und wie viel vom Morgen vergangen war. Sogolon blickte so lange aus dem Fenster, dass ich neben sie trat, um zu sehen, was sie anschaute. Darum rauschte der Junge in einem Augenblick an

meiner Nase vorbei und verschwand im nächsten. Und war manchmal einen Viertelmond, manchmal fünf Monde entfernt.

»Ich weiß, dass sie die zehn und neun Türen gebrauchen«, sagte ich.

»Ich weiß, dass du es weißt«, sagte sie.

»Wer sind sie?«

»Ich kenne nur einen von ihnen mit Namen und auch nur von
denen, die er zurückgelassen hat, die meisten von ihnen Weibsleute.
In den Hügeln der Verwünschung nennen sie ihn Ipundulu.«

»Blitzvogel«, wisperte der alte Mann. Ein grobes Flüstern, ein
unterdrückter Fluch. Sogolon nickte ihm zu und wandte sich wieder
zum Fenster. Ich blickte hinaus und sah nichts als den aufziehenden
Mittag. Ich wollte sagen: Alter Mann, was siehst du da draußen, als
der Alte sagte: »Blitzvogel, Blitzvogel, Weiber, hütet euch vor dem
Blitzvogel.«

Sogolon wandte sich um und sagte: »Ja, sing für uns, Bruder.«

Er verzog das Gesicht. »Ich rede nur vom Blitzvogel. Gerede ist
bloß Gerede.«

»Die Geschichte solltest du ihnen erzählen«, sagte sie.

»Der Ipundulu ist …«

»Nach Art deiner Vorfahren. So wie man es dich gelehrt hat.«

»Die Sänger singen nicht länger, Weib.«

»Du sprichst Lügen. Die Griots im Süden tun es noch. Wenige
und im Geheimen, doch sie tun es. Ich habe ihnen von dir erzählt.
Wie du das Andenken an das bewahrst, was du nach dem Willen der
Welt vergessen sollst.«

»Die Welt trägt den Namen des Königshauses.«

»Viele Männer singen.«

»Viele singen gar nicht.«

»Wir wollen Verse hören.«

»Herrschst du jetzt über mich? Erteilst du mir Befehle?«

»Nein, mein Freund, ich äußere einen Wunsch. Die Griots im Süden …«

»Es gibt keine Griots im Süden.«

»Die Griots im Süden sprechen wider den König.«

»Die Griots im Süden sprechen wahr!«

»Alter Mann, du hast gerade gesagt, es gibt im Süden keine Griots«, sagte Sogolon.

Der Alte ging zu einem Stapel Kleider und zog sie zur Seite. Darunter lag eine Kora.

»Euer König, er fand sechs von uns. Euer König, er tötete sie alle, und nicht einen tötete er schnell. Erinnerst du dich an Babuta, Sogolon? Er kam zu sechsen von uns, unter ihnen Ikede, den du kennst, und sagte: Genug, verkriechen wir uns nicht länger sinnlos in Höhlen, singen wir die wahre Geschichte der Könige! Die Wahrheit gehört uns nicht. Die Wahrheit ist die Wahrheit, und man kann nichts dagegen tun, selbst wenn man sie verbirgt oder tötet oder gar erzählt. Sie war die Wahrheit, bevor ihr den Mund geöffnet habt, um zu sagen: Dies dort ist ein wahrer König. Die Wahrheit ist auch nach jenen Herrschern noch die Wahrheit, die vergiftete Griots ausgesandt haben, um Lügen zu verbreiten, bis sie im Herzen eines jeden Mannes Wurzeln schlagen. Babuta sagte, er kenne einen Mann am Hofe des Königs, der dem König diene, aber der Wahrheit verpflichtet sei. Der Mann sagte: Der König hat von euch erfahren, denn er hat Bauchläufer am Boden und Tauben in der Luft. Also versammelt eure Griots, und lasst sie mit einer Karawane nach Kongor ziehen, denn zwischen den Büchern im Haus der Aufzeichnungen können sie in Frieden leben. Denn das Zeitalter der Stimme ist vorbei, und wir sind im Zeitalter des geschriebenen Wortes. Des Wortes in Stein, des Wortes auf Pergament, des Wortes auf Stoff, des Wortes, das noch größer ist als die Glyphen, denn das Wort bringt einen Klang im Mund hervor. Und wenn sie in Kongor sind, sollen die Männer der Schrift die Worte bewahren, die ihnen von den Lippen kommen, und so kann man den Griot töten, aber niemals das Wort. Und Babuta in den roten, nach Schwefel stinkenden Höhlen sagte:

Das ist gut, Brüder. Es klingt, als könnten wir den Mann bei seinem Wort nehmen. Aber Babuta ist aus der Zeit, als Worte in einem Raum flossen wie Wasserfälle und sogar nach Wahrheit rochen. Und der Mann sagte: Wenn die Taube im Eingang dieser Höhle landet, am Abend in zwei Tagen, nehmt die Botschaft von ihrem rechten Fuß und folgt den Weisungen der Zeichen, denn sie werden euch sagen, wohin ihr gehen müsst. Kennt ihr den Weg der Taube? Sie fliegt stets nur in eine Richtung, immer dorthin, wo ihr Zuhause ist. Es sei denn, man hat sie so verhext, dass sie ihr Zuhause an einem anderen Ort wähnt. Babuta sagte zu dem Mann: Hör mir zu, keiner hier hat je den Wunsch gehabt zu lesen, und der Mann sagte: Ihr werdet verstehen, wenn ihr die Zeichen seht, denn die Zeichen sprechen wie die Welt. Und Babuta ging zu den anderen, und Babuta kam zu mir und sagte: Das ist gut, wir müssen nicht länger leben wie Hunde. Also gehen wir stattdessen in die Halle der Bücher und leben wie Ratten, sagte ich. Kein halber Schwachkopf würde jemandem bei Hofe trauen. Und er sagte: Geh, und saug an der Zitze einer Hyäne, wenn du mich einen Narren nennst, und ich verließ die Höhle, denn ich wusste, sie waren entdeckt, und ich begann zu wandern. Babuta und fünf Männer warteten Tag und Nacht bei der Höhle. Und drei Nächte später geschah es, dass die Taube im Eingang der Höhle landete. Keine Trommel wurde geschlagen. Keine Trommel verkündete, wohin Babuta und die fünf gegangen waren. Aber niemand sah sie je wieder. Also gibt es keine Griots im Süden. Es gibt mich.«

»Das war eine lange Geschichte«, sagte Sogolon. »Wenn es keine Verse gibt, dann eben nicht. Erzähl ihnen von dem Blitzvogel. Und davon, wer mit ihm reist.«

»Du hast ihr Werk gesehen.«

»Du auch.«

»Könnte einer von euch aufhören, um die Scheiße herumzuschleichen, und uns die Geschichte erzählen?«, sagte Mossi. Hätte er mich dabei nicht angelächelt, es wäre das erste Mal gewesen, dass er mich nicht verärgerte.

Der Mann setzte sich auf das Bett, in dem Sogolon niemals schlief, und sagte: »Vor zehn und vier Nächten kam aus dem Westen garstige Kunde. In einem Dorf gleich am Roten See sagte eine Frau zu ihrer Nachbarin: Einen Viertelmond lang haben wir niemanden mehr aus diesem Haus drei Hütten weiter zur Linken gesehen. Aber es sind stille Leute, die gern für sich sind, sagte eine andere Frau. Aber so still ist nicht einmal der Geist des Windes, sagte eine weitere, und sie gingen zu der Hütte, um nach dem Rechten zu sehen. Um die Hütte herum stank es nach Tod, doch der Verwesungsgeruch kam von toten Tieren, von Kühen und Ziegen, die nicht wegen ihres Fleisches, sondern wegen ihres Blutes und zum Zeitvertreib getötet worden waren. Der Fischer, seine erste und seine zweite Frau und drei Söhne waren tot, rochen aber nicht. Wie soll man einen Anblick beschreiben, der selbst den Göttern fremd war? Sie waren alle umeinander geschart wie Fetischgegenstände, aufgetürmt wie zu einem Scheiterhaufen. Ihre Haut war wie Baumrinde. Etwas hatte ihnen das Blut ebenso ausgesaugt wie das Fleisch, die Säfte, die Lebensflüsse. Der ersten wie auch der zweiten Frau hatte er die Brust aufgeschnitten und das Herz herausgerissen. Aber erst nachdem er ihre Hälse mit Bissen übersät, sie geschändet und seinen Samen zum Verfaulen in ihrem Schoß zurückgelassen hatte. Du hast seinen Namen schon genannt.«

»Ipundulu. Wer ist seine Hexe? Er zieht umher, als stünde er nicht mehr unter ihrem Befehl?«, fragte Sogolon.

»Das tut er auch nicht. Die Hexe, die ihn befehligte, starb, ehe sie ihn ihrer Tochter vermachen konnte, und Ipundulu verwandelte sich in den Blitzvogel zurück, packte die Tochter mit seinen Klauen und flog mit ihr höher und höher und höher und ließ sie dann fallen. Sie schlug auf dem Boden auf und zerplatzte zu Saft. Daher wusste man, dass sein Samen in den beiden Frauen war. Denn selbst als sie schon zu verwesen begonnen hatten, rannen kleine Blitze aus ihren Kehkehs. Der Ipundulu ist der schönste Mann, seine Haut ist weiß wie Lehm, weißer als der hier, aber ebenso schön.«

Er deutete auf Mossi.

»Ayet bu ajijiyat kanon«, sagte Mossi zur Überraschung aller.

»Ja, Präfekt, er ist ein weißer Vogel. Aber er ist nicht gut. Er ist so böse, wie die Menschen glauben. Noch böser. Weil er schön ist und ein Gewand trägt so weiß wie seine Haut, glaubt Ipundulu, die Frauen kämen aus freien Stücken zu ihm, aber er verseucht ihren Verstand, sobald er den Raum betritt. Und er öffnet sein Gewand, das kein Gewand ist, sondern seine Flügel, und er trägt keine Kleider, und er schändet sie eine nach der anderen, und die meisten tötet er, und manche lässt er am Leben, aber sie leben nicht, sie sind lebende Tote, durch deren Körper Blitze fließen, wo einst das Blut floss. Ich habe Gerüchte gehört, dass er auch Männer verwandeln soll. Und sieh dich vor, wenn du dich dem Blitzvogel näherst und er es merkt, denn er wird sich in etwas Großes und Wütendes verwandeln, und wenn er mit den Flügeln schlägt, entfesselt er einen Donner, der die Erde beben lässt und das Ohr betäubt und ein ganzes Haus umwirft, und Blitze, die in dein Blut einfahren und dich zu einer schwarzen Hülle verbrennen lassen.

So trug es sich in einem Haus in Nigiki zu. Es war eine heiße Nacht. Ein Mann und eine Frau in einem Zimmer und ein Fliegenschwarm auf einer Schlafmatte. Er ist ein schöner Mann, langer Hals, schwarzes Haar, strahlende Augen, volle Lippen. Zu großgewachsen für den Raum. Er sieht den Fliegenschwarm an und grinst. Er nickt der Frau zu, und sie kommt zu ihm herüber. Sie ist nackt und blutet an der Schulter. Ihre Augen sind im Schädel versunken, die Lippen zittern. Ihre Haut ist von Feuchtigkeit bedeckt. Die Arme steif an ihrer Seite, geht sie zu ihm, steigt über ihre eigenen Kleider und verschüttetes Sorghum aus einer zerbrochenen Schale hinweg. Sie kommt näher, ihr Blut noch immer in seinem Mund.

Er packt ihren Hals mit einer Hand und tastet ihren Bauch nach Anzeichen des Kindes von dem anderen ab. Hundszähne wachsen aus seinem Mund und über sein Kinn hinaus. Seine Finger wühlen zwischen ihren Beinen, aber sie bleibt reglos stehen. Ipundulu richtet einen Finger auf die Brust der Frau, und eine Klaue springt aus dem Mittelfinger. Er drückt sie ihr tief in die Brust, und Blut spritzt heraus, als er ihr die Brust aufschneidet, um an ihr Herz zu gelangen. Der Fliegenschwarm wimmelt und summt und mästet sich mit Blut. Einen Augenblick lang heben sich die Fliegen, und auf der Matte liegt ein Junge, mit Pockenlöchern übersät, als wäre er von Sandflöhen befallen. Würmer wühlen sich aus den Löchern, zehn, dann Dutzende, dann Hunderte platzen aus seiner Haut hervor, breiten Flügel aus und fliegen davon. Die Augen des Jungen sind weit aufgerissen, sein Blut tropft auf die Schlafmatte, die auch von Fliegen bedeckt ist. Sie beißen, wühlen, saugen. Sein Mund öffnet sich, und ein Stöhnen dringt heraus. Der Junge ist ein Wespennest.«

»Adze? Sie arbeiten zusammen?«, sagte Sogolon.

»Nicht nur die beiden. Andere. Ipundulu und Adze, sie saugen das Leben aus dem Leib, aber sie trocknen ihn nicht zur leeren Hülle aus. Das tut Eloko, der Grastroll. Er jagt nur allein oder mit seinesgleichen, aber weil der König seinen Wald niedergebrannt hat, um Tabak und Hirse anzupflanzen, schließen sie sich jedem an. Das ist die Geschichte der Blitzfrauen. Das geschieht, wenn Ipundulu alles Blut aussaugt, aber aufhört, ehe er das Lebensblut ausgesaugt hat, und dann den Blitz in sie spritzt und sie ohne Verstand zurücklässt. Ein südlicher Griot hat ihr diese Worte aus dem Mund gezogen, aber er hat nie einen Vers daraus gemacht. Es sind diese drei und zwei weitere und noch einer. Das sage ich euch. Sie arbeiten zusammen. Aber Ipundulu führt sie an. Und der Junge.«

»Was ist mit dem Jungen?«, fragte Sogolon.

»Du kennst die Geschichte selbst. Sie haben sich des Jungen bedient, um in die Häuser der Frauen zu kommen.«

»Sie haben ihn gezwungen.«

»Das ist dasselbe«, sagte er. »Außerdem dies: Ein weiterer folgt ihnen drei oder vier Tage darauf, denn dann sind ihm die verfaulenden Leiber und die stinkenden Säfte ein Wohlgeruch. Er schneidet sie mit seinen Klauen auf und trinkt den stinkenden Fäulnissaft, dann frisst er sich am Fleisch satt. Er hatte einen Bruder, bis ihn in den Hügeln der Verwünschung jemand getötet hat.«

Ich blickte so ausdruckslos drein, wie es nur möglich war.

»Sie benutzen den Jungen, Sogolon«, sagte der Mann.

»Ich sage, niemanden schert es, dass ...«

»Sie haben den Jungen verwandelt.«

»Seht her.«

»Sie haben den Jungen in ...«

Ein Windstoß, heftig wie ein Sturm, fegte vom Boden herauf und warf alle an die Wand. Der wütende Wind zischte und wehte dann zum Fenster hinaus.

»Niemand hat den Jungen in irgendetwas verwandelt. Wir finden den Jungen und ...«

»Und was?«, sagte ich. »Was missfällt dir an dem, was dieser Mann gesagt hat?«

»Hörst du es nicht, Sucher? Wie lange ist der Junge schon verschwunden?«, sagte Mossi.

»Drei Jahre.«

»Er sagt, der Junge gehöre zu ihnen. Wenn nicht als Bluttrinker, dann wenigstens unter dem Einfluss eines Zaubers.«

»Reize sie nicht. Als Nächstes wird sie das Dach fortblasen«, sagte der Alte.

Mossi sah mich mit einem Blick an, der sagte: Dies kleine alte Weib? Ich nickte.

»Sucher hat recht. Sie benutzen die zehn und neun Türen«, sagte Sogolon.

»Und durch wie viele Türen bist du gegangen?«, fragte Mossi.

»Durch eine. Für jemanden wie mich ist es nicht gut, durch diese Türen zu gehen. Ich gehorche der grünen Welt, und diese Art des Reisens verstößt gegen die Regeln der grünen Welt.«

»Viel Umstand, um zu sagen, dass Tore schlecht für Hexen sind«, sagte ich. »Du brauchst mich und meine Sangoma-Kraft, um sie zu öffnen. Und selbst durch die Türen hindurchzugehen schwächt dich.«

»Welch ein Mann, er kennt mich besser als ich mich selbst. Dann schreib mir mein Lied, Sucher.«

»Hinter Spott verbirgt sich immer etwas anderes«, sagte Mossi.

»Wie rasch der Leopard ersetzt wurde.«

»Halt den Mund, Sogolon.«

»Ha, jetzt werde ich meine Zunge lockern, dass sie zum Fluss wird.«

»Wir verlieren Zeit, Weib«, sagte der Alte zu ihr, und sie verstummte. Er ging zu der Truhe hinüber und nahm ein großes Stück Pergament heraus.

Mossi sagte: »Alter Mann, ist es das, was ich denke? Ich dachte, dies seien unerforschte Länder.«

»Wovon sprecht ihr?«, fragte ich.

Der Alte entrollte das Schriftstück. Eine große Zeichnung in Braun, Blau und der Farbe von Knochen. Ich hatte dergleichen schon gesehen; im Palast der Weisheit hatte es drei davon gegeben, aber ich hatte nicht gewusst, was sie waren oder wozu sie dienten.

»Eine Karte? Ist das eine Karte unserer Länder? Wer hat dergleichen gemacht? Solch meisterliche Kunst, solch eine Fülle von Einzelheiten, selbst die östlichen Meere sind verzeichnet. Stammt das von einem Kaufmann im Osten?«, fragte Mossi.

»Auch Männer und Frauen in diesen Landen sind kunstfertig, Fremder«, sagte Sogolon.

»Gewiss.«

»Glaubst du, wir rennen mit den Löwen und scheißen mit den Zebras, dass wir das Land nicht zeichnen und den Büffel nicht malen können?«

»Das meinte ich nicht.«

Sogolon ließ mit einem Schnauben von ihm ab. Doch die Sache mit der Karte machte ihn grinsen wie ein Kind, das eine Kolanuss stibitzt hat. Der Mann zog die Karte zur Mitte des Raumes und beschwerte die Ecken mit zwei Töpfen und zwei Steinen. Das Blau zog mich an. Leuchtend wie der Himmel und mit dunkelblauen Wirbeln wie das Meer selbst. Das Meer, aber nicht wie das Meer, eher wie das Meer der Träume. Als wollten sie an Land springen, lugten aus dem Wasser große und kleine Kreaturen hervor, prachtvolle Fische und eine achtschwänzige Bestie, die eine Dhau verschlang.

»Das wollte ich euch zeigen: das Sandmeer, ehe es zu Sand wurde«, sagte der Alte zu Sogolon.

Welche Gewässer sind das?, fragte ich mich.

»Eine Karte ist nur eine Zeichnung eines Landes, von dem, was ein Mann sieht, auf dass auch wir es sehen können. Und unseren Weg planen«, sagte Mossi.

»Den Göttern sei gedankt, dass dieser Mann uns erzählt, was wir schon wissen«, sagte Sogolon. Mossi schwieg.

»Du hast ihren Weg rot markiert? Welche Weisheit hat ihn dir verraten?«, fragte Sogolon.

»Die Weisheit der Mathematik und der schwarzen Künste. Niemand reist vier Monde in einer Drehung der Sanduhr, es sei denn, er ist ein Gott oder benutzt die zehn und neun Türen.«

»Und das sind sie«, sagte ich.

»Das sind sie alle.«

Sogolon kniete nieder, und Mossi kauerte sich hin, der Mann aufgeregt, die Frau stumm und mit gefurchter Stirn.

»Wo hast du zuletzt von ihnen gehört?«, fragte sie.

»In den Hügeln der Verwünschung. Vor zwanzig und vier Nächten.«

»Du hast einen Pfeil gezeichnet, von den Hügeln der Verwünschung zu … worauf weist er, auf Lisch?«, fragte Mossi.

»Nein, von den Hügeln auf Nigiki.«

»Dieser hier weist von Dolingo nach Mitu, aber nicht weit fort von Kongor«, sagte ich.

»Ja.«

»Aber wir kamen von Mitu nach Dolingo und davor von den Dunkellanden nach Kongor.«

»Ja.«

»Das verstehe ich nicht. Du sagtest, sie verwenden die zehn und neun Türen.«

»Gewiss. Bist du durch eine Tür gegangen, kannst du nur in eine Richtung gehen, bis du durch alle Türen gegangen bist. Vorher kannst du nicht umkehren.«

»Was geschieht, wenn man es versucht?«, sagte ich.

»Du, der du eine Tür küsst, auf dass eine Flamme ihre Maske verbrennt, du solltest es eigentlich wissen. Die Flamme der Tür verzehrt dich, und du verbrennst, was selbst den Ipundulu ängstigt. Sie müssen sie schon seit zwei Jahren benutzen, Sogolon. Darum sind sie so schwer zu finden und unmöglich zu verfolgen. Sie folgen dem Weg der Türen, bis die Reise abgeschlossen ist, dann gehen sie den umgekehrten Weg. Darum habe ich jede Linie an beiden Enden mit einem Pfeil versehen. So können sie nachts töten, vielleicht nur ein Haus, vielleicht zwei, vielleicht vier, so viel, wie sie in sieben oder acht Tagen töten können, und dann verschwinden sie, ehe sie eine echte Spur hinterlassen haben.«

Ich ging hinüber, deutete auf etwas und sagte: »Wenn ich von den Dunkellanden nach Kongor und dann hier entlang wollte, aus der Nähe von Mitu nach Dolingo, dann müsste ich durch Wakadischu reiten, um zu der nächsten Tür bei Nigiki zu kommen. Wenn sie in umgekehrter Richtung reisen, dann sind sie schon durch die Tür bei Nigiki gekommen. Jetzt ziehen sie durch Wakadischu, auf dem Weg nach …«

»Dolingo«, sagte Mossi.

Er presste einen Finger auf die Karte, auf einen Stern zwischen Bergen gleich unterhalb der Mitte.

»Dolingo.«

4

WEISSE WISSENSCHAFT UND SCHWARZE MATHEMATIK

Se peto ndwabwe pat urfo.

DOLINGO

ACHTZEHN

Wir sind in der großen Kürbisflasche der Welt, wo die Gottesmutter alles in ihren Händen hält, damit das, was am Boden der Rundung ist, nicht herunterfällt. Und doch ist die Welt auf dem Papier flach, mit Ländern, die sich geformt haben wie durch Leinen sickernde Blutflecken, unregelmäßige Formen, die zuweilen aussehen wie die Schädel Missgebildeter.

Ich folgte den Flüssen auf der Karte, bis mich mein Finger nach Ku führte, was nichts in mir entfachte. Es gab mir zu denken, dass ich mir einst mehr als alles andere gewünscht hatte, ein Ku zu sein, und nun nicht einmal mehr den Grund dafür wusste. Mein Finger führte mich über den Fluss nach Gangatom, und sobald ich das Symbol für ihre Hütten berührte, hörte ich im Gedächtnis ein Kichern. Nein, es war nicht mein Gedächtnis, sondern dieser Zustand, die mich meine Erinnerungen nicht von meinen Träumen unterscheiden lässt. Das Kichern war geräuschlos, aber blau und rauchig.

Der Tag neigte sich dem Ende zu, und wir machten uns bereit, in der Nacht aufzubrechen. Ich ging zu dem anderen Fenster. Draußen zeichnete sich vor dem Sonnenuntergang der schwarze Umriss des Präfekten ab, der mit schnellen Schritten einen Hügel hinauflief. Er streifte eine lange Dschellaba ab, die ich noch nie an ihm gesehen hatte, und stellte sich im Lendenschurz auf einen Felsen. Er bückte sich und hob zwei Schwerter auf. Er umklammerte die Schwertgriffe, sah erst einen, dann den anderen an, rollte sie in den Händen hin und her, bis er einen sicheren Griff hatte. Er hob die Linke, hielt das Schwert in Abwehrhaltung, ließ sich auf ein Knie fallen und schwang die Rechte so schnell, als schwänge er Licht. Er ließ sich von der

Kraft des Schwungs in die Luft heben, wo er mit dem Schwert in der Hand herumwirbelte und auf dem linken Knie landete. Er sprang wieder hoch, schlug mit der Rechten zu und parierte mit der Linken, ließ das linke Schwert an die rechte Seite schießen und das rechte an die linke, rammte beide in den Boden, sprang mit einer Rolle in der Luft darüber hinweg und landete geduckt wie eine Katze. Dann stieg er wieder auf den Felsen. Er hielt inne und blickte in meine Richtung. Ich sah, wie sich sein Brustkorb hob und senkte. Er konnte mich nicht gesehen haben.

Der alte Mann schlurfte wieder durchs Zimmer. Er holte eine Kora heraus, die größer war, als ich es mir vorgestellt hatte. Der Korpus bestand aus einer runden, dicken Flaschenkürbishälfte, die er zwischen die Beine klemmte. Der große Hals war lang wie der eines jungen Knaben und links und rechts mit Saiten bespannt. Er hielt sie bei den Bulukalos, den beiden Hörnern, und setzte sich ans Fenster. Aus der Hosentasche zog er etwas, was aussah wie eine lange silberne Zunge, an der sich Ohrringe entlangzogen.

»Die großen Musikanten aus den Binnenlanden klemmen das Nyenyemo an den Steg, damit die Musik Gebäude überspringt und Mauern durchbricht, aber wer braucht unter freiem Himmel schon Hausspringer und Mauerbrecher?«

Er warf das Nyenyemo auf den Boden.

Elf Saiten linker Hand, zehn Saiten rechter Hand, an denen er zupfte, und es summte tief in den Boden hinein. Viele Jahre war ich einer solchen Musik nicht so nah gewesen. Viele Noten erklangen zur gleichen Zeit wie bei einer Harfe, doch es war keine Harfe. Wie eine Laute, doch die Töne klangen weniger scharf als bei einer Laute und waren nicht so leise.

Draußen ritten Sogolon und das Mädchen in Richtung Westen, die Hexe auf einem Pferd, das Mädchen auf dem Büffel. Die Decke erzitterte, was bedeutete, dass sich der Ogo über uns bewegte. Ich spürte das Beben seiner Schritte, bis eine Tür aufflog. Vielleicht die

Tür zum Dach. Ich wandte mich wieder den Karten zu. Der alte Mann bildete mit den Fingern der Rechten einen Takt und mit denen der Linken eine Melodie. Er räusperte sich. Seine Stimme klang höher als beim Sprechen. Hoch wie ein Alarmruf, noch höher, während seine Zunge am Gaumen klickte, um einen Takt entstehen zu lassen.

Ich bin es, der spricht
Ich bin ein Griot des Südens
Nun sind wir wenige, einst waren wir alle
Verborgen im Dunkel, ich komme aus
Der Wildnis, ich komme aus
Der Höhle, ich komme heraus und sehe

Ich suchte
Eine Liebe
Ich wollte
Eine Liebe
Ich verlor
Eine andre
Ich wollte

Die Zeit macht jede Frau zur Witwe
Und auch jeden Mann
In ihm
Schwarz wie er
Schwärze, die durch das Loch in der Welt saugt

Und das größte Loch der Welt
Ist das Loch der Einsamkeit
Der Mann hat seine Seele verloren, hat sie fortgegeben

Denn er suchte
Eine Liebe
Er wollte
Eine Liebe
Er verlor
Eine andre
Er wollte

Wenn ein Mann isst wie ein Nimmersatt
Sieht er aus wie ein Verhungernder
Sag mir, kannst du sie unterscheiden
Du schlingst bei Tag
Dann verhungerst du bei Nacht, ja
Sieh dich an, wie du dich selbst zum Narren hältst

Du willst sie finden
Eine Liebe
Du willst
Eine Liebe
Du verlorst
Eine andre
Du verlorst
Eine Liebe
Du verlorst
Eine Liebe
Du verlorst
Eine andre
Du verlorst

Dann zupfte er die Saiten und ließ die Kora allein sprechen, und ich
ging, ehe er weitersingen konnte. Ich lief hinaus, weil ich ein Mann
war und Saiten und Gesang mich nicht so berühren sollten. Hinaus,

wo nichts alle Luft aus einem Ort saugen konnte. Und wo ich sagen konnte, der Wind habe meine Augen feucht gemacht, es sei wahrhaftig der Wind gewesen. Draußen auf dem Felsen stand der Präfekt, der Wind toste um ihn herum, peitschte ihm durch die Haare. Die Kora spielte weiter, ritt auf der Luft, sandte die Traurigkeit den gesamten Weg entlang, den wir gekommen waren. Ich hasste diesen Ort, ich hasste diese Musik, und ich hasste diesen Wind, und ich hasste es, an die Mingi-Kinder denken zu müssen, denn was galten mir die Kinder, und was war ich den Kindern nütze? Und das war es nicht, das war es ganz und gar nicht, denn ich denke nie an Kinder, und sie denken nie an mich, aber warum sollten sie mich vergessen, und warum sollte es mich kümmern, ob sie mich vergaßen. Denn welchen Zweck hatte es, dass sie sich erinnerten, und warum erinnerte ich mich jetzt? Und ich versuchte es zurückzuhalten. Ich fühlte es in mir aufsteigen, und ich sagte: Nein, ich werde nicht an meinen Bruder denken, der tot ist, und an meinen Vater, der tot ist, und an meinen Vater, der mein Großvater war, und warum sollte irgendwer irgendwen wollen? Es war besser, nichts zu haben, nichts zu brauchen. Fick die Götter aller Dinge. Und ich wollte, dass der Tag ging und die Nacht kam und ein neuer Tag kam, der von allem Vorherigen getrennt war, wie ein Scheißefleck auf Baumwolle, der beim Waschen verschwindet. Mossi stand noch immer dort. Sah mich noch immer nicht an.

Sadogo, willst du dich schon schlafen legen? Die Sonne hat den Tag noch nicht bezwungen.«

Er lächelte. Er hatte sich auf dem Dach mit Teppichen und Lumpen und Kleidern und einer Reihe Polster als Kopfkissen eine Liegestätte eingerichtet. »In den letzten Tagen hatte ich nur Albträume«, sagte er. »Besser, ich liege hier, wo ich kein Loch in die Wand schlagen und das Haus zum Einsturz bringen kann.« Ich nickte.

»Die Nächte sind kalt in diesen Breiten, Ogo.«

»Der alte Mann hat mir Teppiche und Lumpen gegeben, und zudem spüre ich die Kälte kaum. Was hältst du von Venin?«

»Venin?«

»Das Mädchen. Es reitet mit Sogolon.«

»Ich weiß, wer sie ist. Ich glaube, wir haben den Jungen gefunden.«

»Was? Wo ist er? Deine Nase ...«

»Nicht mit meiner Nase. Noch nicht. Er ist weit von uns entfernt. Gerade ist er zu weit fort, als dass ich ihn aufspüren könnte. Sie könnten vielleicht in Nigiki sein, auf dem Weg nach Wakadischu.«

»Das ist beides einen halben Mond entfernt. Und es wird Tage dauern, von da nach dort zu kommen. Ich bin vielleicht nicht so klug wie Sogolon, aber das weiß selbst ich.«

»Wer hat an deinem Verstand gezweifelt, Ogo?«

»Venin hat mich schlicht genannt.«

»Dieses kleine Mädchen, das so unvergleichlich stolz darauf war, als Zogbanufleisch zu enden?«

»Sie ist anders. Anders als noch vor drei Tagen. Vorher hat sie nie gesprochen, jetzt knurrt sie wie ein Schakal und ist immer übellaunig. Und sie hört nicht auf Sogolon. Hast du es mitbekommen?«

»Nein. Und du bist nicht schlicht.«

Ich ging zu ihm und hockte mich hin.

»Er ist sehr geschickt«, sagte der Ogo.

»Wer?«, fragte ich.

»Der Präfekt. Ich habe ihn üben sehen. Er ist ein Meister seiner Kunst.«

»Ein Meister im Gefangennehmen von Menschen und im Belästigen von Bettlern, ja.«

»Du magst ihn nicht.«

»Ich empfinde nichts für ihn, weder Zuneigung noch Abneigung.«

»Ach.«

»Sadogo, du sollst wissen, was geredet wurde. Der Junge, er ist bei Männern, die nicht von hier oder irgendeinem Ort sind, wo es gute Menschen gibt.«

Er sah mich an, die Brauen erhoben, aber die Augen ausdruckslos.

»Bei Männern, die keine Männer sind und auch keine Dämonen, doch sie könnten Ungeheuer sein. Einer ist der Blitzvogel.«

»Ipundulu.«

»Du kennst ihn?«

»Man kann ihn eigentlich nicht als einen ›ihn‹ bezeichnen«, sagte er.

»Woher kennst du ihn?«

»Dieser Ipundulu hat vor vielen Jahren versucht, mir das Herz herauszuschneiden. Ich arbeitete für eine Frau in Kongor. Sieben Nächte blieb er, sieben Nächte verführte er sie.«

»Dann hast du in Kongor gelebt. Du hast mir nie davon erzählt.«

»Es war eine Arbeit von zehn und vier Tagen. Aber Ipundulu. In diesen Tagen bereitete es ihm Vergnügen, es langsam zu tun. Er hatte sie jede Nacht, doch in dieser Nacht hörte ich nur seine Geräusche. Als ich hereinkam, hatte er sie schon getötet und war dabei, ihr Herz aufzufressen. Er sagte: Du wirst eine größere Mahlzeit abgeben, und dann flog und sprang er auf mich und schnitt mir mit seiner Klaue die Haut auf. Aber meine Haut ist dick, Sucher, und seine Klaue steckte fest. Ich packte ihn am Hals. Ich drückte zu, bis er anfing zu knacken. Ja, ich hätte ihm den Kopf abgequetscht, doch seine Hexe war draußen vor dem Fenster. Sie sprach einen Zauber, der mich zehn und sechs Augenblicke lang blendete. Dann half sie ihm zu entkommen. Ich sah ihn in der Ferne am Himmel, die Flügel weiß, der Hals hing lose herab, und dennoch trug er sie.«

»Er ist nicht mehr an diese Hexe oder irgendeine Hexe gebunden. Sie hat keine Erbfolgerin hinterlassen, also ist er nun sein eigener Herr.«

»Sucher, das ist nicht gut. Er konnte einem Kind die Kehle herausreißen, als er noch unter ihrem Einfluss stand. Was wird er jetzt tun?«

»Der Junge lebt noch.«

»So schlicht bin nicht einmal ich.«

»Wenn er den Jungen benutzt, ist der Junge am Leben. Du hast die mit dem Blitzblut gesehen. Sie konnten es nie verbergen. Und sie haben den Verstand verloren.«

»Du sprichst wahr.«

»Das war noch nicht alles. Andere gehen mit ihm, vier oder fünf. Wir haben Berichte gehört. Sie sind alle Blutsauger, es scheint, als suchten sie Häuser mit vielen Kindern auf. Der Junge klopft an, sagt, er sei vor Ungeheuern auf der Flucht, und sie lassen ihn herein. Tief in der Nacht lässt er sie dann herein, damit sie sich an allen laben können.«

»Aber der Junge ist keiner von ihnen?«

»Nein, aber du kennst den Ipundulu, er muss den Jungen verhext haben.«

»Wir in diesen Landstrichen wissen, dass er Mädchen verhext, aber Jungen niemals. Seinen Kopf werde ich eigenhändig zermalmen, bevor er mit den Flügeln peitschen kann. Diese Flügel bringen den Donner, weißt du das?«

»Was meinst du damit?«

»Er schlägt mit den Flügeln, und ein Sturm bläst mit Blitz und Donner, stärker und bösartiger als der Wind, den Sogolon mit Magie entfacht.«

»Dann werden wir ihm die Flügel stutzen. Von den anderen erzähle ich dir später.«

»Und wo wir von Flügeln sprechen – was ist mit dem Schwarzgeflügelten?«

»Dem Aesi? Auch er sucht nach dem Kind, und er wird nicht ruhen, ehe es findet. Aber er weiß weder, wo wir sind oder wer den Jungen hat, noch von den zehn und neun Türen, sonst hätte er sie schon benutzt. Es ist eine schlichte Angelegenheit: Wir retten das Kind und bringen es seiner Mutter zurück, die in einer Bergfeste lebt.«

»Warum?«

»Sie ist die Schwester des Königs.«

»Es ist eher verwirrend als schlicht.«

»Ich mache es schlicht.«

»So schlicht wie ich?«

»Nein. Nein, Sadogo. Du bist nicht schlicht. Hör mir zu, es geht hier nicht um Schlichtheit. Mir wurden Dinge erzählt, für die mir die Worte fehlen, um sie dir zu erzählen, das ist alles. Aber wisse, dieses Kind ist Teil einer größeren Sache. Einer wahrhaft größeren Sache, und wenn wir es finden, wenn wir es beschützen, wird der Widerhall in allen Königreichen zu hören sein. Und wir müssen es finden, ehe diese Männer es doch noch töten. Und wir müssen es vor dem Aesi finden, denn auch er wird es töten.«

»Du hast gesagt, es sei töricht, an magische Kinder zu glauben. Das weiß ich noch.«

»Und ich halte es noch immer für töricht.«

Ich stand auf und blickte über die Mauer. Der Präfekt war fort.

»Sadogo, ich mag Schlichtheit. Ich weiß gern, was ich essen werde, was ich verdienen werde, wohin ich gehen und wen ich ficken werde. Und so gehe ich noch immer durch die Welt. Aber dieser Junge. Er kümmert mich weniger, aber wir haben uns nun schon so tief in diese Sache hineingewagt. Bringen wir es zu Ende.«

»Ist das alles, was dich antreibt?«

»Sollte es noch mehr geben?«

»Ich weiß es nicht. Aber ich bin es leid, dass meine Hände zum Kämpfen bestimmt werden, ohne dass ich weiß, wofür ich kämpfe. Der Ogo ist nicht der Elefant oder das Nashorn.«

»Ich weiß nicht, was ich dir sagen soll. Da ist zum einen das Geld. Und dann vermute ich, dass dieses Kind, dieser Junge etwas damit zu tun hat, was in dieser Welt richtig ist. Und auch wenn mir dieser Junge und selbst diese Welt gleichgültig sein mögen, bewege ich mich doch darin.«

»Dich kümmert nichts auf dieser Welt?«

»Nein, tut es nicht. Doch, tut es. Ich weiß es nicht. Mein Herz springt und hüpft und spielt mit mir. Soll ich dir etwas sagen, werter Ogo?«

Er nickte.

»Ich bin kein Vater, und doch habe ich Kinder. Ich habe sie nicht hier, und doch sind sie um mich. Und ich kenne sie weniger, als ich dich kenne, aber ich sehe sie im Traum, und sie fehlen mir. Da ist eines, ein Mädchen, ich weiß, dass es mich hasst, und das quält mich, denn ich sehe mit ihren Augen, und sie hat recht.«

»Kinder?«

»Sie leben bei den Gangatom, einem der Flussstämme, der gegen meinen Krieg führt.«

»Du hast dieses Mädchen und noch andere?«

»Ja, auch andere, eines so groß wie eine Giraffe.«

»Du lässt sie bei den Gangatom leben, obwohl du Ku bist und sie gegen die Ku Krieg führen. Die Ku werden dich töten.«

»Ja, so wie du es sagst.«

»Du machst, dass ich denke, ›Dieser Mann ist schlicht‹ ist gar keine Beleidigung.«

Ich lachte.

»Mag sein, du sprichst die Wahrheit, werter Ogo.«

»Du sagtest, der Junge könnte in Nigiki oder Wakadischu sein.«

»Sie gingen durch dieselbe Tür, durch die wir gingen, um den Dunkellanden zu entfliehen, aber in die entgegengesetzte Richtung. Wir hörten von einem Angriff auf ein Haus am Fuß der Hügel der Verwünschung, gegen den selbst ihre heilige Magie machtlos war. Vor zwanzig und vier Tagen, beinahe einem Mond. Sie blieben sieben oder acht Tage an einem Ort, töteten und fraßen, was bedeutet, sie müssen die Tür nach Nigiki benutzt haben. In Nigiki fingen sie an, sich nach Wakadischu durchzumorden.«

»Sie sind fast dort.«

»Sie sind schon dort. Zu Fuß braucht man fünf, vielleicht sechs Tage nach Wakadischu, und sie sind zu Fuß. Vermutlich erträgt kein Tier ihre Abscheulichkeit, also haben sie keine Pferde. Wenn sie in Wakadischu sind, werden sie nur zwei, vielleicht drei Tage bleiben. Dann gehen sie zur nächsten Tür, derjenigen, durch die wir auf dem Weg nach Dolingo gekommen sind.«

»Wollen wir sie dort nicht empfangen?«

»Sie werden über die Zitadelle gehen. Sie werden fressen wollen, und wer kann solch edler Zehrung wie den Dolingonern widerstehen? Zudem, Sadogo, ist unsere Zahl gering. Wir müssten uns Hilfe suchen.«

»Also schneiden wir ihnen den Weg ab?«

»Ja, wir schneiden ihnen den Weg ab.«

Er klatschte in die Hände, und es hallte über den gesamten Himmel wider. Dann breitete er die Arme aus, und ich ging geradewegs zu ihm, wie um ihn zu umarmen. Er wusste nicht, was ich vorhatte, und zuckte ein wenig. Ich schlug die Arme um ihn, drückte den Kopf in seine Achselhöhle und atmete lang und tief ein.

»Was tust du da?«, fragte er.

»Ich versuche, dich mir einzuprägen«, sagte ich.

Dann fragte mich Sadogo, ob ich das Mädchen hübsch fände.

»Venin, ich habe dir ihren Namen gesagt«, sagte er.

»Für ein Mädchen ist sie recht hübsch, denke ich, aber ihre Lippen sind zu dünn, ebenso wie ihre Haare, und sie ist kaum dunkler als der Präfekt, dessen Haut abscheulich ist. Findest du sie hübsch?«

»Mir scheint, ich bin nur ein halber Ogo. Meine Mutter starb bei meiner Geburt, was nur recht ist, denn hätte sie gelebt, sie hätte mich und meine Geburt verflucht. Aber ich fühle mich in vielerlei Dingen nicht wie ein Ogo.«

»Du hast recht und sprichst wahr, werter Ogo. Und ja, sie ist hübsch.«

Das Übrige sprach ich nicht aus, denn es mochte ein übler Scherz sein. Er nickte und presste die Lippen aufeinander, zufrieden mit meiner Antwort, und bettete den Kopf auf die Teppiche.

Unten durchquerte ich das Zimmer, in dem der Präfekt saß. »Es ist noch früh, aber ich wünsche dir eine gute Nacht, Sucher«, sagte er, als ich vorbeiging.

»Nacht«, war alles, was ich hervorbrachte.

Da erst merkte ich, dass der alte Mann zu spielen aufgehört hatte und durch das Fenster etwas anstarrte, die Dunkelheit vielleicht. Ich ging ins Erdgeschoss hinunter und wartete auf Sogolon.

D ein alter Mann hat gesungen.«
Das Mädchen war zuerst hereingekommen; es keuchte und schnaufte. Sogolon nahm es bei der Hand, und es stieß sie weg und drückte sie an die Wand. Ich sprang auf, aber das Mädchen ließ los, knurrte und lief die Treppe hinauf. Sogolon schloss die Tür.

»Venin«, sagte sie.

Das Mädchen erwiderte mit einem Fluch in der mir unbekannten Sprache. Sogolon antwortete in derselben Zunge. Ich kannte diesen Tonfall von Sogolon: Ich bin zum Sprechen da und du zum Zuhören. Wahrscheinlich wünschte ihr das Mädchen tausend Ficks von einem warzenübersäten Mann oder etwas ähnlich Garstiges. Sie fluchte, bis sie im zweiten Stockwerk war, und schlug die Tür zu.

»Niemand in diesem Haus weiß, wozu die Nacht da ist«, sagte Sogolon.

»Zum Ficken? Oder für die Hexerei? Schlaf ist für die alten Götter und die, die ihnen folgen, Sogolon. Dein alter Mann hat gesungen.«

»Eine Lüge.«

»Es ist nicht viel dabei zu gewinnen, dich anzulügen, altes Weib.«

»Aber du könntest es zum Spaß tun. Du warst dabei, als er sich erst heute geweigert hat zu singen. Die Lieder bleiben in seinem Mund, und es drang keins heraus, seit Kwash Netu König wurde.«

»Ich weiß, was ich hörte.«

»Er hat seit dreißig Jahren nicht gesungen, vielleicht länger, aber vor dich stellt er sich hin und singt?«

»Tatsächlich hatte er mir den Rücken zugekehrt.«

»Ein stummer Griot öffnet nicht einfach den Mund.«

»Vielleicht hat er nur gewartet, bis du gehst.«

»Dein Stachel ist noch stumpfer als vor einem Mond. Vielleicht hat ihm jemand einen Grund zum Singen gegeben.«

»Er hat nicht von mir gesungen.«

»Woher weißt du das?«

»Weil ich nichts bin. Bist du anderer Meinung?«

»Ich spreche mit ihm, wenn er wach ist.«

»Vielleicht hat er von sich selbst gesungen? Frag ihn das.«

»Darauf antwortet er nicht.«

»Du hast ihn nicht gefragt.«

»Ein Griot wird nie ein Lied erklären, er wird es nur wiederholen, vielleicht mit etwas Neuem darin, sonst gäbe er eine Erklärung, aber kein Lied zum Besten. Nichts über den König?«

»Nein.«

»Oder den Jungen?«

»Nein.«

»Wovon hat er dann gesungen?«

»Vielleicht davon, wovon alle Männer singen. Von Liebe.«

Sie lachte.

»Vielleicht brauchen manche Menschen auf dieser Welt sie noch.«

»Tust du es?«, fragte sie.

»Niemand liebt niemanden.«

»Der König vor diesem König, Kwash Netu, war nie sehr lernfreudig. Warum auch? Das ist etwas, was die meisten nicht von Königen und Königinnen wissen. Selbst vor vielen Zeitaltern diente das Lernen zu etwas. Ich habe die schwarzen Künste gelernt, zu guten wie zu bösen Zwecken. Du hast im Palast der Weisheit gelernt, um einen besseren Platz als dein Vater einzunehmen. Man lernt den Umgang mit einer Waffe, um sich zu schützen. Man lernt, eine Karte zu lesen, um seiner Reise Herr zu sein. Immer dient das Lernen dazu, dich von dort, wo du bist, dorthin zu bringen, wo du sein willst. Aber ein König ist schon dort. Darum sind der König und die Königin mitunter die Unkundigsten im ganzen Königreich. Und der Verstand dieses Königs war leer wie der Himmel, bis ihm jemand sagte, dass manche Griots Lieder sangen, die älter waren als er selbst. War das möglich? Er hätte nie geglaubt, dass irgendjemand irgendetwas verewigt hatte, was vor seiner Geburt geschehen war, denn so ziehen Könige ihre Söhne auf.

Dieser König wusste nicht, dass es Griots gab, die Lieder über die Könige vor ihm sangen. Wer sie gewesen waren. Was sie getan hatten. Alles seit den bösen Taten von Kwash Moki. Der König hatte nicht ein einziges Lied gehört. Der Mann an seiner Seite sagte: Durchlauchtigste Majestät, es gibt ein Lied, das sich gegen Euch erheben kann. Dann trieben sie beinahe alle Sänger mit Versen aus der Zeit vor der Zeit Kwash Mokis zusammen und töteten sie. Und wenn sie einen nicht fanden, dann töteten sie seine Frau und seine Kinder. Töteten sie und brannten ihr Haus nieder und befahlen allen zu vergessen, dass es solche Lieder gab. Sie töteten alle aus der Sippe dieses Mannes. Er konnte flüchten, aber noch heute fragt er sich, warum sie ihn nicht getötet haben. Sie hätten ihn zum Schweigen bringen können, ohne dafür neun Menschen umzubringen. Doch das ist die Art der Könige des Nordens. Ich spreche mit ihm, wenn er aufwacht, so viel weiß ich.«

E in Schluchzen weckte mich vor Sonnenaufgang. Zuerst dachte ich, es seien der Wind oder die Überreste eines Traums, doch da war er, der Ogo; er kauerte gegenüber von dem Bett, in dem ich schlief, in einer Ecke am Südfenster und weinte.

»Sadogo, was ist …«

»Es war, als glaubte er, wenn er einen Fuß darauf setzte, könnte er ihn reiten. So sah es aus. Konnte er auf ihm reiten? Warum ist er nicht auf ihm geritten?«

»Auf wem geritten, lieber Ogo? Und wer?«

»Der Griot. Warum ist er nicht auf ihm geritten?«

»Auf wem geritten?«

»Dem Wind.«

Ich rannte an mein nördliches Fenster, sah einen Augenblick lang hinaus, dann lief ich zum Südfenster, neben dem Sadogo kauerte. Ich sah Sogolon und ging hinunter. Sie trug an diesem Morgen Weiß, nicht das braune Lederkleid, das sie sonst immer anhatte. Der Griot lag zu ihren Füßen, die Glieder verdreht wie die einer verbrannten Spinne, an zu vielen Stellen gebrochen, tot. Sie hatte mir den Rücken zugewandt, und ihre Gewänder flatterten im Wind.

»Schlafen die anderen noch?«, fragte sie.

»Alle bis auf den Ogo.«

»Er sagt, er sei einfach an ihm vorbei und über die Dachkante gegangen, als ginge er die Straße entlang.«

»Vielleicht ist er auf dieser Straße zu den Göttern gegangen.«

»Scheint dir das die rechte Zeit für Spott zu sein?«

»Nein.«

»Was hat er für dich gesungen? An dem Tag, der jetzt vergangen ist, wovon hat er da gesungen?«

»Die Wahrheit. Von der Liebe. Das war alles, wovon er gesungen hat. Der Suche nach der Liebe. Der verlorenen Liebe. Der Liebe, wie die Dichter dort, woher Mossi kommt, von ihr singen. Das ist alles, wovon er gesungen hat – eine Liebe, die er verloren hatte.«

Sogolon blickte auf, schaute an dem Haus vorbei in den Himmel.

»Sein Geist geht noch immer auf dem Wind.«

»Gewiss.«

»Es ist mir gleich, ob du mir zustimmst oder nicht, hörst d…«

»Wir sind uns einig, Weib.«

»Die anderen sollen es nicht wissen. Nicht einmal der Büffel; er soll woanders grasen.«

»Du willst den alten Mann in den Busch zerren? Soll er zum Fraß für Hyäne und Krähe werden?«

»Und dann für den Wurm und den Käfer. Jetzt ist es gleich. Er ist bei den Ahnen. Vertrau auf die Götter.«

Der Ogo kam zu uns heraus, die Augen noch gerötet. Armer Ogo, es lag nicht daran, dass er so mitfühlend gewesen wäre. Doch etwas daran, dass sich jemand selbst solche Gewalt antat, erschütterte ihn.

»Wir bringen ihn in den Busch, Sadogo.«

Wir waren noch immer in der Savanne. Es gab dort nicht viele Bäume, doch gelbes Gras, das mir bis zur Nase reichte. Sadogo hatte ihn aufgehoben und hielt ihn trotz seines blutigen Kopfes wie einen Säugling. Wir gingen zu zweit ins höhere Gras hinaus.

»Der Tod bleibt weiter unser König, nicht wahr? Er will noch immer entscheiden, wann er uns holt. Manchmal noch ehe unsere Vorfahren einen Platz für uns geschaffen haben. Vielleicht hat er sich gegen diesen letzten König aufgelehnt, Ogo. Vielleicht hat er einfach gesagt: Fick die Götter, ich entscheide selbst, wann ich bei meinen Ahnen sein will.«

»Vielleicht«, sagte er.

»Ich wünschte, ich hätte bessere Worte, Worte, wie er sie gesungen hat. Aber er musste glauben, seine Bestimmung erfüllt zu haben, was auch immer sie gewesen sein mag. Danach gab es weiter nichts zu …«

»Glaubst du an Bestimmung?«, fragte Sadogo.

»Ich glaube den Leuten, die sagen, sie glauben daran.«

»Ogo hat keine Verwendung für Götter des Himmels oder des Orts der Toten. Wenn er tot ist, ist er Fleisch für die Krähen.«

»Es gefällt mir, wie der Ogo denkt. Und wenn ...«

Er schoss so rasch an meinem Gesicht vorbei, dass ich an eine Täuschung glaubte. Dann flog ein zweiter unmittelbar an meinem Kopf vorbei. Der dritte stürzte sich auf mein Gesicht, als hätte er es auf meine Augen abgesehen, doch ich wehrte ihn ab, und seine Klauen zerkratzten mir die Hand. Einer warf sich auf die Schulter des Ogo, und er schlug so schnell und fest nach ihm, dass er zu einer Wolke aus Blut zerstob. Vögel. Zwei stürzten sich auf sein Gesicht, und er ließ den Griot fallen. Er fegte einen beiseite, packte den anderen und zermalmte ihn in seinem Griff. Einer streifte meinen Nacken. Ich packte ihn von hinten und versuchte ihm den Hals zu brechen, aber der war zu steif, der Vogel flatterte, schlug mit den Klauen um sich und schnappte nach meinem Finger. Ich ließ ihn los, und er flog einen Bogen und kam wieder auf mich zu. Sadogo sprang mir in den Weg und schlug ihn beiseite. Ich blickte auf den Boden und erkannte, dass es Nashornvögel waren – ein weißer Kopf mit einem schwarzen Strich aus Federn obenauf, ein langer grauer Schwanz und ein riesiger roter, nach unten gekrümmter Schnabel, größer als sein Kopf, denn das Rot bedeutete, dass es ein Männchen war. Ein weiterer landete auf dem Griot und schlug mit den Flügeln. Der Ogo wollte ihn gerade packen, als ich den Kopf hob.

»Sadogo, schau.«

Gerade über uns kreiste krächzend eine schwarze Wolke von Nashornvögeln. Drei stießen auf uns herab, dann vier, dann mehr und mehr.

»Lauf!«

Der Ogo blieb stehen und kämpfte, er schlug und hieb und zermalmte mit den Fäusten und riss Flügel aus, aber es kamen immer mehr. Zwei, die auf meinen Kopf zuflogen, stießen in der Luft zusammen und bekämpften sich auf meiner Kopfhaut. Ich rannte, mein Gesicht mit der Hand schützend, während sie mir die Finger zerkratzten. Der Ogo, der das Kämpfen leid war, rannte ebenfalls. Kurz vor der Haustür stellten sie die Verfolgung ein. Sogolon kam wieder heraus, und wir wandten uns um und sahen den Vogelschwarm – Hunderte, wenn nicht mehr – den Griot mit den Klauen greifen, ihn langsam ein Stück über den Boden heben und mit ihm davonfliegen. Wir sagten nichts.

Wir suchten unsere Sachen zusammen, und Sogolon sagte den anderen, der Mann sei tief in die Wildnis gegangen, um mit Geistern zu sprechen, was beinahe die Wahrheit war, und wir sollten mitnehmen, was wir tragen könnten. Ich sagte: Warum , wenn wir weniger als einen Tag von der Zitadelle von Dolingo entfernt sind? Sie verzog das Gesicht und sagte dem Mädchen, es solle mehr Vorräte einstecken. Das Mädchen zischte und sagte: Wenn du mehr Essen willst, hol's dir selbst. Ich fragte mich, ob Mossi dachte, was ich dachte, aber ich wollte ihn das jetzt nicht fragen. Er nahm ein Tuch und verband die Schramme an meinem Hals. Sogolon nahm ein Pferd, das Mädchen kletterte auf Sadogos Rücken und setzte sich auf seine rechte Schulter. Mossi stieg auf den Büffel, und beide wandten sich um und sahen mich an, als ich zu Fuß losging.

»Sei kein Narr, Sucher, du wirst uns nur aufhalten«, sagte Mossi. Er streckte die Hand aus und zog mich hoch.

Der Tag rötete sich, dann schwärzte er sich, und wir waren noch lange nicht in der Nähe der Zitadelle von Dolingo. Ich nickte ein, sackte auf Mossis Schulter, zuckte erschrocken zurück und schlief wieder ein, diesmal ohne mich daran zu stören, nur um beim Aufwachen festzustellen, dass wir noch immer nicht dort waren. Dolingo musste eines dieser Länder sein, die klein erschienen, deren Durchquerung jedoch zwei Lebensspannen dauerte. Als ich das erste Mal aufwachte, war ich hart. Wahrlich, darum zuckte ich zurück. Es musste ein Traum gewesen sein, der sich verflüchtigte, sobald ich aufwachte. Wie Träume es immer tun. Ja, wie sie es immer tun. Ich rückte so weit von ihm ab, wie ich konnte, denn um die Wahrheit zu sagen, konnte ich ihn riechen. Gewiss, ich konnte alle riechen, doch alle atmeten nicht viel langsamer als alle anderen. Und ich verfluchte mich dafür, dass ich an Mossis Schulter eingeschlafen war, und hoffte, dass ich nicht gegeifert oder mich in seinen Rücken gebohrt hatte, obgleich ich mich aufwärts und nicht vorwärts richte, wenn ich hart werde. Natürlich machte mich die Angst, dass ich im Schlaf hart gewesen war, nur umso härter, und ich dachte an Nashornvögel und den Nachthimmel und brackiges Wasser, irgendetwas.

»Guter Büffel, wenn du uns leid wirst, können wir laufen«, sagte Mossi.

Der Büffel grunzte, was Mossi als »Bleibt, wo ihr seid« deutete, obgleich ich absteigen wollte. Doch dieses eine Mal wünschte ich auch, ich trüge dicke, schwere Gewänder. Nicht dass Gewänder die Begierden irgendeines Mannes verborgen hätten. Aber es war keine Begierde, es war mein Leib, der an einem Traum festhielt, den mein Kopf längst losgelassen hatte. Es ging leicht bergan, in kühlere Nachtluft hinein und vorbei an kleinen Hügeln und großen Felsen.

»Sogolon, du sagtest, wir seien in Dolingo. Wo ist es also?«

»Alberner, tumber, suchender Dummkopf. Glaubst du, wir reiten durch Berge? Schau hinauf.«

Dolingo. Es war nicht viel geschehen, seit wir das Haus des Griots verlassen hatten, doch als das Baumdickicht im Busch immer dichter geworden war, hatte ich geglaubt, wir würden große Felsen umrunden, um sie nicht erklimmen zu müssen. Ich wäre von dem Büffel gefallen, hätte Mossi nicht meine Hand ergriffen.

Dolingo. Es waren keine großen Felsen, auch wenn sie ausladend wie Berge waren – tausend, sechstausend, vielleicht gar zehntausend Schritte ringsherum –, sondern Baumstämme mit wenigen, niedrig hängenden Ästen. Bäume so groß wie die Welt selbst. Als ich hinaufschaute, sah ich anfangs nur Lichter und Seile und etwas, was über die Wolken aufragte. Wir kamen an eine Lichtung groß wie ein

Schlachtfeld, so groß, dass ich zwei von ihnen sehen konnte. Der erste breitete sich über das gesamte Feld aus, der zweite war kleiner. Beide Stämme ragten durch die Wolken und darüber hinaus. Mossi umfasste mein Knie, sicherlich ohne darüber nachzudenken. Der Fuß des ersten Stamms war von einem Gebäude umgeben, vielleicht aus Holz oder Mörtel oder aus beidem, das fünf Stockwerke hoch aufragte, jedes Stockwerk vielleicht achtzig bis hundert Schritte hoch. Licht flackerte in manchen Fenstern und strahlte in anderen hell. Der Stamm ragte dunkel auf und erhob sich noch höher, über weitere Wolken hinaus, um sich schließlich zu spalten wie eine Gabel. Zur Linken stand etwas, was wie eine gigantische Festung aussah, riesige kahle Wände mit hohen Fenstern und Türen, ein weiteres Stockwerk darüber und darüber noch ein Stockwerk, und so ging es sechs Stockwerke lang weiter, mit einer Veranda im fünften, von der eine Plattform herabhing, gehalten von vier Seilen, die so dick wie der Hals eines Pferdes sein mussten. Ganz oben war ein Anwesen mit den prachtvollen Türmen und Dächern einer großen Feste. Zur Rechten erhob sich der schmucklose Ast so hoch wie die Festungen, mit einem Palast obenauf, doch selbst dieser Palast hatte viele Stockwerke, Planken, Veranden und goldene Dächer. Wolken zogen dahin, der Mond strahlte heller, und ich merkte, dass die Gabel nicht zwei, sondern drei Zinken hatte, einen dritten Ast, so dick wie die anderen beiden und mit fertigen und noch im Bau befindlichen Gebäuden versehen. Und einer Veranda, die sich länger als alle anderen dahinzog, so weit, dass ich glaubte, sie werde bald abbrechen. Von der Veranda hingen mehrere Plattformen herab, die an Seilen hinauf- und heruntergezogen wurden. Wie viele Sklaven brauchte es, um sie zu ziehen? Und was für eine Zeit war dies, was für eine Zukunft, in der Menschen in die Höhe und nicht in die Breite bauten? Übereinander, nicht nebeneinander? Wo waren die Gehöfte, und wo war das Vieh, und was aßen diese Leute ohne all das? Weiter draußen in der ausgedehnten Ebene ragten sieben weitere Bäume auf, darunter einer mit gewaltigen glänzenden Planken, die wie Flügel aussahen, und einem Turm, der wie das Segel einer Dhau geformt war. Der Stamm eines anderen wies leicht in Richtung Westen, doch die Bauten waren leicht nach Osten geneigt, so als rutschten sie alle von der Mitte fort. Von Ast zu Ast, von Gebäude zu Gebäude zogen sich Seile und Flaschenzüge, Plattformen und kleine Gondeln, die sich zwischen ihnen hin und her und auf und ab bewegten.

»Was ist das für ein Ort?«, fragte Mossi.

»Dolingo.«

»Ich habe noch nie so etwas Großartiges gesehen. Leben hier Götter? Ist es die Heimstatt von Göttern?«

»Nein. Es ist die Heimstatt von Menschen.«

»Ich weiß nicht, ob ich solchen Menschen begegnen will«, sagte Mossi.

»Den Frauen könnte dein Myrrheduft gefallen.«

Metall knirschte, Zahnräder griffen ineinander. Eisen traf auf Eisen, und die Plattform senkte sich. Die Seile um uns herum spannten sich, und Flaschenzüge begannen sich zu drehen. Die sich herabsenkende Plattform verdeckte den Mond und hüllte uns in Schatten. Sie war so lang und breit wie ein Schiff, und der Aufprall ließ den Boden erzittern.

Mossis Hand umklammerte noch immer mein Knie. Sogolon und das Mädchen galoppierten voran und wollten, dass wir ihnen folgten. Die Plattform hob sich bereits wieder; der Büffel sprang darauf und schlitterte ein wenig. Mossi nahm die Hand von meinem Knie. Er sprang vom Büffel und wankte ein wenig auf der sich hebenden Plattform. Auf einem hohen Turm drehte jemand ein riesiges Glas oder eine silberne Scheibe, vielleicht eine Schüssel, die das Mondlicht einfing und auf die Plattform warf. Wir hörten Getriebe, Zahnräder und Räder arbeiten. Wir stiegen höher, und während wir uns den Gebäuden näherten, konnte ich Muster an den Wänden erkennen, Raute um Raute, aufwärts, abwärts und kreuzweise, und

Kugeln im gleichen Muster und alte Glyphen und Streifen und wilde Linien, die aussahen, als bewegten sie sich, so als hätte ein Meister der Künste mit Wind gemalt. Wir stiegen höher auf, immer an dem Stamm entlang, der größer war als jede Brücke oder Straße, hinauf zu den drei Ästen. Auf die Seite des rechten Astes hatte jemand einen schwarzen Frauenkopf gemalt, höher als vier Stockwerke und mit einem Wickeltuch um die Haare, das sogar noch höher aufragte.

Die Plattform erreichte die eine Planke und blieb stehen. Sogolon verließ sie als Erste, und Venin folgte ihr, ohne nach links oder rechts zu schauen oder nach oben, wo mehrere Lichtkugeln, aber keinerlei Schnüre oder ein Ursprung des Lichts zu sehen waren. Sadogo und der Büffel folgten ebenfalls. Sie waren schon einmal hier gewesen, ich jedoch nicht. Mossi war noch immer fassungslos. Sogolon und Venin ließen das Pferd an der Seite stehen. Es war der Ast zur Rechten. Der Ast des Palastes, und an der nächsten Mauer hing ein Schild mit mannshohen Lettern in einer Sprache, die mir bekannt vorkam.

»Das ist Mkololo, der erste Baum und Sitz der Königin«, sagte Sadogo.

Der Mond rückte uns so nah, dass er uns belauschen konnte. Wir überquerten eine breite Steinbrücke, die sich über einen Fluss wölbte und auf eine schnurgerade Straße traf. Ich wollte fragen, welche Art von Magie einen Fluss so hoch oben fließen ließ, doch der Palast stand vor uns, als hätte er sich soeben erst aus dem Boden erhoben, als wären wir Mäuse, die vor Bäumen stünden. Der Mond färbte alle Mauern weiß. Auf der untersten Ebene eine hohe Mauer und zur Linken eine Brücke oberhalb eines Wasserfalls. Auf der nächsthöheren Ebene etwas, was ich zuvor nur in den Ländern des Sandmeers gesehen hatte. Ein Aquädukt. Darüber das erste Stockwerk mit erleuchteten Fenstern und zwei Türmen. Und darüber noch mehr Kammern und Zimmer und Hallen und Türme und prächtige Dächer, manche rund wie eine Kalebasse, manche wie Pfeilspitzen. Zur Rechten erhob sich eine lange Plattform mit Menschen darauf, die

Schatten unter uns warf, als wir an eine etwa drei Mann hohe Flügel-
tür kamen. Davor standen zwei Wachposten in grüner Rüstung mit
eisernen Halskragen, die bis zur Nase aufragten, und je einer langen
Lanze im Arm. Sie packten die Türgriffe und zogen die Tür auf. Wir
gingen an ihnen vorbei, doch meine Hände lagen an meinen Äxten,
und Mossi griff nach seinem Schwert.

»Beleidigt nicht die Gastfreundschaft der Königin«, sagte Sogolon.

Zwanzig Schritte weit im Inneren verlief ein Festungsgraben mit
einer Brücke nicht breiter als drei Männer nebeneinander, die uns
auf die andere Seite brachte. Sogolon ging zuerst hinüber, dann der
Ogo, Venin, der Büffel, Mossi, dann ich. Ich sah, wie Mossi sich um-
blickte, wie ihn das kleinste Plätschern, das Quietschen eines Vogels
über uns oder das Knirschen der Zahnräder draußen zusammenzucken ließ. Ich achtete mehr auf ihn als auf unseren Weg, den Sogolon
ganz offensichtlich kannte. Vom Wasser stieg Hitze auf, aber Fische
und Fischwesen schwammen darin. Wir überquerten die Brücke
und gingen auf Stufen zu, beobachteten Männer, Frauen, aufrecht
stehende Tiere und Wesen, wie ich sie nie gesehen hatte, gekleidet in
eiserne Plattenpanzer und Kettenhemden, in Gewänder, Umhänge
und Kopfputze mit langen Federn. Die Männer und Frauen hatten
die dunkelste Haut, die ich je gesehen hatte. Auf jeder Stufe standen
zwei Wachen. Auf der obersten Stufe erhob sich eine Eingangspfor-
te, zu groß, um ihre Höhe zu schätzen.

Dies ist die Wahrheit: Ich bin in prachtvollen Reichen in allen
Landen und unter den Meeren gewesen, doch wo sollte man bei diesem Hof beginnen? Mossi stand reglos da, von Staunen erfasst, während ich ebenfalls innehielt. Die Räume ragten so hoch auf, dass ich
mir die Männer und Frauen ebenso groß vorstellte. In der großen
Halle waren Wachen entlang der Wände positioniert, zwanzig und
noch zehn, und weitere Wachen, sechs an der Zahl, die uns gegen-
überstanden. Alle hatten sie zwei Schwerter und einen Speer und
ihre Gesichter waren von einem dunklen Schwarzblau. Ihre Hände

auch. Und die Menschen, die sich durch die große Halle bewegten, selbst jene, die in farbenfrohe Gewänder gekleidet waren, hatten noch immer die dunkelste Haut, die ich gesehen hatte, es sei denn, der Leopard bewegte sich in Katzengestalt. Auch auf unserem Treppenabsatz standen zwei Wachen. Ich wollte sehen, woraus ihre Schwerter gefertigt waren. Gold zierte alle Säulen der Halle und die Säume aller Rüstungen, doch für ein Schwert wäre Gold ein fürchterliches Material gewesen. Der Boden der Halle war niedriger als die Plattform, doch die Thronfläche lag am höchsten, eine Pyramide, die ganz Herrschaftssitz war, mit einem Sims oder einer Stufe rundherum, worauf mehrere Frauen saßen, und darüber der tatsächliche Thron und die tatsächliche Königin.

Ihre Haut war wie die ihrer Mannen von einem Schwarz, das aus dem tiefsten Blau hervorkam. Ihre Krone war wie ein goldener Vogel, der auf ihrem Kopf gelandet war und die Flügel um ihr Gesicht legte. Gold säumte auch ihre Augen und glomm als kleiner Fleck auf beiden Lippen. Eine Weste aus Goldstreifen hing locker von ihrem Hals herab, und ihre Brustwarzen lugten hervor, als sie sich zurücklehnte.

»Hört mich an«, sagte sie. Ihre Stimme war tiefer als das Brummen von Mönchen. »Die Gerüchte habe ich schon vernommen. Gerüchte über Männer, welche die Farbe von Sand haben, manche gar die Farbe von Milch, doch ich bin die Königin und glaube, was mir gefällt. Also glaubte ich nicht, dass es sie gibt. Doch seht, wer hier vor uns steht.« Die Zunge Dolingos klang wie die von Malakal. Scharfe, rasch hervorgestoßene Laute und gedehnte Laute, die lange nachklangen. Mossi legte schon die Stirn in Falten.

Er stieß mich mit dem Ellbogen an. »Was sagt sie?«

»Du sprichst die dolingonische Zunge nicht?«

»Aber gewiss. Ein dicker Eunuch hat sie mich mit vier Jahren gelehrt. Natürlich spreche ich sie nicht. Was sagt sie?«

»Sie spricht von Männern, die sie nie gesehen hat. Von dir, da bin ich mir fast sicher.«

»Sollte ich ihn Sandmann nennen?«, sagte sie. »Ich werde ihn Sandmann nennen, denn das amüsiert mich ... Ich sagte, es amüsiert mich.«

Die gesamte Halle brach in Gelächter aus; sie klatschten, pfiffen und riefen die Götter an. Sie hob kurz die Hand, und es wurde augenblicklich still. Sie winkte Mossi heran, doch er begriff nicht.

»Sucher, sie lachen. Warum lachen sie?«

»Sie hat dich gerade Sandjunge oder Sandmensch genannt.«

»Das finden sie lustig?«

»Ist er taub? Ich habe ihn näher gebeten«, sagte die Königin.

»Mossi, sie spricht von dir.«

»Aber sie hat nichts gesagt.«

»Sie ist die Königin; wenn sie sagt, sie hat gesprochen, hat sie gesprochen.«

»Aber sie hat nichts gesagt.«

»Fick die Götter. Geh!«

»Nein.«

Zwei Speere pikten in seinen Rücken. Die Wachen setzten sich in Bewegung, und wäre Mossi stehen geblieben, hätten ihre Speerspitzen seine Haut durchstoßen. Sie gingen die Stufen unserer Plattform hinab, über die ausgedehnte Bodenfläche, vorbei an den Frauen, Männern und Tieren des Hofes, und blieben am Fuß der Thronfläche stehen. Sie bedeutete ihm heraufzukommen, und die beiden Wachen vor den Stufen traten beiseite.

»Kanzler, du hast schon mehr Länder bereist, als in all den großen Büchern beschrieben sind. Sag mir, hast du je einen solchen Mann gesehen?«

Unten trat ein schlanker Mann mit langem, dünnem Haar vor, um zu der Königin zu sprechen. Zuerst verneigte er sich.

»Durchlauchtigste Königin, schon viele Male, und es verhält sich so: Er ...«

»Warum hast du mir nie einen gekauft?«

»Vergebt mir, meine Königin.«

»Gibt es Männer, die noch heller sind als er?«

»Ja, Euer Durchlaucht.«

»Wie beängstigend und wie überaus köstlich.« Dann, an Mossi gewandt: »Wie ist dein Name?«

Mossi starrte sie ausdruckslos an, als wäre er wahrhaftig taub. Sogolon erklärte, er beherrsche die Zunge nicht.

Eine Wache trat vor und reichte dem Kanzler Mossis Schwert. Der Kanzler betrachtete die Klinge, nahm den Griff in Augenschein und sagte in der Zunge der Kongori: »Wie kommst du an ein solches Schwert?«

»Es ist aus einem fremden Land«, sagte Mossi.

»Aus welchem Land?«

»Meinem Heimatland.«

»Und das ist nicht Kongor?«

Das Gesicht der Königin zugewandt, sagte der Kanzler zu Mossi: »Gewiss hat dir jemand einen Namen gegeben. Wie lautet er? Der Name, der Name.«

»Mossi.«

»Hmmm?«

»Mossi.«

»Hmmm?«

Der Kanzler nickte mit dem Kopf, und ein Speer stieß Mossi in die Seite.

»Mossi, durchlauchtigste Königin«, sagte Mossi.

Der Kanzler wiederholte es für die Königin.

»Mossi? Einfach nur Mossi. Fallen Männer wie du vom Himmel und greifen sich einfach einen Namen? Woher kommst du, Meister Mossi? Aus welchem Haus?«, fragte der Kanzler.

»Mossi vom Hause Azar, aus den Landen des östlichen Lichtes.«

Der Kanzler wiederholte es in dolingonischer Zunge, und die Königin stieß ein meckerndes Lachen aus.

»Warum sollte ein Mann von östlich des Meeres in diesen Breiten leben? Und welche Krankheit ist es, die dir alle Farbe von der Haut gebrannt hat? Sprich, denn niemand an diesem Hof schätzt es, wenn man die Königin erzürnt ... Ich sagte, niemand an diesem Hof schätzt es, wenn man die Königin erzürnt.«

Nein, schrien sie ringsum, machten laute, abfällige Geräusche und riefen die Götter an.

»Und doch ist sein Haar schwarz wie Kohle. Schieb deinen Ärmel hoch ... Ja, ja, ja, aber wie kann das sein? Deine Schulter ist heller als dein Arm? Ich sehe es doch deutlich, haben sie dir die Arme angenäht? Mein Weisenrat sollte besser anfangen, sich zu beraten.«

Ich schaute mir das alles an und fragte mich, ob es nur im Süden wahnsinnige Könige und Königinnen gab. Ich erwartete, dass Sogolon einschritt, doch sie sah tatenlos zu. Ich versuchte ihre Miene zu deuten, aber ihr Gesicht war nicht meines. Wer meinen Widerwillen erregte, der wusste es, sobald ich ihm den Morgengruß entbot. Die Königin spielte, und was bedeutete ihr ein Spiel? Der Ogo blieb reglos, ballte die Fäuste aber so fest, dass seine Knöchel knackten. Ich berührte seinen Arm. Mossi war nicht besser darin, seine Miene zu verschleiern. Und er stand da, sah alles und begriff nichts.

Er sah mein Gesicht, und sein eigenes wurde sorgenvoll. Was?, formte er mit den Lippen, doch ich wusste nicht, wie ich zu ihm sprechen sollte.

»Ich will mehr sehen. Leg es ab«, sagte die Königin.

»Leg deine Gewänder ab«, sagte der Kanzler zu Mossi.

»Was?«, sagte Mossi. »Nein.«

»Nein?«, sagte die Königin. Das hatte sie verstanden, obwohl er Kongori sprach. »Soll eine Königin auf die Zustimmung eines Mannes warten?«

Sie nickte, und zwei ihrer Wachmänner packten Mossi. Er schlug dem einen fest gegen die Wange, doch der andere drückte ihm ein Messer gegen die Kehle. Er wandte sich mir zu, und ich sagte stumm:

Frieden. Frieden, Präfekt. Der Wächter nahm das Messer, schob es zwischen Kleid und Schulter und schnitt den Stoff durch. Der andere Wächter zog an seinem Gürtel, und alles fiel zu Boden.

»Kein Japsen? Ich höre kein Japsen?«, sagte die Königin, und ihre Untertanen rangen nach Luft, husteten, keuchten und riefen die Götter an.

Mossi, der dachte: So wird mir also mitgespielt, richtete sich gerade auf, hob den Kopf und stand reglos da. Die Frauen und Männer und Eunuchen, die zu den Füßen der Königin saßen, krochen alle näher heran, um einen Blick auf ihn zu erhaschen. Ich wusste nicht, was so geheimnisvoll war.

»Seltsam, so seltsam. Kanzler, warum ist er dunkler als der Rest von ihm? Heb ihn an, ich will den Sack sehen.«

Er griff nach Mossis Eiern, und Mossi schreckte zurück. Sogolon sagte nichts zu alldem.

»Ebenso dunkel? Ja, es ist seltsam, Kanzler.«

»Es ist seltsam, Euer Durchlaucht.«

»Bestehst du aus mehreren Männern? Deine Arme sind dunkler als deine Schultern, dein Hals ist dunkler als deine Brust, deine Hinterbacken sind dunkler als deine Beine und dein, dein …« Dann, zum Kanzler gewandt: »Wie sagen deine Kurtisanen dazu?«

Wahrlich, ich lachte.

»Ich umgebe mich nicht mit Kurtisanen, Euer Durchlaucht«, sagte der Kanzler.

»Gewiss tust du das, doch deine gehen auf allen vieren und können nicht sprechen. Aber genug davon. Ich will wissen, warum er dunkler ist als der Rest von ihm. Sind alle Männer in anderen Landen so? Hätte ich das gesehen, wenn ich einen der Prinzen von Kalindar geheiratet hätte? Ostmann, warum hat er die Farbe des Mannes, der bei Sogolon steht?«

Der Kanzler sagte nur, es sei sonderbar, dass ein Mann mit so heller Haut so dunkle Eier habe.

Mossi sah, wie ich ein Lachen unterdrückte, und runzelte die Stirn. »Die Götter haben ihr Spiel mit mir getrieben, meine Königin«, sagte er.

Der Kanzler gab der Königin Mossis Worte beinahe augenblicklich wieder.

»Mit welchem Mann spielten sie, als sie es ihm abnahmen, um es diesem Mann zu geben? Ich will diese Dinge wissen. Sofort.«

Mossi blickte wieder verwirrt drein, betrachtete aber die Leute, die ihn betrachteten. Er schwieg noch immer.

Sogolon räusperte sich. »Durchlauchtigste Königin, erinnert Euch, warum wir nach Dolingo kamen.«

»Ich vergesse nicht, Sogolon. Zumal wenn es sich um einen Gefallen handelt. Zumal du ihn so sehr erbeten hast.«

Mossi betrachtete die beiden mit jener fassungslosen Miene, die ich verbarg.

»Sieh deine betäubten Lippen an. Und warum sollte ich, die weiseste aller Königinnen, nicht diese primitive nordländische Zunge sprechen – zumal ich es ständig mit Wilden zu tun habe? Ein Kind könnte sie an einem Tag lernen … Warum macht mein Hof nicht Oooh und Aaah?«

Der Kanzler übersetze es für die Hofschranzen, die in Oooh- und Aaah-Schreie ausbrachen und die Götter anriefen.

Sie winkte, und die Wachen pikten Mossi mit ihren Speeren. Er raffte seine Kleider zusammen und kam zu uns zurück. Ich sah ihn die ganze Zeit über an, doch er blickte nur geradeaus.

»Du teilst mir euer Anliegen mit, weil du glaubst, wir seien Schwestern. Aber ich bin die Königin, und du bist weniger als eine Motte, die die Flamme umkreist.«

»Ja, Euer Durchlaucht«, sagte Sogolon und verneigte sich.

»Ich habe eingewilligt, euch zu helfen, weil Lissisolo und ich gemeinsam regieren sollten. Und weil euer König selbst Dämonen stutzig werden lässt. Wie sehr er sich wünscht, Dolingo mir nichts, dir nichts erobern zu können. Ich weiß, was er in der Nacht denkt. Dass er eines Tages vergessen wird, dass Dolingo stets unabhängig bleibt, und die Zitadelle einnehmen wird. Und eines Tages wird er es versuchen. Aber nicht heute und nicht, solange ich Königin bin. Ich bin auch sehr gelangweilt. Dein zusammengenähter Mann ist seit Monden das Einzige, was einen zweiten Blick wert ist, seit ich einen dieser Prinzen aus Mitu in der Mitte durchgeschnitten habe, um zu sehen, ob er so hohl war, wie er klang. Du mit der Bemalung, hast du unsere Himmelswagen gesehen?«

Sie sprach mit mir.

»Nur auf dem Weg zu Euch, durchlauchtigste Königin«, sagte ich.

»Viele fragen sich noch immer, welcher Zauber oder Bann sie in der Luft hält. Es sind weder Bann noch Zauber, sondern Eisen und Seil. Ich habe keine Magier, ich habe Meister des Stahls und Meister des Glases und Meister des Holzes. Denn in unserem Palast der Weisheit gibt es Menschen, die tatsächlich weise sind. Ich hasse Männer, die die Dinge hinnehmen, wie sie sind, und niemals hinterfragen, niemals Abhilfe schaffen, niemals etwas verbessern, auch sich selbst nicht. Sag mir, ängstige ich dich?«

»Nein, meine Königin.«

»Das werde ich noch. Wachen, bringt diese beiden nach Mungunga. Der Ogo und das Mädchen können auf ihre Zimmer gehen. Lasst uns Frauen gewichtige Dinge bereden. Und gebt dem Büffel etwas Elefantengras zu fressen. Es muss Monde her sein, dass er etwas bekommen hat, was seiner würdig ist. Geht jetzt, ihr alle. Bis auf diese Frau, die sich für eine Schwester hält.«

S olche Wörter solltest du mich lehren, Präfekt«, sagte ich lachend. Mossi hatte in seiner Heimatzunge geflucht und geflucht, war in dem Wagen auf und ab gegangen und hatte dabei so fest aufgestampft, dass dieser ein wenig ins Schwanken geraten war. Er lenkte mich davon ab, dass wir in großer Höhe hingen und von Zahnrädern zwischen den großen Bäumen hindurchgezogen wurden. Je mehr er fluchte, desto weniger malte ich mir aus, wie ein Seil riss und wir in den Tod stürzten. Je mehr er fluchte, desto weniger malte ich mir aus, dass uns die Königin so hoch in den Himmel geschickt hatte, so weit vom Boden entfernt, um uns zu töten.

»Noch ein Stück höher, und wir könnten den Mond küssen«, sagte ich.

»Fick den Mond und alle, die ihn anbeten«, sagte er.

Er ging weiter auf und ab, immer wieder zum Fenster und zurück; indem ich ihm mit den Augen folgte, bekam ich immerhin den Wagen zu sehen. So hoch oben schien der Mond so hell, dass Grün Grün war und Blau Blau und seine Haut beinahe weiß, nun da er sich die zerrissenen Kleider um die Taille geschlungen hatte und die Brust unbedeckt ließ. Und was für ein Wagen das war; zuerst hatte ich geglaubt, sie hätten ein Fuhrwerk umgedreht, sodass die Räder oben waren, und die Räder dann auf straffe, verdrillte Seile gesetzt. Als ich dann gesehen hatte, dass sich der Wagen wölbte wie der dicke Bauch eines großen Fisches, glaubte ich, es sei ein Boot, das über den Himmel segelte. Es hatte einen Bug und ein Heck, ganz wie ein Boot, war in der Mitte am dicksten, ganz wie ein Boot, doch mit den Fenstern eines Hauses, die sich an der Außenseite entlangzogen, und einem Dach aus mit Teer verklebten Baumstämmen. Der Boden war flach und glatt, feucht vor Tau und geradezu glitschig. Zudem wehte die Luft kalt hier oben, und wer auch immer zuletzt mit diesem Ding gereist war, hatte geblutet. Mossi ging weiter fluchend auf und ab, und als er an mir vorbeikam, packte ich seinen Arm. Er versuchte sich zu bewegen, versuchte meine Hand fortzuschieben, versuchte mich wegzuschieben, doch ich hielt ihn fest, bis er aufhörte zu schnaufen und zu fluchen.

»Was?«

»Hör auf.«

»*Dich* hat sie nicht gedemütigt.«

»Du warst erst vor einigen Nächten ohne Kleider. Da wirktest du nicht verärgert.«

»Ich wusste, wo ich war und mit wem ich zusammen war. Dass ich mit euch allen zusammenlebe, heißt nicht, dass ich nicht noch immer ein Mann des Ostens bin.«

»Mit euch allen?«

Er seufzte und stellte sich an die Seitenwand, um aus dem Fenster zu sehen. Eine Wolke so silbrig und dünn, als wolle sie sich in Luft auflösen, und ein weiterer Wagen, der in der Ferne an uns vorbeizog, dieser von Feuerschein erhellt.

»Was glaubst du, wer das ist? Warum sollte irgendjemand nachts reisen müssen? Wohin fahren sie?«

»Denkst du wieder wie ein Präfekt?«

Er lächelte. »Ihre Wachen sind uns nicht gefolgt.«

»Diese Königin betrachtet Männer nicht als große Bedrohung. Oder sie schneiden die Seile durch, ehe wir drüben sind. Und wir stürzen in den Tod.«

»Beides entringt mir kein Lächeln, Sucher. Vielleicht glauben sie, wir reden, wenn wir allein hier oben sind, und haben irgendeine Form von Magie entdeckt, mit der sie uns belauschen können.«

»Die Dolingoner sind ihrer Zeit voraus, aber so weit voraus ist ihr niemand.«

»Vielleicht sollten wir so tun, als fickten wir wie wilde Haie, damit sie etwas zu lauschen haben. Entspanne meinen Abzug mit deinem Rammbock! Mein Loch, es ist nunmehr ein gieriger Schlund!«

»Woher weißt du, wie Haie ficken?«

»Bei Gott. Es war das erste Tier, das mir eingefallen ist. Gottes Wort, Sucher, lächelst du nie?«

»Was gibt es zu lächeln?«

»Für den Anfang einmal die Helligkeit meiner Gesellschaft. Die Prächtigkeit dieses Ortes. Ich sage dir, die Götter kommen zum Rasten hierher.«

»Ich dachte, du verehrst nur einen Gott.«

»Das heißt nicht, dass ich die anderen nicht sehe. Wofür sind diese Lande bekannt?«

»Für Gold und Silber und Glassteine, die man in weit entfernten Ländern begehrt. Ich glaube, die Zitadelle ist so hoch oben, weil sie den Boden zerstört haben.«

»Glaubst du, diese Bäume leben?«

»Ich glaube, alles hier lebt, solange es am Leben erhalten wird.«

»Was heißt das?«

»Wo sind die Sklaven? Und wie sehen sie aus?«

»Eine weise Frage. Ich …«

Die Rufe erreichten uns von dem Wagen, der diesmal so dicht an uns vorüberzog, dass wir Branntwein und Rauch rochen, so dicht, dass die Trommeln in unseren Ohren und Brustkörben schlugen, während andere Kora und Laute zupften, als wollten sie die Saiten auseinanderreißen. Der Wagen kam weiter heran, bis wir auf gleicher Höhe waren. Die Schläge rührten nicht nur von den Trommeln her, sondern auch von den Füßen der Männer und Frauen, die sprangen und stampften wie die Ku oder Gangatom beim Paarungstanz. Ein Mann mit roter, glänzender Gesichtsbemalung hielt eine Fackel an den Mund und spuckte Feuer wie ein Drache, Feuer, das geradewegs zwischen uns schoss. Ich sprang zur Seite, Mossi blieb ungerührt stehen. Der Wagen hielt nicht an, sondern zog weiter, bis sich das Trommeln anfühlte wie die Erinnerung an einen Takt. Wir waren auf dem Weg zu dem Ast, der dem Palast am fernsten war. Dem dritten.

»Irgendjemand hat in dem Wagen Blut verloren«, sagte ich. »Und dieser Jemand war jung.«

»Die Männer und Frauen hier machen einen verkommenen Eindruck. Vielleicht haben sie zum Spaß ein Kind getötet.«

»Was ist schon verkommen? Von Männern wie dir habe ich schon gehört.«

»Männern wie mir?«

»Männern mit nur einem traurigen Gott. Ihr benehmt euch wie alte Weiber, die vergessen haben, dass sie einmal junge Weiber waren. Euer einziger Gott, der Freude für etwas Niederes hält.«

»Können wir über etwas anderes sprechen? Wir sind beinahe auf der anderen Seite. Sucher, wie lautet dein Plan?«

»Ich bin nicht diejenige, die sich selbst zu unserer Anführerin ernannt hat.«

»Wollte ich es von ihr hören, hätte ich sie gefragt. Sag mir nur eins: Gibt es einen Plan?«

»Ich weiß von keinem.«

»Das ist Irrsinn. Der Plan, soweit ich ihn verstehe, ist also, dass wir abwarten, bis du diesen Zauberjungen in der Nähe witterst, und wenn die Blutsauger, oder was immer sie sind, erscheinen, dann tun wir was? Kämpfen? Das Kind ergreifen? Uns wie Tänzer im Kreis drehen? Warten wir einfach ab? Gibt es keine List?«

»Du fragst mich Dinge, die ich nicht weiß.«

»Wie sollen wir das Kind aus den Fängen des Bösen retten, das es bewacht? Und wenn wir es retten, was dann?«

»Vielleicht sollten wir jetzt einen Plan entwerfen«, sagte ich.

»Vielleicht solltest du besser Sogolon beweisen, wie klug du daherreden kannst.«

»Du willst die Wahrheit hören?«

»Das wäre wirklich vorzüglich, wenn du es fertigbrächtest.«

»Es gab nie einen anderen Plan, als denjenigen zu bekämpfen, der das Kind hat, und es zurückzuholen. Ihn zu töten, wenn es sein muss. Keine Kunst, keine Strategie, keine List, keinen Plan, wie du sagst. Doch das ist nicht die ganze Wahrheit. Ich glaube, es gibt einen Plan.«

»Was für einen?«

»Ich weiß es nicht. Aber Sogolon weiß es.«

»Wofür braucht sie uns dann? Zumal sie vorgibt, es gar nicht zu tun.«

Ich sah mich um. Man beobachtete oder belauschte uns oder las unsere Lippen.

»Komm ins Dunkel«, sagte ich, und er trat mit mir in den Schatten.

»Ich glaube, Sogolon hat einen Plan«, sagte ich. »Ich kenne ihn nicht und der Ogo auch nicht und auch sonst niemand, der zuvor mit uns gereist ist. Aber auch das ist Teil des Plans.«

»Es gibt für uns keinen Plan, weil es kein ›uns‹ geben wird. Wir sollen gegen die Blutsauger kämpfen und vielleicht im Kampf sterben, während das Mädchen und sie den Jungen retten.«

»Ist das nicht der Pakt, in den du eingewilligt hast?«

»Ja, aber etwas hat sich verändert, als Sogolon erfuhr, dass wir nach Dolingo kommen würden. Ich weiß nicht, was, aber ich weiß, es wird mir nicht gefallen.«

»Du vertraust ihr nicht«, sagte Mossi.

»Sie hat zwei Tauben losgeschickt, als wir das Haus des Alten verlassen haben. Zur Königin.«

»Vertraust du mir?«, fragte er.

»Ich …«

»Dein Herz ringt um eine Antwort. Gut.«

Er lächelte, und ich versuchte, nicht zu lächeln, sondern einen warmen Blick aufzusetzen.

»Warum halten wir ihr nicht einfach eine Klinge an die Kehle und fragen sie ohne Umschweife?«, sagte er.

»Macht man so im Osten eine Frau gefügig? Sie lässt sich nicht bedrohen, diese Sogolon. Du hast es gesehen, sie bläst dich einfach davon.«

»Was ich sehe, ist, dass jemand sie jagt«, sagte Mossi.

»Jemand jagt uns alle.«

»Aber ihr Jäger ist nur hinter ihr her. Und er oder sie lässt nicht von ihr ab.«

»Ich dachte, du glaubst nur an einen Gott und einen Teufel«, sagte ich.

»Ich glaube, du wiederholst das bis zum Verdruss. Ich habe vieles gesehen, Sucher. Ihre Feinde haben an Zahl gewonnen. Und vielleicht haben sie alle gute Gründe. Wir sind da.«

Der Wagen stieß gegen etwas, und es gab einen Ruck. Der Präfekt wurde auf mich zugeschleudert, und ich bremste seinen Fall, als sein Kopf an meine Brust stieß. Er griff nach meiner Schulter und zog sich hoch. Ich wollte etwas über Myrrhe sagen. Oder über seinen Atem in meinem Gesicht. Er richtete sich auf, doch der Wagen schwang wieder zur Seite, und er packte meinen Arm.

Fünf Wachen empfingen uns an der Plattform und sagten: Ihr seid in Mungunga, dem zweiten Baum. Sie gingen mit uns über eine steile Steinbrücke mit Aussichtpunkten zu beiden Seiten der Straße und zuerst zu meinem Zimmer, wo sie mich zurückließen, und dann vermutlich weiter zu Mossis. Meines schien an Seilen unmittelbar an dem großen Baum zu hängen. Ich weiß nicht, wohin sie den Präfekten brachten. Es war wieder ein Zimmer mit einem Bett darin, woran ich mich allmählich gewöhnte, wenngleich ich auch nicht begriff, warum sich irgendjemand ein weiches Bett wünschen sollte. Je mehr sich das Bett nach Wolken anfühlte, desto weniger wachsam wäre man, wenn man durch Bedrängnis geweckt würde. Doch was für eine prächtige Vorstellung, in einem Bett zu schlafen. Es gab Wasser zum Waschen und einen Krug Milch zum Trinken. Ich trat an die Tür, und sie öffnete sich, ehe ich sie berührte. Das ließ mich innehalten und mich zweimal umblicken.

Der Balkon draußen war eine dünne Plattform, vielleicht zwei Schritte breit und ungestützt, mit auf Brusthöhe gespannten Seilen, die verhindern sollten, dass Betrunkene zu ihren Ahnen stürzten. Hinter diesem Baum standen zwei weitere und dahinter noch einige mehr. Mein Geist suchte nach einem größeren Wort als »gewaltig«, nach einem Wort für eine Stadt so groß wie Juba oder Fasisi, deren Gebäude jedoch aufeinandergestapelt waren und sich in den Himmel erhoben, statt sich nebeneinander in die Weite auszudehnen.

Wuchsen diese Bäume noch weiter? In vielen Fenstern flackerte Feuerschein, aus einigen drangen Musik und frei im Wind schwebende Klänge: Essensgeräusche, ein Streit zwischen einem Mann und einer Frau, Ficklärm, Weinen, lautes Stimmengewirr, doch niemand schlief.

Dann war dort noch ein Turm ohne Fenster, durch den jedoch all die Seile, an denen die Wagen entlanggezogen wurden, hindurchliefen. Die Königin hatte recht gehabt damit, dass Dolingo nicht von Magie angetrieben wurde. Doch es wurde von etwas angetrieben. Die Nacht ging und ließ uns zurück, ließ Menschen zurück, die nicht schliefen, ließ mich darüber nachdenken, worüber Sogolon mit der Königin gesprochen hatte und wo sie nun war. Vielleicht brauchte ich daher länger als sonst, um den Geruch an mir wahrzunehmen. Myrrhe. Ich rieb mir über die Brust, bedeckte die Nase mit den Händen und atmete den Duft ein, als würde ich ihn trinken.

Im Traum schwangen sich Dschungelaffen an Lianen, doch die Bäume wuchsen so hoch, dass ich den Himmel nicht sehen konnte. Wie immer in den Dunkellanden war es Tag und Nacht zugleich. Ich hörte Klänge, hörte Lachen, das zuweilen nach Tränen klang. Ich hoffte, den Präfekten zu sehen, erwartete ihn zu sehen, doch ein auf zwei Beinen gehender Affe zog an meiner rechten Hand, ließ los und sprang davon, und ich folgte ihm, und ich war auf einer Straße, und ich ging, dann rannte ich, dann ging ich, und es war so furchtbar kalt. Ich fürchtete, schwarze Flügel zu hören, hörte sie aber nicht. Und dann brach im Westen ein Feuer aus, und Elefanten und Löwen und viele Tiere und Tiere mit vergessenen Namen rannten an mir vorbei. Und ein Warzenschwein mit brennendem Schwanz quiekte: Es ist der Junge, es ist der Junge, es ist der Junge.

Ein Geruch weckte mich.

»Willkommen in Dolingo der Prachtvollen, Dolingo der Uneinnehmbaren, Dolingo, die die Götter des Himmels auf die Erde herabsteigen machte, denn nichts im Himmel war wie Dolingo.«

Er stand über mir, klein, dick und blau am Tag wie die Dolingoner in der Nacht, und um ein Haar hätte ich ihm gesagt, wenn ich geschlafen hätte, wie ich es sonst täte, mit der Axt unter dem Kissen, wäre er nun ein kopfloser Mann. Stattdessen rieb ich mir die Augen und setzte mich auf. Er hatte sich so weit vorgebeugt, dass ich beinahe gegen seinen Kopf gestoßen wäre.

»Erst wäschst du dich, nein? Ja? Dann nimmst du das Morgenmahl ein, nein? Doch erst wäschst du dich, nein? Ja?«

Er trug einen Helm, dem der Nasenschutz des Kriegers fehlte. Doch er war in Gold gefasst, und der Mann sah aus wie einer, der mir das bald sagen würde.

»Ein prachtvoller Helm«, sagte ich zu ihm.

»Er gefällt dir? Nein? Ja? Gold aus den südlichen Minen hat seinen Weg auf meinen Kopf gefunden. Du siehst hier keine Bronze, nur Gold und Eisen.«

»Hast du je in einem Krieg gekämpft?«

»In einem Krieg? Niemand führt Krieg gegen die Dolingoner, aber ja, du sollst wissen, dass ich in der Tat ein sehr tapferer Mann bin.«

»Das sehe ich an deiner Kluft.«

Er trug tatsächlich den dicken wattierten Waffenrock der Krieger, doch sein Bauch ragte darunter hervor wie der einer Schwangeren. Zwei Dinge. »Waschen« bedeutete, dass er zwei Diener kommen ließ. Zwei Seitentüren öffneten sich ohne Berührung, und die Diener zogen eine mit Wasser und Kräutern gefüllte Wanne aus Holz und Teer herein. Ich hatte die Türen dort nicht bemerkt. Sie schrubbten mich mit Steinen ab, meinen Rücken, mein Gesicht, selbst meine Eier schrubbten sie ebenso grob wie meine Fußsohlen. »Essen« bedeutete, dass sich ein flaches Holzbrett aus der Wand schob, wo zuvor kein Schlitz gewesen war, der Mann auf den schon bereitstehenden Schemel deutete und mich dann mit Messern und Löffeln, jenen bei den kapriziösen Menschen aus Wakadischu so beliebten Instrumenten, fütterte, wodurch ich mir wie ein Kind vorkam. Ich fragte ihn, ob er ein Sklave sei, und er lachte. Das Brett zog sich von alleine in die Wand zurück.

»Unsere strahlende Königin birgt alle Weisheit und alle Antworten«, sagte er.

Sie verließen mich, und nachdem ich hinausgegangen war und in der Kälte zehn Schritte getan hatte, ging ich wieder hinein und zog die Kleider an, die sie mir herausgelegt hatten. Die seltenen Augenblicke, in denen ich Kleider trug, machten sie mir nur noch verhasster. An der Tür hörte ich jemanden durch das Zimmer schlurfen, hörte umherhuschende Füße und Schnaufen. Ich war mir nicht sicher, ob ich hineinstürmen oder mich hineinschleichen sollte, und als ich mich schließlich entschied, die Tür aufzustoßen, war das Zimmer leer. Späher, vermutete ich. Wonach sie gesucht haben mochten, wusste ich nicht. Die Balkontür öffnete sich, ehe ich sie erreichte. Ich wich einige Schritte zurück, und sie schloss sich. Ich trat einige Schritte vor, und sie öffnete sich.

Ich ging wieder nach draußen und folgte einem Pfad, der den Rand dieser Ebene säumte. Erde und Stein, wie aus einem Berg gehauen. Folgendes geschah: Ich ging weiter, bis ich an einen Spalt in der Begrenzung kam, und in dem Spalt war eine Plattform aus Holzplanken befestigt, die an vier Seilen über den Rand hing. Ohne dass ich es ihr befohlen hätte und ohne dass sonst jemand zu sehen gewesen wäre, senkte sich die Plattform bis auf die nächsttiefere Ebene. Ich trat von der Plattform und ging diesen neuen Pfad entlang, eine Straße sogar, zwei Manneslängen breit. Gegenüber sah ich den Palast und den ersten Baum. Auf der niedrigsten Ebene dieses Baumes stand ein kleines Haus mit drei dunklen Fenstern und einem blauen Dach, das von allem anderen abgeschnitten zu sein schien. Tatsächlich führten keine Straße und keine Stufen darauf zu. Es stand in dem großen Schatten der Aussichtsplattform, einer Fläche von der Größe eines Schlachtfelds, auf der Wachen marschierten. Die verschiedenen Ebenen wirkten wild zusammengeworfen, die unterste verfügte über eine Zugbrücke und eine Wand, die im Rot von Savannenerde gestrichen war. Die nächste Ebene war halb von einer Mauer eingefasst. Die dritte hoch, mit gewaltigen Torbögen und wilden, verstreuten Bäumen darunter, und dann folgte noch eine weitere mit den höchsten Mauern, mehr als sieben oder vielleicht acht Mal höher als die Türen und Fenster. Auf dieser Ebene prangten Türme mit goldenen Dächern, und noch immer ragten zwei weitere Ebenen noch höher auf. Rechts von einem weiteren Baum und auf Höhe meiner Augen waren breite Stufen, die zu einer großen Halle hinaufführten, und auf den Stufen Männer in Gruppen von zweien, fünfen und mehreren, gekleidet in bodenlange blaue, graue und schwarze Mäntel; sie saßen und standen zusammen und sahen aus, als besprächen sie bedeutsame Dinge.

»Ich dachte, meine armen Eier würden anfangen zu bluten, so wie sich diese verdammten Eunuchen darüber hergemacht haben«, sagte Mossi, als ich ihn entdeckte. Sie hatten ihn auf dieser Ebene untergebracht. Warum trennen sie uns so voneinander?, dachte ich.

»Ich sagte: Meine Herren, ich bin nicht der, der euch entmannt hat, lasst euren Ärger nicht an meinem armen kleinen Ritter aus. Das bringt dich also zum Lachen – meine Leidensgeschichten«, sagte Mossi.

Mir war nicht aufgefallen, dass ich gelacht hatte. Er grinste breit. Dann wurde seine Miene ernst.

»Lass uns ein Stück gehen, ich muss mit dir sprechen«, sagte er.

Ich fragte mich, wie Straßen in einer Stadt funktionierten, die sich in die Höhe statt in die Breite erstreckte. Wo endete dieser Wasserfall?

»Mein Mitgefühl, Sucher. In einer Menge hätte ich dich nicht erkannt.«

»Was?«

Er deutete auf meine Kleider, die seinen eigenen und denen vieler der vorbeigehenden Männer und Jungen glichen – ein langer

Überrock und ein Umhang, der nur am Hals geschlossen war. Doch alle trugen nur die Farben, die ich zuvor schon gesehen hatte: Grau, Schwarz und Blau. Manche Männer, die alle älter waren, trugen rote oder grüne Kappen auf ihren kahlen Köpfen und rote und grüne Schärpen um die Taille. Die wenigen Frauen fuhren auf Karren und offenen Wagen vorbei, manche in weißen Gewändern mit weiten Ärmeln wie Flügeln und ausladendem Ausschnitt, um die Brüste praller erscheinen zu lassen, und um die Köpfe Wickeltücher in verschiedenen Farben, die oben spitz zuliefen wie Türme.

»Ich habe dich noch nie so vollständig bekleidet gesehen«, sagte er.

Ein von zwei Eseln gezogener Karren fuhr an uns vorbei, darin ein alter Mann und ein Junge. Soweit ich sehen konnte, fuhren sie bis an den Rand und verschwanden dann. Zuerst dachte ich, der Mann sei mit dem Karren in den Tod gefahren.

»Die Straße ist gewunden und führt mal in den Baum, mal aus ihm hinaus. Aber wenn sie die Zitadelle verlassen wollen, müsste eine der Brücken, die uns hochgezogen haben, sie irgendwann nach unten bringen«, sagte Mossi.

»Eine Nacht, und du bist ein Fachmann für alles Dolingonische.«

»Man lernt viel in einer Nacht, wenn man keinen Schlaf findet. Wie dies: Die Dolingoner bauen hoch, weil eine alte Prophezeiung besagt, dass die große Flut eines Tages zurückkehren wird, woran viele noch immer glauben. Ein alter Mann hat mir das gesagt, vielleicht hatte er aber auch den Verstand verloren, weil er zu lange schlaflos durch die Straßen geirrt war. Die große Flut, die alle Länder verschlang, selbst die Hügel der Verwünschung und die namenlosen Berge jenseits von Kongor. Die große Flut, die die großen Tiere getötet hat, die durch die Lande zogen. Wisse, ich habe viele Länder gesehen, und ihnen allen schien die Geschichte von dieser großen Flut gemein zu sein, die schon gewesen ist, und eine weitere, die eines Tages noch sein wird.«

»Es scheint, als seien allen Ländern Götter gemein, die so engherzig und neiderfüllt sind, dass sie lieber alle Welten zerstören würden, als eine zu haben, die sich ohne sie dreht. Du sagtest, wir müssten reden.«

»Ja.«

Er nahm meinen Arm und beschleunigte seine Schritte. »Ich glaube, wir sollten davon ausgehen, dass wir beobachtet, wenn nicht gar verfolgt werden«, sagte er. Wir gingen über die Brücke und unter einem massigen Turm mit einem mehr als zehn Mann hohen Torbogen aus blauem Stein hindurch. Wir gingen weiter, seine Hand noch immer an meinem Arm.

»Keine Kinder«, sagte ich.

»Was?«

»Ich habe keine Kinder gesehen. Vergangene Nacht nicht, doch ich dachte, das läge daran, dass es Nacht war. Aber auch heute habe ich bislang noch keine gesehen.«

»Und was stört dich daran?«

»Hast du auch nur ein einziges gesehen?«

»Nein, aber ich muss dir etwas anderes sagen.«

»Und Sklaven. Dolingo ist nicht durch Magie Dolingo. Wo sind die Sklaven?«

»Sucher.«

»Zuerst dachte ich, die Diener, die mich geschrubbt haben, seien Sklaven, aber sie wirkten wie Meister ihrer Kunst, auch wenn die Kunst im Rückenschrubben und Eierkratzen bestand.«

»Sucher, ich …«

»Doch etwas stimmt hier ni…«

»Fick die Götter, Sucher!«

»Was?«

»Vergangene Nacht. Ich war in den Gemächern der Königin. Als die Wachen dich in dein Zimmer brachten, brachten sie mich nur in meins, um mich zu waschen und wieder zu ihr zurückzubringen.«

»Warum hat sie dich zurückgeholt?«

»Die Dolingoner sind sehr unverblümte Menschen, Sucher. Sie ist eine sehr unverblümte Königin. Stell keine Fragen, wenn du die Antwort kennst.«

»Aber ich kenne sie nicht.«

»Sie brachten mich wieder in ihre Gemächer, in demselben Wagen, mit dem wir hergekommen waren. Diesmal kamen vier Wachen mit mir. Ich wollte mein Schwert ziehen, aber dann fiel mir ein, dass sie uns die Waffen abgenommen hatten. Die Königin wollte mich noch einmal sehen. Sie fand mich offenbar geheimnisvoll. Sie fand meine Haut noch immer magisch und auch meine Haare und meine Lippen, die wie eine offene Wunde aussahen, wie sie sagte. Ich sollte das Lager mit ihr teilen.«

»Ich habe dich nicht danach gefragt.«

»Du sollst es wissen.«

»Warum?«

»Ich weiß es nicht! Ich weiß nicht, warum ich glaube, es dir sagen zu müssen, wenn es dir gleich ist. Verflucht. Und sie war kalt, Sucher. Ich meine nicht, dass sie abweisend gewesen wäre oder keine Gefühle gezeigt hätte, nicht einmal Lust, sondern dass sie sich kalt anfühlte; ihre Haut war kälter als der Nordwind.«

»Was hat sie von dir verlangt?«

»Das fragst du mich?«

»Was sollte ich dich denn deiner Meinung nach fragen, Präfekt? Wie du dich dabei gefühlt hast? Es gibt viele Frauen, denen ich diese Frage stellen könnte.«

»Ich bin keine Frau.«

»Gewiss nicht. Frauen sollen das als den natürlichen Gang der Dinge betrachten. Der Mann dagegen fällt auf die Knie und schreit: Welch ein Graus, welche Erniedrigung!«

»Dass du keine Freunde hast, ist mir ein Rätsel«, sagte Mossi.

Er ging davon. Ich musste ihm hinterherspringen, um ihn einzuholen.

»Du hast um mein Ohr gebeten, und ich habe dir eine Faust gegeben«, sagte ich.

Er ging mehrere Schritte, eher er stehen blieb und sich umwandte.

»Wenn das eine Entschuldigung sein soll, nehme ich sie an.«

»Erzähl mir alles«, sagte ich.

Mungunga erwachte. Männer, die wie Älteste gekleidet waren, auf dem Weg dorthin, wohin Älteste gingen. Krüge, die, ohne von Händen gehalten zu werden, den Unrat der vergangenen Nacht in Ausgüsse kippten, welche im Inneren des Baumstamms verliefen. Männer in Gewändern und mit Mützen auf dem Kopf gingen mit Büchern und Schriftrollen an uns vorbei, Männer in Umhängen und Hosen fuhren auf von Eseln und Maultieren ohne Zügel gezogenen Karren an uns vorbei. Frauen schoben Karren, die vor Seide, Früchten und Plunder überquollen. Leute hingen mit Farben, Stöcken und Pinseln von den Außenmauern herab und malten das Porträt der Königin auf die Seite des Astes zu unserer Rechten. Überall und nirgends der süße Geruch von über einer Flamme prasselndem Hühnerfett und in Öfen backendem Brot. Und dazu, so allgegenwärtig, dass es zu einer neuen Stille wurde, arbeitende Getriebe, knarrende Seile und das rhythmische Wummern sich drehender großer Räder, obgleich weit und breit nichts zu sehen war, was solche Klänge gemacht hätte.

»Ich durfte mich nicht einmal selbst waschen; sie sagten, die Königin wittere Dreck und müsse bei dem kleinsten Hauch davon niesen wie ein Sturm. Ich sagte: Dann müsst ihr wie viele in diesen Gefilden nasenblind gegenüber dem Gestank in euren Achselhöhlen sein. Dann rieben sie mich mit einem Duft ein, von dem sie sagten, er werde der Königin sehr gefallen, worüber ich das Gesicht verzog, denn es stank wie die Scheiße auf dem Boden unter wachsenden Feldfrüchten. In meinen Haaren, in meiner Nase, riechst du es nicht noch an mir?«

»Nein.«

»Dann haben es die, die mich am Morgen gebadet haben, mit meiner gesamten Haut und dem größten Teil meiner Haare heruntergeschrubbt. Sogolon war dort, Sucher.«

»Sogolon? Sie hat zugesehen?«

»Sie haben alle zugesehen. Keine Königin fickt allein und auch kein König. Ihre Dienerinnen, ihre Hexer, zwei Männer, die wie Berater aussahen, ein Medizinmann, Sogolon und alle Wachen der Königin.«

»In diesem Königreich ist etwas im Argen. Hast du … wie geht man …«

»Ja, ja, verflucht. Ich glaube, die alte Hündin hat dieser Königin etwas versprochen, ohne mich vorher zu fragen.«

»Was hat sie von dir verlangt?«

»Was?«

»Keine Kinder weit und breit, und die Königin will, dass du gleich in der ersten Nacht das Lager mit ihr teilst. Hast du …«

»Ja, wenn du es wissen musst. Ich habe meinen Samen in ihr gelassen. Du tust, als bedeutete Erregung etwas. Sie bedeutet nicht einmal Zustimmung.«

»Ich habe dich nicht danach gefragt.«

»Deine Augen haben mich gefragt. Und über mich geurteilt.«

»Meine Augen kümmert es nicht.«

»Gut. Dann soll es mich auch nicht kümmern. Dann haben ihre Hexer und Nachtschwestern gesagt, es sei so, mein Samen sei in ihr. Der Hexer hat sich vergewissert.«

»Warum teilt eine Königin das Lager mit einem Fremden, den sie gerade erst getroffen hat, um seinen Samen aufzunehmen? Und warum betrifft das den ganzen Hof? Ich sage dir, Mossi, etwas stimmt nicht in diesen Gefilden.«

»Und die Königin war kalt wie ein Berggipfel. Sie sagte nichts, und sie warnten mich davor, sie direkt anzusehen. Es schien, als atmete sie nicht. Und alle sahen zu, als wäre ich dorthin gekommen, um ein Loch im Boden zu stopfen.«

»Wer hat dich gewarnt?«

»Die Wächter, die mich gewaschen haben.«

»Sahen sie aus wie die Königin? War ihre Haut so schwarz, dass sie blau war?«

»Ist das nicht bei allen so, die wir hier gesehen haben?«

»Wir haben weder Sklaven noch Kinder gesehen.«

»Das sagtest du. Sie hatte einen Käfig, Sucher. Einen Käfig mit zwei Tauben. Sonderbare Haustiere.«

»Niemand hält sich diese widerwärtigen Kreaturen als Haustier. Der Aesi gebraucht Tauben. Sogolon auch. Als ich sie danach gefragt habe, sagte sie, sie wolle die Königin benachrichtigen.«

»Sie ließen mich zweimal in sie ergießen.«

»Was hat Sogolon zu dir gesagt?«

»Nichts.«

»Wir sollten die anderen suchen.«

Ich ergriff seine Hand, zog ihn rasch in einen Hauseingang hinein und hielt ihn fest.

»Sucher, bei allen Ficks der Welt …«

»Zwei Männer folgen uns.«

»Ach, die beiden Männer hundert Schritte hinter mir, einer in einem blauen Umhang und weißen Gewändern, der andere mit einer offenen Weste und einer weißen Hose wie ein Reiter? Die so zu tun versuchen, als hätten sie nichts miteinander zu tun, aber offenkundig zusammengehören? Sucher, ich glaube, die folgen mir.«

»Wir könnten sie zu dieser Planke führen und sie hinunterwerfen.«

»Sind deine Vergnügungen alle von so kurzer Dauer?«

Ich stieß ihn fort. Wir gingen weiter, an einer Reihe von Stufen vorbei, doch ich bemerkte, dass der Pfad uns um den mit kleinen Dächern und Türmen und großen Hallen bedeckten Baumstamm herumführte. Und an nahezu jeder Biegung erschien in der Ferne ein neuer Baum. Und an jeder Biegung wurde ich zornig auf Mossi, ohne den Grund zu kennen.

»Eine Stadt ohne Kinder und eine Königin, die unbedingt eines will, selbst von dir. Das birgt doch einige Ehre, oder nicht?«

»In solch niederen Bräuchen ist keine Ehre.«

»Und doch hast du deine Gewänder abgestreift und dich der Sache gern angenommen.«

»Was nagt an dir?«, sagte er.

Ich sah ihn an. »Ich fühle mich verloren, und ich weiß nicht, was wir hier tun sollen.«

»Wie kannst du verloren sein? Ich folge dir, also bin ich es auch.«

Die Männer, die bislang Abstand gehalten hatten, kamen nun auf uns zu.

»Vielleicht suchst du nicht nach einem Grund, um zu kämpfen oder den Jungen zu retten, sondern schlicht einen Grund.«

»Die Götter sollen gefickt sein, wenn ich weiß, was das heißen soll.«

»Ich habe mein Leben mit der Jagd auf Männer verbracht. Die Menschen rennen entweder auf etwas zu oder vor etwas davon, aber du scheinst einfach dahinzutreiben. Du nimmst keinen Anteil an dieser Sache, und warum solltest du auch? Aber nimmst du an irgendetwas Anteil? An irgendjemandem?«

Als er das gesagt hatte, wollte ich ihm die nächste Bemerkung nur wieder in den Mund zurückschlagen.

Er sah mich aufmerksam an und wartete auf eine Antwort. Ich sagte: »Was sollen wir mit diesen Männern machen? Wir haben keine Waffen, aber wir haben Fäuste. Und Füße.«

»Sind sie ...«

»Dreh dich nicht um, sie kommen.«

Die beiden Männer sahen wie Mönche aus, groß und sehr dünn, einer mit den langen Haaren und dem gepflegten Gesicht eines Eunuchen. Der andere, nicht ganz so groß, aber nichtsdestoweniger dünn, sah uns kaum einen Augenblick lang an, ehe er an uns vorbeiblickte. Mossi griff nach seinem Schwert, doch da war kein Schwert. Sie gingen an uns vorüber. Beide umgab schwerer Kräuterduft.

Auf dem Weg zurück in mein Zimmer konnte mich nicht einmal der Gedanke an den Frieden der Götter am Fluchen hindern.

»Ich kann nicht glauben, dass du sie gefickt hast.«

Er fuhr zu mir herum. »Was?«

Ich blieb stehen und wandte mich um. Nur ein einziger Karren fuhr an uns vorbei. Die Straße blieb weiterhin leer, doch man hörte, wie auf den Basaren in den Gassen gehandelt und geschrien wurde.

»Du hast mich schon verstanden. Ich danke den Göttern, dass ich nur ein niederer Dschungelknabe bin«, sagte ich. »Sie muss dich für einen Prinzen aus dem Osten halten.«

»Das glaubst du also, dass du zu unwichtig bist, um benutzt und getötet zu werden«, sagte Mossi.

»Wenn sie empfängt, kannst du den Göttern danken, dass du Vater einer vielköpfigen Schar bist. Wie eine Ratte.«

»Hör zu, du Buschficker. Verurteile mich nicht für etwas, was du selbst getan hättest. Hatte ich eine Wahl? Glaubst du, ich wollte es so? Was hättest du getan – die Königin beleidigt, noch in derselben Nacht, in der sie dich aufgenommen hat? Was wäre dann mit uns passiert?«

»Das sind für mich neue Gewässer. Ich hatte noch nie einen Vorteil davon, dass ein Mann jemand anderen gefickt hat. Wenn sie empfängt, werden sie kommen, um dich zu holen.«

»Wenn sie empfängt, werden sie uns alle holen«, sagte Mossi.

»Nein, dich.«

»Dann sollen sie kommen. Sie werden feststellen, dass es einen Mann in Dolingo gibt, der kein Feigling ist.«

»Ich könnte dir gerade ins Gesicht schlagen.«

»Du, der Hund auf zwei Beinen, du glaubst, du könntest einen Krieger schlagen? Ich wünschte, du würdest es versuchen.«

Ich stellte mich mit geballten Fäusten vor ihn, als mehrere Männer in der Kluft von Gelehrten aus einer Gasse kamen und an uns vorbeigingen. Drei von ihnen wandten sich um und liefen weiter mit ihrer Gruppe mit, die Gesichter jedoch zu uns gekehrt. Ich wandte mich ab und ging in mein Zimmer. Ich wollte nicht und erwartete nicht, dass Mossi mir folgte, doch er tat es, und sobald er durch die Tür war, drückte ich ihn fest gegen die Wand. Er wollte mich wegstoßen, schaffte es aber nicht, also stieß er mir ein Knie in die Rippen, und sie verschoben sich, als hätte er mir eine gebrochen. Der Schmerz traf meine Brust und schoss in die Schulter hinauf. Er stieß mich fest von sich. Ich wankte zurück, stolperte und fiel zu Boden.

»Fick die Götter«, sagte er und seufzte.

Er reichte mir eine Hand, um mich hochzuziehen, aber ich zog ihn stattdessen herunter und versetzte ihm einen Schlag in die Magengrube. Er ging schreiend zu Boden, und ich sprang auf ihn und versuchte ihn zu schlagen, aber er packte meine Hände. Ich entriss sie ihm, und wir rollten über den Boden und stießen gegen die Wand und rollten zur Terrassentür, die sich öffnete, sodass wir beinahe hinunterfielen. Ich wälzte mich wieder nach oben und umklammerte seinen Hals. Er schwang die Beine hinter meinem Rücken hoch, kreuzte sie über meiner Schulter, schob mich hinunter und sprang dann auf mich, als ich auf dem Boden landete. Er schlug zu, doch ich wich aus, und er traf das Holz und schrie auf. Ich sprang ihn wieder an, legte ihm einen Arm um den Hals, und er ließ sich mit einer Drehung zu Boden fallen und landete mit einem harten Aufschlag auf mir, und die Luft wurde mir aus Nase und Mund gepresst. Ich konnte mich nicht bewegen und nichts sehen. Er rollte sich unter mich, würgte mich mit einem Arm und hielt meine Beine mit seinen eigenen umklammert. Ich holte mit dem freien Arm aus, und er hielt ihn fest.

»Hör auf«, sagte er.

»Geh den Affendorn ficken.«

»Hör auf.«

»Ich bringe dich …«

»Hör auf, oder ich breche dir einen Finger nach dem anderen. Hörst du auf? Sucher. Sucher.«

»Ja, du verschissener Hurensohn.«

»Entschuldige dich dafür, dass du meine Mutter eine Hure genannt hast.«

»Ich nenne deine Mutter und deinen Vat...«

Den Rest des Wortes schrie ich heraus. Er hatte meinen Mittelfinger so weit zurückgebogen, dass ich spürte, wie die Haut spannte und zu reißen drohte.

»Ich entschuldige mich. Runter von mir.«

»Du bist auf mir.«

»Lass los.«

»Bei den Göttern, Sucher. Schüttle deinen Ärger ab. Wir haben ärgere Schwierigkeiten. Hörst du auf? Bitte.«

»Ja. Ja. Ja.«

»Gibst du mir dein Wort?«

»Ich gebe dir mein verdammtes Wort!«

Er ließ los. Ich wollte mich umdrehen und ihm einen Faustschlag versetzen oder ihn ohrfeigen, wenn ich ihn nicht mit der Faust schlagen könnte, oder ihn treten, wenn ich ihn nicht ohrfeigen könnte, oder ihm einen Kopfstoße verpassen, wenn ich ihn nicht treten könnte, oder ihn beißen, wenn er meinen Kopf abwehrte. Doch ich stand auf und drückte auf meinen Finger.

»Er ist gebrochen. Du hast ihn gebrochen.«

Er blieb auf dem Boden sitzen.

»Dein Finger ist genau so wenig gebrochen wie deine Rippen. Aber Finger sind tückisch. Wenn er verrenkt ist, wird er es ein Jahr bleiben.«

»Das werde ich nicht vergessen.«

»Doch, das wirst du. Du hast diesen Kampf begonnen, weil du von einem anderen hintergangen wurdest, ehe ich dir überhaupt begegnet bin. Oder weil ich eine Frau gefickt habe.«

»Ich bin der größte Narr. Seht mich alle an, den Narren mit der Nase. Ich bin bloß ein Hund, so wie du es sagst.«

»Das waren harsche Worte. Im Streit gesprochen, Sucher.«

»Ich bin der Hund aus den Flusslanden, wo wir Häuser aus Scheiße bauen, also bin ich für euch alle nur ein Tier. Und alle hatten zwei Pläne oder drei oder vier, Pläne, die sie selbst gewinnen und alle anderen verlieren lassen. Wie lautet dein zweiter Plan, Präfekt?«

»Mein zweiter Plan? Mein erster Plan war herauszufinden, wer einen Ältesten und seine Sippe ermordet hat, bis ich einige Leute traf, die die Leichen nicht in Frieden lassen wollten. Mein zweiter war, nicht einem Verdächtigen in die Bibliothek zu folgen, die niederbrannte. Mein zweiter Plan war, nicht meine eigenen Präfekten zu töten. Mein zweiter Plan war, nicht mit einer Horde Bastarde auf der Flucht zu sein, die zusammen nicht einmal eine Straße überqueren können, nur weil meine Brüder mich töten würden, sobald sie mich zu Gesicht bekämen. Ob du es glaubst oder nicht, mein zweiter Plan war, nicht mit einer so armseligen Bande festzusitzen, weil ich nicht weiß, wohin sonst.«

Er stand auf.

»Fick dich und dein Selbstmitleid«, sagte ich.

»Mein zweiter Plan ist, diesen Jungen zu retten.«

»Du nimmst keinen Anteil am Schicksal dieses Jungen.«

»Du irrst dich. Eine Nacht. Eine Nacht habe ich gebraucht, um alles zu verlieren. Aber alles war vielleicht nichts, wenn es so rasch verlorengehen konnte. Jetzt kann mir nur noch dieser Junge das Gefühl geben, dass mein Leben in den letzten Tagen irgendeinen Sinn hatte. Wenn ich alles verliere, dann sollen die Götter und die Teufel in meinem Leben gefickt sein, wenn mein Leben keine Bedeutung haben soll. Dieser Junge ist das Einzige, was mir bleibt.«

»Sogolon will den Jungen selbst retten. Vielleicht will sie auch noch das Mädchen und den Büffel retten und sie auf dem Rückweg nach Mantha beschützen.«

»Tausend Ficks auf das, was Sogolon will. Sie braucht dich nach wie vor, um den Jungen zu finden. Es ist ganz einfach, Sucher: Erzähl ihr nichts.«

»Ich ...«

Er sah mich an und legte einen Finger an die Lippen. Dann deutete er mit dem Kinn über die Schulter. Er trat leise an mich heran, bis seine Lippen mein Ohr berührten, und flüsterte: »Was riechst du?«

»Alles, nichts. Holz, Haut, Achselschweiß, Körpergerüche. Warum?«

»Wir wurden beide sauber geschrubbt.«

»Was riechst du, was du nicht erkennst?«

Wir tauschten die Plätze, und ich ging langsam rückwärts bis zum anderen Ende des Zimmers. Ich stieß mit der Wade gegen den Schemel und schob ihn zur Seite. Mossi, der mir langsam folgte, nahm den Schemel an einem Bein und hob ihn auf. Unmittelbar vor der Seitenwand, aus der der Tisch gekommen war, blieb ich stehen und drehte mich um. Hirsebrei, Holzöl, getrocknetes Grasseil und Schweiß und wieder der Gestank eines ungewaschenen Leibs. Hinter der Wand? In der Wand? Ich deutete auf die Holzplanken, und Mossis Miene stellte die gleichen Fragen. Ich schlug mit der flachen Hand gegen das Holz, und etwas huschte davon wie eine Ratte.

»Ich glaube, es ist eine Ratte«, flüsterte Mossi.

Ich fuhr mit der Hand über das Holz und verharrte an einem drei Finger breiten Spalt. Meine Finger packten das Holz und zogen fest daran. Ich zog noch einmal, und das Holz brach aus der Wand. Meine Hand griff in den Hohlraum und riss die Planke heraus.

»Mossi, bei den Göttern.«

Er schaute in die Öffnung und sog scharf Luft ein. Wir standen da und starrten. Wir ergriffen Bretter und rissen sie ab, Bretter so groß wie wir, und was sich nicht rühren wollte, traten wir ein und stießen es mit den Füßen zur Seite. Mossi griff geradezu panisch nach den Brettern, als liefe uns die Zeit davon. Wir zerrten und rissen und traten ein Loch von der Größe des Büffels in die Wand.

Der Junge stand weder, noch lag er, vielmehr lehnte er an einem Bett aus getrocknetem Gras. Seine weit aufgerissenen Augen blickten geradewegs in den Schrecken. Er hatte Angst, konnte aber nicht sprechen, wollte davonhuschen, konnte es aber nicht. Der Junge konnte nicht schreien, weil etwas wie die Innereien eines Tieres in seinem Mund steckte und seine Kehle hinabführte. Wegen der Seile konnte er sich nicht rühren. All seine Glieder – Beine, Füße, Zehen, Arme, Hände, Hals und Finger – zerrten an den Seilen, mit denen sie gefesselt waren. Die weit geöffneten, feuchten Augen wirkten flussblind, die schwarzen Kreise so grau wie ein düsterer Himmel. Er sah aus wie ein Blinder, aber er konnte uns sehen, und unser Näherkommen ängstigte ihn so sehr, dass er an den Seilen riss und kreischte und um sich griff und sein Gesicht vor einem Schlag zu schützen versuchte. Das Zimmer geriet aus den Fugen, der Tisch schob sich vor und zurück, die Tür schwang auf und zu, die Seile auf dem Balkon lockerten und spannten sich, der Scheißekübel leerte sich. Um seine Taille war ein Seil geschlungen, das ihn an Ort und Stelle festhielt, doch in einer der Planken war ein Loch, das groß genug für sein Auge war, also konnte er tatsächlich sehen.

»Junge, wir werden dir nichts tun«, sagte Mossi. Er streckte die Hand nach dem Gesicht des Jungen aus, und der Junge schlug den Kopf immer wieder gegen das Gras, wandte das Gesicht ab, rechnete mit einem Schlag, die Augen tränenüberströmt. Mossi berührte ihn an der Wange, und er schrie in die Innereien in seinem Mund hinein.

»Er versteht deine Zunge nicht«, sagte ich.

»Schau uns an, wir gehören nicht zu den Blauen. Wir gehören nicht zu den Blauen«, sagte Mossi und strich dem Jungen lange und langsam über die Wange. Der schlug und trat noch immer um sich, und die Tische, Fenster und Türen öffneten und schlossen sich, glitten heraus und krachten wieder in die Wand. Mossi strich ihm weiter über die Wange, bis seine Bewegungen langsamer wurden und er schließlich innehielt.

»Diese Seile müssen mit Magie geknüpft sein«, sagte ich.

Ich konnte die Knoten nicht lösen. Mossi steckte einen Finger in einen Schlitz in seiner Sandale und zog ein kleines Messer hervor.

»Wenn man vorher in Scheiße tritt, sehen die Wachposten nicht so genau nach«, sagte er.

Wir befreiten den Jungen von allen Seilen, doch er blieb gegen das trockene Gras gelehnt, nackt und schweißbedeckt, die Augen weit aufgerissen, als würde er keinen anderen Ausdruck als Entsetzen kennen. Mossi packte den Schlauch, der in seinen Mund ragte, sah ihn voller Traurigkeit an und sagte: »Es tut mir so schrecklich leid.«

Und er zog nicht schnell, aber kräftig daran und hörte nicht auf, ehe er ganz draußen war. Der Junge erbrach sich. Da die Seile alle gekappt waren, hatten sich auch die Tür und sämtliche Fenster geschlossen. Der Junge sah uns an. Seine Haut war von der Reibung der Seile verbrannt, sein Mund zuckte, als wollte er sprechen. Ich sagte Mossi nicht, dass sie ihm womöglich die Zunge herausgeschnitten hatten. Mossi, Präfekt in einer der zuchtlosesten Städte des Nordens, hatte schon alles Erdenkliche gesehen, aber solche Brutalität noch nicht.

»Mossi, jedes Haus, jedes Zimmer, diese Wagen, sie sind alle so.«

»Ich weiß. Ich weiß.«

»Überall, wohin ich gehe, um den Jungen zu finden, um den Jungen zu retten, treffe ich auf etwas noch Schlimmeres als das, wovor wir ihn retten wollen.«

»Sucher.«

»Nein. Diese Ungeheuer werden ihn nicht töten. Dem Jungen ist nichts zugestoßen. Nichts. Ich rieche ihn; er lebt, er hat keine Fäule und keinen Tod an sich. Sieh diesen Jungen in deinen Armen an, er kann nicht einmal stehen. Wie viele Monde war er hinter dieser Wand? Von Geburt an? Sieh dir diesen albtraumhaften Ort an. Wie können Blutsauger schlimmer sein als das?«

»Sucher.«

»Wie? Wir beide sind gleich, Mossi. Wenn uns jemand ruft, wissen wir, wir werden dem Bösen begegnen. Lügen, Untreue, Schläge, Verletzungen, Mord. Ich kann viel verkraften. Aber wir glauben noch immer, dass die Ungeheuer die mit den Klauen und der schuppigen Haut sind.«

Der Junge sah Mossi an, der ihm die Schultern massierte. Er hörte auf zu zittern, blickte aber an den Balkontüren vorbei, als wäre dort draußen etwas, was er noch nie gesehen hatte. Mossi setzte ihn auf den Schemel und wandte sich zu mir um.

»Du überlegst, was man tun kann«, sagte er.

»Wenn du nichts sagst.«

»Ich würde dir nie sagen, was du zu denken hast. Nur ... Sucher, hör mir zu. Wir sind wegen des Jungen hergekommen. Wir sind zwei gegen ein ganzes Land, und selbst die, die mit uns kamen, könnten gegen uns sein.«

»Jeder, den ich treffe, sagt mir: Sucher, du hast nichts, wofür es sich zu leben, und nichts, wofür es sich zu sterben lohnt. Du könntest heute Nacht verschwinden, ohne dass sich irgendjemandes Leben dadurch verschlechtern würde. Vielleicht ist das ein Grund zu sterben ... Sag es.«

»Was soll ich sagen?«

»Sag, dass diese Sache größer ist als ich und wir beide, dass dies nicht unser Kampf ist, dass es der Weg der Törichten und nicht der Weisen ist, dass es keinen Unterschied machen wird ... Nun, was sagst du?«

»Welchen von diesen räudigen Hundesöhnen bringen wir zuerst um?«

Ich riss die Augen auf.

»Bedenke dies, Sucher: Der Plan ist, uns niemals fortzulassen. Dann bleiben wir eben. Diese Feiglinge haben so lange ohne einen Feind gelebt, dass sie Schwerter vermutlich für Schmuck halten.«

»Sie haben Hunderte über Hunderte Männer. Und noch Hunderte mehr.«

»Wir müssen uns nicht mit Hunderten befassen. Nur mit den wenigen am Hof. Zuallererst mit dieser abscheulichen Königin. Für den Augenblick folgen wir ihnen und spielen die Ahnungslosen. Sie werden uns bald an den Hof rufen, noch heute Abend. Jetzt sollten wir als Erstes diesem Jungen etwas zu ess…«

»Mossi!«

Der Schemel war leer. Die Terrassentür schwang auf und zu. Der Junge war nicht im Zimmer. Mossi rannte so schnell auf den Balkon, dass ich seinen Umhang packen musste, damit er nicht hinunterstürzte. Kein Ton drang aus Mossis Mund, doch er schrie. Ich zog ihn wieder ins Zimmer, aber er drängte immer noch hinaus. Ich schloss die Arme fester und fester um ihn. Er hörte auf, sich zur Wehr zu setzen, und ließ mich gewähren.

Wir warteten bis Einbruch der Dunkelheit, ehe wir uns auf die Suche nach dem Ogo machten. Der Dummkopf, der mich gefüttert hatte, kam an die Tür, um mich zum Abendessen bei Hofe zu rufen, das allerdings ohne die Königin stattfinden würde. Wenn die Trommeln ertönten, sollte ich zur Anlegestelle hinuntergehen und dort auf den Wagen warten. Nein? Ja? Mossi hielt sich mit seinem Messer hinter der Tür versteckt. Gewiss hatte irgendjemand gesehen, wie der Junge in den Tod gesprungen war, auch wenn das arme Kind auf dem Weg nach unten keinen Ton von sich gegeben hatte. Oder vielleicht war es in Dolingo auch nichts Unerhörtes, wenn ein Sklave in den Tod stürzte. Daran dachte ich, als der Mann immer wieder den Kopf durch meine Tür zu stecken versuchte, bis ich sagte: Mein Herr, wenn Ihr hereinkommt, dann ficke ich Euch auch, und seine blaue Haut grün wurde. Er sagte, er werde am nächsten Morgen mit einem prächtigen Frühstück zurückkehren, nein? Ja.

Ich witterte Sadogo in MLuma, dem dritten Baum, der eher einem Pfahl mit riesigen Flügeln glich, die das Sonnenlicht einfingen.

Mossi fürchtete, die Wächter würden uns beobachten, aber in Dolingo herrschte ein solcher Dünkel, dass niemand zwei künftige Sa-
menhülsen als große Bedrohung empfand. Ich sagte zu ihm: Wie
kurios unsere Waffen auf sie gewirkt haben müssen; nicht nur die
unsrigen, sondern alle Waffen. Sie waren wie diese dornenlosen
Pflanzen, die nie von einem Tier gefressen wurden. Als die Männer
und Frauen, die uns anstarrten, Mossi nach dem in seinem Umhang
verborgenen Messer greifen ließen, berührte ich ihn an der Schulter
und flüsterte: Wie viele Männer mit Haut wie deiner haben sie gesehen? Er nickte und blieb friedlich.

Der Wagen hielt im fünften Stock des MLuma. Sadogo war im
achten.

»Ich weiß nicht, warum sie so verdrossen ist. Verdrossen, bevor
wir die Stadt erreicht hatten«, sagte Sadogo.

»Wer, Venin?«, fragte ich.

»Hör auf, mich bei diesem schrecklichen Namen zu rufen, das hat
sie gesagt. Aber es ist ihr Name, wie sonst hätte ich sie rufen sollen?
Du warst dabei, als sie sagte: Ich heiße Venin, oder nicht?«

»Nun, mir gegenüber war sie immer verdrossen, also …«

»Nie war sie verdrossen. Und ich war nie verdrossen ihr gegenüber, wenn ich sie auf meiner Schulter sitzen ließ.«

»Sadogo, es gibt jetzt wichtigere Dinge, und wir müssen miteinander reden.«

»Warum haben sie uns von den anderen getrennt, Venin? Das ist
alles, was ich gesagt habe, und sie sagt, das ist nicht ihr Name, und
schreit, ich soll meine Ungeheuerarme und mein Ungeheuergesicht
fortnehmen, komm mir nicht zu nah, denn ich bin ein furchterregen-
der Krieger, der die Welt in Schutt und Asche legen will. Und dann
nannte sie mich Shoga. Sie ist verändert.«

»Vielleicht hat sie die Dinge nicht so gesehen wie du, Sadogo«,
sagte Mossi. »Wer kennt die Wege der Frauen?«

»Nein, sie ist verändert, und …«

»Sag nicht Sogolon. Ihre dürre Hand steckt in viel zu vielen Schüsseln, um über sie alle zu sprechen. Wir haben es mit einer Verschwörung zu tun, Sadogo. Und das Mädchen könnte mit Sogolon unter einer Decke stecken.«

»Aber sie hat ausgespuckt, als ich ihren Namen sagte.«

»Wer weiß, warum sie ewig zanken? Wir haben Wichtigeres zu bereden, Ogo.«

»All diese Seile, die aus dem Nichts kommen und an allem ziehen. Ein schändlicher Zauber.«

»Sklaven, Ogo«, sagte Mossi.

»Ich begreife nicht.«

»Heben wir uns das für einen anderen Tag auf, Sadogo. Die Hexe hatte andere Pläne.«

»Sie will den Jungen nicht?«

»Das ist noch immer ihr Plan. Wir sind nur ein Teil davon. Sie hat vor, den Jungen an sich zu nehmen, wenn ich ihn gefunden habe, und diese Königin soll ihr dabei helfen. Ich glaube, die Königin und sie haben einen Handel abgeschlossen. Vielleicht lässt uns die Königin ungehindert in den Mweru weiterziehen, wenn Sogolon den Jungen rettet.«

»Aber genau das haben wir vor. Warum die Hinterlist?«

»Ich weiß es nicht. Vielleicht bekommt uns die Königin für ihre gottlose Wissenschaft.«

»Sind darum alle blau? Wegen gottloser Wissenschaft?«

»Ich weiß es nicht.«

»Venin hat mich mit einer Hand aus der Tür hinausgestoßen. Wie ich sie anwidern muss.«

»Sie hat dich weggestoßen? Mit einer Hand?«

»Das habe ich gesagt.«

»Ich habe eine zornige Frau einen Karren voller Metall und Gewürze umwerfen sehen. Es könnte an meinem Karren gelegen haben oder daran, dass ich sie verärgert hatte«, sagte Mossi.

»Sadogo«, sagte ich laut, um Mossi zum Schweigen zu bringen. »Wir müssen auf der Hut sein, wir müssen uns Waffen besorgen, wir müssen von dieser Zitadelle hinunter. Was denkst du über den Jungen? Sollten wir ihn auch retten?«

Er sah uns beide an, dann schaute er aus der Tür hinaus und legte die Stirn in Falten. »Wir sollten den Jungen retten. Ihn trifft keine Schuld.«

»Dann werden wir das tun«, sagte Mossi. »Wir warten, bis sie in Dolingo eintreffen. Wir treten ihnen selbst entgegen, ohne der Hexe etwas zu sagen.«

»Wir brauchen Waffen«, sagte ich.

»Ich weiß, wo sie sie aufbewahren«, sagte Sadogo. »Keiner konnte meine Handschuhe tragen, also habe ich sie selbst zum Schwerthüter gebracht.«

»Wo war das?«

»Auf diesem Baum, auf der untersten Ebene.«

»Und Sogolon?«, sagte Mossi.

»Dort«, sagte er und deutete hinter uns. Der Palast.

»Gut. Wir gehen, wenn die Blutsauger kommen. Bis dahin …«

»Sucher, was ist das?«, fragte Mossi.

»Was ist was?«

»Hast du eine Nase oder nicht? Dieser süßliche Geruch in der Luft.«

Als er es sagte, roch ich es auch. Der Duft wurde süßlicher und stärker. In dem roten Raum sah niemand den orangen Nebel aus dem Boden strömen. Mossi ging als Erster zu Boden. Ich strauchelte, sank auf die Knie und sah, wie Sadogo zur Tür lief, wütend gegen die Wand schlug und dann erst auf den Hintern und schließlich auf den Rücken fiel, dass der Raum erzitterte, ehe alles darin weiß wurde.

NEUNZEHN

Ich wusste, es waren sieben Tage vergangen, seit wir Kongor verlassen hatten. Und dreiundvierzig Tage, seit wir diese Reise angetreten hatten. Mehr als ein Mond. Ich wusste es, weil das Zählen alles war, was meinen Verstand beisammenhielt. Ich wusste, dass wir uns in einem der Baumstämme befanden. Eine große Fessel lag um meinen Hals, befestigt an einer langen, schweren Kette. Die Arme waren auf den Rücken gebunden, die Kleider fort. Ich musste mich umdrehen, um die Kugel zu sehen, an der die Kette verankert war. Beides war aus Stein. Jemand hatte ihnen von mir und den Metallen erzählt. Sogolon.

»Ich fragte, wo der Junge ist«, sagte er.

Der Kanzler. Die Königin musste oben auf die Kunde warten. Nein, nicht die Königin.

»Wenn Sogolon etwas über den Jungen wissen will, soll die Hexe selbst herkommen«, sagte ich.

»Junge, Junge, Junge, es wäre klug, mir zu berichten, was deine Nase weiß. Wenn ich gehe, kommen andere mit Gerätschaften, ja.«

Als ich zuletzt in einem dunklen Raum gewesen war, waren gestaltwandelnde Frauen aus dem Dunkel gekommen. Bei dieser Erinnerung verzog ich das Gesicht, und dieser Narr glaubte, es sei seine Androhung der Folter gewesen.

»Witterst du den Jungen?«

»Ich will mit der Hexe reden.«

»Nein, nein, nein, das heißt Nein. Riechst du …«

»Ich rieche etwas. Ich rieche Ziege, die Leber einer Ziege.«

»Wie gut du bist, Ku-Mann. Zum Frühstück gab es tatsächlich Leber und dazu Sorghum von meinen eigenen Feldern und Kaffee von den Händlern des Nordens, sehr erlesen, ja.«

»Aber die Ziegenleber, die ich rieche, ist roh, und warum kommt der Geruch aus deinem Schritt, Kanzler? Weiß deine Königin, dass du der weißen Wissenschaft frönst?«

»Unsere glorreiche Königin duldet alle Künste.«

»Solange sie nicht am Hof eurer glorreichen Königin ausgeübt werden. Hör zu, du wirst mich foltern müssen, Kanzler, oder mich wenigstens töten. Du weißt, dass es so ist, nichts wird mich daran hindern, es jedem zu erzählen, der es hören will.«

»Es sei denn, ich schneide dir die Zunge heraus.«

»Wie euren Sklaven? Will eure Königin reisende Männer wie uns nicht unversehrt und wohlbehalten?«

»Unsere Königin braucht nur ein Stück von euch unversehrt und wohlbehalten.«

Ich presste unwillkürlich die Beine zusammen, und er lachte laut auf.

»Wo ist der Junge?«

»Der Junge ist nirgends. Er reist noch immer von Wakadischu hierher, und dauert das nicht zehn Tage? Ihr könnt ihn in Wakadischu treffen.«

»Ihr seid hier, um ihn in Dolingo zu treffen.«

»Und er ist nicht in Dolingo. Wo ist die Hexe? Lauscht sie? Hat sie dein Ohr, oder bist du bloß der fette Widerhall bedeutenderer Stimmen?«

Er zischte.

»Ja, man sagt, ich hätte eine Nase, aber niemand hat dir gesagt, dass ich auch einen Mund habe«, sagte ich.

»Wenn ich gehe, komme ich mit ...«

»Mit deinen Gerätschaften zurück. Beim ersten Mal haben mich deine Worte mehr geängstigt.«

Ich stand auf. Obgleich die Kette um meinen Hals lag und ich nirgendwohin gehen konnte, schreckte der Kanzler etwas zurück.

»Ich werde weder mit dir noch mit der Königin sprechen. Nur mit der Hexe.«

»Ich habe die Befugnis ...«

»Nur die Hexe, oder du kannst mit der Folter beginnen.«

Er raffte sein Gewand und ließ mich allein.

Obgleich ich ihren Geruch witterte, überraschte sie mich. Die Tür gegenüber meiner Zelle öffnete sich, und sie trat ein. Zwei Wächter folgten ihr in einigen Schritten Abstand. Derjenige mit den Schlüsseln öffnete das Tor und machte ihr bereitwillig Platz. Wächter, die ihre Angst vor der Mondhexe zu verbergen suchten. Sie ließ sich im Dunkel nieder.

»Ich weiß, du fragst dich«, sagte sie. »Du fragst dich, warum du in Dolingo keine Kinder siehst.«

»Ich frage mich, warum ich dich nicht getötet habe, als ich die Gelegenheit dazu hatte.«

»In manchen Städten werden Rinder gezüchtet, in anderen wird Weizen angebaut. In Dolingo züchten sie Menschen, und nicht auf unnatürliche Weise. Du brauchst keine Erklärung, und es würde Jahre dauern, dir alles zu erzählen. Was du wissen sollst, ist dies: Mond für Mond, Jahr für Jahr, Jahresbündel für Jahresbündel wurden die Samen und die Schöße der Dolingoner nutzloser. Was nicht unfruchtbar ist, gebiert Monstrositäten von unaussprechlichem Äußeren. Schlechter Samen, der auf schlechte Schöße fällt, dieselben Sippen, immer und immer wieder, und die Dolingoner werden von den weisesten Kindern zu den närrischsten. Fünfzig Jahre brauchte es, bis sie zueinander sagten: Schaut uns an, wir brauchen neuen Samen und neue Schöße.«

»Ich hoffe, dass in dieser langweiligen Erzählung Ungeheuer vorkommen.«

»Es ist etwas Höheres als Magie. Wenn sie einen Jungen empfängt, nehmen sie ihn und stecken ihn in die Kiste. Er ist der Zapfhahn, und sie zapfen, bis er leer ist. Bis er tot ist. Aber das gilt nur für die, die der königlichen Blutlinie folgen. Andere Männer fangen sie, zapfen sie ab und töten sie für den Rest des Volkes. Selbst den nutzlosen Samen eures Ogo können die Wissenschaftler und Hexer fruchtbar machen.«

»Dann sollte es in der Zitadelle vor Kindern wimmeln. Verbergen sie sie?«

»Dann nehmen sie die Kinder vor der Geburt und legen sie in den großen Mutterleib und füttern sie und ziehen sie heran, bis sie so groß sind wie du. Erst dann kommen sie zur Welt. Aber sie sind gesund und leben lange.«

»Ein Mann so alt wie ich, der Babababa macht und sich zweimal am Tag einscheißt. Das ist das große Dolingo.«

»Wir sind jetzt zwei Tage hier. Wo ist der Junge?«

»Keine Kinder, keine Sklaven und auch keine Reisenden. Du wusstest das. Du wusstest es, seit uns die Karte gezeigt hat, dass die nächste Tür nach Dolingo führt.«

»Niemand kann ungehindert durch Dolingo reisen«, sagte sie. »Du siehst ja, dass ihre Köpfe von nichts als Gedanken beherrscht werden. Es bedarf vieler Gesuche und Papiere und eines Vertrags, wenn man nur die Hauptstraße entlanggehen will. Sieh, wie prachtvoll die Zitadelle ist. Meinst du, das erreichen sie, in dem sie jedermann hier durchreisen und ihre Geheimnisse stehlen lassen? Nein, du Narr. Sie gebrauchen jeden, der ihre Straßen entlangkommt, für die Zucht und töten jeden, der ihnen nutzlos ist.«

»Du hast die Tauben losgeschickt, um ihr anzukündigen, dass du hierher unterwegs warst. Mit Geschenken.«

»Warum sind sie so lange in Wakadischu?«

»Mir, dem Präfekten und dem Ogo.«

»Warum kommen sie nicht?«, fragte sie.

»Vielleicht haben die Frauen in Wakadischu mehr Fleisch und mehr Blut. Bist du keine Frau des Südens?«

»Der Aesi ist schon auf dem Weg nach Dolingo.«

»Hat dich jemand verraten? Was sagst du dazu, Sogolon?«

»Du hast nichts als Scherze im Sinn.«

»Und du nichts als Betrug.«

»Es gab zwei Dolingos. So, wie es ein Malakal vor Malakal gab. Im alten Dolingo hatten sie keine Königin oder einen König, nur einen großen Rat, der allein aus Männern bestand. Das Volk habe gefragt: Warum das ganze Reich in die Hand eines einzigen Mannes legen?, sagten sie, was eine Lüge war, denn sie hatten das Volk nie irgendetwas gefragt. Diese Männer sagten: Warum unsere Zukunft in die Hand eines einzigen Mannes legen? Legt man einem Mann Macht in die Hand, dann ballt er sie früher oder später zur Faust. Vergesst Könige und Königinnen, stellt einen Rat aus unseren klügsten Männern zusammen. Und die klügsten Männer hörten nur auf die klügsten Männer und wurden Narren. Bald brauchten die Männer so lange für jede Entscheidung, sei es, gegen wen man Krieg führen sollte, sei es, wo man die Scheiße sammeln sollte, dass die Scheiße die Straßen hinunterlief und sie beinahe einen Krieg gegen die vier Schwestern des Südens verloren. Es waren zehn und zwei Männer, und wenn sie sich einig waren, überragte ihre Überheblichkeit alles. Waren sie sich uneins, stritten und stritten sie, und die Menschen hungerten und starben, und ihre Überheblichkeit war so groß, dass sie sie für Weisheit hielten. Und die Menschen von Dolingo erkannten etwas Wahres. Ein Tier mit zehn und zwei Köpfen ist nicht zehn und zwei Mal weiser. Es ist ein Monstrum, das sich selbst niederbrüllt. Also töteten die Dolingoner zehn und einen von ihnen und machten den letzten zum König.«

»Und sie haben immer noch Angst vor einer großen Flut, die nie eintreten wird«, sagte ich.

»Und jetzt werden sie von den neun Welten beneidet. Jeder König will sich mit ihnen verbünden, jeder König will sie erobern. Aber der erste weise Erlass des Königs? Dolingo wird keinen Krieg führen und keine Feinde haben, wer es auch sei. Sie verkaufen an die Guten wie die Bösen.«

»Diese Geschichte war weder gut noch kurz.«

»Ich habe Amadu gesagt, dass er keinen von euch braucht, nur fünf oder sechs beliebige Krieger und einen Spürhund. Du bist der Einzige, den ich brauche, aber selbst du bist ein Narr. Jeder Einzelne von euch ist ein Narr. Ihr verbringt so viel Zeit damit, zu knurren und finster dreinzublicken wie hungrige Hyänen, dass keiner von euch Zeit hat, seine eigene Scheiße zu finden, geschweige denn einen Jungen. Willst du wissen, was Kongor für mich ist? Kongor ist der Ort, an dem mich der Mann seinen wahren Nutzen gelehrt hat. Und selbst das Letzte, wofür er zu gebrauchen ist, verrichtet ein Kerzenhalter besser.«

»Und doch hilfst du, einen Jungen zu finden, der zum Mann werden wird«, sagte ich.

»Aber weißt du, was ich getan habe? Weißt du, was ich getan habe? Ich habe die größte Rache genommen. Ich habe jeden Einzelnen von euch begraben. Jeden Einzelnen. Ich war an jedem Totenbett zugegen. Bei jedem Missgeschick. Jeder Plage böser Geister. Jedem Todesfall. Und ich lachte. Und wenn das Messer nur zur Hälfte drinsteckte, stieß ich es tiefer hinein. Oder ich reiste durch die Luft und verpestete dir den Verstand. Und ich lebe immer noch. Ich begrabe dich und deinen Sohn und den Sohn deines Sohnes. Und ich lebe weiter. Ich ... ich ...« Sie hielt inne und blickte sich in der Zelle um, als sähe sie sie zum ersten Mal.

»Wo immer du gerade warst, vielleicht verschwindest du wieder dorthin«, sagte ich.

»Welch ein Tag, an ...«

»An dem dir ein Mann sagt, was du zu tun hast. Hast du nicht schon genug Geister in deinem Kopf, die das tun?«

»Aber sprechen wir von dir. Sieh dir an, was ihr erreicht habt. Die Schar der Gefährten zerschlagen, noch bevor sie im Tal zusammengekommen ist. Drei von euch ziehen in die Dunkellande, und einer muss ihnen folgen, weil du ein Mann bist und Männer nie zuhören. Ihr habt uns um einen ganzen Mond zurückgeworfen.«

»Also hast du uns verkauft.«

»Also habe ich euch aus dem Weg geschafft.«

»Und doch: Sieh dich an, und sieh mich an. Der eine von uns hat eine Nase, und die andere braucht sie noch immer«, sagte ich.

»Der eine von uns liegt in Ketten und die andere nicht.«

»Du hast nie gelernt, wie man um einen Gefallen bittet.«

»Die Königin wird den Präfekten, den Ogo und dich besser als Konkubinen behandeln.«

»Wird sie uns einen Palast geben, den sie nie besucht?«

»Mein ganzes Leben haben mir Männer gesagt, dies wäre das Leben aller Leben. Und hier kommt die Königin von Dolingo und sagt: Euer ganzes Leben müsst ihr nichts anderes mehr tun. Wenn man den Männern glaubt, müsste das das größte aller Geschenke sein.«

»Viel größer wäre es, wenn der Mann es wählen könnte.«

»Jetzt bist du also in allen Dingen wie eine Frau. Wie fühlt sich das an?«

»Lass die Griots ein Lied von deinem Sieg über den Mann singen.«

»Den Mann? Du bist nur eine Nase.«

»Eine Nase, für die du dennoch Verwendung hast.«

»Ja, eine Nase, die sich noch als nützlich erweisen mag. Der Rest von dir ist bloß im Weg. Und wenn ich den Jungen habe, wirst du dabei helfen, die natürliche Ordnung im Norden wiederherzustellen. Davon kannst du zehren, während du den Rest deiner Tage hier verbringst.«

»Hier, wo alles unnatürlich ist. Ein Teufelsfick für den Norden.«

»Schau mich gut an, Junge. Denn du hast mich noch nie gesehen. Warst du nicht in Kongor? Hast nicht gesehen, wie sich die Schwarzen Schwingen gesammelt haben? Was glaubst du, was im

Herzen dieses Königs ist? Der König im Süden ist zu sehr damit beschäftigt, seinen Thron mit seinem Scheißloch zu verwechseln, um
einen Krieg zu beginnen, warum also sammeln sie sich? Und es sind
nicht bloß die Söldner in Kongor. Die Fußtruppen an der Grenze
zwischen Malakal und Wakadischu wurden vor einem Mond zurückbeordert, die Reiter von Fasisi alle ins Lager einberufen. Der
König des Südens ist auf eine gewisse Weise verrückt. Der König des
Nordens auf eine andere, weit schlimmere Weise. Zuerst wird er das
Abkommen brechen und Wakadischu angreifen. Denk an meine
Worte. Und das wird ihm nicht genügen, denn diese vergiftete Blutlinie hat nie genug. Als Nächstes wird er in jedem Ort einfallen, den
er auf der Karte findet. Auch in Dolingo.«

»Von mir aus kann er Dolingo niederbrennen.«

Sie trat näher, war aber immer noch außerhalb der Reichweite der
Ketten, als ich mich erhob.

»Ha. Glaubst du, er wird bei Dolingo und all den freien Staaten
haltmachen? Was glaubst du, was er mit den Ku und den Gangatom
und Luala Luala machen wird? Ein größeres Königreich wird mehr
Sklaven benötigen. Was glaubst du, woher er sie bekommen wird?
Es wird ihn nicht kümmern, ob sie Beine wie eine Giraffe haben
oder gar keine.«

»Verfluchte Scheißhexe.«

»Eine verfluchte Scheißhexe, die weiß, dass die Zukunft deiner
Kinder davon abhängt, dass Fasisi wieder zum wahren Norden wird.
Er holt sich schon Männer und alle gesunden Jungen aus Luala Luala. Die Welt dreht sich schon zu lange schief, und alles ist aus dem
Gleichgewicht geraten. Und diese verschrumpelte alte Hündin, die
vor dir steht? Sie wird sich alles und jeden holen, erst recht irgendeinen Jungen, der weniger ist als ein Scheißefleck an der Wand eines
Verurteilten, wenn das die wahre Linie der Schwester wieder auf
den Thron bringt. Den wahren Norden. Die Zukunft des Nordens
liegt im Auge des Jungen. Und vielleicht werden dann die Götter

zurückkehren. Die Zukunft ist größer als ich, sie ist größer als du, sie ist sogar größer als Fasisi. Ich erwarte nicht, dass du das verstehst, du schläfst noch, und Männer wie du erwachen nie aus diesem Schlaf.«

»Dann kannst du im Traum um meine Hilfe bitten, Hündin.«

»Die Königin mag ihren Besamer unversehrt, das ist wahr. Aber sie hat ihn schon gewählt, und du bist es nicht. Der hübsche Präfekt hat sie gut gefickt, ich habe es mit angesehen. So gut, dass sie nicht einmal gemerkt hat, dass er Männer mag. Er wird gut leben, bis sein Samen versiegt oder schlecht geworden ist oder er alt ist oder sie sich mit ihm langweilt und ihn in die Feuerkammer schickt, um anderen Gebrauch von ihm zu machen. Aber du? Es kümmert die hier nicht, welchen Teil von dir sie zerquetschen, brechen oder abschneiden, solange es nicht dieser eine ist. Hör mir zu, du Narr. Du nimmst keinen Anteil an dieser Sache, das ist dir bewusst. Du verlierst nichts, und alles, was du je gewinnen konntest, war ein wenig Geld. Weniger Geld, als ich den Bettlern auf der Straße gebe. Und jetzt hast du viel zu verlieren. Du hast diese Leute gesehen, sie verbringen ihr ganzes Leben damit, Sklaven im Zaum zu halten. Glaubst du, sie wissen nicht, was sie mit dir zu tun haben?«

»Eine Sache noch, Mondhexe? Nennt man dich so?«

»Die Leute geben einer Frau immer Namen, obwohl sie schon einen hat.«

»Du sprichst wie eine Frau, als würdest du für alle Frauen sprechen. Als wärst du von irgendeiner Schwesternschaft. Aber wie viele deiner Schwestern hast du verraten?«

»Fasisis Zukunft ist bedeutender als alle deine Worte.«

»Eines will ich noch sagen.«

»Was willst du noch sagen?«

»Wenn ich schließlich von Hand der Dolingoner sterbe, wie viele Runen wirst du dann Nacht für Nacht schreiben müssen, damit ich dich nicht holen komme?«

Sie wich vor mir zurück, zog sich ins Dunkel zurück, ehe ich ihr Gesicht sehen konnte. Doch die Arme hingen schlaff an ihren Seiten hinunter.

»Du bist in der Melelek. Tu, was sie dir sagen, und du wirst lange leben.«

»Du kennst mich gut genug, um zu wissen, dass ich niemals tun werde, was sie mir sagen. Wenn ich erst einmal zehn Wachen getötet habe, werden sie mich töten müssen. Und dann werden wir beide in deinem Kopf auf ewig einen Tanz aufführen.«

Sie war es leid, mich anzusehen, und ging zum Tor hinüber.

»Fasisis Zukunft ist bedeutender als alle deine Worte.«

»Das hast du nun schon zweimal gesagt. Wahrlich, Sogolon, du solltest deine verschrumpelte Hau…«

Sogolon trat aus dem Dunkel hervor, kam jedoch nicht nah genug an mich heran, als dass ich sie hätte packen können. Sie blickte sich um, dann sah sie mich wieder an und sagte lächelnd: »Der Junge. Er ist hier.«

»Wenn man einen Wunsch ausspricht, geht er davon nicht in Erfüllung.«

»Aber er ist in deiner Nase. Du hast den Kopf so heftig nach rechts gedreht, dass du dir beinahe den Hals gebrochen hättest. Er ist also im Osten. Sag mir, wo er ist, sag es mir jetzt, und du wirst von der Qual verschont bleiben.«

»Die Qual ist mir eine Schwester.«

»Sag mir, wo er ist, und du bekommst dein eigenes Zimmer und so viel Essen, wie du willst. Dolingo ist kein Ort für dich und Männer wie dich, aber vielleicht treiben sie sogar einen Jungen für dich auf. Oder einen Eunuchen.«

»Ich werde dich töten. Du glaubst, ich müsste es bei den Göttern schwören? Fick die Götter. Fick die Hexen, und fick die Hexer. Ich schwöre es mir selbst. Ich werde dich finden und töten, in diesem Leben oder im nächsten.«

»Dann sterbe ich. Aber ich habe dreihundert, zehn und fünf Jahre gelebt, und nicht einmal der Tod hat mich getötet. Ich hoffe, du verstehst es, bevor du stirbst. Der wahre Norden steht über allem anderen. Allem anderen«, sagte sie.

Sie hob die Hand, und Wind rüttelte an der Tür auf der gegenüberliegenden Seite. Die beiden Wächter kamen hereingerannt und stellten sich ans Gitter. Das Mädchen Venin folgte ihnen. Sogolon blickte mir unverwandt in die Augen.

»Obwohl er seine Schwester schon nach Mantha verbannt und ihr gesagt hatte, sie würde dort den Rest ihres Lebens verbringen, hat euer König jeden zweiten Mond einen Meuchelmörder dorthin geschickt, um sie zu töten. In den Mund des letzten haben wir Bunshi schlüpfen lassen und ihn von innen gekocht. Vier habe ich selbst getötet. Einer hätte mir beinahe die Kehle durchgeschnitten, und einer hat den Fehler gemacht zu glauben, er könne mich vorher schänden. Ich habe ihn mit einem Dolch gefickt und ihm eine Koo bis zur Gurgel hinauf geschnitten. Und wenn der König keine Meuchler geschickt hat, hat er Gift geschickt. Früchte, die die Kühe töteten, die wir damit fütterten. Reis, der einer Ziege die Zunge aus dem Hals brannte. Wein, der ein Dienstmädchen tötete, das nur schauen wollte, ob er zu warm war.«

Sie deutete auf die Wächter und sagte: »Du bist in der Melelek. Sag den Aufenthaltsort des Jungen vor Sonnenaufgang, oder dein Leib wird einem anderen Nutzen zugeführt.«

Sie ging, doch das Mädchen blieb. Ich wollte fragen, ob es deswegen gekommen war. Doch es sah mich nicht verächtlich an – denn ich habe viele verächtliche Gesichter gesehen –, sondern voller Neugier. Ich starrte es an, und es starrte mich an, und ich hatte nicht vor, den Blick abzuwenden, selbst als die Wächter das Tor öffneten.

»Sie wollen, dass du sauber bist«, sagte einer der beiden.

»Und was …«

Ich sah den Eimer erst, als das Wasser geradewegs auf mein Gesicht zuschoss. Die Wächter lachten beide, doch das Mädchen blieb ungerührt.

»Jetzt ist er sauber«, sagte einer von ihnen.

Venin wandte sich zum Gehen.

»Du gehst? Das gibt ein großes Spektakel, nicht wahr, Männer? Sie geht, Männer, sie geht. Sie lässt uns allein. Was sollen wir tun?«

Einer der Wächter kam auf mich zu und stellte sich dann hinter mich. Ich machte mir nicht die Mühe, mich umzuwenden.

»Edle Herren, wir sind in der Melelek? Was ist die Melelek?«, fragte ich.

Der Wächter trat mir fest in die Kniekehlen, und ich ging zu Boden und heulte auf. Er stieß mir das Knie in den Rücken und drückte mich hinunter, um mich umzudrehen. Der andere Wächter lief auf mich zu, um meine Beine zu packen, doch er rannte zu schnell. Ich zog das Bein an und trat ihm geradewegs in die Eier. Er fiel in sich zusammen, und der Wächter an meinem Hals schreckte zurück; vermutlich hatte sich noch nie jemand gewehrt. Er zögerte, zuckte wieder, riss die Augen weit auf, dann schwang er seinen Stab.

Ich weiß nicht, wie viel Zeit verging, ehe ich die Augen aufschlug. Die Tür öffnete sich, und zwei Männer kamen herein, beide in schwarzen Gewändern mit Kapuzen, die ihre Gesichter verbargen. Einer trug eine Tasche, die er mit Händen so hell wie Puder hielt. Als sie das Tor erreichten, traten die Wächter zurück, bis sie die Wand berührten. Die beiden Männer kamen herein, und die Wächter verließen den Raum, darum bemüht, nicht loszurennen. Die Männer traten an mich heran und hockten sich hin.

Weiße Wissenschaftler.

Manche sagen, sie hätten ihren Namen erhalten, weil sie so lange Magie und Künste ausgeübt und Tränke gebraut und Räucherwerk verbrannt hatten, dass es ihnen die Bräune von der Haut gebrannt hatte. Ich dachte immer, der Name komme daher, dass sie elende Dinge aus dem Nichts schufen und das Nichts weiß ist. Die Leute sehen sie an und halten sie für Albinos und Albinos für sie. Aber die Haut des Albinos ist der Wunsch der Götter. Im weißen Wissenschaftler ist alles gottlos. Die beiden schlugen die Kapuzen zurück, und Locken wie ein Bündel Tierschwänze fielen heraus. Locken so weiß wie ihre Haut, die Augen schwarz, die Bärte schütter und ebenfalls gelockt. Dünne Gesichter mit hohen Wangenknochen, dicke rosige Lippen. Der rechte hatte nur ein Auge. Er packte meine Wangen und drückte meinen Mund auf. Jedes Wort, das ich zu sagen versuchte, kam wie eine Welle aus meinem Geist, die verebbte, ehe sie meinen Mund erreichte. Der Einäugige steckte mir die Finger erst in das eine, dann in das andere Nasenloch, dann sah er seinen Finger an und zeigte ihn dem anderen, der nickte. Der andere rieb mit der Hand über meine Ohren, die Finger rau wie Tierhaut. Sie sahen einander an und nickten.

»Ich habe noch ein Loch, in dem ihr nicht nachgesehen habt. Wollt ihr nachsehen?«, fragte ich.

Der Einäugige holte seinen Sack herüber.

»Die Qual, die du spüren wirst, wird nicht gering sein«, sagte er.

Ehe ich etwas sagen konnte, knebelte mir der andere den Mund mit einer Steinkugel. Ich wollte ihnen sagen, welche Narren sie seien, doch nicht die ersten Narren in Dolingo. Wie konnte ich irgendetwas gestehen, wenn mein Mund geknebelt war? Und der Geruch des Jungen stieg mir wieder in die Nase, so stark, beinahe so, als wäre er unmittelbar vor der Zelle, entfernte sich nun jedoch. Der einäugige Wissenschaftler öffnete einen Knoten an seinem Hals und legte den Kapuzenmantel ab.

Der böse Ibeji. Ich hatte von einem gehört, den man am Fuße der Hügel der Verwünschung gefunden und den die Sangoma verbrannt hatte, obgleich er schon tot gewesen war. Noch im Tode erschütterte er die Unerschütterliche, denn er war der eine Mingi, den sie töten musste, sobald sie ihn zu Gesicht bekam. Der böse Ibeji sollte nie geboren werden, ist aber nicht der ungeborene Douada, der die Welt der Geister durchstreift, durch die Luft schwänzelt wie eine Kaulquappe und zuweilen durch ein Neugeborenes in unsere Welt schlüpft. Der böse Ibeji wächst an seinem Unfrieden wie jener Teufel im eigenen Fleisch des Leibs, der aus den Brüsten der Frau hervorbricht und sie tötet, indem er ihr Blut und ihre Knochen vergiftet. Der böse Ibeji weiß, dass er nie der Liebling sein wird, also greift er im Mutterleib den anderen Zwilling an. Der böse Ibeji stirbt manchmal bei der Geburt, wenn sein Verstand nicht gewachsen ist. Ist der Verstand gewachsen, weiß er nur, was er zum Überleben tun muss. Er gräbt sich in die Haut des Zwillings hinein, saugt Nahrung und Wasser aus seinem Fleisch. Er verlässt den Mutterleib mit dem Zwilling zusammen und heftet sich so fest an dessen Haut, dass die Mutter glaubt, er gehöre zum Fleisch des Säuglings, missgestaltet, hässlich wie eine Brandwunde und nicht hübsch, und manchmal wirft sie beide aufs offene Feld, um sie dem Tode zu überlassen. Er besteht aus faltigem, aufgedunsenem Fleisch und Haut und Haaren und einem großen Auge und einem Mund, der ohne Unterlass geifert, und einer Hand mit Klauen und einer anderen, die auf dem Bauch liegt wie festgenäht, und nutzlosen Beinen, die wie Flossen rudern, einem dünnen Penis, steif wie ein Finger, und einem Loch, das Scheiße spuckt wie Lava. Er hasst den Zwilling, denn er wird nie der Zwilling sein, doch er braucht den Zwilling, denn er kann nicht essen und kein Wasser trinken, denn er hat keinen Schlund, und Zähne wachsen ihm überall, selbst über dem Auge. Er ist ein Parasit, dick und klumpig wie zusammengebundene Kuhinnereien, und wo er kriecht, hinterlässt er eine Schleimspur.

Eine Hand des bösen Ibeji spreizte sich über Hals und Brust des einäugigen Wissenschaftlers. Er löste jede Klaue einzeln, und aus jedem Loch rann etwas Blut. Die zweite Hand löste sich von der

Taille des Wissenschaftlers und hinterließ eine Schwiele. Ich wand mich, schrie in den Knebel hinein und trat gegen die Fesseln, aber nur meine Nase war zum Atmen frei. Der böse Ibeji hob den Kopf von der Schulter des Zwillings, und ein Auge sprang auf. Der Kopf war ein Klumpen auf einem Klumpen voller Warzen und Adern und großen Geschwülsten an der rechten Wange, wo ein kleines Etwas hin und her baumelte wie ein Finger. Sein an den Enden zusammen-gequetschter Mund klaffte auf, und sein Leib zuckte und bog sich wie geknetetes Mehl, das mit der flachen Hand geschlagen wird. Aus dem Mund drang ein Gurgeln wie von einem Säugling. Der böse Ibeji löste sich von der Schulter des Wissenschaftlers und glitt auf meinen Bauch und zu meiner Brust herauf; er stank nach dem Ach-selschweiß und der Scheiße kranker Menschen. Der andere Wissen-schaftler packte meinen Kopf mit beiden Händen und hielt ihn fest. Ich wehrte und wehrte mich, schüttelte mich, versuchte den Kopf zu drehen, versuchte zu treten, versuchte zu schreien, doch außer blin-zeln und atmen konnte ich nichts tun. Der böse Ibeji kroch an mei-ner Brust herauf; sein Leib schwoll zu einer Kugel an und stieß den Atem heraus wie ein Kugelfisch. Er streckte zwei lange, knochige Finger aus, die über meine Lippen wanderten und an meinen Nasen-löchern haltmachten. Das Auge des bösen Ibeji blinzelte kummer-voll, dann schob er mir zwei Finger in die Nase, und ich schrie und schrie wieder, und Tränen quollen aus meinen Augen. Die Finger, die Klauen kratzten über das Fleisch, schoben sich das Loch hinauf, schoben sich durch Knochen hindurch, durchschnitten weiteres Fleisch, bewegten sich über die Nase hinaus und begannen zwischen meinen Augen zu brennen. Seine Finger ließen meine Augen hinter sich, schoben sich durch die Stirn, meine Schläfen pochten und pul-sierten, und mein Verstand wurde schwarz, kehrte zurück und wur-de wieder schwarz. Meine Stirn brannte. Ich hörte seine Klauen schneiden, hörte sie in mir umherhuschen wie Mäuse. Das Feuer breitete sich von meinem Kopf über meinen Rücken aus, an den

Beinen hinunter in die Fußspitzen, und ich bebte wie ein Mann, dessen Kopf von Teufeln besessen ist. Und Finsternis kam über meine Augen und in meinen Kopf und dann ein Flackern.

Und Sogolon kam durch die Tür und ging zur Zelle, und die Wächter öffneten das Tor, und sie kam herein und beugte sich zu mir herunter, um mich anzusehen, und richtete sich wieder auf und ging rückwärts von mir weg und nickte und ging rückwärts aus der Zelle und die Stufen hinauf, und die Wächter gingen rückwärts zum Tor der Zelle und verschlossen es, und Sogolon verschwand rückwärts durch die Tür, die sich hinter ihr schloss. Und sie trat hinaus und wieder herein, und Venin stand vor der Zelle und sah mich an, und sie entfernte sich rückwärts, und ich schrie, und der gefesselte Junge sprang aus seinem Fall zurück auf den Balkon und setzte sich auf den Schemel und wandte den Blick vom Balkon ab, und wir fesselten ihn wieder und stießen ihn wieder auf das getrocknete Gras, und die Wand verheilte wieder, sog jedes einzelne herausgebrochene Stück wieder in sich hinein, und Mossi und ich rollten über den Boden und lösten uns voneinander, und ich holte mit dem freien Arm aus, und er fing ihn auf, und er löste seine Beine von meinen und hörte auf, mich mit einem Arm zu würgen, dann wälzte er sich auf mich, würgte mich mit einem Arm und umklammerte meine Beine mit seinen, und er schrie und nahm die Faust vom Holz, während ich mich aus seinem Arm wand und mich aufrichtete, dann flog meine Faust von ihm zurück, und ich ging wieder zu Boden, und er zog die hingehaltene Hand zurück, aber ich zog ihn herunter, schlug ihm in die Magengrube, und im Haus fickt mein Großvater meine Mutter auf dem blauen Laken, das sie gekauft hat, um Trauerkleider daraus zu machen, und der Höhepunkt fliegt in seinen Mund zurück, und er stößt nach oben, nicht nach unten, und er zieht sich aus ihr zurück und haut gegen seinen steifen Penis, bis er weich wird und in den weißen Busch seiner Haare hinuntersackt, und meine Mutter hört auf, das Gesicht von ihm abzuwenden, und sieht ihn an, und

Geister sind in dem Baum, der nicht uns gehört, aber der Geist ist mein Vater, und er ist zornig auf mich, und mein Großvater und alle lebendigen Wesen klingen, als saugten sie die Luft wieder ein, umgekehrter Atem, und das Leuchten springt von außen wieder nach innen und rast rückwärts an mir und dem Leoparden und diesem Jungen vorbei, an dessen Namen ich mich nie erinnere, und der Leopard greift im Wald einen Jungen in Weiß an, den ich kenne, an dessen Namen ich mich aber nicht erinnere, und dann greift der Leopard mich an, und dann gehen wir durch eine Tür aus Feuer nach Kongor und durch eine weitere nach Dolingo, und der alte Mann sammelt sein Fleisch und seine Säfte und springt vom Boden auf, aber ich sehe nicht, wohin er fliegt, und in Basu Fumangurus Garten ist es Nacht, und die Leichen liegen in den Gefäßen, und die Frau ist nichts als Kleider und Knochen, und sie ist in zwei Teile geschnitten, und in einem anderen Gefäß liegt ein Junge, der ein Stück Stoff von einer Puppe umklammert, und die Puppe wird an meine Nase gehoben, und der Junge springt mir ins Gesicht, und seine Füße riechen nach Sumpfmoos und Scheiße, und sein Geruch entfernt sich und ist verschwunden und erscheint östlich der Hügel der Verwünschung wieder, und der Geruch zieht über Hügel hinweg und in Täler hinab und zum westlichen Hügel, und er ist verschwunden, und er erscheint in den Häfen von Lisch, und der Geruch des Jungen hat das Meer überquert, und ich versuche die Spur in meinem Kopf zu unterbrechen, denn ich weiß, dass der böse Ibeji danach sucht, und ich hole meine Mutter herauf, und ich hole Flussgöttinnen herauf, die durch Krankheit töten, und zwei Nomaden, die mich herausgefordert haben, sie in ihrem Zelt beide auf einmal zu nehmen, und einer setzte sich auf mich, und der andere streckte sich auf dem Boden aus, und ich fickte ihn mit dem großen Zeh, aber der böse Ibeji brennt es weg, und meine Stirn steht in Flammen, und ich schreie in den Knebel hinein und blinzle, und meine Nase ist auf dem Jungen, und der Junge durchquert die Bucht zwischen Lisch

und Omororo, und sie laufen Tage und Viertelmonde und Monde
lang durch Länder, die ich nicht kannte, und über die Hügel der
Verwünschung nach Luala Luala, und sein Geruch verschwindet
und erscheint im Süden jenseits der Karte, und der Geruch des Jungen läuft oder reitet, ich weiß es nicht, und der Geruch verschwindet
und erscheint laufend, rennend oder reitend in Nigiki, und er hält in
der Stadt an, und ich rieche, wie er geradeaus geht und dann um eine
Biegung, dann um etwas herum, dann in eine Ecke, wo er lange
bleibt, vielleicht bis zum Einbruch der Nacht, und am Morgen zieht
sein Geruch weiter, geht nach Süden in Höhlen oder irgendwohin,
und dann ist es Nacht, und sein Geruch geht tief in die Stadt hinein
und hält im Westen an und bleibt dort bis in die Nacht und zieht am
Morgen wieder weiter, und es sind mehrere Tage vergangen, und
dann zieht der Geruch des Jungen weit und immer weiter nach Westen, er verlässt Wakadischu, er bricht von Wakadischu nach Dolingo
auf, und ich will an Vater, nein, an Großvater denken und an den
Leoparden und an die Farben Gold und Schwarz und an Flüsse und
Meere und Seen und noch mehr Flüsse und an das blaue Mädchen
und an den Giraffenjungen, bleibt bei mir, bleibt in meinem Kopf,
wachst, ihr müsst wachsen, ihr müsst doch gewachsen sein, seid ihr
das, die dort am Fluss entlanglaufen, sagt etwas sagt dass ihr mich
hasst weil ich nie zurückgekommen bin aber ihr erinnert euch nicht
an mich also hasst ihr mich auch nicht ihr hasst die Luft ihr hasst die
Erinnerung die ihr nicht einordnen könnt so wie ein Geruch den ihr
nicht einordnen könnt aber ihr kennt ihn weil er euch an einen Ort
bringt an dem ihr jemand anderes wart geht nicht Kinder aber
der böse Ibeji brennt es aus meinem Kopf heraus mein Kopf kocht
und die Erinnerung ist für immer verschwunden ich spüre es ich
weiß es er will dem Jungen folgen aber ich werde dem Jungen nicht
folgen aber seine Klauen schieben sich weiter hinauf und ich spüre
den Schnitt nicht aber ich höre ihn und meine Zehen brennen, sie
faulen, sie werden abfallen, er will den Jungen finden, er ist mit mir

unterwegs ich kann nur riechen aber er kann sehen und jetzt kann auch ich sehen, eine Straße voller Menschen in Gewändern und sie reden die Männer in Dolingo reden immer nur und wir gehen über eine Brücke denn sein Geruch wird immer stärker und der Geruch biegt nach rechts ab und jetzt sieht der böse Ibeji ihn und ich sehe ihn und es ist eine kleine Gasse wie die Gasse mit dem Basar und die Gasse mit der Schenke aber es ist eine Gasse die nur die Rückseite eines Hauses ist und der Geruch bewegt sich zu dem Wagen und ich bin in dem Wagen und er bringt mich zu dem siebten Baum, den sie Melelek nennen, und fünf Ebenen hinunter beinahe bis zum Stamm aber es ist noch nicht der Stamm und alles ist Gasse und Tunnel und niemand sieht viel von der Sonne und der Geruch des Jungen wandert diese breite Straße entlang und er biegt einmal und noch einmal ab und er geht über eine Brücke und wendet sich nach rechts und dann nach rechts und dann nach links und dann geradeaus und dann abwärts, und er bleibt irgendwo und der böse Ibeji bringt mir die Sicht und ich kann den Jungen sehen und mein Kopf brennt und eine weiße Hand berührt die Schulter des Jungen und streckt einen Finger mit einem langen Nagel aus und deutet auf etwas und der Junge geht zur Tür dieses Hauses und er klopft fest an und er weint und er sagt etwas was ich nicht hören kann und ich rieche ihn als wäre er gleich hier er schreit er hat Angst und eine alte Frau öffnet die Tür und er läuft nicht hinein er weicht zurück als hätte er auch vor ihr Angst und sie will sich herunterbeugen aber er berührt sie, und mit einem Mal schaut er sich um, als folgte ihm jemand, und läuft an ihr vorbei, und sie zieht die Pagne über ihren Schultern fester um sich, sieht sich um und schließt dann die Tür, und mein Geist ist fort. Und als ich die Augen öffne, ist es, als wären sie noch immer geschlossen. Sie schließen sich gegen meinen Willen und öffnen sich wieder. Der böse Ibeji kriecht von mir herunter wie eine Krabbe und klettert zur Schulter des Einäugigen hinauf. Die weißen Wissenschaftler beugen sich beide über mich und sehen mich an; der

Einäugige zieht die Stirn kraus, der andere hebt die Brauen. Dann sind sie am Gitter der Zelle. Dann sind sie wieder über meinen Kopf gebeugt. Dann gehen sie aus der Tür. Sie werden es Sogolon sagen. Sie wird den Jungen suchen und finden. Ich kann ihn und das Haus, in das er gelaufen ist, noch immer sehen, bin noch immer von dem bösen Ibeji verseucht. Meine Lippen wurden nass von dem Blut, das von meiner Nase heruntertropfte. Die Königin wird sie verraten. Mein Kopf war zu schwer, um diesen Gedanken weiterzuverfolgen, und innen brannte mein Kopf noch immer, und ich dachte, es sei kein Blut, das aus meiner Nase lief, sondern das zu Saft geschmolzene Innere meines Kopfes. Meine Ellbogen gaben nach, und ich sackte zurück, doch als mein Kopf auf dem Boden aufschlug, fühlte es sich an, als landete ich im Wasser, und ich versank.

Und ich sank, und ich sank, und das Feuer in meinem Kopf kühlte ab, und Leute gingen darin ein und aus und flüsterten und schrien, als wären sie allesamt Ahnen, gekommen, um sich auf den Ästen des großen Baums im Vorgarten zu versammeln. Doch in meinem Kopf kehrte keine Ruhe ein. Etwas dröhnte und dröhnte wieder, und eine Erinnerung oder ein Tagtraum schrie und brüllte dann und schlug gegen meinen Schädel. Von dem Schlag erwachte ich und sah, dass ich gar nicht schlief. Etwas schlug gegen die Tür und fiel zu Boden. Und dann wurde das Dröhnen zum Knall und hinterließ einen Knöchelabdruck in der Tür, als hätte jemand in Teig hineingeschlagen. Ein weiterer Hieb, und die Tür flog auf und prallte gegen das Zellengitter. Ich fuhr auf und fiel wieder hin. Sadogo kam hereingestapft; er trug seine Handschuhe und hielt einen der Wächter am Hals gepackt. Er schleuderte ihn beiseite. Hinter ihm kamen Venin und Mossi herein, der glänzende Dinge bei sich trug, die meinen Kopf schmerzen ließen. Alles, was sie sagten, flog in meinem Kopf herum und verschwand, ehe ich es verstehen konnte. Der Ogo packte das

Schloss meiner Zelle und riss es ab. Venin kam mit einer Keule herein, die ihr beinahe bis zur Körpermitte reichte, und in meinem Wahn hob sie sie hoch, als wäre sie ein Zweig, schwang sie gegen die Zelle nebenan und schlug das Schloss ab. Die Zelle war so dunkel, dass ich nicht gewusst hatte, dass sie dort noch andere gefangen hielten, doch warum hätten sie es nicht tun sollen? Gedanken über Gedanken ließen meinen Kopf pochen, und ich ließ ihn nach hinten in die Hände sinken, die mich hielten. Mossi. Ich glaube, er sagte: Kannst du gehen? Ich schüttelte den Kopf und konnte nicht aufhören, ihn zu schütteln, bis er nach meiner Stirn griff und sie festhielt.

»Die Sklaven lehnen sich auf«, sagte er. »In MLuma, wo wir waren, in Mupongoro und anderswo.«

»Wie lange war ich hier? Ich kann mich nicht …«

»Drei Nächte«, sagte er.

Zwei Wächter kamen mit Schwertern hereingestürmt. Einer holte weit aus und schlug nach Venin, die auswich, mit ihrer Keule herumwirbelte und ihm das Gesicht abriss. Ich vergaß mein Entsetzen, als Sadogo mich aufhob und über seine linke Schulter legte. Alles bewegte sich so langsam. Drei weitere Wächter kamen hereingerannt, vielleicht auch vier oder fünf, aber diesmal stießen sie auf die Gefangenen, Männer und Frauen, die nicht aus Dolingo waren, keine blaue Haut hatten, keine dürren Leiber. Sie griffen sich auf dem Boden verstreute Waffen, Waffenteile und von Sadogo herausgebrochene Gitterstäbe. Mein Kopf prallte von Sadogos Rücken ab, wodurch sich alles noch stärker drehte. Dann wirbelte der Ogo herum, und ich sah die Gefangenen die Wächter überrennen wie eine Welle, die Sand überspült. Sie riefen und schlossen sich zusammen und stürmten an uns in der Zelle vorbei, quetschten sich alle durch die kleine Tür wie Sand durch die Uhr.

»Der Junge, ich weiß, wo er ist. Ich weiß, wo …«, sagte ich.

Ich wusste nicht, wohin wir gingen, ehe wir hindurchkamen. Dann berührte die Sonne meinen Rücken, und wir blieben stehen. Ich flog durch die Luft, ich lag auf Gras, und die Schnauze des Büffels war an meiner Stirn. Mossi kniete sich neben mich.

»Der Junge. Ich weiß, wo er ist.«

»Wir müssen den Jungen vergessen, Sucher. Dolingo blutet. Im dritten und vierten Baum haben die Sklaven ihre Seile durchgeschnitten und die Wachen angegriffen. Von dort wird es nur noch weiter um sich greifen.«

»Der Junge ist im fünften Baum«, sagte ich.

»Mwaliganza«, sagte Sadogo.

»Der Junge bedeutet uns nichts«, sagte Mossi.

»Der Junge bedeutet alles.«

Lärm durchfuhr mich. Dröhnen und Schläge und Knacken und Rufe und Schreie.

»Das sagst du nach allem, was Sogolon dir angetan hat. Was sie uns angetan hat.«

»Trägt der Junge daran Schuld, Mossi?«

Er wandte den Kopf ab.

»Mossi, für das, was sie getan hat, würde ich sie töten, aber dies hier ändert nichts daran, warum sie es getan hat.«

»Dieser verfluchte Unsinn über göttliche Kinder. Wer aufsteigen soll, wer herrschen soll. Ich komme aus einem Land, das vor Weissagungen über kindliche Erlöser strotzt, und es ist nie etwas anderes daraus erwachsen als Krieg. Wir sind keine Ritter. Wir sind keine Herzöge. Wir jagen und töten, und wir kämpfen für Geld. Warum sollte uns das Schicksal von Königen scheren? Sollen sie sich selbst darum scheren.«

»Wenn Könige stürzen, landen sie auf uns.«

Mossi fasste mich am Kinn. Ich schlug seine Hand beiseite.

»Wer lebt jetzt dort in deinem Kopf? Bist du wie sie?«, sagte er und deutete auf Venin.

»Wie er.«

»Wie du willst. Der Sucher hilft der Hexe …«

»Wir helfen ihr nicht. Ich sage es dir: Wenn ich sehe, dass sich einer daranmacht, sie zu töten, werde ich zuschauen. Dann werde ich ihn töten. Und ich ... ich ... und selbst wenn ich mich nicht um rechtmäßige Könige und Königinnen scheren sollte oder darum, was im Norden übel und was gerecht ist – ich werde einer Mutter ihren Sohn wiederbringen«, sagte ich.

Die Sonne verspottete mich. Rauch stieg von einem Turm am zweiten Baum auf, und Trommeln erklangen zur Warnung. Keiner der Wagen bewegte sich, denn die Sklaven hatten aufgehört, sie zu bewegen. Manche hingen auf halbem Wege in der Luft, und die Menschen riefen und schrien darin. Jedes Geräusch erschreckte Sadogo; er sprang nach links, nach rechts und wieder nach links und ballte die Fäuste so fest, dass die Knöchel knackten. Ein Krachen scheuchte den Büffel auf, der schnaubte, um uns mitzuteilen, dass wir gehen mussten. Als ich mich aufsetzte und Mossis helfende Hand beiseiteschob, kam Venin auf mich zu, die Keule noch immer wie ein Spielzeug in der Hand.

»Ich gehe. Ich habe mit Sogolon noch eine Rechnung offen.«

»Venin?«, sagte Mossi.

»Wer ist das?«, sagte Venin.

»Was? Du bist das. Du nennst dich Venin, seit ich dich getroffen habe. Wer sonst sollte es sein, wenn nicht du?«

»Sie ist es nicht«, sagte ich.

Der Er in ihr sah mich an.

»Das denkst du schon seit Langem«, sagten sie.

»Ja, aber ich war mir nicht sicher. Du bist einer der Geister, die Sogolon mit ihren Runen bannen will, aber du hast dich von ihr losgerissen.«

»Mein Name ist Jakwu, weißer Wächter des Königs Batuta, der in Omororo thront.«

»Batuta? Er starb vor mehr als hundert Jahren. Du bist ... sei's drum. Überlass das alte Weib den Blutsaugern. In Gesellschaft gleicht sie ihnen«, sagte Mossi.

»Wollen alle Geister, was du willst?«, fragte ich.

»An der Mondhexe Vergeltung üben? Ja. Manchen reicht das nicht. Nicht alle von uns sind durch ihre Hand gestorben, doch sie war für jeden Tod verantwortlich. Sie vertrieb mich aus meinem Leib, um einen zornigen Geist zu beschwichtigen, und nun glaubt sie, mich beschwichtigt zu haben.«

Seine Stimme war noch immer Venins, doch das hatte ich schon bei anderen Besessenen erlebt. Die Stimme bleibt dieselbe, doch der Tonfall, die Tonlage, die Wortwahl unterscheiden sich so sehr, dass es wie eine andere Stimme klingt. Venins Stimme wurde heiser. Sie drang wie ein Grollen heraus, wie die Stimme eines Mannes, der reich an Jahren ist.

»Wo ist Venin?«

»Venin. Sie ist das Mädchen. Sie ist fort. Sie wird nie mehr in diesen Leib zurückkehren. Betrachtet sie als tot. Sie ist es nicht, doch es soll genügen. Sie tut nun, was ich tat, irrt in der Unterwelt umher, bis sie sich darauf besinnt, wie sie dorthin gekommen ist. Und dann wird sie nach Sogolon suchen wie wir alle.«

»Sie konnte kaum ein Pferd reiten, und jetzt schwingt er eine Keule. Und du? Du kannst kaum stehen«, sagte Mossi.

Hinter der Biegung am Ende der Straße ertönten Stimmen. Edelmänner und Edelfrauen von Dolingo gingen mit raschen Schritten und glaubten, das genüge. Sie wandten sich um, gingen rascher, die Männer und Frauen an der Spitze sahen die Menschen hinter ihnen noch nicht, dann rannten sie, und die rennende Menge, vielleicht zwanzig, vielleicht mehr, schob manche zur Seite, stieß manche um, überrannte manche, während sie in unsere Richtung stürmte. Dahinter kam das Grollen. Mossi, Sadogo und Venin scharten sich um mich, und wir zückten die Waffen. Die schreienden Edelleute strömten um uns herum wie zwei Flüsse. Hinter ihnen Sklaven mit Knüppeln, Stäben und Keulen und Schwertern und Speeren, die rannten und wankten wie Zombies, aber aufholten. Achtzig oder mehr, die

die Edlen jagten. Eine Speerspitze stieß in den Rücken einer Edelfrau und drang aus ihrem Bauch heraus, und sie fiel zu Boden. Die Aufständischen hielten sich von uns fern, während sie um uns herumliefen, bis auf einen, der uns zu nah kam und von Sadogos Stiefel entzweigetreten wurde, einen, der in Mossis Schwert hineinlief, und zwei, deren Köpfe auf Venins schwingende Keule trafen. Die übrigen rannten an uns vorbei und fielen bald über die Edlen her. Fleisch flog durch die Luft. Wir liefen hinter Sadogo den Weg entlang, den sie gekommen waren, und ein einziger Schlachtruf von Sadogo hielt die Nachzügler auf Abstand.

Die Wagen hatten alle angehalten, in vielen waren noch Menschen gefangen, doch die Plattformen brachten uns hinunter zu den Sklaven, die noch nicht mit der Freiheit angesteckt waren. Als wir am Boden von der Plattform stiegen, ich noch immer schwankend und stolpernd und von Mossi gestützt, ging Mungunga in Flammen auf. Feuer nagte an den Seilen, sprang auf einen Wagen über und hüllte ihn in Flammen. Die Menschen, von denen manche ebenfalls schon in Flammen standen, stürzten heraus. Am Fuß von Mungunga brach eine Tür so hoch wie drei Männer und zehn Schritte breit aus den Angeln und fiel um. Staub schoss in die Luft. Nackte Sklaven, einige mit Stöcken, Stäben und Metall in den Händen, stürmten heraus, verlangsamten ihre Schritte, wankten und hinkten weiter, blinzelten und schützten die Gesichter mit den Armen vor der Sonne. Durchtrennte Seile hingen um ihre Hälse und Glieder, und sie trugen, was sie tragen konnten. Ich konnte die Männer nicht von den Frauen unterscheiden. Die Wächter und die Edelmänner, die nicht an Widerstand gewöhnt waren, hatten vergessen, wie man kämpft. Die Sklaven rannten zwischen uns hindurch und um uns herum, so viele, manche zerrten ganze Leiber ihrer Herren hinter sich her, andere trugen Hände, Füße und Köpfe.

Die Sklaven rannten noch immer, als elegante Leiber von oben herabstürzten. Von den Terrassen über uns fielen Seile herunter, und

Sklaven stießen ihre Herren in die Tiefe. Edle Leiber landeten auf Sklavenleibern. Beide starben. Und weitere landeten auf ihnen.

In Mwaliganza brachte uns die Plattform in den achten Stock. Rundherum schien alles ruhig zu sein, als hätte sich hier noch nichts getan. Ich ritt auf dem Büffel, obgleich ich auf ihm lag und mich an seinen Hörnern festhielt, um nicht hinunterzufallen.

»Das ist die richtige Ebene«, sagte ich.

»Warum bist du dir so sicher?«, fragte Mossi.

»Hierher hat uns meine Nase geführt.«

Ich sagte nicht, dass es meine Augen gewesen waren und dass ich, als der böse Ibeji seine Klauen meine Nase hinaufgeschoben hatte, die Wohnung der alten Frau gesehen hatte, die verwitterten grauen Wände, unter denen das ursprüngliche Orange zum Vorschein kam, und die kleinen Fenster unter dem Dachfirst. Sie folgten dem Büffel und mir, während Edle und Sklaven beiseitesprangen. Wir wandten uns nach links und liefen über eine Brücke, die in eine Staubstraße mündete. Der Junge war in meiner Nase. Aber da war auch ein Geruch lebender Toter, den ich gut genug kannte, um vor Schreck und so tiefer Abscheu zusammenzufahren. Ich glaubte, mich übergeben zu müssen. Doch ich konnte ihn nicht benennen. Manchmal öffnete der Geruch nicht das Gedächtnis, sondern gemahnte nur daran, dass ich mich erinnern sollte.

Eine kleine Schar Sklaven und Gefangene rannte vorbei, die Leiber von Edelleuten, nackt und schwarz und tot, hinter sich herziehend. Sie blieben an einer Tür stehen, die ich noch nie gesehen hatte und doch schon kannte. Die Tür der alten Frau stand offen, hing lose in den Angeln. In der Türöffnung lagen zwei tote dolingonische Wachen, die Hälse so verdreht, wie Hälse sich nicht von selbst verdrehen. Gleich hinter der Türöffnung waren Stufen, die an einem Stockwerk vorbei zum nächsten hinaufführten, und von dort oben drangen

Schreie herab, Dinge prallten aufeinander, Metall auf Metall, Metall auf Mörtel, Metall auf Haut. Ich schaffte es bis zur Tür, dann fiel ich in Mossis Hände zurück. Er fragte nicht, und ich leistete keine Gegenwehr, als er mich zu einem Seitenfenster hinübertrug und mich auf den Boden setzte.

Dann rannten er, Sadogo und Venin-Jakwu an mir vorbei und die Treppe hinauf, während zwei weitere Männer auf dem Boden landeten, tot, noch ehe ihre Knochen brachen. Männer riefen Befehle, und ich blickte auf und sah, wie weitläufig die Ebene war. Die Fackel über mir flackerte. Donner grollte in dem Raum, und alles erzitterte. Ein weiteres Grollen, als wäre ein Sturm nur einen Atemzug entfernt. Die Decke barst, und Staub rieselte herab. Ich lag auf dem Küchenboden. Bereits gekochtes Essen lag auf dem Boden, Fett gerann in einem Topf und Palmöl in Krügen an der Wand. Ich zog mich hoch und griff nach der Fackel. Der gesamte Boden war mit toten Wachen übersät, viele von ihnen leere Hüllen, ausgesaugt und rau wie ein Baumstamm. Ein Balkon ragte über den Boden, und tote Männer hingen daran herab. Blut tropfte herunter. Ein Junge flog reglos, die Hände an die Seiten gelegt, über den Balkon und ritt in der Luft. Er hing da, die Augen geöffnet, aber blind, von Fliegen umschwärmt, Gewimmel überall auf ihm. Ich hob die Fackel und sah, wie sich überall auf seinem Gesicht, seinen Händen, seinem Bauch, seinen Beinen, auf seiner gesamten Haut Löcher so groß wie Samenkörner auftaten. Die Haut des Jungen sah aus wie ein Wespennest, und rotes, blutbedecktes Ungeziefer grub sich hinein und kroch heraus. Fliegen kamen aus Mund und Ohren geflogen, und dicke Larven platzten allerorts aus seiner Haut hervor und fielen zu Boden, entfalteten ihre Flügel und flogen wieder zu dem Jungen zurück. Bald war es ein Fliegenschwarm in der Form eines Jungen. Der Schwarm ballte sich zusammen, und der Junge fiel und klatschte wie Teig auf den Boden. Der kreisende Schwarm zog sich immer enger zusammen und sank dabei immer tiefer, bis er sechs Schritte von mir entfernt ein Stück über dem Boden schwebte. Das Ungeziefer und die Larven und die Eier pressten und quetschten sich ineinander, formten eine Gestalt mit zwei Gliedmaßen, dann drei, dann vier mit einem Kopf.

Der Adze, Augen, die wie Feuer strahlten, schwarze Haut, die in dem dunklen Raum verschwand, ein Buckliger mit langen Händen und Fingern, deren Klauen über den Boden schabten. Er stampfte mit den Hufen auf und kam auf mich zu, und ich wich zurück und schwang die Fackel nach ihm, was ihm ein pfeifendes Lachen entlockte. Er griff weiter an, und ich trat zurück und stieß einen Ölkrug um. Das Öl begann sich auf dem Boden auszubreiten, und er schrie und schreckte zurück, zerstob zu Ungeziefer und flog wieder nach oben. Ich hörte den Ogo schreien, und dann krachte etwas, und Holz splitterte. Ein Schwert schwingend, sprang Mossi zu dem Balkon hinauf, wirbelte herum und schlug einer vom Blitz befallenen Wache den Kopf ab. Er kehrte mit einem Satz auf den Boden zurück und stürzte sich wieder in den Kampf.

Die Fackel noch in der Hand, griff ich mir einen weiteren Krug mit Palmöl und machte mich auf den Weg nach oben. Nach fünf Stufen hämmerte es in meinem Kopf, der Boden begann sich zu neigen, und ich lehnte mich an die Wand. Ich kam an einem Mann mit einem Loch in der Brust vorbei, das bis zum Rücken hindurchreichte. Am oberen Ende der Treppe stellte ich den Krug ab, schüttelte den Kopf, um ihn freizubekommen, und blickte geradewegs in gelbe Augen und ein langes, dünnes Gesicht mit roter Haut und weißen Streifen, die sich die Stirn hinaufzogen. Spitze Ohren, grasgrünes Haar auf Armen und Schultern, weiße Strähnen bis auf die Brust hinunter. Er überragte mich um eine halbe Manneslänge und lächelte auf mich herab, die Zähne spitz und scharf wie die eines großen Fisches. In der rechten Hand hielt er einen zu einem Dolch zurechtgefeilten Beinknochen. Er gackerte mehrfach irgendetwas, dann machte er einen Satz auf mich zu, doch zwei Lichtblitze ließen

seinen Bauch zu schwarzem Blut zerplatzen. Mossi kam herunter-
gesprungen, die beiden Arme mit den Schwertern weit ausgebreitet.
Er schwang die Hände vor der Brust, das linke Schwert glitt durch
den Rücken des Teufels, das rechte auf halber Höhe durch den Hals.
Der Teufel fiel und rollte die Stufen hinunter.

»Eloko, Eloko, hat er immer wieder gesagt. Ich glaube, er ist
Eloko. Oder er war es«, sagte Mossi. »Sucher, bleib unten.«

»Sie kommen herunter.«

Er stürzte sich wieder in den Kampf. Der Raum war eine Schule.
Darum hatten sie ihn gewählt, und darum war es für den Jungen so
einfach gewesen, denjenigen zu täuschen, der die Tür öffnete. Doch
von Kindern fehlte jede Spur. Am Fenster auf der anderen Seite des
Raums lächelten Venin-Jakwu, als zwei Eloko angriffen, einer vom
Boden, der andere von der Decke. Der Eloko schwang sich von einer
hängenden Pflanze zu ihnen herunter, doch sie kamen ihm mit der
Keule entgegen und rammten sie ihm in die Brust. Er schwang ein
langes Knochenmesser durch die Luft, doch Venin-Jakwu duckten
sich darunter hindurch und stießen ihm den Griff der Keule geradewegs in die Nase. Hinter ihnen holte ein weiterer mit dem Messer aus
und zog es ihnen von hinten quer über den Schenkel. Venin-Jakwu
schrien und gingen zu Boden, landeten jedoch in der Hocke und
schlugen die Keule von tief unten in sein Gesicht. Der dritte Eloko
schlich sich von hinten an. Ich wollte sie warnen, rief aber: Jakwu!,
und sie wandten sich nach links, obgleich er von rechts kam. Er war
nur noch einen Atemzug hinter ihnen, als Venin-Jakwu die Schwung-
bewegung der Keule nach unten führten, um sie sogleich wieder her-
aufschwingen zu lassen, an ihrer rechten Seite vorbei und dem Eloko
mitten zwischen die Beine. Er schrie und fiel auf die Knie. Venin-Jakwu hieben immer wieder auf seinen Kopf ein, bis kein Kopf mehr da
war. Abermals grollte Donner, und Mörtel bröckelte von der Decke.

»Euer Bein«, sagte ich und deutete auf das hinabrinnende Blut.

»Wen willst du damit umbringen?«

Ich blickte auf die Fackel und das Öl in meiner Hand. Venin-Jakwu liefen davon. Ich folgte ihnen, stärker jetzt, mein Geist weniger sturm-umtost, doch ich war noch immer wackelig auf den Beinen. Der Adze schwang sich als Buckliger von einem Dachsparren, stieß aber als Schwarm auf Sadogo herab. Er stürzte sich auf seinen linken Arm und die linke Schulter. Sadogo fegte viele beiseite und zerquetschte viele, doch der Adze war zu zahlreich. Einige begannen sich an der Schulter und nahe dem Ellbogen in die Haut zu bohren, und Sadogo schrie auf. Ich warf den Krug, und er zersprang auf seiner Brust und be-spritzte ihn über und über mit dem Palmöl. Er sah mich wütend an.

»Reib deinen Arm ein … das Öl … reib dich damit ein.«

Die Fliegen gruben sich in seine Haut. Sadogo fing an seinem Bauch hinabrinnendes Öl auf und rieb Brust, Arme und Hals damit ein. Sogleich platzte das Ungeziefer heraus, schlüpfte aus größeren Löchern wie Wunden und fiel zu Boden. Der Rest des Schwarms stob in den Wahnsinn auf; sie prallten gegeneinander, ballten sich zu einer festen Form, die immer tiefer sank, und verwandelten sich schließlich auf dem Boden wieder in einen Adze mit nur einem Fuß und einem halben Kopf, in dem sich Ungeziefer und Larven wie Maden wanden. Es verging kein Augenblick, dann hatten Venin-Jak-wu die Überreste seines Kopfes zu einer roten, breiigen Pfütze auf dem Boden zerschlagen.

»Wo ist Sogolon? Der Junge?«

Sadogo deutete mit seinem unverletzten Arm auf einen anderen Raum. Venin-Jakwu rannten hinüber und fegten dabei mit der Keule von Blitzen durchzuckte Wächter beiseite. Sie liefen zur Tür, unmit-telbar in einen Donnerschlag hinein, der sie vom Türbogen zurück-stieß und mich aus dem Gleichgewicht brachte. Mossi, der bereits im Raum war, befreite sich aus einem Haufen umgestürzter Regale und Tontöpfe.

Er wandte mir den Rücken zu, und seine Füße schwebten in der Luft: Ipundulu. Er hatte weiße Strähnen im Haar, lange Federn am

Hinterkopf, die wie Messer hervorstachen und sich über den gesamten Rücken hinunterzogen, weiße Flügel mit schwarzen Federn an den Spitzen und so ausladend wie der ganze Raum. Der Leib war weiß und ohne Federn, dünn, aber muskulös. Schwarze Vogelfüße über dem Lehmboden. Ipundulu. Der rechte Arm erhoben, die Klauen um Sogolons Hals geschlossen. Ich wusste nicht, ob sie lebte, doch unter ihr war der Boden mit Blut besprizt. Blitze zuckten knisternd über Ipundulus Haut. Er zog ein Messer aus seiner Schulter und warf es auf Mossi, der beiseitesprang, seine Schwerter erhob und ihn hasserfüllt anstarrte. Sogolon, deren Lippen ganz weiß waren, öffnete ein Auge halb und sah mich an. Hinter mir wälzten sich Venin-Jakwu auf dem Boden und versuchten aufzustehen. Blitze sprangen von Ipundulus Haut auf Sogolons Gesicht über, und sie stöhnte zwischen den aufeinandergebissenen Zähnen hindurch. Mossi wusste nicht, wie er angreifen sollte. Vielleicht sagte es mir jemand, vielleicht kam ich selbst darauf, jedenfalls schleuderte ich die Fackel geradewegs auf den Blitzvogel. Sie traf ihn in der Mitte des Rückens, und sein gesamter Leib ging in Flammen auf. Er ließ Sogolon fallen und kreischte wie eine Krähe, wand sich zuckend und versuchte zu fliegen, während die Flammen Federn und Haut so zügig, so hungrig verzehrten. Ipundulu rannte gegen die Wand und lief weiter, flatternd und kreischend, eine Kugel aus lodernden Flammen, die Federn, Haut und Fett aufzehrten. Der Raum stank nach Rauch und verkohltem Fleisch.

Ipundulu fiel zu Boden. Mossi lief zu Sogolon.

Der Blitzvogel starb nicht. Ich konnte ihn röcheln hören, sein Leib war wieder der eines Mannes, die Haut schwarz, wo sie verkohlt war, und rot, wo das darunterliegende Fleisch aufgerissen war.

»Sie lebt«, sagte Mossi. Er stapfte zu dem Ipundulu hinüber, der zuckend und röchelnd auf dem Boden lag.

»Er lebt auch«, sagte er und hielt Ipundulu die Klinge unter das Kinn.

Etwas veranlasste mich, hinüber zu den umgestürzten Regalen – Teller, Töpfe und Schüsseln voll Trockenfisch – und unter einen Stuhl zu blicken. Unter dem Stuhl begegnete jemand meinem Blick. Er hatte die im Halblicht leuchtenden Augen weit aufgerissen und starrte mich an, wie ich ihn anstarrte. Eine Stimme in mir sagte: Da ist er. Da ist der Junge. Die Haare standen ihm vom Kopf ab und waren verfilzt, denn wie sonst sollten die Haare eines Jungen ausse-hen, die nicht von einer Mutter gekämmt und geschnitten wurden? Er wich verängstigt zurück, und zuerst dachte ich, es läge an denen, die ihn entführt hatten, denn welches Kind ängstigt sich nicht vor Ungeheuern? Doch er musste in Dutzenden von Häusern gewesen sein und Dutzende von Morden gesehen haben, so viele, dass es für ihn harmlos war, wenn eine Frau ermordet und verspeist und ein Kind ermordet und verspeist wurde. Wenn man sein ganzes Leben mit Ungeheuern verbrachte, was war dann noch ungeheuerlich? Er starrte mich an, und ich starrte ihn an.

»Mossi.«

»Vielleicht hättet ihr Dolingo auslassen sollen«, sagte er zu dem Ipundulu.

»Mossi.«

»Sucher.«

»Der Junge.«

Er wandte sich um. Ipundulu versuchte sich auf die Ellbogen auf-zurichten, doch Mossi drückte ihm das Schwert gegen den Hals.

»Wie ist sein Name?«, fragte Mossi.

»Er hat keinen.«

»Wie nennen wir ihn dann? Junge?«

Venin-Jakwu und Sadogo traten von hinten heran. Sogolon lag noch immer auf dem Boden.

»Wenn sie nicht bald zu sich kommt, werden all ihre Geister mer-ken, dass sie geschwächt ist«, sagte ich.

»Was machen wir mit dem hier?«, fragte Mossi.

»Wir töten ihn«, sagte Venin hinter mir. »Wir töten ihn, nehmen die Hexe, nehmen den J…«

Er stob durch das Fenster herein und riss dabei ein Stück der Wand mit, das in Brocken zerbarst, die Sadogo an Kopf und Hals trafen. Unmittelbar hinter mir schlug sein langer schwarzer Flügel nach Venin-Jakwu und ließ sie gegen die Wand prallen.

Der Geruch, ich kannte den Geruch. Ich wirbelte herum, und sein Flügel warf mich um, schwang zurück und schlug mir mitten ins Gesicht. Er trat in den Raum, und Mossi ging mit beiden Schwertern auf ihn los. Mossis Schwert traf seinen Flügel und blieb stecken. Er schlug Mossi das andere Schwert aus der Hand und stürzte sich auf ihn.

Er flatterte mit den schwarzen Fledermausflügeln, um seinen Leib in die Luft zu heben, hob beide Füße nach oben und trat Mossi gegen die Brust. Mossi prallte gegen die Mauer, und er warf sich auf ihn. Dann schlug er ihm die Klauenfinger in den Kopf, schnitt vom Haaransatz abwärts, durch die Brauen hindurch und weiter nach unten.

»Sasabonsam!«, sagte ich. Er roch wie sein Bruder.

Er stieß Mossi zur Seite und sah mich an.

Ich war im Kopf noch immer langsamer als auf den Füßen. Er setzte mir nach, als Sogolon sich zu regen begann und einen Wind aufpeitschte, der ihn umwarf und mich zu Boden drückte. Er kämpfte gegen den Wind an, und Sogolon verlor an Stärke. Er wankte, kam jedoch nah genug an sie heran, um ihr mit seinen Klauen in die erhobenen Hände zu schneiden. Ich versuchte aufzustehen, fiel aber auf ein Knie. Mossi lag noch immer auf dem Boden. Ich wusste nicht, wo Venin-Jakwu waren. Und ehe Sadogo aufgestanden war und sich so weit an seinen Zorn erinnert hatte, dass er in den Raum gestapft kam, hatte Sasabonsam Ipundulus Bein mit seiner eisernen Klauenhand ergriffen, sie wie eine Schlange darum gelegt, mit der anderen Hand den Jungen, der unter dem Stuhl herausgekrochen war, gepackt, war geradewegs zum Fenster gerannt und hatte den Rahmen, das Glas und einen weiteren Teil der Wand durchbrochen. Einer der Wächter setzte, von Blitzen durchzuckt, seinem neuen Herrn nach und stürzte, während Sasabonsam flog. Ich wankte hinter Sadogo her und sah Sasabonsam mit seinen Fledermausschwingen am Himmel; unter Ipundulus Gewicht sackte er zweimal ab, dann schlug er fester und lauter mit den Flügeln und stieg auf.

Nun denn. Sadogo, Venin-Jakwu, Mossi und ich standen um Sogolon herum. Sie versuchte aufzustehen und warf uns allen hasserfüllte Blicke zu. Draußen waren die Straßen mit umgeworfenen Karren, niedergemetzelten Leichen und zerbrochenen Stäben und Knüppeln übersät. Rauch stieg von den beiden aufrührerischen Bäumen in den Himmel auf. Ein Stück weiter, aber nicht weit entfernt war das Rumoren eines Kampfes zu hören. Doch was war das für ein Kampf? Die dolingonischen Wachen waren nicht zum Kämpfen gemacht, von einem Krieg nicht zu reden. Drüben im Baum der Königin lag der Palast in Schweigen. Alle dort hindurchlaufenden Seile schienen gekappt. Ich sah vor meinem geistigen Auge, wie die Königin, in ihrem Thron zusammengekauert wie ein Kind, ihre Hofschranzen anwies, ihr zu glauben, wenn sie ihnen sagte, der Aufstand werde jeden Augenblick niedergeschlagen sein, und diese jubelten und schrien und die Götter anriefen.

Wir traten auf sie zu, und Sogolon, die nicht wusste, was sie tun sollte, rutschte hin und her und hüpfte dann von uns davon. Sie hob die linke Hand, hielt jedoch inne, als ihre Brust davon zu bluten begann. Sie warf uns weiter Zornesblicke zu, die Augen mal weit aufgerissen, mal verschleiert und beinahe schlafend, dann wieder wachgeschreckt. Sie wandte sich Mossi zu.

»Wie einen Gemahl wollte sie dich behandeln. Hättest du ihr den Schoß gefüllt, wäre ihr alles andere gleich gewesen.«

»Bis sie sich gelangweilt und ihn in den Stamm geschickt hätte«, sagte ich.

»Sie behandelt die Hübschen besser, als ein König seine Konkubinen behandelt. Das ist die Wahrheit.«

»Nicht die Wahrheit, die du mir erzählt hast. Nicht die Worte, nicht die Bedeutung, nicht einmal der Vers ist gleich.«

Wir traten auf sie zu. Sadogo ballte die Linke zur Faust, die Rechte hing blutüberströmt herab. Venin-Jakwu banden sich ein Tuch um die Beinwunde und griffen sich einen Dolch, und Mossi, dessen Gesicht halb mit Blut bedeckt war, richtete seine beiden Schwerter auf sie. Sogolon wandte sich an mich, den einzigen Unbewaffneten.

»Ich könnte einen Sturm entfesseln, der jeden Einzelnen von euch aus diesem Fenster fegt.«

»Dann wärst du zu schwach, um den Blutfluss zu stoppen und die anderen, die hinter dir her sind. So wie derjenige in Venin«, sagte ich.

Sie wich an die Wand zurück. »Ihr seid alle Narren. Keiner von euch ist bereit. Glaubt ihr, ich hätte euch das Schicksal des wahren Nordens überlassen wollen? Kein Geschick, kein Gehirn, kein Plan, alle seid ihr nur wegen der Münze hier, keinen kümmert das Schicksal des Landes, auf das ihr euch zum Scheißen kauert. Welch eine Gnade, welch ein Geschenk, so unwissend oder töricht zu sein.«

»Keinem hier fehlte es an Geschick, Sogolon. Oder an Gehirn. Du hattest schlicht andere Pläne«, sagte Mossi.

»Ich habe es euch gesagt, ich habe es euch allen gesagt, geht nicht in die Dunkellande. Hört auf, einen Raum mit dem Gemächt zuerst zu betreten, und geht mit dem Kopf voran. Oder haltet euch zurück und lasst euch führen. Habt ihr geglaubt, ich würde solchen wie euch den Jungen überlassen?«

»Und wo ist der Junge, Sogolon? Hast du ihn so fest an deinen Busen gedrückt, dass wir ihn nicht sehen können?«, fragte Mossi.

»Kein Geschick, kein Gehirn, keinen Plan, aber ohne uns wärst du tot«, sagte ich.

»Göttin des Flusses und des Überflusses, höre deine Tochter an. Göttin des Flusses und des Überflusses.«

»Sogolon«, sagte ich.

»Göttin des Flusses und des Überflusses.«

»Du rufst noch immer diese glitschige Hündin an?«, sagte Venin-Jakwu.

»Bunshi. Du rufst nach deiner Göttin?«

»Sprich nicht von Bunshi«, sagte Sogolon.

»Du glaubst noch immer, du könntest uns Befehle erteilen«, sagte Venin-Jakwu. »Sie wird sich in hundert Jahren nicht ändern, diese Mondhexe. Ich sage es euch. Nennen dich die Frauen in Mantha noch immer eine Prophetin, oder haben sie erkannt, dass du nicht mehr als eine Diebin bist?«

»Wir müssen den Jungen retten; du weißt, wohin sie wollen«, sagte sie zu mir.

Venin-Jakwu, deren Beinverband sich beinahe vollständig rot gefärbt hatte, begannen sie wie ein Löwe zu umrunden und erhoben das Wort.

»Was hat euch diese Mondhexe also von sich erzählt? Denn die Einzige, die Geschichten über Sogolon erzählt, ist Sogolon. Hat sie euch erzählt, dass sie von den Watangi-Kriegern im Süden von Mitu kommt? Oder dass sie in Wakadischu eine Flusspriesterin war? Dass sie die Leibwächterin und Beraterin des Königs war, obschon sie in Wahrheit nichts als eine Wassermagd war, die über viele Köpfe hinwegsteigen musste, um in ihre Kammer zu gelangen? Seht sie euch an, wieder hat sie einen Auftrag. Den Sohn der Königsschwester zu retten. Hat sie euch gesagt, dass niemand sie darum gebeten hat? Sie hat sich aufgemacht, den Jungen zu finden, um nicht länger das Gespött von Mantha zu sein. Und wie sie das Gespött war. Die Mondhexe mit hundert Runen, aber nur einem Bannspruch darf endlich beweisen, was in ihr steckt. Vielleicht wird sie es euch später erzählen. Hört mir zu, ich sage es euch. Die Mondhexe zählt gewiss dreihundert, zehn und fünf Jahre, ich sage es euch. Ich bin ihr begegnet, als sie erst zweihundert zählte. Hat sie euch erzählt, wie sie so alt geworden ist? Nein? Diese Geschichte trägt sie dicht an ihrer schlaffen Brust. Vor zweihundert Jahren war ich noch ein Ritter und hatte nur ein Loch, nicht zwei. Wisst ihr, wer ich bin? Ich bin derjenige, der sie vom Pferd gestoßen hat, als sie vergaß, eine Rune zu schreiben, die stark genug war, um mich zu bannen.«

Sogolon sah weiterhin mich an.

»Und ihre kleine Göttin, habt ihr sie getroffen? Ist sie in letzter Zeit an der Wand herabgeschleimt? Wenn sie eine Göttin ist, dann bin ich die göttliche Elefantenschlange. Diese kleine Flussjengu, sie will gegen Omoluzu gekämpft haben, wo man sie doch mit bloßem Meerwasser töten könnte. Ihre Göttin ist ein Wicht.«

»Keiner von euch verdient es zu leben, kein Einziger«, sagte Sogolon, die mich noch immer ansah.

»Das ist eine Sache zwischen uns und den Göttern, nicht zwischen uns und dir, Leibdiebin«, sagten Venin-Jakwu.

»Du warst immer ein undankbares, stinkendes Stück Hundescheiße, Jakwu. Frauenmörder und Frauenschänder. Was glaubst du, warum ich dir diesen Leib gegeben habe? Alles, was du tust, wird eines Tages auch dir widerfahren.«

»Der Leib gehörte jemandem«, sagte ich.

»Jeden Tag vor Sonnenaufgang rannte sie in den Busch, um sich von Zogbanu fressen zu lassen. Ganz gleich, wohin ich sie brachte und was ich sie lehrte. Dies ist ein weit besserer Nutzen für ihren Leib, als sie ihm selbst hätte angedeihen lassen«, sagte Sogolon.

»Du wolltest nur, dass ich aufhöre, dich vom Pferd zu stoßen«, sagten Venin-Jakwu. »So, wie du seit langer, langer Zeit Menschen aus ihren Leibern stößt.«

»Wie?«, sagte Mossi.

»Frag sie, nicht mich.«

»Die Zeit verrinnt und läuft ab, und sie haben den Jungen noch immer. Du weißt, wohin sie gehen, Sucher.«

Sogolon blickte sich um, sah uns alle an, sprach zu allen und überzeugte keinen.

»Sie hat nicht versucht, uns umzubringen«, sagte Sadogo.

»Ich bin anderer Ansicht«, sagten Venin-Jakwu.

»Wir haben uns darauf geeinigt, den Jungen zu retten«, sagte Mossi und kam zu mir herüber.

»Ihr kennt sie nicht. Ich kenne sie seit zweihundert Jahren, und immer ging es ihr zuerst darum, andere für ihre Zwecke zu nutzen. Hat sie euch nie gefragt, wozu ihr nütze seid? Ich habe mich mit keinem von euch auf irgendetwas geeinigt«, sagten Venin-Jakwu.

»Mag sein. Doch wir wollen den Jungen retten, und womöglich brauchen wir dazu die betrügerische Mondhexe.«

»Eine tote Mondhexe wird euch nichts nützen.«

»Ein totes Mädchen, das es mit dreien von uns aufnehmen wollte, um sie zu töten, auch nicht.«

Nun warfen Venin-Jakwu uns böse Blicke zu. Sie schoben einen Fuß unter das Schwert einer gefallenen Wache und ließen es in ihre Hand hinaufschnellen. Sie umfassten den Griff, genossen das Gefühl und lächelten.

»Ich bin ein Mann!«, sagte er. »Mein Name ist ...«

»Jakwu. Ich kenne deinen Namen. Ich weiß, dass du ein gefürchteter Krieger bist, der viele getötet hat. Hilf uns, das Kind zu retten, und du wirst reichlich Münze erhalten«, sagte ich.

»Kann ich mir davon einen Schwanz wachsen lassen?«

»Schwänze sind zu hochgepriesen«, sagte Mossi. Ich weiß nicht, ob er uns ein Lächeln entlocken wollte. Sogolons Brust war gleich über dem Herzen rot. Ipundulu hatte versucht, ihr die Brust aufzuschneiden und das Herz herauszureißen, doch sie hätte uns zusehen lassen, wie sie zusammenbrach und zu Boden fiel, ehe sie das jemandem gestanden hätte.

»Sieh dir dein Herz an«, sagte ich zu ihr.

»Meinem Herzen geht es gut«, sagte sie.

»Es fällt dir beinahe aus der Brust.«

»Er hat mich nicht tief getroffen.«

»Dich scheint gar nichts zu treffen«, sagte Mossi.

Am Fuß des Baumes wartete der Büffel mit zwei Pferden. Alles, was ich mit dem Mund fragen wollte, schien ich mit den Augen zu fragen, denn er nickte, schnaubte und wies mit dem Kopf auf die Pferde. Jakwu stieg als Erster auf.

»Sogolon reitet mit dir«, sagte ich.

»Ich reite mit niemandem«, sagte er und galoppierte davon.

Mossi erschien hinter mir. »Wie weit wird er reiten?«, sagte er.

»Ehe er merkt, dass er den Weg nicht kennt? Nicht sehr weit.«

»Sogolon.«

»Sie kann auf dem Rücken des Büffels reiten.«

»Wie du wünschst«, sagte Mossi.

Ich nahm einen Zipfel von Mossis Waffenrock und wischte ihm über das Gesicht. Das Blut war versiegt.

»Es ist nur ein Kratzer«, sagte er.

»Ein Kratzer von einem Ungeheuer mit Eisenklauen.«

»Du hast es bei seinem Namen genannt.«

»Gib mir das«, sagte ich und nahm eines seiner Schwerter. Ich schnitt ein Loch in den Saum seines Waffenrocks und riss einen langen Streifen Stoff ab, den ich ihm um den Kopf band und hinten verknotete.

»Sasabonsam.«

»Das ist keiner der Namen, die mir aus dem Haus des Alten in Erinnerung sind.«

»Nein. Der Sasabonsam lebte mit seinem Bruder zusammen. Sie töteten Menschen von hoch oben in den Bäumen. Sein Bruder war der Fleischfresser, er ist der Blutsauger.«

»Der Welt mangelt es nicht an Bäumen. Warum reist er mit dieser Meute?«

»Ich habe seinen Bruder getötet«, sagte ich.

Zwei Dinge. Der Sasabonsam war von einem Schwert am Flügel getroffen worden. Er hatte sowohl den Jungen als auch Ipundulu getragen, der so viel wiegen musste wie er selbst.

Auf dem Boden schienen die beiden brennenden Bäume Hunderte und Aberhunderte von Schritten entfernt zu sein, und das waren sie auch. Wir wollten soeben losreiten, als uns einige Wachen der Königin, zehn und neun, vielleicht auch mehr, Einhalt geboten. Sie waren allesamt zu Fuß, versperrten uns aber den Weg.

»Ihre Strahlende Hoheit sagt, sie habe niemandem die Erlaubnis erteilt, sich zu entfernen.«

»Ihre Strahlende Hoheit hat größere Problem als Leute, die sich von ihrem Strahlenden Arsch entfernen«, sagte Mossi und ritt schnurstracks zwischen ihnen hindurch. Sie sprangen beiseite, als der Büffel mit einem Vorderhuf im Staub scharrte.

»Schade, dass wir fortmüssen. Das ist ein Aufstand, der mir Freude bereitet«, sagte Mossi.

»Bis die Sklaven merken, dass sie die vertrauten Fesseln der unbekannten Freiheit vorziehen«, sagte ich.

»Erinnere mich daran, ein anderes Mal mit dir darüber zu streiten«, sagte er.

Wir ritten die ganze Nacht hindurch. Wir kamen dort vorbei, wo der alte Mann gelebt hatte, doch von seinem Haus war nur noch der Geruch übrig. Nichts war geblieben, nicht einmal Geröll aus zerbröckeltem Lehm und zertrümmerten Steinen. Wahrlich, ich fragte mich, ob es gar kein Haus und keinen Mann gegeben hatte, sondern nur einen Traum von beidem. Da nur ich es bemerkte, sagte ich nichts, und wir ritten geschwind an diesem Nichts vorbei. Jakwu versuchte uns zu folgen und zugleich vorauszureiten, musste sich aber dreimal zurückfallen lassen. Selbst mir fehlte jede Erinnerung an den Weg, anders als Mossi, der durch die Nacht preschte. Ich hielt mich nur an ihm fest. Sogolon versuchte sich aufrecht auf dem Büffel zu halten, der nahezu so schnell wie die Pferde lief, wäre aber zweimal um ein Haar hinuntergefallen. Wir kamen an den Mawana-Hexen vorbei, doch nur eine brach aus der Erde hervor und tauchte, als sie uns sah, wieder unter, als wäre es Wasser.

Ehe die Sonne die Nacht vertrieb, verlor ich den Jungen aus der Nase. Ich schreckte auf. Sasabonsam war bis zur Pforte geflogen und hatte sie durchquert. Ich wusste es. Mossi beschwerte sich, dass ihm meine Stirn in den Nacken drücke, und ich richtete mich auf. Er zügelte das Pferd zum Trab, als wir die Staubstraße erreichten. Die Tür knisterte, machte die Luft um sie herum flimmern und gab ein Summen von sich, verkleinerte sich jedoch. Ich sah die Straße nach Kongor in gelbem Tageslicht liegen.

»Wenn sie kommen ...«

»Die Türen öffnen sich nicht von alleine, Sogolon. Sie haben sie schon passiert. Wir kommen zu spät«, sagte ich.

Sogolon rollte vom Büffel und fiel herunter. Sie versuchte zu schreien, doch es kam nur ein Husten heraus.

»Das ist deine Schuld«, sagte sie und deutete auf mich. »Du warst nie tauglich, nie bereit, hattest ihnen nichts entgegenzusetzen. Es ist euch allen gleich. Keinem von euch ist bewusst, was die ganze Welt verlieren wird. Das erste Mal in zwei Jahren waren sie in der Nähe, und ihr lasst sie entkommen.«

»Und weshalb, altes Weib?«, sagte Mossi. »Weil wir als Sklaven verkauft wurden. Das war dein Verdienst. Wir hätten es mit ganz Dolingo aufnehmen und den Jungen retten können. Stattdessen haben wir Zeit damit vergeudet, dich zu retten. Freies Geleit, bei meinem wunden Arsch. Du hast das Schicksal unseres Vorhabens in die Hände einer Königin gelegt, die eher darauf bedacht war, sich mit mir zu paaren, als dir zuzuhören. Das war alles dein Verdienst.«

Die Pforte schrumpfte; sie war noch groß genug für einen Mann, aber nicht für den Ogo oder den Büffel.

»Es sind mehrere Tage bis Kongor«, sagte sie.

»Dann schnitz dir einen Krückstock, und geh los«, sagte Mossi.
»Unsere Reise endet hier.«

»Der Sklavenhändler wird den Lohn verdoppeln. Ich verspreche es.«

»Der Sklavenhändler oder die Königsschwester? Oder vielleicht die Flussjengu, die du zur Göttin erklärt hast?«, fragte ich.

»Es geht allein um den Jungen. Seid ihr so töricht, dass ihr das nicht begreift? Es ging immer nur um den Jungen.«

»Mir scheint, es ging dir immer nur um dich, Hexe. Du sagst immer wieder, wir seien nutzlos gewesen, wo wir dir doch sehr wohl genützt haben. Und dem Mädchen, der armen Venin, hast du den Leib geraubt, weil Jakwu, oder wie auch immer sein Name ist, von größerem Nutzen war. Unser Scheitern hast du allein zu verantworten«, sagte Mossi.

Jakwu sprang von seinem Pferd und trat vor die Tür. Ich glaube nicht, dass er schon jemals eine gesehen hatte.

»Was sehe ich durch dieses Loch?«

»Den Weg nach Mitu«, sagte Sadogo.

»Ich werde ihm folgen.«

»Kann sein, dass euch das nicht gut bekommt«, sagte ich. »Jakwu hat die zehn und neun Türen nie gesehen, aber Venin schon.«

»Was meinst du?«

»Er meint, auch wenn deine Seele neu ist, könnte dein Leib verbrennen«, sagte Mossi.

»Ich werde ihm folgen«, sagte Jakwu.

Sogolon sah die Pforte unverwandt an. Sie ging schwankend darauf zu. Ich wusste, dass sie darüber nachdachte. Darüber, dass sie es auf dreihundert, zehn und fünf Jahre gebracht und womöglich Schlimmeres überlebt hatte, und überdies, wer hatte schon Zeit für die Geschichten eines alten Weibs, die niemand beweisen konnte?

»Nun, ihr alle wirkt, als lächelten die Götter auf euch herab, doch für mich gibt es hier nichts«, sagte Jakwu. »Vielleicht gehe ich nach

Norden und lasse mir von einem der Verderbten in Kampara einen dieser Holzschwänze machen.«

»Möge das Glück mir dir sein«, sagte Mossi, und Jakwu nickte. Er trat auf die Tür zu. Sogolon trat beiseite.

Mossi fasste mich an der Schulter und sagte: »Wohin weiter?« Ich wusste nicht, was ich erwidern oder wie ich ihm sagen sollte, dass es mir gleich war, solange wir nur zusammenblieben.

»Ich nehme keinen Anteil am Schicksal dieses Jungen, aber ich gehe, wohin du gehst«, sagte er.

»Auch wenn das bedeutet, nach Kongor zu gehen?«

»Nun, ich mag Zerstreuung.«

»Es ist Zerstreuung für dich, wenn jemand dich zu töten versucht?«

»Ich habe schon über weniger gelacht.«

Ich wandte mich Sadogo zu. »Großer Ogo, wohin gehst du jetzt?«

»Wen schert der verfluchte Riese?«, sagte Sogolon. »Ihr jammert alle wie kleine Hündinnen, weil euch das alte Weib überlistet hat. Versucht ihr das nicht alle? Wenn ihr es nicht riechen, nicht berühren, nicht trinken oder ficken könnt, bedeutet es euch nichts. Nichts ist größer als ihr selbst.«

»Sogolon, du betrauerst den Tod von Sitten, die dir immer fremd waren«, sagte ich.

»Ich sage es euch allen. Wie viel Münze ihr auch immer wollt. Euer eigenes Gewicht in Silber. Wenn der Junge in Fasisi auf dem Thron sitzt, werdet ihr Goldstaub nur für eure Diener haben. Ihr sagt, ihr würdet es für den Jungen tun, wenn schon nicht für mich. Damit der Junge seine Mutter sehen kann. Gefällt es euch, wenn eine Frau vor euch auf die Knie fällt? Wollt ihr meine Brüste auf der Erde sehen?«

»Entwürdige dich nicht, Weib.«

»Ich bin jenseits von Würde und von Schande. Wörter, das sind nur Wörter. Der Junge ist alles. Die Zukunft des Königreichs ist … der Junge, er wird …«

Die Tür war zur Hälfte meiner Größe geschrumpft und hing über dem Boden in der Luft. Jakwus Hand schob sich hindurch, fing Feuer, packte den Kragen von Sogolons Kleid und zog sie herein. Ihre Füße gingen in Flammen auf, ehe Jakwu sie ganz hindurchgezogen hatte, doch es ging schnell, rascher als das Blinzeln eines Gottes. Mossi und ich stürmten auf die Tür zu, doch die Öffnung war jetzt kleiner als unsere Köpfe. Sogolon schrie von hier nach dort, schrie, während etwas mit ihr geschah, was wir uns nur ausmalen konnten, dann schloss sich die Tür.

ZWANZIG

Starker Wind blies in die Segel und schob die Dhau vor sich her. So schnell habe ich sie noch nie fahren sehen, außer bei Sturm, sagte der Kapitän, doch seiner Ansicht nach war es weder das Werk der Fluss- noch der Windgöttin. Er war sich nicht sicher, wem es zu verdanken war, obgleich jeder, der sich unter Deck begab, die Antwort kannte. Wir waren vor einem Tag an Bord der Dhau gegangen, und das aus diesem Grund: Wir konnten nicht durch Dolingo hindurch, denn niemand wusste, ob sich der Aufstand ausgeweitet hatte oder von den Mannen der Königin niedergeschlagen worden war. Die Berge von Dolingo ragten höher auf als Malakal, und sie zu überqueren hätte fünf Nächte gedauert, gefolgt von vier Nächten auf der Reise durch Mitu, ehe wir Kongor erreichten. Doch ein Boot auf dem Fluss brauchte nur drei Nächte und einen halben Tag. Die letzte Dhau, mit der ich gesegelt war, war zehn und sechs Schritte lang und nicht einmal sieben Schritte breit gewesen und hatte fünf von uns getragen. Dieses Boot hatte die halbe Länge eines Sorghum-Feldes, war mehr als zwanzig Schritte breit und hatte zwei Segel, eines so breit wie das Schiff selbst und ebenso hoch, das andere halb so groß, beide wie Haifischflossen geschnitten. Drei leere Decks im Bauch des Schiffes machten es schneller, ließen es aber auch leichter kentern. Ein Sklavenschiff.

»Hast du je ein solches Schiff gesehen?«, sagte Mossi, als ich am Fluss, wo es vertäut war, darauf deutete.

Ein halber Tagesmarsch hatte uns zu einer Lichtung gebracht, und der Fluss, der weit südlich von Dolingo entsprang, umschlich sie auf der linken Seite, schlängelte sich um Mitu herum und teilte sich, um

Kongor zu umschließen. Auf der anderen Seite des Flusses verbarg sich hinter riesenhaften Bäumen und dichtem Nebel der Mweru.

»Ich habe solche Schiffe schon gesehen«, sagte ich zu ihm.

Wir waren alle müde, selbst der Büffel und der Ogo. Wir waren alle verletzt, und in der ersten Nacht hatte der Ogo so steife Finger, dass er drei Bierkrüge umstieß, als er sie anheben wollte. Ich wusste nicht mehr, was mich am Rücken getroffen hatte, dass er so schmerzte, und als ich in den Fluss eintauchte, schrien jede Wunde, jeder Kratzer, jede Verletzung auf. Auch Mossi war verletzt, und er versuchte sein Humpeln zu verbergen, zuckte aber zusammen, wenn er mit dem linken Fuß auftrat. In der Nacht zuvor war der Schnitt über seiner Stirn wieder aufgerissen, und Blut war ihm mitten über das Gesicht gelaufen. Ich schnitt noch ein Stück von seinem Waffenrock ab, stieß wilden Busch zu einer Paste und rieb seine Wunde damit ein. Er griff nach meiner Hand und fluchte, als es zu brennen begann, dann lockerte er den Griff und ließ seine Hand auf meine Taille sinken. Ich verband ihm die Stirn.

»Dann weißt du, warum es hier anlegt, am äußeren Rand von Dolingo.«

»Mossi, die Dolingoner verkaufen keine Sklaven, sie kaufen sie.«

»Was soll das heißen? Dass das Schiff leer ist? Nicht nach dem, was sich in der Zitadelle abgespielt hat.«

Ich wandte mich ihm zu und sah zu dem Büffel hinüber, der beim Anblick des Flusses schnaubte.

»Sieh doch nur, wie hoch es im Wasser steht. Es ist leer.«

»Ich traue keinem Sklavenhändler. Im Laufe einer Nacht könnten wir vom Gast zur Fracht werden.«

»Und wie sollte ein Sklavenhändler das mit Männern wie uns anstellen? Wir müssen nach Kongor, und dieses Schiff segelt entweder nach Kongor oder nach Mitu, was uns in beiden Fällen näher heranbringt.«

Ich winkte den Kapitän herbei, einen dicken Sklaventreiber mit einem kahlen Kopf, den er blau angemalt hatte, und fragte ihn, ob er etwas gegen einige Mitreisende einzuwenden habe. Sie standen alle am Hafen und schauten auf uns herab, wie wir dastanden, abgerissen und mit Schwielen und Staub bedeckt, aber mit all den Waffen, die wir den Dolingonern abgenommen hatten. Mossi hatte recht gehabt, der Kapitän taxierte uns, und seine dreißigköpfige Mannschaft tat es ebenfalls. Doch Sadogo hatte seine Handschuhe nicht ausgezogen, und ein Blick von ihm veranlasste den Kapitän, uns ohne Entgelt mitzunehmen. Aber die Kuh dort kommt zu den anderen tumben Biestern in den Koben, sagte er, und der Ogo musste den Büffel bei den Hörnern packen, um zu verhindern, dass er auf den Kapitän losging. Der Büffel bezog einen leeren Verschlag neben zwei Schweinen, die dünner gewesen waren als erwartet.

Auf dem Mitteldeck gab es zwei Fenster, und dort ließ sich der Ogo nieder und schaute finster drein, als es so aussah, als wollten wir uns zu ihm gesellen. Er hat Albträume und will nicht, dass irgendjemand davon weiß, sagte ich, als Mossi sich beschwerte. Der Kapitän sagte mir, er habe seine Fracht nachts an einen schlanken blauen Edelmann verkauft, der das Kinn hoch getragen habe, nur zwei Nächte, ehe der Gott der Gesetzlosigkeit in Dolingo zu wüten begonnen hatte.

Das Schiff würde in Kongor anlegen. Keiner aus der Mannschaft schlief unter Deck. Einer, dessen Gesicht ich nicht sah, sagte etwas über Sklavengeister, die zornig waren, weil sie auf dem Schiff gestorben waren, denn sie blieben daran gefesselt und konnten nicht in die Unterwelt eintreten. Geister, die Meister der Bosheit und der Sehnsucht, dachten Tag und Nacht an jene, die ihnen ein Unrecht angetan hatten, und schliffen diese Gedanken zu Messern. Mit uns würden sie daher keinen Zwist haben, und sollten sie nach Ohren suchen, denen sie von ihrem Unrecht erzählen konnten, hatte ich von den Toten schon Schlimmeres gehört.

Ich ging die Treppe hinunter zum ersten Unterdeck; die Stufen führten so steil hinab, dass sie hinter mir im Dunkel verschwanden, ehe ich unten ankam. In der Finsternis konnte ich nicht viel erkennen, doch meine Nase führte mich dorthin, wo Mossi lag; ich war der Einzige, der noch die Myrrhe auf seiner Haut roch. Er rollte Fetzen eines alten Segels zu einem Kissen zusammen und legte es ans Schott, sodass er den Fluss hören konnte. Ich legte mich neben ihm schlafen, nur dass ich nicht schlafen konnte. Ich drehte mich auf die Seite, das Gesicht ihm zugewandt, und blickte ihn so lange an, dass ich zusammenfuhr, als mir bewusst wurde, dass auch er mich Auge in Auge ansah. Er streckte die Hand aus und berührte mein Gesicht, ehe ich mich rühren konnte. Es schien, als blinzelte er nicht einmal, und seine Augen leuchteten zu hell, beinahe silbrig in der Dunkelheit. Und seine Hand hatte mein Gesicht nicht verlassen, sie strich über meine Wange und bewegte sich zur Stirn hinauf, zog erst eine Braue, dann die andere nach und kam wieder zu meiner Wange herab, als wollte eine Blinde in meinem Gesicht lesen. Dann legte er den Daumen auf meine Lippen und dann auf mein Kinn, während seine Finger meinen Nacken liebkosten. Und wie ich so dalag, hatte ich bereits vergessen, wann ich die Augen geschlossen hatte. Dann spürte ich ihn an meinen Lippen. Einen solchen Kuss gibt es unter den Ku nicht und auch nicht bei den Gangatom. Und niemand in Kongor oder Malakal versteht sich auf ein solch zärtliches Zungenspiel. Sein Kuss ließ mich einen zweiten wünschen. Und dann schob er seine Zunge in meinen Mund, und meine Augen öffneten sich weit. Er tat es noch einmal, und meine Zunge erwiderte die Bewegung. Als mich seine Hand ergriff, war ich schon hart. Es ließ mich wieder zusammenfahren, und meine Handfläche strich über seine Stirn. Er zuckte zurück, dann grinste er. Mein Nachtauge ließ mich ihn im Dunkeln sehen, grau und silbern. Er setzte sich auf, zog seinen Waffenrock über den Kopf. Ich sah ihn bloß an, die violetten Stellen an seiner geprellten Brust. Ich wollte ihn berühren, fürchtete aber, er würde wieder zusammenzucken. Er setzte sich rittlings auf meinen Schoß und ergriff meine Arme, was mir ein Zischen entlockte. Die Wunden. Er sagte etwas in der Art, dass wir doch arme, verletzte Männer seien und vielleicht besser nicht … Den Rest hörte ich nicht, denn dann beugte er sich zu mir herunter und sog an meiner rechten Brustwarze. Ich stöhnte so laut, dass ich schon damit rechnete, oben werde irgendein Matrose fluchen oder flüstern, was mit diesen beiden wohl los sei. Seine Knie an meinen eigenen geprellten Rippen ließen mich schwer atmen. Ich fuhr ihm über die Brust, und er sog Luft ein und stöhnte sie wieder hervor. Ich fürchtete schon, ihm wehgetan zu haben. Er nahm meine Hand fort und legte sie auf den Boden. Er hauchte auf meinen Nabel, dann bewegte er sich hinunter zwischen meine Beine und vollführte große Kunst. Mit dem schwächlichsten Wispern bat ich ihn aufzuhören. Er stieg wieder auf mich. Die Bodendielen, die loser waren, als sie hätten sein sollen, knarrten bei jedem Ruck. Durch aufeinandergebissene Zähne ließ ich alles hinaus und packte seinen Arsch. Ich wälzte mich nach oben. Er ergriff meine linke Arschbacke genau bei einem wunden Bluterguss, und ich schrie auf. Er lachte und zog mich tiefer in sich hinein, meine Lippen auf seinen. Es misslang uns beiden, keine Geräusche zu machen, und dann dachten wir beide: Fick die Götter, wir werden Geräusche machen.

Als ich morgens erwachte, blickte ein Junge auf mich herab. Ich war nicht im Mindesten überrascht, denn ich hatte auf ihn und auf andere wie ihn gewartet. Er hob neugierig die Brauen und kratzte an der Fessel um seinen Hals. Mossi ächzte, und der verängstigte Junge wich in das dunkle Holz zurück.

»Es wäre nicht das erste Mal, dass du ein Kind rettest«, sagte Mossi.

»Ich habe nicht gemerkt, dass du wach bist.«

»Du bist anders, wenn du dich unbeobachtet glaubst. Ich fand immer, ein Mann zeichne sich dadurch aus, dass er so viel Platz einnimmt. Ich sitze hier, mein Schwert ist dort, mein Wasserschlauch dort, der Waffenrock dort, der Stuhl dort drüben, und die Beine sind weit gespreizt, weil es mir so nun einmal gefällt. Aber du, du machst dich kleiner. Ich habe mich gefragt, ob es an deinem Auge liegt.«

»An welchem?«

»Du Narr«, sagte er.

Er setzte sich mir gegenüber und lehnte sich an die Holzplanken. Ich fuhr mit der Hand über seine behaarten Beine.

»Dieses meine ich«, sagte er. »Mein Vater hatte zwei unterschiedliche Augen. Beide waren grau, bis ihm sein Feind aus Kindheitstagen eines braun schlug.«

»Was hat dein Vater mit diesem Feind gemacht?«

»Er nennt ihn jetzt ›Eure Eminenz, großer Sultan‹.«

Ich lachte.

»Diese Kinder, die dir viel bedeuten … ich habe über derlei nachgedacht, über Kinder, aber … nun ja. Warum über das Fliegen nachsinnen, wenn man nie ein Vogel sein wird. Wir im Osten haben merkwürdige Leidenschaften. Mein Vater – nun ja, mein Vater ist mein Vater, und er ist wie der vor ihm. Es lag nicht daran, dass ich … denn ich war nicht der Erste … nicht einmal der Erste, der seinen Namen trug … und zudem wurde meine Frau noch vor meiner Geburt aus einem edlen Haus gewählt, und so wäre es gekommen, denn das ist der Gang der Dinge. Es lag nicht daran, was ich tat, es ist nur so, dass der Prophet zuließ, dass wir entdeckt wurden, und er war arm, und er … ich … sie schickten mich fort und drohten mir mit dem Tod, sollte ich je wieder an ihre Küste zurücksegeln.«

»Eine Frau? Und ein Kind?«

»Vier. Mein Vater nahm sie auf und ließ sie von meiner Schwester großziehen. Es war besser, meinen Schmutz von ihren Erinnerungen fernzuhalten.«

Fick die Götter, dachte ich. Fick die Götter.

»Dann kam ich vom Kurs ab. Vielleicht waren es die Götter. Du denkst an die Kinder.«

»Du nicht?«

»Es vergeht keine Nacht, ohne dass ich es tue.«

»Das muss der Grund sein, weshalb uns lose Weiber fortschicken, sobald wir unseren Samen vergossen haben. Trauriges Gerede über Kinder.«

Er lächelte.

»Weißt du, was Mingi sind?«

»Nein.«

»Manche der Flussstämme und selbst einige in großen Städten wie Kongor töten Neugeborene, die unwürdig sind. Kinder, die schwächlich oder ohne Glieder zur Welt kommen, Kinder, denen die unteren Zähne vor den oberen wachsen, Kinder, die eine absonderliche Gabe oder Gestalt haben. Fünf dieser Kinder von absonderlicher Gestalt haben wir gerettet, aber im Traum kehren sie zu mir zurück ...«

»Wir?«

»Das tut jetzt nichts zur Sache. Diese fünf kommen im Traum zu mir, und ich wollte sie besuchen, aber sie leben bei einem Stamm, der mit meinem Stamm verfeindet ist.«

»Warum?«

»Ich habe sie den Feinden meines Stammes gegeben.«

»Nichts, was du erzählst, endet so, wie ich es erwarte, Sucher.«

»Danach wollte mich mein Stamm töten, weil ich Mingi-Kinder gerettet hatte.«

»Oh. Du und diese Leute, eure Flüsse fließen niemals gerade. Nimm uns und diesen Jungen, nach dem wir suchen. Es verläuft keine gerade Linie zwischen uns und dem Jungen, nur Ströme, die zu Strömen führen, die wieder zu Strömen führen, und manchmal – und sag mir, wenn ich lüge – verlierst du dich so sehr in dem Strom, dass du den Jungen aus dem Blick verlierst und mit ihm den Grund, warum du ihn suchst. Er verschwindet wie der Junge, der gerade wieder in das Schiff zurückgewichen ist.«

»Du hast ihn gesehen?«

»Der Wahrheit ist es gleich, ob ich an sie glaube, oder?«

»Wahrhaftig, es gibt Augenblicke, da vergesse ich, wem wir nachjagen. Ich denke nicht einmal an die Münze.«

»Was treibt dich dann an? Nicht, die Mutter mit dem Kind zu vereinen? Das hast du noch vor wenigen Tagen gesagt?«

Er kroch zu mir herüber, und Lichtstrahlen warfen Streifen auf seine Haut. Er legte den Kopf in meinen Schoß.

»Das ist deine Frage?«

»Ja, das ist meine Frage.«

»Warum?«

»Du weißt, warum.«

Ich sah ihn an.

»Je weiter ich fortgehe ...«

»Ja?«

»Desto weniger Grund habe ich zurückzukehren«, sagte ich.

»Das wird dir nach wie vielen Monden bewusst?«

»Präfekt, solche Neuigkeiten kommen immer nur auf eine Art: zu spät.«

»Erzähl mir von deinem Auge.«

»Es stammt von einem Wolf.«

»Diese Schakale, die ihr Wölfe nennt? Vielleicht hast du eine Wette mit einem Schakal verloren. Das ist kein Scherz, oder? Welche Frage willst du zuerst hören: ›Wie‹ oder ›Warum‹?«

»Eine gestaltwandelnde Hyäne hat mir als Frau das Auge aus dem Schädel gesaugt und es abgebissen.«

»Ich hätte zuerst nach dem Warum fragen sollen. Und nach letzter Nacht«, sagte er.

»Was ist mit letzter Nacht?«

»Du ... nichts.«

»Die letzte Nacht war kein Unterpfand für irgendetwas anderes«, sagte ich.

»Nein, das war sie nicht.«

»Können wir von etwas anderem sprechen?«

»Wir sprechen von gar nichts. Nur von deinem Auge.«

»Eine Meute hat mir das Auge herausgerissen.«

»Eine Meute Hyänen, sagtest du.«

»Der Wahrheit ist es gleich, ob du an sie glaubst, Präfekt. Ich bin mehrere Monde durch die Wildnis zwischen dem Sandmeer und Juba gewandert, ich weiß nicht, wie viele, aber ich weiß noch, dass ich sterben wollte. Doch nicht, ehe ich nicht den Verantwortlichen getötet hatte.«

Hier ist eine kurze Geschichte von dem Wolfsauge. Nachdem mich dieser Mann an das Hyänenrudel verraten hatte, konnte ich ihn nicht finden. Danach zog ich hierhin und dorthin, bis zum Hals voller Hass, ohne dass ich meinem Unfrieden irgendwo hätte Luft machen können. Ich ging zum Sandmeer zurück, in die Länder der Käfer, die groß wie Vögel sind, und der Skorpione mit todbringendem Stachel, und hockte mich in ein Sandloch, während Geier landeten und kreisten. Und dann kam die Sangoma zu mir, ihr rotes Kleid wehte, obgleich kein Wind ging, und Bienen umschwärmten ihr Haupt. Ich hörte das Summen, ehe ich sie sah, und als ich sie sah, sagte ich: Das muss ein Fiebertraum sein, Sonnenwahn, denn sie war längst tot.

»Ich habe damit gerechnet, dass der Junge mit der Nase keine Nase hat, aber ich hatte nicht erwartet, dass der Junge mit dem Mund keinen Mund mehr hat«, sagte sie. Das Tier trottete neben sie.

»Du hast einen Schakal mitgebracht?«, fragte ich.

»Beleidige die Wölfin nicht.«

Sie nahm mein Gesicht in die Hände, fest, doch nicht zu fest, und sprach Worte, die ich nicht verstand. Sie hob etwas Sand auf, spie hinein und knetete ihn, bis er zusammenklebte. Dann riss sie mir die Augenklappe herunter, und ich zuckte zusammen. Dann sagte sie: Schließ dein unversehrtes Auge. Sie legte mir den Sand auf die

Augenhöhle, und die Wölfin kam näher heran. Die Wölfin knurrte, winselte und winselte noch mehr. Ich hörte etwas wie einen Stich und dann weiteres Knurren der Wölfin. Dann nichts mehr. Die Sangoma sagte: Zähl bis zehn und eins, ehe du sie öffnest. Ich begann zu zählen, und sie unterbrach mich.

»Sie wird es sich zurückholen, wenn du beinahe nicht mehr bist. Halte nach ihr Ausschau«, sagte sie.

So lieh sie mir also ein Wolfsauge. Ich glaubte, ich würde weit sehen und andere im Dunklen erkennen. Und das kann ich auch. Aber ich sehe weniger Farben, wenn ich das andere Auge schließe. Diese Wölfin wird eines Tages kommen und es zurückfordern. Ich konnte nicht einmal darüber lachen.

»Ich schon«, sagte Mossi.

»Eintausend Ficks für dich.«

»Ein paar weitere, bevor wir anlegen, würden genügen. Du könntest sogar so etwas wie ein Liebhaber werden.«

Selbst wenn er scherzte, verärgerte er mich. Vor allem wenn er scherzte, verärgerte er mich.

»Erzähl mir mehr von Hexen. Warum du sie so hasst«, sagte er.

»Wer hat gesagt, dass ich Hexen hasse?«

»Dein eigener Mund.«

»Vor vielen Jahren wurde ich in der Purpurnen Stadt krank. Beinahe todkrank – der Fluch eines Fetischpriesters, für den irgendein Ehemann bezahlt hatte. Eine Hexe fand mich und versprach mir einen heilenden Spruch, wenn ich etwas für sie täte.«

»Aber du hasst Hexen.«

»Still. Sie sei keine Hexe, sagte sie, nur eine Frau, die ohne einen Mann ein Kind bekommen habe, und diese Stadt urteilt hart über derlei. Man habe ihr das Kind weggenommen, sagte sie, und es einer reichen, aber unfruchtbaren Frau gegeben. Wirst du mich heilen, fragte ich, und sie sagte: Ich werde dich von allen Bedürfnissen befreien, was nach etwas anderem klang. Doch ich folgte meiner Nase, fand ihr Kind und nahm es in jener Nacht unbemerkt der Frau weg. Ich weiß nicht, was weiter geschah, nur dass ich am nächsten Morgen neben einer Pfütze von schwarzem Erbrochenem erwachte und geheilt war.«

»Warum also ...«

»Still. Es war wirklich ihr Kind. Aber sie hatte einen Geruch an sich. Zwei Tage später spürte ich sie in Fasisi auf. Sie erwartete jemand anderen. Den Käufer der beiden Hände und der Leber des Säuglings, die sie auf dem Tisch bereitgelegt hatte. Hexen können keinen Bannzauber gegen mich sprechen, wenngleich sie es versuchte. Ich hieb ihr in die Stirn, ehe sie einen Spruch sagen konnte, dann schlug ich ihr den Kopf ab.«

»Und seither hasst du Hexen.«

»Oh, ich hasste sie schon lange davor. Eher hasste ich mich selbst dafür, einer vertraut zu haben. Am Ende kehren alle zu ihrem ursprünglichen Wesen zurück. Es ist wie Gummi von diesem Baum, der immer wieder zurückschnellt, sosehr man ihn auch langzieht.«

»Vielleicht hegst du Hass gegen alle Frauen.«

»Wie kommst du darauf?«

»Ich habe noch nie gehört, dass du über eine ein gutes Wort verloren hättest. In deiner Welt scheinen sie alle Hexen zu sein.«

»Du weißt nichts von meiner Welt.«

»Ich weiß genug. Vielleicht hasst du niemanden, nicht einmal deine Mutter. Aber sag mir, ich lüge, wenn ich sage, dass du von Sogolon stets nur das Schlimmste erwartet hast. Und von jeder anderen Frau, der du begegnet bist.«

»Wann hast du mich dergleichen sagen hören? Warum sagst du mir das jetzt?«

»Ich weiß es nicht. Du kannst nicht in mir sein und erwarten, dass ich nicht in dir bin. Wirst du darüber nachdenken?«

»Ich habe nichts, worüber ...«

»Fick die Götter, Sucher.«

»Gut, ich werde darüber nachdenken, warum Mossi glaubt, dass ich Frauen hasse. Noch etwas, ehe ich an Deck gehe?«

»Eines noch.«

Eineinhalb Tage später legten wir mittags an. Seine Stirnwunde schien sich geschlossen zu haben, und niemand von uns hatte mehr Schmerzen, doch wir waren alle mit Schorf überzogen, selbst der Büffel. Ich hatte den größten Teil des Tages in der Sklavenkabine verbracht, wo ich Mossi gefickt hatte und er mich, wo ich Mossi geliebt hatte und er mich, und hatte mir zwischendurch die Gesichter auf Deck angesehen, um zu schauen, ob irgendjemand Streit mit mir beginnen würde. Entweder hatten sie nichts gemerkt, oder es war ihnen gleich – Matrosen sind überall Matrosen –, selbst als Mossi aufgehört hatte, meine Hand zu packen und seine Schreie damit zu ersticken. In der übrigen Zeit gab Mossi mir mehr als reichlich zu denken, und letztlich ging es dabei immer um meine Mutter, an die ich niemals denken wollte. Oder um den Leoparden, an den ich seit Monden nicht gedacht hatte, oder um das, was Mossi gesagt hatte: dass ich einen Hass auf alle Frauen in mir trug. Es war harsch, und es war eine Lüge, denn schließlich konnte ich nichts dafür, dass ich so vielen Hexen begegnet war.

»Vielleicht ziehst du das Schlimmste an.«

»Bist du das Schlimmste?«, sagte ich verärgert.

»Ich hoffe nicht. Aber ich denke an deine Mutter oder vielmehr an die Mutter, von der du mir erzählt hast, die vielleicht gar nicht wirklich ist, oder wenn sie es ist, dann nicht so, wie du sagst. Du klingst wie die Väter dort, wo ich herkomme, die ihren Töchtern die Schuld geben, wenn diese geschändet werden, und ihnen sagen: Hattest du keine Beine, um fortzulaufen? Hattest du keine Lippen, um zu schreien? Genau wie sie glaubst du, ob man Grausamkeit erleide oder ihr entgehe, sei eine Frage der Wahl oder der Mittel, wenn es in Wahrheit eine Frage der Macht ist.«

»Du meinst, ich sollte Macht verstehen?«

»Ich sage, du solltest deine Mutter verstehen.«

In der Nacht, ehe wir anlegten, sagte er: Sucher, du bist stets ein eifriger Liebhaber, aber ich glaube, es war kein Lob, und anschließend fragte er mich nach längst vergangenen, nach toten Dingen. So ausgiebig, dass ich des Präfekten und seiner Fragen tatsächlich etwas überdrüssig wurde. Am Morgen besserte die Mannschaft ohne irgendwelche Fragen ein Loch aus, das der Ogo ins Schott geschlagen hatte. Er sagte, er habe einen Albtraum gehabt.

Mittags waren die Straßen Kongoris verwaist – der günstigste Augenblick, um unbemerkt in die Stadt zu schlüpfen und in irgendeiner Gasse zu verschwinden. Abseits der Straßen, in denen die Tarobe, die Nyembe oder die Gallunkobe/Matyube lebten, bezogen die Menschen alle Häuser, die sie kaufen, sich erschleichen, erben oder beanspruchen konnten, und wenn die meisten in ihren Häusern blieben, sah die ganze Stadt aus, als versteckte sie sich hinter Mauern. Nicht einmal die Wachposten, die sonst die Stadtgrenzen hüteten, standen am Ufer. Mossi und ich nahmen im Austausch gegen Kaurischnecken die Gewänder zweier Matrosen, und einer sagte verblüfft: Ich habe schon Männer für weniger getötet. Wir trugen die von der Arbeit auf See zerschlissenen Matrosenkleider, Gewänder mit Kapuzen und Hosen wie von Männern aus dem Osten.

Mehr als sieben Nächte waren vergangen, seit wir die Stadt zuletzt gesehen hatten. Vielleicht noch mehr, doch ich konnte mich nicht erinnern. Es war keine laute Musik zu hören, und von der Bingingun-Maskerade war nichts weiter übrig als Stroh, Stofffetzen, Stöcke und Stäbe in Rot und Grün, alles herrenlos auf der Straße verstreut.

Ich suchte nach Anzeichen dafür, dass der Ogo den Präfekten und mich mit anderen Augen sah, fand jedoch keine. Allenfalls redete der Ogo mehr, als er es seit beinahe einem Mond getan hatte, er sprach über alles von dem angenehmen Himmel bis zu diesem höchst angenehmen Büffel, so lange, bis ich ihm beinahe gesagt hätte, ein so redseliger Ogo werde die Aufmerksamkeit auf uns lenken. Ich fragte mich, ob Mossi dasselbe dachte und darum mit einigem Abstand hinter uns ging, bis ich sah, wie sein Blick auf und ab und rückwärts und seitwärts ging, über jede Kreuzung schweifte, ohne dass er auch nur einmal die Hand vom Schwert genommen hätte. Ich ließ mich zurückfallen und ging neben ihm her.

»Die Armee des Häuptlings?«

»In einer Händlerstraße? Sie bezahlen uns gut dafür, dass wir nie in diese Gegend kommen.«

»Wer dann?«

»Jeder.«

»Welcher Feind erwartet uns, Mossi?«

»Es sind nicht die Feinde auf dem Boden, sondern die Tauben in der Luft, die mir Sorge bereiten.«

»Ich weiß. Und ich habe hier keine Freunde. Ich ...«

Ich musste stehen bleiben, mitten auf der Straße, die wir entlanggingen. Ich fasste mir an die Nase und wich an eine Wand zurück. So viele auf einmal, dass mein älteres Ich leicht wahnsinnig geworden wäre; jetzt schlugen sie meine Gedanken von einer Seite zur anderen, stießen mich vor und zurück und im Kreis herum, alles zugleich; meine Nase ließ mich schwindeln.

»Sucher.«

Ich kann durch ein Land voller unbekannter Gerüche ziehen. Ich kann an einen Ort voller bekannter Gerüche gehen, wenn ich weiß, dass sie dort sein werden, und entscheiden, welchem Geruch meine Gedanken folgen werden. Doch wenn es sechs oder auch nur vier sind, die mich unerwartet überfallen, verliere ich beinahe den Verstand. So viele Jahre sind vergangen, seit mir das zuletzt widerfahren ist. Ich erinnerte mich an den Jungen, der mir beigebracht hatte, mich um einen einzigen zu sammeln, den Jungen, den ich hatte töten müssen. Dort kamen sie alle zu mir zurück, alle, an die ich mich erinnere, und nicht nur diejenigen in Kongor.

»Du riechst den Jungen«, sagte Mossi und fasste mich am Arm.

»Ich werde schon nicht hinfallen.«

»Aber du riechst den Jungen.«

»Mehr als nur den Jungen.«

»Ist das gut oder eher nicht?«

»Das wissen allein die Götter. Diese Nase ist ein Fluch, sie ist kein Segen. In dieser Stadt ist einiges im Gange, mehr als beim letzten Mal.«

»Drück dich klar aus, Sucher.«

»Fick die Götter, klinge ich wie ein Wahnsinniger?«

»Friede. Friede.«

»Das hat die verdammte Katze immer gesagt.«

Er packte mich und zog mich an sein Gesicht heran.

»Deine Wut macht es nur schlimmer«, sagte er.

Der Ogo und der Büffel waren weitergegangen, ohne zu bemerken, dass wir stehen geblieben waren. Er berührte meine Wange, und ich zuckte zurück.

»Niemand sieht uns«, sagte er. »Zudem lenkt es dich von deinen anderen Sorgen ab.« Er lächelte.

»Ich glaube, jemand folgt uns. Wie weit bis zu den Straßen von Nyembe?«, fragte ich.

»Nicht weit, sie sind nördlich und westlich von hier. Aber diese beiden lassen sich nicht verbergen«, sagte er und deutete auf den Büffel und den Ogo. »Wir sollten an der Küste bleiben. Gehen wir zu dem Jungen?«

»Sie sind jetzt nur noch zu dritt, und der Ipundulu ist verwundet. Und er hat keine Hexenmutter, die seine Heilung beschleunigen kann.«

»Du sagst, wir sollen warten?«

»Nein.«

»Was sagst du dann?«

»Mossi.«

»Sucher.«

»Still. Ich sage, während wir jagen, werden wir gejagt. Der Aesi könnte noch immer in Kongor sein. Und ich habe das Gefühl, er beobachtet uns und wartet darauf, dass wir ihm einfach in den Schoß fallen. Und es sind noch andere, die uns folgen.«

»Mein Schwert ist bereit, wenn sie uns finden.«

»Nein. Wir werden sie finden.«

Die Dämmerung brach an, ehe wir uns durch verwaiste Gassen nach Westen schlichen. Wir kamen an einer engen Gasse vorbei, durch die nur einer gehen konnte, und Mossi sprang hinein und kehrte mit Blut an seinem Schwert zurück. Er sagte nichts, und ich fragte nicht. Wir gingen Gasse für Gasse weiter nach Norden und Osten, bis wir das Nyembe-Viertel und die Straße erreichten, die sich zum Haus des alten Herrn schlängelte.

»Als ich zuletzt durch diese Straße gegangen bin, wimmelte sie vor Sieben Schwingen«, sagte ich.

Er deutete auf die Flagge des Trauerhabichts, die noch immer an dem dreihundert Schritte entfernten Turm wehte. »Aber sie weht noch. Und das Zeichen des Königs von Fasisi ist überall.«

Wir kamen an die Tür, die verdächtigerweise offen stand.

»Hier an der Mauer ist ein Zeichen, das ich kenne«, sagte ich.

»Ich hätte gedacht, du würdest erst etwas zu der Pisse sagen.«

Mossi fuhr zusammen, doch ich blieb reglos, obgleich ich mir wünschte, eine Axt zu haben. Er kam von irgendwo tief im Inneren des Hauses, kam den engen Gang entlanggerannt, der nach draußen führte, sprang mich geradewegs an und warf mich zu Boden. Der Büffel schnaubte, der Ogo sprang mir zur Seite, und Mossi zog sein Schwert.

»Nein«, sagte ich. »Er ist ein …«

Der Leopard leckte mir über die Stirn. Er rieb den Kopf an meiner rechten Wange, tauchte unter meinem Kinn hindurch und rieb ihn an der linken. Er rieb seine Nase an meiner und legte die Stirn an meine. Er brummte und schnurrte, als ich mich aufrichtete. Dann änderte er die Gestalt.

»Das hast du von Löwen gelernt, du trauriger Abklatsch eines Leoparden«, sagte ich.

»Sollen wir über die verdorbenen Dinge reden, die du dir angewöhnt hast, Wolf? Denn das sind sie. Bald wird mir zu Ohren kommen, dass du mit der Zunge küsst.«

Das Schnauben kam von mir, nicht von dem Büffel.

»Du mit deinem Hundsauge, ich mit meinen Katzenaugen. Sind wir nicht ein hübsches Paar, Sucher?«

Leopard sprang auf die Füße und zog mich hoch. Mossi hielt noch immer beide Schwerter in der Hand, doch der Ogo ging geradewegs zu dem Leoparden und hob ihn auf.

»Ich mag dich lieber als die meisten anderen Katzen«, sagte er.

»Wie viele Katzen kennst du, Sadogo?«

»Nur eine.«

Leopard berührte sein Gesicht.

»He, Büffel, hat dich noch immer niemand verspeist?«

Der Büffel stampfte mit dem Huf auf, und der Leopard lachte. Sadogo setzte ihn ab.

»Wer ist der mit den gezückten Schwertern? Ein Feind?«

»Um die Wahrheit zu sagen, Leopard, hätte ich selbst beinahe mein Messer gezogen.«

»Warum?«

»Warum? Leop… Ist der Junge bei dir?«

»Gewiss ist er das … Ach, warte. Ja, ja, ja. Ich hätte selbst ein Messer gegen mich gezückt, das ist wahr. Ich muss dir eine Geschichte erzählen. Darin wird ein Arsch gefickt, also wird sie dir gefallen. Und wie viele Geschichten musst du mir zu erzählen haben? Zuerst einmal: Wer ist dieser gute Mann, der noch immer nicht sein Schwert wegstecken will?«

»Mossi. Er war Kapitän der Armee des Häuptlings.«

»Ich bin Mossi.«

»Das sagte er gerade. Ich habe einige Häuptlinge erlebt; sie waren nicht besonders häuptlingshaft. Wie kommt es, dass du mit diesen ... wie nenne ich euch, wie nenne ich uns?«

»Es ist eine lange Geschichte. Aber ich suche jetzt auch nach dem Jungen. Mit ihm«, sagte Mossi.

»Du hast ihm also von dem Jungen erzählt«, sagte Leopard und sah mich an.

»Er weiß alles.«

»Nicht alles«, sagte Mossi.

»Fick die Götter, Präfekt.«

Leopard blickte erst ihn und dann mich an, und ein Grinsen breitete sich auf seinem Gesicht aus. Ich wünschte ihm dafür eintausend Ficks.

»Wo ist Sogolon?«

»Das ist eine sehr lange Geschichte. Länger als deine. Ich will mit dem Herrn dieses Hauses sprechen. In Dolingo gibt es einen, der genauso aussieht wie er.«

»Was hat dich nach Dolingo geführt? Leider haben uns hier nur Spinnen empfangen, es war alles leer. Jedes Zimmer, jedes Fenster, nicht einmal eine Pflanze war übrig. Geht hinein, guter Ogo und Präfekt, wie auch immer du heißt.«

»Mossi.«

»Ja, richtig. Büffel, unser Gemüse im Haus ist besser als alles auf diesem verdorbenen Boden. Geh ums Haus herum und lass dir durchs Fenster etwas geben.«

Es war das erste Mal seit Langem, dass ich den Büffel jenes Geräusch machen hörte, von dem ich noch immer schwöre, dass es ein Lachen war.

»Mossi, du siehst wie ein Schwertkämpfer aus«, sagte Leopard.

»Und weiter?«

»Nichts weiter, aber ich habe zwei Schwerter, die einem Tier auf vier Beinen nichts nützen. Feine Klingen aus dem Süden. Gehörten einem Mann, dem ich den Kopf abgeschlagen habe.«

»Lässt einer von euch beiden jemals einen Mann in einem Stück?«

Der Leopard sah erst mich und dann Mossi an und lachte. Dann schlug er Mossi fest mit der flachen Hand auf den Rücken und schob ihn mit einem »Sie sind dort drinnen« fort. Ich kann mir nicht vorstellen, dass es Mossi gefiel – nicht so sehr, wie es mir gefiel, es zu sehen.

»Sucher, sie ist auch hier.«

»Wer?«

Er bedeutete mir mit einer Kopfbewegung, ihm zu folgen.

»Morgen früh holen wir den Jungen«, sagte er.

A ls wir eintraten, rannte Fumeli, den ich so lange nicht gesehen hatte, auf uns zu, bremste aber rasch ab, als der Leopard fauchte.

»Danach werde ich mich später erkundigen«, sagte ich.

»Wir machen es, wie wir es immer machen, Sucher. Ein Geschichtenwettstreit. Ich glaube, ich werde wieder gewinnen.«

»Du hast meine Geschichte noch nicht gehört.«

Er sah mich an. Seine Schnurrhaare ragten unter seiner Nase hervor, und seine Haare sahen länger und wilder aus. Ich hatte diesen Mann so sehr vermisst, dass mein Herz noch immer bei der kleinsten Bewegung von ihm hüpfte. Wenn er sich mit einem verschlagenen Grinsen umdrehte. Wenn er sich unter dem Gewand im Schritt kratzte, da er Kleider ebenso sehr hasste wie ich.

»Meiner kann sie nicht das Wasser reichen, glaub mir.«

Der Leopard führte mich sechs Treppen hinauf. Wir näherten uns einem Raum, den ich zuvor nicht gesehen hatte, als der Geruch des Flusses zu mir drang. Nicht von draußen, doch es war einer der fünf oder sechs Gerüche, die ich kannte und nicht mochte. Einer war in dem Raum, die übrigen waren nah, aber nicht dort.

»Ich rieche den Jungen«, sagte ich. »Nicht weit von hier. Wir sollten ihn jetzt holen, ehe sie weiterziehen können.«

»Ein Mann, der denkt wie ich. Das habe ich nun schon dreimal
gesagt. Doch sie sagen, ihre Jäger seien zu zahlreich und mich jage
eine ganze Armee, also müssten wir in der Nacht zuschlagen.«

Ich kannte die Stimme nicht.

»Der Sucher ist hier. Er kann Euch sagen, was geschieht, wenn ein
Plan der Launenhaftigkeit zum Opfer fällt.«

Diese Stimme kannte ich. Ich trat ein und sah zuerst nach der anderen. Sie lag auf Kissen und Teppichen, einen Becher in der Hand,
starker Trunk von der Kaffeebohne aus Fasisi. Sie trug eine Kopfbedeckung, die am oberen Ende ausladend war wie eine Krone, jedoch aus rotem Stoff, nicht aus Gold. Ein Schleier, vielleicht aus
Seide, war hinaufgerollt, um ihr Gesicht zu enthüllen. Zwei große
Scheiben waren in ihren Ohren, das Muster Kreise in Rot, Weiß, Rot
und wieder Weiß. Auch ihr Gewand war rot; die Ärmel entblößten
ihre Schultern, verbargen jedoch die Arme. Auf der Vorderseite war
ein großes blaues Muster in Form zweier aufeinandergerichteter
Pfeilspitzen. Beinahe hätte ich gesagt: Ich kenne keine Nonne, die
sich so kleiden würde, doch mein Mund hatte mich schon in genügend Schwierigkeiten gebracht. Hinter ihr standen zwei Dienerinnen in den gleichen Lederkleidern, die Sogolon so gern getragen
hatte.

»Du bist der, den sie Sucher nennen«, sagte die Königsschwester.

»So nennt man mich, Euer Durchlaucht.«

»Ich bin weit von Durchlauchtigkeit entfernt und seit Jahren alles
andere als makellos. Dafür hat mein Bruder gesorgt. Und Sogolon ist
nicht länger bei euch. Ist sie tot?«

»Sie hat bekommen, was sie verdiente«, sagte ich.

»Sie hat gern Pläne gemacht, diese Sogolon. Berichte uns.«

»Sie ist durch eine Tür gegangen, durch die sie nicht hätte gehen
sollen, und wahrscheinlich verbrannt.«

»Ein schrecklicher Tod, soweit ich es beurteilen kann. Ich wünsche dir Stärke in deiner Trauer.«

»Ich trauere nicht um sie. Sie hat uns im Austausch gegen freies Geleit nach Dolingo als Sklaven verkauft. Sie hat auch einem Mädchen den Leib genommen und ihn der Seele eines Mannes gegeben, dessen Leib sie vor langer Zeit geraubt hatte.«

»Das alles kannst du nicht wissen!«, sagte Bunshi. Ich hatte mich schon gefragt, wann sie wohl das Wort ergreifen würde. Sie begann sich aus einer Pfütze am Boden zur Rechten der Königsschwester zu erheben.

»Wer weiß, Wasserhexe? Vielleicht hat er Vergeltung geübt, indem er sie mit sich durch eine der zehn und neun Türen gezogen hat. Ich habe gehört, man könne nicht zu einer Tür zurückkehren, ehe man nicht durch alle zehn und neun gegangen ist. Sie hat den Beweis erbracht, falls du zu denen gehörst, die sich das gefragt haben«, sagte ich.

»Und du hast ihn gewähren lassen.«

»Es geschah so rasch, Bunshi. Rascher, als sich mein Gemüt regen konnte.«

»Ich sollte dich ersäufen.«

»Wann hast du erfahren, dass sie den Plan geändert hatte? Hat sie es dir nicht gesagt? Bist du eine Lügnerin oder eine Närrin?«, fragte ich.

»Mit Eurer Erlaubnis«, sagte Bunshi zu der Königsschwester, die jedoch den Kopf schüttelte.

»Irgendwann kam sie zu dem Entschluss, wir seien alle untauglich, Euren kostbaren Jungen zu retten. Selbst als wir, die Untauglichen, uns selbst befreiten und sie vor dem retteten, der Ipundulu genannt wird«, sagte ich.

»Sie …«

»Hat einen Fehler gemacht, der sie das Kind kostete? Ja, das hat sie wohl«, sagte ich.

»Sogolon hat nur versucht, ihrer Herrin zu dienen«, sagte Bunshi zur Königsschwester, doch die blickte bereits mich an.

»Sucher? Wie ist dein wahrer Name?«, fragte die Königsschwester.

»Sucher.«

»Sucher. Ich verstehe dich. Du nimmst keinen Anteil am Schicksal dieses Kindes.«

»Ich hörte, es sei die Zukunft des Königreiches.«

Sie stand auf.

»Was hast du noch gehört?«

»Zu viel und lange nicht genug.«

Sie lachte und sagte: »Stärke, List, Mut – wo waren Männer mit diesen Eigenschaften, als wir sie brauchten? Wo ist die Frau, die du verletzt und verlassen hast?«

»Sie hat sich selbst verletzt.«

»Dann muss sie eine Frau sein, die über mehr Macht und Mittel verfügt als ich. Jede meiner Narben hat mir ein anderer zugefügt. Welche Frau ist das?«

»Seine Mutter«, sagte der Leopard. In diesem Augenblick hätte ich ihn töten können.

»Seine Mutter. Sie und ich haben vieles gemeinsam.«

»Ihr habt beide Eure Kinder verlassen?«

»Vielleicht wurden unser beider Leben von Männern zerstört, und unsere Kinder haben uns dies zum Vorwurf gemacht. Bitte vergib mir diese Bemerkung; ich habe auch in einem Nonnenkloster gegenüber von einem Hurenhaus gelebt. Denk dir das: Ich, die Königsschwester, zwischen alten Weibern versteckt, weil er Meuchelmörder zu derselben Festung gesandt hat, in der er mich gefangen hielt. Die Sieben Schwingen sind losgezogen, um sich in Fasisi der Königsarmee anzuschließen. Von dort aus werden sie zuerst Luala Luala angreifen und dann die Gangatom und die Ku, und sie werden jeden Mann, jede Frau und jedes Kind in die Sklaverei zwingen.

Nein, sie werden es nicht tun, sie haben es bereits getan. Luala Luala ist schon erobert. Kriegswaffen bauen sich nicht von selbst.«

»Die Achtung der Könige für Euch. Aber Ihr steht da und versucht gewöhnliche Männer und Frauen für das Schicksal von Prinzen und Königen zu interessieren, als würde das, was mit Euch geschieht, in irgendeiner Weise ändern, was mit uns geschieht«, sagte ich.

»Der Leopard sagte mir, du hast Kinder bei den Gangatom?«

»Ich glaube nicht, dass ich lange genug in irgendeiner Koo war, um ein Kind zu zeugen«, sagte ich.

»Ist das der Mund, vor dem ihr mich gewarnt habt?«, sagte sie, an Bunshi und den Leoparden gewandt. Der Leopard nickte. Sie setzte sich wieder auf einen Schemel.

»Welch eine liebenswerte Sippe du gehabt haben musst, dass dir der Verlust eines Sohnes nichts gilt.«

»Das ist nicht mein …«

»Sucher«, sagte Leopard und schüttelte den Kopf.

»Man hat eine andere Sicht auf die Dinge, wenn man selbst das verlorene Kind ist, Eure Durchlaucht. Dann beschäftigt einen am meisten die Enttäuschung, die die Eltern bedeuten«, sagte ich.

Sie lachte.

»Wirke ich gefasst auf dich, Sucher? Glaubst du, diese Frau hier ist von Itutu besessen? Wie kann die Schwester so gefasst sein, wenn Ungeheuer und Männer ihren Sohn geraubt haben? Vielleicht ist es nur die jüngste Verletzung. Vielleicht bin ich müde. Vielleicht nehme ich jede Nacht ein Bad, um unter Wasser schreien und die Tränen abwaschen zu können. Oder vielleicht eintausend Ficks für dich, dass du glaubst, all das ginge dich etwas an. Die Kunde hat schon viele der Ältesten erreicht, dass ich nicht nur ein Kind habe, sondern ein Kind aus einer rechtmäßigen Verbindung mit einem Prinzen. Sie wissen, ich werde nach Fasisi gehen und vor den Ältesten, dem Hof, den Ahnen und den Göttern die Thronfolge beanspruchen. Mein

Bruder glaubt sogar, alle Griots des Südens getötet zu haben, doch ich habe vier. Vier, die von der wahren Geschichte berichten können, vier, deren Zeugnis niemand in Zweifel ziehen wird.«

»Weshalb all das, um einen weiteren Mann auf den Thron zu setzen? Einen Jungen.«

»Einen Jungen, der von seiner Mutter unterrichtet wurde. Nicht von Männern, die einen Jungen nur zu ihresgleichen aufziehen können. Die Armee meines Bruders ist vor zwei Tagen nach Norden in Richtung der Flusslande marschiert. Hast du dort kein Blut?«

»Nein.«

»Gangatom ist gleich auf der anderen Seite des Flusses. Und was wird er mit den Kindern tun, die zu jung sind, um Sklaven zu werden? Hast du je von den weißen Wissenschaftlern gehört?«

Ich musste all meine Kräfte zusammennehmen, um rasch zu antworten, und doch sprach ich zu spät.

»Nein.«

»Danke deinen Göttern, dass du ihnen nie begegnet bist«, sagte sie, doch sie sah mich mit einer erhobenen Braue an und sprach langsamer als zuvor.

»Sie sind weiß, weil selbst ihre Haut gegen ihr böses Tun aufbegehrt, denn die Haut kann nur ein gewisses Maß an Schändlichkeit hinnehmen. Weiß, wie es nur das reinste Böse ist. Sie holen die Kinder und verbinden sie mit Bestien und Teufeln. Zwei haben mich selbst angegriffen, einer hatte Fledermausflügel so groß wie diese Flagge. Als meine Männer ihn mit Pfeilen töteten, war es nur ein Junge, und die Flügel waren nun Teil seiner Haut und seiner Knochen, selbst Blut floss hindurch. Und sie hatten noch andere Dinge getan, aus drei Mädchen eines gemacht, Zunge an Zunge und Zunge an einen Jungen genäht, sodass er wie ein Krokodil jagt, und ihm Vogelaugen gegeben. Weißt du, warum sie sie holen, wenn sie noch so jung sind? Denk nach, Sucher. Mach einen gewöhnlichen Mann zum Mörder, und er kann wieder zu einem gewöhnlichen Mann werden, oder er kann dich ermorden. Erziehst du aber ein Kind zum Mörder, wird es nur noch morden. Es lebt für Blut, ohne jede Reue. Sie holen die Kinder und züchten sie wie Pflanzen, mit aller Kunstfertigkeit der weißen Wissenschaft und umso schlimmer, wenn die Kinder schon über eigene Gaben verfügen. Jetzt arbeiten sie für meinen Bruder und die Hündin von Dolingo.«

»Sogolon sagte, Ihr wärt Verbündete. Schwestern im Bunde.«

»Ich war nie eine Schwester dieses Weibs. Sogolon kennt sie. Kannte sie.«

»Dann gehe ich nach Gangatom.«

»Du kennst welche, nicht wahr? Kinder mit Gaben.«

»Ich gehe nach Gangatom«, sagte ich wieder.

»Was? Niemand hier hat mir gesagt, dass du mit deiner eigenen Armee hergekommen bist. Vielleicht mit deinen eigenen Söldnern? Zwei Spähern womöglich? Einem Hexer, um deine Ankunft zu verschleiern? Wie wirst du sie retten? Und warum sollte es dich kümmern, was mit den Kindern geschieht? Der Leopard sagt mir, es seien sogar Mingi. Sag mir die Wahrheit. Ist eines blau und ohne Haut, hat eines Beine wie ein Strauß und eines gar keine? Viele Soldaten glauben an die alten Bräuche. Sie werden in einem Haus der weißen Wissenschaft enden, wenn sie nicht vorher getötet werden. Wertlos und nutzlos.«

»Sie sind mehr wert als ein nutzloser Schiss von einem König auf einem nutzlosen Scheißloch von einem Thron. Und ich töte jeden, der sie holt.«

»Aber du bist nicht bei ihnen, und du hast sie nicht bei dir. Wie ist eine solche Vaterschaft möglich? Und doch glaubst du, über mich urteilen zu können.«

Ich hatte ihr nichts weiter zu sagen. Sie kam zu mir herüber, ging jedoch zum Fenster weiter.

»Sogolon ist verbrannt, sagst du?«

»Ja. Sie wurde von vielen Geistern gejagt.«

»In der Tat. Manche davon waren ihre eigenen Kinder. Tote Kinder. Ich bin toter Kinder überdrüssig, Sucher, Kinder, die nicht hätten sterben müssen. Du sprichst von Anteilnahme. Ich weiß nicht, wie ich dich dazu bringen soll, Anteil zu nehmen. Doch im Augenblick haben zwei mein Kind, wegen eines Fehlers, den diese hier gemacht hat und den Sogolon mit aller Macht ausmerzen wollte. Ich brauche keinen Mann mit einer Aufgabe, und ich brauche keinen Mann, der an Könige oder Götter glaubt, ebenso wenig wie ich einen Mann brauche, der glaubt, einen Goldklumpen scheißen zu können. Ich will nur einen, der Wort hält, wenn er sagt, er bringt mir meinen Sohn zurück.«

»Ich tue es noch immer der Münze wegen.«

»Etwas anderes habe ich nicht erwartet.«

»Warum habt Ihr uns nicht von Anfang an die Wahrheit gesagt?«

»Was ist Wahrheit?«

»Das ist Eure Antwort? Es hätte mich stärker angerührt, hätte Euer Flussdämon uns alles erzählt.«

»Es hätte mehr gebraucht, als du gehört hast, dass es dich berührt hätte?«

»Was ich gehört und was ich gesehen habe, waren zwei verschiedene Dinge.«

»Ich dachte, es sei deine Nase, der du vertraust. Du und deine Truppe, ihr seht aus, als hättet ihr noch einige Wunden zu lecken.«

»Mir und meiner Truppe geht es gut.«

»Nichtsdestoweniger. Geht meinen Jungen morgen Abend holen.«

I ch habe etwas für dich«, sagte der Leopard. Ich hatte eines der Zimmer im Obergeschoss, aber mit Blick auf die verschlungene Straße bezogen. Teppiche auf dem Boden, der Duft von Zibetmoschus und ein Bett mit Kopfteil, wie ich es zuletzt im Haus meines Vaters gesehen hatte. Meines Großvaters. Er warf mir eine meiner Äxte zu, und ich fing sie mitten in der Drehung auf. Er nickte beeindruckt. Die zweite steckte in einem Holster, das ich mir über die Schulter zog.

»Ich habe dir noch etwas mitgebracht«, sagte er und gab mir einen Krug, der nach Kautschuk roch.

»Schwarze Erdfarbe in Sheabutter, perfekt für dich. Damit kannst du dich durch Dunkelheit und Schatten bewegen, ohne diese ganzen Lumpen zu tragen, von denen die Brustwarzen und das Arschloch jucken. Gehen wir spazieren.«

Wir verließen das Haus, gingen zum Fluss hinunter und am Ufer entlang.

»Es hat sich einiges geändert zwischen dir und diesem Fumeli«, sagte ich.

»Ja?«

»Oder vielleicht bin ich es, der sich geändert hat. Du fährst ihm häufiger über den Mund, aber es kümmert mich weniger.«

Er wandte sich zu mir um, ging wieder rückwärts.

»Sucher, du musst es mir verraten: Wie böse war ich?«

»Wie ein räudiger Hund, dem man das letzte Fressen weggenommen hat. Du warst sonderbar, Leopard. An einem Tag der heiterste Mensch, der mich lachen machte wie kein Zweiter. Und am nächsten Tag hast du mir nicht bloß alles Schlechte gewünscht, sondern mir auch in den Nacken gebissen.«

»Das ist unmöglich, Sucher. Selbst in meiner ärgsten Laune könnte ich dir niemals …«

»Sieh dir die Narbe an«, sagte ich und deutete darauf. »Das war dein Gebiss. Dein Unfriede war heftig.«

»Gut, gut. Lieber Sucher, das bekümmert mich. Ich war nicht ich selbst.«

»Wer warst du dann?«

»Ich habe dir eine sonderbare Geschichte versprochen. Fumeli. Wie ich lachen muss, wenn ich daran denke. Aber dieser, dieser Junge, fick die Götter. Hör mich an.«

Wir gingen weiter am Ufer entlang, beide in Kapuzen und in die Kleider derer gehüllt, die ihr Leben den Göttern verschrieben haben. Die Kleider des alten Edelmannes.

»Fumeli meinte, er müsse mich besitzen und sonst niemand. Vor allem du nicht, Sucher. Irgendwie hast du ihn als Freund mehr geängstigt denn jeder Liebhaber. Aber auch das machte ihm Angst. Darum hat er mich mit einem sonderbaren Zauber belegt. Einem, der mich selbst glauben ließ, ich gehörte nur ihm. Babacoop.«

»Teufelsgeflüster? Der Trank ist so garstig, dass ihn kein Wein überdecken kann. Auch kein Bier. Wie hat er ihn in deinen Mund bekommen, Leopard?«

»Er hat ihn nicht in meinen Mund bekommen.«

»Selbst als Dampf verbrennt er noch die Nase.«

»Auch nicht in meine Nase. Sucher, wie soll ich es dir sagen? Fumeli tauchte seinen Finger in Teufelsgeflüster, und dann ... danach dauerte es keine Drehung der Sanduhr, und er konnte mir sagen, was ich zu tun hatte, und ich tat es, er konnte mir sagen, was ich zu glauben hatte, und ich glaubte es, er konnte mir sagen, was ich zu hassen hatte, und ich hasste es. Es dauerte einige Tage an, hinterher erinnerte ich mich an nichts, und wenn wir das nächste Mal fickten, schob er mir wieder Teufelsgeflüster in den Arsch.«

»Wie hast du es herausgefunden?«

»Er hat einen zweiten Finger dazugesteckt.«

Ich prustete vor Lachen.

»Ich packte ihn. Ich sah seine Hände und sagte: Was ist das? Ich schwöre es dir, Sucher, ich prügelte ihn um ein Haar zu Tode, ehe er es mir sagte, und als er es mir sagte, prügelte ich ihn ein zweites Mal um ein Haar zu Tode.«

Ich musste so heftig lachen, dass es mich schüttelte und ich in den Sand fiel. Und ich konnte nicht aufhören. Ich schaute ihm ins Gesicht und lachte, schaute auf sein Bein und lachte, sah, wie er sich am Arsch kratzte, und lachte. Ich lachte, bis mein Lachen vom Fluss wieder zu mir heraufdrang. Er lachte auch, aber nicht so laut. Er sagte sogar: »Nun komm, Sucher, so lustig ist es nun auch wieder nicht.«

»Doch, Leopard, doch, das ist es«, sagte ich und begann wieder zu lachen. Ich lachte, bis ich Schluckauf bekam. »Du weißt doch, wie man sagt: *Hunum hagu ba bakon tsuliya bane.*«

»Ich kenne diese Zunge nicht.«

»Die linke Hand ist dem Anus nicht fremd.«

Wieder brach ich in schallendes Gelächter aus.

»Warte. Warum ist er noch bei dir?«, fragte ich.

»Ein Leopard kann seinen Bogen noch immer nicht selbst tragen, Sucher. Und die Wahrheit ist, er beherrscht ihn viel besser, als ich es je getan habe, und ich war schon sehr gut. Sobald ich wieder wusste, wer ich war, peitschte ich ihm die Hinterbacken, bis er mir sagte, wohin ihr unterwegs wart. Also ritten wir nach Kongor zurück, und seither warte ich in diesem Haus. Bunshi fand uns, als wir nach Nimbe übersetzten, und brachte uns hierher. Aber wärst du nicht gekommen, dann wäre ich vielleicht nicht geblieben.«

»Über dein vergiftetes Arschloch könnte ich einen ganzen Mond lang lachen.«

»Lach nur. Schon mich nicht. Ich töte ihn nur deswegen nicht, weil ich nicht wüsste, wer dann meinen Bogen tragen sollte. Sucher, ich habe dir noch mehr zu zeigen, auch wenn du es vielleicht nicht sehen willst.«

Wir ließen das Ufer hinter uns und gingen eine mir unbekannte Gasse entlang. Noch immer waren nicht viele Menschen unterwegs, obgleich der Mittag längst vorbei war.

»Ich habe noch Fragen zu deiner Königin«, sagte ich.

»Meine Königin? Bunshi hat sie in einem Ölkrug in die Stadt geschmuggelt. Und glaub ja nicht, nur weil sie insgeheim hier ist, würde sie keine Befehle geben. Ich dachte, diese Wasserhexe würde niemandem gehorchen.«

Ich blieb stehen. »Ich habe dich vermisst, Leopard.«

Er umfasste mein Handgelenk. »Dir ist viel widerfahren.«

»Viel. Hast du nach dem Jungen gesucht?«

»Nicht, während Fumeli mich nach seiner Pfeife tanzen ließ. Der Junge hätte ihm gleichgültiger nicht sein können. Wir wohnten im Obergeschoss eines verlassenen Hauses hier in Kongor, als ich sein Gift entdeckte. Er war immer bereit, mir etwas in den Arsch zu schieben, sobald mich Verwirrung befiel. Es geschah immer auf die gleiche Weise. Ich sagte: Bei den Göttern, wo sind wir hier? Und er antwortete jedes Mal: Weißt du das denn nicht mehr? Komm, fick mich noch mal.«

»Möge es allen eine Lehre sein, die sich von ihrem Schwanz leiten lassen.«

»Oder vom Finger des anderen.«

Wir lachten so laut, dass uns die Leute anschauten.

»Und die Königsschwester?«

»Was ist mit ihr?«

»Sie sagte mir, ihr wärt auf dem Rückweg nach Kongor, und nicht mit guten Neuigkeiten. Aber der Junge war hier. Erst vor wenigen Tagen, Sucher.«

Dort, wo ich dich hinbringe, wird es dir nicht gefallen. Aber wir müssen dorthin, ehe wir den Jungen holen.«

Ich gab ihm mit einem Nicken zu verstehen, dass ich ihm vertraute. Zudem verliere ich, wenn Gerüche zusammentreffen, und seien es solche, die ich kenne, den Überblick darüber, welcher von wem stammt, zumal wenn die Gerüche so weit voneinander entfernt sind. Doch als wir diese Gasse entlanggingen, vorbei an freistehenden Häusern, bis wir an eines am Ende der Straße kamen, erhob sich ein Geruch über alle anderen.

Kath.

Ich griff nach meiner Axt, doch der Leopard berührte meinen Arm und schüttelte den Kopf. Er klopfte dreimal an die Tür. Jemand entriegelte fünf Schlösser. Die Tür öffnete sich langsam, als wäre das Holz argwöhnisch. Ich sah sie erst, nachdem wir eingetreten waren. Nsaka Ne Vampi. Sie nickte, als sie mich sah. Ich stand da und wartete auf ihr neunmalkluges Mundwerk, doch auf ihrem Gesicht lag nur Müdigkeit. Das Haar war verfilzt und schmutzig, das lange schwarze Kleid mit Erde und Asche beschmiert, die Lippen trocken und spröde. Nsaka Ne Vampi sah aus, als hätte sie länger nichts gegessen, ohne dass sie es überhaupt zu bemerken schien. Sie ging einen Flur hinunter, und wir folgten ihr.

»Heute Nacht?«, fragte sie.

»Morgen Nacht«, sagte der Leopard.

Sie öffnete die Tür, und blaues Licht fiel auf die Wand und mein Gesicht. Zuerst ein Blitz, der knisternd durch seine Finger hinauf zu seinem Gehirn und hinunter zu seinen Beinen, seinen Zehen und der Spitze seines Penis schoss. Überall um ihn herum lagen die Knochen von Hunden und Ratten, Kalebassen voller unangetasteter, faulender Lebensmittel, Blut und Scheiße. Seine Haut schälte sich noch immer ab, was zu seinem Kennzeichen geworden war.

Nyka.

In einer Ecke lag ein Haufen Lumpen. Nyka sah Nsaka Ne Vampi und spie aus. Er sprang auf die Füße und schoss auf sie zu; die Kette an seinen Füßen klirrte, bis er so weit gerannt war, wie sie es zuließ, und brachte ihn nur eine Fingerlänge von Nsaka Ne Vampi entfernt zum Stehen.

»Ich kann deine hündische Koo von hier aus riechen«, sagte er.

»Iss dein Essen. Die Ratten wissen, dass du sie fressen willst, und kommen nicht mehr heraus.«

»Weißt du, was ich fressen werde? Ich nage meinen eigenen Knöchel ab, reiße die Haut herunter, reiße das Fleisch heraus, reiße den Knochen heraus, bis diese Fessel abfällt, und dann komme ich und schneide dir tief in die Brust hinein, sodass er dich riecht und zu mir kommt, und dann sage ich: Meister, schau, was ich für dich vorbereitet habe. Und weißt du, was er dann tun wird? Er wird von dir trinken, und ich werde zusehen. Dann werde ich von ihm trinken.«

»Hast du Klauen wie er? Zähne? Alles, was du hast, sind dreckige Fingernägel, dass sich deine Mutter schämen muss«, sagte sie.

»Diese Fingernägel werden sich in dein pockennarbiges Gesicht schlagen und dir deine Hexenaugen auskratzen. Und dann werde ich … ich … Bitte, bitte nimm mir die Fesseln ab. Sie schneiden mir in die Haut und jucken, bitte, bei allem, was von den Göttern ist, bitte. Bitte, Liebliche. Ich bin nichts, ich habe nichts … Ich ja, ja, ja ja ja ja jajaja!«

Er drehte sich zu der Wand hinter ihm und rannte schnurstracks in eine Ecke. Ich hörte seinen Kopf gegen die Wand prallen. Er fiel wieder zu Boden. Nsaka Ne Vampi wandte den Kopf ab. Ich fragte mich, ob sie weinte. Wieder durchschossen ihn Blitze, und er zuckte wie im Krampf. Wir sahen zu, bis es vorbei war und er den Kopf nicht mehr auf den Boden schlug. Er hörte auf zu schnaufen und atmete langsam. Erst als er so reglos auf dem Boden lag, sah er den Leoparden und mich an.

»Ich kenne dich. Ich habe dein Gesicht geküsst«, sagte er.

Ich sagte nichts. Ich fragte mich, warum mich der Leopard hergebracht hatte. Ob das seinem oder ihrem Kopf entsprungen war. Der Hass verließ mich, als ich ihn dort liegen sah. Das ist nicht die volle Wahrheit. Da war noch Hass, doch zuvor hatte sich der Hass auf sein Wesen gerichtet, wie Liebe. Dieser Hass galt einem armseligen, jämmerlichen Ding, das ich noch immer töten wollte, so wie man ein halb totes Tier ansieht, das Scheiße frisst, oder einen halb tot geschlagenen Frauenschänder. Er betrachtete mich noch immer, forschte in meinem Gesicht nach irgendetwas. Ich trat auf ihn zu, und Nsaka Ne Vampi zog ein Messer. Ich hielt inne.

»Hörst du es nicht? Hörst du ihn nicht rufen? Seine liebliche Stimme, solche Qualen leidet er. Solche Qualen. Todesqualen. Oh, wie er leidet«, sagte Nyka.

Nsaka Ne Vampi sah den Leoparden an und sagte: »Das sagt er nun seit vielen Nächten.«

»Der Vampir ist verwundet«, sagte ich.

»Sucher?«, sagte Leopard.

»Ich habe eine Flamme auf ihn geschleudert, und er hat Feuer gefangen. Er ist in Flammen aufgegangen, Nyka.«

»Du wolltest ihn töten, ja, das wolltest du, aber mein Herr stirbt nicht. Niemand wird ihn töten, ihr werdet sehen, und er wird euch töten, euch alle, selbst dich, Weib, ihr werdet es alle sehen. Er wird …«

Wieder durchfuhr ihn ein prasselnder Blitz.

»Das ist das Einzige, was ihn beruhigt«, sagte sie.

»Du solltest ihn töten«, sagte ich und ging hinaus.

»Ich erinnere mich an deine Lippen!«, rief er mir hinterher.

Ich war beinahe an der Tür, als eine Hand mein Handgelenk umklammerte und mich zurückzog. Nsaka Ne Vampi, hinter ihr der Leopard.

»Niemand tötet ihn«, sagte sie.

»Er ist schon tot.«

»Nein. Nein. Das ist eine Lüge. Du lügst, weil zwischen euch großer Hass ist.«

»Es ist kein Hass zwischen uns. Da ist nur der Hass, den ich für ihn empfand. Aber jetzt empfinde ich nicht einmal mehr Hass, nur Traurigkeit.«

»Mitleid wird ihm nichts nützen.«

»Nicht ihm gegenüber. Er widert mich nur an. Mitleid habe ich mit mir selbst. Nun, da er tot ist, kann ich ihn nicht mehr töten.«

»Er ist nicht tot!«

»Er ist so tot, wie man nur tot sein kann. Die Blitze in ihm sind das Einzige, was ihn am Stinken hindert.«

»Du glaubst, du könntest mir sagen, wie es um ihn steht.«

»Gewiss. Da war eine Frau. Diejenige, der ihr alle in eurem glorreichen Streitwagen gefolgt seid? Gib uns Kunde, Weib. Hat sie euch alle in eine Falle gelockt? Ich sage dir etwas Sonderbares. Soweit ich weiß, verwandelt Ipundulu meist Kinder und Frauen – warum also hat er Nyka verwandelt, statt ihn zu töten?«

»Er hat Soldaten und Wachposten verwandelt«, sagte sie.

»Und Nyka ist keines von beidem.«

Nsaka Ne Vampi setzte sich an die Tür. Es ärgerte mich, dass sie glaubte, ich würde bleiben und mir ihre Geschichte anhören.

»Ja, wie einfach es schien. Wie wir dahinfuhren, wie stolz wir waren, als wir dich und die Narren um dich zurückgelassen hatten. Solche Narren, vor allem das alte Weib. Warum nach Kongor gehen? Warum, wenn dieser Blitzsklave nach Norden rennt? Ich war froh, als wir fortfuhren, froh, ihn von euch fortzubekommen.«

»Das ist er also? Ein Blitzsklave? Warum hast du mich hergebracht, Leopard?«

Der Leopard sah mich ausdruckslos an und schwieg.

»Hier ist die Wahrheit«, sagte ich. »Jahrelang habe ich darüber nachgedacht. Jahrelang. Über seine Vernichtung. Ich hasste ihn so sehr, ich hätte den Mann getötet, der ihn vor mir vernichtete. Jetzt habe ich nichts.«

»Er hat gesagt, du hättest ihn zu einem Rudel Hyänen gelockt, doch er sei entkommen.«

»Er sagte viel, dieser Nyka. Was hat er über mein Auge gesagt? Dass ich es einem toten Hund herausgerissen und mir ins Gesicht gesteckt hätte? Armer Nyka, er hätte ein Griot sein können, aber er hätte die Geschichte hintergangen.«

»Du hasst ihn so sehr.«

»Hassen? Das ist es, was ich tat, als ich ihn nicht finden konnte. Ich machte seine Schwester und seine Mutter ausfindig. Ich wollte sie beide töten. Ich fand sie beide. Hörst du mich, Nyka, ich fand sie.«

Ich sprach sogar mit der Mutter. Ich hätte sie beide töten sollen, aber ich tat es nicht, und wisst ihr, warum? Nicht weil mir die Mutter sagte, auf wie viele Arten sie ihn enttäuscht hatte.«

»Ich werde ihn zurückholen«, sagte Nsaka Ne Vampi.

»Ipundulus Hexe ist tot. Es gibt kein Zurück.«

»Was, wenn wir ihn töten, den Ipundulu? Du sagtest, er sei verletzt und geschwächt. Wenn wir ihn töten, wird Nyka zu mir zurückkehren.«

»Niemand hat je einen Ipundulu getötet, woher in eintausend Ficks sollte das also irgendjemand wissen?«

»Was, wenn wir ihn töten?«

»Was, wenn es mich nicht schert? Was, wenn ich keinen Schlaf darüber verliere, ob dein Mann tot ist oder nicht? Was, wenn ich tiefen Kummer leide, so tiefen Kummer, weil ich ihn nicht selbst getötet habe? Was, wenn ich keine tausend Ficks auf dein ›wir‹ gebe?«

»Sucher.«

»Nein, Leopard.«

»Das hier verschafft dir einen Kitzel. Es bereitet dir Freude.«

»Was bereitet mir Freude?«

»Ihn auf diese Weise am Boden zu sehen.«

»Das sollte man meinen, nicht wahr? Ich verachte ihn, und selbst ein tauber Gott hört, dass ich keine Liebe für euch habe. Aber nein, es verschafft mir keinen Kitzel. Wie gesagt, es widert mich an. Er ist nicht einmal mehr meine Axt wert.«

»Ich werde ihn zurückholen.«

»Dann hole ihn zurück, damit ich einen echten Mann töten kann anstelle dessen, was du dort drinnen hast.«

»Sucher, sie kommt mit uns. Sie wird es mit dem Blitzvogel aufnehmen, während wir das Kind holen«, sagte der Leopard.

»Du weißt, wer er ist, Leopard. Der andere, der mit dem Kind reist. Wir haben seinen Bruder getötet. Du und ich. Erinnerst du dich an den Fleischfresser im Busch, im verwunschenen Wald, als wir bei der Sangoma gelebt haben, weißt du noch? Er, der mich mit all den Kadavern in diesem Baum festgebunden hat? Wir waren kaum mehr als Jungen zu der Zeit.«

»Bosam.«

»Asanbosam.«

»Ich erinnere mich. Der Gestank dieser Bestie. Dieses Ortes. Wir haben seinen Bruder nie gefunden.«

»Wir haben nie nach ihm gesucht.«

»Ich wette, ein Pfeil wird ihn töten, so wie seinen Bruder auch.«

»Wir waren zu viert, und wir konnten ihn nicht töten.«

»Vielleicht wart ihr vier …«

»Unterstelle nichts, was du nicht weißt, Katze.«

»Hört euch an. Ihr redet, als wäre ich aus dem Raum verschwunden«, sagte Nsaka Ne Vampi. »Ich werde euch helfen, den Jungen zu holen, und ich werde diesen Ipundulu töten. Und ich werde meinen Nyka zurückbekommen. Was immer er für dich ist, ist er nicht für mich, und das ist alles, was ich dazu zu sagen habe.«

»Wie oft hat er dir das Herz gebrochen? Vier Mal? Sechs Mal?«

»Es tut mir leid, was er alles für dich ist. Aber für mich ist er nichts davon.«

»Das sagtest du bereits. Aber was er für dich ist, war er auch einmal für mich.«

Sie sah mich an, und ich sah sie an. Wir verstanden einander.

»Wenn du ihn nach alldem noch immer willst, wenn du uns willst, dann werden wir auf dich warten«, sagte sie.

Wir hörten einen dumpfen Aufprall, als Nyka wieder gegen die Wand rannte, und Nsaka Ne Vampi seufzte.

»Warte draußen auf mich«, sagte ich zu dem Leoparden. Sie schloss die Augen und seufzte, als er erneut gegen die Wand prallte. Ich fragte mich, wie sie kämpfen wollte, wenn Nyka sie so müde machte.

»Er hat auch einmal gemacht, dass ich mich ihn verliebte«, sagte ich. »So ist er nun mal. Keiner unternimmt größere Anstrengungen, dich dazu zu bringen, dass du ihn liebst, und keiner unternimmt größere Anstrengungen, dich zu enttäuschen, wenn du es tust.«

»Ich bin meine eigene Herrin und entscheide selbst, was ich fühle«, sagte sie.

»Niemand braucht Nyka. Niemand braucht, was er ist.«

»Er ist es wegen mir.«

»Dann ist seine Schuld beglichen.«

»Du sagtest, er habe dich hintergangen. Er war der erste Mann, der mich nicht hintergangen hat.«

»Woher weißt du das?«

»Weil er noch am Leben ist, anders als all die anderen, die mich hintergangen haben. Einer hat mich versklavt und Nacht für Nacht an Männer verkauft, die mit mir tun konnten, was sie wollten. Ich war zehn und vier. Wenn er und seine Söhne mich nicht selbst schändeten. Eines Nachts verkauften sie mich an Nyka. Er drückte mir ein Messer in die Hand, führte die Hand an seinen Hals und sagte: Tu heute Nacht, was du willst. Ich glaubte, er spräche in einer fremden Zunge. Also ging ich ins Zimmer meines Herrn und schlitzte ihm die Kehle auf, und dann ging ich ins Zimmer seiner Söhne und tötete sie alle. Wie schrecklich, den Vater und alle Stiefbrüder zu verlieren, sagten die Leute in der Stadt. Er ließ sie glauben, er habe sie alle umgebracht, und floh in der Nacht.«

»Sogolon hatte eine ähnliche Geschichte zu erzählen.«

»Was glaubst du, was die Schwestern von Mantha zu Schwestern macht?«

»Du warst …«

»Ja.«

»Du schenkst ihm keine Liebe. Du begleichst eine alte Schuld.«

»Ich suche Mädchen, die zu mir zu werden drohen, und rette sie vor den Männern, die die Verantwortung dafür tragen. Dann bringe ich sie nach Mantha. Sie sind es, in deren Schuld ich stehe. Zu Nyka sagte ich immer, ich sei ihm nichts schuldig.«

W arum hast du sie nicht getötet?«, fragte der Leopard draußen.
»Wen?«

»Nykas Mutter. Warum hast du es nicht getan?«

»Statt sie zu töten, habe ich ihr von seinem Tod erzählt. Langsam.
In allen Einzelheiten, bis hin zu dem Geräusch, das sein Hals machte, als er mit ganzen drei Schlägen durchtrennt wurde.«

W ährend wir zum Haus zurückgingen, sagte Leopard: »Deine Augen wissen noch immer nicht, wann deine Lippen lügen.«

»Was?«

»Gerade eben. Das ganze Theater um Nykas Mutter. Das ist nicht
der Grund, warum du sie nicht getötet hast.«

»Wirklich, Leopard? Dann nenn ihn mir.«

»Sie war eine Mutter.«

»Und!«

»Du wünschst dir noch immer eine.«

»Ich hatte eine.«

»Das stimmt nicht.«

»Sprichst du jetzt für mich?«

»Du bist derjenige, der gerade ›hatte‹ sagte.«

»Warum hast du mich dorthin gebracht?«

»Nsaka Ne Vampi hat die Königsschwester gefragt. Sucher, ich
glaube, sie hat auf dein Mitleid gehofft.«

»Sie hat es nicht erbeten.«

»Hast du geglaubt, das würde sie tun?«

»Sie will, dass das Obst am Ast hängen bleibt und zugleich in ihrem Mund ist.«

»Vergebung, Sucher.«

»Es schert mich nicht. Nsaka Ne Vampi schert mich nicht und die
Königin auch nicht, und ganz gleich wie viele Monde vergehen, der
Junge wird mich auch nie scheren.«

»Fick die Götter, Sucher, was schert dich überhaupt?«

»Wann gehen wir nach Gangatom?«

»Wir werden gehen.«

»Unsere Kinder sind ebenso an dich gebunden wie an mich. Wie kannst du sie dort sitzen lassen?«

»Unsere Kinder? Ach, nun glaubst du, du könntest über mich urteilen. Bevor dir die Königin von den weißen Wissenschaftlern erzählt hat, wann hast du die Kinder zuletzt gesehen? Ein Wort über sie verloren? Auch nur an sie gedacht?«

»Du weißt nicht, wie oft ich an sie denke.«

»Bei unserem letzten Gespräch hast du nichts davon gesagt. Und was soll dein Denken überhaupt nützen? Es bringt keines der Kinder näher.«

»Was also nun?«

Wir bogen in dieselbe Straße wie vorher ein und gingen durch die Gassen. Zwei wie Wachen aussehende Männer ritten vorbei. Wir sprangen in einen Hauseingang. Die alte Frau im Eingang sah mich an und zog die Stirn kraus, als wäre ich genau der, den sie erwartete. Der Leopard sah so wenig nach einem Leoparden aus, wie er konnte, selbst die Schnurrhaare waren verschwunden. Er bedeutete mir mit einem Nicken, dass wir weitergehen konnten.

»Morgen Nacht holen wir diesen Jungen ein für alle Mal. Am Tag darauf gehen wir in die Flusslande und holen unsere Kinder. Und wer weiß, was am Tag darauf geschieht«, sagte der Leopard.

»Ich habe diese weißen Wissenschaftler gesehen, Leopard. Ich habe gesehen, was sie tun. Sie scheren sich nicht um die Qualen anderer. Es ist nicht einmal Boshaftigkeit; sie sind ihnen gegenüber schlicht blind. Sie mästen sich einfach am Dünkel ihrer bösen Kunst. Nicht an der Bedeutung dahinter, nur an dem, was neu daran scheint. Ich habe sie in Dolingo gesehen.«

»Die Königsschwester hat noch immer Leute, die an ihre Sache glauben. Lassen wir uns von ihr helfen.«

Ich blieb stehen. »Wir haben jemanden vergessen. Den Aesi. Seine Leute müssen uns nach Kongor gefolgt sein. Die Türen, er weiß von ihnen, auch wenn er sie nicht gebraucht.«

»Gewiss, die Tür! Ich habe keine Ahnung, wovon du sprichst.«

»Türen. Zehn und neun Türen, und die Blutsauger benutzen sie seit Jahren. Darum kann der Geruch des Jungen in einem Augenblick gleich vor mir sein und im nächsten ein halbes Jahr entfernt.«

»Ist er euch durch diese Tür gefolgt, dieser Aesi?«

»Nein, das sagte ich gerade.«

»Warum nicht?«

»Ich weiß es nicht.«

»Dann wird euch der Sohn einer räudigen Hyänenhündin entweder in Mitu oder in Dolingo jagen, oder vielleicht hat das, was immer die Götter im Mweru ausgeschissen haben, dem armen Tölpel und seinen Truppen gegeben, wonach sie suchten. Der König hat in Kongor keine Leute mehr, Sucher, keine königliche Karawane, kein Bataillon. Am Tag unserer Ankunft hat der Stadtschreier die Abreise des Königs verkündet.«

»Du hast dem Jungen vergeben?«, fragte ich.

»Der Wind hat sich rasch gedreht in dieser Unterhaltung.«

»Soll ich lieber wieder von weißen Wissenschaftlern anfangen, die unsere Kinder zerschneiden und wieder zusammennähen?«

»Nein.«

»Ist Fumeli also nicht bei uns?«

»Würde er es wagen, woandershin zu gehen?« Er lachte.

»Wir hätten eine andere Straße nehmen sollen«, sagte ich.

»Du bist so argwöhnisch wie Bunshi.«

»Ich bin ganz und gar nicht wie Bunshi.«

»Lass uns nicht von ihr reden. Ich will wissen, was in Dolingo geschehen ist. Und alles über diesen Präfekten, der deine Augen verhext hat.«

»Du willst wissen, ob ich eine Beziehung zu diesem Präfekten unterhalte.«

»Eine ›Beziehung‹? Hör dich nur an. Der Mann hat alle Ungeschliffenheit aus dir herausgestoßen. Ein großartiger Fick – oder ist er mehr als das?«

»Solches Gerede bereitet dir Freude, Leopard, mir aber nicht.«

»Fick die Götter, Sucher. ›Solches Gerede bereitet dir Freude‹. Dir hat es viel Freude bereitet, als ich dir von den Reisen berichtet habe, die Männer zu meinem Arsch und von ihm fort unternahmen. Ich habe dir alles erzählt, und du hast mir nichts erzählt. Diesen Präfekten sollte ich besser im Auge behalten. Er nimmt viel Raum in dir ein. Und du hast es nicht einmal gemerkt, bis ich es dir gesagt habe.«

»Sprich von etwas anderem, oder ich gehe.«

»Jetzt brauchen wir bloß noch eine Frau für den Ogo, die es nicht schon zerreißt, wenn sie nur einen Blick auf seinen …«

»Leopard, sieh zu, wie ich fortgehe.«

»Hat es dich nicht von den Gedanken an die Kinder abgebracht? Sag die Wahrheit.«

»Ich gehe.«

»Gib dir nicht die Schuld, Sucher.«

»Jetzt klagst du mich an.«

»Nein, ich gestehe. Ich fühle es auch. Erinnere dich, sie waren meine Kinder, bevor sie dich auch nur aus der Ferne gerochen hatten. Ich habe sie schon aus dem Busch gerettet, bevor du auch nur wusstest, dass du Ku warst. Ich will dir noch etwas zeigen.«

»Fick alle lebenden und toten Götter, was denn?«

»Den Jungen.«

D er Leopard führte mich bis beinahe an das Ende des Gallunkobe/
Matyube-Viertels, wo die Häuser und Raststätten ausdünnten.
An den Sklavenhütten und den Quartieren der Freien vorbei

dorthin, wo sich die Menschen als Künstler einer anderen Art ver-
dingten. In diesem Teil der Straße kam niemand, der nicht einen anderen in ein geheimes Grab schicken oder etwas kaufen wollte, was
sich nur in der Malangika kaufen ließ. Ich rieche Geisterbeschwö-
rung in dieser Straße, sagte ich zu ihm. Wir bogen in eine halb überschwemmte Straße ein. Hier hatten die großen Häuser der Edlen
gestanden, bevor diese von der Flut nach Norden ins Tarobe-Viertel
vertrieben worden waren. Die meisten der Häuser waren längst geplündert oder in nassem Schlamm versunken. Doch ein Haus stand
noch, zu einem Drittel unter Wasser. Die Türmchen auf dem Dach
waren abgebrochen, die Fenster ausgestochen und schwarz, die Seitenwand in sich zusammengefallen, die umstehenden Bäume ver-
dorrt. Der Vordereingang des Hauses hatte keine Tür, so als flehte es
darum, ausgeraubt zu werden, doch der Leopard sagte, genau so
wollten sie es. Jeder Bettler, der töricht genug sei, hier Obdach zu
suchen, weil ihn keine Tür aufhielt, bliebe auf ewig verschwunden.
Wir stellten uns hundert Schritte entfernt hinter einige abgestorbene
Bäume. In einem der dunklen Fenster blitzte einen Augenblick lang
blaues Licht auf. »Ich sage dir, was wir machen«, sagte der Leopard.
»Aber erzähl mir erst von Dolingo.«

Die nächste Nacht kam rasch, doch der Wind kräuselte den Fluss
langsam. Ich fragte mich, was für eine schwarze Körperbutter der
Leopard mir da gegeben hatte, die vom Wasser nicht abgewaschen
wurde. Kein Mond und kein Feuer, Licht nur in Hunderte Schritte
entfernten Häusern. Hinter mir der breite Fluss, davor das Haus.
Ich tauchte ins Wasser ein, spürte mich selbst in der Finsternis. Meine Hand stieß gegen die rückwärtige Mauer, die so durchweicht war,
dass ich Schlammklumpen herausreißen konnte. Ich tastete mich
nach unten voran, bis meine Hände durch das vom Wasser ausge-
höhlte Loch stießen, das so breit war wie ich lang. Die Götter allein

wussten, warum dieses Gebäude noch stand. Das Wasser war hier kälter und übelriechender und wimmelte vor verfaulten Dingen, die ich zu meinem Glück nicht sehen konnte, doch ich streckte die Hände aus, denn es war weit besser, etwas Widerwärtiges mit den Händen als mit dem Gesicht zu berühren. Drinnen hörte ich auf zu schwimmen und erhob mich langsam über die Wasseroberfläche, zuerst nur die Stirn, dann nur den Nasenrücken. Holzplanken trieben an mir vorbei und etwas anderes, das ich an seinem Geruch ausmachte, was mich die Lippen fest zusammenpressen ließ. Es kam geradewegs auf mich zu, stieß mir beinahe gegen die Wange, ehe ich sah, dass es der Leib eines Jungen war, dem jedoch alles unterhalb der Taille fehlte. Ich wich ihm aus, und unter Wasser schrammte etwas über meinen rechten Oberschenkel. Ich biss die Zähne so fest aufeinander, dass ich mir beinahe auf die Zunge biss. Im Haus herrschte drückende Stille. Über mir das Dach, von dem ich wusste, dass es da war, ohne zu sehen, dass es sich um ein Strohdach handelte. Die Treppe zu meiner Rechten führte zu dem darüber liegenden Stockwerk, doch da sie aus Lehm war, waren die Stufen fortgespült. Über mir flackerte blaues Licht. Der Ipundulu. Ein blaues Leuchten erhellte die drei Fenster, die beinahe auf halbem Weg zum Dach lagen, zwei klein, eines groß genug, dass ich hindurchgepasst hätte. Ich konnte jetzt auf festem Boden stehen, doch ich duckte mich und tauchte nur bis zum Hals aus dem Wasser auf. Nicht weit von mir entfernt dümpelten vor der Wand die Beine und Hinterbacken eines Mannes auf dem Wasser, der Rest fehlte. Ich musste wieder an die Kadaver in dem Baum denken, an ihren Gestank und ihre Fäulnis. Sasabonsam war noch nicht fertig damit, sie zu verzehren; sein Geruch trieb vor mir auf dem Wasser. Er war doch eigentlich der Bluttrinker, nicht der Fleischfresser. Ich würgte und schlug die Hände vor den Mund. Der Leopard kletterte außen vom Dach herunter, um durch das mittlere Fenster einzusteigen. Ich lauschte nach ihm, doch er war wahrhaftig eine Katze.

An der Tür wimmerte jemand. Ich tauchte wieder ins Wasser ein. Die Frau wimmerte abermals und watete hinein, in der Hand eine Fackel, die das Wasser und die Wände erhellte, aber zu viel Schatten warf. An der Tür war das Wasser nicht so hoch wie im übrigen Raum, dessen Boden sich neigte, als glitte er in den Fluss ab. Es war vermutlich das Haus eines Händlers und dieser Raum vielleicht ein Speisesaal, größer als jeder Raum, den ich je bewohnt hatte. Der Sasabonsam zog an meiner Nase vorbei, der Ipundulu ebenfalls, doch der Geruch des Jungen verschwand. Ein einzelner Flügelschlag über mir, an der Decke. Wieder erhellte Ipundulu den Raum, und ich sah Sasabonsam; die ausladenden Schwingen bremsten seinen Fall, die Beine waren ausgestreckt, um die Frau zu packen, die wohl sterben würde, wenn er die Klauen tief genug in sie schlug. Ein weiterer Flügelschlag, und die Frau wandte sich zur Tür um. Sie musste das Geräusch gehört haben, glaubte aber wohl, es sei von draußen gekommen. Sie hob die Fackel, blickte aber nicht auf. Ich sah ihn, als er wieder mit den Flügeln schlug und sich unbeholfen auf sie herabsenkte, im Glauben, sich listig und unerkannt zu bewegen.

Er hatte dem Fenster den Rücken zugekehrt und kam heruntergeflattert, als der Leopard die Fußgelenke in eines der aus der Wand ragenden Türmchen klemmte und sich herunterließ, bis er mit Pfeil und Bogen kopfüber im Fenster erschien. Er schoss den ersten Pfeil ab und zückte den zweiten und schoss den zweiten und zückte den dritten und schoss den dritten ab, und alle verschwanden sie *zapp zapp zapp* in Sasabonsams Rücken. Der schrie heiser auf wie eine Krähe, flatterte, prallte gegen die Wand und stürzte ins Wasser. Ich sprang mit ihm auf und schleuderte ihm eine meiner Äxte in den Rücken. Er fuhr herum, nicht verwundet, nicht schmerzerfüllt, nur verärgert. Die Frau, Nsaka Ne Vampi, hob die Fackel an ihren Mund und spuckte einen Flammensturm, der auf sein Haar übersprang. Sasabonsam krächzte und schrie und breitete die Flügel aus; der rechte schlug einen Teil der Stufen ab, der linke ließ die Wand bersten, Leopard sprang durch das Fenster und schoss Pfeile ins Wasser, und beinahe hätte ich gerufen, dass ich dort unten war. Er landete am oberen Ende der Treppe auf den Zehen und sprang sogleich weiter, unmittelbar in Sasabonsams schlagenden Flügel hinein, worauf er mit einem Geräusch wie von zerbrechenden Ästen in sich zusammensackte. Ich schwamm zur Treppe und sprang auf eine Stufe hinauf, die bröckelte und unter mir nachgab. Ich sprang weiter, während Nsaka auf mich zuschwamm. Sasabonsam, der die Pfeile aus seinem Rücken zu ziehen versuchte, packte Nsaka bei den Haaren und zerrte sie durch das Wasser. Sie hielt Dolche in beiden Händen und stach sie ihm in den rechten Oberschenkel, doch er bekam ihre Linke zu fassen und zerrte daran, als wollte er sie abreißen. Sie schrie auf. Ich zückte meine zweite Axt, um über die Stufen hinweg auf ihn zu springen, als Sadogo hereingerannt kam und Sasabonsam einen Hieb gegen die Schläfe versetzte. Sasabonsam fiel rücklings um und ließ Nsaka Ne Vampi los. Er heulte auf, konnte Sadogos zweitem Schlag jedoch ausweichen. Sein Bruder war der Hinterlistige gewesen; er war der Kämpfer. Er versuchte, Sadogo mit seinem großen Flügel zu treffen, aber Sadogo schlug ein Loch hinein und riss die Hand wieder heraus. Sasabonsam schrie. Er schien nach hinten umzufallen, sprang jedoch wieder auf und trat Sadogo mit beiden Füßen gegen die Brust. Sadogo wurde zurückgeschleudert, strauchelte und fiel ins Wasser. Sasabonsam stürzte sich auf ihn. Mossi sprang herbei, ich weiß nicht, woher, stieß einen Speer ins Wasser und richtete ihn so auf, dass Sasabonsam darauf landete und sich der Speer geradewegs durch seine Flanke bohrte. Sadogo sprang wieder auf und begann auf das Wasser einzudreschen.

»Der Junge!«, sagte Mossi.

Er watete zu den Stufen herüber, und ich zog ihn aus dem Wasser. Nsaka Ne Vampi ging an mir vorbei, doch ich wusste, dass sie nicht versuchen wollte, den Jungen zu retten. Mossi zog seine beiden Schwerter und folgte mir. Am oberen Ende der Treppe lagen zwei

Räume. Nsaka Ne Vampi stellte sich in einen Eingang und wiegte die Messer in ihren Händen, bis im rechten Raum blaues Licht aufblitzte. Ich erreichte die Tür als Erster. Ipundulu lag auf dem Boden, verkohlt, schwarz, halb in einen Mann verwandelt, doch entlang seiner Arme ragten Stummel hervor, die einzigen Überreste seiner Schwingen. Als er mich sah, sprang er auf und breitete die Arme aus, und da lag der Junge an seiner Brust. Er stieß ihn fest von sich, und der Junge stolperte davon und kauerte sich in einer Ecke zusammen. Nsaka Ne Vampi und Mossi traten an mir vorbei. Sie sahen ihn an, und Nsaka schrie bereits, sie werde ihn dafür töten, dass er Nyka mit seiner Dämonenkrankheit verseucht habe. Mossi hielt beide Schwerter ausgestreckt, blickte aber auch hinter uns, wo er Sadogo noch immer mit dem Sasabonsam kämpfen hörte, unterstützt von den inzwischen eingetroffenen Mannen der Königsschwester. Ich sah den Jungen an. Ich hätte bei allen Göttern geschworen, dass er, ehe Ipundulu ihn fortstieß, an der Brustwarze des Blitzvogels gesogen hatte, daran getrunken, als säugte ihn eine Mutter. Vielleicht sehnte sich ein Junge, der seiner Mutter zu früh entrissen worden war, noch nach der Brust, oder vielleicht trieb dieser Ipundulu unzüchtige Dinge mit dem Jungen, oder vielleicht hatten mich meine Augen in der Finsternis getrogen.

Der Ipundulu lag auf dem Boden, geifernd, brabbelnd, stöhnend und zitternd, wie von einem Fieber geschüttelt. Während ich ihn anblickte und Mossi und Nsaka Ne Vampi auf ihn zukommen sah, fühlte ich etwas. Kein Mitleid, aber irgendetwas. Draußen kreischte Sasabonsam, und wir wandten uns alle um. Der Ipundulu sprang auf und rannte zum Fenster. Er hinkte, war aber noch weit stärker, als ich nach all dem Zittern und Geifern geglaubt hatte. Ehe Mossi ihm nachsetzen konnte, schoss ihm Nsaka Ne Vampis erster Dolch in den Nacken. Ipundulu fiel auf die Knie, aber nicht bäuchlings auf den Boden. Mossi rannte zu ihm, holte mit dem Schwert aus und schlug ihm den Kopf ab.

In der Ecke weinte der Junge. Ich ging zu ihm, überlegte, was ich ihm sagen sollte, warme Worte wie: Mein Junge, deine Qualen sind vorüber, oder: Schau, wir bringen dich zu deiner Mutter, oder: Komm, du bist so jung, aber ich gebe dir Dolobier, und dann wirst du schlafen und zum ersten Mal in deinem noch kurzen Leben im eigenen Bett erwachen. Aber ich sagte nichts. Er weinte, ein sanftes Schluchzen, und starrte auf die Teppiche, auf denen Ipundulu geschlafen hatte. Und dies sah ich: Aus seinem Mund drang die Klage eines Kindes, ein Weinen, das zu einem Husten und wieder zum Weinen wurde. Aus seinen Augen nichts. Seine Wangen und seine Brauen blieben reglos. Selbst sein Mund regte sich kaum mehr als zu einem Murmeln. Er sah mich mit dem immer gleichen hohlen Gesicht an. Nsaka Ne Vampi fasste ihn unter den Armen und hob ihn auf. Sie legte ihn über ihre Schulter und ging hinaus.

Mossi kam herüber und fragte, ob es mir gut gehe, doch ich antwortete ihm nicht. Ich tat gar nichts, bis er meine Schulter umfasste und sagte: Wir gehen.

Sadogo und Sasabonsam rangen noch immer miteinander. Ich rannte die Stufen hinunter, rief nach dem Leoparden und warf ihm meine Axt zu. Sasabonsam blickte auf und sah mich an.

»Ich kenne den Geruch«, sagte er.

Leopard packte Sadogos Gürtel, zog sich auf dessen Rücken, sprang mit einer Drehung über seine Schulter und hechtete auf den Kopf der Bestie zu. Sasabonsam wandte sich zu mir um, als Leopard geradewegs auf seinen Kopf zusprang, ausholte und ihm die Wange aufschlitzte, die Axt durch das Gesicht zog und es von einer Seite zur anderen aufriss und Blut und Geifer in die Luft spritzten. Sasabonsam schrie auf und griff nach seinem Gesicht. Sadogo beförderte ihn mit einem Tritt ins Wasser, packte seinen linken Fuß, ehe er sich wehren konnte, drehte sich und schmetterte ihn gegen die Wand. Sasabonsam durchbrach sie und flog nach draußen. Ehe er im Wasser landete, trafen ihn zwei Pfeile, diesmal von Fumeli abgeschossen, ins Bein. Sein unversehrter Flügel peitschte Wasser auf, einen großen Schwall, der Fumeli umwarf. Als Sasabonsam sich umdrehte, um sich zu erheben, sah er sich dem Büffel gegenüber, der ihn auf die Hörner nahm und ihn hundert Schritte weit in den Fluss schleuderte. Er blieb unter Wasser, als wäre er ertrunken oder von einer starken Strömung fortgerissen worden. Doch dann sprang Sasabonsam aus dem Wasser hervor, schlug mit den Flügeln, beklagte schreiend den erlittenen Schaden und erhob sich aus dem Fluss. Er schlug immer weiter mit den Flügeln, schrie mit jedem Schlag auf und flog schließlich davon, sackte einmal ab, stürzte einmal in den Fluss und entkam dennoch. Wir verließen diesen Ort sachte, umsichtig, damit das Gebäude nicht in sich zusammenstürzte. Der Geruch des Jungen verschwand wieder, aber ich blickte über Nsaka Ne Vampis Schulter, und da war er.

Als wir, wieder im Haus des alten Herrn angekommen, die Treppen bis in den sechsten Stock hinaufgingen, Nsaka Ne Vampi, das Kind und Mossi vor mir, fragte mich der Leopard nach Sogolon.

»Ich habe kein gutes Wort für sie übrig«, sagte ich. Aber ehe ich den Raum betrat, sagte jemand: »Hebt die guten Worte für mich auf.«

In der Mitte des sechsten Stockwerks mühte sich die Königsschwester aufzustehen, als stieße jemand sie mit dem Fuß zu Boden. Daneben Bunshi, die Augen fest geschlossen, einen grünen und geradezu glühenden Dolch an die Kehle gedrückt, um die Brust einen Arm, mit dem er sie an sich zog.

Der Aesi.

EINUNDZWANZIG

Etwas Wahrheit jetzt, und ich hoffe, ihr könnt sie verkraften. Als ihr den Mawana-Hexen begegnet seid, hätte ich auf euren Tod gewettet. Doch siehe da, ihr lebt. Auf die eine oder andere Weise«, sagte der Aesi.

Draußen wurde ein schwarzes Flattern zu Vögeln. Einhundert, zweihundert, dreihundert, dreihundert und einer. Vögel, die aussahen wie Tauben, die aussahen wie Geier, die aussahen wie Krähen, die auf dem Fensterbrett landeten und durchs Fenster hereinspähten. Schwarze Flügel zogen auch am Fenster vorbei, und ich konnte sie auf dem Dach, den Rondellen, den Simsen und dem Boden landen hören. Draußen näherten sich marschierende Schritte, obgleich sich keine Soldaten oder Söldner in der Stadt aufhalten sollten. Die Königsschwester richtete sich auf, sah mich jedoch nicht an.

»Wusstest du, dass sie älter als die Welt sind? Selbst die Götter kamen und sahen sie, und selbst die Götter wagten es nicht. Alle Kinder entspringen dem Willen der Mutter, nicht der Paarung mit einem Vater. Als die Welt nichts als eine Kürbisflasche war, waren die sechs Hexen eine, und sie reichte einmal um die Welt, bis ihr Mund ihren Schweif erreichte.«

»Ein Späher, den ich kannte, hat Euch einmal einen Gott genannt«, sagte ich.

»Ich würde ihn segnen, doch ich bin es kaum wert, dass man mich als Gott bezeichnet.«

»Er war es kaum wert, dass man ihn als Späher bezeichnete.«

Bunshi wurde nicht zu Wasser, um ihm durch die Hände zu schlüpfen. Auch in Sadogos Händen konnte sie sich nicht verwandeln, aber er roch nicht nach Verzauberung. Er stand hinter mir, der Ogo, die metallenen Fäuste so fest geballt, dass Eisen über Eisen schabte, nach einem weiteren Kampf lechzend. Mossi versuchte seine Schwerter zu zücken, doch der Aesi presste das Messer fester an Bunshis Hals.

»Du überschätzt ihren Wert für uns«, sagte ich.

»Mag sein. Aber es ist nicht meine Einschätzung, die sie fürchtet. Wenn ihr mich also nicht um ihr Leben anfleht, dann soll sie euch anflehen.«

Der Junge hatte den Kopf auf Nsaka Ne Vampis Schulter gelegt und sah aus, als schliefe er, doch als sie sich umwandte, waren seine Augen geöffnet und sein Blick starr.

»Popele«, sagte Aesi zu Bunshi wie einer, der will, dass sein Flüstern gehört wird. »Dein Leben gegen das Kind. Ich glaube, du bist diejenige, die darum flehen sollte. Denn diese tapferen Männer und Frauen und der Narr dazu sind auf Krieg aus und wollen mir nicht zuhören. Popele, du von tausend und mehr Jahren, wollen wir ihnen zeigen, dass auch du sterben kannst? Ihre Ohren verschließen sich vor meiner Stimme, Göttin, und dieser Dolch ist so hungrig.«

Aesi sah mich an.

»Es gab eine Zeit, da hätte ich einen Sucher gebrauchen können. Zumal einen, der sich so gut aufs Morden versteht.«

»Ich bin kein Mörder.«

»Und doch ist dein Weg von Malakal über Dolingo nach Kongor mit Leichen gepflastert. Weißt du, wer ich bin?«

»Du hast mich einmal im Traum zu töten versucht«, sagte ich.

»Bist du sicher, dass ich es war, dem du im Traum begegnet bist? Du lebst noch immer.«

»Du bist die zusätzlichen vier Glieder des Spinnenkönigs.«

Er lachte. »Ja, ich hörte, dass ihr den König hinter seinem Auge so nennt. Der König ist ganz und gar sein eigener Meister. Ich habe keinen Anteil an seinem Schicksal.«

»Ich habe noch nie einen König getroffen, der für sich selbst denkt«, sagte Mossi.

»Du stammst nicht aus diesen Landen.«

»Das tue ich nicht.«

»Gewiss, das Licht des Ostens. Die Menschen, die an einen einzigen Gott glauben, und alles andere ist entweder ein Sklave dieses Gottes oder ein böser Geist. Jeder Glaube kommt zweigeteilt daher, was in einen doppelgesichtigen Gott mündet. Rachsüchtig und wahnsinnig ist er und lässt seinen Zorn am Weibsvolk aus. Euer Gott ist der närrischste von allen. In seinen Gedanken ist keine Kunst und in seinen Taten kein Geschick. Ich habe gehört, ihr haltet Männer, die ohne Unterlass von den Ahnen heimgesucht werden, für wahnsinnig.«

»Oder für besessen.«

»Welch ein Land. Besessenheit nennt ihr schlecht, Geister nennt ihr böse und die Liebe? Die Liebe, wie euer Herz sie nennt, macht, dass Männer euch zum Fortgehen zwingen. Ich rieche an dir und wittere einen Hauch von Sucher. Mehr als einen Hauch, einen wahren Gestank. Was wird dein Vater denken?«

»Ich halte mich an meine eigenen Gedanken«, sagte Mossi.

»Du musst ein König sein. Was ihn angeht, diese kleine Fliege, deinen kleinen König, denjenigen, der auf den Hals dieses Weibs geifert, obgleich er sechs Jahre alt ist … Sucher, es heißt, du habest eine Nase – stammt die Scheiße, die wir riechen, nicht von ihm?«

»Es gibt in diesem Raum ein großes Stück schwarzer Scheiße, daran besteht kein Zweifel«, sagte ich.

»Willst du ihnen sagen, wer du bist, dann sag es«, sagte die Königsschwester.

Sie saß noch immer auf dem Boden, wirkte noch immer schwach, wie leer gesogen. Endlich sah sie uns an.

»Dieser, dieser Aesi, diese vier Glieder des Spinnenkönigs. Erzähl ihnen von deiner Weissagung. Erzähl ihnen, wie du einfach in unseren Herzen und Köpfen erschienst wie einer, der schon immer da gewesen war, und doch kann sich keine Frau und kein Mann entsinnen, wann du zum ersten Mal aufgetaucht bist«, sagte die Königsschwester.

»Ich will nur das Beste für den König«, sagte Aesi.

»Du willst das Beste für dich. Im Augenblick ist dies dasselbe, was auch der König will. Unterdessen bemerkt niemand, dass du heute so aussiehst wie vor zwanzig Jahren und selbst davor. Nenn dich bei deinem Namen, Geisterbeschwörer. Mann der Hexerei und der dunklen Künste. Du bist, was du bist. Du schaffst nichts, zerrüttest alles, zerstörst alles. Wisst ihr, was er tut? Er wartet, bis alles schläft, dann springt er durch die Luft oder rennt unter der Erde hindurch. Er geht zu Hexenzirkeln in Höhlen und schändet von ihren Müttern dargebrachte Säuglinge. Zeugt Kinder mit Schwestern über Schwestern und Brüdern, doch sie sterben alle. Menschenfleischfresser. Ich habe dich gesehen, Aesi. Ich habe dich als den wilden Keiler gesehen, als das Krokodil und die Taube und den Geier und die Krähe. Deine Bosheit wird sich bald selbst verzehren.«

Etwas mehr als eine Armlänge von ihr entfernt lag eine Tasche aus Lumpen, aus deren zusammengebundener Öffnung eine Schnitzerei ragte. Ein Phunguu. Ein Zaubergegenstand zum Schutz gegen Hexerei wie ein Nkisi. Sie versuchte ihn zu packen, doch ihr Kopf schlug auf den Boden, und die Figur rollte davon.

»Ich will das Beste für den König«, sagte der Aesi.

»Du solltest das Beste für das Königreich wollen. Das ist nicht dasselbe«, sagte ich.

»Seht euch an, edle Männer und Frauen und ein Narr. Niemand von euch nimmt irgendeinen Anteil an dem, was hier geschieht. Einige von euch sind verwundet, einige sind gestorben, doch dieser Junge ist für euch nichts weiter als Münze. Wahrlich, ich habe mich gefragt, wie Frauen und Männer ihren Hals für ein Kind aufs Spiel setzen können, das nicht das ihre ist, doch so viel ist Geld in diesen

Zeiten wert. Nun aber sage ich euch allen Lebewohl, denn dieser Streit betrifft allein die Sippe.«

Die Königsschwester lachte. »Die Sippe? Du wagst es, dich Teil der Sippe zu nennen? Hast du in irgendeiner Höhle eine meiner geistesschwachen Cousinen geehelicht? Willst du ihnen nicht von deinem großen Plan erzählen, Königsküsser? Gottesschlächter. Oh, das lässt dich nicht kalt. Gottesschlächter. Schlächter der Götter. Sogolon wusste es. Sie verriet es meiner Dienerin. Sie sagte: Ich war im Tempel von Wakadischu. Ich war bei den Treppen von Mantha. Ich war im Norden und im Osten und im Westen, und nie habe ich die Anwesenheit der Götter gespürt. Nicht ein einziges Mal. Doch das ist eine weitere List von dir, nicht wahr, Gottesschlächter? Niemand weiß, was er verloren hat, da niemand weiß, was er einst besaß. Ist dies die Nacht, in der du dem König Einhalt gebietest, wie du den Göttern Einhalt geboten hast? Ist es so? Ist es so?«

Wir hörten das Flattern großer Flügel.

»Geh, und lass den Jungen hier. Verschwende keine Zeit darauf, ihn sanft abzusetzen. Lass ihn einfach fallen, und geh«, sagte der Aesi.

Er richtete den Blick auf Nsaka Ne Vampi.

»Er ist dein König«, sagte die Königsschwester.

Sie sahen nichts. Doch dieses Nichts packte die Königsschwester und schlug ihr links und rechts auf die Wangen. Leopard rannte zu ihr, aber das Nichts versetzte ihm einen Tritt. Er rollte über den Boden und fing sich unmittelbar neben mir. Er duckte sich abermals zum Sprung, doch ich beugte mich hinunter und berührte seinen Nacken. Das Nichts zerrte die Königsschwester zu einem Schemel und drückte sie darauf nieder.

»König? Dies ist der König. Habt ihr sein Gesicht gesehen? Kennt ihr den Geschmack in seinem Mund? Er ist widerlicher als die Scheiße des Schwertmanns. Dies ist euer König? Sollen wir ihn Khosi nennen, unseren Löwen? Bringt ihm eine Kaphoonda für seinen

königlichen Kopf. Drei Messingreifen für seinen Knöchel. Lasst uns
Männer holen, die die Moondu und die Matuumba und alle anderen
Trommeln spielen. Sollen wir ein Klangholz kommen lassen? Sollen
wir alle Erdhäuptlinge rufen und sich in rotem Staub verneigen lassen? Soll ich mir ein Haar ausreißen und es in sein Haar hineinstecken? Und welchen Anteil hast du daran, Wassernymphe? Hat dich
die falsche Königin aufgesucht? Hast du die falsche Königin aufgesucht? Hat sie dir erzählt, wie glorreich es wird, wenn der König zur
glorreichen Linie der Mutter zurückkehrt? O Mama, ich schlage meine Schlitztrommel, auf dass er meiner großen Scheide ein Geheimnis
verrät, *nkooku maama, kangwaana phenya mbuta.* Du hast an ein böses Orakel geglaubt, Königsschwester. Dein *ngaanga ngoombu* hat
dich angelogen. Er hat deinen Kopf mit üblem Gold gefüllt. Du hättest einen anderen Wahrsager rufen sollen. Stattdessen umgabst du
dich mit Frauen, die selbst von den Frauen vergessen sind. Sieh ihn
dir an, den du zum König haben willst. Er ist geringer als ein Tier.«

Der Aesi richtete das grüne Messer auf mich.

»Mein Sohn wird König sein«, sagte die Königsschwester.

»Der Norden hat bereits einen König. Hast du dir deinen Sohn je
angesehen? Wie solltest du, du kanntest ihn ja nicht einmal. Richte
deinen Blick jetzt auf ihn. Entblößte irgendeine Dämonenbestie eine
Brustwarze, er würde sie greifen und daran saugen. Du, Sucher, und
der Blasse, ihr habt gelobt, den Jungen herzubringen, und ihr habt
Wort gehalten. Was wünscht ihr? Münze? Euer Gewicht in Kaurischnecken? Wie oft haben euch dieses Weib und seine kleine Fluss-
nymphe getäuscht? Selbst jetzt, sprecht die Wahrheit in den Raum.
Glaubt ihr irgendeine ihrer Geschichten? Nein. Sonst hättest du wenigstens versucht, diese Axt zu werfen. Das Messer an ihrer Kehle –
würde ich sie jetzt töten, ihr würdet mir nicht einmal ins Auge blicken. Sogolon wusste, dass man keinem Mann vertrauen darf, der
nichts zu verlieren hat. Ein Jammer, wie sie gestorben ist. Ich wünschte, ich hätte es sehen können.«

Draußen hörte ich marschierende Schritte, Schritte, die die Türen einrannten und ins Haus kamen. Mossi hörte es auch. Er schaute zu mir auf, und ich nickte und hoffte, mein Nicken verriet, was ich nicht wusste.

»Lass das Kind hier, und geh, und ich verspreche, unsere nächste Begegnung wird bei Dolobier und guter Suppe und in Frohsinn stattfinden«, sagte der Aesi.

»Ich glaube kaum, dass du über Frohsinn verfügst«, sagte Mossi.

»Gern hätte ich noch länger mit dir über deinen Glauben an einen einzigen Gott gesprochen. Ich habe so viele Götter getroffen.«

»Getroffen und getötet, Gottesschlächter«, sagte die Königsschwester.

Der Aesi lachte. »Dein Freund der Sucher sagte, er glaube nicht an den Glauben; auch das habe ich gesehen. Ob er wohl an einen Schlächter der Götter glaubt? Dazu müsste er zunächst einmal an Götter glauben. Hast du bemerkt, Sucher, dass niemand mehr die Götter anbetet? Ich weiß, du glaubst nicht an Götter, aber du musst doch viele kennen, die es tun. Hast du nicht bemerkt, dass immer mehr Männer und auch Frauen in diesen Landen wie du sind? Du bist unter Hexern und Fetischpriestern gewesen, aber wann hast du zuletzt Opfergaben gesehen? Ein Schlachtopfer? Einen Schrein? Zum Lobpreis versammelte Frauen? Fick die Götter, sagst du. Ich habe dich gehört. Und ja, sie sollen gefickt sein, dies ist das Zeitalter der Könige. Du glaubst nicht an den Glauben. Ich metzle den Glauben nieder. Wir sind gleich.«

»Ich werde meiner Mutter sagen, dass sie einen weiteren Sohn bekommen hat. Sie wird lachen«, sagte ich.

»Nicht mit dem Schwanz deines Großvaters im Mund.«

Mein Kopf wurde rot. Ich entriss dem Leoparden meine Axt, und er knurrte.

»Dann musst du traurig sein, nun da Sogolon tot ist und keiner dich mehr durchschaut«, sagte ich.

»Sogolon? Was nützen die Augen einer alten Mondhexe, wenn die Augen hundert zorniger Geister auf sie geheftet sind? Du hast nicht geschlafen in der Nacht, als ihr aus Kongor fortgeritten seid, es muss dir also jemand gesagt haben, dass ich Träume heimsuche.«

»Ich habe nicht geschlafen.«

»Ich weiß. Aber du, du hinter ihm, du hast fester als ein taubes Kind geschlafen.«

Er deutete mit dem Finger auf den Ogo. Sadogo sah uns an, dann seine Hände, dann blickte er aus dem Fenster, dann sah er wieder an sich selbst hinunter, so als hätte er etwas anderes als Worte vernommen.

»Der Traumdschungel eines Ogo ist so weit, so üppig, so voller Gelegenheiten. Mal war er meinen Reisen durch seinen Kopf gegenüber blind und öffnete im Schlaf ein Auge. Mal bekämpfte er mich im Traum. Hat er nicht ein Loch in das Schiff geschlagen? Zuweilen drang aus seinem Mund, was ich ihm im Schlaf sagte, und zuweilen hörte es jemand. Ist es nicht so, werter Ogo? Ein Jammer, dass deine Freunde hier nicht so viel mit dir teilten, wie ich es mir gewünscht hätte, sonst hätte ich eure Pläne in Dolingo gekannt. Womöglich trauten sie dem Riesen nicht über den Weg?«

Sadogo knurrte und blickte sich nach demjenigen um, von dem der Aesi sprach.

»Und was ich durch deine Augen sah. Was ich durch deine Ohren hörte. Dies könnte deine Freunde zum Lachen bringen. War auch nur ein Mond vergangen, als ich durch deinen Mund sprach? Du wirst dich nicht entsinnen. Ich sprach, und du sprachst, und dieser Mann, dieser alte Mann war auf dem Dach, und er hörte dich. Mich. Ich war es, den er hörte, doch du, werter Ogo, du warst es, der den Mann packte, ihm die Kehle zudrückte, sodass er nicht schreien konnte, und mit deinen werten Händen hast du ihn vom Dach geworfen.«

Ich wusste, dass Sadogo sich umsehen würde, wer ihn anblickte. Ich sah ihn nicht an. Sadogo ballte die Fäuste so fest, dass ich hörte, wie sich das Eisen verbog. Der Leopard wandte sich nicht um. Doch Mossi tat es.

»Er ist der Vater aller Lügen, Sadogo«, sagte Mossi.

»Lügen? Was soll den Ogo ein Tod mehr scheren? Immerhin hat er die kleine Zogbanu-Sklavin nicht getötet, indem er sie auf seinem kleinen Ogo Platz nehmen ließ. Doch in seinen Tagträumen hockte sie oft darauf. Welche Geräusche sie in deinem Traumdschungel machte. Sie ließ mich zweimal meinen eigenen Samen verströmen. Aber dieser Ogo hier, sein Saft schoss beinahe durch das Dach. Was aber war der wildere Traum – als du in ihr warst oder als du sie deine Frau nanntest? Als du glaubtest, ihr würdet zusammen einen Halb-Ogo machen? Ich war dort. Ich war dort, als ...«

»Hör nicht hin, Sadogo«, sagte Mossi.

»Unterbrich mich nicht. Als du dich fragtest, ob sie je einen Ogo lieben könnte? Ob du als erster Ogo mehr als eine Bestie sein könntest?«

»Er versucht dich zu reizen, Sadogo. Er würde dich nicht wütend machen wollen, wenn er nicht etwas ausheckte«, sagte Mossi.

Sadogo knurrte. Ich wandte mich zu ihm um, doch mein Blick fiel auf den Jungen über Nsaka Ne Vampis Schulter; sein Mund war weit aufgesperrt, als wollte er sie beißen, doch er schloss ihn, als er meinen Blick bemerkte. Die Augen waren weit geöffnet und leer, so schwarz, beinahe blau.

»Ihn reizen? Wollte ich ihn wirklich reizen, hätte ich dann nicht ›Halbriese‹ gesagt?«, sagte der Aesi.

Sadogo heulte auf. Ich fuhr herum und sah, wie er gegen die Wand schlug. Er ballte die Fäuste und stapfte auf den Aesi zu, doch in diesem Augenblick wandte sich das Dunkel gegen ihn, sprang aus den Schatten hervor, packte seine Glieder und zerrte den schreienden Ogo aus dem Raum. Leopard sprang zu der Königsschwester hinüber und biss in das Nichts, das noch immer über ihrer Schulter lag. Rot spritzte ihm ins Maul. Das Nichts schrie auf.

»Ach, fick die Götter«, sagte der Aesi und schlitzte Bunshi die Kehle auf. Sie fiel um.

Mossi zückte beide Schwerter und rannte auf ihn zu. Ich schleuderte meine Axt. Ein Windstoß fegte Mossi gegen die Wand und ließ die Axt kehrtmachen und auf mein Gesicht zufliegen, doch das Eisen konnte mich nicht berühren, und die Axt schoss an mir vorbei. Nsaka Ne Vampi lief mit dem Kind hinaus, und die Königsschwester stieß einen klagenden Schrei aus. Der Aesi schickte sich an, Nsaka Ne Vampi nachzusetzen, hielt jedoch unvermittelt inne und fing mit der linken Hand einen Pfeil, der auf sein Gesicht zuschoss. Mit der Rechten fing er einen weiteren. Da er die Hände voll hatte, trafen ihn der dritte und der vierte Pfeil mitten in die Stirn. Ich sah Fumeli, den Bogen noch im Anschlag, zwei Pfeile zwischen den Fingern. Der Aesi fiel hintenüber und schlug auf dem Boden auf, die Pfeile wie Fahnenmasten in seiner Stirn. Der Zauber fiel von dem Nichts ab, und es starb als Tokoloshe. Die Vögel flogen flatternd und krächzend aus dem Fenster.

»Wir müssen los«, sagte Leopard zu der Königsschwester.

Er ergriff ihre Hand und zog sie mit sich. Ich hörte, wie Sadogo im Kampf gegen die unsichtbaren Ungeheuer erst durch eine und dann durch eine zweite Wand brach. Ich starrte den auf dem Boden liegenden Aesi an und dachte nicht an ihn, sondern an die Omoluzu, die stets von oben, nie von hinten angriffen. Ich lief zu Sadogo hinüber. Mit dem Tod des Aesi war dessen Unsichtbarkeitszauber erloschen. Sie waren durch und durch schwarz und teerartig, aber keine Omoluzu. Rote Augen, aber nicht wie Sasabonsam. Schattenwesen, die man dennoch brechen konnte, so wie das Genick, das Sadogo soeben bersten ließ. Ich lief ins Dunkel hinein und schwang meine Axt durch Schatten, doch es fühlte sich an, als würde ich Fleisch zerteilen und Knochen in Stücke hacken. Zwei der Schattenhaften stürzten sich auf mich, der eine trat mir gegen die Brust, und der andere versuchte mich niederzutrampeln. Ich zückte mein Messer und stieß es dorthin, wo sich seine Eier befinden mussten. Er kreischte auf. Oder sie. Auf dem Boden liegend, schwang ich die Axt und hackte einen Zeh nach dem anderen ab, dann sprang ich wieder auf. Die Schattenhaften rannten am Ogo hinauf und herunter, erzürnten ihn so sehr, dass er die Hände nach dem Dunkel ausstreckte, mit der Rechten einen Kopf zermalmte, mit der Linken ein Genick brach und zwei so fest in den Boden stampfte, dass er ein Loch hineintrat. Ich wälzte mich aus den Schatten hinaus, und eine Hand packte meinen Knöchel. Ich hackte sie ab.

»Sadogo!«

Sie krochen überall auf ihm herum. Zerrte er einen fort, kam ein anderer dafür. Sie kletterten und krochen überall auf ihm herum, sodass nur noch sein Kopf zu sehen war. Er drehte sich zu mir um, die Brauen erhoben, der Blick verloren. Ich starrte ihn an, versuchte ihn allein mit meinem Blick festzuhalten. Ich stand auf und griff nach meiner Axt, doch er schloss langsam die Augen, öffnete sie wieder und sah mich an. Ich konnte seinen Blick nicht deuten. Dann kroch ein Schattenwesen über sein Gesicht.

»Sadogo«, sagte ich.

Er stampfte, stampfte und stampfte, bis er den Boden noch weiter aufgerissen hatte und durch das Loch hindurchfiel, die Schattenwesen noch an seinem Körper. Ich hörte, wie eines auf dem Boden aufschlug, dann noch eines, dann noch eines, dann noch eines und noch eines. Dann nichts mehr. Ich ging zu dem Loch und blickte hinunter, sah aber nur Loch um Loch um Loch und dann Finsternis. Am Fuß der letzten Treppe, direkt vor der Tür, blickte ich hinüber zu dem Hügel aus Erde, Mauersteinen, Staub und schwarzen Schatten und etwas, was nur ein klein wenig schimmerte. Sein eiserner Handschuh. Sadogo. Er hätte es nicht ertragen, mit dem Wissen zu leben, dass er den alten Mann mit solcher Heimtücke getötet hatte, auch wenn er es gar nicht gewesen war. Nicht in Wahrheit. Ich stand da und schaute, wartete, hoffte nicht und wartete dennoch, aber nichts regte sich. Ich wusste, wenn sich etwas regte, würde es etwas aus dem Dunkel sein. Und das bald.

Mossi kam hereingerannt; er schrie etwas über Menschen und Vögel. Ich hörte ihn nicht. Ich blickte in die Finsternis und wartete.

Mossi berührte mich an der Wange und drehte meinen Kopf zu seinem Gesicht.

»Wir müssen gehen«, sagte er.

Draußen standen Menschen aus der Stadt etwa zweihundert Schritte entfernt und sahen uns an. Nsaka Ne Vampi und die Königsschwester stiegen auf jeweils ein Pferd, der Leopard und Fumeli teilten sich eines. Die Königsschwester setzte den Jungen vor sich und hielt ihn mit einer Hand fest, die Zügel in der anderen. Die Menschen traten zurück. Vögel scharten sich am Himmel dicht umeinander, stoben auseinander und sammelten sich wieder.

»Leopard, sieh, dort oben. Sind sie besessen?«, fragte ich.

»Ich weiß es nicht. Der Aesi ist tot.«

»Ich sehe keine Waffen«, sagte Mossi.

»Wir haben auch die Pferde gestohlen«, sagte der Leopard.

Mossi bestieg sein Pferd und zog mich hinauf. Die Menge machte ein Geräusch und setzte uns nach. Die Königsschwester galoppierte davon, ohne zu warten. Nsaka Ne Vampi wandte sich uns zu, dann ritt sie los und schrie: »Reitet! Ihr Narren.«

Wir setzten uns in Bewegung, als die Menge Steine zu werfen begann. Ich verlor den Geruch des Jungen, obgleich ich die Königsschwester noch sehen konnte.

»Wohin reiten wir?«, fragte er.

»In den Mweru«, sagte ich.

Die Menge jagte uns weiter nach, während wir zur Grenzstraße und dann nach Westen ritten, dann nach Süden, an Gallunkobe/ Matyube entlang, was uns wieder nach Westen führte, bis wir die Hafenanlagen und die Küste sahen. Wir ritten in südlicher Richtung weiter, dann überquerten die Pferde den Kanal und brachten uns aus der Stadt. Am Himmel folgte uns ein Schwarm Vögel. Sie folgten uns selbst dann noch, als wir durch Wald und Grasland ritten und der Himmel dem Tag eine neue Farbe verlieh. Bis wir Kongor nicht mehr sehen konnten. Einige stießen auf unsere Köpfe herab. Tauben. Nsaka Ne Vampi schrie auf, und die Königsschwester rief: Schneller! Nsaka Ne Vampi führte sie durch einen Baumhain, der die Vögel abhielt, doch sobald wir auf der anderen Seite herauskamen, stießen sie wieder auf uns herunter.

Vor uns lag etwas Weißes, das sich bewegte; entweder Wolken oder Staub. Die Königsschwester ritt geradewegs darauf zu, und wir folgten ihr. Die Vögel stürzten sich erneut auf uns. Einer flog geradewegs gegen Mossis Kopf. Mossi schrie, ich solle ihn fortnehmen, also riss ich ihn heraus und schleuderte ihn fort. Fumeli fegte Vögel mit seinem Bogen beiseite, während der Leopard in schnellem Ritt den beiden Frauen nachsetzte. Der Büffel raste an uns vorbei. Wir ritten so schnell, dass wir erst inmitten des Nebels – denn es war Nebel – bemerkten, dass uns die Vögel nicht länger folgten. Ich hatte keine Bezeichnung für den Geruch. Es war kein Gestank, aber auch kein Duft. Vielleicht etwas Ähnliches wie vom Regen geschwollene und vom Blitz verbrannte Wolken. Neben der Königsschwester zügelten wir die Pferde – was gut war, denn sie hatte an einer steilen Klippe angehalten. Mossi stieß mich mit dem Arm an und bedeutete mir abzusteigen. Unter uns, doch in einiger Entfernung, lagen diese Lande und warteten auf den Narren, der sie betrat.

»Sogolon sagte, wir sollten ihn in den Mweru bringen«, sagte die Königsschwester. »Im Mweru wäre er vor aller Magie und weißen Wissenschaft geschützt. Das immerhin können wir ihr doch glauben.«

Sie sagte es auf eine Weise, dass ich nicht wusste, ob es eine Feststellung oder eine Frage war. Ich wandte mich zu ihr um und sah, dass sie mich anblickte.

»Vertraut auf die Götter«, sagte ich.

Sie deutete auf den nach unten führenden Pfad, lachte und ritt ohne ein Wort des Dankes davon. Ich vermochte den Jungen nicht einmal zu riechen, wenn ich ihn ansah. Während sie fortritten, kam sein Geruch endlich zu mir, dann verschwand er erneut. Nsaka Ne Vampi wandte sich zu mir um, nickte und ritt dann nach Kongor zurück.

»Leopard«, sagte ich.

»Ich weiß.«

»Was wird sie dort erwarten, nun da der Ipundulu tot ist?«

»Ich weiß es nicht, Sucher. Was immer es ist, es wird nicht das sein, was sie sich wünscht … Nun denn, Sucher.«

»Ja?«

»Die zehn und neun Türen. Gab es eine Karte? Hast du eine gesehen?«

»Wir haben sie beide gesehen«, sagte Mossi.

»Um von hier nach Gangatom zu kommen, müssten wir über einen Fluss nach Mitu reiten, dann um die Dunkellande herum und quer durch den langen Regenwald und dann dem Zweischwesternfluss nach Westen folgen. Das sind im geringsten Fall zehn und acht Tage – Piraten, Ku-Krieger und die Soldaten und Söldner dieses Königs, die die Flussleute bereits ausplündern, nicht eingerechnet«, sagte ich.

»Was ist mit den Türen?«, fragte der Leopard.

»Wir müssten gegen die Strömung nach Nigiki segeln.«

»Du willst, dass wir durch Dolingo zurückreiten?«, sagte Mossi hinreichend laut, aber offensichtlich nur an mich gewandt.

»Sechs Tage sind es nach Nigiki auf dem Flussweg. In Nigiki gehen wir durch die Tür und sind in den Hügeln der Verwünschung, drei Tage von Gangatom entfernt.«

»Das sind neun Tage, Sucher«, sagte der Leopard. »Aber Nigiki gehört zu den Südlichen Königreichen, Sucher. Sie werden uns gefangen nehmen und als Späher hinrichten, bevor wir die Tür auch nur erreichen.«

»Nicht, wenn wir uns im Geheimen bewegen.«

»Ohne aufzufallen? Wir vier?«

»Von den Dunkellanden nach Kongor, von Kongor nach Dolingo. Wir können nur in eine Richtung gehen«, sagte ich.

Er nickte.

»Seht euch vor«, sagte ich in die Runde. »Stehlt euch wie Diebe hinein, stehlt euch wieder hinaus, ehe es selbst die Nacht bemerkt.«

»Zum Fluss«, sagte der Leopard.

Fumeli trat seinem Pferd in die Flanken, und sie ritten davon. Ich wandte mich um und betrachtete den Mweru. Der Himmel war von einem satten Blau, und in der Dunkelheit konnte ich nur Schatten erkennen. Hügel, die zu sanft und gleichmäßig anstiegen. Oder Türme oder Bauwerke, zurückgelassen von Riesen, die sich vor dem Menschen in den dunklen Künsten geübt hatten.

»Sadogo«, sagte ich zu Mossi. »Ich habe diesen Riesen geliebt, auch wenn es ihn rasend machte, so genannt zu werden. Wäre ich eingeschlafen, hättest du mich einschlafen lassen, dann wäre ich es gewesen, der den alten Mann vom Dach gestoßen hätte. Weißt du, wie sehr es ihn quälte, getötet zu haben? Eines Nachts hat er mir von all seinen Opfern erzählt. Von jedem einzelnen, denn sein Gedächtnis war ein Fluch. Es dauerte bis zum Anbruch des Tages. Die meisten Tode hatte er nicht zu verantworten – auch ein Scharfrichter geht nur seinem Beruf nach, er ist nicht übler als der Mann, der Jahr um Jahr die Steuern erhöht.«

Sie kamen, die Tränen. Ich hörte mich schluchzen, und es erschreckte mich. Was für eine Dämmerung war das? Mossi stand stumm wartend an meiner Seite. Er legte mir die Hände auf die Schultern, bis ich aufhörte.

»Armer Ogo. Er war der Einzige ...«

»Der Einzige?«

Ich versuchte zu lächeln. Mossi drückte sanft gegen meinen Nacken, und ich gab dem Druck nach. Er wischte mir die Tränen von der Wange und legte seine Stirn an meine. Er küsste mich auf die Lippen, und meine Zunge suchte seine.

»All deine Schnittwunden sind wieder aufgerissen«, sagte ich.

»Als Nächstes wirst du mich hässlich nennen.«

»Die Kinder werden mich nicht wollen.«

»Vielleicht, vielleicht nicht.«

»Fick die Götter, Mossi.«

»Aber mehr als jetzt werden sie dich nie brauchen«, sagte er, stieg in den Sattel und zog mich herauf. Das Pferd begann zu traben und dann zu galoppieren. Ich wollte über die Schulter blicken, doch ich tat es nicht. Was vor uns lag, wollte ich auch nicht sehen, und so legte ich den Kopf auf Mossis Rücken. Hinter uns schien Licht auf und beleuchtete unseren Weg, als käme es aus dem Mweru, doch es war nur der Anbruch des Tages.

5

HIER IST
EIN ORIKI

*O nifs osupa. Idi ti o n bikita
nipa awsn iraws.*

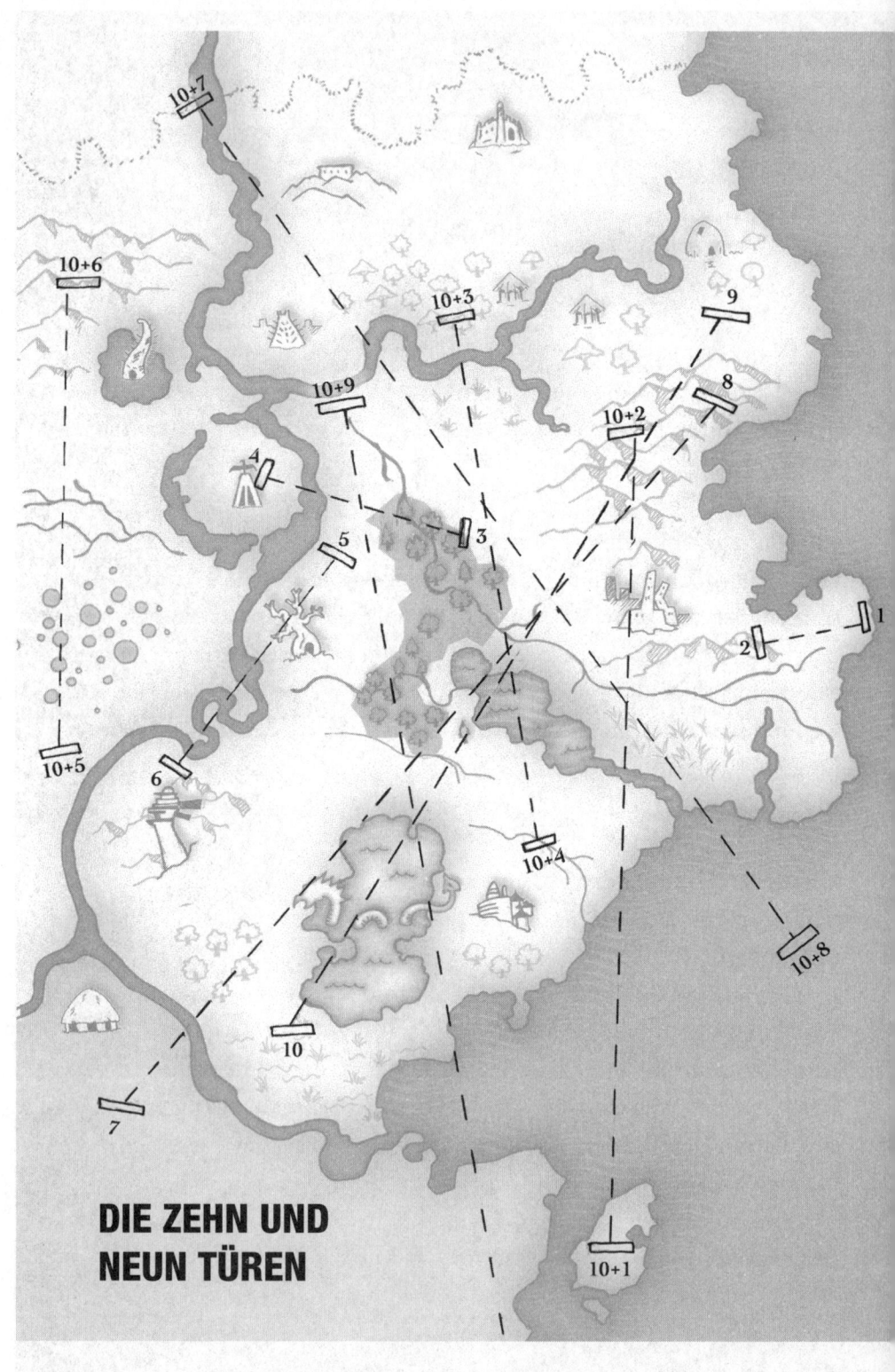

DIE ZEHN UND NEUN TÜREN

ZWEIUNDZWANZIG

Und das ist alles, und es ist alles wahr, Inquisitor. Du wolltest eine Erzählung, oder nicht? Von ihrer Abenddämmerung bis zu ihrer Morgenröte, und eine solche Erzählung hast du von mir bekommen. Du wolltest eine Aussage, doch was du in Wahrheit wolltest, war eine Geschichte, nicht wahr? Nun klingst du wie Männer, von denen ich gehört habe, Männer, die aus dem Westen kamen, denn sie hatten von Sklavenfleisch gehört, Männer, die fragten: Ist das wahr? Wenn wir es gefunden haben, müssen wir dann nicht länger suchen? Ist es, was man Wahrheit nennt, ist es durch und durch wahr? Was ist die Wahrheit, wenn sie sich immer weiter ausbreitet und wieder zusammenschrumpft? Die Wahrheit ist nur eine weitere Geschichte. Und nun wirst du mich wieder nach Mitu fragen. Ich weiß nicht, wen du dort zu finden hoffst. Wer bist du, wie kannst du sagen, dass das, was ich hatte, keine Sippe war? Du, der sich mit einer Zehnjährigen vereinigen will.

Ach, du hast nichts weiter zu sagen. Du willst mich nicht weiter bedrängen.

Ja, es ist, wie du sagst, ich war vier Jahre und fünf Monde in Mitu. Vier Jahre von dem Tag an, da wir den Jungen im Mweru zurückließen. Ich war dort, als aus den Kriegsgerüchten ein wahrhaftiger Krieg wurde. Was dort geschah, kannst du die Götter fragen. Frag sie, warum dein Süden diesen Krieg nicht gewonnen hat, doch der Norden ebenso wenig.

Das Kind ist tot. Weiter gibt es nichts zu wissen. Anderenfalls frag das Kind.

Ach, du hast keine Fragen mehr? Trennen sich jetzt unsere Wege?

Was ist das? Wer kommt da herein?

Nein, ich kenne diesen Mann nicht. Ich habe weder seinen Rücken noch sein Gesicht je gesehen.

Frag mich nicht, ob ich dich wiedererkenne. Ich kenne dich nicht.

Und du, Inquisitor, du bietest ihm einen Stuhl an. Ja, ich sehe, dass er ein Griot ist. Meinst du, er hat die Kora mitgebracht, um sie zu verscherbeln? Warum sollte dies die Zeit für Loblieder sein?

Es ist ein Griot mit einem Lied über mich.

Über mich gibt es keine Lieder.

Ja, ich weiß, was ich zuvor sagte, ich bin derjenige, der es sagte. Das war geprahlt – wer bin ich schon, dass irgendein Lied von mir handeln sollte? Welcher Griot dichtet denn ein Lied, ehe man ihn bezahlt hat? Gut, lass ihn singen; mir ist es gleich. Nichts, was er singt, werde ich kennen. Also sing.

Donnergott, mystischer Bruder,
Gesegnet mit Zunge und der Gabe der Kora.
Ich bin es, Ikede, Sohn des Akede,
Ich war der Griot, der im Affenbrotbaum lebte.

Viele Tage und viele Nächte bin ich gelaufen, als ich ihn sehe,
Den Baum am Fluss.
Ich steige hinauf und höre den Papagei und die Krähe
und den Mandrill.
Ich höre Kinder
Lachen, schreien, zanken, die Götter zum Schweigen bringen
Und dort oben liegt ein Mann auf einem Teppich.
Was ist das für ein Mann?
Er ist wie kein Mann in Weme Witu, Omororo oder selbst
Mitu.

Und er sagte:
Suchst du nach Schönheit?
Ich sagte: Ich glaube, ich habe sie gefunden,
Und hört, der Mann lachte und sagte:
Die Frauen von Mitu finden mich so hässlich,
Wenn ich mit den Kindern auf den Markt gehe, sagen sie:
Seht diese hässliche Sippe, seht diese elenden Tiere,
Doch dieser eine khita, ngoombu, haamba, er hat Haare wie
ein Pferd.
Ich aber sage: Ihr schönen, weisen, gütigen Frauen
Mit dem üppigen Busen und dem breiten Lächeln,
Ich bin kein Zombie, ich bin hübsch wie Porzellanerde,
Und sie lachen so laut, sie geben mir Dolobier und
spielen mit meinem Haar,
Und ich sage dir, ich störte mich nicht daran.

Und ich sage zu ihm:
Dieser Baum, lebst du darin?
Er sagt: Es gibt kein Du, nur ein Wir, und wir sind ein
sonderbares Haus.
Bleib bei uns, so lange du wünschst.

Als ich durch ein Loch klettere und mich hinsetze,
Sehe ich, er kommt und bringt Fleisch mit.
Ich sage: Wer ist dieser mürrische Mann mit dem Auge eines
Wolfs?
Wer hat ihn so verflucht?
Doch kleine Kinder, große Kinder, Kinder aus bloßer Luft
Laufen den Baum hinunter und überrennen den Mann,
Und es schert sie nicht, dass seine Flüche die Eule
ängstigen würden.
Und sie springen an ihm hinauf und setzen sich auf seinen

Kopf und ruhen unter seinem Arm,
Und ich denke, diese Kinder hegen tiefe Gefühle für diesen Mann,
Und das mürrische Gesicht ist verschwunden.
Und er mit dem Wolfsauge steigt herauf und hält inne, als
er mich sieht,
Und dann steigt er weiter herauf.
Und als er oben ist, sieht er den anderen Mann,
Und sie legen die Lippen aneinander und öffnen die Münder,
Ich weiß es.

Der mit dem Wolfsauge, er ist derjenige,
Der sagt: Die Nacht wird alt, warum schläfst du nicht?
Die Sonne steht am Himmel, warum wachst du nicht?
Das Essen steht bereit,
Wann wirst du es essen?
Haben die Götter mich verflucht und zur Mutter gemacht?
Nein, er hat mich gesegnet und dich zu meiner Frau gemacht,
Sagte der mit Namen Mossi,
Und die Kinder lachten, und das Wolfsauge blickte verdrossen
Und verdrossen und verdrossen, und die verdrossene Miene
wurde zu einem Lachen.
Ich war dort, ich sah es.

Und ich sah es, als sie die Kinder hinausjagten und sagten:
Geht,
Geht nun zum Fluss,
Und bleibt dort, bis die Sonne sich regt,
Und als alle fort sind, da glauben sie, auch ich sei fort,
Denn Mossi spricht in der Zunge des Wolfsauges,
Se ge yi ye do bo, sagt er,
Se ge yi ye do bo,
Lass uns einander lieben,

*Denn diese beiden, sie packen einander und küssen sich mit
den Lippen,
Dann küssen sie sich mit der Zunge,
Dann küssen sie Hals und Brustwarze
Und was darunter liegt.
Und einer war die Frau, und einer war der Mann,
Und beide waren die Frau, und beide waren der Mann,
Und beide waren keines von beidem.
Und das Wolfsauge legte den Kopf in Mossis Schoß.
Mossi rieb dem Wolfsauge über die Brust.
Und sie lagen nur da und blickten einander an,
Ein Auge forschte im anderen.
Die Mienen gelassen,
Vielleicht teilten sie einen Traum.*

*Eines Tages rief das Wolfsauge sie alle zusammen.
Kinder, sagte es, kommt vom Fluss herauf,
Und zeigt euch,
Die ihr nicht vom Schakal oder der Hyäne aufgezogen
wurdet.
Und ein jedes Kind nannte mir seinen Namen,
Doch ich habe die Namen alle vergessen.*

*Dies sagte das Wolfsauge.
Es sagte: Mossi, ich bin Ku,
Und ein Ku-Mann kann nur eine Art von Mann sein,
Und Mossi sagte zu ihm: Wie kannst du kein Mann sein,
Was fühle ich dort zwischen deinen Beinen?
Mossi machte einen Scherz.
Das Wolfsauge machte keinen Scherz.
Es sagte:
Ich flüchtete, ich versteckte mich, ich suchte*

Nach etwas, was ich nicht kenne, doch ich weiß, ich suche es,
Und ich weiß es nicht, doch jeder Ku findet es,
Doch es ist Blut zwischen mir und den Ku,
Und ich könnte nie zurückgehen.

Also ruft er die Gangatom,
Und ihr Häuptling sagt: Keiner wartete je so lange.
Ich wartete mein ganzes Leben, sagte Wolfsauge.
Und das Wolfsauge hebt seinen Rock und sagt:
Sieh mich an, sieh, wo Weib ist,
Und wenn ich es abschneide, werde ich ein Mann sein,
Und Mossi bekommt Angst, denn er denkt, was, wenn er
ihn nur deswegen liebt,
Doch Wolfsauge sagt: Alles, was zwischen mir und dir ist,
Mann des Ostens, ist nicht dort unten, sondern hier oben,
Sagt er und deutet auf sein Herz.
Und der Häuptling sagt: Was du verlangst, ist nicht alt,
Was du verlangst, ist neu.
Du bist Ku,
Und du hast keinen Vater.
Auf diese Weise erzürnst du die Götter.
Da spricht das Wolfsauge:
Die Zeremonie der Mannwerdung
Dient dem Lobpreis der Götter, wie also
Könnte ein Gott uns zürnen.

Nun denn, Wolfsauge,
Sagt der Gangatom und sticht die Kuh und gießt das Blut
In eine Schüssel.
Wolfsauge trinkt einen Schluck, dann zwei,
Er trinkt und wischt sich über den Mund.

Der nächste Tag kommt,
Der Tag seines Bullensprungs.
Sie reihen sie auf, zwanzig an der Zahl,
Und zehn dazu, denn er wurde zu spät zum Mann.
Du musst über ihre Rücken laufen und darfst nicht fallen,
Denn wenn du fällst, lachen die Götter.
Und Wolfsauge
Ist nackt und mit Öl und Sheabutter bestrichen.
Und dann, die Götter seien gepriesen, läuft er
Von Bullenrücken zu Bullenrücken, einer zwei drei vier
Fünf sechs sieben und mehr.
Und die Menge jubelt und frohlockt,
Der Älteste sagt: All die Monde warst du im Dazwischen,
Und es ist keine Schande,
Doch die Mitte liegt im Nichts.

Einige der Ältesten aber sagen:
Er kommt nicht vom enki paata.
Er ist nicht vier Monde gewandert,
Wie es ein Knabe tun soll, ehe er ein Mann wird.
Und wo trägt er das Zeichen, dass er den großen Löwen
getötet hat?
Und der Häuptling sagt: Seht ihn an,
Und ihr seht das Zeichen, dass er den Löwen und alles andere
getötet hat.
Also geben die Ältesten Ruhe, auch wenn einige noch murren,
Und der Häuptling sagt zum Wolfsauge:
Du bist keine vier Monde gewandert,
Also bleib vier Nächte
Unter freiem Himmel bei den Kühen, schlaf im Gras und
steh auf dem Erdboden.
Und am fünften Morgen kommen sie ihn holen,

Und sie waschen ihn mit dem Kübel, mit einer Axtscheide
darin, um das Wasser zu kühlen.

Und nun muss, wie es Brauch ist, sagen die Männer,
Der große Mann in Knabengestalt,
Zum Mann werden, doch seht, er ist ein Narr.
Wie es Brauch ist, sagen die Männer,
Seht seine kleine Knaben-Kehkeh, sie ist noch nicht bereit,
ein Mann zu sein.
Er kann es nie der Koo einer Frau besorgen, er soll sich
besser an ein Ameisenloch halten.
Wie es Brauch ist, sagen die Männer.
Hast du darum einen Mann anstelle einer Frau?
Bist du die Frau?
Sei nun stark, Wolfsauge. Zorn ist Schwäche.

Also kommt der Beschneider, bereit für das Ritual,
Das Messer geschärft.
Das Wolfsauge hat keine Mutter,
Also wird das Weib des Häuptlings die Mutter sein.
Sie lässt ihm Ochsenhaut bringen, auf dass er sich daraufsetzt,
Um die Götter nicht zu erzürnen.
Sie führen ihn, ja sie führen ihn
Vorbei am Kraal für das Vieh,
Vorbei an den Häusern der großen Ältesten,
Hinauf zu einem kleinen Hügel mit einer Hütte darauf,
Und er sagt:
Stoß das Messer mit dem Fuß fort, und wir töten dich.
Flieh vor dem Messer,
Und wir verstoßen dich.
Der große Beschneider nimmt Kreide und zieht eine Linie
Von der Stirn zur Nase.

Der große Beschneider nimmt Milch und übergießt das
Wolfsauge damit.
Der große Beschneider packt die Vorhaut und zieht und zieht.
Er sagt: Ein Schnitt!
Stoß das Messer fort, und wir töten dich.
Flieh vor dem Messer, und wir verstoßen dich.
Er sagt: Ein Schnitt!
Und das Wolfsauge packt den Arm des Beschneiders,

Und er sagt: Nein.
Hört mich an, er sagt Nein.
Der Mann in den Bergen und die Frau im Fluss
Hören ein Flüstern, das wie Donner hallt,
Und alles verstummt.
Das Wolfsauge sagt: Mein Lebtag geht es nur darum,
Das Weib herauszuschneiden,
Es aus mir herauszuschneiden,
Es aus meiner Mutter herauszuschneiden,
Es aus allen herauszuschneiden, die auf der Erde gehen
und sie tragen,
Und er sieht auf seine Männlichkeit hinab,
Deren Spitze die Weiblichkeit krönt,
Und sagt:
Was kann daran falsch sein,
Wie kann es nicht der Wille der Götter sein,
Und wenn es nicht der Wille der Götter ist,
Dann ist es mein Wille.
Er sieht Mossi an und sagt:
Du sagst mir, ich muss alles Weib aus mir herausschneiden,
Von meiner Mutter bis zu denen, die an unserem Haus
vorbeigehen,
Wo ich es doch bin, der meine Mutter verlassen hat,

Und ich, der nun mein eigenes Ich herausschneiden
würde.

Und damit erhob er sich,
Und damit ließ er das Messer zurück
Und ging davon,
Und die Menge schwieg, denn er war noch immer ein
grimmiger Mann.

Doch Mossi ließ ihn nicht in Frieden.
Sobald sie zum Baum zurückgekehrt waren,
Sagte er:
Glaub nicht, du hättest nun Ruhe,
Du weißt, was ich meine,
Und das Wolfsauge sagte: Ich weiß es nicht, also hör auf,
Und Mossi sagte: Warum soll ich aufhören, wenn du es nicht
weißt,
Und so schalt Mossi den Sucher immer weiter
Und schalt ihn und schalt ihn und ach, wie er ihn schalt,
Und Sucher hob die Hand, um Mossi zu schlagen,
Und Mossi sagte: Niemand hat dich je besser geliebt,
Doch heb die Hand gegen mich, und ich schlage sie ab
Und schiebe sie dir in den Mund.
Gut, sagt Sucher, ich gehe,
Und sei es nur, damit du aufhörst, den Kakadu zu spielen.

Und es kommt der Tag, da wendet er sich zum Gehen,
Und er wankt, und er fällt, und er sagt:
Kommt mit mir, oder ich werde im Busch fallen,
Und Mossi geht mit, und die Kinder gehen mit,
Und selbst ich gehe mit, denn Sucher sagt: Gib nicht vor,
Nicht zu diesem Haus zu gehören.

Und auf diese Weise
Gehen Sucher und seine Nächsten zu seiner Mutter.
Welch ein Anblick müssen wir in Juba gewesen sein!
Doch das ist eine andere Geschichte,
Denn Sucher wankt zehn Mal, ehe wir das Tor erreichen,
Und Mossi stützt ihn zehn Mal,
Und so gelangen sie an die Tür,
Und ein Mädchen öffnet die Tür, das aussieht wie er,
Das denken Mossi und ich,
Und sie sagt nichts, doch sie lässt ihn ein
Und springt aus dem Weg, als der Kugeljunge
Hineinrollt und der Giraffenjunge sich beim Eintreten duckt,
Und in einem blauen Zimmer
Sitzt sie,
Sie wirkt alt und schwach, doch ihre Augen wirken jung.
Wann ist er gestorben?, fragt Sucher.
Als es für einen Großvater Zeit zum Sterben war, sagt sie.
Und er sieht sie an, als hätte er etwas zu sagen,
Und sein Mund zittert, als hätte er etwas zu sagen,
Und Mossi scheucht uns aus dem Zimmer,
Als hätte er etwas zu sagen,
Doch Sucher wankt abermals, und diesmal fällt er,
Und sie beugt sich hinab und berührt seine Wange.
Eines deiner Augen stammt nicht von mir, sagt sie,
Und was aus seinem Mund drang, war ein klagender
Schrei,
Und er klagte um seine Mutter,
Und er klagte um seine Mutter,
Und der Tag wurde zur Nacht,
Und die Nacht wurde zum Tag,
Und er klagte noch immer.

Hört mich an,
Ich lebte zehn und neun Monde im Affenbrotbaum.
An dem Tag, als ich ging, weinten die Kinder,
Und Mossi ließ den Kopf hängen,
Und selbst das Wolfsauge sagte: Aber warum verlässt du unser
Heim?
Doch Männer wie ich sind wie die Tiere,
Wir müssen umherziehen,
Sonst sterben wir.
Hört mich an.
Am Tag, ehe ich ging,
Kam ein schwarzer Leopard zu dem Baum.

Sag ihm, er soll aufhören.

Er soll auf der Stelle aufhören. Er soll aufhören, oder ich werde noch in dieser Nacht einen Weg finden, allem ein Ende zu bereiten. Und du wirst nichts darüber erfahren, wie irgendetwas zu Ende ging.

Ich erzähle dir, was als Nächstes geschah.

Ich erzähle dir alles.

6

TODESWOLF

Mun be kini wuyi a lo bwa.

DREIUNDZWANZIG

Es soll festgehalten werden, dass du mich dazu gezwungen hast. Ich will es in einer Zunge niedergeschrieben sehen, die ich verstehe. Zeig es mir. Ich werde nicht reden, ehe du es mir zeigst. Wie wirst du es aufschreiben? Wirst du meine Worte niederschreiben, oder schreibst du nur: Der Gefangene sagte dies oder jenes? Hör auf, von der Wahrheit zu reden. Ich habe dich die ganze Zeit über mit Wahrheit gespeist, aber wie ich schon sagte: Was du willst, ist eine Geschichte. Ich habe dir viele gegeben, doch ich werde dir noch eine letzte geben. Dann kannst du mit ihr sprechen und uns auf den Scheiterhaufen schicken.

In dieser Geschichte sehe ich sie. Sie ging, als folgte ihr jemand.

Warum unterbrichst du mich?

Hast du den Griot nicht gehört?

Der Leopard kam, um mich zu besuchen und mit Gerede von Abenteuern zu verführen. Natürlich war er listig – er ist ein Leopard. Und ich ging mit ihm, um einen dicken, dummen Mann zu suchen, der Gold und Salz verkaufte und nach Hühnerscheiße stank und der verschwunden war. Doch er war nicht verschwunden. Fick die Götter, Inquisitor, welche Geschichte willst du hören? Nein, ich werde dir nicht beide erzählen. Sieh mich an.

Ich werde dir nicht beide erzählen.

Nun denn.

Sie ging wie jemand, der sich verfolgt wähnt. An der Mündung jeder Straße blickte sie vor sich, am Ende jeder Straße blickte sie hinter sich. Von einem Schatten zum anderen bewegte sie sich durch eine still daliegende Straße. Über ihrem Kopf zog der rohe Gestank verbrannten Opiums dahin und über den Boden floss übergelaufenes Scheißewasser. Sie stolperte und drückte ihre Last fest an sich, bereit, eher selbst zu fallen, als sie loszulassen. Der Himmel hatte an diesem Ort eine Decke, an manchen Stellen hundert Schritte hoch, mit Löchern darin, um das weiße Licht der Sonne und das silberne Licht des Mondes hereinzulassen. Sie duckte sich unter einer Fackel neben einer Tür hindurch, richtete sich wieder auf und drückte sich wie eine Krabbe mit dem Rücken an der Wand entlang bis zur Ecke.

Die Malangika. Die Tunnelstadt, irgendwo westlich des Blutsumpfs, aber östlich von Wakadischu, etwa hundert Schritte unter dem Boden und so groß wie ein Drittel von Fasisi. Vor Hunderten von Jahren, ehe es Aufzeichnungen gab, stritten sich die Menschen von oben mit den Göttern des Himmels um den Regen, und die Götter der Erde gaben ihnen diesen Ort, um sich vor dem Zorn des Himmels zu verstecken. Sie gruben weit und tief, und die Höhlen ragten hoch hinauf und beherbergten Gebäude mit drei, vier und sogar fünf Stockwerken. Säulen aus gefällten Bäumen und Stein stützten die Tunnel, sodass sie niemals einstürzten, wenngleich zwei Abschnitte zweimal einstürzten. Über die gesamte Länge der Tunnel durchlöcherten die Baumeister die Decke, damit Sonne und Mond die Straßen beleuchten könnten wie die Lampen von Juba. Manche sagen, in Wahrheit hätten die Einwohner der Malangika als Erste das Geheimnis der Metalle entschlüsselt. Doch sie waren selbstsüchtig und gierig und wurden die ersten Schmiedekönige. Sie starben mit ihrem Eisen und ihrem Silber in den Armen. Und andere, die sich in anderen Künsten und anderen Arten des Handwerks übten, gruben sogar noch tiefer. Doch die Bewohner dieser Stadt starben, und die Stadt selbst geriet in Vergessenheit. Und nur an einem vergessenen Ort konnte eine neue Stadt entstehen, eine verborgene Stadt, eine Stadt, die ein Markt war. Ein Ort, an dem verkauft wurde, was über der Erde nicht verkauft werden konnte, nicht einmal bei Nacht. Der geheime Hexenmarkt.

Der Markt leerte sich. Jemand hatte mächtige Magie gewirkt, damit die Straße von allen vergessen wurde. Die meisten Gassen führten an den Rückseiten von Wirtshäusern entlang, in denen niemand übernachtete, an Schenken, aus denen niemand kam, und an Läden, in denen alle möglichen Dinge verkauft wurden. Doch in jener Gasse hing die Dunkelheit tief. Sie ging einige Schritte, ehe sie stehen blieb und sich umsah, als sich zwei Geister von einer Wand lösten und auf sie zukamen. Ein weiterer erhob sich aus dem Boden, stolperte wie trunken. Rasch zog sie das Amulett zwischen ihren Brüsten hervor. Die Geister kreischten auf und wichen zurück; der Erdgeist versank wieder im Boden. Bis zum Ende der Gasse hielt sie das Amulett vor sich ausgestreckt, und Stimmen krächzten, murmelten und zischten. Sie waren hungrig, doch ihr Hunger war nicht größer als die Angst vor dem Nkisi um ihren Hals. Am Ende der Gasse drückte sie sich im Nebel an eine frische Lehmwand zur Rechten und bog dann um die Ecke, wo meine Klinge auf sie wartete.

Sie fuhr zusammen. Ich packte ihre Hand, drehte ihr den Arm auf den Rücken und drückte ihr mein Messer an die Kehle. Sie wollte schreien, doch ich drückte mit dem Messer fester zu. Dann begann sie Worte zu flüstern, die ich kannte. Ich flüsterte etwas zurück, und sie verstummte.

»Ich stehe unter dem Schutz einer Sangoma«, sagte ich.

»Diesen Ort hast du dir ausgesucht, um eine arme Frau auszurauben? Diesen Ort?«

»Was trägst du da, Mädchen?«, fragte ich.

Denn sie war ein Mädchen und dürr, mit hungrigen Wangen. Ihre Hand, die ich noch immer festhielt, war kaum mehr als Haut und Knochen, ich hätte sie mit einer leichten Drehung brechen können.

»Du sollst verflucht sein, wenn ich's fallen lass«, sagte sie.

»Was lässt du fallen?«

»Nimm deine Augen aus meinem Busen, oder nimm meinen Geldbeutel und geh.«

»Ich bin nicht auf Geld aus. Sag mir, was du da hast, oder ich steche hinein.«

Sie zuckte zusammen, doch ich wusste, was es war, ehe der Geruch getrockneter erbrochener Milch zu mir aufstieg und ehe es gluckste.

»Wie viele Kauris kostet ein Säugling in der Malangika?«

»Du meinst, ich verkauf mein Kind? Welche Hexe verkauft ihr eigenes Kind?«

»Das weiß ich nicht. Aber ich weiß, welche Hexe eines kauft.«

»Lass mich los, oder ich schrei.«

»Die Schreie einer Frau in diesen Tunneln? Die hört man in jeder Straße. Sag mir, woher du das Kind hast.«

»Bist du taub? Ich hab gesagt …«

Ich verdrehte ihr den Arm auf dem Rücken, bog ihn beinahe bis zum Hals hinauf, und sie schrie und schrie abermals und versuchte dabei, das Kind nicht fallen zu lassen. Ich lockerte meinen Griff ein wenig.

»Kriech in die Fotze von deiner Mutter zurück«, sagte sie.

»Wessen Kind ist es?«

»Was?«

»Wer ist die Mutter des Kindes?«

Sie starrte mich an, die Stirn in Falten gelegt, und erwog, was sie sagen könne, um die Geräusche des Säuglings, der aufwachte und das grobe Tuch hasste, in das er gewickelt war, Lügen zu strafen.

»Meins. Es is' meins. Es is' mein eigenes.«

»Nicht einmal eine Hure würde ihr Kind in die Malangika tragen, es sei denn, sie will es verkaufen. An eine …«

»Ich bin keine Hure nich'.«

Ich ließ sie los. Sie wandte sich von mir ab, als wollte sie fliehen, und ich griff mir eine der Äxte von meinem Rücken.

»Lauf weg, und diese Axt spaltet dir den Hinterkopf, ehe du fünfzig Schritte getan hast. Nur zu, stell mich auf die Probe.«

Sie sah mich an und rieb sich den Arm.

»Ich suche nach einem Mann. Einem besonderen Mann, selbst was die Malangika angeht«, sagte ich.

»Mit Männern hab ich nix zu schaffen.«

»Und doch sagst du, es sei dein Kind, also hattest du mit irgendeinem Mann etwas zu schaffen. Es hat Hunger.«

»Er geht dich nix an.«

»Aber er hat Hunger. Also füttere ihn.«

Sie zog das Tuch vom Kopf des Säuglings. Ich roch erbrochene Milch und getrocknete Pisse. Keine Sheabutter, kein Öl, keine Seide, nichts, um die kostbaren Hinterbacken eines Säuglings zu schützen. Ich nickte und deutete mit der Axt auf ihre Brüste. Sie zog an ihrem Kleid, und die rechte Brust rutschte heraus und hing dünn und schlaff über dem Gesicht des Säuglings. Sie schob ihm die Brust in den Mund, und er begann zu saugen, zerrte so fest daran, dass sie vor Schmerz das Gesicht verzog. Der Säugling spuckte die Brust aus und fing an zu schreien.

»Du hast keine Milch«, sagte ich.

»Er hat keinen Hunger. Was weißt du schon, wie man Kinder aufzieht?«

»Ich habe sechs aufgezogen«, sagte ich. »Wie wolltest du ihn füttern?«

»Wärst du mir nicht in die Quere gekommen, wären wir längst daheim.«

»Daheim? Das nächste Dorf ist zu Fuß drei Tage entfernt. Kannst du fliegen? Das Kind würde unterdessen verhungern.«

Sie fischte in ihrem Kleid nach dem Beutel und versuchte ihn mit beiden Händen zu öffnen, während sie noch immer das Kind festhielt.

»Da, Hundeficker oder was du bist. Nimm die Münze, und kauf dir ein Mädchen, damit du's umbringen und seine Leber fressen kannst. Lass mich in Ruhe, mich und mein Kind.«

»Hört diese Worte. Ich würde dir sagen, du solltest dein Kind in besserer Gesellschaft aufziehen, aber es ist nicht dein Kind.«

»Lass mich gehn!«, rief sie und riss den Beutel auf. »Da, nimm dir alles.«

Sie streckte ihn mir entgegen, doch dann schleuderte sie ihn auf mich. Ich schwang die Axt, um ihn beiseitezuschlagen, und er prallte gegen die Wand und fiel zu Boden. Kleine Vipern kamen heraus und wurden größer. Sie rannte davon, doch ich setzte ihr nach, holte sie ein und packte sie bei den Haaren, und sie schrie. Sie ließ das Kind fallen. Ich stieß sie beiseite und hob das Kind auf, während sie stolperte und fiel. Sie hob den Kopf und schüttelte sich, während ich den Jungen aus dem garstigen Tuch zog. Sie hatte seinen Körper, der dunkel wie Tee war, mit weißem Lehm bemalt. Eine Linie um den Hals. Eine Linie an jedem Arm- und Beingelenk. Ein Kreuz über dem Nabel und Kreise um Brustwarzen und Knie.

»Was für eine Nacht du doch für dich vorgesehen hattest. Nein, du bist wirklich keine Hexe, noch nicht, aber dies hätte dich zu einer Hexe gemacht, womöglich gar zu einer mächtigen, statt eine bloße Gehilfin zu sein.«

»Lass dir von einem Skorpion in den Schwanz stechen«, sagte sie und setzte sich auf.

»Du bist unerfahren in der Kunst, ein Kind aufzuschneiden, also hat er dir aufgemalt, wo du das Messer ansetzen musst. Der Mann, der dir das Kind verkauft hat.«

»Aus deinem Mund kommt nix als Wind.«

Der Junge wand sich in meinen Armen.

»Die Männer in der Malangika verkaufen Verachtungswürdiges, Unaussprechliches. Die Frauen auch. Doch ein lebendiger, unversehrter Säugling ist nicht leicht zu finden. Er ist kein Bastard oder Findelkind. Nur das reinste Kind könnte dir die mächtigste Magie verleihen, also hast du dir das reinste Kind gekauft. Es wurde einer Edlen geraubt. Und drei Tage von der nächsten Stadt entfernt, ist

dergleichen nicht leicht zu bekommen. Du musst ihm etwas von großem Wert gegeben haben. Kein Gold, keine Kauris. Du hast ihm ein
anderes Leben gegeben. Und da Händler nur Dinge von Wert zu
schätzen wissen, muss dir dieses Leben kostbar gewesen sein. Ein
Sohn? Nein, eine Tochter. Kindsbräute werden hier noch teurer als
selbst Neugeborene gehandelt.«

»Tausend Ficks für …«

»Die tausend Ficks liegen längst hinter mir. Wo ist der Edelmann,
der dir diesen Säugling verkauft hat?«

Noch immer auf dem Boden hockend, sah sie mich finster an,
während sie sich mit der rechten Hand über die Stirn rieb. Ich trat
auf ihre linke, und sie schrie auf.

»Wenn ich das nächste Mal frage, habe ich dir vorher die Hand
abgeschlagen.«

»Du Bastard einer hurenden, räudigen Nordwölfin. Einer wehr-
losen Frau die Hand abhacken.«

»Du hast dich gerade mit einem Vipernspruch zur Wehr gesetzt.
Welcher seiner Füße war für das Amulett bestimmt, der linke oder
der rechte?«

»Was du alles über Hexen und Hexer weißt. Du musst die wahre
Hexe sein.«

»Oder vielleicht töte ich Hexen. Für Geld, das auch. Geld kann
man immer brauchen. Vor allem aber zum Zeitvertreib. Der Händler, wo ist er?«

»Du Narr, er wechselt jede Nacht den Ort. Kein Elefant erinnert
sich an den Weg, keine Krähe kann ihn finden.«

»Aber du hast das Kind heute Nacht gekauft.«

Ich trat fester auf ihre Hand, und sie schrie wieder auf.

»Die Mitternachtsstraße! Geh bis zum Ende, an dem toten Baum
nach rechts und dann drei Treppen runter, tief ins Dunkel rein. So
dunkel, dass du nix mehr sehn kannst, bloß tasten. Er ist im Haus
von einem Hexer. Ein Antilopenherz verrottet an der Tür.«

Ich hob den Fuß von ihrer Hand, und sie zog sie an sich und verfluchte mich leise.

»Dich erwartet nix Gutes. Bevor du ihn triffst, wirst du zwei andre treffen.«

»Wie gütig von dir, mich zu warnen.«

»Die Warnung wird dich nicht retten. Es wird dir nix nützen, dass ich's dir gesagt hab.«

Ich rieb dem Säugling den Bauch. Er hatte Hunger. Einer dieser Händler – Verkäufer, Hexer oder Hexen – musste Ziegenmilch haben. Ich würde die nächste Tür eintreten, nach Ziegen- oder Kuhmilch fragen und Hände abhacken, bis mir eine Hand welche brachte.

»Sag, Jäger«, sagte sie. Die Hexe kauerte noch immer auf dem Boden und zog ihren Rock an sich.

»Was bringt dir der Säugling? Was bringt er der Mutter? Du wirst sie nie finden, und sie werden dich nicht finden. Zieh Nutzen aus dem Kind. Denk doch, guter Jäger, was ich dir geben kann, wenn ich Macht habe. Willst du Münze? Sollen dich die besten Händler bloß angucken und dir die feinste Seide und ihre drallste Tochter geben? Das kann ich machen. Gib mir den Kleinen. Er ist so süß. Ich kann das Gute riechen, was er machen wird. Ich kann's riechen.«

Sie stand auf und streckte die Hände nach dem Kind aus.

»Ich sage dir, was ich dir gebe. Ich gebe dir so lange, bis ich bis zehn gezählt habe, dann schleudere ich diese Axt und spalte deinen Kopf wie eine Nuss.«

Die junge Hexe fluchte und verzog das Gesicht wie einer, dem man das Opium fortgenommen hat. Sie wandte sich zum Gehen, dann fuhr sie wieder herum und schrie, sie wolle das Kind.

»Eins«, sagte ich.

»Zwei.«

Sie rannte davon.

»Drei.«

Ich warf meine Axt, die ihr kreiselnd hinterherflog. Die Hexe lief an vier Türen vorbei, ehe sie das Surren hörte. Sie drehte sich um, und die Axt traf sie ins Gesicht. Sie fiel auf den Rücken. Ich ging hin und zog die Axt aus ihrem Kopf.

Ich überquerte zwei Gassen und bog in eine dritte ein, aus der ein Duft drang. Der Duft war nicht echt, und auch die Gasse war es nicht. Eine Straße für übles, aber närrisches Volk, eine Straße, um sie durch Türen zu locken, aus denen sie niemals mehr herauskommen würden. Also klopfte ich an die dritte Tür, an der ich vorbeikam, diejenige, aus der der Geruch drang. Ein altes Weib öffnete die Tür, und ich sagte: Ich rieche hier Milch, und ich will sie haben. Sie zog eine Brust heraus, quetschte sie zusammen und sagte: Was du an Milch findest, kannst du trinken, Aschenjunge. Zehn Schritte weiter öffnete mir ein dicker Mann in einem weißen Boubou und sah sich meiner Axt gegenüber. Milch, sagte ich. Drinnen gab es kein Drinnen, und sein Haus hatte kein Dach. Ziegen und Schafe liefen meckernd, blökend, fressend und scheißend umher, und ich fragte nicht, wofür er sie brauchte. Ich legte das Kind auf einen Tisch.

»Ich komme wieder, um es zu holen«, sagte ich.

»Welche Stimme in diesem Haus hat gesagt, du könntest es hierlassen?«

»Gib ihm Ziegenmilch zu trinken.«

»Du lässt ein kleines Kind hier? Viele Hexen sind auf der Suche nach Säuglingshaut. Was sollte mich hindern, mir den Beutel prallzumachen?«

Der Dicke streckte die Hand nach dem Kind aus. Ich hackte sie ihm ab. Er schrie und fluchte und heulte und jammerte in einer Zunge, die ich nicht kannte. Ich nahm die Hand.

»In drei Drehungen der Sanduhr bringe ich dir deine Hand zurück. Ist das Kind dann fort, werde ich die Hand gebrauchen, um dich aufzuspüren, und dich in Stücke schneiden, jeden Tag ein Stück.«

Die Mitternachtsstraße hieß so, weil auf einem Schild an ihrem Anfang MITTERNACHT stand. So sahen mich die, die vorbeikamen: vom Hals bis zu den Knöcheln, an Händen und Füßen mit nichts als weißem Lehm bekleidet. Ein Holster für die Äxte und Scheiden für die Messer. Dunkle Farbe um die Augen, sodass die Schwachen einen Knochenmann auf sich zukommen sähen. Ich war nichts.

Nach zehn und fünf Schritten wurde die Luft kühler und schwerer. Ich trat aus dieser sonderbaren Luft hinaus und ging weiter, bis ich bitteren Tau auf dem Gesicht spürte. Der Zauberspruch verließ meinen Mund als ein Flüstern, und danach wartete ich. Und wartete. Etwas huschte hinter mir vorbei, und ich zückte rasch die Messer, wirbelte herum und sah Ratten davonrennen. Also wartete ich weiter. Gerade wollte ich wieder losgehen, als die Luft über mir zu knistern und Funken zu schlagen begann und schließlich ein Feuer aufflammte, das rasend schnell einen Kreis von der Spannweite meiner Arme beschrieb und dann verlosch. Die Luft war nun weniger schwer und bitter, doch die Straße wirkte unverändert. Es war keine der zehn und neun Türen, schlicht eine Tür. Nach sieben Schritten verschwand der Boden. Ich versuchte rückwärts zu springen, fiel aber hinein, wirbelte herum und bohrte die Messer in die Erde um mich herum. Unter meinen Füßen nichts als Luft. Das Loch hätte ebenso zum Mittelpunkt der Welt führen können wie in eine Grube voller Eisendorne oder Schlangen. Ich zog mich hoch, nahm Anlauf, lief bis zur Kante, sprang in die Luft, verfehlte den Sims, prallte an die Seite und schlug die Messer in die Erde, um nicht erneut zu fallen.

Der Weg endete an einem Gehölz. An dem toten Baum, von dem die Hexe gesprochen hatte, bog ich ab und kam an einen Abgrund. Diesmal waren Stufen in die Erde gegraben, die drei aufeinanderfolgende Treppen bildeten. Am Fuß der letzten Treppe führte ein weiterer Pfad zur Tür einer in den Fels gehauenen Hütte mit zwei Fenstern über Kopfhöhe, in denen gelbes Licht flackerte. Meine

Nase spürte nach bitterer Luft, und noch immer hielt ich in jeder Hand ein Messer. Ich steckte sie fort und zückte eine Axt. Die Tür war nicht verschlossen. Man rechnete nicht damit, dass jemand bis hierher vordrang. Ich betrat ein Haus, das wenigstens fünfmal so groß war, wie es von außen wirkte, so wie die großen Hallen, die ich Männer in Affenbrotbäumen habe anlegen sehen. An den Wänden präsentierten Bücher in Regalen ihre Rücken, und auf Tischen lagen Schriftrollen und Papierseiten. In großen Gläsern wurde alles, was sich im Inneren eines Leibes fand, in Flüssigkeit aufbewahrt. In einem noch größeren Glas mit gelbem Wasser lag ein Säugling, dessen Mutterschnur wie eine Schlange dahintrieb. Zur Rechten standen aufeinandergestapelte Käfige mit Vögeln in allen Farben darin. Doch nicht alles waren Vögel; einige sahen aus wie geflügelte Echsen, und einer hatte den Kopf eines Erdmännchens.

In der Mitte des Raumes stand ein Mann von der Größe eines Jungen, aber alt, eine dicke Glasscheibe vor den Augen befestigt, die jedes seiner Augen groß wie eine Hand aussehen ließ. Ich schlich hinein; meine Füße stießen mit teils frischer Scheiße bedeckte Blätter beiseite. Über mir lachte etwas, und ich blickte auf und sah zwei irre Affen, die an den Schwänzen von einem Seil an der Decke herabhingen. Gesichter wie von Menschen, aber grün wie Fäulnis. Zwei weiße, hervorstehende Augen, das rechte klein, das linke größer. Sie waren unbekleidet, doch zerrissene Lumpen flatterten um sie herum. Die Nasen waren platt gedrückt wie die von Schimpansen, und wenn sie lächelten, kamen lange, schiefe Zähne zum Vorschein. Der eine war kleiner als der andere.

Der kleine Affe sprang herab, ehe ich die zweite Axt zücken konnte. Er landete auf meiner Brust. Ich stieß ihn von meinem Gesicht fort, als er mir die Nase abzubeißen versuchte. Beide schrien sie IIIIIIIIIIIIIIEH. Der Mann rannte in den Nebenraum. Der kleine Affe peitschte mit seinem Schwanz um sich und wollte mich aufschlitzen, doch ich packte ihn mit einer Hand am Hals und hielt die

Axt so, dass er sich den Schwanz an der Klinge abschnitt. Er kreischte auf und zog sich laut heulend zurück. Ich zückte die zweite Axt
und hieb mit beiden nach ihm, doch der größere Affe riss ihn mit
dem Schwanz fort. Der Größere warf eines der Gläser nach mir, ich
duckte mich, und es zerschellte an der Wand. Er ohrfeigte den kleineren Affen, um ihn zum Verstummen zu bringen. Ich lief zu einem
Regal hinüber, während um mich herum Gläser barsten. Dann war
es still.

Neben meinem Fuß lag eine nasse Hand. Ich nahm sie und schleuderte sie nach rechts. Ein Glas nach dem anderen zersplitterte an
der Wand. Ich packte meine Äxte, sprang hoch und warf sie. Der
große Affe wich der ersten aus, lief aber geradewegs in die zweite
hinein, die in seiner Stirn stecken blieb. Er kippte gegen ein Regal
und riss es um. Der kleinere hob seinen Schwanz auf und floh in eine
dunkle Ecke zwischen zwei Regalen. Ich fegte Bücher und Schriftrollen beiseite, bis ich den Stiel meiner Axt sah. Mit beiden Äxten
hieb ich in den Kopf des irren Affen, bis mir sein Fleisch ins Gesicht
spritzte.

Sie war in diesem Raum, aber hinter mir: die Tür, an der eine ge-
sprungene Ifa-Schale vom verrottenden Herz einer Antilope herabhing.

Drinnen saß der Mann mit einer Frau und einem Kind am Tisch.
Das Haar der Frau und des Jungen war sonderbarer frisiert als in
irgendeinem Land, in dem ich gewesen bin; Zweige ragten aus ihren
Köpfen heraus wie bei Rehen, und getrockneter Dung hielt Haare
und Zweige zusammen. Die Frau sah mich mit leuchtenden Augen
an, und der Junge lächelte, als sich an einem der Zweige eine Blüte
öffnete. Der Mann blickte auf.

»Du trägst nichts als Weiß. Um wen trauerst du?«, sagte er.

Er sah, wie ich die Frau betrachtete.

»Fürs Ficki-Ficki ist sie gut, aber bei den lebendigen Göttern, kochen kann sie nicht. Sie kann nicht mal Scheiße kochen. Weiß nicht,

ob ich dir was davon anbieten kann. Hast's zu lang gekocht, ich sag's dir. Hörst du mich, Weib, du darfst's nicht zu lang kochen. Dreimal Blinzeln, und schon is' Nachgeburt in Pfeffer fertig. Willste ein Stück, mein Freund? Ist grad aus 'ner Frau aus dem Buju-Buju rausgekommen. Ihr ist's gleich, dass sie die Ahnen zornig macht, weil sie sie nicht verscharrt hat.«

»Gibt es zu der Nachgeburt auch ein Kind?«, fragte ich.

Er runzelte die Stirn, dann lächelte er. »Diese Fremden, immer kommen sie mit lauter Scherzen zum Arzt. Oder nicht, Weib?«

Die Frau blickte erst ihn und dann mich an, sagte jedoch nichts. Der Junge schnitt mit dem Messer ein Stück von der Nachgeburt ab und steckte es in den Mund.

»Da bist du also«, sagte der Mann. »Und wer bist du?«

»Ihr habt mir zwei geschickt, die mich empfangen sollten.«

»Die empfangen jeden. Und du stehst hier, also sind sie wohl …«

»Nicht mehr da.«

Ich steckte meine Äxte weg und zog die Messer heraus. Sie aßen weiter und taten so, als wäre ich nicht mehr da, blickten jedoch weiter in meine Richtung, vor allem die Frau.

»Handelst du mit Säuglingen?«

»Ich handle mit vielen Dingen und immer mit ehrlichem Herzen.«

»Dein ehrliches Herz muss der Grund sein, dass du in der Malangika bist.«

»Was willste?«

»Wann ist deine Haut zu dir zurückgekehrt?«

»Du redest nix als Irrsinn.«

»Ich suche jemanden, der in der Malangika Handel treibt.«

»In der Malangika treibt jeder Handel.«

»Aber das, was er kauft, verkaufen außer dir nur wenige.«

»Dann frag die wenigen.«

»Das habe ich schon getan. Vier vor dir, einer nach dir. Vier sind bislang tot.«

Der Mann zögerte, aber nur einen Augenblick lang. Die Frau und das Kind aßen weiter. Sein Gesicht war der Frau zugewandt, doch sein Blick folgte mir.

»Nicht vor meiner Frau und meinem Kind«, sagte er.

»Frau und Kind? Diese Frau und dieses Kind?«

»Ja, mach nix …«

Ich warf beide Messer; eines traf die Frau in den Hals, das andere den Jungen in die Schläfe. Beide ruckten und zuckten, ruckten und zuckten, dann fielen ihre Köpfe auf den Tisch. Der Alte schrie. Er sprang auf, rannte zu dem Jungen und nahm seinen Kopf in die Hände. Die Blüte an seinem Kopf welkte, und etwas Schwarzes, Dickflüssiges rann langsam aus seinem Mund. Der Alte klagte, schrie und heulte.

»Ich suche jemanden, der in der Malangika Handel treibt.«

»Ach, ihr Götter, seht!«

»*Jetzt tötest du auch Kinder*«, sagte eine vertraute Stimme.

»Du bist dafür bekannt zu verkaufen, was er kauft«, sagte ich zu dem alten Mann. »*Sakut vuwong fa'at ba*«, sagte ich zu dem Gedanken.

»O ihr Götter, mein Leid! Mein Leid!«, rief er.

»Händler, sollte irgendein Gott zusehen, was würde er wohl über dich und deine widernatürliche Sippe sagen?«

»*Da waren Stimmen, du hörtest sie sagen, wir seien eine widernatürliche Sippe*«, sagte die Stimme, die ich kannte.

»Sie waren mein Ein und Alles. Sie waren mein Ein und Alles.«

»Sie waren weiße Wissenschaft. Beide. Züchte dir eine neue. Oder zwei. Beim nächsten Mal könnte sogar ein Paar herauskommen, das sprechen kann. Wie die Singsittiche.«

»Ich ruf Männer mit schwarzem Herz. Ich sag ihnen, sie sollen dich jagen und töten!«

»*Mun be kini wuyi a lo bwa*, alter Mann. Ich habe die Klage ins Haus des Todes gebracht. Weißt du, was ich wünsche?«

Ich trat näher. Aus der Nähe wirkte das Gesicht der Frau gröber und das des Jungen ebenfalls. Nicht glatt, sondern von Linien und Furchen wie sich kreuzenden Lianen durchzogen.

»Sie sind beide nicht aus Fleisch und Blut«, sagte ich.

»Sie waren alles, was ich hatte.«

Ich zückte meine Axt.

»Du klingst, als wolltest du dich zu ihnen gesellen. Soll ich dafür sorgen? Gut …«

»Halt«, sagte er.

Er schrie zu seinen Göttern. Er mochte diese Frau wahrhaft geliebt haben. Diesen Jungen. Aber nicht genug, um sich zu ihnen zu gesellen.

»Nicht jeder Mann ist hübsch wie du. Nicht jeder Mann kann Liebe und Treue finden. Nicht jeder Mann kann behaupten, von den Göttern gesegnet zu sein. Manche Männer finden sogar die Götter hässlich, sogar die Götter haben gesagt: Für dein Blut wird es keine Hoffnung geben. Sie hat mich angelächelt! Der Junge hat mich angelächelt! Wie kannst du einen Mann dafür richten, dass er nicht einsam sterben will. Götter des Himmels, richtet diesen Mann. Richtet ihn dafür, was er getan hat.«

»Es gibt keinen Himmel. Ruf vielleicht die Götter unter der Erde an«, sagte ich.

Er schloss seinen Sohn in die Arme und hielt ihn, flüsterte ihm beschwichtigende Worte zu, als ob der Junge weinte.

»Armer Händler, nie hat dich eine schöne Frau geküsst, sagst du.« Er blickte zu mir auf; seine Augen waren nass, seine Lippen bebten, alles an ihm drückte Trauer aus. »Liegt das daran, dass du sie alle umbringst?«, sagte ich.

Die Trauer verschwand aus seinem Gesicht, und er ging auf seinen Platz zurück.

»Und die Männer auch. Du bringst sie zur Strecke. Nein, an deinen Händen klebt kein Blut. Du bist zu feige, um deine eigene Beute zu holen, also sendest du Männer aus. Sie verhexen die Menschen mit Zaubertränken, denn du willst sie unversehrt, ohne Gift im Leib, weil dies das Herz befleckt. Dann bringst du einige von ihnen um und verkaufst sie für alle Arten von geheimer Hexerei und weißer Wissenschaft. Einige lässt du am Leben, da der Fuß eines lebendigen Mannes oder die Leber einer lebendigen Frau auf dem Markt das Fünffache einbringt. Womöglich gar das Zehnfache. Und was ist mit dem Säugling, den du gerade an eine junge Hexe verschachert hast?«

»Was willst du?«

»Ich suche nach einem Mann, der wegen Herzen zu dir kommt. Frauenherzen. Zuweilen gibst du ihm Männerherzen und glaubst, er wird es nicht merken. Er merkt es.«

»Was hast du mit ihm zu schaffen?«

»Das braucht dich nicht zu scheren.«

»Ich verkauf Goldstaub, Handwerk aus den Flusslanden und Früchte aus dem Norden. So was verkauf ich nicht.«

»Ich glaube dir. Du lebst in der Malangika, weil die Miete so niedrig ist. Ist es alle neun Nächte ein Herz, oder sind es zwei?«

»Lass dich von zehn Dämonen ficken.«

»Jede Seele in Malangika hat gute Wünsche für mein Arschloch übrig.«

Er setzte sich wieder an den Kopf der Tafel. »Geh, und lass mich meine Frau und mein Kind begraben.«

»In der Erde? Meinst du nicht aussäen statt begraben?«

Ich trat neben ihn.

»Du kennst den Mann, von dem ich spreche. Du weißt, dass er kein Mann ist. Die Haut weiß wie Porzellanerde, ebenso wie sein Umhang mit der schwarzen Borte. Du hast ihn ein Mal gesehen. Schau an, dachtest du, sein Umhang sieht wie aus Federn aus. Du fandest ihn schön. Sie sind alle schön. Sag mir, wo er lebt.«

»Ich sag, verschwinde, und lass dich …«

Ich packte grob seine Hand und hackte ihm einen Finger ab. Er schrie. Tränen strömten ihm wie Flüsse über das Gesicht. Ich packte ihn am Hals.

»Hör mir zu, kleiner Mann. Ich weiß, du trägst Furcht in dir. Und vor dem Blitzvogel solltest du dich auch fürchten. Er ist eine Bestie von großem Unheil, und er wird kommen, um dein Herz zu holen oder dich in ein Ding zu verwandeln, das niemals Frieden finden wird.«

Ich stand auf und zog ihn hoch, bis seine Augen beinahe auf einer Höhe mit meinen waren.

»Aber hör mir zu. Ich werde dir die Finger, Arme, Beine und Füße einzeln abhacken, Stück für Stück, bis du keine Finger, Arme, Beine und Füße mehr hast. Dann werde ich einen Kreis um deinen Kopf herum schneiden und dir die Kopfhaut abziehen. Dann werde ich deinen Schwanz in kleine Streifen schneiden, bis er aussieht wie ein Buschrock. Ich werde dort hinübergehen, die Fackel von der Wand nehmen und jede einzelne Wunde ausbrennen, sodass du am Leben bleibst. Dann werde ich deinen Baumsohn und dein Lianenweib anzünden, sodass du sie nie wieder wachsen lassen kannst. Und das wird erst der Anfang sein. Verstehst du, kleiner Mann? Sollen wir ein anderes Spiel spielen?«

»Ich … ich hab die Lebendigen nie angerührt, hab sie nie angerührt, nie, nie, nie, bloß die, die grad gestorben waren«, sagte er.

Ich packte seine Hand mit dem blutenden Fingerstummel.

»Die Straße der blinden Schakale!«, rief er. »Die Straße der blinden Schakale. Unten, wo die Tunnel abfallen und alle möglichen Dinge im Geröll leben. Westlich von hier.«

»Gibt es auf dem Weg irgendwelche Zauber, so wie die Grube, in die ich fallen sollte?«

»Nein.«

»Ein Hexer hat mir einmal gesagt, niemand brauche seinen rechten Mittelfinger.«

»Nein!«, schrie er, immer noch heulend. »Es gibt keine Zauber auf dieser Straße, keine von mir. Wofür auch? Kein Mann geht diese Straße lang, es sei denn, er will sein Leben verlieren. Nicht mal die Hexe, nicht mal der Geisterhund. Nicht mal die Erinnerung lebt dort weiter.«

»Dann werde ich ihn dort finden und …«

Ich hatte so lange in diesem Raum und in der Kammer davor gestanden, dass ich sämtliche Gerüche darin kannte. Doch als ich mich zum Gehen umwandte, strich ein neuer Geruch an meiner Nase vorbei. Wie stets wusste ich nicht, was für ein Geruch es war, nur dass es keiner der bereits bekannten war. Ein Körpergeruch, ein Duft, der den Lebenden gehörte. Ich ließ die Hand des Händlers los und ging zu einer Wand zur Linken hinüber, wobei ich Flaschen mit schmelzenden Kerzen darauf umtrat. Der Händler sagte, dort sei nichts weiter als die Wand, und ich drehte mich um und sah, wie er seinen Finger aufklaubte. An der Wand war der Geruch stärker. Pisse, aber frisch, erst wenige Augenblicke alt. Ich witterte Dinge darin, deren Geruch ich kannte, böse Minerale, leichte Gifte. Ich flüsterte gegen die Wand.

»Da ist nix als die Erde, aus der diese Hütte gehauen ist. Nix ist da, sag ich.«

Eine Flamme loderte am oberen Ende der Wand auf, teilte sich, lief die Seiten hinab, vereinigte sich am unteren Ende wieder und brannte ein Rechteck in die Luft, hinter dem ein Raum zum Vorschein kam. Ein Raum so groß wie der, in dem wir uns befanden, mit fünf Lampen an den Wänden. Auf dem Boden lagen vier Matten, auf den Matten vier Leiber, einer ohne Arme und Beine, einer vom Hals bis zum Penis aufgeschlitzt, sodass die Rippen herausragten, einer, der unversehrt, aber reglos dalag, und einer mit offenen Augen, dessen Hände und Beine mit einem Seil gefesselt waren und auf dessen Brust mit Porzellanerde ein Kreuz gemalt war. Der Junge hatte sich auf den Bauch und die Brust gepisst.

»Die waren krank. Versuch mal in der Malangika 'ne Medizinfrau zu finden, versuch's nur.«

»Du erntest ihre Organe.«

»Stimmt nicht! Ich …«

»Händler, du rufst die Götter an, schreist und heulst wie eine Prinzessin, die sich im Geheimen selbst fingert, und doch hängt an deiner Tür eine zerbrochene Ifa-Schale. Nicht genug damit, dass die Götter fort sind, du wünschst auch, dass sie niemals zurückkehren.«

»Das ist Irrsinn! Irr…«

Meine Axt fuhr durch seinen Hals, Blut spritzte an die Wand, und sein Kopf kippte hinunter und baumelte an einem Hautfetzen. Er fiel auf den Rücken.

»*Du hast Kinder getötet*«, sagte die Stimme, die mich kannte.

»Alles Flehen kann das Töten nicht verhindern, wenn sich einer zum Töten entschlossen hat«, sagte ich.

Nichts wandelte auf der Straße der blinden Schakale als die Angst, sie zu betreten. Zwei Geister kamen schreiend auf mich zu, suchten nach ihren Leibern, doch nichts machte mich mehr ängstlich. Nichts machte mich mehr irgendetwas, nicht einmal traurig. Nicht einmal gleichgültig. Die beiden Geister rannten durch mich hindurch und erzitterten. Sie sahen mich an, schrien und verschwanden. Sie schrien zu Recht. Ich hätte die Toten getötet.

Der Eingang war so klein, dass ich kriechen musste, bis ich wieder in einem weiten Raum war, so hoch wie zuvor, doch überall um mich herum waren Staub, Mauersteine, rissige Wände, geborstenes Holz, faulendes Fleisch, altes Blut und getrocknete Scheiße. Aus alldem war ein Sitz wie ein Thron gehauen. Und dort war er, darauf ausgestreckt, den Blick auf die beiden Lichtstrahlen gerichtet, die auf seine Beine und sein Gesicht fielen. Die weißen Flügel mit den schwarzen Spitzen waren ausgebreitet und hingen träge herab, die Augen waren kaum geöffnet. Ein kleiner Blitz sprang von seiner Brust und verschwand. Der Ipundulu, der Blitzvogel, der aussah, als langweilte ihn sein Dasein als Ipundulu. Ich trat auf etwas Sprödes, das unter meinem Fuß barst. Abgestreifte Haut.

»Sei gegrüßt, Nyka«, sagte ich.

VIERUNDZWANZIG

Du bist der Letzte deiner Art, Nyka. Einer, den der Ipundulu verwandelt hat, statt ihn zu töten. Diese Ehre lässt er nur denen zuteilwerden, die er versklavt, und denen, die er gefickt hat; was war es bei dir?«

»Ipundulu kann nur ein Mann sein, keine Frau kann Ipundulu sein.«

»Und nur ein von seinem Blitzblut besessener Leib kann Ipundulu sein.«

»Ich sagte es dir. Ipundulu kann nur ein Mann sein. Keine Frau kann Ipundulu sein.«

»Das habe ich nicht gefragt.«

»Der letzte Mann, den er gebissen, aber nicht getötet hat, dieser Mann wird der nächste Ipundulu, es sei denn, der Zauber wird von einer Mutterhexe gebrochen, und er hat keine Mutter.«

»Den Teil kenne ich. Du weichst weder geschickt noch kunstvoll aus, Nyka.«

»Er wollte meine Frau schänden und sie umbringen. Er hatte sie am Hals gepackt, die Klauen schon in ihre Brust geschlagen. Ich sagte ihm, er solle stattdessen mich nehmen. Ich sagte ihm, er solle mich nehmen.«

Er wandte den Kopf ab.

»Der Nyka, den ich kannte, hätte ihn eigenhändig mit Stücken seiner Frau gefüttert«, sagte ich.

»Diesen Nyka kennst du. Ich kenne diesen Nyka nicht. Und ich kenne dich nicht.«

»Ich bin …«

»Sucher. Ja, ich kenne deinen Namen. Selbst Hexer und Teufel kennen ihn. Sie flüstern sogar: Hütet euch vor dem Sucher. Er ist nicht länger rot, sondern schwarz. Weißt du, was sie meinen? Du bist von Leid umgeben. Ich sehe dich an und sehe einen Mann, der dunkler ist als ich.«

»Alle Männer sind dunkler als du.«

»Ich sehe auch den Tod.«

»Wie tief deine Gedanken geworden sind, Nyka, nun da du Frauenherzen verspeist.«

Er lachte und blickte mich an, als sähe er mich zum ersten Mal. Dann lachte er wieder, das Gegacker des Wahnsinnigen oder dessen, der allen Wahnsinn der Welt gesehen hat.

»Und doch bin ich hier derjenige, der ein Herz hat«, sagte er.

Seine Worte ärgerten mich nicht, doch in diesem Augenblick musste ich an das frühere Ich denken, das sich von ihnen hätte treffen lassen. Ich fragte ihn, wie er so geworden war, und dies erzählte er mir:

Dass Nsaka Ne Vampi und er nicht wegen mir fortgegangen seien, denn mit mir wäre er schon fertiggeworden, da es so wilden Hass nur dort geben könne, wo darunter noch wilde Liebe liege. Sie seien fortgegangen, weil er der Fischfrau nicht über den Weg getraut und die Mondhexe verabscheut habe, denn sie sei es gewesen, die ihre Schwestern dazu gebracht habe, Nsaka Ne Vampi aus der Garde der Königsschwester auszuschließen.

»Hast du je einen Kompass gesehen, Sucher?«, fragte Nyka. »Die Männer des östlichen Lichts führen sie mit sich; manche sind groß wie ein Schemel, manche so klein, dass sie in der Hosentasche verschwinden. Sie rannte immer wieder los, die Blitzfrau, rannte bis ans Ende des Seils, das sie so fest zurückkriss, dass es ihr den Hals zu brechen drohte. Also schoss Nsaka Ne Vampi einen Giftpfeil auf sie, der sie nicht tötete, nur träge machte. Diese Dinge widerfuhren uns: Die Blitzfrau lief immer wieder nach Nordwesten, also gingen wir nach Nordwesten. Wir kamen an eine Hütte. Beginnen so nicht alle Schauergeschichten, dass jemand an ein Haus kommt, in dem niemand lebt? Wie es meine Art ist, lief ich zur Tür und trat sie ein. Das Erste, was ich sah, war das Kind. Das Zweite, was ich sah, war ein Blitz, der mir gegen die Brust schmetterte, sich durch jedes Loch in meiner Haut brannte und mich geradewegs aus der Hütte stieß. Nsaka sprang mir bei und schoss zwei Pfeile in die Hütte, von denen einer einen Roten mit Haaren von Gras traf. Ein anderer griff sie von der Seite an und packte ihren Bogen, doch sie trat ihm in die Eier, und er ging heulend zu Boden. Doch der Fliegenmann, er besteht nur aus Ungeziefer, dieser Fliegenmann, er wurde zu einem Fliegenschwarm, und er umschwirrte sie und übersäte ihren Rücken durch den Waffenrock mit Stichen, und ich konnte es sehen, ich sah, wie sich die Fliegen in ihren Rücken gruben, als kehrten sie nach Hause zurück, und wie Nsaka schrie und sich rücklings auf den Boden warf, um sie abzuschütteln, denn sie bissen und stachen und saugten ihr Blut, und ich stand auf, und der Ipundulu schleuderte wieder einen Blitz, doch er traf sie, nicht mich, und der Blitz setzte sie in Brand, doch er setzte auch den Fliegenmann in Brand, der kreischte und brannte und die Fliegen wieder in seine Gestalt zurückholte. Der Fliegenmann rannte in die Hütte und stürzte sich auf den Vogel, und sie kämpften, stießen einander zu Boden, und der kleine Junge sah zu. Und der Ipundulu verwandelte sich ganz in einen Vogel. Und er fegte den Fliegenmann beiseite und schleuderte noch einen Blitz auf ihn, und der Fliegenmann flog davon. Ich hörte andere kommen, und ich lief hinein, als der Blitzmann seinen Fliegenmann ansah, und stieß ihm mein Schwert in den Rücken und wich aus, als er seinen Flügel schwenkte. Er lachte, kannst du das glauben? Er zog das Schwert heraus und bekämpfte mich damit. Ich griff rasch nach Nsakas Schwert, gerade rechtzeitig, um seinen Schlag abzuwehren, und schwang es von unten gegen ihn, doch er parierte meinen Hieb. Ich ging in die Hocke und schwang das Schwert nach seinen Beinen, doch er sprang hoch und schlug mit den Flügeln, und sein Kopf durchstieß das Dach der Hütte. Er sprang wieder herunter und schleuderte Lehmbrocken nach meinem Kopf und traf mich an der Stirn, und ich wankte und fiel auf ein Knie. Und dann war er über mir, doch ich griff nach einem Schemel und wehrte seinen Schlag ab und bohrte ihm das Schwert von unten in die Seite. Er geriet ins Wanken. Ich wich ein Stück zurück, um ihm das Schwert mitten ins Herz zu stoßen, doch er parierte und trat mir gegen die Brust, und ich rollte über den Boden und blieb reglos auf dem Gesicht liegen, und er sagte: Von dir hätte ich mehr Gegenwehr erwartet. Er drehte mir den Rücken zu, und ich nahm ein Messer – weißt du noch, wie gut ich mit dem Messer umgehen kann, Sucher? War ich es nicht, der dich gelehrt hat, es zu führen? Und die Blitzfrau lief an seine Seite, und er strich ihr über den Kopf, und wahrlich, sie schnurrte und krümmte den Rücken unter seiner Berührung wie eine Katze, und dann nahm er ihr Genick in beide Hände und brach es entzwei. Ich war auf den Knien, und ich zückte zwei Messer, und was dann geschah, werde ich nie vergessen, Sucher. Der Junge schrie. Er schrie ohne Worte, doch er warnte ihn. Ich sage dir, ich erinnere mich an nichts weiter als Blitze.

Als ich erwachte, sah ich zwei der grashaarigen Teufel. Sie rissen Nsaka die Gewänder vom Leib und spreizten ihre Beine, und der Ipundulu war hart. Ich weiß nicht, warum er auf mich hörte, als ich ihn anflehte, stattdessen über mich herzufallen. Vielleicht war ich in seinen Augen der Schönere. Ich war zu schwach, und sie kamen über mich. Wie er mich bestieg, Sucher – alles trocken, kein Speichel, er stieß mich, bis ich aufriss und blutete, und ich sage dir, er nahm mein eigenes Blut, um mich leichter ficken zu können. Dann biss er mich, bis er Blut schlürfte, und er trank und trank, und die anderen tranken auch, und dann küsste er die Wunde an meinem Hals, und der Blitz schoss aus ihm geradewegs in meinen Blutstrom hinein. Sie zwangen sie, bei alldem zuzusehen. Den Jungen mussten sie nicht zwingen.

Hast du je erlebt, wie Feuer dich von innen aufzehrt? Und dann war alles weiß und leer wie beim höchsten Stand der Sonne. Ich sage dir, ich erinnere mich an nichts mehr, bis ich in Gestalt des Ipundulu in Kongor erwachte. Ich nahm manches wahr, wie die Fressgeräusche von Ratten und den Klang loser Ketten. Ich blickte auf meine Hände und sah Weiß, und zu meinen Füßen sah ich einen Vogel, und mein Rücken juckte und juckte, bis ich sah, dass ich auf Flügeln saß. Und meine Nsaka. Ihr Götter, meine Nsaka. Sie war im selben Raum wie ich, vielleicht hatte sie meine Verwandlung mit angesehen. Das ist das niederträchtige Treiben der Götter. Und wie muss sie mich geliebt haben, um einfach so … einfach so … ohne Gegenwehr … Ihr niederträchtigen Götter. Als ich mich auf mein Ich besann, sah ich sie auf dem Boden liegen, der Hals gebrochen, ein großes Loch an der Stelle, wo ihr Herz gewesen war. Ihr niederträchtigen, niederträchtigen Götter. Ich denke jeden Tag an sie, Sucher. Ich habe manch einer Seele den Tod gebracht. Manch einer Seele. Doch wie tief mein Herz über diese eine trauert.«

»Gewiss.«

»Ich habe sie getötet, mein …«

»Dein Ein und Alles.«

»Woher …«

»Diese Worte sind beliebt heute Nacht.«

»Das Töten fällt mir schwer«, sagte er.

Er zog die Knie an die Brust und schlang die Arme darum. Ich klatschte in die Hände. Während er sprach, hatte ich auf dem Boden gesessen, doch nun erhob ich mich und klatschte.

»Stattdessen lässt du andere das Töten für dich übernehmen. Du vergisst, was mich zu dir geführt hat. Heb dir den Herzschmerz für das nächste arme Mädchen auf, dem du das Herz herausreißt, Ipundulu. Du bist noch immer ein Mörder und ein Feigling. Und ein Lügner.«

Die Bittermiene erschien wieder auf seinem hübschen Gesicht.

»Hm. Wärst du gekommen, um mich zu töten, hättest du diese Fackel schon geschleudert. Was willst du?«

»War noch einer bei ihm, einer mit Fledermausflügeln?«

»Fledermausflügeln?«

»Wie eine Fledermaus. Die Füße gleichen den Händen, beide mit eisernen Klauen bewehrt. Riesig.«

»Nein, so einen habe ich nicht gesehen. Ich spreche die Wahrheit.«

»Ich weiß. Wäre er bei ihnen gewesen, er hätte dich nicht am Leben gelassen.«

»Was willst du, alter Freund? Wir sind doch alte Freunde, oder nicht?«

»Die Kreatur mit den Fledermausflügeln wird Sasabonsam genannt. Der Junge, von dem du sprichst, wir haben ihn vor fünf Jahren mit seiner Mutter vereint. Sasabonsam und das Kind sind wieder zusammen.«

»Er hat den Jungen geraubt.«

»Das sagt seine Mutter.«

»Du sagst es nicht.«

»Nein, und ich sagte dir gerade, warum.«

»Gewiss. Der Junge war sonderbar. Ich hätte gedacht, er würde wenigstens versuchen, zu denen zu laufen, die zu seiner Rettung kamen.«

»Stattdessen warnte er jene, die ihn geraubt hatten. Er gleicht keinem Jungen in seinem Alter.«

»Das war schwülstig, Sucher. Sieht dir nicht ähnlich.«

»Woher willst du wissen, wie ich bin, wenn du es vergessen hast, wie du sagst?«

Ich trat an seinen Trümmerthron und setzte mich ihm dicht gegenüber hin.

»Du konntest den Jungen nicht retten, wir schon. Und selbst wir alle zusammen konnten Sasabonsam nur verletzen, aber nicht aufhalten. Etwas stimmte nicht mit dem Jungen. Sein Geruch war mal stark, dann wieder so schwach, als liefe er Hunderte von Tagen entfernt davon, und dann wieder gleich vor mir.

Ich will dir eine Geschichte erzählen: Wir folgten ihnen nach Dolingo. Als ich sie fand, sah ich, wie der Ipundulu den Jungen von seiner Brust fortstieß. Der kleine Junge hatte an seinem Nippel gesaugt. Kannst du glauben, was ich dachte? Ich dachte an ein Kind und seine Mutter, ein Kind, das nie aufgehört hatte, nach der Muttermilch zu dürsten. Nur dass diese Mutter keine Koo hatte. Und dann dachte ich, welche Niedertracht das sei, wie garstig es sei, den Jungen so lange geschändet zu haben, dass er diesen Vorgang für natürlich hielt. Und dann erkannte ich es als das, was es war. Keine Schändung. Vampirblut. Sein Opium.«

»Es gibt Frauen und Jungen, die zu mir kommen, als wäre ich ihr Opium. Manche sind so lange und so weit gelaufen, dass sie keine Füße mehr haben. Aber niemand hat mich in der Malangika gefunden. Er wird es mehr wollen als die Umarmung der eigenen Mutter.«

»Sasabonsam ist in den Mweru gegangen, um ihn zu suchen.«

»Kein Mann verlässt den Mweru. Warum sollte ihn einer betreten?«

»Er ist kein Mann. Es tut nichts zur Sache. Ich glaube, der Junge ist aus freiem Willen gegangen.«

»Vielleicht hat er ihm mehr als Spielzeug und Brüste geboten.« Nyka lachte. »Sucher, ich entsinne mich deiner. Du lügst noch immer, indem du nur die halbe Wahrheit sagst. Ein dummer Junge, den du ausfindig gemacht hast, wurde also von einem Dämon mit den Flügeln einer Fledermaus wieder geraubt. Niemand hat dir den Auftrag gegeben, ihn zu suchen. Niemand bezahlt dich dafür. Und die Sonne bleibt die Sonne, und der Mond bleibt der Mond, ob du ihn findest oder nicht.«

»Eben sagtest du, du kennst mich nicht.«

»Er bedeutet dir nichts und der Fledermausmann ebenso wenig.«

»Er hat mir etwas genommen.«

»Wer? Und wirst du ihm dafür etwas nehmen?«

»Nein. Ich werde ihn töten. Und jeden wie ihn. Und jeden, der ihm hilft. Und jeden, der ihm geholfen hat. Und jeden, der sich zwischen mich und ihn stellt. Selbst diesen Jungen.«

»Es riecht noch immer nach einer List. Du willst, dass ich dir helfe, ihn zu finden.«

»Nein, ich will ihm helfen, dich zu finden.«

Also ging ich zurück, um das Kind zu holen, und zu dritt verließen wir die Malangika. Wir folgten einem Tunnel am Ende der Straße der blinden Schakale nach oben. Über der Erde herrschte noch ebenso wenig Krieg wie vor meinem Abstieg. Der Ipundulu nahm nichts mit, schlug nur die Flügel so fest um seinen Leib, dass er wie ein sonderbarer Adliger aussah, ein niederer Gott in einem dicken Boubou. Die Sonne war gesunken und ließ den Himmel orange aufflammen, doch sonst war alles finster.

»Soll ich das Kind nehmen, das du bei dir trägst?«, fragte er.

»Fass ihn an, und ich schleudere dir diese Fackel ins Gesicht.«

»Ich gebe mir nur Mühe, hilfreich zu sein.«

»Die Mühe wird deine Augen noch aus den Höhlen treten lassen.«

Der Tunnel führte zu einer kleinen Stadt, wo ich das Kind und einen mit Milch gefüllten Schlauch aus Ziegenhaut vor der Tür einer bekannten Hebamme ablegte. Gleich vor der Stadt, nördlich des Blutsumpfs, lag Wildnis. Ich ging los, doch Nyka rührte sich nicht.

»Nun da wir aus der Malangika heraus sind, wird der Junge dich wittern und zu dir gelaufen kommen«, sagte ich.

»So wie jede Blitzfrau und jeder Blutsklave«, sagte er. Er wäre gern das Ziel solcher Hingabe gewesen, doch ihre Hingabe galt nicht ihm. »Ihre Hingabe gilt dem Geschmack meines Blutes«, sagte er.

»Um die Wahrheit zu sagen, hatte ich damit gerechnet, dass oben noch mehr von euch warten. Der Riese. Womöglich die Mondhexe. Gewiss der Leopard. Wo ist er?«

»Ich bin nicht der Hüter des Leoparden«, sagte ich.

»Aber wo ist er? Du hegst tiefe Liebe für diese Katze. Müsstest du nicht wissen, wo er ist?«

»Nein.«

»Ihr sprecht nicht miteinander?«

»Wer bist du, meine Mutter oder meine Großmutter?«

»Eine einfachere Frage wurde nie gestellt.«

»Willst du etwas über den Leoparden wissen, geh, und frag den Leoparden.«

»Wird dir das Herz nicht übergehen, wenn du ihn wiedersiehst?«

»Wenn ich ihn wiedersehe, töte ich ihn.«

»Fick die Götter, Sucher. Willst du jeden töten?«

»Ich werde die Welt morden.«

»Das ist eine große Aufgabe. Größer, als den Elefanten oder den Büffel zu töten.«

»Vermisst du es, ein Mann zu sein?«

»Vermisse ich das warme Blut, das durch mich strömt, und eine Haut, die nicht die Farbe aller Niedertracht hat? Nein, guter Sucher. Ich wache voller Freude auf und danke den Göttern, dass ich jetzt ein Dämon bin. Wenn ich jemals schlafen könnte.«

»Nun da ich dich sehe, denke ich, für einen Mann wie dich sei dies die einzige Zukunft deiner Gestalt gewesen. Was glaubst du, wovon sich der Junge all die Jahre ernährt hat, wenn nicht von deinem Blut?«

»Das Blut ist sein Opium oder seine Arznei, nicht seine Nahrung.«

»Nun da du über der Erde bist, wird er dich aufspüren.«

»Was, wenn er ein Jahr entfernt ist?«

»Er hat Flügel.«

»Warum riechst du ihn nicht?«

Wir gingen an ersterbenden Sonnenstrahlen entlang, also nach Norden. Die Nacht würde sich herabsenken, ehe wir den Blutsumpf erreichten.

»Warum riechst du ihn nicht?«

»Wir gehen nach Norden. Anders als der Ipundulu ... du ... dein Vorgänger. Sasabonsam hasst alle Städte und würde nie in einer bleiben. Er könnte seine Gestalt nie verbergen wie der Ipun... wie du. Er versteckt sich eher dort, wo Reisende vorbeikommen, und holt sie einen nach dem anderen. Er und sein Bruder. Ehe ich den Bruder tötete. Ehe der Leopard den Bruder tötete. Der Leopard hat den Bruder getötet, doch er hat seinen Geruch an mir gewittert, darum glaubt er, ich sei es gewesen.«

»Wie hat der Leopard ihn getötet?«

»Als er mich rettete.«

»Warum beschuldigst du dann den Leoparden?«

»Dafür gebe ich ihm nicht die Schuld.«

»Wofür ...«

»Still, Nyka.«

»Deine Worte ...«

»Fick deine Gedanken über meine Worte. Das ist es, was du tust, was du immer tust. Fragen und fragen, um mehr und mehr zu wissen. Und weißt du schließlich alles, was es über einen zu wissen gibt, verwendest du dieses Wissen, um ihn zu hintergehen. Du kannst nicht anders, denn es liegt in deiner Natur, wie es in der Natur des Krokodils liegt, seine Jungen zu fressen.«

»Wo ist der Riese?«

»Tot. Und er war kein Riese, er war ein Ogo.«

Wir kamen an den Rand des Blutsumpfes. Ich hatte von monströsen Kreaturen in diesem Sumpfland gehört, von Insekten groß wie Krähen, Schlangen dicker als Baumstämme und Pflanzen, die nach Fleisch, Blut und Knochen hungern. Selbst die Hitze nahm Gestalt an, wie eine wahnsinnige Nymphe, die aufs Vergiften aus ist. Doch kein Tier kam uns nah, denn sie witterten zwei ärgere Wesen. Nicht einmal, als uns das Sumpfwasser bis zur Taille reichte. Wir gingen, bis das Wasser auf Kniehöhe und dann auf Knöchelhöhe sank und wir schließlich auf Schlamm und grobes Gras traten. Um uns herum waren dicke Lianen und dünne Stämme, die sich drehten und wanden und ineinanderschlangen und eine Mauer bildeten, so dick wie die einer Gangatom-Hütte.

Der Geruch erreichte mich, ehe wir ihn erreichten. Eine offene Steppe mit wenigen Bäumen und kaum Gras, in der es jedoch nach Tod stank. Es war ein alter Todesgestank; was immer dort verweste, hatte vor sieben Tagen zu faulen begonnen. Ich trat darauf, ehe ich es sah, und es gab unter meinem Fuß nach. Ein Arm. Zwei Schritte weiter ein Helm, in dem noch der Kopf steckte. Etwa zehn Schritte weiter schlugen Geier mit den Flügeln, zerrten an Eingeweiden, während über unseren Köpfen ein bereits gemästeter Schwarm davonflog. Ein Schlachtfeld. Alles, was vom Kriege übrig war. Ich blickte auf und sah Vögel, so weit das Auge reichte, die Kadaver umkreisten, landeten, um sich weiter zu laben, Fleisch von Männern pickten, Männern, die in eisernen Rüstungen brieten, Männern, die so aufgebläht waren, dass sie Blasen warfen, Köpfen von Männern, die aussahen, als wären sie bis zur Kehle im Sand eingegraben, die Augen von den Vögeln ausgehackt. Es waren zu viele, um einen Einzelnen zu riechen. Ich ging weiter, suchte nach den Farben des Nordens oder des Südens. Die Speerschäfte und Schwerter vor uns waren das einzig Aufrechte. Nyka folgte mir und blickte sich ebenfalls um.

»Glaubst du, ein Soldat habe sich acht Tage lang durch schieren Willen am Leben gehalten, sodass du ihm jetzt das Herz herausreißen kannst?«, fragte ich.

Nyka sagte nichts. Wir gingen weiter, bis der Steppe die Leichen und die Leichenteile ausgingen und die Vögel hinter uns waren. Bald endeten die Bäume, und wir standen am Rande der Ikosha, der

Salzebene, zwei und einen halben Tagesritt groß und nichts als Erde, aufgeplatzt wie getrockneter Schlamm und silbern wie der Mond. Er kam auf uns zu, als wäre er soeben aus dem Nichts erschienen und einfach losgelaufen. Nykas Flügel öffneten sich, doch als er sah, dass ich nichts unternahm, schloss er sie wieder.

»Sucher. Ich erinnere dich daran, dass es dein Einfall war, mich mitzunehmen.«

»Es war nicht mein Einfall.«

»Tatsächlich ist es mein Einfall gewesen«, sagte er, während er sich näherte.

Das sagte er, genau so, wie ich erwartet hatte, dass er es sagen würde. Wir hatten zwei Monde und neun Tage gejagt. Er sah uns an, die Arme in die Hüfte gestemmt, wie eine Mutter, die im Begriff war, uns zu schelten.

Der Aesi.

Nyka setzte einige trockene Äste in Brand. Das Feuer loderte rasch auf, und er machte einen Satz nach hinten. Ich kehrte mit einem jungen Warzenschwein aus dem Inneren des Sumpflandes zurück. Ich brach es auf, um es am Spieß zu rösten, schnitt das Herz heraus und warf es Nyka zu. Zu dieser Stunde würde er keine Scham kennen. Er wollte es nicht vor den Augen des Aesi und mir essen, doch keiner von uns wandte sich ab. Er zischte, hockte sich auf den Boden und biss hinein. Blut spritzte ihm auf Mund und Nase.

Ich sah die beiden an, die ich einmal zu töten versucht hatte. Beide hatten Flügel – der eine weiße, der andere schwarze. Ich fragte mich, was aus dem Ich geworden war, das einst die Äxte gezückt hätte, um beide zu töten, sobald sie mir zu Gesicht kamen.

»Es ist gefährlich hier im Süden. Im Feindesland, mitten im Krieg – sind all deine Pläne so irrsinnig?«, fragte der Aesi.

»Du hättest nicht mitkommen brauchen«, sagte ich.

»Was hat er vor?«, fragte Nyka mit rot verschmiertem Mund.

Ich schnitt Stücke von dem Warzenschwein ab und hielt sie ihnen hin. Beide schüttelten den Kopf. Nyka sagte, dass gebratenes Fleisch für ihn nun verdorben schmecke, was mich an den Leoparden denken ließ, und ich wollte nicht an den Leoparden denken.

»Wir suchen nach dem Jungen und seinem Monstrum«, sagte der Aesi.

»Das hat er mir schon gesagt«, sagte Nyka.

»Ich suche nach dem Jungen. Er sucht nach dem Monstrum. Das Monstrum hat nördlich von hier eine Karawane überfallen; ein Mann sagte, es habe mit den Füßen eine Kuh entzweigerissen und sei dann mit beiden Hälften davongeflogen. Der Junge saß auf seinen Schultern wie ein Kind auf denen des Vaters. Sie flogen in den Regenwald zwischen diesem Gebiet und dem Roten See«, sagte der Aesi.

»Stehst du dem Nordkönig nicht mehr zur Seite? Meine Erinnerung geht noch öfter, als sie kommt, aber ich entsinne mich, dass wir einst den Jungen finden und ihn vor dir retten sollten. Und nun sucht ihr beide nach dem Jungen, um ihn zu töten?«

»Die Dinge ändern sich«, sagte ich, ehe der Aesi den Mund öffnete und in ein Stück Warzenschwein biss. Ich blickte ihn zornig an.

»Sie haben ihn gerettet. Das habt ihr doch, nicht wahr, Sucher?«, sagte der Aesi. »Ihr habt den Jungen vor seiner Bande von Untoten gerettet und ihn und seine Mutter in den Mweru geführt. Und drei Jahre später … Soll ich die Geschichte erzählen?«

»Ich bin Herr über niemandes Mund«, sagte ich.

Der Aesi lachte. Er zog sein schwarzes Gewand enger um sich und setzte sich auf einen Haufen aus abgestorbenen Ästen und Moos.

»Erinnerst du dich, wie du dich vor mir versteckt hast, Sucher? Im Traumdschungel hast du dich verborgen. Ich fand stattdessen den Ogo. Der arme Mann. Mächtig, aber schlicht.«

»Hüte dich, von ihm zu sprechen.«

Der Aesi senkte den Kopf. »Verzeih.« Dann, zu Nyka gewandt: »Der Sucher wusste, dass er wach bleiben musste, denn ich durchstreifte den Traumdschungel auf der Suche nach ihm. Doch viele Jahre später – sollen wir die Jahre zählen? – fand er mich eines Nachts. Ich gebe dir den Jungen, wenn du mir hilfst zu finden, wen ich suche, sagte er, ehe er mich auch nur begrüßte. Und wenn du mir hilfst, ihn zu töten, sagte er. Was ich damals sonderbar fand, war, dass der Traum des Suchers aus dem Mweru kam.«

»Kein Mann verlässt den Mweru«, sagte Nyka.

»Doch ein Junge kann es. Es ist prophezeit, dass ein Junge, der aus jenen Landen kommt, die dunkle Wolke über dem König sein wird. Doch wer hat Zeit für eine Prophezeiung?«, fragte der Aesi.

»Wer hat Zeit für all das?«, sagte ich, schnitt zwei Stücke vom Warzenschwein ab und hüllte sie in Blätter. »Sasabonsam griff eine Karawane auf dem Weg nach Norden an. Auch wir sollten dem Bakanga-Pfad nach Norden folgen und aufhören, uns wie kleine Jungen am Feuer Geschichten zu erzählen.«

»Sasabonsam ist kein Streuner, Sucher. Er ist auf dem Weg in den Regenwald. Er wird sich dort nieder…«

»Wir reisen doch gemeinsam, wie kann es da sein, dass deine Neuigkeiten stets von meinen abweichen? Er wird einen Pfad wählen und jeden Narren umbringen, der ihn beschreitet. Der Geflügelte ist nicht wie sein Bruder. Er wartet nicht darauf, dass die Nahrung zu ihm kommt, er sucht danach. Er wird dorthin gehen, wo er Männer hingehen sieht, und er wird dorthin gehen, wo sie ohne Schutz sind.«

»Er ist dennoch auf dem Weg in den Wald.«

»Ihr seid beide Narren«, sagte Nyka. »Ihr sagt zwei verschiedene Dinge und meint dasselbe. Er wird mit dem Jungen in den Regenwald gehen. Doch auf dem Weg wird er Leiber verspeisen und sammeln.«

»Der Aesi hat vergessen, dir zu sagen, dass wir nicht die Einzigen sind, die nach dem Jungen suchen«, sagte ich. »Wir sind alle ausgeruht, also gehen wir.«

»Wo ist Norden, Sucher?«

»Auf der anderen Seite meines mit Scheiße gefüllten Arsches«, sagte ich.

»Die Nacht hat genug von dir«, sagte der Aesi.

»Ich wünschte, die Nacht würde es wagen …«

»Genug.«

D er wahre Feind im Krieg ist der Monsun«, sagte der Aesi. Die Sonne wurde zwischen den knorrigen Ästen hin und her geworfen und brannte in meinen Augen. Ich schloss sie und rieb sie, bis sie juckten.

»Unser König will, dass dieser Krieg vor dem großen Regen endet. Mit der Regenzeit kommen Fluten und Krankheiten. Er braucht den Sieg, und er braucht ihn bald.«

»Er ist nicht mein König«, sagte Nyka.

Ich richtete mich etwas auf und hörte das Rauschen des Flusses. Sie mussten mich an den Rand der Salzebene geschleift haben, denn ich drehte mich auf die Seite und sah freies Grasland. Hohes gelbes Gras, das nach dem Regen dürstete, von dem er sprach. Die wippenden und schwingenden Köpfe von Giraffen, die in der Ferne Blätter von hohen Bäumen rupften und verschlangen. Perlhuhn, Katze und Fuchs raschelten durch den Busch. Über uns rief ein Schwarm Flughühner seine Sippe ans Wasser. Ich roch die Scheiße von Löwe, Rind und Gazelle. Meine Wade rieb an etwas Hartem entlang, das sie hätte aufschlitzen können.

»Obsidian. In diesen Landen gibt es keinen Obsidian«, sagte ich.

»Ein Mann vor dir muss ihn hiergelassen haben. Oder vielleicht glaubst du, du seist der Erste gewesen.«

»Was hast du mit mir gemacht?«

Aesi wandte sich mir zu. »Dein Gehirn stand in Flammen. Du wärst vollständig ausgebrannt.«

»Tu das noch einmal, und ich töte dich.«

»Du könntest es versuchen. Weißt du noch, wie ich dich vor vielen Monden in Kongor diese Marktstraße hinuntergejagt habe? Ich hatte Macht über jeden Verstand in dieser Straße bis auf deinen und den des ... dieses ... deines ...«

»Ich entsinne mich.«

»Dein Verstand war mir wegen der Sangoma verschlossen. Du hast es gespürt, oder nicht? Ihr Zauber verlässt dich. Du hast ihn verloren, als du den Mweru verlassen hast.«

»Ich kann noch immer Türen öffnen.«

»Es gibt solche Türen und solche.«

»Ich habe mich seither Schwertern gestellt.«

»Weil du die Ziege bist, die nach dem Schlachter sucht.«

»Warum hast du nicht von Mossi Besitz ergriffen?«

»Das wäre zu einfach gewesen. Doch letzte Nacht musste ich dich abkühlen, ehe du nutzlos wurdest.«

In Wahrheit schmerzte mir jeder Muskel, jedes Gelenk. In der Nacht zuvor, als der Zorn durch mein Blut geflossen war, hatte ich keine Schmerzen verspürt. Doch nun schmerzten mir selbst beim Hinknien die Beine.

»Doch du hast recht, Sucher. Wir verlieren Zeit. Und mir bleiben nur noch sieben Tage mit dir, ehe ich diesen König vor sich selbst retten muss.«

Der Bakanga-Pfad. Keine Straße oder auch nur ein Weg, bloß eine Strecke, die von Wagen und Pferdehufen und Füßen so niedergedrückt war, dass dort keine Pflanzen mehr wuchsen. Zu beiden Seiten ein Wald aus Flötenakazien, die eine Geistermusik ertönen ließen, sich im Wind wiegende Stämme mit Ästen dünner als meine Arme. Der Pfad wurde zu Erde, aufgeplatztem Schlamm und Felsen, doch er zog sich bis zum Horizont und weiter. Zu beiden Seiten gelbes Gras mit grünen Flecken, kleine Bäume rund wie der Mond und höhere Bäume mit ausladendem Blattwerk und flachen Kronen. Nyka sagte, die größten und dicksten Götter hätten zu lange darauf gesessen und die Kronen platt gedrückt. Als ich über die Schulter blickte und sah, wie er mit dem Aesi sprach, wurde mir bewusst, dass er nichts zu mir gesagt hatte. Er hatte nur in meiner Erinnerung gesprochen. Zuweilen war der Pfad voller lärmender Tiere, doch nun regte sich nichts. Keine der Giraffen aus dem Sumpfgebiet, kein Zebra, keine Antilope, kein Löwe, der das Zebra oder die Antilope jagte. Kein Elefantendonner. Nicht einmal das mahnende Zischen der Viper.

»Es sind keine Tiere hier«, sagte ich.

»Etwas hat sie in die Flucht geschlagen«, sagte der Aesi.

»Dann sind wir uns einig, dass er ein Etwas ist«, sagte der Aesi.

Wir gingen weiter.

»Ich habe ihn schon einmal so gesehen«, sagte Nyka. Er sprach mit dem Aesi, wollte jedoch, dass ich es ebenfalls hörte. »Das war das Seltsamste, was mir je untergekommen ist.«

Der Aesi sagte nichts, und Nyka wertete jedes Schweigen als ein Zeichen fortzufahren. Er sagte ihm, der Sucher schere sich um nichts und liebe niemanden, doch werde ihm schweres Unrecht zugefügt, strebten sein gesamtes Ich und das Ich hinter dem Ich nach nichts als Zerstörung. »Ich habe ihn schon einmal so gesehen. Und nicht nur gesehen, sondern auch gehört. Sein Verlangen nach Rache war wie lebendiges Feuer.«

»Wer war der Mann, der seine Rachsucht weckte?«, fragte der Aesi.

Ich kenne Nyka. Ich weiß, dass er stehen blieb, sich zu ihm umwandte und ihm ins Auge blickte, als er sagte: Ich. Es klang geradezu stolz. Und doch waren selbst die elendsten Dinge, die Nyka sagte oder tat, von einer Stimme begleitet, die klang, als wollte er sein Gegenüber mit vielen sanften Küssen bedecken.

»Er wird ihn töten, diesen Sasabonsam. Nennt man dieses Ding so? Er wird ihn aus schierer Unzufriedenheit töten. Was hat dieses Vieh getan?«

Ich wartete auf die Antwort des Aesi, doch er blieb stumm. Das Sonnenlicht schwand, aber es war noch immer Tag oder wenigstens Abend.

Dicke graue Wolken sammelten sich am Himmel, obgleich die Regenzeit noch einen Mond entfernt war. Vor der Dämmerung erreichten wir das Dorf eines Stammes, der uns allen unbekannt war. Zu beiden Seiten des Pfades erstreckten sich Zäune aus ineinandergewobenen Zweigen über eine Länge von dreihundert Schritten. Zehn und acht Hütten, dann zwei weitere, die ich auf den ersten Blick nicht gesehen hatte. Die meisten zur Linken des Pfades, nur fünf auf der rechten Seite, die den übrigen jedoch glichen. Hütten aus Lehm und Ästen mit einem Fenster, teils auch mit zweien. Dicke, mit Lianen befestigte Strohdächer. Drei von ihnen waren zweimal so groß wie die anderen. Der Stamm hatte seine Hütten in Gruppen von fünfen oder sechsen angeordnet. Vor einigen der Hütten lagen Kalebassen verstreut, frische Fußspuren zierten den Boden, und der dünne Rauch hastig gelöschter Feuer lag in der Luft.

»Wo sind sie hin?«, fragte Nyka.

»Vielleicht haben sie deine Flügel gesehen«, sagte der Aesi.

»Oder deine Haare«, sagte Nyka.

»Wollt ihr rasch zum Ficken in den Busch gehen?«, fragte ich. Der Aesi sagte etwas darüber, dass ich meinen Platz in dieser Gruppe vergäße und dass er als Berater von Königen und Adligen mich jederzeit zurücklassen und seine eigentliche Arbeit wiederaufnehmen könne – und nicht zu vergessen, undankbarer Wolf, ich war es, der dich aus dem Mweru gerettet hat, denn kein Mann, der den Mweru betritt, verlässt ihn jemals wieder.

»Sie sind hier«, sagte ich.

»Wer?«, sagte Nyka.

»Die Stammesangehörigen. Kein Mann flieht sein Dorf ohne seine Kuh.«

In der Dorfmitte lagen Kühe träge beisammen, und Ziegen sprangen auf Baumstümpfen und losem Holz umher. Ich ging zur ersten Hütte zu meiner Linken und stieß die Tür auf. Drinnen war es finster, und nichts regte sich. Ich ging zur nächsten Hütte, die ebenfalls leer war. In der dritten befand sich nichts weiter als einige Teppiche und getrocknetes Gras auf dem Boden, Tonkrüge mit Wasser und frischer, noch nicht getrockneter Kuhdung an der östlichen Wand. Draußen wollte Nyka gerade etwas sagen, als ich die Hand hob und nochmals hineinging. Ich packte den großen Teppich und riss ihn zur Seite. Die Mutter unterband die Schreie ihrer kleinen Mädchen mit leichten Schlägen auf den Mund. Sie drängten sich auf dem Boden an sie, gekrümmt wie ungeborene Säuglinge. Eines der Mädchen weinte, die Augen der Mutter waren feucht, ohne Tränen zu vergießen, und die andere Tochter blickte mir zornig geradewegs in die Augen. So klein und schon so mutig und kampfbereit. Habt keine Angst vor uns, sagte ich in acht Zungen, bis die Mutter genügend Worte gehört hatte, um sich aufzurichten. Ihre Tochter riss sich von ihr los, lief geradewegs auf mich zu und trat mir gegen das Schienbein. Mein früheres Ich hätte sie festgehalten, gelacht und ihr durchs Haar gestrichen, aber mein jetziges Ich ließ sich von ihr gegen Schienbein und Wade treten, bis ich sie bei den Haaren packte und zurückstieß. Sie taumelte gegen ihre Mutter.

Ich gehe nach draußen, sagte ich, doch die Mutter folgte mir.

Der Aesi lieh Nyka seinen Umhang. Selbst wenn die Dorfbewohner nie von Ipundulu gehört hatten, sagte er, würde ihnen ein geflügelter Mann Angst einjagen. Weitere Männer und Frauen kamen aus ihren Hütten. Ein alter Mann sagte etwas, was ich kaum verstand, etwas über einen, der des Nachts kommt. Doch sie hatten gehört, sonderbare Männer würden die Straße entlangkommen, darunter einer, der weiß wie Porzellanerde sei, und so hatten sie sich versteckt.

Sie hatten lange versteckt gelegen. Die Alten sagen, der Schrecken käme zur Mittagsstunde, doch nun kommt er des Nachts, sagte der alte Mann. Er sah wie ein Ältester aus, beinahe wie der Aesi, doch größer und viel dünner, mit aus Perlen gefertigten Ohrringen und einem Haarschmuck aus Ton am Hinterkopf. Ein tapferer Mann, der zahlreiche Feinde besiegt hatte und nun in Angst lebte. Seine Augen waren zwei Schlitze in einem Gesicht voller Runzeln.

Er näherte sich uns dreien und hockte sich auf einen Schemel vor einer Hütte. Die übrigen Dorfbewohner traten langsam und furchtsam auf uns zu, so als würden sie bei der geringsten Bewegung in Geschrei ausbrechen. Sie kamen nun alle aus ihren Hütten. Männer, Frauen, Kinder, die Männer mit entblößter Brust und kurzen Röcken um die Taille, die Frauen in vom Hals bis zum Knie mit Perlen besetzte Lederhäute gehüllt und die Kinder mit Perlen um die Taille oder gänzlich nackt. Vor allem die Frauen und Kinder hatten vor Angst erschöpfte Augen, die ins Leere starrten, nur das zornige kleine Mädchen aus der Hütte nicht, das mich noch immer ansah, als würde es mich umbringen, wenn es nur könnte.

Immer mehr kamen langsam aus ihren Hütten, sahen sich um, musterten uns noch immer von Kopf bis Fuß, ohne Nyka dabei jedoch besondere Aufmerksamkeit zu widmen. Der Aesi sprach mit dem alten Mann und wandte sich dann uns zu.

»Er sagt, sie lassen die Kühe im Freien, und er holt sich eine Kuh oder auch einmal eine Ziege. Manchmal verspeist er sie dort und überlässt den Geiern die Reste. Es gab einen Jungen im Dorf, der nie auf seine Mutter hören wollte. Dieser Junge, der sich für einen Mann hielt, weil er bald in den Busch gehen sollte, rannte vor die Tür – warum, wissen nur die Götter. Sasabonsam holte den Jungen, doch seinen linken Fuß ließ er zurück. Vor zwei Nächten aber ...«

»Was war vor zwei Nächten?«, fragte ich. Der Aesi redete wieder mit ihm. Ich verstand einiges von dem, was der Alte sagte, genug, um bereits im Bilde zu sein, als der Aesi mich ansah und sagte: »In jener

Nacht riss er die Wand des Hauses dort auf der anderen Seite nieder, und dann ging er hinein und holte die beiden Jungen einer Frau, die schrie: Ich hatte so viele Fehlgeburten, das sind die einzigen beiden Jungen, die die Götter mir geschenkt haben, und er versucht, ihr die Jungen zu nehmen, und die Männer, die zuvor schwach waren, finden Stärke in ihren Armen und Beinen, und sie laufen hinaus und bewerfen ihn mit Steinen und Felsbrocken und treffen ihn am Kopf, und er versucht die Steine, die Erde und die Scheiße mit den Flügeln beiseitezufegen und dabei zu fliegen und noch zwei Jungen mitzuschleppen, aber er schafft es nicht, also lässt er einen von ihnen los.«

»Frag ihn, ob diese Männer hier die Bestie bekämpft haben.«

Der Aesi sah mich einige Augenblicke lang an. Er ließ sich nicht gern von einem anderen sagen, was er zu tun hatte.

Zwei Männer traten vor, einer mit Perlen um den Kopf, der andere mit einem gelb bemalten Kopfschmuck aus Ton.

»Er stank wie ein Kadaver«, sagte der mit den Perlen. »Der heftige Gestank von faulendem Fleisch.«

»Schwarzes Haar wie der Gorilla, aber er war kein Gorilla. Schwarze Flügel wie die Fledermaus, aber er war keine Fledermaus. Und Ohren wie ein Pferd.«

»Und die Füße waren wie Hände und konnten zupacken wie Hände, waren aber groß wie sein Kopf, und er kam vom Himmel und wollte wieder hinauf.«

»Auf diesem Pfad gibt es viele geflügelte Bestien«, sagte ich.

»Vielleicht sind sie von den Dunkellanden über den Weißen See hergeflogen«, flüsterte Nyka mir zu.

Ich wollte ihm sagen, dass man selbst in der dunkelsten Gasse, wo Männer Löcher in der Wand fickten und sie beim Namen ihrer Schwester nannten, weniger dumme Bemerkungen hörte.

»Die Sonnenkönigin war gerade wieder heimgekehrt«, sagte der mit der Schädelkappe. »Die Sonnenkönigin war gerade gegangen, als er vor zehn Nächten zum ersten Mal kam. Er kommt heruntergeflogen, zuerst hören wir nur die Flügel, dann sehen wir einen Schatten, der das letzte Licht verdeckt. Eine Frau schaut nach oben und schreit, und er versucht sie zu packen, und sie fällt auf den Boden, und alle rennen durcheinander und schreien und heulen, und wir rennen zu unseren Hütten, aber ein alter Mann ist zu langsam, und sein Buckel schmerzt, und das Monstrum packt ihn mit den Beinhänden und beißt ihm das Gesicht ab, aber dann spuckt es ihn aus, als wäre sein Blut Gift, und dann stürzt es sich auf eine Frau, die noch nicht in ihrer Hütte war, ich habe mich im Busch versteckt und sehe alles, das Ungeheuer kriegt ihren Fuß zu fassen, bevor sie es in ihre Hütte schafft, und es fliegt mit ihr davon, und wir sehen sie nicht wieder. Und seitdem kommt es jede zweite Nacht.

Manche von uns versuchen zu fliehen, aber die Kühe sind langsam, und wir sind langsam, und das Monstrum findet uns auf dem Pfad und bringt alle um und trinkt das Blut. Jeden Mann und jede Frau und jedes Tier zerreißt es. Manchmal frisst es auch den Kopf.«

»Frag, wann er zuletzt hier war«, sagte ich.

»Vor zwei Nächten«, sagte der Alte.

»Wir müssen den Jungen ausfindig machen«, sagte der Aesi.

»Wir haben den Jungen gefunden. Ich habe darauf gewartet, dass er Nyka ausfindig macht. Aber wir haben ihn gefunden.«

»Niemand hier hat etwas von einem Jungen gesagt«, sagte der Aesi.

»Ihr guten Männer sprecht über mich, als wäre ich nicht da. Wollt ihr mich im Freien stehen lassen, wo euer Junge mich finden kann?«, fragte Nyka.

»Das wird nicht notwendig sein. Wenn Sasabonsam heute Nacht kommt, wird er den Jungen dabeihaben. Der Junge wird es fordern und sich nicht zum Schweigen bringen lassen«, sagte ich.

»Der Plan missfällt mir«, sagte der Aesi.

»Es gibt keinen Plan«, sagte ich.

»Das ist es, was mir missfällt.«

»Beim letzten Mal brauchte es sechs von uns, um ihn zu schlagen, und es gelang uns dennoch nicht, ihn zu töten. Frag ihn, was für Waffen sie haben.«

»Ich sage, wir lassen geschehen, was geschieht, und folgen ihm in sein Versteck«, sagte der Aesi.

»Sein Versteck könnte zwei Tagesmärsche entfernt sein.«

»Er ist zu klug, um den Jungen aufs Spiel zu setzen.«

»Ich töte dieses Ding heute Nacht, oder die Götter sollen gefickt sein.«

»Darf ich etwas sagen?«, fragte Nyka.

»Nein«, sagten wir beide.

»Frag ihn, was für Waffen sie haben.«

Vier Äxte, zehn Fackeln, zwei Messer, eine Peitsche, fünf Speere und ein Haufen Steine. Ich schwöre es, diese Menschen, die die Jagd gegen das Feld eingetauscht hatten, waren so närrisch zu vergessen, dass dies ein Land voller übler Bestien war. Die Männer holten die Waffen, warfen sie uns vor die Füße und rannten dann in ihre Hütten wie irre Ameisen. Das überraschte mich nicht – alle Männer sind Feiglinge, und wo viele Männer zusammenkamen, dort kam nur Angst zu Angst zu Angst. Finsternis ergriff den Himmel, und das Krokodil hatte den halben Mond gefressen. Wir versteckten uns an dem Zaun im Norden des Dorfes. Der Aesi ging tief in die Hocke, die Augen geschlossen, einen Stock in der Hand, mit dem ich ihn nie zuvor gesehen hatte.

»Glaubst du, er ruft Geister an?«, fragte Nyka.

»Sprich lauter, Vampir. Ich glaube, er hat dich nicht gehört.«

»Vampir? Ein hartes Wort. Ich bin nicht wie die, die wir jagen.«

»Du lässt Hexer nach ihnen jagen. Wir werden diesen Streit nicht noch einmal führen.«

»Es würde die Nacht erfreuen, wärt ihr beide still«, sagte der Aesi.

Doch Nyka wollte reden. Er war schon immer so gewesen, stets auf endloses Geschwätz aus. Er verbarg damit, was er zur selben Zeit insgeheim ausheckte.

»Ich habe heute noch niemanden getötet«, sagte ich.

»In den vielen Jahren, die ich dich kenne, hast du viele Male gesagt: Ich bin ein Jäger, kein Mörder.«

»Wenn nicht Sasabonsam, dann töte ich jeden dieser Männer dafür, dass sie so schwach und armselig sind.«

»Sieh dich vor, Sucher. Du bist in Gesellschaft eines Vampirs und eines … was immer dieser Aesi ist, und doch brennt in dir der böseste Wille. Und selbst wenn du scherzt, warst du früher komischer«, sagte Nyka.

»Welches Früher meinst du? Bevor oder nachdem du mich verraten hast?«

»Mir fehlt die Erinnerung daran.«

»Du fehlst der Erinnerung nicht. Du hast dich nie nach meinem Auge erkundigt.«

»Bin ich auch daran schuld?«

Ich starrte ihn an, wandte mich jedoch ab, als ich in ihm nur mich selbst sah. Ich sagte ihm, wie ich zu dem Wolfsauge gekommen war.

»Ich glaubte, ein Mann hätte dich geschlagen und es wäre so geblieben«, sagte er. »Aber wie ich sehe, habe ich auch das zu verantworten.«

Er wandte sich ab. Ich wusste nicht, was ich anderes mit Nykas Antwort anfangen sollte, als sie ihm ins Gesicht zu schlagen. Wie ich mir Sadogos Eisenfäuste wünschte, um ihm den Kopf damit abzuschlagen. Sadogo. Seit vielen langen Monden hatte ich nicht an ihn gedacht. Nyka öffnete wieder den Mund, doch der Aesi verschloss ihn mit seiner Hand.

»Hört«, flüsterte er.

Das Geräusch durchschnitt die Finsternis, hallte wider, sprang, rannte, stürzte über den Zaun und ließ Äste brechen. Und kam auf uns zu. Keine Flügelschläge. Kein Gekicher, Gegluckse und Gezische eines Kindes, das sich zu verstecken sucht. Einer rammte meine Brust und stieß mich um. Dann ein weiterer. Er drückte das Knie auf meine Brust, hob den Blick, schnupperte rasch und schaute hinter sich, wo sich die anderen schreiend, keuchend, kreischend und schnappend auf Nyka und den Aesi türmten. Blitzmänner und Blitzfrauen. Mehr, als ich zählen konnte, manche mit nur einer Hand, manche mit nur einem Bein, manche ohne Füße, manche gänzlich ohne Unterleib. Alle stürzten sie sich auf Nyka. Zwei größere Männer stießen den Aesi mit den Füßen beiseite. Nyka schrie. Die Blitzfrauen und Blitzmänner suchen und streben nach dem Ipundulu; er ist ihre ganze Begierde und ihr einziger Daseinszweck, und sie verzehren sich auf ewig nach ihm. Ich habe sie verzweifelt und hungrig auf ihren Meister zurennen sehen, doch ich habe noch nie gesehen, was geschieht, wenn sie ihn schließlich gefunden haben.

»Sie verschlingen mich!«, rief Nyka.

Er schlug mit den Flügeln und schleuderte Blitze, die einige von ihnen trafen, doch sie saugten sie auf, schluckten sie, wurden nur noch wilder. Ich zückte beide Äxte. Der Aesi berührte seine Schläfe und schwenkte die Hände über ihnen, doch nichts geschah. Die Blitzmenschen bildeten einen Ameisenhügel auf Nyka. Ich nahm Anlauf, sprang einem von ihnen auf den Rücken und ließ Hiebe auf ihn hinabregnen. Links, rechts, links, rechts, links. Ich trat einen und schlug ihm die Axt seitlich gegen den Kopf. Eine schloss die Hand um Nykas Hals, und ich hieb in ihre Schulter, bis ihr Arm abfiel. Sie ließen nicht von ihm ab und ich nicht von ihnen.

Ein Fuß kam aus dem Nichts und trat mir gegen die Brust. Ich flog in die Luft und landete auf dem Bauch. Zwei von ihnen stürzten sich auf mich. Ich hatte noch eine Axt in der Hand und zog mein Messer. Der eine sprang mich an, doch ich rollte mich zur Seite, und er landete auf dem Boden. Mit dem Messer in der Hand rollte ich mich wieder zurück und stieß es ihm in die Brust. Die andere rannte auf mich zu, doch ich wirbelte auf dem Boden liegend herum und hieb ihr die Axt ins Bein. Sie stürzte, und ich hackte ihr den halben Kopf ab. Sie hingen noch immer an Nyka. Der Aesi zerrte zwei von ihnen herunter und schleuderte sie beiseite, als wären sie kleine Felsbrocken. Nyka stieß sie unablässig fort, ohne sie jedoch zu bekämpfen. Ich lief zu dem Haufen zurück, zerrte einen am Fuß heraus und stieß ihm das Messer in den Hals. Ein anderer, den ich herauszog, schlug mir in den Bauch, dass ich vor Schmerz aufheulte und zu Boden ging. Nun war ich wütend. Der Aesi packte einen weiteren. Ich richtete mich mithilfe der einen Axt auf und fand die andere. Einem, der sich auf Nykas Brust gehockt hatte, um an seinem Hals zu saugen, hieb ich mitten in den Nacken. Blitze durchzuckten sie alle, doch sie wandten sich nicht einmal von ihm ab. Ich ließ Hiebe auf den Kopf des einen hinabregnen und stieß eine Frau neben ihm mit dem Fuß zur Seite. Sie rollte davon und kam zurückgerannt. Ich ging in die Hocke, schwang die Axt und traf sie über dem Herzen, als sie gegen mich anrannte; dann ließ ich die andere Axt auf ihre Stirn niederkrachen. Ich schlug sie alle aus dem Weg, bis allein Nyka zurückblieb, mit Bissen übersät und schwarzes Blut verströmend. Der letzte von ihnen, ein Kind, sprang auf Nykas Kopf und sah mich mit gefletschten Zähnen an. Blitze ließen seine Augen aufleuchten. Ich rammte ihm das Messer in die Kehle, und es sank in Nykas Schoß.

»Er war bloß ein Junge.«

»Er war gar nichts«, sagte ich.

»Etwas stimmt hier nicht«, sagte der Aesi.

Ich sprang auf. Wir hörten eine Frau aus dem Dorf schreien.

»Dort hinten!«

Der Aesi rannte zuerst los, und ich setzte ihm nach, sprang über die leblosen Leiber, von denen einige noch immer Blitze sprühten. Wir rannten an im Dunkel verborgenen Hütten vorbei. Nyka versuchte zu fliegen, brachte aber nur ein Hüpfen zustande. Als wir die äußere Dorfgrenze erreichten, sahen wir Sasabonsam, der die

Fußklauen um eine Frau geschlossen hatte und davonflog. Die Frau schrie noch immer. Ich warf eine Axt und traf seinen Flügel, doch es war kein tiefer Schnitt. Er blickte sich nicht um.

»Nyka!«, sagte ich.

Nyka schlug mit den Flügeln, und Donner grollte, und Blitze schossen von ihm aus nach Westen und nach Süden statt auf die Bestie zu. Sasabonsam flatterte mit der sich noch immer wehrenden Frau davon. Sie zappelte, bis er ihr mit dem anderen Fuß gegen den Kopf trat. Doch es gab in dieser Steppe kein Gebüsch, das ihn hätte verbergen können. Meine Axt schimmerte auf der Erde.

»Er fliegt nach Norden«, sagte der Aesi.

Ein Vogelschwarm, den ich in der Ferne nicht gesehen hatte, änderte die Richtung und flog schnurstracks auf Sasabonsam zu. Sie griffen ihn zu je zweien oder dreien an, und er versuchte sie mit seinen Händen und Flügeln abzuwehren. Ich konnte sie nicht alle sehen, doch einer flog ihm ins Gesicht, und es sah aus, als bisse er hinein. Weitere Vögel stürzten sich auf ihn. Der Aesi hielt die Augen geschlossen. Die Vögel stießen auf Sasabonsams Gesicht und Arme herab, und er begann wild mit den Armen zu rudern. Er ließ die Frau fallen, aber von so hoch oben, dass sie sich nicht rührte, als sie auf dem Boden aufschlug. Sasabonsam fegte so viele Vögel beiseite, dass sie durch den Himmel schossen. Der Aesi öffnete die Augen, und die verbliebenen Vögel stoben davon.

»Wir werden ihn niemals fangen«, sagte Nyka.

»Aber wir wissen, wohin er fliegt«, sagte der Aesi.

Ich lief weiter, sprang über Sträucher und hackte mich durch Gebüsch, verfolgte seinen Flug am Himmel, und wenn ich ihn nicht sehen konnte, folgte ich seinem Geruch. Das war der Augenblick, in dem ich mich fragte, warum dieser allmächtige Aesi uns keine Pferde besorgte. Er rannte nicht einmal. Ich hätte meinen Zorn auf ihn richten können, doch er wäre an ihn vergeudet gewesen. Ich rannte weiter und sah mich dem Fluss gegenüber. Sasabonsam überflog ihn.

Der Fluss war fünfzig, sechzig Schritte breit, ich konnte es nicht schätzen, und das Mondlicht tanzte wild darauf, was bedeutete, dass er reißend und womöglich tief war. Dieser Teil des Flusses war mir nicht bekannt. Sasabonsam flog davon. Er hatte mich nicht gesehen oder gehört.

»Sasabonsam!«

Er wandte sich nicht einmal um. Ich packte beide Äxte, als gälte mein Hass ihnen. Er weckte finstere Gedanken in mir – dass ihn sein Tun nicht mit Freude oder auch nur Stolz erfüllte, sondern er nichts dabei empfand. Nicht das Geringste. Dass mein Feind nicht einmal wusste, dass ich ihm nachjagte, und dass mich meinem Geruch und meinem Gesicht zum Trotz nichts von irgendeinem anderen Narren unterschied, der eine Axt nach ihm warf. Nicht das Geringste. Ich rief ihm hinterher. Ich steckte meine Äxte weg und lief geradewegs in den Fluss hinein. Ich stieß mir den Zeh an einem spitzen Felsen, doch es kümmerte mich nicht. Ich stolperte über Steine, doch es kümmerte mich nicht. Dann verlor ich den Boden unter den Füßen, und ich ging unter, schluckte Wasser und hustete. Ich schob den Kopf aus dem Wasser, doch ich konnte mit den Füßen keinen Grund ertasten. Und dann zerrte etwas wie ein Geist an mir, doch es war das kalte Wasser, das mich mit Macht zur Mitte des Flusses und dann nach unten zog, meinen Schwimmfähigkeiten spottete, mich kopf-unter und kopfüber wirbeln ließ und dorthin zog, wohin das Mond-licht nicht reichte, und je heftiger ich mich gegen den Sog wehrte, desto stärker wurde er, und ich dachte nicht daran, die Gegenwehr einzustellen, und ich dachte nicht: Ich bin müde, und ich dachte nicht, dass das Wasser kälter und schwärzer wurde. Und ich streckte die Hand aus und glaubte, sie würde Luft berühren, doch ich war so tief unten und sank immer tiefer und tiefer und tiefer.

Und dann ergriff eine Hand die meine und zog mich hinauf. Nyka, der zu fliegen versuchte und taumelte, über das Wasser hüpfte und hineinfiel. Dann versuchte er erneut zu fliegen und mich dabei aus dem Wasser zu heben, konnte mich im Kampf gegen die Strömung jedoch nur bis zur Schulter herausziehen. Auf diese Weise zerrte er mich ans Ufer, wo der Aesi wartete.

»Um ein Haar hätte der Fluss dich gehabt«, sagte der Aesi.

»Das Ungeheuer flieht«, sagte ich, nach Luft schnappend.

»Vielleicht hat es sich an deiner Verdrossenheit gestört.«

»Das Ungeheuer flieht«, sagte ich.

Ich holte Atem, zückte meine Äxte und begann zu laufen.

»Kein Dank für den Ip…«

»Es entkommt.«

Ich rannte davon.

Der Fluss hatte sämtliche Asche von mir gewaschen, und meine Haut war so schwarz wie der Himmel. Das Land war noch immer Steppenland, noch immer trocken und voller dicht beieinanderstehender Sträucher und Flötenakazien, doch ich kannte diesen Ort nicht. Sasabonsam schlug zweimal mit den Flügeln, und es klang weit entfernt, als hörte ich nicht den Flügelschlag selbst, sondern seinen Widerhall. Dreihundert Schritte voraus erhoben sich hohe Bäume. Nyka rief etwas, was ich nicht hörte. Wieder ein Flattern; es klang, als käme es aus dem Wald, also rannte ich dorthin. Ich stieß gegen einen Stein, stolperte und fiel, doch der Zorn besiegte den Schmerz, und ich stand auf und lief weiter. Der Boden wurde nass. Ich rannte durch einen sterbenden Tümpel, durch Gras, das mir die Knie zerkratzte, vorbei an wie Warzen auf Haut verteilten Dornenbüschen, über die ich sprang und in die ich trat. Es waren keine Flügelschläge zu hören, doch meine Ohren waren auf ihm; bald würde ich ihn in der Nähe hören. Ich musste nicht einmal Gebrauch von meiner Nase machen. Die Bäume taten, was Bäume tun, und standen im Weg. Kein Pfad führte durch das Tal, nur riesige Dornen und wilder Busch, und als ich sie umrundete, traf ich auf sie.

Männer auf Pferden, ich schätzte ihre Zahl auf hundert. Ich betrachtete die Pferde und suchte sie nach Brandzeichen ab. Ein

Panzer, der den langen Kopf überspannte. Die Körper in warmen Stoff gehüllt, der nicht so lang war wie jene der Pferde aus Juba. Die Schweife ungekürzt. Ein Sattel auf Schichten von dickem Stoff und an den Ecken des Stoffes nordländische Zeichen, die ich seit Jahren nicht gesehen hatte. Etwa die Hälfte der Pferde waren schwarz, die übrigen braun und weiß. Ich hätte stattdessen die Krieger ansehen sollen. Dicke Gewänder, die einen Speer aufhalten konnten, und zweizackige Speere in den Händen. Alles Männer, bis auf eine.

»Gib dich zu erkennen«, sagte sie, als sie mich sah. Ich sagte nichts.

Sieben Reiter umringten mich und senkten ihre Speere. Für gewöhnlich machten mir Schwerter und Speere keine Angst, doch irgendetwas war hier anders. Die Luft, die sie und mich umgab.

»Gib dich zu erkennen«, sagte sie nochmals. Ich tat nichts.

Im Mondlicht sahen sie alle herausgeputzt und schimmernd aus. Ihre Rüstungen glänzten silbern im Dämmerlicht, die Federn an ihren Kopfputzen raschelten wie eine Versammlung von Vögeln. Ihre dunklen Arme richteten Speere auf mich. In der Nacht erkannten sie nicht, wer ich war. Doch ich erkannte, wer sie waren.

»Sucher«, sagte ich.

»Er spricht unsere Sprache nicht«, sagte einer der Krieger.

»An der Sprache der Fasisi ist nichts Besonderes«, sagte ich.

»Wie lautet also dein Name?«, fragte die Kriegerin.

»Ich bin Sucher«, sagte ich.

»Ich frage nicht noch einmal.«

»Dann lass es. Ich sagte, ich heiße Sucher. Heißt du Gehörlose?«

Sie ließ ihr Pferd vortreten und versetzte mir mit ihrem Speer einen Stoß. Ich taumelte rückwärts. Ich konnte ihr Gesicht nicht sehen, nur ihren glänzenden Kriegerhelm. Sie lachte. Sie stieß mich noch einmal mit dem Speer. Ich ergriff meine Axt. Die Furcht schien einen Tag entfernt zu sein, dann war sie mit einem Mal gleich hinter mir, dann in meinem Kopf, und ich kniff die Augen zusammen.

»Womöglich heißt du Unsterblicher, denn du scheinst nicht zu fürchten, dass ich dich töte.«

»Tu, was du tun musst. Wenn ich nur einen von euch mit in den Tod reiße, ist es ein guter Tod.«

»Niemand hier würde den Tod hassen, Sucher.«

»Hasst irgendwer von euch das Reden?«

»Für einen, der nach Flussvolk aussieht, hast du ein stattliches Mundwerk.«

»Ein Jammer, dass ich keine Verse der abtrünnigen Fasisi kenne.«

»Abtrünnige?«

»Keine Fasisi-Armee ist je bis zur südlichen Grenze von Wakadischu gelangt. Ihr würdet längst tot auf einem Schlachtfeld liegen. Und keine Fasisi-Wachen hätte es je so weit nach Süden verschlagen, nicht solange hier Krieg herrscht. Ihr seid in Fasisi geboren, aber keine treuen Anhänger Kwash Daras. Wachen der Königsschwester.«

»Du weißt vieles über uns.«

»Ich weiß, dass ich nicht mehr wissen muss.«

Die Speere rückten näher.

»Ich bin es nicht, die im Angesicht von siebzig und einem Speer frech daherredet«, sagte sie.

Sie deutete auf mich.

»Männer und ihr verfluchter Hochmut. Ihr flucht, ihr scheißt, ihr wehklagt, ihr schlagt Frauen. Doch im Grunde nehmt ihr bloß Raum ein. Wie Männer es stets tun, sie können nicht aus ihrer Haut. Darum müssen sie beim Sitzen die Beine spreizen«, sagte sie.

Die Männer lachten, soweit sie den Scherz gehört hatten, um den es sich offenbar handelte.

»Wie herrlich eure männliche Bruderschaft sein muss, dass sie nur darüber nachdenkt, wie Männer die Beine spreizen.«

Ihre Miene verfinsterte sich, das konnte ich selbst im Dunklen erkennen. Die Männer knurrten.

»Unsere Königin …«

»Sie ist keine Königin. Sie ist die Schwester des Königs.«

Die Anführerin der Krieger lachte wieder. Sie sagte etwas in der Art, dass ich mich entweder nach dem Tod sehnen oder für unsterblich halten müsse.

»Hat er dich auch das gelehrt, er, der mit dir reitet? Du tätest gut daran, ihn vorn bei dir zu lassen, denn seine Art tötet gern aus dem Hinterhalt.«

Er ritt vor bis neben die Anführerin. Er war gekleidet wie die anderen, der Federhelm bändigte seine wilde Mähne. Er wusste genau, wie merkwürdig er auf dem Pferderücken wirkte. Wie ein Hund, der auf einer Kuh ritt.

»Wie geht es, Sucher?«

»Es geht immer so weiter, Leopard.«

»Es heißt, du hättest eine Nase.«

»Unter deinem Panzer stinkst du mehr als die anderen.«

Er packte die Zügel fester als notwendig, und das Pferd ruckte mit dem Kopf. Seine Schnurrhaare, die sich selten zeigten, wenn er in Mannesgestalt war, schimmerten in der Nacht. Er nahm den Helm ab. Kein Speer regte sich. Es gab einiges, was ich ihn fragen wollte. Wie ein Mann, der nie etwas auf eine feste Stellung gegeben hatte, eine feste Stellung hatte finden können. Wie sie ihn dazu bekommen hatten, eine solche Rüstung zu tragen und Kleider, die an ihm ziehen und reißen, die schaben und kratzen mussten. Und ob es Teil der Abmachung war, dass er nie wieder seine wahre Gestalt annahm. Doch ich fragte nichts davon.

»Wie verändert du aussiehst«, sagte er.

Ich sagte nichts.

»Die Mähne wilder als meine, wie ein Seher, dem niemand Gehör schenkt. Dünn wie der Stab einer Hexe. Keine Zeichen der Ku?«

»Sie wurden im Fluss abgewaschen. Mir ist viel widerfahren, Leopard.«

»Ich weiß, Sucher.«

»Du wirkst unverändert. Vielleicht, weil dir nie etwas widerfährt. Nicht einmal das, was du selbst verursachst.«

»Wohin gehst du, Sucher?«

»Wir gehen dorthin, wo ihr herkommt. Wo wir herkommen, dorthin geht ihr.«

Der Leopard starrte mich an. Er musste wissen, nach wem ich suchte. Oder er war ein Narr. Oder er hielt mich für einen.

»Sag ihnen, dass du heimgehst, Sucher. Um deinetwillen.«

»Ich habe ein Heim? Sag mir wo, Leopard. Zeig mir den Weg.«

Leopard starrte mich an. Die Anführerin der Krieger räusperte sich.

»Es sei bekundet, dass ich dir zu helfen versucht habe«, sagte er.

»›Es sei bekundet‹? Wo hast du diese Zunge gelernt? Deine Hilfe ist ärger als ein Fluch«, sagte ich.

»Genug. Ihr streitet wie zwei, die gefickt haben. Du hast unseren Weg gekreuzt. Setz deinen Weg fort und … Wer sind diese beiden?«

Hinter mir waren Nyka und der Aesi, wenigstens hundert Schritte entfernt. Der Aesi bedeckte seinen Kopf mit einer Kapuze. Nyka hatte die Flügel fest um sich gelegt.

»Geh, und nimm sie mit«, fuhr sie fort. »Du hast uns schon genug Zeit gekostet.«

Sie nahm die Zügel in die Hand.

»Nein«, sagte der Leopard. »Ich kenne ihn. Du darfst ihn nicht gehen lassen.«

»Er ist nicht der, den wir suchen.«

»Aber wenn der Sucher hier ist, dann hat er ihn bereits gefunden.«

»Dieser Mann. Er ist bloß ein Mann, den du kennst. Du scheinst viele zu kennen«, sagte sie.

Ich hoffte, dass sie in der Dunkelheit lächelte. Ich hoffe es wirklich.

»Du Närrin, wie kannst du nicht wissen, wer er ist? Selbst nachdem er seinen Namen genannt hat. Er ist der, der deine Königin ge-
schmäht hat. Der, der kam, um ihren Sohn zu töten, doch er war
schon fort. Der, der ...«

»Ich weiß, wer er ist.« Dann, an mich gewandt: »Du, Sucher, du
kommst mit uns.«

»Ich gehe mit euch nirgendwohin.«

»Du bist der zweite Mann, der glaubt, ich mache Vorschläge. Ergreift ihn.«

Drei der Krieger stiegen von ihren Pferden und traten auf mich
zu. Ich nahm beide Äxte in die Hände und umklammerte sie fest.
Ich hatte soeben einem Kind die Kehle aufgeschlitzt und einer
Frau den Kopf gespalten, und es würde mir nichts ausmachen, jeden Einzelnen hier zu töten. Doch ich blickte dem Leoparden ins
Auge, als ich dies dachte. Die drei traten vor mich und blieben stehen. Sie senkten die Speere und kamen auf mich zu. Kurz zuvor
hatte ich sie nicht mehr riechen können, die Furcht, die das Metall vor mir hatte. Ich hatte aufrecht dastehen können wie einer,
der mitten im Sturm nicht vom Hagel getroffen wird. Nun blickte ich nach links und rechts und überlegte, wem ich zuerst ausweichen sollte. Ich blickte auf und sah, wie der Leopard mich
ansah.

»Sucher?«, sagte er.

»Werden denn alle Männer in der Nacht taub? Ergreift ihn!«

Die Krieger rührten sich nicht vom Fleck. Sie bebten und mühten
sich, wollten ihre Lippen zum Sprechen, ihre Hüften zur Drehung
zwingen, um ihr zu sagen, dass sie ihrem Befehl nachkommen wollten, es jedoch nicht konnten.

Nyka und der Aesi traten hinter mich.

»Und wer sind diese beiden?«

»Ich bin mir gewiss, dass sie Münder haben. Frag sie selbst«, sagte
ich.

Alle, die Speere hielten, richteten sie auf. Die Anführerin wandte sich entsetzt um, und ihr Pferd scheute. Sie strich ihm über die Wange, um es zu beruhigen.

»Wer ist …«, sagte Leopard, doch seine Worte verklangen.

Der Aesi stellte sich neben mich. Mit beiden Händen schlug er die Kapuze zurück.

»Tötet ihn! Tötet ihn!«, schrie Leopard.

Die Anführerin der Krieger rief: »Wer ist das?« Die Augen des Aesi wurden weiß. Die Pferde bäumten sich auf und schlugen mit den Hufen aus, warfen sich in die Luft, warfen ihre Reiter ab und traten nach jedem, der in der Nähe war. Einer der Krieger wurde am Kopf getroffen. Wer sich im Sattel halten konnte, schrie ängstlich auf, als die Pferde zusammenstießen und alle angriffen, die zu Fuß waren. Drei Pferde flohen und überrannten zwei Männer.

»Er hat das gemacht! Er hat das gemacht!«, rief Leopard der Anführerin zu.

Sie packte Leopard am Arm, und sie fielen beide von ihren Rössern. Die meisten der Pferde rannten davon. Einige der Männer liefen ihnen nach, blieben jedoch plötzlich stehen, machten kehrt, zückten ihre Schwerter und griffen sich gegenseitig an. Bald kämpfte jeder gegen jeden. Einer tötete einen anderen, indem er ihm das Schwert in die Brust trieb. Ein Krieger wurde von einem Schwert im Rücken gefällt. Leopard schlug die Anführerin bewusstlos. Er erhob sich und fauchte den Aesi an. Der Aesi starrte ihn an, als er auf ihn zukam. Er fasste sich an die Schläfe. Er versuchte der Katze seinen Willen aufzuzwingen, doch Leopard nahm Tiergestalt an und stürzte sich auf ihn. Er sprang den Aesi an, doch Pferde rannten gegen ihn und warfen ihn zu Boden. Nyka breitete die Flügel aus, ging zwischen den Kämpfenden hindurch und blieb bei einem stehen, der auf dem Boden lag und aus einer tödlichen Wunde blutete. Ich weiß, dass er ihm sagte, es tue ihm leid. Und er werde es rasch tun. Er stieß dem Mann die Hand geradewegs in die Brust und riss sein Herz heraus. Dies tat er mit zwei weiteren Verwundeten, ehe alle Männer, die Lebenden wie die beinahe Toten, in Schlaf fielen. Alle bis auf die Anführerin, die eine Stichwunde in der Schulter hatte. Der Aesi ging neben ihr in die Hocke. Sie zuckte zusammen, versuchte ihn zu schlagen, doch ihre Hand blieb in der Luft stehen.

»Wenn deine Brüder am Morgen erwachen, werden sie sehen, was hier geschehen ist. Sie werden wissen, dass Bruder im Wahn das Schwert gegen Bruder erhob und viele getötet wurden«, sagte der Aesi.

»Du bist das lebendige Böse. Ich habe von dir gehört. Du hast dich gegen Frauen und Männer gestellt. Die niederträchtige Hälfte des Spinnenkönigs.«

»Weißt du es nicht, tapfere Kriegerin? Beide Hälften sind niederträchtig. Schlaf jetzt.«

»Ich werde dich tö…«

»Schlaf.«

Sie fiel wieder zu Boden.

»Und eine sanfte Reise in den Traumdschungel. Es wird der letzte angenehme Traum sein, den du haben wirst.«

Er stand auf. Warte, ich rufe drei Pferde, sagte er zu mir.

Es gab eine Tür im Blutsumpf, doch sie hätte uns nach Luala Luala geführt, zu weit nach Norden. Zuerst glaubte ich, der Aesi wisse nichts von den zehn und neun Türen, doch er hatte sich lediglich entschieden, keinen Gebrauch von ihnen zu machen. Dies war meine Vermutung: dass es ihn schwächte, durch die Türen zu gehen, so wie es die Mondhexe geschwächt hatte. Die ungeheure Zahl an Geistern und Teufeln, denen Unrecht angetan worden war und die in jeder der Türen auf ihn lauerten und ihn in dem einzigen Augenblick ergriffen, da er genau wie sie war, ganz Geist und nicht Leib, und gepackt oder geraubt oder bekämpft oder gar getötet werden konnte. Dies war mein Gedanke: dass es Dinge gab, die wir nicht sehen konnten, womöglich viele Hände, die irgendeinen Teil von ihm zu fassen suchten, während Rachsucht sie durchströmte wie ehemals Blut.

»Sucher! Wo bist du in Gedanken? Dreimal habe ich dich gerufen«, sagte Nyka.

Er hatte bereits sein Pferd bestiegen. Es wirkte unruhig, verstört durch das unnatürliche Geschöpf auf seinem Rücken. Es bäumte sich auf und versuchte ihn abzuwerfen, doch Nyka umklammerte seinen Hals. Der Aesi wandte sich dem Pferd zu, und es wurde ruhig.

Wir ritten in der Dunkelheit davon, traten die Reise an, die uns die ganze Nacht hindurch nach Norden und dann nach Westen führen würde, immer am Grasland entlang, bis wir den Regenwald erreichten. Er hatte keinen Namen, dieser Wald, und ich konnte mich nicht entsinnen, ihn auf der Karte gesehen zu haben. Der Aesi ritt in schnellem Galopp mehrere Schritte voraus, und ich weiß nicht, warum mir das in den Sinn kam, doch es sah aus, als versuchte er zu fliehen. Oder als Erster bei ihnen anzukommen. Als er mich im Mweru ausfindig gemacht hatte, hatte ich ihm gesagt, er könne den Jungen haben und mit ihm tun, was er wolle, ein Beschneidungsmesser nehmen und seinen ganzen Leib entzweischneiden, es wäre mir gleich, er solle mir nur helfen, den geflügelten Teufel zu töten. Doch ich würde diesen Jungen töten. Oder ich würde die ganze Welt töten. Immer wieder sagen mir die Leute, die ich treffe, wir befänden uns im Krieg. Es ist Krieg. Also lasst uns töten, und lasst den Tod Einzug halten. Lasst uns alle in die Unterwelt ziehen, und lasst die Götter des Todes über wahre Gerechtigkeit reden. In der Nacht wurde das goldene Gras silbern.

Die Hufe der Pferde donnerten über die Erde. Vor uns lag tiefere Finsternis, dichtes Dunkel wie Berge. Wir konnten es über das Flachland hinweg sehen, und doch würden wir es nicht vor der Dämmerung erreichen. Während ich durch die Schwärze ritt und düstere Gedanken dachte und ihn roch, ohne an ihn zu denken, sah ich den Leoparden nicht, ehe er eine Länge entfernt war und sein Pferd erbittert antrieb, um mich einzuholen. Ich beugte mich tiefer über mein Pferd, trieb es zum Galopp an. Nun, da meine Nase sich auf seinen Geruch besann, spürte ich, wie er näher und näher kam. Er fauchte sein Pferd an, ängstigte es, bis wir Schweif an Kopf, Kopf an Rumpf, Hals an Hals ritten. Er stürzte von seinem Pferd auf mich und riss mich hinunter. Ich drehte mich im Fall, sodass ich auf ihm landete. Wir schlugen auf dem Gras auf und rollten und rollten und rollten einige Schritte weit, ohne dass er mich losließ. Ein toter Ameisenhügel bremste uns schließlich, und er wurde von mir geschleudert. Der Leopard landete auf dem Rücken und sprang auf, geradewegs in mein Messer hinein, das ich ihm an die Kehle drückte. Er zuckte zurück, und ich drückte es fester an seinen Hals. Er hob die Hand, und ich drückte zu und ritzte seine Haut. Das dämmrige Mondlicht erhellte sein Gesicht, die Augen weit aufgerissen, gewiss vor Schreck, womöglich vor Reue, beinahe ohne zu blinzeln, so als flehten sie mich an, etwas zu tun. Oder nichts dergleichen, und das machte mich zornig. Ich hatte ihn seit Monden nicht gesehen, und in mir hatte die Frage gebrannt, was ich mit ihm tun würde, sollten sich unsere Wege noch einmal kreuzen. Sollte ich auf ihm liegen, sollte ich ihn überwältigen, sollte ich eine Axt oder ein Messer haben. Wie dieses Messer an seiner Kehle. Kein Gott vermochte zu zählen, wie oft ich mir das ausgemalt hatte. Ich hätte meinen Hass aus ihm herausschneiden können, so tief und so weit meine Klinge reichte.

Sag etwas, Leopard, dachte ich. Sag: Sucher, ist das jetzt unsere gemeinsame Beschäftigung, damit ich dich aufschneiden und zum Schweigen bringen kann. Doch er starrte mich bloß an.

»Tu es«, sagte Nyka der Ipundulu. »Tu es, dunkler Wolf. Tu es. Den Frieden, den du suchst, wirst du niemals finden. Such nach Vergeltung. Reiß ein Loch von hundert Jahren Breite. Tu es, Sucher. Tu es. Ist er denn nicht der Grund für dein Leiden?«

Leopard sah mich mit feuchten Augen an. Er versuchte etwas zu sagen, doch es drang nur eine Art Wimmern heraus, aber er war zu tapfer, um zu wimmern. Ich wollte so gern ein Loch in irgendetwas hineinschneiden. Und dann erhob sich mit einem Mal ein Grollen unter ihm. Die Erde bröckelte zu Staub und zog ihn in die Tiefe. Ich sprang zurück und rief seinen Namen. Er stieß die Hand aus dem Boden und strampelte und strampelte, doch der Boden verschlang ihn. Ich blickte auf und sah, wie der Aesi die Kapuze über den Kopf zog.

FÜNFUNDZWANZIG

Du hast ihn getötet!«

Ich zückte meine Axt.

»Kind einer verdammten Dirne, du hast ihn getötet«, sagte ich.

»Sucher, wie du mich ermüdest. Seit Monden stellst du dir vor, dieses Vieh zu töten. Du hast ihm im Traumdschungel die Kehle aufgeschlitzt. Du hast ihn an einen Baum gebunden und ihn verbrannt. Du hast ihm alles Erdenkliche in sämtliche Öffnungen seines Körpers gesteckt. Du hast ihm ein Messer an die Kehle gehalten. Du nennst ihn die Wurzel all deines Elends. Und doch schreist du, nun da du endlich bekommst, was du dir gewünscht hast.«

»Das habe ich mir nie gewünscht.«

»Musstest du auch nicht.«

»Stiehl dich noch einmal in meinen Kopf, und du wirst …«

»Was werde ich?«

»Befrei ihn.«

»Nein.«

»Du weißt, ich werde dich töten.«

»Du weißt, du kannst es nicht.«

»Du weißt, ich werde es versuchen.«

Wir standen da. Ich lief dorthin zurück, wo der Leopard war. Der Boden ein frisch aufgeschüttetes Grab. Ich wollte ihn gerade mit den Händen ausgraben, als sich hinter mir ein Pfeifen erhob, ein kalter Wind, der wie Rauch aussah. Er fuhr in den Hügel und hinterließ ein Loch von der Größe meiner Faust.

»Jetzt atmet er«, sagte der Aesi. »Er wird nicht sterben.«

»Zieh ihn heraus.«

»Du solltest darüber nachdenken, was du in diesen letzten Tagen willst, Sucher. Liebe oder Rache. Beides kannst du nicht haben. Lass ihn sich selbst ausgraben. Er wird Tage brauchen, aber seine Kraft wird dazu ausreichen. Und seine Wut. Auf, Sucher, Sasabonsam schläft bei Tage.«

Nyka und er bestiegen ihre Pferde. Der Erdhaufen rührte sich nicht. Ich trat zurück, behielt ihn jedoch weiterhin im Blick. Ich glaubte ihn zu hören, doch es waren Geschöpfe der Dämmerung. Wir ritten davon.

Die Götter des Morgens ließen den Tag anbrechen. Der Wald war in Sichtweite, aber noch immer nicht nah. Die Pferde wurden müde, das spürte ich. Ich rief Aesi nicht zu, er solle anhalten, doch er zügelte sein Pferd zum Trab. Sasabonsam schlief nun sicherlich. Ich ritt neben ihn.

»Die Pferde wollen rasten«, sagte ich.

»Wir werden sie nicht mehr brauchen, wenn wir den Wald erreicht haben.«

»Das war keine Frage.«

Ich ließ mein Pferd anhalten und stieg ab. Nyka und der Aesi blickten einander an. Nyka nickte.

Ich weiß nicht, wie lange ich schlief, doch ich wurde von warmen Sonnenstrahlen geweckt. Es war nach der Mittagsstunde. Keiner von uns sprach, während wir aufsaßen und losritten. Wenn die Pferde gleichmäßig weiterliefen, würden wir den Wald vor dem Abend erreichen. Der Nachmittag war noch immer heiß und die Luft feucht, und wir kamen an ein weiteres Schlachtfeld, wo vor langer Zeit gekämpft worden war und Schädel und Knochen und noch nicht gefledderte Rüstungsteile verstreut lagen. Die Spur aus Schädel und Knochen führte zu einem Berg von der Höhe eines zweistöckigen Hauses vielleicht zweihundert Schritte zu unserer Rechten hinauf. Ein Hügel aus abgebrochenen Speeren, anderen zerbrochenen

Waffen, verbeulten und geborstenen Schilden sowie Knochen, von denen Fleisch und Sehnen genagt worden waren. Der Aesi hielt an und raffte die Zügel.

Er betrachtete den Hügel. Ich fragte ihn nichts, und Nyka tat es auch nicht. Hinter dem Speerhügel erschien ein Kopfschmuck, dann ein Kopf. Jemand erklomm den Hügel. Das Gesicht hinter einer Maske aus weißem Ton verborgen, die alles bis auf Augen, Nase und Lippen bedeckte, der Kopfschmuck aus getrockneten Früchten oder Samen, dazu Knochen, Reißzähne und lange Federn, die herabhingen und ihr über die Schultern strichen. Von den bloßen Brüsten bis zum Bauch hinunter war weißer Lehm in Streifen wie denen des Zebras und auf den Hüften ein zerrissener Lederrock.

»Wir treffen uns am Waldrand«, sagte der Aesi und ritt auf sie zu. Nyka zischte den Fluch, der nicht aus meinem Mund kommen wollte. Die Frau machte kehrt und ging wieder dorthin zurück, woher sie gekommen war. Ich ritt davon, und nach einer Weile hörte ich Nyka hinter mir.

Wir waren schon eine Zeit lang im Wald, ehe es uns bewusst wurde. Der Busch mit dem hohen Gras und den umgestürzten Bäumen war zu undurchdringlich für die Pferde, daher gingen wir zu Fuß weiter.

»Sollen wir auf den Aesi warten?«, sagte Nyka, doch ich lief weiter, ohne ihn zu beachten.

Etwas an diesem Wald erinnerte mich an die Dunkellande. Nicht die sich dem Himmel entgegenreckenden Bäume oder die Pflanzen, Grasbüschel und Farne, die sich wie Blumen in alle Richtungen aus den Stämmen erhoben. Oder der Nebel, der so dicht war, dass er sich wie Regen anfühlte. Es war die Stille, die mich an jenen Wald erinnerte. Die Ruhe, die mir Sorgen bereitete. Einige Lianen hingen wie Seile vor uns herab. Einige hatten sich wieder hinaufgeschwungen und um Äste gewunden wie Schlangen. Einige waren Schlangen. Die Dunkelheit war noch nicht angebrochen, doch durch diese Blätter drang kein Sonnenlicht. Aber dies waren nicht die Dunkellande, denn in den Dunkellanden gab es viel Geistergetier. Hier gurrte und krähte und kreischte und heulte es. Nichts knurrte, nichts brüllte.

»Diese Scheiße«, sagte Nyka. Ich wandte mich um und sah, wie er sich Würmer vom Fuß kratzte. »Würmer erkennen die Fäulnis, wenn sie auf sie tritt«, sagte er.

Ich stieg über einen umgestürzten Baum, dessen Stamm so breit war wie ich groß, und ging weiter. Der Baum lag weit hinter mir, als ich bemerkte, dass Nyka mir nicht folgte.

»Nyka.«

Auch auf der anderen Seite des Baumes war er nicht.

»Nyka!«

Sein Geruch war überall, doch kein Pfad öffnete sich vor mir. Er wurde zu Luft – allgegenwärtig und doch nirgendwo. Ich wandte mich um und sah zwei weit gespreizte graue Beine, und ehe ich dazwischenblicken konnte, schoss mir etwas Weißes und Nasses ins Gesicht.

Er riss es mir vom Kopf, vom Gesicht, von den Augen, etwas, was auch in meinen Mund drang; es fühlte sich wie Seide an und hatte keinen Geschmack. Ohne die Seide auf meinen Augen sah ich, wie es sich eng und glänzend um mich gelegt hatte, obgleich ich meine Haut durch es hindurch erkennen konnte. Ein in einen Kokon gehüllter Schmetterling. Meine Hände, meine Füße, nichts ließ sich bewegen, sosehr ich auch zu treten, zu stampfen, zu reißen und mich zu wälzen versuchte. Ich hing an einem Ast, der sich unter meinem Gewicht neigte. Das ließ mich an den Asanbosam denken, Sasabonsams flügellosen Bruder, der an seinen Ästen voller verwesender Frauen und Männer auf und ab gesprungen war. Nur dass hier nichts verweste. Ich hielt das für ein gutes Zeichen, bis ich ihn über mir hörte und begriff, dass er sein Fleisch frisch bevorzugte. Er biss einem kleinen Affen den Kopf ab, dessen Schwanz schlaff herabsank. Er begegnete meinem Blick, als nur noch der Schwanz übrig war, den er mit einem nassen, glitschigen Geräusch in sein Maul saugte.

»Kreisch, kreisch, kreisch, weiter tun sie nichts. Ich, nicht mal hungrig war ich. Kenne dieses hübsche Äffchen; wenn Mami Kipunji nach kleinem Kipunji sucht, fress ich sie auch. Machen Dreck, so viel Dreck, diese Kipunji, machen Dreck, sie schwingen sich vorbei, suchen nach Früchten und machen so viel Dreck in meinem Haus, ja, das machen sie und machen sie und scheißen auf alle Blätter, scheißen drauf, ja scheißen tun sie, und meine Mami-Mami, sie wird sagen, sie hat gesagt, wird nichts sagen, Mami-Mami ist tot – ach, aber sie hat gesagt, halt dein Haus sauber, oder die falsche Frau wird dich wollen, das hat sie gesagt, Kippi-Lo-Lo, das hat sie gesagt.«

Er begann den Baumstamm herabzuklettern, geduckt wie eine Spinne, so tief, dass sein Bauch über die Rinde strich. Zuerst dachte ich, ein Ghommid könne unmöglich so groß sein. Schultern wie ein dünner Mann voller Muskeln, doch sein Oberarm war lang wie ein Ast, und sein Unterarm noch langgestreckter, sodass sein Arm zusammen mehr maß als mein ganzer Leib. Und die Beine waren so lang wie die Arme. So kam er zu mir herunter, die rechte Hand gerade ausgestreckt und die Klauen in die Rinde geschlagen, während er das rechte Bein hob, es über Rücken, Schultern und Kopf bog und den Stamm damit packte. Dann folgten die linke Hand und der linke Fuß, während der Bauch über den Stamm rieb. Er kroch bis zu meinem Kopf herab, kroch rückwärts, zog sich bis zur Hüfte herauf, drehte seinen Körper beinahe ganz herum und griff nach dem letzten Ast, der herausragte, erst mit der linken Hand, dann mit der rechten und dann mit dem linken und rechten Fuß, noch immer an der Hüfte verdreht, sodass unter seiner Taille nicht sein Schoß, sondern seine Hinterbacken waren. Er schwang einen Arm so weit über

den Kopf, als würde er gleich abbrechen, und kratzte sich den Rücken. Er hockte auf dem Ast vor mir, und seine Knie ragten über
seinem Kopf auf, und seine Arme berührten beinahe den Boden.
Und zwischen seinen Beinen war ein haariger Schlitz wie der einer
Hündin, und daraus kam der Saft, den er mir ins Gesicht geschossen
hatte. Der Saft traf den Baumstamm und wurde zu Seide. Er kroch
zu dem Stamm hinüber und schoss von dort aus eine weitere Seiden-
schnur zu dem Ast zurück. Auf beiden Seilen kriechend, wob er
dann mit Händen und Füßen ein Muster, bis es dick genug war, damit er darauf sitzen konnte, und das tat er auch. Die Haut war grau
und mit Narben und Malen bedeckt wie bei Flussleuten, so hell, dass
man die Blutströme in seinen Gliedern sah. Ein kahler Kopf mit einem Haarschopf an der Spitze, weiße Augen ohne Schwarz, spitze
gelbe Zähne, die aus dem Mund ragten.

»Nimm eine Geschichte, und gib eine, ja? Nimm eine Geschichte,
und gib eine.«

»Ich kenne kein Ungeheuer wie dich.«

Er rülpste und lachte zischend. Er sah mich an, und das Lachen
erlosch.

»Nimm eine Geschichte, und ...«

Er schwang beide Beine hinter die Schultern, und aus seinem
Schlitz schoss nasse Seide hoch in die Bäume hinauf. Er packte das
Netz mit den Armen und zog sie herunter, die Affenmutter. Sie
kreischte und kreischte, und er hielt sie direkt über sein Gesicht.
Auge in Auge, die Affenmutter wimmernd vor Angst. Sie war kleiner
als mein Arm. Er öffnete das Maul und biss ihr den Kopf ab. Dann
zerkaute er den Rest von ihr und sog den Schwanz ein. Er sah mich
wieder an, während er sich die Lippen leckte.

»Nimm eine Geschichte, und gib eine, ja? Nimm eine Geschichte,
und gib eine.«

»Ich habe gehört, dass die Geschichten von deinesgleichen kommen. Und die Lügen. Und List und Tücke.«

»Meinesgleichen. Gleich wie ich? Keiner ist gleich wie ich. Nein nein nein nein. Ich will eine Geschichte haben. Ich habe keine mehr. Nimm eine Geschichte, und gib mir eine zu fressen, ja? Sonst fresse ich was anderes.«

»Du bist der Listenreiche und der Geschichtenerzähler. Bist du nicht von den Nan Si? Und dies ist eine deiner Listen?«

Er sprang zu mir herüber, schlug die Zehen in den Baum, griff mit den Armen nach Ästen, bis sein Schoß direkt vor meinem Gesicht war. Er beugte den Kopf so tief herunter, dass ich glaubte, er wolle sich selber lecken, starrte mir aber geradewegs ins Gesicht.

»Du wünschst es dir, das sehe ich. Töten oder sterben, beides Tod. Du nimmst beides, du willst beides. Ich kann es dir geben. Aber wer ist Nan Si?«

»Was bist du?«

»Sag mir, du siehst meine blasse Haut, Jäger. Ich bin wie der, mit dem du gekommen bist.«

»Hast du ihn getötet?«

»Er hat dich verlassen.«

»Nicht zum ersten Mal.«

»Er weiß nicht, dass du fort bist. Dieser Wald hat viel Zauber.«

»So wie jeder Wald.«

»Wisse, ich bin nicht aus dem Wald, ich bin kein Nan Si. Bin keiner, nein, bin keiner. Ich war ein Mann von großem Reichtum und Wissen über Wissenschaft und Mathematik.«

»Weiße Wissenschaft und schwarze Mathematik. Du warst ein weißer Wissenschaftler. Jetzt bist du ein Gewesener.«

Er nickte zu heftig und zu ausgiebig.

»Womit hast du dich beschäftigt?«

»Damit, was schon im Kopf war. Jenseits des Fetischpriesters und jenseits des Propheten. Jenseits des Sehers. Selbst jenseits der Götter! Wahre Weisheit ist nie draußen, sie ist im Inneren, war immer im Inneren. Im Inneren, immer.«

»Und jetzt bist du ein Tier, frisst Affen mitsamt ihren Müttern und machst Netze aus deinem Saft.«

»Du hattest Angst in dir. Sie ist fort, fort, fort. Ich hungere so sehr nach einer Erzählung. Keins von diesen Tieren spricht. Keins hat Magie.«

»Ich suche ein geflügeltes Ungeheuer und seinen Jungen.«

»Ein geflügeltes Ungeheuer? Wirst du es umbringen? Wirst du es langsam tun? Was wirst du mit ihnen tun?«

»Er kam hier vorbei.«

»Hier kam kein Ungeheuer vorbei.«

»Dies ist ein Wald, und Sasabonsam rastet in Wäldern.«

»Dies ist ein Wald des Lebens, und er gehört zu den toten Dingen der Welt.«

»Du kennst ihn also.«

»Ich habe nie gesagt, dass ich es nicht tue.«

Er packte etwas über meinem Kopf und steckte es sich ins Maul.

»Ich werde sie treffen. In der Steppe oder im Sumpf. Oder im Sandmeer. Oder hier.«

Ich wollte meine Hände befreien, doch die Seide zog sich fester. Ich schrie den weißen Wissenschaftler an. Ich ruckte vorwärts, versuchte meinen Kokon von dem Baum zu reißen, doch er gab nicht nach. Lächelnd sah er zu, wie ich mich mühte. Er grinste sogar, als ich unter seinen Blicken zuckte. Ich verfluchte ihn abermals.

»Lass mich ihn umbringen, ihn und den Jungen, und dann komme ich zurück und lasse mich von dir töten. Schlag mir den Kopf auf und saug das Hirn aus. Schneid mich auf, und zeig mir, was du als Erstes fressen wirst. Tu, was du willst. Ich schwöre es.«

Er zog sich wieder auf den Ast zurück.

»Kamikwayo haben mich manche genannt.«

»Wo hast du dich in der weißen Wissenschaft geübt?«

»Geübt? Üben ist etwas für den Schüler.«

»Die weißen Wissenschaftler von Dolingo dringen in die Gedanken eines Mannes ein, sodass er unnatürliche Dinge begehrt.«

»Die Dolingoner sind Schlächter. Eine einzige Fleischerei. Fleischerei! Ich war weder Wissenschaftler noch Hexer. Ich war ein Künstler. Der beste Schüler, der je die Universität von Wakadischu verließ – selbst die weisesten Seher und Lehrer und Meister konnten mich nichts lehren, denn ich war weiser als sie alle. Sie sagten: Du, Kamikwayo, musst den Rest deiner Tage dem Geistesleben widmen. Das sagten sie, ich war dabei, als sie es sagten. Geh zum Palast des Wissens in Wakadischu. Ich studierte die Spinne, um hinter das Geheimnis ihres köstlichen Netzes zu kommen. Du hast einen geringen Verstand, vielleicht bist du ein Gangatom, also kannst du nicht wie der Wissenschaftler denken, aber stell dir ein Netz vor, stell dir vor, wie weit es sich dehnt, ehe es reißt. Stell es dir vor, stell es dir vor, stell es dir jetzt vor. Ich sagte zu ihnen: Stellt euch ein Seil vor, das am Menschen haftet wie das Netz an der Fliege. Stellt euch eine Rüstung vor, die weich ist wie Watte und dabei dem Speer und selbst dem Pfeil standhält. Stellt euch eine Brücke über den Fluss, den See, den Sumpf vor. Stellt euch all das und mehr vor, könnten wir ein Netz wie die Spinne machen. Höre, Flussmann. Dieser Wissenschaftler hier konnte kein Netz machen. Ich kreuzte so viele Spinnen, ich drückte ihnen auf den Bauch, ich schmeckte es mit dem Mund, um die Inhaltsstoffe auseinanderzukennen, doch es entschlüpfte mir immer wieder wie ein schleimiges Ding. Entschlüpfte mir! Aber ich arbeitete Tag und Nacht und Nacht und Tag, bis ich einen Trank gemacht hatte, einen Leim wie das Harz des Baumes, und ich nahm einen Stock und zog es lang wie eine lange Speichelspur, und es trocknete, und es kühlte ab, und es war fest. Und ich rief meine Brüder und sagte: Seht! Ich habe das Netz gemacht. Und sie staunten. Und sie sagten: In der gesamten Wissenschaft und Mathematik haben wir dergleichen nicht gesehen, Bruder. Und dann wurde es rissig, und dann barst es, und sie lachten, ach, wie sie lachten, und einer sagte, es sei so rissig wie mein Verstand, und sie lachten noch mehr, und sie verspotteten mich, und dann gingen sie in ihre Wohnungen, um zu schlafen und über Tränke zu sprechen, die eine Frau vergessen machten, dass sie sie geschändet hatten.

Ich spreche die Wahrheit. Ich war jenseits von Traurigkeit, jenseits von Trauer. Diese Wissenschaft vergiftete mich, und so ergriff ich meine Flaschen und trank das Gift. Ich würde schlafen und niemals erwachen. Und dann erwachte ich. Ich hatte ein Fieber in mir, das nicht abkühlte. Ich erwachte und sah, dass ich an der Decke schlief und nicht im Bett auf dem Boden. Ich rieb mir die Augen und sah die langen grauen Pranken eines Ungeheuers auf mein Gesicht zukommen. Ich schrie, doch mein Schrei war ein Kreischen, und ich fiel auf den Boden. Meine Arme so lang, meine Beine so lang, mein Gesicht, ach, mein Gesicht, denn ich spreche wieder die Wahrheit, ich war der Hübscheste unter den Wissenschaftlern gewesen, ja, das war ich, Männer hatten mir widerwärtigere Angebote als den Konkubinen gemacht, sie sagten: Gib uns dein Loch, Hübscher, dein Verstand ist zu nichts nütze. Ich weinte, und ich schrie, und ich heulte, bis ich nichts mehr fühlte. Und nichts, nichts war das Beste. Nichts gefiel mir. Bis zur Mittagsstunde liebte ich mein Nichts. Ich kroch über die Decke. Ich vertilgte meine Nahrung an der Wand sitzend, ohne herunterzufallen. Ich glaubte, ich müsste pissen oder Samen verspritzen, aber es kam etwas Süßes und Klebriges heraus, und ich konnte mich daran herunterlassen!

Meine Brüder, sie verstanden es nicht. All meine Brüder, ihnen allen versagen die Nerven, sie erreichen nichts, weil sie nichts aufs Spiel setzen. Einer rief: Dämon!, und warf Flaschen nach mir, und nicht einmal ich selbst hatte gewusst, dass ich mich so tief ducken konnte, dass nur meine Ellbogen und Knie in die Luft ragten. Ich spritzte ihm mein Netz ins Gesicht, bis er nicht mehr atmen konnte. Nun hör gut zu, denn ich werde es kein zweites Mal sagen. Ich tötete den Ersten, ehe er Laut geben konnte. Die Übrigen trieben oben in einem anderen Raum Wissenschaft mit Dorfmädchen, also ging ich hinauf, in einer Hand teures Öl, in der anderen eine Fackel. Und ich lief über die Decke und stieß die Tür mit dem Fuß auf, und einer von ihnen sagte: Kamikwayo, was soll der Unsinn? Komm von der Decke herunter. Und ich suchte nach klugen und endgültigen Worten, nach Worten, die ich mit bösem Gelächter beschließen könnte. Doch mir fiel nichts ein, und so zerschlug ich den Krug mit dem Öl und warf die Fackel hinunter, und dann schloss ich die Tür. Ja, das tat ich. Wie sie heulten, oh, wie sie heulten. Es war Musik in meinen Ohren. Ich floh in den Busch, den großen Wald, wo ich frei bin, über die großen und die kleinen Dinge nachzudenken, aber wer soll mir hier große Geschichten erzählen?«

Er deutete auf mich und grinste.

»Guter Jäger, du hast mir eine Geschichte entlockt. Nun sollst du mir eine Geschichte erzählen. Die Gegenwart von Menschen macht mich krank, und doch bin ich so einsam. Schon daran merkst du, wie allein ich bin, denn keiner, der einsam ist, gibt es zu. Ich weiß, das stimmt, ich weiß es. Nimm eine Geschichte, und gib eine, ja? Nimm eine Geschichte, und gib eine.«

Ich sah ihn an, wie er die Beine aneinanderrieb, die Augen geweitet und die hohlen Wangen mit einem Grinsen gefüllt. Er hätte ein Albino oder ein erwachsener Mingi sein können, wäre seine Haut nicht blassgrau wie die der weißen Wissenschaftler gewesen.

»Wirst du mir die Freiheit schenken, wenn ich dir eine Geschichte erzähle?«

»Nur wenn sie mir große Freude bereitet. Oder große Traurigkeit.«

»Ah, du willst angerührt werden. Sonst beißt du mir den Kopf ab und verschlingst mich in fünf Happen«, sagte ich.

Er sah mich erstaunt an. Ich glaube, er sagte, er habe nicht gewusst, dass ich ein Verwandter des Affen sei, oder etwas in der Art, doch aus seinem Schlitz rann Seide.

»Nein. Ich bin ein Mann und ein Bruder. Ich bin ein Mann!«

Er sprang zu mir herüber und packte meinen Hals. Er fauchte und knurrte, zerriss die Seide um mich, zerriss meine Kleider und kratzte mir mit einer seiner Klauen über den Hals.

»Bin ich kein Mann? Ich frage dich. Bin ich kein Mann?«

Seine Augen wurden rot, und sein Atem roch faulig.

»Welcher Mann isst andere Männer? Bin ich kein Mann? Bin ich kein Bruder? Bin ich kein Mensch?«

Seine Stimme schwoll immer weiter an, wie ein Kreischen.

»Du bist ein Bruder. Du bist mein Bruder.«

»Dann sag meinen Namen.«

»Kami … Kami … Kami … Kola.«

Das Menschlichste an ihm war, dass ich seine Miene nicht deuten konnte. Ungeheuer können ihre Empfindungen nicht verheimlichen, doch Menschen schon.

»Nimm eine Geschichte, und gib eine.«

»Du willst eine Geschichte hören? Ich werde dir eine Geschichte erzählen. Es war einmal eine Königin, und sie hatte Männer und Frauen, die sich vor ihr wie vor einer Königin verneigten. Doch sie war keine Königin, nur die Schwester Kwash Daras, des Nordkönigs. Er verbannte sie nach Mantha, die verborgene Festung auf dem Berg westlich von Fasisi, und widersetzte sich damit dem Wunsch seines Vaters, dass sie am Hofe bleiben sollte. Doch dieser Vater hatte zuvor gegen den Willen seines Vaters gehandelt, denn jede Generation hat die älteste Schwester nach Mantha geschickt, ehe sie die rechtmäßige Thronfolge einfordern konnte. Doch das ist nicht die Geschichte.

Diese Königsschwester, die sich für eine Königin hielt, hieß Lissisolo. Sie verschwor sich mit mehreren Männern gegen den König, und Kwash Dara bestrafte sie. Er tötete ihren Gemahl und ihre Kinder. Sie selbst konnte er nicht töten, denn ein böser Fluch kommt über Sippenblut, das Sippenblut tötet, selbst wenn es schlechtes Blut ist. Also verbannte er sie in die verborgene Festung, wo sie den Rest ihres Lebens als Nonne fristen sollte, doch die Königsschwester schmiedete Pläne. Die Königsschwester spann Ränke. Die Königsschwester schmiedete noch mehr Pläne. Sie suchte sich einen der vielen Hundert Prinzen ohne Königreich in Kalindar und ehelichte ihn insgeheim, sodass ihr Kind, als sie eines bekam, kein Bastard war. Sie verbarg das Kind, um es vor dem Zorn des Königs zu schützen, denn er war wahrhaft zornig, als sein Späher ihm von der Eheschließung und der Geburt berichtete. Und er wollte das Kind töten. Doch das ist nicht die Geschichte.

Die Königsschwester, sie verlor das Kind, oder Männer raubten es, und sie dingte mich und andere, das Kind zu finden. Und wir fanden es, Blutsauger hielten es gefangen, und einen Mann mit Händen wie seinen Füßen und Flügeln wie eine Fledermaus und einem Atem wie der Gestank längst verstorbener Männer, die sein Bruder gerne fraß, denn er selbst bevorzugt das Blut. Doch selbst als wir das Kind zurückgebracht hatten, denn wir waren zu mehreren, war da etwas an diesem Kind, ein Geruch, der da war und auch wieder nicht. Doch Mannen des Königs waren hinter dem Kind und der Königsschwester her, und so ritten wir mit ihnen in den Mweru, wo sie laut der Weissagung sicher sein sollten, wobei es in einer anderen Weissagung heißt, kein Mann werde den Mweru je verlassen. Doch das ist nicht die Geschichte.

Ich spreche die Wahrheit. Etwas an diesem Jungen verstörte die Götter oder jeden, der sich nichts als Herzensfrieden wünscht. Ich sah es als Einziger, doch ich sagte nichts. Und so blieb er im Mweru, mit seiner Mutter, der Leibwache aus Frauen und den Männern der abtrünnigen Fußtruppen, die außerhalb des Gebietes wachten, denn kein Mann, der den Mweru betritt, verlässt ihn wieder. Und so geschah es, dass der eine Dämon, den wir nicht töteten, derjenige mit den Fledermausflügeln, der, den sie Sasabonsan nennen, kam und den Jungen holte, oder so hieß es jedenfalls und heißt es noch immer.

Und er flog mit dem Jungen davon, der nicht schrie, obgleich er schreien konnte, der nichts rief, obgleich er oft laut rief, der nicht einen Laut von sich gab, obgleich seine Mutter immer mit einem Eindringling gerechnet hatte. Den, der springt, kann man nicht stoßen. Und der Fledermausmann und der Junge trieben allerlei scheußliche Dinge. Vieles, was abscheulich und widerwärtig ist, vieles, was den niedersten Gott und die garstigste Hexe empören würde. Und eines Tages kamen sie an einen Baum, in dem … sie kamen an einen Ort, an dem die Liebe lebte. Der Junge war bei ihm, schrieb jemand mit Blut in den Sand. Eine schöne Hand schrieb es mit Blut in den Sand. Doch das ist nicht die Geschichte.

Denn der Mann, der im Haus der Liebe lebte, fand die in Blut geschriebene Botschaft des Toten. Und es verschlug ihm die Sprache, doch Trauer und Zorn erfüllten ihn, denn sie waren tot. Sie waren alle tot. Von einigen war nur die Hälfte übrig geblieben. Einige waren zur Hälfte gefressen, einigen hatte man alles Blut ausgesaugt. Und dieser Mann weinte, und dieser Mann klagte, und dieser Mann verfluchte das Schweigen der Götter, und dann verfluchte er die Götter selbst. Und dieser Mann begrub sie, doch die eine, die von Geistern war, konnte er nicht begraben, denn obgleich sie sie nicht hatten töten können, hatte sie über dem Blutbad den Verstand verloren, und nun irrt sie bis hinunter zum Sandmeer und stöhnt ein Lied der Geister. Und dieser Mann fiel neun Mal in großem Schmerz und tiefem Entsetzen und überwältigender Trauer auf die Knie. Und nach Monden der Trauer ließ dieser Mann seine Trauer sacken und sich verhärten und zu Zorn werden, der sackte und sich verhärtete und zu einer Bestimmung wurde. Denn er wusste, mit wem der Junge gekommen war oder wer mit dem Jungen gekommen war. Er wusste, es war die Bestie, deren Bruder der Leopard getötet hatte, obgleich die Bestie gekommen war, um an ihm Vergeltung zu üben. Er sagte zu seinem Freund: All diese Tode hast du auf dem Gewissen. Und er schärfte seine Äxte und tauchte seine Messer in

Viperngift, und er machte sich auf den Weg in den Mweru, denn
dorther war der Junge gekommen, und dorthin würde er wieder zurückkehren. Wahr ist, dass der Mann nicht lange darüber nachdachte, denn er war noch immer jenseits des Denkens. Noch wahrer ist,
dass er den Jungen und seinen Beschützer und die Fledermaus und
jeden, der sich ihm in den Weg stellte, töten würde. Er wusste nichts
über Fledermäuse, doch er wusste alles über Jungen, und er wusste,
dass alle Jungen irgendwann nach Hause zu ihrer Mutter zurückkehrten.

Dieser Mann ritt auf einem Pferd über die Erde, mit einem anderen über den Sand, mit einem durch den Busch und mit einem geradewegs in den Mweru hinein. In dem ganzen Gebiet lag die Nacht
offen da, und außerhalb des Gebietes lagen die Fußtruppen. Wer
weiß, wie viele träge vom Essen waren oder schliefen? Als er sie erreichte, ritt er mit einer Fackel in der Hand zwischen ihnen hindurch, trat Krüge um und überrannte einen Soldaten, und sie schleu-
derten ihre Speere und verfehlten ihn und suchten nach Pfeilen,
waren jedoch zu müde oder zu betrunken und beschossen sich gegenseitig, und als einige von ihnen munter genug waren, um zu Speeren und Bogen und Keulen zu greifen, da sahen sie, wohin er ritt,
und hielten inne. Denn wenn ihm der Tod so süß erscheint, wer sind
wir, dass wir ihn aufhielten, muss einer von ihnen gesagt haben.

Und was trug dieser Mann anderes als Zorn und Traurigkeit? Er
ritt das Pferd über den rauen Boden des Mweru, heller als Sand
und dicker als Schlamm, vorbei an nach Schwefel stinkenden Quel-
len, die einem Mann das Fleisch von den Knochen gebrannt hätten.
Vorbei an Feldern, auf denen nichts wuchs und alte Menschenknochen unter den Hufen splitterten und brachen. Es war eines
dieser Länder, in denen die Sonne niemals aufgeht. Er kam an einen
See von Schwarz, Braun und Grau, der am Ufer nagte, und er ritt
um ihn herum, denn wer konnte wissen, welche Kreatur darin lebte?
Er wollte dem See zurufen, er werde es mit jedem Ungeheuer

aufnehmen, das hervorkäme, um ihn aufzuhalten, doch er ritt um ihn herum.

Die zehn namenlosen Tunnel des Mweru. Wie zehn umgestürzte Tonkrüge der Götter. Sein Pferd blieb vor einem stehen, hoch wie vierhundert auf vierhundert Schritte oder höher, höher, als ein Schlachtfeld breit war, höher, als ein See groß war, so hoch, dass die Decke in Schatten und Nebel verschwand. Und auch weit wie ein Feld. An den Öffnungen der Tunnel war sein Pferd eine Ameise und er nicht einmal das. Der fernste Tunnel hatte die größte Mündung, daneben der höchste der Tunnel, dessen Öffnung jedoch weniger hoch war als ein Mann, der auf den Schultern eines anderen stand. Daneben ein weiterer Tunnel, das Loch in der Erde versunken, so- dass er mit dem Pferd geradewegs hineinreiten konnte. Daneben ein Tunnel nicht viel höher als das Pferd. Und so weiter. Doch die Tun- nel ragten alle höher auf als ihre Öffnungen, und eher als umgestürz- ten Krügen glichen sie riesigen schlafenden oder niedergestreckten Würmern. Unten an den Wänden Kupfer oder Rost, geformt von göttlichen Schmieden oder jemand anderem. Oder Eisen oder Mes- sing, verbunden durch eine Kunst, die nur die Götter kennen. An den äußeren Wänden der Tunnel Metallplatten, manche rostig und manche glänzend, von der Erde bis zum Himmel.

Ein Kreischen. Vögel mit Schwänzen, dicken Füßen und dickhäu- tigen Flügeln. Moos und braunes Gras überzogen die Decke eines jeden Tunnels und verbanden sie miteinander. Wildwuchs verbarg ihre Gestalt. Alles wurde braun. Er ritt auf seinem Pferd den mittle- ren Tunnel hindurch zu dem Licht am Ende, das kein Licht war, denn im Mweru gab es kein Licht, nur Dinge, die glühten.

Und am Ende des Tunnels eine weite Ebene, übersät mit gleich- mäßigen Löchern, in denen nach Schwefel stinkendes Wasser stand, und am Fuße der Wildnis ein Palast, der einem großen Fisch glich. Von Nahem glich er einem auf Grund gelaufenen Schiff, das aus nichts als Segeln bestand, fünfzig und hundert und mehr. Segel über

Segel, weiß und schmutzig, braun und rot wie mit Blut bespritzt. Zwei Treppen, zwei lose Zungen, die aus zwei Türen ragten. Keine Wachposten, keine Wächter, keine Spur von Magie oder Wissenschaft.

Im Eingang warf er die Fackel fort und zückte beide Äxte. Im Korridor, hoch wie fünf Männer, einer auf den Schultern des anderen, doch breit wie ein Mann mit weit geöffneten Armen, schwebten Kugeln in der Luft, blau, gelb und grün und glimmend wie Leuchtkäfer. Zwei Männer, blau wie die Dolingoner, kamen von beiden Seiten auf ihn zu und sagten: Wie können wir dir helfen, Freund? Zugleich zogen sie langsam die Schwerter. Er sprang hoch und ließ beide Äxte auf den linken Wächter niederfahren, hieb ihm wieder und wieder ins Gesicht. Dann versetzte er ihm einen einzelnen Hieb in den Hals. Der rechte Wächter griff an, und der Mann wich seinem ersten Schlag mit einem Sprung zur Seite aus, drehte sich auf dem Boden und hieb ihm mit der Axt ins Knie. Der Wächter fiel auf dasselbe Knie und heulte auf, und der Mann schlug ihm die Axt in die Schläfe, den Hals und das linke Auge und stieß ihn mit dem Fuß um. Er ging weiter, dann lief er. Weitere Männer kamen, und er sprang, hüpfte, fiel, duckte sich, schlug, hackte und fällte sie alle. Er wich einem Schwert aus und stieß dem Kämpfer den Ellbogen ins Gesicht, packte ihn am Hals und schmetterte ihn zweimal gegen die Wand. Er lief weiter. Eine Wache ohne Rüstung, aber mit einem Schwert schrie auf und kam geradewegs auf ihn zugerannt. Er wehrte das Schwert mit der Axt ab, ließ sich auf die Knie fallen und hackte dem Wächter in das Schienbein. Der Wächter ließ das Schwert fallen, und er nahm es und stieß es in ihn hinein.

Ein Pfeil schoss an seinem Kopf vorbei. Er packte den beinahe kopflosen Wächter und wirbelte ihn herum, um den zweiten Pfeil abzufangen. Im Laufen spürte er jeden Pfeil, der sich in den Wächter bohrte, bis er nahe genug war, um die erste Axt zu werfen, die den Bogenschützen mitten zwischen Nase und Stirn traf. Er nahm dem

Schützen Schwert und Gürtel ab. Er rannte weiter und gelangte durch den Korridor in eine große, bis auf die Lichtkugeln leere Halle. Ein Riese kam auf ihn zu, und er dachte an einen Ogo, der sein treuer Freund gewesen war, der ein Mann und kein Riese gewesen war, ein Mann von immerwährendem Gram, und er heulte vor Zorn auf und sprang dem Riesen auf den Rücken und hieb wieder und wieder auf seinen Kopf und seinen Hals ein, bis es keinen Kopf und keinen Hals mehr gab und der Riese fiel.

»Königsschwester!«

Kein Laut in dem Raum als der Widerhall seiner Stimme, die wie wild von den Wänden und der Decke abprallte und dann verklang.

»Wirst du alle töten?«, fragte sie.

»Ich werde die ganze Welt töten«, sagte er.

»Der Riese war ein Tänzer und zog Kinder auf. Er hat in dieser Welt nie etwas Schlechtes getan.«

»Er war Teil dieser Welt. Das genügt. Wo ist er?«

»Wo ist wer?«

Er nahm einen Speer und schleuderte ihn in die Richtung, aus der die Stimme zu kommen schien. Der Speer traf Holz. Die Kugeln leuchteten heller auf. Sie saß auf einem schwarzen, mit Kaurischnecken besetzten Thron, und der Speer steckte mehrere Handbreit darüber. Zwei Wächterinnen standen mit Schwertern an ihrer Seite, neben ihnen kauerten zwei mit Speeren. Zu ihren Füßen zwei Elefantenstoßzähne und hinter ihr behauene Säulen hoch wie Bäume. Als Kopfschmuck trug sie ein dickes, mehrfach geschlungenes Tuch, das an eine lodernde Blume erinnern sollte. Wallende Gewänder von der Brust bis zu den Füßen, die Brust von einem goldenen Panzer geschützt, als wäre sie eine der Kriegerköniginnen.

»Ein hartes Los, an diesen leblosen Ort verbannt zu sein«, sagte er.

Sie starrte ihn an, dann lachte sie, und es machte ihn wütend. Er scherzte nicht.

»Ich entsinne mich, dass du so rot warst, selbst im Dunkel. Rote Erdfarbe, wie bei einer Flussfrau«, sagte sie.

»Wo ist dein Sohn?«

»Und wie geschickt du mit der Axt umgingst. Und mit dir reiste ein Leopard.«

»Wo ist dein Junge?«

»Bunshi war es, die sagte: Sie werden deinen Jungen finden, vor allem der, den sie Sucher nennen. Es heißt, er hat eine Nase.«

»Es heißt, du hast eine Möse. Wo ist dein verdammter Sohn?«

»Was geht dich mein Sohn an?«

»Ich habe etwas mit ihm zu klären.«

»Mein Sohn hat nichts mit Männern zu klären, die ich nicht kenne.«

Er roch, wie er im Dunkel herannahte, wie er sich in den Schatten zu bewegen, sich leise zu bewegen versuchte. Er kam von rechts. Der Mann wandte sich nicht einmal um, er warf nur seine Axt, und sie traf den Wächter in der Finsternis. Er stieß einen Schrei aus und ging zu Boden.

»Ruf sie. Lass alle Wachen kommen. Ich werde gleich hier einen Berg aus Kadavern errichten.«

»Was willst du von meinem Jungen?«

»Ruf sie. Ruf deine Wachen, ruf deine Meuchler, ruf deine guten Männer, ruf deine besten Frauen, ruf deine Bestien. Sieh zu, wie ich gleich vor deinem Thron einen See aus Blut entstehen lasse.«

»Was willst du von meinem Jungen?«

»Ich will Gerechtigkeit.«

»Du willst Vergeltung.«

»Ich entscheide, wie ich es nenne.«

Er trat auf den Thron zu, und zwei Wächterinnen schwangen sich an Seilen auf ihn herab. Die erste, die ein Schwert trug, verfehlte ihn, doch die zweite traf ihn mit einer Keule. Er stürzte und rutschte über den glatten Boden. Er rannte zum Schwert des toten Wächters und

ergriff es, kurz bevor die zweite Wächterin abermals mit der Keule
ausholte. Sie schlug fest zu, doch er war schneller. Er trat ihr in den
Rücken, und sie ging zu Boden. Er stürzte sich auf sie, doch sie
schwang die Keule nach oben und traf seine Brust. Er landete auf
dem Rücken, und sie sprang auf. Er wollte mit dem Schwert ausholen, doch sie trat auf seine Hand. Er trat ihr in die Koo, und sie
stürzte und landete mit den Knien auf seiner Brust, was ihm die Luft
nahm. Mit Handschuhen aus hartem Leder schlug die Wächterin
ihm ins Gesicht, und sie schlug wieder und wieder zu und schlug ihn
bewusstlos.

H ör dies. Er erwachte in einer Zelle, die wie ein Käfig von der Decke hing. Es *war* ein Käfig. Ein dunkler, roter Raum, nicht der
Thronsaal.

»Er wollte, dass ich ihn säugte. Welch Spott wäre gesungen worden, hätte ein Griot in diesen Landen gelebt. Du wirst sagen: Was
kann es geben in einem Land ohne Griots. Wohlgemerkt, obgleich
er über sechs Jahre alt war und bald zum Mann werden würde. Er
stürzte sich auf meine Brüste, ehe er auch nur mein Gesicht ansah.«

Der Mann wandte sich dorthin um, woher die Stimme kam. Fünf
Fackeln säumten eine Wand zur Rechten, beleuchteten jedoch
nichts. Darunter Finsternis und Schatten, ein Thron vielleicht, doch
er konnte nicht über zwei dünne, in Vogelform gehauene Säulen
hinausschauen.

»Gib einem Mann eine freie Hand, und er steckt sie dir überallhin. Gib einem Jungen … Nun, er ließ sich nicht abhalten. Und was
würden die Götter über eine Frau sagen, die ihrem Kind die Nahrung verwehrt? Ihrem Jungen? Ja, sie waren blind und taub, aber
dennoch: Welcher Gott wird eine Mutter nicht daran messen, wie sie
den künftigen König aufgezogen hat? Sieh mich an, was könnte in
diesen Brüsten für Milch sein?«

Sie verstummte, als wartete sie auf eine Antwort.

»Und doch müsst selbst ihr ausgewachsenen Männer an der Brust saugen. Und mein kostbarer Junge. Er stürzte sich auf die Brust, als stürzte er sich in den Krieg. Soll ich dir sagen, dass er mir um ein Haar die Brustwarzen abbiss? Erst die linke, dann die rechte? Dass er die Haut aufriss, ins Fleisch schnitt und dennoch weitersaugte? Nun, ich bin eine Frau. Ich schrie ihn an, und er hörte nicht auf, die Augen geschlossen, wie ihr Männer eure beim Spritzen schließt. Mein Junge, ich musste ihn am Hals packen und würgen, bis er aufhörte. Mein Junge, er sah mich an und lächelte. Lächelte. Die Zähne rot von meinem Blut. Von da an gab ich ihm eine Dienstmagd. Sie war nicht tumb im Kopf. Sie ritzte sich jeden Abend, damit er saugen konnte. Ist das etwas Sonderbares? Sind wir sonderbar? Du bist Ku. Ihr schlitzt der Kuh die Kehle auf, um das Blut zu trinken, ist derlei sonderbar?«

Der Mann sagte nichts. Er umklammerte die Stäbe des Käfigs.

»Dein Gesicht verrät deine Gedanken. Du siehst mich voller Abscheu und Herablassung an. Doch weißt du, was es heißt, ein Kind zu haben? Was man für es tun würde?«

»Ich weiß es nicht. Vielleicht würde man es aussetzen, auf dass es getötet wird. Nein, verkauft. Nein, geraubt und von Vampiren aufgezogen. Und vielleicht würde man stets jemanden bitten, jemanden zu bitten, jemanden zu bitten, das Kind zu finden, und eine Lüge auf die andere folgen lassen, damit niemand weiß, dass man überhaupt einen Sohn hat. Ist es so, ein Kind zu haben?«

»Schweig.«

»Du musst die beste aller Mütter sein.«

»Ich werde dich nicht in seine Nähe lassen.«

»Hast du ihn gehen lassen, oder hast du ihn wieder verloren, du gute Mutter?«

»Du scheinst zu glauben, mein Sohn habe einen Frevel begangen.«

»Dein Sohn *ist* der Frevel. Ein Teufel ...«

»Du weißt gar nichts. Teufel werden geboren. Alle Griots singen davon.«

»Du hast keinen Griot. Und Teufel werden gemacht. Du machst sie. Du machst sie, indem du sie jedem überlässt, der gern ein ...«

»Du wagst, mir zu sagen, was in meinem Kopf vorgeht? Du richtest mich, eine Königin? Wer bist du, dass du mir vorschreiben willst, was ich mit meinem Kind zu tun habe? Du hast keines. Nicht ein einziges.«

»Nicht ein einziges.«

»Was?«

»Nicht ein einziges.«

Und der Mann erzählte ihr eine Geschichte:

»Sie hatten keine Namen, denn die Gangatom gaben ihnen keine Namen, da sie ihnen so fremd waren. Das soll nicht heißen, dass die Gangatom viel Aufhebens um das Fremde machten. Doch sagte man Giraffenjunge, wussten alle im Dorf, wer da gerufen wurde. Ich war nicht wie du, keines von ihnen war mein Blut. Und doch war ich wie du, ich ließ sie von anderen aufziehen und sagte, es sei zu ihrem Besten, obgleich es zu meinem eigenen Besten war. Jemand sagte, der Nordkönig versklave die Flussstämme, damit sie in seinem Krieg dienten, und so gingen wir zu ihnen, denn der Krieg ist wie ein Fieber, das alle ansteckt. Wir holten sie von den Gangatom fort, doch einige von ihnen wollten nicht mit uns kommen. Ich sagte zu den Kindern: Lasst uns gehen, und zwei von ihnen sagten Nein, dann drei, dann vier, denn warum sollten sie mit einem Mann gehen, den sie nicht kennen, und einem anderen, den sie nicht mögen? Und der, der mein Gefährte war, sagte: Seht euch das an, und er zeigte ihnen eine Münze, und dann schloss er die Hände und öffnete sie wieder, und die Münze war verschwunden, und er schloss die Hände wieder, und er fragte: In welcher Hand ist die Münze, und der Giraffenjunge deutete auf die linke, also öffnete er die linke Hand, und ein Schmetterling flog davon. Wahrhaftig, sie folgten ihm, nicht mir. Also folgten wir ihm alle ins Land Mitu, und dort lebten wir in einem Affenbrotbaum. Und wir sagten zu den Kindern: Ihr braucht Namen, denn Giraffenjunge oder Rauchmädchen sind keine Namen, so werdet ihr lediglich gerufen. Eines nach dem anderen legten sie ihren Zorn gegen mich ab, das Rauchmädchen als Letzte. Natürlich nannten wir den Albino, der kein Junge, aber groß wie ein Mann war, Kamangu. Den Giraffenjungen, der immer groß gewesen war, nannten wir Niguli, denn er ähnelte der Giraffe nicht einmal. Er hatte keine Flecken, und es waren seine Beine, die so lang waren, nicht sein Hals. Kosu nannten wir den Jungen ohne Beine. Er rollte überallhin wie ein Ball, nahm dabei jedoch immer Erde oder Scheiße oder Gras auf oder Dornen, und dann schrie er. Den aneinandergewachsenen Zwillingen gaben wir zunächst einen gemeinsamen Namen, und sie verfluchten uns wie alte Witwen. Ihr beide teilt alles, und doch habt ihr verschiedene Namen, sagten sie zu Mossi und mir. Also nannten wir den Lauten Loembe, und den Leiseren, der dennoch laut war, nannten wir Nkanga. Und das Rauchmädchen. Er, der der Meine war, sagte: Eines von ihnen muss einen Namen aus meiner Heimat tragen. Eines muss mich an mich erinnern. Und so nannte er das Rauchmädchen Kamsin, nach dem Wind, der fünfzig Tage weht. Du sprichst von Kindern – wie hieß dein Junge außer Junge? Hast du ihm je einen Namen gegeben?«

»Schließe deinen Mund.«

»Du Königin unter den Müttern.«

»Schweig!«

Sie rutschte auf ihrem Sitz herum, blieb jedoch im Dunkel. »Ich werde nicht hier sitzen und mich von einem Mann richten lassen, der alle erdenklichen Behauptungen über meinen Sohn äußert. Hat der Zorn dich hergeführt? Denn Weisheit war es nicht. Wie sollen wir das Spiel spielen? Soll ich meinen Sohn gleich jetzt hervorholen und dir ein Messer geben? Liebe bedeutet Blindheit, nicht wahr? Dein

Verlust schmerzt mich. Doch ebenso gut hättest du mir vom Tod der Sterne berichten können. Mein Sohn ist nicht hier. Wie rasch du dich gegen die Einsicht wehrst, dass auch er ein Opfer ist. Dass ich erwachte, nur um zu hören, dass mein Sohn fort war. Entführt. Dass mein Sohn so viele Jahre und Monde nicht nach seinem oder meinem Willen hat leben können. Wie hätte er irgendetwas anderes kennen können?«

»Ein Teufel von der Größe dreier Männer mit Flügeln breit wie ein Kanu schlich sich unbemerkt in deinen Palast ein.«

»Fort mit ihm«, sagte sie zu den Wächtern.

Ein Tuch fiel über den Käfig und ließ ihn in Schwärze zurück. Der Käfig fiel auf den Boden, und der Mann wurde gegen die Stäbe geschleudert. Sie ließen ihn lange, lange Zeit in der Finsternis – wer weiß, wie viele Nächte? Als sie das Tuch von seinem Käfig hoben, war er in einem anderen Raum mit einer Öffnung im Dach und rotem Rauch, der über den Himmel zog. Die Königsschwester stand bei einem anderen Stuhl, der nicht wie ihr Thron war, aber eine hohe Lehne hatte.

»Mein Gebärstuhl zeigt mir meine Vergangenheit. Weißt du, was ich sehe? Er kam mit den Füßen voran zur Welt. Ich hätte es für ein Omen gehalten, hätte ich an Omen geglaubt. Was sagte Sogolon über dich? Es heiße, du habest eine Nase. Vielleicht war es nicht sie, die mir das sagte. Du willst meinen Sohn finden. Ich will das auch, jedoch nicht aus deinen Gründen. Mein Sohn ist ebenfalls ein Opfer, auch wenn er selbst in den Mweru hinausging, warum verstehst du das nicht?«

Er sagte nicht zu ihr: Weil ich deinen Jungen gesehen habe. Ich habe sein Gesicht gesehen, wenn er sich unbeobachtet wähnt.

»Meine Jeruwolo sagte, ich solle darauf vertrauen, dass du meinen Jungen finden würdest. Ihn vielleicht gar vor der Fledermaus retten würdest. Ich halte sie für eine Närrin, doch andererseits ... Ich weiß meine Worte nicht zu Ende zu bringen.«

Sie nickte zum Sucher hinüber, und eine ihrer Wasserfrauen kam mit einem grün-weißen Stück Stoff auf ihn zu. Wer wusste, wovon es abgerissen war.

»Es heißt, du habest eine Nase«, sagte sie.

Sie deutete auf ihn, und die Wasserfrau rannte zu dem Käfig, warf das Tuch hinein und rannte davon. Er hob es auf.

»Wird dir das verraten, wohin er geht?«, sagte sie.

Er drückte das Tuch in seiner Hand, roch jedoch nicht daran, hielt es von seiner Nase fort und sah, wie die Königsschwester mit weit geöffneten Augen wartete. Er warf das Tuch fort. Wieder bedeckten sie den Käfig. Als er im Thronsaal erwachte, wusste er, dass er tagelang geschlafen hatte. Dass sie ihn üblen Dämpfen ausgesetzt oder einen Schlafzauber über ihn gesprochen haben mussten. In dem Raum war es heller als zuvor, aber noch immer düster. Sie saß auf ihrem Thron, dieselben Frauen hinter ihr, Wachen an beiden Wänden und eine alte Frau mit weißem Gesicht, die auf ihn zukam. Man hatte ihm die Hände nicht gefesselt, ihm jedoch ein kupfernes Halsband angelegt, das sich wie Baumrinde anfühlte. Hinter ihm standen zwei Wachen, die näher traten, als er sich in Bewegung setzte.

»Ich mache dir erneut ein Angebot, Sucher. Finde meinen Jungen. Siehst du nicht, dass er gerettet werden muss? Siehst du nicht, dass er ohne Schuld ist?«

»Noch vor wenigen Tagen sagtest du, du würdest mich nicht in seine Nähe lassen«, sagte er.

»Ja, in seine Nähe. Es scheint, als wäre der Sucher der einzige Mann, der weiß, wie man in die Nähe meines Sohnes kommt.«

»Das ist keine Antwort.«

»Vielleicht richte ich eine Bitte an eben das Herz, das Vergeltung sucht. Auch eine solche Bitte kommt von Herzen.«

»Nein. Dir sind die Männer ausgegangen. Nun fragst du den Mann, der geschworen hat, ihn zu töten.«

»Wann hast du es geschworen? Wem? Das muss eines dieser Dinge sein, die Männer sagen, so wie wenn man sagt, dies ist das Beste, doch dies ist mir das Liebste. Ich habe nie an Schwüre geglaubt oder an Männer, die auf sie schwören. Ich will dein Wort, dass du meinen Sohn finden und mir zurückbringen wirst, sollte ich dich freilassen. Töte das Ungeheuer, wenn es sein muss.«

»Du hast Fußtruppen. Warum sendest du sie nicht aus?«

»Das habe ich bereits. Daher meine Bitte an dich. Ich hätte es dir befehlen können. Ich bin deine Königin.«

»Du bist keine Königin.«

»Hier bin ich Königin. Und wenn der Wind sich in diesen Landen dreht, werde ich die Mutter eines Königs sein.«

»Eines Königs, den du bereits zweimal verloren hast.«

»Dann finde ihn für mich. Wie kann ich deine Trauer lindern? Ich kann es nicht. Doch ich kenne den Schmerz des Verlusts.«

»Tust du das?«

»Gewiss.«

»Dann erfreut es mein Herz, das zu wissen. Nun sag mir, dass ich nicht der Einzige bin, der bei seiner Heimkehr seinen Sohn mit einem halben Kopf vorfand. Oder nur die Hand eines anderen Sohnes. Oder seinen Liebsten mit einem Loch, wo Brust und Bauch gewesen waren. Oder vielleicht aufgeknüpft an einem …«

»Sollen wir gemordete Geliebte und gemetzelte Kinder vergleichen? Willst du so entscheiden, ob du besser bist als ich?«

»Dein Kind wurde nur verletzt.«

»Meine anderen Kinder wurden von meinem eigenen Bruder umgebracht.«

»Sollen wir vergleichen, auf dass du den Sieg davonträgst?«

»Ich sagte nie, es sei ein Wettbewerb.«

»Dann hör auf, ihn gewinnen zu wollen.«

»Wirst du deinen König suchen gehen?«

Er schwieg. Wartete. Er wusste, sie erwartete, dass er warten, schweigen, abwägen, dass er in Gedanken mit sich ringen und dann zu einer Entscheidung kommen würde.

»Ja«, sagte er.

Die alte Frau blickte zu ihm herauf und neigte den Kopf, als ließe sich so die Wahrheit über jemanden erfahren.

»Er lügt. Er wird ihn ohne Frage töten«, sagte sie.

Er rammte dem Wächter hinter ihm den Ellbogen gegen die Nase, stieß ihn fort, griff nach dem Schwert des Wächters, zog es heraus und stieß es seinem eigenen Herrn tief in den Bauch. Er wich aus, ohne hinzusehen, denn er wusste, der andere Wächter würde auf den Hals zielen. Das Schwert des Wächters durchschnitt die Luft über seinem Kopf. Er schwang das Schwert von unten und hieb es ihm in die Wade. Der Wächter fiel, und er rammte ihm das Schwert in die Brust und nahm auch ihm sein Schwert ab. Weitere Wächter kamen heran, als wären sie aus den Wänden gesprungen. Zwei traten zuerst auf ihn zu, und er wurde zu Mossi, der Mann mit den beiden Schwertern, der Mann aus dem Osten, der ihn nicht im Geist besucht hatte, seit er mit seinem eigenen Blut auf die Erde geschrieben hatte. Mossi suchte ihn auch jetzt nicht heim; Sucher erinnerte sich nur daran, wie er auf den Felsen gestanden und mit seinen Schwertern geübt hatte. Er trat dem ersten Wächter in die Eier, sprang über ihn hinweg, als er fiel, stürzte sich auf zwei weitere Wachen, fegte ihre Speere mit dem linken Schwert beiseite und schlitzte einem mit dem rechten den Bauch auf und hieb dem anderen in die Schulter. Doch aus seinem Rücken spritzte Blut, und der Wächter, der ihn geschlagen hatte, griff abermals an. Er rollte sich vor dem zweiten Schlag des Wächters zur Seite. Der Wächter holte wieder aus, zögerte aber – offensichtlich hatten sie den Befehl, ihn nicht zu töten. Der Wächter zögerte zu lange; Suchers Schwert fuhr mitten durch ihn hindurch.

Männer umringten ihn. Er sprang auf sie zu, sie wichen zurück. Das Band um seinen Hals zog sich zusammen wie eine Schlinge. Beide Schwerter fielen ihm aus den Händen. Er hustete und konnte nicht husten, knurrte und konnte nicht knurren. Enger, enger, sein Gesicht schwoll an, sein Kopf wollte zerspringen. Und seine Augen. Furcht. Keine Furcht. Erschütterung. *Du siehst aus, als hättest du es nicht gewusst. Böser Mann, du musst es gewusst haben. Der Zauber der Sangoma weicht. Du wirst nicht länger Meister der Metalle sein.* Kein Luftzug drang in seine Nase, kein Luftzug verließ sie. Er fiel auf ein Knie. Die Wachen traten zurück. Er blickte auf, Tränen verschleierten ihm die Sicht, und die alte Frau streckte die Hand aus und ballte sie zur Faust. Sie lächelte nicht, sah jedoch aus wie eine Frau, die einen glücklichen Gedanken denkt. Er versuchte nochmals zu husten; er konnte sie kaum erkennen. Er fuhr mit den Händen über den Boden und fand das Schwert. Er packte es beim Griff, hielt es wie einen Speer und warf es fest und schnell. Der Speer traf die alte Frau mitten ins Herz. Ihre Augen traten aus den Höhlen. Sie öffnete den Mund, und schwarzes Blut strömte heraus. Sie stürzte, und das Band fiel von seinem Hals ab. Ein Wächter schlug ihm auf den Hinterkopf.

R iech daran«, sagte die Königsschwester zu Sucher, als er aufwachte. Wer wusste, welcher Raum dies war, doch er war wieder in dem Käfig, und derselbe Stofffetzen lag zu seinen Füßen.

»Es ist von ihm. Sein liebstes Betttuch. Jeden Viertelmond ließ er es von den Mägden waschen, tatsächlich hatte es einmal viele Farben. Ich will dir einen neuen Handel unterbreiten. Finde ihn, und bring ihn zurück, und mach mit dem anderen, was du willst. Wenn es dir gelingt, den Mweru zu verlassen. Viele Männer betreten ihn, doch kein Mann kommt je heraus.«

»Hexenwerk?«

»Welche Hexe würde wollen, dass ein Mann bliebe? Doch du kannst versuchen, ihn zu verlassen. Riech an dem Fetzen.«

Er nahm das Stück Stoff, hob es an die Nase und atmete tief ein. Der Geruch füllte seinen Kopf, und er wusste, was es war, ehe seine Nase davonflog, um dem Ursprung zu folgen; er sprang darauf, als es ihn geradewegs zwischen ihre Beine führte.

»Sieh dich an. Du wolltest wissen, wohin er ging, und ich habe dir gezeigt, woher er kam.«

Sie lachte laut und lange, und das Gelächter hallte in der leeren Halle wider.

»Du. Du willst derjenige sein, der die Welt mordet?«, sagte sie und ließ ihn zurück.

In jener Nacht wachte Sucher im Traumdschungel. Vorbei an Bäumen so klein wie Büsche und Büschen so groß wie Elefanten ging der Sucher und hielt nach ihm Ausschau. Er kam an einen stillen Tümpel, wo nichts zu leben schien. Zuerst sah er sich selbst. Dann sah er die Wolken, die Berge, dann einen Weg und davonlaufende Elefanten, dann Antilopen, dann Geparden und dahinter eine weitere Straße, die zu einer Stadtmauer führte, und oben auf der Mauer ein Turm, und der auf dem Turm, der den Blick erst in die Ferne und dann auf ihn richtete, war der Mann, den er suchte. Und dieser Mann war sehr überrascht, den Ruf des Suchers zu hören, kannte den Grund, ehe er fragte.

»Du weißt, ich kann dich im Schlaf töten«, sagte er.

»Aber du fragst dich, warum ich dich, den ärgsten meiner Feinde, rufen sollte«, sagte Sucher. »Sprich die Wahrheit. Kein Mann kann je den Mweru verlassen, doch du bist kein Mann.«

Er lächelte und sagte: »Es stimmt, du kannst den Mweru nicht verlassen, ohne entweder das Leben oder den Verstand zu verlieren, eine Göttin, die Vergeltung gegen mich suchte, hat es so gemacht, es sei denn, einer, der jenseits von Magie ist, führt dich hinaus. Aber was bekomme ich dafür?«

»Du willst den Kopf dieses Jungen. Ich bin der Einzige, der ihn finden kann«, sagte Sucher.

Es war eine Lüge, denn er hatte jede Spur vom Geruch des Jungen verloren, und später sollte er erfahren, dass der Junge gar keinen Geruch mehr hatte, nicht den geringsten, doch sie machten einen Handel, er und der Aesi.

»Sag mir, wo im Palast du bist, sobald du es herausfindest«, sagte der Aesi.

Dieser Mann, der kein Mann war, kam, um ihn zu holen; tatsächlich brauchte er dafür einen und einen halben Mond, und der Norden hatte längst die ersten Speere gegen den Süden geschleudert. Wakadischu und Kalindar.

Dies geschah. Der Sucher wurde vom Geräusch fallender Körper geweckt. Ein Wächter betrat seine Zelle und bedeutete ihm mit einem stummen Nicken, ihm zu folgen. Sie stiegen über die toten Wächter hinweg und gingen weiter. Einen Korridor entlang, Stufen hinunter, Stufen hinauf und weitere hinunter. Einen weiteren Korridor entlang, vorbei an vielen toten Wachen und schlafenden Wachen und niedergestreckten Wachen. Dieser Wächter, der nicht sprach, deutete auf ein Pferd, das am Fuß der riesigen aus dem Palast führenden Stufen wartete, und Sucher wandte sich um und wollte etwas zu dem Wächter sagen, ohne zu wissen, was, doch da sah er, dass dessen Augen geweitet waren, aber ins Leere schauten. Dann fiel er nieder. Sucher rannte die Stufen hinunter, machte auf halbem Wege halt, um das Schwert eines toten Wächters zu nehmen, stieg dann aufs Pferd und ritt davon, vorbei an den rauchenden Seen, durch den Tunnel hindurch und bis an den Rand des Mweru. Das Pferd grub die Hufe in die Erde und warf ihn ab, doch er hielt sich im Fallen an den Zügeln fest. Das Pferd machte kehrt und galoppierte davon.

Sucher lief weiter, und nach einer Zeit sah er im Dunkel eine Gestalt mit einer Kapuze. Sie saß mit gekreuzten Beinen da und schrieb in die Luft, wie Sogolon es getan hatte, und berührte den Boden nicht, sondern schwebte darüber. Sucher näherte sich, und der Mann streckte die Hand aus, um ihm Einhalt zu gebieten. Er wies nach rechts, und Sucher ging nach rechts, und als er zehn und fünf Schritte gegangen war, schoss Feuer vor ihm aus der Erde. Er sprang zurück. Der Mann ließ Sucher zehn Schritte vortreten und bedeutete ihm dann, er solle stehen bleiben. Die Erde unter ihm brach auf und teilte sich sich mit einem lauten Grollen, das den Boden wie ein Erdbeben erschütterte. Der Mann setzte beide Füße auf den Boden und rieb etwas Klebriges in der rechten Hand. Er warf das Ding – ein Herz – in den Abgrund, und der Abgrund zischte und hustete und schloss sich. Dann winkte er Sucher heran. Er warf noch etwas, und es ließ die Luft aufblitzen. Blitz kam zu Blitz kam zu Blitz, und dann folgte ein Donner, der Sucher zu Boden warf.

»Steh auf, und flieh«, sagte der Mann. »Ich habe keine Gewalt mehr über sie.«

Sucher wandte sich um und sah eine Staubwolke nahen. Reiter.

»Flieh!«, rief der Mann.

Sucher rannte, und von hinten näherten sich die Reiter bis dorthin, wo der Mann war, und beide blieben stehen, Sucher zitternd, während die Reiter geradewegs auf sie zugeritten kamen. Er sah die Ruhe des Mannes und machte sie sich selbst zu eigen, obgleich alles in ihm schreien wollte: Sie trampeln uns zu Tode, fick die Götter, warum fliehen wir nicht? Ein Reiter kam ihm so nah, dass Sucher seinen Atem spürte, ehe er gegen die Mauer ritt, die nicht da war. Mann und Pferd prallten nacheinander dagegen und viele zugleich, und einige der Pferde brachen sich die Hälse und die Beine, einige der Reiter flogen in den Himmel und prallten gegen die Wand, einige der Pferde blieben unvermittelt stehen und warfen ihre Reiter ab.

Sucher fing den Aesi auf, als dieser das Bewusstsein verlor, und zog ihn fort.

»Und das ist die Geschichte, die ich genommen und dir gegeben habe«, sagte ich.

»Aber, aber ... aber ... aber ... das ist keine Geschichte. Das ist nicht einmal eine halbe. Deine Geschichte ist nur halb köstlich. Soll ich dich nur zur Hälfte töten? Und wer ist dieser Mann, der kein Mann ist? Wer ist er? Ich will einen Namen, ich will ihn!«

»Weißt du es nicht? Man nennt ihn den Aesi.«

Der weiße Mann wurde ganz blau. Sein Kiefer klaffte auf, und er legte die Arme um die Schultern, als wäre ihm kalt.

»Der Gottesschlächter?«

Ich erwachte aus keinem Schlaf. Und doch war ich mit einem Mal in einem anderen Wald, der sich anders anfühlte als der vorherige. Ich blinzelte mehrmals, doch dies war ein anderer Wald. Nichts lebte, und nichts rührte sich. Keine der Gerüche des Lebens, keine neue Blume, kein jüngst gefallener Regen, kein frischer Dung, die Spinne war verschwunden wie ein flüchtiger Gedanke. Zu meinen Füßen lag etwas Blassgraues und Weißes in einem Haufen, durchsichtig, wie abgestreifte Haut. Daneben im Gras verborgen meine beiden Äxte und das Rückenholster. Ich schob einen Finger in einen der Schlitze, die ich in das Leder gemacht hatte, und zog Nykas Feder heraus. Sein ganzer Weg öffnete sich vor mir, sobald ich mit der Feder an meiner Nase entlangstrich.

Hinter mir, vielleicht dreißig Schritte, dann nach rechts, dann um eine Biegung, dann abwärts, vielleicht einen Hügel hinab und dann querfeldein, dann wieder hinauf, ein kleiner Hügel vielleicht, aber noch immer im Schutz des Waldes, dann in einen Ort hinein, den er noch nicht verlassen hatte. Oder dies war noch immer ein Traumdschungel irgendeiner Art. Einst hatte ich einen Betrunkenen in einer Schenke in Malakal sagen hören, wenn man sich je in einen Traum verirrt habe und nicht mehr wisse, ob man wache oder schlafe, solle man auf seine Hände schauen, denn im Traum habe man stets vier Finger. An meinen Händen waren fünf.

Ich nahm meine Sachen und rannte los. Vierzig Schritte durch nasses Gras und Schlamm und Farne, die mir in die Waden stachen, dann nach rechts, um ein Haar gegen einen Baum und an Bäumen vorbei, denen ich links, rechts, links auswich, über den Kadaver eines Tieres, dann langsamer, weil der Wald zu dicht war, um zu rennen, und bei jedem Schritt ein Busch oder ein Baum wartete, dann um eine Biegung wie die eines Flusses, dann abwärts, bis ich den Fluss zuerst roch und dann hörte, ein Wasserfall, der an Felsen hinabrauschte. Und ich hüpfte über die Steine, kletterte langsam hinauf und glitt dennoch aus und stieß mit der Wade gegen eine scharfe Felskante, die mir die Haut aufschlitzte. Doch wer hatte Zeit, sich eine blutende Wunde anzusehen? Ich stieg zu dem Fluss hinunter und watete in das Wasser, um das Blut abzuwaschen, und eine ganze Zeit später lief ich ein Ufer entlang, das weiter und weiter anstieg, und dann zückte ich meine Axt und hackte mich durch noch dichteren Busch, und Nykas Geruch würde immer stärker und stärker. Und ich hackte und schob mich durch dicke, nasse Blätter und Äste, die mir gegen den Rücken klatschten, bis ich etwas erreichte, was keine Lichtung war, nur eine Ansammlung von Bäumen höher als Türme mit viel Raum dazwischen. Er war nah, so nah, dass ich über mich blickte und erwartete, Sasabonsam habe ihn dort oben aufgehängt. Oder Sasabonsam und er wären vereint, Vampir zu Vampir, und beide hatten sich schon verschworen, mich in einen dieser Bäume hinaufzuziehen und entzweizureißen. Ich erwartete von Nyka, dass er im Grunde dessen, was er anstelle eines Herzens hatte, dazu fähig war.

Ich marschierte. Ich hörte meine eigenen Schritte im Busch. Ein Mann ging vor mir, mehrere Schritte voraus, und es wunderte mich, dass ich ihn erst jetzt sah. Langsam ging er, schien ziellos umherzustreifen. Die Haare waren lang und gelockt, und als er seinen Umhang enger um sich zog, waren seine Arme heller als der Sand selbst. Etwas sprang mir ins Herz. Ich lief zu ihm hin und blieb stehen, ohne zu wissen, warum. Aus der Nähe betrachtet, reichten die nassen Haare, der kantige Übergang von Kiefer zu Kinn, der rote Bart und die hohen Wangenknochen aus, dass ich dachte, er sei es, und reichten nicht aus, dass ich gesagt hätte: Nein, es kann nicht sein. Der Umhang verhüllte seine Beine, doch ich kannte die weit ausgreifenden Schritte, die Art und Weise, wie der Fußballen selbst in Stiefeln den Boden vor der Ferse berührte. Ich wartete auf seinen Geruch, doch er kam nicht. Der Umhang fiel herab und wurde in den Busch gefegt. Seine Füße sah ich zuerst, grün vom Gras und braun von der Erde. Dann seine Waden, stets so massig und stark, so anders als bei anderen Männern aus diesen Landen. Und die Kniekehlen und die Hinterbacken, stets so glatt und weiß, so als legte er sich nie in der Krone des Affenbrotbaums nackt in die Sonne wie ein Affe. Über seinen Hinterbacken Bäume und Himmel. Unter seinen Schultern Bäume und Himmel. Über seinen Hinterbacken ein Loch, ein Nichts, alles weggefressen von seinem Bauch bis zum Rücken, sodass eine Lücke so groß wie die Welt zurückblieb. Blut und Fleisch rannen daraus hervor, und doch lief er.

Doch ich konnte es nicht. Meine Beine waren nie so schwach gewesen, und ich fiel auf die Knie und atmete schwer und langsam, wartete, dass die Ruhe des Itutu in mein Herz einkehrte. Vergeblich. Mein Kopf war allein von dem Gedanken erfüllt, mich auf ihn zu ziehen, seinen Kopf zu wiegen, denn überall sonst waren Fliegen, und zu weinen, zu klagen und zu schreien und zu schreien und in die Bäume und den Himmel hineinzuschreien. Und zu lesen, was er mit seinem eigenen Blut in den Sand geschrieben hatte:

Der Junge, der Junge war bei ihm.

Ich schluchzte: Schöner Mann, ich hätte nicht zu spät kommen dürfen. Ich hätte kommen sollen, ehe du diese Welt verließest, und deine Seele in einen Nkisi locken und ihn um den Hals tragen sollen, um mit der Hand darüber zu streichen und dich zu fühlen. Ein Mystiker mit einem wie ein Hund geformten Nkisi sagte: Da ist ein gepeinigter Geist, der mit dir sprechen will, Wolfsauge, doch ich wollte nicht sprechen. Ich rief seinen Namen, und es klang wie ein Wimmern.

Dieser Mossi ging weiter in den tiefen Busch. Das weiß ich. Es kommt gewiss eine Zeit, da ist die Trauer nichts als eine Krankheit, und ich war der Krankheit überdrüssig. Ich wütete und heulte, und die Gerüche dieses Monsters und dieses Vampirvogels kamen beide über mich, und ich stand auf und zückte beide Äxte und rannte schreiend gegen das Nichts an, hieb ins Nichts hinein. Ich floh vor etwas Neuem, es musste eine Oberhexe sein, die versuchte, eine Nadel durch Tote über Tote zu treiben und sie miteinander zu vernähen. Mein Vater, den ich nicht kannte, und mein ungerächter Bruder. Und Mossi und so viele weitere. Es war keine Oberhexe, sondern der Gott der Unterwelt, der mir von den Toten kündete, denen Unrecht widerfahren war, das ich recht machen müsse, als wäre ich der Grund für ihren Tod. Warum muss der Sucher, der für niemanden lebt, so viele Tote auf dem Gewissen haben? Muss er all ihre Tode verantworten? Mein Kopf stritt mit meinem Kopf, und ich geriet ins Stolpern. Der Leopard hätte zu jener Zeit an jenem Ort sein müssen, sodass ich ihn ins Herz hätte stechen können. Mein Fuß stieß gegen einen umgestürzten Baum, und ich fiel hin.

Als ich aufblickte, sah ich Füße. Selbst als ich aufstand, hingen sie noch über mir. Beine so weiß wie Porzellanerde, an denen seine schwarzen Füße baumelten. Die Rippen ragten aus der schmächtigen Brust, und schwarzes Blut war an seinem Bauch heruntergelaufen und in Striemen getrocknet. Zwei schwarze Flecken, wo seine Brustwarzen gewesen waren, und getrocknetes Blut, das daraus geflossen war. Brust, Hals und linke Wange mit Bissspuren übersät. Jemand hatte nach einer weichen Stelle gesucht, um hineinzubeißen.

Sein Kinn ruhte auf der Brust, die Arme waren ausgebreitet und mit Lianen festgebunden. Die Flügel weit gespreizt und in Ästen und Blättern verfangen.

»Nyka«, flüsterte ich.

Nyka regte sich nicht. Ich sagte seinen Namen noch einmal lauter. Ein Kichern drang aus den Büschen unter mir. Ich blickte in den Busch, und was im Busch war, blickte mich an. Er starrte mich an wie schon zuvor, die Augen grundlos geweitet, nicht aus Freude, nicht aus Bosheit, nicht aus Sorge, nicht einmal aus Neugierde. Nur weit aufgerissen. Älter. Größer. Ich sah es allein an seinen Augen und seiner mageren, knochigen Wange. Es wäre mir lieber gewesen, er hätte gelacht. Es wäre mir lieber gewesen, er hätte gesagt: Sieh mich an, ich bin dein Feind. Oder gewimmert und gebettelt: Sieh mich an, dein wahres Opfer. Stattdessen schaute er nur. Ich sah ihm in die Augen und sah Mossis tote Augen, die auf ewig blickten, ohne zu sehen. Er rannte aus dem Grasflecken hinaus, gerade bevor meine Axt auf sein Gesicht zuschoss. Ich sprang geradewegs in den Busch und glaubte, das viehische Brüllen käme aus einem anderen Mund als meinem. Ich rannte gegen Äste an und zerfetzte Blätter, bis ich in einen dunkleren Busch vordrang. Nichts. Der Blutsauger, der Brust-beißer, der Ghul, der noch immer kicherte wie ein Säugling. Ver-schwunden.

Über mir stöhnte Nyka. Ich trat aus dem Busch und lief gerade-wegs in Sasabonsams Handfuß hinein, der mir ins Gesicht trat.

Mein Kopf und Rücken schlugen auf dem Boden auf. Ich rollte mich auf die Knie und sprang wieder auf die Füße. Er schlug mit den Flügeln, stieß dabei aber immer wieder gegen Bäume, also ließ er sich auf die Erde herabsinken und sah mich an. Sasabonsam. Ich hatte ihm nie ins Gesicht geblickt. Seine großen weißen Augen, Schakalaugen, und eine spitze untere Zahnreihe, die zwischen den Lippen hervorragte wie bei einem Warzenschwein. Der ganze Leib war mit schwarzen Haaren bedeckt bis auf die bleiche Brust und die rosigen Brustwarzen. Er trug eine elfenbeinerne Halskette und einen Lendenschurz, der mich lachen machte. Er knurrte.

»Dein Geruch, ich erinner mich. Ich folg ihm«, sagte er.

»Schweig.«

»Komm ihn suchen.«

»Still.«

»Du nicht hier. Also ess ich. Die Kleinen, sie schmecken seltsam.«

Ich stürzte mich auf ihn, wich aus, ehe er mit dem Flügel nach mir schlagen konnte. Dann rollte ich mich bis an seinen linken Fuß heran und hieb mit beiden Äxten hinein. Er sprang hoch und krächzte wie eine Krähe. *Immer zielst du auf die Zehen*, sagte eine Stimme, die nach meiner klang. Die Axt berührte ihn kaum. Er versuchte mit der Hand nach mir zu schlagen, doch ich wich zurück, sprang auf sein Knie und schwang die Axt dicht an seinem Gesicht vorbei, während ich mich in die Luft katapultierte. Die stumpfe Seite traf seinen Wangenknochen, und er fauchte und schlug dann nach mir. Seine Hand verfehlte mich, doch seine Klauen ritzten vier Furchen in meine Brust. Ich fiel auf ein Knie, und er stieß mich mit dem Fuß zur Seite. Mein Rücken prallte gegen einen Baumstamm, und es presste mir den Atem aus dem Leib.

Und meine Augen verdrehten sich. Und da war nichts. Mein Kinn berührte meine Brust, und ich sah meine Brustwarzen und meinen Bauch. Mein Kopf wurde schwer, und meine Augen versagten den Dienst. Nyka stöhnte und zerrte an seinen Fesseln. Mein Kinn sackte wieder auf meine Brust. Ich hob den Kopf und blickte geradewegs in Sasabonsams Faust.

»Sechs von ihnen für einen von dir. So viel bist du wert«, sagte er.

Er sagte noch mehr, doch Blut rann aus meinem rechten Ohr, und ich konnte nichts hören. Er schlug nach meinem Gesicht, doch ich bewegte den Kopf, und seine Hand traf den Baum. Er heulte auf und ohrfeigte mich. Ich spie Blut auf meine Beine, und meine Beine versagten den Dienst.

»Wo sind meine Etske, sagt der Kleine.«

Er packte mich am Hals.

»Der kleine Ball, der Kleine, er will fortrollen. Willst du wissen, wie weit er kommt? Er ist der, der sagt: Mein Vater kommt zurück und bringt dich um. Er haut dich mit den zwei Etsken.«

»Kosu.«

»Vater nennt er dich. Vater? Du rollst nicht wie ein Ball. Du hast keine Etske mehr. So viel bist du wert.«

»Kosu. Ko...«

Er schlug mich wieder. Ich spuckte zwei Zähne aus. Er legte die langen Finger um meinen Kopf und hob mich in die Luft.

Äxte, er hatte gesagt, sein Vater werde ihn mit Äxten schlagen.

»Er schreit nicht. Und ich ess ihn in vielen Bissen.«

»Kosu.«

Ich sah nur das Licht zwischen seinen dicken, stinkenden Fingern hindurchsickern. Seine Klauen zerkratzten mir den Hals.

»Als ich bei dem Knochen in seinem Rücken bin, weint er immer noch nicht. Dann stirbt er. Und ich beiß ihm in den Hinterkopf und saug ...«

»Fick die Götter.«

Er schleuderte mich fort, und im Flug kam ein Friede über mich, der endete, als ich in Ästen und Blättern landete. Er packte mich am Knöchel, und ich stieß ihn mit dem Fuß fort. Er kicherte und packte wieder mein Bein und kicherte weiter, während er mich aus den Ästen zog. Mein Rücken und Kopf schlugen auf dem Boden auf, und dann bewegte ich mich; er zog mich.

»Du bist der Narr, und sie ist die Närrin. Sie ist die in Gold und Rot und macht nichts als rumsitzen. Ich seh sie durchs Fenster. Aber ich kenn den Jungen. Ich komm ihn holen an dem seltsamen Ort, und er folgt mir. Er ruft mich sogar, weil der Weiße hat ihm beigebracht zu rufen. Ich will den Jungen nicht, weil er will mich nicht, er will den mit dem Blitz, aber er ruft mich, und ich komm ihn holen, und die Nacht kommt schnell, und ich flieg mit ihm davon, und er sagt, ich hör meine Mutter von dem Wolf und seinen Wolfsjungen reden und dass sie ihn zu ihrem Soldaten machen will und dass sie im Affenbrotbaum leben, und ich sag, das ist der, der meinen Bruder getötet hat, hab ich gehört, hat er gesagt, und der Junge sagt, flieg mit mir auf deinem Rücken, und ich kann dich hinführen, und er führt mich.«

Schweig, sagte ich, doch es erstarb, ehe es meinen Mund verließ. Ich weiß nicht, wohin er mich schleppte, und mein Rücken schabte über Gras und Erde und Steine im Wasser, und dann versank mein Kopf im Wasser, als er mich durch einen Fluss zog, und ich stieß mit dem Hinterkopf gegen einen Felsen, und es wurde finster. Ich erwachte, und ich war noch immer unter Wasser und hustete und würgte, bis er mich wieder hinaus ins Gras und unter Bäume zerrte.

»Der Weiße, der Hübsche, der, bei dem ich das Blut unter der Haut fließen sehe, wenn ich ihn drücke, köstlich, er ist ein Kämpfer, er ist ein besserer Kämpfer als du. Er lernt von dem mit den zwei Schwertern. Die beiden, ich breche die Tür auf, und die beiden schwingen vom Baum und sagen, sie wollen mich bekämpfen. Und sie springen mich an und schlagen mich, und der mit den zwei Schwertern wirft dem Weißhäutigen ein Schwert zu, und er kommt auf mich zu, dieser Junge, er springt, und der Junge, er trifft mich am Kopf, und es tut weh, und der Mann sticht mir in die Seite, gleich hier, gleich hier, und das Schwert fährt hinein, aber nur bis zu meinem Brustkasten hier, ich schlag ihn mit den Knöcheln, und er fällt um, und der Weißhäutige rennt auf mich zu und duckt sich, bevor ich ihn mit meinem Flügel schlag, und er packt meinen Flügel und sticht mitten durch ihn durch, siehst du das Loch hier, das macht der Weißhäutige, und ich pack ihn mit diesem Fuß und pack ihn mit meinem anderen Fuß und schleuder ihn in den Baum, und ein Ast schlägt ihn, dass er ruhig ist. Ja ja. Und der, der ein Ball ist, er rollt hinter mich und wirft mich von meinen zwei Füßen. Und ich fall, und er lacht, aber ich pack ihn, bevor er wegläuft, und ich beiß ihn und zieh das Fleisch raus, süßes Fleisch, süßes, süßes Fleisch, und ich nehm noch einen Biss und noch einen, und der Mann mit den Haaren schreit. Er setzt welche von ihnen auf ein Pferd und gibt dem Pferd einen Klaps. Und sie reiten fort, und er kommt auf mich zu, und er ist wütend, und ich mag wütend, und er kämpft und kämpft und kämpft und sticht und schneidet und zielt auf mein Auge, und ich fang das Schwert auf, und der Weißhaarige sticht mir mitten ins Scheißloch, und jetzt bin ich zornig, ja, das war ich.«

Er zog mich von dem hellen Gras ins Dunkel, und auch über mir war es dunkel. Ich trat wieder nach seiner Hand, und er hob mich auf und schleuderte mich wieder ins Gras hinunter. Wieder rann Blut aus meinem Ohr.

»Ich pack den Weißhäutigen, und ich schmetter und schmetter und schmetter und schmetter und schmetter, bis der ganze Saft aus ihm herausläuft. Und der Langhaarige, er jammert und jammert und macht wie ein Hund, aber er kämpft wie ein Krieger, er und zwei Schwerter, besser als du mit einer Axt. Halt still, und lass mich dich auch zerschmettern, sag ich zu ihm, aber er macht so und so wie eine Fliege, und er schlitzt mir den Rücken auf – er schlitzt die Haut auf! Niemand schlitzt die Haut auf, und viele Monde seh ich mein Blut nicht, dann wirbelt er rum, besser als du, und sticht mir in den Bauch, und er schaut mich an, und ich bleib stehn und lass mich von ihm anschauen, weil viele Männer denken, da unten ist was, aber da ist nichts als Fleisch. Ich schlag ihn mit dieser Hand.«

Er ließ mich los, um mir seine Hand zu zeigen.

»Und zieh das Schwert mit dieser Hand raus. Ich bin nicht gut mit dem Schwert, aber er greift nach seinem Messer, und ich stoß es ihm mitten durch die Brust, wie ich meinen Finger durch Schlamm stoß. Ich schwing das Schwert und schlitz ihm die Kehle auf. Und dann spring ich auf ihn und ess die guten Teile zuerst. Oh, der Bauch, dann der rote Teil, oh, das Fett, wie ein Schwein. Sie glauben, mein Bruder mag das Fleisch, und ich mag das Blut, aber ich ess alles.«

Ich wünschte, ich hätte eine Stimme gehabt, um ihn zu bitten, er möge aufhören, und ich wünschte, er hätte Ohren gehabt, es zu hören.

»Dann bin ich hinter den anderen her, denen, die abhauen wollten, ja, das bin ich. Wie wollen sie fliehen, wenn ich schneller lauf als ein Pferd? Der mit den zwei Köpfen.«

»Sie waren zwei, du Hundesohn. Zwei.«

»Der andere Kopf fängt an, um seinen Bruder zu weinen. Weißt du, was ich zu dem sag, der wie ein Strauß ist?«

»Niguli. Er heißt Niguli.«

»Seltsamer Geschmack. Hast du ihn mit seltsamen Sachen gefüttert? Er weint. Ich sag: Wein nur, Junge, wein nur. Du bist nicht der, wegen dem ich gekommen bin, er sollte an deiner Stelle gegessen werden.«

»Nein.«

»Lüge. Lüge. Lüge. Ich lüg. Ich würd erst dich, dann die anderen essen. Sie sagen Vater zu dir?«

»Ich war …«

»Du hast keins gemacht. Und du hast auf keins achtgegeben. Du hast den Pferch aufgemacht und den Wolf reingelassen.«

»Der Leopard. Der Leopard hat deinen Bruder getötet.«

Er packte mich wieder am Hals.

»Das Geistmädchen, ich konnt sie nicht greifen. Sie ist wie Staub im Wind«, sagte Sasabonsam.

Er warf mich auf den Boden. Am helllichten Tage wurde es dunkel vor meinen Augen. Ich wollte töten, wollte sterben, im Kopf hat beides dieselbe Farbe, und die Tür zu dem einen führt auch zu dem anderen. Ich wollte sagen, er würde keine Freude daran haben, mich zu töten, ich sei vom Norden bis zum Süden dieser Lande gewandert und durch die beiden Königreiche im Krieg gewandert und durch Pfeile und Feuer gewandert und durch die Mordverschwörungen der Menschen gewandert, und es sei mir gleich, also töte mich jetzt, töte mich gleich, töte mich rasch, oder töte mich vom Zeh zum Finger zum Knie und weiter hinauf, und es wäre mir noch immer gleich. Doch stattdessen sagte ich:

»Du kennst keinen Griot.«

Sasabonsam legte die Ohren an, und er zog die Brauen zusammen. Er stapfte auf mich zu. Er stellte sich über mich, und ich war zwischen seinen Beinen. Er spreizte die Flügel. Er beugte sich herunter, bis sein Gesicht vor meinem war, sein Auge in meinem Auge. Fauliges Fleisch steckte zwischen seinen Zähnen.

»Ich kenn den Geschmack eines kleinen Jungen«, sagte er.

Ich nahm meine beiden Messer und stach sie ihm in seine beiden Augen.

Das Blut aus seinen Augen ließ meine beinahe erblinden. Er brüllte wie zehn Löwen und fiel auf den rechten Flügel, und der Knochen darin brach. Er brüllte noch lauter und schlug wild um sich, bis er beide Messer zu fassen bekam und sie herauszog, wobei er mit jedem Messer schrie. Er rannte geradewegs gegen einen Baum, fiel auf den Rücken, sprang auf und rannte wieder los, geradewegs gegen einen anderen Baum. Ich griff mir einen Ast und warf ihn hinter ihm her. Er sprang, fuhr herum und rannte gegen einen weiteren Baum. Sasabonsam versuchte mit den Flügeln zu schlagen, doch nur der linke gehorchte. Der rechte regte sich, aber er war gebrochen und hing schlaff herab. Ich suchte den Boden nach den Messern ab, während er gegen Bäume rannte. Er brüllte wieder und stampfte auf den Boden und fuhr auf der Suche nach mir mit den Händen über das Gras und die Erde, bekam aber nur Dreckklumpen und Blätter und Gras zu fassen und keuchte und brüllte und schrie. Dann fasste er sich an die Augen und heulte auf. Ich fand eines der Messer. Ich sah seinen Hals an. Und seine bleiche Brust und die rosigen Brustwarzen. Ich sah seine Furcht vor allem. Ich sah, wie er rückwärts taumelte und sich den rechten Flügel noch einmal brach.

Er fiel auf den Rücken.

Ich erhob mich und ging beinahe auf ein Knie. Ich stand wieder auf und hinkte davon.

Während ich wieder durch den Busch und den Hügel hinab und durch den Fluss ging, hörte ich Sasabonsam noch immer brüllen, kreischen und heulen. Dann verstummte er.

Vor vielen Monden hätte ich darüber nachgedacht, warum mich ihre Schicksale nicht rührten. Es war mir gleich. Nyka hing noch immer in dem Baum und versuchte sich zu befreien. Ich hatte eine der Äxte im Busch unter seinem Baum gefunden und die andere mehrere Schritte entfernt. Ich hörte ihn, ehe ich ihn sah, wie er mit Händen und Beinen den Baum herabkletterte wie die weiße Spinne zuvor, wie er auf Nyka zukroch, zur rechten Stelle, um Blut zu trinken. Der Junge. Ich warf meine Axt, doch der Schmerz in meinem Bein ließ mich das Gesicht des Jungen um Haaresbreite verfehlen. Er huschte wieder in den Baum hinauf. Ich schleuderte die zweite Axt an Nykas rechter Hand vorbei und durchtrennte die Lianen, die sie festhielten. Er zog daran, und die Hand kam frei. Ich glaubte, er würde etwas sagen. Ich dachte, ich würde nicht hören wollen, was er zu sagen hätte. Ich fiel auf ein Knie. Dann rief er meinen Namen, und ich hörte einen Flügel schlagen.

Ich fuhr herum und sah Sasabonsam, der die Hände durch die Luft wirbelte, die Füße über den Boden schleifte und schnupperte. Mich witterte, wie ich jeden witterte. Ich sprang zurück und stolperte über einen abgefallenen Ast.

Und dann war alles Donner und dann Blitze, einer, dann drei, die alle Sasabonsam trafen, doch ohne ein Ende zu nehmen, sie zuckten und trafen ihn und überzogen ihn und fuhren in seinen Mund und seine Ohren und kamen aus seinen Augen und seinem Mund, während Feuer und Rauch und noch etwas anderes aus seinem Mund kam, kein Schrei oder ein Kreischen oder ein Brüllen. Ein Wehklagen. Haare und Haut fingen Feuer, und er wankte und fiel auf ein

Knie, während noch immer der Blitz in ihn fuhr und Donner schwer auf ihn drückte, und Sasabonsam fiel, und hohe Flammen schossen aus seinem Leib und verloschen ebenso schnell.

Nyka fiel von dem Baum herunter.

Er sagte etwas zu mir, doch ich hörte nicht hin. Ich packte meine Axt und ging zu Sasabonsams verkohltem Kadaver und hieb sie ihm in den Hals. Ich zog sie heraus und schlug wieder zu, zog sie heraus und schlug zu, bis die Axt durch Haut und durch Knochen in die Erde schlug. Ich fiel auf die Knie und wusste nicht, dass ich schrie, bis Nyka meine Schulter berührte. Ich stieß ihn fort und schwang beinahe meine Axt gegen ihn.

»Nimm deine widerwärtigen Hände von mir«, sagte ich. Er wich zurück, die Hände in die Luft erhoben.

»Ich habe dir das Leben gerettet«, sagte Nyka.

»Und es mir geraubt. Es war nicht viel, aber du hast es geraubt.«

Nicht weit von dem Sasabonsam grub ich mit den Händen ein Loch in die Erde, legte die Halskette von den Zähnen meiner Kinder hinein und deckte das Loch wieder zu. Langsam klopfte ich die Erde, bis sie glatt war, und auch dann wollte ich noch nicht gehen, wollte nicht aufhören zu klopfen und zu glätten, bis es sich anfühlte, als hätte ich etwas Schönes geschaffen.

»Ich habe Nsaka nie begraben. Als ich erwachte und sie tot sah, wusste ich, ich musste fliehen. Weil ich mich verändert hatte, weißt du. Ich war verwandelt.«

»Nein. Du warst ein Feigling«, sagte ich.

»Weil ich lange schlief, und als ich erwachte, war meine Haut weiß, und ich hatte Flügel.«

»Weil du ein knochenloser Feigling bist, der nichts als täuschen kann. Ich nehme an, dass sie es war, die sämtliche Kämpfe bestritten hat. Wie hast du dich davon befreit?«

»Von meinen Erinnerungen?«

»Von deinen Schuldgefühlen«, sagte ich.

Er lachte. »Du willst hören, dass ich es bereue, dich hintergangen zu haben.«

»Ich will gar nichts hören.«

»Du hast die Frage soeben gestellt.«

»Und du hast sie beantwortet. Es gab keine Reue, von der du dich hättest befreien müssen. Du bist kein Mensch, das wusste ich schon, ehe ich deine abgestreifte Haut fand. Du tust, als kratzte es dich, doch in Wahrheit bist du es längst gewohnt, deine Haut zu verlieren.«

»Es stimmt, selbst als Mann war ich der Schlange oder der Echse oder gar dem Vogel näher.«

»Warum hast du mich hintergangen?«

»Du suchst also doch nach Reue.«

»Fick die Götter mit deiner Reue. Ich will die ganze Geschichte hören.«

»Die Geschichte? Die Geschichte geht so, mein Freund, dass ich, sobald es um dich ging, von der ganzen Vorstellung verhext wurde. Du willst mehr? Einen Grund? Etwas, wodurch ich es rechtfertigen konnte? Geld vielleicht oder Kauris? Die Wahrheit ist, dass ich die Vorstellung satt hatte. Du denkst an das eine Mal, das ich dich betrogen habe? Denk stattdessen an die vielen Male, die ich dich nicht betrogen habe. Die Bultungi jagten mich zehn und drei Monde lang. Zehn und drei Monde, in denen ich nicht an mich, sondern nur an dich dachte.«

»Und nun willst du Lob?«

»Ich will gar nichts.«

Er ging aus dem Busch, der nun blau vom Licht der Nacht war. Als es dunkel wurde, begannen seine Haut und seine Federn zu schimmern. Ich wusste nicht, wohin er ging, und lauschte auf den Klang des Flusses, doch ich hörte nichts.

»Als mich der Aesi befreite, erzählte er mir von dem neuen Zeitalter«, sagte ich. »Davon, dass ein größerer Krieg käme, so gewiss, wie jetzt Krieg herrschte, ein Krieg, der alles zerstören würde. Und im Herzen dieses Krieges: dieser Junge. Dieses abscheuliche, abartige Ding.«

»Und du hast ihn am Leben gelassen«, sagte Nyka.

»Es war nur eine Ahnung. Ein Zucken des Herzens, nicht des Kopfes. Etwas fehlte; ich sah es, als ich ihn sah. Es hatte ihn schon wahnsinnig gemacht. Er war wahnsinnig danach. Ipundulu-Blut. Ich sah es, in diesem Augenblick sah ich es.«

»Und du hast ihn am Leben gelassen.«

»Ich wusste es nicht.«

»Den Jungen, der Sasabonsam zu eurem Haus führte, um euch alle …«

»Ich sagte, ich wusste es nicht.«

Wir gingen einige Schritte weiter.

»Ich kann dir nicht helfen, sie loszuwerden«, sagte er.

»Was?«

»Deine Schuldgefühle.«

»Ruf den Jungen, damit ich ihn töten kann«, sagte ich.

»Wie heißt er? Ich weiß es nicht.«

»Nenn ihn einfach Junge, oder lass einen Blitz aus deinen Brustwarzen oder deinem Arschloch oder sonst wo herausschießen.«

Nyka lachte laut auf. Er sagte, er müsse ihn nicht rufen, denn er wisse, wo er sei. Wir gingen durch den Busch und unter Bäumen entlang, bis wir eine Lichtung erreichten, die in einen See mündete. Ich glaubte, es sei der Weiße See, war mir jedoch nicht sicher. Er sah aus wie der Weiße See, an dessen Ende ein nicht sehr breites, aber tiefes Bassin lag. Sie sahen aus, als warteten sie auf unsere Ankunft. Der Leopard, der Junge und, mit einer Fackel in der Hand, Gesicht und Brust unter weißer Tonerde verborgen, den Kopfschmuck voller Federn und Steine, die Frau, die zuvor den Hügel erklommen hatte. Sogolon.

Es entsetzte mich nicht, sie auf der anderen Seite des Sees zu sehen. Noch hatte es mich entsetzt, als ich sie zuvor erkannt hatte,
vielleicht weil alle alternden Frauen in diesen Landen zu ein und
derselben Frau werden. Vielleicht trug sie Porzellanerde, um ihre
gewiss fürchterlichen Brandnarben zu verbergen, doch von unserer Warte aus sah ich Nase, Lippen und selbst Ohren. Ich fragte
mich, wie sie überlebt hatte, und war zugleich nicht erstaunt darüber. Unterdessen stand der Leopard, weiß von Staub, einige
Schritte hinter ihr, der Junge zwischen ihnen. Der Junge sah erst
die beiden und dann mich an. Er sah Nyka und wollte davonlaufen, doch Sogolon packte ihn bei den dicken Haaren und riss ihn
zurück.

»Roter Wolf«, sagte sie. »Nein, nicht mehr rot. Nur Wolf.«

Ich sagte nichts. Ich sah den Leoparden an. Wieder in Rüstung
wie ein Mann, der für eine Sache kämpft, die nicht die seine ist.
Nicht einmal ein Söldner, nur ein Soldat. Ich redete mir ein, ich wolle nicht wissen, was in sein Herz eingedrungen war und es ergriffen
hatte, was diesen Mann, der für niemanden lebte, dazu gebracht hatte, für die Launen von Königen zu streiten. Und die ihrer Mütter.
Sieh dich an, den wir einst voller Zuneigung und Neid unbesonnen
nannten. Wie tief du gesunken bist, tiefer als die Schande, dein Hals
hängt von deinen Schultern, als drückte dich die Rüstung hinunter.
Der Junge wehrte sich noch immer, versuchte sich von Sogolon loszureißen, bis sie ihn schließlich ohrfeigte. Er tat, was ich schon zuvor
gesehen hatte: Er schrie auf, dann wimmerte er, doch ohne dass seine
Miene eine Gemütsregung verriet. Er war jetzt größer, beinahe so
groß wie Sogolon, doch viel mehr war im Dämmerlicht nicht zu erkennen. Er sah dünn aus, wie ein Junge, der wuchs, ohne zum Mann
zu werden. Unbehaart, nur mit einem Lendenschurz bekleidet,
Arme und Beine dünn und lang. Er sah nicht wie ein König oder
künftiger König aus. Er starrte Nyka mit heraushängender Zunge an.
Ich umklammerte meine Axt.

»*Edjirim ebib ekuum eching otamangang na ane-iban*«, sagte sie. »Wenn die Finsternis Einzug hält, umarmt man den Feind.«

»Hast du es für mich oder für ihn übersetzt?«

»Du hast verraten, wofür du so lange gekämpft hast?«, sagte Sogolon.

»Sieh dich an, Mondhexe. Du siehst nicht so aus, als wärst du dreihundert Jahre alt. Doch andererseits, *gunnugun ki ku lewe*. Wie hast du es überlebt, nochmals durch die Tür zu gehen?«

»Du hast das verraten, wofür du lange gekämpft hast«, sagte sie wieder.

»Sprichst du mit mir oder dem Leoparden?«, fragte ich.

Er blickte mir unverwandt in die Augen. Sogolon und der Junge standen am Rand des Wassers, und selbst im Dämmerlicht sah ich ihre Spiegelbilder auf der Oberfläche. Der Junge sah wie der Junge aus, die Fackel ließ seinen großen Kopf rund erscheinen. Sogolon sah wie ein Schatten aus. Keine Porzellanerde und alles schwärzer als die Dunkelheit, selbst ihr Kopf, auf dem weder Federn noch Haare waren.

»He, Leopard, ist keiner mehr übrig? Keiner, den du enttäuschen kannst?«, fragte ich.

Er sagte nichts, zückte aber sein Schwert. Ich blickte weiter auf die schwarze Gestalt im Wasser, auf die Fackel in ihrer Hand. Das Wasser war still und unbewegt und dunkelblau wie die heraufziehende Nacht. In der Spiegelung sah ich den Leoparden auf das Kind zulaufen. Ich blickte auf, als er das Schwert nach dem Kopf des kleinen Jungen schwang. Sogolon wandte sich nicht einmal um, ließ jedoch von einem Augenblick auf den nächsten einen heftigen Wind aufkommen, der den Leoparden umwarf und ihn hoch in die Luft und gegen einen Baum schleuderte. Und gleich hinter ihm wurde sein Schwert von dem Wind in die Luft gewirbelt, schoss gerade wie ein Armbrustbolzen durch seine Brust und heftete ihn an den Baum. Sein Kopf sackte herab.

Ich schrie seinen Namen und warf meine Axt auf die Mondhexe. Sie durchschnitt den Wind, doch die Hexe duckte sich, und das Blatt verfehlte sie, doch der Griff traf ihr Gesicht, und ihr ganzer Körper flackerte. Die Porzellanerde verschwand, erschien wieder, verschwand, erschien wieder und verschwand aufs Neue. Nyka und ich rannten um den großen Teich herum. Sogolon war eine verkohlte Hülle, nichts als schwarze Haut und verschmolzene Finger und Löcher anstelle von Augen und Mund, ehe ihr Spruch wieder erstarkte und die Porzellanerde und ihre Haut und der Kopfschmuck erneut erschienen. Noch immer hielt sie den Jungen fest. Der Leopard regte sich nicht.

Der Junge begann zu lachen, ein leises Kichern, dann ein lautes Gackern, das vom Wasser zurückgeworfen wurde. Sogolon ohrfeigte ihn, doch er lachte weiter. Sie wollte ihn nochmals ohrfeigen, aber er fing ihre Hand mit den Zähnen auf und biss fest zu. Sie stieß ihn von sich, doch er ließ nicht von ihr ab. Wieder ohrfeigte sie ihn, und er ließ noch immer nicht los. Er biss so fest zu, dass Sogolon den Wind außer Acht ließ, und ihr kleiner Sturm verebbte zu einer Brise und erstarb dann.

Der Boden bebte und grollte, als wollte er aufbrechen. Eine Welle erhob sich aus dem See, brach sich an seinen Ufern und warf Sogolon und den Jungen um. Sogolon begann mit den Händen zu wedeln, um den Wind von Neuem aufzupeitschen, doch der Boden tat sich auf, verschlang sie bis zum Hals und schloss sich dann um sie. Sie schrie und fluchte und versuchte sich zu rühren, aber es gelang ihr nicht.

Und da war der Aesi, gleich am Ufer, so als wäre er zu keiner Zeit nicht dort gewesen. Der Aesi stellte sich vor den Jungen hin und betrachtete ihn, wie man eine weiße Giraffe oder einen roten Löwen betrachten würde. Eher neugierig als sonst etwas. Der Junge blickte ebenso zurück.

»Wie konnte irgendjemand glauben, du könntest König werden?«, fragte er.

Der Junge zischte. Er wich gebückt wie eine scheue Schlange vor dem Aesi zurück, krümmte und wand sich, als wollte er über den Boden rollen.

»Ich habe dich zerstört«, sagte Sogolon zu dem Aesi.

»Du hast mich aufgehalten«, sagte der Aesi, ging an ihr vorbei und packte den Jungen am Ohr.

»Halt! Du weißt, dass er der wahre König ist«, sagte sie.

»Der wahre? Du wünschst dir das Mutterrecht zurück, nicht wahr? Die Königslinie, die auf die Königsschwester und nicht auf den König zurückgeht? Du, die Mondhexe, die du dreihundert Jahre alt sein willst, und du weißt nichts von dieser Linie, die du zu schützen gelobt hast, diesem großen Unrecht in allen Landen und allen Welten, das du recht machen willst?«

»Du hast nichts als hübsche Worte und Lügen.«

»Eine Lüge ist es zu denken, diese Monstrosität könne ein König sein. Er kann kaum sprechen.«

»Er hat Sasabonsam verraten, wo ich lebte«, sagte ich und hob die Axt auf.

»Jaule und winsle wie ein Wildhund. Er saugt Blut aus der Brust seiner Mutter; er ist nicht einmal ein Vampir, nur das Abbild eines Vampirs. Und doch empfinde ich Erbarmen mit diesem Kind. Nichts von alldem war sein Wille«, sagte der Aesi.

»Dann soll auch sein Tod nicht nach seinem Willen sein«, sagte ich.

»Nein!«, schrie Sogolon.

Der Aesi sagte: »Du hattest eine einzige Aufgabe. Und du hast sie gut erledigt, Sogolon, doch nicht ohne Schmach. Sieh, was du geopfert hast. Sieh dein verkohltes Gesicht, deine verbrannte Haut, deine Finger, die zu einer einzigen Flosse geworden sind. Alles für diesen Jungen. Alles für die Mär von der Linie der Schwester. Hat die Königsschwester dir die Geschichte unserer Bräuche erzählt? Dass diese Schwestern Könige zeugen, indem sie ihre Väter ficken? Dass die

Mutter eines jeden Königs auch seine Schwester war? Dass dies der Grund ist, warum die wahnsinnigen Könige des Südens alle wahnsinnig sind? Dasselbe schlechte Blut durchströmt sie Jahr um Jahr und Zeitalter um Zeitalter. Nicht einmal die wildesten Bestien tun dergleichen. Dies ist die Ordnung, welche die Frau mit Namen Sogolon wiederherzustellen wünscht. Du von den dreihundert Jahren.«

»Du bist nichts als böse.«

»Und du bist nichts als schlicht. Sogolon, dieser letzte wahnsinnige König, für uns ist er der Wahnsinnigste, da er einen Krieg begonnen hat, den er nicht gewinnen konnte, weil er über alle Königreiche herrschen wollte. Er mag wahnsinnig sein, doch er ist kein Narr. Es kommt eine Bedrohung, Hexe, und nicht aus dem Süden oder dem Norden oder auch nur dem Osten, sondern aus dem Westen. Eine Bedrohung aus Feuer und Krankheit und Tod und Fäulnis kommt über das Meer – all die großen Ältesten, Fetischpriester und Yerewolos haben es gesehen. Ich habe sie mit meinem dritten Auge gesehen, Männer rot wie Blut und weiß wie Sand. Und nur ein einziges Königreich, ein vereinigtes Königreich, kann ihnen und den Monden, Jahren und Zeitaltern der Angriffe standhalten. Und nur ein starker König, kein Wahnsinniger und kein missgebildeter Blutsüchtiger mit einer wahnsinnigen, machtbesessenen Mutter, denn ein solcher könnte nicht siegen oder herrschen oder ein Königreich zusammenhalten. Diese Mweru-Königin, weiß sie nicht, warum das Haus Akum diese Thronfolge beendet hat? Er sprach die ganze Nacht darüber. Eine Bedrohung kam, ein böser Wind. Und dieser Junge, diese kleine Monstrosität, er muss zerstört werden. Du bist nichts als ein in Lüge gelebtes Leben.«

»Eine Lüge, eine Lüge, eine Lüge«, sagte der Junge und kicherte. Wir blickten ihn alle an. Ich hatte ihn nie zuvor sprechen gehört. Er krümmte und wand sich noch immer, berührte seine Zehen, rollte sich auf dem Boden zusammen, nachdem der Aesi sein Ohr losgelassen hatte.

»Er stirbt heute Nacht«, sagte der Aesi.

»Er stirbt durch meine Axt«, sagte ich.

»Nein«, sagte Sogolon.

»Eine Lüge, eine Lüge, eine Lüge ha ha ha«, sagte der Junge wieder.

»Eine Lüge, eine Lüge, eine Lüge ha ha ha«, sagte Nyka. Ich hatte ihn vergessen. Er ging auf das Kind zu, beide wiederholten es immer wieder, bis sie mit einer Stimme sprachen. Nyka blieb unmittelbar vor dem Kind stehen.

Der Junge rannte mit ausgebreiteten Armen auf ihn zu und sprang an ihm hoch. Nyka fing ihn auf und schlang die Arme um ihn. Der Junge drückte sich an seine Brust, legte den Kopf daran, schmiegte sich an ihn wie ein kleines Lamm. Dann zuckte Nyka zusammen, und ich wusste, der Junge hatte ihn gebissen. Der Junge trank Blut wie Muttermilch. Nyka legte die Arme um ihn. Er schlug mit den Flügeln, bis seine Füße sich vom Boden hoben. Er stieg höher und höher auf, diesmal ohne zu sinken, ohne zusammenzubrechen, ohne durch das Gewicht oder seine eigene Schwäche hinabgezogen zu werden. Nyka schlug abermals mit den Flügeln, und ein Blitz, weiß und heller als die Sonne, durchschnitt den Himmel und traf sie beide. Der Boden bebte von dem Knall, der so laut war, dass niemand den Jungen schreien hörte. Der Blitz schlug in beide ein und verharrte, während Nyka den um sich tretenden und schreienden Jungen festhielt, bis der lange Blitz eine Flamme auflodern ließ, die sie erfasste und rasch wieder erlosch, um nichts als glimmende kleine Funken zurückzulassen, die in der Schwärze verschwanden.

»O verfluchte Könige, o verfluchte Könige!«, klagte Sogolon.

Sie klagte so lange, dass ihr Jammern schließlich zu einem Wimmern verklang. Ich roch brennendes Fleisch und wartete darauf, dass etwas über mich käme – kein Friede, keine Genugtuung, nicht das Gefühl eines durch Vergeltung wiederhergestellten Gleichgewichts, sondern etwas, was ich nicht kannte. Doch ich wusste, es würde sich nicht einstellen. Der Leopard hustete.

»Leopard!«

Ich lief zu ihm, und er nickte mit dem Kopf wie ein Betrunkener. Ich wusste, dass sein Blut vergossen war. Ich zog das Schwert aus seiner Brust, und er keuchte. Er löste sich vom Baum, und ich fing ihn auf, und wir fielen beide zu Boden. Ich presste meine Hand auf seine Brust. Er hatte immer als Leopard sterben wollen, doch ich konnte mir nicht vorstellen, dass er nun seine Gestalt ändern würde. Er griff nach meiner Hand und zog sie an sein Gesicht.

»Dein Missgeschick ist, dass du immer ein schlechter Schütze warst. Darum hatten wir ein so übles Schicksal, du und ich«, sagte er.

Ich hielt seinen Kopf, strich ihm über den Nacken, wie ich es bei einer Katze getan hätte, und hoffte, es würde ihm etwas Linderung verschaffen. Er wollte sich noch immer verwandeln, ich spürte es unter seiner Haut. Seine Stirn schwoll an, die Schnurrhaare und Zähne wuchsen, die Augen leuchteten im Dunkel, doch weiter vermochte er sich nicht zu wandeln.

»Lass uns im nächsten Leben die Leiber tauschen«, sagte ich.

»Du hasst rohes Fleisch und konntest nicht einmal einen Finger im Arschloch ertragen«, sagte er und lachte, doch das Lachen wurde zum Husten. Der Husten schüttelte ihn, und Blut aus seiner Wunde rann zwischen meinen Fingern hindurch.

»Ich hätte nie zu dir kommen sollen. Hätte dich nie aus deinem Baum holen sollen«, sagte er und hustete.

»Du bist zu mir gekommen, weil du wusstest, ich würde mit dir gehen. Die Wahrheit ist, ich war verliebt, und ich war gelangweilt, beides zugleich, zwei Herren in einem Haus. Ich verlor den Verstand.«

»Ich brachte dich dazu mitzugehen. Weißt du noch, was ich sagte? *Nkita ghara igbo uja a guo ya aha ozo.*«

»Weigert sich der Wolf zu heulen, gibt man ihm einen anderen Namen.«

»Es war eine Lüge. In Wahrheit ist es der Hund, der das Bellen verweigert.«

Ich lachte, während er zu lachen versuchte.

»Ich ging mit, weil ich es wollte.«

»Aber ich wusste, du würdest mitkommen. Als sie in Fasisi fragten: Wie wirst du diesen Mann finden? Er … ist seit zwanzig Monden tot, da sagte ich … ich sagte …« Er hustete. »Ich sagte, ich kenne einen Sucher, der konnte nie einer Herausforderung widerstehen. Er sagt, er tut es für die Münze, doch die Arbeit ist ihm Lohn genug, auch wenn er es nie eingestehen wird.«

»Ich hätte nicht gehen sollen«, sagte ich.

»Nein, das hättest du nicht. Welche Leben wir führen. Wir bereuen, was wir nicht hätten tun sollen, und bedauern, was wir hätten tun sollen. Ich vermisse es, ein Leopard zu sein, Sucher. Ich vermisse es, kein Sollen zu kennen.«

»Und nun stirbst du.«

»Leoparden wissen nichts vom Tod. Sie denken nie an ihn, weil es da nichts zu denken gibt. Warum tun wir das, Sucher? Warum denken wir an das Nichts?«

»Ich weiß es nicht. Weil wir an etwas glauben müssen.«

»Ein Mann, den ich kannte, sagte, er glaube nicht an den Glauben.« Er lachte und hustete.

»Ein Mann, den ich kannte, sagte, niemand liebt niemanden.«

»Sie sind alle beide Narren. Alle beide N…«

Sein Kopf sackte in meinen Armen zurück.

Schenk ihnen keinen Frieden, Katze. Finde den Wettstreit in der Unterwelt, und weise ihre Herren in die Schranken, dachte ich, sagte es jedoch nicht. Er war der erste Mann gewesen, von dem ich sagen konnte, dass ich ihn geliebt hatte, auch wenn er nicht der erste Mann gewesen war, zu dem ich es sagen würde.

Ich fragte mich, ob ich je an diese Jahre zurückdenken würde, und ich wusste, ich würde es nicht tun, denn ich würde versuchen, einen

Sinn oder eine Geschichte oder auch nur einen Grund für all das zu finden, so wie ich es in den großen Geschichten höre. Erzählungen von Ehrgeiz und Aufgaben, davon, wie wir nichts anderes taten, als einen Jungen zu finden, aus einem Grund, der sich als falsch erwies, für Menschen, die sich als falsch erwiesen.

Vielleicht endeten alle Geschichten auf diese Weise, die Geschichten über wahre Frauen und Männer, über wahre Leiber, die Verletzung und Tod anheimfielen, die Geschichten, in denen wahres Blut vergossen wurde. Und vielleicht ist dies der Grund dafür, dass die großen Geschichten, die wir erzählten, so unterschiedlich sind. Weil wir Geschichten erzählen, um zu leben, und solchen Geschichten muss ein Zweck zugrunde liegen, also müssen solche Geschichten Lügen sein. Denn am Ende einer wahren Geschichte steht nichts als Verlust.

Sogolon spie auf die Erde.

»Ich wünschte, meine Augen hätten dein Gesicht nie gesehen«, sagte ich.

»Ich wünschte auch, meine Augen hätten mich nie gesehen.«

Ich hob das Schwert des Leoparden auf. Ich hätte es geradewegs auf ihren Kopf schmettern und den Schädel wie eine Melone spalten können.

»Du willst mich töten. Zögere nicht, und tu es. Denn ich hatte ein gutes …«

»Fick die Götter und deinen Mund, Sogolon. Deine Königin konnte sich nicht einmal auf deinen Namen besinnen, als ich ihr sagte, du seist tot. Und zudem: Wenn ich dich töte, wer wird dann der Königsschwester die Kunde bringen, dass ihre kleine Schlange tot ist? Wie ist es jetzt um deine Schar von Gefährten bestellt, Hexe? Der Leopard sollte die, die ihn getötet hat, gleich nach ihm in der Unterwelt ankommen sehen. Die Götter würden lachen, meinst du nicht?«

»Es gibt keine Götter. Hat dieser Aesi dir das nicht gesagt? Selbst jetzt ist dein Kopf noch so stur, dass du nicht siehst, was in Wahrheit geschieht.«

»Die Wahrheit und du, ihr habt nie im selben Haus gelebt. Wir haben das Ende dieser Erzählung erreicht, du und ich.«

»Er ist der Gottesschlächter!«

»Ist das etwas Neues? Aber wir haben das Ende dieser Erzählung erreicht, Mondhexe. Besprich diese neue Sache mit dem hungrigen Tier, das sich an dich heranpirschen wird.«

Sogolon schluckte.

»Das Überleben ist stets deine einzige Stärke gewesen«, sagte ich.

»Wolfsjunge, gib mir zu trinken. Gib mir zu trinken!«

Ich betrachtete ihren Kopf, der wie ein schwarzer Stein auf dem Boden lag, herumwirbelte, sich aus der Erde zu erheben versuchte. Ich suchte nach meiner Axt und konnte sie nicht finden. Und meine Messer waren lange fort. Der Verlust ließ mich daran denken, alles zu verlieren. Alles loszuschneiden. Ich nahm mein Holster vom Rücken, zog meinen Gürtel heraus und legte meinen Waffenrock und meinen Lendenschurz ab. Ich begann nach Norden zu gehen, folgte dem Stern zur Rechten des Mondes. Er kam und ging, rasch wie ein flüchtiger Gedanke. Der Aesi. Er erschien auf diese Weise, so als wäre er immer da gewesen, und ging auf diese Weise, so als wäre er es nie gewesen. Die Hyänen würden ihren Nutzen aus dem Leoparden ziehen. Es war die Art des Busches, und er hätte es so gewollt.

Vielleicht war dies der Teil, in dem Männer mit klügeren Köpfen als dem meinen und größeren Herzen als dem meinen betrachtet hätten, wie das Krokodil den Mond fraß und wie die Welt sich um die Götter des Himmels dreht, vor allem den abwesenden Sonnengott, ungeachtet dessen, was Männer und Frauen in ihren Landen tun. Und vielleicht erwuchs daraus einige Weisheit oder etwas, was wie Weisheit klang. Doch ich wollte einfach nur gehen, nicht irgendwohin, nicht von irgendetwas fort, einfach nur davon. Hinter mir hörte ich: »Gib mir zu trinken! Gib mir zu trinken!«

Sogolon schrie weiter.

Ich ging weiter.

Ich ging tagelang durch das Land und durch Sumpfgebiete und Trockengebiete, bis ich in Omororo war, dem Sitz unseres wahnsinnigen Königs. Wo sie mich als einen Bettler festnahmen, mich für einen Dieb hielten, mich als Verräter folterten und mich, als die Königsschwester vom Tod ihres Kindes erfuhr, als Mörder einsperrten.

Und nun sieh mich und dich an, hier im Stadtstaate Nigiki, wo keiner von uns sein will, und doch kann keiner von uns an einen anderen Ort.

Ich weiß, du hast ihr Zeugnis gehört. Also, was sagt die mächtige Sogolon?

Sagt sie: Traue nicht einem Wort aus Suchers Mund? Nicht über den Jungen, nicht über die Suche, nicht über Kongor, nicht über Dolingo, nicht darüber, wer starb und wer gerettet wurde, nicht über die zehn und neun Türen, nicht über seinen sogenannten Freund, den Leoparden, oder seinen sogenannten Geliebten aus dem Osten, genannt Mossi, und hieß er überhaupt so, waren sie überhaupt Liebende? Oder seine teuren Mingi-Kinder, die er nicht gezeugt hat? Sagte sie: Traue keinem Wort, das diesem Wolfsauge über die Lippen kommt?

Sag es mir.

DANKSAGUNG

Autoren schaffen nie große Geschichten. Wir finden sie. Daher danke ich allen, die mir gestattet haben, ihnen zuzuhören und Welten hinter Wörtern zu finden.

Für ihre unermessliche Unterstützung und Hilfe und ihren manchmal blinden Glauben möchte ich meiner wunderbaren Agentin Ellen Levine danken; meinem ebenso wunderbaren Lektor Jake Morrissey; Jeff Bennett, dem Autor, Rechercheur, Assistenten, tollen Freund und schlicht guten Menschen; Jynne Dilling Martin, Claire McGinnis, Geoffrey Kloske und allen bei Riverhead; Martha Kanya-Forstner, Kiara Kent und allen anderen bei Doubleday Canada; Simon Prosser bei Hamish Hamilton; dem Fachbereich Englisch des Macalester College; Robert McLean; all den Rechercheuren und Forschern, die die unermüdliche und teils undankbare investigative und archivarische Arbeit bezüglich der afrikanischen Geschichte und Mythologie übernommen haben, darunter diese knallharten Bibliothekare in Timbuktu; Fab 5 Freddy für diesen Facebook-Eintrag, der eine Million Ideen hervorgebracht hat, und Pablo Camacho für den absolut hinreißenden Umschlag. Meine Mutter darf das ganze Buch bis auf zwei Seiten lesen.

Ausgezeichnet mit dem Man Booker Prize

Jamaika 1976: Sieben bewaffnete Männer dringen in das Haus des Reggae-Musikers Bob Marley ein und eröffnen das Feuer. Marleys Manager wirft sich schützend über ihn und erleidet dabei lebensgefährliche Verletzungen. Marleys Frau Rita wird ebenfalls schwer verwundet, er selbst bleibt mit leichteren Verletzungen an Armen und Brust zurück. Wer waren die Täter? Was waren ihre Motive? Ausgehend von dem Attentat und den Spekulationen, die sich darum ranken, entwirft Marlon James ein vielseitiges Stimmungsbild Jamaikas in den 70er und 80er Jahren voll Gewalt, politischer Willkür, Drogen und Intrigen, ausgestaltet bis ins kleinste Detail.

Leseprobe unter heyne-hardcore.de

Vom Autor des Spiegel-Bestsellers
Eine kurze Geschichte von sieben Morden

Im Dorf Gibbeah beginnt der Sonntag mit einem bösen Omen: Während der Morgenmesse fliegt ein Geier durch das geschlossene Kirchenfenster und schlägt tot auf der Kanzel auf. Nur wenige Minuten später wirft ein schwarz gekleideter Fremder den Dorfprediger zu Boden und übernimmt die Kontrolle über die Gemeinde. Als selbst ernannter Apostel York predigt er Rache und Verdammnis. Doch der alte Prediger weigert sich, seinen Platz widerstandslos abzugeben. Ein gnadenloser Glaubenskampf beginnt. Das Dorf scheint dem Untergang geweiht.

Leseprobe unter heyne-hardcore.de

Musik zum Lesen

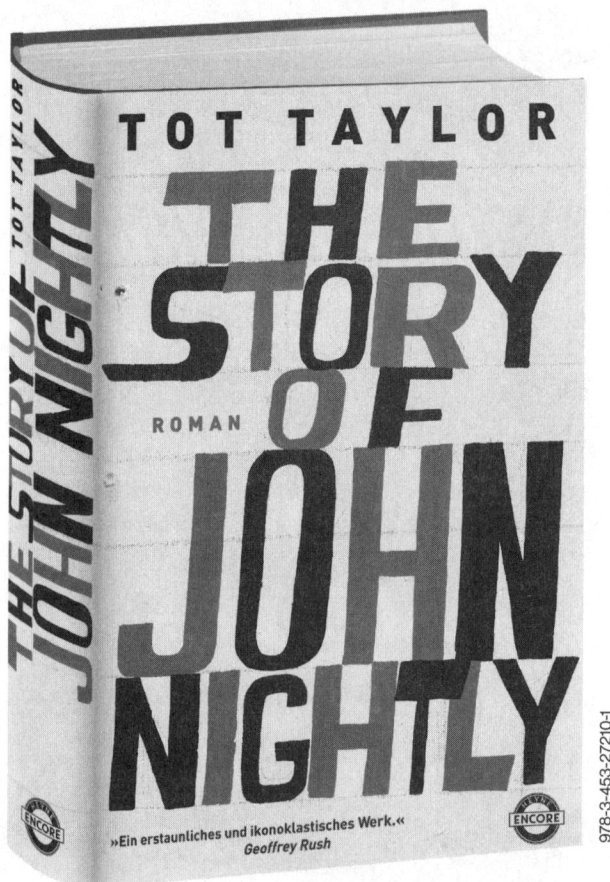

978-3-453-27210-1

London 1966. John Nightly, ein achtzehnjähriges Songwritertalent, betritt in der Carnaby Street ein Verlagshaus. Er hat eine frisch gepresste Single dabei, die er dem dortigen Musikverleger vorspielt. Dem gefällt die Musik, vor allem aber gefällt ihm das gute Aussehen des Achtzehnjährigen. Und er sieht Vermarktungschancen. Wenige Jahre später ist John Nightly einer der gefeiertsten Songwriter seiner Generation. Doch der Erfolg und seine Schattenseiten stürzen ihn in eine schwere Krise, und er entsagt dem Leben im Rampenlicht komplett. Bis er viele Jahre später von einem jungen Nachwuchsproduzenten in Cornwall (wieder)entdeckt wird, der ihn darin bestärkt, sein Lebenswerk zu vollenden. Ein einzigartiger Roman über Ruhm & Träume, Musik & Kunst, das Leben & das Universum.

Leseprobe unter heyne-encore.de